新世纪翻译学R&D系列著作

◎ 立足于高素质翻译人才之培养创新

◎ 着重于专业化与学术化之高度结合

◎ 理论与实践相得益彰

◎ 策略与技巧有机融合

◎ 内容丰富、系统，视野宽阔

◎ 素材新颖、典型，应有尽有

新世纪翻译学R&D系列著作

总主编·主审 陈 刚

文学多体裁翻译

Multi-Genre Literary Translation

主 编 陈 刚
副主编 黎根红 陈 芙
胡燕娜 时 波

ZHEJIANG UNIVERSITY PRESS
浙江大学出版社

Contents 目录

上编　导引篇

Chapter 1 文学翻译是实践的艺术……………………（4）

Chapter 2 文学翻译是变方为圆……………………（37）

新世纪翻译学 R&D 系列著作

Chapter 8　话剧翻译研究：多维视角 ·················· (365)

新世纪翻译学 R&D 系列著作

表　目　录

新世纪翻译学 R&D 系列著作

图　目　录

新世纪翻译学 R&D 系列著作

专业化与学术化

——学好翻译的关键

"新世纪翻译学 R&D 系列著作"新总序

以翻译"专业化"和"学术化"为特色的"新世纪翻译学 R&D 系列著作"自首部分册出版以来，在翻译人才培养、翻译教学、翻译实践与研究等方面发挥了正能量的作用，受到了校内外读者的欢迎。该系列著作是为适应全球化发展，满足国家和社会对翻译专业化或职业化的巨大需求而设计的一套丛书。各分册的出版必须首先符合三个不可或缺的要求之一：其一，该分册必须专业化与学术化；其二，该分册必须是全国同一主题著述之首部；其三，该分册必须于截至出版时在全国同一或相关主题著述中领先。

在全球化背景下的新世纪，翻译实践与翻译研究可谓方兴未艾，势不可挡。翻译本身，就是一种跨文化交流。作为一种语言文化交流不可或缺的手段，翻译发挥着沟通世界各国人民思想，促进政治、经济、文化、教育、科技、学术交流，促进社会发展的不可替代的作用。当今世界，翻译的重要性不言而喻，可以简洁地用三个英文单词或四个汉字来加以概括："Translate or die"（Paul Engle 语）或"不译则亡"。国际著名翻译学家尤金·奈达在一本翻译专著中开宗明义地指出：翻译工作，既复杂（complex），又引人入胜（fascinating），"事实上，I. A. 理查兹在 1953 年就断言，翻译很可能是世界史上最为复杂的一种活动"[1]。一个不争的事实是，中英互译是世界诸语言互译中最为复杂、最为困难的一种。翻译几乎与语言同时诞生，是一项历史悠久的实践活动（old practice），又是不断焕发勃勃生机的新的专业和职业（new profession）。

---

1 参见 Nida, Eugene A. *Language, Culture, and Translating* [M]. Shanghai: Shanghai Foreign Language Education Press, 1993: 1.

套用笔者所在的被李约瑟（Joseph Needham）誉为"东方剑桥"的浙江大学翻译学研究所制定的口号"There is more to do in Translation Studies"，我们可以自豪地、充满信心地说：学习翻译，大有可为；研究翻译，前途无量。

早在 1987 年，王佐良先生就卓有远见地指出："翻译研究的前途无限。它最为实际，可以直接为物质与精神的建设服务，而且翻译的方面多，实践量大，有无穷无尽的研究材料；它又最有理论发展前途：它天生是比较的，跨语言、跨学科的，它必须联系文化、社会、历史来进行，背后有历代翻译家的经验组成的深厚传统，前面有一个活跃而多彩、不断变化的现实世界，但不论如何变化都永远需要翻译，需要对翻译提出新的要求、新的课题。"不论全球化如何发展，翻译是永存的，翻译研究将与翻译实践共存，并且继续随着历史的发展而发展，随着世界的进步而进步。

翻译学，具有鲜明的跨语言、跨文化、跨社会、跨国界、跨地域、跨时空、跨学科、跨专业、跨职业、跨行业的特色，是一门开放型的综合性独立学科。翻译学研究的，不应仅仅局限于翻译（活动）本身，或仅仅是"二十年前"被认为的"培训翻译"，而应包括"与其有任何关系的一切领域"[1]，这在新的世纪里尤其需要走——而且必须走"专业化"和"学术化"的道路。翻译学这座雄伟的通天大厦不是靠一天就能建成的。"新世纪翻译学 R&D 系列著作"的陆续出版正是为了适应新世纪、新形势的发展，正是为了把翻译学大厦建设得更为壮观而添砖加瓦，把翻译学大厦装点得更加夺目而添花加卉。

多年使用该系列著作（含专著型/研究型教材）之教学及科研证明：编写理念先进，尤其符合研究型大学学生的实际水平、潜力和需求。浙江大学为全国"C9"[2]之一，在这九所顶尖大学中，迄今只有两所设

1　原句亦可译为"与其有任何关系的全部"，参见 S. Bassnett & A. Lefevere. *Constructing Cultures* [C]. Shanghai: Shanghai Foreign Language Education Press, 2001: 1.

2　全国首批九所"985"大学之一，简称"C9"（全国最好的九所综合性大学），生源较好，入校时中英双语水准较高。

立了本科翻译专业,浙大位列其中,学校于一上年级起就开设翻译实践基础课程,二上年级开设翻译学科导论等理论入门课程和高级翻译实践课程,三上年级便全面展开各类特色领域翻译课程。我们自己培养的翻译专业学生于本科二下年级就在全国翻译大赛中力克其他本硕博参赛选手而拔得头筹,这说明我们的学生与教学都经得起考验。

"新世纪翻译学 R&D 系列著作",顾名思义,是作者们本着在新的世纪对翻译的实践、理论及教学等进行进一步新的"研究与开发"(研发),即 Research & Development(R&D)的精神,注重立意新、专题多、读者广。

一、立意新

该系列著作力求"专业化"和"学术化"的有机结合;引入世界著名管理大师菲利浦·克劳士比质量管理哲学的核心内涵"零缺陷"(zero defects 或 ZD)等理念(被誉为"创造了质量的新符号"[1]);关注"三大要点"之贯彻与实施。

首先,所谓"专业化"和"学术化"的有机结合(这个问题将贯穿始终),是出于现实和发展的考虑。抓住了"专业化"和"学术化",就抓住了翻译问题的关键。当今社会,具备了专业知识和技能的人,若再具备英文能力,就更具备了找到一份好工作/好职业的竞争实力;事实上,会点英文的中国人,都具备了一定的口笔译能力,因为这一能力是从事涉外工作的必备条件。然而,问题也同时产生:取得 CET4/6 和 TEM4/8 资质的人,具备某些外语/翻译培训证书的人,其所具有的外语/口笔译能力或竞争力,与我们所要求达到的"专业化"标准差距仍较大;具备(非英语专业)硕士、博士研究生学历的人,具备(非英语专业)副高、正高职称的人,只会读而不会译的仍不乏其人;即使在翻译界,有实践能力但缺乏理论素养的,实践能力弱但会讲些理论的,或者主要是纸上谈兵的"理论家",也不乏其人;甚至那些在"江湖"

---

1 参见"质量管理百年历程"(中质协质量保证中心)。

上打拼的"中、高级翻译"、"中、高级译员"中，绝大部分尚不能或难以取得进入真正意义上的专业翻译市场之"准入证"（特指 CATTI 各级口笔译证书）。

　　一个不争的事实是：过去会英文、会翻译的少，但是翻译质量不见得差（起码从事翻译的一般均为懂翻译的）；相反，如今翻译市场，泥沙俱下，鱼龙混杂，劣质译著，粗制滥造，学术界正遭遇着另一种学术腐败。殊不知，会英语的越来越多（可惜全国范围内已有 994 所高校有本科英语专业，其毕业生就业情况竟然连续多年被教育部亮了"红牌"），"会"翻译的也的确越来越多，但是真正懂翻译的却"越来越少"，或者少得可怜（起码根据在市场上流行的译作、在江湖上求生存的口译来判断）。难怪乎，专家们认为：中国目前只是一个翻译大国，却不是翻译强国，因为翻译的总体水平不高[1]。按出版标准衡量（万分之一差错为合格，可能这个标准过于"苛刻"，不符合现实情况），我们的翻译出版物大都或者（说得"绝对"点）基本都是不合格产品。就文学翻译而言，翻译质量粗糙仍是令人备感头疼的问题。即便是研究英美文学的正教授及博士后翻译的英美文学作品，不是中文文笔一般，就是理解原著错误多多，或是知识面不够宽，即不太适合翻译文学作品（可能搞研究不错）。哲学与社会科学著作、论文的翻译，从表面上看，英译汉似乎看不出问题，但只要两种语言的文本一比较就问题颇多，一言以蔽之，译文经不起核对；汉译英，专业人士通常一看便知，译文水准连大学本科的都达不到，一言以蔽之，压根儿不会翻译。与此相比，日常生活中的翻译差错现象更为严重。中国翻译协会顾问、原中国译协常务副会长林戊荪指出，在中国，无论是旅游指南，还是产品介绍，无论是名胜古迹的解说，还是街头巷尾的标牌，外文翻译差错已到了"俯拾皆是"的程度。更有甚者，从全国两所顶尖大学学者的"门修斯"到"常凯申"，"高级翻译笑话"在知名学者中或高学历、高职称专家中可谓接连不断。

<hr>

1 参见 2004 年新华网北京 11 月 8 日电"中国翻译大而不强"（记者全晓书，樊曦）。

林先生认为,造成总体翻译水平不高的首要原因是翻译人才,特别是高水平人才匮乏,远远不能满足社会和市场的实际需求。据最新报道,中国高级翻译人才不足 5%,各类翻译全线告急[1]。要改变中国翻译界现状,建设真正的"翻译强国",必须加大对人才培养的力度,而且应该"文学翻译和实用翻译并重"。此外,应该通过翻译资格认证等手段加强行业规范,保证翻译工作的严肃性和高水准。

可见,翻译人才的"专业化"箭在弦上。而且,还应从"专业化"逐步过渡到"职业化",与此同时,翻译研究——即翻译的"学术化"——要不断加强,做到"学术化"指导"专业化"和"职业化",并且为"专业化"和"职业化"服务。这就好比"两条腿走路",好比"车之两轮,鸟之两翼"。

何为翻译"专业化"?在此,我们暂不必从理论上来精确界定,给出衡量"专业化"的详细标准,然后对各种口笔译职业所具备的专业条件的情况做出理论性、实证性的诠释。说得简单点,翻译专业化就是翻译过程和结果要符合专业、进而符合职业的标准。可以说,翻译的专业化即翻译的职业化过程(的一部分)。从市场经济角度看,它首先反映了(翻译)市场经济的基本逻辑、基本规律。一般的工作只有发展到一定阶段时,才成为职业。我们常用 professional("专业性如何"或"是否职业化")来判断从业者的工作行为和工作业绩是否优于他人。

根据新版的《现代汉语词典》(第 6 版,2012),"职业"和"专业"在作为形容词这一属性词时,是同义词。前者意为"专业的",如"职业剧团"、"职业运动员"。后者意为"专门从事某种工作或职业的",如"专业文艺工作者"等。[2]

若从社会学角度解释,Hodson & Sullivan(2002)认为,职业(profession)是具有较高社会地位的知识性工作,包含四个基本特征:专业化知识、自治能力、对其他次要工作群体的权威以及一定程度上的利他主义[3]

---

1 参见 http://www.sina.com.cn 2005/08/30。

2 分别见《现代汉语词典》(第 6 版)第 1672 页和 1708 页。

3 参见 Hodson, R. & Sullivan, T. A.(2002). *The Social Organization of Work*. Belmont, CA: Wadsworth/Thomson.

（详见本系列之《翻译学入门》[陈刚，2011]第一章）。因此，职业化（professionalization）的过程就是从工作向职业转变的过程。

按照专业化/职业化的要求，培养口笔译人才，应该而且必须"分层教育"，即进行口笔译分层教学或培训。换言之，应该区分"翻译教学"（translation pedagogy）和"教学翻译"/"学校翻译"的概念（由 Jean Delisle 首次提出，详见德利尔，1988）。德利尔指出："翻译教学所求的目标与……学校翻译的目的不同。……纯正意义的翻译的目的是要出翻译自身的成果。把学校翻译的目的与职业翻译的目的混为一谈是错误的。……学校翻译和职业翻译的最终目的不同。"（德利尔，1988：26-27）从这一基本认识出发，我们应该针对教学对象，区分翻译专业教学（本科生和研究生）、外语专业中的翻译教学（外语专业的研究生、本科生、专科生和辅/副修生，即属于教学/学校翻译范畴）和大学外语教学中的翻译教学（非外语专业的本科生和研究生）以及高等职业院校外语教学中的翻译教学（高职生等）。尽管人类从事翻译活动已有数千年的历史，但以培养翻译人才为目的的专业化/职业化翻译教学却只有大约 70 年（参见 Delisle，引自 Baker，2004：361）。显然，这种现象很不正常。然而，70 年来，世界各国纷纷成立翻译学校/学院这一事实本身已经含蓄地表明了双语现象不足以使人们具有专业/职业翻译的能力。打个通俗的比方，人人都有两只手，是否人人都会弹钢琴？

学校翻译先于专业/职业翻译，学校翻译只是一种教学方法，没有自身的目的，因此翻译基础课的方法论应根据专业/职业翻译的特殊目的、性质来确定，而不是根据学校翻译的要求来确定（根据参考文献中德利尔专著的部分内容改写）。笔者以为有必要指出一个迄今被（外语）教育工作者忽视的现象：大学没有设立翻译职称的晋升制度，但却有财务职称、医生职称等的晋升制度，所以大学老师几乎没有一名是 professional translator/interpreter，只有以教学为主的教师业余搞翻译、课堂上教翻译。最典型的例子是，专业化/职业化水平最高的口译工作者不是来自大学或由大学来评定其职称，而是 AIIC member（国际会议口译员协会成员）。总之，作为外语学习五项基本技能之一的翻译教学与作为专业/职业技能训练的翻译教学是有着本质的区别的，前者与外语教学关系密切，后者与职业生涯(career/profession)息息相关。无怪乎，translation 与 professional translation 是同义词，即翻译是"为了建立起两种或多种语言之间的沟通而进行的将一种语言文本内容转换成另一种语言的职业"(A profession that consists of transferring ideas expressed in writing from one language to another in order to establish communication between two or more languages)，而且职业译者是需要经过培训和见习期(apprenticeship)锻炼的(Delisle，2004)。正因为如此，我们这套翻译学系列著作，不论是偏专业实践，还是偏学术思辨，或是理论与实践有机结合，其编写宗旨就是"专业化/职业化"和"学术化"。

举一个跟翻译不同专业、职业的例子：新闻发言人。清华大学国际传播研究中心主任李希光教授曾参与了大约 30 个省部级、地市级的新闻发言人培训。李教授指出："作为一个发言人，他应该比记者还要有新闻敏感。但是我们的发言人大都缺乏新闻敏感，不会使用新闻语言。"他认为："下一步新闻发言人必须专业化和职业化，希望将来有一批专业的新闻工作者能转行到政府当新闻发言人，做到与国际接轨。"[1](下画线为笔者所加)

显然，只有具备专业化的水准，才能达到职业化的标准；只要是职业化的，肯定是专业化的。其实，专业化和职业化是你中有我，我中有你。在汉语里，"职业化"就是"使成为专业性的"(2004 年版《现代汉语规范词典》)。在英文中，"专业化"/"专业水准"和"职业化"/"职业水准"更是同一个词，即 professionalization/professionalism/professional。

那么，什么人算是专业化翻译呢？说得通俗点，专业化翻译不是会两句外语，拥有大学英语 4/6 级证书，或者外语院校科班出身的人就能充当的。专业化口笔译最基本的能力要求就有三项：精通汉英两门语言，谙熟汉英两种文化，拥有广博的知识。此外，专业口译和笔译

---

[1] 参见"中国新闻发言人走上前台　专家：有待专业化和职业化"(http://news.xinhuanet.com/ 2005-04/15)。

人才还必须具备优秀的综合素质，包括清醒的角色意识、良好的职业道德、健康的体魄(尤其针对各类会议的同传、交传和优质导译)、踏实进取的工作作风和处乱不惊的心理素质等。因此，并不是有一定中英文基础的人便能成为专业化的口笔译人才的。比如，从专业的角度出发，口译/笔译专业的口译教学，根据有关目的、需求、要求等可分为会议口译(conference interpreting)教学、商务口译(business interpreting)教学和陪同口译/导游口译(escort interpreting/guide-interpreting)教学；根据工作场景和口译方式分为 simultaneous interpreting with a tour-guide system(导游同传)、consecutive liaison interpreting(交替/接续联络口译)、medical/dental interpreting(医疗/牙科口译)、court interpreting (法庭口译)、diplomatic interpreting(外交口译)、media interpreting(传媒口译)、sign language/educational interpreting(手势语/特种教育口译)、faith-related interpreting(宗教口译)，等等。

其次，上面特别提及的所谓"零缺陷"是世界质量大师(quality guru)克劳士比质量管理哲学的核心内涵，其四项基本原则中有两项是解释"质量"和"工作标准"的。什么是"质量"：质量即符合要求，而不是好。什么是"工作标准"：工作标准即零缺陷，而不是"差不多就好"。这就真正反映了职业化的规范和标准[1]。

那么专业化的翻译人才如何才能走向"职业化"呢？这就跟我们引进的"零缺陷"有着实质性的关系。

如果从上述诸定义出发，"翻译专业化就是翻译过程和结果要符合专业、进而符合职业的标准"。我们举三个简单的例子，使读者先有一些感性认识。

例1，以"零缺陷"作为人名、地名翻译的最低标准。俄苏文学专家蓝英年2005年7月下旬在回答林先生的一封信(该信正文最后一句是："蓝老师，六月三日的日记不足一千五百字，却有这么多的问题，你说可怕不可怕？")中指出："我对译文的质量已经麻痹，对错误译

---

1 参见威肯企业管理网。

文已见怪不怪了。所关心的也仅是自己买书时不要上当。比如现在书店里卖的介绍二战的书,我翻十几页,便能从人名、地名上判断译文的质量,不容易上当。你所指出的东方社出版的巴别尔《骑兵军日记》译文中的错误,仍令我惊讶不已。你所提出的不单是译者的问题。……我不知东方出版社是否也采用这种机制?我以为,东方出版社应当在译文质量急剧下降的今天给全国出版社带个好头,而不要成为出版错误百出的译著的出版社的挡箭牌。不要让那些出版社说,东方出版社出版的译著都有那么多的错误,我们怕什么?起码不要砸自己的牌子吧。"(详见 2005 年 8 月 17 日《中华读书报》)

例 2,以"没有接受过基础翻译技巧正规训练的译者或编辑,不能承担任何学术专著的主译工作或任何学术专著译文的责任编辑工作"为最低标准。如今,参加专著翻译(主要指英译汉)的非英语专业的博士、博导比比皆是。然而他们译著质量的高低如何,学界和出版界基本处于"少有人管"之状态。无怪乎,有识之士特别关注"学术繁荣与翻译总体质量成反比的悖论"这一问题(详见《翻译学入门》第 1 章)。

有两名国家著名大学的法学博士(目前都是法律工作者,并有多种法学著作出版)翻译了美国法学名著《我们人民:宪法的根基》,由法律出版社于 2004 年 4 月出版。"这个中译本存在着大量的、严重的知识问题,从而使之成为一本不合格的劣质译书。"该书"已经出版一年了,偌大的法学界拥有不计其数的法学先进和青年才俊,但遗憾的是,大家都采取了默然的立场,徒然让该书畅销书界,以讹传讹,贻害读者,岂不可怜、可悲、可叹?""如此不堪卒读的译文,如何对得起这些名满天下的'专家学者'(笔者注:译者在'译后记'称曾就某个词的准确译法请教过……)?如何对得起广大的读者?如何对得起这部名著?以出版法律著作为主业的法律出版社,居然出版了《我们人民:宪法的根基》这样的不合格产品,这不是自己砸自己的牌子吗?"[1]

---

1 参见杨玉圣:术语规范与学术翻译——从查尔斯河桥译成"查尔斯·里维尔·布里奇"谈起(《出版人》2005 年第 8 期)。

例 3，以"根据正式出版物文本类型的难易程度来大致规定英译汉 1000 words/每人所需时间不得少于……小时；汉译英 1000 字/每人所需时间不得少于……小时（不包括译者修改、审核时间；不包括出版社三审三校时间）"为最低标准。21 世纪，"引进版图书中通俗类的畅销译著正日趋增多，为了抢占市场而不惜牺牲翻译质量的问题令人十分担忧。由于起用'没有金刚钻'的译者来包揽'瓷器活'，又由于'萝卜快了不洗泥'，不少这类译著出现的翻译问题受到海外媒体和国内媒体及翻译、学术界的严肃批评。这种违背翻译规律、不讲职业道德的行为同样也是我们从事翻译实践与理论研究的大学教师所十分痛恨又十分痛心的"[1]。

这样，我们也就不难发现，即使是比较专业的译者（如具有翻译学专业硕士研究生毕业的学术背景或外文编辑），在市场经济的今天，也会"知错犯错"。比如《哈利·波特》的几册译文就存在"萝卜快了不洗泥"的现象，也同时包括不少专业和非专业性质的错误。说实在的，毕竟英语不是我们的母语，英译汉容易犯错，汉译英更容易犯错，这都是在所难免的。即使比较专业化了，但从专业化转向职业化仍是一个（比较漫长的）过程，关键是我们的职业精神、职业态度和职业道德。

在拥有大量优秀翻译人才的外语教学与研究出版社，近 260 人毕业于外语专业，而且大都是外语专业硕士，其中一些还是翻译专业出身。可以说，这个队伍都是经过基础翻译技能培训的。但外语教学与研究出版社主管编审工作的副总编还是指出，他们并不指望刚从学校毕业出来的人就是一个非常优秀的翻译，因为这还有一个对其进行"职业化"塑造的过程。

以上讲得较多的是涉及控制、管理专业化/职业化翻译质量的"内部因素"，而从特定角度说，"外部因素"更是控制、管理翻译质量的支配因素，换言之，它能从外部对翻译质量进行更为有效的监控。

有专家担心，"今天如果大学英语不改革的话，庙堂英语将逐渐被

1 参见陈刚、喻旭燕：《成为乔丹——我的自传》"译者的话：求真实、求品位"（哈尔滨出版社，2006：272）。

江湖英语完全包围"[1]。不过,令人欣慰的是,翻译的专业化和职业化的程度较高,会点"江湖"翻译,而对"庙堂"翻译知之甚少,是不可能真正学好翻译的。由于种种原因,"庙堂英语"的香火有可能不够旺,正在被"江湖英语"蚕食,但"专业化"和/或"学术化"的"庙堂"翻译是难以被"江湖"翻译所取代的。

尽管如此,随着全国各行各业的改革进一步深入,出版业的体制改革也势在必行。改革的重要目标之一还是围绕着市场和质量。克劳士比质量管理哲学的四项基本原则中第四项是:怎样衡量质量。

质量是用不符合要求的代价(金钱)来衡量的,而通过展示不符合项的货币价值,我们就能够增加对问题的认识。这突破了传统意义上认为高质量是以低成本为代价的观念。克劳士比提出,高质量将给企业带来高的经济回报。很显然,不符合质量要求的代价是额外的费用,是浪费的代价:浪费时间,浪费人力,浪费精力,浪费物力。这些都是不必要的代价。

中国加入世界贸易组织后,"图书召回"制度的建立势在必行,而且隐瞒图书缺陷遭受处罚更不会成为空话。新颁布的《缺陷汽车产品管理规定》(2004 年)为企图隐瞒缺陷的汽车制造商制订了惩处办法,除必须重新召回、通报批评外,还将被处以 1 万元以上 3 万元以下罚款。

出版界提出图书质量万分之一以上差错召回,经过加勘误表或重印后方可重新上市销售。"图书召回"这一术语开始引起社会关注是在2004 年年初,上海译文出版社率先向全国召回存在装订缺陷的 2003 年版《俄汉—汉俄袖珍词典》。此举获得了新闻出版总署图书出版管理司的高度评价,从而引起了一阵"将图书召回制度化"的呼声[2]。当然,这对我们编好这套系列著作既是压力,也是动力。

既然是专业/职业翻译,理应做到名副其实的翻译"专业化/职业化"。为何"专业化/职业化"了,还需要"学术化"呢?这是一个理念

1　陆谷孙教授语。参见"英语教学改革试点启动带来培训商机"(http://www.sina.com.cn 2004/05/11 10:47)。
2　参见"图书召回制度有望年内出台"(参见 2004 年 7 月 30 日新华网)。

提升的话题。任何学科专业，都具备系统理论，都需要系统理论的支撑。简而言之，翻译"学术化"包含以下两种意义：一是需要有翻译学方面系统的、专业性很强的学问；二是译者需要培养自己的翻译观，将翻译实践作为一种学术研究对象，学习一些中西译论、译学思想以及与翻译相关的理论知识，从而指导翻译实践。据 G. Squires (2001)，"职业化"本身就包含理论知识、与职业相关的知识和过程知识。

本系列著作强调的"学术化"是要落实到研究、解决实际的问题上来的，是要搞"产学研"的，而不仅仅是"悬空的"的学术化。尽管我们鼓励研究生从事某些纯学术研究，但是如今能够驾驭翻译理论航船的不多，一搞翻译就会翻船的却不少。换言之，我们许多研究生"怎么译"这一关还远未通过，他们从事 pure translation studies 尚不具备火候。我们不主张"学术政治化"，却主张"学术问题民主化"，甚至"学术问题公开化"，以实现理论与实践的结合。故书中会涉及不少坦率的学术讨论，供广大读者思考、参考，并求教于方家。

强调"学术化"，还出于另外两项重要思考：

1. 反对功利主义 (utilitarianism) 和翻译实用主义的思想观念。世界数学大家丘成桐先生在《中国教育忧思录》中痛陈中国教育（制度）的弊端，批评目前高校实用主义大行其道、中国政府有关部门看不到理论科学的重要性。他指出："中国的学生，做学问达到一个地步，足够令他们找到一份安定的工作便会停下来，他们追求的东西只此而已，对学问根本没有热忱"；"真正有心钻研纯科学的人实在不多，跟外国的学生真心以研究为目标相比，实在相去甚远"；"现在的学生和学校变得唯利是图，这种文化气候，是中国难以孕育一流学问的最主要原因"。[1]这也正好印证专家所言，中国并非翻译强国。如果整个译界仅仅为了实用、为了赚钱的话，中国翻译学的未来势必前途暗淡，离世界水平将愈来愈远。

2. 提倡脚踏实地的翻译研究学风。踏踏实实地做学问，搞学术，

---

1 参见"中国大学能培养出一流人才吗？"(2005 年 8 月 23 日《钱江晚报》A12) 和丘成桐《中国教育忧思录》。

除了有助于加强翻译学学科的建设，切实提高翻译在政治、经济、社会、文化生活中应有的地位之外，也是培养翻译学研究型人才或理论与实践俱佳的翻译"全才"的必备学风。不少翻译爱好者和从业者只关注"知其然"(即"怎么译"或者所谓现成的"标准答案")，而对"知其所以然"(即"为何这样译"、"为何能这么译"、"为何该这样译"等翻译实施时所包含的关于实际程序的证明性知识等)不感兴趣(uninterested)，甚至认为"知其所以然"是无聊的(uninteresting)。这使他们往往偏重前者，即"知识的掌握"和"现成的照搬"，而对后者"知识的应用与迁移"则不予以重视，结果严重造成译者的理论素养、学养和综合思维能力的低下，学问"偏食"，"潜能"受到抑制。无怪乎，海外有人批评大陆的研究生离开导师便做不了学问，难以成(为栋梁之)材。起码，编写翻译学系列著作的目的不是为了培养一般的"翻译匠"，而要使译者既致知又致用。

再次，所谓"三大要点"，就是指：

1. **出发点**：(1)有助于培养读者职业化和学术化的素质和能力；(2)有助于保持读者与时俱进的素质和能力；(3)有助于翻译教育与翻译培训的可持续发展。

2. **关注点**：(1)双语能力、百科知识、专业知识；(2)理论意识、方法论述、智力开发；(3)原则指导、专业提示、职业能力；(4)学术提升、职业发展、人文教育。

3. **设计点**：(1)有关多重成分的有机组合，应体现复合成分 + 实用成分 + 专业成分 + 学术成分 + 应用与研究指导成分等，而且强调本科阶段和研究生阶段"打通"(因为这两个阶段的翻译观应是相同的；此外，"C9"的生源中，本科生超越研究生或与其并驾齐驱的现象普遍存在[1])；(2)有关理论部分编著，不强调介绍中外译论面面俱到，而是精选有思想高度、有代表性、与有关社会实践更为密切的学派及其理论，帮助读者懂得翻译的性质、种类、标准、策略和方法等(know-what,

---

[1] 这些本科生中，有相当数量的不仅翻译实践强于研究生，连翻译研究都不输给研究生。这反映了国内外语本科教育问题颇多。

know-how & know-why）；(3)有关研究方法的章节，培养读者自己开展课题研究的能力；(4)有关理论和实践章节，应使学生的翻译信仰能跟上时代发展的步伐。

总之，翻译学系列著作的编撰不要让广大读者觉得离他们太远，要避免文字严肃有余、活泼不足的倾向，要做到雅俗共赏，可读性强。

二、专题多

该系列著作不是仅仅涉及基础(elementary/rudimentary)阶段的翻译实践或研究(当然这很重要)，不是单纯的基础翻译(实践)教科书，而是力求符合"立意新"的要求(专业化和学术化)，并且满足翻译学习、实践、研究不同阶段的学生以及广大读者的需求，所以专题应该涉及诸多行业，涉及学校的各个学科领域，包括翻译学入门、会展英语与翻译、新闻翻译、高级商务口笔译、应用文体翻译、外事陪同口译、跨文化导译、同声传译基础、人文社科翻译、法律翻译、科技文献翻译、影视戏剧翻译、文学多体裁翻译等一二十项。这些书既适合大学本科生，又能作为不同专业、职业的主干课程用书(详述见下)。

三、读者广

从该系列的名称看，它是专为在校的翻译专业(BTI)、英语专业(含翻译方向)和非英语专业的本科生、研究生而撰写的，而后者包括 MTI、非翻译专业或(非)英语专业的博士(研究生)乃至有待新鲜出炉的 DTI[1]。其实，该系列著作的读者面是非常之广的，涉及期望自己在翻译实践和翻译研究方面有质的提高(即想很好地解决所谓的"两张皮"的问题)的所有读者。

翻译在外语学习中的重要性是不言而喻的。从中小学到大学、研究生(硕博[2])，要学好外语，就少不了翻译技能的训练和考核。作为应

1　即 Doctor of Translation or Interpreting。这是翻译专业学位的最高层次。

2　请务必注意这个现象：翻译实践考试(如新华社应聘新闻翻译实习生)中，首轮被淘汰的是(英语专业的)博士(生)，最后被录用的是翻译/英语专业的本科生和硕士研究生，而博士(生)连复赛都未进入。

用性很强的外语,在听说读写译这五项技能中,"译"可谓是最高境界,也是最难掌握好的,非下苦功不可。想在"译"方面有所突破的读者,这套丛书定会使您举一反三,事半功倍。

有些读者可能会说,翻译有什么大不了的,不就是把外语文字转换成汉语吗?有什么不懂的字、词,查查词典工具书不就行了吗?请看下面一句简单的话:"巨人般的儿子望着为自己衣食住行而心急如焚的父母,心里很不是滋味。"如何通过查词典来翻译画线部分———一句非常平实的话语及其风格呢?亲爱的读者,您不妨一试。

一旦亲手做起来,您就会感到事情并没有您之前想象的那么容易。在很多情况下,词典等工具书所给出的释义未必就能解决问题。这也从另一个侧面印证了英文中那句脍炙人口的俗话:Easier said than done(说时容易做时难);同时也印证了中华民族富有哲理的俗语:不经一事,不长一智(One can't gain knowledge without practice)。更何况,我们还尚未涉及人文社科类、典籍类或文学类等专业翻译,以及其中涉及的社会政治、意识形态、文化价值、女权主义、后殖民心态、经济全球化等多重或综合因素呢!

即使部分读者对上述所谓翻译外部研究不十分感兴趣或者目前尚力不从心,只是对于提高翻译实践能力、找到一个自己喜欢的职业情有独钟,那么,该系列著作作为培训或自学教材应是不错的选择,甚至不妨为首选。请注意,翻译培训市场是一个高质量市场,是一个专业性/职业性很强的市场,在相当大的程度上跟一般的外语培训市场不能相提并论,并非人人均能涉猎。

作为一个加入了世界贸易组织(WTO)的国家,作为一个商业社会,作为一个市场经济的体制,专业化/职业化很强的各级各类 translator training/interpreter training 等商业培训都应该是相当正规的,是受先进理论和学术化思想指导的。招收学生和培养出来的学生之目标很明确,就是培养在市场上有很强竞争力的人才。从反面角度说,从人力资源现代化管理角度考量,培养起来有困难的学生,不适合/适应当今社会、当今市场要求的学生,培训班(如同传等口译班,某些专业笔译班)完全有理由不招收。

由此可见，这套系列著作之所以是针对广大读者的，正是因为策划、编著的初衷就是既满足"下里巴人"，又不失"阳春白雪"；既要搞好"多元智能"开发，又要培养出合格的、合适的、在社会上有竞争力的高级复合型人才。具体地说，我们必须注意以下几点：

1. 既要考虑外语学习听说读写译"五项基本功"之间的互动关系，又要解决"懂"与"会"之间的关系问题。

2. 既要避免传统外语/翻译教学中教会学生的只是"识别"而不是"理解"——即被识别的是"信号"，而非"符号"，又要培养学生能真正识别社会实践中的诸多符号，具有多元智能，毕业后能受到社会、市场、职业机构的欢迎。

3. 既要围绕翻译实践、翻译技巧、翻译(理论)研究三个层面展开，又要在编写安排上尽量结合不同读者的外语水平、实践水平和学术水平的实际情况，力求做到理论深入浅出，叙述有血有肉，风格雅俗共赏；同时又要细致入微地标出课文、待译文本和练习题等的侧重面及其难度等级(实践层面：E=Easy，I=Intermediate，C=Challenging 和 A=Advanced；技巧/理论层面：T=Technical，AT=Applied Theory 和 PT=Pure Theory)。

4. 既要较好地解决翻译中"教"与"学"、"学"与"用"之间相互脱节的老大难问题，又要解决翻译学科中"汉语"与"英语"、"理论"与"实践"互不相干的"两张皮"问题。

5. 既要加强翻译的内部研究(本体研究)，又要结合翻译的外部研究，以实实在在、扎扎实实的翻译实践和本体研究来带动翻译的跨学科研究，并以此促进、带动翻译本身的实践与理论之发展。翻译的内部和外部研究，应是相辅相成、相得益彰的。

总起来说，翻译学应以实践为本(practice-based)，翻译研究也应以基于实践的研究(practice-based research)为主，但翻译学的健康全面发展除了关注作为有目的的社会行为的翻译实践活动以外，还必须关注与其相关的任何研究活动，包括以下"你中有我、我中有你"的各个方面和层面：主体、本体，内部、外部，多学科，方法论，宏观、微观、中观，翻译观，哲学观，语言观，文化观，社会观，全球观，人生观，专业观、职业观，学术观、教育观，经济观、市场观、竞争观，质量观、管理观……

综上所述，"专业化"和"学术化"是"新世纪翻译学 R&D 系列著作"的两大焦点，是会受到国内译界欢迎的术语和学好翻译的两个关键问题。其实，归根结底，"专业化"和"学术化"即指翻译的实践和理论。有关翻译实践和理论关系之争，在现、当代的译界和学界，迄今尚未平息。翻译实践之重要性和伟大意义早已不言而喻，而对翻译理论价值的认识依然见仁见智。我们对这两者关系的立场、观点和态度在总序和各分册中显而易见。笔者曾在专著中归纳总结了翻译理论的20 种功能[1]。如今我们所知的与翻译有关的理论，(大)都能对有关的翻译实践、翻译现象乃至涉及翻译的重大社会问题从各自不同的角度做出应有的或令人信服的解释，都有值得引进、介绍并加以实现之价值。

社会有分工，同样，翻译界(应包括翻译行业/职业、翻译专业、翻译学科等)也有分工。我们的翻译事业，需要理想的翻译分工——其实也是现实存在的翻译分工，具体地说，我们需要"专业化"的翻译(家)，需要"职业化"的翻译(家)，需要"学术化"的翻译(家)，需要既"专业化"又"学术化"的翻译(家)，需要既"职业化"又"学术化"的翻译(家)，需要以"学术化"为主的翻译研究者/理论家，也需要纯"学术化"的翻译研究者/理论家。各种分工所需人数肯定不同，它们之间的比例如何才是合理的，自然有(行业、专业和学术)市场法则去影响、调节、支配和控制，那是不以人的意志为转移的客观规律。

说千道万，新世纪可谓"翻译质量的世纪"，这样的描述是毫不为过的。在知识经济的新世纪，知识创新与管理创新必将极大地促进质量的迅速提高，包括生产和服务的质量、工作质量、学习质量，直至人们的生活质量。翻译质量当然包括其中，并且与这些质量息息相关。

---

1 参见陈刚《旅游翻译与涉外导游》(中国对外翻译出版公司，2004/2006/2008/2010)。

本着质量为本的精神，我们这套"新世纪翻译学 R&D 系列著作"的写作宗旨始终是"专业化"与"学术化"——因为它是符合社会不断前进、不断发展的客观规律的。

陈 刚 谨识

修改于 2014 年 2 月 4 日立春

参考文献

[1]陈刚. 翻译学入门[M]. 杭州：浙江大学出版社，2011.

[2]陈刚. 旅游翻译与涉外导游[M]. 北京：中国对外翻译出版公司，2004/2006/2008/2010.

[3]陈刚，喻旭燕. 成为乔丹——我的自传[Z]. 哈尔滨：哈尔滨出版社，2006.

[4]德利尔·让(著). 翻译理论与翻译教学[M]. 孙慧双(译). 北京：国际文化出版公司，1988.

[5]王佐良. 新时期的翻译观[A]. 杨自俭，刘学云(编). 翻译新论[C]. 武汉：湖北教育出版社，1994.

[6]Baker, Mona (Ed.). *Routledge Encyclopedia of Translation Studies* [Z]. Shanghai: Shanghai Foreign Language Education Press, 2004.

[7]Bassnett, Susan & A. Lefevere. *Constructing Cultures: Essays on Literary Translation* [C]. Shanghai: Shanghai Foreign Language Education Press, 2001.

[8]Delisle, Jean, et al (编著). 翻译研究关键词[Z]. 孙艺风，仲伟合(编译). 北京：外语教学与研究出版社，2004.

[9]Gentzler, Edwin. *Contemporary Translation Theories* (2nd ed.) [M]. Shanghai: Shanghai Foreign Language Education Press, 2004.

[10]Nida, Eugene A. *Language, Culture, and Translating* [M]. Shanghai: Shanghai Foreign Language Education Press, 1993.

前　言

　　"新世纪翻译学 R&D 系列著作"之《文学多体裁翻译》，乃是始于21世纪初的文学诸体裁翻译教学实践及研究过程性积累的最终成果。(文学)翻译应该怎么实践、怎么教、怎么学、怎么研究、怎么传播，最为重要的是应该怎么通过培养自己的汉译英译者，把中国文化及中国文学多多地、有效地译介给广大海外读者——其哲学观、方法论、策略原则、途径方法、技巧绝招、培养理念、培养风格等，都在这个不短的十几年过程中被证明是切实可行的、值得推广的，并值得检验的，我们非常欢迎学界与译界同仁评头品足、批评指正。

　　以下，我们就"高度"、"天意"、"特色"、"初衷"、"教研"、"成效"、"致谢"、"建议"等八个分主题(小标题)介绍该书的成形过程和教研使用。

1. 高度

　　我们著书的高度没有发生变化，还是努力去达到"985"(或"C9[1]")高校理应达到的高度(尽管还需不断去努力接近)，因为我们的生源很好，所谓"浅显的"或"高难度的"文学翻译都适合他们。我们的书编写得难度可以大一些——同时涉及深度和广度，总之激励学生们去勇于实践、勇于攀登，敢于碰硬、敢于胜利，善于学习、善于科研。从学生攀高峰的视角看，非"985"大学的学生也是可以学好，可以登上文学翻译之巅峰的。这里关键是要有专业化的文学翻译师资——遇上好的学生，老师可以教授书中高难度的单元体裁，甚至"拔高"(to raise the hurdle)；遇上有待提高的学生，老师可以适当降低"跨栏"高度(to lower the hurdle)，教难度不大的单元体裁，即使是同一单元体裁，也可以适当降低要求。因此，这也对授课教师提出了较高的要求和标准。

1　"C9"指全国首批九个"985工程"大学，被剑桥博士李约瑟誉为"东方剑桥"的浙江大学乃其中之一。

2. 天意

《文学多体裁翻译》能够做到完整性、丰富性、创新性，还真是"天意"。本来该书初稿最迟应该于 2010 年年底提交给出版社，可命运安排我们要跟"十一五"见面——正好那年赶上要实施省"十一五"重点教材建设项目，"幸运"降临至本人头上——本人主笔并主编的《翻译学入门》(亦为上述系列著作主打"产品")要按时先出，《文学多体裁翻译》就因此被"耽搁"下来了。此事可谓"塞翁失马，焉知非福"啊！

2012 年 10 月，莫言荣获诺贝尔文学奖——这对本书主编是莫大的惊喜和鼓舞，也带来了某种窃喜，本人下决心一定要单辟一章撰写中国文学走出去以加大该书在专业、学术方面的分量和能量；与此同时，我也为自己的这部本来(可能)缺少中国诺贝尔获奖作品的文学翻译专著型教材当时没能得以提交感到庆幸。如今，这部总共 20 章，洋洋洒洒 150 万字的文学翻译专著可以没有太大的遗憾地提交给出版社了。

3. 特色

迄今，本书与全国同类书籍相比，具有如下"十大特色"：

(1) 最全球化——重点推中国文化走出去。专辟章节讨论获诺贝尔文学奖作品《红高粱》葛浩文英译本之创意、遍销全球"奇书"《狼图腾》葛浩文英文版之创译；研究双语大家林语堂、谭恩美用英文之直接创写；借鉴世界科幻名家索耶英文母语之创造。

(2) 最强译者——均位于全球汉英翻译顶尖者之林，诸如林语堂、庞德、葛浩文、霍克斯、闵福德、杨宪益、戴乃迭、许渊冲、白芝、魏莉莎，等等；还有著名学者、专家加入——钱锺书、卞之琳、朱生豪、夏济安、英若诚、金隄、萧乾、张培基、白先勇，等等。

(3) 最全体裁——"七分法"。文学体裁一般是"四分法"或"五分法"，此处提供的是文学体裁"七分法"("第八体裁"——影视文学体裁主编已有专著出版[1])，即共七大类体裁(genre)：散文(含各种主题、译法细分等)、小说(含长篇、中篇、短篇、微型等)、戏剧(含话剧、京剧、元剧、明剧等)、诗歌(含古代和现当代等)、对联(含各类长短

---

1 即《基础影视翻译与研究》(陈刚等，浙江大学出版社，2013)，属"新世纪翻译学 R&D 系列著作"。

楹联，包括一字联及 190 字的最长楹联等）、传记(含历史传记、文学传记、自传、他传等) 以及歌曲(含英汉/汉英双向译配等)。若算 subgenre，全书不会少于 20 种。

(4) 最多主题——数十种，诸如科幻主题、山水主题、魔幻主题、历险主题、青少年主题、情爱主题、草根主题、政治主题、豪放主题、婉约主题、花间主题、喜剧主题、官司主题、武侠主题、惊悚主题等，详见目录及各单元、章节。

(5) 最富理论——不少于 **45** 种理论视角，既传统亦现代之对等/对应之概念视角不少于 **125** 种，几乎涵盖应用型中西译论，也包括指导性纯理论和跨学科理论，注重理论指导之有效性。本书重视理论，其中一大原因是：单一地实践，一来容易流于“个性化”翻译之倾向，有失“公允”；二来非常单调，缺乏完整性、可读性、学术性和挑战性，因为实践本身不是翻译之全部；三来实践结合理论一定是本书的一个不可动摇的高度，有识之士是不会仅仅满足于“纯实践”的。

(6) 最全译法——不少于 **50** 种，几乎涵盖应用型翻译策略、方法、技巧等，强调有用、实用、管用等“三用”。

(7) 最多自译——指提供现成译文和自创译文之比例，外加不少改译、重译，这样的比例高于诸多文学翻译教科书。

(8) 最为开放——与时俱进，不忌讳“意识形态”，健康地、勇敢地、学术地引入涉政涉性 ST 与 TT，并展现式地介绍改写原则、策略和方法。

(9) 最为幸运——赶上莫言获诺贝尔文学奖而辟专章详细讨论“创作、翻译、译写中国”这个伟大题目。

(10) 最新理念——不仅涉及传统上必不可少、习以为常的“高大上”、“白富美”之“阳春白雪”及其译作，而且特别引入、推荐“接地气”的所谓“二三流”的“下里巴人”及其翻译，强调文学翻译实践从练习翻译“打油诗”[1]开始。

---

[1] 不仅仅指“打油诗”本身，而是指一种理念，即从最基础做起，从翻译“下里巴人”开始；不要好高骛远，不要只谈名著翻译，否则大多数学生势必感到“阳春白雪”“高不可攀”。结果造成一二流作品无法译，三四流作品也译不好。特别指出的是：未必儿童文学好译，它也许其实远远难于成人文学！

4. 初衷

之所以敢为《文学多体裁翻译》这部巨著，可以追溯至本人读高中的 20 世纪 70 年代中。当时本人的英语教师是归国华侨，其全英文授课的做法，在当时非常罕见(起码在杭州吧)。高中一年级第一节英文课，这位老师满口英文，连解释都"舍不得"使用半个汉字，即便是引用英文版的毛泽东语录("团结，紧张，严肃，活泼")、毛泽东诗词("一万年太久，只争朝夕")，也不把原诗用汉语读一遍——这可把全班给镇/震住了(算是一个"下马威")，好在笔者有些积累，所以老师大人在台上"滔滔不绝"，小生自己在台下"窃窃私译"，作为时任班长没有给本班丢面子(而兄弟班却"全军覆没")。在当时所有浙江省暨杭州市的中等学校，这位教师的英文水平估计一定名列前茅，遇上这样的老师，也真是"天意"。

由于其英文水平高，本人就把自己灵感驱动下完成的自创即兴短诗英译或《战地新歌》部分歌词英译，拿去给老师看，并请求修改。

也由于自己的译诗译词能够得到老师的鼓励(当然还存在诸多不足)，自己会在"文革"期间(1966－1976)和考入大学("1977 级")之前，购买京剧样板戏的英译本，如《智取威虎山》、《沙家浜》等；购买革命电影、话剧剧本的英译本，如《闪闪的红星》、《于无声处》等；购买革命题材小说英译本，如《海岛女民兵》、《暴风骤雨》等；购买毛泽东、鲁迅著作的英译本，如《毛主席语录》、《毛泽东诗词》、《毛泽东选集》(四卷)、《鲁迅诗歌选》等；购买儿童文学作品的英译本，如《半夜鸡叫》、《树上的鸟儿叫了》等。当时能够购买这些比较昂贵的外文版书籍，也多亏父母的支持——这难道不是又一种"天意"吗？

主编在 20 世纪 70 年代后期读大学外文系前，就有缘、有幸、有勇气接触小说、诗歌、戏剧、电影、歌曲等汉英译本；而在读大学期间，学校又"奇迹般"地增设了由美国教师主讲的颇具"研究生难度"的纯正英美文学课。外教手捧《辞海》般厚度的全球权威性的《诺顿英国文学选集》、《诺顿美国文学选集》[1](包括庞德的唐诗英译本)，令

---

1 即 *Norton Anthology of English Literature* 和 *Norton Anthology of American Literature*，英语文学专业(硕博)研究生必读。

师生们"目瞪口呆"；后从事国际旅游一线工作时，有"特权"接触当时大学老师们难以接触到、购买到在海外出版的英文原著、译著。所以，自己21世纪第一年在大学(全面)开始教授诸文学体裁翻译时，就有编著一本各种文学体裁翻译的书之愿望、欲望及冲动——教科书也好，专著也好，一定要"诺顿式"的厚度。总之，该书要对全方位的现代文学翻译教学、实践、研究有新的用处。当然，我们不是为"厚"而"厚"，以文字多取胜，而是"水到渠成"、"瓜熟蒂落"。读者不妨自我判断，验收一下书中是否含有什么 redundancy。

5. 教研

本着上述"十大特色"，我们的文学翻译教学(研究)始于本人单个地教(研)，发展到如今团队教(研)，发挥教师们的不同文学体裁翻译之特长，形成一个最佳团队组合，给学生们提供最佳教学服务。

也正因为如此，我们一改"应试型"的教学、科研理念，每章提供的【焦点问题探讨】或【研究与实践思考题】一改传统的提供"标准答案"的模式，代之以"参考答案及指南"。这样可鼓励学生读者独立自主、自力更生地去学习、去实践、去研究，而不是像过去那样看看参考答案，答答题目，上交作业，以求高分……

原则上，本书只是在学生不方便找到"现成"答案的情况下，才在"参考答案及指南"部分有条件地提供答案。其余部分，全部"指令"学生自己找"答案"，因为很多文学名著都有多种译本，诸如《诗经》、《唐诗三百首》、《宋词三百首》、《元曲三百首》，名作者的散文、小说、剧本等，均有中外名家名译可资借鉴。然而，我们始终鼓励学生自己翻译，主编自己也是从小不畏"权威"，敢作敢为，只有这样才有可能脱颖而出。

我们特别鼓励学生就翻译练习、思考题主办 translation workshop 和 translation seminar。

6. 成效

我们使用了该教材的电子版初稿带来哪些成效呢？答曰：教有方，学有效。

就**翻译竞赛**而言，我们的本科生可以在全国及海外影响力最大的翻译竞赛(如"韩素音杯全国翻译大赛")中荣获汉译英第一名；我们的本科生可以在全国具有代表性的"语言桥杯"翻译竞赛中拔得头筹。必须一提的还有：我们翻译专业的部分学生能够直接使用古汉语来进行散文的英译汉。我曾经咨询过在全国科研水平领先的本校中文系古籍研究所的部分老师，他们本人都不一定能够如此运用古汉语，尤其是中青年老师。

就**科学研究**而言，我们的本科生可以写出本科"全省百篇优秀论文"，其主题是在德国功能派理论指导下的歌曲译配；我们的翻译研究生可以跟导师合作在全国外语一级、核心期刊杂志上发表戏剧翻译、诗歌翻译的高质量论文。

就**翻译实践**而言，我们的优秀翻译研究生英译散文质量可以超越重点外国语学院资深外语/翻译教授的同篇散文英译；我们那些偏爱小说翻译的研究生可以主译国际获奖的英文小说并出版；他们跟老师们合作参译文化、文学翻译出版物的不在少数。

就**教研效果**而言，我们的教研目的不是为了获奖、出名、功利，而是像发展体育运动那样，其最终目的是增强全民体质，而不是争金夺银。我们会定期举办"翻译作坊"和"翻译主题研讨会"，就不同体裁的文学翻译从实践、理论、方法、批评、调研等角度进行讨论、评估，课上课下相结合，鼓励学生掌握文学翻译及其研究的真才实学，喜爱文学，爱好文学翻译，全面提高自己的综合素质修养——做到对文学翻译的"感性、理性、知性"与"知之、好之、乐之"。一句话，把文学翻译作为自己的一项事业，起码是作为排行第一的业余爱好。

7. 致谢

有鉴于此，本书的撰写，除了直接参编者外，还跟"文学翻译与接受美学研讨团队"召集人及成员们的贡献是分不开的，没有多年的、持之以恒的 workshop 和 seminar，我们大部头推出《文学多体裁翻译》就没有如此信心满怀。

首先，我们应提及该书编写委员会(名单顺序按照著书贡献大小排列)。(总)主编、主审陈刚负责全书的策划、创意、设计、构思及编排，更有主笔、撰写、修改、补充、加工所有七大体裁(含撰写"导引篇"及提供署名自译文本),即诗歌、楹联、戏剧、歌曲、传记、小说、散文等;陈刚、黎根红、胡燕娜、金弈彤、王欣负责部分传记、诗歌、戏剧等体裁;陈芙、叶舒佳、陈刚等负责散文体裁;陈刚、时波、魏李隼、单春燕、樊晓朴、周望月、高思飞、陈芙等负责小说体裁。

其次,编写委员会要特别感谢"文学翻译与接受美学研讨团队"召集人及部分团员,他们虽然大都不是执笔人,但十多年来先后为有关体裁翻译案例研讨做出了贡献(我们没有忘记他们),按照体裁排列是——**小说**:陈刚、曲夏瑾、霍小佳、谭晶、金漫青、张婷婷、王玉婷、金凯、许维腾;**戏剧**:陈刚、何婷;**诗歌**:陈刚、金敏芳;**传记**:陈刚、郑冉冉;**歌曲**:陈刚、金荔。研讨团队名单中,除了召集人陈刚需再度提及之外,其他参编者就不再重复提及。当然,还有部分不定期参加或者旁听研讨会者,恕不一一在此提及。特此说明。

对出版社之感谢,详见本书"后记"。

8. 建议

最后,我们将就如何进行诸体裁文学翻译教学及科研提出建议。由于书的内容相当丰富多彩并极具特色,老师及学生完全可以根据自己学校专业的具体情况进行内容选择——教授什么,省略什么,增补什么,调整什么等。我们教授文学多体裁翻译的比较完整的总体计划及课时是(虽然计划安排始于研究生,但**我们的"本"和"魂"还是应放在本科生上**。因为万丈高楼平地起,他们是基础之基础,重中之重。计划及课时则从需时最长的 MTI 排起[1]):

- **总体计划**:全部 7 大体裁;
- **总体课时**:全部 96 课时。

以下是依据不同标准、要求及专业设置情况所制定的 12 种教学计划和课时安排:

新世纪翻译学 R&D 系列著作

---

[1] DTI(或翻译学方向的 PhD)只要围绕主攻方向研读、讨论及授课(需"加码")即可,自学亦可。

◆新世纪翻译学 R&D 系列著作

(1) 96 课时 ＋7 大体裁。

翻译专业[MTI]	96 课时/24 周(每周 1 次 4 节课)
引论+散文单元	4 周(16 课时): 6 章主要内容(自定)
小说单元	4 周(16 课时): 4 章重要内容[1](自定)
戏剧单元	4 周(16 课时): 5 章基本内容(自定)
诗歌单元	4 周(16 课时): 2 章主要内容(自定)
对联单元	2 周(8 课时): 1 章主要内容(自定)
传记单元	4 周(16 课时): 1 章主要内容(自定)
歌曲单元	2 周(8 课时): 1 章主要内容(自定)

(2) 88 课时 ＋7 大体裁。

翻译专业[MTI]	88 课时/22 周(每周 1 次 4 节课)
引论+散文单元	4 周(16 课时): 6 章主要内容(压缩自定)
小说单元	4 周(16 课时): 4 章重要内容(压缩自定)
戏剧单元	4 周(16 课时): 5 章基本内容(压缩自定)
诗歌单元	4 周(16 课时): 2 章主要内容(压缩自定)
对联单元	2 周(8 课时): 1 章主要内容(压缩自定)
传记单元	4 周(16 课时): 1 章主要内容(压缩自定)
歌曲单元	可跟"对联单元"对调，内容自行调整

(3) 80 课时 ＋7 大体裁。

翻译专业[MTI]	80 课时/20 周(每周 1 次 4 节课)
引论+散文单元	4 周(16 课时): 6 章主要内容(压缩自定)
小说单元	4 周(16 课时): 4 章重要内容(压缩自定)
戏剧单元	3 周(12 课时): 5 章基本内容(压缩自定)
诗歌单元	4 周(16 课时): 2 章主要内容(压缩自定)
对联单元	1 周(4 课时): 1 章主要内容(压缩自定)
传记单元	4 周(16 课时): 1 章主要内容(压缩自定)
歌曲单元	可跟"对联单元"对调，内容自行调整

---

1 "重要内容"特指老师自定内容中的某些学术倾向/偏向，比如老师偏爱、多教一些莫言获奖作品或魔幻小说、儿童小说等。建议把"微型小说"的翻译作为重点来教，老师可自行补充英译汉微型小说素材。

(4) 72 课时 ＋7 大体裁。

翻译专业[MTI]	72 课时/18 周(每周 1 次 4 节课)
引论+散文单元	3 周(12 课时)：6 章主要内容(压缩自定)
小说单元	4 周(16 课时)：4 章重要内容(压缩自定)
戏剧单元	3 周(12 课时)：5 章基本内容(压缩自定)
诗歌单元	4 周(16 课时)：2 章主要内容(压缩自定)
对联单元	1 周(4 课时)：1 章主要内容(压缩自定)
传记单元	3 周(12 课时)：1 章主要内容(压缩自定)
歌曲单元	可跟"对联单元"对调，内容自行调整

(5) 68 课时 ＋7 大体裁。

翻译专业[MTI]	68 课时/17 周(每周 1 次 4 节课)
引论+散文单元	3 周(12 课时)：6 章主要内容(压缩自定)
小说单元	3 周(12 课时)：4 章重要内容(压缩自定)
戏剧单元	3 周(12 课时)：5 章基本内容(压缩自定)
诗歌单元	3 周(12 课时)：2 章主要内容(压缩自定)
对联单元	1 周(4 课时)：1 章主要内容(压缩自定)
传记单元	4 周(16 课时)：1 章主要内容(压缩自定)
歌曲单元	可跟"对联单元"对调，内容自行调整

(6) 60 课时 ＋7 大体裁。

翻译专业[MTI]	60 课时/15 周(每周 1 次 4 节课)
引论+散文单元	3 周(12 课时)：6 章主要内容(压缩自定)
小说单元	3 周(12 课时)：4 章重要内容(压缩自定)
戏剧单元	2 周(8 课时)：5 章基本内容(压缩自定)
诗歌单元	3 周(12 课时)：2 章主要内容(压缩自定)
对联单元	1 周(4 课时)：1 章主要内容(压缩自定)
传记单元	3 周(12 课时)：1 章主要内容(压缩自定)
歌曲单元	可跟"对联单元"对调，内容自行调整

(7) 58 课时 + 7 大体裁。

翻译专业[MTI]	58 课时/14.5 周(4 节课×14 周+2 节)
引论+散文单元	3 周(12 课时): 6 章主要内容(压缩自定)
小说单元	3 周(12 课时): 4 章重要内容(压缩自定)
戏剧单元	2 周(8 课时): 5 章基本内容(压缩自定)
诗歌单元	2 周(8 课时): 2 章主要内容(与对联合并)
对联单元	1.5 周(6 课时): 1 章主要内容(与诗歌合并)
传记单元	3 周(12 课时): 1 章主要内容(压缩自定)
歌曲单元	可跟 "对联单元" 对调，内容自行调整

(8) 54 课时 + 7 大体裁。

翻译专业[MTI/MA]	54 课时/13.5 周(4 节课×13 周+2 节)
引论+散文单元	3 周(12 课时): 6 章主要内容(压缩自定)
小说单元	3 周(12 课时): 4 章重要内容(压缩自定)
戏剧单元	2 周(8 课时): 5 章基本内容(压缩自定)
诗歌单元	2 周(8 课时): 2 章主要内容(与对联合并)
对联单元	1.5 周(6 课时): 1 章主要内容(与诗歌合并)
传记单元	2 周(8 课时): 1 章主要内容(压缩自定)
歌曲单元	可跟 "对联单元" 对调，内容自行调整

(9) 54 课时 + 7 大体裁[1]。

翻译专业[BTI/BA]	54 课时/13.5 周(4 节课×13 周+2 节)
引论+散文单元	3 周(12 课时): 6 章基本内容(压缩自定)
小说单元	3 周(12 课时): 4 章重要内容(压缩自定)
戏剧单元	2 周(8 课时): 5 章基本内容(压缩自定)
诗歌单元	2 周(8 课时): 2 章主要内容(与对联合并)
对联单元	1.5 周(6 课时): 1 章主要内容(与诗歌合并)
传记单元	2 周(8 课时): 1 章基本内容(压缩自定)
歌曲单元	可跟 "对联单元" 对调，内容自行调整

---

1 此 BTI/BA 教学计划与课时安排跟 MTI/MA 相衔接，老师要注意内容的深浅及区分度。

(10) 52 课时 ＋7 大体裁。

翻译专业[BTI/BA]	52 课时/13 周(4 节课×13 周)
引论+散文单元	3 周(12 课时)：6 章基本内容(压缩自定)
小说单元	3 周(12 课时)：4 章重要内容(压缩自定)
戏剧单元	2 周(8 课时)：5 章基本内容(压缩自定)
诗歌单元	2 周(8 课时)：2 章主要内容(与对联合并)
对联单元	1 周(4 课时)：1 章主要内容(与诗歌合并)
传记单元	2 周(8 课时)：1 章基本内容(压缩自定)
歌曲单元	可跟"对联单元"对调，内容自行调整

(11) 48 课时 ＋7 大体裁[1]。

翻译专业[BTI/BA]	48 课时/16 周(每周 1 次 3 节课)
引论+散文单元	3 周(9 课时)：6 章主要内容(压缩自定)
小说单元	3 周(9 课时)：4 章重要内容(压缩自定)
戏剧单元	3 周(9 课时)：5 章基本内容(压缩自定)
诗歌单元	3 周(9 课时)：2 章主要内容(与对联合并)
对联单元	1 周(3 课时)：1 章主要内容(与诗歌合并)
传记单元	3 周(9 课时)：1 章主要内容(压缩自定)
歌曲单元	可跟"对联单元"对调，内容自行调整

(12) 32 课时 ＋7 大体裁。

翻译专业[BTI/BA]	32 课时/16 周(每周 1 次 2 节课)
引论+散文单元	3 周(4 课时)：6 章主要内容(压缩自定)
小说单元	3 周(6 课时)：4 章重要内容(压缩自定)
戏剧单元	2 周(4 课时)：5 章基本内容(压缩自定)
诗歌单元	3 周(4 课时)：2 章主要内容(与对联合并)
对联单元	1 周(2 课时)：1 章主要内容(与诗歌合并)
传记单元	4 周(4 课时)：1 章主要内容(压缩自定)
歌曲单元	可跟"对联单元"对调，内容自行调整

1 第(11)和(12)的课时安排主要是针对 BTI/BA 的，MTI/MA 亦可采用，只需自行制定教学计划。

　　以上这 12 种教学计划和课时安排都不是一成不变的，需要授课教师的整体宏观把握和微观调整、搞活。据此，我们**对师资的要求是相当高的**。以下几点关于师资、教学的原则(思路)仅供参考：

● 文学翻译实践及相关理论(含跨学科理论)最好两者比较平衡；

● 文学翻译实践能力比较突出，理论水平可以不断有待提高；

● 能力导向，有高学历最好(要跟能力匹配)，但不拘一格降人才；

● 目前还活跃在文学翻译教学、实践第一线的师资；

● 聘请文学翻译实践家授课或做讲座；

● 课后的翻译实践任务布置至关重要，任课教师和担任助教的 MTI 或/和 MA(翻译学方向或文学方向偏爱文学翻译者)研究生一定要批改、讲评作业。

● 授课教师要把"导引篇"上好，尤其是第二章。高度重视翻译实践不言而喻，但理论教学千万不要偏废，一定要坚持实践研究。

● "实践篇"因量大，具体安排与把握还得"因人而异"、"因校而异"、"因专业而异"。

● 总之，讲究原则性与灵活性的有机结合，关键还是看成效。

● 对上述做法进行积极、主动的 teaching-based research 和 learner-oriented research。

　　顾名思义，"前言"是写在全书前面的话，也是说在前面的话，更应是老师们自己首先应弄明白、再身体力行的话。我们的文学之源、翻译之根在中国，但全球化召唤中国积极投入"环球同此凉热"愿景的实现。因此，我们要站稳脚跟，放眼全球。

　　各位老师、同学、同行、文学翻译的爱好者，让我们团结一致，共同努力，为最终翻译中国、译好中国、讲好中国故事，加快中国文学加入世界文学大家庭之进程而拼搏、奋斗！

　　加油！

陈　刚

2014 年国庆节于古荡新诺贝尔文学奖揭晓前夕

上编

导引篇

顾名思义，文学（多体裁）翻译是指文学翻译实践。因此，文学翻译重在实践，道理不言自明。所谓"大道至简"（Great truths are simple/All great truths are simple in the last analysis），强调做好文学翻译，其实践之至关重要，更是我们的开宗明义第一章。

当然，上述仅为我们讨论文学翻译的一个方面，尽管是最为重要的方面。

学好文学翻译的另一方面——似乎是"次要方面"，但在 BTI、MTI 乃至今后的 DTI 教育过程中，（适当/合理地）强调或突出相关（翻译及其他跨学科）理论的重要性，也是不可或缺的。这也是需要开门见山的重要环节。

作为一名优秀的 BTI/MTI/DTI 生，不仅要首先强于（专业/社会）实践，而且对理论修养也不能偏废。

有鉴于此，在"导引篇"中，我们的主要篇幅显然应该是实践，但与此同时，合理并有效地运用相关理论，理应是相辅相成、相得益彰的好事。

为方便读者事先有所针对性地阅读此书，我们特地将 BTI/MTI/DTI 生应该了解、认知、研究、掌握的翻译理论（论说）/翻译法约 45 种，简列如下（排名不分先后）。由于这 45 种理论/学说或方法（论）反映出起码是 45 种不同的实践视角（practical perspective）和/或理论（学术/批评/研究）视角（theoretical/academic/critical/research perspective），虽然它们在意义或说法上有部分重叠，但它们会对读者带来不少有益的启示：

(1) 改写论;   (2) 意识形态论;

(3) 诗学论;   (4) 赞助人论;

(5) 语境论;   (6) 关联论;

(7) 意象论;   (8) 交际论;

(9) 意境说;   (10) 境界说;

(11) 接受美学;   (12) 读者反应论;

(13) 文本分类法;   (14) 功能理论;

(15) 目的论;   (16) 风格论;

(17) 活对法；　　　　　　(18) 形式对等法；

(19) 动态对等法；　　　　(20) 功能对等法；

(21) 陌生化；　　　　　　(22) 语义法；

(23) 交际法；　　　　　　(24) 直接翻译法；

(25) 间接翻译法；　　　　(26) 跨文化交际论；

(27) 语域论；　　　　　　(28) 话语论；

(29) 格式塔论；　　　　　(30) 归化论；

(31) 异化论；　　　　　　(32) 主体论；

(33) 文体论；　　　　　　(34) 多元系统论；

(35) 互文性论；　　　　　(36) 三美论；

(37) 三似论；　　　　　　(38) 三知论；

(39) 三化论；　　　　　　(40) 创译论；

(41) 直译法；　　　　　　(42) 意译法；

(43) 音译法；　　　　　　(44) 综合法；

(45) 整体法；　　　　　　……

总之，"导引篇"强调两大层面的意思：

其一，An ounce of practice is worth a pound/ton of theory. （一分实践当得十分理论。）

其二，Theory can offer enlightening, guidance and creative education. （理论可以提供启迪性、指导性和创新性教育。）

Chapter 1

文学翻译是实践的艺术

1.1　文学翻译重在实践

我们在《翻译学入门》(陈刚，2011)中已经从感性认识和理性认识的不同阶段搞清楚"翻译学"(Translation Studies)是一门关于翻译的科学或学科，尤其是一门特别强调实践的学科(practice-based discipline)，有关研究更注重基于实践的研究(practice-based research)，而翻译(translating/translation)则是涉及语际间、符际间的一项转换活动或实践。该项活动或实践不仅会涉及语言本身的问题，同时也会涉及语言外的问题，诸如社会、文化、政治、意识形态、读者、出版商等。

既然翻译是一项活动或实践，它就有过程(the translating/translation process)和结果(translation/product)。因此，翻译或译作是实践的结果，而不是靠理论"说"出来的。这好比分娩是妇女实际生产孩子，而不是坐而论道。

真正的译者(或翻译家)是用"手"说话的！不是纸上谈兵的翻译赵括。文学翻译好比马良，手中握着一支进行语言、文化转换的神笔，能把不同民族的文化、文学宝典、梦想、蓝图变成文字/文学现实，展现给本民族读者和其他不同国家民族的读者。

那如何才能译出文学作品来呢？如何才能译出高水平的文学作品来呢？回答只有四个字——**重在实践**。

文学翻译是实践的艺术。其实践，是对现实中文学翻译存在的问题的正视、思考和解决；其艺术，是通过不断的文学翻译实践而达到某种"境界"或"高度"的具有创造性的方式、方法。

1.2　作为实践艺术的文学翻译

我们已在《翻译学入门》中把文学翻译的定义做了初步的阐释。

【定义一】从实践的角度简而言之，文学翻译指涉及文学体裁或题材的翻译。换言之，"Literary translation is the work of literary translators"

(Baker, 2004: 127)。广义的文学翻译（实践）包括对所有涉及文学语言的翻译，并不局限于文学体裁。不少文体/本中常常出现诗歌、散文、楹联和古文的引用或创造。如政治家的演讲文本、商品推销、旅游宣传广告、名胜古迹介绍、诗情画意的导游辞等。（陈刚，2011: 210）

由于文学翻译是实践的艺术，从深层次的定义出发，我们以为文学应在想象力、创造性、艺术性、思想性、真实性（艺术的、社会的、细节的）等方面具有价值，所以文学翻译更为具体、贴切的定义应该是【定义二】至【定义四】（下画线均为笔者所加）。

【定义二】文学的翻译是用另一种语言，<u>把原作的艺术意境传达出来，使读者在读译文的时候能够像读原作时一样得到启发、感动和美的享受</u>。（茅盾，1954；引自罗新璋、陈应年，2009: 575）

曾有学者如此评价该定义："这一定义的积极意义在于，它突出了文学翻译的特殊性，并且把读者的反应作为衡量翻译效果的依据，提高了人们对文学翻译的特殊性和读者反应的认识。"（郑海凌，2000: 36）但他却批评该定义"有明显的缺陷，主要是'艺术意境'这一概念给人一种不确定的感觉。艺术意境是很抽象的东西，一般译者对艺术意境的概念不甚了解，并且不是所有的文学作品都有意境（例如一般的侦探小说就很难说有意境）。即便是有意境的原作，那么传达原作的艺术意境也让人无从下手，不知该怎样把握它。因此，这一定义与文学翻译的实际情况不大相符"（同上：36-37）。

郑海凌基本否定了茅盾先生对文学翻译所下的定义，其观点可谓似是而非。

首先，否定翻译可以传达意境，就是否定用源语创作的文学作品可以传达意境。何为意境——最早称为"境界"？即使我们大家都吃透了王国维《人间词话》所论及的"境界"，也会对此见仁见智。境界是一种很微妙的感觉，这好比一千个读者就有一千个哈姆雷特。境界通常指"事物所达到的程度或表现的情况"（《现代汉语词典》[第6版]），亦特指诗、文、画等的意境，即"文学艺术作品通过形象描写表现出来的境界和情调"（同前）。读一篇像"荷塘月色"这样的美文，欣赏一首婉约派宋词，文中那感人的细节描绘，词句中那拨动心灵的阴柔之美，都会引起读者对自然的热爱和对爱情生活的向往，文人们进而想用笔去提炼生活，去抒写心中的感受。由此产生的文学灵感或冲动，便会创作出有境界/意境的作品。能够领悟意境并具备双语转换能力的译者，也完全可以用目标语多少(再)创造出(另)一种(新)的意境。

其次，任何文学作品都是有意境的/境界的。侦探小说也不例外。雷蒙德·钱德勒(Raymond Thornton Chandler，1888－1959)是美国著名推理小说作家，甚至被许多人视为传统冷硬派私家侦探小说(the hard-boiled school of detective fiction)的创始人之一。他的创作风格，对现代推理小说有着深远的影响，在过去 60 年间为相当多的同行所采用。钱德勒的主角，菲力普·马洛(Philip Marlowe)，成了传统冷硬派私家侦探的同义词。钱德勒在为自己的短篇小说集《找麻烦是我的职业》(*Trouble Is My Business*，1950)作序时写下这样一段话："没有犯罪小说和侦探小说的'经典之作'，一部都没有。在经典作品本身的参照系中——此乃唯一品评作品的标准，经典之作应该是一件用尽其自身的一切形式，几乎无人可以超越的作品。迄今，还没有一部侦探小说或故事达到那个境界，接近那个境界的也微乎其微。"[1]没有人会否认钱德勒的论点，同样也没有人否认他的作品称得上是有境界的经典之作。

再次，同样是侦探小说，其意境也是不同的，因为有不同的流派，如英国式的、美国式的、日本式的，还有中国式的。比如 20 世纪 20 年代末期，美国出现了一种"反传统侦探小说"——"硬汉派"侦探小说。这类小说描写艰苦的环境和打斗场面，在叙述故事和人物刻画上，与传统的侦探作品都有很大的不同。这类作品在一定程度上反映了社会现实。

美国作家爱伦坡(Edgar Allan Poe，1809－1849)的作品没有精心设计的谜题，也没有跌宕起伏的情节，只有抽丝剥茧般严密的纯粹的逻

---

1 主编译自钱德勒的侦探小说集(mystery story)*Trouble Is My Business* 的"序"(Introduction)，详见 http://www.amazon.com/Trouble-My-Business-Raymond-Chandler/dp/0394757645#reader_B000FBFM3Y。

辑推理，这就是爱伦坡推理小说的意境。而在悬疑小说中，爱伦坡描写心理和制造诡异气氛的能力及其产生的意境也是无与伦比的，这是除他以外所有的西方侦探小说家都难以达到的境界。日本的少数侦探小说是有这样的意境的，但这多少出自于他们本身的文化。

最后，郑海凌可能以为只有"采菊东篱下，悠然见南山"这类抒情作品才是意境，其实，科幻小说、动画片都是有意境/境界的。跟海外比，中国的科幻小说、动画片就缺一些意境，甚至达不到起码的境界。

【定义三】文学翻译是文学创作的一种形式，在这里它同原作在创作中要表现生活现实这一功能相似。译者按照自己的世界观反映自己选择的内容和形式浑然一体的原作中的艺术真实。(加切奇拉泽，引自郑海凌，2000：37)

郑海凌(2000：37)批评"艺术真实"这一概念显得空泛，对于翻译实践来说，最终不能让译者真切地把握翻译活动的本质。

笔者认为译者试图在文学译作中反映"艺术真实"，不但不空泛，而且是努力奋斗的目标之一乃至全部。问题的关键是：**译者的目标语（母语和/或外语）的水平和能力是否能帮助其大致确保译作反映了艺术真实**。如果连这一点都做不到，那谈何翻译的创造与再创造？鉴于此，我们应为奈达等翻译学者及实践家提倡的却受到"无端攻击"的"等效论"、"动态对等"/"功能对等"、"读者反应论"、"归化论"等昭雪。以反问形式，一言以蔽之：如果译者(百分之百地)无法知道、无法判断、无法衡量双语受众对原文文本和译语文本的反应，如果译者无法做到百分之百的"等效"或"动态/功能对等"，如果一味坚持"归化"是所谓的"歧路"，那么译界为何要把翻译标准的首条定位"信"(faithfulness/fidelity)，此条定位"达"(expressiveness)呢？因为任何翻译(即使是语内翻译)都无法做到百分百之"信"和"达"——甚至夸张地说，无法做到百分之五十的"信"和"达"，因为你如何判断、裁定这个所谓的"信"和"达"？于是，我们是否得放弃这个人类社会发展中、全球化进程中不可或缺、无可替代的翻译？因为它无法做好？因为译者无法对自己的译文做出判断？回答显然是否定的。不管上述翻译思想、翻译理论是否"时髦"或"过时"，它们都是我们译者努力的方向和目标。这好比如何判断人类的或艺术的"真"、"善"、"美"以及"境界"，其标准中主观成分往往会大于客观成分，但它不影响人类对"真"、"善"、"美"及"境界"最高目标的追求，因为人类对它们还是有一个基本的(basic)、共同的(shared/common)、共通的(universal/mutually applicable)标准。这也就是为什么译界不少人"批评"、"反对"严复一百年前首倡的翻译标准三字经"信达雅"为何迄今岿然不动之原因所在。问题的关键是，我们要具备尽可能高超的双语、双文化水平及能力(bilingualism 和 biculturalism)，包括对源语及文化、目标语及文化的高度敏感性——这对达到翻译的高境界不可或缺。

　　针对国内翻译界、学术界的一些传统的、现仍然流行的"糊涂"的、"天真"的或"根深蒂固"的观点——比如把"功能语法"、"解构主义"、"后现代"以及近年问世的一些西方(翻译)理论奉若"神明"，浅尝辄止，囫囵吞枣，人云亦云，无视英汉翻译的简单事实，在一些学术杂志上大放厥词，混淆了译界视听，不断闹"天真烂漫"的翻译实践及理论的笑话，犯"讳疾忌医"的专业、学术错误，我们在此不得不特别引用列宁的一段话，作为对译界这些现象的学术批评："把显然愚蠢的思想加到论敌身上，然后加以驳斥，这是不大聪明的人惯用[1]的手法。"(列宁，1959：290)

　　我们还是引用加切奇拉泽的另一个定义：

　　【定义四】文艺翻译是创作的一种形式，没有译者对原作的积极态度，就谈不上创作。……译者对他所反映的艺术现实持积极态度……是完全理所当然的。[译作]在思想上、艺术上能够等值地再现原文，同时保留译者的创造个性。当然，译者的积极性是有限度的，一旦超出这个界限，就成了改写，成了自家的文学创作。

　　然而，在这里有个原则性问题，即两种创作个性相结合的问题。没有这种结合，就不可能有真正在艺术上等值的译作。如果说，原文

---

1 笔者特注：此处"惯用"亦有译为"使用"的。

中只存在一种个性，那么在译文中则有两种个性。这也可以说明，<u>原文的某些要素有时在译文中会有所改变，或消失</u>。(加切奇拉泽，引自蔡毅、段京华，2000：197)

分析【定义二】至【定义四】，我们很明白，文学翻译起码具有如下11个要素：

(1) <u>创作论</u>。即文学翻译是文学创作的一种形式。

(2) <u>境界说/意境说</u>。即译作要传达原作的意境。

(3) <u>读者反应论</u>。即读者在读译文的时候能够像读原作时一样得到启发、感动和美的享受。

(4) <u>功能论</u>。即译作同原作在创作中要表现生活现实这一功能相似。

(5) <u>译者的主体性</u>。即译者按照自己的世界观反映自己选择的内容和形式浑然一体的原作中的艺术真实。

(6) <u>(艺术的)真实性</u>。即译者按照自己的世界观反映自己选择的内容和形式浑然一体的原作中的艺术真实。

(7) <u>译者的积极性</u>。即没有译者对原作的积极态度，就谈不上创作。

(8) <u>创造个性说</u>。即译作在思想上、艺术上能够等值地再现原文，同时保留译者的创造个性。

(9) <u>有限的译者自由度</u>。即译者的积极性是有限度的，一旦超出这个界限，就成了改写，成了自家的文学创作。

(10) <u>两种风格论</u>。即原文中只存在一种个性，那么在译文中则有两种个性。

(11) <u>等值再现论</u>。即这种等值实为对等，是译者努力的目标。没有两种创作个性相结合，就不可能有真正在艺术上等值的译作。

把上述11种要素有机地结合，那译文势必会达到其应有的境界和高度。与此同时，我们可从中明白为何文学翻译是实践的艺术。

文学翻译的性质，是艺术，而不是科学。暂且不说文学翻译是否存在规律(迄今尚未证明)，它有许多超越规律的成分，一词多译、一句多译的现象属于正常。译者对翻译策略、方法的选择，对其中一种措辞和译文的选择，就需要在"目的论"关照下的艺术鉴别，况且文学翻译需要创意、再创造，这都跟美学素养、艺术功力息息相关。尽管不同的译文之间可以比出高下，甚至对错，而且可以引经据典、以理服人，但要做出所谓的(量化)科学分析，以简单划一的(句法学或功能语法)标准判断优劣，反而是不科学、不艺术的。(详见陈刚，2011：210-211)

　　上述 11 种要素，完全可以作为文学翻译的参考标准，与我们在《翻译学入门》第三章中讨论的学术观点完全一致。尽管翻译标准的制定和确定非常复杂，须综合考虑翻译性质、文本、文体、体裁、时空、语境、诗学、意识形态等多种因素，不能简单划一，以不变应万变，但是，文学翻译的属性是艺术，而艺术并不等于辞藻华丽，也许是鲁迅的白描。有鉴于此，笔者给文学翻译定的标准是：

　　1) 总体标准：信、达、雅(借用严复)。

　　2) 动态标准：功能/动态对等(借用奈达)。

　　3) 主观标准：艺术的直觉(笔者实践总结)。

　　4) 灵活标准：具体情况具体分析(笔者实践总结)。

(详见陈刚，2011：212-218)

1.3　英汉文学体裁简述

　　本书是理论与实践相结合但偏重实践的学术著作，其学术性完全基于翻译实践。因此，英汉文学体裁的介绍主要从实际出发，讨论常用文学体裁的翻译实践，但比一般的文学翻译书涉及的面和种类要多，所以取书名为《文学多体裁翻译》，当然不是，也不可能是"全体裁文学翻译"。这一来没有必要，二来也不可能包罗万象，因为到了 21 世纪，不少文学体裁早就过时或罕有涉及了，于是我们讨论的重点集中在当代常用文学体裁的翻译上。

1.3.1　文学概念回顾

　　本书重点讨论的"文学"显然不是人文社会科学的学科分类之一，

而是指以语言文字为工具借助各种修辞以及表现手法形象化地反映客观现实的艺术。

根据《辞海》（1999版），"<u>中外古代都曾把一切用文字书写的书籍文献统称为文学</u>。<u>现代专指</u>用语言塑造形象以反映社会生活，表达作者思想感情的艺术，故又称'语言艺术'。文学通过作家的想象活动把经过选择的生活经验体现在一定的语言结构之中，以表达人对自己生存方式的某种发现和体验，因此它是一种<u>艺术创造</u>，而非机械地复制现实。……优秀的作品又往往具有<u>普遍的社会意义</u>。文学的形象<u>不具有造型艺术的直观性，而需借助词语唤起人们的想象才能被欣赏</u>。这种形象的间接性既是文学的局限，同时也赋予<u>文学反映生活的极大自由和艺术表现上的巨大可能性，特别是在表现人物内心世界上，可以达到其他艺术所不可及的思想广度和深度</u>。"（下画线为笔者所加）

引文中，带有下画线的文字点出了文学概念的重要特色，下同。

根据 Oxford Concise Dictionary of Literary Terms，文学（literature）是：

a body of written works related by subject-matter (e.g. the literature of computing), by language or place of origin (e.g. Russian literature), or by prevailing cultural standards of merit. In this last sense, '<u>literature' is taken to include oral, dramatic, and broadcast compositions that may not have not been published in written form but which have been (or deserve to be) preserved. Since the 19th century, the broader sense of literature as a totality of written or printed works has given way to more exclusive definition based on criteria of imaginative, creative, or artistic value, usually related to a work's absence of factual or practical reference (see autotelic). Even more restrictive has been the academic concentration upon poetry, drama, and fiction.</u> Until the mid-20th century, many kinds of non-fictional writing—in philosophy, history, biography, criticism, topography, science, and politics—were counted as that body of works which—for whatever reason—deserves to be preserved as part of the current reproduction of meanings within a given culture (unlike yesterday's newspaper, which belongs in the disposable category of ephemera). (引自 Baldick, 2000: 124; 下画线为笔者所加)

autotelic: <u>having, as an artistic work, no end or purpose beyond its own existence</u>. The term was used by T.S. Eliot in 1923 and adopted by New Criticism to <u>distinguish the self-referential nature of literary art from didactic, philosophical, critical, or biographical works that involve practical reference to things outside themselves</u>: in the words of the American poet Archibald MacLeish, '<u>A poem should not mean / But be</u>'. A similar idea implied in the theory of the '<u>poetic function</u>' put forward in Russian Formalism. (引自 Baldick, 2000: 19; 下画线为笔者所加)

autotelic: (of an activity or <u>creative work</u>) <u>having an end or purpose in itself</u>(引自 *The New Oxford Dictionary of English*，下画线为笔者所加)

Literature (from Latin *litterae* (plural); letter) is <u>the art of written works</u>, and is not bound to published sources. The word *literature* literally means "acquaintance with letters" and the *pars pro toto* term "**letters**" is sometimes used to signify "literature," as in the figures of speech "arts and letters" and "man of letters."(引自 <u>http://en.wikipedia.org/wiki/Literature</u>，下画线为笔者所加)

经过对上述文学概念定义文字的分析、解读，我们不难发现：在广义上，中西对"文学"概念的解释大同小异；在狭义上，两者甚至几乎完全一致。

1.3.2 文学体裁分类

所谓文学体裁，是指文学的样式、文学作品的类别，可用多种标准来划分。根据《文学术语汇编》，genres 是："A term, French in origin, that denotes types or classes of literature. The genres into which literary works have been grouped at different times are very numerous, and the criteria on which the classifications have been based are highly variable."（Abrams, 2004: 108）

从历史的视角看，中西方对文学体裁的分类有着惊人的一致。

(1)二分法

"中国魏晋南北朝时期,曾将文学分为韵文与散文两大类。"(《辞海》)

这是因为我国古代曾根据文学作品语言运用的特点,以是否合韵,将文学作品分为"韵文"和"散文"两大类。

根据 WikiAnswer,"The two major classifications of literature are poetry and prose.

Poetry一(from the Greek 'poiesis' a making: a forming, creating, or the art of poetry, or a poem) is a form of literary art in which language is used for its aesthetic and evocative qualities in addition to, or in lieu of, its apparent meaning. Poetry may be written independently, as discrete poems; or, may occur in conjunction with other arts, as in poetic drama, hymns, lyrics, or prose poetry.

Prose一is the most typical form of written language, applying ordinary grammatical structure and natural flow of speech rather than rhythmic structure (as in traditional poetry). While there are critical debates on the construction of prose, its simplicity and loosely defined structure has led to its adoption for the majority of spoken dialogue, factual discourse as well as topical and fictional writing. It is commonly used, for example, in literature, newspapers, magazines, encyclopedias, broadcasting, film, history, philosophy, law and many other forms of communication." [1]

根据"百度百科",以亚里士多德在《诗学》中的"二分法"为代表,他依据文本模仿现实的手段区分了史诗、戏剧两大类。由于史诗是通过语言来模仿现实的,不像戏剧那样有音乐的介入,因此被看作严格意义上的文学类型。至于史诗的语言表现形式,可以是韵文,也可以是无韵的散文。[2]

在 Lyric (2009) 的著作中, Scott Brewster 指出:"In perhaps the best known classification, Aristotle divides genres into the epic, dramatic, and

---

1　详见 http://wiki.answers.com/Q/What_are_the_classification_of_literature#ixzz1kfq0mBiI。

2　详见 http://baike.baidu.com/view/8732.htm。

lyric, even he barely refers to the lyric in his *Poetics*. Lyric poetry is merely a minor component of tragedy, alongside plot, character, diction, reasoning and spectacle…Aristotle's silence makes lyric 'the problematic term in this triad'…since it remains unclear whether lyric is a mode of presentation of speech or an essential, 'natural' form."[1]

中西文学体裁二分法可归纳成如表 1-1 所示。

表 1-1　中西文学体裁二分法

大类分法	中国分法	西方分法(1)	西方分法(2)
二分法	韵文；散文	poetry; prose	epic; dramatic

(2)三分法

在我国文学史上，由于小说、戏剧成熟较晚，所以在文学体裁的分类理论上，相当长的一段时期内只分为诗歌、散文、神话三大类。

"三分法"主要发生在五四运动以后。就是把各种各样的文学体裁依据塑造形象的不同方式划分为三个大类：叙事类、抒情类、戏剧类。这种分类标准在外国相当流行，从亚里士多德到别林斯基都是采取这种分类法。（百度百科[2]）

"Since the writings of Plato and Aristotle…there has been an enduring division of the overall literary domain into three large classes, in accordance with who speaks in the work: *lyric* (uttered throughout in the first person), *epic* or *narrative* (in which the narrator speaks in the first person, then lets his characters speak for themselves); and *drama* (in which the characters do all the talking). A similar tripartite scheme was elaborated by German critics in the late eighteenth and early nineteenth centuries…and functions still in critical discourse and in the general distinction, in college catalogues, between courses in poetry, prose fiction, and drama."

(Abrams, 2004: 108)

---

1 详见 http://www.powells.com/biblio?isbn=9780415319560。

2 详见"百度百科"（http://baike.baidu.com/view/454693.htm）。

传统的中西文学体裁三分法可归纳成如表 1-2 所示。

表 1-2 中西文学体裁三分法

大类分法	中国分法	西方分法
三分法	诗歌；散文；戏剧/神话	lyric; epic/narrative; drama

(3)四分法

我国"四分法"将文学文本划分为诗歌、小说、散文、戏剧四大类，有的在此基础上增加影视文学。

《辞海》指出："现代通常分为诗歌、散文、小说、戏剧、影视文学等体裁。在各种体裁中又有多种样式。"

"四分法"就是把一切文学作品，根据它在形象塑造、体制结构、语言运用和表现方法等方面的不同的基本点，进行归纳分类，分别归入四个大类：诗歌、小说、散文、戏剧文学。这种分类法在我国比较普遍地被采用。在我国的文学发展过程中，诗歌、散文这两种体裁出现得最早，小说、戏剧是以后才逐步成熟起来的(世界各国文学的发展大体也是如此)。

"四分法"的长处归纳起来，主要有下列几点：

1)划分时不但注意到塑造形象的不同方式，而且也注意到体制上的差别，比较符合我国的传统习惯。在定名上比"三分法"具体，容易掌握，容易把它的名称同它的特点联系起来。

2)小说这种体裁从产生以后，发展很快，特别是近代以来，它在文学创作中占有很重要的地位。把它独立划分为一大类，符合文学创作的实际情况。

3)散文是一种很灵活的体裁，在我国文学发展历史中，有着光辉的传统和丰富的遗产。从先秦以来到"五四"以后，散文领域中出现了很多优秀名篇，产生了很多伟大的作家，把散文列为独立的一类，既符合文学创作的实际情况，也有利于批判地继承我国文学的优秀传统，繁荣社会主义的文学创作。(参见"百度百科")

在文学体裁的分类上，不论是"三分法"还是"四分法"，都只是相对的。因为，有些文学体裁在其形成和发展过程中，往往吸收了其他文学体裁的某些因素，因而形成了这一体裁和那一体裁互相交叉的情况。

这种现象在西方也同样出现。关于 genre 词条，《牛津文学术语词典》特别指出："Much of confusion surrounding the term arises from the fact that it is used simultaneously for the most basic modes of literary art (lyric, narrative, dramatic), for the broadiest categories of composition (poetry, prose fiction), and for more specialized sub-categories, which are defined according to several different criteria including formal structure (sonnet, picaresque novel), length (novella, epigram), intention (satire), effect (comedy), origin (folktale), and subject-matter (pastoral, science fiction)."(Baldick, 2000: 90-91)

英语文学中 genre 还有一个下位词 sub-genre，于是分法似乎比我们的更为灵活，但大类可以围绕着"三分法"与"四分法"之间。

"Genres are often divided into sub-genres. Literature, for instance, is divided into three basic kinds of literature, the classic genres of the Ancient Greece, poetry, drama, and prose. Poetry may then be subdivided into epic, lyric, and dramatic. Subdivisions of drama include foremost comedy and tragedy, while e.g. comedy itself has sub-genres, including farce, comedy of manners, burlesque, and satire.

Dramatic poetry for instance, might include comedy, tragedy, melo-drama, and mixtures like tragicomedy. This parsing into sub-genres can continue: "comedy" has its own genres, including, for example, comedy of manners, sentimental comedy, burlesque comedy, and satirical comedy.

Nonfiction can cross many genres but is typically expressed in essays, memoir, and other forms that may or may not be narrative but share the characteristics of being fact-based, artistically-rendered prose.

Often, the criteria used to divide up works into genres are not consistent, and may change constantly, and be subject of argument, change and challenge by both authors and critics. However, even a very loose term like fiction ("literature created from the imagination, not presented as fact, though it may be based on a true story or situation") is not universally applied to all fictitious literature, but instead is typically restricted to the use for <u>novel</u>, short story, and <u>novella</u>, but not <u>fables</u>, and is also usually a <u>prose text</u>. Types of fiction genres are <u>science fiction</u>, <u>fantasy</u>, <u>historical fiction</u>, <u>realistic fiction</u> and <u>mysteries</u>.

<u>Semi-fiction</u> spans stories that include a substantial amount of nonfiction. It may be the retelling of a true story with only the names changed. The other way around, semi-fiction may also involve fictional events with a semi-fictional character, such as Jerry Seinfeld."

（引自 http://en.wikipedia.org/wiki/Literary_genre，下画线为笔者所加）

表 1-3 是当代"四分法"文学体裁列表（仍为粗线条列法）。

表1-3　中西文学体裁四分法

大类分法	中国分法	西方分法
四分法	诗歌；散文；戏剧；小说	poetry; prose; drama; fiction

(4)七分法

中国文化，尤其包括中国的汉民族文学，要走向世界，"四分法"还远不够细致。有些独具中国特色的文学体裁/形式（如楹联/对联），我们要单列；有些在国内属于一种文学体裁（如传记），但在国外可能未必如此分类；还有许多中国古代的文学体裁（如赋、骈文），我们不在本书列入，作为文学翻译的对象。据此，我们可以把本书要讨论的文学体裁扩展至七种，即 genres，尚未包括 sub-genres（副体裁/分体裁）。表 1-4 是"七分法"列表。

表1-4　本书七分法

大类分法	体裁	本书分法
六分法	文学体裁 (literary genre)	诗歌；小说；散文；戏剧；对联；传记；歌曲

(5)细分法

在全球化进程中，文学在不断地发展，文学体裁也在不断地发展、演变，新的文学体裁会不断出现，文学体裁的分类必须与时俱进。目前"四分法"的体裁划分，已不能包括全部文学作品的样式。电影文学和电视文学(合称"影视文学"或"屏幕文学")，就未包括在内。有鉴于此，我们要对文学体裁进行细分。

所谓多体裁文学翻译，我们实际要讨论的不仅仅是 genres，而且还有不少是 sub-genres，尽管从(西方)学术角度看有些 sub-genres 可能"暂时"不属于文学(形式/分类)，但这并不影响成为我们文学翻译实践及其批评的对象。例如：

Literature is usually differentiated from popular and ephemeral classes of writing, and terms such as "literary fiction" and "literary merit" are used to denote art-literature rather than vernacular writing. Texts based on factual rather than original or imaginative content, such as informative and polemical works and autobiography, are often denied literary status, but reflective essays or belles-lettres are accepted. In imaginative literature criticism traditionally excluded genres such as romance, crime and mystery and the various branches of fantastic fiction like science fiction and horror, along with mainstream fiction with insufficiently elevated style, but the idea of genre has broadened and is now harder to apply as a border-line.

(引自 http://en.wikipedia.org/wiki/Literature，下画线为笔者所加)

口头文学形式/体裁等会作为本书讨论文学翻译的内容之一。这种文学体裁，中西方看法完全或趋于一致。例如：

The term **oral literature** refers not to written, but to oral traditions, which includes different types of epic, poetry and drama, folktales, ballads. However the use of this oxymoron is controversial and not generally accepted by the scientific community. Some prefer to avoid the etymological question using "oral narrative tradition", "oral sacred tradition", "oral poetry" or directly using epics or poetry (terms that do not necessarily imply writing), others prefer to create neologisms as <u>**orature**</u>.

（引自 http://en.wikipedia.org/wiki/Literature，下画线为笔者所加）

以下，根据书面（如秦亢宗，1995）、新媒体和个人搜集的资料，特整理出若干个文学体裁及副体裁的表格，供读者参考。不过，大多数文学体裁中具体文本的翻译不会在本书涉及，不少英译本曾由前辈翻译出版。

1) 中国古代文学体裁（表 1-5）。

表 1-5　中国古代文学体裁及英译文本概览

体裁名称	年代	代表作品	特点	英译文本	常见例证
(1)赋	战国	(见于)诸子散文、阿房宫赋(杜牧)	讲求文采、韵律，兼具诗歌和散文的性质	√	前赤壁赋(苏轼)
(2)骈文	汉魏	与朱元思书(吴均)	以四字六字相间定句，世称"四六文"；迁就句式，堆砌辞藻	√	滕王阁序(王勃)
(3)原	古代	原毁(韩愈)、原君(黄宗羲)	议论文体	待考	待考
(4)辩	古代	讳辩(韩愈)、桐叶封弟辩(柳宗元)	批驳一个错误论点，或辨析某些事实	待考	待考
(5)说	古代	马说(韩愈)、捕蛇者说(柳宗元)	与"论"无大异，所以后来统称说理辨析之文为论说文	√	师说（韩愈)
(6)论	古代	过秦论(贾谊)、六国论(苏洵)	论文文体	√	过秦论(韩愈)
(7)奏议	先秦	前后出师表(诸葛亮)	臣属进呈帝王的奏章的统称，包括奏、议、疏、表、对策等	√	前出师表(诸葛亮)

（续表）

体裁名称	年代	代表作品	特点	英译文本	常见例证
(8)序、跋	古代	史记·太史公自序(司马迁)、《指南录》后续(文天祥)	说明书籍著述或出版意旨、编次体例和作者情况的文章,亦可包括对作家作品的评论和对有关问题的研究阐发	√	《呐喊》(自序)(鲁迅)
(9)赠序	古代	送石处士序(韩愈)、送东阳马生序(宋濂)	古代送别各以诗文相赠,集而为之序的,称为赠序	待考	待考
(10)铭	古代	<u>柳子厚墓志铭</u>(韩愈)	古代刻在器物上用来警诫自己或者称述功德的文字,如座右铭、墓志铭等	√	陋室铭(刘禹锡)
(11)祭文	古代	祭妹文(袁枚)	在告祭死者或天地山川等神时所诵读的文章,体裁有韵文和散文两种	待考	待考
(12)杂记	古代	小石潭记(柳宗元)、登泰山记(姚鼐)、世说新语(由南朝刘宋宗室临川王刘义庆组织文人编写)	山川、景物、人事杂记;笔记文,以记事为主	√	梦溪笔谈(沈括)
(13)游记	古代	游褒禅山记(王安石)、三峡(郦道元)	描写旅行见闻的一种散文形式	√	岳阳楼记(范仲淹)
(14)童话	古代	精卫填海(源于《山海经》)、夸父逐日(《山海经》)、河伯招婿(源于干宝《搜神记》)	儿童文学的一种	√	柳毅传书、南柯一梦

（续表）

体裁名称	年代	代表作品	特点	英译文本	常见例证
(15)民间故事	古代	牛郎织女、孟姜女	群众口头创作口头流传，经过很多人不断地修改加工而形成的文学形式	√	梁山伯与祝英台、白蛇传
(16)寓言	古代	郑人买履（《韩非子》）	带有劝喻或讽谏性的故事	√	鹬蚌相争（《战国策》）、刻舟求剑（《吕氏春秋》）
(17)传说	古代	女娲补天、黄鹤楼的传说	长期在民间流传而形成的，带有某种传奇色彩和幻想成分的历史人物、历史事件或自然物貌的故事	√	大禹治水、刘三姐的传说、西湖的传说
(18)传奇	古代	（见于）唐、宋人用文言写的短篇小说，如《柳毅传》；（亦见于）宋元戏文，元人杂剧，明清戏曲	小说体裁之一，其情节奇特、神奇	√	还魂记（汤显祖）、桃花扇（孔尚任）

2) 中国诗歌（表 1-6）。

表 1-6　中国诗歌各年代体裁及英译文本概览

体裁名称	年代	副体裁名称	英译文本
诗（歌）	西周初年至春秋中叶五百多年	四言诗（《诗经》）	√
诗（歌）	战国后期	骚体/楚地的歌辞（《楚辞》）	√
诗（歌）	汉朝	赋：大赋、小赋（四言、六言为主）	√
诗（歌）	汉朝	乐府诗/乐/乐府民歌（杂言诗、五言诗）	√

（续表）

体裁名称	年代	副体裁名称	英译文本
诗（歌）	东汉末年(196－220)	建安诗歌(五言诗)	√
诗（歌）	魏晋南北朝	南北朝民歌(歌行体；南朝多五言四句；北朝多四言、七言、杂言)	√
诗（歌）	唐朝	唐诗(古体诗：五言诗、七言诗；近体诗：绝句、律诗，有五言和七言之分)	√
诗（歌）	宋朝(始于唐，定型于五代)	宋词(曲子词、乐府、乐章、长短句、诗余、琴趣等)	√
诗（歌）	元朝	元曲，即元杂剧和散曲(蕃曲、胡乐、小令、带过曲、套曲、小调、词余、乐府)	√
诗（歌）	明朝、清朝	明清诗	√
诗（歌）	现、当代诗	白话诗(主要流派：新国风、"五四"诗歌、新月派、现代派、九叶派、朦胧诗、中间代、新生代、湖畔派等)	√

3) 中国散文。

该部分有"中国散文各年代体裁总数"（表 1-7）、"中国古代散文分类及英译文本概览"（表 1-8）、"中国现代散文分类及英译文本概览"（表 1-9）等。

表 1-7 中国散文各年代体裁总数

体裁名称（古现代）	副体裁名称（古现代）	总数
散文	可纳入散文范畴的所有副体裁	(不少于)45 种

表 1-8 中国古代散文分类及英译文本概览

古代散文发展年代	散文分类	代表作品	英译文本
从殷商至清末	叙述性、抒情、哲理、议论性等四大类散文	见下	已有(部分)
先秦散文	诸子散文；历史散文	论语、孟子、庄子；左传	已有(部分)

（续表）

古代散文 发展年代	散文分类	代表作品	英译文本
两汉散文	传记散文；书、记、碑、铭、论、序	史记；汉赋四大家的作品	已有(部分)
魏晋南北朝散文	骈文等多种散文	洛神赋、兰亭序、桃花源记、水经注、洛阳伽蓝记等	已有(部分)
唐宋散文	文学散文，如山水游记、寓言、传记、杂文等	唐宋八大家的作品	已有(部分)
明代散文	先有拟古为主，后有唐宋派主张作品等	三袁、前七子、后七子、公安派、竟陵派、晚明小品文等流派的作品	已有(部分)
清代散文	以桐城派为代表的作品，分为论辩、序跋、奏议、书说、赠序、诏令、传状、碑志、杂说、箴铭、颂赞、辞赋、哀奠等13类	骈文八家、桐城派、阳湖派、湘乡派等流派的作品	已有(部分)

表 1-9　中国现代散文分类及英译文本概览

现当代散文[1] 发展年代	散文分类	代表作品	英译文本
现、当代	叙事散文	从百草园到三味书屋(鲁迅)；落花生(许地山)	已有(部分)
现、当代	抒情散文	荷塘月色(朱自清)；海滩拾贝(秦牧)	已有(部分)
现、当代	写景散文	济南的冬天(老舍)；长江三峡(刘白羽)	已有(部分)
现、当代	哲理散文	人心与人生(梁漱溟)；人与永恒(周国平)	已有(部分)

4) 中国小说。

该部分有"中国古代小说分类及英译文本概览"（表 1-10）、"中国现当代小说分类及英译文本概览"（表 1-11）等。

---

1 **广义的散文**，是指诗歌、小说、戏剧以外的所有具有文学性的散行文章。除以议论抒情为主的散文外，还包括通讯、报告文学、随笔杂文、回忆录、传记等文体。随着写作学科的发展，许多文体自立门户，散文的范围日益缩小。**狭义的散文**是指文艺性散文，它是一种以记叙或抒情为主，取材广泛、笔法灵活、篇幅短小、情文并茂的文学样式。

表1-10 中国古代小说分类及英译文本概览

古代小说发展年代	小说分类	代表作品	英译文本
先秦、汉朝	神话传说、寓言故事、史传文学(萌芽于先秦、发展于两汉)	盘古开天地、女娲造人、精卫填海、神农尝百草等；散见于先秦百家诸书中的古代寓言故事(如自相矛盾、郑人买履、守株待兔、刻舟求剑、画蛇添足等)；见于《左传》、《战国策》、《史记》、《三国志》等；吴越春秋(赵晔)、越绝书(作者有争议)等	已有(部分)
魏晋南北朝	志怪、志人(小说的雏形)	《搜神记》(干宝)、《世说新语》(由南朝刘宋宗室临川王刘义庆组织文人编写)	已有(部分)
隋朝、唐朝	唐(代)传奇(文言短篇小说)(形成于唐朝)	《李娃传》(白行简)、《莺莺传》(元稹)、《霍小玉传》(蒋防)等	已有(部分)
宋朝、元朝	话本小说(宋元话本)(繁荣于宋元)	《快嘴李翠莲》(佚名)、《错斩崔宁》(佚名)、《碾玉观音》(佚名)等	已有(部分)
明朝、清朝	章回小说、文言小说、白话小说、短篇小说、长篇小说、历史演义小说、英雄传奇小说、神魔小说、世情小说、讽刺小说、公案小说等(鼎盛于明清)	《三国演义》(罗贯中)、《水浒传》(施耐庵、罗贯中)、《西游记》(吴承恩)、《金瓶梅》(兰陵笑笑生)、《封神演义》(陈/许仲琳)、《东周列国志》(冯梦龙)、《三言二拍》(冯梦龙、凌濛初)、《隋唐演义》(褚人获)、《聊斋志异》(蒲松龄)、《红楼梦》(曹雪芹、高鹗)等	已有(部分)

表1-11 中国现当代小说分类及英译文本概览

现当代小说发展年代[1]	小说分类	代表作品	英译文本
启蒙年代(1918－1927)/民国及五四运动	短篇、中篇、长篇小说	鲁迅作品(《一件小事》、《阿Q正传》等)；叶圣陶作品(《倪焕之》等)；郁达夫作品(《沉沦》等)等	已有(主要部分)

---

[1] 该年代分法(1918－1949年)参照《中国小说史论》(阎浩岗,中国人民出版社,2006)。

（续表）

现当代小说发展年代	小说分类	代表作品	英译文本
革命年代(1927－1937)	短篇、中篇、长篇小说	茅盾作品(《子夜》、林家铺子等)；沈从文作品(《边城》等)；老舍作品(《四世同堂》、《骆驼祥子》等)；巴金(激流三部曲、爱情三部曲等)	已有(主要部分)
战争年代(1937－1949)	短篇、中篇、长篇小说	赵树理作品(《小二黑结婚》等)；张爱玲作品(《倾城之恋》等)；钱锺书(《围城》等)；师陀作品(《果园城记》等)；艾芜作品(《山野》等)	已有(部分)
当代(1949年至今)/中华人民共和国成立起	长篇小说、中篇小说、短篇小说、小小说/微型小说、武侠小说、科幻小说、网络小说/新媒体文学(1991年起)等	《小兵张嘎》(徐光耀)、《义和拳》(冯骥才等)、《秦腔》(贾平凹)、《棋王》(阿城)、《鹿鼎记》(金庸)、《小灵通漫游未来》(叶永烈)、《红修鞋》(王奎山)、《小兵传奇》(玄雨)	已有(部分)

5) 中国戏剧(表1-12)。

表1-12　中国戏剧部分分类及英译文本概览

中国戏剧[1]发展年代	戏剧部分分类	代表作品	英译文本
先秦	戏曲萌芽期	傩戏；《诗经》里的"颂"，《楚辞》里的"九歌"(祭神时歌舞的唱词，因为戏曲最早是从模仿劳动的歌舞中产生的)	已有(部分)
春秋战国至汉朝	戏曲萌芽期	在娱神的歌舞中逐渐演变出娱人的歌舞	暂无

1 戏剧旧时专指戏曲(即中国传统戏剧)。文学上的戏剧概念是指为戏剧表演所创作的脚本或剧本。戏剧乃总称，其表演形式多种多样，常见的有话剧、歌剧、舞剧、诗剧、音乐剧、木偶戏等。现今在台湾地区也指电视剧。本书讨论的戏剧因涉及英文译本，所涉及的戏剧仅包括戏曲、昆曲、京剧、话剧等。

（续表）

中国戏剧 发展年代	戏剧部 分分类	代表作品	英译文本
汉魏至中唐	戏曲萌 芽期	以竞技为主的"角抵"（即百戏）、以问答方式表演的"参军戏"和扮演生活小故事的歌舞"踏摇娘"等	暂无
唐朝（中后期）	戏曲形成期	戏曲文学：(1)变文（一种讲唱艺术），如《伍子胥变文》、《王昭君变文》等；(2)传奇，如《长恨歌传》（陈鸿）、《柳毅传》（李朝威）等	已有（小部分）
宋金	戏曲发展期	杂剧（宋代），如《人面桃花》等；院本、诸宫调（金代），如《西厢记诸宫调》等	暂无
元朝	戏曲兴盛期	元杂剧（散曲、杂剧），如四大悲剧：《窦娥冤》（关汉卿）、《汉宫秋》（马致远）、《梧桐雨》（白朴）和《赵氏孤儿》（纪君祥）；四大爱情剧：《拜月亭》（关汉卿）、《西厢记》（王实甫）、《墙头马上》（白朴）和《倩女离魂》（郑光祖）	已有（主要部分）
元末明清	戏曲繁荣期	元末南戏，如《琵琶记》（高明）；明清传奇历史剧，如《长生殿》（洪昇）、《桃花扇》（孔尚任）等；明清才子佳人剧，如《玉簪记》（高濂）、《牡丹亭》（汤显祖）、《风筝误》（李渔）等	已有（主要部分）
1840年至今；1907年至今	(1)京昆（昆曲起源于14世纪中叶）；(2)话剧	(1)《游园惊梦》、《连环计》等折子戏；《牡丹亭青春版》（白先勇）；《四郎探母》、《借东风》、《贵妃醉酒》、《霸王别姬》、《凤还巢》、《秦香莲》等传统戏；《红灯记》、《智取威虎山》、《沙家浜》、《奇袭白虎团》等革命现代戏（1966-1976）。(2)《雷雨》、《日出》、《原野》、《北京人》、《王昭君》等（曹禺）；《屈原》、《棠棣之花》、《蔡文姬》、《武则天》等（郭沫若）；《回春之曲》、《丽人行》、《关汉卿》等（田汉）；《少奶奶的扇子》等（洪深）；《茶馆》、《龙须沟》等（老舍）；《霓虹灯下的哨兵》（集体创作）；《丹心谱》（苏叔阳）；《于无声处》（宗福先）；《一个死者对生者的访问》（刘树纲）；《狗儿爷涅槃》（刘锦云）；《天下第一楼》（何冀平）；《万家灯火》（李云龙）；《红白喜事》、《黄土谣》等（孟冰）	已有（一些主要部分，包括革命现代京剧）

6)中国对联(表 1-13)。

表 1-13　中国对联及英译文本概览

体裁名称	其他名称	部分分类	英译文本
对联[1]	楹联、对子	名胜联、喜庆联、题赠连、取巧联	散见于个体译者之积累和极少数书籍

7)中国传记(表 1-14)。

表 1-14　中国传记及英译文本概览

体裁名称	分类名称(有重叠)	分类举例	英译文本
传记[2]、传	(1)古代传记; (2)史传; (3)杂传; (4)纪传; (5)评传; (6)小传; (7)人物传记(含自传); (8)人物纪实; (9)其他短中长篇纪实; (10)人物特写; (11)回忆录; (12)年谱; (13)其他相关作品	(1)《史记》(司马迁)等; (2)《史记》(司马迁)等; (3)《列女传》(刘向)等; (4)《二十五史》等; (5)《热风·随感录五十九》(鲁迅)等; (6)《李贺小传》(李商隐)、《柔石小传》(鲁迅)、《老舍 40 自拟小传》等; (7)《我的前半生》(溥仪)、《把一切献给党》(吴运铎)等; (8)《布衣大师侯宝林》(纪觅功)等; (9)《哥德巴赫猜想》(徐迟)、《澳门往事》(童宁)、《采访海外战争》(唐师曾)等; (10)《我所知道的张恨水》(张纪)等; (11)《太史公自序》(司马迁)、《汪东兴回忆录》(汪东兴)、《李光耀回忆录》(中文版)等; (12)《韩愈年谱》(洪兴祖)、《张问陶年谱》(胡传淮)等; (13)《牛棚杂忆》(季羡林)、《走向混沌》(从维熙)等	已有(不少部分)

---

1 对联起源秦朝(亦说隋唐五代),古时称为桃符。按照用途、字数、来源、主题、修辞技巧等分类,对联可细分为几十种。出于英译考虑,独具中国文字、文化特色的对联一般属不可译的一种文学体裁,即使勉强译过去,趣味也几乎尽失。表中的分类以可译性和可译度为选择标准,从英译的可行性角度思考、确定如何选择对联。

2 对传记是否为文学体裁,国内外存在争议。本书采用宽泛的说法,将其归为一种文学体裁。

8) 西方"四分法"分类一览。

①诗歌(poetry)(表 1-15)

表 1-15　西方诗歌分类及汉译文本概览

Genre	Subgenre (*alphabetic*)		Chinese translation
poetry	(1) elegy	(2) epic poetry	available (in many subgenres)
	(3) dramatic poetry	(4) lyric poetry	
	(5) narrative poetry	(6) prose poetry	
	(7) satirical poetry	(8) speculative poetry	
	(9) verse fable	(10) more	

②散文(prose)(表 1-16)

表 1-16　西方散文分类及汉译文本概览

Genre	Subgenre (*alphabetic*)		Chinese translation
essay/prose	(1) critical	(2) descriptive essay	available (in parts)
	(3) dialectic essay	(4) exemplification essay	
	(5) history	(6) narrative	
	(7) more		

③戏剧(drama)(表 1-17)

表 1-17　西方戏剧分类及汉译文本概览

Genre	Subgenre (*alphabetic*)		Chinese translation
drama	(1) applied drama	(2) Augustan drama	available (in small parts)
	(3) burlesque comedy	(4) Christian drama	
	(5) closet drama	(6) comedy	
	(7) comedy of manners	(8) costume drama	
	(9) creative drama	(10) crime drama	
	(11) domestic drama	(12) farce	
	(13) flash drama	(14) folk play	
	(15) heroic drama	(16) history of theatre	
	(17) legal drama	(18) medical drama	

（续表）

Genre	Subgenre (*alphabetic*)		Chinese translation
drama	(19) melodrama	(20) monodrama	available (in small parts)
	(21) music drama	(22) mystery play	
	(23) one act play	(24) pantomime	
	(25) play	(26) political drama	
	(27) radio drama	(28) satirical comedy	
	(29) sentimental comedy	(30) soap opera	
	(31) tow-hander	(32) tragedy	
	(33) tragicomedy	(34) TV drama (中国名词)	
	(35) Verse drama	(36) Western opera	
	(37) more		

④西方小说 (fiction)（表 1-18）

表 1-18　西方小说分类及汉译文本概览

Genre	Subgenre (*alphabetic*)		Chinese translation
fiction	(1) epic (200,000W)	(2) fables	available (in all subgenres)
	(3) fairy tales	(4) flash fiction (<2,000W)	
	(5) novel (50,000W)	(6) novelette (7,5000)	
	(7) novella (17,500W)	(8) short story (2,000W)	
	(9) more		

　　根据 Wikipedia 的资料，本书特增加有关 fiction genres 和 nonfiction genres 的细分一览，供翻译、研究参考。从细分情况分析，我们的翻译工作还远未涉及这些体裁文本。一些被列为 nonfiction genres 的体裁，我们根据宽泛的标准将其列为文学体裁，如传记体、性文学等。

　　(1) **Fiction genres**（含重叠及互参副体裁）

●Absurdist fiction

　　○Literary nonsense

●Adventure novel

- ○Epic
- ○Imaginary voyage
- ○Lost world
- ○Men's adventure
- ○Milesian tale
- ○Picaresque novel (*picaresco*)
- ○Robinsonade
  - ■Apocalyptic robinsonade　　■Science fiction robinsonade
- ○Sea story
- ●Brit lit
- ●Children's literature
  - ○Young-adult fiction
    - ■Class S　　　　　　　■Light novel
- ●Comic novel
  - ○Black comedy
  - ○Parody
  - ○Romantic comedy
  - ○Satire
    - ■Picaresque novel　　■Political satire
- ●Education fiction
  - ○Campus novel
    - ■Campus murder mystery
  - ○School story
  - ○Varsity novel
- ●Experimental fiction
  - ○Antinovel
  - ○Ergodic literature
- ●Erotic fiction
  - ○Erotic romance

  ○Picaresque novel (*picaresco*)

   ○Women's erotica

  ●Historical fiction

   ○Historical romance

    ■Metahistorical romance

   ○Historical whodunit

   ○Holocaust novel

   ○Plantation tradition

   ○Prehistoric fiction

   ○Regency novel

    ■Regency romance

  ●Memoir

   ○Autobiographical novel

   ○Bildungsroman

   ○Slave narrative

    ■Contemporary slave narrative ■Neo-slave narrative

  ●Metafiction

  ●Nonfiction novel

   ○Biographical novel

    ■Autobiographical novel ■Semi-autobiographical novel

  ●Occupational fiction

   ○Hollywood novel

   ○Legal thriller

   ○Medical fiction

    ■Medical romance

   ○Musical fiction

   ○Lab lit

   ○Sports fiction

  ●Philosophical fiction

- ○Existentialist fiction
- ○Novel of ideas
- ○Philosophical horror
- ○Platonic Dialogues
- ●Political fiction
  - ○Political satire
- ●Pulp fiction
- ●Religious fiction
  - ○Christian fiction
    - ■Christian science fiction
    - ■Contemporary Christian fiction　　■LDS fiction
  - ○Luciferian literature
- ●Saga
  - ○Family saga
- ●Speculative fiction
  - ○Science fiction
    - ■Hard science fiction　　■Soft science fiction
    - ■Space opera　　■Punk
    - ■Cyberpunk　　■Dieselpunk
    - ■Atompunk　　■Nanopunk
    - ■Postcyberpunk　　■Steampunk
    - ■Clockpunk　　■Biopunk
    - ■Alternative universe　　■Scientific romance
  - ○Horror
    - ■Gothic fiction　　■Paranormal
    - ■Southern Gothic　　■Splatterpunk
  - ○Fantasy
    - ■by Theme
    - ■Comic fantasy　　■Dark fantasy

- ■Magic realism
- ■Mythic
- ■Paranormal fantasy
- ■Superhero fantasy
- ■Sword and sorcery
- **■By setting**
- ■Epic fantasy / High fantasy
- ■Low fantasy
- ■Prehistoric fantasy
- ■Historical fantasy
- ■Urban fantasy
- ○**Speculative Cross Genre fiction**
  - ■Science fantasy
  - ■Sword and planet
- ○Weird fiction
- ●Suspense fiction
  - ○Crime fiction
  - ○Detective fiction
  - ○Mystery fiction
- ●Westerns
- ●Women's fiction
  - ○Class S
  - ○Femslash
  - ○Matron literature
  - ○Romance novel
  - ○Yaoi
  - ○Yuri
- ●Workplace tell-all
- ●Tragedy
  - ○Melodrama
- ●Urban fiction
- ●Thriller
  - ○Conspiracy fiction
  - ○Legal thriller

    ○Medical thriller

    ○Political thriller

       ■Spy fiction

    ○Psychological thriller

    ○Techno-thriller

●**General Cross Genre**

    ○Historical romance

    ○Juvenile fantasy

    ○LGBT pulp fiction

       ■Gay male pulp fiction   ■Lesbian pulp fiction

       ■Lesbian erotica fiction

    ○Paranormal romance

    ○Romantic fantasy

    ○Tragicomedy

(2)**Nonfiction genres**(含重叠及互参副体裁)

●Biography

    ○Autobiography, Memoir

       ■Spiritual autobiography

●Creative nonfiction

●Diaries and journals

●Erotic literature

●Essay, treatise

●Fable, fairy tale, folklore

●History

    ○Popular history

    ○People's history

    ○Official history

    ○Academic history

    ○Narrative history

- ○ Whig history
- ● Letter
- ● Religious text
  - ○ Apologetics
  - ○ Proverbs
  - ○ Scripture
  - ○ Christian literature
  - ○ Islamic literature
  - ○ Buddhist texts

　　以上各种分类，共 20 余种，就文学翻译著作而言，大概属于首次尝试，难免挂一漏万。同时，从本书的写作主旨出发，我们的目的已大致达到。但随着翻译实践、研究、发展的需要，我们还会加以充实。

【焦点问题探讨】

(1) 详细谈谈你的文学翻译观。[PT]

(2) 为什么文学翻译要注重实践？[PT] + [AT]

(3) 小结中外文学体裁并列出一些著名体裁的翻译文本及其译者。[PT]

(4) 你本人曾经翻译过哪几种体裁的文学作品？谈谈自己的实践感受和理论思考。[PT] + [AT]

(5) 你今后打算主攻哪个/些文学体裁的翻译？是汉译外，还是外译汉，还是双向翻译？[PT]

Chapter 2

文学翻译是变方为圆

翻译(translating)，尤其是两种差异甚大的语言之间的翻译，存在着诸多不可译现象，或者可译度很低。可译度较低的两种语言(如汉语和英语)中，可译度最低的体裁或文本类型当属文学作品。文学的表现形式众多，第 1 章中我们已经粗略讨论过了。根据结构分类的各种文学体裁，也许诗词的不可译性最明显，可译度也最低。因此，如果文学翻译可译度最低，那么，诗词翻译可译度是最低中的最低。

夸张地说，做文学翻译就是做办不好的事，就是做办不到的事。

形象地说，文学翻译是"变方为圆"。这跟英文中的习语"to square the circle"可谓"异曲同工"。

换个视角说，从事文学翻译是伟大的，文学翻译不简单，我们一定要实现"变方为圆"。

本章将讨论文学翻译常用理论，进行文学翻译实践示范，及比较原作之意境与译境。

于是，我们要探讨发挥强大分析功能、解释功能的文学翻译理论能否"变方为圆"，文学翻译本身是如何"变方为圆"的，原作意境之"方"是怎样变成译境之"圆"的。

2.1　文学翻译常用理论

由于本书属于专著型实践研究类论著，所以我们采取"以我为主"的态度，而不是传统地、纯理论地、大费周章地、"甲乙丙丁戊"式地罗列各种理论，进行枯燥的文献综述，也不是只求"系统"(systematic)，不求"特色"(specific)；只求"笼统"(global)，不求"局部"(local)；只求"总体性"(generality)，不求"偏爱性"(partiality)；只求综合性(comprehensivity)，不求"个性"(individuality)。

根据 specific + local + partiality + individuality 的"自我"观点和做法，我们把需要向读者简单介绍的文学翻译常用理论归结为"四说"，即"问题说"、"取向说"、"语境说"及"境界说"。简单的理由是，文学翻译过程中遇到的"问题"相对最多；文学翻译作品的价值判断涉及"取向"问题，即译文"向谁靠"；文学翻译的"语境"极为复杂，仅凭其体裁之多(没完没了的 genres 和 subgenres)就足以说明问题；文学翻译(尤其是诗歌、散文翻译)特别强调"境界"/"意境"——译文到底好不好，全看境界高不高。

2.1.1　问题说

依笔者之见，文学翻译实践者(literary translator)在基本解决了整体的(文学)翻译观后，应把重点放在微观的、细节的、具体的文学翻译实践上，换言之，放在解决一个个文学翻译问题，攻克一个个文学翻译难关上。这跟纽马克的翻译观可谓不谋而合——发现问题并解决问题：

What translation theory does is, first, to identify and define a translation problem[1] (no problem－no translation theory!); second, to indicate all the factors that have to be taken into account in solving the problem[2]; third, to list all the possible translation procedures; finally, to recommend the most suitable translation procedure, plus the appropriate translation.

Translation theory is pointless and sterile if it does not arise from the problems of translation practice[3], from the need to stand back and reflect, to consider all the factors, within the text and outside it, before coming to a decision.

I close this chapter by enumerating the new elements in translation now...:

(1) The emphasis on the readership[4] and the setting[5], and therefore on naturalness[6], ease of understanding[7] and an appropriate register[8], when these factors are appropriate.

...

(3) Increase in variety of text formats, from books (including plays and poems)[9] to articles, papers, contracts, treaties, laws, notices, instructions, advertisements, publicity, recipes, letters, reports, business forms, documents, etc. ...

...

(7) Translation is now used as much to <u>transmit knowledge</u>[10] and to <u>create understanding between groups and nations</u>[11], as to <u>transmit culture</u> [12].

In sum, it all adds up to a new discipline, a new profession; an old pursuit <u>engaged in now for mainly different purposes</u>[13].

（Newmark, 2001b: 9-10；下画线及标号为笔者所加）

具体而言，有助于文学翻译实践的理论具有以下特色并发挥相应的作用——以下 13 点也正是文学翻译不得不面对并必须解决的问题：

　　[1]发现问题、确定问题。

　　[2]解决问题。

　　[3]能够解决来自翻译实践的问题，否则就无的放矢、不得要领、毫无结果。

不仅如此，翻译理论在发现问题、解决问题的同时，还告诉我们：翻译要：

　　[4]强调读者。

　　[5]注重背景，即意指"语境"。

　　[6]语言自然，即更强调归化，涉及"语境"与"境界"（意境）。

　　[7]文本易懂，即"（通）达"，涉及"境界"（意境）。

　　[8]语域合适，即注意措辞、语法、风格、文体、言语变体等，涉及译文"取向"。

　　[9]熟悉各类文本，即各种文学体裁/多体裁，涉及"语境"。

　　[10]传播知识——翻译最为基本的要求之一。

　　[11]增进各民族、各团体之间的沟通——翻译最为基本的要求之一，涉及译文"取向"。

　　[12]传播文化——翻译最为基本、最为重要的目的，涉及译文"取向"、"境界"（意境）。

　　[13]目的性——强调翻译的多种目的性，涉及译文"取向"、"境界"（意境）。

2.1.2　取向说

观察、研究文学翻译涉及一个视角问题(perspective)。从不同的视角看，不论译者在翻译过程中采取哪一种取向，文学译作均包括以下八种取向(这涉及译者的价值判断)：

1) 源语取向(source language-oriented/SL-oriented)；

2) 源语文本取向(source text-oriented/ST-oriented)；

3) 源语文化取向(source language culture-oriented/SL culture-oriented)；

4) 译语取向(target language-oriented/TL-oriented)；

5) 译语文本取向(target text-oriented/TT-oriented)；

6) 译语文化取向(target language culture-oriented/TL culture-oriented)；

7) 作者取向(author-oriented/author-centered)；

8) 译者取向(translator-oriented/translator-centered)。

在完整的翻译过程中，译者难以也不可能指采取一种取向，势必是针对不同语境、不同可能的结果/效果采取一种以上取向。至于最终采取哪种取向？这就是一个大问题。如何加以解决？根据纽马克的观点，"first, to identify and define a translation problem…; second, to indicate all the factors that have to be taken into account in solving the problem; third, to list all the possible translation procedures; finally, to recommend the most suitable translation procedure, plus the appropriate translation." (Newmark, 2001b: 9)

由于文学英汉互译最为复杂，需要考虑的因素最多，确定最终译本是要通过实践来不断验证的。有关具体译例，详见"下编：实践篇"。

2.1.3　语境说

1. 名词简述

根据传播理论(Bussmann, 2000: 100)，语境(context)是一个综合性概念，它指传播情景中的一切元素/因素(all elements)，包括传统的"语言环境"(linguistic context)/"上下文"(co-text)/语境(context)，由此可再分为"言语语境"(verbal context)和"非言语语境"(nonverbal context)。根据出生于波兰的社会人类学家马林诺夫斯基的观点，语境和翻译有着天然的联系，语境的意义还可扩展为"情景语境"（context of situation）、"文化语境"（context of culture），这涉及社会文化结构。当然后者还可以细分。

当初马林诺夫斯基发展语境论跟翻译密切相关。这一推论的原述是：

From our point of view, it is perhaps a striking coincidence that Malinowski's theory of context was originally developed with the translator in mind. Working with people who belonged to a remote culture (Melanesian peoples in the Trobriand Islands of the Western Pacific), Malinowski had to face the problem of how to interpret it for the English-speaking reader. The problem became one of translation since the cultures concerned were studied through their emergence in texts (oral tradition, narration of fishing expedition, etc.). What was the best method for portraying these texts in English: free translation, literary translation or translation with commentary? Free translation would be intelligible but conveys no cultural insights. Literal translation, on the other hand, superficially preserves the original but would be unintelligible to the English reader. Inconsequence, Malinowski opted for translation with commentary.（Hatim & Mason, 2001: 36-37；下画线为笔者所加）

根据上述画线部分，由于马林诺夫斯基在跟马拉尼西亚族人交流时碰到棘手的跨文化翻译问题，是采取直译法、意译法，还是解释翻译法加以解决？马林诺夫斯基最后采取的是解释翻译法，具体做法是"to 'situationalise' the text by relating it to its environment, both verbal and non-verbal"（同上：37；下画线为笔者所加）。他把这种情景称为"the **context of situation**, including the totality of the culture surrounding the act of text production and reception. He believed the cultural context to be crucial in the interpretation of the message, taking in a variety of factors ranging from the ritualistic (which assumes great importance in traditional societies), to the most practical aspects of day-to-day existence."（同上）

马林诺夫斯基对语言语境和情景语境还有一个更简明易懂的结论：

"Exactly as in the reality of spoken or written languages, a word without *linguistic context* is a mere figment and stands for nothing by itself, so in the reality of a spoken living tongue, the utterance has no meaning except in the *context of situation.*"（引自 Verschueren, 2000: 75）

可见，翻译非常依赖于语境(context-dependent/dependence)，因为语境是决定语义的唯一因素，所以语境对准确解读 ST，并将其转换成 TT 至关重要，这个过程就是"语境化"(contextualization)甚至"再语境化" / "重新语境化"(re-contextualization)的过程。因此，我们可以得出三个连贯结论：

1) No context, no text；
2) No context, no comprehension；
3) No contextualization, no translation.

2. 内涵发展

马林诺夫斯基的学生及同行、伦敦学派创始人弗斯(J.R. Firth)进一步发展了语境理论，认为"情景语境"还应包括"<u>participants</u> in speech events, the <u>action</u> taking place, <u>other relevant features</u> of the situation and the <u>effects of the verbal action</u>"（同上）。

显然，这些理论的新发展对多体裁文学翻译有积极的启迪作用。弗斯提出，翻译中译者遇到的多层次意义的特殊问题包括语音、语法、搭配及情景等。这涉及翻译度、可译性问题，涉及译者跟 ST 和 ST 作者的互动问题，由此共同构建新的语境，这个语境化过程包含一套程序步骤，把语境化提示/线索(contextualization cue，见 Bussmann, 2000: 101)跟背景知识相联系，这些提示/线索可以是诗体学的、副语言的，如跨文化交际(特指人际关系)中的身体的移动(动作和姿态)、服饰、面部表情、目光接触、触摸、气味、人体距离、作为安排和家具布置等(陈刚，2004/2006/2008/2010)。概括地说，这里提到的这些语境元素/要素均属于 extra-linguistic context 或 paralinguistic context。

针对各种语境化提示/线索(好比文学作品中的诸多描写/叙述细节)，文学译者会选择合适、特别的目标语词汇(含方言词汇)、句型(含方言句型）、套语、惯用法以及语码转换（code-switching）等。与此同时，相关的背景知识也对解读、翻译构成必要的框架，对其进行必要的限制。这种框架是重叠的、互联的，它们在文化互动中是由文化决定的，因此文化误读、交流误会、理解失误等势必造成文化冲突、文化作用、文化间的相互影响等。

1986 年，法国学者斯珀伯和英国学者威尔逊提出了关联理论（relevance），就语境进行了动态研究和新的界定（Sperber & Wilson, 2001）。有关概念定义如下：

The set of premises used in interpreting an utterance…constitutes what is generally known as the *context*. A context is a <u>psychological construct</u>, a <u>subset of the hearer's assumptions about the world</u>. It is these assumptions… rather than the actual state of the world, that affect the interpretation of an utterance. A context in this sense is not limited to information about the immediate physical environment or the immediately proceeding utterances: expectations about the future, scientific hypotheses or religious beliefs, anecdotal memories, general cultural assumptions, beliefs about the mental state of the speaker, may all play a role in interpretation.（Sperber & Wilson, 2001: 15-16；下画线为本书笔者所加）

根据斯珀伯和威尔逊的理论，语境是用于解释话语的一组前提，是一种心理构建体，是听者对物质世界的一系列假设。可见，人们（包括翻译的主体译者）对语境的理解或定义理应存在着交际主体的主观能动性，换言之，语境是可以选定的。这比认为语境是所给的（given context）、将交际双方视为被动的参与者的传统的静态语境观要来得先进。

比利时学者维索尔伦提出一种语境的动态生成观（或动态的语境观）。他指出（Verschueren, 2000: 109）："*Contexts are generated in language use*, and thereby restricted in various ways."（语境是在语言使用过程中生成的，因而也在不同方面受到限制。）因此，笔者认为，（文学）翻译之语境化过程，就是（文学）翻译之创造/创新过程，涉及不可避免的创造性重写（creative rewriting）或创造性叛逆（creative treason），尽管笔者更倾向于赞成"创造性重写"。

　　跟传统的静态语境观比较，关联理论（即 relevance）框架下的语境观特别强调交际的主体作用，这是一大进步——它对翻译有着重要的启示，有助于译者通过对语境中的一切信息元素进行（最佳）"关联分析"、（最佳）"关联处理"，并对 ST 做出尽可能合理的分析、推理、判断，最终给出自己满意的 TT。

　　不过，在关联语境的框架内，语境只是一种心理构建物（见 Sperber & Wilson, 2001: 15）。然而，在维索尔伦的动态语境框架中，语境是由交际语境（communicative context）和语言语境（linguistic context）构成的。前者包括"三个世界"——心理世界（mental world）、社交世界（social world）和物质世界[1]（physical world）。用于翻译实践及研究的关联理论的语境观（见 Sperber & Wilson, 2001 与 Gutt, 2004）强调的是语境在推理中的作用（即从认知心理角度研究语境），而维索尔伦提出的（语用学）动态语境观则指明发话人的多种"发话声型"和受话人的多种"角色类型"，而强调的则是发话人和释话人在整个交际过程中的核心地位（即联系各个语境因素的纽带）。

　　比较而言，传统语境观强调的是语境元素成分本身，认知语境强调的是释话人（如译者）为理解发话人而付出的（最佳关联）认知努力，而语用学动态语境观不仅强调发话人的作用，而且强调释话人（如译者）的作用，同时还强调人（如译者）对语境的认知激活作用。因此，语用学动态语境观对于人类交际具有更强的解释力。

　　由于翻译是一项社会活动，有很强的目的性（*skopotherie*，见 Nord, 2001），故不可避免地会涉及社会、政治、意识形态等，所以在翻译过程中，译者既要考虑译者本人（释话人）与 ST 作者（发话人）和 TT 读者（释话人）的关系，又要考虑译者可能"扮演"或"被扮演"的多种"发话

1　许多学者将"physical world"译为"物理世界"，笔者以为这里的"physical"应当作物质解，即"of or being matter or material things, as opposed to things of the mind, spirit, etc."。有关例子正好是"the physical world 物质世界"。参见《朗文当代高级英语词典》（最新版本）第 1124 页。

声型”和“角色类型”的关系，即涉及与翻译活动的发起者（initiator，可以指或包括译者）、委托者（commissioner/client，相当于 initiator）、赞助者（patronage）等之间的关系（参见 Nord, 2001; Lefevere, 2004）。

3. 重点强调

文学作品体裁的多样性、复合性（如戏剧、小说中的对话等）和语言的丰富性、复杂性（如小说、诗歌、散文、楹联中的各种语体、文体、词汇、结构等），对译者理解 ST 并对 ST 进行语境化构成诸多难以想象的困难，结果可能是不可译、可译度极低，或 lost in translation（迷失其中）。有鉴于此，我们根据语境论发展中比较“先进”、比较“管用”的理论，重点强调两个方面（这不等于其他没有在这里提及的语境论就是不够重要的）。一是“动态性”（dynamics），另一是“语域”（register）。

(1)动态性

维索尔伦在 *Understanding Pragmatics*（1999，见 Verschueren, 2000）一书的第五章“动态性”（从概念角度说，作者将该章定为全书的 central chapter）中，详细讨论了语言与语言结构在语言选择的过程中如何相互做出顺应/适应（inter-adaptability），从而动态地生成话语意义（dynamic generation of meaning）。翻译观也应该是动态的，奈达的翻译核心理论就是“动态对等”（dynamic equivalence）。

语言使用或选择过程的动态性要注意三个方面的问题（参考 Verschueren，2000：F24-26/147-157）：

1)动态性与时间的关系。从微观层次看，交际者处理信息时，其记忆力要受到与时间相关的相当大的限制（considerable time-related processing constraints），时间也影响交际过程中交际内容的安排（communicative processing itself involves [again time-related] 'planning'）。这两方面都属于交际者的心理动态过程。从宏观层面看，语言使用者之间会出现语言代沟，不同时代的语言之间也会存在差异（earlier stages of development of languages and linguistic conventions; and communicative success vis-à-vis future generations cannot be taken for granted）。这些现象增大了不同时代的语言在理解上的难度。语言随时代而发展变化不是

偶然的，那是语言使用过程中随着时间变迁所做的动态顺应。

笔者认为，翻译古代文学、近代文学、当代文学就跟时间关系密切。

2)动态性与语境的关系。这一关系表现为作为交际主体的人与人之间的社会交往以及他们的认知心理。为维系某种社会关系(social relationships)，交际者就要选择说话的内容、场合、方式，如哪些话该说或不该说，哪些话须明说，哪些话是话里有话等。此外，交际者的认知状态、对事物的信念、对话题的兴趣等也都影响着顺应/适应的动态性。

笔者认为，对理解 ST 会产生两种语境问题，先是 ST 语境难懂，对译者造成(难以克服的)困难，于是译者难以在 TT 中重构(新的)语境。换言之，理解 ST 带来(初次)语境化困难，翻译 ST/将 ST 转换成 TT 则造成再语境化/语境重构的困难。

3)动态性与语言结构的关系。语言自身就具备了与时间相关的一个基本特征(basic time-related property)，即语言的线性结构序列特征(linearity)。这一特征对交际过程中的许多现象都有制约作用。根据 Bussmann(2000: 281)，"A property of natural languages, linearity refers to the one-dimensional ordering and chronological ordering of linguistic elements during communication"。就句子结构而言，线性——连同交际者在记忆和语言安排方面的限制因素——能对词序进行制约。就句子及超句子层面而言，信息结构的诸多方面(如已知信息和新信息的先后顺序)与隐性意义和显性意义之间的不断互动，都是交际动态性中最为重要的一些元素。尽管线性具有强大的制约作用(powerful constraint)，但它并不能最终完全决定语言使用的动态性之形成，因为发话者与释话者可以基本遵循这个线性维度不断互动，根据不同的交际目的来灵活安排话语的信息结构，也可以根据不同的交际场合选择不同类型的话语或语段，直至话语意义之生成。

译者既要考虑 ST 语境，又要考虑 TT 语境的问题，在考虑语言使用中语境可以支配意义的同时，还不得不考虑语境之外的另一个最能理解意义和表达意义的语言结构。理解意义的语言结构就是 SL 结构，表达意义的语言结构就是 TL 结构。因此，译者必须同时考虑 ST 语境、

SL 结构和 TT 语境、TL 结构——ST 意义是需要通过 TL 结构实现语境化的。当然，在译者对 ST 进行语境化理解和对 TT 进行语境化表达的过程中，一定会遇到诸多障碍，其中包括线性的制约作用。

以下我们通过举例来说明。

由于语境之广泛性、复杂性和动态性，翻译语境更涉及跨语言、跨文化转换，故特通过举例来说明语境动态性这个问题，即语境与语言结构之间的动态关系。

【例1】①语料出处：根据 Mey 的例子(2001，265)改编。

②TL^1(SL 为日语)对话(即两个日本秘书在办公室入口门厅的对话)：

甲：你想来块苹果馅饼吗？

乙：你有吗？

③TL^{1}听者感觉：汉语听者对这段对话丝毫不会感到有什么异常。

④TL^2(SL 为日语)对话(即两个日本秘书在办公室入口门厅的对话)：

A: Would you like a piece of apple cake?

B: Have you got some?

⑤TL^{2}听者感觉：Mey 的观点是，英美人会认为 B 的问话是多余的，因为 A 的问话已经构建了"我有苹果馅饼"这个语境心理模型了，英美人一听就立刻明白或起码首先认定 A 的用意，于是回答"Yes"或"No"即可。

⑥结论：这段对话涉及交际语境的心理及说话人的语用用意问题。B 的反问在日本人看来很正常(你有，就给我来点儿吧!)，但英美人与日本、中国人的在相同语境交际时，语境心理模型却有差异，于是导致话语结构有差异，结果出现沟通障碍。翻译既要达到语义目标，更需要达到语用目标

【例2】①语料出处：根据 Mey 的例子(2001，264)改编。

②TL^1(SL 为日语)对话(即研究日本寺庙建筑的西方学者与日本接待员的对话)：

旅游者：附近有厕所吗？

接待员：你要/想用吗？

旅游者(有点惊讶)：当然喽。

接待员：沿台阶走。

③TL[1]听者感觉：汉语听者对这段对话也不会觉得有何不妥。

④TL[2](SL 为日语)对话(即研究日本寺庙建筑的西方学者与日本接待员的对话)：

Tourist: Is there a toilet around here?

Attendant: You want to use?

Tourist (somewhat astonished): Sure I do.

Attendant: Go down the steps.

⑤TL[2]听者感觉：根据 Mey，"You want to use?"是一个"highly unexpected <u>back-channel</u>[1] question"。日本文化的语用预设与西方人不同。西方人(如该旅游学者)意为他"use the toilet"的预设应该跟日本人相同。然而，该日本接待员(Japanese temple attendant)想明确：whether this tourist wanted to use the toilet or wanted to make a request about toilets in Japan。如果是后者，接待员会安排更为懂行的人员来回答问题。

⑥结论：文化预设(cultural presupposition)也是一种语境，来自不同文化背景的人(尤指中国人与西方人)有着(完全)不同的文化预设。误读了文化预设，会导致误译(如使用非同寻常的语言结构，着实使人感到"highly unexpected/back-channel")，或者至少产生翻译问题/困难。

【例3】①语料出处：根据 Verschueren 的例子(2000：155)改编。

②TL[1](SL 为英语)对话(即应聘者与面试官之间的对话)：

面试官：你为什么申请我们这个学院的工作？

应聘者：我已经申请了 50 次了。这是我的第三次面试。我就是要一份工作。

③TL[1]听者感觉：汉语听者对这段对话(很)可能或很容易会产生一种怜悯或同情。那么面试官是否给一次就业的机会呢？

④SL 对话(即应聘者与面试官之间的对话)：

1　笔者注：back-channel 意为 an irregular means of communication (见 *Merriam-Webster's Collegiate Dictionary*)。

Interviewer: Why did you apply for a job at this particular college?

Interviewee: I have already made 50 applications. This is my third interview. I just need a job.

⑤SL 听者感觉：根据 Verschueren 的观点，不管应聘者的语言结构和内容有多么准确，但该应聘者没有找到问题的重点，换言之，他有些答非所问。因此，求职者的回答可能使自己失去获得工作的机会。

在这种语境下，面试官的提问是一种常规性的问题——面试官想知道应聘者对这个单位(即学院)了解多少。其实，这个问题给应聘者提供很好的机会——展示自己的能力和潜力，证明自己适合这份工作，同时"赞美"一番面试官所在的单位，并表示自己往后愿意为单位尽心尽责。

尽管如此，求职应聘这种类型的活动或事件(activity/event)涉及的面会很宽广，上述应聘者的回答完全可以纳入到另一种语言使用的解读框架(the frame of interpretation)中——此回答反映了社会现实，即"social struggle and problems involved in finding employment"。在这种新的语境下，也许这位求职者是有胜算的。

⑥结论：语言使用本身就是一种活动或事件，它会因语境及结构不同而产生不同的意义。因此，它对翻译(特别是译文质量的提高)是很有启发性的。其一，言语体裁(speech genre)和语言游戏(language game)这两个概念对解释顺应/适应过程中意义生成的动态性有参考价值。这两个概念表明，语言意义不仅具有稳定性(stability)和规约性(conventionalization)，而且有变异性(variability)，话语类型和人类活动联系起来可以使语言的意义产生无限的变化(infinite change)。在语境因素和语言结构因素的(contextual-structural)作用下，语言的使用或选择就灵活多样，使意义的生成成为一个动态过程。其二，各种类型的言语活动构成不同的言语行为框架，但言语体裁的灵活性是语言使用者在各类活动的稳定框架范围内做出语用上的动态顺应/适应。其三，意义的生成除要考虑到语境和语言结构因素外，还要考虑不同的语用策略，只有这样才能做出因人、因时、因地而异的适切的语言选择，表达出符合当时交际语境的意义。其四，为生成意义而做出动态顺应/

适应，并不是仅仅与交际者的意图有关，它受多种语境因素和语言结构意义的影响。意义的生成过程是话语与语境因素的互动过程，不同的语境因素可以左右语言的选择，改变话语的意义，而不同的语言选择也会影响到语境的变化（参考 Verschueren，2000：151-156/F24-F25）。

下边这个译例对提高汉译英质量有很好的借鉴作用。

【例4】①原文语料（ST）：

- 中国是一个历史悠久的文明古国，也是一个充满时代生机的东方大国。（温家宝总理在世界旅游组织第15节全体会议上的致辞，2003）
- 中国古代思想家荀子有句名言："不积跬步，无以至千里；不积小流，无以成江河。"（杨洁篪外长在日内瓦裁军谈判会议上的讲话，2009）
- 中非人民是情同手足的好朋友、好伙伴、好兄弟。（中非合作论坛致辞，2009）

②中国外交部官方译文（TT）：

- As a country with a long civilized history, China is also one big oriental country full of modern vitality.
- An ancient Chinese philosopher Xun Zi said, "Unless you pile up steps, you can never journey a thousand miles; unless you pile up tiny streams, you can never make a river or a sea."
- The peoples of China and Africa are bound by ties of fraternal friendship as bosom friends, good companions and amicable brothers.

③中国政府主管部门对委托的外宣翻译（指汉译英）的要求、做法（Pallett & Liu，2010：113）：确保译意完整无损（their message is transmitted unadulterated to the intended readers）；完全选用"自己"培养的译者（[in] addition to exercising some control over what is translated, the employment of full-time, state-trained, state-qualified and state-appointed translators will ensure that the message is not sabotaged）。

④英国学者对中国外交部的 official translation 之整体评述（同上）：文本"程式化"明显（evident in the 'house style'）；译文语法细节精准（punctiliously correct in terms of grammar）；语言风格正式，有时过于高

雅、冗长，辞藻显得华丽（[the] style is formal, perhaps over-elegant, and long, with a tendency to what British readers might regard as flowery）；原文汉语简洁，译成英文变得文字啰唆、重复累赘（prolix and repetitive）；汉语中一些重复结构属于冗余部分，译成英文效果不佳（[the] pattern of repetition which is part of redundancy in Chinese does not always come over well in English）。

⑤英国学者对上述三句话译文的具体评述：

● 译句过长，文字对等太机械，西方人听起来相当累赘（very long, rather literal, and to a Western listener, rather redundant），重复 "country" 没有必要，反而显得笨重（unnecessary and cumbersome）（同上：119）。

● 译文应保持原文的简练风格，避免 "个人化、口语化的语言特点"（personal, colloquial tone）。"pile up" 就是口语化表达，给人的感觉，好像是为儿童翻译的。同时，删除重复表达法 "unless you pile up"。对成人读者来说，文本言简意赅，修辞效果反而更好（greater rhetorical impact）（同上：120）。

● 译文似乎字字对应，造成同义词反复，对英语受众来说很刺耳（grates on the English ear）（同上：122）。

⑥英国学者提供的译文：

● China is an ancient nation, yet full of modern vitality.[1]（同上 119）

● The ancient Chinese philosopher Xunzi said, 'A long journey takes many steps; a river is fed by many streams.'（同上：120）

● The peoples of China and Africa are bound by ties of fraternal friendships. 或 The peoples of Africa and China are friends and brothers.（同上：122）

简而言之，【例4】中，中国大陆译者和英国译者提供的不同译文，正是在准确理解原文语境的基础上，经过对 ST 的不同重构，进行再语境化的不同结果，质量孰高孰低，明眼人自知。

---

1 英国译者假设听众已经了解中国是一东方大国，故在 TT 中省略了有关内容（Pellatt & Liu, 2010：119）。

(2)语域

当代语言交际中所采用的媒介或渠道/形式可能是书面的，可能是口头的，或是多媒体的(包括新媒体)。语言环境的这些组成部分中每一部分的改变都可能产生新的语境。比较典型的是，多媒体新闻翻译或媒体融合——这主要发生在21世纪初。然而，早在1976年(Halliday, 2001: 22)，弗斯的学生韩礼德(M.A.K Halliday)则进一步发展和完善了其老师的语境理论，并提出了著名的语域(register)概念，将语境概括为话语的范围(如生活、政治、科技等)、话语的方式(书面语、口头语)和话语的风格(地位、关系、身份)。

在翻译的语境化过程中，译者处理语言、文化中的诸多问题——这在"问题说"中已经特别提到了register。英文中，register一词多义。

其一，指语体类型(stylistic variety)，说得通俗些(借用Martin Joos的术语)，语言使用可分成frozen style(庄重体)、formal style(正式体)、consultative style(协商体)、casual style(随意体)、intimate style(亲密体)五个级别(five styles of English usage)。熟悉、鉴别并能使用这些语体，对英汉互译的译者绝非易事。

其二，指言语变体(speech variety)，即特定的某一群体的人所用的一种言语变体。这种群体的人通常从事相同的职业(如医生、律师)或具有同样的兴趣(如集邮爱好者、棒球迷)。

不同的言语变体可以通过特定的词汇或片语和特殊的语法结构来加以区别。如小说中涉及富人打网球或观看网球比赛，有关描写就会使用"love"(零分)、"duce"(平分)、"tramlines"、"advantage"(占先)等专业词汇。再如作品中涉及法律诉讼问题，特殊的法律英语语法结构就必不可少。(参考Richards, et al, 2000)

就这点而言，英译汉似乎还不太难，但汉译英就会很吃力。

其三，指韩礼德的语境三要素(参考Halliday, 2000)，或语域变体(register variable)。这三要素是语境的组成部分，即"语场/话语范围"(field/field of discourse)、"语式/话语方式"(mode/mode of discourse)、"语旨/话语基调"(tenor/tenor of discourse)。

　　"语场"指正在发生的事、所进行的社会活动的性质、语言所谈及/描述的内容。"语式"指语言在具体环境里起什么作用、语言通过什么方式组织起来达到传递意义的目的及通过什么渠道（书面还是口头，还是两者并用）。"语旨"指谁是交际者，他们的身份、特点、地位、角色等，交际者之间的角色关系。（参考陈刚，2004/2006/2008/2010：206-207）

　　所谓"语境三要素"的理论主要用于分析、解释译文的合理性，并非用来主动或直接指导翻译过程的。然而，反过来，知道如何"分析、解释"，对指导文学翻译多少都有帮助。例如[1]：

【ST】这是一部根据小仲马的话剧《茶花女》改编的歌剧《茶花女》，由威尔第作曲。

【TT】This is the opera *La traviata* adapted from the play *La Dame aux camélias* by Alexandre Dumas fils. It is composed by Giuseppe Verdi.

【背景】中国某歌剧团演出前向外国观众（驻华外国人、海外旅游者）的字幕介绍前两句。

【分析】"语境三要素"＋"传统文化语境观"。

■语境三要素（译后对比分析）（表 2-1）。

表 2-1　语境三要素分析举例

语域变体（ST）	纯理功能：词汇-语法体现/逻辑-语义关系（TT）
语场：	经验功能/意义：
●歌剧演出介绍词	●（《茶花女》、小仲马、威尔第）
●小仲马	●法语
●话剧《茶花女》	●意大利语
●歌剧《茶花女》	●法语
●作曲家威尔第	●意大利语
●小句复合体	●两个单句
●解释关系（两个小句之间）	●首句（含后置定语）+延伸句（被动语态）
●事实陈述	●一般现在时

---

1 笔者自编自译，仅供参考。

（续表）

语域变体（ST）	纯理功能：词汇-语法体现/逻辑-语义关系（TT）
语旨：	**人际功能/意义：**
●发话者向受话者（海外观众）传递信息	●两个完整陈述句
	●句子换行处理
●字幕	●采用"This is…"和"It is…"句型
●单向信息传递	
语式：	**语篇功能/意义：**
●字幕（书面语篇）	●两个简单句（含有过去分词短语等）
●正式语篇	●主位结构
●逻辑-语义关系	●"It is…"的使用

■文化语境观（译前分析）。

上述"语境三要素"分析，尽管就情境语境观（context of situation）来说是一大进步，但还不能充分解释为什么译者要如此这般地处理 ST。换言之，一些比较"时髦"、"先进"的语境理论在被运用于翻译实践时，不可避免地存在诸多"照顾不周"的地方。这并不意味着否定这些新观点、新视角、新理论的存在意义，**但传统的语境观、翻译实践的传统认知观被反复证明具有极强的生命力。**

为了更好地回答"先进"语境观难以/不易回答的问题，笔者在此强调称职译者应该具备的专业素养：其一，"杂学、博学及译外功"（参见陈刚，2011：180-184）；其二，对"文化语境"的全面理解，尤其是那些提供给观众阅读的、包含诸多文化元素的书面文本（如字幕的 ST 和 TT 等）。需要在此补充的是（务必注意画线部分的文字）：传统的语境概念是一个包罗万象的范畴，涉及一系列的知识，包括语言的知识，上下文、<u>交际的时间、地点、话题、说话方式</u>，交际者的地位及相互之间的关系，彼此的了解程度、<u>百科知识</u>，<u>交际的文化</u>，社会政治景，等等。这些范畴的相关知识懂得越少，（跨文化）翻译就越力不从心，就越容易出问题。

针对上述【ST】，译者理应具备应有的(即与翻译 ST 相匹配的)文化知识、专门/主题(subject knowledge)及跨文化意识等。

表2-2 传统文化语境观分析举例

ST 中的文化元素	TT 中的对应实现
【ST】这是一部根据小仲马的话剧《茶花女》改编的歌剧《茶花女》，由威尔第作曲。	【TT】This is the opera *La traviata* adapted from the play *La Dame aux camélias* by Alexandre Dumas fils. / It is composed by Giuseppe Verdi.
1. 交际的时间、地点：晚上；某歌剧院。 2. 交际的话题：演出前的歌剧背景介绍。 3. 说话方式：字幕；正式的书面语。 4. 百科知识： 　(1)对小仲马和威尔第的必要了解，如准确的人名译法。 　(2)对《茶花女》的不同体裁(如小说、话剧、歌剧、电影等)要有一个完整的了解，对《茶花女》的不同外文译名要有一个准确的了解。 5. 交际的文化： 　(1)中文都称之为《茶花女》，但改编为意大利歌剧后，剧名意为"堕落的女人"或"误入歧途的女人"。 　(2)小说、话剧《茶花女》应选用法语或英语的专有译名，歌剧《茶花女》则应毫无例外地使用意大利语(西方人均知)。	1. 交际的时间、地点：晚上；某歌剧院。 2. 交际的话题：演出前的歌剧背景介绍。 3. 说话方式：字幕；正式的书面语。 4. 百科知识： 　(1)小仲马应为法文名，威尔第为意大利名，最好使用全称，符合书面语的要求。 　(2)《茶花女》为小仲马的代表作，先为小说，后由其本人改编为话剧，中文同名歌剧则由意大利作曲家威尔第作曲，译者应要知道有关法文、意大利文和英文的不同译名。 5. 交际的文化： 　(1)通过查证，意大利歌剧《茶花女》名为 *La traviata*。在国内交流，一律称《茶花女》，对海外听众/读者则使用意大利语。 　(2)小说和话剧《茶花女》的法语名称均为 *La Dame aux camélias*，英文名为 *The Lady of the Camellias* 或 *Camellias*(电影名称)。

（续表）

ST 中的文化元素	TT 中的对应实现
6. 字幕翻译： 　字幕翻译如何短句、换行，是有规定的(参看陈刚等，2012)。	6. 字幕翻译： 　本分析提供的字幕 TT 属于比较简单的，只要将第二句换行即可。
7. 语用错误： 　曾有译者将中国人演出的男高音独唱意大利民歌"我的太阳"用英文译成"My Sun"，尽管报幕员发音标准，但使现场不少海外观众听后不解，以为是"My Son"(我的儿子)看。当音乐起时，他们才发出表示理解的善意的叹声。	7. 语用错误： 　类似国际著名或流行的西方歌曲、乐曲等一般使用"约定俗成"的名称，未必是英语，尤其涉及西方古典音乐或流行音乐等。故"我的太阳"的意大利歌名是"O sole mio"。即使使用英文，也应为"My sunshine"，但愿不会被误解为"You Are My Sunshine"。

2.1.4　境界说

1. 语境-境界

从"语境说"到"境界说"可谓是一个跨度很大的实践问题。语境是客观存在的(如语言的、物质的、社会的、文化的、情景的等)，尽管也可以是与心理关联的，可以作心理推导的(如心理环境、心理世界等)，总之还是可以"摸"得着的一种 context。尽管如此，要把握好 context，从而为翻译服务，绝非易事。

纽马克特别指出："A common mistake is to ignore context. A not uncommon mistake is to make context the excuse for inaccurate translation."(Newmark, 2001b: 194)

文学翻译中的问题也是如何根据语境采取恰当的翻译策略或方法，如归化、异化或杂合化，在目标语文本中进行语境重构或重新语境化。孙艺风在探讨文学翻译及理论时说："由翻译而导致的重新语境化，一方面使归化成为必要，另一方面，也可能导致陌生化，而陌生并非一成不变，至少有转变为熟悉的可能。"(2004：122)

新世纪翻译学 R&D 系列诸伴

　　尽管如此，最难的文学翻译问题是如何译出境界，即在目标语文本中再现源语文本中的意境——简言之，如何"译境"。

　　用母语进行文学创作或写作，能否出境界/意境，都是多少作家、诗人最为苦恼的事，更不用说将 ST 的意境在 TT 中重新创造一次。难道译境可以是"不著一字，尽得风流"的境界吗？

　　文学创作的最高境界乃"化境"（母语文本中化境），文学翻译的最高境界也是"化境"（译语/目标语文本中化境）。

2. 境界简述

(1)境界概念

　　"境界"二字取自王国维《人间词话》，意同"意境"。意境是中国古代文论独创的一个概念。它指文艺作品或自然景象中所表现出来的情调和境界。古"境"/"境界"一般是指"疆界"。《荀子·强国》：'入境观其风俗。'"[1]，后虚化而用于精神领域，指"诗文、图画的意境"（同上脚注）。

(2)境界分说

　　1)境界之元质——艺术本体。

● 词以境界为最上。有境界则自成高格，自有名句。（王振铎，1995：3）
● 言气质，言神韵，不如言境界。境界为本也；气质、格律、神韵，末也。有境界，而三者随之矣。（同上）
● 境非独谓景物也。喜怒哀乐，亦心中之一境界。故能写真景物、真感情，谓之有境界。否则谓之无境界。（同上：4）
● 昔人论诗词，有景语、情语之别。不知一切景语，皆情语也。（同上）
● 元剧最佳之处，不在其思想结构，而在其文章。其文章之妙，亦一言以蔽之曰："有意境"而已矣何以"有意境"？曰：写情则沁人心脾，写景则在人耳目。述事则如其口出是也。古诗词之佳者，无不如是。元曲亦然。明以后，其思想结构，尽有胜于前人者，唯意境则为元人所独擅。（同上：6）

---

1 见《古汉语大词典》（上海辞书出版社）第 628 页。

2）境界之生命——真切自然。

●尼采谓："一切文学，余爱以血书者。"后主之词，真所谓以血书者
也。（同上：10）

●大家之作，其言情也必沁人心脾，其写景也必豁人耳目。其辞脱口
而出，无娇柔妆束之态。以其所见者真，所知者深也。诗词皆然。
持此以衡古今之作者，可无大误矣。（同上）

3）境界之种类——理想与写实。

●有造境，有写境，此理想与写实二派之所由分。然二者颇难分别。
因大诗人所造之境，必合乎自然，所写之境，亦必邻于理想故也。（王
国维，1995：1）

●自然中之物，互相关系，互相限制。然其写之于文学及美术中也，
必遗其关系、限制之处，故虽写实家，亦理想家也。又虽如何虚构
之境，其材料必求之于自然，而其构造，亦必从自然之法则。故虽
理想家，亦写实家也。（同上：4）

4）境界之种类——有我与无我。

●有我之境与无我之境。有我之境，以我观物，故物皆著我之色彩。
无我之境，以物观物，故不知何者为我，何者为物。（同上：2）

●无我之境，人唯于静中得之。有我之境，于由动之静时得之。故一
优美，一宏壮也。（同上：3）

5）境界之种类——大境与小境。

●境界有大小，不以是而分优劣。（同上：5）

●太白纯以气象胜。……词至李后主而眼界（境界）始大，感慨深邃，
遂变伶工之词而为士大夫之词。（同上：11）

6）境界之客体——宇宙人生。

●诗人对宇宙人生，须入乎其内，又须出乎其外。入乎其内，故能写
之。出乎其外，故能观之。入乎其内，故有生气。出乎其外，故有
高致。（王振铎，1995：19）

●诗人必有轻视外物之意，故能以奴仆命风月。又必有重视外物之意，
故能与花鸟共忧乐。（同上）

◆新世纪翻译学 R&D 系列著作

● 诗人视一切外物皆游戏之材料也。然其游戏，则以热心为之，故诙谐与严重二性质，亦不可缺一也。（同上：20）

● 诗歌者，描写人生者也。（用德国大诗人希尔列尔[1]之定义）此定义未免太狭。今更广之曰"描写自然及人生"，可乎？然人生之兴味，实先人生，而后自然。故纯粹之模山范水，流连光景之作，自建安以前，殆未之见。而诗歌之题目，皆以描写自己深邃之感情为主。其写景物也，亦必以自己深邃之感情为之素也，而始得于特别之境遇中，用特别之眼观之。（同上：23）

   7）境界之主体——诗人。

● 词人之忠实，不独对人事宜然，即对一草一木，亦须有忠实之意，否则所谓游词也。（同上）

● 词人者，不失其赤子之心者也。（同上）

● 客观之诗人，不可不多阅世。阅世愈深，则材料愈丰富，愈变化，《水浒》、《红楼梦》之作者是也。主观之诗人，不必多阅世。阅世愈浅，则性情愈真，李后主是也。（同上：24）

● 古今之成大事业、大学问者，必经过三种之境界："昨夜西风凋碧树。独上高楼，望尽天涯路。"此第一境也。"衣带渐宽终不悔，为伊消得人憔悴"，此第二境也。"众里寻他千百度，蓦然回首，那人却在灯火阑珊处"，此第三境也。此等语皆非大词人不能道。（同上）

● 词之雅郑，在神不在貌。永叔、少游虽作艳语，终有品格。方之美成，便有淑女与倡伎之别。（同上：25）

● 一切境界，无不为诗人设。世无诗人，即无此种境界。……境界有二：有诗人之境界，有常人之境界。诗人之境界，惟诗人能感之而能写之，故读其诗者，亦高举远慕，有遗世之意。（同上：26）

● 原夫文学之所以有意境者，以其能观也。出于观我者，意余于境。而出于观物者，境多于意。然非物无以见我，而观我之时，又自有我在。故二者常互相错综，能有所偏重，而不能有所偏废也。（同上：27-28）

---

1 笔者注：指"席勒"（Johann Christoph Friedrich von Schiller）。

8) 境界之媒体——语言。

● "红杏枝头春意闹"，著一"闹"字，而境界全出。"云破月来花弄影"，著一"弄"字，而境界全出矣。（同上：29）

● 问"隔"与"不隔"之别，曰：陶谢之诗不隔，……东坡之诗不隔，……"池塘生春草"、"空梁落燕泥"等二句，妙处唯在不隔。词亦如此。……"酒清裕愁，花消英气"，则隔矣。然南宋词虽不隔处，比之前人，自有浅深厚薄之别。（同上：30）

● "生年不满百，常怀千岁忧。"……写情如此，方为不隔。"采菊东篱下，悠然见南山。山气日夕佳，飞鸟相与还"，"天似穹庐，笼盖四野。天苍苍，野茫茫，风吹草低见牛羊"，写景如此，方为不隔。（同上：31）

● 词忌用替代词。……"桂华流瓦"，境界极妙；惜以"桂华"二字代"月"耳。（同上：33）

● "说桃不可直说破桃，须用'红雨'、'刘郎'等字，说柳不可直说破柳，须用'章台'、'灞岸'等字。"若惟恐人不用代字者。果以是为工，则古今类书具在，又安用词为耶？（同上：34）

9) 境界之风调——体格与气象。

● 散文易学而难工，骈文难学而易工。近体诗易学而难工，古体诗难学而易工。小令易学而难工，长调难学而易工。（同上：44）

● 近体诗体制，以五七言绝句为最尊，律诗次之，排律最下。……词中小令如绝句，长调似律诗……（同上：48）

10) 境界之演变——时代运会。

● 凡一代又一代之文学：楚之骚，汉之赋，六朝之骈语，唐之诗，宋之词，元之曲，皆所谓一代之文学，而后世莫能继焉者也。（同上：56）

● 社会上之习惯，杀许多之善人；文学上之习惯，杀许多之天才。（同上）

11) 境界之创新——承借与开拓。

● ……此借古人之境界为我之境界者也。然非自有境界，古人亦不为我用。（同上：56）

● 词家多以景寓情。其专作情语而绝妙者，如……"甘作一生拼，尽

君今日欢"……此等词古今曾不多见。（同上：57）

●长调以周、柳、苏、辛为最工。（同上：58）

●自夫人不能观古人之所观，而徒学古人之所作，于是始有伪文学。学者便之，相尚以辞，相习以模仿，创意之才少耳。（同上：61）

　12）境界之接受——读者鉴赏与批评。

●唐、五代、北宋之词家，倡优也。南宋后之词家，俗子也。二者其失相等。然词人之词，宁失之倡优，不失之俗子。以俗子之可厌，较倡优为甚故也。（同上：70-71）

●宋人小说，多不足信。（同上：85）

　（3）王昌龄的"三境说"

　根据唐朝诗人王昌龄的《诗格》，诗有三境。一曰物境，欲为山水诗，则张泉石云峰之境；神丽绝秀者，神之于心，处身于境，视境于心，莹然掌中，然后用思，了然境象，故得形似。二曰情境，娱乐愁怨，皆张于意而处于身，然后驰思，深得其情。三曰意境，亦张之于意而思之于心，则得其真矣。

　中国文化具有五千年的历史，中国古代文论历史也必比西方悠久，对其"境界/意境"的源头，可追溯至两千三百年前的《庄子》，曰："不精不诚，不能动人。"在目标语中重新构建语境，译出"动态/功能对等"的意境，前提是要比较准确、深刻、全面地理解并体会源语文本的意境。把中国古代文学的意境译介给西方读者，一直是汉译英工作者在研究、实践的课题。

　综上所述，我们要针对文艺本体论，在翻译实践中处理好以下十大重点问题：

　1）真境界（文艺的本质）；

　2）意境（真而不实的境界）；

　3）情与景的对立统一（意境中的辩证法）；

　4）"不隔"与"不游"（景与情的统一）；

　5）"造境"与"写境"/"译境"（在ST与TT中景与情统一的方法）；

　6）如何在TT中再现"有我之境"与"无我之境"；

7) 如何使译者成为"客观之诗人/译诗者"与"主观之诗人/译诗者";

8) 如何在 TT 中区别并再现"诗人之境界"与"常人之境界";

9) 译者如何"入乎其内"并"出乎其外";

10) 如何分清并把握"政治家之言"与"诗人之言"。

就翻译语境(化)而言,要创造、译写出文学作品应有的意境/境界,归根到底,翻译应该综合或整合地运用好"四说",即"问题说"、"取向说"、"语境说"及"境界说",以意图为归宿,具体情况具体分析,把握好译文的价值取向(包括语言和文化),或主要以 ST 为取向,或主要以 TT 为取向,一句话,最终的文学译品应在目标语国家/世界得到较好的传播与接受。

2.2　文学翻译实践示范

本章的题目为"文学翻译是变方为圆",其三节分别是"文学翻译常用理论"、"文学翻译实践示范"、"原作之意境与译境"。整章的重头戏应该在第二节和第三节,这两节是实现"变方为圆"(to square the circle)的实践基础,即使你对第一节烂熟于胸,因为"古人学问无遗力,少壮功夫老始成。纸上得来终觉浅,绝知此事要躬行"(陆游)。

2.2.1　有指导的实践

1. 文学翻译可以教授

对初学者来说,文学翻译实践不应是盲目的,而应是自觉的、有指导的。

笔者曾概括总结了翻译理论的 20 项功能,其中包括"指导功能(针对整个翻译和其他学科,微观理论,具体实践等)"、"解/阐释功能"、"批评功能"、"培养功能"、"思辨功能"、"方法功能"、"检测/验功能(针对实践、理论等)"、"应用功能"、"创新功能"、"美学功能"、"完善功能"等(陈刚,2004/2006/2008/2010:127-128)。诚然,我们不但要继续深入研究"如何译"，更要研究"如何译得好"，与此同时，文学翻译初学者或翻译名家(译家)粉丝也可以羡慕他人"译高一筹"，崇拜名人名译——这都无可厚非，但是"临渊羡鱼，不如退而结网"。对文学翻译的了解只能通过亲自动手，才能慢慢领会其真谛，了解其酸甜苦辣。

　　文学翻译的基础是实践本身，而非理论学习，尽管理论具有上述这么多的指导功能。有潜质、有能力的译家，跟中国的作家、画家、书法家、音乐家、歌唱家、舞蹈家、表演艺术家等有共性，可能不一定出自高校。换言之，只要通过有效实践，在校外也能成出色的译家。

　　但是，不论在校内还是校外，必要的技巧训练和知识教育都是不应该排斥的，实践并非可以取代一切。在西方，"创意写作"(creative writing)是有硕士研究生学位的。同理，"文学翻译"(literary translation/creative rewriting in the TL)也是可以教授的，译者是可以培养成才的。也许，出类拔萃的译者是"天生的"，奈达说过，"really exceptional translators are born, not made"(Nida，2001：4)。

　　2. 文学翻译的能力及知识结构分析[1]

　　(1)译者基本能力结构(表 2-3)

表 2-3　文学翻译基本能力结构

Condition 1+	Condition 2+	Condition 3+	Condition 4	=	basic conditions
bilingualism+	biculturalism+	knowledge+	writing ability	=	a (literary) translator

　　(2)译者基本知识结构(表 2-4)

表 2-4　译者基本知识结构

Condition 3 (knowledge)	=	Condition 3-1 +	Condition 3-2 +	Condition 3-3 +	Condition 3-4+
adequate knowledge (AK)	=	world knowledge (WK) +	subject knowledge (SK) +	personal knowledge management (PKM) +	…

---

1 根据奈达观点(Nida, 1993: 134-137)扩展。

(3)译者多层次写作能力结构（表 2-5）

表 2-5　译者多层次写作能力结构

competence in writing	ability to write (Level 1)	capacity to write (Level 2)	creative capacity for producing (Level 3)
three levels	good letters, news articles, personal accounts…	technical essays or articles in some field of specialization...	fiction, prose, poetry, drama, biography...

(4)文学译者必备能力结构（表 2-6）

表 2-6　文学译者必备能力结构

Condition 1 +	Condition 2 +	Condition 3 +	Condition 4 +	**Condition 5**	=	**the necessary and sufficient conditions**
Bilingua-lism +	Bicultura-lism +	adequate knowledge+	creative writing+	**creative translation**	=	**a competent lit-erary translator**

【注】

1) Condition 1 + Condition 2 + Condition 3 < Condition 4（只知道两种语言、两种文化和了解足够的相关知识还是不够的，必须具备良好的创意写作能力）。

2) Condition 1 + Condition 2 + Condition 3 + Condition 4 < Condition 5（只知道两种语言、两种文化，了解足够的相关知识，及具备良好的创作/创意写作能力还是不够的，必须具备良好的创译/创作翻译能力）。

3) Condition 5 (the pivotal condition) ≈ a competent literary translator（具备条件 5，才具备近似能够从事文学翻译的能力）。

4) Condition 1 + Condition 2 + Condition 3 + Condition 4 + Condition 5 = a competent literary translator（具备条件 1－5，才等于具备成为能够从事文学翻译的能力的充要条件）。

5) 对富于创译能力的译者，务必避免把自己的思想、观点、风格等强加于源语作者。

6) 对文学翻译初学者，最令人担心的是在还没有掌握必要的文学语言技巧、必要的文学素养、必要的目标语国家的文化和知识、必要的多体裁文学写作能力、必要的多体裁文学翻译能力，就开始承担各类文学翻译工作，如接受外包翻译任务(outsourcing translation),甚至是"大项目",如众包翻译任务(crowdsourcing translation)等。

2.2.2 基础文学翻译实践试范

首先,我们要读者特别重视有关基础文学翻译实践的以下六点:

1)英译汉不同于汉译英,所以评估英译汉不同于评估汉译英。

2)从英语译成汉语常常是得心应手的,因为译者处理母语时更加自如,但是当译者理解英文原文产生困难时(如汉译英文古典文学、英文当代文学等),则似乎无能为力了,他/她将面临双重不利(double liability),一是译者身边和所在地词典、百科全书或其他参考资料不够,网上资源也有限;二是译者无法或不方便向 native speakers 或作者本人请教。据笔者所知,英译汉的(文学)文本中误译、漏译、错译、瞎译、硬译、略译、缩译、不译等现象相当普遍、严重。值得一提的是,即使"有案可稽"的并不难译的中国(历史)名人,也遭遇"不测"。国内一些著名学者或高职称、高学历学者犯了一些令人不可思议的"国家级"乃至"国际级"外译汉错误,比较"著名的"有"常凯申"替代了"蒋介石"、"孟休斯"代表了"孟夫子"、"钱学森"(火箭专家、物理学家)改行成研究图书馆学和历史学的"钱存训"了。那些不熟悉魔幻语言、儿童语言的国内学者或翻译"硬译"、"乱译"这类主题英文小说从而造成出版社或业界"尴尬"的现象,可谓俯拾皆是。

3)从汉语译成英文时,难点主要在表达,即使你对汉语文本理解得十分透彻,也会因自己的英语应用能力不够而显得力不从心,译错、译得欠妥、译得 Chinglish、译得过于"陌生化"、译得英语读者无法理解等现象,仍屡见不鲜。

4)汉译英时,也会经常出现译者过于"自信"自己对母语的理解能力,结果译文意义不充分,甚至产生误导,这在那些汉学家和英语水平精湛的中国人、华人的译作里,也是不少见的。

5)尽管中英语言文化差异甚大,但随着全球化的发展,两者之间存在一些意义微妙之现象,往往造成译者失去应有的"警惕性"和敏感性，结果闹（国际）笑话或铸成大错。比较容易犯错的现象是翻译"假朋友"（false friend——在形式和意义上看似相同，实则在联想意义上具有微妙差别，甚至大相径庭）。例如，汉语中的"第三性"（指女博士）不等于英文的"third sex"（同性恋）；又如，不能用英文"comrades"（共产党国家的"同志"）翻译汉语中的"同志"（同性恋）；再如，"自由恋爱"被误译为"free love"（乱爱）。

6) 不管是英译汉还是汉译英，译者首先要考虑准确、透彻理解 ST 的意义和功能。事实上，与其他出错原因相比，译文中的多数错误都是由于理解出问题而造成的。不少译者往往不用足够的时间去仔细推敲 ST，造成理解不充分——第一次 ST 意义减分，加上 TL 表达能力不强，造成表达不充分，第二次 ST 意义减分，结果读者看到的是起码减了两次分的 TT。

这里将要试范的翻译过程的方向，不是英汉互译双向，而是汉译英单向，或者起码以汉到英为主。因为国家的重点及长期战略方针是"翻译中国"，我们的重点也自然是"翻译中国"。英译汉的双语（名著）文本材料较多，对母语为汉语的读者相对较为方便。但这并不意味我们不涉及英译汉了。

以下我们要试范、讨论的基础文学翻译 cases 主要由两类组成，一类是汉英试译，另一类是英语试笔；体裁主要涉及散文和诗歌，因为这两种体裁既是常用的，而且是最能锻炼翻译功底的，并且有助于译好其他文学体裁。翻译（特指 Condition 4，即 creative translation）与写作（特指 Condition 3，即 creative writing）密不可分，相辅相成。我们并不要求读者老围着"名著名译"转，因为《红楼梦》的翻译境界你无法企及，你只能被动地 follow，你会失去"自我"，即译者的主体性。但我们希望并要求读者多多选择"二三流"的，甚至"三四流"的作品和译品，不断地进行 rewriting 实践，平时多用英文练笔，尤其进行韵文、散文体裁的练笔；平时多进行重译训练，尤其进行对比改译/重译训练。

简单概括之，"实练+勤练"、"静思+精思"、"知己+知彼"乃成功之路经。实练勤练，必须用心，方能提高；静思精思，必须研磨，方能长进；知己知彼，中西结合，方能完善。

　　汉语写作训练的最常用的体裁是散文，这跟英文写作训练和翻译训练一样。我们准备详细讨论两个话题：第一个话题是散文翻译，在本节讨论；第二个话题是诗歌翻译，在下一节(2.3)讨论。

话题一：散文翻译

　　【结构简单】讨论主题——复句结构。

　　要做到通过使用英语中的简单结构表达完整、深刻的语境含义，跟译文要"言简意赅"一样，不是一件轻而易举的事。起码"结构简单"通常需要"言简意赅"来配合。海明威风格之 simplicity 是需要我们不断勇于实践、善于实践，才有可能企及的。

【ST1】乔羽说："钓鱼可分三个阶段：第一阶段是吃鱼；第二阶段是吃鱼和情趣兼而有之；第三阶段主要是钓趣。"（结构及内涵）

　　【难点】很多译者脱离语境谈翻译，事实上很容易将"第一阶段是吃鱼"译成"The first stage/step is to eat fish"。"(第二阶段是)<u>吃鱼和情趣兼而有之</u>"这两个在汉语中比较"对应"，但在英文中则不太好"对"，很容易把 ST 的结构"无端"地给破坏了。"钓趣"是很容易被译歪的。记得本人当年去批 TEM8 试卷，作为组织者的复旦、上外没能提供参考答案，说怕"译坏"了被抓辫子，在杂志上被曝光。后来看过不少译文（译错的居多，不在此讨论），的确有不错的，但"功亏一篑"的是没有同时做到"结构简单、言简意赅"，换言之，没有做到最大限度的 economy。

【TT1】"Angling consists of three stages." Qiao added, "The first stage is (to angle) for food; the second (stage) is for both food and fun; and the third chiefly (mainly) for delight."（陈刚　试译）

【简评】

● TT 只用了 27 个单词翻译 ST，主要选用的是单音节词汇，TL 结构主要是重复"it is for..."。

● 根据"语境说"，应把"第一/二/三阶段"理解为"第一/二/三阶段的境界"。

● 宜把"吃鱼"转换成介宾结构——for food，即第一种境界仅仅是为了吃，这样三个阶段均处理成同一结构。

● 不要为"情趣"这种汉语中的"高档词"所累,应译得轻松些。

● "钓趣"要重新语境化(re-contextualization)——"钓鱼的乐趣"之"乐趣",
要特别选择"delight",意为"great pleasure and satisfaction"[1]。

【清顺自然】讨论主题——语言风格(题目与全文)。

乍看"清顺自然"这样的语言风格不好把握,似乎过于"抽象"
或故弄"玄虚",然而"清顺自然"真真正正是林语堂提倡的(描写性)
汉语散文英译的境界。具体道来有这么几点:凡不以口语为基础的人,
一定写不出平易、自然、纯熟、地道的英文;善于(创造性)运用小学
生、中学生所能用的字;戒用夸词浮句,少用深句;多多体味什么是
真正地道、清顺的英文,多多了解英美人大概是怎么讲的;要明白英
语言文一致,骨子里是白话,愈平易自然愈好,愈少粉饰藻丽语句愈
好,愈近清顺口语愈好,愈能念出来顺口成章愈好(lucid style)。

就词语选择的优先问题,奈达指出:"As a basis for judging what
should be done in specific instances of translating, it is essential to establish
certain fundamental sets of priorities: … (3) the <u>aural (heard) form of
language</u> has priority over the written forms…"(Nida & Taber, 2004: 14;
下画线为引用者及笔者所加)。他还指出:"Only by being in the countries
in which a foreign language is spoken can one acquire the <u>necessary
sensitivity</u> to the many special meanings of words and phrases."(Nida,
2001: 82;下画线为引用者及笔者所加)

【ST2】我喝我的清茶(题目翻译)

【难点】不宜将其简单地译成"主谓宾"结构。"清茶"的意义或内涵也
不易把握并译好,因为它在汉语中一词多义,可以指用绿茶泡成的茶水;指不
配糖果点心的单纯的茶水;泛指茶[2]。但英文中没有这么一个对应词。不少硬
译者的译文均不伦不类。

【TT2-1】Contenting Myself with <u>Plain Tea</u>(居祖纯,2000/2004: 8;下
画线为引用者所加)

---

1 参见 *Longman Dictionary of Contemporary English* (New Edition)。
2 参看《现代汉语词典》(第 6 版)和"百度·清茶"。

◆新世纪翻译学 R&D 系列培伴

【剖析】

● 笔者赞成译者试图表达的内涵，但对"Contenting...with"结构作为散文标题感到不够自然，是译者将其心目中的汉语标题"硬"译过去的译文。

● "Plain Tea"符合惯用法吗？因为这么简单、常用的日常表达法及其内涵普通英美人不可能不熟悉。英国人答案：I haven't heard "plain tea" used in the UK. (Michael W Senior Member [http://forum.wordreference. com/showthread. php?t=1445740])。美国人答案："Plain tea" is rather ambiguous since it could also mean tea that is not Earl Grey or other flavored or scented tea. Or, for that matter, not the green tea that U.S. shoppers have become enamored with. (Sdgraham Senior Member [ditto])。看来"plain tea"不够清顺自然。

● 根据对该文（即"我喝我的清茶"）的"说明、评语和提示"，原作者以喝清茶和荷花为喻赞扬我国知识分子灵魂的清高、纯净和在喧嚣紊乱中保持心境安定的能力。原文第二段可能是婉言告诫一种常见的现象：羡慕嫉妒、随波逐流、盲目模仿，同时诚恳提倡把握方向、自己创业。读后有益于高尚情操的培养。原文<u>言简意赅</u>，<u>开门见山</u>，<u>语言地道纯正</u>，品味高尚典雅。（居祖纯，2000/2004: 6-7；下画线为引用者所加）

● 将如此美好的散文译成英文，虽难以做到十分地道、纯正，但也应该七八分吧。可惜，先不说文章正文译得如何，起码文章标题译得离下画线部分的文字要求相去甚远。

【TT2-2】My Cup of Tea（陈刚 试译）

【简评】

● One's cup of tea 定义：something you enjoy or do well at; special interest, or favorite occupation（*Dictionary of American Idioms*）; something suited or attractive to one（*Random House Webster's Dictionary of American English*）; a task, topic, person, or object well-suited to one's experience, taste, or liking（*Random House Unabridged Dictionary*）。

● 在仔细、完整了解并体会原文的基础上，对 ST 进行语境-意境重构，通过 TL 在译语文本中对标题再语境化，选择"one's cup of tea"可以起到一举多得的作用。其一，地道纯正；其二，言简意赅；其三，开门见山；其四，概括主旨；其五，功能对等；其六，超越 ST 和 TT 题目——即没有在"字对字"
上纠缠、纠结，却体现原意并超越原意——达到了应有的精神高度。

【ST3】   (1) 浪漫[1]（语篇翻译）

(2) 一个小伙暗恋着一个女孩。女孩是他的同事，他们在一个办公
室里工作。

(3) <u>小伙子性格内向，不善言辞，他不知道如何向女孩子表达他的
爱慕之意</u>[2]。<u>写情书罢</u>[3-1]，<u>小伙子是学理工的，一直搞技术工作</u>[4]，满
脑子的图形，就是没有一句有文采的话[5]。小城也没有花店，电影电视
上常见的<u>送花那一套</u>[3-2]也无从说起。<u>至于直截了当地告诉女孩子说"我
爱你"</u>[3-3]，<u>小伙子就更没有那胆量了</u>[6]。

(4) 这样的恋情应该说是没有什么希望的了。<u>事实上一年后他们却
结了婚</u>[7]。有人向小伙子讨教[8]，他说："我每天上班第一件事就是帮她
擦桌子，然后为她泡上一杯她喜欢喝的绿茶。她的胃不好，我经常备
些胃药放在她的桌上。<u>一开始她不知道是我做的这些事情，时间长了，
就知道了</u>[9]。就这么简单[10]。"

(5) <u>忍不住叫人想到"浪漫"一词</u>[11]。写情书是一种浪漫，送 99 朵
玫瑰是一种浪漫[12]。我不知道，<u>擦桌子泡茶送药是否也是一种浪漫</u>[13]。
<u>浪漫是没有定式的</u>[14]，或许那些实实在在地呵护和关怀才是真正的浪
漫，它是<u>生命之火所点燃的最绚烂的花朵</u>[15]。（居祖纯，2000/2004：31；
下画线及编号为引用者所加）

【译文对比】

【TT3-1】   (1) <u>Being Romantic</u>[1]

(2) One young man was secretly in love with a girl, one of his fellow-
office workers.

(3) <u>Being a man of few words and not good at expressing his feelings,
he did not know how to unbosom himself of his love for her</u>[2]. <u>He had thought
of writing love letters to her</u>[3-1], but <u>he had been a student of technology and
was now working as a technician</u>[4]. <u>He could not for the life of him dig out
one beautiful sentence from a mind which was stocked full with diagrams

and graphs[5]. Presenting flowers[3-2] as is often seen over TV and in films, was out of the question, there being no flowers shops in this small town. As to a face-to-face confession of love[3-3], he absolutely had not the guts to do so[6].

(4) Usually speaking, such a young man is hopeless suitor. But as a matter of fact they got married a year later[7]. When asked about his successful experience[8], he confided, "The first thing I did every morning after coming to the office is wipe her desk and put on her desk a cup of the green tea which she likes. She has a weak stomach, so I also placed on her desk some medicine for stomach trouble. It wasn't long before she found who had been paying her all these attentions[9]. As simple as that! [10]"

(5) His words remind me of the word "romantic"[11]. Writing love letters is an outpouring of romantic feelings, so is offering a big bunch of red roses[12]. The expression of love follows no definite pattern[14]. I wonder if wiping the desk and preparing tea and medicine for a person of one's heart is not one of the ways[13]. Maybe true love lies in giving heart-felt care and whole-hearted protection. That and that alone is the reddest rose nurtured by the spring of life[15]. （同上：36-37）

【TT3-2】　　　　　　(1) What is "Romantic"?[1]

(2) A young man was secretly in love with a girl, one of his colleagues in the same office.

(3) He was a man of few words and not good at expressing himself, even less his love for her.[2] What about writing a love letter?[3-1] As a graduate of technology and now as a technician, he seemed to be the type that looks kind of nerdy[4]—with his mind being full of graphics and diagrams but without being able to make any beautiful sentences[5].

(4) Then, what about presenting flowers?[3-2] It was not possible as often the case in movies or TV, for there was no flower shop in his small town. Well, what about saying "I love you" in person?[3-2] I'd bet he was definitely unable to take courage to do so[6].

(5) Normally speaking, his love for the girl would have been a hopeless case. But <u>it turned out that they got married a year after</u>[7]. <u>When asked about his trick</u>[8], he said, "What I did every morning after arrival in the office is clean her desk, and then I prepared her a cup of the green tea she likes. She had got stomach trouble. So I often placed on her desk some medicine. <u>Sure, it did take some time for her to know all this</u>[9]. <u>That's it</u>[10]."

(6) <u>His story won't fail to remind me of the exact term "romantic"</u>[11]. <u>To write love letters is something romantic; to present 99 roses is something romantic, too</u>[12]. <u>But I wonder whether to clean the desk and prepare tea and medicine are still something romantic</u>[13]. <u>Actually, there is no fixed pattern for being romantic</u>[14]. Probably, to treat someone with affection and care is really something romantic, which is <u>just like the loveliest flower nurtured with both life and love</u>[15]. (陈刚 试译)

【简评】

● 以下围绕【清顺自然】讨论散文"浪漫"两篇译作的主题问题——语言风格（题目与全文）。

● 【TT3-1】的题目"Being Romantic"可能是译者对英文文法的一个"误会"，这样译很可能被理解为"此时正在浪漫着"，即指"眼下浪漫"、"一时浪漫"。综观全文，译成"What is 'Romantic'?"较为切题。

● 句2的译文对比出现一些差异，值得注意。其一，<u>小伙子性格内向，不善言辞，他不知道如何向女孩子表达他的爱慕之意</u>[2]处理成递进结构较好。其二，"不善言辞"不是不善于表达感情（包括爱情）。其三，"表达爱慕之意"是一个委婉的行为。因此，【TT3-2】的译句是：<u>He was a man of few words and not good at expressing himself, even less his love for her.</u>[2]但是，【TT3-1】中的句2的结构是"因果"结构，"不善言辞"被译为"not good at expressing his feelings"似乎"过"了些，"…unbosom himself of his love for her"则过于直截了当，跟 ST 有较大距离，也不符合内向小伙的实际情况（尽管是否定句），因为 unbosom oneself 意为"to tell the secret feelings, esp. troubles and worries, of oneself"[1]，

---

1 参见 *Longman Dictionary of Contemporary English*。

而且译文出现语法结构错误，应为 unbosom oneself to/unbosom oneself of his love (to her)。特别在此指出，不少英美案头学习词典（如 Oxford、Collins、Cambridge、Random House、Merriam-Webster）居然不收 unbosom，New Oxford 居然把该词定性为 "古体的，已不通用的；过时的，陈旧的"（archaic）。

● 【ST3】句 3 三个 "小句"（<u>写情书罢</u> [3-1]……<u>送花那一套</u> [3-2]……<u>至于直截了当地告诉女孩子说 "我爱你"</u> [3-3]）如何处理，应在细读全文、充分理解整篇话语语境的基础上作一 "重构"（restructuring）和 "重组"（reorganization）。为译文生动可读，笔者把原文做了 "对话" 处理，于是语篇不是书面语体，而成了口语体了：<u>What about writing a love letter?</u> [3-1] + 下一个自然段首句 <u>Then, what about presenting flowers?</u> [3-2] + <u>Well, what about saying "I love you" in person?</u> [3-2]。比较而言，【TT3-1】中的对应句在结构、表达、措辞及语境处理等方面则显得 "严肃有余，活泼不足"。

● 对 "<u>小伙子是学理工的，一直搞技术工作</u> [4]" 笔者作了 "新词语境" 的构建，通过 "新词增益"，算是达到一种 "生动之创意" 或 "境界"：<u>he seemed to be the type that looks kind of nerdy</u> [4]。西方人，特别是英美人都知道新词（现已不太算新）nerd/nerdy，用来形容那位小伙相当恰当。Nerd [*Slang*] 指 a socially backward person, esp. one preoccupied with intellectual matters or with technology，如 a computer nerd [1]。George Kao 等把该词释义为 "学生口语中的流行语：傻瓜、书呆子、土头土脑的人" [2]。笔者建议译文是：傻帽；（笨嘴笨舌的）书呆子。需要阐明的是，该词带有褒义。美国某数学博士生组织了一个 Society of Nerds and Geeks（傻瓜与怪人学社），强调学问对国家的重要性。他在《纽约时报》撰文，题为：America Needs Its Nerds（美国需要书呆子）。文章首句：There is something very wrong with the system of values in a society that has only derogatory terms like nerd and geek for the intellectually curious and academically serious. 此外，在硅谷 nerd 是褒义词（a computer nerd），如今 nerdy 指聪明（smart）。

● 处理 "<u>满脑子的图形，就是没有一句有文采的话</u> [5]" 也很有讲究。由于为了一个 "出彩的词"（nerdy）增加了一句，于是顺理成章，将句 5 处理成介宾短

---

1 参见 *Random House Webster's Dictionary of American English*。

2 参见 *A New Dictionary of Idiomatic American English*。

语（with...but without...），作为补充说明。

● 在如何评价、处理 "小伙子就更没有那胆量了<u> [6]</u>" 的原译，笔者的 "心迹" 是：自己比较喜欢使用 idiom 或 slang，熟悉 guts 的基本用法（如 "人们对秦桧<u>恨之入骨</u>"，本人在 20 世纪 80 年代初中期就开始在美国游客前反复使用 "Chinese people <u>hate his guts</u>"，并得到他们的赞赏）。21 世纪初中期，在读到居先生的译文（"<u>he absolutely had not the guts to do so</u>"）时，本人特地做了一个惯用法（usage）的研究。根据 *Merriam-Webster's Dictionary of English Usage*（以引用部分的下画线为引用者所加），guts <u>could and did provoke some strong reactions</u>（第 487 页）："When I came upon it [guts] in a high-class magazine I was not only nauseated but astonished that the editor would allow it." Its use makes the commentators a little nervous even today（第 488 页）. Evans found it "<u>coarse</u> but effective". The word is always used with <u>deliberate intent</u> to <u>shock</u> or <u>sound rough-hewn</u>. Guts is indeed plain and forthright, and if you are <u>not prepared to be plain and forthright</u> (or <u>feel your audience is not prepared</u> to have you so), you might want to choose an alternative such as courage, mettle, pluck, spirit, resolution...（第 488 页）. 有鉴于此，笔者避免使用居先生译文中的 "had not the guts to do so"，并认为以此描绘一个心地善良的书生，风格不适宜，并担心使用这个比较 "粗" 的表达，是否会 "破坏" 散文所精心营造的 "浪漫语境/境界"。于是，按照 *MW Dictionary* 的建议，将该句译成：（<u>Well, what about saying "I love you" in person?</u>[3-2]）<u>I'd bet he was definitely unable to take courage to do so</u>[6]. 即选择 "to take courage to so"。

● <u>事实上一年后他们却结了婚</u>[7] 看似好翻，如居译 "But <u>as a matter of fact they got married a year later</u>[7]"。这样译没错，但比较一板一眼。是否考虑使用英美人喜闻乐见的地道表达法 to turn out? 例如：The party turned out a success. (= although we thought it might not be) 再如：It turned out that his statement was false.[1] 所以，笔者译文是：But <u>it turned out that they got married a year after</u>[7].

● 同理，如何将 "<u>有人向小伙子讨教</u>[8]" 译得比较 colloquial，也是需要 "精炼精思" 的。居译是 <u>When asked about his successful experience</u>[8]，陈译则是 <u>When asked about his trick</u>[8]. 为什么 trick 比 successful experience 更好呢？其一，表

---

1 参见 *Longman Dictionary of Contemporary English*。

面看，前者语言精练/简练（单音节词），后者太长（7 个音节）；其二，前者"俏皮"，后者"较板"；其三，trick 意为 "a clever, effective, or quick way of doing something"，例如，He has a lot of experience with gardening, so he should be able to *show/ teach us a trick or two*. [=he should be able to give us good advice about gardening][1] 因此，trick 相当于"秘诀"、（有啥个）"法儿"等。

● "口语化"和"可读性"实则是衡量这类散文翻译的标准。就"<u>一开始她不知道是我做的这些事情，时间长了，就知道了</u>"[9]而言，居译（<u>It wasn't long before she found who had been paying her all these attentions[9]</u>.）中的问题首先是"attentions"（尤指男人对女人的殷勤，亲切[2]），一来用词"太露"，二来有欠朴素，显然译词违背原意（"我做的这些事情"）。笔者采用简洁的语言和简单的结构来翻译：<u>Sure, it did take some time for her to know all this</u>[9].

● "浪漫"散文中几乎每句话的翻译都需要推敲，即使就几个字的翻译，比如<u>就这么简单</u>[10]。居译是 <u>As simple as that!</u>[10] 译为 <u>That's it.</u>[10] 不是更简单吗？

● <u>忍不住叫人想到"浪漫"一词</u>[11]。居译 <u>His words remind me of the word "romantic"</u>[11] 比较"平"，起码没有翻译"忍不住"。陈译是：<u>His story won't fail to remind me of the exact term "romantic"</u>[11]. 其中，"wont' fail to"和"the exact term"起强调作用，跟原话在文字、语气、功能和内涵上大致对等。

● 以下四句"<u>写情书是一种浪漫，送 99 躲玫瑰是一种浪漫</u>[12]。<u>我不知道，擦桌子泡茶送药是否也是一种浪漫</u>[13]。<u>浪漫是没有定式的</u>[14]"需要译者把握好目标语的句法运用、句子顺序、单句建构及选词风格等。居译把句 13 和句 14 的顺序做了调整，四句中的选词比较正式，结构比较复杂，似乎缺乏文字衔接（cohesion）：<u>Writing love letters is an outpouring of romantic feelings, so is offering a big bunch of red roses</u>[12]. <u>The expression of love follows no definite pattern</u>[14]. <u>I wonder if wiping the desk and preparing tea and medicine for a person of one's heart is not one of the ways</u>[13]. 然而，陈译则没有改变原文句子顺序，选词口语化，强调文字衔接：<u>To write love letters is something romantic;</u>

---

1 参见 *Collins COBUILD English Dictionary* 和 *Merriam-Webster's Advanced Learner's English Dictionary*。

2 参见 *Longman Dictionary of Contemporary English*。

to present 99 roses is something romantic, too[12]. But I wonder whether to clean the desk and prepare tea and medicine are still something romantic[13]. Actually, there is no fixed pattern for being romantic[14]. 这儿仅就 cohesion 做一对比分析，陈译在所有四句中都保留了"romantic"，并且照应了散文题目（What is "Romantic"?）。其余译文，自有公论。

● 最后一句"（它是）生命之火所点燃的最绚烂的花朵[15]"非常不好译，SL 中的喻体跟 TL 的很难对应，需要创译。居译是 the reddest rose nurtured by the spring of life[15]，回译成 SL 是"用生命的泉水浇灌的最红的玫瑰"。陈译则是 the loveliest flower nurtured with both life and love[15]，可回译为"用生命和爱情浇灌的最可爱的花朵"。亲爱的读者，您喜欢哪一个译文？

【跨越文化】讨论主题——民俗文化。

英译散文文本中的中国文化，其实已经不是一件十分困难的事情了。通过实践，通过语境重构，跨文化翻译的可译性、可译度不断提高。如何在原有的基础上再提高一步，为英语读者所知之、好之、乐之呢？此次我们围绕部分民俗文化的译例来做一"试范"。

从"更上层楼"的要求出发，笔者提出在下列五项/种翻译策略/方法的基础上再提高可译度：

1) 归化/改编（domestication/adaptation）。"归化"以目标语读者为导向而采取的明白、流畅的翻译策略，主要涉及文化层面；"改编"以目标语文本为导向而采用的自由译策略，既涉及文字层面，也涉及文化层面。**提高点在于——跳出归化的传统思路。归化未必以牺牲 SL 文化为代价，也未必以牺牲 ST 内涵为代价。**正确理解 TL-oriented/TL reader-oriented translation，理应"一分为二"，即包含"朝目标语方向靠的翻译"/"方便目标语读者的翻译"这一层意义。随着全球化的进程，随着跨文化翻译的进步，多读、多思、多实践可以解决原先解决不了的翻译问题。

2) 融入/杂合（integration/hybridization）。"融入"是以一种新的 SL 表达形式进入 TL 并融入其中；"杂合"是指混合使用反映不同种族、族群、意识形态、文化和语言的特殊表达法来翻译，换言之，此法是归化和异化的杂交(陈刚，2009：87)。**提高点在于——来得好不如来得巧和妙。**如何比较准确、巧妙地找到目标语中与 ST 文化相似、相同或想通的表达法，互借对方的"契合点"(半融入+半融入)，以期更好地为 TL 读者所接受、所认可/认同。比较典型的是关于林书豪的一连串 coined words：Linsanity(林疯狂)、Lincredible(林以置信)、Lindex(林指数，因林书豪热推动了相关行业经济)、Linflation(尼克斯门票和相关商品暴涨)、Lindustrial/Lindustry(林产业，因林书豪而受益的 industry，如体育、运动产品、电视机、酒吧等) 等。

3) 异化/国际化(alienation, foreignization/international expression)。"异化"指可以不受目标语言和文本习惯的限制，保留源语中的文化色彩，虽然读起来有些晦涩难懂，却能让目标语读者感受到"异域"文化(陈刚，2009：52)。该策略会被故意用来打破目标语惯例。"国际化"指"国际表达"，就是用国际上为大多数人所熟悉、易接受的符号系统，即被称为国际语言(international language)的英语来表达。比如，"不可抗力"，应用国际上的惯用法来表达，即"force majeure"或"acts of God"，而不可能是"irresistible force"。再如，中国人礼让三先，与人一同走入电梯时，总是说"您先请/走"，英文是"After you (, please)"；而一般不说"You first please"/"You first go"。**提高点在于——与时俱进，更新观念。**未必完全"陌生化"才是异化，通常 100%的异化 TL 读者难以接受，尤其在英美/英语市场；既然是"化"，就可以"量化"；既然 100%的异化不好接受，可以"顺从"至 50%的异化(这不是有意要"50%化"，而只是打个比方)；异化未必适用于对方完全陌生化的表现手段，如使用汉字(或汉语拼音)，因为方块字与英文格格不入，用了也起不到任何交流作用(语言使用的第一或至高目标应是交流)。逐步熟悉英美人还比较喜欢其他什么语言，如英国人偏爱 Anglo-Indian(印度英语)，美国人"偏爱"Yiddish(意第绪语，依地语——犹太人使用的国际语)。特展开讨论一个 Yiddish term。要比较准确地同时描述两种住家营地及人际关系，英文中也没有这么一个 term，依地语却有——haimish：一种是简单甚至贫穷的住家营地，但友好、温暖、亲如一家

(friendly, warm and familiar)；另一种是优雅、豪华的住家营地，但很冷漠，缺乏温情。从这个营地到另一个营地，你似乎穿越了一条无形的 Haimish Line。因此，通过（再）语境化，我们可以说"小市民的幸福"、"哥儿们的痛快"、"穷并快乐着"是 more haimish。过去的糟糠夫妻（如孙喜旺和李双双），虽穷但日子过得乐呵呵的，而今老公发了财，有了小三，今昔之别恰似跨越了如 the Haimish Line 这条鸿沟。21 世纪的北京人（包括"北漂"背景的新北京人），在市区 CBD 赚大钱，回家却须驱车两小时，尽管住在郊外的高级公寓，但与邻居"老死不相往来"——这是一种 a bad trade-off，他们可能"live on the <u>wrong side</u> of the Haimish Line"。可见，描写中国特有的文化现象，可以借用国际表达，这样未必损害中华文化。"国际表达"可以是接近英语的（非完全陌生化），也可以是非英语的（"异化"）。之所以印度英语和依地语容易为英美人所接受，正是因为这两种语言更为接近英文，包括比较重要的发音。

4）直入/植入（direct transfer/transplantation）。"直入"即 SL 的文化、表达法直接进入 TL，类似 just go ahead。"植入"指把在 SL 土壤生长的语言元素、文化元素移植到 TL 土壤，看看是否服水土。**提高点在于——找准契机，直接进入，加大推广，移植异乡。** 如 *kung fu*（功夫、武术）、*dim sum*（点心）、*feng shui*（风水）和 *guanxi*（关系）。

5）释译/注释（interpretive translation/annotated translation）。"释译"即解释性翻译，要求 TL 简洁。"注释"指注释性翻译或翻译带注释，TL 同样要求简洁。**提高点在于——在中文内涵的基础上重写（rewriting）或诠释/注释（interpretation/annotation）。** 如"福利（分）房（制度）"可以是 welfare housing (distribution/allocation system)。再如"科学发展观"——the scientific development concept，the scientific development perspective 或 scientific approach to development。当然，还有文字比较"啰唆"的译例，恕不赘述。可以提请读者特别关注以下这一类语言（均出自李洱的《石榴树上结樱桃》）："当场拿下"（如一旦发现生二胎的妇女便当场拿下）、"连夜打掉"（如一发现女方超生，命令其立马把孩子打掉）、"狗走窝"（农村方言）、"猫叫春"（农村方言），等等。

【ST4】"谢天地" + "福礼汤"（民俗节日及民间菜肴）

记得最有乐趣的节，莫过于年终的"<u>谢天地</u>¹"。那<u>谢完天地</u>²之后，母亲用<u>福礼汤（鸡、肉汤）下的银丝面条</u>³，其鲜美无比至今还留下十分美好的回忆。（居祖纯，2000/2004：13；*下画线及编号为引用者所加*）

【译文对比】

【TT4-1】As I now recall it, no other festival held greater fascination for me than "<u>Thanksgiving" ceremony</u>¹ <u>held at the end of the Chinese lunar year</u>.² <u>To express gratitude to Heaven and Earth</u>³, Mother would use, among other dishes, "<u>Thanks-for-Happiness Soup" (chicken and meat soup) as one of the offerings</u>⁴, and the rituals over, she would cook <u>the whitest and finest noodles (called "silver-thread noodles")</u>⁵ in the broth. The delicious taste lingers to this day!（居祖纯，2000/2004：17；*下画线及编号为引用者所加；共用 76 词*）

【TT4-2】Perhaps the biggest fun of all for me is no other than <u>the sacrificial ceremony for thanking Heaven and Earth</u>¹, <u>which was held at the end of the Chinese lunar year</u>². <u>After the ceremony</u>³, my mother would cook <u>what was described as "silver-silk noodles"</u>⁵ in her special soup called "<u>Thanksgiving soup" (with chicken and pork)</u>⁴. Its unmatched taste lingers even to this day!（陈刚 试译；*共用 63 词*）

【简评】

- 民俗文化很难译得到位，或"异化"，导致TL读者不知所云，不易了解并喜欢中华文化，或paraphrase过长，译语拖沓。有关【ST4】的翻译就是一个例证。
- 据居先生注释，"谢天地"指的是辞岁时的仪式，似可借用thanksgiving一词。"谢完天地"宜直译。如前所述，thanksgiving是基督教对上帝致谢。鉴于指明中国人的thanksgiving是对"Heaven and Earth"的必要说明，此处的thanksgiving似既可符合英语习惯，又不失民族特点。（编自居祖纯，2000/2004：18）
- "<u>谢天地</u>¹"、"<u>谢完天地</u>²"、"<u>福礼汤（鸡、肉汤）下的银丝面条</u>³"这三个词语的翻译很有讲究。首先，"谢天地"指的是大年夜家人共进团圆饭前供奉天地的传统仪式，这种富有中国文化特色的传统习俗并不为英美人所熟悉。

【TT4-1】（居译）和【TT4-2】（陈译）都试图把中国的传统文化介绍给异国读者，居译采用了归化法，即使用 Thanksgiving Day（感恩节）的传统和餐前祷告的礼仪，动机不错，但文化指向性出了问题——"感恩节"是感谢上帝，而"谢天地"则是感谢天与地的供奉仪式（sacrificial ceremony/rites; sacrifice），而且具体内容、程序都是不同的。陈译采用了简洁的解释性直接翻译，则较为准确地传递了原文的文化信息与内涵。在此铺垫下，陈译采用"水到渠成"的归化译法来处理"福礼汤"，同时采用"顺理成章"的异化译法来直译"银丝面"（前边增加英文中惯用的"what was described as"表达法作为"引子"）。由此可见，陈译从整体上构成了"杂合化"译法。细分之下包含巧妙的"归化"和毫无隔阂的"异化"：前者即"洋为中用"，不仅没有牺牲中国文化元素，而且借"外力"水到渠成地宣传了中华民俗文化；后者的所谓"异化"实则是"直入"或"直译"。比较而言，居译"单刀直入"地使用 Thanksgiving ceremony，似嫌突兀，后边的 Thanks-for-Happiness Soup 存在语法和惯用法问题等。此外，居译补充了 To express gratitude to Heaven and Earth，语言就不够简练。（部分内容参见陈刚，2011：476）

● 要有效地向西方读者译介中国文化，应尽可能打造自然、有效的 TL 语境，否则就导致误导 TL 读者的语境化。就文字简洁而言，居译用了 76 词（但交流依然出问题），陈译用了仅 63 词。就民俗节日翻译而言，居译是误译——把祭祀天地的仪式译为感谢上帝的"感恩仪式"（因为没有铺垫）。就逻辑而言，突然在西方人熟悉的"Thanksgiving ceremony"之后出现"To express Heaven and Earth"（表示目的的动词不定式短语），令人感到在话语衔接（cohesion）和逻辑连贯（coherence）方面出现不顺畅，即阅读、理解障碍。而连接得体的表达方式应为"After the ceremony"，正好匹配原文"谢完天地后"。就"银丝汤"翻译而言，居先生认为不宜直译为"silver-thread noodles"，宜意译；笔者以为面条本身就是细细长长的，完全可以描绘为银白色的，所以陈译是：...cook what was described as "silver-silk noodles"[5]。难道西方人会误读吗？更何况笔者特使用了英语中的惯用铺垫法——"what was described as"。

【ST5】一个姓唐的和尚（文学与佛教人名）（居祖纯，2000/2004：50；下画线为引用者所加）

【难点】所谓难点，即难译的地方或"点"，有二解：一是看上去就难译，而且真的很难译或不可译；一是看上去简单，其实很容易把人带到沟里去，英文叫 deceptively easy。"唐僧"——"一个姓唐的和尚"属于后者。

【TT5-1】a monk surnamed Tang（同上：52/55）

【剖析】

● 居先生知道唐僧不姓唐，但说唐僧"姓唐也不能算错，建议译作：a monk surnamed Tang"（同上：55）。

● 居译有两错，一则译名与事实不符（"不信"），但未必一定被判做严重错误，算是可接受吧；一则作为资深译者、专家在此暴露了"杂学"和"译外功"不足的问题。

【TT5-2】a monk known as Master of Tripitaka/Tripitaka Master（陈刚 试译）

【简评】

● 陈译采取了通达译法，可读性强，既可以说是"中国特色，国际表达"，也可以说是一定百分比的"归化"——这样西方读者能够读懂的是多数。

● Tripitaka 是 Pali，即巴利语，古代印度的一种语言，现已成为佛教的宗教语言。Tripitaka 在西方国家比较普及，该词的国际化程度较高，所以可以说是一定程度的归化，起码是更接近英文。Tripitaka 译成汉语是三藏经，Master of Tripitaka 意思是三藏法师，即唐三藏。

● 学会使用 Tripitaka，用于一般非文学作品自然很好（降低要求也可以），但文学作品、历史文献、宗教著作等体裁的要求则是应该、必须。

● 若问笔者为何知道，在此再次重申：多读、多练，主要是一个实践问题或用功问题，并没有理论窍门、捷径可循。但愿"理论家"不要夸大理论的认知功能或指导功能。

【ST6】他（指孙猴子——笔者注）……也成了正果。（佛教语俗译）（居祖纯，2000/2004：50；下画线为引用者所加）

【难点】容易把"正果"译得一板一眼的。如查外研社《汉英词典》（第三版）第 1810 页，照搬有关译文，"right fruit—rightful consequence of a regulated worldly life" 或 "attain righteousness through self-cultivation"，或采取解释翻译法——"reach the stage of (perfect) enlightenment by practicing Buddhism"，总觉

得这些译文"大动干戈"或"小题大做"了。

【TT6】…and the monkey <u>became a Buddha</u> too（同上：52）

【简评】

- 其实 ST 是一个平和、简单的语境，不必在 TT 中构建一个复杂的、很专业化、学术化或宗教化的语境。

- "(修)成正果"往往依语境而产生新的意义。佛教中的"成佛"了；女方(终于)被娶(或嫁入豪门)可描述成"修成正果"；从副职转为正式，也可以说"修成正果"。因此，在轻松的语境中，只要用简单、明了、口语化的语言翻译即可。我们不妨称之为"俗译"。【TT6】简洁的"俗"译文完全可接受。

【ST7】遥指青山是我们的归路。(**民间哲理翻译**)（居祖纯，2000/2004：92）

【TT7-1】The green mountains in the remote distance are our final destination. （同上：96）

【剖析】

- ST 出自散文《中年的慵懒》。其中第一段有："'遥指青山是我们的归路'。意思就是太阳过了中午就称斜阳西下来，所以赶紧找到归宿归去来兮吧。"（转引自居祖纯，2000/2004：92）该段含义还是比较清楚的，可以用俗话"人过三十天过午"来比喻。古代人的寿命比较短，30 岁可达事业之顶峰，70 岁就算古来稀了，所以工作学习的黄金时间是 10 到 50 岁，30 岁基本就是一半了。如果把人的一生比作一天的话，人过了三十就好像一天过了中午一样。表示人生已过半，是找归宿的时候了。虽然现在人的寿命大幅度提高，这句话有点过时了，但其内含的深刻道理/哲理仍然有一定的说服力，如当代人(包括男女)过了中年(算是 45—60 岁)，的确该思考人生的下半辈子的事了，也的确该考虑退下来了。由此，我们可以把那句俗语修改为"人过中年天过午"。

- 在准确理解 ST 的基础上，我们不难判断，【TT7-1】并非地道的英文表达法。基督教有一重要问题——Will Heaven Be Your <u>Eternal Home</u>? 基督教徒认为：Man has an immortal soul that will exist forever in one of two places—either in Heaven or in Hell。我们可以从中找出翻译 ST 的地道用法。

【TT7-2】

- Green mountains are the <u>eternal home</u> to middle-agers.

●Green mountains are the <u>eternal home</u> to us middle-agers.

●Green mountains are the <u>eternal home</u> to our middle-agers.

●Green mountains are our <u>eternal home</u>. (陈刚 试译)

【简评】

●【TT7-2】四种译文都正确、地道，而且语言简练，像谚语或成语。

●从语篇视角出发，【TT7-2】可以跟《中年的懒惰》最后一段 "其实中年才是人生盛华的开始……" 中再次出现的 "遥指青山" 在语言和内涵方面进行完美的呼应，这点可以通过以下译例对比清楚地了解到。

【ST8】其实中年才是人生盛华的开始，不应贪婪，不应享受，<u>不应以多躲在家里喝功夫茶[1]为荣[4]，继续青年时代的风雨跋涉[5]，那种 "遥指青山"[2]寻找归路[3]的事当然要做，但将它放到八十岁后再去考虑吧[6]</u>。(内涵翻译与文化照应)(居祖纯，2000/2004：92；下画线及编号为引用者所加)

【难点】【ST8】很不好译。但这里讨论的难点/要点有三(见编号)。"功夫茶" 涉及如何译，即照直译，还是 "绕道译"。对西方人来说，喝功夫茶没错啊，是否会造成不必要的误解。"遥指青山" 在散文第一次出现时没有译好，再译势必 "出问题"，而且出得更大。文中初次出现，有上下文，不太难译；在新的上下文中再次出现，语境有变，能否照搬？还有紧跟其后的 "寻找归路" 又该如何处理？

当然，我们除了讨论有关重点外，如何处理 "语境与结构" 的关系，即 SL 和 TL 的不同语境化，由此产生的 TL 结构选择、变化，也是要认真讨论的次重点问题，因为 "语境说" 要贯穿全书。

【TT8-1】In actual fact, middle age represents the prime of one's life, <u>allowing no indolence, no self-indulgence, still less self-glorification in the fact that one is now able to shut oneself up in a closet[4] and kill time by sipping tea leisurely[1]. On the contrary, one should continue the stormy long march started in early youth[5]. As to the search for the road of no return[3] in the green mountains in the distance[2], that will of course have to be done, but only after one has reached 80[6]</u>. (居祖纯，2000/2004：97-98；下画线

及编号为引用者所加)

【剖析】

● 【TT8-1】中句 1 没有译错，属于聪明的"绕道译"，译出内涵，不纠缠字面，否则大错特错了。功夫茶，并非是一种茶叶品种，而是一种泡茶的技法。之所以叫功夫茶，是因为这种泡茶的方式极为讲究，操作起来需要一定的功夫，功夫乃沏泡的学问、品饮的功夫。从译者的特殊角度观察，功夫茶的操作有两大特点，一是需功夫，二是费时光。不过【TT8-2】提供了一种简洁译文。

● 句 2 的问题属于"先天遗留"的问题，硬搬过来显得非常 wordy，"青山"通常坐落于远方，很少有人的住家前后就是所谓的青山，好比"(遥指)雪山"。逐字译反而破坏了原文美，这点中英文相同。

● 句 3(寻找归路)在 TT 中调整为"寻找不归路"(the search for the road of no return[3])，未必不可，但前后的整体译文非常冗长，且很机械、口语化、可读性较差。

● 句 4 结构过于"复杂"(allowing...in the fact that...)，选词"偏大"(indolence/self-indulgence/self-glorification)，不够直抒胸臆。

● 句 5 译得太直，难以在 TL 中兼容。

● 句 6 翻译若采取"视角转换"这个思路及技巧，结果会显得鲜活、有力。

【TT8-2】As a matter of fact, the prime of life begins at middle age. So, don't be lazy. Don't seek pleasure only. Don't just stay home[4] (doing nothing but) sipping time-killing tea[1]. Instead, keep working and pursuing with your youthful and creative vigor[5]. To find your "green mountains"[2+3] is something you are supposed to do after eighty but NOT NOW[6]. (陈刚 试译)

【简评】

● 既然喝功夫茶费时，于是译文是 sipping time-killing tea[1]。

● 既然"green mountain"暗喻"eternal home"，"寻找(不)归路"简译为 To find your "green mountains"[2+3] 就完全可以。

● 句 4 在译成 TL 时，转换了视角和句型，采用了简短、有力的"Don't do something"结构，可读性很强。

● 句 5 受上文(即语境)影响，自然而然选择同样的"祈使句"结构，并在前面加

◆ 新世纪翻译学 R&D 系列著作

了"instead"，以示转折。句 5 是内涵式翻译，摒弃了 word-for-word translation。

● 句 6 是文章的最后一句，在原文中似乎缺乏感召力(也许汉语这样处理可以)。但因为此句是起 vocative(召唤)功能，把它译成英语，理应把这种功能移植过去。【TT8-1】中的译法不可取，是没有很好地分析、把握语境加之英文表现力不够所造成的。由于对英汉不同(文化)语境了解到位，对"遥指青山是我们的归路"的英文处理既地道又巧妙(详见【TT7-2】)，结果整篇散文的结尾句就处理得很有动感，且回味无穷：(To find your "green mountains"$^{2+3}$ is) something you are supposed to do after eighty but NOT NOW^6。将 "(but) NOT NOW" 两个单词大写，也是一种强调，召唤青年人、中年人继续追求自己的辉煌事业吧，不要过早地思考什么"青山"、什么"不归路"!

　　【高级搭配】讨论主题——自然活对。

　　自然活对首先是一个语用问题，其基础是词语搭配(collocation)。词语搭配是指在日常应用中自然地组合在一起的一群词语。搭配也指"限制词语如何同时使用的一些规则"，如 perform 与 operation 可搭配，而与 discussion 搭配则是"不合语法/不可接受的形式"(Richards et al, 2000：78)。

　　如果想学会运用地道的英语，就必须熟悉词语搭配。学好英文的五门功课(听、说、读、写、译)当中，写、译属于较高层级/次。能用非母语(如英语)写出漂亮的句子、文章已实属不易，能创译出文学作品(如散文、诗歌)更是困难重重，须不断"翻山越岭"，不断唱出"high C"，不断学会处理双语细节，不断重构 TL 语境，才有可能在 ST 和 TT 之间实现自然活对。

　　其次，文本间自然活对是一个语际翻译问题，是一个高级语用问题。这里讨论的主题"自然活对"涉及词语搭配(初、中、高级)，高级词语搭配不可避免地涉及习语。译者能否自然地使用 TL 词语搭配(含习语)，是衡量其口头与书面高级交际能力(vital to communicative competence)的重要标准。没有一个 English native speaker 使用的自然的口头或书面英语是不存在搭配的。如果译者每每使用书卷气很浓(bookish)、刻板并非自然的(stilted)语言，罕用或不善于使用 collocations/

idioms，我们先不说该译者的翻译水准，起码该译者作为一名常人是严肃有余(serious)、官气十足(official)、枯燥乏味(dry)、缺乏想象力(unimaginative)的。特从 *Dictionary of American Idioms* 中引用一段话，来说明我们讨论这个主题的重要性：

The use of idioms is, therefore, extremely important. It can strike a chord of solidarity with the listener. The more idioms you use in the right context, the more at ease native speakers will feel with you and the more they will think to themselves "this is a nice and friendly person—look at how well he expresses himself!"

就翻译而言，会使用 TL 词语搭配(及习语)还仅仅是一个基础问题(尽管很重要)，更为重要的问题是考虑语境因素的搭配(contextual factor collocation)。英语中的词语搭配很难译得言简意赅。SL 中有不少非常的词语搭配，TL 中也同样存在，如广告体裁、诸多文学体裁等。翻译就是为找到合适的词语搭配而不断地努力的过程(Newmark, 2001b: 212/146)。有些固定搭配词语的内涵是一个普遍概念，比较好译，如 sexual harassment，domino effect 等；有些需根据语境来调整译文，如 lead time，cold-calling 等。然而，更为复杂的文学体裁中的搭配词语，除了存在这两种情况以外，还有不可回避的最为重要的问题——语言的文学性(literariness)。以下的有关举例，先涉及散文体裁，请读者在诗词体裁部分继续关注相关讨论。

【ST9】关键词的选择(口语体风格)

孩提时住在农村，常常盼望过年。记得<u>最有乐趣的节</u>，莫过于年终的……(居祖纯，2000/2004：13；下画线为引用者所加)

【难点】【ST9】不是很难译，但要把下画线部分译得轻松、口语化、富有情趣、符合孩子们的语言风格，还是需要好好思考一番的。目标语为非母语的中国人，不习惯进行这样的双语转换思考，往往跟着感觉走，严格按照字面译，因为画线部分的文字的确不难译，所以有的译者也就思考不多，换言之，没有"炼字"。笔者以为，写诗需要"诗眼"(the eye of the poem：诗歌中最能开拓意旨和表现力最强的关键字词或词句)，译诗同样需要，散文翻译也有类似需要特别关注的、能够"传神"、"点睛"之笔。

译文要点睛、要传神,就要会搭配——搭配得活,搭配得妙,搭配得自然。

【TT9-1】I always looked forward to festivals while a kid living in the countryside. As I now recall it, <u>no other festival held greater fascination for me than</u>…held at the end of the Chinese lunar year.(居祖纯,2000/2004:16-17;下画线为引用者所加)

【剖析】

● 居译不错,使用了比较结构,以示强调。

● 笔者发现居译选择了"大词"fascination 与其他词语进行搭配,似乎不合孩子的说话习惯,起码可以避免。

● 从时代情景语境(context of situation)+文本语境(co-text)看,选择英美人更喜闻乐见的小词(fun)作为中心词,这样与其他词语搭配起来,可能更口语化(colloquial),更有吸引力(intriguing)。

● 其他剖析理由,见【难点】分析。

【TT9-2】I always looked forward to festivals during my early boyhood in the countryside. <u>Perhaps the funniest/biggest fun of all for me is no other than</u>…which was held at the end of the Chinese lunar year.(陈刚 试译)

【简评】

● 加"perhaps"是英文中跟最高级连用的习惯用法,算是understatement。

● 在汉语中看似简单的词语(最有乐趣的节),可以译成如此简单、传神的英文单词(fun/funniest),对中国人来说也许不容易想到。

● 【TT9-2】中出现的词,都属于最高频词,也符合 ST 的选词、用词习惯。

● 熟悉常用词,多用万能词,保持白描风格,将 ST 中的传神之笔,译成 TT 中的传神词语。

【ST10】语言与童趣(语域与翻译)

……孩子忽然对我说:"孙悟空真可怜[1]。"

我有些不解,问孩子为什么。孩子说,<u>他干嘛要跟着一个什么都不会的笨师傅去取一本不知道拿来做什么的破经呢[2]</u>?他应该再大闹天宫。(居祖纯,2000/2004:50;下画线及编号为引用者所加)

【难点】翻译的一大困难，就是译出 ST 中的语域——语体类型（stylistic variety），以展现 ST 中的"语言风采"（即语言的多元化）。句 1 和句 2 最好译成"随意体"（causal style），并体现"童趣"——传神词语主要集中在双底线部分。

散文中描写小孩的童趣，其语言应体现出孩子们单纯幼稚、天真烂漫的天性来，一句话，要传递孩童所特有趣味的文字信息及生动的画面感。这些对译者是很高的要求——这个要求则是符合语域的词语"搭配"。

【TT10-1】

…my son suddenly murmured, "<u>Monkey King is really very pitiable!</u> [1]"

Surprised, I asked why. He replied, "<u>What's the point of accompanying a good-for-nothing master on his trip to get those worthless scriptures?</u> [2] He should have rebelled again."（居祖纯，2000/2004：52-53；下画线及编号为引用者所加）

【剖析】

●句 1 句型值得思考，其中的"真可怜"（really very pitiable）译得呆板。

●句 2 中两个双底线部分选词过大，是否符合"童趣"，值得商榷。

【TT10-2】

…he suddenly said to me/murmured, "<u>What a poor monkey/Monkey King!</u> [1]"

A bit puzzled/surprised, I asked why. He replied, "<u>What's the point of accompanying/following the damn/so useless a master to get those damn/so useless scriptures?</u> [2] He should have gone to rebel in the Heavenly Palace again."（陈刚　试译）

【简评】

●表达"真可怜"这种语气的 TL 常用句型是"What + 形容词 + 名词"，故笔者的译文句型是：What a poor…!

●如此小的儿子在听完故事后跟自己父亲的自然对话，语言不太可能很考究，不太会使用诸如"good-for-nothing"、"worthless"这样比较成人化的词语。

●原文中"<u>什么都不会的笨师傅</u>"、"<u>不知道拿来做什么的破经</u>"（注意双底线文字)显然是很"孩童化"的语言，应该在 TL 中予以体现。

● 笔者首选 "the <u>damn(ed)</u> master" 和 "those <u>damn(ed)</u> scriptures"，因为该词(指双底线文字)属于非正式(informal)用语，谁都会，也最容易联想到，说出来也不累，大人、小孩都能做到脱口而出。

● 根据 *Merriam-Webster's Advanced Learner's English Dictionary*，damn/damned used to show that you are <u>angry</u>, <u>annoyed</u>, <u>surprised</u>, etc.。根据 *Longman Dictionary of Contemporary English* (New Edition)，damn/damned used for giving force to an expression, good or bad：a damn fool(大傻瓜)。根据 *Oxford Advanced Learner's English-Chinese Dictionary* (Sixth Edition)，damn/ damned (*infml*: a swear word that people use to show that they are annoyed with sb./sg.)：Where's that ~ <u>book</u>!(那该死的书在哪儿呢！)；The ~ <u>thing</u> won't start!(这混账的东西就是发动不起来！)；It's none of your ~ <u>business</u>!(关你屁事！)。

● 如果读者觉得 damn 可以被替换，笔者另一选词是：so <u>useless</u> a master 和 so <u>useless</u> scriptures(指双底线词)。该词(useless)应该是小孩先于 worthless 学到的。

● 总之，【TT10-2】中的选词符合孩童语域，更能反映"童趣"。

【ST11】常用词与时髦词的把握(避免误搭误译)

　　……国外很多作家<u>老而弥健</u>[1]，创造力<u>长盛不衰</u>[2]，甚至有些<u>名家</u>[3]，还是四十岁过后才<u>起炉灶来吃文化创作这碗饭</u>[4]。(居祖纯，2000/2004：92-93；下画线及编号为引用者所加)

　　【难点】

● 一个不太长的句子中，竟然出现三个四字短语/成语——"老而弥健"、"长盛不衰"和"(另)起炉灶"，它们各自内部如何选择词语搭配，它们之间如何处理互搭互配，需要译者做通盘考虑。

● 还有"吃(文化创作)这碗饭"这种中国的 CST(文化特色词)。此外，"名家"应该如何译得准确、达意——即是否考虑需要语篇衔接，或者"另一炉灶"？

● 这句翻译选词(diction)，是"普通"表达法，还是"时髦"表达法？

【TT11-1】…for writers abroad, <u>age does not seem to affect their energy or imagination at all</u>[1+2]. Some <u>literary celebrities</u>[3] did not <u>start their career</u>[4] until after 40. (居祖纯，2000/2004：97；下画线及编号为引用者所加)

【剖析】

● 就"老而弥健"和"长盛不衰"而言，句 1+2 译文可谓 inadequate，还有不小程度的地方需要补译/意。"age does not seem to affect their energy or imagination at all[1+2]"译成汉语大致是"年龄似乎并不/完全影响他们的精力和想象力"，换言之，在意义上与 ST 不够"搭"，甚至是"误搭"。

● 短语 3 是误译，译文有大错。其一，译者对 celebrity 语用意义的理解发生了原则性错误(详析见后)。其二，"名家"应意指"国外很多作家"中的名家，换言之，这里的"名家"就是指有名的作家，而非其他"家"，所以 lexical cohesion 做得还可以更加到位些。

● 对 celebrity 的语用意义产生误解的译者不在少数。该词通常用于娱乐界、影视界、演艺界、体育界、大众传媒等当红明星(即名人)，当然还有少量政界名人/绯闻政客(如意大利前总理贝卢斯科尼等)，畅销书作家(如《哈利·波特》的作者罗琳、中国的韩寒等)，他们的曝光度高，常伴随着花边新闻、名人八卦(celebrity gossip)，民间还给了明星排名(celebrity rankings)，如此等等造就了"明星文化"(celebrity culture)。如果娱乐界的明星不够"正经"，读者觉得可接受的当属(曾经)排名前三的美国游泳明星菲利普斯。所谓的 celebrity 有区域差别、时代差别、文化差别等。因此，把严肃作家(如鲁迅、弥尔顿等)、政治家(如马恩列斯、周恩来、邓小平等)描写成 celebrity，显然是不严肃的，起码是很不妥当的。笔者建议避免在【TT11-1】中使用 celebrity，因为它容易引起误解或误导，尽管未必一定错——居译本身比较含糊，本应选择普通词，却选择了会产生歧义的时髦词。

● 短语 4 的译文可接受，虽然省略了"文化创作"，意思不够清晰。当然，"吃这碗饭"可以意译或略译，或者处理成"...begin/start literary creation/writing as a job/a means of earning their bread..."。

【TT11-2】...many foreign writers still remain (both) healthy and prolific despite age[1+2]. Some famous ones[3] did not start literary creation as a career[4] until after forty. (陈刚 试译)

【简评】

● 【TT11-2】中"老而弥健"(still remain healthy...despite age)和"长盛不衰"

(still remain...prolific despite age)的译文简明、到位。

●翻译"名家"注意两个原则，其一使用普通常用词，其二选词与"<u>foreign writers</u>"衔接、呼应——"ones"，即cohesion。

●"<u>起炉灶来吃文化创作这碗饭</u>"可以有三种译法：

①...start literary creation/writing as a career...

②...start literary creation/writing as a job...

③...start literary creation/writing as a means of earning their bread...

●综上，分析好 ST 语境，把握好 TL 常用词，避免追求 TL 中的"时髦词"，即使有意使用"时髦词"，务必掌握这些词汇的语用意义即惯用法，以免误搭误译，造成不应有的笑话。

【ST12】英语与美语的把握(避免与歧义词搭配)

……传统中国是专造冬烘的<u>社</u>。（居祖纯，2000/2004：92；下画线为引用者所加）

【难点】应该没有什么翻译难点。最难译的地方也许就是"冬烘"，但一查词典便能解决。直译后的结构可以是：...China was where/a society(,) where/in which...

【TT12-1】...Old China was the <u>hotbed</u> for scholars with fossilized ideas.（居祖纯，2000/2004：96；下画线为引用者所加）

【剖析】

●hotbed 很容易为中国人误用。若查英汉词典，如"编撰倾向偏美"的《新英汉词典》(第4版)，有关译文是"温床"，所提供的例子是 a hotbed of war(战争的温床)。再查美国《兰登书屋韦氏英汉大学词典》，有关译文及举例分别是：1.(种植不合季节植物的)温床；2.(罪恶的)发源地；温床：A slum is often a hotbed of vice. 贫民窟常为罪恶的温床。

●若查英国词典，如 *Oxford Advanced Learners' English-Chinese Dictionary* (Sixth Edition)说，a place where a lot of a particular activity, especially sth bad or violent, is happening(坏事、暴力等的)温床：The area was <u>a hotbed of crime</u>. 这个地区是犯罪活动的温床。再如 *Collins COBUILD English Dictionary* 说，if you say that somewhere is a hotbed of an undesirable activity, you are emphasizing that a lot of the activity is going on there or being started there. ...a state now known worldwide as <u>a hotbed of racial intolerance</u>.

●经过英美词典的对比分析，hotbed 在英国或使用英国英语的国家或地区使用要慎重，不要按照汉语思维的习惯来鉴别、判断目标语的使用；虽然可以使用 hotbed(就算可以按照美语用法来解释)，但是就译者的主体性而言，一定要主动避免使用这种容易产生歧义的词汇，因为 hotbed 更多地用在贬义上，跟"犯罪、暴力、战争"等坏事发生搭配。

●这个词语搭配是 hotbed of something：*Fig. a nest of something; a gathering place of something. This office is <u>a hotbed of lazy people. My class is <u>a hotbed of nerds.</u></u>*[1]

●再从主观角度看，说传统中国是"专造冬烘"的 hotbed，似乎是非常贬义的定性，这种性质的判断句在对目标语及其文化不是很敏感的情况下，还是不轻易造为好。

【TT12-2】...traditional/Old China <u>was believed to breed pedants /pedantic scholars</u>.（陈刚　试译）

【简评】

●谈及中国社会、历史、发展及意识形态，个人以为传统中国的优良传统或许已经保留得不多了，所以多一些"pedantic scholars"未必不好。

●选择"be believed to do something"的句型客观、委婉，这是我们学习英语要特别留意的语用细节。

●当然，"breed"还不妨用"produce"、"turn out"等来替代。

●"冬烘"被译为"scholars with <u>fossilized ideas</u>"有欠准确，因为画线文字意为"陈旧僵化的思想"，与"迂腐"（言谈、行事拘泥于陈旧的准则，不适应新时代)存在距离，因为"僵化"意指"使僵硬"、"不灵活"[2]。

●细查 *Longman Dictionary of Contemporary English* (New Edition)，pedantic 指人拘泥于细节和不重要的规则，而 fossilized ideas 则指陈旧僵化的思想。

●显然，翻译选择不同的 TL 词语搭配，就重构出不同的 TL 语境，就在 TL 环境下产生不同的结果。

---

1 参见http://idioms.thefreedictionary.com/hotbed+of。
2 汉语文字解释参见《现代汉语词典》（第 6 版）。

2.3　原作之意境与译境

从意境到译境，换言之，从 ST 的境界到 TT 的境界，作者暨译者的双语认知与感知很重要：首先是对原诗语境的感知与认知，其次是在经过动态语境化后对新语境的感知与认知——对双语语境的感知与认知是否准确，完全取决于"作-译者"对双语尤其对目标语的敏感性、鉴别力及判断力。对目标语的敏感性其实包括了对目标语文化的敏感性，因为语言是文化的载体。

简而言之，我们可以通过多读双语诗歌培养自己的"诗感"与"诗意"，但最好的办法是通过创作、创译诗歌来培养自己的"诗感"与"诗意"——这就需要经常试笔、试译，可以从最简单的韵文、顺口溜开始，平时一有感觉就抓住那机会，一有灵感就抓住那瞬间。写诗难，译诗也许更难，把汉语诗歌译成英文，是不是难上加难？

如何知难而上？从小事做起，从用英文撰写短诗、顺口溜开始，用英文翻译自己力所能及的韵文、楹联、诗词开始。古语说："万事开头难"。但毛泽东说："入门既不难，深造也是办得到的。只要有心，只要善于学习罢了。"谚语说得好："良好的开端，是成功的一半。"

记得有这么一句话，作为同行共勉：

Many translators have failed, not in their aptitude, but in their attitude. （很多翻译不称职，不在天赋，而在态度。）

话题二：诗词翻译

诗词最重要的一定是意境。割裂开来说，通常会以为意境与押韵、平仄、对仗、用词等元素没有关系，起码这些元素都没有意境重要。对此，笔者不敢苟同。一首有意境的诗词，其组合元素中的任何一种都是不可或缺的，否则对诗/词意境是一种破坏。这里不做长篇大论，仅提出八点认知，供译者（初学者）参考（因英语中没有词的概念，所以我们以谈诗为主）：

1) 好的意境离不开好的语言，而修辞和押韵能让语言发挥更大的魅力。

2) 意境虽比对仗重要，但两者并重则更好。

3) 意境虽重要，但对于古体诗，押韵是必要的；对于现代诗，可以有选择，能押韵也许更完美。

4) 诗歌，尤其是古诗，就必须有韵脚、有对仗，这样读起来才朗朗上口，有助于意境之传递。

5) 诗歌创作，要遵循诗的章法，如韵脚、韵律、音步等，英汉互译都需考虑这些因素。

6) 诗歌创作与创译，为营造诗境，须注意押韵与结构。

7) 古诗向来是最富有意境的，它的一字一句，一词一韵，无不包蕴着广阔的意境。

8) 中英诗歌都强调意象(image)、诗眼、诗境，这三者相辅相成，相得益彰。

汉诗英译或直接用英语创作，都要尊重目标语的语用习惯、文化习惯、审美习惯等，但也要在估计目标语读者可接受的前提下不遗余力地译介中华文化、风土人情、诗学价值等。现代英诗未必押韵，自由体、无韵诗等很常见。然而，作为英诗创作及创译的训练，我们强调诗歌写作的基本要求是很有必要的，而且要建立并树立正确的、与时俱进的诗歌翻译观。

比如，自古以来诗歌都押韵。这是必须有的形式，而且是为内容即意境服务的，所以练习押韵是必修课。

再如，诗歌押韵不仅仅是为了朗朗上口，它还可以带动读者的情绪，因而才有"熟读唐诗三百首，不会作诗也会吟"。我们要求初学者训练写韵文或顺口溜，是培养他们对语言把握的一种应有的敏感度，对英文词语的灵活运用。正是因为平仄的带动所以让初学者养成一种有规律的高低起伏。

起初，创译诗境非常之难，理应循序渐进，从训练押韵、措辞、简洁、重构、节奏、和谐等开始。看看是否能做到读起来、听起来比较悦耳，有音乐美，有节奏感，把重点放在诵读上。因为诗歌的语言美、意境美是需要靠诵读来加以判断的。古人的"书读百遍，其义自见"，讲的就是诵读的重要性，古诗尤其要重视诵读。

回到我们的主旨——如何译出好诗、译出意境，以下准备讨论九种**营造诗词之境的训练方法**（其实也是**诗词英译的基本功**）：学会押韵、少用音节、重构对联、注重节奏、未必押韵、语境合理、叠词巧译、意象保留及整体训练。

【营造诗/词境之一】学会押韵

从阐释的角度谈，诗境是一个抽象的感念，也是一个虚无缥缈的东西。但从具体译诗谈看，诗境是有细节要求的。第一个比较容易感知到的是，诗歌一般都（要求）押韵。虽然有无韵诗、素体诗，但（古）汉语诗歌无韵即无境。因此，要锻炼自己在 TT 中押韵，学会如何在 TL 中押韵，营造一个最为基本的诗境。

【ST13】举手之劳，何足挂齿？服务同窗，乐意效劳。

【背景简介】这是学生（研究生）发给导师的一封 thank-you note，但使用了韵文，导师当时来了灵感，特将该诗译成英文，发给学生，读后甚喜。

【TT13】 It's easy as a piece of <u>cake</u>;

I've got no trouble to <u>take</u>.

To serve my classmates <u>dear</u>

Is my pleasure of the <u>year</u>.（陈刚　试译）

【简评】

● Line 1：在 TT 中使用习语（a piece of cake），对应 ST（举手之劳）。

● Line 2：ST 前两句不押韵，但 TT 中押韵（cake 与 take），读来顺口。

● Line 3：在 TT 中增词 dear，给初学者一个感知：诗歌翻译可以如此灵活运用词语。

● Line 4：在 TT 中增加 year，道理同上；ST 不押韵，TT 中给韵（dear 与 year），虽根据语境是"不得已为之"，但却增加了音韵美。

● 四行诗中，TT 的押韵格式（rhyme scheme）是 AA、BB，ST 仅是首句和末句押韵（劳与劳），你诵读几遍，会觉得英文诗更为朗朗上口。

●有关诗歌押韵的译例，在后边的案例分析中还会涉及，尽管这些案例分析的主题和重点不是押韵。

【营造诗/词境之二】少用音节

　　汉诗英译的一大困难是，由于汉诗（尤其是古诗）文字高度凝练，加之每个汉字都是单音节的，所以译成双、多音节词颇多的英文时音节总数大于汉语音节总数。汉诗英译文一般情况下，音节一定多于原诗，这个问题暂时难以解决，比如汉语"农"字可以意为"农业学科"、"农业"、"农业部门"，用英文表达非用四音节的"agriculture"不可。最为典型的译例是，笔者在翻译"浙江大学校歌"（古文）时就碰到这个绕不过去的"农"字和"工"字："（有文有质，）有农有工。"这个"农"、"工"也只能是"agriculture"和"technology"（四音节）。因此，训练少用音节、强调语言简洁是英诗创译者必须迈过去的一个高门槛。

【ST14】大不自多，海纳江河。

　　　　惟学无际，际于天地。

　　　　形上谓道兮，形下谓器。

　　　　礼主别异兮，乐主和同。

　　　　知其不二兮，尔听斯聪。

　　　　　　　　（浙江大学校歌第一段；字数及音节数为43）

【背景简介】浙江大学校歌由中国现代思想家、著名学者马一浮（1883－1967）作词。此段文字及音节数为43个，有一个比较简练的现代译文（语内翻译）文字及音节数为85个，当然还有一百多字的汉译文。有鉴于此，把古文歌词译成英文，先不管是否适合歌唱，能在 TT 中的音节总数控制在一个比较合理的范围之内，实属不易。

【TT14】 The vast sea contains all streams, all rivers;

　　　　Great learning connects Heaven and Earth.

　　　　Metaphysical is Tao; instrumental is Tool.

　　　　Rites tell people apart; music gets them together.

　　　　To know their relations would make us ever brighter.

　　　　　　　　（陈刚　试译；37 个词及 54 音节）

新世纪翻译学 R&D 系列著作

【简评】

● 笔者已经尽了力了，盼望有高手重译。

● 如果按照汉语的意合法来数词，我们可以把类似"the"、"and"之类的词去掉，这样首段歌词总数可以是 30 个左右，音节则为 46 个。这样的音节总数跟原诗就很接近，尽管 TT 字数仅为 37 个，比原诗少 6 个。

● 要求少用音节，也就是要求译者多用单音节词——实指小词、常用词、"土生土长"的英文词，除非万不得已，如"形上"指"形而上(学)"应意译为"metaphysical"，不宜译成"above"，否则词不达意，造成交流障碍。

　　【营造诗/词境之三】重构对联

　　英诗中有"对联"，典型的有 heroic couplet(英雄偶句诗体；英雄双行体)，如描写泰晤士河的诗句：

　　　　O could I flow like thee, and make thy stream

　　　　My great example, as it is my theme!

　　　　Though deep yet clear, though gentle yet not dull;

　　　　Strong without rage, without o'erflowing full.

　　　　　　　　　　　　　　　（选自 John Denham 的 *Cooper's Hill*）

　　中国古代的格律诗共八句，每两句一联，一联至四联分别是首联、颔联、颈联、尾联。其中律诗的对仗大致在中间两联，即颔联和颈联。当然，律诗中的对联(antithetical couplets)要求要高于英诗中的所谓"对联"/"偶句诗体"(couplets)。

【ST15】穿花蛱蝶深深见，点水蜻蜓款款飞。（杜甫）

　　【背景简介】原文选自杜甫的《曲江二首》第二首的颈联。选择该对联，便于重构训练，即文本间的可拆卸组合对应训练。在这种情况下，ST 是固定不变的，而 TT 却可以是精彩纷呈的。由于英文句子成分之灵活，它能以多种 TT 再现 ST，而不改变 ST 的内容，TT 的前后句之间依然保持形式上的高度对应(参见陈刚，2009：317-318)。

【TT15-1】Butterflies are going amid the flowers deeper and deeper,
　　　　　　Dragonflies are skimming on the water over and over.

　　Cf. 蛱蝶穿花深深见，蜻蜓点水款款飞。

【TT15-2】Amid the flowers butterflies are going deeper and deeper,
On the water dragonflies are skimming over and over.

Cf. <u>穿花</u>蛱蝶<u>深深见</u>，<u>点水</u>蜻蜓<u>款款飞</u>。

【TT15-3】Deeper and deeper butterflies are going amid the flowers,
Over and over dragonflies are skimming on the water.

Cf. <u>深深见</u>蛱蝶<u>穿花</u>，<u>款款飞</u>蜻蜓<u>点水</u>。

【TT15-4】Amid the flowers deeper and deeper butterflies are going,
On the water over and over dragonflies are skimming.

Cf. <u>穿花深深见</u>蛱蝶，<u>点水款款飞</u>蜻蜓。

【TT15-5】Butterflies amid the flowers are going deeper and deeper,
Dragonflies on the water are skimming over and over.

（**TT15-1－TT15-5** 均由陈刚 试译）

Cf. 蛱蝶穿花深深见，蜻蜓点水款款飞。

【简评】

● 英文中，像副词、状语、形容词、定语等句子成分的位置非常灵活，这是汉语难以匹敌的。【TT15】的五种不同译文就很好地说明了这个问题，这给楹联翻译实践与研究提供了有益的启示。

● 【TT15-1】的两句结构均是"主词+动词+介词短语+副词短语"。

● 【TT15-2】的两句结构均是"介词短语+主词+动词+副词短语"。

● 【TT15-3】的两句结构均是"副词短语+主词+动词+介词短语"。

● 【TT15-4】的两句结构均是"介词短语+副词短语+主词+动词"。

● 【TT15-5】的两句结构均是"主词+介词短语+动词+副词短语"。

● 值得告知读者的是，改动正常的词语/语序或者对 SL 诗句进行重构/再语境化，主要还有三个目的：一是为了突出某一层意思，一是为了诗歌节奏的需要，一是为了押韵。

【营造诗/词境之四】注重节奏

诗歌固然要押韵，但更要有鲜明的节奏（rhythm）。声韵仅反映语言之抑扬，节奏才显示语言之顿挫。"节奏之于诗，是她的外形，也是她的生命"（郭沫若语）。诗词翻译可以不严格讲究押韵（详见【营造诗境

之五】未必押韵), 但绝对不可以没有节奏。

节奏本是音乐术语,诗歌是带有音乐性的语言,它像音乐一样有节奏(同时诗歌有韵律),而节奏是在音乐性中起决定作用的因素。

诗歌节奏是音组和停顿的有规律的安排。在汉语中,　一个字一般是一个音节,有独立意义的单音节、双音节或多音节构成一个音组,每组后面有或长或短的停顿。古诗的节奏:五言"二、二、一";七言"二、二、二、一"。新诗的节奏:自由开放,独特创造;每行大致相当,变化中有规律。当把汉诗译成英文后,就要考虑在目标语中的节奏情况。英诗节奏的具体模式叫格律(meter),见表2-7。

表2-7　英诗节奏与格律

音步种类	格律模式	重音格式	音节数
Iamb	Iambic(抑扬格)	轻读+重度	2
Trochee	Trochaic(扬抑格)	重度+轻读	2
Spondee	Spondaic(扬扬格)	重度+重度	2
Anapest	Anapestic(抑抑扬格)	轻读+轻读+重度	3
Dactyl	Dactylic(扬抑抑格)	重度+轻读+轻读	3
Amphibrach	Amphibrachic(抑扬抑格)	轻读+重度+轻读	3
Pyrrhic	Pyrrhic(抑抑格)	轻读+轻读	2

在英诗里每一种这种组合(相当于歌谱上的"小节")叫一个音步(foot)。一首诗每行音步数有大致相同的,也有多少不等的。音步的数目有专门的名词:monometer(一音步)、dimeter(二音步)、trimeter(三音步)、tetrameter(四音步)、pentameter(五音步)、hexameter(六音步)、heptameter(七音步)、octameter(八音部)。

汉诗英译者,有努力按照传统的英文格律要求译的,也有因能力原因或"不拘一格"而完全对传统要求不予考虑的。但无论如何,写诗、译诗是一定要讲究节奏的,无非是严格和不(够)严格之分。

【ST16】黑云翻墨未遮山,白雨跳珠乱入船。(苏东坡)

【背景简介】这是苏东坡《六月二十七日望湖楼醉书·其一》第一、二行。

作者描写了自己在望湖楼上饮酒时所见到的西湖山雨欲来（和雨过天晴后）的
景色。作者从暴雨临前写起，其景象用"黑云翻墨"和"白雨跳珠"这两个形
象的比喻来描绘。天上黑云翻滚，就像浓浓的墨汁在天边翻转，远处的山巅在
翻腾的乌云中依稀可辨。此时，如注的骤雨就已经来到。大雨裹挟着白色的雨
点砸在船上，水花四溅，仿佛千万颗珍珠，从天上倾倒而下。

　　翻译上述诗句应该把翻滚的黑云与如注的雨点所固有的节奏译出
来（ˊ 表示重读，ˇ 表示轻读，丨表示音步或小节）。

【TT16】Black clouds like spilt ink half covering the hills,

　Trochaic　　Iambic　Trochaic Trochaic　Iambic

Pale rain like bouncing pearls spattering　into　the boats.

　Trochaic　Iambic　　Iambic　Trochaic　Trochaic Iambic

（陈刚，1996：5；分析符号为笔者所加）

【简评】

● 【ST16】两行的节奏模式均为七言"二、二、二、一"。

● 【TT16】两行诗句之意群上下基本对齐：black clouds（黑云）对 pale rain（白
雨）；like spilt ink（翻墨）对 like bouncing pearls（跳珠）；half covering the
hills（未遮山）对 spattering into the boats（乱入船）。

● 就格律而言，【TT16】上下两行节奏基本整齐，并有其合理的变化（无变化
则易显得单调死板）：上行是扬抑格（black clouds）＋ 抑扬格（like spilt）＋ 扬抑
格（ink half）＋ 扬抑格（covering）＋ 抑扬格（the hills）；下行是扬抑格（pale
rain）＋ 抑扬格（like boun-[1]）＋ 抑扬格（-cing pearls）＋ 扬抑格（spattering）＋ 扬
抑格（into）＋ 抑扬格（the boats）。之所以有变化，内在原因出自英文单词自身：
spilt 对 bouncing，就词汇单位而言是一个很好的配对，但"翻（墨）"是完成
式，须用过去分词，于是成了单音节，与 ink 搭配形成一个音步，而"跳（珠）"
是进行式，须用现在分词，于是成了双音节，自己便形成了一个音步，后边
的 pearls 不得不跟其后的单词之首个音节（spat-tering）形成一个音步。也正因

---

1 若按照词典，音节应这样分：bounc-，ing。

为如此，第二行诗句为六个音步，12 个音节，但从单词数上说，两行分别为八个单词。

● 可见，一首诗会有一个基本规律，译诗也应有一个基本规律。上述两行 TL 诗句有大体整齐的节奏，诵读起来，富有力度、节奏感。

● 节奏的作用并不仅赋予诗以音乐美，它还有助于意思的表达，进而有助于意境的展现甚至升华。

【营造诗/词境之五】未必押韵

如果把中国古诗词译成现代英文，可以采取两种形式——韵体和无韵体。只要译得好，后者照样能够造境。王国维认为评判诗词是否有境界的标准，就是"隔"与"不隔"。只要有意境/译境，不押韵（或押韵不严格）也是好诗词。

【ST17】　　忆江南

江南忆，
风景旧曾谙。
日出江花红胜火，
春来江水绿如蓝。
能不忆江南？

江南忆，
最忆是杭州。
山寺月中寻桂子，
郡亭枕上看潮头。
何日更重游？（白居易；下画线为引用者所加）

【背景简介】 这里选译了白居易脍炙人口的名词《忆江南》中二首。单调[1]二十七字，三平韵。中间七言两句，以对偶为宜。翻译难点遍布整首词，比较典型的有押韵格式、对偶句、"忆江南"（既是标题，也是词牌名）、"江南忆"、"江南"、"红胜火"、"绿如兰"、"桂子"、"郡亭"等。白居易是诗人，当时又在杭州任刺史，可谓 poet-governor。既然是诗人，自然不乏浪漫的气质。在八

---

1 在诗词中有单调、双调、三叠、四叠等说法，是指一首词有几段。双调的话分上片和下片。

月桂花暗飘香的月夜，白居易徘徊月下，流连桂丛，时而举头望月，时而俯首细寻，看是否跟民间传说的那样，有桂子从月中飞坠于桂花影中。这是何等美丽动人的一副画面。一个"寻"字，情与景合；一个"看"字，意与境会。

【TT17-1】 **Recalling Jiangnan** (Two Poems)

I

L1 How deeply I appreciated

L2 the beauties of Jiangnan!

L3 the flowers blooming on the river banks

L4 at sunrise red as fire;

L5 the river waters in spring darker than indigo,

L6 how can I ever forget Jiangnan?

II

L1 I remember best

L2 a mountain temple in Hangzhou

L3 where under the moonlight we

L4 searched for the seeds of the cassia tree;

L5 there on a bed

L6 on the terrace we lay

L7 watching the tidal bore run up the Qiantang River;

L8 when shall I go there again?

（路易·艾黎译；下画线及编号为引用者所加）

【剖析】

● 译者为 Rewi Alley（路易·艾黎），新西兰作家、诗人、社会活动家、历史学家、考古学家、教育家等，他写下了大量诗文，还翻译了不少中国优秀的古诗和现代诗，已出版的著作和译作共 66 本。

● 路易·艾黎（1897－1987）于 1927 年 4 月来到中国，此后长期居住中国（约 60 年），90 岁辞世。作为 English native speaker 及作家、诗人，我们没有理由怀疑他的整体英译水平。

● 【TT17-1】选自路易·艾黎的 *Bai Juyi 200 Selected Poems*（新世界出版社，

1983)，译者特别提供了一些必要的脚注，如"Written in Luoyang"；"Jiangnan literally means 'South of the Yangtze River' but in fact refers to Jiangsu and Zhejiang provinces"；"The tidal bore running up the Qiangtang River was one of the famous sights of old Hangzhou"；"A folktale tells of a cassia tree growing on the moon"。这些文化背景注释十分必要，对西方读者欣赏译词、体会意境很有帮助。

● 从词的行数看，该译文共 14 行，与 ST（10 行）有出入；从"忆江南"词牌的要求看，三平韵，中间七言两句，以对偶为宜，这些均未在译文中反映出来；【TT17-1】几乎不押韵，两段各只有两处有韵脚（Jiangnan 与 Jiangnan，且离得较远；we 与 tree）。"桂花"没有译准确（cassia 指"肉桂"，属于樟科，跟属于木樨科的桂花风马牛不相及），这也是不少西方译者的一种"另行文字"，尤其出现在介绍中国旅游的书籍中，的确误导了中国的英文读者，包括英语导游/导译人员。

● 尽管如此，瑕不掩瑜，译文清新自然，朗诵起来富有韵律、富有节奏，可读性强，意义没有太多的"隔阂"。可见，翻译中国古诗词未必一定押韵，并严格遵守其中的一些"清规戒律"。

● 作为对比分析、欣赏、研究，特提供笔者译文如下。

【TT17-2】　**Fair South Recalled** (Two Poems)

I

L1　Fair southern shore

L2　With scenes I much adore;

L3　At sunrise riverside flowers more red than fire,

L4　In spring green river waves grow as blue as sapphire,

L5　Which I can't but admire.

II

L1　Fair southern shore,

L2　Most dearly recalled is Hangzhou as before:

L3　Around mountain temples I search for osmanthus seeds
　　 from the moon that fall

L4   In the office pavilion I lie watching the surging
      Qiantang River tidal bore.

L5   When shall I visit Hangzhou once more?

（引自陈刚，1996：10；下画线及编号为笔者所加）

【简评】

● 陈译注重古诗的"规矩"，在押韵(分别是 AABBB 和 AAAAA——连句韵)、对偶(分别是 L3+L4 和 L3+L4)、行数(分别为 5 行)等方面都尽力而为，尽管难以做到到位。

● 就翻译策略而言，陈译采用了"归化"法，省略了一些注释，如词牌被译为"Fair South Recalled"。

● 【TT17-1】共用词 79 个，【TT17-2】共用词 74 个，两篇译文在"隔"与"不隔"方面均做得不错。

【营造诗/词境之六】语境合理

营造诗境即造境，诗词是语言的艺术，所以所造之境必是语言之境(即语境)。语境是否合理，须看其是现实之合理，还是理想之合理，还是艺术之合理。"有造境，有写境，此理想与写实二派之所由分。然二者颇难分别。因大诗人所造之境，必合乎自然，所写之境，亦必邻于理想故也。"(王国维，1995：1)于是，所译之境(即译境)也应如此，或尽可能如此。

【ST18】   寻隐者不遇

松下问童子，言师采药去。
只在此山中，云深不知处。（贾岛）

【背景简介】笔者认为，唐代贾岛是一位以"推敲"造境的苦吟诗人。一般误以为贾岛只是在用字方面下功夫，其实他的"推敲"不仅着眼于锤字炼句，在谋篇构思，即造境方面也是煞费苦心的。此诗的特点是"寓问于答"，这正是译者要特别注意之处。

按照现代文的写法，可以是：

问：你师傅呢？

答：采药去了。

问：在哪采啊？

答：云山某处。

【TT18-1】　　　　A Note Left for an Absent Recluse

When I asked your pupil under a pine tree,

"My teacher went for herbs," said he.

"Where could he be in the mountain?"

"He must be somewhere with clouds."

（松下问弟子，言师采药去。

"山中何处采？""山中有云处。"）（陈刚 试译）

【简评】

● 此译是通过补充隐含的问话而营造意境的。

● 前两行跟原文一致，只不过译文中采用或假设了"直接引语"。

● 原诗省略了"山中何处采？"或"采药在何处？"的问话，译文第三行对此加以了补充（"Where could he be in the mountain?"）。

● 由于弟子自己也不清楚老师究竟在山的何处（山前、山后、山脚、山边、山腰、山顶），所以他只得说：他一定在山的某处采药，但云挡住了视线，很难说具体在何处。因而他只能模糊地答"云深（不知）处"。

● 我们不妨将此巧妙对答另译如下：

【TT18-2】 I asked your pupil under a pine tree;

　　　　　You went for herbs, he answered me.

　　　　　You must be somewhere in the hills,

　　　　　He knew not where in the deep clouds.

（松下我问你弟子，答曰师傅采药去。

师傅必在此山中，不知在何云深处。）（陈刚 试译）

【TT18-3】　　　　A Note Left for an Absent Recluse

　　L1　When I asked your pupil under a pine tree,

　　L2　"My master's gone for herbs," said he.

　　L3　"He must be somewhere amid the hills,

　　L4　But I can't tell through all these clouds."

（松下我问你弟子，回答师傅采药去。
定在山中某一处，因为云多难说出。）（陈刚　试译）

【简评】

● 此译是根据原诗意境，通过关联及对话语境创译出新 TT 意境。

● "I asked your pupil" 什么，此处省略问话，但从 "My master's gone for herbs" 推导出原问为何。

● "He must be somewhere amid the hills" 以答代问，即使省略了 "师傅在山中哪里采药啊？" 这样的问题，TL 读者不会失去起码的关联推导认知能力。

● 然而具体到底在哪里，"…I can't tell through all these clouds"。

● 总体情景语境是：L1 表达来访者的轻松、期待的心情；L2 可推断出访者听后会有所失望；L3 也许还能使访者在失望中又萌生一线希望；L4 描述了弟子之无能为力，以及访者之无可奈何，或许非常/彻底失望。因访隐者不遇，于是访者留下字条或口信，故诗歌题目译为 "A Note Left for an Absent Recluse"。

● 这样自然、合理的诗境传递给西方读者，希望能像 "知音" 那样欣赏贾岛的 "推敲意境"。

【营造诗/词境之七】叠词巧译

叠词是汉语言的特色之一，其作用，一来增强语言的韵律感、节奏美，二来起强调作用。但读者只能直接从其源语中欣赏到这些叠词的语言之美。如何让目标语读者欣赏呢？一般而言，叠词是不可译的，因为照直译，在目标语中并不或完全不具备旗鼓相当的意义及功能，更何谈语言之美。笔者从自身实践中总结出三条，作为进入 "巧译" 叠词的 "门户"。其一，ST 有叠词，TT 也配以叠词（reduplicated words/repetition）；其二，ST 没有叠词，TT 中加入叠词（起加强作用）；其三，ST 有叠词，TT 殊途同归/异曲同工。

【ST19】傍水重重树，袭人剪剪风。
　　　　独听远琴静，明月入林中。
　　　　（陈曲原作，选自《子鼠》诗刊，2006；下画线为引用者所加）

【TT19】Skirting the pond dense, dense trees,
　　　　Nipping my face light, light winds,

> A melody from afar I enjoy alone,
>
> Shining through the grove a silvery moon.
>
> （陈刚译，选自《子鼠》诗刊，2006；下画线为引用者所加）

【简评】

● 译文属于第一种情况，原文有叠词，译文也用叠词。

● 翻译"重重树"正巧能用英文中的"dense, dense"，算是"巧对"。

● 也可以译成"lines and lines of trees"。

● "剪剪风"不完全对等于"light, light winds"，还应加上"nipping (the face)"，因为"剪剪"形容风轻微而带有寒意，如"恻恻轻寒剪剪风"[1]，跟意指"to bite or pinch (someone or something) lightly"[2]的 nipping "合二为一"，恰好与"剪剪风"相当。

【ST20】莫干山<u>巍巍</u>，云深雾<u>重重</u>；

大风乱修篁，千蝉鸣古松。（抄录自网上；下画线为引用者所加）

【TT20】<u>Lofty</u>, <u>lofty</u> is Mogan Mountain,

<u>Misty</u>, <u>misty</u> is the winding path.

<u>Windy</u>, <u>windy</u> are bamboo groves,

<u>Many</u>, <u>many</u> cicadas for old pines.

（陈刚 译；下画线为引用者所加）

【简评】

● 译文属于第二种情况，原文没有叠词，译文加入叠词。

● 正巧，该译例同时包含第一种和第二种情况，作为一种巧妙的对比。

● 原诗三、四行没有使用叠词手法，译文特加上这种修辞手法，反而使整个诗节更富音韵美、节奏美、意境美。

● "大风"、"乱"相当于"windy, windy"，所以叠词译文没有因韵（头韵，alliteration）害意。

● "千蝉"是夸张说法，因此换用叠词、重复手法（many, many），还是符合情理的，利于创出译境。

---

1 参考《古汉语大词典》（上海辞书出版社）。

2 参见 *Merriam-Webster's Advanced English Dictionary*。

【ST21】重重叠叠山，曲曲环环路，

　　　　叮叮咚咚泉，高高下下树。

（俞曲园 原作；下画线为引用者所加）

【TT21】The hills—range after range;

　　　　The trails—winding and climbing;

　　　　The creeks—murmuring and gurgling;

　　　　The trees—high and lowly.

（陈刚，1996：33；下画线为引用者所加）

【简评】

● 译文属于第三种情况，原文有叠词，译文异曲同工。

● 此译例特别典型，原文可谓千古绝唱。短短 20 个单字，其中 16 个字用于叠词，共用了 8 对。要把这 16 个叠词译好，谈何容易。译者曾经(1996 年)想放弃这种努力。真的如此，那《西湖诗赞》就真的是"美中之大不足了"。

● 译者之所以攻克了这个难题，正是在"灵感"的启发下，采取了异曲同工的方法，从而达到了殊途同归之目的。

● 首行译文 "range after range" 传递并展现了原文的意思及图像。

● 次行 "winding and climbing" 都是现在分词，比原意更为"生动"，内涵更为"显豁"，因为 "climbing" 有缓缓向上的含义，正好意指山路不断向上"爬"。

● 第三行的"叮叮咚咚"是象声词，译者精心挑选了发出"淙淙"声响的"murmuring"和欢快地"汩汩"作响的"gurgling"。按照拟人化的描写手法，泉水时而窃窃私语，时而欢声笑语。

● 第四行指山树，树总有高有低，况且长在山上。译文(high and lowly)与原文意义相匹配。

● 仅从字数看，原文 20 个字，译文正巧是 20 个单词——真可谓"叠词巧译"。

【营造诗/词境之八】意象保留

　　前面我们已经特别指出："中英诗歌都强调意象(image)、诗眼、诗境，这三者相辅相成，相得益彰。"中国传统诗歌强调意象和意境。《现代汉语词典》(第 6 版)认为，意境是"文学艺术作品通过形象表现出来的境界和情调"；意象则是"意境"(出处同上)。这两者是一致的。

◆新世纪翻译学 R&D 系列著作

的确,在不少情况下,这两者是可以吻合的。但是,从文学审美的角度细细推敲,我们发现,这两者之间还是有着多方面的不同。

1) 内涵不同。诗/词人创作,要借助一定的形象。他们写入作品的形象就是意象的"象",这些"象"是经过诗/词人的选定而写入的,所以已经附着了他们的主观认知和情感——即"意",因而这些形象便不再是客观现实中的普通形象了,故称为"意象"。西方有代表性的《文学术语汇编》(第7版)给出了类似的观点,对 imagery 的有关描述是:"Commonly in recent usage, imagery signifies *figurative language*, especially the *vehicles* of metaphors and similes…as the essential component in poetry, and as a major factor in poetic meaning, structure, and effect." (Abrams, 2004: 121)"意象"可以是主观情意和外在物象相融合的心象。"意境"则不同,它是文学作品(尤其是诗词)中所描绘的客观图景和所表现的思想感情融合一致而形成的一种艺术境界。意境依赖于作品的意象而产生,是超越于具体意象之外,需要通过联想和想象才能达到的境界。

2) 范围不同。汉语"意象"与英文"image"一样,可以用数量的多少来统计(有单复数),属于个体观念;而"意境"(英文中没有一个固定对等词)则是一个整体观念。

3) 获得不同。意象是具体的,可直接从作品中获得;意境有单复数,可以直接"数"出来。而意境则需要"悟"才能获得,如通过体悟诗词中的具体意象(images)才有可能(像知音那样)达到该作品的境界。

具体的意象是有分类的,而往往是一系列同一主题的意象,如关于边塞诗歌中,常见的一组意象包括"山"、"河"、"沙漠"、"羌笛"、"琵琶"等。译者应熟悉这些分类及其内涵/寓意。

1) 语言分类:动态(叙述)与静态(描述)。动态如北宋词人张先的"云破"、"月来"、"花弄影"(The moon breaks through the clouds; / with shadows flowers play);静态如张先的"并禽"(pairs of love birds)、"落红"(fallen blooms)等。

2) 内涵分类:自然、社会、人文、神话等。

3) 主题分类:爱情、思乡、告别、哀怨、边塞、风景、政治、怀旧、励志、哲理等。

4) 心理分类：视觉(青山、绿水)、听觉(车辚辚、马萧萧)、触觉(五
更寒、玉臂寒)、嗅觉(秋香、暗香盈袖)、味觉(酸风、酒美梅酸)、动
感(素女愁)、幻觉(忆君清泪如铅水)等。

5) 名胜分类：自然风景、历史古迹、一级名胜/古迹(如世界自然/
文化遗产，必看点)、二级名胜/古迹(当地历史最为悠久等，应看点)、
三级名胜/古迹(当地历史比较悠久等，可看点)、普通景点(自选点)等。

【ST22】你问我是谁?
　　　我是春天的风
　　　吹绿苏堤杨柳青
　　　闹醒十里桃花红。

　　　你问我是谁?
　　　我是蓝天一道虹
　　　宝石流霞碧波荡
　　　怀抱钱江浪潮涌。

　　　你问我是谁?
　　　我是一只金色的凤
　　　吴山天风敞开怀
　　　展翅飞过九里松。

　　　你问我是谁?
　　　我是一位小天使
　　　广联天下结友谊
　　　西博盛会定成功。(杭州一市民；下画线为主编所加)

【背景简介】此诗由杭州市民作，献给西湖博览会，主编被邀请翻译。该
诗通过短短 16 行 104 字(其实描绘风景名胜仅为三段 12 行)，通过诸多具体、生
动的风景名胜意象描绘了诗情画意的、申遗成功的杭州西湖的美好风物景致，
叙述状物恰如其分。作者虽不是名家，但对杭州熟悉、热爱那股劲跃然纸上。

新世纪翻译学 R&D 系列著作

　　诗中的各类风景意象应该在译文中有效、可接受、有识别度地展现出来，这样才有助于诗境的再现。

【TT22】 "Who am I?" you ask me.

　　　　"I am the breeze of spring:

　　　　Blowing Su Dyke willows green

　　　　And awakening ten-mile peaches."

　　　　"Who am I?" you ask me.

　　　　"I am a rainbow spanning the skies:

　　　　From clouds over Precious Stone Hill

　　　　To the famous Qiantang River Tides."

　　　　"Who am I?" you ask me.

　　　　"I'm a golden phoenix in the skies:

　　　　Soaring on Heavenly Wind over Wu Hill

　　　　And flying past Nine Miles of Pines."

　　　　"Who am I?" you ask me.

　　　　"I am a little cheering angel:

　　　　Bringing all people together

　　　　And making the Expo successful!

　　　　　　　　　(陈刚 试译; 下画线为引用者所加)

【简评】

● 这首小诗的翻译极富挑战性，本地人译也很容易败下阵来，因为汉语的景名内涵丰富，外表漂亮，不采取"压缩法"或"简化法"几乎难以"过关"。你们查证"西湖十景"、"新西湖十景"、"西湖新十景"等名的翻译史及多种现成译法，就可见一斑。

● 译文较好地简化了景名的表达，并把有关意象保留了下来。

● 读者可以发现以下这些风景名胜：苏堤春晓("西湖十景"之一)，一株杨柳一株桃(两堤自宋以来的景色)，宝石山，宝石流霞("新西湖十景"之一)，钱塘潮(壮观天下无)，吴山天风("新西湖十景"之一)，九里云松(元"钱塘十景"之一)等。

● 为保留诗中所有意象，译者通过词义翻译法(semantic translation)，力保一切意象，如"九里云松"、"吴山天风"等。

● 确有困难之处，采取压缩和交际翻译法，如"苏堤春晓"、"宝石流霞"等。

● 读完译诗后，读者会深切地感到：没有意象，诗歌就会失去意境。简言之，无意象，无意境。

【营造诗/词境之九】整体训练

上编讨论了营造诗/词境的八训练方法，每种方法相对集中于某一主题(当然也不可能排除与意境的联系与整体思考)。营造诗/词境的第九种训练方法是整体训练，即更注重诗的篇章翻译(discourse-based translation)。以下讨论 E-C 和 C-E 各一篇。

【ST23】　　　　　**30 Years' Mutual Affinity**

By *George Chen*(陈刚)　　　June 16, 2011

With 30 years' memory still fresh,
With affinity between you and me,
I was among college students of '77
And you are my classmates in '07.

30 yrs apart, we share natural affinity,
30 yrs ago, we felt so proud & happy;
30 yrs later, we felt happier with thee,
30 yrs ahead, your future must be rosy.

Thanks to Deng, I was a first enrollee,
And reform has brought hopes to me.
Directly admitted to Zhejiang University,
You are the latecomers all surpassing me.

◆新世纪翻译学 R&D 系列着作

30 yrs make no difference btn you & me,
Teachers & students are of same origin.
Both pretty and brainy are our alumnae,
Boys are no less handsome & outstanding.

With confidence we started from 1977,
With coincidence we met you in 2007.
Dear '77ers, our senses are still keen,
Dear '07ers, our blood is still flowing.

Whether the coincidence is amazing
We all agree it's both happy & funny.
Why share affinity so special & close?
O 30 yrs really make us no difference!

【背景简介】该诗是"毕业留言"。换言之，笔者应本院 2007 级（2011 届）毕业生之邀，直接用目标语为他们创造的英文诗歌，作为毕业留言，编入纪念册，以庆祝并纪念 2007 级学生胜利毕业。

由于本人是中国（大陆）恢复高考制度后的首批大学生，即闻名中国的"七七级"首届"文革"后的高考生，对 2007 级/2011 届毕业生有着特殊的情感及眷恋，因为他们正好是我们毕业整 30 年后的浙江大学毕业生。

鉴于这样的背景即语境，笔者为了营造出一种特殊的诗境，以点题的标题——30 Years' Mutual Affinity——作为"诗眼"，强调并突出"30 Years'"和"Mutual Affinity"。

【简评】

● 诗的主题即为诗的标题。

● 全诗围绕"30 Years'"与"Mutual Affinity"而展开。

● 每个诗节押韵合理、节奏自然，文字饱含情愫。

● 首次解决了如何用地道、简练的英文自创词（coined term）"七七级"——'77er，由此推理用"'07er"表达"2007 级同学/毕业生"。自创词地道的依据是美国语语"forty-niner"（<美国口语>1849 年涌往加利福尼亚州淘金的人）。如果不能简洁地表达"77级"和"07级",那这两处就会成为这首诗之"败译",甚至就不必写了——所谓的"一票否决"。

● 从篇章整体考虑,同时出于诗歌节奏的原因,多处使用阿拉伯数字(如"With 30 years' memory still fresh"),使用缩略语或符号(如 btn you & me)等。

● 由于这首诗歌的主要读者是"07级"毕业生,他们知道祖国的发展和社会的变迁,所以 Deng(可以算"典故"——allusion)就不用全名,也不加脚注和背景解释。

● 第一个诗节与最后一个诗节在意义上照应,作者由衷的情感跃然纸上。自己当时以及现在更是越写越激动,自己感动了自己。

● 为方便读者,特提供上述诗歌的汉译本。

【TT23】(对比文本)

30 Years' Mutual Affinity	三十年的默契
By *George Chen*(陈刚) June 16, 2011	陈刚 2011 年 6 月 17 日
With 30 years' memory still fresh,	三十年来的记忆依然清晰,
With affinity between you and me,	三十年后的默契是我和你。
I was among college students of '77	我是 77 级首届大学新生,
And you are my classmates in '07.	你是 07 级自主生新学弟。
30 yrs apart, we share natural affinity,	三十年的跨度,我们依存着自然的默契,
30 yrs ago, we felt so proud & happy;	三十年前,我们为自己感到自豪与欢喜;
30 yrs later, we felt happier with thee,	三十年后,我们为了你更感鼓舞与欣欣,
30 yrs ahead, your future must be rosy.	未来的三十年,你们的前途将一片光明。
Thanks to Deng, I was a first enrollee,	感谢邓小平,我成为首届大学生,
And reform has brought hopes to me.	改革开放给我带来了期待与希冀。
Directly admitted to Zhejiang University,	你们作为自主生在浙大直接录取,
You are the latecomers all surpassing me.	青出于蓝更胜于蓝乃 07 级全体。
30 yrs make no difference btn you & me,	三十年不构成你我之间的差异,
Teachers & students are of same origin.	教师与学生本应是同源与同体。

新世纪翻译学 R&D 系列著作

Both pretty and brainy are our alumnae,	07 级女生，漂亮、聪明又伶俐，
Boys are no less handsome & outstanding.	07 级男生，杰出、潇洒又英俊。
With confidence we started from 1977,	我们充满信心征途始于 1977，
With coincidence we met you in 2007.	机缘之巧合咱们相逢在 2007。
Dear '77ers, our senses are still keen,	我们充满活力，不老的 77 级，
Dear '07ers, our blood is still flowing.	你们热血沸腾，年轻的 07 级。
Whether the coincidence is amazing	是机缘，还是巧合，是否令人惊喜，
We all agree it's both happy & funny.	我们都认为既机缘巧合又快乐无比。
Why share affinity so special & close?	为何我们彼此间有那么特殊的默契？
O 30 yrs really make us no difference!	啊，30 年不构成你与我之间的差异！

【ST24】　　　　　　水调歌头·告别单身

女友几时有，把酒问青天。

不知告别单身，要等多少年？

我欲出家而去，又恐思念美女，<u>空门不胜寒</u>。

起舞影为伴，寂寞在人间。

追女孩，妄相思，夜难眠。

<u>不应有恨</u>，何时才能把梦圆。

男有高矮胖瘦，女有黑白美丑，此事古难全。

<u>但愿人长久，光棍不再有</u>！（抄录自网上；下画线为引用者所加）

【背景简介】《水调歌头》中秋词是苏词代表性篇章之一。而《水调歌头》（告别单身）是"搞笑版"，难度适中，将其拿来试试译笔，既非高不可攀，且不亦乐乎。

【TT24】　　　**TUNE: "Prelude to Water Melody"**

　　　　　　　Good-bye to Being a Single Man

When will I have my girl friend at last?

Wine cup in hand, I ask the sky.

I do not know how long I have to wait
To say good-bye to being a single man?
I'm ready to become a monk,
But afraid that without any beauty,
<u>The temple would be too lonely for me.</u>
When dancing with my shadow as my company only.
I do feel the human world is so lonely.

Seeking a girl friend with rash lovesickness
Keeps me all night sleepless.
<u>Despite hatred from her,</u>
When will my dream come true then?
Boys may be tall or short and fat or lean;
Girls be white or black and pretty or ugly.
Since ancient times there's been no perfect beauty.
<u>So let us wish people to live as long as they can!</u>
<u>No more single men would be left there.</u>

（陈刚　试译；下画线为引用者所加）

【简评】

● 既然是"搞笑版"现代词，应做到整体风格朴素，语言通俗，一听就懂，同时避免庸俗、浮夸。

● 词牌的翻译，笔者原则上倾向于归化法，不采用汉语拼音音译。

● 译文全部采用国内中学生英语词汇及句法结构。

● 做到韵脚自然，节奏轻松，通俗但不轻俗。

● 原文中的几个画线部分需要正确理解，以免误译。比如根据 ST 语境，"空门"中的"不胜寒"，不是苏轼《水调歌头》（明月几时有）中"（高处）不胜寒"的意思。再如，"不应有恨"笔者解读为"不要把女朋友的所谓恨当回事"，所以在 TT 中灵活处理成表让步关系的介词短语——"despite hatred from her"。

● "但愿人长久，光棍不再有"要译得尽可能大气，又要显得轻松（即没有什么精神负担），坚信必有这一天。这样跟题目"告别单身"照应。

●经过如此理解、思考、谋篇、布局，古为今用的宋词《水调歌头》（告别单身）"搞笑版"的译境便自然营造出来了。

【焦点问题探讨】

(1)本章讨论的文学翻译理论特别适合文学翻译吗？[PT] + [AT]

(2)你认为还有其他哪些翻译理论适合或更适合文学（如散文、诗词）翻译实践？[PT] + [AT]

(3)根据本章讨论的文学翻译理论，分别举例说明它们比较适合（或不适合）文学翻译吗？[PT]

(4)散文翻译中讨论的几个主题、话题（如"清顺自然"、"民俗文化"等）是这类文学体裁翻译中的基本问题和重要问题吗？[PT] + [AT]

(5)你认为散文翻译实践中还有其他（更为）基本的问题和重要的问题吗？[PT] + [AT]

(6)请挑选若干篇散文（未必要求一流作品或一流作家的作品）进行独立翻译，然后根据本章讨论的主题、话题对自己的译作分别进行讲评。[C] + [AT]

(7)诗词翻译的最高境界是什么？请具体谈谈。[PT] + [AT]

(8)诗词翻译有哪些基本功？你认为为什么本章讨论的这些基本功是汉诗英译的基本功？[PT]

(9)请理论联系实际，分别举例谈谈如何在具体翻译中（如通过意象保留）营造诗词意境。[AT]

(10)本章的所谓"实践试范"和"意境与译境"对你有何启发、帮助？[PT] + [AT]

下　编

实践篇

　　我们在"上编：导引篇"的第一段，就强调文学翻译要强调实践的重要性。顾名思义，本编将尽可能全面地提供这方面的实践练习、实践思考、实践理论、实践预测，供读者体验、体悟、批评、讨论，以推进中国翻译事业，特别是推进中国文化、文学"走出去"。

　　文学(多体裁)翻译实践才是真正实践、印证"大道至简"、"翻译重实践"这个既简单又千真万确的至理名言的不二法门。

　　实践未必是盲目的或只是"低头译文"，它一定是有头脑的实践、有智慧的实践、有理论导引的实践、理论联系实际的实践。

　　我们不赞成或力戒"为理论而理论"(theory for theory's sake)，我们不赞成或力戒"为实践而实践"(practice for practice's sake)，因为这些都是过于"专业片面"，过于"学术矫情"。

　　我们可以赞成或支持"为艺术而艺术"(art for art's sake)，但它绝不是本书的宗旨、理论和实践指南。

　　本书提倡"个性化"，因为"有容乃大"，因为"多元化"，因为"翻译创新"，因为"走向世界"——而搞"个性化"；但此"个性化"绝非仅仅是为了个人的兴趣、爱好乃至冲动而搞的"个性化"。一言以蔽之，此"个性化"一定要为整体的文学翻译服务，为文学翻译这座大厦添砖加瓦，为文学翻译这座灯塔增添光芒，乃至中国文学能够真正"走出去"并"走成功"的纯"奇葩"。

　　由此出发，本编将提供迄今体裁更[1]多、品种更丰富、理论指导更全面、分析点评更到位、问题思考更深刻、宏微观引导更新颖、整体感觉更多样化之 18 大章，包括了散文、戏剧、小说、诗词、对联、传记、歌曲 7 大体裁，涉及各种"分体裁"、"亚体裁"、"副体裁"、"下体裁"、"次体裁"、"附属体裁"(均为笔者译文，因对 subgenre 尚未有正式官方译名)等几十种，以名家名译为主打，但也不乏值得一读的自家译作、改译、重译，还望读者批评、指正。

---

1 或许可以用"最"字取代之此处的几个"更"。

散文体裁单元

导　言

　　文学各类体裁的翻译都不容易。依据主编的翻译理念、实践及体会，散文是各类文学体裁中相当难译到位的一种体裁，是锻炼、挑战译者基本功的一种体裁，是看似简单(deceptively easy)、实则颇见功力的一种文学翻译入门体裁。从某种意义上说，诗歌翻译似乎还比散文翻译要来得容易些。诗歌翻译可以"凑韵"，散文翻译——尤其是汉译英(古代散文和现代散文的英译)——译者都不知道如何驾驭之！

　　对国人来说，懂汉语(即自己的母语)似乎是一种"优势"，可是你懂汉语又如何？怎么样的目标语才算是好的语言？能为目标语读者所理解(如经目标语"包装"后的汉语文字特色、文化特色、句型特征、文化特征等)、所认同、所认可、所接受、所喜欢、所欣赏？

　　——这，就是我们之所以把散文体裁翻译放在"实践篇"第一单元的认知之所在。文学多体裁翻译，始于散文翻译。同理，多体裁的母语文学写作，也应始于散文体裁的写作。

　　就中国文学而言，宏观意义和分类意义上的"散文"概念已在第一章有所讨论。在此，我们有必要从英文术语的角度给出散文对应词的定义、概念，以加深对该词的认知。

　　Prose 指 "an inclusive term for all discourse, spoken or written, which is not patterned into the lines either of metric verse or of free verse."(Abrams, 2004: 246；下画线和加粗由主编所加) **Essay** 则指 "a short written composition in prose that discusses a subject or proposes an argument without claiming to be a complete or thorough exposition. A minor literary form, the essay is more relaxed than the formal academic dissertation. The term ('trying out') was coined by the French writer Michel de Montaingne in the title of his *Essais* (1580), the first modern example of the form. Francis

Bacon's *Essays* (1597) began the tradition of essays in English, of which important examples are those of Addison, Steele, Hazlitt, Emerson, D.H. Lawrence, and Virginia Woolf. The verse essays of Pope are rare exceptions to the prose norm."（Baldick, 2000: 75；下画线由主编所加）

散文（essay）可大致分为 **formal essay**（或 **article**）和 **informal essay**（或 **familiar essay/personal essay**）。前者"is relatively <u>impersonal</u>: the author writes as an authority, or at least as highly knowledgeable, and expounds the subject in an orderly way. Examples will be found in various scholarly journals, as well as among the serious articles on current topics and issues in any of the magazines addressed to a thoughtful audience."后者，"the author <u>assumes a tone of intimacy with his audience, tends to deal with everyday things rather than with public affairs or specialized topics, and writes in a relaxed, self-revelatory, and sometimes whimsical fashion.</u> Accessible modern examples are to be found in any issue of *The New Yorker*."（Abrams, 2004: 82；下画线和加粗由主编所加）

由于在各类文学体裁中，散文的诸多特质使之成为文学家园独具特色的一类，所以不论是英文散文还是中文散文，它们都具有"真"、"亲"、"散"、"包"、"美"等五大特性。

首先，"**真**"应是散文的第一特性。散文最率性、真态。散文所叙之事、所写之人、所状景物，必是亲见、亲历，抒情、议论也以真情实感为上。在散文世界里，作者几无例外地袒露真我，常以第一人称吐露自己的内心世界。所谓"修辞立其诚"，"诚"是散文的最根本准则，唯其真、唯其诚，才得其美。鲁迅论及为文秘诀时说"有真意，去粉饰，少做作，勿卖弄而已"（鲁迅，2006：162），道出了散文的真谛。散文追求天然去雕饰的本真境界，作者以真我示人，这点是与诗歌、小说、戏剧最本质的区别。

第二，"**亲**"可为散文的第二特性。散文最具亲和力。诗歌、小说和戏剧壁垒森严，条条框框繁多，并非人人可以为之，即便是文学家，想要从诗歌创作一念改行到创作戏剧，也并非朝夕之功可以做到。散文则全然不同。上至满腹经纶的文坛巨擘，下至粗通文墨的平民百姓，如不论优劣，皆可动笔成就一篇散文，只要识字的人都会写的书信就是一例。诗人、小说家、戏剧家亦可以时常来散文舞台客串，这种客串表演不需要任何特别训练、化妆，也不需要导演指导，只需要放下诗歌、小说和戏剧的套路、框框、架子，把真情实感拿出来，就可以轻松出镜了。换句话说，散文是常态文学，如果把诗比作酒，散文应该是水，但这不等于说散文低诗一等，优质的酒可以醇香，上品的水更可以恬淡清冽。

第三，"**散**"可谓散文的第三特性。散文最无拘束。说它"散"——无拘无束，可以想写什么就写什么，想怎么写就怎么写。散文天性自由自在，大都看上去漫不经心，随意点染，信手拈来。所写之事可以经天纬地，也可以琐碎细小；所抒之情既可以气势纵横，也可以平凡淡泊。可以入得诗歌、小说、戏剧的题材，也可以入得散文，而诗歌、小说、戏剧不屑一顾的寻常小事，仍然能在散文世界里焕发异彩。

第四，"**包**"也是散文的另一特性。散文最具包蕴力。散文包罗了几乎所有诗歌、小说、戏剧不能容纳的文体，随笔、杂文、书信、评论、广告宣传、新闻报道、科普文章，等等，林林总总，均可以在散文大观园中找到自己的宿营地。这可以说是散文的优点，但同时各种文体的交叉混杂，散文的范畴概念被模糊，使散文经常"越位"，甚至根本没有"位"。（方遒，2004：11）

第五，"**美**"应是散文这一体裁不言而喻的特性。跟其他文学体裁一样，散文小巧玲珑，最为美妙。通常讲的美文，主要指散文，有关美的形容词都可用于散文，即使是白描式散文，也具有朴素美，宛如"素衣美女"。

当然，散文的上述这些特质具有明显的两面性，如散文的包蕴力，一方面使散文成为最蔚然可观的百花园，另一方面也在消解散文的文学性，使散文无可奈何地始终游离在文学和非文学的边缘，甚至被看作诗歌、小说、戏剧的附庸。再例如散文的亲和力，或者说群众性，也是一把双刃剑，它既使散文拥有最广大的读者基础，让人们喜闻乐见，又使散文创作良莠不齐，泥沙俱下。这些负面影响造成散文创作局面混乱，散文研究难以定位，无所适从，散文理论的发展远远落后于其他文学体裁。散文翻译研究更是如此。专门研究散文翻译的专著和论文寥若晨星，一鳞半爪地淹没在其他体裁的译论海洋中，这与散文翻译数量之巨、种类之繁极不相称。

亚瑟·西蒙斯（Arthur Symmonds）在 *Prose and Poetry* 中写道："It is the danger and privilege of prose that it has no limits."（缺乏范围和界线既是散文的易出危险处，也是它的特有自由。）（参见高健，1998：518）散文创作和翻译的研究与实践如何突破，建构系统的散文理论和散文翻译理论，使散文既能担当文学体裁中的集大成者，又能真正与诗歌、小说、戏剧相抗衡，这是难题，但也亟待解决。

本单元拟用四章的篇幅（第 3—6 章）讨论散文翻译。通过精选常见中英散文名篇（在教学中不妨选用二三流作家的作品，因为比较容易驾驭并提高自身的翻译及其研究水平），并将部分散文分类讲解，采取句法、功能等策略，采取语义、交际以及综合翻译等方法，对这些名篇翻译做比较详尽的案例分析。考虑到中国文学、文化之输出，我们先讨论汉译英。

Chapter 3

散文体裁与翻译

散文

3.1 散文概念

3.1.1 体裁概念

散文与诗歌、小说、戏剧并称四大文学体裁，而散文的体裁概念却远远没有另外三种明确，要界定什么是"散文"，绝非易事。不论在中国还是在西方文学史上，散文的范畴一直游走在时宽时狭、或宽或狭的变幻不定中，故而散文被称为文学体裁中的"吉普赛人"。

汉语散文大体分为古代散文和现代散文两大发展阶段，总的说来古代散文比现代散文范畴更宽泛。南北朝时，刘勰在《文心雕龙》中提出，"今之常言，有文有笔，以为无韵者笔也，有韵者文也"（刘勰，2002：469），又将"文"、"笔"通称为"文"，所谓"文"，今称"古文"，是最宽泛的古代散文概念。古代散文概念的另一说法是"散行文字"，即非韵非骈的文体，"不受一切句调声律之羁束而散行以达意的文章"（方孝岳，2007：305），或称散体文章，即不包括韵文，这个范畴同样十分宽泛，包含极广泛的文体。康熙年间编选的中国古代散文集《古文观止》选文涉猎极其丰富，被视为用作品串成的中国古代散文史，所选古文上自东周，下迄明末，"不仅收有政论、史论、文论、人物传论、经济科技散论以及调查札记，还收有谏书、诏书、檄文这样的政治性应用文"（方遒，2004：15），充分说明了古代汉语散文的宽泛性。

从古代散文到现代散文，汉语散文概念经历了重大裂变，这个裂变的分水岭是五四新文化运动。"五四运动开创了我国近代文化思想的新时期，学术分工的意识也很明确，对于文学、哲学、史学和伦理学的研究也逐步展开，在西方近代文艺科学的影响下，分文学体裁为小说、散文、诗歌、戏剧四类。这里所述'散文'……则是'狭义散文'了。这种散文被称作'现代散文'。"（同上：17）"中国散文由古代散文到现代散文，由文章系统的广义散文到文学范畴的狭义散文，有着质的变化。"（同上）确立了散文与小说、诗歌、戏剧四分天下的局面之后，散文范畴仍在经历一次次的转变，使得现代汉语散文中也存在广义散文和狭义散文的不同概念，并且分类方法形式多样，总的说来"狭义散文侧重抒情，融合形象的叙事与精辟的议论；广义散文则侧重议论或叙事，在不同程度上融合抒情性"（同上：28）。"从历史的角度看，我国从古至今，随着散文的发展，散文的概念与分类，也一直在不断变化，总的趋势是：散文概念的广义与狭义，以及分类的繁杂与单纯，总是波浪式地交替出现的。"（佘树森，转引自方遒，2004：14）

散文体裁概念的模糊性同样存在于英语中。"散文"一词在英语中的对应语有 essay 和 prose 两个。《大英百科全书》给它们下的定义分别是：

"essay"："an analytic, interpretative, or critical literary composition usually much shorter and less systematic and formal than a dissertation or thesis and usually dealing with its subject from a limited and often personal point of view." [1]

"prose"："Literary medium distinguished from poetry especially by its greater irregularity and variety of rhythm and its closer correspondence to the patterns of everyday speech. Though it is readily distinguishable from poetry in that it does not treat a line as a formal unit, the significant differences between prose and poetry are of tone, pace, and sometimes subject matter." [2]

从这两个定义看，"prose"接近汉语古代散文中"散行文字"的概念，是相对于韵文而言的广义散文；而"essay"范围则狭窄得多，是随笔一类的狭义散文。不论是"prose"还是"essay"，究竟应包罗哪些文体，没有统一的看法。倾向于纯粹的，严格地坚持散文应该专指随笔、小品文和抒情文等；倾向于宽泛的，则将随笔、小品文、抒情文、议论文、叙事文、科学文章、报刊文等都一网打尽，如王佐良先生的散文学专著《英国散文的流变》一书，就囊括了上述多种文体，甚至将达尔文的《物种起源》、BBC 广播节目《美国来信》、电视节目艺术史讲座《文化》等也列为散文研究的对象，散文体裁的容纳力之广由此可见一斑。

综上所述，散文是最宽泛、最多样、最模糊、最灵活的体裁。英国

---

1 参见 http://www.britannica.com/eb/article-9033044/essay。

2 参见 http://www.britannica.com/ebc/article-9376004。

作家亚瑟•克里斯托夫•本森（Arthur Christopher Benson）在 *The Art of the Essayist* 一文中说："...the Essay in literature [is] a thing which simply stands outside classification, like argon among the elements, of which the only thing which can be predicated is that it is there? Or like Justice in Plato's *Republic*, a thing which the talkers set out to define, and which ends by being the one thing left in a state when the definable qualities are taken away?"（随笔，在文学中简直找不到自己的类别。那么，难道它就像化学元素中的氩似的，我们能说得出的仅仅是它在世界上的存在吗？或者，像柏拉图《理想国》里的正义似的，谈论者本来想给它加以界说，可是把一切可以界说的特点都说完以后，事情本身还是留在那里悬而未决呢？）（刘炳善，2007：224-225）。

3.1.2　文本概念

散文的体裁宽泛，造成边界模糊，但这并不是说散文没有本质特征。散文，尤其是文学性散文，其文本特质还是十分鲜明的。方遒在《散文学综论》中总结出散文的四大特点（方遒，2004：88）：

1）表现自我的主观性。散文是最能"充分表现作者个性、感情、思想和精神的……"（同上：89）。"散文所表现的，主要是作者的感受——或感物之情，或所感之物，都离不开'感受'二字。感受，即情也。写景、写人、写事，其目的还是在于抒写自己的主观情感；发挥思想，议论道理，也是抒情的一法，归根结底，思想、道理也是'情'，只不过是一种'理智'化、'规范'化、'条理'化了的'情'。至于纪实类散文，作者似乎只是一个'笔述者'，然而那文字之中，也无不浸润着'感情的分子'。"（佘树森，转引自方遒，2004：90）"情"是主观性的，而散文通常都是第一人称的，表达的是作者自己的思想感情。

2）排斥虚假的真实性。在所有文学体裁中，散文最忌讳虚假。尽管"虚构"是文学的通用手法，散文却强调真实，作者时时刻刻以真我示人。"散文大约是最真态的文体了。小说家的心，常常躲在人物和情节浓重的云霓后面，诗人的心又多少被文字精致地装饰着。真正的散文家，却得裸身子站在审美的旷野上，让生命的光柱通体无遗地照射着自己。"
（萧云儒，转引自方遒，2004：94）

3）运笔如风的自在性。既然散文是表现自我，直抒胸臆的，尽可以
从心所欲，自在轻松地道来。但古人说得好，"从心所欲不逾矩"，自在
不等于没有章法。"散文的'自在性'，不仅展现出作者袒露自己心灵、
人格的直率，也展现出作者对待读者如知己、知音的诚恳；它不仅需要
作者有摆脱一切精神束缚、压迫而解剖自己、透视自己的勇气，也需要
作者有摆脱'语言的痛苦'而心手相应、意到笔随的写作修养。"（方遒，
2004：106）因此散文的自在是心灵释放的洒脱，也是得心应手的自如。

4）文情并茂的精美性。"散文的'精美性'，既表现在'形'与'神'
两个方面，更体现在'形'与'神'的对立统一关系中；散文'形'、
'神'之间的'自然和精巧、挥洒自如和细针密线、信手拈来和刻意追
求、信笔所至和别具匠心之间的辩证统一关系'就是散文'精美性'的
一个注脚。"（同上：111）方遒列举了散文精美性的三个具体表现：①要
求短小精悍；②要求谋篇精巧；③要求语言优美。

散文是作者有感而发所写的文字，"情"当然最重要，但仅仅有情
还不足以成就散文的艺术价值，如何表达此"情"一样重要。"文章之
高下，固系于情感之有无；但是有了情感，尚不是区别高下之最终标准。
高下所分，最终的标准，还在于意趣。"（方孝岳，2007：366）所以文情
并茂是优秀散文的本质特征之一。

3.1.3 题材概念

散文体裁的宽泛性和包容性使得散文既能正襟危坐，也能嬉笑怒
骂，又能含情脉脉，更能促膝闲谈，散文的题材则是包罗万象，上至浩
瀚星空，下至一芥草籽，大至治国安邦，小至鸡毛蒜皮，无所不包，可以
说，凡是可以成文的，皆可以成为散文的题材。亚瑟·克里斯托夫·本
森这样形容散文题材的多样性："This is the essayist's material; he may
choose the scene, he may select the sort of life he is interested in, whether it
is the street or the countryside or the sea-beach or the picture-gallery; but

once there; whatever he may be, he must devote himself to seeing and realizing and getting it all by heart."（这些，正是随笔作家的素材。他可以任意挑选场景，随兴之所至选择任何种类生活来写：街头，乡间，海滨，画馆，无所不可；只是一旦身处其境，就要对那里的一切拿出全副身心进行观察了解，并且将它牢记在心。）(刘炳善，2007：218-219)

散文的题材不仅具有广泛性，而且具有片断性，这是散文的一大优势。小说和戏剧要求情节完整，有头有尾，而散文则可以是片刻的一点感受、刹那的一丝变化、物体的某个侧面、事件的某个细节，也可以是若干看似不相干的点滴连缀成文，仿佛电影的蒙太奇，灵动变幻。

散文作者的题材选择往往能体现作者的胸襟和志趣。例如，中国古代文人以修身、齐家、治国、平天下为己任，体现在文章选题上也大都严肃庄重，道貌岸然；偶尔也有闲人雅士，点缀些许寄情山水、风花雪月的文字，终究不能成为正统主流。英语古代散文情况也如此。翻开英语随笔开山鼻祖弗朗西斯·培根(Francis Bacon)的散文集《随笔》(*Essays*)，全书共 58 篇半(其中一篇为残篇)，从选题就明显可以看出作者的政治抱负。培根的这部散文集"是写给帝王看的，至少是写给公卿大臣、贵族诸侯看的，而其中帝王更是那第一位的。……是帝王书。它还是治安策、是平乱疏、是尊王篇、是资治通鉴、齐民要术、列国春秋，是可供帝王明治乱、考兴衰的王室必备书。…… 这部书是否是这样，只需检阅一下文集中的篇名便不难看出。……篇名本身便显然与王室有关的，比如帝统、霸业、王位、治国、征伐、平乱等，便占了一个不低的比例。至于间接零星涉及这类问题的地方就更是触目皆是。有一些只看题目似乎与此无关，比如《说友谊》这篇吧，您看了标题也许会认为是一篇泛论友谊关系的文章，但一读之下必将发现，原来这篇文章谈的并非是一般人的友谊，而主要是帝王的友谊——当皇帝的如何如何和与谁谁交朋友，以及这事的利弊后果等。"(高健，2005：6)

随着散文的发展，现代散文的选题日渐丰富，国家政治、生活琐事、风景旅游、男女饮食、植物动物、宗教信仰、文艺科技、情感思想，凡此种种，皆可入题，使现代散文成为巍然可观的艺术大观园。

3.1.4　文体概念

　　散文体裁概念游离不定，与其他文学体裁的外缘边界模糊，这直接导致散文体裁内部分类的繁杂、重叠、错乱、含混的局面，而且这种局面似乎从古至今由来已久。刘勰的《文心雕龙》对古代散文有自己的分类体系，他将古文分为"文"、"笔"两大类，"文"指有韵文，"笔"指无韵文，又各细分为十种，分别是：

　　"论文十篇——有韵文

一、明诗　　有韵文以诗为最早，又《诗经》是经，故居首。

二、乐府　　诗的合乐者，故居二。

三、诠赋　　赋是诗的流变，故居三。

四、颂赞　　是诗的流变，但不如赋重要，故居四。

五、祝盟　　颂本告神，祝盟也是告神的，故居五。

六、铭箴　　铭是勒功，箴是刺过，生人之事，次于告神，故居六。

七、诔碑　　死人之事，次于生人之事，故居七。

八、哀吊　　哀夭折，吊灾祸，与死丧有关，故居八。

九、杂文　　文体之散杂者，不足以分立各体，总称杂文，故居九。

十、谐隐　　譬九流之有小说，不成为家数，有轻视意，故居末。

　　叙笔十篇——无韵文

一、史传　　无韵文以史传为最早，故居首。

二、诸子　　诸子散文后于史，故居二。

三、论说　　博明万事为子，适辨一理为论，故居三。

四、诏策　　帝王号令，为应用文之首，故居四。

五、檄移　　檄主军事，移主教民，国之大事，次于王命，故居五。

六、封禅　　帝王登泰山祭天为大典礼，故居六。

七、章表　　臣下之辞，次于帝王之事，故居七。

八、奏启　　奏以按劾，次于陈情之表，故居八。

九、议对　　议以执异，次于按劾，故居九。

十、书记　　杂记众事，故居于末。"（周振甫，1981：13-14 [前言]）

从《文心雕龙》所列的分类体系不难发现，刘勰的古文分类和排序与现代文体分类方法差别很大，并存在分类标准不统一的问题，或按年代先后(如因诗歌出现早，所以列第一)，或依文体重要程度(如告神的重要，排前)，或参社会地位高低(如帝王地位最高，排应用文之首)，等等，这种忽此忽彼的分类标准，缺乏一定的科学性。就文学分类的标准，叶圣陶曾指出："分类有三端必须注意：一要包举，二要对等，三要正确。包举是要所分各类能够包含该事物的全部分，没有遗漏；对等是要所分各类性质上彼此平等，决不能以此涵彼；正确是要所分各类有互排性，决不能彼此含混。"(叶圣陶，转引自方道，2004：32)刘勰的散文分类显然不符合上述"包举"、"对等"和"正确"的要求，当然这也不能全然归咎于刘勰，散文体裁的庞杂和游移是导致分类困难的根本原因。

现代散文如何分类，各家各持己见，众说纷纭。大多数分类主张按照功能将散文分成抒情、议论和叙述三种。另一种分类方案将"抒情"视为所有散文共有的功能，如裴显生认为可以将文学散文分为"叙事型散文"、"状物型散文"、"议论型散文"(方道，2004：9)，这种分类认为抒情是散文的基调，而叙事、状物和议论是抒情方式的差异。裴显生的散文分类比较简洁明了，具有一定合理性。

不论汉语散文还是英语散文，其理论研究都还非常薄弱。"散文理论是世界性的贫困"(孙绍振，2004；见方道，2004：1[序])，甚至连散文的文体分类还处于莫衷一是的局面。散文位居四大文学体裁之一，而且由于诗歌、小说的日渐散文化，散文甚至被称为"元文学"(林贤治，转引自方道，2004：47)。散文的文学地位如此重要，而对散文的研究却少之又少，显得严重失衡，这是需要文学界达人志士关注的问题。

3.2　散文翻译策略

汉语属于汉藏语系，是象形文字；英语属于印欧语系，是拼音文字。分属不同语系，不同类型，英汉两种语言的差异鲜明而突出。汉语语法隐性，结构柔性，是意合的感性文字，"独特的审美感性是汉语最显著的特色。这点世界上所有的语言与汉语比较都可以说望尘莫及。"（刘宓庆，2006：2）从总体上说，英语是"形合"的语言，汉语是"意合"的语言。"……所谓'形合'（hypotaxis）指借助语言形式手段（包括词汇手段和形态手段）显示句法关系，实现词语和句子的连接；所谓'意合'（parataxis）指不借助语言形式手段而借助词语或句子的意义或逻辑联系实现它们之间的连接。前者注重语句形式上的接应（cohesion），后者注重行文意义上的连贯（coherence）。"（同上：75）形合与意合差异的具体表现是汉语在词汇上表现为动词优势，但动词本身不具时态、语态、语气和单复数变化等，因此虚词和语序很重要，汉语句子结构流散、疏放，语法形式隐性而富于弹性，句子一般倾向于短小明快（如流水句就是汉语的一大特色）；而英语则刚好相反，词汇上表现为名词、介词优势（这主要由于英语句子由稳定的"主谓提挈机制"（同上：112）为主干，动词与主语的搭配、牵制关系牢不可破，因此动词的使用频率和灵活程度远远低于汉语），句子结构严密，语法组织显性而稳定，句子相对较长。

　　汉英语言的这些差异在翻译散文时都应充分注意，采取恰当的翻译方法，使译文既能达意，又相对符合译入语语言规范。

3.2.1　中译英策略

1. 句法策略

　　前文分析过汉语句子形式相对松散，句子短小简洁，主要依靠隐含的意义和逻辑实现斜衔和连贯，语法形式标记弱化。"用中文写作的人，不论他是多么有名的作家，都没有句子的概念。汉语中的一段话，各人的语感不同，可以断成不同的句子。汉语句子的断句伸缩性，体现在作者、读者对同一段话的停顿断句不同上。相反，英语中的一段话，任何人都会把句号安放在相同的位置上，可见英语句子的断句缺乏弹性，句子的界线是明确的。"（唐耀彩，2001）汉语句子译入英语时，通常需要重组句子结构，构建符合英语语言习惯的形式逻辑，使语法关系由隐性转为显性。刘宓庆提到汉语句子译入英语时，常用的方法有"分切"和

"合并"（刘宓庆，2006：263）。

(1)分切

刘宓庆这样解释分切的方法："大多数情况下，汉语句子是比较短的，有些语段中有长一点的句子，也常被逗号分开，这就成了翻译时的自然分切处。这些逗号的设置，着眼于语流的自然停顿，一般置于意群（语义支点与板块）之间，汉英大体一致。"（同上）分切就是根据意群，将汉语中由逗号分开的较长句段分割并译成若干英语句子。汉语的句子，特别是流水句，有时一逗到底，如果也依样画葫芦译成英语的一个句子，往往行不通，所以找准意群分切点，将这样的汉语句段分割开，是汉语散文英译时常用的技巧。

【ST1】因为其变更是渐进的，一年一年地，一月一月地，一日一日地，一时一时地，一分一分地，一秒一秒地渐进，犹如从斜度极缓的长远的山坡上走下来，使人不察其递降的痕迹，不见其各阶段的境界，而似乎觉得常在同样的地位，恒久不变，又无时不有生的意趣与价值，/于是人生就被确实肯定，而圆滑进行了。（丰子恺《渐》；分割线为笔者所加，下同）

【TT1】Since the change takes place by slow degrees—year by year, month by month, day by day, hour by hour, minute by minute, second by second, you feel as if you were permanently your same old self always seeing much fun and meaning in life, like one, walking a long, long way down an extremely gentle mountain slope, hardly perceives its degree of incline or notices the altered scenes as he moves along. You thus take a positive view of life and find it endurable.（张培基译）（张培基，2007b：147-150）

【分析】原文一长句在分割线处断为两句。

【ST2】我渐渐地仰头上去，看红云渐淡而渐青，/经过天中，沿弧线而下，/青天渐淡而渐红，太阳就在这红云的中间。（孙福熙《红海上的一幕》）

【TT2】I looked far upwards into the sky by degrees and beheld the red clouds gradually pale themselves and change into the light blue color. They passed the highest point in the sky and began its descent along the curve. Just at this moment, the blue sky became less blue and more reddened, and the sun was found amidst the red clouds. （史志康译，见 2008 年第 1 期《中国翻译》第 82-83 页）

【分析】在这一句汉语原文中，主题多次转换，我→红云→青天、太阳，译者根据主题的转换，以一个主题归入一个英语句子，将原文分切为三处，译为三个英语句子。

【ST3】但那时年少，血旺气盛，誓与凡俗抗争到底，/于是连哄带骗将一净高 1.74 米女孩拐回家做起了太太，/这一壮举颇为"残疾人"们扬了一段眉吐了半口气。

【TT3】Back in those days, I was a callow young chap vastly capable of daring and foolhardiness, and determined to wrestle with this prejudice against men's lack of height. So by hook or by crook, I married a girl who was 1.74 metres in height. Such an astonishing tour de force thus achieved greatly bolstered the morale and esteem of those of us who were "handicapped". （孙艺风译，见 2002 年第 1 期《中国翻译》第 91 页）

【分析】原文虽只有一句，但包含原因、结果、总结等多层内容，因此译者就依照意群，将原文顺其自然地分割为三句。

【ST4】一俑身穿交襟长袍，衣袖上宽下窄，/袍下摆提起系于腰间，/两臂下垂，紧握双拳；/一俑上身赤裸，耸肩凸腹，/双目圆睁，眼白如烛，/胸肌隆起，/下着短裤，左臂下垂，右手捧腹，/双腿外叉，赤足着地，/身体壮实，精悍有力。（《彩绘黑人男立俑(2 件)》）

【TT4】One figure wears a long robe with crossed lapels and full sleeves which taper to the cuffs. The hem of the robe is lifted and tied at the waist. The figure's arms hang at his sides and his fists are tightly clenched. The second figure has a naked torso, raised shoulders and protruding belly. His eyes are fixed in a stare, the whites gleaming bright. His chest muscles bulge. Below, he wears a pair of shorts, and stands with legs astride, his left arm hanging at his side, his right hand supporting his belly. His bare feet stand firm upon the ground. In all, the powerful physique radiates a sense of strength and vigour.（Robert Neather 译，见 2004 年第 1 期《中国翻译》第 91 页）

【分析】关于这段介绍兵马俑的文字的翻译，译者 Robert Neather 这样说道："虽然文本的主要结构可再现于译文，但是有些单句当然要稍微调整。比如第一段落里四字短句非常多，特别是在第二俑的描写里。那一段文字一共包括十二个以逗号连在一起的四字短句，对译者来说，难度相当大，因为这些短句之间的关系可说是'意合性'的，所以不容易译成'形合性'的英文句子结构。在本人的译文里，这十二个四字短句被译成六个英文句子……本人用这种方式来处理原文是因为这样断句似乎符合原文叙事的逻辑次序，译文的句子也稍微有节奏感……以免叙事太单调，读起来更通顺。译文里的叙述大部分是依照中文的次序，只在第四句里，'双腿外叉'的位置改变，跟'下着短裤'联合在一起。"(Neather，2004：92)这个例子非常典型地证实了汉译英时分切句子的必要。在分切的时候，句子的成分和叙事顺序有时也要做适当调整，以适应译入语的表达习惯。

(2)合并

"汉语的语段以'形散而神聚'为特征，而英语具有比较严谨的形式组织要求。因此，显而易见，汉英翻译中必须研究如何加强源语语句的组织程度，化'流散'为'聚集'，也就是并句问题。"(刘宓庆，2006：265)换句话说，就是汉语句子中隐含的语法关系和形式结构，如从属关系等，将主次结构弱化的竹形汉语语段，通过各种语法手段，连缀成主次分明的树形英语句子。

【ST5】一片独有一点蛀孔，镶着乌黑的花边，在红、黄和绿的斑驳中，明眸似的向人凝视。（鲁迅《野草》）

【TT5】There was one in which an insect had made a hole, which, fringed with black, stared at you like some bright eye from the chequered red, yellow and green.（下画线为笔者所加；杨宪益、戴乃迭，1976: 134）

【分析】这个例子的汉语原文和英语译文相比较，汉语的句式结构简洁得多，是由一个主语"一片"统领三个谓语动词"有"、"镶"、"凝视"，时态、语态基本没有在形式上体现，文句似散落却顺畅；而英语的句子则转化为由"there be"句型作主干结构,增添了 2 个定语从句,并使用了一般过去时、过去完成时、被动语态等语法手段体现动作先后和主谓关系,将原文的动词串成了层次繁复却分明的结构。

【ST6】我特别喜欢他的那幅向日葵,朵朵黄花有如明亮的珍珠,耀人眼目,但孤零零插在花瓶里,配着黄色的背景,给人的是种凄凉的感觉,似乎是盛宴散后,灯烛未灭的那种空荡荡的光景,令人为之心沉。(冯亦代《向日葵》)

【TT6】I like his "Sunflowers" in particular, with its glorious blossoms glittering like pearls, but the blossoms, held in a vase placed against a yellow background, look lonesome and make you feel miserable, the way you feel when the feast is over and the guests are gone but the lights and candles are still glimmering in the deserted hall.(温秀颖、刘士聪译,见 2002 年第 2 期《中国翻译》第 94-95 页)

【分析】这个译例的原文是多达 79 字的句段,有多个主谓结构,并且存在无主句,时态、语态和【ST5】一样,都是隐性的,没有形式上的体现,是较典型的汉语"意合"句段;译文在结构上进行了整合,将全句整理为一个由"but"连接的转折关系的并列句,并将原文中的部分短句转换为介词短语、分词短语或时间状语从句等,使原文由"意合"转化为"形合"。

【ST7】芬芳拂面,一泓清水是你的生命之源。(潇琴《又见水仙》)

【TT7】With wafts of fragrance you come out to greet me; a bowl of clear water meets your life's need.(朱柏桐译,见 2007 年第 3 期《中国翻译》第 88-90 页)

【分析】这句原文中间用逗号隔开,看似一句,其实从结构上来说,是完整的 2 个句子。前半句"芬芳拂面"中主语是"芬芳",谓语是"拂",宾语是"面";后半句则是个系表结构的句子。如果按照英语的形式逻辑这就是两句话。为了迎合英语的句式特点,又能尽量保留汉语的风味,译者作了一些调整,如把主语"芬芳"置于介词短语中作状语,添加新的主语"you",两个小句中间改用分号,这样可以最大程度保留原文两句间没有连缀的句式特点。为了表现语言之美,译者还在两句结尾处的押韵:"me"、"need"。译文利用英语的层次感和形式美弥补了原文淡雅飘逸的意境。

【ST8】我多少次想把这一段经历记录下来，但不是为这段经历感到愧悔，便是为觉察到自己要隐瞒这段经历中的某些事情而感到羞耻，终于搁笔。（张贤亮《男人的一半是女人》）

【TT8】So many times I have intended to write down these experiences of mine, only to be discouraged either by repentance for what I have done, or by the shame I felt as I knew I would be covering some of them up.（见 2006 年第 3 期《中国翻译》第 91 页）

【分析】原文中从形式上来说相对松散的汉语词句，在译文中通过词性和句法功能转换，各就各位，各司其职，条分缕析，合并成主干结构突出、层次感很强的英语句子。

2. 功能策略

语言作为人们交流信息、表达思想、抒情状物、传递知识等的工具，具备多重功能。综合各语言学及功能学派的相关理论，语言的功能主要包括：人际功能（interpersonal function）、达意功能（ideational function）、表情功能（expressive function）、祈使功能（vocative function）、美学功能（aesthetic function）、组篇功能（textual function）、指示功能（directive function）、信息功能（informative function）、描写功能（representational function）、意动功能（conative function）、酬应功能（phatic function）、元语言功能（metalingual function）等。翻译一个文本时，比起在形式和意义上追求译文和原文的对等，保持两者的功能一致是更基本的要求（有些译文的功能受翻译目的、目标读者、赞助商要求等因素的影响需要与原文不同，另当别论）。一个语篇，或者一个语篇的段落，其功能很少是单一的，往往兼具多重功能。译者需要根据翻译目的，分清功能的主次，选择合适的翻译策略。

英国翻译学家罗杰·贝尔（Roger T. Bell）认为翻译学中的"对等"不仅是语义的（semantic），也是风格的（stylistic），语际转换时，译者要琢磨的应该包括源语语篇的以下四个方面：

1) the semantic sense of each word and sentence

2）its communicative value

3）its place in time and space

4）information about the participants involved in its production and reception.（Bell, 2001: 7）

这四个方面实际就是形式、功能、目的等语篇特征。贝尔提出可以通过识别话语参数确定语篇的语域和功能，并引用吉卜林（J. R. Kipling）的一段诗生动形象地归纳了六个确定语篇功能的问题（同上）：

I keep six honest servingmen;

（They taught me all I knew）;

Their names were What? and Why? and When?

And How? and Where? and Who?

贝尔认为每个问题界定了至少一个变化参数（Each of these questions defines one（or more）parameters of variation.）（同上），通过分析这六个问题，可以掌握语篇的基本特征，如：信息发送者、接受者及两者的关系，信息发送的方式和渠道，信息发送的范围和目的等。通过这样的语篇分析，可以确定形式、功能、目的等文本信息，因而是选择合适的翻译策略的前提。因此进行语篇翻译之前，译者首先要搞清这六个问题的答案，以定位语篇的功能。

语篇翻译时，就其功能转换而言，德国翻译理论家（Christiane Nord）提出了"文献型翻译"（documentary translation）和"工具型翻译"（instrumental translation）两大策略。"纪实翻译"的定义是："A documentary translation is a translation which serves as 'a document of [a source culture] communication between the author and the ST recipient'."（Shuttleworth & Cowie，2004：43）主要译法包括逐字翻译（word-for-word translation）、字面翻译（literal translation）以及其他异国情调式翻译（exoticising translation）；"工具型翻译"的定义是："An instrumental translation is intended to fulfil a new communicative purpose in the target culture 'without the recipient being conscious of reading or hearing a text which, in a different form, was used before in a different communicative action'."（同上：80）主要译法有等功能翻译（equifunctional translation）、异功能翻译（heterofunctional translation）、类功能/体裁翻译（homologous translation）。"'文献型翻译'从原文作者的角度出发，按照原文作者的思路撰写译文，尽量再现原文作者的情感，再现原文交际的文化。'工具翻译'从译文读者的角度出发，按照译文读者的思路撰写译文，尽量靠近译文读者的文化，利用他们的思维方式、认知范围和背景知识，帮助他们理解和接受原文的信息。"（平洪，2002）

【ST9】而杭州湾喇叭口的地形特殊，海湾水域广阔，但河口狭窄，加之河床泥沙阻挡，易使潮流能量集中，江潮迅速猛涨，流速加快，涌潮现象频频发生。钱江涌潮，一年四季，周而复始。全年共有 120 天的"观潮日"。每天有日、夜两潮，尤以秋潮为最佳。每当大潮来时，开始远处呈现一条白线，声如闷雷。数分钟之后，白线向前推移；继而巨浪汹涌澎湃，如万马奔腾，潮声震天动地，真有翻江倒海之势，最高潮差达 8.93 米。钱塘江涌潮举世无双，其奇、其高可与亚马孙河媲美，被誉为"世界八大奇观"之一。（下画线为笔者所加）

【TT9】Its outlet to the ocean, Hangzhou Bay, is extremely wide, shaped like a large trumpet. When the sea tide rises, it brings with it a huge amount of water, pushing inland at a great speed. However, the river narrows abruptly at this point. This, together with the river's sandy bed, prevents the water's smooth progress. As waves follow one after the other, the tide surges and creates a gigantic wall of tidal water, the so-called "tidal bore". The tidal bore operates in a cycle; there are only 120 days on which it is good to watch the bore. Moreover, there are two tides per day, the day tide and the night tide.

The tides are greatest in autumn, the most spectacular time to view it. On the September day when the greatest tidal bore first appears, it is shaped like a long, white streak, and one hears a sound like muffled thunder in the distance. A few minutes later, a long, white streak of water chases itself down the river. As the tidal waves travel upstream, the water piles up higher and higher, as though tens of thousands of untamed horses were galloping upstream. The deafening noise inspires awe and admiration. Tidal waves created by the bore are known to have reached 8.93 meters in height. The tidal bore of the Qiantang River is now considered to be one of "the Eight Wonders in the World." Its unique shape and height have been compared to those of the Amazon River. (郭建中，2005)

【分析】原文是一篇介绍钱塘江涌潮的短文，节选的这段文字介绍了涌潮产生的原因和涌潮的壮观景象。短短一段文字里，四字词语和成语用了 13 个，句式灵活，措辞简练，体现了汉语的审美情趣。译者在翻译时，根据文章的功能和目的，对原文的语序和表达方式进行了一定的调整。"这类文章以内容为中心，以读者为中心，以传达信息为主要目的。因此，翻译这类文章的原则也应以传递信息和唤起读者感情并采取行动为主要目的。为此，翻译也应以内容为中心，以读者为中心。信息传递一定得准确，译文要让读者乐于接受。"（同上）为了将原文的内容充分地表达出来，并符合英语的语言习惯，译者进行了一定程度的改写，例如介绍涌潮成因的那部分，"如果把英语回译成汉语，大致意思如下：'钱塘江的地势特征，是形成这一自然奇观的原因。'这一句是总提，下面再详细叙述：钱塘江出口杭州湾非常宽阔，但呈喇叭形，海潮来临时，大量的海水以极大的流速涌入江里。而河口突然变窄，加之河底泥沙阻挡，海水难以通过。但后浪追前浪，浪头重叠，犹如一堵高高的水墙，俗称'涌潮'。……这与其说是'翻译'……还不如说是'重写'。"（同上）

【ST10】　　　　　　　蝶梦

昔者庄周梦为蝴蝶，栩栩然蝴蝶也，自喻适志与，不知周也。俄然觉，则蘧蘧然周也。不知周之梦为蝴蝶与，蝴蝶之梦为周与？周与蝴蝶则必有分矣。此之谓物化。（庄子）

【TT10】　　　　　**The Butterfly's Dream**

Chuangtse

Once upon a time, I, Chuang Chou, dreamt that I was a butterfly, fluttering hither and thither, to all intents and purposes a butterfly. I was conscious only of my happiness as a butterfly, unaware that I was Chou. Soon I awaked, and there I was, veritably myself again. Now I do not know

◆ 新世纪翻译学 R&D 系列著作

whether I was then a man dreaming that I was a butterfly, or whether I am now a butterfly, dreaming that I am a man. Between a man and a butterfly, there is necessarily a distinction. The transition is called "the transformation of material things".(林语堂，2002)

【分析】这篇选自《庄子》的短文是众多庄子寓言故事中最脍炙人口，最具浪漫气质，也最富哲理的一篇。庄子用简洁的语言，叙述了一个简单的故事，而揭示的却是深奥的道理：物我相融，物我两忘乃是心灵澄明超然的最高境界，亦即"道"的境界。这篇短文是"言简意赅"这个成语的极好注脚。林语堂的译文处理得非常成功的一处就是代词"I"的使用。原文中除了一个反身代词"自"之外，没有出现第一人称代词，而全是用作者的名字"庄周"、"周"，有些小句则没有主语，是无主句，如："栩栩然蝴蝶也"、"俄然觉，则蘧蘧然周也"、"不知周之梦为蝴蝶与"等。代词"I"在篇首顺利导入，不着痕迹地向英语读者说明了这篇短文的主人公"Chuang Chou"就是作者本人，免去了注释的烦琐，避免了下文"Chou"的不断重复，而且解决了无主句转换的问题，可以说一举多得，很好地利用了英语中代词的组篇功能，使译文再现了原文栩栩如生的描写和短小精悍的行文。

按照 Nord 的译法分类，郭译的钱江涌潮介绍文字属于工具翻译中的"等功能翻译"，而林译的庄子寓言则是纪实翻译中的直译。从上述两例可以看出汉英两种语言个性差异明显，在实现各种语言功能时，在形式上的体现有时迥然不同。例如在审美倾向上，汉语"求雅的意识强，悠久的文学传统使我们至今仍然相当重视行文的整饬与雅观"（高健，1999），"极易形成并偏爱使用对偶排比结构"，"与此相连的四字结构仍然出现频率较高"（同上），讲究遣词造句；又由于汉语的语法限制较小，因此导致"措辞造句上的极大灵活性与因此而造成的语句的定型化与稳固性的程度的偏低；组织词语时的选择性、任意性、不定性、游移性与斟酌性乃至个人间用语上的差异性等的偏多偏大……汉语太活了，而这……既是现代汉语的弱点也是它的长处……现代汉语如果真的用得好时，它也会成为最具魅力与艺术性的绝妙表达工具。"（同上）汉语散文英译时，原文审美功能的再现需要顾及译入语的语言特点、翻译的目的和文本的其他功能。其他语篇功能在语际转换时也同样要视需要调整。

3.2.2 英译中策略

汉英两种语言的差异前文已约略分析过，不再赘述。汉语散文英译时要充分考虑双语差异，反之亦然，两者的词法、句法和语言功能的差异是译者要加倍注意的。

对于不同语言间表达方式的差异，Andre Lefevere 和 Susan Bassnett 在他们合著的论文 *Where Are We in Translation Studies* 中这样分析："But perhaps more important than the several and separate types is the existence of what can be called a 'grid' of text, the textual grid that a culture makes use of, the collection of acceptable ways in which things can be said. Different cultures may, of course, make use of essentially the same textual grid. The French, German, and English cultures, for instance, make use of the same textual grid, with slight variations in emphasis, because that is the grid they inherited from Greco-Roman antiquity through the shared vicissitudes of history. Other cultures, like Chinese and Japanese culture, have textual grids that are much more unique and not shared with other cultures. The interesting point in all this, though, is that these 'textual grids' seem to exist in cultures on a level that is deeper, or higher, or whatever metaphor you prefer, than that of language. In other words, the 'textual grid' pre-exists language(s). These grids are man-made, historical, contingent constructs; they are by no means eternal, unchangeable, or even 'always already there'. They can, and do, appear given for all eternity only when, as so often happens, they have been interiorised by human beings to such an extent that they have become totally transparent for them, that they appear 'natural'."（Bassnett & Lefevere，2001：5）根据 Lefevere 和 Bassnett 的观点，篇章的组织结构是与文化紧密相连的话语方式的总合，并且这种话语方式由文化预先框定，是先于语言存在的。因此，在进行英汉互译时，"若按原文机械地、逐字逐句地翻译往往是

不行的。因此，为了取得类似于原文的效果，词句的增减，词序的调整，有时就不可避免，甚至是十分必要的。如果译者'忠实'于原文的意识太重，太拘泥于原文的字词和句式，……亦步亦趋地翻译"（刘世聪，2002），往往会使得译文有悖于译入语的话语方式。

1. 句法策略

英译汉的句法翻译重要的一点是汉语西化的问题。

关于西化，鲁迅先生早在 20 世纪二三十年代就提出过他的观点。"鲁迅主张'硬译'，认为通过'硬译'可以避免使原文被'削鼻剜眼'，可以最好地再现原作的丰姿，而这样做的根本目的是丰富汉语语言。鲁迅认为汉语文法句法不够完备，所以需要通过'硬译'来吸收外来语中的有益成分。"（陈芙，2007）"一面尽量的输入，一面尽量的消化，吸收，可用的传下去了，渣滓就听他剩落在过去里"（鲁迅，2002：312）。鲁迅提出这样的观点，有独特的时代背景，他的初衷是促进白话文的快速发展，并由此带动国民教育、提高国民素质，是本着"拿来主义"救国救民。经过几十年的发展，白话文已经日趋成熟，"文言的简洁浑成，西语的井然条理，口语的亲切自然，都已驯驯然纳入了白话文的新秩序，形成一种富于弹性的多元文体。"（余光中，2002：109）但新的问题出现了。20 世纪七八十年代以来，中国进入社会经济全面发展时期，翻译事业也随之进入史上第四次高潮，翻译活动量大面广，同时也泥沙俱下，造成翻译质量良莠不齐，其中，汉译作品的话语方式过度或恶性西化就是一个突出的问题。

比较而言，汉语句式比英语句式约束少，词的阴性阳性、时态、语态、单复数等形式制约在汉语中微乎其微，因而汉语更灵动善变。余光中说："比起来，还是中国文化看得开些——阴阳不分，古今同在，众寡通融，真是了无绊碍。"（同上：146）余光中曾举了一个例子说明汉语的简练，就是《寻隐者不遇》这首诗：

　　　"松下问童子，言师采药去。

　　　只在此山中，云深不知处。"

余光中选用该例主要是要说明汉语可以有无主句，而主语在英语中则必不可少，这首诗要按英语语法规则把主语补回去，就成这样：

"我来松下问童子　童子言师采药去

师行只在此山中　云深童子不知处"（同上：95）

"这一来，成了打油诗不打紧，却是交代得死板落实，毫无回味的余地了。这几个主词不加上去，中国人仍然一目了然，不会张冠李戴，找错人的，这正好说明，有时候文法上的'精密'可能只是幻觉，有时候恐怕还会碍事"（同上）。其实严格说起来这首诗要真译成英语，需要补充的语法要素不仅是主语，还有时态、介词、从属连词等，如果这些一并补充齐全，恐怕连打油诗也难做了。

灵活是汉语的优点，但也给英译汉带来一个常见问题，即译文常常翻译腔浓重，换句话说译文容易受原文的影响，出现西化的汉语句子，把完全不必要的重重形式束缚转嫁到原本潇洒利落的汉语中，使译文语句中不中、洋不洋，不伦不类。余光中在《中文的常态与变态》一文中列举了多种盲目西化的汉语句子，也就是变态的，或病态的汉语句子，如：仿效英文而过度名词化、"之一"泛滥、介词滥用等等，例如：

横贯公路<u>的再度坍方</u>，是今日的头条新闻。（名词化倾向。中文习惯说"横贯公路再度坍方……"）

他的收入<u>的减少</u>改变了他的生活方式。（名词化倾向。中文习惯说"他收入减少，因此改变了生活方式。"）

李广乃汉朝名将<u>之一</u>。（"之一"纯属蛇足。）

今天我们讨论<u>有关</u>台湾交通的问题。（"有关"毫无用处。）

上述各例如果回译成英文，不难发现这些别扭的汉语句子全是生吞活剥了的英语句式。

译者不仅是文本语际转换的媒介，更是文化传播的使者。把外语文本介绍给国内读者的翻译工作者，还担负着保护汉语纯洁性和生命力的神圣职责。随着中西方文化交流日益频繁，各类英译汉作品的读者群、听众群、观众群日渐扩大，译文质量也因此直接影响国民的汉语素养。"中文通达的人面对无所不在的译文体，最后感到眼界不清、耳根不净，颇为恼人。中文根底原就薄弱的人，难逃这类译文体的天罗地网，耳濡目染，久而习于其病，才真是无可救药。"(同上：109)对于这样遭西化洗劫的中文，"如果教育制度和大众传播的方式任其发展，中文的式微是永无止境，万劫难复的"(同上：84)，"有一天'恶性西化'的狂潮真的吞没了白话文，则不但好作品再无知音，连整个民族的文化生命都面临威胁了。"(同上：124)

具体到句法翻译策略，依视角不同，可以有很多分法。这里根据上面讨论的西化问题，简略说明两点：

(1)善解原意，展现原文的音韵美、节奏美、意境美

汉语中存在越来越严重的恶性西化现象，但任何事物都有对立面，有"恶性"西化，也就有"善性西化"(同上：120)。白话文经历短短几十年发展史走向成熟，"善性西化"功不可没。"善性西化"调和西方话语方式和汉语特质，丰富和完善汉语的白话文。"善性西化的样品在哪里呢？最合理的答案是：在上乘的翻译里。翻译，是西化的合法进口，不像许多创作，在暗里非法西化，令人难防。一篇译文能称上乘，一定是译者功力高强，精通截长补短化瘀解滞之道，所以能用无曲不达的中文去诱捕不肯就范的英文。这样的译文在中西之间折冲樽俎，能不辱中文的使命，且带回俯首就擒的西文，虽不能称为创作，却是'西而化之'的好文章。"(同上：121)

每种语言都具有独特的美感，英语形式严谨、层次分明，并富有拼音文字特有的节奏感和音韵美。英译汉时，忠实于原意，并将原文的独特美感融合到译文中，而且译文地道流畅，绝不生硬晦涩，这就是"西而化之"的上乘境界。

【ST11】It was New Year's Night. An aged man was standing at a window. He raised his mournful eyes towards the deep blue sky, where the stars were floating like white lilies on the surface of a clear calm lake. (John Ruskin: *The Two Roads*)

【TT11】那是个/新年之夜。一位老人/伫立/在窗边。他/抬起双眼，把/悲哀的/目光/投向/蓝幽幽的/天幕。夜空/像一个/清澈静谧的/大湖，星星/像一朵朵/百合花/漂在湖面。(曹明伦，2004：88；分割线为笔者所加)

【评析】曹明伦点评这篇译作时说，要使译文音调和谐，富有节奏，要避免三个通病：①句式单调，'的的不休'，②音节单一，欠奇偶对照，③尾字谐韵，平仄不分。译文中，译者注意了译文的节奏感，句子中奇数音节和偶数音节的短语交替出现，使音韵富于变化，避免单调乏味。"散文讲究句式长短开阖，跌宕起伏，音节奇偶相间，轻重交错。这种文体特征译者不可不辨。"（曹明伦，2004）

【ST12】Get a livelihood, and then practice virtue.

【TT12】先谋生而后修身。（钱锺书译）（朱明炬等，2007：2）

【评析】原文是格言警句体。"and"这个并列连词前后体例对称，不仅词数都是三个词，而且都是祈使句，句式工整。钱锺书采用了训导意味浓厚的文言文，"而"字前后也各三个字。这个译例不仅译意精准到位，而且译形丝丝入扣，已臻"化境"。

【ST13】Now Prohibition, whether as a proposal in England or a pretence in America, simply means that the man who has drunk less shall have no drink, and the man who has drunk more shall have all the drink. It means that the old gentleman shall be carried home in a cab drunker than ever; but that, in order to make it quite safe for him to drink to excess, the man who drives him shall be forbidden to drink even in moderation. That is what it means; that is all it means; that is all it ever will mean. It means that often in Islam; where the luxurious and advanced drink champagne, while the poor and fanatical drink water. It means that in modern America; where the wealthy are all at this moment sipping their cocktails, and discussing how much harder labourers can be made to work if only they can be kept from festivity. This is what it means and all it means; and men are divided about it according to whether they believe in a certain transcendental concept called "justice", expressed in a more mystical paradox as the equality of men. So long as you do not believe in justice, and so long as you are rich and really confident of remaining so, you can have Prohibition and be as drunk as you choose.(G. K. Cheterton: *What I Saw in America*)

【TT13】禁酒，在英国议而未行，在美国行而不实，无非是这么回事：

原先喝得少的人不得再喝，原先喝得多的人任从大喝。老爷当可喝个空前大醉，叫车载回家；但是，为了保证大人纵酒而无妨，必须宣布仆夫小饮为犯禁。是这么回事；就是这么回事；不外乎这么回事；永远也不过是这么回事罢了。在伊斯兰世界往往是这么回事：豪奢而开通者喝香槟，贫苦而痴迷者喝淡水。当今美国是这么回事：此刻有钱人呷着鸡尾酒，讨论研究，不让工人快活，只让工人干活，要是能办得到，能出多少活。就是这么回事，不外乎这么回事。对于禁酒，人们意见分歧，区别在于是否相信所谓正义——这个抽象概念还有一种更为玄妙矛盾的表达法，叫作人人平等。只要你不相信什么正义，只要你钱财在手，而且确有把握永远保得住，那禁酒由他，醉酒由你好了。（翁显良译）（朱明炬等，2007：122-123）

【评析】这个语段的翻译，在遣词造句、讽刺揶揄、风格韵味上都和原文取得了极佳近似，由表及里、淋漓尽致地再现了原文的一切语言要素。

(2)删繁就简，体现汉语特质，发挥汉语优势

严复的翻译三标准："信"、"达"、"雅"一直被中国译界奉为圭臬。"信"固然是第一位的，但"顾信矣，不达，虽译，尤不译也，则达尚焉。"（严复《天演论·译例言》）不"达"，译了也白译，足见"达"的重要。汉译英时译者要用这三个标准衡量译文，看是否忠实于原文，还要看是否是地道、通顺、优美的英文。译入外语尚且如此，译入本族语时起码应该一视同仁，除了要忠实于原文，更理所应当使用地道、通顺的，而不是洋泾浜的英式汉语。

【ST14】 "Books," said Hazlitt, "wind into the heart; the poet's verse slides in the current of our blood. We read them when young, we remember them when old. We read there of what has happened to others, we feel that it has happened to ourselves. They are to be had everywhere cheap and good. We breathe but the air of books." (Samuel Smiles: *Companionship of Books*)

【TT14】"书籍具有一种能潜入人心的力量，"海兹列特讲道，"诗人的佳句往往便与我们的血液周流一处。少而习之，皓首难忘。所读内容虽多是他人际遇，所得印象却不啻自身经历。何况书籍索价极廉，购求亦

易，因而不觉使我们溢满书香。"（高健译）（高健，1998: 316-317）

【评析】比较一下原文和译文，不难看出译文省去了很多形式标记。省略得最多的是第一人称复数代词"we"，原文有五个"we"，译文主位的"我们"一个都没有，只有一个作定语的"我们"和一个作宾语的"我们"。另外第三人称代词"they"和"them"同样大幅省略。另外从属连词也一一略去，如"when"、"what"、"that"。时态、语态、单复数等变化译文中更不着痕迹。略去如此种种，译文不仅充分发挥了汉语流转自如的优势，而且将原文的意蕴、节奏、哲理尽收其中，是化西为中的典范。

【ST15】The night was as dark by this time as it would be until morning; and what light we had, seemed to come more from the river than the sky, as the oars in their dipping struck at a few reflected stars. (Charles Dickens: *Great Expectations*)

【TT15】这时夜色已经黑透，看来就要这样一直黑到天明；我们仅有的一点光亮，似乎不是来自天空，而是来自河上，一桨又一桨的，搅动着那寥寥几颗倒映在水里的寒星。（王科一译）（朱明炬等，2007: 9）

【评析】该例原文虽是小说，但这个语段景物描写手法与散文并无二致。和【ST14】一样，译文同样化原文中有形的语法标记于无形，如从属连词"as"、主词等，将其隐藏不显，由韵味悠长的意义之线串联成句，将一串主次分明、茎蔓相连的"形合"葡萄，幻化成几颗散落玉盘、貌离神合的"意合"珍珠，不仅最大限度地保留了原文信息，而且译文非常熨帖顺滑，极显译者功力。

【ST16】Chilly gusts of wind with a taste of rain in them had well nigh dispeopled the streets.

【TT16】阵阵寒风，带着雨意，街上冷冷清清，几乎没有什么人了。

【评析】"……英文句子，主、谓、宾一目了然，原因和结果清清楚楚，如果按这样的顺序、结构直译成汉语，势必凝滞不化。为了使译句能体现汉语句式的特点，译者大胆地进行了结构调整，将原文一句切分成了译文四个短语（小句），充分利用句子内部语义上的联系，不用任何关联词，由风到雨，到街，再到人，用白描的手法将一幅寒夜凄雨图呈现在读者面前，处理之妙，令人击节。"（朱明炬等，2007: 13-14）

◆新世纪翻译学 R&D 系列著作

2. 功能策略

在讨论汉语散文英译的功能策略时，举例说明了翻译应针对译文的语篇功能采取相应的翻译方法，语篇功能在英译汉时同样是应该考虑的因素。上述的语篇功能，从本质上说就是韩礼德为代表的伦敦功能学派观点中语域（register）三要素之一的"语式"（mode）。韩礼德认为语域主要由三种情景特征构成：语场（field）、语式、语旨（tenor），定义分别是："The FIELD is the total event, in which the text is functioning, together with the purposive activity of the speaker or writer; it thus includes the subject- matter as one element in it. The MODE is the function of the text in the event, including therefore both the channel taken by the language－spoken or written, extempore or prepared－and its genre, or rhetorical mode, as narrative, didactic, persuasive, 'phatic communion' and so on. The TENOR refers to the type of role interaction, the set of relevant social relations, permanent and temporary, among the participants involved. Field, mode and tenor collectively define the context of situation of a text."（Halliday & Hasan, 2001: 22）韩礼德的语域概念涵盖的情景特征相对较系统全面，也有语言学家，如 Leech，将语域基本等同于语言使用的正式程度，"指在特定的社会环境（如学术界、宗教界，正式的或非正式的场合）使用的语言变体。可以根据题材（话语范围）区分为各种专业语言、行话等；根据正式程度（交谈方式）区分为庄重体、正式体、通常体、随便体等"（方梦之，2004：167）。韩礼德的功能语言学观点进一步完善了语域概念，使情景理论成为概括性很强的系统理论。

功能学派的语境和语域概念对现代翻译理论与实践的发展意义重大。语域概念突破了翻译学中"忠实"与"对等"的视界，将微观语言层面与宏观语言环境相结合，使追求语域对等、避免语域误译成为新的翻译标准。语境因素对文本意义的生成和理解具有决定作用，因而翻译和语境密不可分。"译文语篇之构成是在各种语境的引导和制约下以原文语篇为模本的语篇再生过程。谈语篇翻译免不了要谈语境，而谈语境也免不了要谈语域。语域者，适用于特定语境的语言变体也。……翻译中的语域分析既是理解原文语篇的易进之路、渐悟之方,更是构建译文语篇的阶籍之由、始涉之津。"(曹明伦,2007)通过语域分析,可以描写、解释、评价、预测翻译现象和翻译问题,并规划翻译原则和策略。

语域是宏观环境作用于语言的产物,其概念是虚泛、抽象的,但它的实现离不开实在、具体的词句,因而再现原文语域,还是要通过微观的语言手段,如语音、词汇、句法、修辞等。"汉语是一种语域包容性极强的语言,至少比英语的语域包容性更强。关于这点,原因有二:一是汉语使用流传的历史比英语更长,而一般说来,一种语言的语域包容性与其使用流传的历史长度成正比;二是笔者……指出的'与注重意蕴的汉语相比,英语语言更注重形式逻辑'。换句话说,英语更注重形连,汉语更注重意合。虽然哈蒂姆和梅森说'语域这种语言变体主要表现为说话人所用的语言形式(如语法和词汇)之各不相同',但由于英语重形连,汉语重意合,故英语的语域变化主要变在语法层面,而汉语的语域变化则主要变在词汇层面。……而由于英语的语域变化主要表现在句层,汉语的语域变化则主要表现在词层,所以英语句层表现出的语域变化在汉语译文中往往在词层得以体现。"(同上)由此可见,汉语的灵活善变并不局限于语法层面,更可以通过词层、句层等多层次语言形式表现于语域层面。

【ST17】In the days when everybody started fair, Best Beloved, the Leopard lived in a place called the High Veldt. 'Member it wasn't the Low Veldt, or the Bush Veldt, or the Sour Veldt, but the 'sclusively bare, hot, shiny High Veldt, where there was sand and sandy-coloured rock and 'sclusively tufts of sandy-yellowish grass. The Giraffe and the Zebra and the Eland and the Koodoo and the Hartebeest lived there; and they were 'sclusively sandy-yellow- brownish all over; but the Leopard, he was the 'sclusivest sandiest-yellowish-brownest of them all—a grayish-yellowish catty-shaped kind of beast, and he matched the 'sclusively yellowish-greyish-brownish colour of the High Veldt to one hair. This was very bad for the Giraffe and the Zebra and the rest of them; for he would lie down by a 'sclusively yellowish-greyish-brownish stone or clump of grass, and when the Giraffe or the Zebra or the Eland or the Koodoo or the Bush-Buck or the Bonte-Buck came by he would surprise them out of their jumpsome lives. He would indeed! And, also, there was an Ethiopian with bows and arrows (a 'sclusively greyish-brownish-yellowish man he was then), who lived on the High Veldt with the Leopard; and the two used to hunt together—the Ethiopian with his bows and arrows, and the Leopard 'sclusively with his teeth and claws—till the Giraffe and the Eland and the Koodoo and the Quagga and all the rest of them didn't know which way to jump, Best Beloved. They didn't indeed! (Rudyard Kipling: *From How the Leopard Got his Spots*)

【TT17】亲爱的孩子，从前所有动物身上都没有斑纹，那时候豹子住在一个叫"高高草原"的地方。请记住，那不是"低低草原"，不是"灌木草原"，也不是"湿冷草原"，而是光秃秃、热烘烘、亮闪闪的高高草原。那里的沙是黄色的，岩石是黄色的，连一簇簇野草也都是黄褐色的。那里居住的什么斑马呀、羚羊呀、长颈鹿呀，也都是浑身上下黄乎乎的。但要说黄得同那片草原的颜色最最相似的，那就得数长得像猫的豹子啦。豹子身上的颜色同"高高草原"的颜色简直一模一样，丝毫不差。对斑马、羚羊和长颈鹿来说，这可真是太糟糕了。因为豹子经常藏在黄色的大石旁或草丛间，当斑马、长颈鹿和各种各样的羚羊从旁边经过的时候，它就会出其不意地扑上去吃掉这些爱跳的动物。它的确会吃掉它们！再说"高高草原"上还有个带着弓箭的埃塞俄比亚人，当时他浑身也是黄褐色的。这个猎人经常和豹子一道打猎，猎人用长弓和利箭，豹子用尖牙和利爪。到后来，斑马、羚羊、长颈鹿和其他动物都不知道该走哪条路了。亲爱的孩子，它们真不知道该走哪条路！（曹明伦，2007）

【评析】这个段落原文选自英国作家吉卜林的故事集 *Just so Stories* 中的一篇。"多读几遍原文，我们会发现，这个语篇的语域特点颇像当年孙敬修老人给中国儿童讲故事的风格——亲切自然，通俗晓畅，幽默生动，绘声绘色。"（同上）由于原文是写给儿童的故事，译者充分考虑了语域特色，在措辞、组句、语气上注意了与该语域适配，例如运用叠词："高高草原"、"低低草原"、"光秃秃"、

"热烘烘"、"亮闪闪"、"黄乎乎"、"最最相似"等；增添语气词，"什么斑马呀、羚羊呀、长颈鹿呀"，使译文充满童趣，使之贴合原文语域。

【ST18】It is rather for us to be here dedicated to the great task remaining before us, that from these honored dead we take increased devotion to that cause for which they here gave the last full measure of devotion; that we here highly resolve that the dead shall not have died in vain, that the nation shall, under God, have a new birth of freedom, and that the government of the people, by the people, and for the people, shall not perish from the earth. (Abraham Lincoln: *Gettysburg*)

【TT18】对于我们生者来说，有所报效，似更应奋力于他们一向坚贞以赴、多所推进的未竟事业，奋力于留待我们去完成建树的伟绩殊勋；诚能这样，我们必将更能从英魂那里汲引壮志，奋发忠诚，而他们正是为了我们的事业而肝脑涂地，竭尽忠诚；这样，我们必将益发坚信这些死者之不枉牺牲，这样，这个国家，上帝鉴临，必将在自由上重获新生，而这样，一个民有、民治与民享的政府必将在世界上永远立于不败之地。(高健, 1998: 312-313)

【评析】原文是林肯1863年为葛底斯堡公墓落成典礼所作的演讲。"讲话虽短，而意义重大，人权宣言精神与民主主义思想在这篇演讲中可谓揭橥无遗，得到了经典式的表达。在语言上这篇演说也是以少胜多，简练雅洁的罕见典范；它题旨集中，文气贯注，庄严宏伟，音韵铿锵，措辞用语与所叙内容非常相称，因而一直是世界演说文学中最为人传诵的一个不朽名篇。"（同上：312）节选的这句是全文最后一句，也是最长的一句，全句四个"that"从句形成排比，层层递进，气势恢宏。译者充分考虑了原文的庄严性、重要性和典雅性，译文选词简洁凝练，文白并济，在词层适当使用了四字词语、文言词汇，在句层根据汉语的行文习惯调整了语序，进行了适当拆分、合并、重组，将原文的四个排比从句译为两个表示过程、三个表示结果的排比句，有效再现原文组织严谨、语势宏大的风格。

3.3　散文综合译法与技巧

　　纽马克"认为自公元前 1 世纪直到现在，直译和意译争论的焦点一直都集中在字面形式/思想内容(the letter/the spirit)、词/意义(the words/the sense)或形式/信息(form/message)的矛盾上，争论双方都太理想化，都忽略了翻译应当考虑翻译目的、读者的特点和文本的类型"（廖七一，2001：175）。针对翻译界直译、意译争论不休的局面，纽马克提出了语义翻译和交际翻译，并且认为这是适用于任何文本的翻译方法(appropriate to any text)(Newmark，2001a：22)。他给语义翻译和交际翻译下的定义是："语义翻译指在译入语语义和句法结构允许的前提下，尽可能准确地再现原文的上下文意义。"（廖七一，2001：180）(...the translator attempts, within the bare syntactic and semantic constraints of the TL, to reproduce the precise contextual meaning of the author.) (Newmark，2001a：22)"而交际翻译指译作对译文读者产生的效果应尽量等同于原作对原文读者产生的效果。"（廖七一，2001：180）(...the translator attempts to produce the same effect on the TL readers as was produced by the original on the SL readers.) (Newmark，2001a：22)。语义翻译强调信息传递的形式和内容，而交际翻译则强调信息产生的效果（另请参考陈刚《翻译学入门》，2011）。例如：

　　1）甄士隐梦幻识通灵　贾雨村风尘怀闺秀

　　语义翻译: Zhen Shiyin in a Dream Sees the Jade of Spiritual Understanding

　　　　　　　Jia Yucun in His Obscurity Is Charmed by a Maid

　　　　　　　　　　　　　　　　　　　　（杨宪益、戴乃迭译本）

　　交际翻译：Zhen Shiyin makes the Stone's acquaintance in a dream;

　　　　　　　And Jia Yucun finds that poverty is not incompatible with

　　　　　　　romantic feeling（大卫·霍克斯译本）

　　2）He who would search for pearls must dive deep.

　　语义翻译：要想得明珠，必须潜水深。

交际翻译：不入虎穴，焉得虎子。

纽马克认为，长期以来直译和意译的争论都仅仅停留在理论层面，忽略了翻译的目的(the purpose of translation)、读者的特点(the nature of the readership)和文本的类型(the type of text)等必须考虑的要素。直译和意译的矛盾其实并非不可调和，纽马克用了一个 V 形图显示语义翻译和交际翻译的提出，缩小了直译和意译之间的距离：

SL emphasis   **TL emphasis**

Word-for-word translation   Adaptation

    Literal translation   Free translation

        Faithful translation   Idiomatic translation

            Semantic translation   Communicative translation

由该图可以看出，相对于逐字翻译和归化翻译、字面翻译/直译和意译、忠实翻译和地道翻译，语义翻译和交际翻译不仅差距最小，而且互有交叉，不可完全对立和割裂。纽马克认为该图所列的各种二分法的翻译方法中，语义翻译和交际翻译最能实现翻译的两个主要目的：准确和简洁("…only semantic and communicative translation fulfil the two main aims of translation, which are first, accuracy, and second, economy.")。"语义翻译法集逐字翻译、字面翻译和忠实翻译的优势，交际翻译集归化、意译和地道翻译的优势，应该说是最理想的翻译方法。"(Newmark，2001a：45-47)因此纽马克将语义翻译和交际翻译理论视为自己对翻译学的最大贡献。

3.3.1 语义翻译法与技巧

语义翻译要求在准确再现原文上下文意义的基础上，兼顾原文的审美价值(aesthetic value)，即原文自然优美的音韵(the beautiful and natural sound)(Newmark，2001b：46)。纽马克认为忠实翻译较刻板而缺乏弹性，而语义翻译则相对更灵活。而语义翻译和直译的基本区别在于语义翻译尊重语境(respect context)，有时如果一个比喻在目的语中无意义，语义翻译会根据需要做出诠释甚至解释；语义翻译首先忠于作者(In semantic translation, the translator's first loyalty is to his author; in literal translation, his loyalty is, on the whole, to the norms of the source language.) (Newmark，2001a：63)。

　　纽马克将语义翻译称为艺术，交际翻译称为技术，并认为这两种翻译策略分别适合不同类型的文本。纽马克根据布莱尔(Bühler)和雅克布森(Jacobson)的观点提出文本的六种功能：表达/情功能(the expressive function)、信息功能(the informative function)、召唤/呼唤功能(the vocative function)、审美功能(the aesthetic function)、酬应/人际功能(the phatic function)、元语言功能(the metalingual function)，其中前三种功能是文本的主要功能，各有其代表性文本。表达功能型文本主要有严肃而富于想象的文学作品(serious imaginative literature，包括诗歌、小说、戏剧等)、权威性声明(authoritative statements，包括政治演说、文书、法律文件、科学或哲学学术著作等)、自传、随笔、个人书信等；信息功能型文本包括教科书、科技报告、报刊文章、科学论文、会议记录等；劝说功能型文本包括通知、说明书、宣传品、通俗小说等(Newmark，2001b：39)。"绝大多数信息性、祈使性、人际性、部分审美性及元语言性文本和文本片断，适宜用交际翻译……但如果原文是表达性文本或是重要的审美性文本，其表达形式和内容一样重要，那么……都需要采用语义翻译，如自传、私人信件、抒发个人情感的文学作品应用语义翻译。"(廖七一，2001：190)前文分析过，散文通常是抒情言志的，按照纽马克的文本功能分析，散文理所当然地归类为表达功能型文本，语义等值的重要性高于交际等值，应采用语义翻译的方法。

【ST19】Rats desert a falling house.

【TT19】屋倒鼠搬家。（朱明炬等，2007：89）

　　【评析】这个谚语的译文保留了原文的喻体，没有用汉语中现成的"树倒猢狲散"来替代；并且译文注意贴合原文音韵特色，原文五个单词，译文正好也是五个汉字。语义翻译就是这样贴近原文和源语文化。

【ST20】The sun had set some time ago. But its rays still rose over the horizon, lighting up the huge masses of cloud moving from the west over the entire sky. The clouds were heavy and somber, altogether inky below while the very tops, the crowns so to say…seemed to have been dipped in violent blood-red and yellow paint.

【TT20】太阳落山已经有一会了。但是阳光还升在地平线之上，照亮了从西方向东移动遮满天空的大块大块的云头。这些云都是乌沉沉的，云脚几乎是墨一样黑，而在顶尖……却像是刷过了猩红和明黄的油漆一般。（茅盾译）（朱明炬等，2007：163）

　　【评析】这段写景文字的译文看起来没有经过额外的加工、雕琢，顺顺当当、优美自然而又不落痕迹，丝毫没有佶屈聱牙的翻译腔，又如实再现原文的比喻和修辞，尽显原文风采，是语义翻译的佳例。尽力保留原文特色的同时，译者也不忘照顾译入语规范，如将"from the west"译为"从东往西"、"heavy and somber"译为"乌沉沉的"均是传情达意的妙笔。

【ST21】我只知道自己的生日和乳名。生日是自己长大以后听家里大人说的，是农历十月十五酉时生人，所以我的乳名叫"酉"，北京人的习惯爱用儿化韵，前面加个"小"，后面加个"儿"，就叫"小酉儿"。（侯宝林：《我可能是天津人》）

【TT21】I only remember my birthday and my infant name. I was told about my birthday by my foster parents when I grew up. I was born in the *you* period (between 5-7p.m.), 15th of the 10th month of the Chinese lunar year. So I was named *you*. Prefixed with *xiao*—young, and suffixed with a diminutive *er*—an intimate way of addressing young and small things by Beijingers, my name, therefore, became *Xiao You'r*. （刘士聪译）（刘士聪，2002：144-145）

　　【评析】语义翻译和直译的区别是：语义翻译除了注重原文的形式和意义，也关注语境、重视读者的理解，遇到造成译文表达障碍和译文读者理解障碍的地方，需要通过恰当的技巧来化解。本例中很多汉文化特色浓厚的词语，如："酉时"、"小"、"儿"、"儿化韵"等，译者都细致巧妙地做了文内注解，保证了语义的有效传递。

【ST22】《随园诗话》："画家有读画之说，余谓画无可读者，读其诗也。"随园老人这句话是有见地的。读是读诵之意，必有文章词句然后方可读诵，

画如何可读？所以读画云者，应该是读诵画中之诗。（梁实秋：《读画》）

【TT22】 Yuan Mei has this to say in his *Suiyuan Notes on Poetry*: "Artists believe in the reading of a painting, yet I can find nothing to be read in a painting－What one reads is the poetry it bears." The old gentleman was making a good point here. Reading means reciting, or chanting aloud the words to appreciate the meaning, so one must have the words, the text, before one can do the reading. As such, how can you read a painting? The so-called reading of a painting, therefore, should be reading the poetry it carries. （朱纯深译）（朱纯深，2000：74-75）

【评析】这个语段的文眼是"读"，"读"字在原文频繁出现，而其中"读是读诵之意"，解释了这里的"读"并非普普通通的"阅读"，为了让译文读者明白这个微妙的差异，译者采用了增译，译为"Reading means reciting, or chanting aloud the words to appreciate the meaning"，增补原文以充分传递原文信息，是语义翻译常用的技巧。

【ST23】可是做工是昼夜无休息的：清早担水晚烧饭，上午跑街夜磨面，晴洗衣裳雨张伞，冬烧汽炉夏打扇。半夜要煨银耳，侍候主人耍钱；头钱从来没分，有时还挨皮鞭……（鲁迅：《聪明人和傻子和奴才》）

【TT23-1】Then I work all day and all night. At dawn I carry water, at dusk I cook the dinner; in the morning I run errands, in the evening I grind wheat; when it's fine I wash the clothes, when it's wet I hold the umbrella; in winter I mind the furnace, in summer I wave the fan. At midnight I boil white fungus, and wait on our master at his gambling parties; but never a tip do I get, only sometimes the strap...（杨宪益、戴乃迭译，1976：128-129）

【TT23-2】And I toil day and night without rest. I carry water at dawn and cook dinner at dusk. I run errands all morning and grind wheat at night. I wash the clothes when it's fine and hold an umbrella for my master when it's rainy. I take care of the heating stove in winter and keep cooling my master with a fan in summer. I boil white fungus for him late at night. I wait on him at his gambling table without ever getting a tip. Instead I sometimes get a good thrashing...（张培基，2007b：15）

【评析】形式再现是语义翻译的重点之一。这段原文多对仗，七字句的对仗有四句，六字句的也是四句，七字句的很工整，六字句的除了字数一致，句子格式、成分并不对应。七字句对仗两种译文均采用了对等修辞格，鉴于英语的句法要求与汉语迥异，杨-戴译文将原文的一个个小句拆分成对仗工整的句对，张译则使用句内对仗结构翻译这四个小句；后四句六字句原文格式就不严密，两个译本都译得较灵活。

3.3.2 交际翻译法与技巧

作为二分法中相对立的翻译技巧，语义翻译和交际翻译的差别很大。"语义翻译为了表现原作的思维过程，力求保持原作的语言特色和独特的表达方式，发挥了语言的表达功能，而交际翻译关键在于传递信息，让读者去思考、去感受、去行动，为某类读者'量体裁衣'，发挥了语言传达信息、产生效果的功能。"（廖七一，2001：181）这两种译法的主要区别，纽马克这样论述：

"Communicative translation addresses itself solely to the second reader, who does not anticipate difficulties or obscurities, and would expect a generous transfer of foreign elements into his own culture as well as his language where necessary. But even here the translator still has to respect and work on the form of the source language text as the only material basis for his work. Semantic translator remains within the original culture and assists the reader only in its connotations if they constitute the essential human (non-ethnic) message of the text. One basic difference between the two methods is that where there is a conflict, the communicative must emphasize the 'force' rather than the content of the message. ...The semantic translations...would be more informative but less effective. Generally, a communicative translation is likely to be smoother, simpler, clearer, more direct, more conventional, conforming to a particular register of language, tending to undertranslate, i.e. to use more generic, hold-all terms in difficult passages. A semantic translation tends to be more complex, more awkward, more detailed, more concentrated, and pursues the thought-processes rather than the intention of the transmitter. It tends to overtranslate, to be more specific than the original, to include more meanings in its search for one nuance of meaning." (Newmark，2001a：39)

　　归纳起来，语义翻译和交际翻译的差异主要体现在：

　　1)语义翻译忠实于原文作者和源语文本，交际翻译则主要考虑第二读者，即译文读者；语义翻译对读者的文化水平和语言能力要求高，交际翻译的要求低。

　　2)语义翻译重信息和内容，交际重表现力和效果。

　　3)语义翻译遣词上倾向于具体化，并常为明确意义进行增补；交际翻译遣词上则倾向于概括化，意义偏于笼统化，因而语义翻译常常过译，交际翻译则常常欠译。

　　4)就译文效果而言，语义翻译较笨拙、冗长、晦涩，常与译入语语言习惯相悖；交际翻译更顺畅、简洁、清晰、直接，并更符合译入语习惯。

　　尽管纽马克更看重语义翻译，认为语义翻译应该是第一选择，但交际翻译仍然不可或缺。前面分析过文本的三大主要功能，并提到表达功能型文本较适合使用语义翻译法；而信息功能型和劝说功能型文本，如广告、公示语、新闻报道、科技文体等，则更适合使用交际翻译法。而且一个文本的功能往往是混杂重叠的，纯粹单一功能的文本较少，因而，即使是以表达功能为主的文本，交际翻译也未必毫无用武之地。

【ST24】Don't make it hard for us again.

【TT24】别说了，免得又弄僵了。（吕叔湘译）（朱明炬等，2007：22）

　　【评析】吕叔湘的翻译以自然、质朴、畅达著称，极少生硬晦涩的翻译腔。这和他汉语功力深厚有莫大关系，他可以驾轻就熟地运用汉语词句来传情达意。按照纽马克的二分法，吕译的很多人物对白采用的是交际翻译法，译文亲切自然。

【ST25】Any person not putting litter in this basket will be liable to a fine of £5.

【TT25】废纸入篓，违者罚款五镑。（袁品荣译）（同上：44）

　　【评析】公示语的目的一般是警示、劝告、宣传、命令等，以劝说功能为主，较多采用交际翻译法。公示语翻译的中心是传递原文的信息效果，源语的遣词和词序等并不十分重要。这个例子中译文的句式和原文差异很大，但在信息效果上基本对等。

【ST26】Oh, Fourth sister Redjade! Your cousin-brother Afei calls to you. Do you remember how you came to my home as a child, shy and quite of manners? We played and romped together. Quarreling, we loved, and loving we quarreled. How we studied together and you were brighter and taught me many things! (Lin Yutang: *Moment in Peking*)

【TT26】呜呼！红玉四妹。表兄阿非，来哭汝曰：童稚之年，汝来我家，羞涩淑静，沉默无哗。喜怒无常，青梅竹马，同窗共砚，惠我无涯。（张振玉译）（同上：145）

【评析】这段译文采用文言文，基本是四字格词语，句式、词序有很大调整，而且为了适应文言文的行文习惯和译入语读者的欣赏品味，在意义上也有所引申，如"喜怒无常，青梅竹马，同窗共砚，惠我无涯"四个小句，意义上没有紧贴原文，而是基于原文的释意。交际翻译的译文通常行文上优于原文，这个语段是个很好的例子。

【ST27】在朋友的心目中，你早已沦为不值得计较的妄人。"莫名其妙"是你在江湖上一致的评语。（余光中：《尺素寸心》）

【TT27】In your friends' eyes you have already stepped beyond the pale, are of no account. On the grapevine your reputation is "that impossible fellow". (David Pollard 译)（见 2001 第 1 期《中国翻译》第 72-73 页）

【评析】这篇译文作者较多地采用了交际翻译的方法。如标题"尺素寸心"，译者将其译为 *Thus Friends Absent Speak*，这样译，是考虑到"直译则不达，只好用对策。'尺素寸心'代表书信，最好是找同样代表书信的英文成语或名句。想不起来，就参考工具书，如英文典故词典。Thus friends absent speak 出于 John Donne 的 *To Sir Henry Wotton* 一书"（同上：73）。在摘录的这个例句中，除了巧用英语典故，译者也选用了对译文读者来说更具亲和力，更容易引起共鸣的两个习语："step beyond the pale"、"on the grapevine"，增强信息传递的效果，是很典型的交际翻译的例子。

◆ 新世纪翻译学 R&D 系列著作

3.3.3　综合运用法

文本的功能很少是单一的，很多文本都是以一种功能为主，辅以其他功能的片断，或者多种功能交错杂陈。正由于文本功能的多样性和复杂性，几乎没有一个文本可以孤立地采用一种译法译出。翻译一个文本时，语义翻译和交际翻译虽是相对的译法，却又相互依赖，在语篇翻译中通常互为补充，相辅相成。散文也不例外，尽管前文提到大部分散文属于表达功能型文本，应以语义翻译法为主，但翻译实践中，常常在一篇散文，一个语段，甚至一句话里，语义翻译和交际翻译会交织其中。纽马克认为这两种译法不会孤立存在，而且译者采用哪种译法往往是程度的问题，也就是说语义翻译和交际翻译是渐变的，并不存在截然断开的鸿沟，所以前面所述的示意图中，逐字翻译和归化翻译、字面翻译和意译、忠实翻译和地道翻译的下画线均断开不相连，表示这些二分译法之间没有交叉相通之处，而语义翻译和交际翻译的下画线是连续而交叉的，说明这两种译法相互依存，互相融合，往往很难判断一个译例究竟采用的是语义翻译法还是交际翻译法，常常只能说译者采用的译法"more semantic"或者"more communicative"。纽马克在 *Approaches to Translation* 一书中这样论述两种译法的并存关系：

"Communicative and semantic translation may well coincide — in particular, where the text conveys a general rather than a culturally (temporally and spatially) bound message and where the matter is as important as the manner — notably then in the translation of the most important religious, philosophical, artistic and scientific texts, assuming second readers as informed and interested as the first. Further, there are often sections in one text that must be translated communicatively (e.g. *non-lieu* — 'nonsuit'), and others semantically (e.g. a quotation from a speech). There is no one communicative nor one semantic method of translating a text — these are in fact widely overlapping bands of methods. A translation can be more, or less, semantic — more, or less communicative — even a particular section or sentence can be treated more communicatively or less semantically." (Newmark，2001a：40)

【ST28】A poor relation—is the most irrelevant thing in nature, —a piece of impertinent correspondency, —an odious approximation, —a haunting conscience, —a preposterous shadow, lengthening in the noontide of your prosperity, — an unwelcome remembrancer, — a perpetually recurring mortification, —a drain on your purse, —a more intolerable dun upon your pride, —a drawback upon success, —a rebuke to your rising, —a stain in your blood, —a blot on your' scutcheon, —a rent in your garment, —a death's head at your banquet, —Agathocles' pot, —a Mordecai in your gate, —a Lazarus at your door, —a lion in your path, —a frog in your chamber, —a fly in your ointment, —a mote in your eye, —a triumph to your enemy, —an apology to your friends, —the one thing not needful, —the hail in harvest, —the ounce of sour in a pound of sweet. (Charles Lamb: *Poor Relations*)

【TT28】一名穷亲戚是什么？——那是天底下最不亲不戚的人了，——一种迹近渎犯的相应关系，——件令人作呕的近似事物，——桩缠人要命的良心负担，——一个荒谬已极的身边怪影，愈是你好运的太阳当头高照，它就伸得愈长，——一位不受欢迎的提醒人，——一种反复不绝的沮丧，——一个你钱袋上的漏洞，——一声对你荣誉上更为难堪的催索，——一件你事业上的拖累，——一层你升迁上的障碍，——一宗你血统上的不纯，——一个你家声上的污点，——一处你服装上的破绽，——你家筵席上的死人骷髅，——阿迦索克里斯的讨吃锅盆，——宅门前的莫底凯，——堂门上的拉匝勒，——一头拦路的狮子，——只乱室的青蛙，——一只兰脂芗泽中的苍蝇，——撮你眼睛里面的灰尘，——在你的冤家，是他的一场胜利，——对你的朋友，是你的一番解释，——一件谁也不要收留的物什，——一阵收获季节的冰雹，——一团甜蜜中的一瓢苦水。(高健译)(高健，1998：210-211)

【评析】该例选自 Charles Lamb 的散文集 *Essays of Elia* 中的一篇，这里选的是文章开头。"文章一开始的一连串'是什么'和进入正文后的细致入微的勾画确实将一名穷亲戚⋯⋯的寒酸相写尽写绝，而为一般冒充幽默的浅薄滑稽所万万无法比拟的。"(同上：210)这段译文在语序和内容上都贴近原文，对于一些文化内涵丰富的人名和典故，译者采用了直译加脚注的方式，因此译法基调是语义翻译法。但在一些细节上，如词义的选择，还是可以发现不少交际翻译的痕迹，例如译者自己在注释中说，译文中"穷亲戚"一词严格说来应该译为"穷本家"，译者之所以选择"穷亲戚"，想来是为了顺理成章地引出下文的"不亲不戚"；另外诸如"兰脂芗泽"、"谁也不要收留的"、"一团"、"一瓢"等，依稀可见交际翻译的影响。

【ST29】何况林氏"卫道"之心甚热，"孔孟心传"烂熟，他往往要"用夏变夷"，称司格特的笔法有类于太史公……于是不免又多了一层歪曲。(茅盾:《直译·顺译·歪译》)

【TT29】Lin was a passionate champion of orthodox Confucian teachings, and "the doctrines of Confucius and Mencius" had been spiritually passed down to him. He would identify Scott's style with that of the great Chinese historian Sima Qian... The corollary could only be yet another distortion. (孙艺风译)(见2001年第2期《中国翻译》第69页)

【评析】这段译文总体上说是以语义翻译为主的，但译者省略了"往往要'用夏变夷'"这个小句，原因应该有二：其一，词语"用夏变夷"要想译透，让英文读者明白内涵，译文难免冗赘；其二，后半句司格特和司马迁的对比就是作者用来解释"用夏变夷"的例证，译出这后半句大致可以表达"用夏变夷"的意思了。这种省略的初衷是信息传递效果，应归入交际翻译法。

【ST30】孔夫子说："七十而从心所欲，不逾矩。"大概已经到大彻大悟的思想境界了吧！吾辈凡夫，为柴米油盐所累，酒色财气所惑，又何以成"正果"？！

……

……基于佛教与儒家有着多方面的传承关系，故古代文人多从佛教中寻求精神寄托，当然也是人生观的一脉相承。其实，在商品经济社会，佛门也并非净无纤尘之地，"诸法由因缘而起"，令人烦恼的事多着哩！当代天台宗高僧倓虚大师(他是天津人)，在临终前谆谆告诫门人："看破，放下，自在。"这六字遗言可以说是的达到了"涅槃寂静"的境界了。但就其针对性而言，不正好说明遁入空门之后还有放不下、看不破、不自在的世俗观念吗？倒是律宗高僧弘一大师（也是天津人）在弥留之际写下的"悲欣交集"四个字，更带有感情色彩，令人回味不尽。（杨大辛：《"从心所欲"析》）

【TT30】Confucius says: "At seventy you can do as you please without breaking conventional norms." He himself had probably reached the point of the great spiritual awakening, but being a mortal as common as common can be, constantly bothered with daily concerns and tempted by material and sensual pleasures, I don't think I can ever arrive at that stage.

...

...As Buddhism is in more than one sense interrelated with Confucianism (they are closely associated in outlook, of course), ancient scholars for the most part looked in Buddhism for spiritual sustenance. In fact, in a business-oriented society, the Buddhist community is not devoid of worries. What accounts for the fact that there are various sects of religion in the world is that man is worried for a variety of reasons. The contemporary master monk of the Tiantai Sect Tan Xu (he was from Tianjin), when dying, said to his disciples: "See it through, put it aside, and be at ease". His "will" was proof enough that he had reached nirvana but, if we interpreted it from the perspective of what had prompted him to leave the "will", we could only come to the conclusion that, even after their conversion to Buddhism there were still mundane affairs that they could not see through, or put aside, or be at ease with. However, what Master Honyi, the senior monk of the Lü Sect, (he was also from Tianjin) wrote, while lying in his deathbed, was emotive and thought-provoking, "I'm mixed with sadness and bliss."（刘士聪译）（刘士聪，2002：284-293）

　　【评析】这篇散文谈禅论道，多处出现佛教术语和典故，译者多音译、直译的手法保留原文的形式和内容。但译文中也不乏交际翻译的例子。如使用上义词、概括词替代原文较具体的专指词，如"柴米油盐"译为"daily concerns"、

"酒色财气"译为"material and sensual pleasures"、"正果"译为"that stage"等；调整语序以适应译入语习惯，如最后一句。将语义翻译和交际翻译恰当地、有机地结合起来，可以更好地兼顾原文作者、原文信息、源语文化、译入语规范、译文、译入语文化、信息传递效果等多重译者必须统筹考虑的因素。

【研究与实践思考题】

(1) 散文体裁的宽泛性和不明确性对散文翻译理论和实践将会产生怎样的影响？[PT] + [AT]

(2) 与小说、诗歌、戏剧体裁翻译相比，散文翻译在翻译原则和翻译策略上有什么特点？[PT]

(3) 请自己写一篇百字或数百字的现代散文，将其或其中若干段译成英文，谈一下有关散文翻译的体会。[AT]

(4) 将下列古文(没有现成的官方英译本)先译成现代汉语，然后译成现代英语，谈谈"二度翻译"的体会。[A] + [AT]

以盗治盗

　　唐崔安潜为西川节度使，到官不诘盗。曰："盗非所由通容，则不能为。"乃出库钱置三市，置榜其上，曰："告捕一盗，赏钱五百缗。侣者告捕，释其罪，赏同平人。"未几，有捕盗而至者。盗不服，曰："汝与我同为盗十七年，赃皆平分，汝安能捕我？"安潜曰："汝既知吾有榜，何不捕彼以来？则彼应死，汝受赏矣。汝既为所先，死复何辞？"立命给捕者钱，使盗视之，然后杀盗于市。于是诸盗与其侣互相疑，无地容足，夜不及旦，散逃出境，境内遂无一人为盗。

(5) 请分析下面这段节选散文所展现的汉语语言特点和行文风格，并与译文作对比，同时分析译者所采用的句法和功能翻译策略及其效果。[AT]

　　西湖七月半，一无可看，止可看看七月半之人。看七月半之人，以五类看之。其一，楼船箫鼓，峨冠盛筵，灯火优傒，声光相乱，名为看月而实不看月者，看之；其一，亦船亦楼，名娃闺秀，携及童娈，笑啼杂之，环坐露台，左右盼望，身在月下而实不看月者，看之；其一，亦船亦声歌，名妓闲僧，浅斟低唱，弱管轻丝，竹肉相发，亦在月下，亦看月而欲人看其看月者，看之；其一，不舟不车，不衫不帻，酒醉饭饱，呼群三五，跻入人丛，昭庆、断桥，嚣呼嘈杂，装假醉，唱无腔曲，月亦看，看月者亦看，不看月者亦看，而实无一看者，看之；其一，小船轻幌，净几暖炉，茶铛旋煮，素瓷静递，好友佳人，邀月同坐，或匿影树下，或逃嚣里湖，看月而人不见其看月之态，亦不作意看月者，看之。（张岱：《西湖七月半》）

There is nothing to see during the harvest moon on West Lake [Hangchow]. All you can see are people who come out to see the moon. Briefly, there are five categories of these holidaymakers. First, there are those who come out in the name of looking at the harvest moon, but never even take a look at it: the people who, expensively dressed, sit down at gorgeous dinners with music in brightly illuminated boats or villas, in a confusion of light and noise. Secondly, those who do sit in the moonlight, but never look at it: ladies, daughters of high families, in boats and towers, also handsome boys [homosexuals] who sit in open spaces and giggle and chatter and look at other people. Thirdly, boat parties of famous courtesans and monks with time on their hands who enjoy a little sip and indulge in song and flute and string instruments. They are in the moonlight, too, and indeed look at the moon, but want people to see them looking at the moon. Fourthly, there are the young men, who neither ride, nor go into boats, but after a drink and a good dinner, rush about in their slovenly dress and seek the crowd at Chaoching and Tuanchiao where it is thickest, shouting, singing songs of no known melody, and pretending to be drunk. They look at the moon, look at the people looking at the moon, and also look at those not looking at the moon, but actually see nothing. Lastly, there are those who hire a small boat, provided with a clay stove and a clean table and choice porcelain cups and pots rof serving newly brewed tea, and who get into the boat with a few friends and their sweethearts; they hide under a tree or row out into the Inner Lake in order to escape from the crowd, and look at the moon without letting people see that they are looking at the moon and even without consciously looking at it. (林语堂译)(林语堂，2002：38-41)

Chapter 4

汉语散文英译

4.1　汉语散文简介

4.2　汉语散文译例

4.3　汉语散文译法

【研究与实践思考题】

4.1 汉语散文简介

散文在我国的起源之早，可追溯至殷商时期的甲骨卜辞和铜器铭文。如：戊辰卜，及今夕雨？弗及今夕雨？癸卯卜，今日雨。其自西来雨？其自东来雨？其自北来雨？其自南来雨？（郭沫若，2002：374）

"散文"一词被正式提出则是在南宋末年，经过数百年的认识与实践，散文的定义逐渐明晰，近现代的文人学者对其提出了更为明确的界说。第 3 章内已作论述，不再赘言。

作为与诗歌、小说、戏剧并称的文学体裁，散文的表现形式比前三者更加广泛且多元化，且它的篇幅短小、取材广泛、写法灵活、语言优美，更能从多方面反映社会生活。而汉语散文经过长期的历史积淀，其思想性与艺术性较国外散文更为深广。千百年来，在汉语散文创作过程中，无数的散文作者陆续为其增华添彩，极大地丰富了这一艺术创作形式，如汉语散文中独有的"形散神不散"、"诗画理趣"等创作理念。

4.1.1 汉语散文的语言特点

鲁迅在"汉文学史纲要——自文字到文章"中说："意美以感心，一也；音美以感耳，二也；形美以感目，三也。"（鲁迅，2005：354）这三点，汉语散文可算占全。

1. 意美以感心

"英语是重分析的语言，语法是硬的，没有弹性；而中国语法是软的，富有弹性。中国语法以达意为主。所谓硬，所谓没有弹性，一个重要的标志是：英语是形合语言，在句子的各成分之间必须用形形色色的含逻辑关系的 connectives 将其串联起来。而汉语的所谓'软'和'弹性'就是无须 connectives 的串联，而其内部的逻辑关系自明。故汉语又被称为意合语言。"（毛荣贵，2005：413）如以下文字："（我）少时留居家乡，当春雨像鹅毛般落着的时候，（我）登楼远眺，（看见）远处的山色被一片烟雨笼住，村落恍惚，如有若无，雨中的原野新鲜而又幽静，使人不易忘怀！"[1] 引文括号内为笔者添加的部分，意在将原文隐含的意义补全。这一补全将原作娓娓道来的美感破坏殆尽。

汉语散文语言有着强烈的色彩感。除了汉语词汇自身拥有的丰富色彩，散文自身的风格也决定了色彩的浓淡与否，而此风格便由着散文的"意"流泻出来。许地山在《落花生》一文中通过一段小小的对话，就将一个深厚的哲理深入浅出地阐明："父亲说：'花生的好处很多，有一样最可贵：它的果实埋在地里，不像桃子、石榴、苹果那样，把鲜红嫩绿的果实高高地挂在枝头上，使人一见就生爱慕之心。你们看它矮矮地长在地上，等到成熟了，也不能立刻分辨出来它有没有果实，必须挖出来才知道。'我们都说是，母亲也点点头。父亲接下去说：'所以你们要像花生，它虽然不好看，可是很有用，不是外表好看而没有实用的东西。'我说：'那么，人要做有用的人，不要做只讲体面，而对别人没有好处的人了。'父亲说：'对。这是我对你们的希望。'"从文中看不到任何华丽的辞藻，但是通俗而生动，长辈对子女的谆谆教导，在日常对话中缓缓地流入读者的心中，宛如自家的父母故旧坐于面前，促膝谈心。朴素的字里行间，蕴含着丰富的情愫。除却"清水出芙蓉"的明丽简洁，汉语散文也有着"落日熔金，暮云合璧"的华彩炫目，譬如，仅仅一个"绿"字，朱自清笔下的梅雨潭之绿与宗璞笔下六月西湖的绿又大相径庭。"梅雨潭闪闪的绿色招引着我们；我们开始追逐她那离合的神光了。揪着草，攀着乱石，小心探身下去，又鞠躬过了一个石穹门，便到了汪汪一碧的潭边了。瀑布在襟袖之间；但我的心中已没有瀑布了。我的心随潭水的绿而摇荡。那醉人的绿呀，仿佛一张极大极大的荷叶铺着，满是奇异的绿呀。我想张开两臂抱住她；但这是怎样一个妄想呀。——站在水边，望到那面，居然觉着有些远呢！这平铺着，厚积着的绿，着实可爱。……她又不杂些儿渣滓，宛然一块温润的碧玉，只清清的一色——但你却看不透她！"[2] 潭水的绿，让作者已无心顾及其他的景物，"宛如一块温润的碧玉"，"厚积着的"、"汪汪一碧"的色彩，让读者忍不住也想伸手去

1　选自唐弢《故乡的雨》。
2　选自朱自清《梅雨潭的绿》。

掬一捧那醉人的绿色，感受那浓厚的、让人无法抗拒的魅力。

2. 音美以感耳

声韵之美不仅局限于诗歌，散文的声韵之美也在作者的考量之中。老舍在"关于文学的语言问题中"说："我写文章不但要考虑每一个字的意义，还要考虑到每一个字的声音，""好文章让人愿意念，也愿意听。"（老舍，1982：219）好的散文抑扬顿挫，疾徐有致。词组和句子中常见相互对应的音响，如巴金的《再见罢，我不幸的乡土哟》："再见罢，我不幸的乡土哟，这二十二年来你养育了我，我无日不在你的怀抱中，我无日不受你的扶持。我的衣食取给于你，我的苦乐也是你的赐予。我的亲人生长在这里，我的朋友也散布在这里。在幼年时代你曾给我享受种种的幸福；可是在我有了知识以后你又成了我的痛苦的源泉了。"句中与句末分别穿插"你"(nǐ)，"赐予"(cìyǔ)，"这里"(zhèlǐ)等平仄相间的词或者以"幸福"、"源泉"等叠韵词结束，声韵的和谐更增添了文章的韵味，将作者心底深重的忧伤与无奈表现得淋漓尽致。

3. 形美以感目

汉语是表意文字。"汉语言文字容易引起具体意象(image)，这种审美价值为英语等拼音文字所无。"（毛荣贵，2005：190）汉语的形美，在汉语散文语言中也得到体现，如朱自清的《荷塘月色》中"田田的叶子……像亭亭的舞女的裙"一句，"田田"的荷叶四面舒展的美态，与"亭亭"的舞女修长秀美的身姿，从这四字的形状即可得见。同时，汉语的遣词用句相对英语更为凝练，这在古汉语中表现得尤为突出。如刘禹锡的《陋室铭》："山不在高，有仙则名。水不在深，有龙则灵。斯是陋室，惟吾德馨。苔痕上阶绿，草色入帘青。谈笑有鸿儒，往来无白丁。可以调素琴，阅金经。无丝竹之乱耳，无案牍之劳形。南阳诸葛庐，西蜀子云亭。孔子云：'何陋之有？'"寥寥数十字，作者安贫乐道的生活情趣和高洁傲岸的道德情操便一览无余。现代的汉语散文中也有众多秉承古语简洁明快的风格，如"一个女人是这样衰老的"[1]中的部分："二十岁的暑假，在家乡的大街上偶遇自己的暗恋对象，听说他考上了研究

---

1 引自《家庭护士》（2003 年第 4 期）。

生，被他的进步所打击，<u>心如刀绞</u>，想到这辈子<u>终于</u>不能出色得让他看我一眼，不禁<u>怆然泪下</u>。"画线部分的词组多为成语或颇具古风的习语，特别是"终于"一词的使用，等同于现代汉语中的"终归"而非"最终"，更为原文平添一抹文化气息。

4.1.2 汉语散文的写作特点

1. 汉语散文之情感说

古往今来，绝大多数文学形式，其存在的基础莫过于"情"。五千年来历史文化的熏陶使得汉语散文的这一存在基础凸现得尤为深刻。傅德岷在《散文艺术论》中提到，"情贵真"，"情贵实"，"情贵深"（2006：83-85）。作者的感情，从心底汩汩涌出，透过文字牵动着读者的心。无论剧烈或是轻柔，喷涌而出抑或细水长流，只要是作者心底的情感，终能打动人心。"情者文之经，辞者理之纬；经正而后纬成,理定而后辞畅。""繁采寡情，味之必厌。"（黄叔琳，2000：415-416）这一极富感染力的文学形式中始终承载着作者浓烈的情感，并通过文字得到宣泄。诸葛亮的《出师表》，本为陈述其拳拳之心，但字里行间流动的"鞠躬尽瘁，死而后已"的精神却流传千古。也无怪后人云："出师未捷身先死，长使英雄泪满襟。"

郁达夫在《中国新文学大系·散文二集·导言》中对现代散文的发展历史做出如下评述："现代散文之最大特征，是每一个作家的每一篇散文里所表现的个性，比从前的任何散文都来得强。……我们只消把现代作家的散文集一翻，则这作家的世系，性格，嗜好，思想，信仰，以及生活习惯等等，无不活泼泼地显示在我们的眼前。这一种自叙传的色彩是什么呢，就是文学里所最可宝贵的个性的表现。"（1991：261）

萧红的《鲁迅先生记》中这样写道：

"有时候许先生一面和我们谈论着，一面检查着房中所有的花草。看一看叶子是不是黄了？该剪掉的剪掉，该洒水的洒水，因为不停地动作是她的习惯。有时候就检查着这'万年青'，有时候就谈鲁迅先生，就在他的照像前面谈着，但那感觉，却像谈着古人那么悠远了。

　　至于那花瓶呢？站在墓地的青草上面去了，而且瓶底已经丢失，虽然丢失了也就让它空空地站在墓边。我所看到的是从春天一直站到秋天；它一直站到邻旁墓头的石榴树开了花而后结成了石榴。

　　从开炮以后，只有许先生绕道去过一次，别人就没有去过。当然那墓草是长得很高了，而且荒了，还说什么花瓶，恐怕鲁迅先生的瓷半身像也要被荒了的草埋没到他的胸口。

　　我们在这边，只能写纪念鲁迅先生的文章，而谁去努力剪齐墓上的荒草？我们是越去越远了，但无论多少远，那荒草是总要记在心上的。"[1]

　　虽然我们并没有从文字中读到对鲁迅先生的正面描写，甚至更多的则是一些关于鲁迅先生家中花草和花瓶的描述，但从这些小物件中，我们总能深切地感觉到鲁迅先生的气息，仿佛他从未离开。

　　朴实的感情往往最能打动人心。朱自清的《背影》中，父亲"望车外看了看说：'我买几个橘子去。你就在此地，不要走动。'我看那边月台的栅栏外有几个卖东西的等着顾客。走到那边月台，须穿过铁道，须跳下去又爬上去。父亲是一个胖子，走过去自然要费事些。我本来要去的，他不肯，只好让他去。我看见他戴着黑布小帽，穿着黑布大马褂，深青布棉袍，蹒跚地走到铁道边，慢慢探身下去，尚不大难。可是他穿过铁道，要爬上那边月台，就不容易了。他用两手攀着上面，两脚再向上缩；他肥胖的身子向左微倾，显出努力的样子。这时我看见他的背影，我的泪很快地流下来了。"父亲的背影，在简单的文字中一气呵成，没有华丽的修饰，没有感人的对话，在这极平常的背影身后，读者们看到的是深深的父爱和作者真挚深厚的感情积淀下对父亲的感激与依赖之情。

2. 汉语散文之形神说

　　形神说在中国的散文发展史上绘有重要的一笔，而这也成为汉语散文作者著文的重要标准。战国思想家荀子(前313－前238)在《天论》中说："形具而神生，好恶喜怒哀乐藏焉。"(张觉，2006：203)"形"与"神"一直被视为双栖并存的二要素，清代宋大樽《茗香诗论》："陶贞白有言：凡质象所结，不过形神。形神合时，则是人是物；形神若离，

1　见中国语文课程网(http://chinese.cersp.com/sKcjc/cJcyj/200703/3536_6.html)。

则是灵是鬼。"（转引自王夫之，1999：104）

　　古往今来，形神的多元性常常被文人学者冠以"形散神聚"的说法，而事实上，散文是一个宽泛的概念，既可形神均散，也可形神均不散。散文形神的关系，应该是"从内容出发，当散则散，当聚则聚，力求形神兼备，气韵灵动"（傅德岷，2006：122）。形神兼备，必先重形似。事物的任何一面，散文作者必对其进行细致观察，再现其本来面目。无论写人或是状物，唯有首先抓住其特征，方可为"神"的发挥作下铺垫。

　　让我们来欣赏宗璞笔下的六月西湖[1]。六月的西湖美得迷蒙慵懒，"满湖烟雨，山光水色，俱是一片迷蒙。西湖，仿佛在半醒半睡。"而在这一片宁静的半酣之中却忽地跳出深深浅浅的绿色：灵隐的"绿意扑眼而来"，飘着的雨丝也都是"绿"的，飞来峰上的树木，有的"绿得发黑"，有的"绿得发蓝"，黄龙洞"绿得幽"，屏风山"绿得野"，九溪十八涧"绿得闲"，而作者在文中笔锋一转，从西湖的绿窥见了西湖的"变"，如同祖国日新月异的发展，生机勃勃。"绿"的形与"变"的神不着痕迹地融合在了一起。

　　在写作过程中，作者必先重形似，后求神似。客观事物的特征，寥寥数笔即可得见。郭沫若的《石榴》这样写道，"最可爱的是它的花，那对于炎阳的直射毫不避易的深红的花……你看，它逐渐翻红，逐渐从顶端整裂为四瓣，任你用怎样犀利的劈刀也都劈不出那样的匀称，可是谁用红玛瑙琢成了那样多的花瓶儿，而且还精巧地插上了花？""破口大笑起来，露出一口的皓齿"。石榴的生机勃勃，在作者的笔下，通过细致的描摹与生动的比喻，活灵活现地展现在读者面前，让人忍不住想亲自一窥究竟。

　　而神似，则是更高的标准。唐代画家张彦远在《历代名画记》中说："若气韵不周，空陈形似，笔力未道，空善赋彩，谓非妙也。"对于散文而言，形具神也备的文章才如同一幅好画，人物景致才可呼之欲出。仍以《鲁迅先生记》为例。文章通篇正面涉及鲁迅先生刻画的部分非常少，而读后却感觉鲁迅先生的形象似乎就在眼前："第一次，走进鲁迅家里去，那是近黄昏的时节，而且是个冬天，所以那楼下室稍微有一点暗，同

1　见宗璞的"西湖漫笔"。

时鲁迅先生的纸烟，当它离开嘴边而停在桌角的地方，那烟纹的卷痕一直升腾到他有一些白丝的发梢那么高。而且再升腾就看不见了。"读者的视线似乎随着作者笔下的烟雾，悠悠地上飘，掠过先生的发边，又缓缓地消失不见，而鲁迅先生的形象，则在这淡淡的烟雾中逐渐变得清晰。

鲁彦在散文《听潮》中这样写道："海终于愤怒了。它咆哮着袭击过来，猛烈地冲向岸边，冲进了岩石的罅隙里，又拨刺着岩石的壁垒。音响就越大了。战鼓声，金锣声，呐喊声，叫号声，啼哭声，马蹄声，车轮声，机翼声，掺杂在一起，像千军万马混战了起来。银光消失了。海水疯狂地汹涌着，吞没了远近大小的岛屿。它从我们的脚下扑了过来，响雷般地怒吼着。"大海的气势，不是通过视觉上的描述，而是由澎湃的音响效果传达至读者，文章的寓意亦在这海浪的磅礴中得到了升华。

3. 汉语散文之意境说

意境说虽已中外通用，但其源起与发展始终还是源自汉语散文。"意境"一词源于唐代诗人王昌龄的《诗格》，指由情与景交融而出现的艺术境界。而散文的意境，与诗歌相似，都可在"情景交融"的状态下引起读者的共鸣。意境一说，可追溯到刘勰在《文心雕龙·神思》篇中的说法："独照之匠，窥意象而运斤。"作家如同巧匠，根据自己的想象运用工具，创造一个意境（黄叔琳，2000：369）。王国维说："境非独谓景物也。喜怒哀乐，亦人心中之一境界。"（姚淦铭、王燕，1997：142）人生百态，在散文中幻化成了或实或虚的境界。汉语散文中随处可见这一超然世外，有别于现实生活的艺术境界。它并非完全不可捉摸的幻觉，因此其蕴含的"弦外之音"也成了汉语散文含蓄内敛的一大特点。而这一本土化理论在汉语散文的发展中也起着不可忽视的作用。

傅德岷把散文意境的构成划分为四要素：诗情、画意、哲理、谐趣。诗情与画意一直是相互交融的产物，散文作品中洋溢的诗情，将散文的意境展示得或朦胧或直露，或激昂或哀婉，使读者感同身受。而散文中或细腻或豪放，或精致或粗犷的文笔描写下的景物，则如同千姿百态的绘画长卷，展现在读者面前。诗歌中情韵的展示，读者在散文中借由诗情同样可以感受得到，而诗歌中的画意，在散文中则以更为流畅、更为完整的形式铺陈而至。朱自清在《荷塘月色》中这样描写："月光如流水一般，静静地泻在这一片叶子和花上。薄薄的青雾浮起在荷塘里。叶子和花仿佛在牛乳中洗过一样；又像笼着轻纱的梦。虽然是满月，天上却有一层淡淡的云，所以不能朗照；但我以为这恰是到了好处——酣眠固不可少，小睡也别有风味的。月光是隔了树照过来的，高处丛生的灌木，落下参差的斑驳的黑影，峭楞楞如鬼一般；弯弯的杨柳的稀疏的倩影，却又像是画在荷叶上。塘中的月色并不均匀；但光与影有着和谐的旋律，如梵婀玲上奏着的名曲。"作者漫步在荷塘边，夜色中的荷塘别有风韵，于是作者的心中升起了淡淡的喜悦。弯弯的杨柳的稀疏的倩影，像是画在荷叶上。杨柳的倩影不是"投"，而是"画"在荷叶上，仿佛是一位绘画高手在泼墨挥毫，精心描绘一般，使投在荷叶上的影子贴切自然、美丽逼真，富有情趣。"光与影有着和谐的旋律，如梵婀玲上奏着的名曲。"月色清淡，黑白相间的光和影犹如和谐的旋律，也如同一首清灵典雅的诗作，如何不使读者同样体会到"人在画中游"的意境呢？可惜的是，这美丽的景色中，"热闹是它们的，我什么都没有。"作者还是无法摆脱那一缕愁绪，淡淡的哀愁与淡淡的喜悦相互交织，给优美的月下荷塘披上朦胧的轻纱，荷塘与月色融为了一体。

　　哲理与谐趣通常以另外一种形式出现在散文中。此二者是散文家的思想境界与人生历练成就的精神风貌与风神趣味。前者如散文的点睛之处，后者如同散文的志趣，深深地融合在散文之中。梁实秋在《男人》中这样写道："群居终日，言不及义，原是人的通病，但是言谈的内容却是男女有别。女人谈的往往是：'我们家的小妹又病了！''你们家每月开销多少？'之类。男人的是另一套，普通的方式，男人的谈话，最后不谈到女人身上便不会散场。这一个题目对男人最有兴味。如果有一个桃色案他们唯恐其和解得太快。他们好议论人家的阴私，好批评别人的妻子的性格相貌。'长舌男'是到处有的，不知为什么这名词尚不甚流行。"若非对日常生活有细致的观察，对人性有深刻的洞察，怕是难以描摹出如此呼之欲出的形象。读者在会心一笑的同时也能反思下自身的言行，可谓一举两得。

4.2   汉语散文译例

　　前面我们提到了汉语散文的写作特点与语言特色，这些都将成为汉语散文英译的考察要素。无论写作特点或是语言特色，都是作品风格的组成部分。"风格"本指人的风神标格，后成为人们评论作者与作品成熟度的标尺。马克思曾引用过 18 世纪法国启蒙运动时期的思想家布封的"风格就是人"的观点："真理是普遍的，它不属于我一个人，而为大家所有；真理占有我，而不是我占有真理。我只有构成我的精神个体性的形式。'风格就是人'。"（见马克思、恩格斯，1956：7）秦牧在《花城·后记》中说："我在文章中从来不回避流露自己的个性，总是酣畅淋漓地保持自己在生活中形成的语言习惯。"（傅德岷，2006：293）

　　可见，散文家独特的创作个性和格调，如同歌手发出的不同的声音，流露着不同的"自我"。同是中国现代作家，梁实秋与鲁迅的文中却没有相似之音，为何？因为散文风格的形成受到诸多因素的影响，如作者生活的时代背景、社会环境、成长经历等。因此，尽管语言是一个社会现象，风格却是个人的产物。傅德岷在《散文艺术论》中提到："散文创作不可以无我，若文成不见作者面目，则其文可有可无。"风格的重要性不言而喻。在本节中，我们尝试通过部分汉语英译散文的赏析，体会如何将影响原文风格的要素融入翻译过程中。

4.2.1   汉语散文英译之作者个性

　　风格的多样性来源于生活的多样性与散文家个性的多样性。作品是现实生活在散文家头脑中反映的产物，生活的绚丽多彩，必然在写实的散文家笔下呈现万千变化；而散文家的个性则更为多样。刘勰说："才有庸俊，气有刚柔，学有浅深，习有雅郑，并情性所铄，陶染所凝，是以笔区云谲，文苑波诡者矣。"（黄叔琳，2000：379）是以"散文家的才气有'庸俊'之分，气质有'刚柔'之别，学问有深浅的不同，学习的内容有'雅郑'的区异，加上个性和社会影响的不同，也就是散文家所

处的时代，经济地位，生活阅历，气质，艺术修养，爱好的不同，自然形成了作品风格的多样性。"（傅德岷，2006：294）

同一时代的散文家身处同一个社会大背景，但是其个体的差异却使得各自的散文风格迥异。甚至同一阶级、同一家庭的成员，个性不同，散文风格也不同。如鲁迅与周作人，两人同在一家破落地主家庭成长，同进私塾受的启蒙教育，同进南京水师学堂学习海军，又同去日本留学。后鲁迅习医，周作人习外语，在改革思潮的影响下，两者都受到西方文化的影响，相信科学，投身于社会改革的洪流。然而两者最终的道路却有分歧。鲁迅的感情热烈，性格坚毅，对于旧社会与封建礼教有深刻的认知，因此他的行文字里行间均是绝不妥协的态势。而周作人性格沉静，主张"人的文学"，以不流血的方式改革社会，所以他的散文多呈现出舒缓温和的气氛（傅德岷，2006：298）。

对于这两位作者的散文，译者很有必要事先就对其生平与个性进行考察，把握住各自不同的行文风格，才能在下笔翻译前心中有谱。

以下分别为鲁迅与周作人的两部作品及张培基先生的译作。通过原文与译文的比对，我们将看到作者个性在原文与译文中是如何体现的。

【ST1】(1) 我梦见自己正在小学校的讲堂上预备作文，向老师请教立论的方法。

(2) "难！"老师从眼镜圈外斜射出眼光来，看着我，说。"我告诉你一件事——

"一家人家生了一个男孩，合家高兴透顶了。满月的时候，抱出来给客人看，——大概自然是想得一点好兆头。

(3) "一个说：'这孩子将来要发财的。'他于是得到一番感谢。

"一个说：'这孩子将来要做官的。'他于是收回几句恭维。

"一个说：'这孩子将来是要死的。'他于是得到一顿大家合力的痛打。

"说要死的必然，说富贵的许谎。但说谎的得好报，说必然的遭打。你……"

(4) "我愿意既不说谎，也不遭打。那么，老师，我得怎么说呢？"

"那么，你得说：'啊呀！这孩子呵！您瞧！那么……阿唷！哈哈！

Hehe！He，he he he he！'"（选自鲁迅《立论》）

【TT1】(1) I dreamed that while preparing to write a composition in a primary school classroom I asked the teacher how to present a view.

(2) "That's hard nut," said the teacher, giving me a sidelong glance over his glasses. "let me tell you this story—"

"When a baby boy is born to a family, there is immense joy in the whole household. When he is one month old, they invite some people over for taking a look at him—customarily, of course, in expectation of some good wishes."

(3) "One of the guests receives hearty thanks for saying, 'the child is destined to be rich.'"

Another is paid some compliments in return for saying, 'the child is destined to be an official.'

"Still another, however, is given a sound beating by the whole family for saying, 'the child will eventually die.'

"To call the child immortal is to state the inevitable while to say that the child will become very rich or high official is probably a lie. Yet the former gets a thrashing while the latter is rewarded. You…"

(4) "I don't want to tell a lie, and neither do I want to be beaten. Then what should I do, sir?"

"Well, just say, 'Ai-ya, this child! Just look! Oh, my! Hah! Hehe! He, hehehe!"（张培基译）（张培基，2007b：19-20）

【评析】《立论》出自鲁迅的散文诗集《野草》。文章短小精悍，短短百余字就为读者刻画出了现实生活中的人生百态。该文写于1925年，于1927年编入《野草集》。鲁迅在1934年致萧军信中时说：我的那一本《野草》，技术并不算坏，但心情太颓唐了，因为那是我碰了许多钉子之后才写出来的。(鲁迅，2005：160) 鲁迅感情热烈，主张以激进的方式变革社会，对于一切黑暗与丑恶均加以鞭挞。时值国难当头，民不聊生，人民敢怒不敢言，舆论也只顾粉饰太平。在这样的大环境下，鲁迅的斗士的个性依然在文中发挥得酣畅淋漓。虽然行文颇为隐晦，读者仍然可以深切地体会到作者言中的深意。《立论》以"梦"的形式，以一幅生动的场景描写，揭露了当时社会环境中各类人等对真理的不同态度，鞭挞了社会中充斥的虚假成风、是非颠倒的黑暗现象。鲁迅简练凝重，深刻隽永的风格，在此文中可见一二，而他对旧礼教及现实世界的洞察认知和绝不妥协的精神也通过他的文笔流泻出来。该文构思巧妙，以"梦"起首，引出一个孩子满月，众人致贺的小故事。

请看首句，即**原文(1)**及**译文(1)**。原句由两个小分句组成，简明易懂，直达正题。译者则将原句译为符合英语表达习惯的长句，并由 while 将两个分句的意思完整地结合在一起，读来一气呵成。而"向老师请教"则采用了最直白的"ask the teacher how to…"通俗易懂，颇合鲁迅先生明白的文笔。

接下去出现的是一位老师的形象——"'难！'老师从眼镜圈外斜射出眼光来，看着我，说。"从老师"斜射出"的"眼光"以及那个颇为掷地有声的"难！"字，一个圆滑世故的小人形象跃然纸上。让我们看看**原文(2)**及**译文(2)**。

一个"难"字在中文中可单独成句，但是在英语中鲜有"difficult!"或者"hard!"这样的表达方式，因此译者采用了比较口语化的"That's a hard nut"。如此既可保留原文的通俗，又可恰当地传达原意，遗憾的是原文中简短有力的单音节节奏在译文中无法得到重现。而老师的"眼光"在译文中得到了惟妙惟肖的展示："give me a sidelong glance"，逼真地将此人老奸巨猾的神情传达给了译文读者。

接着，原文出现一个对话形式的小故事，即**原文(3)**及**译文(3)**。

从这三个句式可以看出，第三人提到"孩子将来是要死的"时在语气和含义上均与前两人背道而驰。关于这一意义的转折，中文重意合，没有连词的情况下，读者仍然能够轻易地体会到句与句之间的连接或转折关系；而英语重形合，因此在译文中，译者特地用了"however"一词，使得译文内容的转折含义更加明确，尾声处，学生提问，出现文章高潮部分。

针对**原文(4)**，译者采用一个倒装否定句，即**译文(4)**，用以强调学生的难以抉择，比直译的"I don't want to tell a lie or to be beaten"的感情来得更加强烈和明确。

【ST2】 我不曾和她谈过一句话，也不曾仔细的看过她的面貌与姿态。

大约我在那时已经很是近视，但是还有一层缘故，(1)<u>虽然非意识的对于她很是感到亲近，一面却似乎为她的光辉所掩，抬不起眼来去端详她了。</u>(2)<u>在此刻回想起来，仿佛是一个尖面庞，乌眼睛，瘦小身材，而且有尖小的脚的少女，并没有什么殊胜的地方</u>，但在我的性的生活里总是第一个人，使我于自己以外感到对于别人的爱着，引起我没有明了的性的概念的对于异性的恋慕的第一个人了。

我在那时候当然是"丑小鸭"，自己也是知道的，但是终不以此而减灭我的热情。(3)<u>每逢她抱着猫来看我写字，我便不自觉的振作起来，用了平常所无的努力去映写，感着一种无所希求的迷蒙的喜乐。</u>并不问她是否爱我，或者也还不知道自己是爱着她，总之对于她的存在感到亲近喜悦，并且愿为她有所尽力，这是当时实在的心情，也是她所给我的赐物了。在她是怎样不能知道，自己的情绪大约只是淡淡的一种恋慕，始终没有想到男女夫妇的问题。有一天晚上，宋姨太太忽然又发表对于姚姓的憎恨，末了说道："阿三那小东西，也不是好货，将来总要流落到拱辰桥去做婊子的。"我不很明白做婊子这些是什么事情，但当时听了心里想道："(4)<u>她如果真是流落做了婊子，我必定去救她出来。</u>"（选自周作人《雨天的书》之《初恋》）

【TT2】　　　　　　　　**First Love**　　　　　　by Zhou Zuoren

I don't get into any conversation with her, and nor did I ever dwell my eyes on her face and bearing—perhaps due to my myopia. But there was another reason for it. (1)<u>Though unconsciously attracted by her, I felt meanwhile so overshadowed by her brilliance that I just couldn't lift my eyes to take a closer look at her.</u> (2)<u>As far as I can now remember, she seemed to be a little girl with delicate features, black eyes, slender figure and small feet, and have nothing especially appealing.</u> But she was the first person of the opposite sex that had caught my notice. The first person that had made me sexually aware. The first person that had aroused my adoration for the opposite sex.

Of course I knew then I was nothing but an "Ugly Duckling", but that didn't damp down my passion. (3)<u>Whenever she came to watch me practice</u>

calligraphy with the cat in her arms, I would hearten up unwittingly and go about my job with redoubled effort and inexplicable joy in my heart. I didn't bother whether she loved my or not, and nor did I know whether I myself was in love with her or not. Nevertheless, when she was around, I felt happy and desired to do all I could for her. That was my real stated of mind, and that was also something bestowed on me by her. I didn't know how she felt, but as for me, it was just a feeling of adoration, and there was no thought of anything having to do with sexual relations at all. One evening, Concubine Song suddenly burst into another fit if abuse at the Yaos and ended it up with,

"That Goddam Ah San! She's no good either. She's sure to end up a whore some day in Gong-Chen-Qiao."

I didn't quite understand what was meant by becoming a whore. However, I said to myself, "(4)If she should really be reduced to a whore, I'll definitely come to her rescue."（张培基译）（张培基，2007b：58-62）

【评析】周作人在不惑之年写下这篇文章，缅怀他早逝的恋情。关于文中的"她"（实则"杨三姑"），在《她们》一诗中，作者这样写道："我有过三个恋人。虽然她们都不知道。她们无意地却给了我许多：有的教我爱恋，有的教我妒忌，我都感谢她们，谢她给我这苦甜的杯。她未嫁而死，她既嫁而死，她不知流落在什么地方，我无心去再找她了。养活在我的心窝里，三个恋人的她却还是健在，她的照相在母亲那里，我不敢去要了来看。她俩的面庞都忘记了，只留下一个朦胧的姿态，但是这朦胧的却最牵引我的情思。我愈是记不清了，我也就愈不能忘记她了。"诗里所说"未嫁而死"的"她"即《初恋》里的杨三姑。文中少男少女朦胧的情感萌芽，欲说还休的缥缈轻愁，都是作者"真性情"的体现。作为一名执着于以"人类爱"来改良国人思想，以"不流血"的方式来实现社会进步的作家，我们在他的文中看到的更多的是作者满怀深情，以柔和细腻的笔触描绘出的人与事。在翻译的过程中，应尽可能地保留原作那种平淡中见深情的风格，以质朴的文字获得读者的认同。而张培基先生的译文中，也不乏平实流畅的文笔。让我们来欣赏其中几例。

关于**原文(2)**，张先生在**译文(2)**的注释中这样说："尖面庞"不宜直译为

"pointed face"或"sharp face"，因两者皆缺乏美感。因此按"纤细的面貌"译为"delicate features"。周作人的文笔如清水，映出的是一个娇小纤弱的少女形象，而张培基笔下的女孩亦如邻家小妹，平凡的外表虽不出众，读来令人感到如此熟悉而亲切。

原文(3)中四个分句，"每逢……便……"是一个条件句式，而"用了……去映写"与"感着……喜乐"两个分句在意思上是并列的；译文(3)中，"平常所无的努力"(redoubled effort)和"无所希求的迷蒙的喜乐"(inexplicable joy)也以对称的两组词语出现，读来更多了一种音韵之美。

原作中少年那种坚定的心情，在译文中也被恰到好处地表现出来。对比一下原文(4)及译文(4)，一句"come to her rescue"颇有英雄救美的气概。如果换成"save her"，译文的美就会大打折扣。

诚然，风格的转移一直就是非常困难的实践过程，译者并非时时处处都能做到尽善尽美。有时为了准确地表达文意，不得不牺牲音律或者内涵上的美。

对比一下原文(1)及译文(1)，作者在原文中提到的"亲近"，由上下文可以看出并非一般亲朋好友之间因熟悉而产生的亲近之情，而是作者内心深处先入为主对杨三姑产生的好感。因此张先生将原文的"亲近"解读为"吸引"，既符合了原意，也顾及了译语读者的理解。只是原文中那种若有若无的情愫，在译文中多少都丧失了一些韵味，不能不说是个遗憾。

4.2.2　汉语散文英译之时代精神

散文作品虽可称得上百花齐放，但在一定的历史时期内，受到政治、经济和社会趋势等因素的影响，不同的作品在某种程度上都会体现出相似的特征，这便是我们常说的时代精神。鲁迅说："风格和情绪、倾向之类，不但因人而异，而且因事而异，因时而异。"(鲁迅，2005[1])

以我国抗战时期为例，诸多作者的散文作品都被打上了民族兴旺的时代印记。无论是精致的山水景物的描写还是严谨的立论说法，无一不流露着作者保家卫国的心愿。因此，对于特定时代的作品，在翻译过程中应该而且必须时刻将那宏大的时代背景纳入考虑范围。让我们以《野

1 见鲁迅"难得糊涂"，《鲁迅全集》(5)第299页(人民文学出版社)。

草》一文为例。

【ST3】　　　　　　　　　　**《野草》**　　　　　　　夏衍

　　有这样一个故事。

　　有人问：世界上什么东西的气力最大？回答纷纭的很，有的说"象"，有的说"狮"，有人开玩笑似的说：是"金刚"，金刚有多少气力，当然大家全不知道。

　　结果，这一切答案完全不对，世界上气力最大的，是植物的种子。一粒种子所可以显现出来的力，简直是超越一切。这儿又是一个故事。

　　人的头盖骨，结合得非常致密与坚固，生理学家和解剖学者用尽了一切的方法，要把它完整地分出来，都没有这种力气，后来忽然有人发明了一个方法，就是把一些植物的种子放在要剖析的头盖骨里，给它以温度与湿度，使它发芽，一发芽，这些种子便以可怕的力量，将一切机械力所不能分开的骨骼，完整地分开了，植物种子力量之大，如此如此。

　　这，也许特殊了一点，常人不容易理解，那么，你看见笋的成长吗？你看见过被压在瓦砾和石块下面的一棵小草的生成吗？(1)他为着向往阳光，为着达成它的生之意志，不管上面的石块如何重，石块与石块之间如何狭，它必定要曲曲折折地，但是顽强不屈地透到地面上来，它的根往土壤钻，它的芽往地面挺，这是一种不可抗的力，阻止它的石块，结果也被它掀翻，一粒种子的力量的大，如此如此。

　　没有一个人将小草叫做"大力士"，但是它的力量之大，的确是世界无比。这种力，是一般人看不见的生命力，只要生命存在，这种力就要显现，上面的石块，丝毫不足以阻挡，(2)因为它是一种"长期抗战"的力，有弹性，能屈能伸的力，有韧性，不达目的不止的力。

　　这种不落在肥土而落在瓦砾中，有生命力的种子决不会悲观和叹气，因为有了阻力才有磨炼。生命开始的一瞬间就带了斗争来的草，才是坚韧的草，也只有这种草，才可以傲然地对那些玻璃棚中养育着的盆花哄笑。

【TT3】　　　　　　　　　**Wild Grass**　　　　　　by Xia Yan

　　There is a story that goes like this:

Someone asks, "What is the most powerful thing in the world?" The question is answered in a variety of ways. Someone says, "Elephant." Someone else says, "Lion." Another one says half-jokingly, "The Buddha's guardian warrior." As to how powerful the Buddha's guardian warrior is, no one can tell, of course.

In fact, none of the answers is correct. The most powerful thing in the world is the seeds of plants. The force generated by a seed is incredible. Here goes another story:

The bones of a human skull are tightly and firmly joined so much so that no physiologist or anatomist has ever succeeded in taking them apart whatever means they try. Then someone has a brilliant idea. He puts some seeds of a plant in the skull to be dissected and provides the necessary temperature and moisture to make them germinate, Once the seeds germinate, they generate a terrible force that opens up the human skull that has defied even mechanical means. You see how powerful the seeds of a plant can be.

You may think this is too unusual a case for the common mind to come to terms with. Well, have you ever seen how bamboo shoots grow? Have you ever seen how the tender young grass comes out from under debris and rubble? (1) In order to get to the sunshine and satisfy its will to grow, it persistently winds its way up, no matter how heavy the rocks above and how narrow the space between the rocks. Its roots drill downward and its sprouts shoot upward. This is an irresistible force. Any rock lying in its way is overturned. This shows how powerful a seed can be.

Though the little grass has never been compared to a Hercules, the power it produces is matchless in the world. It is an invisible life-force. So long as there is life, the force will show itself. The rock on top of it is not heavy enough to stop it, (2) because it is a force that remains active over a long period of time, because it is an elastic force that shrinks and expands, because it is a tenacious force that will not stop until it achieves its end.

The seed does not fall on fertile land but in debris, instead. The seed with life is never pessimistic nor crestfallen, for, having overcome resistance and pressure, it is tempered. Only the grass that has been fighting its way out since its birth is strong and tenacious and, therefore, it can smile with pride at the potted plants in glassed green houses. （刘士聪译）（刘士聪，2007：129-133）

【评析】《野草》是夏衍写于抗战时期的寓言式散文。文章借描述小草顽强的生命力，来激励抗战时期的中国人民，同时也歌颂了人民力量的伟大。文章以物言志，简洁而富有节奏感的语言中蕴含着深刻的象征意义。让我们来看一下以下几个句子。

如**原文(1)**由七个分句组成，出现了诸多的"它"，以体现作者在行文中对野草的精神的强调；同时又使用并列的手法，如"为着……为着……"、"如何重……如何狭"、"往……钻"和"往……挺"，使得文句充满了韵律与力量。这样充满激情的文字才能在读者心中引起共鸣。如何将这些文字翻译成同样激动人心的版本，译文给我们做出了良好的范例。译者在**译文(1)**中将原文的分句进行了梳理，整理出其中的起承转合，采用了符合英语表达习惯的长句式"in order to…"。但是长句式却是由几个短分句组合而成，将几层含义分割得恰到好处的同时，又保留了原文那种有力的节奏。其中，"drill downward"和"shoot upward"虽然隐去了原文的"土壤"和"地面"，却仍形象地保留了小草顽强生长的态势，且读来朗朗上口，是不输于原文的佳译。

中文重意合，这点在**原文(2)**中得到了很好的体现。**原文(2)**中只出现了一个"因为"，却将诸多的因素都囊括了进去，读来有一种奋发向前的趋势，一气呵成。而**译文(2)**在透彻理解原文的基础上将其拆成了三部分，采用了反复的手法，以三个"because it is"的重复出现从形式上加以强调，颇得英语语言形合的精髓，也能够很好地将原文那种积极向上的革命气势反映出来。

【ST4】 《书愤》 唐弢

虽然专横，然而征高卢，灭庞培，恺撒毕竟还有武功；虽然残酷，然而历险阻，入蛮荒，哥伦布毕竟还有胆量。但现在是掏尽脂膏，流尽血汗，却不过几座空城头，几条铁路线，<u>一面又疑神疑鬼，畏首畏尾，</u>

子弹只知道征逐平民，刺刀最喜欢追随妇孺。这是残忍的泡沫，那下面正是卑怯的渊薮。

恺撒死了，但是他有武功；哥伦布死了，但是他有胆量。大和魂毁灭了，这回留下些什么东西呢？我无法来叙写我的愤恨。

【TT4】   **My Great Indignation**   by Tang Tao

Caesar was despotic, but he performed outstanding military exploits in conquering Gaul and defeating Pompey. Columbus was brutal, but he was brave enough to go into the barbarous wilderness in defiance of dangers and hardships. Now, the above-mentioned certain villains have stopped at no evil only to seize a handful of empty towns and railway lines. <u>Driven by terror and suspicion, they go on firing at common people mad bayoneting women and children. The cold-blooded atrocities they are perpetrating betrays nothing bat their deep-seated base cowardice.</u>

Caesar is no more, but he is remembered for his brilliant military exploits. Columbus is no more, but he is remembered for his great courage. When *yamato-damashii* is rooted out, what will it have left behind? I cannot tell you enough how indignant I am.(张培基译)（张培基，2007b: 238-242）

【评析】《书愤》与《野草》同作于抗战时期，但是两者的情感侧重大不相同。在《书愤》中，我们可以看到作者将日本侵略者与恺撒及哥伦布相比较，并对其野蛮入侵的行径加以批判，深刻体现了他的爱国激情。虽然原文前半部分作者运用了迂回的写作手法，对恺撒和哥伦布的英雄形象进行了颠覆，但是在文末却笔锋一转，对日本侵略者自视崇高的大和精神狠狠地进行了鞭挞，并直接运用了"愤恨"一词作为全文结束，感情由婉转逐渐变得强烈。

对比一下原文与译文的画线部分，可以看到，与译文相比，原文多用比喻与拟人，因此就感情的抒发而言相对较为婉转。而译文将"疑神疑鬼"和"畏首畏尾"译为"terror"和"suspicion"并且将两个词序互换，将内在的逻辑关系表现得更加明确。主语"they"也出现，指称明确化；末句的句式也出现了变动，由于前句的主语由原文的"子弹"和"刺刀"转换成了"they"，因此译者添加了"the atrocities"联系上文并呼应下文的"残忍"，另外将比喻如"泡沫"

和"渊薮"也具体化，译成"base cowardice"。就原文与译文比较而言，译文更直白，也更能体现作者内心的激愤之情，也更符合当时的时代背景。

【ST5】小时候我害怕狗。记得有一回在新年里，我到二伯父家去玩。在他那个花园内，一条大黑狗追赶我，跑过几块花圃。后来我上了洋楼，才躲过这一场灾难，没有让狗嘴咬坏我的腿。

以后见着狗，我总是逃，(1)<u>它也总是追，而且屡屡望着我的影子猖猖狂吠。</u>我愈怕，狗愈凶。

怕狗成了我的一种病。

我渐渐地长大起来。有一天不知道因为什么，我忽然觉得怕狗是很可耻的事情。看见狗我便站住，不再逃避。

我站住，狗也就站住。它望着我狂吠，它张大嘴，它做出要扑过来的样子。但是它并不朝着我前进一步。

它用怒目看我，我便也用怒目看它。它始终保持着我和它中间的距离。

这样地过了一阵子，我便转身走了。狗立刻追上来。

我回过头。狗马上站住了。它望着我恶叫，却不敢朝我扑过来。

"(2)<u>你的本事不过这一点点，</u>"我这样想着，觉得胆子更大了。我用轻蔑的眼光看它，我顿脚，我对它吐出骂语。

(3)<u>它后退两步，这次倒是它露出了害怕的表情。</u>它仍然汪汪地叫，可是叫声却不像先前那样地"恶"了。

我讨厌这种纠缠不清的叫声。我在地上拾起一块石子，就对准狗打过去。

石子打在狗的身上，狗哀叫一声，似乎什么地方痛了。它马上掉转身子夹着尾巴就跑，并不等我的第二块石子落到它的头上。

我望着逃去了的狗影，轻蔑地冷笑两声。

从此狗碰到我的石子就逃。（巴金随笔《狗》）

【TT5】I used to be afraid of dogs when I was a child. One day during lunar new year, I remember, I happened to he chased after by a big black dog while I was playing about in the garden of Second Uncle's home. Fortunately, after running past several flower beds, I gave him the slip by rushing upstairs in a storeyed building, thus avoiding the mishap of having my legs bitten by the fierce animal.

From then on, I always played the fugitive while the dog the pursuer. (1) He would bark furiously at the sight of me. And the more scared I was, the fiercer he became.

I developed a canine phobia.

As I was growing up, one day it suddenly dawned on me somehow that it was shameful to be afraid of a dog. Hence instead of shying away in fear, I stood confronting him.

I stood firm and so did he. He barked angrily with his mouth wide open as if he were about to run at me. But, nevertheless, he never moved a single step towards me.

He glowered at me, and so did I at him. But he always kept the same distance between us.

After a time, the minute my back was turned he immediately followed in pursuit.

However, as I looked back he stopped fight away and stood barking at me savagely, but dared not attack me.

"(2) Aha, he's now used up all his tricks!" said I to myself, feeling much more emboldened. I stared at him scornfully, stamped my feet and shouted vicious abuse.

(3) He backed up a few steps, it being his turn to show signs of inner fear. He kept barking but with reduced savagery.

Disgusted with the din of barks, I picked up a stone from the ground and threw it right at him.

It hit him on the back. He let out a piteous cry apparently with pain and, before my second stone was to fall upon his head, quickly turned round to run away with the tail between the legs.

I gazed after the fleeing animal and gave a disdainful laugh.

Thenceforth he would promptly take to his heels whenever he saw me with a stone in my hand. (张培基译)（张培基，2007b：170-173)

【评析】巴金先生的随笔《狗》写于 1941 年，后编入散文集《龙·虎·狗》。时值抗战正酣，作者在文中塑造了欺善怕恶的狗的形象，并告诫读者，只要有勇气有抗争，邪恶终归不能战胜正义。而文章的遣词用句读来颇为轻松，狗与作者两者的形象亦是栩栩如生。翻译这样的文章，既要顾及风格本身，也要保证作者思想的表达。

画线的 3 处译文很好地实践了这一翻译原则。以**原文(1)**与**原文(3)**为例，译文中的"它"均被译者替换成"he"，如此，狗的"狗眼看人低"的品性立时就和人的品质挂起钩，一个"he"让读者感受到的不再是狗本身，而是与之类似的欺善怕恶的恶人形象。同时，**译文(3)**中的"show signs of inner fear"也颇符合人的心理。作者原是用"害怕的表情"这一拟人手法描述狗的行为，而事实上，狗并不具备人的表情，因此译者略作变动，将其译成了"内心的恐惧"，恰好与前半句的"backed up a few steps"的原因相吻合。这样的转换在文中还有多处，可被视为译者既顾及原文情感又顾及译者对当时时代背景理解而采取的手段。而**原文(2)**中的"你的本事不过这一点点"在**译文(2)**中增补了"Aha"一词衬托作者洞悉对方心思后的得意之情，如此一来，文中"我"的形象更为丰满，而译文也很好地传达了原作生动轻松的风格。

4.2.3　汉语散文英译之民族精神

汉语经过五千年的发展，其含蓄优美的特质使得文学作品处处洋溢着汉语独有的民族特性和风格。同样，其他国家与民族也都有其各自的语言特色。散文中的"民族风格主要体现在民族性格的描写和民族语言的运用方面"（傅德岷，2006：300）。中国历史悠久，又是礼仪之邦，更多地在其散文作品中体现出其儒雅抒情的风格。而英语的历史虽不如汉语悠久，却由于其独特的民族性格而形成了独有的写作风貌。"对于英国人来说，他们更加讲究作品的力量、活力和雄浑，他们爱讽喻和明喻甚于一切。"（马克思，1960：290[1]）下面通过例文感受一下这种区别。

1　引自恩格斯《给威-格勒伯的信》（1839 年 10 月 8 日），见《马克思恩格斯论艺术》（四），人民出版社。

【ST6】(1)若夫霪雨霏霏，连月不开，阴风怒号，浊浪排空；日星隐耀，山岳潜形；商旅不行，樯倾楫摧；薄暮冥冥，虎啸猿啼。

......

(2)其必曰"先天下之忧而忧，后天下之乐而乐"欤。(选自范仲淹《岳阳楼记》)

【TT6-1】(1)During a period of incessant rain, when a spell of bad weather continues for more than a month, when louring winds bellow angrily, tumultuous waves hurl themselves against the sky, sun and stars hide their light, hills and mountains disappear, merchants have to halt in their travels, masts collapse and oars splinter, the day darkens and the roars of tigers and howls of monkeys are heard.

...

No doubt they are concerned before anyone else and enjoy themselves only after everyone else finds enjoyment. (杨宪益、戴乃迭译)

【TT6-2】If an incessant rain keeps falling heavily for days on ends, a cold wind keeps howling, muddy waves surge up to the sky, sun, moon and stars become dim, all the lofty mountains disappear in distant mist, business men and travelers can not move forward, ship masks fall and oars are broken, at dusk everything around is gloomy, and tigers are roaring and monkeys crying,

...

(2)They may say: "We are the first to become concerned with the world's troubles and the last to enjoy our happiness." (张梦井译，2007: 314-317)

【评析】《岳阳楼记》写于北宋庆历六年九月，作者范仲淹是我国古代著名的军事家、文学家。范仲淹生性刚直，屡遭贬斥却矢志不渝，一直坚持自己的理想和政治主张。他在《岳阳楼记》中提出的"先天下之忧而忧，后天下之乐而乐"更是他一生心志的写照。而这篇《岳阳楼记》也因其独到的描写与崇高的思想境界而流传万世。这篇古散文使用了诸多四言对偶句，如"日星隐曜，山岳潜形"、"沙鸥翔集，锦鳞游泳"、"长烟一空，皓月千里；浮光耀金，静影沉璧"。这些骈句富含汉语言之美，从形式上为文章增色不少。另外一些动词的使用如"衔远山，吞长江"这两句的"衔"字、"吞"字，极有魄力地表现了洞庭湖浩瀚的气势。而"不以物喜，不以己悲"、"先天下之忧而忧，后天下之乐而乐"这些格言一般的用句则蕴含着深刻的哲理，字字千钧。在翻译过程中，这些四言句的对仗形式、格言警句的译法对译者都是巨大的挑战。

原文(1)仅四十二字，四处四言对偶，便将阴雨天时的洞庭湖景描绘得极其传神。而译文显然无法在形式上完全再现这一绝妙之处，因此只能做到尽量保持原作的风格，在形式的工整和音律的韵脚上下功夫。中文重意合，英语重形合，因此在杨宪益、戴乃迭的译文(1)中，可以看到译者添加了两个"when"，逻辑上的层次感立刻得以体现，"若夫霪雨霏霏……浊浪排空"作为一个表原因的伴随性状语再现，因此才有之后的"日星隐耀……虎啸猿啼。"而在形式上，译者基本采用了与原意相近的分句，并在后几处分句的末尾词押/ə/韵，在音韵上也可保持一致。

张梦井的译文(2)将"先天下之忧而忧，后天下之乐而乐"的主语作了补充，并且对"先"、"后"两词的含义重新作了诠释，于是就有了"the first to"、"the last to"的表达方法，这一译句既完全传达了原文的含义，又很好地符合了英语的表达习惯，较之寻常译文中的"concern troubles more than others do"更加地道。总的说来，译者更多采用的是更易为英语读者接受的结构与形式，而在遣词用句上则更多使用与原文相近的大词与书面语，为的就是能在汉语与英语之间找到一个平衡点，来完美地再现原文风格。

4.3　汉语散文译法

散文的风格多样，有的意境深远，有的清雅隽美，有的则饱含哲理。而风格也并非虚无缥缈之物。散文作品的风格受多方面的影响，除了上文提到的作者个性、时代精神、民族特色外，主要体现在该作品的题材、艺术构思、诗情画意的熔铸以及语言的运用等方面，而其中的用字（choice of words）、表达（mode of expression）、色彩（color）等因素又对风格的形成起了不可或缺的作用（张梦井，2007：129）。在散文翻译过程中，为了再现原文风格，译者也应注意考察散文作为文学体裁所应具备的功能：信息功能、表情功能、美感功能。信息功能是"信达雅"理论的第一步，而表情功能与美感功能则对译者提出了更高的要求。众所周知，汉语散文，尤其古代散文，如同汉诗，可以诗情画意来概括其文风。从散文的题材、构思到行文，如同泼墨山水画，实为美的创造过程。而译者作为美的传递者，如何顺着原作者的思路将原文译出，的确是一大挑战。译者应如品茗者，观其色，嗅其味，充分领略其美之后方可小口啜饮，而非屠夫一般将原文切得七零八落，纵使原文过于生涩不得不将其分解，也得如"庖丁解牛"一般顺其纹理而行。在第一章内已就汉英互译的各项策略做了详细的解说，在本节中让我们换个角度，从汉语散文作品本身出发，探讨翻译过程中需注意的问题。

4.3.1　题材决定译文基调

　　散文家由于自身世界观和创作理念的差异，在题材的选择上各具特点。正如画家有的善人物，有的工花鸟，散文家对于题材的选择或多或少也受到自身写作理念的影响。而大凡读者，看到题目即可大致推断作者将要书写何种题材，这既是读者受本身阅读习惯的驱使，同时也是由于"特定的题材本身蕴含着特定的情韵和格调，只要散文家忠实地描绘这些风物情事，作品也就会烙上这种情韵和格调的印辙。"（傅德岷，2006：303）换言之，作品题材与内容的框定本身就包容了"情"的要素。而这一题材的影响也会不自觉地渗入到译文的方方面面，只看译者是否能够敏感地将其捕捉出来。

【ST7】　　　　　　　　　　可爱的南京

　　南京，她有层出不穷的风流人物，和彪炳千秋的不朽业绩。大都会特有的凝聚力，吸引了无数风云人物、仁人志士在这里角逐争雄，一逞豪彦。(1)从孙权、谢安到洪秀全、孙中山，从祖冲之、葛洪到李时珍、郑和，从刘勰、萧统到曹雪芹、吴敬梓，从王羲之、顾恺之到徐悲鸿、傅抱石，还有陶行知、杨廷宝等等，中国历史上一批杰出的政治家、军事家、科学家、文学家、艺术家、教育家、建筑家等荟萃于此，在这块钟灵毓秀的土地上一圆他们的辉煌之梦。他们是中华民族的优秀儿女，巍巍钟山、滚滚长江养育了他们，为他们提供了施展抱负的舞台，他们也以自己的雄才大略、聪明智慧为中华民族的灿烂文明增添了流光溢彩的新篇章。

南京,她自新中国建立以来发生的巨大而深刻的变化更加使人欢欣鼓舞。"虎踞龙盘今胜昔,天翻地覆慨而慷。"从 1949 年 4 月 23 日始,(2)人民真正成为这座古老城市的主人。金陵回春,古城新生,昔日饱尝的屈辱和灾难,至此如同梦魇终被摆脱。人民在自己的土地上辛勤劳作,把古老南京装扮得面貌一新。特别是近十几年来,改革开放又给这座美丽的名城注入了新的活力,崭新的工业、通达的运输、如画的城市建设、兴盛的第三产业、多姿的文化生活,都使这个具有古都特色的现代都市焕发出勃勃英姿。孙中山先生所预言的:"南京将来之发展未可限量也",正在逐步成为现实。

南京,这座古老而年轻的历史文化名城,是多么的可爱!

【TT7】　　　　　　　Nanjing the Beloved City

Nanjing has witnessed the continuous emergence of many distinguished talents and noble hearts as well as monumental achievements that shone through the ages. Attracted by her special appeal, a great number of powerful figures and people actuated by high ideals have stayed in or frequented this metropolis to contend for the lead or to give play to their genius and virtues. (1) Military commanders such as Sun Quan and Xie An; political leaders such as Hong Xiuquan and Dr. Sun Yat-sen; scientists like Zu Chongzhi, Ge Hong, Li Shizhen and Zheng He; men of letters such as Liu Xie, Xiao Tong, Cao Xueqin and Wu Jingzi; artists like Wang Xizhi, Gu Kaizhi, Xu Beihong and Fu Baoshi; educators such as Tao Xingzhi; and architects like Yang Tingbao—all these renowned historical figures used to settle on this blessed land to have their splendid dreams fulfilled. The towering Purple Mountains and billowing Yangtze River nurtured them and provided them with arenas in which to realize their aspirations. By virtue of their genius, vision, and sagacity, these best and brightest sons and daughters of the nation made spectacular contributions to the resplendent Chinese civilization.

The tremendous changes that have taken place in Nanjing since New

China was founded are even more inspiring, just as the much quoted couplet from a poem written by the late Chairman Mao Zedong on the occasion of the liberation of the city on April 23, 1949 has it:

The city, a tiger crouching, a dragon curling, outshines its ancient glories;

In heroic triumph heaven and earth have been overturned.

(2) <u>Balmy spring winds returned to bring new life to this historic city, of which the common people came to be the genuine masters. The nightmarish sufferings and humiliations of the past were left behind once and for all.</u> The citizens of Nanjing have been working hard to give this age-old town a new appearance. Especially for the past ten years or more, the country's reform and opening-up policy has infused new vigor into this beautiful and famous city. Newly built industries, an efficient transportation network extending in all directions, picturesque urban construction, a booming tertiary industry, a varied and colorful cultural life, all these and more added charm and vitality to this modern metropolis, which retains somehow the ambiance and features of an ancient capital. The prophecy of Dr. Sun Yat-sen father of modern China that "Nanjing will have a future that knows no bounds" is becoming true.

Nanjing, an old city with a rich and celebrated past, yet vigorous in her new youth—how lovely she is! (乔萍, 2002: 142-145)

【评析】

《可爱的南京》是一篇旅游散文，文章史料丰富，内容翔实，字里行间充满了对南京这座古城的历史与现今发展的热爱。该文的题材决定了作者不可能洋洋洒洒地大篇幅讴歌这座城市，而是通过写实的方式将感情融入字里行间。对于这类作品，译者在译文中体现出的高超翻译技巧值得我们学习。在**原文(1)**中，孙权、洪秀全等中国人耳熟能详的名字对于英语读者而言怕是天外来词，因此在处理这一信息时，译者作了调整，**译文(1)**将文中的"政治家"、"军事家"等提至人名之前作为说明，如"military commander"、"political leaders"等，而后文则以"all renowned historical figures"作为概括，言简意赅，完美地将信息传递给了译语读者，同时也保持了译文与原文含义的对等。

原文(2)中，"金陵回春，古城新生"这一对偶句被译者巧妙地拆成了两个分句，其包含的信息也重新作了变动。此处略显可惜的就是"金陵"的称谓。"金陵"指南京，是六朝古都的旧称，但是在**译文**(2)中则以"historic city"一语带过，没有作深入的解释。当然，从原文的简洁程度来看，该词可译可不译，但是从信息完整性的角度来考察的话，若是在脚注处添加一个解释，如"Jinling, the ancient name of Nanjing"的话，应该会更有助于英语读者的理解。

梁实秋的小品文一直为人称道，其中的人生百态均能让读者感觉历历在目。他的《时间即生命》一文，从题目即可看出作者意在说理，劝诫人们珍惜时间。让我们对部分原文与译文进行分析。

【ST8】我自己就是浪费了很多时间的一个人。(1)我不打麻将，我不经常的听戏看电影，几年中难得一次，我不长时间看电视，通常只看半个小时，我也不串门子闲聊天。有人问我："那么你大部分时间都做了些什么呢？"我痛自反省，我发现，除了职务上的必须及人情上所不能免的活动之外，我的时间大部分都浪费了。

……

老来打过几年太极拳，目前则以散步活动筋骨而已。(2)寄语年轻朋友，千万要持之以恒的从事运动，这不是嬉戏，不是浪费时间。健康的身体是作人做事的真正的本钱。

【TT8】Personally, I am also a fritterer. (1)I don't play mahjong. I seldom go to the theatre or cinema—I go there maybe only once every few years. I seldom spend long hours watching TV—usually I watch TV for no more than 30 minutes at a sitting. Nor do I go visiting and gossiping from door to door. Some people asked me, "Then what do you do with most of your time?" introspecting with remorse, I found that apart from the time earmarked for my hob and unavoidable social activities, most of my time had been wasted.

…

When I was approaching old age, I did tai ji quan (shadow boxing) for several years. Now I only do some walking exercises. (2)Dear young friends, my advice to you is: Do physical exercises perseveringly. That has nothing to do with merry-making or time-wasting. Good health is the wherewithal for a successful life and career. (张培基译)(张培基，2007a: 216-219)

【评析】原文立意十分鲜明——时间即生命。时间即生命，这一说法古已有之，诸如此类的文章，大都以一种说理的态度，对读者循循善诱。作者的用意也是同样——告诫人们应该珍惜时间。因此，全文的基调大致可以确定，既非慷慨激昂的战斗檄文，也非温柔婉约的吴侬软语，而是作者以自身经历，闲话家常般，以过来人的口吻娓娓道来。在翻译过程中，译者十分明确地把握住了此类题材常见的闲适的说理风格，这也是为什么译者在译文中使用诸多简洁朴实的用词以及流畅明快的句式的原因。

原文(1)中的句子可谓通俗到家。"我不经常的听戏看电影，几年中难得一次"这类句式在口语中较为常见，较书面化的句式应该是"几年中，我难得听一次戏看一次电影"。为了体现这种通俗性，译者将原句作了微调，以一个破折号对前半句句意做了说明，完成了含义的递进。而"串门子闲聊天"译成"go visiting and gossiping from door to door"，突出了挨家挨户转悠闲磕牙的形象，十分有趣。

和同类说理文章相似，原文(2)作为文章的结尾，自然地成为陈述道理的点题之笔。作者在此笔锋一转，"寄语年轻朋友"一番语重心长的话语，语气也变得严肃起来。在译文中，译者感受到了作者语气的改变，如"这不是……不是……"、"真正的本钱"等强调性的语句。因此，译者采用了"that has nothing to do"既口语化又语气较为强硬的句式来传递作者的谆谆教诲。

4.3.2 艺术构思于译文再现

汉语散文的艺术构思自然是评判其优劣的一大要素。刘勰在《文心雕龙·神思》篇里说，构思是"驭文之首术，谋篇之大端"(黄叔琳，2000：369)。作者进行艺术构思，将方方面面的要素纳入考量，如定位文章主题，选取切入角度，如何铺陈文章内容，采用何种表现手法，诸如此类，举不胜举。同时艺术的构思对于散文的表情功能也起着重要作用。而在译文中再现原作精巧的艺术构思不啻对原作进行剖析再加工，任重而道远。让我们来看朱自清的名作《荷塘月色》。

【**ST9**】这几天心里颇不宁静。（……）我悄悄地披了大衫，带上门出去。
沿着荷塘，是一条曲折的小煤屑路。（……）
忽然想起采莲的事情来了。（……）（选自朱自清《荷塘月色》）
（鉴于广大读者对原文耳熟能详，为节约篇幅，只节选要讲解的几句话——
主编注）

【**评析**】原文以"这几天心里颇不宁静"，直接点明了心境，为后文的情感
抒发埋下伏笔，并且"开宗明义地点出即将展开的下文所包含的心理取向和精
神意义"（朱纯深，1994：77），这是"文眼"，这一"不宁静"与作者眼中的月
夜荷塘有着千丝万缕的联系。正是由于这"不宁静"，才有了作者月下独步于世
外桃源般的景致中的经历。全文的基调由此确立，这是"一个安抚自然生命之
律动和超越文化生命之凡庸的精神白日梦"，一个寄寓了朱自清生命哲学的思想
文本（高远东，2001：226）。在原文中我们很少读到"我"这个词，这是一种视
点模糊化，"有利于创造一种积极的读者认同和读者参与"（李明，2006：159）。
这类文章结构在汉语散文中便于作者直接将情感传递给读者，而不需指名道姓
地说明"我"是谁，而英语则必须出现"I"一词。如此则有了首句翻译的困难。
因此就有了如下译文。

原句：这几天心里颇不宁静。

译句1：These days have found quite in turmoil.（李明）

译句2：The last few days have found me very restless.（杨宪益）

译句3：I have felt quite upset recently.（朱纯深）（李明，2006：147-149和152-157）

上述译句都完整地传达了原文信息，同时在句式结构的处理上也都很到位。
但是如果仔细比较，会发现原文的"颇不宁静"的情感传递还是有些许不同的。
笔者在此更倾向于"find"这一句式，不仅由于其地道的英语韵味，同时也能体
会到"我"的些许惆怅之情，若采用"I have felt..."句式，情感似乎过于直露。

接着，"妻"与"儿"在屋中入睡，作者独自出门，进入了月色下的世界。
根据杨朴先生的解释，这一"月色"下的"曲径小道"是"融合现实与梦境的
象征性通道"，"那条曲折幽静的小路是作者由现实世界进入幻梦世界的必由之
路"（杨朴，2004：126）。换言之，这是一条连接幻世和常世的道路。在这条路

上，作者慢慢地融入了内心和外景结合的世界。所以，此处是全文的第一个衔接点，如何做好这一承上启下十分重要。请看以下译文。

原句：我悄悄地披了大衫，带上门出去。

沿着荷塘，是一条曲折的小煤屑路。

译句 1：Shrugging on an overcoat, quietly, I made my own way out, closing the door behind me.

Alongside the lotus pond runs a small cinder footpath.（朱纯深）

译句 2：Quietly I slipped on a long gown, and walked out leaving the door on the latch.

A cinder-path winds along by the side of the pool.（杨宪益）

译句 3：And quite quietly, I put on my long gown, left the door on the latch and made my own way towards the pond.

Along a pond winds a narrow cinder footpath.（李明）（李明，2006：147-149 和 152-157）

从译文中我们可以看到，译者们在第二段的开头均以 path 或者 footpath 作主语，符合原文含义，然而在原文中我们同时发现第一段的末尾句并未提到任何有关"荷塘"的内容。其实原文本应如此："……带上门出去，朝荷塘走去"。虽然原文暗含"朝荷塘去"的意思，却没有点明，这和作者行云流水的写作风格有关。李明在《翻译批评与赏析》中对这段译文作了解释："带上门出去"被改写成"made my way towards the pond"，既没有偏离原文的意义，又为下文的衔接和行文作了充分考虑。因此笔者也更赞同**译句 3** 的译法。这样译的另一好处就是"pond"一词在第一段中出现并在第二段句首重现，有利于译语读者在感情上首先接受"荷塘"的存在，而不至于觉得过于突兀。正如汉语读者能够自行推测汉语中的"意合"，译者同样需要为习惯了"形合"的英语读者多加考虑，适当增减词句。

《荷塘月色》一文的思想发展十分明确，由现实入幻梦，由自然景观转文化景致，而在结构与行文中也以特定的连接词或句做出明示。前面我们提到了由现实入幻梦，接下来看看由自然景观转文化景致的承接部分。

原句：忽然想起采莲的事情来了。

译句 1：Suddenly, something like lotus-gathering crosses my mind.（朱纯深）

译句 2：The lotus gathering flashed into my mind. （杨宪益）

译句 3：Then I was suddenly reminded of the lotus-seed plucking, which was....（李明）（李明，2006：147-149 和 152-157）

　　与第一次的"入梦"情境相似，作者由眼前的荷塘美景联想到了人文气息浓郁的江南采莲。这一"触景生情""是由一定的诱因引起的"（李明，2006：163），应在译文中得到体现，因此若是采用**译句 3** 则更切合原文深意，上下文的联系更紧密，也更易表现作者思想的发展。

4.3.3　译文的"传情"与"画意"之美

　　所谓"诗情画意"，这"诗情"其实即指表情功能，可见表情功能在意境的表达中所起的重要作用。诗情的表现形式多种多样，如对于事物的联想，以及浓郁的感情喷发等。而译者在翻译过程中，则须对原作的诗情表现方式多加考证，才能译得精准。如作者投注在作品中的感情本身最容易引起读者的共鸣，进而成为"诗情"的一部分。对于这类感情喷薄而出的作品，对于其情感的传递，译者应找出原文中情感的源头，并对作者的行文方式进行考察，以期在译作中尽可能地接近原作情感。

【**ST10**】　　　　　**我的梦，我的青春！**　　　　　郁达夫

　　在我们的左面，住有一家砍砍柴，卖卖菜，人家死人或娶亲，去帮帮忙跑跑腿的人家。他们的一族，男女老小的人数很多很多，而住的那一间屋，却只比牛栏马槽大了一点。他们家里的顶小的一位苗裔年纪比我大一岁，名字叫阿千，冬天穿的是同伞似的一堆破絮，夏天，大半身是光光地裸着的；因而皮肤黝黑，臂膀粗大，脸上也象是生落地之后，只洗了一次的样子。他虽只比我大了一岁，但是跟了他们屋里的大人，茶店酒馆日日去上，婚丧的人家，也老在进出；打起架吵起嘴来，尤其勇猛。我每天见他从我们的门口走过，心里老在羡慕，以为他又上茶店酒馆去了，我要到什么时候，才可以同他一样的和大人去夹在一道呢！而他的出去和回来，(1)不管是在清早或深夜，我总没有一次不注意到的，因为他的喉音很大，有时候一边走着，一边在绝叫着和大人谈天，若只他一个人的时候哩，总在噜苏地唱戏。

......

有一天春天的早晨，母亲上父亲的坟头去扫墓去了，祖母也一清早上了一座远在三四里路外的庙里去念佛。翠花在灶下收拾早餐的碗筷，我只一个人立在门口，看有淡云浮着的青天。(2)<u>忽而阿千唱着戏，背着钩刀和小扁担绳索之类，从他的家里出来，看了我的那种没精打采的神气，他就立了下来和我谈天</u>，并且说："鹳山后面的盘龙山上，映山红开得多着哩；并且还有乌米饭(是一种小黑果子)，彤管子(也是一种刺果)，刺莓等等，你跟了我来罢，我可以采一大堆给你。你们奶奶，不也在北面山脚下的真觉寺里念佛么？等我砍好了柴，我就可以送你上寺里去吃饭去。"

......

我一个人立在半山的大石上，近看看有一层阳炎在颤动着的绿野桑田，远看看天和水以及淡淡的青山，渐听得阿千的唱戏声音幽下去远下去了，心里就莫名其妙的起了一种渴望与愁思。(3)<u>我要到什么时候才能大起来呢？我要到什么时候才可以到这象在天边似的远处去呢？到了天边，那么我的家呢？我的家里人呢？同时感到了对远处的遥念与对乡井的离愁，</u>眼角里便自然而然地涌出了热泪。

......

故乡的茶店酒馆，到现在还在风行热闹，而这一位茶店酒馆里的小英雄，初次带我上山去冒险的阿千，却在一年涨大水的时候，喝醉了酒，淹死了。他们的家族，也一个个地死的死，散的散，现在没有生存者了；他们的那一座牛栏似的房屋，已经换过了两三个主人。时间是不饶人的，盛衰起灭也绝对地无常的：(4)<u>阿千之死，同时也带去了我的梦，我的青春！</u>

【**TT10**】Residing our left was a family that cut firewood when there was firewood to cut and peddled vegetables when there were vegetables to peddle, or when there were funerals or weddings going on they'd offer to do legwork. It was a family of the Miao ethnic group with a large number of people—old and young, men and women, but the hut they lived in was scarcely larger than a stable. The youngest son of the family, named Ah

Qian, was one year my senior. In winter he was wrapped in clothes patched up with rags upon rags, looking pretty much like an old umbrella and, in summer, he was bare to the waist. He had a sun-tanned complexion and a pair of muscular arms, and his face looked as if he had washed it only once since he was born. Although he was only one year older than I was, he went to tea houses and wineshops with the grow-ups of his family almost every day and, furthermore, he was often seen in and out of weddings and funerals. If he was on any account involved in a wrangle or a fight, wow, he was fearless, you bet. When he passed by our door, I'd watch him with admiration, thinking he must be on his way to the teahouses or the wine shops again. I'd wonder when myself would be able to do the same in company with my family. (1) Either he went early in the morning or returned late at night, I couldn't miss it, because he had a loud voice and he'd prattle away at the top of his voice and, when he was alone, he'd hum some local opera.

...

One morning on a spring day, mother went to pay respects at father's tomb and grandma went to the temple, about three or four li from home to say some prayers. Cuihua was clearing the breakfast table by the stove and I was left standing alone at the door looking at the light clouds gliding across the blue sky. (2) Suddenly Ah Qian came along, humming an aria from a local opera, his shoulders slung with a sickle, a carrying pole and some ropes. Seeing that I was listless, he stopped and struck up a chat with me and then he said: "you see, on the dragon hill behind the Stock Mountain there are a lot of azalea in full bloom. There are also black rice (a small black fruit), red tube (a thorny fruit) and thorny berry, and so on and on. Come along with me. I can pick heaps of them for you. Your grandma has gone to say prayers at the Awakening Temple at the foot of the hill, right? When I've cut enough firewood, I'll take you there for lunch."

...

I stood there, looking at the green fields with white –mulberries shimmering with the soft sunlight in the foreground and at the horizon in the distance where the sky and the river joined and the placid mountain, and Ah Qian's singing grew fainter and fainter still. Some mysterious yearning and sadness swelled within me. (3)When could I grow up? When could I be allowed to go to places as far-off as the edge of the sky? But if I did travel to the edge of the sky, what about my home? What about my family? I had a mixed feeling of longing for the far-off place on the one hand, and the sadness of having to leave home on the other. With those thoughts in mind I felt my eyes filled with warm tears.

…

Teahouses and wine shops in my hometown are doing just as well as they did before, but Ah Qian, the young hero of the teahouse and wine shop who initiated me into the mountain on my first adventure was drowned in a flood one year; he had taken one cup of wine too many. Nobody survived in his family; they all died one after another, some at home, some elsewhere. Their stable-like hut has changed hands two or three times. Time, as the saying goes, is unsympathetic. Rise or fall in life has no set course to follow. (4)Ah Qian is gone and gone with Ah Qian is my dream and my youth. (刘士聪译)(刘士聪，2007: 103-111)

【评析】《我的梦，我的青春！》选自《郁达夫自传》，在文中作者回忆了童年时所生活的家乡小城的风土人情。无论是小城普通百姓的生活，还是作者本人的幼年心理，都刻画得细腻生动，正如他一贯主张的，散文，尤其是抒情或写景散文，要有"情韵或情调"。而作者对于家乡小城最深刻的情感留念当属对于少年阿千的回忆。阿千淳朴的外在，善良的心地，作者和阿千的友谊，无一不为读者留下深刻的印象。作者对阿千的深深的怀念也足以打动每位读者的心。因此，本文中传情之处很多，最为鲜明的就是阿千的形象与"我"的抒情。

原文(1)及原文(2)是对阿千外貌的细腻描写，唱着戏，背着钩刀和小扁担，说话爽直的农家孩子的形象跃然纸上。相应地，译者按照原文进行直译没有太大的问题，"只是在很形象的地方需仔细选择符合英语用法的字词，以使其和原文一样鲜明"（刘士聪，2007：113），比如，**原文(2)** 中的"背着钩刀和小扁担绳索之类"，刘士聪先生将其译成 his shoulders slung with a sickle, a carrying pole and some ropes，"采用独立主格结构的形式"（同上），减少了译文中"Ah Qian"一词重复出现的可能性，也正好在句式上与原文对应。而阿千与"我"的对话也显示出他对"我"的关心，因此在译文中，可以特别强调一些加重感情色彩或体现人物性格的词汇，如"you see"、"……多着哩——in full bloom"、"立了下来和我谈天——struck up a chat with me"，"you see"和"in full bloom"都是对原文意义的增补，更能体现阿千说话的活泼生动，而"struck up a chat"是十分通俗的表达方法，比较符合作者朴素通俗的行文习惯。作者的感情通过对人物的多方面描写而不经意地流露出来，而译者在感知这一切的同时对翻译中的词类与句式进行适当的选择，有助于"传情"。

　　另外，作者在描写孩童心态时的语气与情感，也需在翻译过程中加以注意。如针对**原文(3)**，译者将其译成"a mixed feeling of longing for the far-off place on the one hand, and the sadness of having to leave home on the other"，"与原文的情绪也还相符"（同上）。而**原文(4)**中，强烈的感叹体现了作者深切的悲哀。作为结尾，作者直接采用浓烈的抒情，可以说发自肺腑。译者在此处匠心独运，采用了一个倒装句式，重复了"Ah Qian"这个名字，倒是颇有一唱三叹的韵味，也因此如原文一般传达了对少年阿千和童年生活的思念之情。

　　画意是汉语散文品质的重要方面。生活的绚丽多姿以一幅幅美好画卷的形式出现，这也是作者气质和心境的体现。奈达提出的"功能对等"提示译者在"译入语中复制出与译出语信息意义和风格最近似的自然对等物"。因此画意之美的再现就成为译者努力的目标。

【ST11】他说晚上在那些山里，(1)只要你是一个正派的人，就可以朝灯火人家一直走去，迎着犬声，敲开树荫下的柴门，大胆地闯进。(2)对着火堆周围的人们，不管他男的女的，用两手向他们两肩头一分，就把你带着风寒露湿的身子，轻轻地放了进去。烧山芋和热茶的香味，便一下子扑入你的鼻子。(3)抬头看，四周闪着微笑的眼睛，欢迎着，毫没有怪你唐突的神情。你刚开口说由哪儿来的时候，一杯很热的浓茶，就递在你的下巴边上。老太婆吩咐她的孙女,快把火拨大些,多添点子柴,说是客人要烘暖他的身子;你暖和了,还不觉得疲倦的话,你可以摸摸小孩子的下巴,拧拧他们的脸蛋,做一点奇怪的样子,给他们嬉笑。(4)年轻的妈妈,一高兴了,便会怂恿他的孩子把拿着要吃的烧山芋,分开一半,放在你这位客人的手上。如果你要在他们家过夜,他们的招待,就更来得殷勤些。倘若歇一会,暖暖身子,还要朝前赶路,一出柴门,还可听见一片欢送的声音,"转来时,请来玩呀!"(选自艾芜《冬夜》)

【TT11】When you end up in the mountains at night," he said, "(1)<u>and if you are a decent person, you can always turn where there is a light flickering and a dog barking.</u> You push open the bramble gate under the shade and walk in without hesitation. (2)<u>Part the people, men or women, around the fire with your hands and you bring yourself一a cold and wet man with dew一among them.</u> Immediately your nose is filled with aroma of hot tea and roast sweet potatoes. (3)<u>When you look around you see friendly faces smiling at you; there is no hint of anything like blame for what elsewhere might be considered as brusqueness.</u> Scarcely have you begun to tell them where you come from when a cup of hot and strong tea is handed over to you. Grandma will tell her granddaughter to feed the fire with more wood, saying that the guest needs more heat to warm up. When you are recovered from cold and fatigue, you tend to tease the kid, stroking his chin, giving a gentle pinch to his cheek or making a face to provoke him to gurgle. (4)<u>The delighted young mother will encourage he kid to share his sweet potato with you. The kid will then break it in two and thrust one half into your hand.</u> If you intend to stay overnight, you will be entertained with all possible hospitality. If you just drop in to warm up and then go on your way, they will see you off at the gate, saying, please do drop in on us again on your way back.(刘士聪译)(刘士聪,2007: 173-181)

【评析】在节选中,我们看到的是冬夜山村中的一幕热闹场景。远游的客人与质朴的乡民一同烤火,享受着乡民们毫无心机的热情好客。暖烘烘的烧山芋和热茶，热腾腾的炉火，纯朴的老少乡民，所有这些形成了一幕生动的画卷，仿佛眼前呈现的就是漆黑的冬夜中，火光摇曳的山间小屋，似乎可以感受到那扑面而来的热气，耳边似乎也可聆听到乡民的欢声笑语。在这段节选中，多是乡土气息浓郁的口语化短句，形式简练却内蕴丰富，意合多于形合。将这样一幅其乐融融的画卷译成英语，维持原有的流畅和风格，有诸多值得注意的地方。

原文(1)中只提到"灯火人家"，而译文却加入了"flickering"，试想在漆黑的冬夜，"夜空"、"山里"、"灯火"、"人家"、"犬"、"柴门"等景物构成的画面，静态的夜空、山、柴门自然地衬托了灯火的摇曳和狗的吠叫，在此"flickering"将"灯火人家动态化，保留了原作的美感，同时与后面的 dog barking 形成了对称，凸现了原文的意境之美"（刘士聪，2007：178-179）。

原文(2)中是一段流畅的动作，侧重于作者无所顾忌地加入乡民的行列，其中的"向他们两肩头一分"、"轻轻地放"都是很形象的描写。译文将"part the people"作为伴随性分句放在句首，作者与乡民的亲密无间可见一斑，"bring yourself in"又明确地表明了动作的轻柔，而不是像"thrust yourself in"一样硬挤进去的感觉。同时又特别强调"a cold and wet man with dew"，如此，原文中远游客人的辛劳便跃然纸上。

在翻译的同时，译者也注意到了原文如画卷般的整体美。因此在对原文进行了整体的考察后，才在不影响原文美的基础上对细节做一些修整。

原文以口语表述为主，因此是非常典型的意义衔接。而译者则在总览全文的基础上，尝试着既保留原文的整体美，又对原文的潜藏含义明朗化，使之符合译语的形态衔接。原文(3)中的"抬头看"、"闪着微笑的眼睛"，虽符合汉语的口语表达，但实际含义却应是"看向周围"（"look around"）和"微笑的面容"（"faces smiling at you"）。译者同时将"欢迎着"与"微笑"糅合，译成了更符合译语表达的"friendly faces smiling at you"。原文(4)中"分"与"放"意义不详，因此译者将其译为"break"和"thrust"，"将孩子掰开山芋并把一半往客人面前一伸手的情景描写得栩栩如生"（同上）。

4.3.4　个性语言于译文再现

在语言运用方面，不同的格调、色彩、气势、节奏等，所创造的美也不尽相同。冰心曾说："我想如现在的作家能在无形中融汇古文和西文，拿来应用于新文学，必能为今日中国的文学界，放一异彩。"冰心对"口语进行认真的提炼加工，并融汇了古典文学的语言，吸收了外国文学中有用的词汇，形成了自己清新俊逸、柔美秀丽的独特语言风格"（傅德岷，2006：307）。

【ST12】　　　　　　　　　　笑　　　　　　　　　冰心

雨声渐渐的住了，窗帘后隐隐的透进清光来。推开窗户一看，呀！(1)凉云散了，树叶上的残滴，映着月儿，好似萤光千点，闪闪烁烁的动着。——真没想到苦雨孤灯之后，会有这么一幅清美的图画！

凭窗站了一会儿，微微的觉得凉意侵入。转过身来，忽然眼花缭乱，屋子里的别的东西，都隐在光云里；一片幽辉，只浸着墙上画中的安琪儿。——这白衣的安琪儿，抱着花儿，扬着翅儿，向我微微的笑。

"这笑容仿佛在哪儿看见过似的，什么时候，我曾……"我不知不觉的便坐在窗口下想，——默默的想。

(2)严闭的心幕，慢慢的拉开了，涌出五年前的一个印象。——一条很长的古道。驴脚下的泥，兀自滑滑的。田沟里的水，潺潺的流着。近村的绿树，都笼在湿烟里。弓儿似的新月，挂在树梢。一边走着，似乎道旁有一个孩子，抱着一堆灿白的东西。驴儿过去了，无意中回头一看。——他抱着花儿，赤着脚儿，向着我微微的笑。

"这笑容又仿佛是哪儿看见过似的！"我仍是想——默默的想。

又现出一重心幕来，也慢慢的拉开了，涌出十年前的一个印象。——茅檐下的雨水，一滴一滴落到衣上来。土阶边的水泡儿，泛来泛去的乱转。(3)门前的麦垄和葡萄架子，都濯得新黄嫩绿的非常鲜丽。——一会儿好容易雨晴了，连忙走下坡儿去。迎头看见月儿从海面上来了，猛然记得有件东西忘下了，站住了，回过头来。这茅屋里的老妇人——她倚着门儿，抱着花儿，向着我微微的笑。这同样微妙的神情，好似游丝一般，飘飘漾漾的合了扰来，绾在一起。

(4)这时心下光明澄静，如登仙界，如归故乡。眼前浮现的三个笑容，一时融化在爱的调和里看不分了。

【TT12】   **Smile**

As the rain gradually ceased to patter, a glimmering of light began to filter into the room through the window curtain. I opened the window and looked out. Ah, (1) <u>the rain clouds had vanished and the remaining raindrops on the tree leaves glistened tremulously under the moonlight like myriads of fireflies.</u> To think that there should appear before my eyes such a beautiful sight after the miserable rain on a lonely evening.

Standing at the window for a while, I felt a bit chilly. As I turned round, my eyes suddenly dazzled before the bright light and could not see things distinctly. Everything in the room was blurred by a haze of light except the angel in a picture on the wall. The angel in white was smiling on me with a bunch of flowers in his arms, his wings flapping.

"I seem to have seen the same smile before. When was that? ..." before I knew, I had sunk into a chair under the window, lost in meditation.

(2) <u>A scene of five years ago slowly unveiled before my mind's eye. It was a long ancient country road.</u> The ground under my donkey's feet was slippery with mud. The water in the field ditches was murmuring. The green trees in the neighbouring village were shrouded in a mist. The crescent new moon looked as if hanging on the tips of the trees. As I passed along, I somewhat sensed the presence of a child by the roadside carrying some snow white in his arms. After the donkey had gone by, I happened to look back and saw the child, who was barefoot, looking at me smilingly with a bunch of flowers in his arms.

"I seem to have seen the same smile somewhere before!" I was still thinking to myself.

Another scene, a scene of ten years ago, slowly unfolded before my mind's eye. Rainwater was falling drop by drop onto my clothes from the waves of a thatched cottage. Beside the earthen doorstep, bubbles in puddles of rainwater were whirling about like mad. (3) <u>Washed by the rain, the wheat</u>

fields and grape trellises in front of the cottage door presented a picturesque scene of vivid yellow and tender green. After a while, it cleared up that long last and I hurried down the slope. Up ahead I saw the moon rising high above the sea. Suddenly it occurred to me that I had left something behind. When I stopped and turned round, my eyes fell on an old woman at her cottage door smiling at me, a bunch of flowers in her arms.

The three subtle smiles drifting in the air towards each other like gossamer, became interwoven. (4)At this moment all was bright, clear and calm in my heart. I felt as if I were ascending to heaven or on the way back to my hometown. In my mind's eye, the three smiling faces now merged into a harmonious whole of love and became indistinguishable.（张培基译）（张培基，2007a: 94-98）

【评析】冰心的这部早期作品充分体现了她的语言特色，轻快柔和的基调，淡雅的色泽，温和缓慢的节奏，这也是读者称之为"冰心体"的特征。冰心早期信奉的"爱的哲学"，即爱宇宙万物的心情也体现在其中——对自然美的爱，对单纯儿童的爱，对无私奉献的母亲的爱。对于作者独特的语言美，译者务必对于作者行文习惯与原文本身有相当深刻的认识，同时对于基调、色泽与节奏三方面都有所顾及。让我们看看**原文**(2)与**译文**(2)、**原文**(4)与**译文**(4)。

前面我们提到过，文章的题材本身对文章基调有影响，那么贯穿该文的"笑"一词应为全文的基础，而"笑"一词后隐藏的即是作者的"爱"。结合上述两例原文，包括文中一些类似的行文，多少反映了《笑》一文的基调——轻灵柔美。那么在译文中我们也应尽量选择与原文风格切近的词语，比如一些情感不那么激烈，而又较为平实的词语，如**原文**(2)中的"心幕"、"印象"等词，**译文**(2)中或隐去了"心幕"一词而代之以"my mind's eye"这一形象的描写，或隐去"涌出"一词而将全句改写为仿如舞台中的幕布拉起的场景，虽与原文文意有所出入，但是原文的轻灵倒是一脉相承。而**原文**(4)中的"光明澄静"、"如登仙界"、"如归故乡"，一组四字对偶，颇有缥缈欲仙的感觉。**译文**(4)基本采用了直译，并且添加了主语"I"，没有用更多的花哨词汇，直接将词义用浅明的"bright"、"clear"、"calm"挑明，平凡之中见真意。

原文的用词清雅秀丽，没有气势磅礴的大词，通篇洋溢着如梦如画的色彩。

原文(1)中的"映着月儿"、"萤光千点"、"闪闪烁烁"等词，编织出了一幅明暗相间的美图，仿佛读者也能亲见那清冷的月光和水滴的折射如舞动的萤火。**译文(1)**中的"glistened tremulously"应被认为是意义的增益，原文中未曾提到水滴"动着"的情态，而译者根据实际的生活经验，将水滴在凉风中颤抖的情状以"tremulously"描摹出来，使得译文更为生动。而"myriads of fireflies"中，"myriads"一词源于希腊语"murias"，从词源与词形上来看，比"thousands of fireflies"更具有诗意的美感。**原文(3)**中的"新黄嫩绿"也颇让读者眼前一亮，因此译者将其译成"vivid yellow and tender green"，尤其是"tender"一词，让人倍觉树叶的鲜嫩欲滴，不过笔者在此对于"vivid"一词存疑，不知若按文意译成"fresh yellow"是否也颇合适？

冰心的散文节奏舒缓，读来如流水潺潺。那么在译文中，如何将这一节奏体现出来也需要费一番思量。原文之所以给人徐缓的感觉，除了题材与基调的作用，另外还有诸多因素。首先我们可以发现原文中出现了大量的叠音和叠韵词，这些词的音节反复，延缓了原文推进的速度，如何再现这些颇具个人风格的词语？我们可以尝试以下方法传递原文的声韵美。

采用意译的方式，即采用符合英语语法与结构的译文表达叠词的增义与强义：雨声**渐渐**的住了——as the rain **gradually** ceased to patter；**闪闪烁烁**的动着——**glistened** tremulously；**飘飘漾漾**的合了拢来——**drifting** in the air towards each other；**默默**地想——**lost** in meditation；田沟里的水，**潺潺**的流着——the water in the field ditches was **murmuring**。

采用组合表意法表达叠词的增义：**微微**的觉得有凉意侵入——I felt a bit chilly；驴脚下的泥，兀自**滑滑**的——the ground under **m**y donkey's feet was slippery with **m**ud；茅檐下的水，**一滴一滴**的落到衣上来——rainwater was falling **drop** by **drop** onto my clothes from the eaves of a thatched cottage；土阶边的水泡儿，**泛来泛去**的乱转——beside the earthen doorstep, **bubbles** in **puddles** of rainwater were whirling about like mud。

原作的舒缓美在译文中以多种不同的形式再次出现，读来朗朗上口，同样给译语读者带来美的享受。

　　另外，冰心的语言深受多种语言风格的影响，在她的文中，我们既可以感受到汉语口语的活泼俏皮，又可以体会到汉语书面语的细致典雅。两者的糅合在原文中有鲜明的体现。如文中口语化的儿化音——"月儿"、"驴儿"、"弓儿"、"花儿"、"脚儿"等，以及书面化的描写如"萤光"、"幽辉"、"笼在湿烟里"、"光明澄静"等的融合，却丝毫不显得突兀，反而营造出一种清新悠然的氛围。汉语中的儿化音在英语中实难翻译，这不能不说是个遗憾，然而对书面化的语言译者仍可以采用相应或神似的词语将其译出，如"萤光"——myriads of fireflies；"幽辉"——haze of light；"笼在湿烟里"——shrouded in a mist；"光明澄静"——bright, clear and calm in my heart。这些词本身就具有强烈的意象感，在译文中自然也如画卷一般在读者眼前呈现，更能形成一幕幕定格的效果。

【研究与实践思考题】

(1) 从题材与构思的角度分析下列文本的翻译策略。[AT]

　　燕子去了，有再来的时候；杨柳枯了，有再青的时候；桃花谢了，有再开的时候。但是，聪明的，你告诉我，我们的日子为什么一去不复返呢？——是有人偷了他们罢：那是谁？又藏在何处呢？是他们自己逃走了罢：现在又到了哪里呢？

　　我不知道他们给了我多少日子；但我的手确乎是渐渐空虚了。在默默里算着，八千多日子已经从我手中溜去；像针尖上一滴水滴在大海里，我的日子滴在时间的流里，没有声音，也没有影子。我不禁头涔涔而泪潸潸了。

　　去的尽管去了，来的尽管来着；去来的中间，又怎样地匆匆呢？早上我起来的时候，小屋里射进两三方斜斜的太阳。太阳他有脚啊，轻轻悄悄地挪移了；我也茫茫然跟着旋转。于是——洗手的时候，日子从水盆里过去；吃饭的时候，日子从饭碗里过去；默默时，便从凝然的双眼前过去。我觉察他去的匆匆了，伸出手遮挽时，他又从遮挽着的手边过去，天黑时，我躺在床上，他便伶伶俐俐地从我身上跨过，从我脚边飞去了。等我睁开眼和太阳再见，这算又溜走了一日。我掩着面叹息。但是新来的日子的影儿又开始在叹息里闪过了。

　　在逃去如飞的日子里，在千门万户的世界里的我能做些什么呢？只有徘徊罢了，只有匆匆罢了；在八千多日的匆匆里，除徘徊外，又剩些什么呢？过去的日子如轻烟，被微风吹散了，如薄雾，被初阳蒸融了；我留着些什么痕迹呢？我何曾留着像游丝样的痕迹呢？我赤裸裸来到这世界，转眼间也将赤裸裸的回去罢？但不能平的，为什么偏要白白走这一遭啊？

　　你聪明的，告诉我，我们的日子为什么一去不复返呢？（朱自清：匆匆）

(2) 从情感再现的角度评析以下译文。[AT]

　　不必说碧绿的菜畦，光滑的石井栏，高大的皂荚树，紫红的桑椹；也不必说鸣蝉在树叶里长吟，肥胖的黄蜂伏在菜花上，轻捷的叫天子忽然从草间直窜向云霄里去了。单是周围的短短的泥墙根一带，就有无限趣味。（选自鲁迅：从百草园到三味书屋）

译文 1：I need not speak of the green vegetables plots, the slippery stone coping round the well, the tall honey locust tree, or the purple mulberries. I need not speak of the long shrilling of the cicadas among the leaves, the fat wasps couched in the flowering rape, or the nimble skylarks who soared suddenly up from the grass to the sky. Just the foot of the low mud wall around the garden was a source of unfailing interest.

译文 2：Not to mention the green vegetables plot, the slick stone top of the well, the tall honey locust tree, or the purple mulberries, and not to mention the long monotonous singing of the cicadas in the leaves, the fat wasps in the flowering rape, or nimble skylarks who shot themselves to the sky suddenly from the grass. At the foot of the low mud wall, one could already have great fun.

(3) 翻译短文"飘逸人生"。[A]

　　行路难，但人生之路谁都要走。有的人在赶路，心急切切，步急匆匆。眼中只有目标却忽略了风景。可路迢迢不知哪儿是终点。有的人如游客，不急不慌，走走停停，看花开花落，看云卷云舒，有时也在风中走，雨中行，心却像张开的网，放过焦躁苦恼。

　　人生之路谁不走？只是走路别忽略了一路的良辰美景。

　　一个人工作的地方是小的，居住的家是小的，社交的圈子是小的，有的人就越来越不满这缺乏变化的单调。有的人却总是怡然自得，随遇而安。世界浩渺，一个人只能居于一隅。比海洋大的是天空，比天空大的是心灵，因为这小小的心灵内住着一只时起时落的想象鸟。

大碗喝茶解渴，却说不上茶是怎样的好。

一心想得到的东西终于得到了，失去了却很多很多，而失去的原来比得到的可能还要好。

物化了的生命硬如岩石，而那些看似无价值的却永葆着神韵和空灵。

人生旅途上，有人背负着名利急急奔走，有人回归自然，飘逸而行。

(4) 翻译短文"向日葵"。[C]

看到外国报刊登载了久已不见的凡·高名画《向日葵》，以三千九百万美元的高价，在伦敦拍卖成交，特别是又一次看到原画的照片，心中怏怏若有所失者久之；因为这是一幅我所钟爱的画。当然我永远不会有可以收藏这幅画的家财。但这也禁不住我对它的喜欢。如今归为私人所有。总有种今后不复再能为人们欣赏的遗憾。我虽无缘亲见此画，但我觉得名画有若美人。美人而有所属，不免是件憾事。

Chapter 5

英语散文汉译

ENGLISH PROSE FROM
MANDEVILLE TO RUSK

WILLIAM PEACOCK

5.1 英语散文特点

5.1.1 英语散文的缘起

王佐良先生在《英国散文的流变》一书中说："散文的起始迟于韵文。最初的诗歌实际是远古丛林里、大海边、高山上人们宣泄情感的呼叫，是口头的；散文则是用来讲道理、记事、翻译宗教及其他经典等等的，是书面的，要等书面文字形成一个体系才能出现。从这个意义上说，散文是文明的产物。"（王佐良，1994：3）

相对于汉语散文，英语散文的起源和发展要滞后得多。汉语散文中广义的古代散文自先秦以来，历朝历代一直文脉相承，兴盛不衰，已有两千多年历史了。一般认为英语散文开始于 16 世纪后半叶，即起自英国哲学家弗朗西斯·培根（Francis Bacon）的《随笔》（*Essays*）（随笔体公认的开创者是法国文学家蒙田，他在 1580 年出版了《随笔集》）。英语散文之所以历史远没有英语诗歌、戏剧历史久远，和英国古代的语言观有很大关系。在古代欧洲，包括英国，拉丁文被视为交流学术和思想的唯一正统文字，是知识分子共有的语言，因此重要的文章一般都采用拉丁文撰写。就连培根也存在这样的"语言歧视"问题，"他认识不到民族语言在教育与文化上的巨大作用，也认识不了它可以用作文学的表达工具，它的强大的生命力与艺术感染力。他虽偶尔也用英语写作（比如这里的《论说集》），但也只有当它被通过翻译而保存在拉丁文里时，他才能对它的传世性比较放心。这当然也是不奇怪的，也难怪培根会作此想。英语那时候确实还是不够成熟的，在表达能力上（至少在散文表达上）也还欠完美。……可是但丁却早已写过了《论方言》，并用托斯坎那（Tuscany）的方言写过了《神曲》！在那么多的国家的那么多的作品已经十分成功地用方言产生出来之后而仍然保持这种认识，便不能不说他在语言观上存在着极大的保守性与落后性，落后于但丁好几百年之久。"（高健，2005：11-12[译者的话——说培根的论说文]）轻视本民族语言的语言观，直接影响了英语散文的发展。

培根的散文集《随笔》，短小精悍、紧凑务实、简练隽永，是短篇论说体的经典之作。尤其突出的是培根散文中俯拾皆是的格言警句，成为人们赏识称颂的典范。"培根的许多名言隽语历来多为人们所引用，被用在文章之前或抄录在笔记纪念册和作为赠言之类，于是培根的名气也就更大了。以被征引的频率来说，在西方恐怕除了《圣经》与莎士比亚以外，最多的大概便要属培根。"（同上：25）足见培根这本论说文集的文采和影响力。培根之后的 17 到 18 世纪，英国散文从最初的发展迟缓到渐入佳境，出现了空前兴旺发达的局面，这一时期被称为英国散文的"黄金时代"，风格上千姿百态，题材上丰富多彩，内容上包罗万象，可以说是英国散文的鼎盛时期。各种形式的散文粉墨登场，有随意体的日记、书信、游记、报刊连载，论说体的各类哲学、美学、政治学、社会学散文，还有传记体散文，等等。英国散文于 19 世纪达到鼎盛时期，这一时期散文名家群星璀璨，并创作了众多风格迥异的散文精品。20 世纪以来，英语散文日渐受到现代科学技术的影响，逐渐由原先仅限于书面文字向报刊、广播、电视、网络多媒体、立体化发展，越来越趋于多元化，散文的边界再度模糊泛化，而英语散文的精髓"随笔"，则在快餐文化的冲击下，逐渐式微。这种发展趋势并非英语散文的专利，而是散文这种文学体裁的普遍现象，这更说明散文学研究和散文翻译理论与实践的重要意义。

5.1.2 语言特点和风格特点

不论何种文字，借大家手笔，充分发挥其潜质和优势，总能产生或情深意切，或优雅精致，或朴素平实，或轻松诙谐的优美文章。优秀的散文最能以其短小精悍、自由灵活展现出语言的美感。综观英语散文中的众多代表作品，集中体现的语言特点和风格特点有三点。

(1)音韵与节奏

音韵和节奏是决定一篇文章的文采风情的关键，文章虽是写在纸上的，却要经得起吟哦诵读的，刘勰认为文章吟诵时的音律美是至关重要的，"故言语者，文章关键，神明枢机，吐纳律吕，唇吻而已"（刘勰，2002：364）。

汉语和英语在音韵表现形式上差异很大。汉语独特的优势是汉字的四声，富有极强的音乐感，平、上、去、入的四声变化产生高低起伏、抑扬顿挫的乐感效果。英语的单词没有四声，也就没有声调，其音韵感主要依靠押韵、音节的长短变化等体现。

节奏和音韵紧密相连，或者说是更大层面上的音韵。英语是拼音文字，节奏感在词层可以通过搭配不同音节的单词实现，在句层可以通过组合短语、小句形成轻重缓急的节奏感，在段落和语篇层则可以通过长短句的搭配、对仗、排比、重复等形成层次感和结构美。

【ST1】Sleep is most graceful in an infant; soundest, in one who has been tired in the open air; completest, to the seaman after a hard voyage; most welcome, to the mind haunted with one idea; most touching to look at, in the parent that has wept; lightest in the playful child; proudest, in the bride adored. (Leigh Hunt: *A Few Thoughts on Sleep*)

【TT1】婴儿的睡眠，最为优美；疲劳的人在户外睡眠，最为酣畅；水手在艰苦航程之后的睡眠，最为圆满；为某种意念所苦的人，对睡眠最为欢迎；哭泣后的母亲的睡眠，最动人心弦；一个顽皮小孩的睡眠，最为轻松；一个深受爱慕的新娘的睡眠，最为骄傲。（刘炳善译）（刘炳善，2007：130-133）

【评析】原文运用了排比句式，列举了各具特色的睡眠，语言轻松简练，节奏鲜明。

(2)遣词造句富于变化

英语与汉语相比，英语更忌讳重复，英语惯用代词、指示代词等就是明证。重复即包括词语的重复使用，也包括同样的句式反复出现（排比、重复修辞除外）。重复使得文章缺少张力、单调乏味、死气沉沉。为避免重复，措辞方面要注意：①选词应具有多样性，恰当地利用同义词和近义词；②多音节词汇和单音节词汇有机组合，使文章富有节奏感和韵律感；③造句方面则应注意长句、短句交替使用，句子结构应灵活多变、伸缩自如，增添文章的活力。

【ST2】Familiarity blunts astonishment. Fishes do not marvel at water; they are too busy swimming in it. It is the same with us. We take our Western civilization for granted and find nothing intrinsically odd or incongruous in it. Before we can realize the strangeness of our surroundings, we must deliberately stop and think. (Aldous Huxley: *At Sea*)

【TT2】习见而不惊。鱼类并不觉得水有何可怪；它们忙着游水，顾不上别的。我们人也是这样。我们往往把我们的西方文明视为当然，而不觉其中有半点古怪或失调之处。要想认识我们周围环境的这种异常现象，我们就得静下来着实思索一番。（高健译）（高健，1998：750-751）

【评析】该例原文长句、短句搭配，尤其是大词、小词穿插交错，使句子富有弹性和立体感。

(3)个性化话语方式和散文风格

亚瑟·克里斯托夫·本森说："…we say that a man must not wear his heart upon his sleeve, and that is just what the essayist must do. We have a horror of giving ourselves away, and we like to keep ourselves to ourselves. 'The Englishman's home is his castle', says another proverb. But the essayist must not have a castle, or if he does, both the grounds and the livingrooms must be open to the inspection of the public."（我们常说：为人不可全抛一片心，但是随笔作者恰恰要全抛一片心。我们生怕露出自己的本相，爱把自己的私事封锁起来。谚云："英国人之家，即其堡垒也。"然而，随笔作家千万不可堡垒森严；万一他有堡垒，那庭院和住室也要开放出来，让大家一览无余。）（刘炳善，2007：210-211）。

四大文学体裁中，小说、戏剧情节引人入胜，人物百态纷呈，作者则隐形其后，让笔下的人物为其代言，用精心策划的情节包裹起自己的思想情感，让读者自己去观察、感受、体味；诗歌则是诗人内心的独白，抒发自己高亢、温婉、哀怨、悲愤等种种情感，这种情感宣泄往往是单向的，读者并不参与其间，而仿佛幸运的目击人；散文则完全不同，没有情节、人物的掩饰，没有诗歌格律的约束，作者好像赤子，毫无遮拦地敞开心扉。抛却了重重遮拦，散文作者和读者的距离最近，阅读散文时，读者和作者之间或仿佛促膝谈心，或好似高谈阔论，或如同戏谑调侃，读者面对的虽是毫无生命的白纸黑字，却好像作者就活灵活现地站在字里行间，将他的风格、气质、喜好、禀性一览无余地呈现。在散文的世界里，作家的风格，包括行文的风格和为人的风格都让读者尽收眼底。作家风格在散文中无处藏匿，这一点可以在英国散文的开山鼻祖培根身上寻到明证。培根的随笔非常不同寻常，虽然名为"随笔"，实际是一部"帝王书"(参见第 3 章)，是向皇室贵族进言，为自己的仕途铺路的政治工具。培根创作这些散文时有框定的独特读者群，即王公贵族，其创作目的又急功近利，因此他在行文中处处刻意掩饰，"他文章中的个人情调不多，他个人的感情、思想和性情等在他的笔下较少有太明显直接的流露。'我'字的禁用和少用更无疑大大减少了他自己的种种被暴露于外的危险，而这种暴露，照培根的说法，是常常不够体面的。培根在这点上也就是有意识地多方加以遮盖掩藏。"(高健，2005：17)但这种精心掩饰的效果如何呢？还是没有用，这本薄薄的散文集的选题、内容，尤其是语言，还是将一切暴露无遗。其选题和内容，浏览一下培根随笔集的目录就一目了然了，大部分选题均与王室贵族生活息息相关，即使貌似关系不大的，细究一下内容，仍然大有关系。话语方式最能体现作者的风格，培根的语言虽然精辟，但太千篇一律了，整本随笔集基本是高高在上的说教式格言警句。"仁者之言蔼如。至情至性的语言只能出自更宽厚的人格，培根既不是这类人，自然也就只能是他原来的样子。执笔为文之时，他的一副面孔板得太结实了，态度是法官式的，口吻是权威式的，语气是说教式的，方式是训导式的，派头是贵族式的，亲切的味道一点没有。一切都是冷冰冰的。……对他来说，贵族以外无世界。"(同上：29)培根的随笔以其短小、简明、扼要、流畅、精辟、广博的优点成为英语散文代表作，奠定了他伟大的文学地位，至于谈到人格魅力和人性光辉，却乏善可陈。难怪大诗人蒲伯(Pope)对培根其人作如是评价："聪明绝顶，才华绝顶，龌龊卑鄙，也都绝顶。"(同上：18)下面选取两段都是谈读书的散文，来体会一下文风的差异。一段出自培根手笔；另一段是英国 19 世纪散文家兰姆的作品，兰姆以平易近人，亲切幽默的文风著称。

【ST3】Some books are to be tasted, others to be swallowed, and some few to be chewed and digested; that is, some books are to be read only in parts; others to be read, but not curiously; and some few to be read wholly, and with diligence and attention.

Some books also may be read by deputy, and extracts made of them by others; but that would be only in the less important arguments, and the meaner sort of books, else distilled books are like common distilled waters, flashy things. (Francis Bacon: *Of Studies*)

【TT3】书有可浅尝者，有可吞食者，少数则须咀嚼消化。换言之，有只须读其部分者，有只须大体涉猎者，少数则须全读，读时须全神贯注，孜孜不倦。

书亦可请人代读，取其所作摘要，但只限题材较次或价值不高者，否则书经提炼犹如水经蒸馏、淡而无味矣。(王佐良译)(朱明炬等，2007：257-258)

【ST4】I do not remember a more whimsical surprise than having been once detected－by a familiar damsel－reclining at my ease upon the grass, on Primrose Hill (her Cythera), reading－*Pamela*. There was nothing in the book to make a man seriously ashamed at the exposure; but as she seated herself down by me, and seemed determined to read in company, I could have wished it had been－any other book. We read on very sociably for a few pages; and not finding the author much to her taste, she got up, and－went away. Gentle casuist, I leave it to thee to conjecture, whether the blush (for there was one between us) was the property of the nymph or the swain in this dilemma. From me you shall never get the secret. (Charles Lamb: *Detached Thoughts on Books and Reading*)

【TT4】可是，有一回，我正自心旷神怡地躺在樱草山的草地上读书，一位熟识的小姐走过来(那儿本是她芳踪常往之地)，一瞧，我读的却是

《帕米拉》——叫人没躲没闪，心里有一种说不出的滋味。要说呢，被人发现读这么一本书，也并没有什么叫人不好意思的地方；然而，当她坐下来，似乎下定决心要跟我并肩共读时，我却巴不得能够换上一本别的什么书才好。我们一块儿客客气气读了一两页，她觉得这位作家不怎么对她的口味，站起身来走开了。爱刨根问底的朋友，请你去猜一猜：在这种微妙的处境中，脸上出现红晕的究竟是那位仙女，还是这位牧童呢？——反正两人当中总有一个人脸红，而从我这里你休想打听到这个秘密。（刘炳善译）（刘炳善，2007：90-91）

【评析】都是说读书，两种风格迥然不同。培根的这段选词精细、苛刻；大量运用排比、对仗，句式严整，一丝不乱；内容严肃，不苟言笑；给人整体的感觉是文笔功力绰绰有余，亲切中听远远不足，精辟庄严得不近人情。读培根文章，就像在听一个满腹经纶的迂腐学究的庙堂高论，读者只有毕恭毕敬立于阶下、洗耳恭听的份；遍观培根随笔集，每篇都是这样的文笔，这样的腔调。读完培根这段，再读读兰姆这段，仿佛一下子从沉闷的厅堂走出来，走到田野中，吹来了清新舒爽的风。作者用亲切自然的笔风，叙述令他窘迫的读书体验，语气是真挚的，内容是轻松的，笔调是幽默的，读来不禁会心一笑。

英语散文在语言层面上注重个性化话语方式，在篇章层面上则追求风格和情趣。华尔特·罗利（Walter Raleigh）在 *Style* 一文中这样解释"风格"："All style is gesture, the gesture of the mind and of the soul."（一切风格都是姿态，心智的姿态与灵魂的姿态。）（高健，1998：514-515）这是抽象化的风格说，更具体地说，"文学作品的风格是一种客观存在的文学现象，是作家的创作达到一定成熟阶段的标志……作家在自己的作品种所表现出来的独特的精神气质和创作个性，就是风格。"（郑海凌，转引自朱明炬等，2007：244）

散文的风格体现心灵和思想的千姿百态。英语散文的风格多元发散，题材无所不包，表情达意开放、率真、活泼，作者能将自己的人格、个性、思想、好恶不经伪装地展现于作品中，因而从整体上说，英语散文较大气奔放，生动活泼，而且不同作家之间求同效仿的成分少，求异创新的成分多，因此英语散文的风格如百花争妍般绚丽多彩。请看下面几例风格各异的散文选段：

【ST5】English food has a bad reputation abroad. This is most probably because foreigners in England are often obliged to eat in the more "popular" type of restaurant. Here it is necessary to prepare food rapidly in large quantities, and the taste of the food inevitably suffers, though its quality, from the point of view of nourishment, is quite satisfactory. Still, it is rather dull and not always attractively presented. Moreover, the Englishman eating in a cheap or medium price restaurant is usually in a hurry—at least at lunch—and a meal eaten in a leisurely manner in pleasant surroundings is always far more enjoyable than a meal taken hastily in a business-like atmosphere. In general, it is possible to get an adequate meal at a reasonable price; in fact, such a meal may be less expensive than similar food abroad. For those with money to spare, there are restaurants that compare favourably with the best in any country. (*English food.* Taken from *British Scenes.*)

【TT5】英国食品在海外的名声不好。这很可能是因为去英国的外国人不得不常在更"大众化"的餐馆里用餐的缘故。在那里，必须大量迅速地备餐，因此饭菜的味道必然逊色，尽管在营养方面，饭菜质量还是令人满意的。可是饭菜仍然显得单调，颜色花样也常常不大讲究。此外，在价钱便宜或适中的饭店里用餐的英国人，通常是来去匆匆——至少午餐是如此——而在舒适的环境中从容就餐要比在生意氛围较浓的环境里匆匆忙忙地吃饭更有乐趣。一般来说，花不多的钱吃上一顿饱饭是可能的。事实上，同样的饭菜比国外或许还要便宜些。对于手头有富余的人来说，英国有一些饭店和国外最好的饭店相比还要划算。（刘士聪译）（刘士聪，2002：12-13）

　　【评析】节选的这段文体上看是应用文范畴，介绍英国的饮食文化。因为是应用文，主要以传递信息为主，读者是游客，或是对英国文化感兴趣的普通读者，话题又是再普通不过的"饮食"，因此作者的笔调是通俗浅易的，句子相对较短，结构也不复杂，选词也偏向单音节或双音节词汇，基本没有生僻词，读来仿佛作者正面对面很亲和地和读者闲谈。但通俗并意味着平淡乏味，文章作者善于运用普通词汇和句式，使文笔生动简洁，如：“the taste of the food inevitably <u>suffers</u>”、“not always attractively <u>presented</u>”、“in a <u>business-like atmosphere</u>”、“that <u>compare favourably with</u> the best in any country”等小句或短语中画线的部分的表达就既地道而又有韵味。

【ST6】Virtue is like a rich stone, best plain set; and surely virtue is best in a body that is comely, though not of delicate features; and that hath rather dignity of presence than beauty of aspect. Neither is it almost seen, that very beautiful persons are otherwise of great virtue; as if nature were rather busy not to err, than in labor to produce excellency. And therefore they prove accomplished, but not of great spirit; and study rather behavior than virtue. But this holds not always: for Augustus Caesar, Titus Vespasianus, Philip le Bel of France, Edward the fourth of England, Alcibiades of Athens, Ismael the Sophy of Persia, were all high and great spirits; and yet the most beautiful men of their times. In beauty, that of favor is more than of color; and that of decent and gracious motion more than that of favor. That is the best part of beauty, which a picture cannot express; no nor the first sight of the life. There is no excellent beauty that hath not some strangeness in the proportion. A man cannot tell whether Apelles or Albert Durer were the more trifler; whereof the one would make a personage by geometrical proportions; the other, by taking the best parts out of divers faces, to make one excellent. Such personages, I think, would please nobody but the painter that made them. Not but I think a painter may make a better face than ever was; but he must do it by a kind of felicity（as a musician that maketh an excellent air in music）, and not by rule.（Francis Bacon: *Of Beauty*）

【TT6】德行犹如宝石，朴素最美；其于人也；则有德者但须形体悦目，不必面貌俊秀，与其貌美，不若气度恢宏。人不尽知：绝色无大德也；一如自然劳碌终日，但求无过，而无力制成上品。因此美男子有才而无壮志，重行而不重德。但亦不尽然。罗马大帝奥古斯提与泰特思，法王菲律浦英王爱德华四世，古雅典之亚西拜提斯，波斯之伊斯迈帝，皆有宏图壮志而又为当时最美之人也。美不在颜色艳丽而在面目端正，又不尽在面目端正而在举止文雅合度。举凡最美之人，其部位比例，必有异于常人之处。阿贝尔与杜勒皆画家也，一则按照几何学之比例，一则集众脸形身长于一身，二者谁更不智，实难断言。窃以为此等画像除画家本人外，恐无人喜爱也。余不否认画像之美可以超绝尘寰，但此美必为神笔，而非可依规矩得之者，乐师之谱成名曲亦莫不皆然。（王佐良译）（冯庆华，2001：406-410）

　　【评析】此例的主题是讨论什么是"美"，和【ST5】一样是非常普通的话题，但风格和【ST5】的通俗浅易截然不同。"Of Beauty"是培根随笔集中的一篇，这部随笔集的中的 58 篇半文章的风格是一以贯之的，全部都是古奥严谨、精辟庄重的，即使是谈到"美"这样轻松愉快的话题时，也是正襟危坐地谈经论道，从遣词，到句式，到谋篇，精密凝练，滴水不漏，言语精辟、逻辑严密到了极致。

【ST7】And when the Moon shone in the heavens the Nightingale flew to the Rose-tree, and set her breast against the thorn. All night long she sang with her breast against the thorn, and the cold crystal Moon learned down and listened. All night long she sang, and the thorn went deeper and deeper into her breast, and her life-blood ebbed away from her.

　　She sang first of the birth of love in the heart of a boy and a girl. And on the top most spray of the Rose－tree there blossomed a marvelous rose, petal following petal, as song followed song. Pale was it, at first, as the mist that hangs over the river –pale as the feet of the morning, and silver as the wings of the dawn. As the shadow of a rose in a mirror of silver, as the shadow of a rose in a water-pool, so was the rose that blossomed on the topmost spray of the Tree.（Oscar Wilde: *The Nightingale and the Rose*）

【TT7】等着月亮升到天空的时候，夜莺便飞到蔷薇树上来；拿她的胸脯抵住蔷薇刺。她把胸脯抵住刺整整唱了一夜，清澈的冷月也俯下头来静静听着，她整整唱了一夜，蔷薇刺也就刺进她的胸膛，越刺越深，她的鲜血也越来越少了。

　　她起初唱着一对小儿女心里的爱情。在蔷薇树最高的枝上开出了一朵奇异的蔷薇，歌一首一首地唱下去，花瓣也跟着一片一片地开放了。花起初是浅白的，就像罩在河上的雾，浅白色像晨光的脚，银白色像黎明的翅膀。最高枝上开花的那朵蔷薇，就像一朵在银镜中映出的蔷薇花影，就像一朵在水池中映出的蔷薇花影。（巴金译）（朱明炬等，2007：406-410）

　　【评析】《夜莺与蔷薇》是王尔德的童话名篇之一。讲述为了使年轻的学生获得爱情，夜莺用自己的心血染红了一朵红蔷薇，结果这朵用生命换来的奇迹之花却被丢弃在泥污中。故事情节浪漫而感伤，语言追求音韵和色彩美，风格华美而抒情。虽是童话，同时也是华美的散文精品。王尔德是唯美主义作家，他的童话以至美、至爱和至善为主题，语言追求浪漫富丽，内容动人心魄，因此被称为世上最美的童话。节选的这段从文字到内容都流淌着美的感觉，作者的想象新鲜生动，辞藻清丽纯净，情感至真至纯；尤其值得一提的是文中大量瑰丽奇特的比喻修辞，如"the cold crystal Moon"、"pale as the feet of the morning"、"silver as the wings of the dawn"、"As the shadow of a rose in a mirror of silver"、"as the shadow of a rose in a water-pool"等，犹如一颗颗闪亮的宝石将这篇童话衬托得更如梦似幻。

　　【ST8】It rained in the morning, but the afternoon was clear and glorious and shining, with all the distances revealed far into the heart of Wales and to the high ridges of the Welsh mountains. The cottages of the valley are not gathered into villages, but two or three together or lonely among their fruit-trees on the hillside; and the cottagers, who are always courteous and friendly, said a word or two as one went by, but just what they would have said on any other day and without any question about the war. Indeed, they seemed to know, or to wish to know, as little about that as the earth itself, which, beautiful there at any time, seemed that afternoon to wear an extreme and pathetic beauty. The country, more than any other in England, has the secret of peace. It is not wild, though it looks into the wildness of Wales; but all its cultivation, its orchards and hopyards and fields of golden wheat, seem to have the beauty of time upon them, as if men there had long lived happily upon the earth with no desire for change nor fear of decay. It is not the sad beauty of a past cut off from the present, but a mellownese that the present inherits from the past; and in the mellowness all the hillside seems a garden to the spacious farmhouses and the little cottages; each led up to by its own narrow, flowery lane. There the meadows are all lawns with the lustrous green of spring even in August, and often over-shadowed by old fruit-trees—cherry, or apple, or pear; and on Sunday after the rain there was an April glory and freshness added to the quite of the later summer.

（Arthur Clutton-Brock: *Sunday before the War*）

【TT8】早晨下了雨，午后放晴，阳光明媚，逶迤伸展到远处威尔士腹地以及威尔士山脉巍峨群峰的景致，全部呈现在眼前。谷地的农舍并不集成村落，而是三两簇聚，要不就孤零零的，掩埋在山腰的果树丛中。农舍的住户从来都彬彬有礼，态度友善，见人走过，会说上一两句话，然而也只是任何寻常日子的家常话，全不问打仗的事。看来，对于战争，他们知之甚少，也不想了解更多，漠然宛若他们脚下的大地。这儿的土地常年秀美，而在这天下午更是带上了一种极度的凄婉动人的美。这片乡野，比起英格兰的任何乡野，更得和平的奥秘。虽说面对威尔士荒原，这片乡野并非蛮荒，倒是以其耕作的成绩，以其果园、啤酒花藤栽培场和金黄色的麦田，显示出日月流逝留下的美，仿佛这儿的人长年以来一直在土地上幸福度日，既不期盼变更，也不畏惧衰亡。这不是一种与现今隔绝的往昔的悲凉美，而是现今继承自往昔的一种醇美。就在这一片醇美之中，四周的山坡似乎成了宽敞农宅和玲珑农舍的家园，每座都由各自花色烂漫的小径引至门前。这儿的牧场全是精心整理的草地，即使在八月仍是一片春日的葱郁；不少地方更有栽培经年的樱桃、苹果和梨树等果树掩映。在这雨后的星期天，除了残夏特有的恬静，山野还透出一种四月的辉耀和新生气息。（陆谷孙译）（选自 2001 年第 5 期《中国翻译》第 72-73 页）

【评析】"*Sunday before the War*"这篇散文被称为"散文文学新经典"。译者陆谷孙先生对这篇散文的内容、结构和风格有如下评说："从内容看，本文描写了第一次世界大战爆发前夕英格兰西部某谷地田园诗般的和平生活，以实衬虚，表达反战的主题，续以带有宿命论意味的笔调议论战争与人性的关系，最后以和平主义的祷辞作结，三个层次花去不足千字的笔墨；从语言看，此文全无现代派或后现代的晦涩、荒诞笔触，行文清通真淳，晓畅可诵。"（陆谷孙，2001：73）

　　英语散文的风格远不止这里所列举的几种，有心的读者总能在阅读和欣赏中揣摩出多姿多彩的散文风格及其意趣。

5.2　英语散文的风格再现

　　散文翻译的句法策略和功能策略等方面已粗略谈及，因英文散文以风格见长，本节拟再着重讨论英语散文风格的翻译。几乎每位英国散文名家都有其标志性文风，因此能否译出风格，是英语散文翻译的关键。风格虽是较虚的概念，却有实的体现，并非凭虚凌空的，实的体现具体有二：一是文字，一是内容。任何风格都需要通过文字承载，脱离文字，风格即成无米之炊、无源之水；风格还和内容相关联，所谓"意之所到，风格随之"（萧伯纳，转引自高健，1985）。《文心雕龙》"体性"一章专门论述风格，"夫情动而言形，理发而文见，盖沿隐以至显，因内而符外者也。然才有庸俊，气有刚柔，学有浅深，习有雅郑，并情性所铄，陶染所凝，是以笔区云谲，文苑波诡者矣"（刘勰，2002：308）。这段论述简明扼要而直击要害，说明了作者的性情、思想、学识、才气差异，会体现于文字，形成风格，因此风格的内因是作者的秉性才学，外形则是文字内容。刘勰将古文风格分为八种，即八体：典雅、远奥、精约、显附、繁缛、壮丽、新奇、轻靡。"八体分成相反的四组：雅与奇反，奥与显殊，繁与约舛，壮与轻乖。这八体是就作品的内容和文辞结合起来看的。像典雅，内容是'方轨儒门'，文辞是'熔式经诰'；远奥，内容是'经理玄宗'，文辞是'馥采典文'；精约，内容'剖析毫厘'，文辞'核字省句'；显附，内容'切理餍心'，文辞'辞直义畅'；繁缛，内容'炜烨枝派'，文辞'博喻酿采'；壮丽，内容'高论宏裁'，文辞'卓烁异采'；新奇，内容'危侧趣诡'，文辞'摒古竞今'；轻靡，内容'缥缈附俗'，文辞'浮文弱植'"（周振甫，转引自刘勰，2002：316）。刘勰的八体针对中国古代散文，分析英语散文未必合适，但从八体的论述可以看出，刘勰认为风格就是作者的秉性才情在文辞、内容中的体现。

由于风格寄托于文字和内容之中，风格即是可译的。"当一段具体言语被人们从一种语言翻译成另外一种语言时，只要这段言语的内容获得了正确无误的传达，那么与上述内容相一致的风格也必将随之而被翻译过去，……语言内容的可译性与语言风格的可译性从来都只能是一致的，语言内容的可译性一般便决定着语言风格的可译性。"（高健，1985）风格与语言、内容密不可分，风格再现即是文辞和内容的成功语际转换。

语言和内容是风格的外衣，要成功译出原文风格，译者需要仔细反复研读原文以及作者的其他相关作品，捕捉能反映作者风格的信息，如内容上选材的偏好，如喜欢严肃还是轻松的话题，人生哲理还是日常琐事，写景抒情还是愤世嫉俗，等等；文辞上的习惯，如"语句的衔接、长短的搭配、停顿的间隔、节奏的变换、形象的使用，乃至标点系统的繁简，等等；这一切，都是我们在翻译风格时决不可忽略的。忽略了这些也就取消了风格"（同上）。

【ST9】Dryden's performances were always hasty, either excited by some external occasion, or extorted by domestic necessity; he composed without consideration, and published without correction. What his mind could supply at call, or gather in one excursion, was all that he sought, and all that he gave. The dilatory caution of Pope enabled him to condense his sentiments, to multiply his images, and to accumulate all that study might produce, or chance might supply. If the flights of Dryden therefore are higher, Pope continues longer on the wing. If of Dryden's fire the blaze is brighter, of Pope's the heat is more regular and constant. Dryden often surpasses expectation, and Pope never falls below it. Dryden is read with frequent astonishment, and Pope with perpetual delight. (Samuel Johnson: *From the Lives of the English Poets*)

【TT9】不知由于外界追索抑或家用催逼，戴登每逢搦管总是过于匆忙；下笔既不暇思索，问世也不及修改。凡是凭其心智一呼即至一采即得的东西，这些亦即是他所需求他能提供的东西。蒲柏则唯谨唯慎，对其情思一味锤炼，对其意象力求繁富，既藉助于学力，又乞巧于机缘。如其说戴登更能高蹈遐举，蒲柏则更能飞翔长久。如其说戴登的光焰更为耀目，蒲柏的火力则更文细恒常。戴登往往出人意表，蒲柏处处不负所望。戴登读来时而令人惊异不置，蒲柏则从来趣味隽永。（高健译）（高健，1998：144-145）

【评析】高健认为约翰逊原文的基本风格是"典重"的，并有明显的个性话语特色，如"对比句式、排偶结构、停顿频仍、进度徐缓、节奏均匀、间隔整齐、句子长度不大、语言带有整饬与警辟性质以及其中用词的暗寓褒贬，等等。只有我们注意了这一切，我们才有可能将内容译透，风格译好"（高健，1985）。

值得一提的是，为追求译作的更高境界，译者永远在不断揣摩，寻求更熨帖周全的译文。同样这个语段，高健在1985年的论文《浅谈散文风格的可译性》中也提供了译文作为例子，将高健1985年和这里选取的2001年的两个译本比较一下，会发现一些改动，如"不知由于外界追索抑或家用催逼"这句1985年译本是"不管出于应景抑或为了家用"，"这些亦即是他所需求他能提供的东西"1985年译本为"这些亦即是能敷其用能见其效的东西"，另外2001年这个译本删去了"一呼即至一采即得"这两个四字短语中间的顿号。这种精雕细琢、精益求精的翻译作风令人钦佩。高健作为一代翻译名家尚且如此"唯谨唯慎"、"一味锤炼"，是译界学子和同仁的楷模。

再请看下面两例，都是美国总统里根写给夫人的书信中的节选，请比较两篇原文和译文的风格变化。

【ST10】   March 4, 1981

Dear First Lady,

As Pres. of the U.S., it is my honor & privilege to cite you for service above & beyond the call of duty in that you have made one man (me) the most happy man in the world for 29 years.

Beginning in 1951, Nancy Davis, seeing the plight of a lonely man who didn't know how lonely he really was, determined to rescue him from a completely empty life. Refusing to be rebuffed by a certain amount of stupidity on his part she ignored his somewhat slow response. With patience & tenderness she gradually brought the light of understanding to his darkened, obtuse mind and he discovered the joy of loving someone with all his heart.

Nancy Davis then went on to bring him happiness for the next 29 years as Nancy Davis Reagan for which she has received & will continue to receive his undying devotion forever & ever.

She has done this in spite of the fact he still can't find the words to tell her how lost he would be without her. He sits in the Oval office from which he can see (if he scrooches down) her window and feels warm all over just knowing she is there.

The above is the statement of the man who benefited from her act of heroism.

The below is his signature.

Ronald Reagan－Pres. of the U.S.

P.S. He－I mean I, love and adore you.

【TT10】   3月4日，1981

亲爱之第一夫人：

作为美利坚合众国总统，本人认为，能对夫人出色超额达成任务进行表彰，实乃本总统之荣幸与特权。夫人曾使一男士(亦即总统本人)成为世上至至幸福之人，时间长达廿九载之久。

早自 1951 年起，南希·戴维斯即遇识一身陷困境且不明自身孤单至何等程度之独身男子，女士决心解救此人，使其脱离全然空虚之生活。女士不为男方之愚不可及所挫，对男方不无迟钝之反应亦不以为意，终以巨大耐力与柔情蜜意，将启蒙之光逐渐引入男士暗昧、愚钝心灵，使其感悟，全心全意挚爱另一同类乃人生一乐。

南希·戴维斯，后为南希·戴维斯·里根，于嗣后廿九年内，继续将幸福赐予该男子，为此她已回收并将继续永远永远收到男子毫不松懈之挚爱。

女士如此行动，尽管该男子仍不知晓应以何等语言向其表达：倘无此位女士，该男子将会如何神思恍惚，不知所措。男士身处椭圆形办公室，稍稍蹲伏便可窥见女士之窗口并因知女士在室内而通身温暖。

以上乃受惠自女士英雄主义行为一名男子之陈述。

以下为其亲笔签名。

罗纳德·里根——美利坚合众国总统

又及：该男子——我的意思是我，爱你并且仰慕你。（李文俊译）

【ST11】 Dec. 25, 1981

Dear Mrs. R.,

I still don't feel right about your opening an envelope instead of a gift package.

There are several much beloved women in my life and on Christmas I should be giving them gold, precious stones, perfume, furs and lace. I know that even the best of these would still fall far short of expressing how much these several women mean to me and how empty my life would be without them.

There is of course my "First Lady". She brings so much grace and charm to whatever she does that even stuffy, formal functions sparkle and turn into fun times. Everything is done with class. All I have to do is wash up and show up.

There is another woman in my life who does things I don't always get to see but I hear about them and sometimes see photos of her doing them. She takes an abandoned child in her arms on a hospital visit. The look on her face only the Madonna could match. The look on the child's face is one of adoration. I know because I adore her too.

She bends over a wheelchair or bed to touch an elderly invalid with tenderness and compassion just as she fills my life with warmth and love.

There is another gal I love who is a nest builder. If she were stuck three days in a hotel room she'd manage to make it home sweet home. She moves things around—looks at it—straightens this and that and you wonder why it wasn't that way in the first place.

I'm also crazy about the girl who goes to the ranch with me. If we're tidying up the woods she's a peewee power house at pushing over dead trees. She's a wonderful person to sit by the fire with, or to tide with or just to be with when the sun goes down or the stars come out. If she ever stopped going to the ranch I'd stop too because I'd see her in every beauty spot there is and I couldn't stand that.

Then there is a sentimental lady I love whose eyes fill up so easily. On the other hand she loves to laugh and her laugh is like tinkling bells. I hear those bells and feel good all over even if I tell a joke she's heard before.

Fortunately all these women in my life are you—fortunately for me that is, for there could be no life for me without you. Browning asked: "How do I love thee—let me count the wags?" For me there is no wat to coun. I love the whole gang of you—Mommie, first lady, the sentimental you, the fun you and the peewee power house you.

And oh yes, one other very special you—the little girl who takes a "nana" to bed in case she gets hungry in the night, I couldn't & don't sleep well if she isn't there—so please always be there.

Merry Christmas you all—with all my love.

Lucky me.

【TT11】   12 月 25 日，1981

亲爱的 R.夫人：

我仍然觉得不甚恰当，让你去拆开一封信而不是一个礼品包。

我生活中有几位至爱的女子，值此圣诞节之际我该向她们赠呈金饰、宝石、香水、毛皮和纱巾，我知道即使致送此等物件中的最佳精品，也无法稍稍表明这些女子在我心目中的重要意义，也不能表达：没有她们我的生活将是何等空虚。

这里面自然有我的"第一夫人"。她不论从事什么工作，都会给那里带来优雅和魅力，哪怕是沉闷的官样仪式，也会焕发光彩，变成情趣盎然的时刻。一切都打理得极有品位。我需做的一切仅仅是梳洗整齐，登场露面。

我生活中还有一位女子，她做的事情我并非总能亲临目睹。但我听说了这些事，有时候还能看到她做这些时拍摄的照片。有一次医院探视里她把一个弃婴抱在怀里。她脸上的神情唯有圣母玛丽亚才能与之媲美。孩子脸上则显现出一种爱慕之情。这我能理解因为我也爱慕她。

她朝一把轮椅或一张床俯下身去抚慰一位老年病人，以那样温柔与深情，正如她用温暖与爱来充满我的生活一样。

还有一位姑娘也是我之所爱，这是个爱巢的构筑者，只要三天卡在一个旅馆房间里挪不了窝，她就会想方设法将之变成一个家，甜蜜的家。她爱搬动东西——看上一眼——便把这件那件摆摆舒齐，使你觉得奇怪，为何原先不这样置放。

我还为陪我上牧场去的一位女孩如醉如痴。倘若我们要清理树林她就成了一座能推开死树的微型发电厂。她是个奇妙的伙伴，最适宜挨挤着坐在炉火前、并辔骑行或是太阳下山星星显现实互相依偎。如果哪次她不去牧场那我也不会想去，因为每一处美景那里我都会见到她的身影，那是我无法忍受的。

另外，我还爱着一位多愁善感的贵妇，她的眼睛极易满含泪水。可是另一方面她也爱哈哈大笑，她的笑声清脆若银铃。即使我讲一个她早就听过的老笑话她也会回报我这样的铃声，这使我感到通身舒畅。

幸运的是，我生活中所有这些女人全都是你——我的意思是，幸运的那人是我，因为没有你，我也就不可能有生命。布朗宁曾问："我怎样爱你——是让我计算有多少种方式吗？"对我来说，那是无法计算的。我爱你这整个群体——妈咪、第一夫人、多愁善感的贵妇、逗趣的你以及作为微型发电厂的你。

哦对了，还有另一个非常特别的你——那小女孩，为了怕晚上肚子饿她会带只"蕉蕉"上床。倘若她不在我是无法入睡或睡不踏实的——

因此请永远留在那里。

祝你们全体圣诞快乐——以我全部的爱。

幸运的我

(李文俊译)(选自 2001 年第 5 期《中国翻译》第 70-72 页)

【评析】书信是常见的散文文体之一，情真意切、语言优美的书信也可称为散文精品。书信分为公函和私人信件，一般来说公函都较正式严谨，并要遵循固定的套路；私人信件大多写给亲友、熟人、同事等，行文就较随意、亲切。

此处选取的两封信件出自美国前总统夫人南希所著的 *I Love You, Ronnie* 这本书，书中有很多里根写给南希的信件。【ST10】的这封里根以总统的口气将给夫人的信写成一封嘉奖令，因此用了公文体，使用了不少公函的词汇，摆出一封公文格调，风格幽默风趣。【ST11】的信中，里根以多重身份描写南希，并根据身份的变幻选取了不同色彩的语言，"从崇高的、一本正经的到亲切亲昵的甚至情意绵绵的"。这两封信出自一人之手，所写主题也是同一人，但因角度不同，因此风格也有差异。译者对这两封信的处理也相应变化，【ST10】原文用语较正式，译文的选词和句式也正式；【ST11】原文亲切译文也效仿，原文深情译文也如是，原文逗趣译文也随之，信中的口语化的地方译文也作了很好的对应处理，如"nana"，译者翻成幼儿化叠字词语"蕉蕉"，非常贴切传神。

对于翻译中不可避免要遇到的风格变化，译者要善于应对，"不妨把自己看成是一个小剧团里的'百搭'，缺了哪个角色他都能顶上救场，而且演什么像什么，还能'出彩'。连剧作家与导演见了他的演出都要暗叫惭愧，因为自己还没有他想得那么深，或体会得那么透。经过锻炼，他应做到有小说中武林高手那样的功夫：对方一出招，他便能判定来者何方神圣，随之而来的撒手锏又会是什么。译者对原作者的用意应能洞若观火。他也具备多种套路，能将各种怪招一一消解"(李文俊，2001：70-72)。

由上面的例子可以看出，风格可译说不仅言之成理，而且行之有效，只要译者有足够的功力、下足够的功夫，风格再现绝非不可能。"风格可译，指的是原作意象的隐或显、婉或直、艳丽或质朴、庄重或谐谑都可以译：何止可以译，简直非译不可。"(翁显良，转引自朱明炬等，2007：

245-246）王佐良先生也指出翻译"应一切照原作，雅俗如之，深浅如之，口书如之，文体如之"（王佐良，1994：287）。"一切照原作"，当然包括原作的风格。

关于风格和风格翻译，刘宓庆以符号学的方法论进行了透彻的剖析。首先他肯定风格是可译的，因为风格并非虚幻玄妙，完全不可捉摸的。从符号学角度分析，风格是可知的。风格具有两种符号体系：形式标记（formal markers）和非形式标记（non-formal markers）。形式标记包括音系标记（phonological markers）、语域标记（registerial markers）、句法标记（syntactic markers）、词语标记（lexical markers）、章法标记（textual markers）和修辞标记（markers of figures of speech），这六种形式标记直观地承载文章风格；非形式标记指文章的表现法、作品的内在素质（包括思想和情感两个方面，也就是作品的格调）、作家的精神气质、接收者（即审美主体）因素等四个方面。通过分析直观的形式标记和非直观的非形式标记，可以确定一个文本乃至一位作家的风格。风格不仅可以通过科学、客观的符号分析被人之和界定，而且也可以通过恰当的符号转换模式再现。刘宓庆提出了三种换码模式：对应式换码（通俗地说就是模仿）、重建式换码（或曰再创造）、淡化式换码（即为确保概念意义不得已舍弃或部分舍弃风格意义）（刘宓庆，1994：583-608）。刘宓庆以科学的方法分析风格，将微观和宏观、主观和客观因素结合起来论证，既确定风格的艺术本质，又使风格在一定意义上量化，不再是玄而又玄的模糊印象。

越是文学价值高的文本，信息传递的方式越是重要，因为这种方式意味着情韵和意境，更重要的是它象征着作者的风格。语言、内容、风格，是散文翻译中相互融合、不可分割的三要素。由于风格是英语散文的重要标志，因此英语散文汉译时，风格再现尤为重要。"英国散文家都很讲究文体或曰风格。散文之所以能够吸引读者，关键在于作者通过自己的文章风格透露出自己独特的个性。换句话说，风格也就是作家的个性经过一定思想文化陶冶后，通过一定语言手段的自然表现。在翻译中，掌握作者风格不易，要在译文中体现作者风格更难。但是，困难不等于绝对不可能。只要译者在动笔之前，先对作者传记和作品原文认真下一番细心揣摩的功夫，心目中有一个作者的鲜明性格的存在，下笔时注意不要让自己的文章风格代替作者的文章风格，我想，作者的风格或许不至完全失去，而能或多或少保留在译文之中。……正像一切艺术工作一样，散文翻译也要求埋头苦干、劳心焦思、惨淡经营，始能臻于佳胜。不过，译者倘能把自己的全部心血、精力、修养、才思、感情都倾注到自己的翻译工作中去，他将会感到一种艺术创造的快乐——这，我想，也就是一个翻译工作者的最大幸福了吧！"（刘炳善，1994：123-124）要能准确传递原文风格，译者要和原文作者同声相应，同气相求，全身心感应作者的文章个性，然后要像自己创作一样，呕心沥血地将这种风格复现于译文中，这个过程是大痛苦，如刘炳善先生所论那样，"埋头苦干、劳心焦思、惨淡经营"，而大痛苦必能带来大快乐，一例成功译作带给译者的享受必是至高无上的，绝不亚于文学创作赋予作家的快乐。

5.3　英语散文译例欣赏与译法评析

本节选取六篇英语散文和其汉语译文供欣赏，所选散文从内容上看有论说、叙事、抒情、写人、写景等；从文体上看，有随笔、小品、书信、报刊评论等；从作者来看，有英国的、美国的，跨越几个世纪；从译者看，选择了风格各异的具有代表性的译界名家。所以篇数虽极有限，但仍然可以从中得窥英语散文风貌之一斑，并体会点滴英语散文汉译的奥妙。

【ST12】　　　　　　Of Studies　　　　　　Francis Bacon

Studies serve for delight, for ornament, and for ability. Their chief use for delight, is in privateness and retiring; for ornament, is in discourse; and for ability, is in the judgment, and disposition of business. For expert men can execute, and perhaps judge of particulars, one by one; but the general counsels, and the plots and marshalling of affairs, come best, from those that are learned. To spend too much time in studies is sloth; to use them too much for ornament, is affectation; to make judgment wholly by their rules, is the humor of a scholar. They perfect nature, and are perfected by experience: for natural abilities are like natural plants, that need pruning, by study; and studies themselves, do give forth directions too much at large, except they be bounded in by experience. Crafty men contemn studies, simple men admire them, and wise men use them; for they teach not their own use; but that is a wisdom without them, and above them, won by observation. Read not to contradict and confute; nor to believe and take for granted; nor to find talk and discourse; but to weigh and consider.

Some books are to be tasted, others to be swallowed, and some few to be chewed and digested; that is, some books are to be read only in parts; others to be read, but not curiously; and some few to be read wholly, and with diligence and attention.

Some books also may be read by deputy, and extracts made of them by others; but that would be only in the less important arguments, and the meaner sort of books, else distilled books are like common distilled waters, flashy things. Reading makes a full man; conference a ready man; and writing an exact man. And therefore, if a man write little, he had need have a great memory; if he confer little, he had need have a present wit; and if he read little, he had need have much cunning, to seem to know that he doth not. Histories make men wise; poets witty; the mathematics subtile; natural philosophy deep; moral grave; logic and rhetoric able to contend. Abeunt studia in mores. Nay, there is no stond or impediment in the wit, but may be wrought out by fit studies; like as diseases of the body, may have appropriate exercises. Bowling is good for the stone and reins; shooting for the lungs and breast; gentle walking for the stomach; riding for the head; and the like. So if a man's wit be wandering, let him study the mathematics; for in demonstrations, if his wit be called away never so little, he must begin again. If his wit be not apt to distinguish or find differences, let him study the schoolmen; for they are cymini sectores. If he be not apt to beat over matters,

and to call up one thing to prove and illustrate another, let him study the
lawyers' cases. So every defect of the mind, may have a special receipt.

【TT12】　　　　　　　谈读书　　　　　　　　王佐良 译

　　读书足以怡情，足以博彩，足以长才。其怡情也，最见于独处幽居之时；其博彩也，最见于高谈阔论之中；其长才也，最见于处世判事之际。练达之士虽能分别处理细事或——判别枝节，然纵观统筹、全局策划，则舍好学深思者莫属。读书费时过多易惰，文采藻饰太盛则矫，全凭条文断事乃学究故态。读书补天然之不足，经验又补读书之不足，盖天生才干犹如自然花草，读书然后知如何修剪移接；而书中所示，如不以经验范之，则又大而无当。有一技之长者鄙读书，无知者羡读书，唯明智之士用读书，然书并不以用处告人，用书之智不在书中，而在书外，全凭观察得之。读书时不可存心诘难作者，不可尽信书上所言，亦不可只为寻章摘句，而应推敲细思。

　　书有可浅尝者，有可吞食者，少数则须咀嚼消化。换言之，有只须读其部分者，有只须大体涉猎者，少数则须全读，读时须全神贯注，孜孜不倦。

　　书亦可请人代读，取其所作摘要，但只限题材较次或价值不高者，否则书经提炼犹如水经蒸馏，淡而无味矣。读书使人充实，讨论使人机智，笔记使人准确。因此不常作笔记者须记忆特强，不常讨论者须天生聪颖，不常读书者须欺世有术，始能无知而显有知。读史使人明智，读诗使人灵秀，数学使人周密，科学使人深刻，伦理学使人庄重，逻辑修辞之学使人善辩：凡有所学，皆成性格。人之才智但有滞碍，无不可读适当之书使之顺畅，一如身体百病，皆可借相宜之运动除之。滚球利睾肾，射箭利胸肺，慢步利肠胃，骑术利头脑，诸如此类。如智力不集中，可令读数学，盖演题须全神贯注，稍有分散即须重演；如不能辨异，可令读经院哲学，盖是辈皆吹毛求疵之人；如不善求同，不善以一物阐证另一物，可令读律师之案卷。如此头脑中凡有缺陷，皆有特药可医。（选自朱明炬等，2007：257）

　　【评析】培根的论说文语言精湛凝练，论证严谨缜密，余光中评这篇随笔为"明澈简练，句法精短，有老吏断案之风"[1]，它又是英语散文开先河之作，因此是当之无愧的经典。这篇 *Of Studies* 选题是谈论尽人皆知的读书问题，内容较贴近平民百姓，因此是培根散文中最广为流传的一篇。这篇散文中文译本众多，具有代表性的就不下十种，其中王佐良先生的译文《谈读书》一直被奉为典范。王译再现了原文条理分明、逻辑严密的风格，不容置疑、训导说教的口吻，以及简约精准、古色古香的语言风格，译文可以说几乎尽善尽美，其艺术成就丝毫不逊原作。

冯庆华在编著的《实用翻译教程》中曾对 11 种该文汉译本进行了总字数、文言词汇(包括"之"、"者"、"皆"、"凡"等)的字数、"的"字数等数据进行了统计，从一定角度上将王译的简练和精美量化。这个统计显示(冯庆华，2001：406)，11 种译本王译总字数最少，共 612 字，而且和排名第二的差了 100 多字，这么短的篇幅能相差这么多字数，足见王译之简练。有不少文学评论家认为简练是文章的最高境界，清朝桐城派散文家刘大櫆主张"文贵简。凡文笔老则简，意真则简，辞切则简，理当则简，味淡则简，气蕴则简，品贵则简，神远而含藏不尽则简，故简为文章尽境"(转引自刘士聪，2002：10)。真正的美文要做到所谓"增之一分则太长，减之一分则太短"(宋玉《登徒子赋》)。与总字数成反比的是文言词王译用量最多，多达 71 个，超过译本总字数的十分之一，王译的文言词汇和句式对应了原文的古奥文风。王译中"的"字数为零，"的"字滥用，"的的不休"是现代汉语西化的表现之一(余光中，2002：178-192)，王译完全没有这一弊端。在行文节奏上，王译能"因汉语之宜，用汉语之长"(翁显良，1994：136)，充分利用了汉语的四字词语、对偶、重复、排比等修辞手段，再现原文的音韵节奏和意义节奏，并合理变换句子长短，产生徐疾有致的效果。

王译经得起抽象的翻译理论和标准的评判，也经得起具体数据的考量，所以尽管该文译本众多，但"王译在前如一座高峰，难以跨越。后译者尽管努力，都难逃出王译的影子，只好绕道走。到头来，几乎都成了王译的解释或延伸"(周仪，转引自朱明炬等，2007：261)。谢天振对王佐良先生的这篇译作这样评价："略带古奥的、浅近的汉语文言文体，高度凝练而又极其准确的用词，流畅简约的行文遣句，通篇浑然一体的风格，令人不仅得到思想的教益，而且得到美

---

1 余光中. 《论的的不休》. 见《余光中谈翻译》，第 178-192 页。

的艺术的享受。"（转引自朱明炬等，2007：259）

【ST13】　　　　　**On the Cries of London**　　　　Joseph Addison

There is nothing which more astonishes a foreigner, and frights' a country squire, than the Cries of London. My good friend Sir Roger often declares that he cannot get them out of his head or go to sleep for them, the first week that he is in town. On the contrary, Will Honeycomb calls them the *Ramage de la Ville*, and prefers them to the sound of larks and nightingales, with all the music of fields and woods. I have lately received a letter from some very odd fellow upon this subject, which I shall leave with my reader, without saying anything further of it.

"SIR,

"I am a man out of all business, and would willingly turn my head to anything for an honest livelihood. I have invented several projects for raising many millions of money without burdening the subject, but I cannot get the parliament to listen to me, who look upon me, forsooth, as a crack, and a projector; so that despairing to enrich either myself or my country by this public-spiritedness, I would make some proposals to you relating to a design which I have very much at heart, and which may produce me a handsome subsistence, if you will be pleased to recommend it to the cities of London and Westminster.

"The post I would aim at, is to be comptroller-general of the London Cries, which are at present under no manner of rules or discipline. I think I am pretty well qualified for this place, as being a man of very strong lungs, of great insight into all the branches of our British trades and manufactures, and of a competent skill in music.

"The Cries of London may be divided into vocal and instrumental. As for the latter, they are at present under a very great disorder. A fireman of London has the privilege of disturbing a whole street for an hour together, with a twanking of a brass kettle or frying-pan. The watchman's thump at midnight startles us in our beds as much as the breaking in of a thief. The sowgelder's horn has indeed something musical in it, but this is seldom heard within the liberties. I would therefore propose, that no instrument of this nature should be made use of, which I have not tuned and licensed, after having carefully examined in what manner it may affect the ears of her majesty's liege subjects.

"Vocal cries are of a much larger extent, and indeed so full of incongruities and barbarisms, that we appear a distracted city to foreigners, who do not comprehend the meaning of such enormous outcries. Milk is generally sold in a note above E-la, and in sounds so exceedingly shrill, that it often sets our teeth on edge. The chimney-sweeper is confined to no certain pitch; he sometimes utters himself in the deepest bass, and sometimes in the highest, and sometimes in the lowest, note of the gamut. The same observation might be made on the retailers of small-coal, not to mention broken glasses, or brick-dust. In these, therefore, and the like cases, it should be my care to sweeten and mellow the voices of these itinerant tradesmen, before they make their appearance in our street, as also to accommodate their cries to their respective wares; and to take care in particular, that those may not make the most noise who have the least to sell, which is very observable in the vendors of card-matches, to whom I cannot but apply that old proverb of "much cry, but little wool".

"Some of these last-mentioned musicians are so very loud in the sale of these trifling manufactures, that an honest splenetic gentleman of my acquaintance bargained with one of them never to come into the street where he lived. But what was the effect of this contract? Why, the whole tribe of card-match-makers which frequent that quarter passed by his door the very next day, in hopes of being bought off after the same manner.

"It is another great imperfection in our London Cries, that there is no just time nor measure observed in them. Our news should indeed be published in a very quick time, because it is a commodity that will not keep cold. It should not, however, be cried with the same precipitation as fire. Yet this is generally the case. A bloody battle alarms the town from one end to another in and instant. Every motion of the French is published in so great a hurry, that one would think the enemy were at our gates. This likewise I would take upon me to regulate in such a manner, that there should be some distinction made between the spreading of a victory, a march, or an encampment, a Dutch, a Portugal, or a Spanish mail. Nor must I omit under this head those excessive alarms with which several boisterous rustics infest our streets in turnip season; and which are more inexcusable, because they are wares which are in no danger of cooling upon their hands.

"There are others who affect a very slow time, and are in my opinion much more tunable than the former. The copper in particular swells his last note in a hollow voice, that is not without its harmony; nor can I forbear being inspired with a most agreeable melancholy, when I hear that sad and solemn air with which the public are very often asked if they have any chairs to mend? Your own memory may suggest to you many other lamentable ditties of the same nature, in which the music is wonderfully, languishing and melodious.

"I am always pleased with that particular time of the year which is proper for the picking of dill cucumber; but alas! this cry, like the song of the nightingale, is not heard above two months. It would therefore be worthwhile to consider whether the same air might not in some cases be adapted to other words.

"It might likewise deserve our most serious considerations, how far, in a well-regulated city, those humourists are to be tolerated, who, not contented with the traditional cries of their forefathers, have invented particular songs and tunes of their own: such as was, not many years since, the pastry-man, commonly known by the name of the Colly-Molly-puff; and such as is at this day the vendor of power and wash-balls, who, is I am rightly informed, goes under the name of Powder-Wat.

"I must not here omit one particular absurdity which runs through this whole vociferous generation, ad which renders their cries very often not only incommodious, but altogether useless to the public. I mean that idle accomplishment which they all of them aim at, of crying so as not to be understood. Whether or no they have learned this from several of our affected singers, I will not take upon me to say; but most certain it is, that people know the wares they deal in rather by their tunes than by their words; insomuch that I have sometimes seen a country boy run out to buy apples of a bellows-mender, and ginger-bread from a grinder of knives and scissors. Nay, so strangely infatuated are some very eminent artists of this particular grace in a cry, that none but their acquaintance are able to guess at their profession; for who else can know, that 'work if I had it' should be signification of a corn-cutter?

"Forasmuch, therefore, as person of this rank are seldom men of genius or capacity I think it would be very proper that some men of good sense and sound judgement should preside over these public cries, who should permit none to lift up their voices in our street that have not tunable throats, and are not only able to overcome the noise of the crowd, and the rattling of coaches, but also to vend their respective merchandises in apt phrases, and in the most distinct and agreeable sounds. I do therefore humbly recommend myself as a person rightly qualified for this post; and if I meet with fitting encourage-ment, shall communicate some other projects which I have by me, that may no less conduce to the emolument of the public.

"I am, Sir, & c.
"Ralph Crotchet."

【TT13】　　　　　　　　伦敦的叫卖声　　　　　　刘炳善　译
　　初来乍到的外国人或者外地乡绅，最感到吃惊的莫过于伦敦的叫卖声了。我那位好朋友罗杰爵士常说，他刚到京城第一周里脑子里装的全都是这些声音挥之不去简直连觉都睡不成。相反，威尔·亨尼康却把这些声音称为"鸟喧华枝"，说是这比什么云雀、夜莺，连同田野、树林里的天籁加在一起还要好听呢。最近，我接到一位怪客来信，谈到这个问题。这封信，我不加任何按语，发表出来，请读者自己去看。

先生：

　　我是一个没有职业的人，只要能让我正正派派活下去，什么事情我都愿意去做。我制订种种方案，实行起来可以叫人轻轻松松发财数百万之巨，可惜议院不肯听听我的意见——他们不是以为我疯了，就是把我当作骗子。现在，我这一心造福大众，既能利己，又能富国的事业既已落空，愿就个人潜心探讨的另一计划，向贵报略陈鄙见。此项计划，若蒙贵报向伦敦及威斯敏斯特二市当局惠予推荐，本人说不定还可以找到一个体面的职业。

　　鉴于叫卖之声目前处于一种无章可循的状态，我想来谋求伦敦市声总监一职。这个职位，我自以为还是满能胜任的，因为我本人嗓门很高，对于我们英国工商各业又了如指掌，而且还精通音乐。

　　伦敦的市声可分为声乐、器乐两大类。后一类现在特别杂乱无章。在伦敦，救火员是有特权的人物，他可以敲打着一只铜壶，或者一口煎锅，接连一个钟头不停，把整整一条街的人全都惊动起来。更夫半夜敲梆，把我们从梦中惊醒，好像屋子里突然闯进了一个贼。阉猪匠的号角声倒还有些悦耳，可惜在市区难得听见。因此，我想建议：此类发声器具必先经过仔细检验，测定它对于女王陛下忠实臣民的耳鼓究竟产生何种影响，然后由敝人将其音量加以调整，逐一批准，否则，不得擅自使用。

　　口头的叫卖声包括的范围则要广泛得多，而且又是那样聒聒噪噪，野调无腔。外国人听不懂这许多嚎叫到底是什么意思，说不定以为我们全城的人都发了疯。卖牛奶的人所采用的音调一般都在 E 调 la 以上，声音又特别尖细，听起来碜得我牙痒痒地。扫烟囱的人音调不受什么固定限制，有时候用最深的低音，有时候又用最尖锐的高音来吐露自己的心意，在全音阶中从最高音到最低音都可以。同样的评语也适用于那些卖煤末的，更适用于卖碎玻璃和砖渣的小贩。对于这些以及其他类似的行当，我职责所在，理应加以调整，先要使得这些流动商贩的叫卖声柔和、悦耳，方才准许他们在街头出现，还要使得他们的叫卖声适应各自的货物，特别要防止的是卖的东西最少，喊的声音最凶的人——这在卖纸片火柴的小贩那里是最明显不过了，对于他们，我只好照搬一句老话："声音很大，货色可怜。"

上面说的那些卖纸片火柴的音乐家们，为了兜售他们那些微不足道的商品，有时候吆喝的声音实在太大了。我认识一位患有脾脏病的老好先生只好掏腰包请他们当中的某一位再也不要到他住的那条街上来了。可是，这笔交易结果怎样？第二天，那一带所有的纸片火柴贩子一个接一个到他门口叫卖，指望那位先生以同样方式拿钱来把他们支走。

我们伦敦的叫卖声还有一个大毛病，就是吆喝起来不顾时间，也不讲分寸。譬如说，新闻自应以快速公布为是，因为这种商品是经不起久放的。但是，卖报的时候也不用那样风是风火是火，跟闹了灾似的。然而，这确是通常现象。一眨眼工夫，一场血战的消息就从伦敦这一头吆喝到那一头，弄得全城轰动。法国人有一点点动向，总是急匆匆登出来，让人觉得好像已经兵临城下似的。此种弊端，本人自当负责予以适当纠正。在卖报声中，对于胜利消息、行军消息、野营消息，以及荷兰、葡萄牙和西班牙各国邮件中所传来的消息，务必有所区别。在这一方面，我还必须指出：每当萝卜上市，总有许多乡下人大吵大嚷，沿街叫卖，满城为之骚然，实属不可原谅，因为萝卜这种商品即使在卖方手里放一放，并没有放凉的危险。

另外有些商贩爱拉长腔，在我看来，这比前面说的那些叫卖声要更有韵味。特别是箍桶匠爱用闷声，送出他那最后的尾音，不失为具有和谐动人之处。修理匠常用他那悲怆、庄严的语调向居民们发问："有修理椅子的没有？"我每当听见，总禁不住感到有一种忧郁情调沁人心脾。——这时，你的记忆会联想出许许多多类似的哀歌，它们那曲调都是缠绵无力、哀婉动人的。

每年，到了该摘黄瓜、收莳萝的季节，那叫卖声让我听了格外高兴。可惜，这种叫卖像夜莺的歌唱似的，让人听不上两个月就停了。因此，倒是值得考虑一下，是不是在其他场合把这个调调儿再配上别的什么词儿。

还有些人——譬如说，不几年以前大家叫做"松软——可口——蓬蓬酥"的卖点心小贩，以及现在（如果我没有弄错的话）通称为"香粉沃特"的脂粉货郎，不以他们祖祖辈辈留传下来的叫卖为满足，还特别编出自己的歌曲来，以吟唱代替叫卖。在一个管理完善的城市里，对于这些市尘奇人究竟应该宽容到何等程度，也值得我们认真考虑。

在这些高声叫卖之徒当中还普遍流行一种荒唐行径，对此我不能放过不提，因为那使得他们的叫嚷嘈杂不堪，而且也于公众无益。我指的乃是他们在叫卖时拼命不让人听懂的那种无补实际的本领。在这方面，他们究竟是不是在向我们那些装腔作势的歌唱家学习，我且不去说它。但是，有一点可以肯定：市民判断他们卖的什么货色，并不根据他们叫喊的词儿，而是听他们叫喊的调调儿。有时候，我看见一个从乡下来的孩子跑出来，向风箱修理匠买苹果，向磨剪刀师傅买姜面包，这就可见一斑。有些高级花腔叫卖家对于这门艺术钻研到了如此入迷的地步，结果，除了他们自己的熟人，谁也猜不出他们干的到底是哪一行。譬如说，谁能想到，修脚工喊的词儿竟是："给活儿就干哪！"

准此，既然在这个阶层里天才能人甚少，一切公共叫卖之声应该统归明理善断之士主管，嗓音不美者不得在街头打喊打叫，叫卖声不仅要压倒人声喧哗、车声轧轧，而且要使用恰当词句将各自贩卖的货色加以说明，发音也要清晰、悦耳。我谦卑地把自己推荐出来，担此重任。倘蒙奖掖，本人还有其他方案。也将一一献出，以惠公益。

余不一一。

狂想客谨白
（刘炳善，2007: 57）

【评析】这篇散文的作者艾迪生（Joseph Addison）是 18 世纪英国随笔作家的代表。这里选取的"On the Cries of London"题材新颖别致，风格轻松诙谐，语言虽故作堂皇而不乏亲切，是一篇充满 18 世纪英国市井生活情趣，引人入胜的幽默小品。而就这篇文章的现实性和思想性，译者这样评论："至于文章中那位怪客的设想，似怪而并不怪，不过是在两百多年前就提出了城市中的噪声问题，而噪声与污染直到今天仍是正在研究解决之中的环境保护课题。不过，作者对待劳动人民有时流露出的那种居高临下的绅士气味，叫人觉得不大舒服。譬如说，当萝卜上市时，农民急于求售的心情，他就不能理解，说什么萝卜不会放凉，何必那样急如星火？其实，道理很简单：萝卜虽然不会放凉，青菜究以趁新鲜早早卖出、吃掉为宜。"（刘炳善，2007：33）

这篇译文通顺流畅，措辞和口吻都拿捏得恰到好处，既显原文之形，又传原文之神。译者运用了多种翻译技巧，如增词和减词（如"It should not, however, be cried with the same precipitation as fire."译为"但是，卖报的时候也不用那样风是风火是火，跟闹了灾似的。"是明显的增词译法，译者这样处理符合汉语表达习惯，又得原文幽默之风）、反译法（如"not to mention broken glasses, or brick-dust"译为"更适用于卖碎玻璃和砖渣的小贩"）、转换法（如"Milk is generally sold in a note above E-la, and in sounds so exceedingly shrill, that it often sets our teeth on edge."这句中有两处转换，主语"milk"转译为"卖牛奶的人"，"in sounds so exceedingly shrill"由介词短语转换为一个小句）、拆分法（如"Nor must I omit under this head those excessive alarms with which several boisterous rustics infest our streets in turnip season"被译为"每当萝卜上市，总有许多乡下人大吵大嚷，沿街叫卖，满城为之骚然"，原文的一个"which"引导的从句从主句中拆分出来，单独成句，并包含时间状语从句和连动小句），等等，使译文精妙得当。

这篇散文的幽默主要来自于文章的内容和语言形式的鲜明对比，街头贩卖声是日常生活中鸡毛蒜皮的小事，作者却有意端出一本正经的架势，语句正式严肃，例如文中画线的句子，完全是一副政府公文的口气，文中还使用了较多专业术语和非常庄重的书面语词汇，如"vocal"、"instrumental"、"E-la"、"gamut"、"incongruities"、"incommodious"、"emolument"，等等，使语域级别与文本内容形成强烈对比，因此产生令人捧腹的喜剧效果。为了使译文同样诙谐幽默，译者也使用了非常正式的书面语，有些地方甚至半文半白，例如："现在，我这一心造福大众，既能利己，又能富国的事业既已落空，愿就个人潜心探讨的另一计划，向贵报略陈鄙见。此项计划，若蒙贵报向伦敦及威斯敏斯特二市当局惠予推荐，本人说不定还可以找到一个体面的职业。"、"我谦卑地把自己推荐出来，担此重任。倘蒙奖掖，本人还有其他方案。也将一一献出，以惠公益。余不一一。"，等等，在风格和意趣上和原文取得了等效。

【ST14】　　　　　　**Person of the Year**　　　　　　Nancy Gibbs

Sept. 11 delivered both a shock and a surprise－the attack, and our response to it－and we can argue forever over which mattered more. There has been so much talk of the goodness that erupted that day that we forget how unprepared we were for it. We did not expect much from a generation that had spent its middle age examining all the ways it failed to measure up to the one that had come before－all fat, no muscle, less a beacon to the world than a bully, drunk on blessings taken for granted.

It was tempting to say that Sept. 11 changed all that, just as it is tempting to say that every hero needs a villain, and goodness needs evil as its grinding stone. But try looking a widow in the eye and talking about all the good that has come of this. It may not be coincidence, but neither is it a partnership: good does not need evil, we owe no debt to demons, and the attack did not make us better. It was an occasion to discover what we already were. "Maybe the purpose of all this," New York City Mayor Rudy Giuliani said at a funeral for a friend, "is to find out if American today is as strong as when we fought for our independence or when we fought for ourselves as a Union to end slavery or as strong as our fathers and grandfathers who fought to rid the world of Nazism". The terrorists, he argues, were counting on our cowardice. They've learned a lot about us since then. And so have we.

For leading that lesson, for having more faith in us than we had in ourselves, for being brave when required and rude where appropriate and tender without being trite, for not sleeping and not quiting and not shrinking from the pain all around him, Rudy Giuliani, Mayor of the World, is *TIME*'s 2001 Person of the Year. （选自 *Time*, December 31, 2001/January 7, 2002）

【TT14】　　　　《时代周刊》2001年度风云人物

南希·吉布斯著　叶子南 译

"9·11"事件既令人感到震惊，也令人感到意外。震惊的是攻击事件本身，意外的是我们对事件的反应。至于说这两者哪个更为重要，人们也许永远会争论下去。对于当天一下子涌现出来的可歌可泣的事迹，我们已经谈得不少了。在一片谈论声中，我们居然忘了，面对这些令人敬佩的行为我们当时是多么感到意外。因为我们本来就没有对这代美国人抱有多大期望。他们的中年是在自叹不如的心境中度过的，他们和上一代美国人比来比去，总感到自己望尘莫及。他们虚浮有余，坚实不足，根本谈不上是世界的灯塔，倒却是横行的恶霸，沉醉于福荫之中，总觉得受之无愧。

我们也许会脱口而出地说，是"9·11"事件改变了这一切，正如我们会脱口而出地说，英雄需要有恶棍来陪衬，善良需要有邪恶来砥砺。但当你望着"9·11"死难者遗孀的双眼时，你难道还能侃侃而谈"9·11"事件所引发的好处吗？不错，善恶并存也许确非巧合，但它们也绝非相互依存的伙伴：善用不着恶陪伴左右，我们并不亏欠魔鬼，"9·11"事件也没有把我们变成更好的人。它只是一次机会，我们不过借此发现了自己的本色。纽约市市长朱利安尼在朋友的葬礼中说得好："也许这一切的目的就是要考验一下，看看今日的美国是否仍像当年为争取独立而战时那样坚强，是否仍像当年为结束奴隶制而团结奋战时那样坚强，是否仍像当年我们的父辈为消灭纳粹而战时那样坚强。"他认为，恐怖主义者就指望我们会胆怯。但自"9·11"事件以来，他们想必对我们已有所了解。当然我们对自己也有了不少认识。

由于朱利安尼在这次考验中堪称表率，由于他对我们的信心远胜于我们对自己的信心，由于他该勇敢时就勇敢，该鲁莽时就鲁莽，他温情流露，但那绝非应景之俗套，由于他不分昼夜，不停工作，虽被痛苦包围，却能勇敢面对，因此这位天下第一市长当选为2001年《时代周刊》的年度风云人物。（选自2002年第4期《中国翻译》第92页）

【评析】这个译例是美国《时代周刊》的一篇短小精粹的人物述评，介绍因在"9•11"事件中表现杰出而当选该杂志年度风云人物的纽约市长。这篇文章具备新闻评论文章的共同特征，语言准确严谨，内容简明扼要，人物概括鲜明生动；同时，作为评论文章，带有较强的主观性，并属于劝说功能和信息功能为主的文本。

叶子南的译文出色地结合了语义翻译和交际翻译的优势，将忠实与圆通融为一体，是形似与神似兼具的范例。译文中精彩之处颇多，尤其应注意的有两点：

其一，译者对比喻修辞的处理十分巧妙，如文中的"all fat, no muscle"这个短语，译者考虑到保留喻体会有碍中文读者理解原文的语境意义，因此舍弃了喻体，直接用喻意(sense)来替换喻体，译为"虚浮有余，坚实不足"，明白晓畅，而且保留了原文中的平行结构和反义词的对比效果，若是呆板地译成"只有肥肉，没有肌肉"，看似保留了喻体，丢弃的却是深层内涵和表达力度等更多方面；原文的另一个比喻"goodness needs evil as its grinding stone"，译者采用了更灵活的技巧，为了尽可能减少原文损失，译者将原文中名词性喻体"grinding stone"转换为汉语中具有相类意象的动词喻体"砥砺"，可谓别出心裁。

其二，译者善于在英、汉不同的句式结构间周旋，找到形式和意义的最佳结合点。例如开篇第一句译者套用了汉语中的常见句式"……的是……，……的是……"，这个句式虽然老套，却是圆熟地道的汉语，而且非常贴切原文破折号中的插入语，对这个句式的使用，叶子南评说道[1]："这样的译文较注重中文行文的惯例，当然在思维层上就有悖于英文表达的特色，问题是保留那个特点又有多大意义？真要处处都跟原文走，恐怕译者就会作茧自缚了。"叶子南此处的观点为前文论述过的英文汉译的恶性西化倾向再次有力地敲响了警钟。不论是选词、修辞，还是句法，什么该舍，什么该留，是翻译实践中不会停歇的思考和抉择。

【ST15】 **A Winter Walk**（节选） Henry David Thoreau

The wind has gently murmured through the blinds, or puffed with feathery softness against the windows, and occasionally sighed like a summer zephyr lifting the leaves along, the livelong night. The meadow mouse has slept in his snug gallery in the sod the owl has sat in a hallow tree in the

---

1 叶子南. 译后记. 《中国翻译》，2002(4)：93。

depth of the swamp, the rabbit, the squirrel, and the fox have all been house. The watch-dog has lain quiet on the hearth, and the cattle have stood silent in their stalls. The earth itself has slept, as it were its first, not its last sleep, save when some street sign or woodhouse door has faintly creaked upon its hinge, cheering forlorn nature at her midnight work — the only sound awake 'twixt Venus and Mars — advertising us of a remote inward warmth, a divine cheer and fellowship, where gods are met together, but where it is very bleak for men to stand. But while the earth has slumbered, all the air has been alive with feathery flakes descending, as if some northern Ceres reigned, showering her silvery grain over all the fields.

We sleep and at length awake to the still reality of a winter morning. The snow lies warm as cotton or down upon the window still; (1) the broadened sash and frosted panes admit a dim and private light, which enhances the snug cheer within. The stillness of the morning is impressive. The floor creaks under our feet as we move toward the window to look abroad through some clear space over the fields. We see the roofs stand under their snow burden. (2) From the eaves and fences hang stalactites of snow, and in the yard stand stalagmites covering some concealed core. The trees and shrubs rear white arms to the sky on every side; and where were walls and fences we see fantastic forms stretching in frolic gambols across the dusky landscape, as if Nature had strewn her fresh designs over the fields by night as models for man's art.

Silently we unlatch the door, letting the drift fall in, and step abroad to face the cutting air. Already the stars have lost some of their sparkle, and a dull, leaden mist skirts the horizon. A lurid brazen light in the east proclaims the approach of day, while the western landscape is dim and spectral still, and clothed in a somber Tartarean light, like the shadowy realms. The are infernal sounds only that you hear — the crowing of cocks, the barking of dogs, the chopping of wood, the lowing of kine, all seem to come from Pluto's barnyard and beyond the Styx—not for any melancholy they suggest, but their twilight bustle is too solemn and mysterious for earth. The recent tracks of the fox of otter, in the yard, remind us that each hour of the night is crowded with events, and the primeval nature is still working and making tracks in the snow. Opening the gate, we tread briskly along the lone country road, crunching the dry and crisped snow under our feet, or aroused by the sharp, clear creak of the wood sled, just starting for the distant market, from the early farmer's door, where it has lain the summer long, dreaming amid the chips and stubble; while far through the drifts and powered windows we see the farmer's early candle like a paled star, emitting a lonely beam, as if some severe virtue were at its matins there. And one by one the smokes begin to ascend from the chimneys amid the trees and snows.

(3) <u>We hear the sound of woodchopping at the farmers' doors, far over the frozen earth, the baying of the house-dog, and the distant clarion of the cock</u>—though the thin and frosty air conveys only the finer particles of sound to our ears, with short and sweet vibrations, as the waves subside soonest on the purest and lightest liquids, in which gross substances ink to the bottom. They come clear and bell-like, and from a greater distance in the horizons, as if there were fewer impediments than in summer to make them faint and ragged. (4) <u>The ground is sonorous, like seasoned wood, and even the ordinary rural sounds are melodious and the jingling of the ice one the trees is sweet and liquid.</u> There is the least possible moisture in the atmosphere, all being dried up or congealed, and it is of such extreme tenuity and elasticity that it becomes a source of delight. The withdrawn and tense sky seems groined like the aisles of cathedral, and the polished air sparkles as if there were crystals of ice floating in it. As they who have resided in Greenland tell us that when it freezes "the sea smokes like burning turf-land, and a fog or mist arises, called frost-smoke," which "cutting smoke frequently raises blisters on the face and hands, and is very pernicious to the health." But this

pure, stinging cold is an elixir to the lungs, and not so much a frozen mist as
a crystallized midsummer haze refined and purified by cold.

【TT15】　　　　　　　冬日漫步(节选)　　　　　　　夏济安 译

　　风喃喃地轻轻吹过百叶窗，要么吹在窗上，轻轻软软的好像羽毛一般；有时候数声叹息，几乎叫人想起夏季漫漫长夜和风吹树叶的声音。田鼠已经舒舒服服地在地底下的楼房中睡着，猫头鹰安坐在沼泽深处一棵空心树里面，兔子、松鼠、狐狸都躲在家里安居不动。看家的狗在火炉边安静地躺着，牛羊在栏圈里一声不响地站着。大地也睡着了——这不是长眠，这似乎是它辛勤一年以来的第一次安然入睡。时虽半夜，大自然还是不断地忙着，只有街上商店招牌或是木屋的门轴上，偶然轻轻地发出嘎吱嘎吱的声音，给寂寥的大自然添一些慰藉。茫茫宇宙，在金星和火星之间，只有这些声音表示天地万物还没有全都入睡——我们想起了远处(就在心里头吧?)还有温暖，还有神圣的欢欣和朋友相聚之乐，可是这种境界是天神们互相往来时才能领略，凡人是不胜其荒凉的。大地现在是睡着了，可是空气中还是充满了生机，鹅毛片片不断地落下，好像有一个北方的五谷女神，正在我们的田亩上撒下无数银色的谷粒。

　　我们也睡着了，一觉醒来，正是冬天的早晨。万籁无声，雪厚厚地堆着，窗槛上像铺了温暖的棉花或羽绒；(1)窗格子显得加宽了，玻璃上结了冰纹，光线暗淡而隐秘，更加强了屋内舒适愉快的感觉。早晨的安静咄咄逼人。我们走到窗口——脚下的地板在吱吱地响——挑了一处没有冰霜封住的地方，眺望田野的景色。窗外一幢幢房子都是白雪盖顶；(2)屋檐下、篱笆上莫不垂垂地挂满了钟乳石似的冰雪；院子里像石笋似的站着很多雪柱，雪里藏的是什么东西，却看不出来。大树小树西面八方伸出白色的手臂，指向天空；本来是墙壁和篱笆的地方，形状更是奇特，在昏暗的大地上，它们向左右延伸，如跳如跃，似乎一夜之间，大自然把田野风景重新设计过，好让人间的画师来临摹。

　　我们悄悄地拔去门闩，雪花飘飘，立刻落到屋子里来；走出屋外，寒风迎面扑来，利如刀割。星光已经不那么闪烁光亮，地平线上笼罩了一层沉重晦暗的薄雾。东方露出一片奇幻的古铜色的光彩表示天快要亮了；可是西边的景物，还是模模糊糊，一片幽暗，寂静无声，恍若幽灵，到处阴光闪烁，鬼影幢幢，疑非人间。耳边的声音，也带着鬼气——鸡啼狗吠，木柴的砍劈声，牛群的低鸣声——这一切都好像阴阳河彼岸冥王的农场里发出的声音；声音本身并没有特别凄凉之处，只是天色未明，这种种活动显得太庄严了，太神秘了，不像人间所有。院子里，雪地上，狐狸和水獭所留下的印迹犹新，这使我们想起：即使在冬夜最静寂的时候，自然界生物没有一个钟点不在活动，它们还在雪上留下痕迹。把院子门打开，我们以轻快的脚步，跨上寂寞的乡村公路，雪干而脆，脚踏上去发出破碎的声音；早起的农夫，驾着雪橇，到远处的市场去赶早市。这辆雪橇一夏天都在农夫的门口闲放着，与木屑稻梗为伍，现在可有了用武之地。它的尖锐、清晰、刺耳的声音，对于早起赶路的人，也有提神醒脑的作用。农舍窗上虽然积雪很多，但是屋里的农夫早把蜡烛点起，孤寂的烛光照射出来，像一颗暗淡的星，宛如某种淳朴的美德正在作着晨祷。树际和雪堆之间，炊烟也是一处处地依次从烟囱里开始升起。

(3)大地冰封，远处鸡啼狗吠；从各处农舍门口，不时传来丁丁劈柴的声音。空气稀薄干寒，只有比较纤细锋利的声音才能传入我们的耳朵，听来短促而悦耳地颤动；凡是至清至轻的流体，波动总是稍发即止，因为里面清粒硬块，早就沉到底下去了。声音从地平线的远处传来，激越清亮，犹如钟声，冬天的空气清明，不像夏天那样有众多杂质阻碍，因此声音听来也不像夏天那样的毛糙而模糊。(4)脚上的土地，铿锵有声，如叩击坚硬的古木；一切乡村间平凡的声音，此刻听来都美妙悦耳；树上的冰条，互相撞击，其声玲琮，如流水，如雅乐。大气里面一点水分都没有，水蒸气不是干化，就是凝结成冰霜的了，空气十分稀薄而似有弹性，人呼吸其中，自觉心旷神怡，天空似乎是绷紧了的，往后收缩，人从下上望，很像处身大教堂中，顶上是一块连一块弧状的屋顶；擦得晶光锃亮的空气，好像有冰晶浮游其间，据在格陵兰住过的人告诉我们说，那边结冰的时候，"海就冒烟，像大火燎原；而且有雾气上升，名叫烟雾；这烟雾有害健康，伤人肌肤，能使手脸生疮肿胀。"我们这里的寒气，虽然寒冷入骨，然而质地清纯，可提神，可清肺。我们可不能

把它看作冻结的雾，只能认为它是仲夏的雾气的结晶，经过寒冷的凝练，变得越发清纯了。（夏济安，2000：394）

【评析】散文"A Winter Walk"的作者是美国著名作家、哲学家梭罗，他崇尚自然、简朴、独立的生活。为充分亲近自然，享受安宁，1845－1847年间，梭罗曾在家乡的瓦尔登湖畔的小屋里隐居。梭罗的文章"在语言结构和遣词用字上并无特异于传统写法的地方，但由于观察的独到细腻，时有物外之趣，整个文风与笔调也多层次和丰曲折，空灵洒脱，天机活泼，疏朗清俊"（高健，1998：323）。节选的这篇"A Winter Walk"是梭罗的散文代表作之一。

译者夏济安先生是台湾作家兼翻译家，他的译作的特点是语言地道流畅，充分发挥译入语优势，极少晦涩冗滞的翻译腔，这篇"冬日漫步"就是这一特色的明证。如果不看原文，只看译文，丝毫看不出这是一篇译作，宛若一篇原创汉语散文，文笔清爽利落，一如文中描写的冬日清晨雪景给人的感觉那样，清新提神，美妙悦耳。

夏济安先生的译文畅达地道，主要在于他善于彰显汉语特色，如利用汉语的小句、流水句，使原文中迂回曲折、结构复杂的树型英语句子，变成删繁就简、灵活流畅的竹型汉语句子，将原文中大量的名词、介词短语转换为动词短语，体现汉语的动词优势性，化静为动，增加文章的生机和动态美，并通过增词、反译、拆分等技巧化瘀解滞，使译文晓畅。请比较画线部分的原文和译文：

原文(1) 只有一句话，带有一个定语从句，译者将之转换为四个小句。

译者将**原文(2)** 这个并列句的后半句拆分为两句，分词短语"covering some concealed core"从主句中剥出，单独成句，并用了正话反译及增词技巧。

对**原文(3)**，译者调整了语序，将原句的构成部件完全拆散重组，使之符合汉语由远及近、由大到小的叙事习惯。译者还利用了汉语四字词语，使译语简洁优美。

对**原文(4)**，译者运用了四字词组、象声词、比喻，并合理搭配长短句，使译文富有音韵美、节奏美和意象美。

【ST16】　　　　**The Death of the Moth**　　　Virginia Woolf

Moths that fly by day are not properly to be called moths; they do not excite that pleasant sense of dark autumn nights and ivyblossom which the commonest yellow-underwing asleep in the shadow of the curtain never fails to rouse in us. They are hybrid creatures, neither gay like butterflies nor somber like their own species. Nevertheless the present specimen, with his narrow hay-coloured wings, fringed with a tassel of the same colour, seemed to e content with life. It was a pleasant morning, mid-September, mild, benignant, yet with a keener breath than that of the summer months. The plough was already scoring the field opposite the window, and where the share had been, the earth was pressed flat and gleamed with moisture. Such vigour came rolling in from the fields and the down beyond that it was difficult to keep the eyes strictly turned upon the book. The rooks too were keeping one of their annual festivities; soaring round the tree tops until it looked as if a vast net with thousands of black knots in it had been cast up into the air; which, after a few moments sank slowly down upon the trees until every twig seemed to have a knot at the end of it. Then, suddenly, the net would thrown into the air again in a wider circle this time, with the utmost clamour and vociferation, as though to be thrown into the air and settle slowly down upon the tree tops were a tremendously exciting experience.

The same energy which inspired the rocks, the ploughmen, the horses, and even, it seemed, the lean bare-backed downs, sent the moth fluttering from side to side of his square of the window-pane. One could not help watching him. One was, indeed, conscious of a queer feeling of pity for him. The possibilities of pleasure seemed that morning so enormous and so various that to have only a moth's part in life, and a day moth's at that, appeared a hard fate, and his zest in enjoying his meager opportunities to the full, pathetic. He flew vigorously to one corner of his compartment, and, after waiting there a second, flew across to the other. What remained for him but to fly to a third corner and then to a fourth? That was all he could do, in spite of the size of the downs, the width of the sky, the far-off smoke of houses, and the romantic voice, now and then, of a steamer out at sea. What he could do he

did. Watching him, it seemed as if a fibre, very thin, but pure, of the enormous
energy of the world had been thrust into his frail and diminutive body. As
often as he crossed the pane, I could fancy that a thread of vital light became
visible. He was little or nothing but life.

Yet, because he was so small, and so simple a form of the energy that
was rolling in at the open window and driving its way through so many narrow
and intricate corridors in my own brain and in those of other human beings,
there was something marvelous as well as pathetic about him. It was as if
someone had taken a tiny bead of pure life and decking it as lightly as possible
with down and feathers, had set it dancing and zigzagging to show us the true
nature of life. Thus displayed one could not get over the strangeness of it.
One is apt to forge all about life, seeing it humped and bossed and garnished
and cumbered so that it has to move with the greatest circumspection and
dignity. Again, the thought of all that life might have been born in any other
shape caused one to view his simple activities with a kind of pity.

After a tome, tired by his dancing apparently, he settled on the window
ledge in the sun, and, the queer spectacled being at an end, I forgot about
him. Then, looking up, my eye was caught by him. He was trying to resume
his dancing, but seemed either so stiff or so awkward that he could only
flutter to the bottom of the window-pane; and when he tried to fly across it
he failed. Being intent on other matters I watched these futile attempts for a
time without thinking, unconsciously waiting for him to resume his flight,
as one waits for a machine that has stopped momentarily to start again
without considering the reason of its failure. After perhaps a seventh attempt
he slipped from the wooden ledge and fell, fluttering his wings, on to his
back on the window sill. The helplessness of his attitude roused me. It
flashed upon me that he was in difficulties; he could no longer raise himself;
his legs struggled vainly. But, as I stretched out a pencil, meaning to help
him to right himself, it came over me that the failure and awkwardness were

the approach of death. I laid the pencil down again.

The legs agitated themselves once more. I looked as if for the enemy against which he struggled. I looked out of doors. What had happened there? Presumably it was mid-day, and work in the fields had stopped. Stillness and quite had replaced the previous animation. The birds had taken themselves off to feed in the brooks. The horses stood still. Yet the power was there all the same, massed outside indifferent, impersonal, not attending to anything in particular. Somehow it was opposed to the little hay-coloured moth. It was useless to try to do anything. One could only watch the extraordinary efforts made by those tiny legs against an oncoming doom which could, had it chosen, have submerged an entire city, not merely a city, but masses of human beings; nothing, I knew, had any chance against death. Nevertheless after a pause of exhaustion the legs fluttered again. It was super this last protest, and so frantic that he succeeded at last in righting himself.one's sympathies, of course, were all on the side of life. Also, when there was nobody to care or to know, this gigantic effort on the part of an insignificant little moth, against a power of such magnitude, to retain what no one else valued or desired to keep, moved one strangely. Again, useless though I knew it to be. But even as I did so, the unmistakable tokens of death showed themselves. The body relaxed and instantly grew stiff. The struggle was over. The insignificant little creature now knew death. As I looked at the dead moth, this minute wayside triumph of so great a force over so mean an antagonist filled me with wonder. Just as life had been strange a few minutes before, so death was now as strange. The moth having righted himself now lay most decently and uncomplainingly composed. O yes, he seemed to say, death is stronger than I am.

【TT16】　　　　飞蛾之死　　弗吉尼亚·沃尔夫 著　陆谷孙 译[1]
　　白昼出没的飞蛾，准确地说，不叫飞蛾；它们激发不起关于沉沉秋夜和青藤小花的欣快意念，而藏在帷幕暗处沉睡的最普通的"翼底黄"

---

1 原文和译文均选自《中国翻译》，2001 (6). 第 72-74 页。

飞蛾却总会唤醒这样的联想。"翼底黄"是杂交的产物，既不像蝴蝶一般色彩鲜艳，也不像飞蛾类那样全身灰暗。尽管如此，眼前这只蛾子，狭狭的双翼显现着枯灰色，翼梢缀有同样颜色的一圈流苏，看上去似乎活得心满意足。这是一个令人神清气爽的早晨。时届九月中旬，气温舒适宜人，而吹过来的风已比夏季凉冽。窗户对面，犁耕已经开始。铧片过处，泥土被压得平整，显得湿漉漉又乌油油。从田野以及更远处的丘陵，一股勃勃生机扑面而来，使双眼难以完全专注于书本。还有那些白嘴鸦，像是正在欢庆某一次年会，绕着树梢盘旋，远远望去仿佛有一张缀有万千黑点的大网撒开在空中。过了一会，大网慢慢降下，直到林中的每一处枝头落满黑点。随后，大网突然再次撒向天空，这一回，划出的圆弧更大，同时伴以不绝于耳的呱呱鸦噪，似乎一会儿急急腾空而去，一会儿徐徐栖落枝头，乃是极富刺激性的活动。

　　一种活力激励着白嘴鸦、掌犁农夫、辕马，影响所及甚至连贫瘠的秃丘也透出了生气。正是这种活力撩拨着飞蛾鼓翅，从正方形窗玻璃的一侧移动到另一侧。你无法不去注视它；你甚至对它产生了一种莫名怜悯。这天早晨，生命的乐趣表现得淋漓尽致又丰富多样，相比之下，作为一只飞蛾浮生在世，而且是只有一天生命的飞蛾，真是命运不济。虽则机遇不堪，飞蛾却仍在尽情享受，看到这种热情不禁引人唏嘘。它劲儿十足地飞到窗格的一角，在那儿停了一秒钟之后，穿越窗面飞到另一角。除了飞到第三角然后又是第四角，它还能做什么呢？这就是它能做的一切，虽然户外丘陵广袤，天空无际，远处的房屋炊烟缭绕，海上的轮船不时发出引人遐思的汽笛声。飞蛾能做到的事，它都做了。注视着它的时候，我觉得在它羸弱的小身体里，仿佛塞进了一缕纤细然而洗练的世间奇伟的活力。每当它飞越窗面，我总觉得有一丝生命之光亮起。飞蛾虽小，甚至微不足道，却也是生灵。

　　然而，正因为它微不足道，正因为它以简单的形式体现了从打开的窗户滚滚涌进并在我和其他人大脑错综复杂的狭缝中冲击而过的一种活力，飞蛾不但引人唏嘘，还同样令人惊叹，使人感到似乎有谁取来一颗晶莹的生命之珠，以尽可能轻盈的手法饰以茸羽之后，使其翩跹起舞，左右飞旋，从而向我们显示生命的真谛。这样展示在人们的面前，飞蛾使人无法不啧啧称奇，而在目睹飞蛾弓背凸现的模样的同时，看它装扮着又像背负了重荷，因此动作既谨慎又滞重，人们不禁会全然忘记生命是怎么一回事。人们倒是会又一次想到，生命若以另一种不同于飞蛾的形态诞生将可能变成什么，而这种想法自会使人以某种怜悯的心情去观察飞蛾的简单动作。

　　过了一会，飞蛾像是飞得累了，便在阳光下的窗沿上停落。飞舞的奇观已经结束，我便把它忘了。待我抬起头来，注意力又被它吸引了去，只见它在试图再次飞起，可是因为身体已太僵直，要不就是姿态别扭，而只能扑闪着翅膀，落到窗玻璃的底部。当它挣扎着往顶部飞时，它已力不从心。因为我正专注于其他事情，所以只是心不在焉地看着飞蛾徒劳地扑腾，同时，无意识地等着它再一次飞起，犹如等着一台暂时停转的机器重新开始而不去深究停转的原因。也许扑腾了七次，飞蛾终于从木质窗沿滑下，抖动着双翅，仰天掉在窗台上。它这种绝望无助的体位换回了我的注意，我顿时意识到飞蛾陷入了困境，它的细腿一阵乱蹬，却全无结果，它再也无法把身体挺直。我手持一支铅笔朝它伸去，想帮它翻一个身，然而就在这时我认识到，扑腾失败和姿态别扭都是死之将至的表征。于是，我放下了铅笔。

　　细腿又抖动了一次。我像是为了寻找飞蛾与之搏斗的仇敌，便朝户外望去。那儿发生了什么？大概已是中午时分。田畴劳作业已停止。原先的奔忙已被静止所取代。鸟儿飞往小溪觅食；辕马立停。但是，那股力量依然聚集在那儿，一股冷漠超然、非人格化、不针对任何具体对象的力量。不知出于什么原因，与枯灰色的小飞蛾作对的，正是这股力量。试图抗拒这股力量，全然无用，我所能做的，唯有看着飞蛾软弱的细腿作出非凡的挣扎，抵拒那渐渐接近的毁灭伟力。毁灭伟力，只要它愿意，本可以埋没整个一座城池；除了城池，还可以夺去千万人的生命。我知道，与死神作搏斗，世间万物都无取胜的可能。虽说如此，因为精疲力竭而小憩之后，细腿又抖动起来。这最后的抗争确属英勇超凡，而挣扎又是如此之抗暴，飞蛾竟然最终翻身成功了。当然，你定会同情求生的一方。与此同时，在无人过问也无人知晓的情况下，这微不足道的小飞蛾为了维持既无他人重视也无他人意欲保存的生命，竟对如此巨大的伟力作出这样强悍的拼搏，这更使人受到异样的感动。不知怎么的，我又一次见到了那晶莹的生命之珠。虽说意识到一切全是徒劳，我重又提起铅笔。然而正在这时，确凿无误的死亡症状出现了。蛾体先是松弛下来，旋即变得僵硬。搏斗告终。这微不足道的小生命死了。看着飞蛾的尸体，看着这股巨大的伟力把这么一个可怜巴巴的对手捎带着战胜，我心头充满了惊诧感。几分钟之前，生命曾显得那样奇诡。如今死亡也是同样的奇诡。飞蛾端正了身体，安安静静躺在那儿，端庄而毫无怨尤。哦，是的，它好像在说，死神毕竟比我强大。（选自 2001 年第 6 期《中国翻译》第 72-74 页）

【评析】关于这篇随笔的翻译，陆谷孙先生自己做了简洁而精彩的点评，勾勒了这篇译文整体意趣的宏观再现和细节词句的微观处理。

"某日，弗吉尼亚·沃尔夫正在窗前读书，注意力忽被一只小小的飞蛾吸引了去，目光由此扫往户外，又见到白嘴鸦、拖犁辕马和贫瘠丘陵等景物。飞蛾扑腾着，挣扎着，最后力竭而死。'物色尽而情有余'（刘勰语），女作者因小见大，由此生发有关重大生死问题的杂感，于是写下这篇随笔。

随笔是一种突破拘牵、张弛相随、笔触细腻的文体，翻译时最大的难处莫过于捕捉作者发挥想象力的大致轨迹，变通适会，同时用心于细节，把原文的意象和旨趣尽量忠实地传达出来。

《飞蛾之死》看若思无定畦，其实裁章也有顺序，即前三段以写'生'为主，后两段写'死'；写'生'为主时也发怜悯，也有唏嘘，而写到死神强大时也不忘抗争的英勇和强悍。把握住这一基调，译文方字从句顺。例如第一段末尾描写白嘴鸦的两长句，翻译时就宜尽量拆析，并以'万千黑点'、'大网撒开'、'呱呱鸦噪'、'急急腾空'、'徐徐栖落'等词语来渲染一种热闹的动态；又如第二和第三段由 'as if' 引起的比喻句中多用 'fiber'、'thread of vital light' 和 'bead' 等意象，译时亦宜将'生的活力'作为主要的参照框架，以使比类虽繁，不失切至。"[1]

---

[1] 陆谷孙. 译后记.《中国翻译》，2001(6)，第 72-74 页。

要译好一篇散文，首先要从整体上体会原文的风格、意境，在此基础上斟酌推敲词句，这是保证从各个层面上最大限度地再现原文情韵的基本步骤。

【ST17】　　　　　　London in Plague Time　　　　　Daniel Defoe

During the month of July, and while, as I have observed, our part of the town seemed to be spared in comparison of the west part, I went ordinarily about the streets, as my business required, and particularly went generally once in a day, or in two days, into the city, to my brother's house, which he had given me charge of, and to see if it was safe; and having the key in my pocket, I used to go into the house, and over most of the rooms, to see that all was well; for though it be something wonderful to tell, that any should have hearts so hardened, in the midst of such a calamity, as to rob and steal; yet certain it is, that all sorts of villainies, and even levities and debaucheries, were then practiced in the town, as openly as ever, I will not say quite as frequently, because the numbers of people were many ways lessened.

But the city itself began now to be visited too, I mean within the walls; but the number of people there were, indeed, extremely lessened, by so great a multitude having been gone into the country; and even all this month of July, they continued to flee, though not in such multitudes as formerly. In August, indeed, they fled in such manner, that I began to think there would be really none but magistrates and servants left in the city…The face of London was now indeed strangely altered, I mean the whole mass of buildings, city, liberties, suburbs, Westminster, Southwark, and altogether; for, as to the particular part called the city, or within the walls, that was not yet much infected; but in the whole, the face of things, I say, was much altered; sorrow and sadness sat upon every face, and though some part were not yet overwhelmed, yet all looked deeply concerned; and as we saw it apparently coming on, so every one looked on himself, and his family, as in the utmost danger: were it possible to represent those times exactly, to those that did not see them, and give the reader due ideas of the horror that everywhere presented itself, it must make just impressions upon their minds, and fill them with surprise. London might well be said to be all in tears! The mourners did not go about the streets indeed, for nobody put on black, or made a formal dress of mourning for the nearest friends; but the voice of mourning was truly heard in the streets; the shrieks of women and children at the windows and doors of their houses, where their dearest relations were, perhaps dying, or just dead, were so frequent to be heard, as we passed the streets, that it was enough to pierce the stoutest heart in the world to hear them. Tears and lamentations were seen almost in every house, especially in the first part of the visitation; for towards the latter end, men's hearts were hardened, and death was so always before their eyes, that they did not so much concern themselves for the loss of their friends, expecting that themselves should be summoned the next hour.

Business led me out sometimes to the other end of the town, even when the sickness was chiefly there; and as the thing was new to me, as well as to everybody else, it was a most surprising thing to see those streets, which were usually so thronged, now grown desolate, and so few people to be seen in them, that if I had been a stranger, and at a loss for my way, I might sometimes have gone the length of a whole street, I mean of the by-streets, and see nobody to direct me, except watchmen set at the doors of such houses as were shut up; of which I hall speak presently.

One day, being at that part of the town, on some special business, curiosity led me to observe things more than usually; and indeed o walked a great way where I had no business; I went up Holborn, and there the street was full of people; but they walked in the middle of the great street, neither on one side or other, because, as I suppose, they would not mingle with anybody that came out of the houses, or meet with smells and scents from houses that might be infected.

The inns of court were all shut up, nor were very many of the lawyers in the Temple, or Lincoln's-Inn, or Gray's-Inn, to be seen there. Everybody was at peace, there was no occasion for lawyers; besides, it being in the time of the vacation too, they were generally gone into the country.

Whole rows of houses in some places were shut close up, the inhabitants all fled, and only a watchman or two left.

【TT17】　　　　　　　伦敦大疫　　　　笛福 著　高健 译

七月期间，我们住的这部分城区，比起城西来既如我所说几乎近于幸免，我遂按照事物需要，常常上街，特别是每天或每隔一天便去市中心一次，或去去我兄弟家，看看一切是否安全，因这时他家已交我代管；我手中既有钥匙，便也常至其处，寻视一下各个房间，才好放心；因为尽管值此大疫期间，狠心之辈出来盗窃的，也并不乏人，这事说来虽属可惊，然而十分明显，各种各样的邪行坏事，以及踰闲荡检举动，竟在城中照旧公行无忌，或许我不应说不减过去，因为此时城中的人数委实是大为减然了。

但是无论如何，这座城已开始有人进进出出了，我这里当然指城墙以内；但那里的人数却因大批大批避入乡下而遽形下降；甚即在这整个七月当中，人们仍在继增起来，因而使人感觉，这里除了官吏职员外，几乎是空城一座了……伦敦市容此时真是一副异样，全然改观，我指的是许多居民区、中心区、自由区、郊区、惠斯敏斯区与南瓦克区等等，至于所谓市中心区，亦即城墙以内地带，受祸一时尚不严重，然就大体而言，亦即就一般外观来讲，这改变也算够大的了；人人愁容满面，悲惨凄切，有的地区灾情虽还不够厉害，但人人都是一副忧心忡忡的样子；而且眼见疫疬势在必至，于是人人自危，且虑其家人，直若大难临头一般；如果能把这期间的种种予以确切描述，以便使未见的人有所了解，使读者对这种无处不在的恐怖稍有所知，这必将使他们感受良深，吃惊非浅。整个伦敦可以说尽是一片泪水！的确，悼亡的人并未出没街头，没有著上黑服，或为其亲友正式服丧；但是悝悼悲怆的哀哭却真的声闻街上；我们走在街上时，女人儿童哀恸已死或将死亲人的嚎啕竟是从门缝窗边不绝传来，即使世上最刚毅的人听到，怕也不免心碎。涕泣哀号遍及每个家室，这在降厉初期，尤其如此；但是久而久之，人们早已望绝心死，而且死人之事既已习见不鲜，所以即使好友溘逝，也不动心，唯自待死神随时召命而已。

由于事务关系，我也常需要去城的另一端，虽那里疫疠为虐最甚，亦所不顾；这事对我乃至不论谁来讲，都自是一番新奇经历，因而入眼一切，都不免可惊，前此一向繁忙的街市，目前是这样一派荒凉，而且街上行人这么寥寥，如果我人生地疏，到此迷路，恐怕走遍大街小巷，也难寻得个人来指路；当然有些紧闭的街门外面，偶尔也能见着个人在看守；这点下文还要提到。

一天，我因有事要办，又来在了这带地方，这时好奇心着实引得我好生观看了一番；的确，我走的路很远，已经与我的事务所在处无关；我远行到荷尔保恩区，那里街上挤满着人；但是这些人都行在街心，沿街两边，反是空的，这个，据我揣摸，是因为他们生怕与从沿街各户跑出的人们接触，或怕嗅到那里来的不佳气味，以防传染。

四大法学会都会门深闭，不论内殿中殿法学会还是林肯或葛莱法学会都几乎律师绝迹。此时人们已与人息讼，故无聘请律师之必要；且此时正值休假期间，多数律师已离城去乡。有些地方整条整条街衢都街门紧闭，人去楼空，只有几个人留守而已。（高健，1998：52-57）

【评析】这篇散文选自笛福的《大疫年纪事》(*A Journal of the Plague Year*)，用第一人称叙。述叙述者是一位居住在伦敦的商人，描写1665年伦敦鼠疫流行、死亡迫近之际，所眼见的种种可怕景象。由于是第一人称，而且笛福笔法高超，不露破绽，一直被认为描写的是作者亲身经历之事。后来查明1665年时笛福刚四岁，"当然谈不上目睹亲历问题。但由于此书叙述上的高明，长期以来竟被视作他的亲身见闻，直到他的生年弄清，真相始白。不过这也表明他的虚构杜撰本领着实惊人。笛福的语言通俗自然，具体直截，叙事顺畅条达，从容不迫，至今仍是英国文学中最有生气的语言与散文典范"（同上：53）。笛福的这部《大疫年纪事》可以说是叙事类散文的代表作。

译者高健先生是造诣高深的译界名家，出身书香世家，博览群书，汉语古文功底深厚，这个优势在翻译中充分地发挥了出来，其译作精致周到、简洁练达、隽美考究、纯净圆熟，尤以翻译风格见长。高健先生在风格翻译理论方面的论述也颇有见地，他认为散文风格是多层次、多方面的，不仅仅局限于语言层面，并认为风格是可译的，因为翻译风格意味着再现表层的语言形式和深层的神韵体性，高健将风格分为简古、雄浑、矫健、俊逸、典重、壮丽、华美、纯净等多种，提出通过译透风格赖以存在的语言形式和文章内容来再现散文风格，做到"情词相称、不失原旨"。

　　散文"London in Plague Time"出自 17 世纪作家之手，遣词造句简洁、朴素、老练，语言风格简古，丝毫没有拖泥带水、忸怩作态之弊。高健先生的译文使用了较多的文言文词汇和句式，如"遂"、"其"、"值此……期间"、"然"、"亦即"、"直若"、"唯"等，使文句精简，还多处运用四字词组，如"踰闲荡检"、"公行无忌"、"习见不鲜"、"大难临头"、"怛悼悲怆"、"人生地疏"、"人去楼空"等，这些四字词语言简意赅，也起到凝聚浓缩地表达意义的作用，真所谓"惜字如金"。写文章时，往往是铺陈夸饰容易，简约古朴困难。翻译也是一样，翻译一篇简古风格的散文，并要译文也得简古之风，绝非易事，需要有深厚的双语功底和娴熟的语言操控能力，还要具备高度的翻译职业素养，才有可能在两种文化和语言交替转换间游刃有余。

【研究与实践思考题】

(1) 和汉语散文相比，英语散文的音韵、节奏有什么特色，英语散文汉译时如何发挥汉语优势，利用汉语的音乐感再现原文的音韵和节奏？[PT]

(2) 散文风格有哪些表现层次？针对体现散文风格的因素，译者应采取何种策略和技巧处理？[PT] + [AT]

(3) 将下列散文译成汉语，并做出评析。[C] + [AT]

　　　　On a warm, miserable morning last week we went up to the Bronx Zoo to see the moose calf and to break in a new pair of black shoes. We encountered better luck than we had bargained for. The cow moose and her young one were standing near the wall of the deer park below the monkey house, and in order to get a better view we strolled down to the lower end of the park, by the brook. The path there is not much travelled. As we approached the corner where the brook trickles under the wire fence, we noticed a red deer getting to her feet. Besides her, on legs that were just learning their business, was a spotted fawn, as small and perfect as a trinket seen through a reducing glass. They stood there, mother and child, under a gray beech whose trunk was engraved with dozens of hearts and initials. Stretched on the ground was another fawn, and we realized that the doe had just finished twinning. The second fawn was still wet, still unrisen. Here was a scene of rare sylvan splendor, in one of our five favorite boroughs, and we couldn't have asked for more. Even our new shoes seemed to be working out all right and weren't hurting much.（Elwyn Brooks White: *Twins*）

(4)将下列散文译成汉语，并做出评析。[C] +[AT]

On the dresser in Amy's empty bedroom was a music box with Snoopy on the lid, a gift when she was four or five. She had outgrown it years before and yet could never bear to part with it. It connected her to simpler days.

I picked it up the evening after she departed for college. Her bedroom haunted me with its silence, its unaccustomed tidiness, with the odd souvenirs from a childhood that was now history. But it was the music box that caught my eye. I opened it and the plaintive song played automatically, surprising me. I remembered, tears filling my eyes, the small child holding the box before she went to sleep. When I saw that she had placed my Marine Corps ribbons from Vietnam inside, I wept like a fool.

I had not seen the ribbons in ten years. When Amy was small, she wore them to school, picking out one or a few to match a jacket or a sweater. It perplexed her mother and caused her teacher to think I was a militarist at a time when virulent antimilitarism was *de rigueur*. But even at five she could read inside my heart. She had conceived a way to show her loyalty on an issue that was drowning me in pain.

At a time when right and wrong had canceled each other out, when the country was in chaos and I was struggling with the wreckage of my life, my daughter was my friend. At three, she comfort me, asking the right question when I learned that my closest friend in law school had died. At five, she tried to take care of me when, badly shaken by the suicide of a young veteran, I retreated to a remote campsite. At ten, as her class cheered the return of our hostages from Iran, she lectured them on the difficult homecoming of our Vietnam veterans.

(James Webb: *In Amy's Eyes*)

(5) 将下列散文译成汉语，并做出评析。[C] +[AT]

Although art historians have spent decades demystifying van Gogh's legend, they have done little to diminish his vast popularity. Auction prices still soar, visitors still overpopulate van Gogh exhibitions, and *The Starry Night* remains ubiquitous on dormitory and kitchen walls. So complete is van Gogh's global apotheosis that Japanese tourists now make pilgrimages to Auvers to sprinkle their relatives' ashes on his grave. What accounts for the endless appeal of the van Gogh myth? It has at least two deep and powerful sources. At the most primitive level, it provides a satisfying and nearly universal revenge fantasy disguised as the story of heroic sacrifice to art. Anyone who has ever felt isolated and unappreciated can identify with van Gogh and hope not only for a spectacular redemption but also to put critics and doubting relatives to shame. At the same time, the myth offers an alluringly simplistic conception of great art as the product, not of particular historical circumstances and the artist's painstaking calculations, but of the naïve and spontaneous outpourings of a mad, holy fool. The gaping discrepancy between van Gogh's longsuffering life and his remarkable posthumous fame remains a great and undeniable historical irony. But the notion that he was an artistic idiot savant is quickly dispelled by even the most glancing examination of the artist's letters. It also must be dropped after acquainting oneself with the rudimentary facts of van Gogh's family background, upbringing, and early adulthood. (Bradley Collins: *Van Gogh*)

Essay Writing Guide

Chapter 6

散文译法细分

前面几章我们已经比较细致地讨论了影响散文翻译的诸多因素，如何了解原文的时代背景、如何考察题材的基调、如何把握作者的行文风格，等等。在本章中我们将对散文进行分类，从散文的类别出发，探讨各类散文的翻译方法。

散文的划分历来众说纷纭。在第3章中我们也尝试根据文体概念对散文作出分类。笔者认为，根据散文的内容和性质，可以将其划分为：①写景散文，②叙事散文，③抒情散文，④议论散文。让我们先来看一下这四类散文的特点。

写景散文多以描绘景物为主，在描绘景物的同时抒发感情，或借景抒情，或寓情于景，在空间变换中移步换景。这类写景文中，背景的解释、气氛的渲染及情感的表达都仰仗景物的描写，以此更好地表现主题。例如刘白羽的《长江三峡》。

叙事散文多以写人记事为主，叙述人物和事件的发展变化过程，具备时间、地点、人物、事件等要素；在详细描绘人和事的同时表达作者的认识和感受，字里行间洋溢着作者的感情。例如鲁迅的《藤野先生》、吴伯箫的《记一辆纺车》、朱德的《母亲的回忆》。

抒情散文更注重表现作者的思想感受，在具有强烈的抒情性的同时通常具有深刻的社会内容和思想感情。文章或直抒胸臆，或触景生情，洋溢着浓烈的诗情画意。文中常见象征和比拟的手法，寓思想于形象，具有强烈的艺术感染力。例如茅盾的《白杨礼赞》、魏巍的《依依惜别的真情》、朱自清的《荷塘月色》、冰心的《樱花赞》。

议论散文形式多样，包括杂文、小品文、随笔、说理文等。这大类的散文有一共同的特点，即包含着哲理。议论散文包含着对万事万物真谛的讨论，揭示事物的本质和底蕴，具有震撼性的审美效果。文章拥有较一般散文更丰富的内涵，对自然、社会、人生进行多角度的融合。同时，由于作者在感悟过程中有情感参与及想象的融入，因此其哲理的表现比一般的议论文显得更为饱满。

每类散文均有自身的特性，译者在翻译过程中应该特别针对其特性选择翻译策略与方法。小至字斟句酌，大至谋篇布局，无一处不需精心运筹。譬如叙事散文，重在记人叙事，那么译者就须从分析人物，事物入手，发掘隐含的意趣；对于抒情散文，重在感觉作品的画面、意象与情感，并对文中隐藏的象征意蕴加以探索；议论散文，自然应理清说理的层次和作者的主张，掌握作品的意旨才提笔翻译（傅德岷，2006：383）。目前，从语篇分析（discourse analysis）的角度研究翻译已成为一个大的趋势。除了能够在"宏观范围内帮助译者正确理解原文，同时也能为译文的语篇组织、句式安排和字词选择提供理论上的依据"（曹明伦，2007：131-133）。译者在翻译过程中的理解，比较、分析、联想、解构、重组/构、综合、表达等一系列具体行为均使源语语篇再生于译语文本，下文我们将具体探讨在具体文本中各类散文的主要特色的翻译。

6.1 写景散文：意象与意境的翻译再现

写景散文通常以情寓景，以景物描写为主，从写景的角度将情感具体化，达到情景交融的境界。而写景散文中饱含意蕴的意象则是译者在翻译过程中需要特别注意的地方。黄子平在"什么是意象"一文中说："意象是诗人的主观意念与外界的客观物象猝然撞击的产物。诗人通过形象的选择、提炼、重新组合来表现自己的内心世界，体现在诗歌中就是那些蕴含着特定意念而让读者得之言外的语言形象。意象既不是客观物象的刻板描写，也不是诗人主观情感的直接倾泻，而是主客观的融会、碰撞和刹那间的结合。"（傅德岷，2006：131）散文的意象也是同样，对于刹那间出现的理性与感性的结合，译者需抓住那种"突然解放的感觉"，摆脱"时间与空间局限的感觉"，传递出意象的美感。让我们看以下例文。

【ST1】   **First Snow**   by Douglas Gilean

  One evening I look out the window of my secluded cabin, and there are soft languid flakes falling in the golden lamplight. They fall all night, while the voice of the Teal River becomes more and more hushed and the noises of the forest die away. By dawn, the whole world of stream and wood and mountain has been kindled to a white flame of beauty.

I go out in the early morning and there is such silence that even breath is a profanation. The mountain to the north has a steel-blue light on it, and to the west the sky still holds something of the darkness of the night. To the east and the south a faint pink is spreading. I look up and see the morning star keeping white watch over a white world.

Soon the whole sky is azure and flamingo. Every branch of every tree is weighted with cold and stillness; every fallen log is overlaid with silver. The wild berry bushes have puffballs of jeweler's cotton here and there along their branches, and the stark roots of hemlocks and cedars have become grottoes of quartz and chrysolite.

After heavy snowfalls, it is the evergreens that are the loveliest, with their great white branches weighted down until they are almost parallel with the trunks. They seem like giant birds with their wings folded against the cold.

But after a light fall, (1) it is the deciduous trees that are the most beautiful. They are so fragile, so ethereal, that it seems even the sound of the rivers might shatter them as they appear to drift like crystal smoke along the banks. The bushes are silver filigree, so light, so much on tiptoe in this enchanted world. Even the slightest breeze sends the snow shimmering down from them, leaving the branches brown and bare and rather pitiful.

The sky is clear blue now and the sun has flung diamonds down on meadow and bank and wood. Beauty, the virgin, walks here quietly, quietly. Her feet make no sound and not sign upon the immaculate snow. The silence is dense and deep. Even the squirrels have stopped their ribald chattering. And faint snowbird whisperings seems to emphasize the stillness.

Night comes, and the silence holds. There is a feeling about this season that is in no other—a sense of snugness, security and solitude. It is good to be out in the bracing cold, which clears the mind and invigorate the heart. Blanket, fire is a first-rate companion. The coffee is full-bodied and fragrant;

shadows dance on the walls and the world outside my windows is very still. I am more than content to begin and end a day like this amid all the calm clarity of wintered earth.

Outside the moon is high with a dark-blue sky behind it and with mountains, plains and forests of silver lying below. The trees, the bushes and the tall ferns are carved with alabaster. The river runs like quicksilver between the porcelain of its banks.

(2) <u>Earth and heavens glitter, and the sword-fern clumps are diamond sunbursts pinned to the silver-sequined ground.</u> But it is all in silence. There are shadows from the stars. They are white, sharp lights in the midnight blue sky and appear literally to spark with coldness. I feel as though I can see every star in the universe.

It seems impossible for one human heart to contain all this loveliness without breaking. Perhaps the ache that is in mine comes from the knowledge that all this beauty is so ephemeral, that it will be gone almost before I have done more than touch it with my fingertips.

【TT1】　　　　　　　　初雪　　　　　　　　吉丽安·道格拉斯

　　一天晚上，我从我隐居的小木屋朝窗外望去，但见柔软的雪花正慢悠悠地飘进金色的灯光之中。雪下了整整一夜，奔腾的梯尔河渐渐沉寂，森林的喧嚣也慢慢消失。到黎明时分，那溪流、树林和山峰的世界已被积雪覆盖，闪着一片美丽的白光。

　　我一大清早便来到屋外。整个大千世界是如此安谧，甚至连轻微的呼吸也会破坏这宁静。北边的山岭披上了铁灰色的素装；西边的天空还残留着朦胧夜色；而在东方，在南方，一片淡淡的粉红色正在蔓延。我抬头仰望，只见闪着银光的晨星正俯瞰着这个白茫茫的世界。

　　不一会儿，万里晴空已是一片火红。严寒和寂静重压在每棵树的枝头，残枝断桩都戴上了水晶王冠，一根根伐倒在地的原木披上了厚厚的银装。野浆果树丛的枝条间，随处可见泛着珠光宝气的白粉蘑菇；铁杉和雪松光秃秃的树根，也成了石英与橄榄石砌成的洞穴。

一场大雪之后，最可爱的要算是常绿树木。它们缀满白雪的粗大树枝低垂在树干周围，使它们看上去就像一只只正合拢翅膀抵御严寒的巨鸟。

但在一场小雪之后，(1)最美的就要数那些落叶树了。它们是那样脆弱，那样缥缈，像透明的烟雾沿着河岸飘动，仿佛潺潺水声也会把它们震碎似的。低矮的灌木丛犹如银丝织成的工艺品，在这个令人陶醉的世界里，它们是那么轻盈，那么小心地踮起脚尖，哪怕是一阵最轻柔的微风也会把微微闪光的雪花从它们身上吹落，留下些赤裸裸的褐色枝条惹人怜惜。

此刻，天空已是一片湛蓝，太阳把千万颗宝石撒在草地上，撒在河流旁，撒在树林间。美，这位纯洁的少女，静静地在这里漫步，没在这无瑕的雪地上留下丝毫痕迹。静，是这般浓重，这般深沉，连松鼠都停止了它们不合时宜的喧闹，雪鸦微弱的啼鸣似乎也在加重这片寂静。

夜幕降临，天地间依然万籁俱寂。面对这样的季节，我心中油然生出一种独特的感情，一种舒适、安宁而又孤独的感情。置身室外的严寒中令人怡然，那严寒让人头脑清醒，心情振奋。回到屋里让绒毯般松软的温暖包裹全身，那种感觉也同样令人愉快。炉火是人最好的伙伴，咖啡发出浓烈的香味，暗影在墙上蹁跹起舞，而窗外的世界又是那般宁静。能在冬日世界的清幽明净中开始并结束这样的一天，我感到非常满足。

窗外，月亮高高挂在深蓝色的天幕上，天幕下是银色的山峦、森林和平川。树木、灌丛和高大的蕨树像是用雪花石膏雕成。河水像水银流淌在陶瓷般的河岸之间。

(2)大地和天空都在闪闪发光，蕨草丛恍若别在银色大地上的旭日形钻石胸针。但一切都沉浸在静寂之中。星星投下影子，它们在深夜的蓝天里白得耀眼，好像真的在闪出凛凛寒光。我觉得我仿佛能看见宇宙中的每一颗星星。

看来没人能面对这万千美景而不心碎。也许我心中的痛楚正是来自这样的意识：眼前的美最实在太短促，我几乎才刚刚触摸到它，而它就要悄然逝去。（曹明伦译）（曹明伦，2007：53-57）

【评析】这是一篇雪景散文，描绘了白雪皑皑、清冷宁静的场景，以及雪中树林的美姿美态。对于译者而言，这样的场景，在日常生活或是电视节目中都有所见，因此不会存在理解上的困难。而对于原文的行文风格的传递，如前面所说，对于原文背景、题材、原作的诗情画意与语言特色均应有所研究。这本身也是译者发挥主体能动性，对美鉴赏的过程。译者应将自身融入原作的氛围中去，如同马克思指出的："焦虑不堪的穷人甚至对最美的景色也没有感觉；珠宝商人所看到的只是商业的价值，而不是珠宝的美和特性；他没有珠宝的感觉。"（马克思，1960：205）因此也只有在特定背景下拥有特定经历的作者才能写出如此特别的雪景。原文选自作者的 *Silence Is My Homeland* 一书，这位加拿大女作家热爱自然、追求自由，虽然少年时期经历了巨大的家庭变故，并且经历了四次婚姻，她仍将一生都奉献给了热爱的写作事业。对于原文的风格，根据前文所提，原文的题材是典型的雪景描写，因此题材本身就具有一种宁静祥和的基调；文章从第一人称的视角观察雪后的山林世界，按视角的转换与时间的发展，从整体的雪景描绘到山林、天空、树木等细节的描写，运用多种视觉效果强烈的色彩词和意象表达文意与情感。因此原文的写作顺序清晰，主题明确，通篇体现出画面的美感，遣词用句流畅清雅。在翻译中对于这一风格应加以把握。而写景散文中最独特的意象传递，是翻译的重中之重。纽马克认为，翻译应分为"语义翻译"和"交际翻译"两种。文学作品以表情功能为主，因此要侧重于语义翻译。就本文而言，由于原文是译语读者耳熟能详的场景描写，因此对于文中绝大多数意象的再现没有实质上的难度，让我们比较一下**原文(1)**与**译文(1)**、**原文(2)**与**译文(2)**。

这两例中的意象十分明确，**原文(1)**中的"crystal smoke"，落叶树包裹在雪中连绵不断的形象让人身临其境，而**原文(2)**中的"diamond sunbursts pinned to the silver-sequined ground"，大地与天空的光彩照耀下的蕨草丛形象，相信大多数读者也不会陌生。因此，对于这两个意象，译者只需直接用符合原文风格的措辞将其译出，读者就可再一次欣赏到原作的美。在译文中，我们看到落叶树银装素裹，宛若水晶般透明的烟雾，在河岸边起伏，以及蕨草丛如钻石胸针一般星星点点缀在银色大地上的美妙图案。原文与译文的意象严密吻合，恰当地传达了原文的意境。但是由于中西方文化的差异，原义的表达方式和审美情趣，以及译语读者的思维方式与接受程度等因素，有时原文的生动意象对于译语读者而言可能会变成一头雾水。如第三段中的"puffballs of jeweler's cotton"——"珠宝商的棉花做成的粉菌"，即首饰盒里衬垫的棉绒。源语读者对此应该比较熟悉，而译语读者对"粉菌"可能就比较茫然了。因此译者只好退而求其次，以译语读者的角度出发，将原意象进行重构，改写为"珠光宝气的白粉蘑菇"，以"蘑菇"的意象替代源语的"粉菌"意象（曹明伦，2007：60），虽然有所出入，但是在意境的表达上没有大的偏差，因此也可说是佳译。而原文另一引人入胜之处在于色彩的运用。在写景文中，色彩的运用在视觉上能够给读者带来巨大的冲击，简短的色彩词远胜数百字的具体描写，这也是"画意"的一大特色。原文中，作者笔下的"golden lamplight"、"steel-blue light"、"dark-blue sky"、"river runs like quicksilver"、"porcelain of its banks"等瑰丽的景物，在译文中分别以对应的汉语出现："金色的灯光"、"铁灰色的素装"、"深蓝色的天幕"、"河水像水银般流淌"、"陶瓷般的河岸"，让人立刻联想到瑰丽的画卷。尤其是文中出现的几处"white"（white flame of beauty; keep a white watch; white world; white branches; white, sharp lights），译者根据不同的语境分别译成"美丽的白光"、"闪着银光……俯瞰"、"白茫茫的世界"、"缀满白雪的树枝"、"白得耀眼"，既避免了用词的重复，又将作者的感情一并融入译文。

文学家独具匠心地选择物象，能使稀疏平常的语言升华为富含意象的诗句。索绪尔在符号学的发展中提出过"意象"的理论，"意象"产生便是所谓联想轴（associative axis）在起作用。不同的符号能够引起不同的联想，而我们所说的气氛、意境、气韵即为审美符号的综合。而意境与意象不同，追求的是"象外之象，景外之景"（王宏印，2002：184），"意境总是寄寓于景象之外"（刘宓庆，2005：157）。"象"有尽而"意"无穷，在翻译过程中将有限的"象"及无限的"意"传达出来，便是译者在翻译过程中，特别是写景散文中的任务。

让我们看看另一篇写景名篇，霍桑的《古屋杂忆》选段以及夏济安先生如何译出意象、再现原文的美的。

【ST2】　　　　　　**The Old Manse**　　　　by Nathaniel Hawthorne

Between two tall gate-posts of rough-hewn stone, (the gate itself having fallen from its hinges, at some unknown epoch,) (1)we beheld the gray front of the old parsonage, terminating the vista of an avenue of black-ash trees. (2)It was now a twelvemonth since the funeral procession of the venerable clergyman, its last inhabitant, had turned from that gate-way towards the village burying- ground. The wheel-track, leading to the door, as well as the whole breadth of the avenue, was almost overgrown with grass, (3) affording dainty mouthfuls to two or three vagrant cows, and an old white horse, who had his own living to pick up along the roadside. The glimmering shadows, that lay half-asleep between the door of the house and the public highway, were a kind of spiritual medium, seen through which, the edifice had not quite the aspect of belonging to the material world. Certainly it had little in common with those ordinary abodes, which stand so imminent upon the road that every passer-by can thrust his head, as it were, into the domestic circle. From these quiet windows, the figures of passing travellers looked too remote and dim to disturb the sense of privacy. In its near retirement, and accessible seclusion, it was the very spot for the residence of a clergyman; a man not estranged from human life, yet enveloped, in the midst of it, with a veil woven of intermingled gloom and brightness. It was worthy to have been one of the time-honored parsonages of England, in which, through many generations, a succession of holy occupants pass from youth to age, and bequeath each an inheritance of sanctity to pervade the house and hover over it, as with an atmosphere.

【TT2】(1)一条大路，两旁白蜡树成林，路尽头可以望见牧师旧宅的灰色门面，路口园门的门拱不知在哪一年掉下来了，可是两座粗石雕成的门柱还巍然矗立着。旧宅的故主是位德高望重的牧师，现已不在人世。(2)一年前，他的灵柩从园门里迁出，移向村中的公墓，也有不少人执绋随行。园门里的林荫大路和宅门前的马车道，杂草蔓生，(3)偶尔有两三只乌鸦飞来，随意啄食，在路旁觅食的那头老白马，也可以在这里吃到几口可口的美餐。宅门和公路之间，都是隐约朦胧的树影，远远望去，似乎人鬼异世，这座旧宅也不属于这个世界的了。通常贴近路旁的住宅屋子，看上去总是亲切近人，行人路过，似乎觉得伸进头去即可看到家庭融洽之乐，这座宅子的气象，大不相同。这里的环境十分幽静，从窗子望出去，一片静穆，即使有人路过，也像是模模糊糊，隔了一个世界，不足以扰乱宅内宁静，正是适合于牧师的住宅，牧师先生不能远离人群，可是他虽结庐人境，他生活的周围似乎罩上了一层明暗夹杂的幕，其神秘不是凡人所能窥测的。一座房子能够成为世代相传牧师之家，是很幸运的。那位任圣职的屋主，在这里从青春住到老年，再将房子传给下一代的牧师，自有一种圣洁之气，四周弥漫，上下笼罩，与俗人之所居，也就大易其趣了。（夏济安译）（夏济安，1979：75）

【评析】在前文的例子中我们提到，若想将原文意象在译语中表达得准确而有感染力，并非易事。除了英汉文化中共通的意象可直接转换，以及用汉文化意象完全取代西方文化意象这两种方法之外，译者也可考虑从无到有的创造意象法。看**原文(2)**与**译文(2)**、**原文(3)**与**译文(4)**。

原文(2)中的 the funeral procession 是一个名词短语，在文中属于静态的意象，而译者凭借深厚的中文功底将这一场景以汉文化独有的"执绋随行"译文再现，于是有了"不少人执绋随行"的动态意象，场景顿时鲜活起来(李刚,2008)。**原文(3)**中从 cow 到"乌鸦"的转变是夏济安先生意象再创造的经典之作。在**译文(3)**中，译者将一个长句展开成几个分句，语调舒缓，更符合译语读者的阅读习惯。同时，译者重构意象，使用译语文化中的"乌鸦"，虽然界对此褒贬不一，不可否认的是这一意象带给读者的凄清萧索的感觉却比原文更胜一筹，也更加符合译语读者的审美思维。

译者在翻译语义的时候，还必须有意识地考虑如何使译文中的意象完整、鲜明，如针对**原文(1)**，译者从译语表达习惯出发，首先抹去了主语"we"，采用"一条大路，两旁白蜡树成林"的并列结构，既富有节奏感，又鲜明地将"大路"和"白蜡树"两个意象突出表现，毫不拖泥带水；"成林"则可说是又一新意象的创造。

前文提到的是意象的传递方法，如直译、重构等，现在来看看如何使意象的再现为主题和风格的再现服务。

【ST3】　　　　　　　　雨前　　　　　　　　　何其芳 著
最后的鸽群带着低弱的笛声在微风里划一个圈子后，也消失了。也许是误认这灰暗的凄冷的天空为夜色的来袭，或是也预感到风雨的将至，遂过早地飞回它们温暖的木舍。

(1)几天的阳光在柳条上撒下的一抹嫩绿，被尘土埋掩得有憔悴色了，是需要一次洗涤。还有干裂的大地和树根也早已期待着雨。雨却迟疑着。

我怀想着故乡的雷声和雨声。那隆隆的有力的搏击，从山谷返响到山谷，仿佛春之芽就从冻土里震动，惊醒，而怒茁出来。细草样柔的雨声又以温存之手抚摩它，使它簇生油绿的枝叶而开出红色的花。这些怀想如乡愁一样萦绕得使我忧郁了。(2)我心里的气候也和这北方大陆一样缺少雨量，一滴温柔的泪在我枯涩的眼里，如迟疑在这阴沉的天空里的雨点，久不落下。

白色的鸭也似有一点烦躁了，有不洁的颜色的都市的河沟里传出它们焦急的叫声。有的还未厌倦那船一样的徐徐的划行，有的却倒插它们的长颈在水里，红色的蹼趾伸在尾巴后，不停地扑击着水以支持身体的平衡。不知是在寻找沟底的细微的食物，还是贪那深深的水里的寒冷。

有几个已上岸了。在柳树下来回地作绅士的散步，舒息划行的疲劳。然后参差地站着，用嘴细细地梳理它们遍体白色的羽毛，间或又摇动身子或扑展着阔翅，使那缀在羽毛间的水珠坠落。一个已修饰完毕的，弯曲它的颈到背上，长长的红嘴藏没在翅膀里，静静合上它白色的茸毛间的小黑眼睛，仿佛准备睡眠。可怜的小动物，你就是这样做你的梦吗？

我想起故乡放雏鸭的人了。一大群鹅黄的雏鸭游牧在溪流间。清浅的水，两岸青青的草，一根长长的竹竿在牧人的手里。他的小队伍是多么欢欣地发出啁啾声，又多么驯服地随着他的竿头越过一个山野又一个山坡。夜来了，帐幕似的竹篷撑在地上，就是他的家。但这是怎样辽远的想象呵！在这多尘土的国土里，我仅只希望听见一点树叶上的雨声。一点雨声的幽凉滴到我憔悴的梦，也许会长成一树圆圆的绿阴来覆荫我自己。

我仰起头。天空低垂如灰色的雾幕，落下一些寒冷的碎屑到我脸上。一只远来的鹰隼仿佛带着怒愤，对这沉重的天色的怒愤，平张的双翅不动地从天空斜插下，几乎触到河沟对岸的土阜，而又鼓扑着双翅，作出猛烈的声响腾上了。那样巨大的翅使我惊异，我看见了它两肋间斑白的羽毛。接着听见了它有力的鸣声，如同一个巨大的心的呼号，或是在黑暗里寻找伴侣的叫唤。

然而雨还是没有来。

【TT3】　　　　　**Praying for Rainfall**　　　　by He Qifang

The last flock of pigeons have also gone out of sight after doing their final circling in the soft breeze, the sound of their whistles barely audible. They are hastening back to their warm wooden dovecote earlier than usual perhaps because they have mistaken the bleak leaden sky for nightfall or because of their presentiment of a storm.

(1) The willow twigs, daubed with a light green by several days of sunshine, are now covered all over with dust and look so sickly that they need to be washed. And the parched soil and tree roots have likewise been dying for rainfall. Yet the vain is reluctant to come down.

I can never forget the thunderstorm we often had in my home town. Over there, whenever the rumble of thunder reverberated across the valley, the buds of spring would seem to sprout freely after being disturbed and roused up from their slumber in the frozen soil. Then tenderly stroked by the soft hands of fine rain, they would put forth bright green leaves and pink flowers. It makes me nostalgic and melancholy to think about old times and (2) my mind is as depressed as the vast expanse of North China is thirsty. A tear stands in my dull eye and, like the rain lingering in the murky sky, is slow to roll down.

White ducks have also become somewhat impatient. Some are sending out irritated quacks from the turbid waters of an urban creek. Some keep swimming leisurely and tirelessly like a slow boat, Some have their long necks submerged headfirst in the water while sticking up their webbed feet behind their tails and splashing them desperately so as to keep their balance. There is no knowing if they are searching for tiny bits of food from the bottom of the creek or just enjoying the chill of the deep water.

Some of them stagger out of the water and, to relieve their fatigue, begin to saunter up and down with a gentleman-like swagger in the shade of the willow trees. Then, they stand about to preen their white plumage carefully. Occasionally they give themselves a sudden shake or flap their long wings to let off water drops from among their feathers. One of them, after grooming itself, turns round its neck to rest on the back, then buries its long red beak under its wings and quietly closes its small black eyes tucked away among the white fine hair. Apparently it is getting ready to sleep. Poor little creature, is that the way you sleep?

The scene recalls to my mind the duckling raiser in my home town. With a long bamboo pole in hand, he would look after a large flock of gosling-yellow ducklings moving about on the limpid water of a shallow brook flanked on both sides by green grass. How the little creatures jig-jigged merrily! How they obediently followed the bamboo pole to scamper over field after field, hillside after hillside! When night fell, the duckling raiser would make his home in a tent-like bamboo shed. Oh, that is something of the distant past! Now, in this dusty country of ours, what I yearn for is to hear the drip-drip of rain beating against leaves.

When I look up at a gray misty pall of a low-hanging sky, some dust particles feel chilly on my face. A hawk, seemingly irked by the gloomy sky, swoops down sideways out of nowhere, with wings wide-spread and immovable, until it almost hits the hillock on the other side of the brook. But it soars skywards again with a loud flap. I am amazed by the tremendous size of its wings. And I also catch sight of the grizzled feathers on its underside.

Then I hear its loud cry—like a powerful voice from the bottom of its heart or a call in the dark for its comrades in arms.

But still no rain. (张培基译)(张培基, 2007b: 201-206)

【评析】文中的色调可谓是对比鲜明, "灰暗"、"阴沉"、"灰色", 给读者带来的是北方雨前干冷、灰蒙的图卷, 令人压抑, 而 "油绿的枝叶"、"红色的花"、"清浅的水"、"青青的草"、"鹅黄色的雏鸭" 等色泽却另外展现一幅春光明媚的水乡景色，一派春意盎然。作者的情感在文中未曾出现，但是读者却随着色彩意象的转换体会到作者心头的抑郁和浓重的思乡之情。正如李健吾在评价《画梦录》时说的那样，"他（指何其芳）用一切来装潢，然而一紫一金，无不带有他情感的图记。这恰似一块浮雕，光彩匀停，凹凸得宜。由他的智慧安排成功一种特殊的境界"。

原文(1)中，柳条的嫩绿色彩成了"憔悴色"，那么什么是"憔悴色"呢？柳条本应光鲜亮丽如同少女，现在却形容枯槁，因此垂头丧气的枯萎形态比较符合原文含义。显然这一意象颇符合作者当时的心境，作者所见的社会，如同这容颜憔悴的柳条，急需暴风骤雨的洗礼。因此译者在这里尝试了拟人的手法，用"sickly"一词形容柳条的缺乏活力。

在**原文(2)**"我心里的气候也和这北方大陆一样缺少雨量"中，译者显然不能按字面意思将"我心里的气候"这一意象转为英语，而是按"我的心情抑郁，和北方大地的干旱达到同样的程度"（my mind is as depressed as the vast expanse of North China is thirsty）一义重新进行诠释（张培基，2007b：205），虽然原有意象中的拟人表达在译文中成为明确的比喻，原文的含义却得到了明确的再现。

通过上述诸例，我们明确一点，即译者必须将潜藏在原文中的艺术形象融入自己的审美过程中，加以分析与提炼，再根据译文语言的结构与规律，将这一审美意象再现到译文中，使原意象与新意象相互融合。汉语和英语思维模式不尽相同，表达方式也各有千秋，两者之间的等值在许多情况下是难以实现的。因此，对于文中的诸多意象，高明的译者应该努力激发读者产生同样栩栩如生的意象，使读者进入译者重现的艺术境界，获得新的审美体验。

6.2　叙事散文：情节的翻译再现

叙事散文是以写人记事为主的散文。这类散文侧重叙述人物和事件的发展变化并同时表达作者的认识和感受，也带有浓厚的抒情成分。散文的题材大多为作者的亲身经历或者所见所闻。记叙类的散文与小说的不同之处在于，小说侧重于一个完整故事的表述，重在以情节取胜；叙事散文重在传达作者的印象与体验。"一个好的叙述者会选择一个有利的角度，采取一种动听的语调，使用某些生动的语言，来营造一种特有的气氛，使故事具有作者特殊的个性。"（陈新，2002：330）不过，与小说的相同之处在于，在叙事散文中，人物的刻画与情节的发展对于主题的表达同样至关重要，因此对于这类散文中人物外貌、行动、语言等方面以及情节的翻译再现是译者重点关注的对象。

【ST4】　　　　　　　　　　**背影**　　　　　　　　　朱自清 著

　　我与父亲不相见已二年余了，我最不能忘记的是他的背影。那年冬天，祖母死了，父亲的差使也交卸了，正是祸不单行的日子。我从北京到徐州，打算跟着父亲奔丧回家。到徐州见着父亲，看见满院狼藉的东西，又想起祖母，不禁簌簌地流下眼泪。父亲说，"事已如此，不必难过，好在天无绝人之路！"

　　回家变卖典质，父亲还了亏空；又借钱办了丧事。这些日子，家中光景很是惨淡，一半为了丧事，一半为了父亲赋闲。丧事完毕，父亲要到南京谋事，我也要回北京念书，我们便同行。

　　到南京时，有朋友约去游逛，勾留了一日；第二日上午便须渡江到浦口，下午上车北去。父亲因为事忙，本已说定不送我，叫旅馆里一个熟识的茶房陪我同去。他再三嘱咐茶房，甚是仔细。但他终于不放心，怕茶房不妥帖；颇踌躇了一会。其实我那年已二十岁，北京已来往过两三次，是没有甚么要紧的了。他踌躇了一会，终于决定还是自己送我去。我两三回劝他不必去；他只说，"不要紧，他们去不好！"

　　我们过了江，进了车站。我买票，他忙着照看行李。行李太多了，得向脚夫行些小费，才可过去。他便又忙着和他们讲价钱。我那时真是聪明过分，总觉他说话不大漂亮，非自己插嘴不可。但他终于讲定了价钱；就送我上车。他给我拣定了靠车门的一张椅子；我将他给我做的紫毛大衣铺好座位。他嘱我路上小心，夜里警醒些，不要受凉。又嘱托茶房好好照应我。我心里暗笑他的迂；他们只认得钱，托他们直是白托！而且我这样大年纪的人，难道还不能料理自己么？唉，我现在想想，那时真是太聪明了！

我说道，"爸爸，你走吧。"他望车外看了看，说，"(1)我买几个橘子去。你就在此地，不要走动。"我看那边月台的栅栏外有几个卖东西的等着顾客。走到那边月台，须穿过铁道，须跳下去又爬上去。父亲是一个胖子，走过去自然要费事些。我本来要去的，他不肯，只好让他去。(2)我看见他戴着黑布小帽，穿着黑布大马褂，深青布棉袍，蹒跚地走到铁道边，慢慢探身下去，尚不大难。可是他穿过铁道，要爬上那边月台，就不容易了。他用两手攀着上面，两脚再向上缩；他肥胖的身子向左微倾，显出努力的样子。这时我看见他的背影，我的泪很快地流下来了。我赶紧拭干了泪，怕他看见，也怕别人看见。我再向外看时，他已抱了朱红的橘子往回走了。过铁道时，他先将橘子散放在地上，自己慢慢爬下，再抱起橘子走。到这边时，我赶紧去搀他。他和我走到车上，将橘子一股脑儿放在我的皮大衣上。于是扑扑衣上的泥土，心里很轻松似的，过一会说，"我走了；到那边来信！"我望着他走出去。他走了几步，回过头看见我，说，"进去吧，里边没人。"等他的背影混入来来往往的人里，再找不着了，我便进来坐下，我的眼泪又来了。

近几年来，父亲和我都是东奔西走，家中光景是一日不如一日。他少年出外谋生，独力支持，做了许多大事。哪知老境却如此颓唐！他触目伤怀，自然情不能自已。情郁于中，自然要发之于外；家庭琐屑便往往触他之怒。他待我渐渐不同往日。但最近两年的不见，他终于忘却我的不好，只是惦记着我，惦记着我的儿子。我北来后，他写了一信给我，信中说道，"(3)我身体平安，惟膀子疼痛厉害，举箸提笔，诸多不便，大约大去之期不远矣。"我读到此处，在晶莹的泪光中，(4)又看见那肥胖的，青布棉袍，黑布马褂的背影。唉！我不知何时再能与他相见！

【TT4-1】　　　　　　　　**My Father's Back**

Though it is over two years since I saw my father, I can never forget my last view of his back. That winter my grandmother died, and my father's official appointment was terminated, for troubles never come singly. I went from Beijing to Xuzhou, to go back with him for the funeral. When I joined him in Xuzhou I found the courtyard strewn with things and could not help shedding tears at the thought of granny.

"What's past is gone," said my father. "It's no use grieving. Heaven always leaves us some way out."

Once home he sold property and mortgaged the house to clear our debts, besides borrowing money for the funeral. Those were dismal days for our family, thanks to the funeral and father's unemployment. After the burial he decided to go to Nanjing to look for a position, while I was going back to Beijing to study, so we traveled together. A friend kept me in Nanjing for a day to see the sights, and the next morning I was to cross the Yangtze to Pukou to take the afternoon train to the north. As father was busy he had decided not to see me off, and he asked a waiter we knew at our hotel to take me to the station, giving him repeated and most detailed instructions. Even so, afraid the fellow might let me down, he worried for quite a time. As a matter of fact I was already twenty and had traveled to and from Beijing on several occasions, so there was no need for all this fuss. But after much hesitation he finally decided to see me off himself, though I told him again and again there was no need.

"Never mind," he said. "I don't want them to go."

We crossed the Yangtze and arrived at the station, where I bought a ticket while he saw to my luggage. This was so bulky that we had to hire a porter, and father started bargaining over the price. I was such a bright young man that I thought some of his remarks undignified, and butted in myself. But eventually he got them to agree to a price, and saw me on to the train, choosing me a seat by the door, on which I spread the black sheepskin coat he had made me. He warned me to be on my guard during the journey, and to take care at night not to catch cold when he urged the attendant to keep an eye on me, while I laughed up my sleeve at him—all such men understood was money! And wasn't I old enough to look after myself? Ah, thinking back, what a bright young man I was!

"Don't wait, father," I said.

He looked out of the window.

"I'll just buy you a few tangerines," he said. "Wait here, and don't wander off."

Just outside the station were some vendors. To reach them he had to cross the lines, which involved jumping down from the platform and climbing up again. As my father is a stout man this was naturally not easy for him. But when I volunteered to go instead he would not hear of it. (2) So I watched him in his black cloth cap and jacket and dark blue cotton-padded gown, as he waddled to the tracks and climbed slowly down—not so difficult after all. But when he had crossed the lines he had trouble clambering up the other side. He clutched the platform with both hands and tried to heave his legs up, straining to the left. At the sight of his burly back tears started to my eyes, but I wiped them hastily so that neither he nor anyone else might see them. When next I looked out he was on his way back with some ruddy tangerines. He put these on the platform before climbing slowly down to cross the lines, which he did after picking the fruit up. When he reached my side I was there to help him up. We boarded the train together and he plumped the tangerines down on my coat. Then he brushed the dust from his clothes, as if that was a weight off his mind,

"I'll be going now, son," he said presently. "Write to me once you get there."

I watched him walk away. After a few steps he turned hack to look at me.

"Go on in!" he called, "There's no one in the compartment."

When his back disappeared among the bustling crowd I went in and sat down, and nay eyes were wet again.

The last few years father and I have been moving from place to place, while things have been going from bad to worse at home. When he left his family as a young man to look for a living, he succeeded in supporting himself and did extremely well. No one could have foreseen such a come-down in his old age! The thought of this naturally depressed him, and as he had to vent his irritation somehow, he often lost his temper over trifles, that was why his manner towards me had gradually changed. But during these last two years of separation he has forgotten my faults and simply wants to see me and my son. After I came north he wrote to me:

"My health is all right, only my arm aches so badly I find it hard to hold the pen. Probably the end is not far away."

When I read this, through a mist of tears (4) <u>I saw his blue cotton-padded gown and black jacket once more as his burly figure walked away from me.</u> Shall we ever meet again？（魏志成，2006：143-146）

【TT4-2】　　　　　The Sight of Father's Back　　　　by Zhu Ziqing

It is more than two years since I last saw father, and what I can never forget is the sight of his back. Misfortunes never come singly. In the winter of more than two years ago, grandma died and father lost his job. I left Beijing for Xuzhou to join father in hastening home to attend grandma's funeral. When I met father in Xuzhou, the sight of the disorderly mess in mess courtyard and the thought of grandma started tears trickling down my cheeks. Father said, "Now that things've come to such a pass, it's no use crying. Fortunately, Heaven always leaves one a way out."

Father paid off debts by selling or pawning things. He also borrowed money to meet the funeral expenses. Between grandma's funeral and father's unemployment, our family was then in reduced circumstances. After the funeral was over, father was to go to Nanjing to look for a job and l was to return to Beijing to study, so we started out together.

I spent the first day in Nanjing strolling about with some friends at their invitation. I was ferrying across the Yangtse River to Pukou the next morning and thence taking a train for Beijing on the afternoon of the same day. Father said he was too busy to go and see me off at the railway station, but would ask a hotel waiter that he knew to accompany me there instead. He urged the waiter again and again to take good care of me, but still did not quite trust him. He hesitated for quite a while about what to do. As a matter of fact, nothing would matter at all because I was then twenty and had already traveled on the Beijing-Pukou Railway a couple of times. After some wavering, father finally decided that he himself would accompany me to the station, I repeatedly tried to talk him out of it, but he only said, "Never mind! It won't do to trust guys like those hotel boys!"

We entered the railway station after crossing the River. While I was at the booking office buying a ticket, father saw to my luggage. There was quite a bit of luggage and he had to bargain with the porter over the fee. I was then such a smart aleck that I frowned upon the way father was haggling and was on the verge of chipping in a few words when the bargain was finally clinched. Getting on the train with me, father picked me a seat close to the carriage door. I spread on the seat the-brownish-fur-lined overcoat father had got tailor made for me. He told me to be watchful on the way and be careful not to catch cold at night. He also asked the train attendants to take good care of me, I sniggered at father for being so impractical, for it was utterly useless to entrust me to those attendants, who cared for nothing but money. Besides, it was certainly no problem for a person of my age to look after himself. Oh, when I come to think of it, I can see how smarty I was in those days!

I said, "Dad, you might leave now." But he looked out of the window and said, "(1) I'm going to buy you some tangerines. You just stay here. Don't move around." I caught sight of several vendors waiting for customers outside the railings beyond a platform. But to reach that platform would require crossing the railway track and doing some climbing up and down. That would be a strenuous job for father, who was fat. I wanted to do all that myself, but he stopped me, so I could do nothing but let him go. (2) I watched him hobble towards the railway track in his black skullcap, black cloth mandarin jacket and dark blue cotton-padded cloth long gown. He had little trouble climbing down beside the railway track, but it was a lot more difficult for him to climb up that platform after crossing the railway track. His hands held onto the upper part of the platform, his legs huddled up and his corpulent body tipped slightly towards the left, obviously making an enormous exertion. While I was watching him from behind, tears gushed from my eyes. I quietly wiped them away lest he or others should catch me crying. The next moment when I looked out of the window again, father was already on the way back, holding bright red tangerines in both hands. In crossing the railway track, he first put the tangerines on the ground, climbed down slowly and then picked them up again. When he came near the train, I hurried out to help him by the hand. After boarding the train with me, he laid all the tangerines on my overcoats and patting the dirt off his clothes, he looked somewhat relieved and said after a while, "I must be going now. Don't forget to write me from Beijing!" I gazed after his back retreating out of the carriage. After a few steps, he looked back at me and said, "Go back to your seat. Don't leave your things alone." I, however, did not go back to my seat until his figure was lost among crowds of people hurrying to and fro and no longer visible. My eyes were again wet with tears.

In recent years, both father and I have been living an unsettled life, and the circumstances of our family going from bad to worse. Father left home to seek a livelihood when young and did achieve quite a few things all on his own. To think that he should now be so downcast in old age! The discouraging state of .affairs filled him with an uncontrollable feeling of deep sorrow, and his pent-up emotion had to find a vent. That is why even mere domestic trivialities often provoked his anger, and he became less and less nice with me. However, the separation of the last two years has made him more forgiving towards me. He keeps thinking about me and my son. After I arrived in Beijing, he wrote me a letter, in which he says, "(3) I'm all right except for a severe pain in my arm. I even have trouble using chopsticks or writing brushes. Perhaps it won't be long now before I depart this life." Through the glistening tears which these words had brought to my eyes, (4) I again saw the back of father's corpulent form in the dark blue cotton-padded cloth long gown and the black cloth mandarin jacket. Oh, how I long to see him again! (张培基译)（张培基，2007a：47-54）

【评析】《背影》是朱自清的名篇，文中父亲的形象十分生动，读来如在眼前。作者对父亲的音容笑貌与一言一行都有深刻的感知，并从心底流露出对父亲的爱与尊敬，因此这一形象的成功塑造既得益于作者对于人物的精雕细琢，也得益于作者倾注在字里行间的真挚感情。形散神聚是散文的宗旨，而记叙类散文中，人物的形象是否传神在很大程度上影响文章的成败。翻译亦是如此。

《背影》感动读者之处，在于对父亲的形象塑造的同时也写出了自己的真情实感。其中令人印象深刻的两个片段：一是胖胖的父亲蹒跚地穿过铁道，跳下去又爬上来，就是为了给儿子买橘子；二是父亲的来信："我身体平安，惟膀子疼痛厉害，举箸提笔，诸多不便，大约大去之期不远矣。"父亲的音容笑貌便历历在目。让我们对这两处的译文作下分析。

我们主要来对比原文(2)与张培基译文(2)。父亲的外貌在文中未作明确的描写，但是从父亲的穿着、行动，读者可以大致勾勒出父亲的形象：朴素的衣着，身材较胖，又因上了年纪，行动不甚灵便。而儿子对父亲的爱与愧疚，也正从这短短的文字中体现出来。译文中，"黑布小帽"、"黑布大马褂"、"深青布棉袍"，译者都非常精确地将其翻译，如"小帽"指的就是 20 世纪二三十年代劳动人民中常见的无边小帽，因此使用了"skullcap"这一形象相似的译文，而"大马褂"和"棉袍"等我国特有的服饰，也全部采用直译。从功能派翻译理论来看，文学体裁的翻译应尽量保持原作的原有风貌，而从传达原作主题与情感方面来看，译者也必须采用这样的翻译方式。原文中，作者对父亲的感情至深，才会对父亲的衣着有如此深刻的印象，在译文中若是采用符合译语读者文化认知的用词如"black cap"、"black jacket"等，那么原文作者的情感传递势必大打折扣。另外，父亲在过站台时的动作翻译也是可圈可点的。"hobble"一词生动地再现了父亲步履蹒跚的形象，而"两手攀着上面"、"两脚再向上缩"、

"向左微倾"，译者对原句进行了调整，将原句按动作顺序进行的描写改译为三个并列分句，舍弃了原主语"他"，而用"hands"、"legs"作主语，更传神地表现了父亲的行动，如同特写镜头一般将译文更为精细地呈现在译语读者面前。

　　作者笔下的角色，性格各异，而语言则是体现性格最直接的方式。因此人物的口吻是刻画人物性格的重要手段，在翻译过程中也需要给予格外的重视。人物的口吻，前后须保持一致，无论在原文还是译文中都应如此。我们来比较译者对**原文(1)**和**原文(3)**的处理方法。**原文(1)**为口语，**原文(3)**为书面语。**原文(3)**比**原文(1)**更为正式，体现在如"惟"、"诸多"等词的使用上。两处语言描写平静自然，读来如父子闲唠家常，虽没有额外的情感描写，却能体会到父亲深深的爱。译者把握住了父亲对孩子使用的颇有家长风范的语言风格，张培基将"就在此地，不要走动"译成"You just stay here. Don't move around."读来更有家长对小孩的严肃却饱含关切的语气。而对于**原文(3)**中的一些书面语，张培基亦采用了较为正式的"severe pain"、"depart this life"等词，也可看出父亲与孩子交流时的地位，同时如"all right"、"have trouble"等词又另外体现出双方交流时的随和气氛。

　　记叙类散文的另一大特色便是情节的铺陈。一个完整的情节由开端、发展、高潮、结局四个基本部分组成，也可以在高潮处戛然而止。作为译者，在把握全文基调主题的基础上，需要关注的不仅仅是情节本身的再现，而是如何再现情节对文章的主题起到的衬托和深化作用。如《背影》中，所有的事件都是为了表现父亲对作者的爱，因此译者在翻译过程中时刻牢记的也应是这一主旨。仍以上文的"买橘子"片断即**原文(2)**为例。

　　前文中提到，这是对父亲行动与外表的一段描写，同时也是原文的一处重要情节。仔细地比较一下魏志成的**译文(2)**和张培基的**译文(2)**两种译文，我们不难发现，译者对于这一场景有不同的理解和句式安排。事实上在汉英翻译教程中，魏志成对这两处译文作过如下分析：魏的**译文(2)**将原句理解为紧缩复句，其中"戴着"、"穿着"为主句中的宾语补语，"蹒跚地走"为从句中的谓语动词部分。张的**译文(2)**将原句处理为一个简单句，主干结构也是"SVOC"——"我看见他走到铁道旁"，但是"戴着黑布小帽，穿着黑布大马褂，深青布棉袍"这个部分是作为谓语动词"走"的宾语补语 C 的修饰语。显然，两个译文由于表述重心的不一样而选择了不同的句式(魏志成，2006：159)。魏的**译文(2)**中，译者将父亲的衣着和行动提到了同等地位,因此译句中出现了两个"表意重点",而张的**译文(2)**中,译者突出了父亲"蹒跚"的动作,衣着便成了次一级的描述。从原文的表述重心来看,这一片断主要还是为了体现年迈的父亲不辞辛苦为儿买橘的举动,衣着只能认为是一种衬托,因此就突现主题这一点来看,张的**译文(2)**的句式更加有侧重,也更易表现主题。

原文中共有四次作者流泪的细节,而其中有三次是作者在望见或想起父亲的背影后流泪,可说是文中的几处高潮。而原文的题目也叫作"背影",因此"背影"是贯穿全文的主线。随着情节的发展,作者对父亲的感情也愈加深刻,因此对于这几处的"背影"处理也需注意。如原文结尾部分,即**原文(4)**,比较一下魏志成与张培基的译文,其处理方式也是有高下之分的。

张的**译文(4)**中再现了"背影"一词,并将原文的高潮部分真实再现,在结尾部分呼应主题,可谓佳译;而魏的**译文(4)**将"背影"改为"burly figure",使"背影"一词的潜在信息丢失,因此没有很好地传递原文信息。

接着让我们来看兰姆的散文《梦中儿女》。这篇散文幽默温馨,通篇洋溢着家庭的亲情,而结尾处却出乎读者意料,这只是一场白日梦,作者并未结婚生子,一切只是他的幻想。这样的散文,让读者在微笑之余却也体会到一抹悲哀。以下让我们来看一下如何在译文中做到情节与细节描写的再现。

【ST5】 **Dream Children** by Charles Lamb

…Then I told what a tall, upright, graceful person their great-grandmother Field once was; and how in her youth she was esteemed the best dancer—(1)here Alice's little right foot played an involuntary movement, till upon my looking grave, it desisted—the best dancer, I was saying, in the county, till a cruel disease, called a cancer, came, and bowed her down with pain; but it could never bend her good spirits, or make them stoop, but they were still upright, because she was so good and religious. Then I told how she was used to sleep by herself in a lone chamber of the great lone house; and how she believed that an apparition of two infants was to be seen at midnight gliding up and down the great staircase near where she slept, but she said "those innocents would do her no harm"; and how frightened I used to be, though in those days I had my maid to sleep with me, because I was never half so good or religious as she—and yet I never saw the infants. Here John expanded all his eyebrows and tried to look courageous.

【TT5】 　　　　　　梦中儿女　　　　　　查尔斯·兰姆

　　……接着我告诉他们太奶奶菲尔德是一个高个子的女人，性格正直，举止优雅；在年轻时候大家都认为她舞跳得最好——(1)<u>这时艾丽丝小巧的右脚不由自主地动了起来，直到我脸上显出严肃的表情才停止</u>——我是说在全县她的舞跳得最好，后来她染上了可怕的疾病，叫做癌症，让她受着痛苦的折磨，但疾病压不垮她的坚强意志，也不能让她低头，她仍然精神抖擞，因为她非常善良，非常虔诚。接着我告诉他们通常她独自睡在这幢孤寂的大屋中一间孤寂的房间里；她相信半夜里会看见两个幼童的鬼魂在她卧室旁边的大楼梯上溜上溜下，但她说"这两个天真的小家伙不会伤害她"。而我那时尽管总和保姆睡在一起，却常感到害怕，因为我连她的一半善良和虔诚都赶不上——不过我从来未见过这两个孩子的鬼魂。这时约翰展开眉毛，努力装出一副勇敢的样子。

（陈新，2002：329）

　　【评析】 节选的这段文字，包括原作全文，没有段落，一气呵成。虽然比较另类独行，但是在传达文意时没有任何困难，原因在于作者在行文时运用了诸多的承上启下的连接词与短语，比如 "then I told what…"、"I was saying…" 和 "then I told how" 等简明易懂的口语化词组，既使原文显得明白晓畅，也明示了情节的发展顺序。那么对于这些对情节发展有着特殊作用的部分，译者应该特别注意将其译出并保持原作风格，如上述提到的几个衔接处，译者分别采用了 "接着我告诉……"、"我是说……" 和 "接着我告诉他们……" 等非常随和的口语词，使得译文的发展如同原文一样流畅。

　　原文中几处描写艾丽丝和约翰的神态动作之处也极富趣味。虽然在衔接处作者使用了口语化的衔接词，但是文中许多地方的遣词用句还是比较讲究的，全文的总体风格相当雅致甚至古典，如原文(1)中的 "involuntary movement"、"looking grave" 和 "desisted" 等。因此为了保持原文的风格，在译文中不得不对这些用词的原有风格加以保留并使其融入译语环境,译者在**译文(1)**中采用了较为通俗的"不由自主地动了起来"、"严肃的表情"和"停止",既保留了原文含义,也和口语化的衔接处吻合得恰到好处。若采用过于典雅的用词,译文可能成为"言及此处,艾丽丝小巧的右足不由自主地晃动,直到在我严厉的眼神示意之下,她的小脚才停止动作",显得有些呆板。

在叙事散文的翻译过程中,原作中的艺术形象或情节发展在译文中的再现并非对原文语言形式的复制或语义概念的再建。译者必须在原文的字里行间感知原文描写的形象,对英汉双语的组词造句以及认知结构进行多方面的考虑,才能在译文中惟妙惟肖地勾勒出原文的艺术形象。

6.3 抒情散文：情的翻译再现

"情"字一直是贯穿散文的主线,"没有感情这个品质,任何笔调都不可能打动人心"。优秀的抒情散文具有极强的抒情风格,被描写的对象都是作者内心感情的体现。抒情散文的情真,情实,情深,或思人念物,或追怀往事,有的如江河决堤,一泻千里,有的如山涧泉溢,娓娓道来。这类散文的抒情方式大致有两类,包括直接抒情——作者直抒胸臆,将喷薄的情感以具有强烈感情色彩的措辞传达出来的是直接抒情,与间接抒情——对客观的人、物或景进行描绘,借景或借物寓情,间接地表现作者主观的感情(傅德岷,2006：81-107)。抒情文的用词常常生动、具体、富有感染力,语言具有形象性、直觉性和情感性(陈新,2002：343)。同时作者也擅长使用丰富的联想、象征等修辞手法渲染感情的抒发,因此,在翻译过程中,对于这些抒情性散文的特质应加以留意。以下是缪崇群的"花床"。

【ST6】　　　　　　　花床　　　　　　　缪崇群 著
冬天,在四周围都有是山地的这里,看见太阳的日子真是太少了。今天,难得雾是这么稀薄,空中融融地混合着金黄的阳光,把地上的一切,好像也照上一层欢笑的颜色。

我走出这黝暗的小阁,这个作为我们办公的地方,(它整年关住我!)我扬着脖子,张开了我的双臂,恨不得要把谁紧紧地拥抱起来。

由一条小径,我慢慢地走进了一个新村。这里很幽静,很精致,像一个美丽的园子。可是那些别墅里的窗帘和纱门都垂锁着,我想,富人们大概过不惯冷清的郊野的冬天,都集向热闹的城市里去了。

我停在一架小木桥上,眺望着对面山上的一片绿色,草已经枯萎了,惟有新生的麦,占有着冬天的土地。

(1)说不出的一股香气,幽然地吹进了我的鼻孔,我一回头,才发现了在背后的一段矮坡上,铺满着一片金钱似的小花,也许是一些耐寒的雏菊,仿佛交头接耳地在私议着我这个陌生的来人:为探寻着什么而来呢?

我低着头,看见我的影子正好像在地面上蜷伏着。我也真的愿意把自己的身子卧倒下来了,这么一片孤寂宁馥的花朵,她们自然地成就了一张可爱的床铺。(2)虽然在冬天,土下也还是温暖的罢?

在远方,埋葬着我的亡失了的伴侣的那块土地上,在冬天,是不是不只披着衰草,也还生长着不知名的花朵,为她铺着一张花床呢?

我相信,埋葬着爱的地方,在那里也蕴藏着温暖。

让悼亡的泪水,悄悄地洒在这张花床上罢,有一天,终归有一天,我也将寂寞地长眠在它的下面,这下面一定是温暖的。

仿佛为探寻什么而来,然而,我永远不能寻见什么了,除非我也睡在花床的下面,土地连接着土地,在那里面或许还有一种温暖的,爱的交流?

【TT6】 **Flower Bed** by Miao Chongqun

In winter, sunny days were scarce here, as it was surrounded by hills all around. Today, however, the fog was wonderfully thin and the air was filtered through with golden sunlight that tinted everything on the ground with a joyful hue.

I stepped out of the small dim garret—our office—where I was shut in all year round. I lifted my head and opened my arms wide as if to embrace someone in front.

I went ambling along a narrow path and came to a new village. It was a quiet and well-knit cluster of villas, like a beautiful garden. As I noticed the curtains of the windows were drawn and the screen doors locked, I guessed the wealthy residents, unaccustomed to the cold and lonesome winter there, must have swarmed into the bustling city.

Coming to a small wooden bridge, I looked toward the hill opposite and saw a patch of green spread out on the slope. The grass there had withered and new wheat was sprouting up across the wintry hillside.

(1)As a faint aromatic scent seemed to be wafting into my nostrils, I turned, only to find a stretch of a gentle incline thickly strewn with golden-coin-like flowers. They were probably the tough daisies, whispering in private to each other about this intruder: what on earth is he looking for here?

Looking down I saw my own shadow nestling on the ground. To be sure, I would like to nestle on the ground, for these lonely and fragrant flowers would naturally make a lovely bed. (2)Though it was winter, it had to be warm underground, I guessed.

I thought of the place in the distance where my departed life companion was buried. I hoped that it was not covered with withered grass only, but also flowers, known or unknown, growing thick enough to make a flower bed for her.

I believe where love is buried, there is warmth there.

Let my memorial tears drop quietly on the flower bed and, one day, I believe the day will eventually come, I'll be lying underneath it in my long sleep and it must be warm there.

I seem to have come here in search of something, but I'll never be able to find anything, except hoping that some day I'll go and sleep underneath the flower bed where the land is one where warmth and love interflow. (刘士聪译)（刘士聪，2007: 182-187）

【评析】在《花床》中，作者借景抒情，表达了对亡妻的深切怀念，以及对自身现状的淡淡哀愁。而文中含蓄的联想和清丽的措辞，也给文章蒙上了一种哀婉凄凉的气氛。

在原文中，作者在长时间的工作之后走进自然，在金色的阳光中，看见的是一片冬日的动人美景。新生的麦，雏菊的香，交织的花朵铺成的花床，冬日的静谧与柔和却不能给作者带来喜悦，而是对亡妻的无限眷念。由孤寂柔美的花床想到冬日的土地，和躺在土地中的亡妻，怀念并重温昔日的爱情。原作的联想方式一环扣一环，由最初的景色描写，逐步延伸开去，由花朵分布的形态想到花床，再借由花床的繁茂想到土地的温暖，最终联想到同样躺在土地下的亡妻。于是，作者的感情找到了出口，也有了文中最感人之处——"爱的交流"。环环相扣，最后揭示原题的象征意义，深刻地发掘了主题之美。那么对于这环环相系的联想美文，应该如何翻译才合适呢？其实无论联想或是借景抒情，作者的意图都是为了抒情，那么在翻译过程中抓住这一准则，就可水到渠成。

"联想的意义带有特殊的情感氛围，甚深广而微妙，在字典中无从找出。"（朱光潜，1984：356-357）然而译者不能因为英语辞典里没有**原文（1）**中"幽然"这样极富联想意义的词就直接将它译成"gently"或者"quietly"这类与原文含义相去甚远的词。事实上原文中出现的其他富含联想意义的词如"融融地"、"欢笑的颜色"都需要译者联系原文语境，找到同样富含特殊联想意义的词语营造译文的相应氛围。在**译文（1）**中，译者考虑了原文淡然的心境，用"waft"一词中包含的"gently"的含义取代了原句的"幽然"，恰到好处地将原文那种难以描摹的若有若无的香气的特点表现出来，重新营造出如原文一般的平和气氛（刘士聪，2007：186）。而对于雏菊的拟人化的描写可以看作是另一形式的联想，花儿的随风摇曳在作者眼中如同一种私语的情态，轻灵可爱，因此译者在**译文（1）**中采用了"whispering"、"on earth"等充满动作感和强调语气的词语，用来凸现原文中雏菊可爱的情态。

原文（2）的两段是一个联想的展开，作者由土下的温暖想到远方埋葬爱侣的土地，思绪一时之间穿越时空，这一个大的跳跃对于汉语读者没有任何问题，我们可以轻松地找到两段之间的联想关系，而对于英语读者而言，上下文之间的联系，更重要的应该体现在句子本身的起承转合上，因此译者在**译文（2）**中将前一段的末尾添加了"I guessed"，后一段中立刻以"I thought of the place"起始，构建了一个完整的呼应结构，充分考虑了译语读者的阅读习惯，也使得这一联想在内容与结构上都得到了完整的再现。

前文我们提到散文的抒情方式莫过于直抒胸臆和借景抒情，对于借景抒情的散文，我们更注重的是双语之间句式结构上的转换是否能给原文的情感再现起到积极的作用。让我们欣赏《古屋杂忆》的片段与译文。

【ST7】　　　　　**The Old Manse**　　　　by Nathaniel Hawthorne

(1)<u>It is a marvel whence this perfect flower derives its loveliness and perfume, springing, as it does, from the black mud over which the river sleeps, and where lurk the slimy eel, and speckled frog, and the mud turtle, whom continual washing cannot cleanse.</u> It is the very same black mud out of which the yellow lily sucks its obscene life and noisome odor. Thus we see, too, in the world, that some persons assimilate only what is ugly and evil from the same moral circumstances which supply good and beautiful results－the fragrance of celestial flowers－to the daily life of others.

The reader must not, from any testimony of mine, contract a dislike towards our slumberous stream. In the light of a calm and golden sunset, it becomes lovely beyond expression; the more lovely for the quietude that so well accords with the hour, when even the wind, after blustering all day long, usually hushes itself to rest. Each tree and rock, and every blade of grass, is distinctly imaged, and, however unsightly in reality, assumes ideal beauty in the reflection. The minutest things of earth, and the broad aspect of the firmament, are pictured equally without effort, and with the same felicity of success. (2)<u>All the sky glows downward at our feet; the rich clouds float through the unruffled bosom of the stream, like heavenly thoughts through a peaceful heart.</u> We will not, then, malign our river as gross and impure, while it can glorify itself with so adequate a picture of the heaven that broods above it; or, if we remember its tawny hue and the muddiness of its bed, let it be a symbol that the earthiest human soul has an infinite spiritual capacity, and may contain the better world within its depths. But, indeed, the same lesson might be drawn out of any mud-puddle in the streets of a city－and, being taught us everywhere, it must be true.

【TT7】　　　　　　　　**古屋杂忆**　　　　　　　　霍桑

(1)荷花如此清香可爱，可以说是天下最完美的花，可是它的根，却长在河底的黑色污泥中，根浊花清，这不得不说是一种奇迹。河底潜伏着滑溜的泥鳅，斑斑点点的青蛙. 满身污秽的乌龟，这种东西虽然终年在水里过活，身上却永远洗不干净。黄色睡莲的香味恶俗，姿态妖媚，它的根也是生在河底的黑泥里面：因此我们可以看见在同样不道德的环境之下，有些人能够出淤泥而不染，开出清香的荷花，有些人却受丑恶的熏陶，成了黄色的睡莲了。

读者千万不要因为我上面一段描写，对于我们这一条睡意朦胧的河流生出厌恶之心。每当天气清明，黄昏日落，金霞满目，那时河边景色，美丽得无法形容：天地间一派静穆气象，时间也正是劳人休息的时候，连吹了一天的风，到晚来也归于平静。一木一石，甚至一草之微，在水里都清清楚楚地反映出来，它们在岸上也许并不十分可观，在水里的倒影，却有一种空灵之美。地上最微细的物件，上界广阔的苍穹，它在水里都能清楚地反映出来，而且都显得特别美丽。(2)天空在我们脚底发光，绮丽的云彩在一平如镜的河心滑过，好像平静的胸怀，忽然起了一阵奇思妙想。我们因此不能诋评我们这条河说它的水流恶浊，它是能把覆盖万物的天空都好好地反映出来的。假如我们念念不忘它黄浊的水和污泥的底，这条河还是可以做我们人类灵魂的象征：人的灵魂不论是多么的充满了世俗之念，它在精神上还是有无限的容量，在它的深处还是可以有美好的境界。即使城市街头的污水坑，又何独不然？它也可以给我们同样的教训：同样的情形我们既然到处可以碰得着，这种教训一定有它的道理。(夏济安译)(夏济安，2000：192-193)

【评析】作者在这部分中描写了河流在黄昏时分平静的美，同时由河流的清与浊联想到人类的善恶境界，抒发了对人性本善的美好感情。文中的写景部分与抒情部分融合在一起，随处可见作者思想的闪光。

作者的本义在于通过河流的美来象征人心的善，因此在行文中很自然地将美好的事物描绘得精美绝伦，所用的词皆色彩绚丽，使读者仿佛身临其境。作者倾注在字里行间的感情，译者体会之后以同样极富画面感的词语再现出来，如**原文(2)**中的"unruffled bosom of the stream"与"heavenly thoughts"两处美妙的意象，译者在**译文(2)**中分别译为"一平如镜"和"奇思妙想"，使之成为汉语读者耳熟能详的四字表达，除了美的体现之外，也让读者感受到作者的情感：如此美丽的景致，就如同的人的心灵，那么人心的内部应该也是一个非常美妙的处所吧。

在文中，原作者在描写的同时抒情，译者为了使译文通顺自然地再现原文的风格气氛，使用了变通句式等手段，以期能将原文风格较好地传递出来。如**原文(1)**中的"It is a marvel whence…"是英语中常见的"it"作形式主语的句式，它的主语较长，且糅合了并列句式和定语从句，可谓典雅而繁复。若是直译，译语读者根本难以在短时间内明白这个长句的含义，更不用说其中蕴含的感情了。因此，译者作了调整，将原句拆分成两个长句，彼此之间添加了"可是"、"却"和"这……是"等转折连词和强调词，将原文中隐含的语气补全(如"as it does"在译文中强调了转折的词义"却长在……")的同时，也理顺了译语的句序(将"荷花"与"河底"两个中心词语分别表述在两个句子中)，传达了原文感情，十分符合译语读者的阅读习惯。

6.4 议论散文：说理与谐趣的翻译再现

哲理是人生和社会的原理，哲理中折射出的是散文家的思想境界和艺术修养。关于散文中的哲理，傅德岷先生提出，它"是散文家通过对生活的感受和思考，在谈天、说地、写景、状物中揭示出来的生活的本质和人生奥秘的真谛，从而对时代和人生作深刻的挖掘，提出或回答人们生活中的一些问题"。而谐趣，是散文家在作品中流露出的精神趣味。散文家的志趣反映在文章的谐趣中，而散文或活泼，或机智，或闲逸，或慵懒的风格也常常成为谐趣的载体。"谐趣，有的幽默，诙谐，有的清新淡远……但它们都有一种撩拨人思的趣味，开拓和加深作品的意境。"(鲁迅，2005：400[1])散文文体的一大类是哲理散文，比较类似平

---

1 引自鲁迅"七论文人相轻——两伤"，载于《鲁迅全集》(6)。

时常见的议论文，但是哲理散文的范围更为广泛，其中又以客观严谨的说理文与闲散风趣的小品随笔为主导。以培根的作品为例，他的散文说理深刻，富有强烈的逻辑性，结构严谨，用词庄重，风格沉稳，可以说是说理文的典范。说理文专注于阐释道理更甚于表达个人情感。而与之相对，小品文与随笔散文通常题材宽泛，结构相对闲散，语言明快，生动活泼，作者的思想与情感的表达并重，作者的个性也跃然纸上。因此，两者表达的侧重点有所不同，前者注重中规中矩的阐述道理，后者注重在轻松幽默中阐述某个道理。

　　说理散文的译法，有诸多需要注意的地方，如其严谨结构的再现，庄重风格的再现，对词句韵味的再现，文章谋篇布局中的衔接，以及背景内容的传达等，最重要的，如何在此基础上再现哲理，是译者追求的目标。首先让我们看下培根的 *Of Friendship* 片段与译文。

【ST8】It had been hard for him that spake it to have put more truth and untruth together in few words, than in that speech, Whatsoever is delighted in solitude, is either a wild beast or a god. For it is most true, that a natural and secret hatred, and aversation towards society, in any man, hath somewhat of the savage beast; but it is most untrue, that it should have any character at all, of the divine nature; except it proceed, not out of a pleasure in solitude, but out of a love and desire to sequester a man's self, for a higher conversation: such as is found to have been falsely and feignedly in some of the heathen; as Epimenides the Canadian, Numa the Roman, Empedocles the Sicilian, and Apollonius of Tyana; and truly and really, in divers of the ancient hermits and holy fathers of the church.   But little do men perceive what solitude is, and how far it extendeth. For a crowd is not company; and faces are but a gallery of pictures; and talk but a tinkling cymbal, where there is no love. The Latin adage meeteth with it a little: Magna civitas, magna solitudo; because in a great town friends are scattered; so that there is not that fellowship, for the most part, which is in less neighborhoods. But we may go further, and affirm most truly, (1)<u>that it is a mere and miserable solitude to</u>

want true friends; without which the world is but a wilderness; and even in this sense also of solitude, whosoever in the frame of his nature and affections, is unfit for friendship, he taketh it of the beast, and not from humanity.

A principal fruit of friendship, is the ease and discharge of the fulness and swellings of the heart, which passions of all kinds do cause and induce. We know diseases of stoppings, and suffocations, are the most dangerous in the body; (2) and it is not much otherwise in the mind; you may take sarza to open the liver, steel to open the spleen, flowers of sulphur for the lungs, castoreum for the brain; but no receipt openeth the heart, but a true friend; (3) to whom you may impart griefs, joys, fears, hopes, suspicions, counsels, and whatsoever lieth upon the heart to oppress it, in a kind of civil shrift or confession.

【TT8】"喜欢孤独的人不是野兽便是神灵。"说这话的人若要在寥寥数语之中，更能把真理和邪说放在一处，那就很难了。因为，若说一个人心里有了一种天生的、隐秘的、对社会的憎恨嫌弃，则那个人不免带点野兽底性质，这是极其真实的；然而要说这样的一个人居然有任何神灵底性质，则是极不真实的。只有一点可为例外，那就是当这种憎恨社会的心理不是出于对孤独的爱好而是出于一种想把自己退出社会以求更崇高的生活的心理的时候；这样的人异教徒中有些人曾冒充过，如克瑞蒂人埃辟曼尼底斯罗马人努马西西利人安辟道克利斯和蒂安那人阿波郎尼亚斯是也；而基督教会中许多的古隐者和长老则确有如此者。但是一般人并不大明白何为孤独以及孤独底范围。因为在没有"仁爱"的地方，一群的人众并不能算做一个团体，许多的面目也仅仅是一列图画；而交谈则不过是铙钹丁令作声。而且，这种情形有句拉丁成语略能形容之："一座大城市就是一片大荒野"；因为在一座大城市里朋友们是散居各处的，所以就其大概而言，不像在小一点的城镇里，有那样的交情。但是我们不妨更进一步并且很真实地断言说，(1) 缺乏真正的朋友乃是最纯粹最可怜的孤独；没有友谊则斯世不过是一片荒野；我们还可以用这个意义来论"孤独"说，凡是天性不配交友的人其性情可说是来自禽兽而不是来自人类的。

友谊底主要效用之一就在使人心中的愤懑抑郁之气得以宣泄释放，这些不平之气是各种的情感都可以引起的。闭塞之症于人底身体最为凶险，这是我们知道的；(2)在人底精神方面亦复如此：你可以服撒尔沙以通肝，服钢以通脾，服硫华以通肺，服海狸胶以通脑，然而除了一个真心的朋友之外没有一样药剂是可以通心的。(3)对一个真心的朋友你可以传达你底忧愁、欢悦、恐惧、希望、疑忌、谏净，以及任何压在你心上的事情，有如一种教堂以外的忏悔一样。(水天同译)(金衡山,1996:2/14-15)

【评析】这篇说理文语言精练，内蕴深刻，同培根其他散文一样，是难得的散文佳品。该文写于17世纪，作者阐述了友谊的重要性，而这一道理的传递是通过原文精巧简洁的用词、古色古香的氛围来实现的。该文读来一如古汉语散文，如何传达这样一种典雅的韵味，水天同先生做了尝试并获得了成功。原文的用词短小精悍却含义深刻，与古汉语有异曲同工之妙。以原文(3)为例。

原文(3)中的"griefs, joys, fears, hopes, suspicions, counsels"，列举了朋友之间可倾诉与分享的内容，而译文(3)中的"忧愁、欢悦、恐惧、希望、疑忌、谏净"不但意义对等，而且在用词上作者特地选用了颇具古风的"欢悦"、"疑忌"、"谏净"等词，匹配原文古色古香的风格。若采用现代化或口语化的"忧伤、欢乐、害怕、希望、怀疑、咨询"等词，原文的典雅就会大打折扣，对于原文哲理的表达也欠缺了必备的氛围。

另外，哲理的表达，尤其是培根散文中的哲理表达，更是"多一分则过"，句句隽永，犹如格言一般，句式繁复，却无赘语，如原文(2)中的分句均由五至六个短语组成，短小精炼，译文中作者同样采用相应的短语，以五至六个短语再现原句，将原句的道理以同样简洁的句式阐明。

在修辞方面，有时原文中出现的一些排比或对仗句，译者同样对这类结构调整并再现，如原文(2)中的"take sarza to open the liver, steel to open the spleen, flowers of sulphur for the lungs, castoreum for the brain"仍是一个极好的例子，这个句子结构均衡，读来朗朗上口，而译文(2)中的"服……以……"的句式重复了四次，很好地再现了这一排比结构，原文的内蕴也通过这一反复深刻地镌刻在译语读者的记忆中。

　　而音韵方面的再现也不容忽视，原文长短句相间，轻重缓急，读来抑扬顿挫。如**原文(1)**中的头韵 "mere" 和 "miserable"，"without"、"which" 和 "world" 以及压韵脚的 "friends" 和 "wilderness" 等词，译文中不能完全再现上述韵律，因此译者在**译文(1)**中采用另一种形式创造出了一种新的韵律，如 "最纯粹最可怜"，根据意义的添加达到了压头韵的目的，"友谊"、"孤独" 与 "斯世" 则以叠音词的形式出现，增加了译文的节奏感。

　　哲理是散文作者对生活的思辨，其格式与议论文也有相通之处。我们在文中可以看到论题、论据和结论的融合。论据是论证过程中最重要的部分，而且涉及的信息范围极广，往往承载着大量的历史文化信息。让我们看以下例文。

【ST9】　　　　　　　　**生命的三分之一**　　　　　　　　邓拓

　　(1)一个人的生命究竟有多大的意义，这有什么标准可以衡量吗？提出一个绝对的标准当然很困难；但是，大体上看一个人对待生命的态度是否严肃认真，看他对待劳动、工作等等的态度如何，也就不难对这个人的存在意义做出适当的估计了。

　　(2)古来一切有成就的人，都很严肃对待自己的生命，当他活着一天，总要尽量多劳动、多工作、多学习，不肯虚度年华，不让时间白白地浪费掉。我国历代的劳动人民以及大政治家、大思想家等等都莫不如此。

　　(3)班固写的《汉书·食货志》上有下面的记载："冬，民既人；妇人同巷相从夜绩，女工一月得四十五日。"

　　这几句读起来很奇怪，怎么一月能有四十五天呢？再看原文底下颜师古做了注解，他说："一月之中，又得夜半为十五日，共四十五日。"

　　这就很清楚了。原来我国的古人不但比西方各国的人更早地懂得科学地、合理地计算劳动日；而且我们的古人老早就知道对于日班和夜班的计算方法。

　　一个月本来只有三十天，古人把每个夜晚的时间算作半天，就多了十五天。(4)从这个意义张说来，夜晚的时间实际上不就等于生命的三分之一吗？

对于这三分之一的生命，不但历代的劳动者如此重视，而且有许多大政治家也十分重视。班固在《汉书·刑法志》里还写道：

(5)"秦始皇躬操文墨，昼断狱，夜理书。"

有的人一听说秦始皇就不喜欢他，其实秦始皇毕竟是中国历史上的一个伟大的人物，班固对他也还有一些公平的评价。这里写的是秦始皇在夜间看书学习的情形。

据刘向的《说苑》所载，春秋战国时有许多国君都很注意学习。如：

"晋平公问于师旷曰：吾年七十，欲学恐已暮矣。师旷曰：何不炳烛乎？"

在这里，师旷劝七十岁的晋平公点灯夜读，拼命抢时间，争取这三分之一的生命不至于继续浪费，这种精神多么可贵啊！

《北史·吕思礼传》记述这个北周大政治家生平勤学的情形是：

"虽务兼军国，而手不释卷。昼理政事，夜即读书，令苍头执烛，烛烬夜有数升。"

光是烛灰一夜就有几升之多，可见他夜读何等勤奋了。像这样的例子还有很多。

为什么古人对于夜晚的时间都这样重视，不肯轻易放过呢？我认为这就是他们对待自己生命的三分之一的严肃认真的态度，这正是我们所应该学习的。

我之所以想利用夜晚的时间，向读者同志们作这样的谈话，目的也不过是要引起大家注意珍惜这三分之一的生命，使大家在整天的劳动、工作以后，以轻松的心情，领略一些古今有用的知识而已。

【TT9】　　　　　　**One Third of Our Lifetime**　　　　　　by Deng Tuo

(1) What is the significance of life? Is there a standard by which we can measure it? It is difficult, of course, to advance a well-defined standard. However, the significance of one's existence can more or less be evaluated by examining his attitude toward life and work.

(2) Since ancient times all people of accomplishment are serious about

their lives. So long as they are alive, they try to work as hard as they can and learn as much as possible, never letting a day slip by doing nothing. This is true of the working people, and the great statesmen and thinkers in our history.

(3) The great historian Ban Gu, in his "Foods and Goads" of *The Chronicles of the Han Dynasty,* says:

"In winter people stay indoors. Women get together to spin hemp threads at night. They work forty-five days a month."

It sounds strange. How come there are forty-five days in a month? Let us see how it is annotated by Yan Shigu:

"Every night they work an extra of half a day's time and, therefore, they have forty-five days in a month."

Now it's clear. Our ancestors had learned, earlier than the westerners, how to calculate workdays accurately and sensibly. They had also learned how to distinguish between day shift and night shift.

Our forefathers, counting the time of one night for half a day, managed to extend the thirty-day-month by fifteen days. (4) In this sense the night time gained makes up one third of our lives, doesn't it?

This one third of our lifetime is not only treasured by the working people but also by the great statesmen in our history. Ban Go also says in "Criminal Law" of *The Chronicles of the Han Dynasty*:

(5) "The First Emperor of the Qin Dynasty set a good example of industry, disposing of lawsuits during the day and reading at night." This is about how he tried to find time to read at night.

To some people the First Emperor of Qin isn't a pleasant name to hear but there is no denying that he was a great figure in the history of China. Even Ban Gu has an impartial comment to make on him.

Liu Xiang, the great scholar of the Han Dynasty, cites in his *Historical Anecdotes* many princes of the Spring and Autumn and the Warring States period who set great store by learning. Far example:

"Duke Ping of the State of Jin asked Shikuang: 'I am already seventy years old. Isn't it too late for me to learn?' Shikuang suggested: 'Why not make use of year night time?'"

Here Shikuang encouraged the seventy-year-old Duke Ping to read at night, making up for the one third of the lifetime. What a great spirit!

"The biography of Lu Sili" in *The History of the Four Northern Dynasties*, in stating what a diligent learner this great statesman was, says:

"Though he took responsibilities for both administrative end military affairs, he was never seen without a book in his hands. He tended state affairs during the day and read at night with a servant holding a wood torch for him. At the end of each reading you would find so much ash in his study as to fill several *sheng*."

We can imagine how avidly he read at night. There are more examples of this kind in the book.

Why did the people in the past make such effective use of night time? I think this is positive proof of their attitude toward the one third of their lives. This is exactly where we should learn from them.

My idea of writing this little essay tonight is to call the reader's attention to the one third of his lifetime so that, after the day's work, he can sit relaxed at home, browsing through and appreciating the useful knowledge of the past and of the present.（刘士聪译）（刘士聪，2007：192-197）

【评析】原文作者对生命的意义重新定义，从人类对待工作劳动的态度引申开去，谈到对时间的珍视与善加利用，最后呼吁读者利用时间多做贡献。原文以一种极为严肃的态度起始，以循循善诱的态度结束，阐释了珍惜时间的道理，有很强的说理色彩。而该文的一大特色是作者对古典文献的大量援引。作者旁征博引、评古论今的说理风格给读者带来美的享受的同时，也给译者传递信息带来了挑战。从结构上来看，如何将作为论据出现的大量背景知识的文化信息一并传达？本雅明在《译者的任务》中说："原作的语言和内容像果皮和果肉一样浑然天成。"言下之意，若译者试图再现原作的语言与内容，必须先对原文语境有彻底的了解。按余光中先生的话说，需要译者对源语文本"体贴入微"，即对背景知识有深入的了解。译者在译文中很好地实现了这一点。请看**原文(3)**与**译文(3)**、**原文(5)**与**译文(5)**的分析对比。

原文中出现的史料如"班固"、"秦始皇"和《汉书·食货志》"等专有名词以及"妇人同巷，相从夜绩"等古汉语，对于译语读者来说是全新的信息。对于这些具有浓厚文化底蕴的词语，译者首先采用了增补的方式，将注释信息融入译文中。如"班固"，译文中增加了"the great historian"，简洁地补全了班固的信息。而"秦始皇"和《汉书·食货志》"等信息，前者译成"the First Emperor of the Qin Dynasty"，较"Emperor Qin Shi Huang"这一常用音译词所传递的文化信息更为详尽，也更易于理解，而"《汉书·食货志》"与古汉语句式的译文则对原句序进行了调整，使之更符合译语读者的阅读习惯，当然，原书的古典美可能有缺失，不能不说是一个遗憾。从上述译例可以得出，为了更确切地传递原文信息，再现原文的说理过程，突现史料的说服力，译者采取多种补充说明，以使译文更易为译语读者理解。

前面我们提到，绝大多数的说理文都以庄重凝练的风格为主，因此在人称的选择上多采取中立的第三人称或者尽量避免使用明确的人称代词。这一转换在翻译过程中所带来的说理再现的影响是需要引起重视的。以本文为例，除末两段外，其他部分未出现任何以说理者自居的人称，即非个人性口吻(impersonal tone)，因此读来相对正式(刘士聪，2007：196)，而末两段中作者现身，以"我"这一个人性口吻进行说理并总结陈词，劝说读者珍惜光阴。说理的过程中出现两种不同的人称，如何使这两者在译文中和谐地展现，让我们比较一下**原文(1)**与**译文(1)**、**原文(4)**与**译文(4)**。

原文(1)和**原文(4)**中均是非个人性口吻，而在译文中却出现了"we"、"our"，这说明译者试图将原文的正式与非正式口吻进行融合，使译文的格调趋向于轻松的说理风格，而且就英语的表达习惯来说，也对译文的篇章衔接起了一定的作用。同时，原文中庄重的文学色彩也通过译文得到了展现，如通过**原文(2)**与**译文(2)**的对比，我们发现，"people of accomplishments"、"this is true of"是比较正式的语体，译文中出现的几处同类语体为全文增添了文学色彩。

因此，说理文中的人称措辞的转换以及正式与非正式语体的融合在很大程度上决定了译文的成败与否。

小品文与随笔中谐趣的表现往往借助于作家幽默风趣的描写和生动活泼的笔调，以及丰富的知识和联想等。这两类散文体裁，顾名思义，往往在平常的琐事中，生活的盎然意趣便不自觉地流淌出来。散文作者抓住生活的点点滴滴做出描写，作品便拥有无尽的谐趣。而译作的"谐趣"或者"幽默"的风格再现，往往是在对原作遣词造句与思想感情的层面进行考察的基础上，由译者使用多项翻译手段在译文中再现原作的风格与思想，以期达到谐趣的目的。

休·霍尔曼(C. Hugh Holman)曾提到，"humor"与"wit"是同类，两者总是共存的。他说："Humor implies a sympathetic recognition of human values and deals with the foibles and incongruities of human nature, good-naturedly exhibited."（胡翠娥，刘士聪，2002：83-84）这里讲了两个内容：一是幽默的前提和出发点——对人的价值的承认，这种承认是出于同情；二是幽默的对象——人的弱点和人性中不协调的东西，这些东西是以善意的方式展现出来的。[1]散文作者，尤其是擅小品文的作者，他们观察世界的起点较常人更高，对于人性与社会现象的探索较常人更为深刻，因此译者只有在确定作者立场与态度的同时，才能深刻理解作者的幽默出自何处，才能对原文中的感情及展示的道理动笔翻译。

【ST10】　　　　　**Golden Fruit**　　　　　by A.A.Milne

Of the fruits of the year I give my vote to the orange.

In the first place it is perennial－if not in actual fact at least on the greengrocer's shop. (1)On the days when desert is a name given to a handful of chocolates and a little preserved ginger. When macedoine de fruits is the title bestowed on two prunes and a piece of rhubarb, then the orange. However sour, comes nobly to the rescue; and on those other days of plenty when cherries and strawberries and raspberries, and gooseberries riot together upon the table. The orange, sweeter than ever, is still there to hold

---

1 刘士聪. 英汉·汉英美文——翻译与鉴赏 [M]. 北京：译林出版社，2007. p.60.

its own. Bread and butter, beef and mutton, eggs and bacon are not more necessary to an ordered existence than the orange.

It is well that the commonest fruit should be also the best. Of the virtues of the orange I have not room fully to speak. It has properties of health giving, as that it cures influenza and establishes the complexion. It is clean, for whoever handles it on its way to your table, but handles its outer covering, its top coat, which is left in the hall. It is round, and forms an excellent substitute with the young for a crick ball. The pip can be flicked at your enemies, (2) and quite a small piece of peel makes a slide for an old gentleman.

But all this would count nothing had not the orange such delightful qualities of taste. I dare not let myself go upon this subject. I am a slave to its sweetness. (3) I grudge every marriage in that it means a fresh supply of orange blossom, the promise of so much golden fruit cut short. However, the would must go on.

...

Yet with the orange we do live year in and year out. That speaks well for orange. That fact is that there is an honesty about the orange which appears to all of us. If it is going to be bad—for the best of us are bad sometimes—it begins to be bad from he outside, not from the inside. How many a pear which presents a blooming face to the word is rotten at the core. How many an interesting-looking apples is harboring a worm in the bud. But the orange has no secret faults. Its outside is a mirror of its inside, (4) and if you are quick you can tell the shopman so before he slips it into the bag.

【TT10-1】　　　　　　　　　柑橘　　　　　　　　A.A. 米尔恩

一年四季的水果里，我最推崇柑橘。

首先，柑橘常年都有——即使不是在树上，至少是在水果店里。(1)有的时候，只用几块巧克力和一点蜜饯生姜充当餐后的甜点，两块李子干加一片大黄便被冠以蔬果什锦美名时，这时仍带酸味的柑橘便前来慷慨救驾；其他时候，水果丰盈，樱桃、草莓、木莓、醋栗在餐桌上相互争艳时，此时比往日更加甜美的柑橘依然能坚守自己的岗位。对于人们的日常生活，面包和黄油、牛肉和羊肉、鸡蛋和咸肉，都未必像柑橘那样不可或缺。

很幸运，这种最普通的水果恰恰是最好的水果。论其优点，难尽其详，柑橘有益于健康，比如，可以治疗流感，滋养皮肤。柑橘清洁干净，不管是谁把它端上桌，也只触到它的表皮，亦即它的外衣，吃完后橘皮便被留在餐厅里，柑橘是圆的，给孩子当板球玩是再好不过了。柑橘可用来弹射你的敌人，(2)一小片橘皮也能让一个老者滑个趔趄。但是，如若不是柑橘的味道甜美可口，上述的一切便都不足取。我真不敢纵谈柑橘的美味。我为它的美味所倾倒。(3)每当有人结婚我便心生怨意，因为那就意味着一束鲜橘花——未来金黄果实的夭折。然而，人类总得继续繁衍。

……

我们年复一年地吃着柑橘生活，这就是对它有力的辩护。事实上，是柑橘诚实的品格吸引了我们。假如它要开始腐败的话——因为我们之中的优秀者有时也会腐败的——它是从外表而不是从内里开始的。有多少李子在向世人展示其鲜嫩的容光时，内里已经腐烂。有多少看上去纯美无瑕的苹果，刚刚发芽就已经包藏蛀虫。而柑橘从不隐藏瑕疵。它的外表是它内心的镜子，(4)那么，如果你反应快，不等售货员把它丢进纸袋儿，你就能告诉他这是一个坏橘子。(刘士聪，2007：13-16)

【TT10-2】

在一年四季的水果中，我推选柑橘。

首先，柑橘是终年不断的——如果说事实上并非如此，至少在水果店是这样的。(1)在有些日子里，只有几块巧克力和一点蜜饯生姜就称之为水果甜点心，把两块梅脯和一片大黄命名为水果羹，这时的柑橘还很酸，但它义无反顾地前来救急。到了水果丰盛的季节，樱桃、草莓、木莓、醋栗一起拥上来摆满了餐桌，这时柑橘比任何时候都甜，却仍在坚守它的岗位。对于人们有规律的生活来说，面包和黄油、牛肉和羊肉、鸡蛋和咸猪肉，都未必比柑橘更加必不可缺。

　　最普通的水果居然也是最优良的，这是很理想的。我没有足够的篇幅来充分叙述它的优点，它有增进健康的性能，例如它能治疗流行性感冒。还能保持面部肤色的红润。柑橘是最干净的，因为不管是谁把它端上餐桌时，手只能接触到它的外皮，也就是它的大衣，而大衣是留在走廊里的。柑橘是圆形的，孩子们把它当作板球玩，是最好的代用品了。橘核可以用来朝着你的敌人弹射。(2)<u>一片小小的橘皮可以让一位老先生滑一跤。</u>但是，如果柑橘没有这么鲜美可口的味道，以上所述的一切都等于零。我简直不敢纵情谈论这个问题。我被它的甘甜征服了。(3)<u>我忌恨每一场婚礼，因为它意味着又要供应一大捧橘花，致使那么多本来可望结成的果子夭折了。</u>但是这个世界总得要延续下去啊。

　　……

　　但是我们年复一年的生活中离不开柑橘。这一点就充分说明了柑橘的好处。事实上吸引我们的是柑橘身上有一种诚实的品格。如果它开始变坏——因为我们之中最好的人有时也要变坏的——它是从外部而不是从内部开始变坏的。有多少梨子向世人露出容光焕发的笑颜，但内部已经烂透了。有多少看上去纯洁无瑕的苹果，在发芽时就包藏着虫子。但柑橘没有隐藏的毛病。它的外表是它内心的一面镜子。(4)<u>假如你眼明手快，在店员让一个坏柑橘溜进纸袋之前，你就可以向他指出来。</u>（庄玲，贝合宁，1996：100）

　　【评析】这是一篇诙谐的小品文《柑橘》，略有删节。文章通篇洋溢着幽默色彩，通过陈述柑橘的优点，揭示了做人的道理。语言轻巧凝练，读来令人莞尔。原文的幽默体现在各处，则翻译过程中也须细细品味，将幽默感详尽地译出。原文的语言形式与意义总是相辅相成的，意义和氛围的表达在某种程度上也可借由形式体现。如**原文(1)**这段文字中的成分相互之间都是前后对应的，结构对称，有一种工整的格式美。刘士聪先生曾对这段进行过专门的分析。他提到此文本中各个成分的对称，如"on the days when…"与"and on those other days of plenty when…"，"then the orange…"与"the orange…"等。在翻译时，应该尽量保持这种结构上的美感。

　　比较一下刘士聪的译文与庄玲、贝合宁的译文，可以发现，两处译文都试图在意义与结构上贴近原文，乍一看，仅从结构方面来考虑，似乎庄、贝的**译文(1)**的结构较刘的**译文(1)**更具有对称性，更加符合原文的句式结构。但是仔细分析后发现，同样的含义，刘的**译文(1)**中用的句式更加简明扼要，将原文的"however sour, comes nobly to the rescue"和"sweeter than ever, is still there to hold its own"合并成一句，因此刘的**译文(1)**的句式事实上仍然处于对称状态。

文中的许多词句本身就具有相当的幽默性，让我们来看看译者的处理。以**原文(1)**中双下画线部分为例。在上文中我们对这部分的结构作了分析，认为刘的**译文(1)**的句式更简洁。那么就译文的用词来看，两者还是各有千秋，主要表现在"nobly"一词上。"nobly"一词的解释是"高尚地，崇高地"，但是不能照搬进译文，因"崇高地"一词无法搭配"come"这一动词(刘士聪，2007：18)。刘的**译文(1)**的语言总体比较凝练典雅，因此译者选择了与原词意义相近的形容副词"慷慨(地)"来展现柑橘的"救驾舍我其谁"的气概，这处四字短语，形式上工整明快，且作为"大词"的运用也使得原文平添诙谐色彩——小小的柑橘也具有如此的无畏气概，令人侧目；庄、贝的**译文(1)**的语言较直白，句式结构也不如刘的**译文(1)**精雕细琢，但是对"nobly"一词的译法也颇为独到——"义无反顾地"来"救急"也能很好地体现柑橘骑士般的精神，只是对于风格的再现方面，不似刘的**译文(1)**一般格外贴近原文明快且极富文学性的行文风格。

对于幽默之处的再现让我们看看**原文(2)**的不同处理方法。

凡是读到此句的译者应该都都能在脑海中引起相应的联想，并对这一描写会心一笑。这是作者自然流露的童趣的表现，从板球游戏、橘核弹射敌人到老先生东倒西歪的场景仿佛一串连贯的场景，一气呵成。在这里，"slide"一词，究竟是译成"趔趄"还是"滑一跤"合适呢？在词义上，刘的**译文(2)**的含义更贴近原文，但是在效果上，庄、贝的**译文(2)**所带来的视觉冲击远远强于刘的**译文(2)**，换句话说，刘的**译文(2)**给读者呈现的是正统中隐藏着幽默，而庄、贝的**译文(2)**则有夸张的喜剧效果，且颇带有点看戏的心态。

再来看**原文(3)**，作者的幽默显而易见，如"grudge every marriage"、"the promise of so much golden fruit cut short"。"cut 里短促的元音和 short 里清辅音[t]的戛然而止，真给人以夭折之感。"(刘士聪，2007：15)从上述译文来看，刘的

译文(3)特别注意了原文的承接关系，即"blossom"和"the promise of so much golden fruit"本是同位语关系，因此直接用一个破折号阐明，简明扼要；而庄、贝的译文(3)中，译者采用了连词"致使"将原句的因果关系明朗化，意义上更加直白，也不失为佳译。重点在于后一句的处理。原文应该说是一种比较含蓄的幽默，在刘的译文(3)中，译者将原文的意思解读并重构，将其深层的幽默提到语言表层，虽然在含义上是明确了，但是却缺少了原文那种曲径通幽一般的幽默感。而庄、贝的译句(3)采用的是直译，在保留原文的表达方式的同时也保留了原文隐晦的幽默，个人感觉更胜一筹；且译者在句后补充叹词"啊"，更多地增添了一种无奈之情，将原文的幽默表现得更加生动。

原文(4)中仍然可以见到上面提到的问题——对于幽默感的表达。从句式来看，刘的译文(4)"不等……就……"可以表现出作者的急切之情，符合文意；庄、贝的译文(4)中，"在……之前，……就……"句式有些拖沓，似乎不太能体现原文的"quick"的感觉。但是，在措辞方面，此处刘的译文(4)选择了直译，如"反应快"、"丢进纸袋儿"，就显得较为平淡，不似庄、贝的译文(4)中的"眼明手快"和"让一个坏柑橘溜进纸袋"等颇为形象的修饰语，因此两个译文若能相互取长补短，应该会十分完美。

谐趣的表现方式多种多样，当然总的看来，不外乎题材、构思、语言这几方面。在前文中我们谈到，散文的风格在很大程度上受到上述三方面的影响，甚至可以说这三者几乎囊括了风格的绝大多数要素。而散文的谐趣风格也不例外。因此在翻译的过程中，可对这几方面进行考察，找出谐趣的源头，如此，谐趣的再现也不会太难了。某些时候，作者的意图在于揭示某个社会现象，谐趣的地位便会被讽刺幽默所替代。让我们看以下例文。

【ST11】　　　　**How to Live to be 200**　　　by Stephen Leacock
Twenty years ago I knew a man called Jiggins, who had the Health Habit.

He used to take a cold plunge every morning. He said it opened his pores. After it he took a hot sponge. He said it closed the pores. He got so that he could open and shut his pores at will.

(1) Jiggins used to stand and breathe at an open window for half an hour before dressing. He said it expanded his lungs. He might, of course, have had it done in a shoe-store with a boot stretcher, but after all it cost him nothing this way, and what is half an hour?

(2) After he had got his undershirt on, Jiggins used to **hitch himself up like a dog in harness** and do Sandow exercises. He did them forwards, backwards, and hind-side up.

He could have got a job as a dog anywhere. He spent all his time at this kind of thing. In his spare time at the office, he used to lie on his stomach on the floor and see if he could lift himself up with his knuckles. If he could, then he tried some other way until he found one that he couldn't do. Then he would spend the rest of his lunch hour on his stomach, perfectly happy.

(3) In the evenings in his room he used to lift iron bars, cannon-balls, heave dumb-bells, and haul himself up to the ceiling with his teeth. You could hear the thumps half a mile. He liked it.

He spent half the night slinging himself around his room. He said it made his brain clear. When he got his brain perfectly clear, he went to bed and slept. As soon as he woke, he began clearing it again.

Jiggins is dead. He was, of course, a pioneer, but the fact that he dumb-belled himself to death at an early age does not prevent a whole generation of young men from following in his path.

They are ridden by the Health Mania.

They make themselves a nuisance.

(4) They get up at **impossible** hours. They go out in **silly little suits** and run Marathon heats before breakfast. They chase around barefoot to get the dew on their feet. They hunt for ozone. They bother about pepsin. They won't eat meat because it has too much nitrogen. They won't eat fruit because it hasn't any. They prefer albumen and starch and nitrogen to huckleberry pie and doughnuts. They won't drink water out of a tap. They won't eat

sardines out of a can. They won't use oysters out of a pail. They won't drink milk out of a glass. They are afraid of alcohol in any shape. (5) Yes, sir, afraid. **"Cowards."**

【TT11】　　　　　　　如何活到两百岁

20 年前我认识一个名叫吉金斯的人,他有健身的习惯。

他每天早晨洗冷水浴。他说这可以使他的毛孔张开。然后他洗一个热水浴,他说这可以使他的毛孔关闭。他养成这样的习惯是为了能使他的毛孔开闭自如。

(1)吉金斯在穿上衣服之前,习惯站在打开的窗子前呼吸半小时,他说这可以扩展他的肺叶。当然,他本可以到鞋店里用撑鞋器去扩展,但是他在家里做毕竟不费一分钱,而半小时又算得了什么?

(2)他穿上贴身内衣之后,就像套了挽具的狗那样猛拉自己的身体。他用拉力扩胸器进行锻炼,他向前做,向后做,把身体的后部翘起来。

他能在任何地方做狗所做的事情。他把所有的时间花在这类事情上。他在办公室空暇的时候就肚子朝下躺在地板上,看自己能否用指关节把身体撑起来。如果能,他就换用另一种方式直到撑不起来为止。然后他把剩余的午饭时间花在肚子上,感到极为快乐。

(3)他晚上在房间里举铁杠、铁球,举哑铃,用牙齿使劲把身体拉上天花板,你可以在半英里之外听到重物掉在地上的声音。

他喜欢这样做。

他花半个夜晚把身体在房间里扑来扑去,他说这样可以使他的头脑清醒。他把头脑弄得完全清醒后就上床去睡觉。他一醒来又开始清醒他的头脑。

吉金斯死了。他当然是一名先驱者。但是他年纪轻轻就举哑铃致死这一事实并不妨碍整个一代年轻人继续走他的道路。

他们都得了健身癖。

他们把自己弄得叫人讨厌。

(4)他们在**不可想象**的时间起床。他们穿上少得发傻的衣服出去,在早饭前跑马拉松。他们赤着脚互相追赶使自己脚上沾上露水。他们搜寻臭氧。他们费脑筋寻找胃蛋白酶。他们不吃肉，因为肉里含氮太多。他们不吃水果，因为水果里不含氮。他们宁可吃蛋白质、淀粉和氮，而不吃越橘馅饼和炸面饼圈。他们不喝水龙头里的自来水。他们不吃罐头里的沙丁鱼。他们不吃桶里取出的牡蛎。他们不喝玻璃杯里的牛奶。他们害怕任何状态的酒精。(5)是的，先生，害怕。**"胆小鬼"。**(庄玲译)(庄玲、贝合宁，1996：110-117)

【评析】原文的选题十分新颖。如何活得长久一直是人们热衷的问题，而生命在于运动的说法又颇为深入人心。但是，有一部分人过于热衷健身，甚至走上极端，付出了惨重的代价。有感于此，作者著文，意在对社会上盛行的健身癖进行批判，也为健身癖一族敲响了警钟。针砭时弊总能带来耳目一新的效果。题目本身就能轻易引起读者的兴趣——"如何活到两百岁"。然后，作者站在完全反对健身的立场上，以相当篇幅，形象地描写了健身癖一族的一生，极尽夸张之能事；接着又从人情世故出发，以严肃的口吻对读者极尽劝诱，对健身的害处极尽鞭笞，让人深深地信服并体会到平凡生活的美好。原文从主题到内容、到语言，无不洋溢着讽刺幽默甚至搞笑的气氛，也充满对人与人性的真知灼见。因此在翻译的过程中，对于该文选题的深刻理解将帮助译者确定译文的基调——貌似严肃的行文中充满了夸张、扩大化和典型化的人物形象与例子，而这些正是本文幽默的一大来源。让我们来对比分析**原文(1)**与**译文(1)**、**原文(3)**与**译文(3)**。

作者在文中以非常冷静的口吻陈述健身癖患者的行为，并且以同样冷静的方式加以评述，但这样的口吻却更增加了原文的冷幽默。对于这类文本，译者若对其进行再加工怕会损害原文风格，只需对原文的用词加以考量，寻找出与原文最对等的译语词即可。因此译者选择以直译的方式保留原文的夸张形象与叙述方式，并适当选用看来更为正式的专业术语，再现了原文的幽默效果。如"it expanded his lungs"译为"扩展他的肺叶"(肺叶一词更为专业)，"You could hear the thumps half a mile"译为"你可以在半英里之外听到重物掉在地上的声音"("thumps"译为"重物掉在地上的声音"，而非"重击"，十分准确)，等等。而对于健身癖患者典型化的描述，这两处例文也有涉及。作者通过吉金斯一人的行动，将诸多的健身癖患者的形象浓缩在一起，我们看到的是一个被典型化了的虚拟形象。作者对他的描述可谓极尽细节之能事，译者同样遵从原作的风格，将一系列的动作忠实再现，如 "lift iron bars, cannon-balls, heave dumbbells, and haul himself up to the ceiling with his teeth" 译为 "举铁杠、铁球，举哑铃，用牙齿使劲把身体拉上天花板"。

原文的构思并不复杂，前半部分塑造了一个健身癖患者的典型形象，后半部分则对前者所做的每一件荒唐事进行鞭笞并提出正确的解决方法。而达到幽默效果的，除了前面提到的作品本身的夸张形象外，语言作为一切感情的载体，也是另一个起着重要效果的因素。我们以**原文(4)**与**译文(4)**为例来分析。

原文的另一大特征是句子简短，短的三五词，长的十个词左右。句子简短能够使叙述节奏加快，这是由文章的题材与内容决定的。如**原文(4)**中的每句都是一个简单句，读来相当明快，含义也十分清晰。因此译者的**译文(4)**同样以直译保留原句格式，再现了原文的节奏感。另外，**原文(4)**以一系列的排比句式刻画了健身癖患者的细节行为，每句均以 "they" 或者 "they won't" 作为起始，包含了作者赋予的特殊含义。通过 "they"、"they won't" 的不断再现，读者不仅感受到音韵上的强烈节奏感，也能看到作者对其行为的不屑与鄙视进行多方强调，更增添了原文的讽刺意义。译者，作为读者，也深刻感受到了这一排比句式的魅力，因此，**译文(4)**完全保留了原文的形态与行文。

另外，原文中作者使用了一些颇具个人喜好及富含感情色彩的用词，形象地描绘了健身癖患者的细节行为，也表达了自己的不满。如**原文(2)**中的 "**hitch himself up like a dog in harness**"，在**译文(2)**中译为 "**像套了挽具的狗那样猛拉自己的身体**"。

仔细分析**原文(4)**、**原文(5)**中的粗体字部分，我们可以看到，原文在进行细节描写时使用的词语颇含贬义。那么在译文中，译者也应恰到好处地将作者的感情色彩再现出来，于是译者在**译文(4)**、**译文(5)**中使用了 "猛拉"、"不可想象的" 等语气强烈的用词以及 "少得发傻"、"胆小鬼" 等明显含有贬义色彩的用词来凸现作者的不赞同的态度。

【研究与实践思考题】

(1) 根据写景散文翻译的重点——意象与意境的再现，对下述译文做出评析。[AT]

【ST1】It begins when a feeling of stillness creeps into my consciousness. Everything has suddenly gone quiet. Birds do not chirp. Leaves do not rustle. Insects do not sing.

【TT1】起初，有一种平静的感觉悄然爬上我的心头。世间万物，顿时沉寂。鸟儿不再喞啾，树叶不再作响，昆虫不再吟唱。

【ST2】Pacing through the house from window to window, I am moved to open-mouthed wonder. Look how the lilac bends under the assault, how the day lilies are flattened, how he hillside steps are a new-made waterfall! Now hailstones thump upon the roof. They bounce white against the grass and splash into the puddles. I think of the vegetable garden, the fruit trees, the crops in the fields; but, thankfully, the hailstones are not enough in number or size to do real damage. Not this time.

【TT2】我在房里踱来踱去，从一个窗口走到另一个窗口。窗外景象使我目瞪口呆。瞧，在暴风雨的袭击下，丁香折弯了腰，萱草倒伏在地，山坡上的石阶小径挂上了一帘瀑布！此刻，突然下起了冰雹，乒乒乓乓，乒乒乓乓，乱砸屋顶。顷刻间，草地上银珠乱蹦，水洼里水花四溅。我想到了园里的蔬菜、果树，还有田里的庄稼；不过，谢天谢地，冰雹个头不大，数量也不算多，还造不成什么实际损失，至少，这次不会了。

【ST3】Like the land, I am renewed, my spirit cleansed. I feel an infinite peace. For a time I have forgotten the worries and irritations I was nurturing before. They have been washed away by the glories of the storm.

【TT3】像大地一样，我也焕然一新，觉得心胸一洗。我感到无比的恬静。一时间，郁积心头的烦恼和愤懑也不知去向。它们都已被这壮观的暴风雨荡涤得干干净净。

——选自 Glories of the Storm (辉煌壮丽的暴风雨)

(2) 根据叙事散文的翻译特点对画线译文做出评析。[AT]

【ST】晋太元中，武陵人捕鱼为业。缘溪行，忘路之远近。忽逢桃花林，夹岸数百步，中无杂树，芳草鲜美，落英缤纷，渔人甚异之；复前行，欲穷其林。林尽水源，便得一山，山有良田美池桑竹之属，阡陌交通，鸡犬相闻。其中往来种作，男女衣著，悉如外人；黄发垂髫，并怡然自乐。见渔人，乃大惊，问所从来，具答之，<u>便要还家，设酒杀鸡作食。</u>村中闻有此人，咸来问讯。自云先世避秦时乱，率妻子邑人，来此绝境，不复出焉；遂与外人间隔。问今是何世，乃不知有汉，无论魏晋。此人一一为具言所闻，皆叹惋。<u>余人各复延至其家，皆出酒食。停数日辞去，此中人语云："不足为外人道也！"</u>既出，得其船，便扶向路，处处志之。及郡下，诣太守说此。太守即遣人随其往，寻向所志，遂迷不复得路。南阳刘子骥，高尚士也，闻之，欣然规往，未果，寻病终。后遂无问津者。（选自陶渊明"桃花源记"）

【TT】（画线部分）… In the reign of Taiyuan of the Jin Dynasty, there was a man of Wuling who was a fisherman by trade. One day he was fishing up a stream in his boat, heedless of how far he had gone, when suddenly he came upon a forest of peach trees. … Seeking the fisherman, they were greatly amazed and asked him where he had come from. He answered all their questions, and then they invited him to their homes, where they put wine before him, killed chickens and prepared food in his honor. When the other people in the village heard about the visitor, they too all came to ask questions. … Afterwards all the rest invited him to their homes, where they all treated him to wine and meals. Several days later, the fisherman was about to leave. Upon farewell, the villagers said to him, "it is wise not to tell." When out, he found his boat and followed the route he had come by, but leaving marks on his way back. …

(3) 将下列散文译成中文。[C]

Shakespeare's Sister

It would have been impossible, completely and entirely, for any woman to have written the plays of Shakespeare in the age of Shakespeare. Let me imagine, since facts are so hard to come by, what would have happened had Shakespeare had a wonderfully gifted sister, called Judith, let us say. Shakespeare himself went, very probably—his mother was an heiress—to the grammar school, where he may have learnt Latin—Ovid, Virgil and Horace—and the elements of grammar and logic. He was, it is well known, a wild boy who poached rabbits, perhaps shot a deer, and had, rather sooner than he should have done, to marry a woman in the neighbourhood, who bore him a child rather quicker than was right. That escapade sent him to seek his fortune in London. He had, it seemed, a taste for the theatre;

he began by holding horses at the stage door. Very soon he got work in the theatre, became a successful actor, and lived at the hub of the universe, meeting everybody, knowing everybody, practicing his art on the boards, exercising his wits in the streets, and even getting access to the palace of the queen. Meanwhile his extraordinarily gifted sister, let us suppose, remained at home. She was as adventurous, as imaginative, as agog to see the world as he was. But she was not sent to school. She had no chance of learning grammar and logic, let alone of reading Horace and Virgil. She picked up a book now and then, one of her brother's perhaps, and read a few pages. But then her parents came in and told her to mend the stockings or mind the stew and not moon about with books and papers. They would have spoken sharply but kindly, for they were substantial people who knew the conditions of life for a woman and loved their daughter—indeed, more likely than not she was the apple of her father's eye. Perhaps she scribbled some pages up in an apple loft on the sly, but was careful to hide them or set fire to them. Soon, however, before she was out of her teens, she was to be betrothed to the son of a neighbouring wool stapler. She cried out that marriage was hateful to her, and for that she was severely beaten by her father. Then he ceased to scold her. He begged her instead not to hurt him, not to shame him in this matter of her marriage. He would give her a chain of beads or a fine petticoat, he said; and there were tears in his eyes. How could she disobey him? How could she break his heart? The force of her own gift alone drove her to it. She made up a small parcel of her belongings, let herself down by a rope one summer's night and took the road to London. She was not seventeen. The birds that sang in the hedge were not more musical than she was. She had the quickest fancy, a gift like her brother's, for the tune of words. Like him, she had a taste for the theatre. She stood at the stage door; she wanted to act, she said. Men laughed in her face. The manager—a fat, loose-lipped man—guffawed. He bellowed something about poodles dancing and women acting—no woman, he said, could possibly be an actress. He hinted—you can imagine what. She could get no training in her craft. Could she even seek her dinner in a tavern or roam the streets at midnight? Yet her genius was for fiction and lusted to feed abundantly upon the lives of men and women and the study of their ways. At last—for she was very young, oddly like Shakespeare the poet in her face, with the same grey eyes and rounded brows—at last Nick Greene the actor-manager took pity on her; she found herself with child by that gentleman and so—who shall measure the heat and violence of the poet's heart when caught and tangled in a woman's body?—killed herself one winter's night and lies buried at some cross-roads where the omnibuses now stop outside the Elephant and Castle.

That, more or less, is how the story would run, I think, if a woman in Shakespeare's day had had Shakespeare's genius.

(4) 将下列散文译成英文。[A]

老舍《想北平》节选

可是，我真爱北平。这个爱几乎是想说而说不出的。我爱我的母亲。怎样爱？我说不出。在我想作一件事讨她老人家喜欢的时候，我独自微微的笑着；在我想到她的健康而不放心的时候，我欲落泪。言语是不够表现我的心情的，只有独自微笑或落泪才足以把内心表达出来。我之爱北平也近乎这个。夸奖这个古城的某一点是容易的，可是那就把北平看得太小了。我所爱的北平不是枝枝节节的一些什么，而是整个儿与我的心灵相粘合的一段历史，一大块地方，多少风景名胜，从雨后什刹海的蜻蜓一直到我梦里的玉泉山的塔影，都积凑到一块，每一细小的事件中有个我，我的每一思念中有个北平，只是说不出而已。

真愿成为诗人，把一切好听好看的字都浸在自己的心血里，像杜鹃似的啼出北平的俊伟。但我不是诗人，我将永远道不出我的爱，一种像由音乐与图画所引起的爱。这不但是辜负了北平，也对不住我自己，因为我的最初的知识与印象都得自北平，它是在我的血里，我的性格与脾气里有许多地方是这个古城所赐给的。我不能爱上海与天津，因为我心中有个北平。可是我说不出来！

戏剧体裁单元

导　言

从"散文体裁单元"的翻译直接过渡到"戏剧体裁单元"的翻译，可谓文武之道，一张一弛。散文翻译似乎可以"随意"多一些，戏剧翻译则不得不多"自律"一些。

戏剧旧时专指戏曲，现作为总称，包括戏剧、话剧、歌剧、舞剧、诗剧，乃至影视剧[1]等。就文学体裁而言，戏剧指为戏剧表演所创作的脚本，即剧本。其表演形式多种多样，常见的包括话剧、歌剧、舞剧、音乐剧、木偶戏等。

根据权威定义，"戏剧是由演员扮演角色，在舞台上当众表演故事情节的一种艺术，是一种综合的舞台艺术，她借助文学、音乐、舞蹈、美术等艺术手段塑造舞台艺术形象，揭示社会矛盾，反映现实生活。狭义专指以古希腊悲剧和喜剧为开端，首先在欧洲各国发展起来继而在世界广泛流行的舞台演出形式，英文为 drama[2]，中国称之为话剧。广义还包括东方一些国家、民族的传统舞台演出形式，如中国的戏曲、日本的歌舞伎、印度的古典戏剧、朝鲜的唱剧"（《中国大百科全书》）。

谈及"戏剧"名字的由来，中文戏剧一词源于"南戏北剧"的合称，戏指的是戏文，剧指的是杂剧，是在元代以前在中国南方与北方不同的政局与文化环境下，所形成的不同表演艺术，将两者合称则是明代以后才出现的用法。世界各国语言中与"戏剧"一词相近的词汇包括的范围不一，例如在印度文中的 *lila* 一词除了是戏剧之外，也包含舞蹈、运动竞赛等意义。但是世界各国语言中与"戏剧"相关的词汇，几乎具备与"游戏"类似的意义，例如在英文中将一部剧作称作为是 play（通常指有剧

1　有关首部影视翻译专著见浙江大学 2013 年 1 月出版的《基础影视翻译与研究》（陈刚、杜志峰、李瑶）。

2　主编以为 Western speech drama 则更为准确。

本有对白的戏剧）。中文中"戏剧"的"戏"，也带有"游戏"的意义[1]。

根据《文学术语汇编》，**drama** 意指 "[the] form of composition designed for performance in the theater, in which actors take the roles of the characters, perform the indicated action, and utter the written dialogue. (The common alternative name for a dramatic composition is a **play**.) In **poetic drama** the dialogue is written in verse, which in English is usually *blank verse* and in French is the twelve-syllable line called an *Alexandrine*; almost all the *heroic dramas* of the English Restoration Period, however, were written in *heroic couplets* (iambic pentameter lines rhyming in pairs). A **closet drama**[2] (仅供阅读的"案头剧"、"书斋剧"——主编注) is written in dramatic form, with dialogue, indicated settings, and stage directions, but is intended by the author to be read rather than to be performed; examples are Milton's Samson *Agonistes* (1671), Byron's *Manfreed* (1817), Shelly's *Prometheus Unbounded* (1820), and Hardy's *The Dynasts* (1904-8)." (Abrams, 2004: 69-70)

《牛津文学术语词典》指出：戏剧是 "for the entertainment of an audience, either on a stage or by means of a broadcast; or a particular example of this art, i.e. a **play**." (Baldick, 2000: 61；下画线由主编所加)

作为艺术创作的一个分支，戏剧是建构人类精神生活的必要组成部分。源远流长的中国古典戏剧即是我们的祖先留给全人类的伟大的精神文化馈赠，因此将"载治乱，知兴衰，寓褒贬，别善恶"的中国古典戏剧介绍翻译给懂英语的广大受众的重要性是不言而喻的。

戏剧本身具有双面性，换句话说，它有两个生命。"它的一个生命存在于文学中，它的另一个生命存在于舞台上。"（转引自董健、马俊山，2006：66）关于戏剧作为文学文本和表演文本的论断可详见于研究戏剧的中外学者的著述中，如 Bassnett & Lefevere (2001)，Bassnett (2004)，Aaltonen (2000)，董健、马俊山 (2004)，普菲斯特 (2004)。然而在翻译史上，与其他文体的翻译研究相比，戏剧翻译长久以来都是一个鲜有人

---

1 参考维基百科。

2 亦作 closet play。

问津的领域，有关专著在国内外亦属最少，更是很不全面。针对这一现象，Susan Bassnett 在《翻译研究》中指出："几乎没有材料探讨过剧本翻译中遇到的具体问题。剧本译者的论断通常暗示着剧本翻译过程中运用的方法和那些运用在散文文体翻译过程中的方法是一样的。"(2004: 119)

近 20 年来，随着戏剧翻译关注度的增加，海内外涌现了多位优秀的戏剧翻译实践家，有译介国外话剧的，有将国内的话剧、京剧、戏曲等译成英文的，然而这些实战家却较少提到在剧本翻译过程中所遵循的共通性的原则和方法，从而大大降低了对更广泛实践领域内的翻译指导意义。因此，本单元的重点之一便是在纷繁复杂的戏剧英/汉译文本中归纳出具有代表性的相对统一的翻译策略、原则、方法，选用的相关理论包括翻译单位、接受美学、语用对等、创造性叛逆以及多维视角(功能视角、跨文化交际视角、表演性视角、话语视角、格式塔视角)等。另特增设一章戏剧翻译批评，并将这些推而广之，供中国古典戏剧和海外戏剧译者及研究者、批评者参考。

综合考虑戏剧翻译的实践、教学、研究、难度等诸多方面的问题，本单元拟用五章的篇幅(第 7—11 章)讨论这个主题的翻译。

具体讨论的案例有 20 世纪美国三大戏剧家之一阿瑟·米勒的作品《推销员之死》(舞台话剧)，元代杂剧奠基人、中国古代戏剧创作代表人物、"元曲四大家"之首关汉卿的《窦娥冤》，英国古典剧本代表作、莎士比亚的《哈姆雷特》(舞台剧/书斋剧)，与莎翁东西方交相辉映的明代戏曲家汤显祖的著名代表作《牡丹亭》(案头剧/诗剧)，中国"四大名旦"之首梅兰芳的《凤还巢》(舞台剧)，老舍代表作之一的《茶馆》(舞台话剧/案头剧)，中国现代杰出剧作家曹禺的代表作之一《日出》等。

部分戏剧翻译练习包括王实甫的代表作、中国古典戏剧的现实主义杰作元剧《西厢记》(诗剧)和另一 20 世纪美国三大戏剧家之田纳西·威廉斯的《欲望号街车》(舞台话剧)。

Chapter 7

戏剧体裁与翻译

DRAMA

7.1 戏剧体裁新介

7.1.1 综合艺术

我们在本体裁的"导言"中了解到了有关戏剧的主要概念。若将该体裁追溯至古代希腊，我们发现，艺术被划分为音乐、绘画、雕塑、建筑与诗，戏剧被划归诗的范畴。但是，真正的戏剧艺术应该包括诗(文学)、音乐、绘画、雕塑、建筑以及舞蹈等多种艺术成分，因而被称为综合艺术。

每一种艺术都有特殊的表现手段，从而构成形象的外在形态。作为一种综合艺术，戏剧融化了多种艺术的表现手段，它们在综合体中直接的、外在的表现是：

①文学。主要指剧本。

②造型艺术。主要指布景、灯光、道具、服装、化妆。

③音乐。主要指戏剧演出中的音响、插曲、配乐等，在戏曲、歌剧中，还包括曲调、演唱等。

④舞蹈。主要指舞剧、戏曲艺术中包含的舞蹈成分，在话剧中转化为演员的表演艺术——动作艺术。

戏剧中的多种艺术因素分别起着不同的作用，它们在综合整体中的地位不是对等的。(参考百度百科)

而(用作翻译的)剧本，本身是一种独特的文学体裁，融合了小说、诗歌、散文、评论等文体特点。说其像小说，剧本包含人物与情节；说其像诗歌，剧本既可供读者阅读，又可供听众聆听、供观众观赏；说其像论述，剧本伴随对某些问题的探讨和对某些观点的传达。

7.1.2 基本特性与特点

1. 戏剧的基本特性

综上，戏剧具有下列基本特性：①综合性。②表演性。③戏剧性。

戏剧的这些特性决定了戏剧(翻译)作品应有下列基本特征：①高度、浓缩地反映现实生活。②紧张、激烈地展现戏剧冲突。③依靠台词推进戏剧动作发展。

根据基本特征③，在戏剧综合体中，演员的表演艺术居于中心、主导地位，它是戏剧艺术的本体。表演艺术的手段——形体动作和台词，是戏剧艺术的基本手段。其他艺术因素，都被本体所融化。剧本是戏剧演出的基础，直接决定了戏剧的艺术性和思想性，它作为一种文学形式，虽然可以像小说那样供人阅读，但它的基本价值在于可演性，不能演出的剧本，不是或未必是好的戏剧作品。戏剧演出中的音乐成分，无论是插曲、配乐还是音响，其价值主要在于对演员塑造舞台形象的协同作用。戏剧演出中的造型艺术成分，如布景、灯光、道具、服装、化妆，也是从不同的角度为演员塑造舞台形象起特定辅助作用的。以演员表演艺术为本体，对多种艺术成分进行吸收与融化，构成了戏剧艺术的外在形态(参考百度百科)。

2. 戏剧语言的基本特点

作为戏剧的基本材料，戏剧语言具有下列基本特点("两化三性")：

①动作性。是戏剧人物最为基本的特点。正所谓"一出戏就是一个动作体系"(John Howard Lawson)。

②抒情性。戏剧语言分为两种：一种是台词(对白、独白)，即人物语言，用于人物形象之塑造；另一种是舞台提示性语言(旁白)，用于简单说明戏剧中的时间、地点、人物动作及心理等。这里的"抒情性"特指台词。

③口语化。台词原则上应呈现口语化、通俗化，利于"可演性"。

④个性化。不同的人物，势必具有该任务的语言，展现该人物的个性。正所谓"言为心声"，"百姓百姓，百种声音"。

⑤性格化。既然台词应具有个性化，那个性化的台词一定是性格化的，即利于特定人物性格的刻画、展现，而非"千人一面"、"千人一腔"。

7.2 戏剧翻译定义与标准

7.2.1 戏剧翻译定义

Drama translation is the translation of the dramatic text from one language and culture into another and as the transposition of the original, translated or adapted text onto the stage. (Zubert-Skerrit, 1988: 485-490)

而 Reba Gostand 早在 1980 年就给戏剧翻译下了一个非常具体、细致的定义(参考 Kirmizi,2011):

1) one language to another (difficulties of idiom, slang, tone, style, irony, word-play or puns)——语言转换(涉及习语、俚语、风格、语气、讽刺、双关等)。

2) one culture to another (customs, assumptions, attitudes)——文化转换(涉及风俗、态度、观念等)。

3) one age/period to another (as above)——年代/时期转换(涉及时代变迁等)。

4) one dramatic style to another (e.g. realistic or naturalistic to expressionistic or surrealistic)——风格转换(现实主义或表现主义)。

5) one genre to another (tragedy or comedy or farce)——体裁转换(悲剧或滑稽剧)。

6) one medium to another (stage play to radio, TV or film)——媒介转换(舞台形式到影视媒介)。

7) straight play-script to musical/rock, opera/dance drama——剧种转换。

8) printed page to stage——形式转换(读本形式或演出形式)。

9) emotion/concept to happening——剧形转换(概念剧或机遇剧)。

10) verbal to non verbal presentation——表达转换(语言或动作、表情)。

11) one action group to another——动作转换(动作组)。

12) one audience to another (drama for schools or the deaf)——观众

转换(涉及成人、学生或听障人士等)。

7.2.2　戏剧翻译标准

如何针对上述戏剧翻译过程中的种种转换，Kirmizi 指出：

"As it can be understood from the list, translation of drama texts involves a wide range of cases where translators have to <u>sort out translation problems</u> and <u>resort more to creative translation</u> so as to <u>render the written page into another language or culture</u>, and <u>ultimately onto the stage</u>."(2011)

Kirmizi 强调：①找出问题之所在；②寻求更多的方法；③进行创造性翻译；④变剧本为另一种语言和文化；⑤最终将其搬上舞台。

根据《翻译研究百科全书》(Baker, 2004/2010: 71/93)，译者面临的选择，就是视剧本为单纯供读者阅读的文学文本，还是为观众观看的演出剧本的有机部分。如果是第一种选择，比如翻译某剧作家的戏剧全集，可以参照翻译一般文学作品的做法。如果是第二种选择，那要考虑的要素是：台词，以及灯光、布景、服装、音乐。无怪乎，Gostand 说："Drama is a process of translation."(同上)面对这种情形，戏剧翻译强调"**performability/playability(可演性)**"就成为一项举足轻重的标准。于是，在源语文本(the adequacy factor/"充分性"因素)和目标语文本(the acceptability factor/"可接受性"因素)之间则产生了更大的张力。

不言而喻，**可(表)演性是戏剧翻译的首要标准**。这也符合奈达的"功能/动态对等"标准(详见陈刚，2011：212-214/358-369)。由于判断译文是否具有"可表演性"容易倾向于主观性，因此根据此标准，笔者特地归纳并提出戏剧翻译在遵循"首要标准"的基础上，必须关注翻译过程中的"11 性"(部分含义有重叠)：

● 综合性；　　　● 视听性；　　　● 上口性；　　　● 通俗性；
● 诗意性；　　　● 修辞性；　　　● 动作性；　　　● 无注性；
● 人物性；　　　● 舞台性；　　　● 可接受性。

这里涉及剧本(是否可接受)、表演(是否到位)、观众(接受程度)、环境(符合剧情)等全方位的翻译问题，因为戏剧文本所包含的符号可分为十几种，语言、语气、身体语言、手势、动作、化妆、发型、服装、道具、布景、灯光、音乐、音响等。

这"11性"构成评价、衡量戏剧翻译的"可表演性"标准的尺度，要求十分之高。

例如，译者自己未必具有"可表演性"才能，但要求他/她具备熟悉两种语言、文化中的可表演性。英若诚(1999：iii)曾经指出，戏剧语言的动作性常常受到译者的忽视。剧本上的台词不只是发表议论，抒感情，它往往掩盖着行动的要求或者冲动，有时甚至本身就是行动。作为剧本译者，一定要弄清楚人物此时此刻语言背后的"行动性"。

由于译者不可能是全才，所以译者最好和有关(戏剧)表演人士合作将剧本搬上舞台。否则，译者就很难拿出一个"可表演性"剧本。

又如，译者跨文化解读剧本的艰难性。戏剧语言的动作性/潜台词在源语/文化所在国家或地区与在目标语语言/文化所在国家或地区一定存在差异及可变形。同一个剧本的不同文字版本的"可表演性"是不同的，这说明不同演员、导演对同一戏剧语言的动作性或潜台词有着不同的理解。即使剧本中存在着潜台词和语言的动作性，不同的语言/文化背景的演员、导演对此也会有不同的跨文化解读。这其中的道理不难理解，因为剧本在一种文化中存在"可表演性"，在另外一种文化中却未必。Bassnett使用了"the non-universality of the subtext"这个表达法，同时指出，很多非西方戏剧没有探寻剧本潜台词的传统。中国译者继承的戏剧语言，仅适用于直接的、描写性的，完全没有任何潜台词。例如粤语版的《长夜漫漫路迢迢》(一获诺贝尔文学奖、四获普利策奖的美国剧作家尤金·奥尼尔的巨作)，保留了源语文本中的"异域风格"(strangeness/foreignness)，译成粤语的剧本，对译者本人、对读者一定都是内容有待挖掘的文本(参见 Bassnett & Lefevere, 2001: 105)。

再如，译者需要好好补课才能胜任演出剧本的翻译。剧本潜台词或戏剧语言的动作性并不具有文化共性，况且，如果语言的动作性是隐含在文本中的，那么演员、导演要将它从文本中挖掘出来。要达到这一目标，演员、导演必须经过再学习、再培训才能理解或发掘并在表演中再现剧本所隐含的动作性。同理，译者要胜任戏剧翻译，他/她也得具备台词阅读经历和受训经历。这对译者来说无疑是困难重重，甚至几乎是不可能的。Bassnett 特别指出："[T]he translator is effectively being asked to do the impossible. If the written text is merely a blueprint, a unit in a complex of sign secret gestic code that needs to be realized in performance, then how can the translator be expected not only decode those secret signs in the source language, but also to re-encode them in the target language? Such an expectation does not make sense. To do such a thing a translator would not only have to know both languages and theatrical systems intimately, but would also have to have experience of gestic readings and training as a performer or director in those two systems."（同上：92）

尽管如此，正因为戏剧翻译是一种特殊体裁的翻译，对戏剧译者必须提出特殊的要求。在以下章节中，我们还要更为细致地谈论戏剧翻译中的主要问题。

7.3　戏剧翻译原则：表演性视角

7.3.1　可表演性的提出

著名的翻译理论家 Susan Bassnett 在《依旧身陷迷宫：对翻译与戏剧的进一步思考》（*Still Trapped in the Labyrinth: Further Reflections on Translation and Theatre*）一文中将剧本的阅读方式分为七类：

1)在课堂教学中，剧本被纯粹当作文学作品来阅读，与舞台演出没有任何关系。

2)观众对剧本的阅读，这完全出于个人喜好。

3)导演对剧本的阅读，其目的在于决定剧本是否适合上演。

4)演员对剧本的阅读，主要目的在于对特定角色的理解。

5)舞美对剧本的阅读，关注点在于从剧本的指示中设计出舞台的可视空间和布景。

6) 其他任何参与演出的人员对剧本的阅读。

7) 用于排练的剧本阅读,其中采用很多辅助语言学的符号,如语气(tone)、曲折(inflexion)、音调(pitch)、音域(register)等,对演出进行准备。(Bassnett & Lefevere, 2001: 101)

这七种阅读方式给译者提供了两种翻译思路:专供阅读的剧本翻译(如 closet drama,案头剧、书斋剧)和为了舞台演出的剧本翻译。可以说,将剧本视为文学作品来翻译和将其作为舞台表演的载体来操作对译者提出的要求是完全不一样的,显然,后者要考虑的因素比前者多得多。与此同时,她还进一步指出了剧本可表演性的重要性:"我们意识到,从某种意义上来说,剧本本身是不完整的,这种完整性只有在表演过程中才能实现。"(同上)在《翻译研究》(第三版)中她又重申了这个观点:"戏剧翻译工作者必须主要考虑剧本的可表演性和它与观众的联系……译者必须认识到剧本的功能是作为舞台表演的一部分。"(2004: 131)

7.3.2 戏剧语言的特点及可表演性的启示

古今中外的戏剧中,历来有案头之剧和场上之剧这种存在方式上的差别。但是就像哲人黑格尔所说的那样,"戏剧作家们尽管以漫不经心的甚至鄙视的态度看待表演,心眼里却仍愿意甚至希望自己的作品能上演"(1997:271),把自己的著作搬到舞台上呈现给更加广泛领域内的观众一直都是多数剧作家所追求的目标,自然剧本中的剧场性因素也就成了创作者、欣赏者、批评家们目光集中的焦点所在。在把中国的优秀剧作译介给外国听众/观众的过程中,如何将剧本上的台词转化成译入语体系中活的语言,赋予它鲜活的生命,使观众得到无穷的艺术享受就成了广大戏剧翻译家刻不容缓的任务。事实上,当代经验丰富的戏剧表演家、翻译家英若诚先生已明确指出过这方面存在的问题:"我们的很多译者,在处理译文的时候,考虑的不是舞台上的'直接效果',而是如何把原文中丰富的旁征博引、联想、内涵一点儿不漏地介绍过来。而且,我们要翻译的原作者名气越大,译文就越具备这种特点。本来为了学术研究,这种做也无可厚非,有时甚至是必要的。但是舞台演出确实有它的特殊要求，观众希望听到的是'脆'的语言，巧妙而对仗工整的，有来有去的对白和反驳。"(1999：3-4[序言])为了译出"脆"的舞台对白，我们有必要先探讨一下戏剧语言的艺术风格。

语言作为戏剧不可缺少的组成因素和表现手段,是沟通编导、演员、观众的中介和桥梁。因此,对戏剧语言的研究历来受到学者文人们的重视,他们提出了许多戏剧语言创作的普遍原则。如中国古典戏剧理论的集大成者李渔在其著作《闲情偶寄》的《词曲部》强调:"曲文之词采与诗文之词采非但不同,且要判然相反。何也？诗文之词采贵典雅而贱粗俗,宜蕴藉而忌分明。词曲不然,话则本之街谈巷议,事则取其直说明言。"(2000：49)他又断言:"传奇不比文章,文章做与读书人看,故不怪其深,戏文做与读书人与不读书人同看,又与不读书之妇人小儿同看,故贵浅不贵深。"(同上：60)凌濛初也是较早关注戏剧语言通俗性的学者之一,他在《谭曲杂札》说:"曲适于胡元,大略贵当行不贵藻丽。其当行者曰'本色'。"(1984：169)

中国戏剧语言的这种自然、明白晓畅的特点受到了王国维的大力称赞:"(元剧)又以其自然故,故能写当时政治及社会之情状,足以供史家论世之资者不少。又曲中多用俗语,故宋金元三朝遗语,所存甚多。"(2002：104)此外,按照人物的身份与处境的不同而使用千人千腔、性格饱满的舞台语言也是戏剧创作的手段之一。王国维对于元杂剧的高度评价原因之一就在于它"述事则如其口出"(同上：99)的舞台语言特色。综合诸说,中国戏剧语言一般都有如下两个特点:

1. 对白朴实易晓、浅显易懂

浪漫派理论家 A.W.史雷格尔在《关于戏剧艺术和文学的演讲》中强调,"剧本中的戏剧性因素应能在观众中产生效果,集中他们的注意力,引起他们的兴趣和同情,要求戏剧文本应该具有通俗演讲的性质,即'清楚、敏捷、强调'"(转引自普菲斯特,2004：45)。史雷格尔关于戏剧文本要具备通俗性的表述几乎与中国古代宋元杂剧崇尚治曲自然朴质易晓、雅俗共赏的理念不谋而合。一代国学大师王国维在《宋元戏曲史》的序言部分感叹道:"独元人之曲,为时既近,托体稍卑,故两朝史志与《四库》集部，均不著于录。……遂使一代文献，郁湮沉晦者且数百年，愚甚惑焉。"古代图书集成的代表《四库全书》的《集部》不收取戏剧或许与戏剧语言本身的通俗性有一定的关系。简言之，古代戏剧语言主张通俗易懂，反对艰深晦涩与剧作家所处的社会现状紧密相关。此外，这种戏剧语言特色也与戏剧所承载的社会功能和观众接受程度密切相关。

综观历史，我们清楚地觉察到元杂剧作家对他们的创作是抱有非常严肃认真的态度的。正如戏曲研究家陈竹先生所说："（他们的）虔诚的现实主义态度，既不如上古视之为戏礼，也不像秦汉视之为戏谑、唐视之为戏弄、宋视之为戏玩；戏剧在元代人的眼里实乃戏教也。"（1999：110）可以说在中国戏曲发展史的长河里，以戏为教的这种戏剧观是在元代确立的。著名剧作家高明在他的《琵琶记》的第一出戏中就开门见山地表明了自己的创作立场："秋灯明翠幕，夜案览芸编。今来古往，其间故事几多般。少甚佳人才子，也有神仙幽怪，琐碎不堪观。正是不关风化体，纵好也徒然……"短短几句就道出了其致力于改良社会风气的创作理想。李渔也持类似的观点："……愚夫愚妇识字知书者少，劝使为善，诫使勿恶，其道无由，故设此种文词，借优人说法，与大众齐听。谓善者如此收场，不善者如此结果，使人知所趋避，是药人寿世之方、救苦弭灾之具也"（2000：24）。为了教化市井里识字不多的愚夫愚妇，剧作家难免倾向于使用易喻易晓的百姓口中的"活"语言。

王国维针对戏剧语言的这一艺术特点，曾做如下概括："古代文学之形容事物也，率用古语，其用俗语者绝无。又所用之字数亦不甚多。独元曲以许用衬字故，辄以许多俗语或以自然之声音形容之。此自古文学上所未有也。"（2002：101）。戏剧作为民间与市井重要的公共生活方式，其重要目的之一就是阐释支撑当时社会伦理结构的道德价值观，从而巩固中国社会特定的以儒家思想为主体的道德准则。

2. 对白个性鲜明、惟妙惟肖

黑格尔对戏剧创作提出过一系列宝贵意见，他说，"……（戏剧创作）更重要的是人物性格的生动具体。人物性格不应该只是一些抽象旨趣的人格化"（1997：265）。在戏剧人物的性格塑造方面，李渔已经讲得非常清楚了："言者，心之声也，欲代此一人立言，先宜代此一人立心，若非梦往神游，何谓设身处地?无论立心端正者，我当设身处地，代生端正之想；即遇立心邪辟者，我亦当舍经从权，暂为邪辟之思。务使心曲隐微，随口唾出，说一人，肖一人，勿使雷同，勿使浮泛。"(2000：108)。他主张一定要让人物内心隐秘的思想感情随口说出，写一个人像一个人，不让人物雷同、性格贫乏。金圣叹在评点《西厢记》的《赖婚》一折时，对剧中不同人物的不同处理有着极其高度的评价："事故一事也，情故一情也，理故一理也，而无奈发言之人，其心各则各不同也，其体则各不同也，其地则各不同也。"(1984：233)由此可见，古人历来重视塑造鲜明的戏剧人物性格。

　　如前所述，作为一种独特的文学体裁，戏剧剧本融合了小说、散文、诗歌等各种文体的特征，同时，它又有别于这些体裁的作品，那就是戏剧全部是由对话组成的。正如黑格尔所宣称的，"(戏剧体诗中)起自由统治作用的中心点还是诗的语言(台词)"(1997：270)。优秀的戏剧作品总是通过生动的戏剧语言在有限的表演时间和舞台空间内淋漓尽致地展现不同人物的性格特征。因此，戏剧语言要求做到性格化、个性化和形象化三者的统一。舞台上的演员必须"进入剧中所有角色，千人千面，千面千腔；倘若不能进入角色，译成千面一腔，化千为一，戏就化为乌有"(翁显良：1982)

　　戏剧人物语言的性格化、个性化就是说话如其人，读者或观众/听众能从人物的语言中窥视出人物的性格，而非类型化的描写、陈词滥调的套用。在这方面，伟大的戏剧家老舍给我们树立了良好的榜样。老舍以他淳厚、传神的市井语言风格创作了《茶馆》这部脍炙人口的艺术作品，被誉为"一句台词勾画一个人物"的典型。如唐铁嘴夸耀自己抽白面的对话："我改抽'白面儿'啦……大英帝国的烟，日本的'白面儿'，两大强国伺候着我一个人，这点福气还小吗？"(《茶馆》，第二幕)短短几句话就入木三分地勾勒出深受帝国主义侵略下的愚民形象。《茶馆》在100多个国家的成功演出显然与个性化的人物塑造息息相关。

7.3.3　戏剧翻译单位

1. 翻译单位简述

毋庸置疑，在翻译界，翻译单位是一个耳熟能详的话题。20 世纪以来，大批专家、学者都对此做过研究，并且发表了为数众多的相关文章。以下笔者就此命题摘录一些国内外具有代表性的观点。

国外的翻译理论中，巴尔胡达罗夫在《语言与翻译》一书中对翻译单位的界定被引用得最多："翻译单位是指在译文中能够找到对应物的原文单位，但它的组成部分单独地在译文中并没有对应物。换言之，翻译单位就是源语在译语中具备对应物的最小(最低限度)的语言单位。"(1985：145)在该书的第四章中，巴氏进而指出，在实际操作过程中，可能的翻译单位是音位层(书面语是字位层)、词素层、词层、词组层、句子层以及话语层。事实上不存在在某个语言层次上选择翻译单位才恰当的问题，应该根据具体情况在语言等级体系的相应层次中准确地选择一个翻译单位。巴氏关于翻译单位的精辟论述长久以来被视为对这一领域探索的起点。推崇翻译的准确性和真实性的英国翻译理论家和实践家彼得·纽马克根据文本范畴理论，结合语篇的三种不同语言功能，将翻译单位做了如下分类，见表 7-1。

表 7-1　纽马克的翻译单位

语篇功能	文本内容	翻译方法和策略	翻译单位
表达功能(expressive function)	严肃的文学作品，包括抒情诗、短篇小说、长篇小说、戏剧、权威性言论、自传、散文及个人信函等	语义翻译	单词、词组
信息功能(informative function)	教材、技术报告、报纸或杂志文章、学术论文、备忘录或会议记录等	交际翻译	句子、词组
呼唤功能(vocative function)	通知、说明书、宣传手册、广告、通俗小说等	交际翻译	段落、语篇

纽马克还引述了维奈(Vinay)和达贝尔内(Darbelnet)对翻译单位所下的定义，认为"翻译单位是最小的话语单位，该片段的全部符号结合得非常紧密，以致不能分开逐译"(2004：54)。此外，众多学者也发表了自己的看法，例如拉多(Gyorgy Rado)提出以复杂的"逻辑素"(logeme作为翻译单位，在他看来，逻辑素是多种多样、丰富多彩的，而最基本的逻辑素乃是整个待译作品，从而得出以下结论，即应把整个篇章作为基本的翻译单位；贝尔(Roger T. Bell)则认为，能够描述的最大语言单位是单个的句子；Susan Bassnett 和 Andre Lefevere 在讨论文学翻译时甚至提出以"文化"作为基本的翻译单位的观点。

与此同时，国内对于这方面的研究也呈现出"百家争鸣，百花齐放"的局面。在这个问题上，有人按话语切分法来划分翻译单位，得出它是在音位、词素、词、短语、句子和话语等层级滑动的变量的结论；有人把篇章语言学灵活应用于翻译理论，提出以话语或语段为翻译单位；有人则赞成以自然段落为翻译单位。见表 7-2。

表 7-2　学者们的翻译单位

翻译单位序号	翻译单位名称
1	最小的话语单位(该片段的全部符号结合得非常紧密，以致不能分开逐译)
2	音位
3	词素
4	单字/词
5	短语/词组
6	语段
7	句子
8	自然段
9	话语
10	篇章/语篇
11	逻辑素
12	文化

　　事实上，从音位到整个语篇，都曾被不同时期的翻译理论家、实践家视为翻译单位。这一点充分说明了翻译单位其实并不是一个绝对不变的恒量，而应该是具有足够灵活性的变量。这种开放性在处理不同文本在不同语系下的相互转换时具有极强的实践操作性。

3. 戏剧的翻译单位

　　各家、各派对翻译单位的讨论很大程度上廓清了它在翻译实践过程中的指导意义。但是戏剧作品的翻译单位到目前为止还是一个鲜有人问津的领域。笔者认真查阅了中国期刊全文数据库，只发现了一篇相关文章，即从事俄语翻译研究的刘肖岩在《四川外语学院学报》2002 年第 4 期上发表的《试论戏剧对白的翻译单位》一文。刘肖岩建议将角色间的**话轮转换**作为研究戏剧翻译的突破口，并明确将**对话统一体**作为戏剧对白的翻译单位。

　　张玉柱则认为，话轮是对话参加者之一就一个话题一次所说的言语。话轮通常为一个表述，但有时也可由两个或两个以上的表述组成。话轮分为刺激话轮和反应话轮。对话统一体通常是由彼此相关的刺激话轮和反应话轮所构成(转引自刘肖岩，2002)。由于对话在戏剧中具有举足轻重的地位，把对话统一体作为剧本的翻译单位大大提高了戏剧对白翻译的可操作性，见表 7-3。

表 7-3　戏剧翻译单位

翻译单位序号	戏剧翻译单位
1	(角色间的)话轮(转换)
2	对话统一体

　　在完整的对话统一体中，译者较容易掌握人物对白的特定含义，试看杨宪益、戴乃迭译《窦娥冤》第二出：

【ST1】(净)窦娥，怎生药杀了俺老子。你要官休要私休？(旦)怎生是官休？怎生是私休？(净)你要官休呵，我托你到官司，你招认药死俺老子的罪犯。你要私休呵，你与我做了老婆，我便饶了你。(旦)<u>我心上无</u>

事，情愿和你见官去。（下画线为笔者所加）

【TT1】

DONKEY: Dou E, you murdered my old man. Do you want to settle this in private or settle it in public?

DOU E: What do you mean?

DONKEY: If you want it settled in public, I'll drag you to the court, and you'll have to confess to the murder of my father! If you want it settled in private, agree to be my wife. Then I'll let you off.

DOU E: I am innocent. I'll go with you to the prefect. （下画线为笔者所加）

　　张驴儿本想药死蔡婆，不料却害死了自己的父亲，便以此厚颜无耻地要挟窦娥顺从。对张驴儿的无赖作为，窦娥奋力还击："我心上无事，情愿和你见官去。"从字面上看，"我心上无事"是指窦娥心里没有任何秘密。而在这一个对话统一体中，窦娥说这句话的目的是阐明自己并未谋害他的父亲，因而是清白的。杨宪益、戴乃迭的译文 "I am innocent." 一目了然，使译入语读者很快理解原作的内涵，可谓恰到好处。

　　Bassnett 在《依旧深陷迷宫：对戏剧与翻译的进一步思考》一文中提到了不同国家对一出戏剧时间跨度的不同期待：英国观众期望一部戏持续大约两个半小时，加上中场休息半小时，一共是三小时；德国观众没有这种期待；而中国观众甚至更少。（Bassnett & Lefevere，2001：106）在翻译中国戏剧的过程中，译者提供的译本应尽量符合目标语观众/读者对时间跨度的期待，因此在唇枪舌剑的戏剧对白中，为了增强情节的紧凑感和提高台词的张力，很多时候译者都倾向于使用短句或省略句，以更加生动活泼地刻画戏剧人物的形象。由于这些短句或省略句都是在特定的完整的对话统一体中，不仅不会引起误解，相反对塑造栩栩如生的人物形象会产生事半功倍的效果，试看：

【ST2】（张千）相公，他是告状的，怎生跪着他。（丑）你不知道，但来告状的就是我衣食父母。

【TT2】 ATTENDANT: Your honor, this is a citizen who's come to ask for justice. Why should you kneel to him?

PREFECT: <u>Why?</u> Because such citizens are food and clothes to me.（下画线为本文作者所加）

　　由于剧作家所处的黑暗社会环境，客观上不能直写他对腐败官僚制度的控诉，而只能利用元杂剧中常见的插科打诨的套语，以旁敲侧击的方式来揭露丑恶的社会现状。上例看似逗笑取乐的写法，却有着很深的寓意。负责审理窦娥案子的楚州太守桃杌一见到告状的百姓就下跪，原因是从他们身上得到的贿赂是他的衣食来源，所以当侍卫张千问其下跪的原因的时候，这个贪官居然感到很不以为然，真是讽刺啊。而杨·戴的译文把这种讽刺效果几乎推倒了极点。一方面，我们都知道在这个对话统一体中"Why?"是对"Why should you kneel to him?"的省略，因而不会引起任何误解。而另一方面，省略句"Why?"传达的信息是贪官桃杌对张千置疑的惊讶，因为他的做官格言是"我做官人胜别人，告状来的要金银。衙门自古朝南开，有理无钱莫进来"，所以他觉得对提供自己衣食来源的告状百姓下跪是天经地义的。通过这一方式，把一个贪官、赃官的嘴脸展现在大家面前，达到针砭时弊的目的。

7.3.4　语用对等的运用

　　对于被搬上舞台的演出文本来说，它的视听特性尤为重要。正如黑格尔所指出的那样："由于戏剧所描绘的是可以感观接受的近在目前的情景，它在内容和形式的其他方面都和听众有远较直接的关系。"（1997：261）英若诚也这样告诫过我们："一句台词稍纵即逝，不可能停下戏来加以注释、讲解。这真是戏剧语言的精髓。"对戏剧语言的这一特色，M.普菲斯特阐释得更为具体："戏剧接受的集体性质的一个结果是，个别的接受者不可能影响接受的速度，也不能任意中断接受过程，更不能因为某一部分未曾理解而要求重复。这和小说不同，小说读者可以自己决定阅读速度，可以随意地把书放下或重新拾起，甚至可以一目十行或从后往前翻。"（2004：46）戏剧作为"直观性、双向交流性和不可重复性的一次性艺术"（董健、马俊山，2006：22），决定了其舞台语言切忌拖泥带水，就像莎士比亚在《哈姆雷特》中借大臣之口所提出的对台词的要求:"简练者,才华之魄也。"(Brevity is the soul of wit.)

确定了剧本的翻译单位之后,在翻译对话统一体的过程中,重现源语的语用前提能使译入语读者/观众更好地理解原作品内涵。前提是指语言交际中的共有知识。在日常生活中,为了使交际顺利进行,发话者和受话者必须享有一定的共同知识。Peter Fawcett 在"前提和翻译"一文中把前提分为语言前提和非语言前提。在他看来,后者才是译者所感兴趣的(2001:118)。非语言前提即语用前提(亦可称为预设、先设)。何自然认为语用前提是"言语交际双方都已知道的常识或至少听到话语之后都能够根据语境推断出来的信息"(转引自吴喜艳,2001)。虽然关联理论认为发话者和受话者之间绝对的共享知识是不可能实现的,但这一理论并不否认交际双方之间是拥有共同的交际预设的,例如背景知识、语境知识、生活常识等。所有这些共享知识都是交际顺利进行的必要条件。

前提对于成功的话语交际是非常重要的。只有基于一定的前提,发话者和受话者才能相互了解彼此的话语含义。而在翻译过程中,译者通常想当然地对受话者的知识状态做出假设,任意断定其所拥有的背景知识,结果是阻碍正常交流。Fawcett 曾指出过这种现象:作者会经济地唤起(源语读者)知识和感觉的强烈复杂性,但是如果把这些移植到另一种文化时,前提信息的提供可能会缺失(2001:120)。在翻译过程中,通常需要重现源语的语用前提,以达到交流目的。

为了保持戏剧铿锵有力、简洁通俗、雅俗共赏的舞台语言特色,为了确保源语剧作家创作意图的正确传达,为了译出尽量是目的语观众/读者能够像阅读或聆听原作的人那样得到同样的艺术共鸣,戏剧翻译者应该采取必要的、具有可操作性的翻译策略,使译文和原文达到最佳的对等。通常的方法有:文内增译、解释化译和类比替换。

1. 文内增译

由于剧本舞台表演的即时性,文后加注法显然是行不通的。在这种情况下,很多译者偏好于文内增译,或称**文内加注法**。由于文化背景的差异和戏剧语言本身的特点,剧作家对于一些他认为源语观众/读者共有的无须赘言的语境信息经常略去，而这种文化缺省经常会成为目的语观众/读者的理解障碍，因此译者有必要在译文中做些语境信息的补偿。用简短的几个词或词组来弥补源语中省略的复杂的文化语用前提，这对译者提出了更高的要求。但经验告诉我们经文内增译法处理后的译文一般较简洁、明了，非常适合演出，因此往往更能被目的语读者/观众接受。

【ST3】梳着个霜雪般白髻髻，怎戴那销金锦盖头。（《窦娥冤》，第一出）

【TT3】Now your hair is as white as snow,
How can you wear the bright silk veil <u>of a bride</u>? (杨宪益、戴乃迭译；下画线为本文作者所加，下同)

【ST4】又无羊酒段疋，又无花红财礼。（《窦娥冤》，第二出）

【TT4】He never sent you <u>wedding gifts</u>:
Sheep, wine, silk or money. (杨宪益、戴乃迭译)

【ST5】邹福远：唉！福喜，咱们哪，全叫流行歌曲跟《纺棉花》给顶垮喽！(《茶馆》，第三幕)

【TT5】ZOU FUYUAN: Ai! Fuxi, you know what's happening to us? We're losing out to popular songs and <u>vulgar operas</u> like "Spinning Cotton". (Gibbon)

Zou Fuyuan: [*sighs*] Well, Fuxi, it looks as though we've been beaten by pop songs and <u>trashy operettas</u> like *Spinning Cotton*. (英若诚译)

【ST6】眉头一纵，计上心来。只把美人图点上些破绽，到京师，必定发入冷宫，教他受苦一世。(《汉宫秋》，第一折)

【TT6】As soon as I knit my brow to think, a scheme comes up. I need only to disfigure the girl's portrait a little, so that when she arrives at the capital, she will be sent to the "cold palace" <u>for neglected ladies</u> to suffer a whole life long. (Shih, 1976: 21)

【评析】在【ST3】、【ST4】中，"金锦盖头"指的是中国古代新娘的特有装饰，而"羊酒段疋"和"花红财礼"都是传统的结婚聘礼。这些对中国读者/观众来讲都是常识性的知识，因而不会成为理解的障碍。但对于不懂中国文化传统的外国读者/观众，却是另一回事了。为了弥补这个语用前提，杨宪益、戴乃迭分别加上了两个上义词组(superordinate/general-word)："of a bride"和"wedding gifts"，这样就很好地填充了目的语读者/观众的文化空白。【ST5】《茶馆》第三幕中提到的当时风靡一时的黄色剧种《纺棉花》这一文化背景知识恐怕多数目的语观众/读者都不熟悉，因而两位卓有经验的译者均加上了"vulgar opera"和"trashy operettas"界定词，从一定程度上扫除了目的语观众/读者的理解障碍。

　　【ST6】选自 Shih Chung-wen 译的《汉宫秋》第一折，奸邪佞诌之人毛延寿领着皇帝的圣旨四处选宫女，来到成都秭归县时碰到了天姿国色的王昭君，但是王父不肯向毛延寿行贿，毛便生出了歹毒的念头，盘算着将昭君点破图像，发入冷宫。"冷宫"指的是古代皇帝把失宠的后妃软禁的冷僻宫，这一所指在中国古典戏剧里经常出现，不管是喜听还是不听戏剧的人都对它不会陌生。但是在将其译入另一个文化体系的过程中，译者就不得不考虑到目的语读者/观众的接受能力，正是基于这一考虑，Shih Chung-wen 果断地在译文中增加了"for neglected ladies"的补充信息，效果甚好。

　　优秀的剧本通常是以高度概括化的台词与其深厚的历史文化底蕴而著称。戏剧语言在中英两种文化体系内的转化过程中，文内增译法为译者翻译出适合舞台表演的剧本提供了一个很好的思路，但是同时，我们也应清楚地看到，博大精深的中国文化怎么可能仅用几个词或词语概括得了的呢？熊婷婷认为："如果一句台词所蕴含的文化内涵很深厚时，需要花很多的笔墨来解释，放入台词显然是不大妥当的。还是可以以加注的形式出现，这样可以帮助演员或者导演找到其他的戏剧表演符号来代替这一内容，这样一来，可以保留其应有的戏剧内容和效果，可以达到功能上的对能。"(熊婷婷，2006)

2. 解释化译

　　解释化译指的是放弃部分原文中深厚的文化内涵，直接将原作的含义简洁明确地翻译出来。无疑，经这种折中方法处理后的译文失去了其原作中的生动形象，一定程度上破坏了目的语读者/观众的审美想象力，但它可以防止译文读者/观众望文生义的错误理解。试看：

【ST7】那里有走边廷哭倒长城，

那里有浣纱处甘投大水，

那里有上青山便化顽石。(《窦娥冤》，第二出。"那里"均通"哪里"，本文作者所注)

【TT7】 Where is the woman whose tears for her husband

Caused the Great Wall to crumble?

Where is she who left her washing

And drowned herself in the stream?

Where is she who changed into stone

Through longing for her husband? (杨宪益、戴乃迭译)

【ST8】天地也！却不把清浊分辨，可知道看错了盗跖颜渊。(《窦娥冤》，第三出)

【TT8-1】 Yet Heaven cannot tell the innocent from the guilty;

And confuses <u>the wicked</u> with <u>the good</u>! (杨宪益、戴乃迭译)

【TT8-2】 Heaven and Earth! It is for you to distinguish between right and wrong,

What confusion makes you mistake <u>a villain</u> for <u>a saint</u>? (Liu, 1988: 139)

【评析】窦娥自小就接受封建传统教育，贞洁观在她头脑中已根深蒂固。

【ST7】是她对古代贞妇的深刻缅怀，并表达对世风日下的社会现状的强烈不满。短短的三个并列句中包含了三个古代民间故事：孟姜女哭长城、浣纱女救子胥和望夫石。杨的译本对一、三两个典故的处理较为简洁明了，但对第二个典故的翻译似乎欠妥当。根据顾学颉的注释，"浣纱处甘投大水"指的是"春秋时，伍子胥从楚国逃难到吴国去，走到江边，一个浣纱的女子看见他是逃难的人，就给他饭吃。临走，伍子胥嘱咐她不要告诉后面的追兵。她就投江而死，以表明自己是诚心救他的心志"（顾学颉，2002：26）。而杨-戴的译文"Where is she who left her washing and drowned herself in the stream?"似乎讲述的是浣纱女跳河自杀的故事，可谓风马牛不相及。如果是为了舞台演出，可试译为：

"Where is the washing girl who drowned herself to show her sincerity？"如果译

本是供研究或阅读的，完全可以采取脚注的方法，这样不仅可以让外国读者了解原作品的内涵，也可以使他们领略到丰富多彩的中国古代文化。

【ST8】是窦娥受尽张驴儿的无赖指控、县官的无情折磨后宣泄的对天地的控诉。其中涉及的两个人物盗跖、颜渊都是春秋时人。跖，传说中春秋末年奴隶起义的首领，过去被诬为"盗跖"。颜渊，孔子弟子，被推崇为"贤人"，家里很穷，年岁不大就死了。后来常用他们两人作为坏人和好人的典型代表。在突出以表演性为宗旨的戏剧翻译中，舞台上的演员不可能打破紧张的戏剧情节发展而面向台下的观众详细地解释这两个人物的历史来由。为了适合剧本的演出性，杨宪益和 Liu Jung-en 不约而同地采用了直接释义的方法，将原文的含义显性地表达出来。

3. 类比替换

随着人类历史的不断发展，不同的民族慢慢形成了具有本民族特色的宗教信仰。宗教色彩词语在戏剧文本中可以说是俯拾即是，例如因缘、净土、西天、三生、化缘、罪孽、极乐世界、洗礼、远罪、忏悔等。译者在处理这类宗教词语时，一般应采用便于译入语读者/观众接受的方法，运用英语国家人民熟知的典故和表达方式来替换源语中色彩浓厚的宗教词语，或者也可以直接将原作的意义翻出来。

【ST9】莫不是前世里烧香不到头，这前程事一笔勾。(《窦娥冤》，第一出)

【TT9-1】Did I burn too little incense in my last life
　　　　That my marriage was unlucky? (杨宪益、戴乃迭译)

【TT9-2】Is it because in my last life I burnt broken incense sticks
　　　　That now I incur misfortune in this? (Liu, 1988: 125)

【ST10】莫不是八字儿该载着一世忧。(《窦娥冤》，第一出)

【TT10-1】Is it my fate to be wretched all my life? (杨宪益、戴乃迭译)

【TT10-2】Is it my fate to be burdened my whole life with sorrow? (Liu, 1988: 124)

【ST11】

唐铁嘴：(凑过来)这位爷好相貌，真是天庭饱满，地阁方圆，虽无宰相

之权，而有陶朱之富！(《茶馆》，第一幕)

【TT11】

SOOTHSAYER TANG (*coming over*)：This gentleman has an auspicious
face. <u>Truly a full forehead and a strong jaw.</u> I don't see the lineaments
of a prime minister, but there's a wealthy merchant there. (Gibbon)

Tang the Oracle: [edging his way closer] Oh, what auspicious features!
<u>Truly an inspired forehead and a commanding jaw!</u> Not the makings of
a prime minister, but the potentials of a fabulous wealth! (英若诚译)

　　【评析】【ST9】和【ST10】是窦娥独自在感叹自己人生的万种不幸。作
为劳苦大众的一分子，窦娥同样深受当时社会主流宗教——佛教的影响，因此
从她口中听到"烧香、八字"等词语并不为奇，但问题是将这些宗教词语译介
给西方人士时，我们必然会发现多数信仰基督教的民众对佛教中的某些仪式是
没有多少了解的，因此窦娥口中所述说的在佛龛前烧香这一举动对他们来说简
直是不可思议的。显然上例中"burn incense"和"burn incense sticks"是不能
为西方读者/观众所接受的，本文作者建议可以这样翻译：Did I pray too little in
my last life that I am so miserable in this life?

　　【ST11】选自《茶馆》第一幕，唐铁嘴对秦仲义大力奉承。唐铁嘴是当
时社会众多地痞无赖的缩影，麻衣相士，算命骗人，遇到有钱的人都会胡乱奉
承一番。"天庭饱满，地阁方圆"是相面的专用术语，这其中的"天庭"指的就
是上额(forehead)，而"地阁"指的就是下颌(jaw)。所以天庭饱满、地阁方圆
形容一个人的面相如何之好。在翻译这一术语的时候，两位译者都选择放弃其
浓重的本土文化色彩，而采用直译的方式，尽量让读者/观众在有限的时空内对
戏剧文本或演出获得与源语的读者/观众对等的艺术享受。

　　综上所述，"可表演性"是戏剧剧本的生命所在，就如哲人黑格尔
所说的那样，"单凭阅读而不看表演，那就很难对剧中旨趣的活动，动
作情节的发展阶段，情境的伸展和曲折变化，人物互相影响的正确尺度，
以及他们的语言和行动的尊严和真是之类问题，就很难做出明确的判
断"(1997：273)。为了让世界了解中国博大精深的戏剧艺术，译者首
先要注重剧本的可演出性。在中英不同语言系统的转化过程中，时刻考

虑到译入语读者/观众的接受程度，根据译入语的文化规范及习惯传统选择有利于舞台呈现，并具有可操作性的翻译策略。本部分通过分析中国戏剧通俗明了的语言特色，总结了文内增译、解释化译和类比替换三种恢复语用前提的翻译策略，以起到抛砖引玉的效果。

7.3.5　戏剧翻译中的创造性叛逆

长久以来，戏剧的翻译问题一直困扰着国内外的翻译研究者和爱好者。与此同时，翻译界对于戏剧翻译过程中应遵从的标准也是莫衷一是。诚然，当人们用翻译史上经典的"直译/意译"、"归化/异化"等要求、方法去评价现存的戏剧翻译作品时，必然会发现各种不足之处。窥其背后的原因，这种现象与译者的创造性叛逆和译入语读者/观众的接受审美旨趣联系密切。毋庸置疑，用创造性叛逆的观点来剖析现存剧本的英译本，探索戏剧翻译中所应遵循的基本原则，将有助于推动戏剧翻译的发展。

1. 传统的翻译标准与创造性叛逆

关于翻译，古往今来，人们历来就有不同的看法和论断。据史书记载，早在汉唐时期，从事佛经翻译的实践家就提出了"文"与"质"的区别。主张"文"的翻译家们强调翻译应着重追求译入语文本的修辞和通顺，译者应努力增加译文的可读性。相反，主张"质"的翻译家则强调译文文本应力求展现源语作者的意图和风格，强调翻译的忠实性。随着近代翻译的迅猛发展，伟大的翻译理论家和实践家总结出了一系列的翻译标准，如严复的"信、达、雅"，傅雷的"传神、神似"，钱锺书的"化境"之说。这些标准所追求的都是要求译者对于原作者和原作的绝对忠实。"这种以源语为中心的翻译观为原文确立了不可动摇的经典/权威地位，并预设了原文有一个统一确定的客观意义，认为只要有理想译者的存在，就可以产生出一个与源语完全对等的译本来。"（葛校琴，2002）人们不禁要问，世界上存在这种绝对忠实的翻译标准吗？且不说译入语和源语语言文化本身千差万别，译者的理解和原作者对其作品的理解也存在着一定的距离，译者心目中的理想读者/观众和实际的读者/观众之间也是不同的，所有这些因素都表明亦步亦趋地遵从原作的翻译方式是行不通的。正因为如此，创造性叛逆(creative treason)的翻译策略应运而生。

创造性叛逆这一概念是由法国文学社会学家埃斯卡皮(Robert Escarpit)提出的。他曾经断言说："翻译总是一种创造性的叛逆。"(谢天振，2000：137)"说翻译是叛逆，那是因为它把作品置于一个完全没有预料到的参照体系里(指语言)；说翻译是创造的，那是因为它赋予作品一个崭新的面貌，使之能与更广泛的读者进行一次崭新的文学交流；还因为它不仅延长了作品的生命，而且又赋予它第二次生命。"(同上，140)无独有偶，大文豪郭沫若也曾经指出："翻译是一种创造性的工作，好的翻译等于创作，甚至还可能超过创作。这不是一件平庸的工作，有时候翻译比创作还要困难。"(王晓敬，2006)众所周知，戏剧翻译中译者经常无法直接进行中英两种语言的转换和传递，经验丰富的戏剧翻译家都会在原文的基础上进行恰如其分的创造性调整，并根据译入语的文化规范及习惯传统选择有利于舞台呈现，并具有可操作性的翻译策略。

实践告诉我们，翻译的创造性叛逆是不可避免且符合历史潮流的。翻译活动的顺利开展是以原作的存在为前提的，而任何源语作品都是存在于一定的历史文化内涵中的。世界上的任何一个作品都不会存在于真空中。就如研究译介学的谢天振曾经说的："不同的文化背景、不同的审美标准、不同的生活习俗，无不在这部作品上打上各自的印记。"(谢天振，2000：141)在翻译过程中，原文、作者、源语文化、译语文化、译语读者、译者等多个因素相互联系，对翻译活动自始至终起着影响作用。

创造性叛逆主要体现在以下四个方面：

1)从文化语境上看，原作进入一个与它原来的社会文化语境完全不同的语境，其外在形态异化为译入语文化形态特征。

2)从翻译主体来看，译者所处的文化语境、文化心理、文化价值取向、个人审美心理、文学气质、认知能力和语言表达水平都给译作打上了"再创造"的烙印。

3)从读者的角度看，译作的"隐含读者"及实际的读者与原作的读者也大不相同，接受的效果也不同。

4)从文学被接受的角度看，字对字的翻译在任何情况下都不是无懈可击的。只有它在译语环境里找到能调动和激发新的读者或听众产生相同或相似联想的语言手段，能投合他们的趣味，才能站得住脚，可以被接受。（钱利华，2002）

结合戏剧翻译我们发现，中国古典和现代戏剧存在于中国这一特定的文化语境中，它们一般都采用了老百姓耳熟能详的说辞唱腔。从译者主体来看，我们以杨宪益、戴乃迭夫妇和英国学者大卫·霍克斯为例，他们各自处于不同的翻译生态环境中，为了不同的翻译目的和不同读者/观众的需求，运用迥异的翻译方法，并加进自己的个人风格，从而呈现出截然不同的译本。从读者的角度看，译者头脑中的理想读者/观众和现实世界的读者/观众在文化层次、接受程度上也不是一模一样的。以上诸原因注定了创造性叛逆在戏剧翻译中占有举足轻重的地位。

2. 创造性叛逆在戏剧翻译中的运用

在把中国的优秀剧作译介给外国读者/观众的过程中，如何将剧本上的台词转化成译入语体系内活的语言，赋予它鲜活的生命，使观众得到无穷的艺术享受是广大戏剧翻译家们刻不容缓的任务。事实上，当代经验丰富的戏剧表演家、翻译家英若诚先生已明确指出过这方面存在的问题(不妨再次引用)："我们的很多译者，在处理译文的时候，考虑的不是舞台上的'直接效果'，而是如何把原文中丰富的旁征博引、联想、内涵一点儿不漏地介绍过来。而且，我们要翻译的原作者名气越大，译文就越具备这种特点。本来为了学术研究，这种做也无可厚非，有时甚至是必要的。但是舞台演出确实有它的特殊要求，观众希望听到的是'脆'的语言，巧妙而对仗工整的，有来有去的对白和反驳。"(1999：4[序言]) 由于戏剧这种独特题材的文学形式文化内涵丰富，又要求符合舞台的艺术呈现，因此创造性叛逆在戏剧翻译领域的表现尤为突出。

1)通过创造性叛逆传达意义美。

中国戏剧历史悠远，包含了丰富的文化底蕴。戏剧语言在发展过程中，融合了鲜明的时代特色和社会阶层色彩，因此舞台上人物的语言总是性格丰满、个性十足，不仅表现了他们的思想感情，还反映出他们特有的说话方式、语调以及各种双关、象征和引申的用法。在翻译过程中，如果译者只按字面意思翻译，往往不能有效地起到信息传达的功能。

【ST1】大英帝国的烟，日本的"白面儿"，两大强国伺候着我一个人，这点福气还小吗？（老舍，2003：80；下画线为笔者所加，下同）

【TT1-1】British Imperial Cigarettes and Japanese heroin－I'm being looked after by the big boys. Now, wouldn't you call that good fortune?（霍华译，2003：81）

【TT1-2】British imperial cigarettes and Japanese heroin! Two great powers looking after poor little me. Aren't I lucky?（英若诚译，2004：79）

在翻译"白面儿"这一文化背景词时，两位译者都不约而同地选择放弃其浓重的本土文化色彩，而采用直译的方式，尽量让读者/观众在有限的时空内对戏剧文本或演出获得与源语的读者/观众对等的艺术享受。译文和原文虽然没有在文字上得到高度统一，但是译者已经竭尽全力把原文所要表达的深层含义非常到位地诠释出来了。这类例子在戏剧翻译中不胜枚举。

2) 通过创造性叛逆传达表演美。

古今中外的戏剧中，历来有案头之剧和场上之剧这种存在方式上的差别。但是就像伟大哲人黑格尔所说的那样，"戏剧作家们尽管以漫不经心的甚至鄙视的态度看待表演，心眼里却仍愿意甚至希望自己的作品能上演"（黑格尔，1997：271），把自己的著作搬到舞台上呈现给更加广泛领域内的观众一直都是多数剧作家所追求的目标，自然剧本中的剧场性因素也就成了创作者、欣赏者、批评家们目光集中的焦点所在。很多剧本中都有介绍每一幕的布景装置，尤其是在由西方传入后被改编的现代话剧中。不难想象，中文的读者对于那些特定的舞台布景、人物装束和地方风俗习惯是了解的，因为我们和原作者都是生长在同一文化体系中，但是对于处在截然不同的英美国家的读者/观众来说就完全不是这么回事了。译者在翻译过程中，应时常为导演、演员考虑，有目的地将某些地方化的舞台布景加以具体化，以方便舞台演出。

【ST2】屋里和凉棚下都有挂鸟笼的地方。（老舍，2003：16）

【TT2-1】In the teahouse and under the awning there are hooks for hanging bird cages.（霍华译，2003：17）

【TT2-2】There are devices for hanging up bird-cages, both in the teahouse and in the courtyard.（英若诚译，2004：7）

老舍先生曾经说过，在清朝最后的几十年里，上自王侯，下至旗兵，旗人会唱二簧、单弦、大鼓与时调。他们会养鱼、养鸟、养狗、种花和斗蟋蟀。这点在表现清末的小说、影视作品中已经被渲染得几乎尽人皆知了。所以当看到"挂鸟笼"的地方时，汉语的读者/观众自然会联想到清末年代，那些爱耍鸟的经常下茶馆的老北京人挂鸟笼所需的挂钩，而这一点对于那些英美读者/观众来说是很难想象的。因此比较上述两个译文，应该说在这一点上霍华翻译得更加到位，将其翻译成 hooks，更方便了导演、布景师的舞台布置。

戏剧翻译是一个极其复杂的研究领域，成功的戏剧翻译家在考虑英汉两种语言的语码转换的同时，还要考虑剧本的可演出性。由于客观上英汉民族的思维方式和文化传统存在显著差异，必然会造成翻译过程中"背叛"现象的存在，但是"背叛"是表层的源语和目的语形式和意义的不等，其真实目的是更加忠实、有效地传达原文的意义。这种"叛逆"是成功的"创造性叛逆"，最终达到了翻译的等值效果，目的是更好地在英美国家弘扬我国精湛的戏剧文化，因此是值得提倡的。

7.4 戏剧翻译原则：接受美学视角

7.4.1 接受美学理论简介

接受美学又称接受理论，是 20 世纪 60 年代末期在联邦德国出现的一种文艺美学思潮。当时，西方文论、美学的研究重点已由 20 世纪初的关注作者的创作和之后的关注作品本文开始逐渐转移到研究艺术和审美活动中读者的地位和作用的问题上来。以汉斯·罗伯特·尧斯和沃尔夫冈·伊瑟尔为代表的康士坦茨学派也注意到了这一转变，他们以现象学美学和哲学阐释学为主要理论基础，重点考察了读者在整个文学接受活动中的作用，并指出："在作者、作品与读者的三角关系中，读者决不仅仅是被动的部分，或者仅仅作出一种反应，相反，它自身就是历史的一个能动的构成。一部文学作品的历史生命如果没有接受者的积极参与是不可思议的。"（周宁、金元浦，1987：24）

在接受美学领域，尧斯和伊瑟尔被并称为接受美学的"双子星座"，不过两人在各自的理论渊源、研究方向和重点等方面都有着相当大的区别。正如金元浦所总结的，尧斯主要关注的是读者及其审美经验，属于接受研究范畴（reception studies），而伊瑟尔则着重研究文本及其作用，属于效应研究范畴（effect studies）（金元浦，1998：47）。以下是对他们两人理论的简略介绍。

1. 伊瑟尔的理论简介

伊瑟尔的理论主要来源于现象学美学家英伽登，他最先提出了文本的召唤结构这一概念。在他看来，文学阅读中文学本文与读者之间的交流是一种不对称的交流。因为在这种交流中，作者作为信息的发出者，其意图语境已经消失，只能在文学本文这一信息载体中留下一些暗示；并且这种交流也不构成反馈，读者在阅读过程中的提问和指示都无法得到本文的响应，因此本文就只能通过未定性或架构空白等形式来作为与读者交流的前提，呼唤读者的合作。和英伽登一样，他也认为文学本文给读者提供的只是一个"图式化方面"的框架，之中存在着许多未实写出来或未明确写出来的部分，而本文中已实写出的部分为它们提供了重要的暗示，他将这些"未言"的部分称为"空白"。在他看来，正是这些空白呼唤和激发了读者在阅读过程中发挥自己的想象力，在已完成部分的引导下，填充这些空白，使文章"具体化"，从而实现意义的建构。这便是文学本文的召唤性，而这种召唤性应当被视为文学本文最根本的结构和读者再创造活动的一个基本前提。

2. 尧斯的理论简介

与伊瑟尔不同，尧斯更多的是从文学史的角度展开接受研究，他的理论深受哲学阐释学家伽达默尔的影响。在他看来，任何一个读者在阅读任何一部具体的文学作品之前都已处在一种先在理解或先在知识的状态。这种先在理解包括了读者原先的各种审美经验、趣味和素养等。没有它们，任何新东西都不可能为经验所接受，他将这种先在理解称为"文学的期待视界"。正是这种期待视界决定了读者对所读作品的内容和形式的取舍标准，决定了他阅读中的选择和重点，也决定了他对作品的基本态度与评价。同样，任何一部新作品也都不可能在信息真空中以绝对的新的姿态展示自身，它总是会通过预告、发布各种分开或隐蔽的信息，暗示、展示已有的风格特征，激发读者开放某种特定的接收取向，唤起读者对以往阅读的记忆。关于读者，他认为每一位读者的期待视界都各不相同，因此他们对作品的意义就必然有着不同的理解和阐释，而其阐释性的接受又必然会带来阐释的主观性问题，所以人们才说，一千个观众心中就必然有一千个哈姆雷特。但在另一方面，他认为在新作品和读者原有的期待视界之间定然存在着不一致，他将其称为审美距离。读者带着自己的期待视界进入阅读过程，并在阅读过程中能动地将过去的经验视界与眼前的作品所体现的新视界做出想象的对比。当他接受新作品时，他实际上已经对自己原先的视界与意向进行了调整与改造，完成了视界的改变，从而与作品所代表的作者的视界达到某种程度的"视界交融"，以更深入地理解作品的底蕴。在他看来，这种期待视界与作品之间的距离的大小正是决定文学作品艺术性的关键因素。距离越小，读者就越容易接受（如通俗艺术或娱乐艺术），而有些作品由于彻底打破了读者原有的期待视界，与读者之间的审美距离过大，在诞生之初并不能为人们所接受，只有在逐渐发展之后它才有可能赢得专门的读者。

　　接受美学在欧美文艺理论界风靡一时，并逐渐融入近年来的各种哲学、美学新思潮之中。不仅如此，它的影响还渗透到了其他各个人文学科的领域。张廷琛在1989年时就提到："根据国际比较文学学会第九次会议的资料，接受研究已经扩大到文学传播、接受问题与文本理论、实用主要哲学、符号学的关系、作为接受问题的文学翻译以及民族文学与世界文学的角度认识接受过程等十分广泛的领域。"（1989：39）而我们认为，对于戏剧翻译研究而言，这一理论也有着极强的适用性和借鉴意义。

7.4.2 从接受美学视角看戏剧翻译

奈达曾清楚地指出,"翻译即交际(Translating means communicating)"。对于一般的笔译活动,翻译意味着的就是译者与源语文本之间信息的交流。但是对于戏剧翻译,它的舞台表演性决定了它所具有的特殊的"交流回路":通常戏剧翻译活动都由发起人发起,之后发起人将选择译者对剧本进行翻译;与其他翻译活动不同的是,戏剧翻译者并不直接向最终的受众——观众传递信息,译好的剧本必须经过导演、演员的层层诠释、理解和表现才能最终到达观众。因此,戏剧翻译的过程涉及的就绝不仅仅是译者和源语文本两者,而是包括了发起人、译者、导演、演员和观众等多方参与的一个交流过程。以下就让我们用接受美学的理论来对戏剧翻译的全过程进行重新审视,以便找出真正适合戏剧翻译实践活动的策略和方法。

1. 戏剧文本的开放性

和其他文学文本一样,戏剧剧本也具有召唤结构,并且相比较小说和散文,它所含有的空白更多,未定性程度更高,因此也就更需要读者运用想象力和创造力进行填补和连接。

决定剧本高开放性的因素首先是戏剧的动作性。戏剧是动作的艺术,这一点在剧本的基本结构上表现得尤为突出。一般而言,戏剧剧本都由两部分组成:剧作家的舞台提示和剧中人物的台词。在舞台提示中,剧作家会简略地介绍当下人物动作发生的环境,如若必要才会对事件进行一定的叙述以供读者参考,并且这部分内容不会直接出现在演员的表演之中;而剧本的主体——人物台词则承担起了叙述故事情节、塑造人物性格的大任。这样一来,剧本中就必然存在了很多意义上的空白点和不确定点。比如在《推销员之死》一剧的开头,男主角威利·洛曼疲惫地回到家中,他的妻子琳达关切地问他,有关台词如下:

Linda: [hearing Willy outside the bedroom, calls with some trepidation] Willy!

Willy: It's all right. I came back.

Linda: Why? What happened? [Slight pause]. Did something happen, Willy?

Willy: No, nothing happened.

Linda: You didn't smash the car, did you?

Willy: [with casual irritation] I said nothing happened. Didn't you hear me?

Linda: Don't you feel well?

Willy: I'm tired to the death. [The flute has faded away. He sits on the bed beside her, a little numb] I couldn't make it. I just couldn't make it, Linda. (英若诚：1999: 8)

　　这是一段看似十分普通的夫妻之间的对话。从这段对话中，我们可以感知到洛曼的疲惫不堪（"I'm tired to death."），和妻子琳达对他的关爱（"What happened?" "Don't you feel well?"），而四段简短的舞台提示则进一步告知读者琳达对她的丈夫有所畏惧（[calls with some trepidation]，[slight pause]）。然而，作为读者，我们仍然可以在这段简单的对话中发现很多意义上的不确定点：为什么妻子琳达对自己的丈夫会如此畏惧，需要胆怯而又小心翼翼地和他说话？为什么她在威利说没出事时会突然提到撞车的事？为什么威利对自己妻子的话不在意，甚至还会感到烦躁？难道仅仅是因为他累了，还是有别的原因呢？威利到底是个怎样的人？等等。

　　而对于一些运用现代主义手法如意识流等创作的剧本，其中所含有的空白点就更多了。比如萨缪尔·贝克特所创作的《等待戈多》被誉为荒诞派戏剧中的经典之作，以下是剧中的一小段内容：此时，爱斯特拉冈使尽平生之力，终于把一只靴子脱下，有关台词如下：

ESTRAGON: There's nothing to show.

VLADIMIR: Try and put it on again.

ESTRAGON: [examining his foot]. I'll air it for a bit.

VLADIMIR: There's man all over for you, blaming on his boots the faults of his feet. [He takes off his hat again, peers inside it, feels about inside it, knocks on the crown, blows into it, puts it on again.] This is getting alarming. [Silence. Vladimir deep in thought, Estragon pulling at his toes.] One of the thieves was saved. [Pause.] It's a reasonable percentage.

> [Pause.] Gogo.
> **ESTRAGON:** What?
> **VLADIMIR:** Suppose we repented.
> **ESTRAGON:** Repented what?
> **VLADIMIR:** Oh... (He reflects.）We wouldn't have to go into the details.
> **ESTRAGON:** Our being born?（2005）

阅读了这段文字之后,我们只能大致猜出他们之间的对话是关于靴子的问题,可是他们为什么要看靴子、脱靴子?之后他们的对话怎么又会转向讨论贼和忏悔的问题?他们要忏悔什么?这样的讨论有什么意义?诸如此类的"空白"在剧中随处可见,使得该剧具有极高的开放性,需要读者在自己的阅读过程中,根据自己的期待视界,充分发挥想象力和创造力,才能填充这些空白,挖掘文本的深层含义。

另外,戏剧作为人类文化的一个组成部分,是文化的重要载体。戏剧剧本的写作必然带有剧作家所在时代和文化的一切特征,因此剧作家在写作源语剧本时想要传达给他心目中预设的读者的信息,尤其是剧本所体现的文化内涵、背景知识和译语读者观众惯常的视界之间一般都会存在一定的审美距离,而这就更进一步加大了戏剧文本的开放性。

2. 戏剧翻译中的视界融合

(1)戏剧翻译发起人与源语文本之间的视界融合

德国功能学派认为,翻译活动普遍存在翻译发起人,戏剧翻译也是一样。Joseph Suh 曾指出:"翻译发起人经常被视作翻译行为的推动力,戏剧翻译尤为如此。其身份和特定的要求会对翻译实践产生深远的影响。"(2002：56)这种说法不无道理。因为在戏剧翻译中,译者一般都不具备导演的能力直接将译本搬上舞台,而且一般也无力承担巨额的版权费用,因此戏剧翻译活动普遍存在发起人,而译者则需要遵循发起人的要求。

通常,充当戏剧翻译发起人的是承接舞台表演任务的剧社,不过随着戏剧改革的深入和戏剧的逐渐商业化,越来越多类似电影和电视制作人的人开始担当起发起人的角色。这些人在戏剧翻译中享有源语剧本的选择权和翻译风格的决定权,其选择源语剧本的过程即是他自身的期待视界和源语剧本之间不断展开交流的过程。因此,我们也可以将这一过程称为戏剧翻译中最早展开的视界融合,而发起人最终所选的剧本也必然是能为他惯常的审美经验视界所接受,同时文本与他的视界之间存在的审美距离又能够激发他的阅读兴趣,使他能在阅读中更新和开拓原有的期待视界的剧本。这一点从古今中外成功的戏剧翻译案例中都可以得到验证。所以,要想成功地开展戏剧翻译活动,提高发起人自身的审美水平、扩充其先在知识就显得至关重要。

(2)译者与源语文本之间的视界融合

与其他翻译活动类似,在戏剧翻译过程中,译者首先是源语文本的读者,带着由他的阅读经验和先在知识等所建构起的对作品的期待视界展开阅读活动。因此,他也可以像一般的小说或散文读者一样,在遇到难解的地方时展开反复阅读,甚至停下来思考和揣摩,或离开文本去查阅相关资料,以确保阅读活动的顺利进行。在这一过程中,译者会运用他的想象力、创造力对剧本中所存在的未定点、空白进行填补、连接,使文本具体化,同时不断修改、变更,有时甚至是重新定位他原有的期待视界,最终使自己的期待视界和作者的创作本文之间达到视界上的融合。因此,我们也可以说,剧本的意义是由剧作家所赋予的意义和接受者即译者所赋予的意义共同成就的,译者真正所译的文本其实并不是作者的创作本文,而是"译者在与作者的创作本文进行交流对话的过程中在译者大脑中所产生的一个近似创作本文的虚拟文本"(马萧,2000:48)。在另一方面,由于译者对于文本的期待视界和接受水平各不相同,他们对于源语剧本的理解也就必然会存在一定的差异。所以,在翻译中,译者无须一味地去追求"信"和"忠于原文",因为在翻译中所谓的"信"都是相对的,并没有绝对的标准。如果刻意去追求,效果可能还会适得其反。比如以下一例:

【ST】Linda: There's a little attachment on the end of it. I knew right away. And sure enough, on the bottom of the water heater there's a new little nipple on the gas pipe. (英若诚,1999:142)

【TT1】琳达：在橡皮管的一头有个小附件。我马上就明白了。果然，在烧水的煤气灶底肚上有个新的小喷头接在煤气管上。(陈良廷，1980：161)

【TT2】琳达：管子的一头安着个接头儿。我一看就明白了。他打算用煤气自杀。(英若诚，1999：143)

这句台词选自米勒所著的《推销员之死》一剧，威利的妻子琳达正在向她的两个儿子述说他们的父亲在煤气灶上动了一些手脚。从下面给出的两个译本可以看出，陈良廷对这句台词进行了直译，他的译文无论在语法或是句意上都没有错误，但是即便是读者在阅读这句译文时估计都得经过仔细揣摩和思考才能明白威利对煤气灶究竟动了怎样的手脚，又会带来怎样的后果，就更不用说是坐在剧场里现场观赏话剧的观众了。而英若诚的译文则对最后一句话进行了意译，略去了威利的具体做法，直接将琳达的想法"他打算用煤气自杀"告知读者和观众。这种译法尽管没有达到"信"，但却体现了译者对于人物台词深层含义的挖掘和理解，同时也为下文两个儿子所表现出来的极度的诧异埋下伏笔，所取得的舞台效果也会大大优于前者。

(3)戏剧翻译过程中涉及的其他视界融合

在戏剧翻译过程中，影响译文生成的并不仅仅是译者自身与源语文本之间的视界融合，译者同时还应当预见导演、演员以及观众与译文之间将会达到的视界融合。

正如之前所提及的那样，戏剧剧本虽然是书面的形式，但其终将脱离文本，在导演的编排下，通过演员的表演在舞台上演出。因此，我们有理由认为，戏剧翻译者应当在一定程度上预见导演、演员与译文之间的视界融合。戏剧作为一种舞台表演形式，首先必须是适合演出的，演员的表演应当包含动作性，有利于表现激烈的戏剧冲突，以更好地揭示剧作家的主旨；同时，戏剧表演也具有即时性的特点，每一场戏剧表演都有规定的演出时间和规定的演出地点，所以它永远发生在"现在"、"此刻"。演员的表演必须在这一瞬间被观众所接纳，否则这一刻就有可能失去意义。译者在翻译过程中要允分考虑到这些因素，所译的剧本应当符合舞台表演的规律，台词通俗易懂，富于口语化和个性化，且能充分体现动作性，这样，导演和演员才能更好地把握剧本的意义，排演出好的作品，最终达到与译文之间的视界融合。比如，在萧伯纳所著的 *Pygmalion* 一剧中，有一句台词：

The Mother: (to Clara) Give it to me. (Clara parts reluctantly) Now (to the girl) this is for your flowers.（转引自文军，1995：42）

杨宪益在 1982 年的译本中将此句译为：

母亲：（向克拉刺）把钱给我。（克拉刺勉强把钱交给母亲）（向卖花女）拿去，这是赔你的花的钱。（同上：43）

然而，这句话中的"这是赔你的花的钱"读起来十分拗口，没有达到口语化，因此为了舞台演出的效果，杨先生在 1987 年的重译本中将这句话改为：

母亲：（向克拉刺）把钱给我。（克拉刺勉强把钱交给母亲）（向卖花女）拿去，这是陪你的钱。（同上）

尽管在重译中，杨先生略去了"for flower"，但是在舞台表演的语境中，人们并不会误解这些钱的用途，而这样一改之后，整句话的口语性得到了加强，也更利于演员在演出中的发挥。

再如对《茶馆》一剧的翻译，英若诚运用了许多节奏明快、通俗浅近的简单句和不完全句，在演出中达到了很好的舞台效果，试举一例：

松二爷：这号生意又不小吧？

刘麻子：也甜不到哪里去，弄好了，赚个元宝！（英若诚，1999：22）

Song: Another big deal?

Pock Mark Liu: Not so big. If all goes well, I may get about twenty taels of silver.（同上：23）

英若诚将"这号生意又不小吧？"和"也甜不到哪里去"分别译为"Another big deal"和"Not so big"，干脆利落而又传神地译出了原句的意义及其中说话人的语气，极具可表演性。

要想更好地预见导演、演员与译文之间的视界融合，译者就必须对戏剧艺术的特点有所了解，正如 Pulvers 曾指出的那样，"在翻译戏剧作品的时候，译者应该一边翻译，一边在脑海里导演自己的译作"（Marco，

2003: 55)。或者,译者在翻译过程中如若能采用 Bassnett 在《走出迷宫的道路——论戏剧文本的翻译策略和方法》一文中所提到的"合作策略",和"将要导演或出演译语剧本的人"(1985: 91)合作的话,也往往能取得较好的结果。在中国戏剧界,英若诚和曹禺就是采用这种翻译方法的代表人物,他们所译的剧目在演出中总能获得观众的喜爱,这就足以证明这种翻译方法的有效性。

与此同时,由于戏剧表演的特殊性,观众的需求、接受水平以及译文与观众之间的视界融合也是译者在翻译过程中所必须预见的。正如法国 19 世纪戏剧理论家萨塞所说,没有观众就没有戏剧(1966: 255)。观众在戏剧演出中绝非可有可无的被动接受者,他们是"赋予剧作者的作品以目的和意义的绝对必需的条件。"(邵牧君、齐宙,1999: 374)观众的反应在很大程度上决定了一部戏剧的成败。因此,戏剧翻译者在翻译过程中必须对目标观众的期待视界有所预见。值得注意的是,尽管有人提出,观看戏剧表演的观众千差万别,且处于不断变化之中,其对戏剧作品的期待视界也各不相同,特别是随着时代的变迁,人们审美体验的加深,观众对同一部作品的期待视界和接受水平都会发生改变,要想预见每个人与译文的交流几乎是不可能的事,但是因为其观剧的场所——剧场的封闭性,他们的观剧行为更应当看作是一种集体行为。在观剧过程中,他们的心理和情感体验都必然会带有集体的特点。正如萨塞所言,"一群人比单独一个人笑得更痛快,更响亮,而一群人比单独一个人也更容易流眼泪,流得也更多"(1966: 259)。因此,译者在翻译过程中应当关注的是现时一般戏剧观众群的期待视界,考虑他们的审美趣味和接受水平。对于剧本中那些与译者心目中预设的观众视界一致、接受水平相当的部分,译者可以采用直译的手段,努力诠释作者的创作本义,而对于那些与译者心目中预设的观众的接受水平不相等、存在一定的审美距离,甚至会严重影响观众的观剧过程的空白点和未定点,译者则应当视舞台演出的需要对其进行增译、减译,甚至改译,从而使观众和译文之间达到视界上的融合。

比如在《推销员之死》的剧中有一段琳达与威利的对话:

Linda: [resigned] Well, you'll just have to take a rest, Willy, you can't continue this way.

Willy: I just got back from Florida.

Linda: But you didn't rest your mind. Your mind is overactive, and the mind is what counts, dear.

林达：好吧，你就是得歇一阵子了，威利，你这样干下去不行。

威利：我刚从佛罗里达休养回来。

林达：可是你脑子没得休息。你用脑过度，亲爱的，要紧的是脑子。

(英若诚，1999：10-11)

　　在这段话中，妻子琳达让丈夫"歇一阵子"，而丈夫回答说"I just got back from Florida"，其实这句话可以简单地直译为"我刚从佛罗里达回来"。然而，由于该剧首演的时间是在 20 世纪 80 年代初期，当时的观众未必知道佛罗里达是美国的一个著名的海滨疗养胜地，因此如果直译这句话，他们就无法理解"歇一阵子"和佛罗里达之间有什么样的关系，就可能会造成他们理解上的障碍。而英若诚在这里加上"休养"两字则巧妙地避免了这一障碍的出现。

　　又如 2003 年，上海话剧艺术中心上演了由胡开奇所译的《求证》一剧，赢得观众的好评。剧中有一段女儿(Catherine)与父亲(Robert)的灵魂之间的对话：

ROB：I hope you're not spending your birthday alone.

CA：I'm not alone.

ROB：I don't count.

CA：Why not?

ROB：I'm your old man. Go out with some friends.

CA：OK.

ROB：Your friends aren't taking you out?

CA：No.

ROB：Why not?

CA：Because in order for your friends to take you out you generally have to

> have friends.
>
> **ROB**：Oh.
>
> **CA**：It's funny how that works.
>
> 罗：我不希望你一个人过你的生日。
>
> 凯：我不是一个人啊。
>
> 罗：我不能算。
>
> 凯：为什么不能？
>
> 罗：我是你老爸。跟朋友出去玩吧。
>
> 凯：好吧。
>
> 罗：你朋友不陪你出去？
>
> 凯：是啊。
>
> 罗：为什么？
>
> 凯：因为你想让朋友陪你出去，你总得有朋友。
>
> 罗：哦—
>
> 凯：也是蛮有趣的。（胡开奇，2001：78）

　　这是一段父女之间的温馨对话，尽管很简单，但是译者对于观众与译文之间视界融合的预见在这里已经可见一斑。有调查指出，如今的上海剧场，尤其是话剧剧场中的观众多为受过高等教育的年轻白领。译者在翻译时紧紧抓住了这一点，他将"old man"直接翻译成了当下年轻人喜闻乐见的"老爸"，而将最后一句话"it's funny how that works"译成了"也是蛮有趣的"，相当符合当今中国南方地区的语言习惯，也更进一步促成了剧本与观众之间的共鸣和视界的融合。

　　综上所述，我们认为，接受美学理论为戏剧翻译研究开辟了一片新的天地。它不像以往的研究那样只能单一地考察这类翻译活动中译者或文本的影响，在它看来，戏剧文本极具开放性，含有很多意义上的空白点和未定点，需要译者充分发挥自己的想象力和创造力进行填补，而戏剧翻译的过程就是一系列接受活动和视界融合的总和。译者应当努力提高自身的审美经验和视界水平，以求与源语文本之间达到较高程度的视界融合，同时还应当充分预见译文与将要出演该剧的导演、演员以及心目中预设的观剧观众之间的视界融合，这样他的翻译活动才能称得上是成功的翻译活动。

【研究与实践思考题】

(1) 为什么戏剧体裁是一种综合艺术？如果是，戏剧翻译是否也是综合艺术呢？[PT]

(2) 戏剧语言的特点是否也是戏剧译语的特点？为什么？[PT]+[AT]

(3) 何为戏剧翻译？[PT]

(4) 剧本主要用于阅读，还是演出？详细讨论戏什么是剧翻译的标准。[PT]

(5) "可表演性"是戏剧翻译的首要标准——这样的提法你同意吗？[PT]

(6) 一般的翻译单位与戏剧翻译单位有哪些异同点？你认为哪（几）种单位比较合理？请举例说明。[PT]+[AT]

(7) 戏剧翻译强调接受美学合理吗？为什么？请做详细说明。[PT]+[AT]

(8) 你喜欢"创造性叛逆（creative treason）"这个提法，还是"创造性翻译（creative translation）"这个提法？[PT]

(9) 语用对等对戏剧翻译有什么特殊的重要性和实用性？请通过案例来论证。[PT]+[AT]

(10) 找出名家戏剧翻译的典型译例，以证明"可表演性"、"接受美学"、"语用对等"、"创造性翻译/叛逆"等的学术性、专业性、应用性。[PT]+[AT]

Chapter 8

话剧翻译研究：多维视角[1]

---

1 本章节参考陈刚、黎根红，2008。

8.1　话剧翻译的特殊性

话剧翻译是戏剧翻译这个大类中最为重要的一个领域，是该领域学术关注度最高或较高的一种翻译，也是诸多戏剧体裁中英汉互译实践量最大的一种翻译。尽管传统上上跟其他体裁的文学翻译相比，话剧翻译及其研究的关注度尚不够高，相当长的时间里，仅有少量的翻译学者关注戏剧翻译，包括话剧翻译(modern drama translation)。据安德曼(Gunilla Anderman)，"这可能是由于舞台会给译者带来一些特殊问题" (Baker, 2004: 71；笔者译文)。

其实，虽然戏剧(包括话剧)属于文学的一种体裁，具有各种文学体裁的普遍性质，戏剧还有其若干特性，是不为其他文学体裁所具有的。穆南(Georges Mounin, 1967: 113-159)曾专门根据话剧的表现形式将其翻译分开归类，他把翻译活动分为七种类型：①内容层面上：宗教翻译；②语言层面上：文学翻译；③形式层面上：诗歌翻译；④观众层面上：儿童文学翻译；⑤表现媒介层面上：戏剧翻译；⑥特技手段层面上，电影翻译；⑦内容层面上：技术翻译(转引自 Reiss, 2004: 22；笔者译文)。著名戏剧艺术家焦菊隐先生更指出："文学的其他形式如小说、诗歌、散文的写作，只要求和读者见面。戏剧却还要要求同观众见面。戏剧具有一个更为复杂、更为延续的创作实践过程。剧本的真正价值，不仅仅在于读起来动人，更重要的，是要演出来同样动人，或更加动人。"(转引自张仁里，1985：1)这种特性也决定了话剧翻译的特殊性。

刘肖岩和关子安(2002)总结出戏剧翻译与其他文学体裁翻译的四点区别(详述见第 7 章)：

1) 戏剧翻译的服务对象不同(除案头剧专为阅读而创作和翻译外，"戏剧翻译的对象是剧院观众"，而"诗歌、散文和小说翻译的服务对象是读者")；

2) 视听性("戏剧是一种视听艺术"，"戏剧观众既可以看见舞台上人物的表演，又能听到演员的声音"）；

3）无注性（"演出文本没有加注的可能"，所以"翻译中必须将应该加注的地方在文内处理"）；

4）通俗性（"戏剧语言的通俗性同样是由舞台性决定的"，并体现在剧作家创作的人物语言适合舞台演出上）。

综合上述，笔者认为：**话剧翻译作为戏剧翻译的重要组成部分，具有其自身三个基本特性："直感性"、"诉求性"和"表演性"。**首先是"直感性"（sensibility），即话剧翻译成功与否的关键在于**受众**[1]能否产生视觉、听觉和想象等感性效果。其次，"诉求性"（reactivity），指话剧翻译要寻求受众发自内心的感受、反应和思考。再者，"表演性"（performability），是指话剧译本用于阅读或表演时，能准确地再现原剧的人物性格、故事情节和文化要素；尤其是在表演时，能符合舞台演出中参与人员的剧本要求，为舞台表演提供有力支持。

【ST1】(*Two men come around the corner,* STANLEY KOWALSKI *and* MITCH. *They are about twenty-eight or thirty years old, roughly dressed in blue denim work clothes.* STANLEY *carries his bowling jacket and a red-stained package from a butcher's. They stop at the foot of the steps.*)

STANLEY (*Bellowing*) : Hey, there! Stella, Baby!

(STELLA *comes out on the first floor landing, a gentle young woman, about twenty-five, and of a background obviously quite different from her husband's.*)

STELLA (*Mildly*) : Don't holler at me like that. Hi, Mitch.

STANLEY: Catch!

STELLA: What?

STANLEY: Meat!

(*He heaves the package at her. She cries out in protest but manages to catch it: then she laughs breathlessly. Her husband and his companion have*

---

1 话剧翻译的受众包含话剧表演的观众、翻译剧本的读者以及广播剧本的听众。根据受众的不同，具体的翻译行为（选材、目的、策略、方法等）也应有所不同。鉴于本文主要探讨各种话剧翻译类型的共性问题和核心方法，故简要起见，将上述几类话剧翻译作品的接受对象统称为"受众"。下同。

already started back around the corner.)

STELLA: (*Calling after him*) Stanley! Where are you going?

STANLEY: Bowling!

STELLA: Can I come watch?

STANLEY: Come on. (*He goes out*)

STELLA: Be over soon. …　¹ (Williams, 1955: 6)

【TT1】（两个男人走到街角，分别是斯坦雷·科瓦尔斯基和米奇。两人约莫二十八到三十岁，穿着蓝色棉布工装。斯坦雷提着自己的保龄服和从屠夫那里拿来的一个红污的包裹。他们一听到脚步声，就停下来。）

斯：（大吼）嗨，出来！思特娜，宝贝儿！

（思特娜，一位温柔年轻的妇女，二十五岁上下，从一楼的平台上走出来。她看起来明显与她的丈夫有天壤之别。）

思：（温和地）别这样子向我大喊大叫。你好，米奇。

斯：接住！

思：什么东西？

斯：肉！

（他把包裹朝她扔过去。她极不高兴地尖叫一声，不过还是接住了包裹。随后，她就笑得上气不接下气了。她丈夫和他的伙伴正要转身离开这个街角。）

思：（朝他喊）斯坦雷！你们要去哪儿？

斯：打保龄球去！

思：我可以去看吗？

斯：好，走啦！（斯下场）

思：一会就来。（笔者译）

【评析】

1）原文选自美国话剧 *A Streetcar Named Desire*（《"欲望"号有轨电车》²）。

---

1 Tennessee Williams. A Streetcar Named Desire [M]. *New Voices in the American Theatre* [C]. New York: The Modern Library, 1955.

2 已有"欲望号街车"的译名，但根据 streetcar 的传统译法，主编推荐《"欲望"号有轨电车》译名。

选段是该话剧的开篇，主人公逐一出场。（【ST1】和【TT1】）的舞台介绍和人物对白充分体现了话剧翻译的基本特性。

2) 首先，颜色词汇 "blue"（蓝色）、"red-stained"（有红色污点的）以及男主人公 Stanley（斯坦雷）的 "bellowing"（正在咆哮，吼叫）给受众以很强的视觉、听觉上的冲击和直感。

其次，女主人公 Stella（思特娜）是一位 "gentle young woman"（温柔的年轻妇女）。怎么她丈夫这么粗鲁呢？她一开始 "cry out in protest"（不高兴地大叫），为什么一会儿就 "laugh breathlessly"（笑得上气不接下气了）呢？这些或大或小的悬念促使受众去思考，去探寻话剧的更多内容和含义。

此外，（原文和译文）话剧的舞台介绍提供了很好的语义衔接和逻辑连贯，而生动、简洁的人物对话不仅朗朗上口、贴近现实，同时也映衬出各异的人物性格。这些舞台介绍和人物对话都为舞台表演提供了便利，确保了话剧的"表演性"。

8.2 话剧翻译方法：多维视角

8.2.1 功能视角

1. 功能翻译观介绍

翻译研究领域的功能主义指德国派功能翻译理论。该理论集中关注源语文本（source text）和目标语文本（target text）的功能。广义而言，这个流派包含各种以功能为导向和视角研究翻译的理论分支。在功能派各种理论分支中，目的论（*skopostheorie* 或 *skopos* theory）占据主导地位。它主要在德语圈的翻译研究界发挥着最大影响和作用。

所谓德国派功能翻译理论，涵盖一系列重要的翻译理论家及其重大理论贡献：卡塔琳娜·赖斯[1]（Katharina Reiss）及其功能翻译批评论，汉斯·弗美尔（Hans J. Vermeer）及其目的论，尤斯塔·霍尔茨-门泰里（Justa Holz-Mänttäri）及其翻译行为论，以及克里斯蒂安妮·诺德

---

1 有关部分常见翻译研究欧洲学者的译名，采用王金波的建议译名（详见 2003 年第 3 期论文"谈国内翻译研究中的译名问题"）。

新世纪翻译学 R&D 系列著作

（Christiane Nord）的"功能加忠实"新型功能论，等等。

赖斯主要是以她对翻译批评的功能分类而著名，该分类于 1971 年融入其"翻译批评客观法"之中。赖斯在其著作《翻译批评的可能与制约》（*Possibilities and Limits of Translation Criticism*）中建立一种以对等功能概念及源语文本和目的语文本之间功能关系为基础的翻译批评模式（Nord, 2001: 9）。根据赖斯提出的 ideal translation（理想式翻译）概念，"目的语之宗旨即在意念内容、语言形式及交际功能上与源语文本（实现）对等"[1]（Reiss, 1977；引文译自英译文 1989: 112）。

弗美尔著的《翻译通论基本原理》（*Grundlegung einer allgemeinen Translationstheorie*）（1984/1991）认为：翻译应该主要取决于一个主导型功能因素或一个原初的"目的"（*skopos*）（参见 Gentzler, 2004: 71）。

弗美尔称其理论为"目的论"（*skopostheorie*），一种目的性行为理论，因为他将翻译视为一种语言的言语和非言语交际符号向另一种语言的其他符号的转换类型，换言之，翻译是一种人类行为，他将其界定为发生在某个情景下的有意图、有目的的行为（[[1978] 1983: 49）。弗美尔"目的论"的理论基础是行为论。每一次翻译都是为预定的受众而完成，因为翻译意为"为预定目的和目的情景中的预定受众，在目的环境下创造一个文本"[2]（Vermeer, 1987: 29；笔者译）。

"*Skopos*"是一个希腊词汇，指"目的，意图，目标，功能"之意（参见 Nord, 2001: 27；Gentzler, 2004: 70）。目的论（*skopostheorie*）——将"*skopos*"概念应用于翻译理论和实践的理论——的最高原则是整体翻译行为的目的（*skopos*）决定翻译过程与产品，即是："the end justifies the means"（目的决定方法）（Reiss & Vermeer, 1984: 101；笔者译）。

因此，"目的规则"（*skopos* rule）是任何翻译的最高层次规则。对此，弗美尔这样阐释："每一个文本都是为某一目的而产生，也应实现这个

---

1 赖斯认为"理想式翻译"（ideal translation）指：one "in which the aim in the TL [target language] is equivalence as regards the conceptual content, linguistic form and communicative function of a SL [source-language] text".

2 原文为：to translate means "to produce a text in a target setting for a target purpose and target addressees in target circumstances".

目的。""目的规则"因此可以这样表述：一种特定的方式进行笔译/口
译/言说/写作，使你的文本/译文能在其运用的情景中为那些愿意运用
它的人们按照他们希望的方式发挥功能"（Vermeer, 1989a: 20；笔者转
译自英译文 Nord, 2001: 29）。

　　根据弗美尔（1978: 100）的假定，总体翻译原则是目标语文本的预定
目的决定翻译方法和策略。于是，有了"目的论"：人类行为（及其分属
类型：翻译行为）取决于其目的（*skopos*）（参见：Baker, 2004: 236）。同
样，诺德（2001: 124）将"*skopostheorie*"的主旨阐释为"翻译目的决定
翻译过程"（the translation purpose justifies the translation procedures）（笔
者译）。当一次翻译行为包含按等级关系排列且相互关联的"多个目的"
（*skopoi*[1]）时，译者应合理证明其在具体翻译情景下选择某个特定的目的
（*skopos*）之合理性（Nord, 2001: 29）。

　　"目的论"包含两条更为具体的规则：连贯性规则（*coherence* rule）
和忠实性规则（*fidelity* rule）。两者均从属于"目的论"，其中后者还从属
于篇内连贯（*intratextual* coherence）。根据连贯性规则，目标语文本必须
具备足够的连贯性，以便其预期使用者能在假定的背景知识和情景环境
下理解该文本；目标语文本成为其受众根据自身背景所理解的宏观连续
体的一部分（Vermeer, 1978: 100）。该规则认为，译文必须与受众背景一
致，才能视为可以接受（Reiss & Vermeer, 1984: 113）。忠实性规则指译
文与原文之间的篇内（文本）连贯，它表示"目的论"与连贯性规则之间
必须存在某种联系。

　　正常情况下，翻译是按照任务（assignment）执行的。翻译任务的发
起人可以是客户，当然有时可以是译者自己。作为翻译的发起人，客户
有其特定目的，常常向译者提供有关跨文化交际的目的、地点、时间、
场所、场合及媒介。这类信息构成了"翻译要求"（*translation brief*），
这通常是客户与译者协商之后的结果。如果客户没有为译者提供任何
"翻译要求"，后者应该能根据自己的经验，从翻译情景中推断出翻译
"目的"。这种情况，诺德（2001: 31）称之为"惯例任务"（conventional

---

1 *skopoi*: *skopos* 的复数形式。

assignment）。

2. 功能加忠实：忠实性原则

诺德认为，她本人提出的功能翻译论以两个支柱为基础：功能加忠实（同上：126）。诺德引入忠实性原则，以解决极端功能主义存在的问题（同上：123-128）。一方面，译者如果过度考虑客户的翻译要求或目的读者的需求，可能忽视作者或原文的意图。另一方面，译者如果过分照顾作者或原文的意图，又可能达不到翻译要求或译文受众的需求。因此，译者很有必要同时关照原文和译文两方面。正如诺德所述，忠实指的是译者面对翻译互动行为中各方合作者的一种职责，由此，译者同时承担着原文和译文两方的义务（同上：125）。这是"一种人际职责，涉及人们之间的一种社会关系"[1]（同上），"人们"即是翻译任务或行为活动中的有关参与者。

所谓忠实，是指译者应平衡（翻译）发起人、译文受众及（原文）作者之间的关系，并在这三方之间寻求理解和共识。诺德提出的功能加忠实模式缩小了目标语文本功能的合理范围，强调翻译任务有关各方之间进行协商的必要性。针对有批评认为功能翻译法任由译者以自己的喜好或者按照客户要求随意处理源语文本，该翻译模式还给予了理性的答复（同上：127）。

3. 功能翻译理论评价

功能翻译法以其诸多优点促进了翻译研究的发展。首先，他们成功地解决译者常常面临的两难困境：忠实翻译 vs.自由翻译，动态对等 vs.形式对等，等等。根茨勒（2004：71）高度评价这一发展："功能翻译理论的诞生打破了两千年以来围绕直译与意译的理论之争，标志着翻译理论的重大变革。"译者可以选择忠实于原文，运用逐字翻译策略，或者增删、改变原文内容，这要取决于文化条件和受众需求。其次，功能翻译法将译者提升至与作者、编者和客户相同的地位，因为译者有权做出实现任何翻译行为之目的的最佳选择和决策。

功能翻译法的缺陷之一是："它们的主要目的在于教育译者或评价

1　引文原文："an interpersonal category referring to a social relationship between *people*"。

译文，因此不可避免地带有规约的性质。"[1](Gentzler, 2004: 75)功能翻译法的第二个缺陷是：和科学翻译法一样，它们主要建立在植根于宗教、德国理想主义、原型、普遍性语言以及最新的经济力量的基础之上(同上)。其他批评则针对功能派翻译理论内在的过度简化特征，以及强调(原文)信息而牺牲其丰富的含义并损害源语文本的权威性。

赖斯(2004: 43)曾对德国的三种翻译理论做过评价。它们包括Honig 和 Kussmaul 的翻译法、霍尔茨-门泰里的翻译行为理论以及赖斯和弗美尔的"目的论"。赖斯总结了三者的四个共同点，这些总体评价观点同样适用于整个功能派翻译理论。首先，它们定位于文化转换而非语言转换。其次，它们将翻译视为一种交际行为而非转码过程。第三，它们都倾向于目标语文本之功能(前瞻式翻译)而非源语文本之规范(后顾式翻译)。第四，它们将文本视为世界不可分割的一部分而非一个隔离的语言样本。

8.2.2 跨文化交际视角

1. 交际与文化：概览

人类交际很难给予界定，原因主要有两方面：①交际的复杂性；②意图性与非意图性的问题(Samovar et al, 2000: 22)。如果我们认为交际确是复杂且多维的，我们就能这样给它定义："交际是意义在人类用符号展开的互动中得以产生并反映的一个动态、系统的过程。"[2]

奈达给文化下过一个简洁的定义："一个社会各种信念和行为的综合。"(2001: 78)

纽马克认为文化是"一个使用一种特有语言作为交流工具的社区或集体所独有的生活方式及其体现"(2001b：94)。该定义融合了文化与语言，而后者是前者的媒介。这样界定文化非常合理，正如霍尔所述：

---

1 引文原文为："They are directed primarily at teaching translators or evaluating translations, and thus cannot escape their prescriptive nature."

2 引文原文为："Communication is a dynamic, systematic process in which meanings are created and reflected in human interaction with symbols."

"文化乃交际，交际乃文化。"此外，纽马克完善了奈达的定义，并将文化分成五种类型：①生态文化(植物群、动物群等)；②物质文化(人工制品)；③社会文化(工作和休闲)；④组织、习俗、活动、程序、观念；⑤手势和习惯。(2001b：95)

贝茨和普洛格提出过一个描写性的文化定义，如下："文化是一个社会内各成员用以应对周围世界及其他成员的共有信念、价值观、习俗、行为及人工产物组成的系统，系统各组成部分可以通过学习代代相传。这个定义不仅包括行为模式，还包括思维模式(社会各成员共同赋予各种包括宗教和意识形态在内的自然与思想现象的意义)、人工产物(工具、陶瓷、房屋、机器及艺术品)以及通过文化传授的各种用来制造人工产物的技能和技术。"(Bates & Plog, 1990: 28；笔者译)

以上述定义作为出发点，萨莫瓦等给文化下了一个更为完整的定义："我们将文化定义为一个人类群体在代代相传过程中通过个人和集体努力所获得的各种知识、经验、信念、价值观、行为、态度、意义、等级、宗教、时间观、角色、空间关系、宇宙观以及人工产物的综合体。"(Samovar et al, 2000: 36；笔者译)

2. 功能翻译观的文化概念

弗美尔从功能翻译的视角，将文化定义为："社会当中的个体成员为'类似于其他人'或'区别于其他人'而必须掌握的整套规范和惯例。"(转引自 Nord, 2001: 33；笔者译)

功能派翻译理论家强调文化的特性或具体的文化特征，亦称为"文化元素"——"甲文化"内成员视为相关而且与"乙文化"内对应的社会现象相比之下被视为"甲文化"所独有的各种社会现象(Nord, 2001: 34)。

就文化层面而言，我们首先必须认识到这一点：译者面对的是两种文化，需要对两者进行比较，有时还会徘徊其间。因此，译者面临一个关键的决定，即：翻译时应以哪种文化为基础？如何体现该文化？这可能变成一个两难困境。一方面，如果译者选择源语文化作为基准模式，目标语文本的受众对源语文本的文化特征和含义可能会不熟悉。另一方面，如果译者倾向于目标语文本的文化(target text culture)，源语文本的文化特色和精髓可能会扭曲甚至丢失，目标语文本受众就不能欣赏到源语文本和源语文化的原汁原味。

无论如何，我们可以肯定一点："译者都是按照自己所处的文化中特有的文化知识，阐释源语文化现象，出发点或是内部(的源语文化)或是外部(的译语文化)，这取决于译者的本土语言和文化(语文)是译出语文还是译入语文。"(同上；笔者译)

3. 非言语交际

萨莫瓦等人对于非言语交际给出了一个简洁实用的定义，如下："非言语交际包含一个交际情景中由刺激源及其对环境的利用过程所产生的并且对于刺激源或接受方具有潜在的信息价值的一切非言语刺激。"(Samovar et al, 2000: 149；笔者译)

上述定义包括交际活动中非意图及有意图的行为，同时解释了非言语交际的具体运作过程。

非言语交际犹如一种无声语言，可以发挥许多功能。其中，五种主导型功能包括：①重复；②补充；③替代；④规范；⑤辩驳(Samovar et al, 2000: 150)。

多数有关的分类法将非言语信息分为两大综合类型：一类主要由身体(面貌、运动、表情、眼神、触觉、嗅觉以及其他辅助语言)所产生；另一类由个人结合环境(空间、时间及静默)所产生(同上：153)。

萨莫瓦等人研究辅助语言(即 paralanguage，又称副语言)各种分类法之后认为，多数分类法将辅助语言分成三类声音形式：①标志性声音(笑声、哭声、呼喊、呻吟、牢骚、打嗝、哈欠)；②声音描述词(音量、音调、节奏、节拍、回音、音质)；③重叠声音("un-huh"、"shh"、"uh"、"oooh"、"mmmh"、"humm")。辅助语言的提示有助于我们推断出个人的心理状态、社会经济地位、身高、体重、年龄、智力、种族、宗教背景、教育水平以及其他个人或社会信息。

语言，简而言之，是一种言语交际的工具。作为一个人类交际系统，只有语言使用者将非言语交际的本质因素与言语交际的因素融为一体，人们之间才能顺利、成功地进行言语交际。文化则在很大程度上决定着人们在言语和非言语交际活动中言说、写作或行为的方式。因此，语言和文化都具有连接言语交际与非言语交际的"桥梁"作用。如果交际各方在非言语要素和信息方面的知识相同或相近，跨文化交际活动将会取得最佳的效果。

4. 跨文化交际总结

广义上讲，当一种文化内的成员发出一条信息供另一种文化内的其他成员推断其意义时，跨文化交际由此而产生。精确地讲，跨文化交际是指人们的文化认知和符号系统差异明显到足够改变交际活动时进行的交际(同上：48)。

萨莫瓦等人根据种族、民族和内文化交际这三种标志，列出了跨文化交际的三种形式。第一种形式是跨种族交际(interracial communication)——"当正在交换信息的信息源和接受方来自不同种族，是为跨种族交际"(同上)。第二种形式是跨民族交际(interethnic communication)，指"一个国家或文化内的各个民族通常组成自己的社区"(同上，49)，这些民族团体拥有共同的出身或渊源，常常因此影响到姓氏、语言、宗教、价值观以及其他方面。最后一种形式是内文化交际[1](intracultural communication)，它常常用于界定主流文化内各成员之间的信息交流，或者应用于交际一方或双方具有双重或多重身份的交际活动中(同上)。贾玉新(1997：25)在上述三种形式的基础上，增加了第四种形式：国际性跨文化交际。顾名思义，这指的是两个国家之间的跨文化交际[2]。

8.2.3　表演性视角

1. 表演性与话剧创作

英若诚曾亲自翻译一些世界名剧，原因在于"这些现成的译本不适合演出"(英若诚，1999：序言)。这间接提出了"表演性"这个话剧翻译的核心概念。Bassnett明确阐述道："performability"(表演性/可表演性/可演性)或"speakability"(上口性)"如今常常被视为戏剧

---

1 其他译名为"文化内交际"、"同一文化内交际"、"同一文化圈内交际"、"同一文化内部交际"等。
2 贾玉新. 跨文化交际学[M]. 上海：上海外语教育出版社，1997.

翻译的前提条件之一"(2001: 95)。评论家通常使用"表演性"来评价译文。他们会说，不知为什么总觉得甲的译文比乙的译文更"适合表演"(performable)(同上)。

Bassnett 对"表演性"概念作为翻译评价标准的历史做过研究。根据她的解释，这个概念之所以出现并持续使用，部分原因在于缺乏有关书面文本和话剧表演之间关系的理论著作以及对于适合表演的文本的定义也不够清晰(同上：95-6)。她发现那些关注是否忠实于原文本的译者采用了"表演性"这个概念(同上：96；笔者译)："人们期待话剧文本的译者不仅能处理'忠实性'这个永恒的问题，不管该问题如何诠释，也能处理书面(文本)和表演之间的关系问题。"

在"表演性"的背景下，译者可以大胆运用各种翻译策略和方法，以确保译文剧本实现"表演性"这个最终目标。"表演性"这一概念为话剧翻译过程中使用的翻译策略和方法提供合理支持，但这也常常导致在不同程度上偏离或"违背"源语文本(的意义)。(同上)

话剧创作除了剧本以外，还包含许多其他因素。众所周知，话剧剧本与话剧表演在多个方面存在差异。剧作家和导演的工作目的和重点各不相同。正如中国著名话剧表演艺术家焦菊隐先生在《导演·作家·作品》中所述，对于剧作家来说，话剧是一门语言艺术；对于导演来说，它是一门行为艺术(转引自张仁里，1985：27)。正是通过不断的表演和赏析，一部话剧才能获得新生，永葆活力。

2. 戏剧表演各要素

根据舞台表演和导演的有关理论，剧场或戏剧表演包括三个主要因素：观众、地点以及演员。

观众是戏剧表演艺术的第一要素。戏剧作品(包括话剧、歌剧、木偶剧等)只有表演给观众看，才能真正实现其功能。只有观众在场观看，戏剧表演才能发挥其功能。戏剧表演通过在观众内心产生反应或共鸣实现戏剧的各种功能(社会、政治、娱乐等)。作为表演现场的接受者和欣赏者的观众在优秀的戏剧表演的推动下将与演员开展互动。这反过来也会在很大程度上影响戏剧表演效果。

地点是戏剧艺术的第二大要素。它不仅仅包括演员所处的封闭区域，也包括观众坐立的场所，甚至还包括剧场所处的地理位置。剧场或在室外或在室内，可以是临时或永久的，也可以是私密或公开的。[1]（《美国大百科全书》，第 26 卷，1988：602；笔者译）

演员是第三大也是最有影响力的剧场要素。演员是剧场的中心。剧作家必须依靠他们才能使剧本为观众所接受和欣赏；观众必须依靠他们才能了解剧作家以言语和非言语形式表达的思想。

3. 剧本与表演

剧作家（包括话剧作家）常常希望其书面的戏剧作品在剧场里或观众前进行表演。他们在创作剧本时，一般都会有意识或无意识地关注表演的需要。戏剧是一门包含各种因素的综合艺术，其中演员的表演艺术具有核心作用。

一方面，戏剧文学应当具备文学作品的共同特征。另一方面，它是戏剧演出的基础，而且只有通过演出，才能表现出它的全部价值。一般而言，一部戏剧不经表演，不能称其为"适合表演"。当然，也有例外。例如：弥尔顿（Milton）所著的《斗士参孙》（*Samson Agonistes*）。在当时，他拒绝表演他这部戏剧作品，以此表示对戏剧界的不满。

然而，有时候剧作家也会不考虑戏剧表演的要求，这时剧本必须加以修改才能适合表演。

老舍（1899－1966）曾说："有时候我只写了几句简单的话，而希望导演与演员把那未尽之意用神情或动作补足了。这使导演与演员时常感到不好办。可是，他们的确有时候想出好办法，能够不增加词句而把作者的企图圆满地传达出来。这就叫听众听出弦外之音，更有意思。"（老舍，1959）

就剧本与表演之间的关系，传统观点一致"认为剧本本身并不完整，需要一个实体维度帮助发挥其全部潜能"（Bassnett, 2001: 92）。剧本阅读与戏剧表演相比更不完整。一方面是因为观众、剧场及其他戏剧要素在剧本搬到舞台上表演时为剧本实现其完整性提供了多个维度上的支持。另一个方面，仅有书面的对话还不足以包含各种各样的实体和行为因素在内的语言外情景。

拉德马赫的论述反映了剧本与表演之间的差异(S. Brenner-Rademacher, 1965: 8)："小说为读者提供了描述人物及其情景的篇章，为主角的言语补充了背景、生命力和色彩，而戏剧爱好者(戏迷)依靠的是演员自己所说的话。在此，口头说出的话语，辅以导演、舞台背景、装饰及道具，必须表现出人物性格、微妙细节、音调和氛围。"(转引自：Reiss, 2004: 44；笔者译)

8.2.4 话语视角

1. 话语概念介绍

话语是一种具有语义和语用连贯性的交际行为的表现形式，可以是书面形式，也可以是口头形式。话语的用途在于实现某个特定的交际目标。诺曼·费尔克拉夫/诺曼·费尔克罗夫(Norman Fairclough)使用"话语"(discourse)这个术语时，建议将语言运用视为一种社会实践形式。他进一步认为，"话语有助于构建社会结构各个维度，而这些维度直接或间接地影响到其后各种关系、身份及机构的形成状态"[1](Fairclough, 1992: 64；笔者译)。因此，话语不仅是一种再现世界的模式，也是一种形成和构建世界的方式。根据上述话语概念，费尔克罗夫区分了话语在三个方面的构建效用：构建"社会身份"和"主体地位"、人际社会关系，以及知识信念体系。这三种效用分别对应语言的三种功能，即费尔克拉夫所述的"身份"、"关系"和"意念"。

虽然话语分析是社会科学研究领域的一项重要工具，它本质上仍是一种语言与交际理论。话语分析是在社会交往方面的一个研究视角，也是关于在不同历史、社会与文化之间如何构建知识的一种研究方法。它为那些对意义如何产生感兴趣的社会研究人员提供了新的方法和技巧(Wetherell, Taylor & Yates, 2001: 1)。

---

1 引文原文为："discourse contributes to the constitution of all those dimensions of social structure which directly or indirectly shape relations, identities and institutions which lie behind them"。

新世纪翻译学 R&D 系列著作

2. 语域概念介绍

关于语域，韩礼德（Halliday）曾如此论述："我们假定语域类型可以解释人们使用其语言所执行的任务。当我们观察一项语言活动在各种不同情景的表现时，我们发现为适合不同的场合所选择的语言类型存在差异。"（转引自李运兴，2001：87；笔者译）

根据功能语法理论，"与语境特征结构相互关联的语言特征具有特定的范围、方式和基调，并构成一个语域。"（同上：88；笔者译）

语域与语言变异是两个密切相关的概念。当一门"整体语言"被划分为一门"完整语言"内部的几种"次级语言"或"变体"时，语言变体就产生了（Catford, 1965: 83）。根据韩礼德、麦金托什和斯特拉文斯（Halliday, McIntosh & Strevens, 1964）提出的框架，语言在使用过程中有两个方面的变异：涉及某一语言事件中的使用者的"与使用者有关的变体"以及被称为语域的"与使用有关的变体"。由此，语域被视为语言变异整体的一个维度。换言之，语域这个术语用来描述根据语言使用而区分的那种变体。

本书中的语域概念指涉一个社会文化情景下具体语境中的语言使用情况（the language use in specific situations of a sociocultural context）。它可以用来说明语言在各种**情景场合/情景语境**（contexts of situation）中的正式程度。通常，每次言语交际活动中的参与者或会话者都应了解并遵守这项语用规则：某些场合适合使用某些话语，这即是语域的含义。

3. 话剧的话语分析与语域分析

毫无疑问，话剧文本是一种话语形式，并且包含各类语言变体。与其他文学体裁（小说、散文、诗歌）不同，话剧应着力实现最佳的视听效果（视觉和听觉效果），这尤其是话剧表演所追求的一个目标。正如上文所述，一部话剧常常定位于"适合表演"。

在前文已经阐述过，韩礼德所指的语域包括三个基本方面，即：话语范围、话语方式以及话语基调。话语范围指的是反映社会场合、活动和文本功能的语言使用情况。话语方式指具体语言活动的媒介，其中最常见的媒介是口语和书面。话语基调表示发话者（addresser）和受话者

(addressee)之间的关系，通常反映在从正式到非正式之间的差异连续体
(continuum of distinctions)上。

郭著章(2003：740)认为，翻译过程中决定使用何种语言变体或风格时，至少有七条标准：addressor、addressee、subject matter、form of communication、fields of discourse、modes of discourse and tenors of discourse。上述标准分别指：发话者、受话者、说话内容或题材、交际方式、话语范围、话语方式以及话语基调。郭先生甚至提出，翻译的理解与表达没有一步是可以离开语域分析的；翻译的过程无非就是一个分析原文语域、在译入语中寻找对等语域，最后将这种语域适当表达出来的过程(同上：745-746)。为了理解原文的意义和风格，译者必须首先进行语域分析，然后在目的语言中找到对应的语域类型。

话语/语域分析与上述标准对于翻译实践，特别是话剧翻译实践具有重要意义和价值。不同的话剧，其话语范围也不同。而剧本的话语方式只能在"the speaking of what is written as if not written"（口头表达书面的内容却不像书面表达）或"the writing to be read as if heard"（书面表达的内容供人阅读却好似聆听）两种情况中选择，这要取决于剧本是用于公开表演还是私人阅读(参见 Hatim & Mason, 2001: 49)。此外，任何话剧的主要特色在于对白(有时还包括独白和旁白)。戏剧人物之间的关系在对白中得以建立和体现。因此，译者可以分析话剧对白中的话语基调，借此辨识并再现话剧的人物关系。

8.2.5 格式塔视角

1. 格式塔心理学介绍

格式塔心理学(Gestalt psychology)，又称完形心理学，现代心理学流派之一。它是由德国的麦克斯·韦尔特海梅尔(Max Wertheimer)、沃尔夫冈·克勒(Wolfgang Köhler)和库尔特·科夫卡(Kurt Koffka)于1912 年提出并发展起来的。该学科建立在上述三位心理学家实验和实证研究的基础之上，反对冯特构造主义学派把意识、心理分解成为单个元素。其主要原理是：心理现象是一个整体，一种组织的完整形体。部

分相加不等于整体，整体不能还原为部分，整体先于部分而存在，并且制约着各个部分的性质和意义；有机之整体大于其组成部分之总和（Chaplin, 1985: 193），对部分的分析无益于对整体的理解；"结构不是其组成部分的简单相加，内部系统性整体结构决定其组成部分的性质"（毛荣贵，2005：379）。

格式塔心理学的核心概念包括格式塔、意象、格式塔意象、格式塔质等，对话剧翻译的理论研究与实践操作都具有一定的参考和借鉴价值。

2. 格式塔、意象及格式塔意象

格式塔是德语词汇 Gestalt 的音译，其基本含义为"形式、图形或完形"（Chaplin, 1985: 193）。这个概念不只是指视觉上单纯、静止的形状，而是着重于事物各部分组织后产生的整体性效果。

格式塔这个词意指一个具体、独立且独特的实体，它以一种孤立的形态而存在，其诸多属性之一是具有某种形状或形式。姜秋霞认为："格式塔乃组织之产物，该组织不同于仅仅为简单的并列或随意的分布。在组织过程中，整体的一部分取决于该整体固有的内在规则。"（2002：67-68；笔者译）

传统概念的意象是指读者、听者或感知者借助其已有的知识，通过心理作用对已有客体进行创造的一种构建产物，或者是指在其知觉和想象的运作下，对原本缺失或陌生的客体加以构造后的一种产物（同上：61；笔者译）。一般而言，意象可分为：①单个意象和组合意象；②局部意象和整体意象；③静止意象和流动意象等类别（方梦之，2004：284-285）。

格式塔意象这一新概念建立在传统的文学象征或隐喻意义上的"意象"的基础上。它将文学意义的"意象"纳入格式塔心理学的框架中后，具有一种"完整性"或"整体性"的特质。格式塔意象属于传统意象分类中的组合意象、整体意象或流动（动态）意象，是有机的、多元的、宏观的、动态的意象。只要符合上述条件，一个篇章、段落、句子，甚至一个词语都可以视为一个格式塔意象。

3. 格式塔质

格式塔具有统一性、移位不变、具体性等多种性质，即格式塔质

(Gestalt qualities)。最重要的格式塔质是格式塔的"不可分性"(undecom-posability/impartibility)。尽管格式塔质可以被分开并逐个加以分析和评价，但它们都不是孤立或单独存在的。实际上，这些格式塔质相互结合在一起，构成一个格式塔意象，结果是它们结合的"聚合效应"不仅不同于，而且总是大于该格式塔意象内各个部分或各种性质的效应之和。

文学研究从心理学引入格式塔质这个概念，认为文学文本是由各个语言和句法等成分组成的一个有机整体，具有格式塔质，通过对文本整体上的分析和重组，可以深化对文本各个层次成分的理解和认知。

格式塔质与格式塔意象两者关系密不可分。格式塔意象是具有完备格式塔质的意象，而格式塔质蕴含于格式塔意象之中。

4. 格式塔心理学对话剧翻译的启发

格式塔心理学强调整体之于局部的优先性，重点关注感觉和认知的整体效果。其主要原理和核心概念对话剧翻译研究和实践的启发意义体现在以下方面：

首先，话剧译者对话剧文本的感知和接受是一个由上而下(top-down)、由整体"完形"至个体要素的解构过程(deconstructing process)。这个过程即是传统译论所谓的"解码过程"(decoding process)。根据格式塔心理学理论，主体从客体获得认知和信息，先要在大脑中自然组织成有机的整体，即"格式塔"或"完形"。这一过程为译者后续构建新的格式塔意象奠定了基础。

格式塔心理学的知觉理论强调主体的知觉具有主动性、组织性和整体性。格式塔心理学家从研究"视觉场"(visual field)内主体如何联结和组合若干视觉元素出发，试图考察这些元素在知觉上是否存在某种关联。在此基础上，他们找到了主体组织视觉元素并构建知觉认知图式的法则，即"完形法则"或"格式塔法则"(Gestalt law)。这些法则主要包括：图形与背景的关系原则、接近或邻近原则、相似性原则、封闭性原则、好图形原则、共方向原则、简单性原则、连续性原则。

潘卫民(2006：45-47)借鉴格式塔心理学的"整体性"、"闭合性"、"凸显性"、"简约性"、"连续性"等"格式塔法则"，探讨中国景点的英译。由于旅游景点宣传材料的受众在接收和理解原文的信息时，呈现上述法则所描述的特点，因此译者在翻译过程中应尽力遵循"整体性"、"闭合性"等法则，以使受众"从整体上把握旅游景点的美感"，"形成审美意象，产生美的追求"[1]。

其次，成功的话剧翻译是译者将原剧的格式塔意象进行整体转换的结果。换言之，话剧翻译不能仅仅满足于词汇和句法等语言层面的等值传译。话剧翻译本身具有"直感性"、"诉求性"和"表演性"三个基本特性，亦对译者如何转换原剧的格式塔意象设定出规约因素和限制条件。

刘士聪根据自己的文学翻译实践和理论思考，提出要使汉语译文为读者接受，必须"将译文作为一个独立文本加以审视，审视其整体效果——看其内容是否与原文相符，看其叙事语气与行文风格是否与原文一致。当词字效果与整体效果发生矛盾时，要对前者进行相应的变通"（刘士聪，2002：19）。尽管上述论断指涉文学翻译，但其对翻译活动中"独立文本"和"整体效果"的肯定与重视至少说明译者"整体转换"的意识和能力至关重要。

译者的"整体转换"意识与不少翻译家倡导的译者"语篇意识"或"语篇观"有共通之处。李运兴教授（1998：1）指出："译者必须把翻译的篇章当作一个整体来对待。篇章固然是由一个个段落、一个个句子组成的，但又比一个个段落、一个个句子的总合多些什么，因为篇章不是语句的机械叠加，而是一种有机的、动态的组合。"居祖纯教授（2000：3）在论述语篇与翻译两者关系时，提出"大语篇观"："译者翻译任何语篇时，必须对有关该语篇的文化、历史、现状等有较好或至少是粗浅的了解；理解正着手翻译的原文的全部，甚至局部、片断时，译者都要运用这一知识，都要密切注意该语篇涉及的有关的各种背景知识，因为所需翻译的原文涉及的有时不只是该短篇文字字面上所涉及的点滴知识，而且会旁及使用该文字的国家的上下数百乃至数千年的文化积淀，以及当前的社会现状。""大语篇观"要求译者不仅要深入理解整体的原文语篇，更要掌握与该语篇相关的文化、历史、现状等背景知识。

---

1 主编注：旅游翻译也被欧洲翻译学者列为一种文学翻译。

　　笔者认为：话剧翻译的成功与否，既取决于译者能否整体上解构原剧文本所含诸格式塔意象，亦取决于译者能否充分利用译文语言，重构和再现原剧各个层次的格式塔意象，更取决于译文受众能否理解和接受译剧文本所含格式塔意象的艺术审美特质。译文受众如何理解和接受译文这个问题涉及接受美学以及翻译美学的理论研究范畴。

8.3　多维视角之应用与图解——以格式塔视角为例[1]

　　格式塔质本身指涉美学意义上格式塔意象的整体性或统一性（姜秋霞，2002：75）。笔者认为，话剧中包含两种最基本的格式塔意象：人物性格和戏剧冲突。话剧翻译美学方法的主要目的就是发掘这两种格式塔意象，并且尽力将其在译剧中再现。

　　译者要从宏观上把握原剧中人物性格和戏剧冲突，理解剧作家为其所赋予的意义和意象。这种方法在戏剧理论中称为"戏剧分析"或"剧本分析"。著名话剧导演欧阳山尊（1983）对《日出》剧本的分析就是一个例子，其中包括作者的身世背景、作品写作时代背景、人物的历史和性格特点等。译者通过对原剧（及剧作家）的"解构"，从剧本各个局部、语言元素、背景知识、艺术与美学特质等方面获取相关信息和细节，并初步组合成不同的"格式塔意象"。最后，译者参照话剧翻译的特性、译剧受众的特征、格式塔法则以及话剧翻译原则等要素，在每个"格式塔意象"的情景下检验对"局部"和"个体"的理解，确保在最大程度上实现对剧本中"格式塔意象"的准确把握和认知，并且用译入语在译入语文化中"重构"译者所"构造"的"格式塔意象"。

8.3.1　人物性格

　　一部话剧中，剧作家从头至尾都在尽力刻画和反映剧中人物的个

1　本节重点以格式塔视角为例，阐述多维视角应用于话剧翻译的方法。其他研究视角在其他章节详述。

性。剧作家在描写人物性格时，总是保持人物性格的一个整体形象或意象。换言之，剧作家会十分注意话剧作品中将要展现的人物应该具备什么样的性格，然后在全剧里自始至终贯穿这种性格。因此，人物性格与格式塔意象类似，所以我们可以从格式塔心理学的角度探讨人物性格在译文中的再现。借用戏剧理论中的术语，也就是话剧人物的"性格化"(characterization)。具体而言，作为人物性格的艺术再现，"性格化"可以被看作一个格式塔意象再现的过程。在话剧中，人物透过各自的对话、独白或旁白以及舞台指示中的动作、表情，体现自己独特、鲜明的个性。因此，人物性格可被视为一种格式塔意象类型。优秀的剧本里，每位话剧人物都保持自己完整、一致的个性，表现出各自独树一帜的性格。

【ST2】常四爷：[...]大清国到底是亡了，<u>该亡</u>！我是旗人，<u>可是我得</u><u>说公道话</u>！现在，每天起五更弄一挑子青菜，绕到十点来钟就卖光。凭力气挣饭吃，我的身上更有劲了！什么时候洋人<u>敢再动兵</u>，我姓常的还准备跟他们打打呢！我是旗人，旗人也是中国人哪！(老舍，1999：90；下画线为笔者所加，下同)

【TT2-1】Chang: [...] The Great Qing Empire <u>was done for</u> after all! <u>It</u><u>deserved it</u>! I'm a Bannerman, <u>but I must be fair</u>! Now, I'm up everyday before dawn, carrying two baskets of vegetables to the city. By ten they're sold. I earn my own living and I'm stronger than ever. If foreigners <u>come</u><u>here again with their armies</u>, I'm ready to fight them. I'm a Bannerman, but Bannermen are Chinese too! (同上，91；英若诚　译)

【TT2-2】FOURTH ELDER CHANG: [...] the Great Qing Empire <u>collapsed</u> in the end. Well, <u>it deserved to collapse</u>. I'm a Bannerman myself, <u>but I</u><u>must speak the truth</u>. Now, every day I'm up at dawn and get together two baskets of vegetables, and by mid-morning I have them all sold. Because I earn my own keep I'm healthier than ever. If the foreigners <u>ever venture to attack again</u>, I'll be ready for them. I'm a Bannerman. Bannermen are Chinese too! (老舍，2003：93，95；霍华　译)

【评析】常四爷直爽、豪放、真诚、爱国，这段会话集中体现了他的这些个性特点。上述两种译文中，【TT2-1】在重现原剧人物的整体个性方面不如【TT2-2】。首先，常四爷对大清国"怒其不争"的心情在"该亡"这两个干脆的字中体现无遗，【TT2-1】用了"be done for"以及代词"it"，【TT2-2】则用"collapse"的动、名词形式，这种重复的效果更能反映人物的愤慨之情、无奈之心。第二，"我得说公道话"表现了常四爷豪爽直言的一方面，"be fair"不如"speak the truth"准确、有力地再现这个特点。最后，【TT2-1】将"动兵"译为"come here again with their armies"，语义模糊，语气也较轻；【TT2-2】"ever venture to attack again"中"venture to attack"表意准确，而"ever"语气强烈，所以在表现人物个性上胜过【TT2-1】。

8.3.2 戏剧冲突

戏剧冲突是不同人物之间的矛盾集中反映在舞台上的结果，常常是强烈和深刻的，可以触动受众内心深处的感情。简言之，戏剧冲突即指社会生活中尖锐的矛盾冲突。魏饴(1998：121)将其具体表现形式归纳为：思想冲突、性格冲突、意志冲突和人与环境冲突(亦称为主客观冲突)等。

话剧没有作家的"插话"，没有过多的景色人物描写。它主要通过人物的语言(对白、独白和旁白)，表现鲜明的人物性格和激烈的戏剧冲突，由此来吸引和打动受众，获得最佳的美学效果和艺术效果。译者的任务之一就是基于自己对原剧蕴含的戏剧冲突的理解和阐释，在译文中完整、准确地再现戏剧冲突这种格式塔意象。

【ST3】

王福升：(鄙夷地)告他们！告谁呀？他们都跟地面上的人有来往，怎么告？就是这官司打赢了，这点仇您可跟他们结的了？

陈白露：难道我把这个孩子给他们送去？

小东西：(恐惧已极)不，小姐。

王福升：(摇头)这个事难，我看您乖乖地把这孩子送回去。我听说这孩子打了金八爷一巴掌，金八爷火了。您不知道？

……

陈白露：出了事由我担待。

王福升：（正希望白露说出这句话）<u>好，好，好</u>，由您担待。[…]（曹禺，2003：76-80）

【TT3】

FUSHENG: (*scornfully*): Sue them? You'd have a hope? They're in with all the people who matter here, so how can you sue them? Even if you won your case, what chance would you have when they came to even the score?

BAILU: Surely you don't expect me to hand the child over to them?

THE SHRIMP: (*hoarse with terror*): No, don't, Miss.

FUSHENG: (*shaking his head*): It's an awkward business. I think <u>you'd better do the sensible thing</u> and take the child back to them. I hear she slapped Mr. Qin's face and upset him. <u>Didn't you realize that?</u>

…

BAILU: If anything goes wrong I shall answer for it.

FUSHENG: (*who was hoping that she would say just this*): <u>All right, all right</u>, you answer for it, then. […]（同上，77-81）

【评析】上述原文是陈白露和王福升的一次冲突，起因是藏在陈白露房间的小东西。陈白露坚持留下小东西，王福升则劝说她不要惹是生非、引火烧身，最终双方达成妥协：一切后果由陈白露承担，与王福升无关。

译者较为成功地保留了这个戏剧冲突的完整性。冲突的开始、发展、高潮到结束，两人冲突的程度逐渐强烈，这都在译文里得到体现。比如，在冲突高潮时，王说"您乖乖地……"，并且反问陈"您不知道"，语气较为强烈；而译文中"You'd better do the sensible thing"和反问句"Didn't you realize that?"所含的语气同样强烈，比起原文有过之而无不及。又如，最后这个冲突结束时，王对陈"一人做事一人当"的作风心满意足，连连说"好，好，好"，译者将之译为"All right, all right"，反映出冲突在王福升的满意中渐趋平和与消融。

8.3.3　话剧翻译之格式塔意象重构图解

　　笔者认为，话剧翻译中艺术与美学特质的再现是一个复杂的系统过程。首先，译者基于自身的审美心理机制和掌握的原剧综合背景知识，感受和认知原剧的艺术与美学特质。然后，译者在大脑中建立包含原剧审美元素和格式塔质的格式塔意象。译者最后充分考虑话剧翻译的特性、译剧受众的特征等因素，将前面两个阶段所实现的格式塔意象用译入语转换成译剧。这三个环节构成的话剧翻译美学再现过程可以如图8-1 所示，便于直观解读。

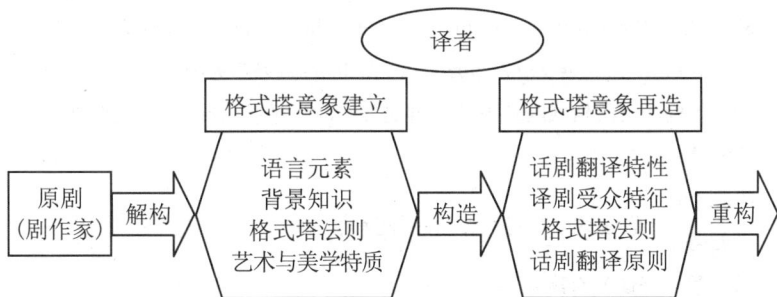

图 8-1　话剧翻译的格式塔意象重构过程

【研究与实践思考题】

(1) 简述话剧翻译的基本特性与话剧翻译不受翻译研究者重视的现状之间的联系。[PT]

(2) 结合人物性格的格式塔意象及其再现方法，将下例话剧选段译成汉语。[A]+[PT]

　　【ST】

STELLA: (*Calling out joyfully*）Blanche!

(*For a moment they stare at each other. Then BLANCHE springs up and runs to her with a wild cry.*)

BLANCHE: Stella, oh, Stella, Stella! Stella for Star!

(*She begins to speak with feverish vivacity as if she feared for either of them to stop and think. They catch each other in a spasmodic embrace.*）

BLANCHE: Now, then, let me look at you. But don't you look at me, Stella, no, no, no, not till later, not till I've bathed and rested! And turn that over-light off! Turn that off! I won't be looked at in this merciless glare! (STELLA *laughs and complies*）Come back here now! Oh, my baby! Stella! Stella for Star! (*She embraces her again*）I thought you would never come back to this horrible place! What am I saying? I didn't mean to say that. I meant to be nice about it and say—Oh, what a convenient location and such—Ha-a-ha! Precious lamb! You haven't said a *word* to me.

STELLA: You haven't given me a chance to, honey! (*She laughs, but her glance at BLANCHE is a little anxious.*）(Williams, 1955: 9-10)

(3) 结合戏剧冲突的格式塔意象及其再现方法，将下例话剧选段译成英语。[A]+[PT]

【ST】

松二爷：

常四爷：｝您喝这个！（然后，往后院看了看）

松二爷：好像又有事儿？

常四爷：反正打不起来！要真打的话，早到城外头去啦；到茶馆来干吗？

（二德子，一位打手，恰好进来，听见了常四爷的话。）

二德子：（凑过去）你这是对谁甩闲话呢？

常四爷：（不肯示弱）你问我哪？花钱喝茶，难道还教谁管着吗？

松二爷：（打量了二德子一番）我说这位爷，您是营里当差的吧？来，坐下喝一碗，我们也都是场外人。

二德子：你管我当差不当差呢！

常四爷：要抖威风，跟洋人干去，洋人厉害！英法联军烧了圆明园。尊家吃着官饷，可没见您去冲锋打仗！（老舍，1999：12）

Chapter 9

戏剧文本英译实践：案例分析

　　戏剧翻译需要不同种类的实践案例+理论分析来不断了解、熟悉并悟出其中的"术"与"道"。本章案例主要围绕汉译英展开，案例选自：

　　1）京剧《凤还巢》英译文本，讨论美国汉语博士是如何通过创译来处理具有中国文化特色和语言特色的京剧唱词和台词的——涉及六个典型译例。

　　2）明剧《牡丹亭》英译文本，讨论中外专家是如何运用不同策略来处理唱词的诸多层面（比如语言之结构、文化之意向、修辞之双关、典故之内涵等）——涉及 12 类典型译例。

9.1 京剧《凤还巢》

9.1.1 京剧剧本翻译"五要素"

　　这"五要素"是笔者对美国学者魏莉莎女士（Elizabeth Wichmann）《凤还巢》翻译实践的一个小结，指"能达意"、"能念白"、"通文化"、"少音节"、"巧押韵"。这是一个有机整体，极富挑战性。译者魏莉莎创造性地处理了这"五要素"。

9.1.2 剧本译例及评析

【ST1】程雪娥：（接唱）强盗兴兵来作乱，不过是为物与为金钱，倘若财物遂了愿，也未必一定害人结仇怨。倘若女儿不遭难，爹娘回来得团圆。倘若是女儿遭了难，爹爹他定要问一番。如今称了儿的愿，落一个清白的身儿我也含笑九泉。(Wichmann, 1986: 123-124)

【TT1-1】 The robbers invaded our home. They sought after only money and material things. Once they are satisfied in those, perhaps they won't make a point of hurting and killing people to make more enemies. If I can escape unhurt, there will be a happy family reunion after my parents' return. Should I lose my life, father will surely make inquiries about it to find out the cause. Now you allow me to do what I choose, I'll smile in the underworld with the consolation that I wasn't humiliated. (*杨知*, 1999: 181)

【TT1-2】**XUE'E:** (*still singing*) (1) Bandits, when out of <u>control</u>, (2) pillage the country for wealth and <u>gold</u>; (3) if their plunder is not too <u>slight</u>, (4) they may not injure people out of <u>spite</u>. (5) If your daughter comes to no <u>harm</u>, (6) we'll reunite in simple <u>bliss</u>; (7) if your daughter does come to <u>harm</u>, (8) Father will bring them to <u>justice</u>. (9) If you let me stay the <u>while</u>, and I preserve my purity, (10) then I will meet death with a <u>smile</u>. (Wichmann, 1986: 57)

【评析】【ST1】和【TT1-1】、【TT1-2】中的下画线均由笔者所加(下同)。魏莉莎的 The Phoenix Returns to Its Nest 是迄今《凤还巢》的最佳译本。被称为英语京剧的《凤还巢》在海内外演出大获成功。魏莉莎译本跟杨知选编的《京剧名唱一百段》(彭阜民、彭工译)比较，质量不言自明。

1) 唱词形式：【TT1-1】不是唱词，而【TT1-2】完全是唱词。京剧非常重视音律美和韵律美。【TT1-2】采用简单句式，多用单音节、双音节词，这样不仅使观众易懂，而且便于演员按京剧固有的腔调、规范来演唱。京剧唱词讲究韵律美，【TT1-2】则很好地保留了【ST1】的美感。

2) 音节字数：【ST1】共 94 个汉字并 94 个音节，而【TT1-1】共 88 个单词、130 个音节，【TT1-2】则为 72 个单词、89 个音节。【TT1-2】便于演唱。

3) 音韵之美：【TT1-1】算是散文，【TT1-2】保留京剧唱词的音韵之美，(1)+(2) 行、(3)+(4) 行、(5)+(7) 行、(6)+(8) 行、(9)+(10) 行押韵，而且相当自然，读起来朗朗上口，便于演唱。

【ST2】	【TT2】
朱焕然：岳母！	**Zhu:** <u>Esteemed</u> Mother-in-law!
程夫人：贤婿！	**Madam:** <u>Esteemed</u> Son-in-law!
朱焕然：再"咸"，我就吃不得了。	**Zhu:** There's enough <u>steam</u> around here to <u>cook my goose</u>.
程夫人：事到如今，有什么<u>长策</u>无有？	**Madam:** Now that things have come to this pass, have you an <u>inspiration</u>?
朱焕然：这会儿，甭说<u>长策</u>，我连个<u>短策</u>都没有了。	**Zhu:** An <u>inspiration</u>! No, just a lot of <u>perspiration</u>!
(Wichmann, 1986: 28)	(Wichmann, 1986: 63)

新世纪翻译学 R&D 系列著作

【评析】《凤还巢》是一出喜剧，格调清新，幽默风趣，剧中不乏诙谐、逗笑的语言，对成语、歇后语的运用非常之巧妙。如何进行创造性翻译（creative translation），即如何在翻译中对这些语言进行再创造，用目标语在功能对等的基础上保留诙谐、幽默的风格，对于保持原作的喜剧色彩很重要。

【ST2】中"贤"与"咸"谐音，带来喜剧的效果，在【TT2】中先增加"esteemed"，为后边紧跟着的"steam"做铺垫，这样相当于【ST2】中的"贤"与"咸"；"enough steam to cook my goose"则相当于"咸得吃不得了"，"to cook sb's goose[1]"意为"毁掉某人成功的机会"。而"inspiration"（灵感）与"perspiration"（汗水）则传达出【ST2】中"长策"、"短策"的对比意蕴与喜剧风趣来。

【ST3】	【TT3】
程浦：啊，<u>千岁</u>。招他前来，同饮几杯如何？ 朱焕然：这算不了什么。 ——小子，把那少年给我叫回来。 家院：那一少年请转！ 穆居易返回。 穆居易：何人在唤我？ 家院：我家<u>千岁</u>叫你哪。 （Wichmann, 1986: 87）	CHENG: Ah, <u>Lord Zhu</u>. Would it be possible to invite him to drink a few cups with us? ZHU: That's easily done. Boy, call that young man over here for me. FIRST CLOWN SERVANT: Sir. Young gentleman, please come here. *Mu turns to Clown Servant.* MU: Who has sent for me? FIRST CLOWN SERVANT: <u>The Imperial Relative Zhu Huanran</u>. （Wichmann, 1986: 11-12）

【评析】中国古代封建社会，合乎"礼仪"的称谓是一种文化，一种讲究，而且非常烦冗复杂。皇帝被称为"万岁"，跟皇帝同一个家族的男性，如皇帝的叔伯、兄弟等，被封了"××王"爵位的，可以称千岁。因古代女人地位低下，皇后、太后也只能称千岁。因此，朱焕然应为"千岁"，但这"千岁"显然不宜直译成"thousand years"，否则会让西方观众觉得不知所云，鉴于此，译者采取归化策略，一处按照英语的表达习惯译为"Lord Zhu"；另一处将其释意为"The Imperial Relative Zhu Huanran"。这样释译，有助于保留朱千岁真实身份之内涵，

---

1 Cook sb's goose (*informal*) to ruin sb's chances of success (*Advanced Learner's English-Chinese Dictionary* [the 6th Edition]).

一为皇帝的侄子，二为皇家至亲——后者还是一个补充说明。

【ST4】	【TT4】
雪雁：（唱"西皮散板"）从今后我与你夫随妇唱，到晚间还要你叠被铺床。	XUEYAN: (*sings* sanban) From now on, in our home, I'll sing and you will follow; <u>in all ways you will pamper your sweet swallow</u>.
朱千岁：这是什么<u>鸟</u>叫呀？ (Wichmann, 1986: 118)	ZHU: What kind of "<u>swallow</u>" screeches like that? (Wichmann, 1986: 51)

【评析】文字、谐趣之形式及功能对应，展现出译者深厚的目标语功底。如果说上述译例比较直截了当，那么，【ST4】中对话的内涵可谓曲折隐蔽。在第十一场，朱千岁把程雪雁娶来，彼此虽不满意，也只好认命了。于是有了上边这么一个唱段和台词。

"夫随妇唱"译得很得体，可以套用 formal correspondence（形式对等/对应）这个术语来诠释。雪雁要求老公"到晚间还要你叠被铺床"般地照顾，是着眼于时间概念、日常生活；而译文（in all ways you will <u>pamper your sweet swallow</u>）则显示关怀、体贴，比较英文"pamper one's pet"。

这"什么鸟叫呀（叫唤）"是一句北京土话，含有对对方讽刺挖苦、贬低嘲笑的意味，但比较含蓄，意思不在字面上（类似"骂人不带脏字"）。【ST4】在这里的运用，准确且生动地刻画了朱千岁这一人物的性格和他在此时此刻面对此情此景的心理状态。与此同时，台词也显示了浓郁的喜剧风采。如何用英语把这层内涵，特别是这种"味道"、"口气"（tone）较为准确地传达出来？通常必须采纳 dynamic/functional correspondence（动态/功能对应/对等）的策略，否则犹如把"不折腾"译成"buzheteng"一样，对目标语受众可谓"擀面杖吹火——一窍不通"。而译文"What kind of swallow screeches like that?"则自然、贴切、丝丝入扣，无缝衔接。

【ST5】	【TT5】
穆居易上。	*Mu Juyi enters from upstage right.*
穆居易：（念）奇谋追<u>陆逊</u>，投笔学<u>班超</u>。 (Wichmann, 1986: 119)	MU: (*recites*) Now a <u>strategist</u>, I've set aside my <u>brush</u>. (Wichmann, 1986: 53)

【评析】京剧语言中有不少用典，这是历史、文化的积淀。作为中国译者，要弄懂京剧中的一个典故，包括它的出处、历史背景以及所包含的全部内容，不是一件太难的事。难就难在如何将这一典故通过跟汉语差距甚大的英语传递给观众，而且要满足简练、易懂、易念、易唱等要求。

陆逊、班超在中国几乎家喻户晓。陆逊是三国东吴名将，吴国大都督、上大将军、丞相，作者罗贯中赞其“坐帐谈兵按《六韬》”、“陆逊运良筹”（《三国演义》）。班超乃东汉军事家、外交家。为避免“直译+加注”，台词冗长，应去“故事”，求“实质”，舍弃字面，意到神知。

显然，译者谙熟京剧翻译之道，抓住“陆逊”和“班超”的精神实质，提供了符合上述要求的译文。

【ST6】	【TT6】
程雪雁：咱们两人可称得起是郎才女貌。 朱焕然：我看是豺狼虎豹。 (Wichmann, 1986: 117)	**XUEYAN:** The two of us will provide a shining example of “female beauty at home, and male service to the state.” **ZHU:** It looks to me more like “female authority at home, and male service to his mate.” (Wichmann, 1986: 55)

【评析】该例是“对偶法”以创形、“具体化”以创新、“阐释法”以创译之典型。

1）“对偶法”以创形。若按照“郎才女貌”的传统译法，可以是意译——a fine couple，a perfect match；也可以直译——a brilliant young scholar and a beautiful woman[1]。这样的译文跟原文差距甚大，显然不能照搬。两个成语是对偶形式——“郎ˊ才ˊ女ˇ貌ˋ”比较“豺ˊ狼ˊ虎ˇ豹ˋ”。仅就形式美而言，魏莉莎的译文可谓典范，既做到了音韵美，又做到了对仗美：

[1]female beauty [2]at home, and [3]male service [4]to the state

[1]female authority [2]at home, and [3]male service [4]to his mate

多么难得的汉译英之工对对联形式（perfect antithesis; perfect antithetical couplet）。

1 译文均引自《汉英词典》（第三版，外语教学与研究出版社）。

2) "具体化"以创新。汉语的最大特色之一是模糊，外国受众要读懂、听懂"内涵模糊"的话语非常困难。在此照搬词典译文显然不合适。作为通晓英语的美国人魏莉莎，透彻理解有关语境，把"郎才女貌"和"豺狼虎豹"分别大致具体化为"female beauty at home" + "male service to the state"和"female authority at home" + "male service to his mate"，真可谓译文创新，生动形象。不仅如此，英译文还规整、俏皮，令人叫绝。根据剧情及人物，雪雁自称他俩"郎才女貌"，朱焕然则讥讽道"豺狼虎豹"，暗指雪雁不仅长得"丑陋"，而且结婚后一定牝鸡司晨，称王称霸，而他自己反倒成了十足的"妻管严"了。

3) "阐释法"以创译。这一创译可谓中西交融，独具特色。英美人固然有其联想，而汉民族文化背景的、讲英文的华人也许可以通过英译文联想到："妻子金屋美女，夫君为国效力"和"老婆河东狮吼，老公俯首帖耳"。雪雁自称他俩"郎才女貌"，朱焕然则讥讽道"豺狼虎豹"——暗指雪雁不仅长得"丑陋"，而且结婚后一定牝鸡司晨，称王称霸，而他自己反倒成了十足的"妻管严"了。

综上，在魏莉莎的英语译本中，唱词翻译不仅做到了表词达意，而且可以按京剧的腔调演唱，气口亦符合京剧规律。念白抑扬顿挫，音乐感很强，相当于京剧的"韵白"，而不是日常生活的对话。总之，可表演性在译本中得到了相当充分的体现，并具观众的即时接受性。

尽管《凤还巢》是我国京剧表演艺术大师梅兰芳先生的代表作之一，似乎是"不可译"的，然而通过魏莉莎的不懈努力，笔者仅引用六个译例，完全可以证明，京剧翻译并不是"不可能完成的任务"。

9.2 明剧《牡丹亭》

9.2.1 明剧剧本 TT 重构

通过以语境重构为核心的互文性理论，我们把《牡丹亭》的三个译本(主要指美国的一个译本和中国的两个译本)加以对比分析，试图证实该理论对中国古典戏剧唱词音乐性和(文化)意象的传递具有指导意义。

翻译讲究的是思维。翻译过程也遵循着(译者的)某种思维方式。互文性理论所遵循的思维模式，不是单纯地以文本来分析文本，而是以形式分析为切入点，最终让自己的视线扩展到整个(SL 和 TL)文学传统和文化影响的视域之内，即一个从(SL 和 TL)文本的互文性到(ST 作者和 TT 译者)主体的互文性再到(SL 和 TL)文化的互文性的逻辑模式。互文性理论以"影响"为其核心要素，将众多的影响文学创作的因子纳入其关注的领域，从而使自己超越了单纯的形式研究的层面(跟翻译的"形式对等"有关联)，而进入到多重对话的层面(跟翻译的"活对"有关联)。互文性理论的对话主要是从三个层面进行：文本的对话、主体的对话和文化的对话，而在翻译时都要经过在 TL 语境中重构才能得到(最后的)实现。

从明剧(如《牡丹亭》或元剧《西厢记》)的跨文化翻译视角出发，我们仅着重关注 **TT 与 ST 之间经 rewriting 后的变化**，涉及语言层面的变化(或差异)和文化层面的变化(或差异)，具体可体现为(全部/部分)保留、(全部/部分)吸收、(全部/部分)引用、(全部/部分)改译、(不同程度的)扩展或缩减、总体或具体编译等。

以下是有关翻译案例的举例说明，共分为 12 类：1) CLT 重构；2) 句型重构；3) 典故重构；4) 双关重构；5) 对偶重构；6) 排比重构；7) 韵脚重构；8) 声词重构；9) 叠词重构；10) 隐喻重构；11) 意象重构；12) 综合重构。

9.2.2　剧本译例及评析

1. CLT 重构

CLT 指文化负载词(culturally loaded terms/words)。古戏文翻译中不可避免地遇到大量的文化负载词，要译好难度颇大。文化负载词最能体现语言承载的文化信息，反映人类的社会生活。由于语言能真切地反映一个国家、一个民族的生态地域、物质文化、宗教信仰、风俗习惯，而且还决定了不同民族的不同思维方式、行为方式以及语言表达方式，因此语言中不可避免地存在着巨大的文化差异，会产生一定数量的文化负载词。它最能体现语言中浓厚的民族色彩和鲜明的文化个性。

　　文化负载词的翻译要求译者在准确恰当地理解 TL 文化中的信仰、习俗审美价值观，同时，要忠实地传达 SL 文化的精髓与灵魂，才能真正做到不同文化的交流。即使戏文翻译仅需注意（供阅读的）文本效果（而不必在意演出效果），通过分析、研究名家译文，我们得出的结论是"理论容易实践难"啊。

【ST1】虽然为政多阴德，尚少阶前玉树兰。（汪榕培，2000：38）

【TT1-1】Many are the unsung acts of grace
　　　　　my government has accomplished,
　　　　　but still I find on "the steps of my hall"
　　　　　no "jade tree", no "orchid", no son at my knee.（白译）

【TT1-2】For all my contributions so supreme
　　　　　I have begot no male heir to my clan.（汪译）

【TT1-3】So much good for the living and the dead I've done,
　　　　　Still I have not a jade-like son.（许译）

　　【评析】【ST1】是对联——中国古代的一种文学体裁。联中的文化负载词"玉树兰"由"玉树"和"芝兰"组成，即"芝兰玉树"或"玉树芝兰"。"芝兰"是香草；"玉树"玉树是一种很漂亮的树，秀美多姿。两者结合比喻有出息的子弟，亦可用来形容女子，或象征给家族带来荣耀的继承人。因此，"尚少阶前玉树兰"可以解读为"我尚未有儿来继承"。孔夫子曾说："芝兰生于深林，不以无人而不芳；君子修道立德，不以穷困而改节。"这两个重要的文化形象在汪译中完全丢失，在许译中得到了部分保留，在白译中全部保留。

　　尽管如此，上述三种译文均未达到跨文化翻译的目的。汪译尽管译出了意思，但已经全部损失了 ST 文化；白译的直译使西方受众"丈二和尚摸不着头脑"；许译介乎于两者之间，但跨文化交际效果要胜过白译和汪译。

2.　句型重构

　　"句型"（sentence/syntactic structure；sentence pattern；syntax）指句子的结构类型。古戏文中无主句占多数，而英文中几乎没有无主句，或剧本中不宜有无主句。遇上 ST 中的大量无主句，是通过"补主语"（即增益法）来重构 TL 句子，还是保持 SL 句型不变，还是来"实地"观察一下中美译者的决策，看看他们是如何处理互文性的。

【ST2】停半晌，整花钿，没揣菱花，偷人半面，迤逗的彩云偏。(汪榕培，2000：53)

【TT2-1】 Pausing to straighten

the flower heads of hair ornaments

perplexed to find that my mirror

stealing its half-glance at my hair

has thrown these "gleaming clouds" into alarmed disarray. (白译)

【TT2-2】 I pause a while

To do my hairstyle

When at once

The mirror glances at my face

I tremble and my hair slips out of lace. (汪译)

【TT2-3】 I pause wordless,

To adjust my headdress.

The mirror steals half a glance at my face,

My cloudlike curls slip out of place. (许译)

【评析】从语言学视角看，所选 ST 为古文无主句(唱词)，语言简洁，中国读者完全可以通过意合知道所省略的主语是"我"(I)。美国版本的译者汉学家白之(Birch)就完全照搬汉语句法，译文(以下简称"白译")似乎不合英文文法，而中国版本的汪译、许译在译文中添加了主语 I。这里的互文性，体现出美中译者的不同思维方式和结果。前者似乎"不顾"TL 语法，而后者则"循规蹈矩"。

该例还同时体现了文化层面的翻译。从跨文化视角看，白之比较注重文化负载词翻译的正确性，汪译则为了押韵而做了文字调整，结果白译较好地保留了文化内容，如此重要的文化元素却在汪译中毫无理由地丧失或改变了。

例如，【ST2】中有不少文化负载词，比如"花钿"、"菱花"、"彩云"等。文学翻译的功能之一就是要把这些独具中国文化色彩的信息传递给西方受众。汪译显然没有将独具民俗色彩的拟人化唱词"没揣菱花，偷人半面"传递好。

许译较好地保留了文化内涵以及拟人化修辞法，而且译文有韵味。笔者特提供重构后的陈(刚)译(文)，估计在文化展示、信息传递、信达翻译等方面更胜一筹：

【TT2-4】I pause awhile to fix my hairpin,

             not expecting the bronze mirror

             to steal its glance at my face side.

             I'm so shy as to have my bun in disarray（陈刚 译）

3. 典故重构

汉语有"典故"一说，而英文中则是这一词汇空缺，用英文大概是 classical allusion 和 literary quotation。在写作或演讲中，中国人常使用典故，指的是诗文中引用的古代故事和有来历的词语；还可泛指具有教育意义且大众耳熟能详的公认的人物、事件等。由于有这样的文化、语言差异的存在，翻译中的互文性和语境重构则构成很大的挑战。

【ST3】愚老恭承捧珠之爱，谬加琢玉之功。（汪榕培，2000：10）

【TT3-1】Unworthy to accept the regard of a "jewel held in the palm,"

             still I make bold to "sculpt the jade."（白译）

【TT3-2】It's an honour for an old man like me to teach a talented student.（汪译）

【TT3-3】You are as worthy as a pearl,

             I'm honored to teach a jade-like girl.（许译）

【评析】【ST3】中"捧珠之爱"和"琢玉之功"是两个典型的汉语典故。古人俗称女儿叫掌中珠，表示爱惜。白居易诗《哭崔儿》："掌珠一颗儿三岁。"早在西晋，文学家傅玄《短歌行》中有"昔君视我，如掌中珠，何意一朝，弃我沟渠"。可见，古人常用的"捧珠之爱"，意为"掌上明珠"，这里指杜家女儿，戏中的女主人公杜丽娘。

"琢玉之功"出自《礼记》的"玉不琢，不成器；人不学，不知道"。这段原文出自杜丽娘的私塾老师陈最良之口，此时他正接受"任职"。他言行上尊崇雇主意旨，在"灭人欲存天理"的明代，他是千万儒生的典型代表，也代表着陈腐迂阔的封建教化系统。

面对两个典故，汪译全然不顾其意象，但意思翻译到位；白译在最大程度上保留了典故的形象；许译则点出了原文的修辞格，并保留了原文的味道。综观三段译文，白译、汪译均有不同程度的欠缺，还是许译最好地反映了原文的语言和修辞功能。

4. 双关重构

利用字或词的多义及同音(或近音)条件，有意使语句有双重意义，言在此而意在彼，此乃"双关"(pun；play on words)。SL 双关可使戏中人物语言表达得含蓄、幽默，而且能加深语意，给人以深刻印象，这一修辞格如何在 TL 中重构、再现，也是一大难题。

【ST4】（末）"人之患在好为人师"。

（丑）人之饭，有得你吃哩。（汪榕培，2000：17）

【TT4-1】Chen Zuiliang: "The human vice is the urge to teach others", as Mencius said.

Janitor: Don't worry about the "human vice". What about "human rice"? At least you'll be fed.（白译）

【TT4-2】Chen: Mencius teaches us, "Man's anxiety begins when he would like to teach others."

Janitor: But man's hunger is more tormenting than man's anxieties. You don't have to worry about your stomach at least.（汪译）

【TT4-3】Chen: Trouble begins when each has much to teach.

Courier: Trouble ends when each has much food to eat.（许译）

【评析】这是一段前去应聘府学教官的陈最良和太守府仆人之间的对话，可谓妙趣横生。原文中的"患"与"饭"，"师"与"吃"各为一对含义深刻的双关。陈先生一开始便引了孟夫子的话"好为人师"，以示高品位/味，然而仆人毫不示弱，却不露声色地讥讽这位自命清高的落第文人的穷酸："人之饭，有得你吃哩"。读来，颇具幽默、喜剧效果。

对比三组译文，白译不仅有效地保留了原文双关，传递出了人物个性，还营造出了幽默氛围。汪译可谓"败译"，尽管起到了 paraphrase 的作用。许译虽未保留原文的双关、幽默，但其动态对等的译文也很好地保留了原文功能。

赖斯在《翻译批评——潜力与制约》中特别指出：

…comparative and figurative manners of speaking, proverbs and metaphors… should all be observed. The meter and its esthetic effects should also be noted. Phonostylistic elements are significant factors not only in poetry, but also in literary prose…

How should a critic expect a translator to treat these formal factors? Obviously they cannot be taken over slavishly from the source language into the target language, and in any event for phonolinguistic elements this would be impossible because of the phonological differences between languages. In content-focused texts, where formal aspects are of secondary significance, they can simply be ignored, but not in literary texts where they constitute an essential factor. There the chief requirement is to achieve a similar esthetic effect. This can be done by creating equivalents through new forms. (Reiss, 2004: 32-33；下画线由本书总主编所加)

仅根据上文画线部分判断，白译译得最为出色；许译也相当不错，排行第二；汪译过于拖沓，跟原文差距甚大。据此，戏剧文本翻译应朝赖斯"制定"的原则、标准去不断努力。以下的案例，不妨请读者们来分析、研究、评判。笔者只给一个简单排序，仅供参考。

5. 对偶重构

【ST5】天下秀才穷到底，学中门子老成精 (汪榕培，2000：29)

【TT5-1】Show me the teacher who isn't a pauper
   or the janitor who isn't a cunning rogue. (白译)

【TT5-2】The scholars in the world are poor
   While janitors are smart for sure. (汪译)

【TT5-3】How can a scholar not be poor?
   But old couriers know more and more. （许译）

【简单排序】①白译；②汪译/许译；③许译/汪译。

6. 排比重构

【ST6】　　　亏杀你
　　　走花阴不害些儿怕，
　　　点苍苔不溜些儿滑，
　　　背萱亲不受些儿吓，

认书生不着些儿差。(汪榕培, 2000: 362)

【TT6-1】 Now, lady, my gratitude to you for

Never fearing

to walk in flower-patterned shade,

never stumbling

crossing the cool green moss,

Never trembling

to think your parents deceived,

never doubting

that I am your true love. (白译)

【TT6-2】 You dread not when you cross the shade,

You slip not when you tread on the moss,

You fear not when you shun your parents,

You err not when you come to my aid. (汪译)

【TT6-3】 How could you pass the shade

without being afraid?

How could you descend on the moss,

without slippery and loss?

How could escape your parent's eyes

without care for their sighs?

How could you find my room

without mistake or fear of gloom? (许译)

【简单排序】①许译；②白译；③汪译。

7. 韵脚重构[1]

【ST7】 灯窗苦吟，

寒酸撒吞。

科场苦禁，

---

[1] 若译文因韵害意，仍然不足取。最高标准是译文既押韵，又达意。

　　蹉跎直恁！

　　可怜辜负看书心。

　　吼儿病年来迸侵。（第四出：腐叹）

【TT7-1】 Mumbling of texts by lamp and window light

　　　　Freezes and sours the taste of hopes once bright,

　　　　my progress through the halls of examination

　　　　thwarted, here I dither in desperation.

　　　　'Mid sighs for scholarship run down to waste

　　　　only my asthma flourishes apace.（白译）

【TT7-2】 Perusing books by night and day,

　　　　I'm poor but always wait and wait.

　　　　As lucky star ne'er shines my way,

　　　　I'm reduced to this sad state.

　　　　To add pain to my deep distress,

　　　　The asthma gets me in a mess.（汪译）

【TT7-3】 Reading by windowside and in candlelight,

　　　　How could a bookworm turn from dull to bright?

　　　　I failed in exams again and again;

　　　　I am afraid I've wasted time in vain.

　　　　What is the use of reading books?

　　　　Asthma retains me in my nooks.（许译）

　　【简单排序】①许译；②白译；③汪译。

　　8. 声词重构

【ST8】 闲凝眄，

　　　　生生燕语明如翦，

　　　　呖呖莺歌溜的圆。（第十出：惊梦）

【TT8-1】 Idle gaze resting

　　　　there where the <u>voice</u> of swallow <u>shears the air</u>

　　　　and <u>liquid flows</u> the <u>trill</u> of oriole.（白译）

【TT8-2】When we cast a casual eye,

　　　　The swallows <u>chatter</u> and swiftly fly

　　　　While the orioles <u>sing</u> <u>their way across the sky</u>. （汪译）

【TT8-3】Take an idle look—

　　　　A swallow <u>twitters</u> <u>like cutting scissors</u>

　　　　With orioles <u>singing</u> <u>like streams flowing</u>. （主编译）

　【简单排序】①主编译；②白译；③汪译。

9. 叠词重构

【ST9】嵌雕栏芍药芽儿浅，

　　　　<u>一丝丝</u>垂杨柳，

　　　　<u>一丢丢</u>榆荚钱。

　　　　线儿春甚金钱吊转！（第十二出：寻梦）

【TT9-1】Buds of peony inset along the balustrade,

　　　　<u>strand by strand</u> willows hover,

　　　　<u>string by string</u> elm seeds dangle—

　　　　offerings of coins to mourn the spring! （白译）

【TT9-2】There the peonies dot the way,

　　　　<u>The twigs of</u> willows sway,

　　　　The elm fruits <u>dangling from the trees</u>

　　　　Are mourning in the springtime breeze! （汪译）

【TT9-3】Here by the balustrade the flowers please,

　　　　There <u>thread by thread</u> sway willow trees.

　　　　The elm fruit <u>hang like coins in string</u>,

　　　　But could they buy back threads of spring? （许译）

　【简单排序】①白译；②许译；③汪译。

【ST10】偶然间心似缱，

　　　　梅树边。

　　　　这般<u>花花草草</u>由人恋，

　　　　<u>生生死死</u>随人愿，

便酸酸楚楚无人怨。（第十二出：寻梦）

【ST10】 My heart is strangely drawn

to this apricot's side.

which <u>flower or herb</u> we most love,

ah, could we only <u>live or die</u> at will,

then who would moan for <u>bitter pain</u>?

12. *Pursuing the Dream*（Birch 译）

10. 隐喻重构

【ST11】 影儿呵，和你细评度：

你腮斗儿恁喜谑，

则待注<u>樱桃</u>，

染<u>柳条</u>，

渲<u>云鬟</u>烟霭飘萧。

……（第十四出：写真）

【TT11-1】 Ah, mirror semblance,

you must be my close model

for cheeks with teasing smile

and <u>cherry mouth</u>

and <u>willow leaf of brow</u>

and now in washes of drifting mist the <u>cloud of hair</u>.

14. *The Portrait*（白译）

【TT11-2】 Oh, my image,

This is how you look like:

Two dimpled cheeks,

A <u>cherry mouth,</u>

Two thin <u>brow-streaks</u>,

The <u>hair-locks</u> floating north and south.

14. *Drawing Her Own Image*（汪译）

【TT11-3】 O my image, let us compare

You with my dimpled cheeks so fair!

My lips <u>cherry red,</u>

My eyebrows <u>willow-green</u>

And <u>cloudlike hair</u> on my forehead!

14. The Portrait（许译）

11. 意象重构

【ST12】<u>玉茗堂</u>前朝复暮，

红烛迎人，

俊得江山助。

但是相思莫相负，

<u>牡丹亭</u>上三生路。（第一出：标目）

【TT12-1】Dawns warmed and twilights shadowed my

<u>White Camellia Hall</u>

till "with red candle I welcomed friends"

—and always "the hills and streams raised high my powers."

Let me only keep faith with the history of this longing,

of the road that led

through <u>three incarnations</u> to <u>the peony pavilion</u>.（白译）

【TT12-2】I write the tale from morning till night,

With candles burning bright,

Enlightening me in the brightest ray.

When a beauty falls in love with a man,

<u>The Peony Pavilion</u> sees her <u>ardent way</u>.（汪译）

【TT12-3】The fair scene beautifies my verse

Even in candlelight,

For better or worse

If you are worthy of her love,

You'd <u>win a new life from above</u>.（许译）

【简单排序】①许译；②汪译；③白译。

12. 综合[1]重构

【ST13】 [掉角色]

[末] 论《六经》,《诗经》最葩, 闺门内许多风雅:

有指证, 姜嫄产哇; 不嫉妒, 后妃贤达。

更有那咏鸡鸣, 伤燕羽, 泣江皋, 思汉广, 洗净铅华。

有风有化, 宜室宜家。

[旦] 这经文偌多?

[末]《诗》三百, 一言以蔽之, 没多些, 只"无邪"两字, 付与
儿家。(第七出: 闺塾)

【TT13-1】 CHEN: Of all <u>six Classics</u>

The Book of Songs is the flower

With "Airs" and "Refinements" most apt for lady's chamber:

for practical instruction

Jiangyuan bears her offspring

"treading in the print of God's big toe";

warning against jealousy

shine the virtues of queen and consort.

And then there are the

"Song of the Cockcrow,"

The "Lament for the Swallows,"

"Tears by the riverbank,"

"Longings by the Han River"

to cleanse the face of rouge:

in every verse an edifying homily

to "fit a maid for husband and family."

BRIDAL: It seems to be a very *long* classic!

CHEN: "*The Songs* are three hundred, but their meaning may be
expressed in a single phrase":

---

1 此处"综合"涉及(诸多)典故、节奏、韵律、韵脚、句式、专名、术语、修辞、CLT、意象等。

no more than this,

"to set aside evil thoughts,"

and this I pass to you. （白译）

【TT13-2】 **Chen Zuiliang:** (*To the tune of Diaojuese*)

Among the Six Classics,

The Book of Poetry is the **best**

To tell about ladies who are **blessed**:

About the life in the **wild**,

There's Jiang Yuan who conceived a **child**;

Against **jealousy**,

There're consorts who were e'er **carefree**.

In other poems,

The roosters crow at break of **day**,

The swallows sadden travelers on the **way**;

The river rouses great **dismay**;

The streams are where the lovers **stay**.

The poem in plain and simple **style**

Teach the people all the **while**

And build their homes in **smile**.

Du Liniang: How can it contain so many things?

Chen Zuiliang: In a word, of the three hundred poems in *The Book of Poetry*,

For you, the mere short phrase

"Without evil **thought**"

Is of great **import**. （汪译）

【TT13-3】 **Chen：** (sing to the tune of Changing roles)

of the Six Classics of *the Book of Poetry* is **true**

To life. It shows what a noble lady should **do**

The story of the Lord of **Corn**

Tells her not to forget by whom she's **born**

She should be pious to her **mother**

And not be jealous of **another**

Be virtuous as a **queen**

Whenever she is **seen**

At cock's crow she should **rise**

And grieve when swallow away **flies**

She may shed tears by **riverside**

To see her sister cross the river **wide**

She would wash powder off her face and live with **grace**

She'd be a faithful **wife**

and lead a virtuous **life.**

Belle: Are there so many things to learn

Chen: The three hundred poems in the *Book of Poetry,* in a word, teach you to do no wrong. So much for the explanation of the text. (许译)

【简单排序】①许译；②汪译；③白译。

【研究与实践思考题】

【提示】本章讨论的重点是汉语剧本(京剧和明剧)英译，是比较纯粹的翻译实践活动。学习、研究《凤还巢》英译文本中所涉及的"五要素"和《牡丹亭》英译本所讨论的"12类"案例，对以下提供的比较完整的【ST_9 章 Ex.】(选自明剧《牡丹亭》、京剧《凤还巢》和元剧《西厢记》)进行译前研究、思考，然后将其译成英文。

(1)将下例《牡丹亭》剧本选段译成英语。[A]

【原文】【提示：该源语文本选自明剧《牡丹亭》第二出】

[真珠帘](生上)

河东旧族、柳氏名门最。

论星宿，连张带鬼。

几叶到寒儒，受雨打风吹。

谩说书中能富贵，颜如玉，和黄金那里？

贫薄把人灰，且养就这浩然之气。

（鹧鸪天）

"刮尽鲸鳌背上霜，寒儒偏喜住炎方。

凭依造化三分福，绍接诗书一脉香。

能凿壁，会悬梁，偷天妙手绣文章。

必须砍得蟾宫桂，始信人间玉斧长。"

　　小生姓柳，名梦梅，表字春卿。原系唐朝柳州司马柳宗元之后，留家岭南。父亲朝散之职，母亲县君之封。（叹介）所恨俺自小孤单，生事微渺。喜的是今日成人长大，二十过头，志慧聪明，三场得手。只恨未遭时势，不免饥寒。赖有始祖柳州公，带下郭橐驼，柳州衙舍，栽接花果。橐驼遗下一个驼孙，也跟随俺广州种树，相依过活。虽然如此，不是男儿结果之场。每日情思昏昏，忽然半月之前，做下一梦。梦到一园，梅花树下，立着个美人，不长不短，如送如迎。说道："柳生，柳生，遇俺方有姻缘之分，发迹之期。"因此改名梦梅，春卿为字。正是：

"梦短梦长俱是梦，年来年去是何年！"

[九回肠]（解三酲）

虽则俺改名换字，俏魂儿未卜先知？

定佳期盼煞蟾宫桂，柳梦梅不卖查梨。

还则怕嫦娥妒色花颓气，等的俺梅子酸心柳皱眉，浑如醉。

（三学士）

无萤凿遍了邻家壁，甚东墙不许人窥！

有一日春光暗度黄金柳，雪意冲开了白玉梅。

（急三枪）

那时节走马在章台内，丝儿翠、笼定个百花魁。

(2) 将下例《凤还巢》剧本选段译成英语。[A]

【原文】【提示：该源语文本选自京剧《凤还巢》第十四场】

程雪娥：母亲！（接唱"流水"）

母亲不可心太偏，女儿言来听根源：

自古常言道得好，女儿清白最为先；

人生不知顾脸面，活在世上就枉然。

程夫人： 我儿若是被强盗所害，你爹回来，问起我儿，我有何言答对呀？

程雪娥： (接唱)强盗兴兵来作乱，不过是为物与钱；

倘若是财物遂了愿，也未必一定害人结仇冤。

倘若女儿不遭难，爹娘回来得团圆；

倘若女儿遭了难，爹爹他定要问一番。

如今称了儿心愿，落一个清白的身儿我也含笑九泉。

程夫人： 如此说来，我儿子你是一定不去的了？

程雪娥： 女儿情愿死在家中，大姐那里不愿前去。

程夫人： 你倘若被害，不要怨着为娘。

程雪娥： 决不怨着母亲。

程夫人： 好，既然如此，回房去罢。

程雪娥： 儿遵命！(唱"散板")

明知陷阱须防范，军前寻父说根源。(下)

(3)将下例《西厢记》剧本选段译成英语。[A]

【原文】【提示：该源语文本选自元剧《西厢记》第五出第四折】

(法本上云)老僧昨日买登科表，看张先生果然及第，除授河中府尹。谁想
　　夫人没主张，又许了郑恒亲事，不肯去接。老僧将着肴馔，直至十里
　　长亭，接官走一遭。(法本下)

(杜将军上云)奉圣旨，着小官主兵蒲关，提调河中府事，谁想君瑞兄弟，
　　一举及第，正授河中府尹，一定乘此机会成亲。小官牵羊担酒，直至
　　老夫人宅上，一来贺喜，二来主亲。左右那里，将马来，到河中府走
　　一遭。(杜将军下)

(夫人上云)谁想张生负了俺家，去卫尚书家做女婿去了。只索不负老相公
　　遗言，还招郑恒为婿。今日是个好日子过门，准备下筵席，郑恒敢待
　　来也。(夫人下)

(张生上云)小官奉圣旨，正授河中府尹。今日衣锦还乡，小姐凤冠霞帔都

将着，见呵，双手索送过去。谁想有今日也呵，文章旧冠乾坤内，姓
名新闻日月边。

[双调·新水令](张生唱)

一鞭骄吗出皇都，畅风流玉堂人物。

今朝三品职，昨日一寒儒。

御笔新除，将姓名翰林注。

[驻马听]张珙如愚，酬志了三千尺龙泉万卷书。

莺莺有福，稳受了五花官诰七香车。

身荣难忘借僧居，愁来犹记题诗处。

从应举，梦魂不离蒲东路。

(到寺科云)接了马者。

(见夫人拜云)新探花诃中府尹张珙参加。

(夫人云)休拜，休拜，你是奉圣旨的女婿，我怎消受得你拜。

Chapter 10

戏剧文本汉译实践：案例分析

戏剧翻译需要不同种类的实践案例+理论分析来不断了解、熟悉并悟出其中的"术"与"道"。本章案例主要围绕英译汉展开，案例选自：

1) 话语《推销员之死》汉译文本——涉及语言、情节、文化等因素的 10 个案例。

2) 话剧《王子复仇记》汉译文本——涉及形式、风格、修辞、典故等 4 个案例。

10.1　话剧《推销员之死》

10.1.1　翻译与演出背景简介

《推销员之死》是美国剧作家阿瑟·米勒最具代表性的作品。在美国国内曾创造了连演 742 场的记录，并先后荣获了包括纽约剧评界最佳戏剧奖和普利策戏剧奖在内的六项大奖。米勒也正是凭借此剧一举成为美国战后杰出的剧作家之一。

20 世纪 80 年代初，为了促进中美两国之间的戏剧交流，北京人民艺术剧院(简称北京人艺)将该剧引进中国，由英若诚担任该剧的翻译工作，同时在剧中饰演男主角威利·洛曼，并邀请该剧的原作者阿瑟·米勒前来北京导演该剧，其演出获得了巨大的成功。

应该说，《推销员之死》一剧的译介活动相当符合这一翻译活动的发起人——当时的北京人艺领导层的期待视界。20 世纪 80 年代初，刚刚开放的中国渴望了解外面的世界，尤其是现代西方的社会。北京人艺作为中国的顶级话剧剧社之一，理应担当起介绍人和交流使者的重任。因此，《推销员之死》一剧所承载的浓烈的美国文化色彩是吸引人艺展开译介活动的首要原因。其中对于美国普通家庭日常生活、美国普通人心目中的美国梦等的描述正是吸引观众走进剧院观看演出的驱动力。此外，剧中有关家庭、亲情、成功与梦想、人生价值等的讨论继承了易卜生社会问题剧的风格，而这种风格是北京人艺最为擅长，也是中国观众十分熟悉并能接受的一种风格，很容易在观众中引起共鸣。再者，在表现手法上，该剧在忠于传统的现实主义手法的基础上又吸收了一些现代主义的戏剧观念和创作手法，如意识流(stream of consciousness)、闪回(flashback)等，这对于一直致力于中国话剧改革的北京人艺来说既是挑战，更是学习的绝好机会。

在中国戏剧翻译史上，英若诚绝对是一个不可忽略的人物。他毕业于清华大学外国文学系，后进入北京人艺工作。他所受的教育和他的工作背景决定了他自身具备较高的视界水平，而他的演员生涯也使他对舞台艺术的规律有了充分的了解，并为他积累了丰富的舞台经验。作为多部戏剧作品的译者，他在翻译过程中总能够在与源语文本展开对话交流时达到较高程度的视界融合，同时还能很好地预见译文与导演、演员和观众之间的视界融合，所译的剧本每每上演都能取得轰动的效果。而《推销员之死》可以称得上是他所译作品中最具代表性的一部，翻译之所以成功，主要体现在语言、情节和文化因素三个方面，并且很好地完成了这一系列之视界融合。

10.1.2 剧本译例及评析

1. 语言因素

英伽登在提到文本的未定性结构时曾将文学作品分为四个层次，其中第一个层次就是语言层。在他看来，不仅语音本身含有不确定性，不同的语调、语气包括一些语言节奏都会带来意义上的不确定性(Holub，1984: 24)。因此，戏剧翻译者在翻译时首先要解决的就是语言层上所含有的意义不确定性，并在这一层次上与源语剧本达到视界上的融合。

【ST1】**Linda:** Where were you all day? You look terrible.

Willy: I got as far as a little above Yonkers. I stopped for a cup of coffee. Maybe it was the coffee.

Linda: What?

Willy: [after a pause] I suddenly couldn't drive any more. The car kept going off onto the shoulder, y'know? （英若诚，1999: 8）

【TT1】**琳达**：你今天一天都在哪儿？你的气色坏透了。

威利：我把车开到杨克斯过去不远，我停下来喝了一杯咖啡。说不定就是那杯咖啡闹的。

琳达：怎么？

威利：（停了一下）忽然间，我开不下去了。车总是往公路边上甩，你明白吗？（同上：9）

【简析】《推销员之死》被称为典型的美国悲剧，其中一部分原因是因为米勒在剧中使用了 20 世纪 40 年代末纽约中下层社会的语言，这是他非常熟悉的年代，所用的语言也相当精粹。然而，对于中国的观众而言，他们对这个时代的美国社会一无所知，更别提他们在语言上的特色。如何传译其语言特点及语言中所附带的深层意义对于译者来说是个巨大的挑战。对比陈良廷比较中规中矩的翻译，我们可以清楚地看出英若诚在译本中多处使用了北京土语，如"气色坏透了"、"是那杯咖啡闹的"、"往公路边上甩"等。英若诚在他的戏剧译作集的序言中也曾写道："因为原剧用的是四十年代末纽约中下层社会的语言，其中不乏某些土语，因此译文中也大胆地用了不少相应的北京土话。"（同上：8）他在该剧的翻译中大量地使用这种翻译方法，如将"travel"翻译成"跑码头"，"a masterful man"译为"那个人有肩膀"，"died laughing"译为"乐趴下了"，"use our muscles"译为"卖力气"，等等。这种译法不仅充分体现了英若诚以及以英若诚为代表的北京人艺在与源语剧本交流对话过程中所表现出的注重戏剧民族化、大众化的思维特点，而且能在短时间内使观剧的观众感觉仿佛置身于一个自己熟悉的环境中，大大缩短了观众与剧本之间的审美距离，以更积极地促成观众与译文之间的视界融合。

【ST2】Willy: Oh, yeah, my father lived many years in Alaska. He was an adventurous man. We've got quite a little streak of self-reliance in our family.

…In those days there was personality in it, Howard. There was respect, and comradeship, and gratitude in it. Today, it's all cut and dried, and there's no chance for bringing friendship to bear—or personality. You see what I mean? They don't know me any more. （同上：202-204）

【TT2】威利：那是，没错儿。我父亲在阿拉斯加待了不少年。他那个人一向胆大、敢闯。我们这一家子都有点儿这股劲头儿，不求人！
……那年月这一行里讲的是人品，霍华德。讲的是尊敬、义气、
有恩必报。现在光剩下谋利，再谈交情、义气，没人理你——不讲
人品了。你明白吗？人家不认我了。（同上）

【简析】美国研究戏剧的教授 Matthew Charles Roundané 在描述《推销员
之死》一剧的语言特点时曾创造性地用了"voracity（具有贪欲的）"一词，并指
出，这种语言特点不仅出现在威利一个人物的台词中，剧中"每个人物所用的
词都显得武断，甚至暴力"（Bigsby, 2001: 75）。事实上，这种语言特点恰好反
映了剧中人物心中隐含的一种紧张情绪，译者只有成功地传译这一隐性的语言
特点，才可以说他与源语文本之间达到了高程度的视界融合。英若诚做到了这
一点。在翻译这段文字时，尽管文本中显性的意义上的空白点和未定点不多，
但他也并没有完全直译这段文字，比如，他将"He was an adventurous man"翻
译成了"他这个人一向胆大、敢闯"，而不是中规中矩的"他是个爱冒险的人"。
之后又将"In those days there was personality in it, Howard. There was respect, and
comradeship, and gratitude in it"译为"那年月这一行里讲的是人品，霍华德。
讲的是尊敬、义气、有恩必报"。译文干脆利落、富于口语化和节奏感，传神地
表现了威利在说话时的急迫心情，也利于演员在表演上的发挥，显示了译者对
于剧本深层含义的深刻理解，以及对舞台语言特点的把握。

【ST3】**Willy:** [as though to dispel his confusion he angrily stops Charley's
hand] That's my build!

Charley: I put the ace—

Willy: If you don't know how to play the game I'm not gonna throw my
money away on you!

Charley: [rising] It was my ace, for God's sake!

Willy: I'm through, I'm through!

…

Charley: [picks up the cards and goes to the door] All right! Next time I'll
bring a deck with five aces.

Willy: I don't play that kind of game!

Charley: [turning to him] You ought to be ashamed of yourself!

Willy: Yeah?

Charley: Yeah! [He goes out]（英若诚，1999：104-106）

【TT3】威利：(似乎是为了驱散自己的混乱，他生气地挡住查利的手)
　　　　　那是我的牌！

查利：我刚放下的老 A——

威利：你要是不会打牌，我才不白送你钱呢！

查利：(站起来)莫名其妙，那是我的老 A！

威利：不跟你打了，不跟你打了！

……

查利：(收起牌，朝门口走)好吧！下次我带一副有五张老 A 的牌来。

威利：我不跟你这号人打牌！

查利：(转身面对他)你真不怕害臊！

威利：你说谁？

查利：说你！（下）(同上)

　　【简析】在这段对话中，威利正在和他的好友查利一起打牌，然而在他的
潜意识中，他又一直在与他死去的兄弟本对话，这使得他陷入了混乱的状态之
中，和查利的对话也表现得急躁而唐突。反观查利，由于他的性格温顺且具有
一定的社会地位，他的台词就显得十分含蓄、内敛。而英若诚的翻译无论是从
词语的选择还是句子的节奏方面都传神地再现了这段富有个性化的台词。比如
他将文中查利所说的台词 "for God's sake" 译成了 "莫名其妙"，而对最后的两
个简单的 "yeah" 组成的对话则分别译为 "你说谁？" "说你！"，在一强一弱的
语气之间充分体现了他对于两人不同性格的准确把握，同时也大大促进了导演、
演员和观众对此的理解。

2. 情节因素

　　伊瑟尔曾指出，尽管空白点和未定点存在于文学作品的各个层面
上，但是情节层面上的空白点最为明显。正如之前所分析的那样，由于
戏剧文本的特殊结构，其情节层面所存在的空白点和未定点远远多于小
说和散文的文本，译者需要充分发挥自己的想象力和创造力才能填补文

本中的空白。再加上不能使用脚注，对于空白的填补就显得更为困难。以下我们来看看英若诚是如何创造性地传译源语文本，填补情节层面的空白的。

【ST4】**Bernard:** Good-bye, Willy, and don't worry about it. You know, "if at first you don't succeed…"

Willy: Yes, I believe in that. (同上：242)

【TT4】**伯纳德**：再见，威利，别为这事烦恼，你知道，"大器晚成"——

威利：对，我信这一条。(同上：243)

【简析】这段对话中，威利遇见了儿子比夫的好友伯纳德，并和他一起讨论比夫的情况。当他离开时，他说了这半句话"if at first you don't succeed…"。如果译者只是将其直译为"如果你最开始没成功的话……"，那么演员该以什么样的语气来念这句台词，充满希望？还是无望的？抑或是安慰的？而观剧的观众也必定需要时间才能够理解伯纳德说这半句话的真正意义：他说的是如果你最开始没成功，你也一定不会成功？还是如果你最开始没成功，你最终也能达到成功呢？这一意义的未定点必须经过填补，否则将会影响观众对于这一场景的理解。从整个故事的背景来看，伯纳德和比夫从小就是好朋友，感情很深，而且伯纳德和他的父亲一样性情温顺，富有同情心，因此他肯定不会残忍地指出比夫一辈子都不可能获得成功。同时，威利的回答也证明了这一点。因此，为了能更好地达到与观众之间的即时交流和视界融合，英若诚将这句未说完的话直接翻译成了在中国家喻户晓的一个成语"大器晚成"。

【ST5】**The woman:** I'll put you right through to the buyers.

Willy: [slapping her bottoms] Right. Well, bottoms up! (同上：84)

【TT5-1】**某妇人**：我一定马上叫你跟买主接上线，通上话。

威利：(拍打她的臀部)好！还有一条线也得接通！(同上：85)

【TT5-2】**女人**：我就直接引你去见买主。

威利：(拍拍她屁股)行。好咧，干杯！(陈良廷，1980：139)

【简析】根据源语文本中威利与这个女人之间的对话可以猜出，这个女人应当是威利的某位客户的秘书。当时他们正在酒店里幽会完，女子准备离开，她向威利承诺说她会将威利引荐给更多的客户。此时，威利拍了拍她的屁股，说了声"bottoms up"。如果按字面来翻译，"bottoms up"是一句祝酒词，应当翻译成"干杯"或"全喝了"、"一口闷"等，但是在这样一个幽会离别的时刻，威利正拍了拍她的屁股，如果她突然之间冒出了一句"干杯"，肯定会给人一种牛头不对马嘴的感觉。尤其是剧场中的观众，在这个时刻猛然间听到"干杯"一词肯定会十分诧异，不能理解（见陈良廷译文）。在此处，英若诚运用了意译的手法，结合前面这位女子所说的话"跟买主接上线"，将它译为"还有一条线也得接通"，巧妙地组成了一个文字游戏，再结合威利所做的动作，极大地增加了台词的舞台表现力，观众也能在不加思索之间了解威利话中所带有的暧昧语气，从而就能成功地达到视界上的融合。

【ST6】**The woman:** [To Biff] Are you football or baseball?

Biff: Football.

The Woman: [angry, humiliated] That's me too. G'night. (英若诚，1999：310)

【TT6】

某妇人：（对比夫）你是踢足球的还是打棒球的？

比夫：足球。

某妇人：（又羞又恼）跟我一样，给人踢了。再见吧。（同上：311）

　　【简析】在这段对话发生时，比夫来到纽约寻求父亲的帮助，却无意中发现父亲与他的情妇在一起。威利着急之下将女子赶出门去，于是有了这番对话。比夫告诉女子他是踢足球的，而女子又羞又恼地说道"That's me too"，如若将这句话直译为"我也是"，那观众很有可能会认为这名女子也是足球运动员，从而造成理解上的偏差。英若诚创造性地将这句话增译为"跟我一样，给人踢了"，使得演员和观众都能够立即明白这名女子又恼又羞的原因，从而加强了该句台词的语气及其中包含的动作性。

3. 文化因素

　　如前所述，戏剧是人类文明发展到一定阶段的产物，与文化之间有着密不可分的关系。在戏剧作品中随处可见带有源语文化特征的文字和段落。然而，文化具有民族性和时代性，源语剧本中所包含的源语文化背景对于译语读者和观众而言往往是不同的，甚至陌生的。为了更好地达到观众与译文之间视界的融合，传译源语文本中的文化因素也显得至关重要。

【ST7】 **Linda:** He'll find his way.

Willy: Sure. Certain men just don't get started till later in life. Like Thomas Edison, I think. Or B. F. Goodrich. One of them was deaf. [He starts for the bedroom doorway] I'll put my money on Biff. (同上: 24)

【TT7】**琳达：**他会找到路的。

威利：那当然。有些人就是大器晚成嘛。像爱迪生，好像就是。还有那个橡胶大王，古德里奇。他们两个当中有一个耳朵是聋的。(朝卧室的门走去)比夫准行，我信得过他。(同上: 25)

【简析】在这段台词中，威利提到了两位名人，发明家托马斯·爱迪生和橡胶商人古德里奇。爱迪生无论是在美国和中国都有着很高的知名度，因此在翻译的过程中英若诚并没有对其展开进一步的解释说明，相反，他删去了其名托马斯，以避免在观众中出现不必要的理解上的障碍。而对于古德里奇来说，虽说他在美国可以称得上是个人物，但是对于中国观众而言绝对是个陌生的名字，因此译者在其名字之前稍加了点注解，以促成译文与观众之间的交流和视界融合。

【ST8】 **Willy:** Why don't you open a window in here, for God's sake? (同上: 20)

【TT8】**威利：**干嘛你不把这儿的窗户都打开，我的老天爷？(同上: 21)

【ST9】 **Happy:** [to Biff] Jesus, maybe he smashed up the car again! (同上: 26)

【TT9】**哈皮：**(对比夫)老天，说不定他又把车撞坏了！(同上: 27)

【简析】在这两句台词中分别出现了 God 和 Jesus 的字眼，对于西方的观众而言，这是再熟悉不过的东西。然而在 20 世纪 80 年代初期的中国，前往剧院观看戏剧演出的多为受过极少教育或根本没受过教育的工人阶级，他们中大多数都不会知道上帝为何物，更别说耶稣了。因此，为了避免观众在理解上的障碍，英若诚将这两个有着浓重西方文化色彩的词改译为中国人耳熟能详的"老天爷"和"老天"，从而使观众更能体会出人物内心的情绪。

【ST10】 **Willy:** What's mystery? The man knew what he wanted and went out and got it! Walked into a jungle, and comes out, the age of twenty-one, and he's rich! The world is an oyster, but you don't crack it open on a mattress! (同上：92)

【TT10】威利：一点儿不神秘！人家心里清楚自己要求的是什么，朝
着那儿奔，就到手了呗！人家一头扎进了原始森林，等他再出来，
才二十一岁，发财了！这个世界有的是宝贝，可是得动硬的，软的
不行！(同上：93)

【简析】在美国，牡蛎是一种极为常见的海洋生物，甚至还有一句谚语"the
world is one's oyster"，指的是"人生最得意的时刻"。而在这句台词里，米勒将
这句谚语稍作改动，使其成了一个双关语。他认为世界上有着无数的宝藏，就
如同牡蛎中藏着珍珠一样。如果你想要将牡蛎放在一个软垫上撬开以取出里面
的珍珠是绝对不可能的事。同理，如果你想要拥有世界上的宝藏，你也只能使
用暴力。对于远离大海的北京观众而言，他们大多不知牡蛎为何物，如若对
这句话进行直译的话，很可能会阻碍和延缓观众对它的理解，因此英若诚在翻
译时将其直接译为"宝贝"，以利于译文与观众之间的交流。

10.2 话剧《哈姆雷特》

10.2.1 古典剧本代表作与译介背景简介

在莎士比亚的四大悲剧中，《哈姆雷特》是创作时间最早、字数最
多，同时也是内容最繁复的一部。田汉在他所译的《哈孟雷特》（即《哈
姆雷特》）剧本的译序中曾提到："《哈孟雷特》一剧尤沉痛悲怆，为莎
翁四大悲剧之冠。"（转引自李伟民，2004：46）中国对于这部著名剧作
的译介始于 1903 年，当时上海的达文社用文言文译出了兰姆姐弟的《莎
士比亚故事集》（旧称《莎氏乐府本事》，全书译名为《澥外奇谭》），
其中的第十章《报大仇韩利德杀叔》即《哈姆雷特》。在这之后，包括
田汉、林纾、邵挺、梁实秋、曹未风、朱生豪、孙大雨、卞之琳、林同
济、周平、方平等在内的数十位译者都对该剧进行过翻译，而其中又以
卞之琳的译本最为瞩目——"在突出地传达原作风格上达到惟妙惟肖、
珠联璧合的境界"（张泗洋，2001：1348），"在现在被公认为是最好的

中文译本"（北塔，2004：40）。那么是什么使得他的译本从众多的译本
中脱颖而出，受到大家的肯定呢？在这一节中，我们将从接受美学的理
论出发，对这一问题进行分析。

　　众所周知，翻译《哈姆雷特》很难，但是到底难在哪里呢？在我们
看来，翻译《哈》剧首先遇到的难点也是翻译所有莎剧都会遇到的难点，
就是莎剧剧本的开放性。正如 Taylor 在其书中指出的，"所有关于莎士
比亚的研究都建筑在文本不确定性的流沙之上"（2001：10）。根据现存
的史料记载，莎士比亚在生前似乎更关心他所创作的戏剧在舞台上的表
现，而不是剧本的出版。他在有生之年似乎从未出版过自己创作的剧作，
直到他离世多年之后，这些剧作才得以结集出版。这些出版的剧作中有
直接以他所遗留的手稿为底本的，也有根据演员对于演出脚本的回忆所
做的记录，还有现代人加入了自己的阐释和理解的现代版本。然而即便
是以莎翁的遗留手稿为底本的版本也会因为手稿中出现的各种在不同
年代所做的修改痕迹和印刷工人排字所造成的错误等带来一些不确定
的因素，就更别提其他的版本了。所以，我们至今仍然无法确定哪一个
版本更接近莎翁的"原创"，对剧中一些细节性的问题也往往会出现见
仁见智的现象。

　　其次，《哈》剧被认为是"莎士比亚开始全面展现成熟风格的第一
部剧作"（谢谦，2005：20）。这部作品主要以莎翁自创的无韵素体诗
（blank verse）形式为主体写成，但中间还夹杂了散文、歌谣等文体形式，
风格富于变化，节奏明朗，非常适合演员在舞台上演出。在语言的运用
上，他"显示了独特的语言创造能力和善于操纵及发展语汇意义的才能"
（李伟民，2004：50），所用的词汇丰富而又恰当，其范围从民间俚语、
各业行话到高雅谈话无所不有，对于塑造剧中人物的形象、刻画他们的
性格起到了很大的作用。同时，莎翁还在剧中运用了大量的比喻、戏剧
性的双关语，以及其他修辞手法，极大地增强了剧本的舞台感染力。如何
传译《哈》剧中莎翁所创造的这种出神入化的文体和语体风格，与莎翁的
创作视界之间达成视界上的融合，同样也是翻译该剧的主要难点之一。

　　再者，《哈》剧的内容十分繁复。除去复仇剧的主要情节之外，里

面还夹杂了许多对莎士比亚时代特殊的风俗人情、典章、制度的介绍，以及希腊罗马的神话故事，这些文化因素对于当时的英国观众而言是再熟悉不过的了，可是对于中国观众而言则构成了语言和意义层面的"空白"，需要译者在翻译时创造性地予以填补，以保证读者和观众接受活动的顺利进行。

由此，翻译《哈》剧的难度之大可见一斑，这也是我们选择这个代表性作品的理由之一。那么，卞之琳又是如何克服这些翻译上的困难，成就这部佳译的呢？

我们已经知道，戏剧翻译的过程实际上就是一系列接受活动和视界融合的总和。作为译者，首先他需要提高自身的视界水平，以求与源语文本之间达到较高程度的视界融合，同时他还应当充分预见译文与将要出演该剧的导演、演员以及心目中预设的观剧观众之间的视界融合，这样才能够创作出上等的译作。

就卞之琳而言，他翻译《哈》剧的优势首先在于他是诗人，对现代诗歌创作非常熟练，写的诗以形式完整和格律谨严著称，是"中国现代派诗人中成就最高的少数人之一"（王佐良，1990：2）。同时，他对英语和英语文学也有着很深的造诣。从 20 世纪 20 年代起，他就致力于外国诗歌的汉译工作，对翻译，尤其是外国诗歌汉译有着自己独到的见解。而他的这些汉译活动与他对于外国文学的研究工作总是有着密切的联系。他对莎剧的汉译也是如此。早在 20 世纪 50 年代初，他就开始系统研究莎士比亚戏剧，并接连写出了《莎士比亚的悲剧〈哈姆雷特〉》、《莎士比亚的悲剧〈奥瑟罗〉》、《〈里亚王〉的社会意义和莎士比亚的人道主义》、《莎士比亚戏剧创作的发展》等一些很有分量的论文，显示了他对于莎剧的研究水平之深；同时，在翻译《哈姆雷特》的过程中，为了尽可能地接近莎翁的原意，避免出现大的偏差，他参照了包括陶顿编订的"亚屯"版(初版于 1899)、多弗·威尔逊的新剑桥版(初版于 1934)和吉特立其版(初版于 1939)等在内的多个莎剧版本，数量远远超过了其他大多数译者参照的版本数量。可以说，正是这些细致的研究和考证工作为他的翻译工作打下了坚实的基础。

10.2.2 剧本译例及评析

1. 形式

【ST1】To be or not to be, that is the question,

Whether 'tis nobler in the mind to suffer

The slings and Arrows of outrageous for tune,

Or to take arms against a sea of troubles,

And by opposing, end them...

【TT1】活下去还是不活，这是问题，

要做到高贵，究竟该忍气吞声

来容受狂暴的命运矢石交攻呢，

还是该挺身反抗无边的苦恼，

扫它个干净？（卞之琳 译）

【简析】卞之琳认为，诗歌翻译应当"先要力求形似，只有先得其形，方可传其神"（孙致礼，1996：3）。既然在英文中莎剧是诗剧，那么译成中文也应当还其诗剧的本来面目，只有这样，我们才能够充分保持原作的面貌，复制出同样或相似的效果。

正如之前所提到的，《哈》剧的主体形式是无韵素体诗。这是莎翁自创的一种诗体，这种诗体是"以十个轻重相间的音节组成的一行为基本单位的韵文"，其中每行的十个音节组成五个音部，采用抑扬格（iambic pentameter）。"它没有韵脚，读之不完全像诗，然而它又有强烈的诗歌节奏，绝不是散文。"（王佐良，1999：320）比如【ST1】中这段哈姆雷特最著名的独白，就是典型的无韵素体诗形式。由于中文中没有音步，卞之琳采用了模拟的办法："主要比普通散文口语较多用二三个单音汉字(和汉语二三音节的一个词或词组)作为一个节拍单位合成一个'音组'为一'顿'(小顿，非指行中大顿)以相当原文的'音步'"（卞之琳，1989：114），每行五个音"顿"，行与行之间也不押韵，比如【TT1】中的这段台词，我们可以将其划分为：

活下去‖还是‖不活，‖这是‖问题。

要做到‖高贵，‖究竟该‖忍气‖吞声

来容受 ‖ 狂暴的 ‖ 命运 ‖ 矢石 ‖ 交攻呢，

还是该 ‖ 挺身 ‖ 反抗 ‖ 无边的 ‖ 苦恼，

扫它个 ‖ 干净？

　　这样的译文朗读起来吞吐起伏，且行数与原文相当，有着很强的节奏感，准确地再现了原作的气韵，也很适合演员的舞台表演。特别是每一行的开头都以三个略长的音组领起，在朗读上能和原文一样给人以一种延缓的感觉，充分显示了哈姆雷特此时矛盾的内心世界，也忠实地传达了他沉思的内容和轨迹。

　　同时，仅仅从"To be or not to be, that is the question"这句哈姆雷特最著名的独白的翻译上，我们也能看出他对于原文内容的深刻理解和对原文节奏的把握。朱生豪将这句话翻译为"生存还是毁灭，这是一个值得考虑的问题"，而卞之琳认为，朱对这句话的翻译，严格来说不是翻译而仅是译意（paraphrase）。"活"与"不活"，在原文里虽还不是形象语言，却一样是简单字眼，意味上决不等于汉语"生存"与"毁灭"这样的抽象大字眼。"我这里重复'活'字，用了两次，和原文重复'be'字，都是在节奏上配合这里正需要的犹豫不决的情调。这一点在'生存还是毁灭'这一句里就荡然无存。"（同上：117）同时，他认为在剧本的第二幕到第三幕中间，随着装疯王子对社会认识的一步步扩大，他的思想愈加忧郁，世界观和人生观产生了严重危机。"清醒只好算疯狂，生就不如死！可是死也不是一桩简单的事情，于是哈姆雷特深刻追问了'活下去还是不活'的问题。"（同上：91）从节奏和情节两方面对这句话的翻译做出了解释。

2. 风格

【ST2】 Though yet of Hamlet our dear brother's death

The memory be green, and that it us befitted

To bear our hearts in grief, and our whole kingdom

To be contracted in one brow of woe,

Yet so far hath discretion fought with nature

That we with wisest sorrow think on him

Together with remembrance of ourselves.

Therefore our sometime sister, now our queen,

Th' imperial jointress to this warlike state,

Have we, as 'twere with a defeated joy,

With an auspicious and a dropping eye,

With mirth in funeral and with dirge in marriage, In

Equal scale weighing delight and dole,

Taken to wife. Nor have we herein barr'd

Your better wisdoms, which have freely gone

With this affair along. For all, our thanks…

【TT2】至亲的先兄哈姆雷特驾崩未久，

记忆犹新，大家固然是应当

哀戚于心，应该让全国上下

愁眉不展，共结成一片哀容，

然而理智和感情交战的结果，

我们就一边用适当的哀思悼念他，

一边也不忘记我们自己的本分。

因此，仿佛抱苦中作乐的心情，

仿佛一只眼含笑，一只眼流泪，

仿佛使殡丧同喜庆歌哭相和，

使悲喜成半斤八两，彼此相应，

我已同昔日的长嫂，当今的新后

承袭我邦家大业的先王德配，

结为夫妇；事先也多方听取了

各位的高见，多承一致拥护，

一切顺利；为此，特申谢意。（卞之琳 译）

【简析】《哈》剧中出场的人物众多，且人物之间的关系也相当复杂，但是在莎翁的妙笔之下，每位人物都被刻画得栩栩如生，性格鲜明，给观众留下深刻的印象。面对剧中不同的人物，他会在创作中根据自己心中预设的人物性格以及剧中的场景需要运用不同的诗体形式和语言风格。

【ST2】出自国王克罗迪斯之口，是他第一次出场参加登基大典时的演说词。由于当时他满怀心事，出席的场合又很庄重，这段台词显得字斟句酌，小心谨慎。而最后"倒装的掉尾句(periodic sentence)以及整段话四平八稳的修辞与逻辑,(又)颇能配合并彰显克罗迪斯现在的国王身份:语调庄严而有气势"(彭镜禧,1997:175)。应该说,卞之琳的译文在很大程度上复制了这种语言风格。在总体上,他保留了原文的句序,仍然使用"虽然——但是——所以(Though...Yet...Therefore)"的顺序,对其中的各种插入语和同位语的位置也予以保留,以更好地表现克罗迪斯努力维护的威严和他内心的惭愧。而在细节上,他的译文与原文也能够彼此照应,"亦步亦趋"。比如他将"...our whole kingdom/To be contracted in one brow of woe"译为"让全国上下/愁眉不展,共结成一片哀容",又将由 with 引导的三个排比句式"as'twere with a defeated joy,/With an auspicious and a dropping eye,/With mirth in funeral and with dirge in marriage"译成了相应的中文排比句式"仿佛抱苦中作乐的心情,/仿佛一只眼含笑,一只眼流泪,/仿佛使殡丧同喜庆歌哭相和"。整段译文"惟妙惟肖地再现出篡位者那种口头冠冕堂皇而内心惴惴不安的神态,使人如闻其声,如见其人"(方平,2001:256-257)。

3. 修辞

【ST3】My liege and madam, to expostulate

What majesty should be, what duty is,

Why day is day, night night and time is time,

Were nothing but to waste night, day and time.

Therefore, since brevity is the soul of wit,

And tediousness the limbs and outward flourishes,

I will be brief. Your noble son is mad.

Mad call I it, for, to define true madness

What is't but to be nothing else but mad?

【TT3】王上,王后娘娘,我要是谈论

什么是君上的尊严、臣下的本分,

为什么日是日、夜是夜、时间是时间,

那无非是浪费日夜,是糟蹋时间。

所以明知道简洁是智慧的灵魂,

> 冗长是乏味的枝叶、肤浅的花饰，
>
> 我要说得简短。殿下是疯了：
>
> 我管他叫疯了；因为要说明真疯，
>
> 只有发疯，还有什么可说？（卞之琳 译）

【简析】【ST3】出自《哈》剧御前大臣波乐纽斯之口。与国王克罗迪斯不同，他饶舌、浅薄、喜欢装腔作势。尽管他的目的是向国王、王后报告哈姆雷特发疯的事，但他却是先啰里啰唆地卖弄了一番自己的学问，才转入正题。在卞之琳看来，莎翁在剧中塑造这个角色是"有意嘲弄当时流行的舞文弄墨、拐弯抹角的自命风雅体语言"（卞之琳，1989：118）。因此，他在翻译时也极力模仿莎翁原文中的那种修辞特点，"原文重复什么字，他也重复什么字，原文使用什么平行结构，他也使用什么平行结构，原文怎样咬文嚼字，他也极力加以效仿"（孙致礼，1996：3），成功地复制了莎翁在原文中所创造的那个喜欢咬文嚼字、自命不凡的权贵形象，与原文达到视界上的融合。

4. 典故

【ST4】Full thirty times hath Phoebus's cart gone round

Neptune's salt wash and Tellus' orbed ground,

And thirty dozen moons with borrow'd sheen

About the world have times twelve thirties been,

Since love our heart and Hymen did our hands

Unite commutual in most sacred bands.

【TT4-1】日轮已经盘绕三十春秋

那茫茫海水和滚滚地球，

月亮吐耀着借来的晶光

三百六十回向大地环航，

自从爱把我们缔结良姻，

亥门替我们证下了鸳盟。（朱生豪 译）

【TT4-2】"金乌"流转，一转眼三十周年，

临照过几番沧海，几度桑田，

三十打"玉兔"借来了一片清辉，

环绕过地球三百又六十来回，

还记得当时真个是两情缱绻，

承"月老"作合，结下了金玉良缘。（卞之琳　译）

【简析】正如之前所说，在《哈》剧中莎翁介绍了很多莎士比亚时代的风俗人情、典章、制度，也借用了不少源自希腊罗马的神话故事。比如【ST4】中这段伶王初登场的台词，尽管只有短短的六句，但却包含了 Phoebus（即罗马神话中的太阳神，希腊神话中的阿普罗）、Neptune（即罗马神话中的海神）、Tellus（即罗马神话中的大地女神）、Hymen（"亥门"，即希腊神话中的司婚神）等四个典故。在这里，我们给出了朱生豪的译文（【TT4-1】）以供大家比较。我们可以发现朱生豪的译文中只保留了"亥门"这一个典故，其余的都予以删除，这样译尽管在理解上不会造成障碍，但原文中莎翁旨在表现伶王故意使用陈腔滥调的深层含义却因此大量缺失。反观卞之琳的译文，他也意识到了这段台词对中国的读者和观众会造成一定的理解上的障碍，但他在翻译时没有直接删除这些典故，而是尽可能采用归化的手段，以"金乌"、"沧海桑田"、"玉兔"、"月老"这些汉语中耳熟能详的典故来译它们，使其更加"庸俗化一点，中国旧曲化一点"（卞之琳，1989：119），不仅无碍读者观众的理解，还清楚地传达出了莎翁的创作原意，比起朱译显得更胜一筹。

方平在"如闻其声　如见其人——评卞之琳译《哈姆雷特》"一文中曾经说过，卞译本"以鲜明的语言的节奏感、语言的形象性、语言的个性化，使语言不仅仅是思维活动的载体，而且成为具有艺术表现力的主体，使读者得到一种听觉上的、视觉上的快感或美感"（2001：259）。1958 年，上海电影译制片厂在引进英国拍摄的电影《王子复仇记》时，所用的配音就是以卞译本作为其底本，并取得了很好的效果。这一点足以说明卞的译本在与莎翁的创作本意、导演、演员、读者和观众的视界融合方面上达到了较高的水平，是《哈》剧汉译本中不可多得的佳译。

当然，我们在此仅就一些翻译的具体案例做一些学术评价，并不意味着朱生豪的译文就如何如何。就笔者（如主编本人）而言，我们非常喜欢、欣赏乃至偏爱朱生豪大师的译文（具体理由恕作者不予以赘述）。

【研究与实践思考题】

【提示】本章讨论的重点是英语戏剧文本汉译，是比较纯粹的翻译实践活动。学习、研究《推销员之死》汉译文本中所涉及语言、情节、文化等因素的案例，对以下提供的比较完整的文本(选自《欲望号街车》和《推销员之死》[1])进行译前研究、思考，然后将其译成汉语。

(1) 结合人物性格的格式塔意象及其再现方法，将下例话剧选段译成汉语。[C]

【原文】STELLA: (*Calling out joyfully*) Blanche!

(*For a moment they stare at each other. Then BLANCHE springs up and runs to her with a wild cry.*)

BLANCHE: Stella, oh, Stella, Stella! Stella for Star!

(*She begins to speak with feverish vivacity as if she feared for either of them to stop and think. They catch each other in a spasmodic embrace.*)

BLANCHE: Now, then, let me look at you. But don't you look at me, Stella, no, no, no, not till later, not till I've bathed and rested! And turn that over-light off! Turn that off! I won't be looked at in this merciless glare! (STELLA *laughs and complies*) Come back here now! Oh, my baby! Stella! Stella for Star! (*She embraces her again*) I thought you would never come back to this horrible place! What am I saying? I didn't mean to say that. I meant to be nice about it and say—Oh, what a convenient location and such—Ha-a-ha! Precious lamb! You haven't said a *word* to me.

STELLA: You haven't given me a chance to, honey! (*She laughs, but her glance at BLANCHE is a little anxious.*) (Williams, Tennessee. 1955: 9-10)

(2) 根据你自己的理解，并结合书中的翻译道理/理论，将下列话剧选段译成汉语。[C]

【原文】(*Linda, his wife, has stirred in her bed at the right. She gets out and puts on a robe, listening. Most often jovial, she has developed an iron repression of her exceptions to Willy's behavior—she more than loves him, she admires him,*

---

1 美国 20 世纪最伟大的三位戏剧家田纳西·威廉斯、尤金·奥尼尔和阿瑟·米勒，他们也是全世界范围内最重要的剧作家。《欲》剧于 1948 年获普利策奖和戏剧评论奖。

as though his mercurial nature, his temper, his massive dreams and little cruelties, served her only as sharp reminders of the turbulent longings within him, longings which she shares but lacks the temperament to utter and follow to their end.)

LINDA: (*hearing Willy outside the bedroom, calls with some trepidation*) Willy!

WILLY: It's all right. I came back.

LINDA: Why? What happened? (*Slight pause.*) Did something happen, Willy?

WILLY: No, nothing happened.

LINDA: You didn't smash the car, did you?

WILLY: (*with casual irritation*) I said nothing happened. Didn't you hear me?

LINDA: Don't you feel well?

WILLY: I'm tired to the death. (*The flute has faded away. He sits on the bed beside her, a little numb.*) I couldn't make it. I just couldn't make it, Linda.

LINDA: (*very carefully, delicately*) Where were you all day? You look terrible.

WILLY: I got as far as a little above Yonkers. I stopped for a cup of coffee. Maybe it was the coffee.

LINDA: What?

WILLY: (*after a pause*) I suddenly couldn't drive any more. The car kept going off onto the shoulder, y'know?

LINDA: (*helpfully*) Oh. Maybe it was the steering again. I don't think Angelo knows the Studebaker.

WILLY: No, it's me, it's me. Suddenly I realize I'm goin' sixty miles an hour and I don't remember the last five minutes. I'm—I can't seem to—keep my mind to it.

LINDA: Maybe it's your glasses. You never went for your new glasses.

WILLY: No, I see everything. I came back ten miles an hour. It took me nearly four hours from Yonkers.

LINDA: (*resigned*) Well, you'll just have to take a rest, Willy, you can't continue this way.

WILLY: I just got back from Florida.

LINDA: But you didn't rest your mind. Your mind is overactive, and the mind is what counts, dear.

WILLY: I'll start out in the morning. Maybe I'll feel better in the morning. (*She is taking off his shoes.*) These goddam arch supports are killing me.

LINDA: Take an aspirin. Should I get you an aspirin? It'll soothe you.

WILLY: (*with wonder*) I was driving along, you understand? And I was fine. I was even observing the scenery. You can imagine, me looking at scenery, on the road every week of my life. But it's so beautiful up there, Linda, the trees are so thick, and the sun is warm. I opened the windshield and just let the warm air bathe over me. And then all of a sudden I'm goin' off the road! I'm tellin' ya, I absolutely forgot I was driving. If I'd've gone the other way over the white line I might've killed somebody. So I went on again—and five minutes later I'm dreamin' again, and I nearly—(He *presses two fingers against his eyes.*) I have such thoughts, I have such strange thoughts.

LINDA: Willy, dear. Talk to them again. There's no reason why you can't work in New York.

WILLY: They don't need me in New York. I'm the New England man. I'm vital in New England.

LINDA: But you're sixty years old. They can't expect you to keep travelling every week.

WILLY: I'll have to send a wire to Portland. I'm supposed to see Brown and Morrison tomorrow morning at ten o'clock to show the line. Goddammit, I could sell them! (He *starts putting on his jacket.*)

LINDA: (*taking the jacket from him*) Why don't you go down to the place tomorrow and tell Howard you've simply got to work in New York? You're too accommodating, dear.

WILLY: If old man Wagner was alive I'd been in charge of New York now! That man was a prince, he was a masterful man. But that boy of his, that Howard, he don't appreciate. When I went north the first time, the Wagner Company didn't know where New England was!

LINDA: Why don't you tell those things to Howard, dear?

WILLY: (*encouraged*) I will, I definitely will. Is there any cheese?

LINDA: I'll make you a sandwich.

WILLY: No, go to sleep. I'll take some milk. I'll be up right away. The boys in?

LINDA: They're sleeping. Happy took Biff on a date tonight.

WILLY: (*interested*) That so?

LINDA: It was so nice to see them shaving together, one behind the other, in the bathroom. And going out together. You notice? The whole house smells of shaving lotion.

WILLY: Figure it out. Work a lifetime to pay off a house. You finally own it, and there's nobody to live in it.

LINDA: Well, dear, life is a casting off. It's always that way.

WILLY: No, no, some people－some people accomplish something. Did Biff say anything after I went this morning?

LINDA: You shouldn't have criticised him, Willy, especially after he just got off the train. You mustn't lose your temper with him.

WILLY: When the hell did I lose my temper? I simply asked him if he was making any money. Is that a criticism?

LINDA: But, dear, how could he make any money?

WILLY: (*worried and angered*) There's such an undercurrent in him. He became a moody man. Did he apologize when I left this morning?

LINDA: He was crestfallen, Willy. You know how he admires you. I think if he finds himself, then you'll both be happier and not fight any more.

WILLY: How can he find himself on a farm? Is that a life? A farmhand? In the beginning, when he was young, I thought, well, a young man, it's good for him to tramp around, take a lot of different jobs. But it's more than ten years now and he has yet to make thirty-five dollars a week!

LINDA: He's finding himself, Willy.

WILLY: Not finding yourself at the age of thirty-four is a disgrace!

LINDA: Shh!

WILLY: The trouble is he's lazy, goddammit!

LINDA: Willy, please!

WILLY: Biff is a lazy bum!

LINDA: They're sleeping. Get something to eat. Go on down.

WILLY: Why did he come home? I would like to know what brought him home.

LINDA: I don't know. I think he's still lost, Willy. I think he's very lost.

WILLY: Biff Loman is lost. In the greatest country in the world a young man with such—personal attractiveness, gets lost. And such a hard worker. There's one thing about Biff—he's not lazy.

LINDA: Never.

WILLY: (*with pity and resolve*) I'll see him in the morning; I'll have a nice talk with him. I'll get him a job selling. He could be big in no time. My God! Remember how they used to follow him around in high school? When he smiled at one of them their faces lit up. When he walked down the street... (*He loses himself in reminiscences.*)

LINDA: (*trying to bring him out of it*) Willy, dear, I got a new kind of American-type cheese today. It's whipped.

WILLY: Why do you get American when I like Swiss?

LINDA: I just thought you'd like a change—

WILLY: I don't want a change! I want Swiss cheese. Why am I always being contradicted?

LINDA: (*with a covering laugh*) I thought it would be a surprise.

WILLY: Why don't you open a window in here, for God's sake?

LINDA: (*with infinite patience*) They're all open, dear.

WILLY: The way they boxed us in here. Bricks and windows, windows and bricks.

LINDA: We should've bought the land next door.

WILLY: The street is lined with cars. There's not a breath of fresh air in the neighborhood. The grass don't grow any more, you can't raise a carrot in the back yard. They should've had a law against apartment houses. Remember those two beautiful elm trees out there? When I and Biff hung the swing between them?

LINDA: Yeah, like being a million miles from the city.

WILLY: They should've arrested the builder for cutting those down. They massacred the neighborhood. (*Lost.*) More and more I think of those days,

Linda. This time of year it was lilac and wisteria. And then the peonies would come out, and the daffodils. What fragrance in this room!

LINDA: Well, after all, people had to move somewhere.

WILLY: No, there's more people now.

LINDA: I don't think there's more people. I think

WILLY: There's more people! That's what's ruining this country! Population is getting out of control. The competition is maddening! Smell the stink from that apartment house! And another one on the other side... How can they whip cheese?

(*On Willy's last line, Biff and Happy raise themselves up in their beds, listening.*)

LINDA: Go down, try it. And be quiet.

WILLY: (*turning to Linda, guiltily*) You're not worried about me, are you, sweetheart?

BIFF: What's the matter?

HAPPY: Listen!

LINDA: You've got too much on the ball to worry about.

WILLY: You're my foundation and my support, Linda.

LINDA: Just try to relax, dear. You make mountains out of molehills.

WILLY: I won't fight with him any more. If he wants to go back to Texas, let him go.

LINDA: He'll find his way.

WILLY: Sure. Certain men just don't get started till later in life. Like Thomas Edison; I think. Or B. F. Goodrich. One of them was deaf. (*He starts for the bedroom doorway.*) I'll put my money on Biff.

LINDA: And Willy—if it's warm Sunday we'll drive in the country. And we'll open the windshield, and take lunch.

WILLY: No, the windshields don't open on the new cars.

LINDA: But you opened it today.

WILLY: Me? I didn't. (*He stops.*) Now isn't that peculiar! Isn't that a remarkable— (*He breaks off in amazement and fright as the flute is heard distantly.*)

LINDA: What, darling?

WILLY: That is the most remarkable thing.

LINDA: What, dear?

WILLY: I was thinking of the Chevvy. (*Slight pause.*) Nineteen twenty-eight ... when I had that red Chevvy－(*Breaks off.*) That funny? I coulda sworn I was driving that Chevvy today.

LINDA: Well, that's nothing. Something must've reminded you.

WILLY: Remarkable. Ts. Remember those days? The way Biff used to simonize that car? The dealer refused to believe there was eighty thousand miles on it. (*He shakes his head.*) Heh! (*To Linda.*) Close your eyes, I'll be right up. (*He walks out of the bedroom.*)

HAPPY: (*to Biff*) Jesus, maybe he smashed up the car again!

LINDA: (*calling after Willy*) Be careful on the stairs, dear! The cheese is on the middle shelf. (*She turns, goes over to the bed, takes his jacket, and goes out of the bedroom.*)

(*Light has risen on the boys' room. Unseen, Willy is heard talking to himself, "eighty thousand miles," and a little laugh. Biff gets out of bed, comes downstage a bit, and stands attentively. Biff is two years older than his brother Happy, well built, but in these days bears a worn air and seems less self-assured. He has succeeded less, and his dreams are stronger and less acceptable than Happy's. Happy is tall, powerfully made. Sexuality is like a visible color on him, or a scent that many women have discovered. He, like his brother, is lost, but in a different way, for he has never allowed himself to turn his face toward defeat and is thus more confused and hard-skinned, although seemingly more content.*)

(From Arthur Miller's *Death of a Salesman*)

Chapter 11

戏剧文本翻译批评：案例分析

11.1 有关翻译批评的必要认知

　　这里有必要把欧洲学者对翻译批评的看法和做法的有关总体描述做一引用。

　　其一，翻译要努力使 ST 与 TT 之间达到"价值对等"（equal value）。

Every translation project is a balancing process achieved by constructing a target text under the constant restraint of a source text. While trying to find the closest equivalents in the target language, the translator must always have one eye on the source text in order to confirm the adequacy of the equivalents (Kade, 1964, p.137)[1]（Reiss, 2004: 3；下画线由笔者所加，下同）

　　其二，何为客观的翻译批评？如何看待主观的翻译批评？

What is meant by *objective* translation criticism? In the present context objectivity means to be variable as in contrast to arbitrary and inadequate. This means that every criticism of a translation, whether positive or negative, must be defined explicitly and be verified by examples. The critic should also always make allowance for other subjective options. In a negative criticism the critic should try to ascertain what led the translator to make the (alleged) error. On the one hand this process opens an opportunity for examining the background of the passage, of placing it in a broader context, and determining possible causes of the error, whether these may be carelessness or a typographical oversight in the source or target language, inexperience in the idiom or technical terminology of a field, inadequate sensitivity to matters of style in the target language, insufficient familiarity with the medium (radio, television, theater), etc., which would affect the seriousness of the misjudgment in the light of the entire context. On the other hand it can be beneficial for the critic, sometimes revealing an insight that was overlooked in an initial adverse judgment. In any

---

1 For the science of translating the term *equivalence* is a core concept...Equivalence is, as its etymology suggests, "equal value"...（Reiss, 2004: 3）

event, the critic's reader is given the opportunity of considering two different judgments and of weighing their respective probability and value afresh.（同上）

其三，如何看待负面批评？

But then this also raises the challenge of matching any negative criticism with a suggestion for an improvement. According to Lessing, "a reviewer need not be able to improve what he criticizes," but he also comments that the art critic does not simply recognize that something disturbs him, but he goes on to say 'because.' "It seems to me a very reasonable demand that when translations are criticized there should always be a proposed remedy."（同上）

其四，客观性是与相对的批评标准和翻译批评的类型相匹配的，始终记住我们批评的对象/客体是译文本身（而非原文等）。

If objectivity is to be matched with *relevant* criteria and categories in translation criticism, care must be taken to recognize that the text being evaluated is a *translation*, and is discussed as such. Consequently such matters as the author's literary quality, imaginativeness, intellectual profundity, scholarly precision, etc., are of less concern than determining objectively (i.e., verifiably) whether and to what extent the text in the target language represents the content of the text in the source language.

其五，建设性的翻译批评意味着什么？

Here again in regard to *constructive* translation criticism there is the challenge of offering counterproposals for rejected solutions. A comparison with the original offers the critic's reader an opportunity of choosing between different equivalents.（Reiss, 2004: 4-5）

11.2　有关剧本翻译批评的必要认知

许多翻译理论家及实践者都认为戏剧翻译（这里以话剧翻译为例）应该以表演为中心，并且话剧表演自然是以观众而非读者为检验标准的。他们认为一部话剧如果未经演员表演与观众欣赏，就不能实现其全部价值和潜质。

Susan Bassnett 在研究剧本翻译时提到"以**表演**为中心的翻译和以**读者**为中心的翻译两者存在的差距"（2004：130；黑体由笔者所加）。基于此，我们总结出话剧翻译的两种合理的分类法：1) 以**表演**为中心的话剧翻译和以**阅读**为中心的话剧翻译；2) 以**观众**为中心的话剧翻译和以**读者**为中心的话剧翻译。第 1) 类属于以**功能**为中心的话剧翻译，而第 2) 类则是以**受众**为中心的话剧翻译。然而，这两种分类法存在概念重叠的现象。在第 1) 种分类中，以表演为中心的话剧翻译作品常常也要给导演和演员阅读，才能让后者搬上舞台，呈现给观众。在第 2) 种分类中，读者也可以包括导演和演员。

因此，我们借鉴"目的论"（the *skopos* theory）的研究结果，按照翻译的最终目的将话剧翻译划分为：以**表演性**为中心的话剧翻译和以**阅读性**为中心的话剧翻译[1]。这样可以避免出现概念内涵重叠的情况。

正如我们所知，戏剧文学是戏剧演出的基础，而且只有通过演出，才能表现出它的全部价值。戏剧表演中必须考虑三个基本要素（观众、地点和演员）以及戏剧所处的社会文化环境。在此基础上，我们认为以表演性为中心的话剧翻译是否成功，取决于一系列制约因素。这些话剧翻译的制约因素将会影响剧本的功能分析以及恰当翻译策略和方法的选择，它们包括跨文化交际、戏剧对话、格式塔再现等。

11.3　《茶馆》翻译批评的两大视角

11.3.1　《茶馆》及其译本背景简介

《茶馆》是中国话剧史上的经典之作。这是一部三幕剧，分别选取"戊戌变法"失败后、北洋军阀割据统治时期、抗日战争胜利后国民党

---

[1] 表演性：英语术语为 performability，汉语也称为可表演性。阅读性：英语为 readability，汉语为可读性。在此我们采用"表演性"和"阅读性"，乃是表达上的对称和简洁。

政权覆灭前夕的三个时代的社会生活场景。这三个场景描绘了北平社会风俗的变迁，表现出政局混乱、民不聊生、是非不分、恶人得势的社会状况，同时也概括了中国社会各基层以及几种势力的尖锐对立和冲突，揭示出半封建半殖民地中国的历史命运。《茶馆》的故事全部发生在一个茶馆里，茶馆里人来人往，汇聚了各色人物。一个大茶馆就是一个小社会。作者通过在茶馆中进出的各色人物，把一幅幅发人深省、令人震惊的画面展现在观众面前：太监竟要买大姑娘当老婆，农民无法生活不得不卖儿女，流氓暗探横行乡里，正直的人因为一句话就要坐牢……

　　一般认为，《茶馆》现有两个英译本中，英若诚的译本（老舍，1999）是用于演员表演和观众欣赏的，而霍华（John Howard-Gibbon）（老舍，2003）的译本侧重于提供给读者品读与鉴赏的。其实，这样的观点未必成熟。我们看到的是：应若诚翻译的明确目标是舞台表演，所以他努力使目标语剧本朝演出剧本这个方向去努力，但霍华的（不少）实际译文的最终结果和效果又何尝不是如此呢？由于中国人在目标语操纵的能力方面存在着诸多不足，因此，不少应若诚的实际译文并没有取得其预期的效果，还不如霍华的译文更适合表演。

　　有鉴于此，为便于写书，我们可以仅用于某种"假设"：英若诚的译本（英译）可视为以表演性为中心的"范例"，霍华的译本（霍译）则可看作以阅读性为中心的"范本"，但例外的案例也多处存在，本章所自然选取的译例便可说明这个问题。

　　由此出发，我们假设英译的"功能"（function）或"目的"（skopos）是"表演性"（performability），霍译则是"阅读性"（readability）。功能派翻译理论，尤其是"目的论"的两个主要观点是：1）总体翻译原则是目的文本的预定目的决定翻译方法和策略；2）"翻译目的决定翻译过程"（the translation purpose justifies the translation procedures）。

　　据此，下面我们将结合《茶馆》上述两个英译本的典型译例，从跨文化交际、戏剧对话和格式塔再建等方面进行戏剧翻译批评，阐析如何采用恰当的翻译策略和方法，实现译文剧本的"功能"/"目的"，即"表演性"或"阅读性"。

11.3.2 《茶馆》翻译批评的两大视角

1. 跨文化交际视角与表演性

翻译是一种跨文化的交际活动，它必须通过跨越语言和文化障碍才能传递信息。

话剧的特征之一是它应在舞台上表演给观众欣赏。从公开表演的必要性来讲，话剧是一种即时和瞬时的文学形式。它强调对观众产生最佳的现场效果或直接反应。这对于源语剧本和译语剧本都是一样的。

话剧表演的"瞬时性"(transiency)和"直接性"(immediacy)是一把"双刃剑"。换言之，话剧翻译既有优势，也有局限性。一方面，翻译效果、功能和目的通过表演剧本并观察观众反应就可以立即得到检验。话剧翻译作品也能在不断检验、修正这样的循环过程中完善。另一方面，话剧表演的"瞬时性"和"直接性"在交际荷载(communication load)、信道容量(channel capacity)以及信息冗余(redundancy[1])等方面给译文剧本带来限制。交际荷载指的是(交际过程中接受)"一则信息的难易程度，根据信息单元数量与形式单元数量(即词汇)之间的比率计算"(Nida & Taber, 2004: 200；笔者译)。信道容量指(交际过程中)"接受者理解一则信息的能力程度/水平"，它"受制于接受者的个人素质及其文化背景；它表示接受者与作者同样具有的信息量的一种功能"(同上)。信息冗余则指相同数量的信息单元重复一次以上，借此"消除**信息干扰或减轻交际荷载**"(同上：207)。

> 【ST1】小唐铁嘴：看这个怎样——<u>花花联合公司</u>？姑娘是什么？鲜花嘛！要姑娘就得多花钱，花呀花呀，所以花花！<u>"青是山，绿是水，花花世界"</u>，又有典故，出自<u>《武家坡》</u>！好不好？(老舍，1999：156；下画线由笔者所加，下同)
>
> 【TT1-1】**Tang the Oracle Jr:** What about this: "<u>Two Blossoms Incorporated</u>"? What do pretty girls make you think of? Blossoms! If people want these girls, they'll spend lots of money and your <u>business</u>

---

1 就翻译批评而言，redundancy 不能跟 tautology 和 pleonasm 相混淆。

will—what? Blossom! The two blossoms! And in traditional opera there are many references to two blossoms. So what do you think?（老舍，1999：157，159；英若诚 译）

【TT1-2】LITTLE SOOTHSAYER TANG: How's this? "United <u>Double Blossom</u> Corporation"? Aren't the girls like <u>fresh blossoms</u>? And the more they're used, the more our <u>bank accounts</u> blossom. So—"Double Blossom". <u>"Between green hills and azure seas, the world teems blossom upon blossom"</u>—that's from <u>the traditional opera</u>, *Wu Family Hills*. What do you think?（老舍，2003：159；霍华 译）

【评析】①上述译例选自《茶馆》第三幕，正是抗日战争胜利后国民党特务和美国兵在北京横行的时候。小刘麻子"子承父业"，妄图开一家做贩卖姑娘勾当的"公司"。小唐铁嘴正在替他的"公司"取名。

②【ST1】有两处值得特别关注。首先是所谓的"公司"名称"花花联合公司"的理解和翻译。"花花"一语双关，既指"鲜花"，进而比喻为"姑娘"，又指"开花"，进而喻指"花钱"或"兴旺"。英译中，"花花"译成"Two Blossoms"，"鲜花"译成"fresh blossoms"；霍译将"花花"译为"Double Blossom"，"鲜花"译成"blossoms"。至于"花花"第二层含义，英译把本义"花钱"和喻义"开花"同时译出，霍译只译出"兴旺"这个喻义。英译在这一部分的单词数（34 个）超过霍译（26 个）。因此，在观众及其信道能力相同的前提下，英译在这部分的交际荷载（信息理解的难易程度）要大于霍译。鉴于话剧表演的"瞬时性"（戏剧对话转瞬即逝）和"直接性"（戏剧效果现场反映），我们建议采用霍译对于"花花"这个双关词语的译法。

③其次是"花花（世界）"的典故和戏曲名称《武家坡》的翻译。这是一个文化翻译难点。对于以表演性为中心的话剧翻译，译者一般无法给文化难点增加详细译注或解释。我们发现英译和霍译对此的处理各不相同。英译没有翻译戏曲名称，也没有翻译典故用语，而是简洁地解释这个文化典故：And in traditional opera there are many references to two blossoms. 霍译则翻译了戏曲名称和典故引语，并增译了"the traditional opera"来介绍《武家坡》。这一部分霍译的单词数（20 个）多于英译（11 个）。虽然看似在这部分上霍译的交际荷载更

大，但它比英译更忠实于原剧，而且更能以具体的典故引语 "...the world teems blossom upon blossom" 帮助观众理解上下文的联系。

因此，从跨文化交际和戏剧表演的双重角度上看，霍译胜过英译。

【ST2】王大拴：(没接钱)小二德子，什么生意这么好啊？现大洋不
容易看到啊！

小二德子：念书去了！

王大拴：把 "一" 字都念成扁担，你念什么书啊？

小二德子：(拿起桌上的壶来，对着壶嘴喝了一气，低声说)市党部派我去
的，法政学院。没当过这么美的差事，太美，太过瘾！比在天桥好得
多！打一个学生，五毛现洋！昨天揍了几个来着？(老舍，1999：180)

【TT2-1】Wang Dashuan: (*Without accepting the money*) Erdez Jr, what's
your racket? Silver dollars don't grow on trees!

Erdez Jr: I'm studying at the uni!

Wang Dashuan: But you can't even read the character for "one"! How
come you're at the university?

Erdez Jr: (*picks up the teapot and gulps it down from the sprout. In a
whisper*) The Beijing KMT Party headquarters sent me to the Institute
of Law and Politics. What a pushover! A dream! Better than mixing
with those bums in Tianqiao. Half a dollar for every student I did in.
How many did I get yesterday? (老舍，1999：181/183；英若诚 译)

【TT2-1】WANG DASHUAN: (*before accepting it*) Little Erdezi, what
kind of business is this good? Silver dollars are hard to come by.

LITTLE ERDEZI: I've been going to school.

WANG DASHUAN: You don't know a character from a carrying pole.
What are you studying?

LITTLE ERDEZI: (*taking the teapot from the table and drinking from the
sprout, in a whisper*) The local party committee of the Kuomintang is
sending me to the Institute of Law and Politics. I've never had such a
fantastic job. Fantastic! It's what I've always wanted. Beats the rackets

in Tianqiao any day. Half a dollar for every student I mug. How many did I get yesterday? (老舍，2003：181；霍华 译)

【评析】①上述译例选自《茶馆》第三幕。王大拴是王利发的儿子，裕泰茶馆的接班人。小二德子是二德子的儿子，和他父亲一样不务正业，是流氓打手。

②所选译例中主要有两处翻译难点。第一处是：把"一"字都念成扁担；第二处是：市党部。"一"这个汉字，如果不加以解释，一般外国观众还是不能理解的。英译用英文"one"作出解释：But you can't even read the character for "one"! 同时，它也省略了"扁担"这个对比形象。而霍译保留了"扁担"的形象，但却遗漏了"一"字。因为不是任何汉字都像"扁担"，这种译法虽显生动，却不合逻辑。因此，如果既要考虑剧本观众的理解力，又要保留原文形象对比，我们可以试改译为：You don't even know the character for "one" from a carrying pole.

③根据上下文，"市党部"的全称应为"北京市国民党党委"。英译为"The Beijing KMT Party headquarters"。如果前文没有交代，"KMT"这个缩写让外国观众不能马上作出反应，了解它是指"Kuomingtang"（国民党）。就现场表演效果而言，霍译使用全称"The local party committee of the Kuomintang"更为合适。

【ST3】小唐铁嘴：王掌柜，说好了吗？

王利发：晚上，晚上一定给你回话！

小唐铁嘴：王掌柜，你说我爸爸白喝了一辈子的茶，我送你几句救命的话，算是替他还账吧。告诉你吧，三皇道现在比日本人在这儿的时候更厉害，砸你的茶馆比砸个砂锅还容易！你别太大意了！

王利发：我知道！你既买我的好，又好去对娘娘表表功！是吧？(老舍，1999：198)

【TT3-1】**Tang the Oracle Jr:** Manager Wang, did you persuade her?

Wang Lifa: This evening. I promised you an answer this evening.

Tang the Oracle Jr: You were complaining my father never paid you for his tea. So, in return, here's a piece of advice which may save your neck. Listen, the "Tri-emperor" Society's even stronger now than under the Japs. Smashing up a teahouse like yours is kidsplay to them! You'd better watch out!

Wang Lifa: Oh, I understand alright! You don't want to get my back up. Yet at the same time you want to get in your empress' good books. Right? (老舍，1999：199；英若诚 译)

【TT3-2】LITTLE SOOTHSAYER TANG: Proprietor Wang, has she agreed?

WANG LIFA: Tonight. I'll have a definite answer for you tonight.

LITTLE SOOTHSAYER TANG: Proprietor Wang, you're always complaining that my father never paid for his tea. Right now I'm going to square his debt by helping you save your skin. I'm warning you, the Sanhuangdao Society is worse than the Japanese ever were. They'll smash up your teahouse without a second thought. So you'd better smarten up.

WANG LIFA: You save my skin? All you want is a yes from me to impress your so-called "Empress" with. Isn't that so? (老舍，2003：181；霍华 译)

【评析】①原文中有一个比喻说法："砸你的茶馆比砸个砂锅还容易！"这表示"三皇道"可以轻易地破坏裕泰茶馆。英译原文喻体"砸砂锅"更换成"儿戏"（即：kid's play; child's play），而霍译只译出其本意"without a second thought"（即：不经过重新考虑或深思熟虑）。相比之下，保留比喻说法，但酌情更换喻体，更为合适：Smashing up a teahouse like yours is child's play to them!

②原文中的"好去对娘娘表表功"，英译译成"to get in your empress' good books"。该英文习语和"be into somebody's good books"、"get somebody's good books"一样，都表示"得某人欢心"、"讨某人喜欢"之意[1]。该译法借用英文固有的习语，很快就能为外国观众理解和熟悉。相对而言，霍译将其译成"to impress your so-called 'Empress' with"是意译法，不如英译地道、准确。

因此，本案例中，英译在跨文化交际和戏剧表演效果方面都胜过霍译。

2. 戏剧对话与表演性

戏剧与散文、诗歌、小说、传记诸文体的最大不同之处在于戏剧人物之间的关系是通过对话予以调整和构建的。洪深（1894—1955），中国

---

1 相反，"失某人欢心"或"不讨某人喜欢"就是"be into somebody's bad books"或"get somebody's black books"。

话剧的奠基人之一，剧作家、戏剧评论家，对于话剧的解读是："话剧，是用那成片断的，剧中人的谈话，所组成的戏剧。"（洪深，1986：173；转引自：范方俊，2003：272）洪深认为话剧表达故事的方法主要是对话，并深入阐述了话剧的具体特征："凡预备登场的话剧，其事实情节，人物个性，空气情调，意义问题等一切，统需间接的借剧中人述台上的对话，传达出来的。话剧的生命，就是对话。写剧就是将剧中人说的话，客观的记录下来。"（洪深，1986：176；转引自：范方俊，2003：272-273）

在话剧和话剧表演中，"会话"指的是日常的、自然的交谈。会话是一部话剧及其演出取得成功的关键。话剧的会话还有一种表达法——"戏剧对话"（theatrical dialogue）。就此概念，吉里·列维（Jiri Levy）阐述如下："戏剧对话是为表演给观众欣赏而创作的一个口语文本。就最为基本的声调水平而言，应遵循这样一个规则：如果组合音不好发，听后易误解，那就是不合适。"（Levy, 1968: 77；转引自 Reiss, 2004: 45；笔者译）

戏剧对话或会话，也称为"演员台词"，包括三种基本表现形式：①对白；②独白；③旁白。它有时还涵盖"潜台词"。

戏剧对话反映戏剧人物（或角色）的性格、态度、职业、社会地位等情况。正如胡壮麟（2001：313）所述，戏剧语言也可以"用来表示人物的相对地位及地位变化。此外，语言还可用来表示发话者和受话者之间的关系在多大程度上是取决于社会权力差异或者团结和谐情况"。

因此，根据戏剧对话的特征，**话剧译者应重点关注戏剧对话（台词）所传达的重要信息（包括性格、态度、职业、身份等），并尽力将这些信息恰当准确地再现于译文，以使译剧具有表演性（对于导演和演员而言）和欣赏性**[1]（对于现场观众而言）。

【ST4】小刘麻子：我要组织一个"拖拉撕"。这是个美国字，也许你不懂，翻成北京话就是"包圆儿"。
小唐铁嘴：我懂！就是说，所有的姑娘全由你包办。（老舍，1999：152）
【TT4-1】Pock-Mark Liu Jr: I'm going to organize a trust. That's an

---

1 欣赏性：即欣赏价值，指话剧表演能为观众所理解、接受和赏析。

American word, so perhaps you <u>don't understand it</u>. In Beijing dialect means "it's all yours".

Tang the Oracle Jr: <u>Of course, I see it</u>. It means you want to take care of all the girls. (老舍，1999：153；英若诚 译)

【TT4-2】**LITTLE POCKFACE LIU:** I want to <u>set up</u> a "<u>tlust</u>." That's an American word, maybe you <u>don't understand</u>. In Beijing talk it's a *baoyuaner* you know, a place that looks after everything.

LITTLE SOOTHSAYER TANG: <u>Of course I understand</u>. You mean you want to take over all the girls in Beijing. (老舍，2003：153/155；霍华 译)

　　【评析】①原文通过对话，刻画出人物的性格特征：小刘麻子崇洋媚外（"这是个美国字，也许你不懂……"），而小唐铁嘴趋炎附势（"我懂！……"）。

　　②首先，"拖拉斯"本是"trust"的音译。英译采用正确的拼法，而霍译译成"tlust"这个错误的单词，既讽刺了小刘麻子崇洋媚外却学而不精的丑态（同时考虑到当地人模仿英文发音闹笑话的可能性），也为下文有关"托拉斯"说法的翻译做铺垫。因此，在反映人物性格方面，霍译对这个词汇的翻译胜过英译。有不少论文（发表的学术论文和 MA 学位论文）做学术批评比较简单化，仅仅把霍译解读为"音译"、"异化"等非常表面化的翻译策略、方法之运用，此外还随意下"孰劣孰优"的结论。就营造译界健康的学术氛围而言，如此多的论文作者的分析思路、最终结论均如出一辙，不能不引起我们的高度警觉和重视。

　　③小刘麻子说"也许你不懂"，小唐铁嘴立即回答说"我懂"。一个"不懂"，一个"我懂"，侧面映射出两者之间的相对地位，以及后者趋炎附势的嘴脸。英译将两者话语分别译为"perhaps you don't understand it"，"Of course, I see it"，未能体现上述的身份对比和人物特征，而霍译译为"maybe you don't understand"，"Of course I understand"则反映出小唐铁嘴亦步亦趋，讨好逢迎小刘麻子。

【ST5】**小唐铁嘴：** 嗯——"拖拉撕"，"拖拉撕"……不雅！<u>拖进来，拉进来，不听话就撕成两半儿</u>，倒好像是绑票儿撕票儿，不雅！

小刘麻子： 对，是不大雅！可那是美国字，吃香啊！(老舍，1999：156)

【TT5-1】**Tang the Oracle Jr:** H'm… <u>Trust, trust</u>… No, that's not classy at all. In Beijing dialect, the word sounds like "<u>Pull</u> them in and <u>tear</u> them to pieces"! Sound too much like kidnapping to be classy.

Pock-Mark Liu Jr: It may not sound classy, but it's an American word and that's fashionable. (老舍，1999：157；英若诚 译)

【TT5-2】 LITTLE SOOTHSAYER TANG: Mmmh. "<u>Tlust</u>"—*tuo*—*la*—*si*. In Chinese that's "<u>Push</u>—<u>pull</u>—<u>tear</u>"—nothing elegant in that. <u>Push them in, pull them in, and if they don't play ball, tear them apart</u>. Sounds like we're going to kidnap them and tear them to shreds. Not too refined.

LITTLE POCKFACE LIU: You're right, it isn't refined. But it's an American word, and it's very popular. (老舍，2003：157；霍华 译)

【评析】①原文译例中，小唐铁嘴重复"托拉斯"两次。英译同样重复翻译成"Trust, trust"，而霍译则为下文介绍"拖拉撕"的每个字含义奠定基础，故译成"'Tlust'—*tuo*—*la*—*si*"。

②英译只是介绍"拖拉撕"发音像"Pull them in and tear them to pieces"。相比之下，霍译分别阐释"拖"、"拉"、"撕"三个汉字的发音和意义，表现出小唐铁嘴的"口才"和"想象力"不凡。此外，英译略去"不听话"而不译，霍译则将其翻译成"if they don't play ball"，使"拖"、"拉"与"撕"之间的逻辑联系更为紧密。

综合上述两点分析，霍译在通过戏剧对话反映人物性格以及再现原文逻辑方面胜过英译。

【ST6】王利发：崔先生，昨天秦二爷派人来请您，您怎么不去呢？<u>您这么有学问，上知天文，下知地理</u>，又做过国会议员，可是住在我们这里，<u>天天念经</u>；干嘛不出去做点事呢？您这样的好人，应当出去做官！有您这样的清官，我们小民才能过太平日子！

崔久峰：<u>惭愧</u>！<u>惭愧</u>！做过国会议员，那真是<u>造孽</u>呀！革命有什么用呢，不过自误误人而已！唉！现在我只能<u>修持</u>，<u>忏悔</u>！(老舍，1999：116/118)

【TT6-1】 Wang Lifa: Mr Cui, why didn't you go when Master Qin sent you an invitation yesterday? <u>You're a learned man. You know all about heaven and earth.</u> You've been a member of parliament. Yet you shut yourself up here <u>chanting Buddhist scriptures</u>! Why not do something more useful? A good man like you should go into politics! With worthy men like you in office, we ordinary folk might enjoy a few days of peace!

Cui Jiufeng: <u>You make me feel ashamed!</u> Yes, I was a member of parliament, <u>a grievous sin.</u> What has the revolution accomplished? We misled ourselves and others! Now I spend my days in meditation and repentance. That's all I can do! (老舍，1999：117/119；英若诚 译)

【TT6-2】**WANG LIFA:** Mr. Cui, if Second Elder Qin sent you an invitation yesterday, why aren't you going? <u>Someone as learned as yourself—everything from astronomy to geography</u>—and a former member of the Legislative Assembly as well. And yet you choose to live here, <u>chanting sutras</u> day after day. Why don't you get involved? A man of your calibre should be in government. Only when we get honest people like you in office will ordinary citizens like us have a chance to live normal lives.

CUI JIUFENG: <u>I'm ashamed of myself, ashamed.</u> To have been a member of this Legislative Assembly is <u>nothing short of a sin.</u> What has the revolution accomplished? We've deluded ourselves and deluded the people—nothing else. Ai! All I can do now is <u>cultivate myself normally and repent my past sins.</u> (老舍，2003：119/121；霍华 译)

【评析】①上述译例中，"上知天文，下知地理"用来形容学问广博，无所不知。由于该习语前已经有"您这么有学问"这一解释，因此翻译时可以直译。至于"天文"、"地理"的含义，霍译中"astronomy"（天文学）、"geography"（地理学）的理解比英译中"heaven"（天）、"earth"（地）更为妥帖、合理。

②根据上下文和文化背景，"念经"指念佛经。表示"经文"有两个可选词汇，"scriptures"和"sutras"，具体而言，前者常指"圣经经文"[1]，后者常指"佛经经文"。因此，霍译把"念经"译成"chanting sutras"，比英译的"chanting

---

1 据 *Oxford Advanced Learner's English-Chinese Dictionary*（《牛津高阶英汉双解词典》[第 6 版]），**scripture** 有两个基本义：the Bible《圣经》；the holy books of a particular religion（某宗教的）圣典，经文，经典。

Buddhist scriptures"更为简练、准确。

③崔久峰连续使用"惭愧"、"造孽"、"修持"、"忏悔",表示自己对过去的所作所为感到内疚和懊悔,也有一种郁郁不得志之意。一方面,原文中重复使用"惭愧"、"惭愧",霍译保留这种重复,译成"I'm ashamed of myself, ashamed."另一方面,"造孽"和后续的"修持"、"忏悔"实质上存在因果联系,因此霍译再现了这种逻辑关系:"…repent my past sins",明确表示"忏悔"(repent)的是前面提及的"造孽"(my past sins)。一前一后,形成紧凑的语义关联,更有助于观众理解和接受。

【研究与实践思考题】

(1)请根据话剧的功能翻译观以及对话翻译方法,评析下例话剧选段两种英译文(请读者自己查找)。[A]

【原文】王利发: <u>就走吧,还等着真挨两个脆的吗?</u>

刘麻子:我不是说过了吗,等两个朋友?

王利发:<u>你呀,叫我说什么才好呢!</u>

刘麻子:有什么法子呢! <u>隔行如隔山</u>,你老得开茶馆,我老得干我这一行!到什么时候,我也得干这一行! (老舍,1999: 110/112;下画线另加,下同)

(2)试分别从表演性和阅读性两种不同功能角度,将下例话剧选段译成英语。请注意结合话剧翻译中跨文化交际和戏剧对话有关理论。[A]

【原文】王大拴: 大姊,我爸爸叫您走吗?

康顺子:他还没打好了主意,我倒怕呀,大力回来的事儿万一叫人家知道了啊,我又忽然这么一走,也许要连累了你们! 这年月不是天天抓人吗? 我不能做对不起你们的事!

周秀花:大姊,您走您的,谁逃出去谁得活命! 喝茶的不是常低声儿说:想要活命得上西山吗?

王大拴:对! (老舍,1999: 136)

小说体裁单元

导　言

　　我们从"清规戒律"颇多的戏剧体裁翻译转到"惬意舒适"的体裁——小说翻译。笔者以为，小说似乎更"散"，小说翻译比散文翻译更难；而跟戏剧翻译比较，则各有所难。主要原因是小说所涉及的不同文体(stylistic variety)最多。要做到原文尔雅我尔雅，原文粗俗我粗俗，真的比登天还难。

　　我们已经在第 1 章就文学体裁中的小说体裁有了一定量的叙述和分类。在本单元，我们着重谈小说翻译。这还不能笼统谈，必须分类谈；又因篇幅关系，还得"粗线条"地谈。在此，我们应先就"四大家族"的小说分类——长篇小说、中篇小说、短篇小说和小小说/微型小说——做进一步的阐述，同时介绍英美学者是如何定义、阐释小说的，起码包括它们各自的英文术语。有媒体说：中文的"小说"严格来说，尚未有单一合适的英语单字可以对应，尽管大多会将 novel 译为小说[1]。但我们以为用 fiction 更合适，有关依据是：fiction 指 "fictitious literature（as novels or short stories）"、"a work of fiction; *esp*: NOVEL" [2]。

　　根据新版《辞海》，小说是"<u>文学的一大样式。以叙述为主</u>，具体表现人物在一定环境中的相互关系、行动和事件以及相应的心理状态、意识流动等，从不同角度塑造人物，表现社会生活。在各种文学样式中，<u>其表现手法最丰富，表现方式也最灵活</u>，叙述、描写、抒情、议论等多种手法可以并用，也可有所侧重；<u>一般以塑造人物形象为基本手段</u>。中国的小说历史悠久，《庄子·外物篇》、《汉书·艺文志》均有记录，唐传奇、宋元话本及明清章回小说，都是中国近现代小说发展的先河。'五

1　详见"百度百科·小说"（http://baike.baidu.com/subview/1942/8754835.htm?fr=aladdin）。

2　详见 *Merriam-Webster's Collegiate Dictionary*（Tenth Edition）第 432 页。

四'新文化运动后，<u>小说成为现代文学最有代表性的文体</u>。按其篇幅一般可分为长篇小说、中篇小说、短篇小说等。"[1]（下画线由主编所加）

2012 年新版的《现代汉语词典》（第 6 版）已将"小小说"（即"微型小说"）列为词条，认为总字数一般为千字以下。2010 年新版的《辞海》则把"小小说"归为"短篇小说"类，并且指出（详见该书 420 页）："<u>**在文学史上，短篇小说往往先于中、长篇小说出现**</u>。<u>中国文学自唐宋以来，短篇小说日趋发达、成熟</u>，如《太平广记》、《聊斋志异》以及现代文学中《呐喊》、《彷徨》等都是有名的短篇小说集。<u>1958 年以后出现的'小小说'、'袖珍小说'、'微型小说'等名目，究其性质，均可归入短篇小说范畴</u>。"（下画线和黑体由主编所加）

由于我们讨论的是小说的英汉互译，很有必要引用英文学术著作中对"小说"下的权威定义：

其一，"The term '**novel**' is now applied to <u>a great variety of writings that have in common only the attribute of being extended works of *fiction* written in prose</u>. As an extended narrative, the <u>novel is distinguished from the **short story**</u> and from the work of middle length called the **novelette**; its magnitude permits a greater variety of characters, greater complication of plot（or plots）, ampler development of milieu, and more concentrated modes. As a narrative written in prose, the novel is distinguished from the long narratives in verse of Geoffrey Chaucer, Edmund Spenser, and John Milton which, beginning with the eighteenth century, the novel has increasingly supplanted. Within these limits the novel includes such diverse works as Samuel Richardson's Pamela and Laurence Sterne's *Tristram Shandy*; Jane Austen's *Emma* and Virginia Woolf's *Orlando*; Dickens' *Pickwick Papers* and Henry James' *The Wings of the Dove*; Leo Tolstoy's *War and Peace* and Franz Kafka's *The Trial*; Ernest Hemingway's *The Sun Also Rises* and James Joyce's *Finnegans Wake*; Doris Lessing's *The Golden Notebook* and Vladimir Nabokov's *Lolita*."（Abrams, 2004: 190；下画线和粗体由主编所加，下同）

---

[1] 详见《辞海（第六版缩印本）》（上海辞书出版社，2010 年版 2093 页）。

其二，"In a narrow sense, ...**fiction** denotes only narratives that are written in prose（the ***novel*** and ***short story***）, and sometimes is used simply as a synonym for the novel. Literary prose narratives in which the fiction is to a prominent degree based on biographical, historical, or contemporary facts are often referred to by compound names such as '**fictional biography**,' the ***historical novel***, and the ***nonfiction novel***."（同上：94）

其三，**novella** 或 **novelette** 指"[story] with a compact and pointed plot, often realistic and satiric in tone. Originating in Italy during the Middle Ages, it was often based on local events; individual tales often were gathered into collections. The novella developed into a psychologically subtle and structured short tale, with writers often using a **frame story** to unify tales around a theme, as in G. Boccaccio's *Decameron*. The term is also used to describe a work of fiction intermediate in length and complexity between a short story and a novel. Examples include F. Dostoyevsky's *Notes from the Underground*, J. Conrad's *Heart of Darkness*, T. Mann's *Death in Venice*... and H. James's *The Aspern Papers*."（*Merriam-Webster's Collegiate Encyclopedia*, 2000: 1170）

其四，**short story** 指 "[brief] fictional prose narratives. It usually presents a single significant episode or scene involving a limited number of characters. The form encourages economy of setting and concise narration; character is disclosed in action and dramatic encounter but seldom fully developed. A short story may concentrate on the creation of mood rather than the telling of a story. Despite numerous precedents, it emerged only in the 19th cent. As a distinct literary genre in the works of writers such as E.T.A. Hoffmann, H. von Kleist, E.A. Poe, P. Merimee, G. de Maupassant, and A. Chekhov."（同上：1476）

其五，"the **short short story**[1]...is a slightly elaborated anecdote of

---

1 主编注：这种超短篇幅小说属于 sub-category 或 sub-sub-category（详见 Robert Shapard 等著的 *Sudden Fiction: American Short-short Stories*）。

perhaps five hundred words"（Abrams, 2004: 287）。在国内文学界，对微型小说的重视相当不够。这从与时俱进的网络信息便可印证。截至 2014 年 1 月 8 日，百度百科对"微小说"词条进行了 110 次编辑；游览次数达 461 383；2010 年 8 月 14 日创建，最近更新时间是 2014 年 1 月 8 日；创建者和最近更新者是同一人。有关"微小说"的部分文字是：

● 微小说即 140 字以内的超短篇小说，它有严格的字数上限。微小说是以微博为主要发表平台的新兴小说形态，是微博价值延伸的一种生动表现形式；微小说是微文化诞生的基础，由此衍变出了电影等微文化形式的衍生作品。微小说最为显著的特征还是贴近真实生活、反映社会现实、体现时代精神。

● 原始定义：过去它作为超短篇小说的一个品种而存在，后来的发展使它已成为一种独立的文学样式，其性质被界定为"介于边缘短篇小说和散文之间的一种边缘性的现代新兴文学体裁"。阿·托尔斯泰认为："小小说是训练作家最好的学校。"一般少于 200 字。

可见，很多人（包括学界）以为微小说是一种非常当代的小说体裁。殊不知，就历史悠久、名称说法而言，跟长篇小说、中篇小说和短篇小说比较，微型小说可谓均排名第一。

● 历史钩沉：在西方国家，微小说可以追溯到古希腊（前 620－前 560）的伊索寓言，其"The Boy Who Cried Wolf"（"说谎的孩子"或"狼来了"）就是一个典型的例子。可见，微小说的历史显然比长中短篇小说的历史要悠久得多。在中国，微小说起源于盘古开天地的传说，以及旧石器时代（距今约 300 万年－距今约 100 万年）中晚期的伏羲、女娲等民间故事。

● 名称说法：其不同的表达法不下于 20 种（译法基于笔者搜集和笔者自译，仅供参考）——1) short-short story/short short story（小小说）；2) micro-story/micro-fiction（微型小说）；3) flash fiction（微小说/闪读小说）；4) mini-novel（迷你小说）；5) very short story（超短小说）；6) sudden fiction/story（特短小说）；7) short-shorts（精短小说）；8) postcard fiction（明信片式小说）；9) minute story（一分钟小说）；10) fast /quick story（快

读小说）；11）pocket-size story（袖珍小说）；12）palm-sized story（掌篇小说）；13）smoke-long story（一根烟工夫小说）；14）skinny fiction/story（瘦身小说）；15）furious fiction/story（超快小说）；16）flasher（闪读小说）；17）blaster（速读小说/极短篇小说）；18）fast and furious fiction（精短小说）；19）one-thousand-word story/fiction（千字小说）；20）thumb story（拇指小说）。

之所以要花一定的笔墨介绍微型小说，关键是文学翻译训练和提高最好从三种体裁开始——散文（如随笔）、韵诗（如打油诗）和微型小说（如百字小说）。因此，我们将把本单元每章翻译练习的重点放在微型小说上，现将有关小说翻译介绍、研讨的内容细述如下。

由于小说体裁本身涵盖面广，需要用大篇幅来讨论，故小说单元拟分为四章（第 12－15 章）：

1）第 12 章　小说体裁与翻译（主要涉及常用翻译理论和策略）；

1）第 13 章　"走出去"与"请进来"之成功案例（主要涉及运用具体的理论视角探讨中文和英文名作的翻译）；

1）第 14 章　从创作中国到翻译中国（主要展示国人和汉学家如何译介中国小说，也展示英文 SF 名家之名作）；

1）第 15 章　**各篇幅小说翻译案例研析（主要涉及四种篇幅小说名作的英汉互译）**。

具体讨论的案例，一反传统上以讨论中国四大名著和英国 19 世纪的小说为主的做法，改以 20 世纪和 21 世纪现当代的中长篇小说为主，并把中国文学、文化"走出去"作为一项重要内容融入其中——

✓ 包括莫言、阿来、沈从文、钱锺书、金庸、鲁迅、白先勇等知名作家的汉译英作品；

✓ 包括林语堂、萧乾、白先勇的自撰、自译作品，包括 20 世纪世界名著《了不起的盖茨比》，20 世纪英语文学中最重要的人物之一、也是最具争议性的作家之一劳伦斯的性描写作品（配以《红楼梦》正面性描写英译片段分析评点）；

✓ 包括 21 世纪世界著名科幻小说大家索耶的获奖作品展示（作为

"英文自创"的样板),诺贝尔奖被提名者林语堂大师的英文小说(作为"英文译写"的样板),诺贝尔奖获得者莫言作品的译者葛浩文的英文译著(作为"英文改写"的样板);

✓ 包括魔幻小说《魔戒》,惊悚小说《达·芬奇密码》,儿童小说经典《爱丽丝梦游仙境》、《彼得·潘》以及非纯儿童文学作品或类型化文学作品《哈利·波特》等;

✓ 还包括短篇小说集《台北人》和名家微型小说集等。

而就翻译这个重中之重的主题而言,其有关理论、策略、原则、方法乃至技巧,应可打通灵活用于小说中的四种体裁(sub-genre/ sub-category),因为"小说"(fiction)的定义是一致的:"一种叙事性的文学体裁,通过人物的塑造和情节、环境的描写来概括地表现社会生活。"[1]很难想象,葛浩文能翻译中国的长篇小说,却无法译好短篇小说、超短篇小说吗?当然,反过来说,要学好短中长篇小说的英译,让更多的专业译者有能力翻译汉语小说,我们得从分析、研究、练习翻译小小说/微型小说的英译开始——可谓万丈高楼平地起。

---

1 详见《现代汉语词典》(第6版)第1435页。

Chapter 12

小说体裁与翻译

　　我们已在"小说体裁单元"的导言中特别指出，翻译的有关理论、策略、原则、方法乃至技巧，应可打通灵活运用于小说中的四种体裁。本章先从小说翻译的常用理论和策略等的概述说起。

12.1　从目的功能看小说翻译的整体把握

　　当代翻译观更注重翻译的总体把握，采用 top-down approach（由上而下的途径/方法），而非 bottom-up approach（由下而上的途径/方法）。这也是德国功能派目的论的翻译观。

12.1.1　目的论简单回顾

　　我们早在《翻译学入门》（陈刚，2011）一书中就比较详细地介绍了"目的论"（*skopostheorie*），有关的参考书也很多。作为翻译学术语，*skopos* 特指译文的目的（Nord, 2001: 27-28）。目的论借鉴了交际理论、行为理论和接收理论等相关理论，将研究重心从语言学层面转移到了社会文化层面。顾名思义，目的论强调"目的"在翻译行为中的功能和重要性，认为翻译行为由翻译的目的所决定（a translational action is determined by its *skopos*）（同上：29）。该理论不仅适用于非文学翻译（应用翻译），也同样适用于文学翻译（陈刚、胡维佳，2002：2）。

　　从翻译视角出发，小说是一种文本，即 source text/ST（源语文本），译成目标语后，则成为 target text/TT（目标语文本/的语文本）。既然是文本，就具备七个特征：衔接性、连贯性、意图性、可接受性、信息性、情景性和互文性（Beaugrande & Dressler 的观点）。其中的"意图性"（intentionality）反映的是作者的态度，"意图主宰语篇制作的策略（如阐释主题、选择修辞手段或非语言成分等），因此对语篇功能有莫大影响"（张美芳，2001：40）。"在语篇的标准中，如果说衔接性和连贯性的注重点是语篇本身的话，那么意图性及可接受性关注的是现实世界中的人——语言的使用者。"（张美芳，引自 Bell, 2001: 37-38）译作牵涉的不仅是作者的意图，更与译者的意图息息相关。而目的论正是把研究对象集中到了语言的使用者身上，为翻译研究提供了一个新的视角。

"翻译是一种人类行为"是目的论的核心理念之一。弗美尔认为人类行为是发生在一定情境中的有意图性、目的性的行为。作为一种行为，翻译活动便不仅仅局限在语言范围之内，它还包括非语言的成分，如插图、表格等。这在不少儿童文学作品中比较多见。在弗美尔看来，译文预期的信息接受者是决定翻译目的的最重要的因素，因此翻译意味着"在目标情景中为某种目的和目标受众而生产的文本"（Nord, 2001: 11-12）。

弗美尔和赖斯曾提出目的论的几条基本"准则"：①译文由其目的决定；②译文是源语文化和语言的信息源；③译文不能提供模棱两可的信息；④译文必须篇内连贯；⑤译文必须与原文连贯；⑥以上五条规则的重要性具有等级，目的准则占支配性地位。（Munday, 2001: 79）

弗美尔提出，翻译领域中主要存在三种目的："翻译过程中译者的主要目的（也许是'为了谋生'），目标语环境中译文的交际目的（也许是'为了引导读者'），使用特定翻译策略或过程的目的（例如，'为了体现原文的结构特点而采用直译法'）"（Nord, 2001: 28）。近代、现当代，通过翻译小说来增加收入的业余译者有之；为了使古典小说的意义显化，常常把委婉、含蓄的文字译得明明白白的译者有之；出于学术目的或名著复译以体现与时俱进，把过去同一部小说的"意译"法改为"直译"法的译者有之；如此等等。

必须指出，目的论涵盖了翻译过程中可能出现的一切目的和意图，所以我们要研究文本发送者和接收者之间的关系。只是在小说翻译中，发送者和接收者的关系要复杂得多，不但涉及 ST 作者和读者这对关系，还涉及译者的意图以及 TT 读者的特征和期待。在诸多因素中，文本类型（text type）、读者群（readership）和翻译诗学（the poetics of translation）与翻译目的的关系最为密切，对译者策略（strategy）的选择起着至关重要的作用。

◆ 新世纪翻译学 R&D 系列著作

12.1.2　翻译目的有关主要因素

1. 文本类型

赖斯最初提出了四种文本类型，即信息文本(informative text)、表达文本(expressive text)、祈使文本(operative text)和视听文本(audio-visual text)。由于最后一种和前三种有交叉，在讨论文本类型和翻译方法的关系时，她只涉及了前三种。

其中，表达文本重形式(form-focused)，包括小说、戏剧、诗歌等文本种类。在这类文本中，内容靠艺术形式来表现，美学功能占据了主导地位。"'发送者'是中心，'专题'是作者虚构的，作者决定文本表现形式，文本结构集中在语意-句法和艺术组织两个层面"(朱志喻，2004：7)。例如译者在翻译诗歌时，应当尽可能保留原文的意象、韵脚等特征。在这类文体中，原作者的用词风格、行文习惯等构成了文本意义的一部分，会对读者产生一定的美学效果。译者在翻译时必须考虑这种美学效果。如果译文和原文属同一类型，译者翻译表达文本时必须试图重现与原文相似的文本效果。因此译文的文体选择通常受原文的制约。

祈使文本重感染(appeal-focused)，作者的意图是引导读者按特定的方式作出回应，这类文本虽然包括广告、竞选演讲词、宣传手册等，但也包括小说、戏剧、诗歌等文学体裁(如各种修辞、表达等)，因此文本所能达到的言外效果比文本的内容和形式更为重要。"这里'接收者'(的行为或感受)是中心，文本结构涵盖语意-句法、艺术组织和劝喻(persuasive)三个层面"(朱志喻，2004：7)。在 ST 和 TT 同属祈使文本的情况下，翻译的主导原则便是使译文读者产生和原文读者相同的反应，即使这意味着改变原文的内容和/或文体特征。

2. 读者群

德国功能派(如赫尔兹-曼塔里，Holz-Mäntarri)把委托人(commissioner)和目标语读者(the target-text user)增列为读者群。诺德更是进一步区分了目标读者和文本接受者这两个概念，指出前者指的是预期的读者群，而后者则是真正阅读文本的群体。因此，对一部被翻译成他国文字的作品来说，存在至少**四个读者群**：原作者脑海中的目标读者(potential/prospective/intended readers of the ST；ST addressees)、原文的文本接受者(recipients of the ST)、译者脑海中的目标读者(potential/prospective/intended readers of the TT；TT addressees)、译文的文本接受者(recipients of the TT)。译者既是原文文本的接受者，又是译文目标读者的构建者。在以往的翻译理论中，译者仅仅扮演了单纯的语码转化者的角色，而功能派理论帮助译者完成了从"隐形"到"显形"的转变，将翻译过程的重心从原文转向译文的"目的"和读者群。译者在进行翻译活动前，通过和委托人(如出版社)协商判断译文读者的范围和特征，进而决定翻译策略。

诺德指出，通过对 ST 和 TT 读者的比较，可以得出两个结论：1)由于文化知识上的差异，需要对文本中的明示信息和暗示信息的关系进行调整；2)读者对文化专有体裁的预期不同，因此需要对 ST 的形式进行修改，使之符合目标文化的语篇和文体规范。(Nord, 2001: 63)

例如，作为中国文化瑰宝的《红楼梦》先后被译成十余种文字，其中包括杨宪益夫妇和霍克斯的英译本。杨氏夫妇主要采用了以源语文化为归宿的异化策略，而霍克斯恰恰相反，选择了归化，这主要是因为两者构建的目标读者不同。虽然两个译本同诞生于 20 世纪 70 年代，但是霍克斯选择《红楼梦》作为翻译对象纯粹是出于个人的文学爱好，为的是满足一般英美读者的"猎奇"心理；而杨氏夫妇接受《红楼梦》一书的翻译还背负着一定的政治任务，当时主流的观点认为《红楼梦》的主题是反映尖锐的阶级矛盾，这决定了原著"神圣"的地位，译者缺乏自由，针对的是想了解中国文化的英美读者。不同的目的、不同的预期以及不同的读者群造成了两个同为优秀译本的甚大差异。

3. 翻译诗学

诗学研究源于亚里士多德的《诗学》一书。这部著作被誉为西方文艺理论史上的奠基之作，深刻体现了亚里士多德的方法论。《诗学》原名 *Poietike Techne*，意为"论诗的艺术"。书中探讨了艺术本性、悲剧的意义和艺术的功用等问题，是亚里士多德美学思想的结晶。虽然亚里士多德在书中研究的客体是诗歌，但是《诗学》一直被后人奉为有关文艺创作理论的经典之作。这是因为在古希腊时期，文学作品都以诗歌的形式出现，后来随着文学形式的变化，"诗学"的外延得以扩展，成为有关一切形式的文学创作理论。

　　翻译诗学被大多数学者视为一种文艺价值理论。贝克在《翻译研究百科全书》中对翻译诗学作了如下定义：翻译诗学指构成任一文学体系的体裁、主题和文学手法的总和，在翻译学中，该术语也指某一文学系统在更大范围的社会系统中扮演的角色和/或其如何与其他（文学）或符号系统相互作用。(Baker, 2004: 167)翻译诗学还研究源语文本和译语文本在各自文学系统中的诗学比较。法国学者梅肖尼克（H. Meschonnic）认为"诗学是关于作品价值与意蕴的理论"，翻译研究不属于语言学领域，而应当是"文学领域中的一块新地"（许钧，引自 Meschonnic, 1998: 145）。许钧认为：作品、作者、外界和读者是文艺理论的四个基点，历史上各个学派的争论也是围绕着这四方面来进行的。基点着眼于作者的，便强调原文的"神圣性"和权威性；基点着眼于读者的，便偏向于译文的实用性。显然，目的论属于后者。虽然目的论曾一度遭人诟病，认为更适合非文学体裁的文本，但事实上功能翻译理论派在目的论对文学作品的适用性上作了深入的研究。诺德在《目的性行为——析功能翻译理论》一书中详细讨论了如何在文学翻译中运用功能理论，通过对文学交际的动因、文学翻译的目的和任务的深入分析，对文学翻译提出了四条建议，即：1)译者在翻译原文时不但要考虑信息发送者的意图，还要考虑其是否适合目标语境；2)译文在目标语境中的功能应与信息发送者的意图一致；3)应根据译文的预期功能选择译文的文本世界；4)译文的效果要符合译文的预期功能，应根据这一要求来选择语码因素。(Nord, 2001: 91-93)这四条建议从一个全新的角度审视了困扰翻译界已久的"对等"和"忠实"的关系，从传统的规定性(prescriptive)的研究方法转向描写性(descriptive)的研究方法，把关注焦点从原文和作者上转移到了译文和译者身上。"一般来说，译者希望他们的作品在目标语文化中被理解和接受，因此他们倾向于遵守信息接受者文化系统中诗学传统，而不是生硬地照搬原文的文学技巧。"(Baker, 2004: 167)

12.2 从语境视角看小说翻译的动态功能

业界常说,"No context, no text"(无语境则无文章/没有上下文就不成文章)。同理,"no context, no translation[1]"(无上下文则无译文/没有语境就难以翻译)。可见语境对(小说)翻译之宏观调控和微观把握的重要性。

讲究小说翻译的语境性原则,就是重视翻译过程中语境的动态功能。

12.2.1 语境理论简述

语境理论已在《翻译学入门》(陈刚,2011)做了详细叙述,在此我们仅做一些有关的回顾、简述。

1. 语境概念简介

马林诺夫斯基在 1923 年提出"语境"概念,认为语言是行为的方式,不是思想信号,话语和环境互相紧密地结合在一起,语言环境对于理解语言来说是必不可少的。同时把语境分为两类:**文化语境**(context of culture)**和情景语境**(context of situation)。"文化语境"指说话人生活于其中的社会文化背景;"情景语境"指言语行为发生时的具体情景。

当代语言学家倾向于把语境分为两大类,即**语言语境**和**非语言语境**。胡壮麟把语境分为三类:**语言语境、情景语境和文化语境**。语言语境指交际过程中言语所表达所限定的环境,即上下文,包括词语、句子、段落、篇章等各级语言单位;情景语境是具体的参与交际的人、发生的事、交际的渠道、交际者之间的相互关系、交际者的心理情感等。文化语境指语言运用的社会文化背景、历史文化传统、思维方式、价值观念、情知及社会心理等。胡壮麟指出:"文化语境是社会结构的产物,是整个语言系统的环境。具体的情景语境则来源于文化语境。"(1989:172)

2. 语境理论与小说翻译

小说翻译本质上是一种艺术实践,不仅具有语义信息传达功能,更

---

1 主编模仿"no context, no text"而得。

新世纪翻译学 R&D 系列著作

具有审美价值创造功能，而且是用目标语把源语文本的艺术意境传达出来，使目标语读者在读目标语文本时像读源语文本作一样得到启发、感动和美的感受。因此，小说体裁的文学翻译不只是语言形式的转换，除了语言形式本身所承载的语义信息外，还有语言形式所体现的文化语境和情景语境，即不仅传递原文的语言内容，更要深刻反映出原文的意蕴和文化内涵。

12.2.2 小说翻译中语境的动态功能

Peter Newmark 指出："语境在所有翻译中都是最重要的因素，其重要性大于任何法规、任何理论、任何基本词义。"(2001a: 113)语境在翻译中起着极为重要的动态作用，小说翻译则更是不可脱离原文的语境意义。因此，在翻译中，"译者必须将自己融入原文的语境，深刻领悟原文的语境，只有这样，才能引起强烈的心灵感应，才能超越时空界限，和作者达到心灵上的契合。有了这种契合，译者才有可能将原作的形、意、神，在译文中生动地再现出来"(郑诗鼎，1997：前言 2)。

以下通过比较研究小说《边城》的两个英译本，从语言语境、情景语境、文化语境三方面阐述小说翻译中语境的动态功能。

1. 语言语境

在翻译过程中，一方面译者要受限于源语语境，同时译文要能让译语读者所理解和接受，文字表达就必须以译语习惯作为参照，接受译语语境的限制。

【ST1】"……伯伯，你若不多我的心时，我就说个笑话给你听。"

老船夫问："是什么笑话？"

那人说："伯伯你若不多心时，这笑话也可以当真话去听咧。"

(沈从文，1981：55)

【TT1-1】"... Mind if I tell you a joke, uncle?"

"What joke?"

"You can take it in earnest, if you like." (杨宪益，1981：52)

【TT1-2】"... I'll tell you a story if you have got time."

> "Go on."
>
> "Don't take it too seriously—just a midsummer night's dream."

（金隄，1982：239）

【译析】根据源语语境，【ST1】中的"笑话"并不是真正意义上的"笑话"，事情上是老船夫一种委婉的表达方式，其隐含的意思是"如果你不同意，那么便当作笑话来听"。杨译看似简单，实则巧妙地再现了原文的谈话技巧。而金译时增加的"if you have got time"，这句话并没有忠实于 ST。ST 虽说"伯伯你若不多心时，这笑话也可以当真话去听咧"，但实际上说话人期待的是肯定的答案。然而在金译中被曲解成"Don't take it too seriously—just a midsummer night's dream"。"a midsummer night's dream"源自莎士比亚的戏剧 *A Midsummer Night's Dream*，该剧描写两对年轻人追求理想爱情的故事。当译文读者读到"a midsummer night's dream"，自然会产生相应的联想。但是将 ST 中一个老船夫的语言翻译成带有浓厚文学色彩的语言似乎有失偏颇，超出了源语语境的制约。

【ST2】火是各处可烧的，水是各处可流的，日月是各处可照的，爱情是各处可到的。（沈从文，1981：68）

【TT2-1】There is on place on earth where fire cannot spread, water flow, sun and moon shine, or love make its way.（杨宪益，1981：63）

【TT2-2】The fire burns everywhere,

Water flows everywhere,

The sun and the moon shine everywhere,

And love reaches everywhere.（金隄，1982：250）

【译析】汉语的文字表达往往充满不同的意象，而这些意象往往只可意会，不可言传，无法在译文中再现出来。原文四个排比句式中出现的"火"、"水"、"日"、"月"都是常见的意象，但它们在句中却传达了一定的意境。杨译虽然尽量在语言和结构上与原文一致，但语气、语势均比原文弱。而金隄充分考虑译文的语言语境，采用英语诗歌的形式，灵活地再现了原文的结构和意境。

2. 情景语境

情景语境，顾名思义，也就是产生语言活动的环境，它包括时间、空间和语言交际参与者。分析情景语境是把握原文的意境、气氛的一个重要手段，因为语言是在一定的交际环境中使用的。因此，分析语言现象，必须把它和它所依赖的语境联系起来，离开一定的语境，把一个语言片段孤立起来分析，就难以确定这个语言片段的结构和意义。

《边城》所营造的是湘西一带如诗如画的景致：清澈透明的酉水，翠色逼人的秀竹，傍溪倒立的白塔，山环水绕的村庄与小城，城边的炮眼与墙垛，溪流旁的绳渡与水磨，深山峡谷间的雾霭与风雷，家家户户临水一面的吊脚楼……作者用清新优美的文笔再现了边城清新明丽的风光，给以无限的美感享受。原文的情景语境是原作者用风格不同的语言文字表现出来的现实，译者作为原作者的代言人，也得站在原作者的立场上周旋于这些客观因素之中，原作者的情景现实就是译者的情景现实，准确地再现原作者的情景现实，不仅可从客观上再现原文本的风格，也为准确地再现原文意义提供了客观依据。

【ST3】若溯流而上，则三丈五丈的深潭皆清澈见底。深潭中为白日所映照，河底小小白石子，有花纹的玛瑙石子，皆看得明明白白。水中游鱼来去，全如浮在空气里。两岸多高山，山中多可以造纸的细竹，长年作深翠颜色，逼人眼目。近水人家多在桃杏花里，春天时只需注意，凡有桃花处必有人家，凡有人家处必可沽酒。（沈从文，1981: 8）

【TT3-1】But if you sail upstream, you can see clear to the bottom of pools thirty to fifty deep, so transparent is the water. In sunlight, even the white pebbles on the river bed and the veins on the cornelian pebbles stand out distinctly. The fish darting to and fro seem floating in the air. The mountains on either side, covered with the tapering bamboos from which paper is made, are a deep, vivid emerald the whole year round. Most homesteads near the water are set among peach and apricot trees, so that in spring wherever there is blossom you can count on finding people, and wherever people are you count on a drink. （杨宪益，1981: 10）

【TT3-2】But if you climb towards the source of the White Stream, you will reach the Tayu caves near Nusu, where the water is so pure that you can see the small pebbles and rocks thirty or forty feet below the surface of the water, and when the sun is shining you can even watch the fishes gilding in remote depths and the small red stones which are known in these parts as "flowering cornelians." The fishes seem to be floating in the air. And all along the banks there are great mountains shrouded in slender bamboos, used for making paper; and though the seasons change, the bamboos remain a deep, penetrating and vivid green. The house near the river are surrounded with peach and apricot groves, so that in spring wherever there were houses there was wine.（金隄，1982：196）

【译析】在翻译文学作品时，译者要充分考虑 ST 的情景语境，在选词时也应尽量贴近 ST，以展现 ST 独特的风采和韵味。【ST3】用自然质朴的语言勾画出一幅赏心悦目的图画，两种译文均忠实于译语情景语境，依照译语的语言句式、行文习惯，不仅译出了原作语言符号传递的语义信息，而且生动地再现了原文的语言美、形式美和内容美，将原文中的艺术境界传达到译文中。与原文相比，译文不拘泥于语言结构的转换，完美再现了原文的生动画面和优美意境，可谓有异曲同工之妙。

【ST4】唱完了这个歌，翠翠觉得有一丝儿凄凉。她想起秋末还愿时田坪中的火燎同鼓角。

远处鼓声已起来了，她知道绘有朱红长线的龙船这时节已下河了，细雨还依然落个不止，溪面一片烟。（沈从文；1981：34）

【TT4-1】This gay, haunting melody has an undertone of sadness, making Emerald feel a pang of loneliness. Her thoughts fly to the bonfires and drumming in the fields to welcome the spirits at the end of autumn.

Meanwhile drums sound up in the distance. The long crimson dragon boats will soon be starting their race. A light rain falls steadily, the stream is misted over.（杨宪益，1981：44）

【TT4-2】As soon as she had finished singing, Green Jade felt a sweet sadness creeping into her heart. She thought of the bonfires and bugles in the fields when people performed thanksgiving in autumn.

She heard drumbeats in the distance. She knew that the vermilion dragon-boats were now being launched, at this very moment. A fine rain was falling over the river, and thick clouds of vapour were rolling down the hills.（金隄，1982：230）

【译析】【ST4】的景色描写能使读者产生如见其物，如临其境的感受。翻译时，两位译者结合原文的情景语境选词，译文不仅实现了词、句的对等，还做到了风格、韵味的对等，用优美流畅的语言准确地传达了原作中人与自然和谐统一的美感。

原文作者通过细腻的语言向读者展现了两幅栩栩如生的画面，翠翠心中火燎与鼓角的热闹场面以及现实生活中她的伤感情绪，同时将翠翠的伤感情绪融入栩栩如生的画面之中。两种译文均用精练的语言再现了原文的艺术境界，给译文读者带来美的享受。然而，特定语言环境内的历史文化积淀和语言使用者的生活经验，使该语言的使用者在使用某一特定语汇时产生丰富的联想，从而赋予该语言以特定的形象性和生动性。（谢天振，2002：63）

在汉语这一特定语言环境和情景语境中，"细雨还依然落个不止，溪面一片烟"所描写的迷蒙意象就像中国传统水墨画一样美，原文读者读到此处，会情不自禁地联想到那如诗如幻的迷人景色。翻译成英语时，尽管译者译出了原文的含义，但由于英汉两种语言所情景语境的不同，译文读者不易或难以甚至无法领略到原文诗画一般的意境，更难产生相似的联想。

3. 文化语境

奈达指出："对真正成功的翻译者来说，双文化能力甚至比双语能力还要重要，因为词语只是在其发挥功能的文化中才具有意义。"（Nida，1998：62）每一种语言都是一个国家、民族文化发展的产物，都有其久远的历史背景和丰富的文化内涵。任何作品的完成都是在一定的时代背景下，作品中对任务、事件及客观环境的描述都会留下时代的印迹，在理解词义、选择等值对等语时，要考虑作品中言外语境因素的时代背景影响，也即文化语境。

因此，译者的翻译过程也就是文化移植过程，用译语来重构源语文化模式的过程。只有在根据原文提供的文化语境基础上准确理解原文，分析和比较两种语言的结构和表达方式的异同，理解和把握语言深层所蕴含的文化内涵，才能在译文中忠实、准确地表达原文的内容，体现原著的风格与文化背景，再现原文的语言特色和艺术形象，让读者领会异国的风土人情，扩大视野。根据奈达提出的翻译中涉及的五大类文化因素，纽马克做了调整，即分为生态文化、语言文化、宗教文化、物质文化和社会文化(Newmark, 2001b: 95-96)。以下根据新的分类，结合小说《边城》的两种英译本，分析在小说翻译中文化语境的动态功能。

　　1)生态文化。英汉语中都有大量以动物为喻体的短语，由于英汉文化背景的不同，不同的动物可蕴含不同的喻义。

【ST5】八面山的豹子，地地溪的锦鸡。(沈从文，1981：48)

【TT5-1】Brave as a panther, handsome as a cock.(杨宪益，1981：47)

【TT5-2】The Leopard of Eight-Face Mountain, eh? Or the Pheasant of Thousand- Field Stream?(金隄，1982：233)

　　【译析】"八面山"和"地地溪"是带有明显地域特征的词汇，译语读者无法理解其所指称的对象。杨译舍弃了"八面山"和"地地溪"这两个地域性词汇，运用了两个并列的词组，使译文能与原文产生同样的效果。而金译采用了直译法翻译，保留了原文的形象，力图向译文读者介绍异国文化，但对于身处不同生态文化的译语读者来说，译文不能产生与原文在读者相同的联想效果。

【ST6】她便带着点儿害羞情绪，轻轻的说："在看水鸭子打架！"照当地习惯意思，就是"翠翠不想什么"。(沈从文，1981：36)

【TT6-1】…she looks confused and retorts, "I was watching a duck-fight"—in other words, "Nothing in particular."(杨宪益，1981：36)

【TT6-2】She would answer in a low voice filled with unaccountable shame, "Green Jade is not thinking about anything!"(金隄，1982：222)

　　【译析】"在看水鸭子打架！"照当地习惯意思，就是"翠翠不想什么"。杨译采用了直译法，保留了原文的形象，而金译则采用了意译法，省略了原文的文化形象，这样便于译语读者接受和理解。

　　2)语言文化。语言的各个层面都蕴含着民族文化的因素，而词语更承载了大量的民族文化的积淀。这种积淀对一个民族的思维方式和语言行为起着主导作用，由此而产生出不同于其他民族的语言模式。四字组成的成语或短语是汉语特有的一种结构，又往往与比喻用法密切联系在一起，许多比喻又与中国文化有关。在处理这些四字成语或短语时，译者往往会根据不同的翻译目的而采用直译法或意译法来翻译。

【ST7】"一本《百家姓》好多人，我猜不着他是张三李四。"（沈从文，1981：51-52）

【TT7-1】"How can I guess? Chang the Third or Li the Fourth?"（杨宪益，1981：49）

【TT7-2】"Who is he?"（金隄，1982：236）

【译析】杨宪益在翻译"张三李四"时，采用了直译的方法，尽可能保留了源语文化的特色；而金隄采用了意译的方法，虽然牺牲了源语的比喻形象，但完整地传达了原文的意义。

【ST8】但老船夫却作错了一件事情，把昨晚唱歌人"张冠李戴"了。（沈从文，1981：78）

【TT8-1】He is wide of the mark, however.（杨宪益，1981：71）

【TT8-2】But he had made a mistake, "putting Chang's hat on Li's head," …（金隄，1982：259）

【译析】杨宪益在翻译含有文化因素的汉语成语和四字词组时，采取了意译，舍弃了原文的形象，传达了原文的意义。金隄采用直译法，保留了原文的语言文化形象，目的在于向译语读者介绍中国的语言文化。

3）宗教文化。一个民族的文化信仰，是文化的一个重要组成部分。不同民族在其历史进程中会形成不同的宗教信仰，有时源语文化中的宗教信仰词汇在译语文化中不存在或找不到其相应的等对物，这样就会出现"词汇空缺"现象。

【ST9】十六个结实如牛犊的小伙子，带了香烛、鞭炮、同一个用生牛皮蒙好、绘有朱红太极图的高脚鼓，……（沈从文，1981：18）

【TT9-1】Sixteen youngsters, strong as young oxen, carrying candles, fire-cracks and a big oxhide drum painted a red diagram of the Yin and Yang*[1]…（杨宪益，1981：20）

---

1 *A Taoist sign.

【TT9-2】Sixteen youngsters, as strong as young animals, marched upstream to the cave where the boat lay hidden, carrying joss-sticks, candles, fire-crackers and a drum which was provided with legs, and with a drumhead made of raw cowhide painted over with a vermillion-colored representation of the celestial sphere. (金隄, 1982: 205)

　　【译析】独特的宗教文化语境赋予了一些词语独特的表达方式。"太极图"是中国道教文化的特有词汇，在英语中无法找到与之对应的表达方式，所以在翻译"绘有朱红太极图的高脚鼓"，无论是"a red diagram of the Yin and Yang"，还是"a drumhead made of raw cowhide painted over with a vermillion-colored representation of the celestial sphere"都无法传神地再现原文的文化形象。

【ST10】假若另外高处有一个玉皇上帝，这上帝且有一双巧手能支配一切……(沈从文, 1981: 37)

【TT10-1】If there really is a Jade Emperor up in the sky, with hands skilful enough to control the whole of creation, … (杨宪益, 1981: 37)

【TT10-2】And surely, if there was a God in the sky, with two powerful hands which managed the affairs of the world… (金隄, 1982: 223)

　　【译析】"玉皇上帝"被分别译成"Jade Emperor"或"God"，杨宪益采用了异化法，其目的在于向西方读者介绍中国文化，而金隄采用归化法，这样更容易在译文读者中实现文化功能对等。

　　4) 物质文化。各民族生活习惯不同，各物各异，由此而引起的联想也不同。一种文化中最普通的东西，在另一种文化中不一定存在；同一样东西在不同的文化中也会引起不同的联想。

【ST11】贯串各个码头有一条河街，人家房子多一半着陆，一半在水，因为余地有限，那些房子莫不设有吊脚楼。(沈从文, 1981: 6)

【TT11-1】On the frontage between the wharves space is so limited that most houses are built on stilts overhanging the water. (杨宪益, 1981: 9)

【TT11-2】Connecting all these docks there is a lane called River Road, where the houses are half on land and half over the water; and it was necessary to build them in this manner because land was scarce and wood was cheap.（金隄，1982：194）

【译析】"吊脚楼"是中国文化中特有的词汇，杨宪益将其翻译成"houses are built on stilts"，虽然传达了原文的意思，但"吊脚楼"的形象没有在译文中体现出来，译语读者也很难体会"吊脚楼"的具体形象。通过金隄对"吊脚楼"所做的详细解释"the houses are half on land and half over the water"，译文读者对"吊脚楼"有了一定的了解，但却没能记住"吊脚楼"的名称。主编的建议译文是 stilt houses/stilted building。

【ST12】……肩头上挂了个褡裢，内中放了一吊六百制钱，就走了。（沈从文，1981：39）

【TT12-1】…and a pouch holding six hundred coins over his shoulder.（杨宪益，1981：39）

【TT12-2】…; and slung over his shoulders a black cloth bag in which he had put sixteen hundred copper coins, and proceeded on his way.（金隄，1982：224）

【译析】"褡裢"是汉文化中特有的事物，是"一种装钱和什物的长方形口袋，中间开口，袋内装上钱和什物，使它两端轻重对称下垂，大的可以搭在肩上，小的可以挂在腰带上。"杨宪益将其译为"pouch"，而《牛津高阶英汉双解词典》对"pouch"的释义为"放在衣袋里或连在腰带上的小袋（尤指皮制的）"。金隄则将其译为"a black cloth bag"（黑色小布包），可见，无论是"pouch"或"a black cloth bag"，都与"褡裢"在形状和用途上有着较明显的区别，严格来说，"褡裢"与"pouch"或"a black cloth bag"并不属于同类东西，用"pouch"或"a black cloth bag"来翻译"褡裢"都不能反映"褡裢"所体现的汉民族独特的物质文化内涵。

此外，不同民族在其历史上都形成了一些具有其特定民族特色的词汇，这些都同民族生活传统联系在一起，承载着丰富的文化内涵。有时源语文化中的指称对象在译语文化中不存在，往往就会出现"词汇空缺"，比如小说中出现的"花轿"、"抱兜"都是汉文化中特有的词汇，所以在翻译中如何更有效地传递中国文化，还有待新的创意/创译。

5）社会文化。不同的社会有不同的风俗习惯、历史背景和思想意识。

生活在不同社会中的中西方人，具有不同的文化背景。

【ST13】傩送美丽得很，茶峒船家人拙于赞扬这种美丽，只知道为他取出了一个诨名为"岳云"。（沈从文，1981: 15）

【TT13-1】And Nuosong was such a fine-looking boy that the Chatong boatmen nicknamed him Yue Yun*[1]. （杨宪益，1981: 17）

【TT13-2】Nu-sung was so handsome that the artless people of Ch'a-t'ung could find no words to describe his beauty, and therefore they called him Yao Yun, after the eldest son of the famous General Yao Fei of the Sun Dynasty. （金隄，1982: 202）

【译析】在翻译"岳云"时，杨宪益采用直译加注，使译文读者对岳云的具体形象有很直观的了解，这样傩送的形象便自然在译文读者的心目中呼之欲出。金隄将其译成"Yao Yun, after the eldest son of the famous General Yao Fei of the Sun Dynasty"，虽然译文读者能清楚岳云其人，但却未必知其貌。

【ST14】"好，翠翠，你不去我去，我还得戴了朵红花，装刘老老进城去见世面！"（沈从文，1981: 35）

【TT14-1】"All right, Emerald. If you won't go, I will. I'll wear a red flower and be an old country bumpkin going in to see the sights of the town." （杨宪益，1981: 36）

【TT14-2】"Then if you won't go, I'll go. Yes, and I'll put a red flower in my hair and disguise myself as an old grandmother." （金隄，1982: 221）

【译析】"刘老老"是中国古典名著《红楼梦》中的人物，对中国读者来说并不陌生。将"刘老老"译成"an old country bumpkin"或"old grandmother"，译文尽管传递了原文的意义，但词语所蕴含的文化内涵已消失殆尽。

语境对翻译行为产生种种制约作用，理解原文必须紧扣语境，译文表达也必须联系语境。因此，作为跨文化交际和读者的协调者的译者，在翻译小说时必须充分利用语言语境、情景语境和文化语境，才能在译语中实现最切近而又最自然的对等，正如马林诺夫斯基指出的，"无语

1　*Son of Yue Fei, a brave patriotic general of the Song Dynasty, who fought against invaders. Yue Yun is presented on the stage as a handsome and courageous young fighter.

境则无文章"（Malinowski, 1923: 307）。

12.3　从关联理论视角看小说的风格翻译

风格问题，对翻译而言，是一个不可或缺的核心问题，是一个涉及面很广而又十分复杂的问题，对于风格的理解、对于风格翻译的理解，也是见仁见智。

观点一，风格是不见摸不着，只可意会不可言传，所以风格不可译。

观点二，风格是实实在在、通过语言显现在作品中的东西，所以风格是可译的。

观点三，不论风格是否可译，风格的确存在，而译出小说的风格，是小说翻译的全部指归。

观点四，原作的风格只可能译出部分或大概，而这个部分风格该如何翻译，才应该是翻译工作者应该着重解决的问题。

12.3.1　风格及其翻译简述

1) 风格概念在西方。风格一词最早来源于希腊文（stylus），原义是雕刻刀，后引申为组成文字的特定方法，或写作和讲话的特定方式。西方学者对风格的研究可以追溯到古希腊和古罗马时期，他们的代表人物是苏格拉底、柏拉图和亚里士多德等人。柏拉图从修辞学的角度研究风格，他认为风格是语言的特点，是语言美，语文风格怎样，要看心灵的性格。亚里士多德认为作品要引起读者的共鸣，其内容、修辞以及说话技巧这三方面缺一不可，这里的修辞指的也就是风格。瑞士著名语言学家索绪尔（Saussure）对风格的研究也作了巨大的贡献。后来，利奇（Leech）的《英语诗歌的语言学导引》（*A Linguistic Guide to English Poetry*）(1969)、David 和 Derek Davy 的《观察英语文体》（*Investigating English Style*）(1969)、Leech 和 Short 的《小说风格》（*Style in Fiction*）(1981) 等作品都对风格的研究做出了贡献。

2) 风格概念在中国。在古代中国，早在公元 220－265 年魏国时代，"风格"一词就被用来指一个作家的个性以及他的文学创作手法。在南北朝时期，中国文学批评历史上就形成了更系统的文体理论。如曹丕的"气"和"体"（《典论·论文》）、刘勰的"体性"（《文心雕龙》），以及钟嵘的"味"（《诗品》），这些都指"风格"。

3) 翻译学者定义风格。当代给风格下的定义虽因人而异，但中心意思是一样的。风格，从大的方面讲，有时代的风格、民族的风格、阶级的风格；从小的方面讲，作家笔下选择的一个音节、一个词或一个句式，都无不标志风格的特征(许钧，1992：174)。刘重德(1991：122-123)将风格分为两方面——宏观和微观方面，宏观方面指的是译者所应具备的文学方面修养，即他需时时谨记他所译的是文学作品，其作者另有他人，并尽力使他的译文与原作的思想、感情和风格相统一；微观方面指的是语言学方面修养，即译者应仔细斟酌所有的段落、句子以及词语，并选出再现原作思想、感情和风格的最佳表达法来翻译。张今、张宁(2005：84)将它分成"精神"和"物质"方面，作家风格的精神方面就是作家的形象，作家的精神面貌；作家风格的物质方面就是作家所喜爱使用的词语、句型、修辞手法和艺术手法及其重复频率。

4) 新版《辞海》定义风格。2010 年《辞海》给"风格"下了一个最新的定义："作家、艺术家的创作个性在文学作品的有机整体和言语结构中所显示出来的艺术独创性。具有主客观两个方面的内容。主观方面是作家的创作个性和艺术追求，客观方面是时代、民族乃至文体对创作的规定性。由于生活经历、艺术素养、思想气质的不同，作家、艺术家们在处理题材、结构布局、熔铸主题、驾驭体裁、描绘形象、运用表现手法和语言艺术手段方面都各有特色，因而形成作品的个人风格。个人风格是在时代、民族风格的前提下形成的；时代、民族的风格又通过个人风格表现出来。独特风格的形成，是一个国家、民族或、作家、艺术家本人在艺术上达到一定成就的标志之一。"（见《辞海》第六版缩印本第 508 页；下画线和黑体为主编所加）

我们认为，小说风格形成的最重要的因素，是作家驱遣文字、运用语言的独特手法。这种手法总是依赖于语言的一般规律而存在。因此，无论在小说中，还是在小说翻译中，作家的选词、修辞等都应列入风格研究的范畴。

5)本书对风格可译性和可译度的小结。

①风格主要通过语言及其形式来体现，翻译风格就是首先要翻译语言形式。由于各国、各民族的语言及其形式是各不相同的，所以翻译风格就显然存在障碍，这个障碍甚至是不可逾越的。

②Source Language(SL，源语)只有自己这种语言的独特风格，Target Language(TL，目标语)也只有自己这种语言的独特风格。因此，绝对地说，SL 的风格和 TL 的风格是无法互译的。

③即使译者将 SL 的某种风格(如婉约)译到了 TL，但这只是 TL 的婉约风格(即另一种婉约风格)，而非 SL 的婉约风格(即不是原有的那种婉约风格)，尽管我们都可以称之为"婉约"风格。这好比，中国国家足球队队员的脚法细腻，巴西国家足球队队员的脚法也细腻——但两者之"细腻"是不同的。

④由于英汉语言形式存在巨大差异，又由于译者之间的水平存在各种差异(可能是巨大的、很大的、较大的或不大的等)，所以 TL 之间(TT之间)势必存在诸多等级的差异。

⑤从严格或绝对意义出发，文学作品(如小说体裁作品)的风格是不可译的(untranslatable)；从非严格或相对意义出发，文学作品(如小说体裁作品)的风格是可译的，即指存在可译性和可译度(translatability)。

⑥小说风格翻译实则是根据源语文本中的 A 风格在目标语文本中重新建立一种 A 风格。用英文表述，前者是 the A style of the source text，后者则是 the A style of the target text。

用数学公式表述，the A style of the ST≠the A style of the TT；the A style of the ST≈the A style of the TT；the A style of the ST∽the A style of the TT。换言之，这跟翻译难等值(identity/equivalence)实质上是同一个道理，无非风格翻译更难做到，可译度更低罢了。

12.3.2 关联理论框架下的小说风格翻译

1. 关联理论概述

关联理论(relevance theory)(Sperber & Wilson, 1986/1995)是关于语言交际的解释理论。关联理论认为,语言交际是一种涉及信息意图和交际意图的明示-推理过程(ostensive-inferential process)。明示和推理是交际过程中的两个方面。从说话人的角度来说,交际是一种明示过程,即说话人把信息意图明白地展现出来;而从听话人的角度来说,交际又是一种推理过程,即听话人根据说话人的明示行为(如话语),结合语境假设,求得语境效果,获知说话人的交际意图(Sperber & Wilson,2003:54)。关联理论的核心内容就是:

"话语的内容、语境和各种暗含,使听话人对话语产生不同的理解;但听话人不一定在任何场合下对话语所表达的全部意义都得到理解;他只用一个单一的、普通的标准去理解话语;这个标准就是关联性。因此,每一种明示的交际行为都应设想为这个交际行为本身具备最佳的关联性。"(转引自何自然、冉永平,1998)

这就是说,明示交际的每个行为都存在这样一个前提,即它本身具有最佳关联性,值得听话人付出努力去理解。关联性与语境效果成正比关系,与人们为获得语境效果所付出的推理努力成反比,用公式表示为:

$$关联性 = 语境效果/推理努力$$

从上述公式可以看出,在同等条件下,语境效果越大,关联性就越强;反之,人们为获得语境效果所付出的推理努力越大,话语的关联性就越弱。在语言交际中,交际双方并不是寻求最大关联,而是寻求最佳关联,即话语能够产生足够的语境效果,而听话人又只需付出最小的认知努力来理解。

关联理论在西方语言学界受到广泛的关注,它从认知的角度揭示了人类交际的一些共性,具有较强的解释力。Horn(1996: 316)指出:"关联理论被证明是一个强大的理论建构,它重新审视了语用推理在话语理解中的作用，及其与认知科学诸多方面的关系。"翻译作为一种跨语言的交际活动，与关联理论有着不可分割的联系。下面将具体探讨关联理论与翻译的关系。

2. 关联理论与翻译

作为西方近年来极具影响力的认知语用学理论，关联理论的影响力已经远远超出了语用学领域本身，其在翻译领域的影响力也是不可估量的。这一现象不足为奇，因为纵观翻译历史就可以发现，无论是严复的"信达雅"，还是傅雷的"神似"、钱锺书的"化境"，无论是 Nida 的"动态对等"(dynamic translation)，还是 Newmark 的"语义翻译"(semantic translation)和"交际翻译"(communicative translation)，但它们有一点是共通的，那就是无论哪一家翻译理论，都主张翻译的前提是必须对原文语言进行正确的理解。关联理论正是一种关于自然语言的认知与理解的理论，与翻译现象十分契合，所以能有效地解释翻译这一"宇宙历史上最为复杂的现象"(Richard，1953)。格特(Gutt，2004)在其《翻译与关联：认知与语境》一书中将关联理论与翻译紧密结合起来，他对翻译的解释几乎可以刷新人们对翻译的宏观认识。Gutt(2004：20)主张用关联理论研究翻译，因为"关联理论从能力(competence)而不是行为(behaviour)的角度来看待交际，它试图具体说明人们大脑的信息处理机制在人际交流中所起的作用。因此，其范畴是大脑机制而不是语段本身或语段产生的过程"。赵彦春(1999)甚至认为，关联理论虽然不是翻译理论，但它可以有效地解释翻译活动，指导翻译活动，并且成为奠定翻译本体论和方法论的基础。

在关联理论的框架下，翻译是一种跨语言的两轮交际活动。第一轮：原作者是交际者，译者是受体；第二轮：译者是交际者，译语接受者是受体。可见，译者扮演着双重角色，他是信息传递的中转者。最佳关联性是译者力争达到的目标，也是翻译研究的原则标准。Gutt(2004)指出：译者的责任是努力做到使原文作者的意图(intention)与译文读者的期盼(expectation)相吻合。为了做到这一点，译者负有双重推理的责任。首先，他必须从原文字句中或所谓交际线索(communicative clues)体会出原文言者的意图，亦即言者企图通过这些字句所传达给听者哪些假设。这些假设的确定，需要译者进行一番推理，单靠"解码"是不够的。格特指出："通过语言编码产生的语义表征(semantic representation)是抽象的大脑结构，必须通过使之充实才能用来代表任何有意义的东西。"这一充实与读者的认知语境关系密切，而充实后有意义的东西也就是取得最佳关联。

3. 认知语境与最佳关联

关联理论的语境观从人的心理状态来考察交际推理时的环境，认为受众将对世界的假设以概念表征(conceptual representation)的形式储存在大脑中，构成用来处理交际时新信息的认知环境。因此，所谓认知语境，即"人们所知道的一系列事实或假设构成的集合"(the set of all the facts that he can perceive or infer)(Sperber & Wilson, 2001: 27)，它是由交际双方或从认知世界感知到的信息，或从短时记忆、长期记忆提取的信息，或是由以上两种信息推导出来的信息构成的。语言使用者的具体语境已被其通过经验和思维内在化、认知化，这种认知化内在化的结果即形成个人的认知语境。它包含三个部分：逻辑信息、百科信息、和词汇信息。(同上：86)一个人的认知环境是可以显映的事实或假设构成的集合，交际双方在交际过程中所应用的认知语境，只是认知环境中互为显映的部分，当双方的认知语境显现的事实或假设相同时，认知环境会出现某些重叠，成为双方共同的认知环境。这共同的认知环境，就是Sperber & Wilson 所认为的"互明"(mutual manifestness)，便成为双方交际成功的前提。在翻译中，如何使译文读者与原文读者具有"互明"，是翻译成功的前提。

除了认知语境，关联翻译理论中另一重要概念便是最佳关联。我们知道，在交际中，即使是同讲一种语言的人(具有共同认知环境的人)，有时也会因为种种原因产生不同的推理，得出不同的结果，从而导致交际的失败，即没有达到最佳关联。由于源语和译语的认知环境不同，交际者赖以推理的语用前提也可能会有差异，自然而然，对同一话语，建立的关联肯定也会有差异，译者要融入原文的认知环境中，对话语在原文中的各种关联进行全面的衡量，找出最佳关联，得出正确的理解。

最佳关联是以人类交际为趋向的。从理论上讲，最佳关联性对推理具有无限的广延性，任何表面上看来不可接受的话语在这种广延性的推理下都可变得连贯，因为最佳关联性本身的运作机制可让译者和译语读者直接感知源语语段和译语语段之间的联系，换言之，也就是译者和译语读者通过恰当的处理努力寻找到源语和译语中语段之间的关联性，从而实现源语语篇和译语语篇连贯，因为关联实现对源语和译语的意义连贯起着决定性的作用，译者和译语读者理解源语和译语就是将其相关语境假设(储存在其大脑中被激活的相关百科知识)和输入的新信息(源语和译语)相互作用的过程，这一过程具体地说就是用演绎推理来寻找源语和译语语句的命题和其被激活的相关语境假设之间的关联性。

4. 风格的直接翻译

以上讨论了关联理论与翻译的关系。那么，在关联理论下，(小说)风格究竟是否可译呢？赵彦春(1999)提出从关联角度来考虑，可译与不可译性问题很容易解决。翻译毕竟是语言使用的一种方式，它是一种言语交际活动(verbal communication)，而交际的成功取决于一方的意图被另一方识别。作为特殊交际的翻译涉及三个文本：原交际者和译者构成了交际的双方，原交际者把文本输入给译者——译者通过关联进行推理，形成图示文本——译者和译语接受者又构成了交际的双方——译者把图示文本传递给受体，形成译语文本，至此交际完毕。在此过程中，语码只是传递信息的工具，而交际者是可以能动地选择语码的，也就是说，不同的话语可以表示同样的内容，取得同样的交际效果。不管文字的图像性可以传达什么样的信息都无关紧要，因为它只说明了造字的理据(motivation)，并不影响它所代表的规约意义(conventional meaning)，也就是说，不论什么样的语码，都有同样的工具功能。以此看来，什么都不是不可翻译的；退一步讲，什么都可以在某些方面，某种程度上，以某种方式进行翻译。

赵彦春教授的论述揭示了关联理论对翻译的强大的解释力，也说明了没有什么是不可译的，小说的风格也不例外。那么在关联理论框架下，我们又如何进行小说风格翻译呢？关联理论认为：风格在交际中能被传递，也就是说风格是可译的。Sperber & Wilson 指出：

It is sometimes said that style is the man. We would rather say that <u>style is the relationship. From the style of a communication it is possible to infer such things as what the speaker takes to be the hearer's cognitive capacities and level of attention, how much help or guidance she is prepared to give him in processing her utterance, the degree of complicity between them, their emotional closeness or distance.</u> In other words, a speaker not only, aims to enlarge the mutual cognitive environment she shares with the hearer; she also assumes a certain degree of mutuality, which is indicated, and sometimes communicated, by her style. (2001: 217-218；下画线为主编所加)

可见，风格表示一种关联。在人际交流过程中，说话者可以推测出听话者的种种认知能力及关注程度；为有助于听话者处理说话者的话语信息、他们之间的默契程度以及情感距离等，说话者该提供多少引导或帮助。这些交流和沟通，都是可以通过说话者的风格（关联度）来加以（部分）实现的。

因此，在关联理论下，风格可以通过直接翻译保留交际线索的方法得到保留。通过保留源语文本中的所有交际线索，只要译语读者能利用源语作者所期望的语境假设，直接翻译可以让他们获得与源语读者一样的阅读效果。

5. 直接翻译与间接翻译的比较与关系

"直接翻译"（direct translation）与"间接翻译"（indirect translation）的概念是 Gutt 在其《翻译与关联——认知与语境》一书中提出的，这一对重要概念是他在 Sperber & Wilson 关于直接引语和间接引语的理论的基础上发展而成的。根据 Sperber & Wilson 的理论，直接引语保留了原文所有的"表面语言特征"（superficial linguistic properties）（转引自 Gutt，2004：133），而间接引语则仅仅意在保留源语文本的认知效果。在直接引语中，除了原说话者的语音无法复制以外，说话者必须保留原话的每一个词，甚至句子的重音和语调，让听话者觉得仿佛是原说话者自己在说话。而且说话者可以不必理解原话也可以进行转述，如一个 7 岁的小孩子也可以用直接引语来转述非常深奥的古诗，而听话者可根据他的转述来理解古诗的意思，这也就是 Sperber & Wilson 所说的保留源语文本所有的"表面语言特征"。因此，直接引语是语言的一种描写性用法(descriptive use)。而间接引语则不同，他注重的是语言的阐释性用法，如在一定的语境中，英语的修辞性疑问句"Don't you know him?"可以转述为陈述句"He said that he thought she knew the man."总之，间接引语是对原话的一种阐释，是在保留原话的基本意义的基础上，根据不同的语境需要，改变话语的表面语言特征，以达到原话的认知效果。

Gutt(2004：133)认为，间接翻译相当于间接引语，对原文的语言特征有较大的改动，一再保留原文的"认知效果的相似性"(resemblance in cognitive effects)；直接翻译则与直接引语相像，它有赖于"语言特征的相似性"(resemblance in linguistic properties)。但是，问题在于，表达话语的风格特征的语言特性并不具有普遍性，因为语言特征不但因语言而异，而且同样的语言结构(如英汉两种语言中的主动语态和被动语态)并不像电影具有同样的风格特征。所以 Gutt 认为，在直接翻译中，我们与其说在努力保留原文的全部语言特征，不如说是在保留这些语言特征为我们提供的"引导读者获得交际者本意的交际线索"(同上：134)。

直接翻译的核心就是在于保留源语文本的风格。当然，直接翻译意味着读者将付出更多的认知努力来推断出原文的风格特征，但这与关联理论关于读者用最小的努力达到最大的认知效果并不矛盾。因为 Gutt 强调的只是，必须让读者的收获"超过他们多付出的认知努力"(同上：148)。

Gutt 将直接翻译和间接翻译的概念统一在关联理论的框架之内，指出两者都是"语际阐释用法"(interpretive use)(同上：171)，他把翻译现象比作一个"连续体"(continuum)，"间接翻译占据了这个连续体的绝大部分，直接翻译只是一头的顶端"(同上：172)。也就是说，在翻译实践中，大多属于间接翻译，直接翻译只是少数。

小说翻译也是集直接翻译与间接翻译于一身，更多的是用间接翻译来达到语义的传达。但小说的风格特征则有赖于直接翻译，通过保留表现源语语言特征的"交际线索"，来向译语读者传达原作的独特风格。那么，如何才能实现直接翻译呢？

"交际线索"（communicative clues）这一概念是 Gutt 在论述直接翻译时提出的。他认为，交际线索指的是在翻译中，我们不能保留源语文本的全部语言特征，而是在保留这些语言特征为我们提供的引导读者获得交际者本意的线索。（同上：134）例如：

【A组】(a) The DEALER stole the money.

(b) The dealer STOLE the money.（同上）

这两句子通过强调了不同的句子成分表达了不同的隐含意义。在一些没有同样的表达手段的语言中，只能译成相当于下面的句子：

【B组】(a) It is the dealer who stole the money.

(b) What the dealer did was stealing the money.（同上：135）

Gutt 认为，所谓保留原文的风格，就是保留这种交际线索，译语读者在原文设定的语境中取得与原文完全相似的阐释，从而取得最佳关联。

根据 Gutt 关于直接翻译的理论，原文的语义表征（semantic representations）、句法特征（syntactic properties）、音韵特征（phonetic properties）、固定用语（formulaic expressions）、拟声词（onomatopoeia）、风格词语（the stylistic value of words）等都提供了表现其风格特征的交际线索。下面就简单介绍这几种交际线索。

【语义表征的交际线索】

Gutt 在谈到语义表征时，举了一个著名日本和歌的翻译为例：

古池や蛙飛び込む水の音

用汉字书写，大致可以写为：古池（呀）青蛙跳入水的声音（转引自张春柏，2003）。

一位日本学者 Yuasa 认为："本诗起首的名词可以译为英语的'古池'，如果译者能够满足于'古池'这一译文，那他的工作就简单了。但我发现这样的英文似乎并不令人满意。首先，我感到这个对应的英文翻译表达得太抽象概括了，不能表现出源语所暗示的池边的风景。当然源语这个词本身在表达上也不是非常正确。而且我认为这是译者的责任，不仅仅译出'古池'，而应让读者感觉到<u>池边诗人的存在</u>。"（转引自 Gutt，2004：139）Yuasa 认为原文忽略了"池边的风景"以及"池边诗人的存在"两个意义，Gutt 却认为，所谓"池边的风景"和"池边诗人的存在"是"古池"一词在这一特定语境中的"引申意义"，这种"引申意义"不在译者关注的范围之内，了解这类信息是读者的责任。（Gutt，2004：143；转引自张春柏，2003）

后来 Gutt 根据关联理论关于认知语境由词汇、逻辑和百科信息组成的概念对此进行了进一步分析，指出"古池"一词应属于逻辑信息的范畴，而"池边的风景"以及"池边诗人的存在"应该属于百科信息（2004：142），在直接翻译保留原文语义表征应保留其逻辑信息，让译语读者自己结合语境去体会其百科信息，这就是 Gutt 对保留语义表征的交际线索来保留源语风格的极好的注解。

【句法特征的交际线索】

列维（Levy）曾经指出，在翻译散文、戏剧、无韵诗和押韵诗、音乐文本以及配音时，句子特征被认为是所有语言特征中最不应该改变的。（转引自 Gutt，2004：144）在小说翻译中，尤其是在翻译体现原作风格的语段或句子时，更应该保留原文句法特征的交际线索。下例是狄更斯《双城记》中的起首段，可以表明小说翻译中句法特征的重要性。

【ST】 It was the best of times, it was the worst of times, it was the age of wisdom, it was the age of foolishness, it was the epoch of belief, it was the epoch of incredulity, it was the season of light, it was the season of darkness, it was the spring of hope, it was the winter of despair, we had everything before us, we had nothing before us, we were all going to heaven, we were all going direct the other way…

【TT1】 那是最好的时代，那是最坏的时代；那是智慧的年月，那是愚蠢的年月；那是信仰的时期，那是怀疑的时期；那是光明的季节，那是黑暗的季节；那是希望的春天，那是绝望的冬天；我们拥有一切，我们一无所有；我们都直奔天堂，我们都直下地狱……（曾克明 译）

【评析】【TT1】较好地保留了原文句法特征的交际线索，从而让译语读者理解源语作者的交际意图，即这些简单句体现了不同群体人们的观点，作者利用这么多互相矛盾的简单句可以达到讽刺的效果。而如果将原文译为：

【TT2】那是最好和最坏的时代；那是智慧和愚蠢的年月；那是信仰和怀疑的时期；那是光明和黑暗的季节；那是希望的春天和绝望的冬天；我们拥有一切，我们一无所有；我们都直奔天堂，我们都直下地狱……

通过句式的改变，原文就变得平淡无奇，原文中的讽刺效果则化为乌有。

【音韵特征的交际线索】

Gutt 在谈到音韵特征的交际线索重点讲述了两个方面，一是音译，保留原文的语音特征，二是翻译具有概念意义的语音形式的书面表达方式。在关联理论的框架下，对专有名词进行音译保留了源语的交际线索，可以保留源语的特征，达到最佳关联。

当源语中的专有名词具有意义时，比如一些作品中的人物姓名具有体现人物性格的作用，这时不需要保留其语音特征，而需要根据其百科信息保留原文的交际线索达到最佳关联。

【固定用语的交际线索】

固定用语包括很多方面，Gutt 在直接翻译中论及了问候语、正式书信的开头和结尾、警示语以及一些谚语等方面。这里就借用 Gutt 举的关于问候语的例子来说明如何保留固定用语的交际线索。

Gutt 指出英语中 "Hello" 一词是不具有真值的命题形式，但是这个词语在表达中可以通过对其正确描述而形成命题形式，如 "Alfred said 'hello'"，这句话激活了听话者对语言的认识，也为我们的阐释提供了线索。如前面所述，人的认知语境包括词汇、逻辑以及百科信息。"Hello" 一词既然有语音形式，它必定有一个提供其语言信息的词汇信息。因为它没有真值，就没有逻辑信息。它的 "意义" 就包含在其百科信息中，存在于我们对 "hello" 这个词所知道的一切信息：如这是一种问候语，它可以被用于非正式场合，以及人们如何正确使用这个词的其他相关信息。(Gutt, 2004: 155) 在翻译中，只要能够在目的语的认知语境中找到与此逻辑信息相似的阐释，那就是保留了原文的交际线索，如翻译成中文的 "你好"。

【拟声词的交际线索】

直接翻译可以解决某些拟声词的翻译问题。Levy 曾区分过两种拟声词，一种是"可以模仿的一连串的声音"（sound-imitating sequence…created ad hoc）（转引自 Gutt, 2004: 160），也就是说声音与意义相互吻合，能直接产生音义之间的相互联想。比如说，在英汉翻译中，猫叫声的英译拟声词为 mew 或 miaow，这种拟声词可以直接进行音译，保留原文的特征。另一种是词的发音已经获得了"某种概念意义，就像动物语言以及自然界最普遍的语言一样"（conceptual values and the character of a word, as is the case with the "language" of pets and with the most common sounds of nature）（同上）。比如说，英文中 slither 一词指代的便是蛇爬行发出的声音。在关联理论的框架下，slither 一词本身只是一个拟声词，没有任何命题形式，也就没有逻辑信息，然而读者会对 slither 一词产生一种心理表征，那就是"蛇爬行发出的声音"，这也是 slither 这一概念具有的百科信息，在翻译这种拟声词时，应保留其百科信息所提供的交际线索，从而达到最佳关联，也保留了源语的风格特征。

【风格词语的交际线索】

风格词语是指具有风格意义或内涵意义的词语，从社会语言学的角度来说，也可以指"语域"、"方言"等方面。所谓语域就是指语言随着使用场合环境不同而区分的语言变体，是指在特定的语言环境中使用的、有一定的语言特征的语言变体。（侯瑞德，1999：9）侯瑞德先生曾引用一个生活在美国城市里的七年级学生在学校、在家里和在放学路上使用的三种不同语体：

(a) Goodbye, Mr. Martin.（参考译文：马丁老师，再见！）

(b) See ya later, Mom!（参考译文：回头见，妈！）

(c) Okay, man, I gotta split.（参考译文：好了，伙计，我得闪了！）

从上例中我们可以看出不同的语域在读者心中所引起的认知语境也不同。在读者的百科信息中，(a) 是属于比较正式的文体（通常用于较为正式的场合）。(b) 较 (a) 不正式，(c) 则更不正式。在小说翻译中保留原文风格词语的交际线索就是要保留风格词语所激发原文读者认知语境中的百科信息。又如一些近义词如 copper 和 policeman 概念相同，但是内涵意义不同，保留交际线索就要在译语读者的认知语境中保留 copper 用于非正式用语这一百科信息(如江南"文革"期间流行的"蓝帽儿"——当时的警察都穿清一色的蓝制服、戴蓝帽子；亦称"娘舅")，而 policeman 则属于普通用语。

12.4　从意识形态视角看小说性描写翻译

人文社科类翻译，无法跟意识形态脱离关系。文学翻译亦如此，文学翻译中的涉性部分(如性描写、性爱描写、色情描写等)更是如此。据此，我们应该首先就意识形态等有关概念做一清楚的了解和认识。

12.4.1　意识形态与赞助人、诗学、改写等概念简述

"意识形态(论/说)"跟小说等体裁的文学创作、翻译关系密切。该项论说势必涉及与此不可分割的"改写论"(rewriting)或"调控论"[1] (manipulation)。"改写论"/"调控派"代表人物勒勒弗菲尔(André Lefevere)在《翻译、改写以及对文学名声的制控》(2004)中指出(下画线及方框为主编所加，请务必注意)：

■ This book deals with those in the middle, the men and women who do not write literature, but rewrite it. It does so because they are, at present, responsible for the general reception and survival of works of literature among non-professional readers, who constitute the great majority of readers in our global culture, to at least the same, if not a greater extent than the writers themselves. (Lefevere, 2004: 1)

■ If some rewritings are inspired by ideological motivations, or produced under ideological constraints, depending on whether rewriters find themselves in agreement with the dominant ideology of their time or

---

1 原译"操纵派"，似乎已经"约定成俗"，但译名确系误译或不够准确。

not, other rewritings are inspired by poetological motivations, or produced under poetological constraints. （同上：7）

■ Rewriting manipulates, and it is effective.

The same basic process of rewriting is at work in translation, historiography, anthologization, criticism, and editing… Since translation is the most obviously recognizable type of rewriting, and since it is potentially the most influential because it is able to project the image of an author and/or a (series of) work(s) in another culture, lifting that author and/or those works beyond the boundaries of their culture of origin, four chapters of this book will be devoted to the study of translated literature. （同上：9）

■ The second control factors…will be called "patronage" here, and it will be understood to mean something like the powers (persons, institutions) that can further or hinder the reading, writing, and rewriting of literature. （同上：15）

■ Patronage is usually more interested in the ideology of literature than in its poetics, and it could be said that the patron "delegates authority" to the professional where poetics is concerned. （同上）

■ Patronage can be exerted by persons…and also by groups of persons, a religious body, a political party, a social class, a royal court, publishers, and, last but not least, the media, both newspapers and magazine and larger television corporation… Patrons try to regulate the relationship between the literary system and the other systems, which, together, make up a society, a culture. As a rule they operate by means of institutions set up to regulate, if not the writing of literature, at least its distribution: academics, censorship bureaus, critical journals, and, by far the most important, the educational establishment. Professionals who represent the "reigning orthodoxy" at any given time in the development of a literary system are close to the ideology of patrons dominating that phase in the history of a social system in which the literary system is embedded. In fact, the patron(s) count on these professionals to bring the literary system in line with their own ideology... (同上：15-16)

■ A poetics can be said to consist of two components: one is an inventory of literary devices, genres, motifs, prototypical characters and situations, and symbols; the other a concept of what the role of literature is, or should be, in the social system as a whole. The latter concept is influential in the selection of themes that must be relevant to the social system if the work of literature is to be noticed at all. In its formative system phase a poetics reflects both the devices and the "functional view" of the literary production dominant in a literary system when its poetics was first codified.

Once a poetics is codified, it exerts a tremendous system-performing influence on the further development of a literary system... A systematic poetics emerges in a culture after a literary system proper has been generated and when important critical conceptions are based on the flourishing or normatively considered genre. (同上：26-27)

■ Two factors basically determine the image of a work of literature as projected by a translation. These two factors are, in order of importance, the translator's ideology (whether he/she willingly embraces it, or whether it is imposed on him/her as a constraint by some form of patronage) and the poetics dominant in the receiving literature at the time the translation is made. The ideology dictates the basic strategy the translator is going to use and therefore also dictates solutions to problems concerned with both the "universe of discourse" expressed in the original (objects, concepts, customs belonging to the world that was familiar to the writer of the original) and the language the original itself is expressed in. (同上：41)

■ Yet ideology is not the only factor to determine the translator's strategy. Poetics is another. (同上：45)

■ Ideology and poetics particularly shape the translators's strategy in solving problems raised by elements in the Universe of Discourse in solving the original and linguistic expression of that original. (同上：48)

以上我们特地引用了 10 段论述"意识形态"、"赞助人"、"诗学"、

"改写"这四个关键词的经典语录。细读画线部分的文字,不难看出,译者或"改写者"(translator/rewriter)跟上述四个关键词密切相关。

首先,译者即改写者,因为一切翻译均为改写/重写(rewriting)。其次,译者自身受(社会和个人)意识形态的控制,其翻译过程也受意识形态的影响。再次,赞助人是控制翻译的第二大因素。最后,诗学时时处处都影响着译者及其翻译本身。当然,意识形态也可以包括国家意识形态、民族意识形态、审美意识形态、集体意识形态、个体人意识形态、赞助人意识形态(含诗学)等。因此,不仅文学作品等人文社科主题的著述都是 rewritings,那就更不用说文学作品中的性描写的翻译则更容易受"意识形态"、"赞助人"和"诗学"的调控/制控/操控而不得不进行所谓的 rewriting。

12.4.2 性描写概念的中西态度

要对"性描写"下一个合乎情理或者合乎学术规范的中西方的定义,似乎是无济于事的,因为史上或者世上一直存在着"四难":①难以设定标准与定义;②难以设定禁区(taboo);③难以分清界限(如"情"与"色"的界限,健康的性情与黄色的色情之间的界限等);④难以一劳永逸(按照一成不变的尺度去衡量不同历史时期的性描写)。因此,我们以为还是客观地、具体地、历史地、开放地、包容地(于是公平公正地)来看待所谓的"性描写",即中西方人们对性描写的态度。

1) **从文字表达看**,"性描写"可以是英文中的 sex description 和 sexual description。这样表达既客观又中性,一般认为属于褒义或中性词表达。而"色情描写",英文则是 erotic description/pornographic description。这样表达被认为是负面的,甚至应该被限制乃至被禁止的。

2) **从历史发展看**,"性爱描写"或"色情描写"是翻译文学作品中的一朵奇葩,它以其特有的方式为目标语读者(直接或间接地)展现了一个充满肉欲享受的神秘世界。然而,"语言表达障碍"和"不同的接受美学"等使得(翻译的)文学作品在源语国家或文化和在译语/目标语国家或文化中的认知和态度可以是完全不同的。这可以使得各民族之间的文学交流严重受阻,人类精神瑰宝难以跨越国界,一国文学无法为他国读者所欣赏和享受。

3)**从翻译角度看,**中国性文化和西方性文化在对方眼里都具有神秘的色彩,各自文化、语言给对方的翻译造成极大的障碍。特别是具有几千年文明史的中国性文化,要译成相应的英文,极具挑战,几乎是不可能被对等翻译的,或可译度较低。

灿烂的华夏文化,同时又较为封闭的孔孟之道,使汉语文学作品中的有关性描写主题的发展出现"两极"问题:实际发展之丰富多彩,正常公开却禁忌颇多。这与中国人长期形成的性禁忌观念密不可分。《红楼梦》被誉为中国封建社会"生活的百科全书"。它对清代性科学作了全方位的记录。书中有关性医学、性心理学、性民俗学、性隐语的描述,丰富多彩,耐人寻味,不论是在古典文学还是传统性学的青史上,都堪称经典之作。

《红楼梦》中的性文化既涉及"风月"、"云雨"等美好的性描写,甚至还跟动植物及其他自然现象相关。来自不同领域或世界的意象(image),用本国语言对性的描写是一回事,但将这些意象在目标语文本中保留下来(如像 E. Pound 那样注重意象的文字传递)又是另一回事。换言之,这样既非"字对字"的直译但却有美感并有效的翻译真是比登天还难啊!这里我们还没有强调意识形态、赞助人、诗学观等对翻译实践直接或间接的影响和限制。

举例来说,如何在既保留形象又传递词义的前提下,译好类似"房事"、"行房"、"圆房"、"房中术"等独具中国性文化特色的 CSI。中国性文化的 CSI,有正面词汇,也有负面词汇。譬如,"破鞋"、"扒/爬灰"、"鸭子"、"做鸡"、"小姐"、"淫棍"、"孽债"、"风月债"、"寻花问柳"、"眠花宿柳"、"偷鸡摸狗"等均属负面词汇。

此外,"正面"或"负面"的性描写篇章对译者的挑战则会更大。于是乎,文学翻译如何翻译"性描写",化"性丑"为"性美",减少前者对读者的消极影响,这一直是译者专/职业译者应十分关注而至今尚未加以合情合理解决的问题。要解决此问题,在不受赞助人、国家意识形态等影响的前提下，译者可以"简单化"（as simple as...）：根据个体和当今集体的"诗学观"，或者根据作品出版年代的诗学观，采取"不译"、"节译"、"压缩"、"改写"、"变译"等，也可以采用合乎情理和合乎当下美学观的翻译策略，采用各种修辞手法或心理手法，如符合反常化比喻、通感手法、浅化、淡化、重心理轻感官和美感化语言等去描写"性"。

12.4.3　SL 性描写与 TT 对比译析

　　源语文本中的性描写与英汉译语文本之对比译析，有助于我们具体了解、认识中西读者/译者对待"性描写"/"色情描写"的态度。本节的译析，案例未必局限于纯文学，主要涉及译者的态度，由此折射出译者所"代表"的 TL 读者的反映论/美学价值，折射出 TL 文化（当时/史上）的诗学观，折射出中西方（文化）的不同或相似的接受美学观。

【ST1】*Sex Drive*

【TT1-1】《破处之旅》

【TT1-2】《性冲动》（主编　试译）

【TT1-3】《性欲》（主编　试译）

　　【译析】*Sex Drive* 是 2008 年美国著名导演 Sean Anders 指导拍摄的一部喜剧电影，首映于 2008 年 10 月。片名原文是一个涉及性欲（或"性动力"）的客观中性词，内涵宽泛。被译成"破处之旅"实则大胆、直接，视角独特；虽然还"点题"，但似乎不（太）符合中华民族传统的文化价值观。但译成"性冲动"/"性欲"就迂回多了。就译者态度而言，【TT1-1】似乎是"过"了一些；【TT1-2】较为接近【ST1】；【TT1-3】比较"温"。总之，汉语片名"破处之旅"比英文片名 *Sex Drive* 更"露骨"，也更具"诱惑力"。

【ST2-1】rabbit = "female" = "highly fertile" = "sexually active" = "promiscuous" = etc.

【ST2-2】bow tie = "elegance" = "night club scene" = "finesse" = etc.[1]

【TT2-1】白兔 = "女性" = "高产" = "性" = "行主动/积极" = "乱交

---

1 此例选自 114 Brands and Logos, *Encyclopedia of Language and Linguistics* (2nd edition), Elsevier Science, 2005。

(的)" = ……

【TT2-2】领结="雅致"="夜总会场景"="巧对"=……（主编 试译）

　　【译析】该 ST 引自英美人主编的《语言和语言学百科全书》(第二版)，有关背景、意涵的诠释均出自加拿大学者之手，可见其权威性。唯有采取"直接翻译"(direct translation)法，才能较好地保留 ST 中的交际线索。如果对美国文化比较了解的话，读者会联想到上述讨论的是花花公子的标识(the Playboy logo)：rabbit 特指标识中的"a bunny wearing a bow tie"。

　　若对该夜店了解更为深入的话，"兔女郎"(bunny/bunny girl)还分为多种类型：the Door Bunny，the Cigarette Bunny，the Floor Bunny, the Playmate Bunny 和 the Jet Bunny。上述两种解读链给读者带来的是更多的文化解读、更多的文化联想。起码 bunny 不是一个令人欢迎的好词，故词典中有指"漂亮女孩"或"(尤指被视为性交对象的)漂亮姑娘"等义项。

　　总之，译者的态度是端正的，译文再现了原文的基本内涵。

【ST3】*A Dirty Shame*

【TT3-1】《宝贝好色》

【TT3-2】《肮脏的丑事》（主编 试译）

【TT3-3】《毫无羞耻》/《不知羞耻》（主编 试译）

　　【译析】*A Dirty Shame* 出自约翰·沃特斯那想象力丰富的大脑，是美国第一部极尽官能挑逗的性喜剧(satirical sex comedy)。沃特斯把故事放在了他老家巴尔的摩的哈特福德路，讲述了一群放纵性欲的人骚扰他们的蓝领邻居，继而引发了"无性"拥护者的震惊和恐慌。片中无时无刻不充满了粗俗下流的性幽默，是一部百分百态度宽容、内容肮脏的电影。比较三类译名，**【TT3-1】**给人一种错觉，似乎只是片中的女角色或女主人公是"好色的"；**【TT3-2】**为"逐字翻译"，算是对影片的一种概括性"直译"；**【TT3】**既是委婉性点题，也没有偏向性误导发生。

　　总之，译者的态度使译名产生一种导向：作品的主角是有魅力的女性，而且好色。我们不宜给**【TT1】**冠以一项什么帽子，但片名原意的确不是如此。

【ST4】亦船亦楼，名娃闺秀，携及童变……

【TT4】They are celebrated beauties, and ladies and daughters of high families in pleasure or house boats, with <u>handsome boys</u> (*homosexuals*) as their companion…（林语堂 译）

【译析】原文选自明末清初散文家张岱的《西湖七月半》。不难看出，"童变"在汉语语篇中的意思是比较委婉的，可以仅指"容貌美好的家僮"，也可以指"美少年"、"漂亮书童"——做"男妓"或"男同性恋(者)"/"男同性爱"解。

明朝淫狎娈童的风气转盛。明人多称男风为"南风"，有时亦称男妓卖淫场所为"南院"。清代淫狎娈童的风气更盛，没有禁忌，几乎是公开同性恋行为。尽管如此，汉语中"童变"（不是"变童"）的确一词多义；即使意指"男同性爱"，也是婉转表达，而且当代中国人可能只知其一，不知其二。然而，林译的夹注却将这个委婉语和盘托出，虽达意，却失去不少美学之元素，而且读起来有些"突兀"。但不做注释，西方读者是无法能够"解码"或"破码"的。

总之，译者的这一直截了当的态度，也是不得已而为之。类似案例再见以下译例。

【ST5】(ancient Chinese expressions)	【TT5】 (modern interpretation)
1. 龙阳之好/癖/兴	1. love between boys; sudden same-sex love
2. 面首	2. beautiful boy/handsome boy (kept for a gay)
3. 小倌	3. MB/money boy; toy boy; male prostitute
4. 外交	4. outercourse
5. 断袖/断袖之宠	5. cutting off one's sleeve; the cut-off sleeve
6. 分桃/余桃之爱	6. offering the tasted peach; the tasted peach
7. 龙阳君	7. Lord Longyang/LL/gay/homo
8. 男色/男风（南风）	8. male beauty/male appeal
9. 鸡奸	9. sodomy
10. 同性爱	10. same-sex love; homosexual love; gay love

【译析】几乎所有的 STs 均为委婉表达，源于中国古代或古希腊。这些间接表意的委婉语几乎只能用比较直接的现当代英文来表述或重译。译者目前暂时也只能做到这个地步，希望随着跨文化交流的深入发展，会产生较多的英文近义词或对等词。

【ST6】原来薛蟠自来王夫人处住后，便知有一家学，学中广有青年子弟，不免偶动了<u>龙阳之兴</u>，因此也假来上学读书，不过是<u>三日打鱼，两日晒网</u>。（曹雪芹，《红楼梦》第9章）

【TT6-1】Now Xue Pan had not been long in the Rong Mansion before he learned of this school, and <u>the thought of all the boys there appealed to his baser instincts</u>. So he enrolled as a student. But he was like the fisherman who fishes for three days and then suns his net for two.（杨宪益、戴乃迭 译）

【TT6-2】When Xue Pan learned, some time after moving into his aunt's place in the capital, that the establishment included a clan school plentifully stocked with young males of a certain age, <u>his old enthusiasm for 'Lord Long-yang's vice' was reawakened</u>, and he had hastened to register himself as a pupil. His school-going was, needless to say, a pretence－'one day fishing and two days to dry the nets' as they say－and had nothing to do with the advancement of learning.（霍克斯 译）

　　【译析】此例选择《红楼梦》，是就"龙阳之兴"在特定语境下，应该如何进行汉译英。令人遗憾的是，两位大家均未很好地再现原文的基本含义及风格，甚至都给这种不宜随便扣帽子、贴标签的"龙阳之兴"译为负面意义的目标语。经思考，笔者特提供两个局限于本语境下的译文，望批评指正：

【TT6-3】…the thought of all the boys there appealed to his <u>basic instincts</u>.（主编 改译）

【TT6-4】…the establishment included a clan school plentifully stocked with young males of a certain age, his old enthusiasm for "<u>the same-sex attachment</u>" was reawakened…（主编 改译）

【ST7】自过门至今日，方才<u>如鱼得水</u>，恩爱缠绵，<u>所谓二五之精妙合而凝的了</u>。此是后话。（曹雪芹，《红楼梦》第109章）

【TT7-1】And thus that night at last <u>their marriage was consummated. Later she conceived</u>, but that need not concern us now.（杨宪益、戴乃迭 译）

【TT7-2】As a result, <u>their marriage was that night physically consummated for the first time</u>, and <u>they tasted to the full the joys of nuptial intercourse</u>.

From this union Bao-chai <u>conceived a child</u>. But that belongs to a later part of our story.（霍克斯、闵福德　译）

【译析】上述译文，不是四位大家是否译出了 ST 中的精深文化、语言风格的问题，而是如何理解 ST 中的阴阳五行，从而推断出宝玉和宝钗的婚后生活是否和谐，于是再考虑如何尽可能地译出 ST 的风格来。

　　根据青年学者、民间红学研究者陈林的考证，笔者以为：TT 的译者是建筑在他们理解《红楼梦》这段话时应该这样而非那样的基础之上才进行翻译的。以下就新旧理解及其新旧译文做一对比分析。

【ST】……所谓二五之精妙合而凝的了。

【问题】"二五之精妙合而凝"能"隐指生命之孕育"吗？

【传统解读】"二五之精妙合而凝"就是指薛宝钗怀孕了。	【当代解读】"二五之精妙合而凝"不能"隐指生命之孕育"。
【翻译结果】两个大家的译文均不谋而合地译出薛宝钗怀孕了。	【解读论证】
➤ 结果一：Later she <u>conceived</u>…（杨-戴　译）	➤ 作者曹頫[1]借用周敦颐[2]的话，来隐喻薛宝钗和贾宝玉性生活非常和谐美满。
➤ 结果二：From this union Bao-chai <u>conceived a child</u>.	➤ 周敦颐《太极图说》有曰："五行之生也，各一其性。无极之真，<u>二五之精，妙合而凝</u>。'乾道成男，坤道成女。'二气交感，化生万物。"
【正确解读】参照【解读论证】中的观点。	➤ 有学者称"二"指"阴阳"，"五"指五行（虽然不能断言这个理解完全不对，可是这个理解存有问题）。因为如果只用"阴阳"、"五行"来解说"二"和"五"，直接的推论就
【准确翻译】	
【Interpretive ST】	
自从薛宝钗嫁到贾家至今，方才如此恩爱缠绵，如鱼得水。宝钗跟宝玉如同阴阳八卦之二	

1　曹頫（约1706—?），曹雪芹父亲，120 回《红楼梦》真正作者（据陈林）。

2　周敦颐（1017—1073），北宋著名哲学家，学术界公认的宋明理学开山鼻祖。作《太极图说》、《通书》，推明阴阳五行之理。其《宋室·道学传》将周子创立理学学派提高到了极高的地位（据百度百科缩写）。

爻与五爻相应，可谓精妙结合。此是后话。（主编 试译）

【TT3/New TT1】

And since Baochai was married to Baoyu, it was that night at last their union was physically consummated for the first time. Both tasted to the full the joys of nuptial intercourse, as fish was in the water. Like the natural combination of *yin* and *yang*, Baochai (*yin*) and Baoyu (*yang*) became so integrated with each other as to be a perfect pair.

But, that belongs to a later part of our story.（主编 试译）

【TT4/New TT2】

And it was until that night at last since their wedding that Baochai and Baoyu was physically consummated for the first time. They both did taste to the full the joys of nuptial intercourse. Like the natural combination of *yin* and *yang*, their union of *yin* and *yang* became so perfect that their life was as harmonious as fish was in the water.

But, that belongs to a later part of our story.（主编 试译）

只能是宝钗一次就怀孕了，但事实并非如此。

➢ 这里的"二"和"五"，应是《周易》六十四卦之卦爻，即一卦六爻之中的第二爻和第五爻。一个卦由六爻组合而成。六爻的奇数位叫"阳位"，偶数位叫"阴位"；一、三、五爻就是"阳位"，其中第五爻就是"九五之尊"位，是"君位"；二、四、六爻就是"阴位"。按照老祖宗的说法，第一爻和第四爻，第二爻和第五爻，第三爻和第六爻，分别有着互相呼应的关系，如果两两互为阴阳，那就是"有应"；两两同为阴或同为阳，那就是"不应"。

➢ 宝钗和宝玉"二五之精妙合而凝"，不是说怀孕了，而是在借用第二爻之阴与第五爻之阳"有应"，比喻宝姐姐和宝弟弟性生活和谐美满。

➢ 根据《红楼梦》，贾宝玉和薛宝钗的第一次肉体接触，发生在(某年)正月二十二日，宝钗20岁生日的第二天。可是，宝钗知道自己怀孕，却是在当年九月中上旬宝玉参加科举考试放榜之时。宝玉中举的消息在118回才写到，王夫人也是在宝玉中举后才知道宝钗怀孕的。

➢ 由此可见，"二五之精妙合而凝"肯定不是"隐指生命之孕育"。

> 起码，在翻译时，不能煞有介事地用"to conceive"这个动词。修改译文见左栏目。

【译析】杨-戴译和霍闵译可谓认真细致，还算准确，主要是对"二五之精妙合而凝"的解读出了问题，也可能他们一直"紧跟"传统的注释，没有去深究这句既"充满神秘"又"妙趣横生"的"周易话语"/"易经话语"才造成理解上的不一致。

假设他们理解正确，他们作为译者的态度是值得肯定的，译得简单也是不得已而为之，起码他们担心要把"二五之精，妙合而凝"给目标语读者阐释清楚，绝非易事。译得"啰唆"不如放弃不译——这也是中国小说的汉译英时常会面对的难以逾越的障碍。

笔者也是出于写书、科研等目的，也同时站在以"东道主"和"海外读者"为主的导向这个立场上，特地尝试汉语小说的阐释英译法，既让英语读者读懂并欣赏独特的译文，也让他们了解中国古人是如此描写和谐的性生活的。这种翻译法，可以把性描写译得很美好，很接地气，很有文化，也很令人受教育或鼓励。总之，新译文算是"奇文共赏"吧。

12.4.4　劳伦斯代表作中性描写译例

本节将以劳伦斯的著名小说 *Lady Chatterley's Lover*（《查泰莱夫人的情人》）中性爱描写的两种译本为例，通过客观描写法（descriptive studies）对案例进行译析，从而阐述译者的翻译态度和时代、美学、诗学观及社会意识形态这些因素是如何起作用的。

【ST8】'But you are beautiful!' she said. 'So pure and fine! Come!' She held her arms out.

He was ashamed to turn to her, because of his aroused nakedness.

He caught his shirt off the floor, and held it to him, coming to her.

'No!' she said still holding out her beautiful slim arms from her dropping breasts. 'Let me see you!'

He dropped the shirt and stood still looking towards her. The sun through the low window sent in a beam that lit up his thighs and slim belly and <u>the erect phallos rising darkish and hot-looking from the little cloud of vivid gold-red hair. She was startled and afraid.</u>

<此处省略了 4 个自然段，共计约 252 个英文单词>

'Oh, don't tease him,' said Connie, crawling on her knees on the bed towards him and putting her arms round his white slender loins, <u>and drawing him to her so that her hanging, swinging breasts touched the tip of the stirring, erect phallos, and caught the drop of moisture. She held the man fast.</u>（选自 *Lady Chatterley's Lover* 第 14 章）

【TT8-1】"你真美哟！"她说，"这么纯洁而美妙！来罢！"她伸着两臂。

他不好意思向她回转身去。<u>因为他的赤裸肉体正在兴奋着。</u>

他在地上拾起了他的衬衣，遮掩着前身向她走了过去。

"不！"她说。她依旧伸着纤细而美丽的两臂挺着两只下坠的乳房。"让我看看你！"

他让衬衣坠了下去，木立着向她着望。阳光从矮窗射了进来，照着他的大腿，和纤小的小腹，<u>和昂挺的'法乐士'，在一小朵金赤色的发亮的毛丛中，黑幽比寺，温热热地举了起来，</u>她觉得惊愕而羞怕。

<此处省略了 4 个自然段，共计约 485 个汉字>

"呵，不要揶揄它！"康妮一边说，一边跪在床上向他爬了过来，她的两臂环抱着他的白皙的细腰。<u>把他拉了近去，这样她的下坠而摇荡着的乳房，触着了那骚动挺直的"法乐士"的头，并且杂着了那滴润液，她紧紧地搂着那男子。</u>（首次中译文出自《查泰莱夫人的情人》[全一册]，饶述一译，上海北新书局，1936）

【TT8-2】"你真美！"她说，"如此纯洁，如此美妙！来吧！"她张开了双臂。

他不好意思地调转身去……

他一眼看见地上的衬衣，赶紧用它遮掩住自己，向她走了过来。

"不！"她说，她依旧伸展着纤细美丽的双臂，挺着两个垂荡的乳房。"让我看看你！"

　　他扔掉衬衣，一动不动地站立着，望着她。阳光从低矮的窗户射进，照着他的大腿、平滑的小腹……

　　"啊，别逗它了。"康妮一边说，一边跪在床上向他爬了过来，双臂环抱着他洁白的细腰，把他拉向自己，她紧紧地搂着男人。（赵苏苏译，北京：人民文学出版社，2004）

　　【译析】饶译本出版于新中国成立前13年的1936年，为全译本，译者是男性。当时对劳伦斯评价最为著名的作家是郁达夫和林语堂。林语堂评论了《查特莱夫人的情人》中精彩的性描写，指出此书的社会意义在于痛斥资本主义工业文明，规劝人们回归自然。郁达夫则把劳伦斯、福斯特、詹姆斯·乔伊斯及阿尔多斯·赫胥黎并称为"对20世纪的英国小说界影响最大的四位大金刚"。郁达夫还非常赞赏劳伦斯的性描写，认为其文笔流畅、优美自然，"一句一行也移动不得"，"能使读者不觉得猥亵，不感到他是在故意挑拨劣情"。《查》书比《金瓶梅》中性描写的技巧要高明得多。林语堂也认为《查》中的性描写技巧要比《金瓶梅》更胜一筹，前者尤其强调灵与肉的完美结合，而后者是以淫为淫。

　　当时，饶述一不仅是译者，还是翻译发起人、出版商。他精通英文和法文，并具有国际视野的背景，跟20世纪二三十年代求新、变革的主流诗学相一致。或赞美或批评或揭露，他采取忠实的翻译策略，其大胆、直白、准确、通顺并附有国文文采的译文，跃然纸上。

　　1986年，湖南人民出版社也大胆再版了饶述一的全译本。

　　诺贝尔文学奖获得者莫言与劳伦斯的性爱观非常相似，不仅注重灵与肉的统一，而且在文明束缚人性的环境下，都认为"性"是健康、自然、美好的。

　　赵译本虽然出版于更为开放的2004年，却有不少删节，例如画线部分的英汉文字。赵译显得含蓄、委婉、保守，采取略译的改写手段……这些起码说明，赵译本是符合赞助商（翻译发起者人民文学出版社）的审美观和意识形态的（即使赵苏苏很想给一个大胆的全译本），出版商的意识形态一般代表了国家的主旋律，符合主流社会的意识形态。世纪之交，中国大陆曾出现"70后"女作家用身体、用行动写作的作品，如卫慧的《上海宝贝》、棉棉的《糖》等。其中露骨的、低级庸俗的性描写非常"抢市场"，后来在海外都陆续出了许多外文版。人民文学出版社则希望把"性主题"的《查》改造成正面书写性文学的典范——

换言之，既写性但又健康，跟纯色情文学保持应有的距离。当然，碰到具体的细节翻译时，势必会出现不敢越雷池一步的谨小慎微的情况。于是乎，赵苏苏也不得不遵循出版社设定的诗学观和意识形态标准对原文的(性描写文字)翻译做出取舍。然而，好比曾为禁书的《十日谈》(薄伽丘)有全译本和节译本一样，赵译文本已于 2013 年 5 月出了全译本，由新星出版社出版。

【ST9】Ah yes, to be passionate like a Bacchante, like a Bacchanal fleeing through the woods, to call on Iacchos, the bright <u>phallos</u> <u>that had no independent personality behind it, but was pure god-servant to the woman!</u> The man, the individual, let him not dare intrude. He was but a temple-servant, <u>the bearer and keeper of the bright phallos, her own</u>. (选自 *Lady Chatterley's Lover* 第 10 章；下画线由主编另加)

【TT9-1】唉，是的，热情得像一个古罗马时代狂饮烂醉的酒神的女祭司，在树林中奔窜着找寻伊亚科斯，<u>找寻这个无人性的、纯粹是的神仆赫阳物</u>！男子，这个人，得不要让他僭越。他只是个库堂的司阍者，他<u>只是那赫赫阳物的持有者与守护者，这阳物是属于女子的</u>。(饶述一 译，上海北新书局，1936；下画线由主编另加)

【TT9-2】啊，是的，像酒神的女信徒那样充满激情，像酒神女信徒那样跑进树林去拜谒<u>伊阿科斯</u>[注]，那个<u>没有任何独立人格、纯粹是女人之神仆的光辉的阳具形象</u>！男人，作为个人，他怎敢僭越。他只不过是寺庙的仆役，<u>是那光辉阳具的承载者与保存者，是属于她，属于女人的</u>。(赵苏苏 译，北京：人民文学出版社，2004；下画线由主编另加)

　　【译析】就忠实性而言，饶译和赵译均直截了当、毫无保留地将原文译出(包括对男性生殖器的翻译)，文字都很优美。

　　就跨文化沟通而言，赵译本特地给"<u>伊阿科斯</u>"增写了脚注：

【注】伊阿科斯即希腊罗马神话中酒神巴克斯(也称狄俄尼索斯)，由于他代表着自然之力，在古代小亚细亚受到了广大妇女的崇拜。在酒神节祭仪中，男性生殖器占有重要位置，在崇拜活动中，酒神女信徒常把活的牺牲撕成碎片；传说底比斯国王彭透斯试图窥视崇拜仪式而被撕成碎片，雅典人由于不尊重这一崇拜而被罚性无能。

这一注解十分必要，它不仅是一种词义的注释，也是西方性文化的注释。

◆ 新世纪翻译学 R&D 系列著作

【ST10】'That's you in all your glory!' he said. 'Lady Jane, at her wedding with John Thomas.'

And he stuck flowers in the hair of his own body, and wound a bit of creeping-jenny round his penis, and stuck a single bell of a hyacinth in his navel. She watched him with amusement, his odd intentness. And she pushed a campion flower in his moustache, where it stuck, dangling under his nose.

'This is John Thomas marryin' Lady Jane,' he said. 'An' we mun let Constance an' Oliver go their ways. Maybe…'（选自 *Lady Chatterley's Lover* 第 10 章；下画线另加）

【TT10-1】"现在你是富丽堂皇了！"他说，"珍奴夫人与约翰·多马士合欢之日的嫁妆。"

他又在他自己身上的毛里嵌了些花朵，在阴茎的周围绕了一枝爬地藤，再把一朵玉簪花黏附在肚脐上，她守望着他，这种奇异的热心，使他觉得有趣，她拿了一朵蝴蝶花插在他的髭须上，花在他的鼻下挂着。

"这是迎娶珍奴夫人约翰·多马士，"他说，"我们得和康妮与梅乐士分手了。也许……"（饶述一 译，上海北新书局，1936；下画线另加）

【TT10-2】"你现在富丽堂皇！"他说，"简夫人与约翰·托马斯拜天地。"

……

"约翰·托马斯迎娶简夫人，"他说。"我们得让康妮和奥利弗靠边站。也许——"（赵苏苏 译，北京：人民文学出版社，2004）

【译析】归根结底，这里值得推荐的是饶译本。其胜出一筹的译法体现在"合欢（之日）"这个表达上。考虑到《查》是一部性爱主题的作品，"合欢"就有性爱的暗示，而且是正面的。"巫山云雨"、"男女合欢"，可谓天经地义，美好无比。

其次，赵译是归化译法，却有美好的联想，并暗含着性美好。比较而言，赵译也是归化译法，却完全没有贴近《查》主题的表达法，反而属于归化欠妥。

可见，同样是归化，未必都是传递某一特种文化的。饶译传递了西文原著性（文化）主题，也给中文读者保留了本国文化的合理成分，可谓一举两得。此译真是归化胜异化。

【ST11】 She softly rubbed her cheek on his belly, <u>and gathered his balls in her hand. The penis stirred softly, with strange life, but did not rise up.</u> The rain beat bruisingly outside.（选自 *Lady Chatterley's Lover* 第 15 章；下画线另加）

【TT11-1】她的脸颊温柔地磨着他的小腹，<u>并且把他的睾丸托在手里。柔柔地，那阴茎在颤动着，但没有坚挺起来</u>，雨在外面急打着。（饶述一 译，上海北新书局，1936；下画线另加）

【TT11-2】她的面颊在他小腹上温柔地蹭着……雨在外面狂泄着。（赵苏苏 译，北京：人民文学出版社，2004）

【TT11-3】她的脸颊温柔地磨着他的小腹，并且把他的<u>一对小球托在手里。柔柔地，那个小生命在颤动着，但没有竖起来</u>，雨在外面急打着。（主编 试译；下画线另加）

【TT11-4】她用脸颊温柔地摩挲着他的小腹，并把<u>他的下体整个地托在手中。它轻轻地颤动着，但没有竖起来</u>。窗外雨滴急落。（主编 试译；下画线另加）

【译析】饶译本较好地将原文呈现给了读者——一幅静谧、温馨、男女静躺的倾心画面。赵译本的省略失去了不少美好的男女情愫和画面。

其实，为了避免无端指责，完全可以做出上述处理，详见主编试译【TT11-3】和【TT11-4】。

【ST12】 Then <u>as he began to move</u>, in the sudden helpless orgasm, there awoke in her new strange thrills rippling inside her. Rippling, rippling, rippling, like a flapping overlapping of soft flames, soft as feathers, running to points of brilliance, exquisite, exquisite and melting her all molten inside. It was like bells rippling up and up to a culmination… Whilst all her womb was open and soft, and softly clamouring, like a sea-anemone under the tide, clamouring for him to come in again and make a fulfilment for her.（选自 *Lady Chatterley's Lover* 第 10 章；下画线另加）

【TT12-1】<u>他开始抽动的时候</u>，在骤然而不可抑止的征欲里，她里面一种新奇的、惊心动魄的东西，在波动着醒了转来，波动着，波动着，

波动着，好像轻柔的火焰的轻扑，轻柔得像毛羽样，向着光辉的顶点直奔，美妙地，美妙地，把她溶解，把她整个内部溶解了。那好像是钟声一样，一波一波地<u>登峰造极</u>。……她的整个肉体在温柔地开展着，温柔地哀恳着，好像一根洁水下的海芜草，哀恳着他再进去，而使她满足。（饶述一　译，上海北新书局，1936；下画线另加）

【TT12-2】【略译——主编注】后来他突然兴奋起来，唤醒了她身体里新的奇妙快感，这快感飘呀飘，飘呀飘，像火焰一样飘逸交叠，像羽毛一样轻柔，直奔光辉之处，美妙，如此的美妙，熔化着她体内一切业已熔化的东西。就像是钟声，一波波<u>登峰造极</u>。……而这时她的子宫却张开着，轻柔地张开着，轻柔地恳求着，像潮水下面的海葵，恳求他再次进入，让她<u>功德圆满</u>。（赵苏苏　译，北京：人民文学出版社，2004；下画线另加）

【TT12-3】……就像每隔一段时间敲一次钟声，那阵阵钟声荡漾着、荡漾着渐入仙境……（主编　试译）

【TT12-4】……哀恳着他再次进入，让她圆满收官/彻底满足。（主编试译）

　　【译析】性爱描写可以如此诗情画意，原文如此，译文也是如此。唯独没有译出的一个从句出现在赵译本中。可能原文那个从句比较直截了当，出版商、赵翻译担心读者"吃不消"，所以有意将原文省略。

　　值得讨论的地方是两个用词问题。其一，饶译和赵译中的"登峰造极"如果不能做汉语成语的"临时变体"解读之外，只能解读为用词不妥，属于语用问题。"登峰造极"的字面意思指攀登到山峰的顶点；也比喻学问、成就等达到了最高的境地；还能比喻干坏事猖狂到了极点。难道我们三四十年代的读者和当代读者觉得可以这么使用"登峰造极"吗？其二，赵译中的"功德圆满"，也存在一个语用问题。从理论上讲，似乎是可接受的，但在实际运用中，读起来总觉得怪怪的。因为该成语出自佛教，意指功业和德行很完美。

　　请见主编试译【TT12-3】和【TT12-4】。

　　综上所述，我们不难明白或应该认识到以下 10 点：

　　①文学作品中性（爱）描写的翻译绝不是简单的文字本身的（直接）

转换。

②这种转换更要受到文字以外因素的制约。

③这些制约因素主要指意识形态、赞助人、诗学观。

④其中，意识形态起码包括社会/国家/民族/集体的意识形态和个人/个体的意识形态；赞助人可以同时是翻译发起人或译者本人；诗学观既涉及不同历史阶段或主流社会的诗学观/美学观、价值观，也涉及个人自己的诗学观/美学观、价值观。

⑤在翻译过程中，由于受到诸多主客观因素的影响，译者通常采用的是改写策略或原则/方法。

⑥纵观 80 年(如从 1936 年算起)来的文学翻译史，若以《查特莱夫人的情人》(性爱描写)翻译为例，在目标语的审美观方面，中国读者中基本没有存在较大的文字接受反差(即特别偏爱 30 年代的译本或者中意现当代的译本)。

⑦译者或者译本出版受到最大约束的因素主要指意识形态，以及强调主流意识形态或国家/领导阶层意识形态的赞助人，包括上层建筑，其他有关机构(如监审单位、评审组织、出版商、赞助商、翻译等)等，在某些情况下也包括个人(如译者、领导本人等，他们也起"翻译仲裁人"和"文化仲裁人"的作用)。

⑧如何判断性(爱)描写的翻译是否"忠实"于原文，首先要观察、分析翻译是否受到了社会等其他因素的影响、制约乃至控制，然后再观察、分析语言文字和文化因素的转换(本身)是否存在翻译能力问题。换言之，前者是首要因素，后者是次要因素。当首要因素可以不加以考虑的条件/情况下，次要因素将变成主要/首要因素了。

⑨任何翻译，都会受到各种文化因素(含上述意识形态等因素)的影响；当译者遭遇这些因素影响时，还存在"社会意识形态"与"个人意识形态"之间的矛盾或冲突。换言之，译者会与代表这些因素的人和机构/组织斗智斗勇。《水浒传》书名的翻译就是一个典型的案例(详见陈刚的《旅游翻译与涉外导游》)，本书主编提供的自己参考译文，也反映了某些因素之间存在着矛盾——即不同的价值观。

⑩在人类历史长河中，译者以及意识形态、赞助人、诗学等都扮演了各自不同的角色，发挥着各自不同作用/功能。他们之间永远存在着矛盾。作为一名专/职业译者，就要学会如何善于发现这些矛盾，并加以有效的解决，同时时刻迎接新的翻译矛盾和新的大小挑战。

12.5　从文体学的视角看小说的多层翻译

12.5.1　文体学理论在小说翻译中的运用

1. 小说的文体特点简述

小说是一种散文体的叙事文学样式。人物、情节和环境三要素构成完整的小说世界，是小说样式的基本特点。小说的情节虚构，内容完整，人物繁杂，情节安排跌宕起伏，再加上作者在叙述时有很强的自由度，使得小说具有了很强的可读性。小说的文体特点归纳起来有三点：故事性、虚拟真实性和自由性。而正是小说所具有的这些文体特点，给小说的翻译带来了巨大的难点。

2. 小说翻译文体对等的难点

(1)英汉文体的比较

英汉两种语言本身分属不同语系，两者之间的巨大差距就毫不令人惊讶了。但从句子结构上来看，最突出的一点是汉语常用并列结构，而英语则用主从结构。在一句典型的英语句子中，某种语意的表达极大地依赖于句子中的语法手段，包括句子顺序、连接词，等等；而在汉语并列结构的句子里，意思的传达只依靠内在的逻辑把一些具有意义的短语松散地连在一起，从而传达一个完整的意义。因此，英语语言的特点是句子结构紧凑，语义通过复杂的层次关系，依靠清晰的逻辑关系传递。而在汉语句子中，具有意义的短语经常被闲散地堆在一起，而这些分散的语义之间有一条看不见的逻辑联系把他们联结成一个完整的句子。从形式上看，英语句子像是一串葡萄，有序且紧密；而汉语句子更像是一盘散落在盘里的珍珠，随意分布且各各独立。

进一步分析句法结构，你会发现，英语句子的主干或主谓结构非常清晰，主语，尤其是抽象名词的主语，经常与大量的介词连用。在表达复杂的意思时，英语句子通常直接在句首就出现主题，之后再用关系代词引出各种框架结构，把所有的从句组织在一起，最终形成一个葡萄串形的句型结构。有时，主干可以很短，但却能"串"着大量的"果实"。以下句为例：

【ST1】The isolation of the rural world, because of distance and lack of transport facilities, is compounded by the paucity of the media.

这是一句典型的英语简单句，只有一个主语和一个谓语。分析这个句子，我们可以看到，句子中共有 5 个介词把 9 个名词联结起来，此外，本句只有一个动词。主语 "The isolation of the rural world" 直接点出主题，即农村地区的与世隔绝的状况，紧随其后的是一个介宾短语，道出造成这种状况的原因，就是农村地区在地理位置上与城市远离造成了交通方式缺乏和通信工具的不足。这个句子结构紧凑，不同意思在不同层次上得到了表达，我们试图把这句子翻译成地道的汉语句子(仅供参考)：

【TT1】由于距离远，又缺乏交通工具，使农村社会与外界隔绝，而这种隔绝，又由于通信工具的不足而变得更加严重。

在此译句中，四个逗号加一个句号把整句的意思一层一层，一部分一部分地以线性的形式表达出来，这就是典型的汉语的陈述习惯了。显然，源语与译语在句子结构上是完全不同的。

在另一个例子中英语句子中名词与介词的使用率则更高了。

【ST2】Carlisle Street runs westward, *across* a great black bridge, *down* a hill and up again, *by* little shops and meatmarkets, *past* single storied homes, *until* suddenly it stops *against* a wide green lawn.

【TT2】卡莱尔大街往西伸展，越过一座黑色大桥，爬下山岗又爬上去，经过许多小铺和肉市，又经过一些平房，然后突然朝着一大片绿色草地中止了。(陈定安，1998: 8)

相对于英语句子中，名词与介词占据了相当大的比重而言，在汉语句子里，担当重任的往往是动词。

举汉译英的例子：

【ST3】晴雯先<u>接出来</u>，<u>笑道</u>："好啊，<u>叫我研了墨</u>，早起高兴，只<u>写了三个字</u>，<u>扔下笔就走了</u>，<u>哄我等了这一天</u>，<u>快来给我写完了这些墨才算呢</u>！"（选自《红楼梦》）

【TT3】Qing-wen greeted him with a smile, exclaiming, "A fine one you are! On the spur of the moment you bade me grind ink for you this morning. But you threw down your brush and went away after having written merely three characters. You've kept me waiting for you the whole day. You are to use up this ink now. Be quick!"（杨宪益、戴乃迭 译）

当然，英汉两种语言在文体上的差异还有很多。

(2)翻译对等的含义

有关翻译对等的概念，不仅对过去两千年来的翻译理论，而且对现代的翻译研究而言都是非常重要的问题。在翻译理论中可能没有其他概念能像翻译对等一样能引起这么多的争论，能使人们在源语文本和目标语文本之间为找到一个充分而全面的定义那么费神。正是由于这一特点，对等已成为翻译中最复杂和最棘手的问题之一。斯维杰(Svejcer)曾指出："对等是翻译理论中的中心议题之一，然而却又是语言学家们观点最不能一致的议题。"（1981；引自威尔斯，2001：134）

尽管翻译实践家们做了大量的理论研究，也提出了众多翻译对等的言论，但有关翻译对等的争论迄今却只在最浅的表面划出几道痕而已。难怪翻译对等的概念表述里依旧含有相对不可操作性、难以达到一致等词汇。试看以下各类对等的术语表达共 125 项(这一集大成可能尚未出现在其他出版物中，为主编收集加自创，尚未包含主编个性化的诸多对等，如"**气势对应/等**"、"**译境对应/等**"等旅游翻译中的 10 项对应/等及其举例，详见陈刚，2004)，便完全可以说明翻译对等之多姿多彩及困难与无奈(以下"对等/equivalence"，均能改用"对应/correspondence"作为搭配的替换词，有时反而显得更为准确或更可接受)：

1) abstract equivalence（抽象对等/抽象化对等）；

2) adapted equivalence（归化对等/改译对等[强调语言，亦重文化]）；

3) alienated equivalence（异化对等[强调语言，亦重文化]）；

4) alphabetic equivalence（字母对等）；

5) antonymic/antonymous equivalence（反义词对等）；

6) approximative (one-to-part/one-to-part-of-one) equivalence（近似对等）；

7) artistic equivalence（艺术对等）；

8) associative equivalence（联想对等/联想意义对等）；

9) closest natural equivalence（最切近的自然对等）；

10) concrete equivalence（具体对等）；

11) cognitive equivalence（认知对等）；

12) communicative equivalence（交际对等）；

13) compensational equivalence（补偿对等）；

14) comprehensive equivalence（综合对等）；

15) conceptual equivalence（概念对等）；

16) connotative equivalence（内涵对等）；

17) content equivalence（内容对等）；

18) contextual equivalence（语境对等/上下文对等）；

19) co-textual equivalence（上下文对等）；

20) creative equivalence（创造性对等）；

21) cross-cultural equivalence（跨文化对等）；

22) cultural equivalence（文化对等）；

23) denotational/denotative equivalence（外延对等）；

24) direct equivalence（直接对等）；

25) directional equivalence（方向对等/方向性对等）；

26) discoursal equivalence（语篇对等）；

27) domesticated equivalence（归化对等[强调文化]）；

28) dynamic equivalence（动态对等/活对）；

29) effective equivalence（效果对等/有效对等）；

30) emotional equivalence（情感对等）；

31) eponymic/eponymous equivalence（命名[法]对等/专名同义对等）；

32) equivalence in artistic conception（意境对等[重艺术境界/意念/概念等]）；

33) equivalence in difference（存异对等）；

34) equivalence in effect（效果对等）；

35) equivalence in feeling/emotion（情感对等/情绪对等/情愫对等）；

36) equivalence in impact（气势对等/影响力对等/冲击力对等）；

37) equivalence in poetic imagery（意境对等[重意象]）；

38) equivalence in（poetic）mood（意境对等[重心情/情绪]）；

39) equivalence in power（力量对等/强势对等/强度对/气场对等）；

40) equivalence in strength（力量对等/优势对等/实力对等/力度对等）；

41) equality of textual effect（文本效果对等）；

42) etymological equivalence（词源对等）；

43) facultative（one-to-many）equivalence（选择对等/一对多对等/兼备对等）；

44) foreignized equivalence（异化对等[强调文化]）；

45) formal-aesthetic equivalence（形式-美学对等）；

46) formal equivalence（形式对等）；

47) free equivalence（自由对等/意译对等）；

48) functional equivalence（功能对等）；

49) general equivalence（一般对等/一般性对等）；

50) generalized equivalence（广义对等/一般化对等/通用化对等）；

51) heterogenous equivalence（异质对等）；

52) holistic equivalence（整体对等）；

53) homogenous equivalence（同质对等）；

54) homographic equivalence（同形异义对等）；

55) homonymic/homonymous equivalence（同形同音异义对等）；

56) homophonous equivalence（同音异义对等）；

57) hybridized equivalence（杂合化对等）；

58) hypotactic equivalence（形合对等）；

59) ideal equivalence（理想对等）；

60) idiomatic equivalence（地道对等/成语对等）；

61) indirect equivalence（间接对等/迂回对等）；

62) integrated equivalence（整合对等/综合对等）；

63) interlingual equivalence（语际对等）；

64) intersemiotic equivalence（符际对等）；

65) intertextual equivalence（篇际对等）；

66) intralingual equivalence（语内对等）；

67) intratextual equivalence（篇内对等）；

68) language equivalence（语言对等）；

69) lexical equivalence（词层对等）；

70) linguistic equivalence（语言对等/涉及语言学方面的对等）；

71) literal equivalence（文字对等/字面对等）；

72) literary equivalence（文学性对等）；

73) logical equivalence（逻辑对等）；

74) mechanical equivalence（机械对等/死对/硬对）；

75) morphemic equivalence（词素对等）；

76) natural equivalence（自然对等）；

77) nil equivalence（零对等）；

78) nominal equivalence（名义对等/名词[性]对等）；

79) numerical equivalence（数字对等）；

80) onomatopoeic equivalence（拟声对等/拟音对等）；

81) optimal equivalence（最佳对等）；

82) paradigmatic equivalence（范式对等）；

83) paratactic equivalence（意合对等）；

84) partial equivalence（部分对等）；

85) perspective equivalence（视角对等/角度对等）；

86) phonematic/phonemic equivalence（音位对等）；

87) phonetic equivalence（语音对等）；

88) phonological equivalence（音位对等）；

89) phrasal equivalence（短语对等）；

90) pictographic equivalence（象形对等/象形文字对等）；

91) picturesque equivalence（画意对等/生动化对等/形象化对等）；

92) poetic equivalence（诗意对等）；

93) polysemous equivalence（一词多义对等/多义性对等）；

94) pragmatic equivalence（语用对等）；

95) prepositional equivalence（介词对等）；

96) psychological equivalence（心理对等/心理意义对等）；

97) referential equivalence（指称对等/指称意义对等）；

98) rhetorical equivalence（修辞[手段]对等；如 equivalence in pun/双关对等）；

99) romantic equivalence（浪漫对等）；

100) scenic equivalence（景色对应）；

101) semantic equivalence（词义对等）；

102) sentence/sentential equivalence（句子对等/句层对等）；

103) shifted equivalence（转换对等）；

104) simple equivalence（简单对等/普通对等）；

105) simplified equivalence（简化对等/简单化对等）；

106) situational equivalence（情景对等）；

107) sociolinguistic equivalence（社会语言学意义对等）；

108) specific equivalence（特殊对等/具体对等）；

109) structural equivalence（结构对等）；

110) stylistic equivalence（风格对等/文体对等/语体对等）；

111) subcultural equivalence（亚文化对等）；

112) substitutional equivalence（替代对等）；

113) symbolic equivalence（符号对等/象征性对等）；

114) synonymous equivalence（同义对等）；

115) syntactic equivalence（句型对等）；

116）systematic equivalence（[翻译]系统对等）；

117）text-normative（text type-based）equivalence（文本规范对等/文本类型对等）；

118）text-pragmatic equivalence（文本—语用对等）；

119）textual equivalence（文本对等/篇章对等）；

120）total（one-to-one）equivalence（完全对等/一对一对等）；

121）translation equivalence/TE（翻译对等/译境对等）；

122）transliterated equivalence（音译对等）；

123）verbal equivalence（词语对等/动词对等）；

124）word-for-word equivalence（字对字对等）；

125）zero（one-to-none）equivalence（零对等/零度对等）。

所有上述概念的表述都只与翻译效果的某一个方面相关。这是由于翻译学至今未能有明确的关于翻译对等的评判标准。从而也不能给定清晰的关于翻译对等的概念。不管在指称方面还是语用层面，翻译有其不变的因素，但由于这不变的因素是由原文本对某一翻译文本的要求与限制所确定，所以其本身就不可能得到精确的界定。一个译者所要做的就是找到理由为自己辩护。正如纽马克在《翻译教科书》中指出的："没有完全客观或主观的东西；也没有铁铮铮不变的规则。一切都是太过或不及。在众所公认的原则背后都有'正常情况下'、'通常'或'一般情况下'这样的假定。总而言之，没有绝对。"（Newmark，2001b：21）

完全的对等无疑是一种完美的翻译，但完美的翻译却只能是一种美好的愿望。因此，翻译的目标就是无限地接近完美。

12.5.2　小说翻译的文体学方法五原则

就小说翻译而言，在保留源语文本内容的同时保留其形式可能仍是有法可循的。与内容相比，形式要难处理得多。事实上，目前还没有任何法则可作为小说翻译的指导策略，没有行之有效的指导原则和方法，译者试图在译文中再现原文文体特征就变得很困难。笔者在此试着提出在翻译小说时再现原文文体特征的五个翻译原则，即一致性原则、语境性原则、变异性原则、意图性原则和互文性原则。

1. 一致性原则

"一致性原则"（consistency）是在翻译小说时贯穿始终的首要原则。在翻译实践中，一致性原则至少须在两个层面上得到贯彻，一个是特定文学作品的文体（style），另一个是作者的个人风格（style）。

每一部文学作品都有它独特的文体，这正如每一位作家都有其特殊的创作风格一样。

首先，一致性原则要求目标语文本的文体应与源语文本的文体一致或尽可能接近。换言之，要做到原文尔雅吾尔雅，原文粗俗吾粗俗。对于任何一个认真严肃的译者而言，其兢兢业业、竭尽全力要遵循的最重要的翻译原则当然是忠实，而不应自己没有约束的主观发挥。因此，一个译者若能准确掌握文学作品的文体对其翻译的成功关系重大。

其次，一致性原则要求译者在翻译中要体现小说作者的个人创作风格。小说作者的创作风格往往忠实地反映于该小说作者的文学作品中，或体现在作者有意采取变异的手法来实现特殊的目的。简而言之，作者的风格，不管是以正常的方式或以某些变异的手法出现，都极大地影响了文学作品内容的传达，因为正常方式或变异手法都需经过读者的鉴赏与评价。作者的创作风格总是无可避免地体现在他所创作的作品中。作家都有自己遣词造句的倾向性，有自己偏好的句型结构，或长或短，或简单或复杂，也有自己钟爱的故事的谋篇布局，甚至有些小说作家在作品中还会显示出他对语音学方面的特殊兴趣，等等。所以，译者在动笔翻译原文作品之前，先要弄清楚作品作者的创作风格和该作品本身所体现的文体特点。作品的文体也有可能是通常的形式或以变异的形式出现。如果是变异的创作手法，对其的讨论将在下个章节展开。总之，一致性原则要求上述两个层面上的一致。

丹尼森从交际观点出发来解释翻译：翻译是一个对文本进行"解词"（deverbalizing）和"组词"（reverbalizing）的过程（Wilss, 2001: 62）。威尔斯本人同样认为翻译是一个本身可分解的过程，包含两个主要阶段，一个是二分理解阶段（semasiological understanding）（源语解构阶段

/SL decomposition），这一阶段译者分析源语文本的内容和形式；另一个是一元重构阶段（onomasiological reconstruction）（目标语解构阶段/TL recomposition），这一阶段译者已经过内容和形式的分析过程，重塑源语文本，同时兼顾交际一致功能（同上）。因此，翻译过程可简化为两个阶段，即理解与翻译。在理解阶段，译者需进行译前工作：熟悉作者风格；掌握源语文本文体。只有做好了理解阶段工作，译者才能在翻译阶段选择恰当的字词，构建合适的形式，在一致性原则的指导下，达到目标语文本与源语在文体上的（尽可能地）一致。

2. 语境性原则

简而言之，"语境性原则"（contextuality）强调语境在翻译过程中的决定性意义（当然译者永远是最为关键的因素）。所谓"No context, no text"（无语境，无文本），说的就是这个道理。

语境指"影响语言交际者交际的各种主客观因素"（方梦之，2011：278）。从狭义上讲，它指任何语言部分所处的语言环境。作为人际交流沟通的工具，语言是不可在孤立的状态下被使用的。任何话语的语境能通过上下文的信息，使话语的含义更完整可辨。从广义上讲，语境不仅涉及语言环境，它还跟文本创作时的文化和历史环境相关，这就包括目标观众或读者。所以说，语境一致性原则就显得非常重要。

奈达和泰伯（Nida & Taber）曾提出，语境一致（contextual consistency）比话语一致（verbal consistency）更重要。理由就是每一门语言都用一套话语符号来表达人类经验，而每一门语言区别于其他语言是由于各套话语符号在与各种经验对应的方法上有所不同。换句话说，Nida & Taber（2004：19）一致认为，是语言的象征意义决定了该语言所传达的真正意义。而与某种象征紧密联系在一起的意义却又是意识形态的语境决定的。

翻译语境（translation context）涉及译者对语境（的主要）因素的认知。在翻译过程中，译者与起码一对语言（中英）和一对文化（中英文化）打交道，它包含四个主要因素：

①译者本人（含对 ST 作者的认知）；

②ST 语境（含语言+文化主客观因素）；

③TT 语境（含语言+文化主客观因素）；

④TT 读者（含译者对该读者的认知，涉及可接受性）。

语境一致性原则就要求译者要了解 ST 语境，即要围绕文学作品（ST）的外部背景展开，围绕文学作品内部的语言文化含义展开。任何语言均受其语境所限制，其意义也由此界定。因此，与语言的上下文联系，包括语义构成、句法结构甚至标点符号等，都值得译者花时间精力去分析。而且，在把一文本与另一文本进行比较时，译者可以更好地掌握该文本的文体。这样，在翻译中达到文体对等就显得简单一些。

3. 变异性原则

此处显然是讨论有关语言的变异。"语言变异"（variation）这个总概念包括"语言变体/variety"（地域、社会、功能）、"语言变项/variable"（语言项目）和"变异形式/variant"（变异的具体形式）等三个属概念[1]。

这种变异是指 speaker/writer 的语言表达系统由于社会因素（社会等级、职业等）、社会心理因素、心理语言因素、不同地区、教育程度、语言使用场合的正式程度（最后这个因素跟 style 关系密切）等而产生的语言形式变化。同理，译者/译员语言表达系统出现的语言变异可能是由上述诸多因素中的一种或几种所造成的。

翻译所涉及的语言变异，从宏观范畴着眼包括地域变异、社会变异和功能变异；从微观形式着眼，则包括语音变异、词汇变异和语法变异；从具体操作着眼，可以指代码转换、功能转变、词汇借用、表达创新、双语或双方言等。

然而，讨论小说翻译中的"（文体）变异"，理应了解（英文）小说文体中的变异。这个文体变异（deviance）通常分两大类：一类是与源语规范相背离的变异；另一类是与作者的创作风格相背离的变异。与源语规范相背离的变异是"单纯统计学上的概念，因为它是指某个特征在语言中通常出现的频率与其在特定文本或语料库中出现的频率的差异"（Leech & Short，2001：48）。而与 deviance 相关的另一个概念叫"突出"

---

1 参照会议论文"语言变异理论基本概念及其规范"（汪磊，中国传媒大学在职博士生）。

(prominence)，即"语言突出现象的通用名，从而使某些语言特征得到了突出显示"（韩礼德语，引自 Leech & Short，2001：48）。这种突出给读者在认知文体时提供了基础。最终此种变异的集合即构成作者的个人创作风格。与作者的创作风格相背离的变异往往折射出作者艺术性的构思，并且此种变异在文章出现频率尽管不高，但却意义重大。这种变异揭示出作者为达到特殊的艺术效果而采取的匠心独运。

以海明威为例。作为 20 世纪最有影响力的作家之一，海明威的创作风格以清晰整洁见长，擅长描写动作而甚少笔墨写人物思想。他的作品大多以短小精悍的语句和清晰的句子构成。在他的《大双心河》（*Big Two-Hearted River*）中，海明威塑造了尼克·亚当，一个饱受战争摧残之后返乡开始新生活的人物形象。当描写尼克从河里拉出鳟鱼的场景时，海明威用一连串的短句描绘出一幅闲适而生动的画面：

There was a tug on the line. Nick pulled against the taut line. It was his first strike. Holding the now living rod across the current, he brought in the line with his left hand. The rod bent in jerks, the trout pumping against the current. Nick knew it was a small one. He lifted the rod straight up in the air. It bowed with the pull.

这就是典型的海明威风格：简单、清晰、整洁的短句。但有时他也会采用长而复杂的句子，而这就可视为与其清晰整洁文风的一种变异了。下文是一个很好的例子，出自其《午后之死》（*Death in the Afternoon*）：

Cagancho is a Gypsy, subject to fits of cowardice altogether without integrity, who violates all the rules, written and unwritten, for the conduct of a matador but who, when he receives a bull that he has confidence in, and he has confidence in them very rarely, can do things which all bullfighters do in a way they have never been done before and sometimes standing absolutely straight with his feet still planted as though he were tree, with all other arrogance and grace seems an imitation, moves the cape spread full as the pulling jib of a yacht before the bull's muzzlc so slowly that the art of bullfighting, which is only kept from being one of the major arts because it is impermanent, in the arrogant slowness of his veronicas becomes, for the seeming minutes that they endure, permanent.

这篇 140 个单词的段落仅仅由一个长句构成，这明显是与海明威的清晰整洁风格相背离。但是，这种变异却出奇地带来了非凡的效果，读者感受到的是这种文学创作的成功与魅力：纯口语风格，自然轻松的氛围，娓娓道来的层层信息，不仅为读者的阅读提供了一目了然的便利，也为作者的写作提供了一气呵成的方便。

那么，译者在翻译过程中究竟该如何对待变异现象呢？

首先，译者应对他所面对的两种语言驾驭自如，尤其应熟悉这两种语言的最基本内核。

其次，他必须掌握必要的语言分析能力，其中能够分析作者驾驭源语的技巧无疑是要求译者具备的最重要的能力之一。

第三，他应该具有辨别作品中的变异的能力。只有具备了所有这些才能，译者才能对语言的变异现象有敏感性和辨别力，才能领略这些变异背后所呈献的丰富的内涵。

简而言之，译者只有在译文中同样用变异的手法来传达出原文中变异所承载的丰富内涵，同样反映出作者的匠心与艺术，我们才能说这样的翻译是成功的。因此，译者在翻译中在理解原文的基础上，还应探究原文中现实的和潜藏的语言表达，包括规范的和变异的；另一方面应掌握原文的字面内涵和深层内涵，从而在翻译阶段努力达到译文在变异层面上的文体对等。

4. 意图性原则

"意图性原则"（intentionality）与变异性原则关系密切。通常作者的意图（intention）在文学作品中是无处不在的。从某种含义上说，文学作品即作者意图的集合。任何文学情节，遣词造句的方式，贯穿故事始终的人物，把所有文学因素串联起来的场景，一切的一切都无例外地是作者艺术的策略或打上了作者独特意图的烙印。

从语言形式上讲，任何变异背后都有一个意图，这一点毋庸置疑。无意图的变异是不可想象的。一个作者的特殊意图往往通过语言形式的处理构建而显现，而语言形式的构成很大程度上又是由各种变异组成。反过来讲，变异毫无例外地反映了作者的意图。

总之，译者应对源语文本有一个深入且全面的分析之后，才能忠实地在译语文本中传达作者的意图。

5. 互文性原则

"互文性原则"（intertextuality）尤其适用于经典文学作品的翻译和评论。互文性指的是文本通过其与其他相关文本的互相依赖性而得到体现。人无法脱离社会，他/她的思想与行为均与其环境紧密相关。当我们接触到一个文本，我们势必会借鉴我们之前接触的文本来帮助我们理解，从而不可避免地会在不同程度上把当前经验与曾经的经验联系起来。从这些联系里面，我们才能确定当前文本的意义。哈蒂姆和梅森（Hatim & Mason）在他们的《语篇与译者》一书中曾指出："互文性是同时涉及文本的接受与生产的一个方面。读者与作者试图搞清楚与作为文本建构与解构的重要方面之互文所指。""换言之，在把符号转换成另一种语言的行动中，其主要目的就是判断这种符号的哪些层面需要保留，哪些层面必须抛弃。"（2001：133/135）

文学作品总是很难不引用其他文学语句，因为不管是直接引用还是模糊影射，引语总是无时无刻无处不在地为作者节省笔墨，用更深刻的意义、更饱满的内涵来丰富作品，从而增强作品的可读性。

因此，译者若想很好地掌握文学文本，或即便他/她仅仅只想不对任何文学表达存有疑虑，他/她都至少应弄清楚文本中所有的引语。这就要求译者要全面掌握源语语言以及源语文化。

具体地说，第一步，译者应找出所有引语，探究其最初的含义以及其最初用于何时和何种场合，等等。这包括历时与共时研究：共时研究包括政治、文化、金融，以及其他相关外部背景信息，所有这些信息均为同一时间共同作用；历时研究指的是之前的文学文本和非文学文本体验的研究。

第二步，译者需把引语放回到其最早的出处并找出当时当地确切的含义以及作者引用此引语的用意，因为任何一种表达方式的采用都体现了作者特定的意图。只有经过这两个步骤，译者才有可能取得翻译第一阶段即理解阶段的成功，从而使整个翻译工作的成功成为可能。

12.6　从文体不对等看林语堂小说的汉译

中英两部小说，若风格对等或接近，翻译起来会方便很多，如我们可以按照 12.5 中介绍的五个翻译原则去尝试着处理之。然而，有时候我们要换一种思路、视角去实践、研究翻译，比如通过"风格不对等"来发现问题，进而去解决问题。既然我们可以从小说风格对等的视角看问题，我们当然也可以从小说风格不对等的视角看问题。这就是所谓的殊途同归。

小说翻译(translated/译本 fiction/novel)中的确存在诸多文体不对等的情况。基于小说翻译中风格不对等之难点，同时考虑到这个问题在诸多方面都缺乏有深度的实践与理论研究，我们特选择林语堂小说《朱门》的两个译本进行对比研究，探讨如何弥补这些文体非对等现象，从而提出切实可行的翻译策略及方法。

研究表明，要补偿翻译中的文体不对等现象，需要译者在以下四个方面具有洞察力：

①源语文本的主题思想和源语文本作者的意图；

②源语文本和目标语文本的写作风格；

③源语文本读者和目标语文本读者的不同期待；

④源语和目标语的语言结构、不同文化、文体规范、文学规约等。

只有在翻译过程中把所有这些方面的因素都考虑进去，对文体不对等现象的补偿才能在目标语中译文中达到功能对等。

12.6.1　小说翻译中的风格不对等现象分类

由于译者没有能够在语言上和功能上反映源语作者的视野、美学观和主题思想、主题功能，表现源语作者的习惯写作特色，所以产生了许多风格不对等现象。有关风格不对等的现象主要分为两大类，一类是显性的风格不对等，另一类是隐性的风格不对等；这两大类还可细分成五小类。

1. 显性的语言形式不对等

【ST1】be born and bred（in Beijing）

【TT1-1】生于京城，长于京城

【TT1-2】（在京城）土生土长

　　【点评】原文是一成语，修辞手法是押头韵。【TT1-1】译得不错，但风格显然不对等，而【TT1-2】就旗鼓相当了。

2. 显性的内涵意义不对等

【ST2】pull one's socks up

【TT2-1】把袜子往上拉

【TT2-2】加油！/ 鼓起劲儿来！

　　【点评】【TT2-1】的译者显然没有理解英文原有的内涵意义，而【TT2-2】就在功能上给了一个对等译文。

3. 隐性的语言层面不对等

4. 隐性的作品"事实"不对等

　　主要涉及语言层面和作品"事实"。这两种现象由于是"隐性"的，不易被察觉，亦被称为"deceptive equivalence"（假象对等/等值）——这种对等给人以假象，容易误导读者（尤其是不懂英文的读者，或者直接用汉语阅读的广大读者）。

　　前者的不对等，未必影响读者对原作意义的解读，但后者的不对等是关键涉及修辞、美学、逻辑、客观事实及"小说事实"等。

　　上述两点，读者们都会有阅读体会或经历。由于举例的篇幅较长，特做省略处理。详见案例分析。

5. 隐性的 ST 作者的习惯风格与其在 TL 风格上的不对等

　　也由于举例的篇幅较长，特做省略处理。详见案例分析。

12.6.2　小说翻译中风格不对等的补偿原则

　　小说翻译风格不对等的补偿原则，也可以称之为补偿策略或方法，主要有以下四种：

①功能补偿。即采用奈达的"功能对等"理论来进行指导和操作翻译。

②部分补偿。即通过部分翻译——翻译部分形式和/或内容——进行（部分）补偿。根据当代翻译学者 Tymoczko，翻译总是部分的，从未有过完整的或全部的翻译，所以翻译补偿只能是部分的。

③另行补偿。即指通过目标语中的多种语言手段对源语文本风格的损失另做补偿——此乃策略性补偿。

④错位补偿。即指通过目标语文本中不同地方的风格再现，补偿源于文本中部分风格之缺失/损失，这好比"失之东隅，收之桑榆"——此乃策略性补偿。

12.6.3　小说翻译风格不对等补偿案例分析

以下我们选择林语堂的英文小说 *The Vermilion Gate*（《朱门》）中的部分案例，对小说中文体不对等现象进行观察，对如何通过各种翻译策略、方法加以风格补偿的译例（劳陇&黑马的译本和宋碧云译本）进行分析、论证。

1. 显性的风格不对等之补偿

(1)语言形式

【ST3】O-yun let her head rest on Lang's shoulder, lulled to sleep by the steady, rhythmic **click-clack** of the train's wheels.（林语堂：*The Vermilion Gate*；主编将讨论部分加粗并画底线，下同）

【TT3-1】……遏云把头枕在郎菊水的肩上，听着车轮**咔擦咔擦**那种单调而又节奏的声音，渐渐睡着了。（劳陇&黑马 译）

【TT3-2】遏云把头靠在如水的肩上，随着车轮的**铿锵**声跌进了梦乡。（宋碧云 译）

【简析】很明显，就语言风格而言，宋译的拟声词翻译与源语拟声词是（部分）不对等的，"铿锵"通常用来形容乐器声音响亮，节奏分明；也用来形容诗词文曲声调响亮，节奏明快。但劳陇和黑马译本中的拟声词比较接近车轱辘运动时发出的声音。

【ST4】He **snorted and snarled**, and his broad face widened, emphasizing the inverted oval which formed a continuous line with the neck above his silk pajamas. （林语堂）

【TT4-1】他**暴跳如雷**，那张阔脸蛋儿涨的更大，连着下面绸睡衣上的脖领，构成一个倒挂的蛋圆形，显得格外刺眼。（劳陇&黑马 译）

【TT4-2】他**大吼大叫**，阔脸显得更宽，更加强了倒卵形的印象，和丝睡衣领口路出的脖子连成一条线。（宋碧云 译）

【简析】此例也比较明显，"暴跳如雷"虽然选词很棒，但"大吼大叫"不论从口语化风格还是从修辞手法来观察、分析，后者都要比前者高出一筹。

(2)内涵与功能

【ST4】He would read the next morning's local papers and find all the facts, the exact names of persons and places, —what he called the "pussyfoot work of reporters". Then he would digest the facts and add **the sauce** and send his article off by airmail which left Si-an once a week, on Wednesdays. （林语堂）

【TT4-1】他可以看第二天当地报纸上的报道，记载着详细的情况和人名、地名——他称之为"无色彩的原始报道"。他把这些材料消化了，**再加油加醋**，写出了自己的报道，每星期三由航空班机寄往上海。（劳陇&黑马 译）

【TT4-2】他可以读读当地明晨的报纸，收集一切事情，任务地点的名称—这是他所谓"报界的骑墙作品"。 然后咀嚼事实，**加点佐料**，用空航寄出，西安每周只送一次空邮，星期三发件。（宋碧云 译）

【简析】所给语境可以帮助我们做出如下推理："他"是一报社记者，在撰写新闻报道时，加入了自己的个人的观点，发挥了新闻/报社评论员的功能(这在民国时期是可接受的)。这样加入的评论属于正面的、积极的做法。据此，"再加油加醋"在内涵和功能上都产生了误导读者的负面作用，没有很好地忠实于原作，成了"假朋友"(false friend)。相反，"(咀嚼事实，)加点佐料"则从字面上做到了忠实，其实这个所要加的"佐料"算是正面的，还是负面的，我们都难以确定。建议译成：

【TT4-3】……然后他将事实来一个去粗取精，再稍加"色彩"……(主编 试译)

【TT4-4】……然后他将事实来一个去粗取精，再稍作加工……（主编试译）

2. 隐性的风格不对等之补偿

(1)语言层面

【ST5】The **wonderful thing** about it was that Tu Fanglin made himself believe that he was, to all intents and purposes, his son's grandfather, by just repeating that word grandpa in referring to himself every day.（林语堂）

【TT5-1】<u>说也奇怪</u>，杜方陵天天听着叫他爷爷，听惯了，自己当真觉得就是孩子的祖父了。（劳陇&黑马 译）

【TT5-2】<u>最妙的是</u>，杜芳霖天天听见"公公"的叫声，竟骗自己说他是孩子的祖父。（宋碧云 译）

【简析】【TT5-1】译者没有对原文进行准确解码，将反话（类似 irony）当成正面的话语，所以在语言层面（指深层次）没有做到实质意义上的对等。换言之，两位译者在翻译时都把这个"deceptive equivalence"误读为事实上的对等，结果造成译文不伦不类。【TT5-2】的译者反倒准确解读了原文，并且抓住反讽的内涵，在语言的深层次和浅层次两方面都巧妙地传递了原作的意图。

(2)作品事实

【ST6】The policeman closed in. The girl brandished the cap and slapped his face with it, a right and a left **in a beautiful swinging rhythm**.（林语堂）

【TT6-1】那警察走到她身边。姑娘挥舞着帽子，对准他的脸，左右开弓，<u>狠狠地打</u>了两记耳光。（劳陇&黑马 译）

【TT6-2】警察走上去。少女挥挥帽子，用帽身打他耳光，一左一右<u>动作挺美</u>的。（宋碧云 译）

【简析】宋译之所以闹出了笑话，归根结底是误读了"<u>in a beautiful swinging rhythm</u>"这个 fictional "fact"，因为这个"<u>beautiful</u>"并非是"美（丽）"/或"优美"这个客观事实。在英文表达中，"beautiful"和"good"通常用于非常地道但中国人几乎不知道的场合：

【ST-A】What <u>beautiful</u> timing!

【TT-A】时间把握得正好/很好。

【解析】beautiful 意为 very good or skilful（依据 *Oxford Advanced Learner's English-Chinese Dictionary* [6th Edition]）。

【ST-B】She's always <u>good</u> for a laugh.

【TT-B】她老搞笑的。

【解析】good 意为 causing laughter（依据 *Merriam-Webster's Learner's English Dictionary*）。

【ST-C】She thinks her son is too <u>good</u> for me.

【TT-C】她认为我跟她儿子门不当户不对（意指"她儿子社会地位高"）。

【解析】good 意为 having a high social position or status（依据 *Merriam-Webster's Learner's English Dictionary*）。

当然，我们也可以把两个意义不相干的义项"合二为一"，新译如下：

【TT6-3】那警察走到她身边。姑娘挥舞着帽子，对准他的脸，左右开弓，<u>狠狠地打</u>了两记耳光，<u>动作还挺优美的哦</u>！

(3)ST 风格与 TL 风格不对等

【ST7】"I haven't **thanked you** properly," she said. "**You haven't told me your name.**"

"Li," he said.（林语堂）

【TT7-1】"我真不知道该怎么<u>感谢您</u>才好。"她说，"<u>我还没请教您的大名呢</u>。"

"我姓李，"他说。（劳陇&黑马 译）

【TT7-2】"我还没<u>谢你</u>呢。"她说，"<u>你还没有告诉我你的尊姓大名</u>。"

"姓李，"他说。（宋碧云 译）

【解析】ST 风格是非正式的（informality），但译成汉语时，两个 TTs 均没有较好地把人物的对话风格真实地传递过来，文体都过于正式。虽然大意是传递了，但汉语读者会误以为 ST 中的人物就是用这样恭敬的口吻来进行对话的。既然是文学作品，我们对风格翻译的把握应该认真、严格，不应没有铸成大错、马虎一些也问题不大。

从翻译质量控制的角度出发，翻译中这类风格上的不对等通常很容易被忽视，因为这种对话的翻译"太简单"了，因为它不会严重到不达意。

就事论事，《朱门》的女主角柔安是名门闺秀(即 ST/TT 中的"she"/"她")，她说的话，风格应该更像【TT7-1】，而【TT7-2】的非正式口吻与【ST7】是不相符的。我们结合柔安的讲话风格，改译如下(仅供参考)：

【TT7-3】"我尚未好好地谢谢您呢！"柔安说，"能告知尊姓大名吗？"(主编　试译)

12.7　从综合互文视角看小说的翻译案例

迄今，我们已经讨论了诸多文学体裁翻译及其相适应的 theoretical approaches，每次讨论的重点一般均为一种 approach。本节将重点移至翻译的综合/整合研究上(integrated approach)。也因此需要补充两种新的 approaches：intertextual approach(互文性途径/方法)和 cognitive approach(认知途径/方法)。

小说翻译实践与研究，(过去)往往把重点放在"原文中心论"和"译文中心论"上。其实很有必要引入互文性理论，即基于互文性理论的要义，探讨以互文翻译观指导"小说互文文本(literary intertext)"之翻译实践，以重新审视译者的决策过程。

认知语言学中的一些研究方法对从新的视角解读源语文本会发挥非常之作用，它有助于翻译水平的提高和翻译品质的确保。

12.7.1　文学互文文本概念简述

"互文性"这个理论概念起源于欧洲，近年来在中国翻译界使用频繁。据 Wikipedia(下画线为主编所加，特指重要内容)，

Intertextuality is the shaping of a text's meaning by another text. Intertextual figures include: allusion, quotation, calque, plagiarism, translation, pastiche and parody. An example of intertextuality is an author's borrowing and transformation of a prior text or to a reader's referencing of one text in reading another.

The term "intertextuality" has, itself, been borrowed and transformed many times since it was coined by poststructurialist Julia Kristeva in 1966. As philosopher William Irwin wrote, the term "has come to have almost as many meanings as users, from those faithful to Kristeva's original vision to those who simply use it as a stylish way of talking about allusion and influence."

互文性理论认为任何文本都不可能脱离其他文本而存在,其意义产生于它与其他文本之间或引用,或吸收,或改造,或扩展的相互联系,但是这样的互文过程因为融入了丰富的文化内涵及知识结构,又不可等同于静态的文本特性。由此,我们不妨给出 literary intertext(文学互文文本)的概念,不仅结合了文学文本的特点,而且阐明了互文作用的复杂性,提出译者在翻译活动中并不止于从译入语中找出可替代译出语的互文文本,而应从文本的宏观及微观层面入手,综合考虑诸多制约因素,作出相关决策。

能为较多学者所接受的翻译观——互文翻译观,既汲取"ST 中心论"的长处,又吸收"TT 中心论"的优势,并将两者加以平衡。

此外,由于 pretext、ST 以及 TT 三者间存在多重的互文关系,译者翻译"文学互文文本"时更有必要采用互文翻译观,注重文本、情境及系统的互动。

就具体的决策过程而言,作为 ST 的读者,译者需借助阐释学的基本原则和框架理论,重视文本的互文意义和语境意义,正确理解文本功能和交际意图;作为 ST 的译文(或 TT 的 rewriter),译者受翻译规范及翻译目的的制约,应采用 Mary Snell-Hornby 提出的 integrated approach——整合法(或综合法)。

12.7.2 情景-框架语义学概念简述

翻译的特点就是"跨",所以有许多理论可以运用其中。虽然"单一"的一种理论方法可以解决不少翻译中的"单一"问题,但翻译实践与研究过程中,毕竟是复杂的问题大大多于单一的问题。

到了 21 世纪,翻译实践与研究得到了蓬勃发展,我们在翻译第一线的实践者和/或研究者更加深刻地认识到 Snell-Hornby 提出的"整合法"不愧为一"理论良方"、"实践妙招"。

迄今，我们介绍了诸多翻译理论和思想，有欧洲的、北美的，也有本国的，故不在此加以赘述。但有关认知语言学的 theoretical approach，即 cognitive approach to translation 尚未涉及。

本章，我们引入美国著名的语言学家 Charles J. Fillmore(1929－2014)的"情景-框架语义学"的概念。译者对源语文本的整体准确解读是完成翻译任务的首要前提，所以该语义学对源语的整体把握是文本分析、文本(重新)产出(即翻译)的创造性过程提供了一种全新的视角。

情景-框架语义学首先是一种通向理解及描写词语和语法结构的意义的途径。该途径的线路图是从这样的假设开始的：

为了理解语言中词语的意义，应先具备概念结构(即语义框架的知识。该语义学假设，词语可以通过它所在的语言结构，选择和突出基本的语义框架的某些方面或某些实例，而这是以一定的方式或按照一定的原则进行的。因此，解释词语的意义和功能，可以按照从基本的语义框架的描写开始直到对这些方式的特点加以了详细刻画这样的思路进行)。

在翻译实践中，译者本人碰到的难题一定是真真正正的难题，它不是靠简单认知、推理所能解决的。回到框架语义学，事实上，我们需要描述的语义框架可能经常指不能以精确的形式化方式给出的实体或经验。在发展一个框架语义描写中，我们必须首先识别现象、经验，或由目标词语(在翻译中指 TL words and expressions)以及它们出现于其中的句子表示的场景/情节(scenarios)。

由于文学文本(特指 literary ST)本身的复杂性，存在大量的互文现象，所以对这些"互文"意义的认知需要透过诸多不同的表达方式才能成功解码。进而再现(represent/reproduce)literary TT。根据 Fillmore 等语言学家，框架是一种认知模型，是具体情景的认知和信念的表征。就翻译而言，有异化、归化或杂合化不同的翻译框架(foreignization－frame/domestication－frame/hybridization－frame)。虽然英到中还是中到英都存在上述三种相同/似的基本框架，但在英语或在汉语里，这些基本框架会用不同的方式来表达。

我们不妨读一下 Fillmore 等学者对 frame 的定义（下画线均为主编所加，以示重点）：

- Starting from his appeal for "an integrated view of language structure, language behavior, language comprehension, language change and language acquisition"（引自 Snell-Hornby, 2001: 79），Fillmore developed his notion of frame[1] in 1975, which sheds light on the creative process of text analysis and text (re)production.

- The term "frame" he used refers to "any system of linguistic choice—the easiest being collections of words, but also including choices of grammatical rules or grammatical categories—that can get associated with prototypical instances of scenes"（引自 Snell-Hornby, 2001: 79/Ungerer & Schmid, 2001: 209）.

- In a maximally general sense, "scene"[2] in his notion "include not only visual scenarios, familiar layouts, institutional structures, enactive experiences, body image; and in general, any kind of coherent segment, large or small, of human beliefs, actions, experiences, or imaginings"（引自 Snell-Hornby, 2001: 79）.

- In a dynamic process similar to that of intertextuality, scenes and frames constantly activate each other, for example, "a particular linguistic form evokes associations which themselves activate other linguistic forms and evoke further associations, whereby every linguistic expression in a text is conditioned by another one" (Snell-Hornby, 2001: 80). Such a process is termed as text-assimilation which involves (1) evoking the image of a particular situation before the mental eye of the reader and (2) embedding this situation in other situations to form a meaning whole so as to clarify

---

1 Snell Hornby used the term "scenes-and-frames semantics" of Charles Fillmore (2001, 79).

2 根据 Ungerer & Schmid, "…at that time, a frame was regarded as an array of linguistic options which were associated with so-called 'scenes', a notion related to our term 'situations'"(2001: 209).

the background and motivation and the necessary connections, such as cause and effect（同上）.

● Starting out from this linguistic position, the conception of the frame notion has shifted towards a mainly cognitive interpretation…In 1985 he says that frames are "specific unified frameworks of knowledge, or coherent schematizations of experience"…Still more recently he views frames as "cognitive structures […] knowledge of which is presupposed for the concepts encoded by the words"…What this collection of definitions and explanations show is that while frames were originally conceived as linguistic constructs, they have by now received a cognitive re-interpretation（Ungerer & Schmid, 2001: 209）.

● Such a cognitive interpretation is even more convincing for the notion of perspective…Accepting that perspective is cognitive rather than a syntactic notion, one may ask what lies behind it. The basis for perspective is mainly provided by the cognitive ability of directing one's attention. Among other things, the perspective from which we view a situation depends on what attracts our attention（同上）.

12.7.3　综合/整合法之连环翻译案例

　　本节提供的翻译案例，其实是两组，各组均属于"连环"性质，这完全是出于互文性及互文认知的考虑，也是认知语言学研究途径所能发挥功能的领域。然而，无论如何，我们强调的还是综合地运用各种切实可行的 theoretical approaches，既有助于我们在实际翻译时扩大视野、增加思路，也有助于我们不断进行专业学术训练，包括严谨的学术思考、论证，这也是强调抽象思维的翻译本身所要求的。

　　一句话，掌握好 literary inetrtext 的多体裁翻译，用好 integrated approach 的多元译本研究。

　　顺便提一下，Mary Snell-Hornby 的专著 *Translation Studies: An Integrated Approach* 引进时被译为《翻译研究——综合法》，但笔者以为

译成"整合法"则更佳。本书中,笔者将这个学术表达法"整合法/综合法"交替使用或整合使用。

我们接着要讨论的起始文本源于《三国演义》,既是 ST,也是提供了一种背景(起码是在此讨论的背景;文字黑体/加粗和下画线为主编所加,是需要讨论的重点部分)。

【起始 ST1+背景 ST1】……却说张飞引数十骑,直到盱眙来见玄德,具说曹豹与吕布里应外合,夜袭徐州。众皆失色。玄德叹曰:"得何足喜,失何足忧!"关公曰:"**嫂嫂**安在?"飞曰:"**皆陷于城中**矣。"玄德默然无语。关公顿足埋怨曰:"你当初要守城时说甚来?兄长分付你甚来?今日<u>城池又失了</u>,<u>嫂嫂又陷了</u>,如何是好!"张飞闻言,惶恐无地,掣剑欲自刎。正是:举杯畅饮情何放,拔剑捐生悔已迟!(《三国演义·第十四回》曹孟德移驾幸许都 吕奉先乘夜袭徐郡)

【起始 ST2+背景 ST2】却说张飞拔剑要自刎,玄德向前抱住,夺剑掷地曰:"古人云:'**兄弟如手足,妻子如衣服**。衣服破,尚可缝;手足断,安可续?'"(《三国演义·第十五回》太史慈酣斗小霸王 孙伯符大战严白虎)

【起始 TT2】A brother is a limb. **<u>Wives and children</u>** are but clothes.(Moss Roberts 译)

【ST+TT 讨论】

1)"妻子"是否应译为"wives and children"?

2)ST 读者要面对两个涉及刘备话语的认知"框架"(frame)——
- 张飞失城池,嫂嫂(刘备夫人)皆陷于城中;
- 张飞悔不当初,欲拔剑自刎(谢罪),刘备相劝。

3)上述两个框架可能激活了下列"情景/场景"(scene/situation)——
- 刘备重兄弟情更甚于夫妻情;
- 中国传统礼教要求女子三从四德,为人妇者地位低下;
- 刘备善于收拢人心,越小视自己夫人,越令张飞自愧,进而愈能臣服效忠。

4)由 ST 读者激活的上述情景,有助于我们对刘备"兄弟如手足,妻子如衣服"的话语之合理认知("笼络人心"?"牺牲自我"?"牺牲家人"?)。

5) 如何认知"妻子"框架？"妻子"是一个单义词(形复义单)，还是复义词？换言之，"妻子"仅指"妻"，还是指"妻"+"子"？

6) 如何准确确定"妻子"是指"妻"还是"妻+子"，我们有必要依靠互文性研究法来进行认知：

● "妻子" = "妻" + "子"。

闻官军收河南河北(节选)	渔家傲引(节选)
【唐】杜甫	【宋】洪适
	……
剑外忽传收蓟北，	昨夜醉眠西浦月。
初闻涕泪满衣裳。	今宵独钓南溪雪。
却看**妻子**愁何在，	**妻子**一船衣百结。
漫卷诗书喜欲狂。	长欢悦。
……	不知人世多离别。

● "妻子" = "妻"。

诗经·小雅·棠棣 (节选)	新婚别(节选)
	【唐】杜甫
……	……
妻子好合，	嫁女与征夫，
如鼓琴瑟，	不如弃路旁。
兄弟既翕，	结发为**妻子**，
和乐且湛。	席不暖君床。
宜尔家室，	……
乐尔妻帑，	
是究是图，	
亶其然乎。	

7) 如何准确分析、判断。张飞因丢了徐州，陷了两位嫂嫂，羞愧难当，想要自刎谢罪。刘备为了安慰结拜兄弟张飞，才说了"兄弟如手足，**妻子**如衣服"这番话。在这一语境下，"妻子"应该仅指刘备的两个老婆。译者 Moss Roberts 没有解读出此时此刻的语境意义，也缺乏一些必要的互文性知识(也包括古汉语

一词多义的 linguistic pitfall），翻译时仅做到了 literal/mechanical equivalence（字面/机械对等），而没有做到 contextual equivalence（语境对等）。

看来，我们的中文不是这么好学的。译者要"form a complex 'scene behind the text'"（引自 Snell-Hornby，2001：80），绝非易事。有鉴于此，Fillmore 做了如下结论："The process of communication involves the activation, within speakers and across speakers, of linguistic frames and cognitive scenes. Communicators operate on these scenes and frames by means of various kinds of procedures, cognitive acts such as filling in the blanks in schematic scenes, comparing presented real-world scenes with prototypical scenes, and so on."（引自 Snell-Hornby, 2001: 80）

我们接下来要讨论的这组文本案例，主要源于《鹿鼎记》中的一个小片段。

翻译的整合法研究克服了过去一些比较单一、孤立地研究翻译法的缺陷，对待一个 literary intertext，强调

1）同时全面关注翻译之多维：

●互文性问题（intertextuality）；

●译者主体性（translator's subjectivity）；

●SL 文本导向（SL text-orientedness）；

●TL 文本导向（TL text-orientedness）；

●主体间性问题（intersubjectivity）。

2）同时全面关注三维视角：

●文本中的单词（word-in-text）；

●情景中的文本（text-in-situation）；

●系统中的翻译（translation-in-system）。

3）同时全面关注三个层面的文本/篇章：

●宏观层面文本/篇章（macro-level text/discourse；macro-text）；

●中观层面文本/篇章（meso-level text/discourse；meso-text；比较 intertextual coherence/intratextual coherence）；

●微观层面文本/篇章（micro-level text/discourse；micro-text）。

如何进行如此全方位的整合/综合性翻译案例分析、研讨，我们仅

选取《鹿鼎记》中的一个小片段作为样例。

【接续ST3+背景ST3】（以扬州作本书主人公的发祥地，原有一番深意。此时距明亡约二十年，"扬州十日"的悲惨一幕已翻过，笙歌繁华，尤胜旧日。）

扬州城自古为繁华胜地，唐时杜牧有诗云："**十年一觉扬州梦，赢得青楼薄幸名。**"古人云人生乐事，莫过于"**腰缠十万贯，骑鹤下扬州。**"（自隋炀帝开凿运河，扬州地居运河之中，为苏浙漕运必经之地。明清之季，又为盐商大贾所聚居，殷富甲于天下。）

（清朝康熙初年，扬州瘦西湖畔的鸣玉坊乃青楼名妓汇聚之所。这日正是暮春天气，华灯初上，鸣玉坊各家院子中传出一片丝竹和欢笑之声，中间又夹着猜枚行令、唱曲闹酒，当真是笙歌处处，一片升平景象。突然之间……）（《鹿鼎记·第二回》绝世奇事传闻里 最好交情见面初）

【接续TT3-4+背景TT3-4】

Yangzhou, City of Pleasure

The city of Yangzhou has <u>long been synonymous in China with wealth, pleasure, and sybaritic luxury</u>. The great poet Du Mu, of the late Tang dynasty, <u>sums it up</u> in his famous lines:

From my Yangzhou Dream I wake at last—
Ten years rake, ten years gone so fast!

As the old saying has it, one of life's greatest pleasures has always been to

Strap on a myriad strings of cash,
And ride a crane to Yangzhou Town. (John Minford 译)

【接续TT3-2+背景TT3-2】

Yangzhou enjoys its <u>time-honored prosperity</u>. Du Mu（803－852）, the famous poet of the late Tang Dynasty（618－907）, once wrote, "**My dissipated life in Yangzhou is reduced to a dream, which earns nothing but a capricious reputation for me.**" Ancient people said: "**There's no greater pleasure of life than making a pile, becoming an official, and** being an immortal." (YN Hu 译)

【接续 TT3-3＋背景 TT3-3】

Yangzhou has long been <u>a flourishing city</u> <u>that attracted numerous men</u> <u>of letters</u>. Du Mu, a famous poet in the late Tang Dynasty, once described his impression of this city in the following lines:

Awake from my dream in Yangzhou, a city of pleasure,

I only find ten years have passed.

As the old saying goes, the most pleasant thing of life is to **"tie strings of cash around the waist and visit Yangzhou riding a crane"**.

(TT Zhang & YJ Zhang 译)

【ST＋TT 讨论】

1) 对 ST 背景的了解及分析。ST 中存在两个 intertexts：其一，两行唐诗，引自唐朝诗人杜牧的"遣怀"的三、四两句；用现代汉语说，两行诗句意为"十年扬州不堪回首，竟是一场春梦"。对"遣怀"有一种解读是(仅供参考)：该诗是诗人回忆昔日的放荡生涯，悔恨自己的沉沦，表面上是抒写自己对往昔扬州(今南京)幕僚生活的追忆与感慨，实际上发泄自己对现实的满腹牢骚，对自己处境的不满。

其二，民间流行语，最早出自南朝宋人殷芸的《小说》一文："有客相从，各言所志：或愿为扬州刺史，或愿多资财，或愿骑鹤上升。其一人曰：'腰缠十万贯，骑鹤下扬州'，欲兼三者。" [1]

2) 对前文本(pretext)的意图和功能的了解及分析。当时杜牧三十一二岁，颇好宴游。从全诗分析(一、二句是"落魄江湖载酒行，楚腰纤细掌中轻")，杜牧与扬州青楼女子多有来往，诗酒风流，放浪形骸。故日后追忆，乃有如梦如幻、一事无成之叹。这是诗人感慨人生自伤怀才不遇之作。

此外，古代原有一个故事，说的是四个进京赶考的年轻人救了个老头，后来发现是个神仙。神仙看他们绝大多数人本质还是好的，于是答应实现他们每人一个愿望。第一个书生估计是缺钱，于是说："愿为富翁，腰缠万贯。"第二个书

---

1 出处见新华网江苏频道([http://www.js.xinhuanet.com/fqjs/2005-04/25/content_4128033.htm])，该报道包括指出文中"扬州"实为今天的南京。

生一定是官迷，于是说："愿当扬州刺史，众人仰慕。"（"扬州刺史"的地位相当于今天的"上海市市长"）第三个书生想当超人，所以很认真地说："愿当神仙。"第四个书生最有个性，想了半天，说了一句："腰缠十万贯，骑鹤下扬州。"

该处虽然跟 1) 有点重复，但 2) 就是要较为详尽地了解并探讨"前文本"的生产流程。因为文学批评家假设文学作品最后定型的印刷文本是作者经过长期的构思酝酿、收集资料、提炼素材、动笔创作、修改润色等一系列过程的结果。考察、诠释这些创作的过程就是渊源批评，即探讨 pretext 的整个生产流程。

3) 对在 ST 中 intertext 的新意和新功能的了解及分析。这个 ST 也被称为 host text（主要文本/母本）。为了最后确定在 ST 里两个 intertexts 被赋予的新意和新功能，源语文本的作者的交流目的理应作为一个首先要考虑的因素。读者通常期待小说的第一段应交代故事发生的背景、主人公的身世，还要吸引读者。据此，你会明白为何小说作者金庸引用了唐诗和民间俗语。

根据段落首句"扬州城自古为繁华胜地"以及围绕该句的一系列文字描绘（诸如"青楼"、"十万贯"、"骑鹤下扬州"、"扬州……漕运"、"盐商大贾"、"殷富"、"鸣玉坊"、"笙歌处处"及"一片升平景象"），我们不难明白 ST 作者的意图。

4) 对 TTs 的对比分析。值得在此强调的三点是：

①抓焦点。闵（福德）译本仅仅抓住 ST 围绕"繁华胜地"展现出来的意义和功能，对"wealth"、"pleasure"、"sybaritic luxury"三词的选择非常到位，而且还准确运用了"be synonymous with"这个地道短语作为跟这三个关键词的衔接，做到了在全语境中承上启下。

②措辞准。Hu 译本选择的 TL 措辞是"time-honored prosperity"，Zhang & Zhang 译本选择的则是"a flourishing city"——两者选词均显平淡、含糊及笼统，但后者较好，因为紧跟着有一后置定语从句"that attracted numerous men of letters"。

③巧译诗。译诗必须讲求 functional equivalence——"巧对应"，而非 word-for-word equivalence——"字字对"。

④多输入。我们应多多细读（close reading）中外名作，全面提高各自译诗的能力和水平。看许渊冲（XYZ）先生等中西学者是如何翻译"青楼"和"薄杏名"等词语的。有关诗句译文如下：

【接续 TT3-4+背景 TT3-4】

I awake, after dreaming ten years in Yangzhou,

Known as **fickle**, even in the **Street of Blue Houses**.（Bynner）

【接续 TT3-5+背景 TT3-5】

Having dreamed ten years in Yangzhou[1], I woke a **rover**

Who earned in **mansions green**[2] the name of **fickle lover**?

[1]Yangzhou: the most flourishing city of the world in the Middle Ages.

[2]Green mansions: brothels.　　　　　　　　　　　　（XYZ 译注）

【ST+TT 讨论】

①几个译本综合对比分析，总体结论是：名家更善于使用 TL，其综合处理文本/篇章的能力、处理句子的能力、处理短语的能力、处理单词的能力——凡涉及互文性、主体性、SL/TL 导向性、主体间性等，均高出其他译者。

②不仅如此，闵福德翻译的目标语（TL）虽为其母语，但他对汉语源语的理解，毫不输给其他译者（均为中国人）和另一人为英国汉学家。主要体现在三个视角上——word-in-text、text-in-situation、translation-in-system。

③与此同时，闵福德在处理"三观"文本/篇章时所表现出来的操控能力，值得文学汉译英的实践家或研究者特别关注。

④出于篇幅考虑，笔者仅举一例，说明英美人很习惯/善于使用这个短语来"等化"、"深化"乃至"升华"中国文化，使用这个翻译思路暨方法来达到满足 TL 读者的审美要求。这个短语是 be synonymous with；这个思路暨方法是 specification。以下按照顺序一一说明：

● 何为"扬州"？The city of pleasure。把扬州描绘成"寻（欢作）乐"或"寻开心"的都市，非常具体化。请注意，pleasure 的同义词是 enjoyment（见 *Oxford Advanced Learner's English-Chinese Dictionary* [6th Edition]第 1313 页），这进一步印证扬州是一个供你享受、享乐的天堂。有文为证。

● "论清代扬州经济文化的繁荣及其反思"一文中指出（注意主编的下画线）："2014 年将是扬州建城 2500 周年纪念日，在这岁月的长河中，扬州几经兴亡，几度盛衰。她经历了唐朝的繁华，宋时的战火，元代的复兴，终于在明清之际迎来了又一次的巅峰……清代的扬州是个典型的消费城市。盐商将当时扬州的经济推向高峰。乾隆下江南时盐商为讨好皇帝，建造了大量的园林行宫，养了众多优伶名角，形成了以这些行宫为中心，以盐商住宅，书院，商业区，民宅逐渐向外扩散的城市格局……清代的扬州引领着全国的时尚潮流，地位类似于今天的中国上海。社会安定，盐商们疯狂消费，人民生活较为富足，人们的娱乐设施也渐渐增多。除了看戏游园之外，'早上皮包水，晚上水包皮'，众多茶馆澡堂，酒楼饭馆相继开张，社会渐渐沉醉在纸醉金迷之中。"因此，使用 "pleasure" 是对明清扬州的最佳、最独特的注解。

- 接着的话语是层层递进，**递进之一**(注意主编的下画线)："The city of Yangzhou has long been synonymous in China with wealth, pleasure, and sybaritic luxury"。"be synonymous with something"意为"strongly suggesting a particular idea, quality, etc.: very strongly associated with something"。例如，"The company's name is *synonymous* with quality."(见 *Merriam-Webster's Advanced Learner's Dictionary*) 常被英美人用来描绘旗鼓相当的东西。你看，"wealth(财富)"、"pleasure(享乐)"、"luxury(奢靡)"三个主题词把当时的扬州勾画得淋漓尽致。

- **递进之二**：用唐诗"遣怀"的后两句，起码在表面上把扬州描写得纸醉金迷，特别是使用了 "to sum up" 作为 "译者的主体性" 解，发挥了译者的主观能动性、创造性。该词组也是英美人比较喜欢使用的 "总结" 话语。你愿意去做 "扬州梦" 吗？

- **递进之三**："扬州梦" 小人物也能实现得了。人生的最大乐趣是什么呢？有人只想 "发财"，有人很想 "做官"，有人想尝试做 "神仙"。胆大的人追求人生的最大乐趣是："发财+当官+做神仙"三者通吃——"腰缠十万贯，骑鹤下扬州"！

12.8　从多元系统论看《边城》的汉译英

多元系统论(polysystem theory)或多元体系学派(school of polysystem theory)可以较为全面地解释翻译这种复杂的文化现象，在现代的翻译研究中具有其不可替代的优越性。然而，多元系统论是比较难读懂、比较难运用好的一种理论。

由于文学翻译跟该理论学说关系密切，省略这一理论的讨论，对本书是一种缺失。沈从文及其代表作《边城》在西方国家知名度很高。瑞典汉学家、诺贝尔文学奖评委马悦然对沈从文的推崇可谓是不遗余力，只要接受中国媒体的采访，他几乎每言必谈沈从文。他明确表示过，沈从文是"五四"以来中国作家中第一个可以获得诺贝尔文学奖的。[1]

《边城》是我国乡土文学的经典著作，有重大的研究价值。此书自1936年出版以来，先后被翻译成多种语言，在西方社会有着积极的影响。我国学者运用不同的翻译理论，对它的不同英译本从不同角度进行过分析，但是从多元系统理论角度的研究似乎尚未有先例。尽管《边城》翻译的语境分析我们已经在本章第二节比较详尽讨论了，然而我们在第八节使用新的理论视角来做一新的尝试，笔者并没有感到重复累赘，而且，我们最终得出诸多不同的结论。不知道你会赞同哪些结论，换言之，你会站在哪种翻译理论一边。这难道不带劲吗？难道没有学术刺激、学术挑战性吗？

因此，本书专辟一节，从多元系统理论的角度有限度、小范围地讨论《边城》的两个英译本中的小部分译文。虽然多元系统理论能在一定程度上解释上述两译本所采用的主要翻译策略，但是由于它本身的局限性，对一些翻译现象无法做出合理解释。此外，由于缺乏有关上述译者个人意识形态的可靠的原始材料，不少研究只能放弃，或者存有缺憾。

12.8.1　多元系统论简述

"多元系统论"在社会大系统(the larger social system)中的文学系统(the literary system)发挥着什么作用呢？美国翻译学者 Edwin Gentzler 指出(注意主编的下画线)：

POLYSYSTEM THEORY is outlined by two Israeli scholars, Itamar Even-Zohar…and Gideon Toury…, has <u>proved particularly helpful to translation scholars in their attempt to analyse the influence of extra-literary</u>

---

1 见中国社会科学学报(http://qk.cass.cn/zgskb/wqhg/20090618/200906/t20090618_10542.htm)。

factors on the poetic decisions of the individual translator. The term polysystem refers to the aggregate of literary forms (from innovative verse to children's literature) that exist in any given culture. Even-Zohar and Toury make two important claims. First, with regard to so-called strong cultures (British, French, Russian), the poetics of the receiving culture exert a strong influence on translation decisions, and most translations conform to the constraints imposed by the target system. Second, with regard to so-called weak cultures (developing nations, nations in crisis), the poetics of translation tend to favor the forms of the source text.

Research carried out within this framework suggests that, far from being a marginal exercise, translation activity is crucial to the formation of entire literary systems. Toury's work on the emerging poetics of the then 'weak' Israeli literary system, for example, illustrates the central importance of forms imported via translations. Likewise, British culture history in the fifteenth century is generally regarded as lacking in great works; yet translation, especially from Greek and Roman texts, thrived, and the poetics imported from source systems paid enormous dividends in terms of the development of original writing in the sixteenth century. Case studies of new and developing nations show the vital role that translations play in establishing a dominant poetics, further blurring the line between the native poetics of any one nation and the poetics of translation.

With the recent availability of more substantial amounts of data, translation scholars have begun to make more universal claims about the poetics of translation... Even in countries with long literary traditions, translations can introduce new literary devices into existing inventories. Ezra Pound borrowed heavily from Chinese ideograms and Japanese haiku to change a system he felt overburdened with outworn metrical rhythms and ornaments, and Feng Chi also introduced the sonnet form into the Chinese system via translations... (Edwin Gentzler 引自 Baker, 2004: 169)

从美国学者对 polysystem 的阐述，我们会对翻译有新的认识。

1. 翻译不是一种次要系统

传统上，人们的确会这么认为，但佐哈尔(Even-Zohar)却不以为然，他着重讨论了翻译作为多元系统中的一个系统在文学多元系统里所占的位置。佐哈尔认为，要弄清翻译文学在一个文学系统里所占的位置并非易事。过去的研究只是把翻译文学视为个别的翻译作品，这样并不能全面认识翻译文学的价值和功能。翻译在文学多元系统中既可以占主要位置，也可以占次要位置，关键是要看该文化系统里当时其他文学的状态而定。当翻译文学占主要位置时，翻译在多元系统的建构过程中扮演举足轻重的角色，即翻译文学积极参与建造多元系统的中心的工作。有三种具体情况如下：

1) 当文学还处于幼稚期，或处于在建过程之中；

2) 当文学处于边缘或弱势状态；

3) 当文学正经历转折点、危机或真空阶段。

在上述任何一种情况下，翻译文学可能成为主要活动，原来的文学不但要借助翻译文学来输入新的思想和内容，形式和技巧也需要翻译文学来提供，因而这时的翻译活动就会占据主要和中心地位，扮演重要的创新角色。

相反，如果原来的文学系统处于强势地位、已经发展完备时，翻译便会处于次要地位，翻译文学在文化系统中就会处于边缘地带，其文学模式也往往是次要的了。

佐哈尔又指出，翻译文学在多元系统中占据主要或次要位置，并不表明整个翻译文学都处于同一个位置。有时候某一部分的翻译文学会占据中心地位，另一部分则可能处于边缘地位。文学之间的接触关系与翻译文学的地位息息相关。以下加以具体阐述：

1) 当外来文学大规模进入某一文学系统时，外来文学源语的地位对其翻译文学在目标语文学中的地位影响重大，只有这一部分翻译文学才有可能占据中心位置。翻译文学所处的位置成为影响译者采取翻译规范、策略、原则、方法、技巧等的重要参照元素。

2)当翻译文学处于中心位置时，它便成为打破传统、标新立异的重要力量，它便与多元系统中文学史上的重大事件联系在一起。在这个历史阶段，译文的"忠实性"（fidelity）和"充分性"（adequacy）会趋同，原著中许多新元素(如新思想、新语言、新模式、新技巧等)会带到目标语的文化系统中来。

3)从目标语文学系统角度出发，因采纳新翻译规范的译文在最初可能会由于标新立异而难以或不被目标语文化所接受,所以翻译文学中的新元素就不易在目标语文化中流行。

4)如果翻译文学在目标语多元系统的文化冲突中占据优势，那么它所带来的新元素便会容易流行，同时能丰富整个目标语文学系统，并有利于该系统的发展。

5)如果目标语文化中的文学系统占据强势地位，翻译文学处于次要地位，那么译者只能屈服目的语系统里一些原有的规范、诗学、意识形态等，在目标语文化中寻求已有的模式，如采用归化或容易为读者所接受的思路、逻辑、表达方法等。换言之，译者此时往往需要修改或放弃原文的形式甚至内容，结果译文和原文会出现较大的差距。

2.　多元系统论与文学翻译的关系

根据多元系统理论，一个系统的行为模式有时与它在多元系统中的位置有关。多元系统论主要与翻译文学产生联系，因此，我们完全可以应用该理论来观察、解释翻译文学。当翻译文学处于中心时，往往参与创造一级模式，不惜打破本国的传统规范；处于边缘时，则常常套用本国文学中现成的二级模式。前者的翻译策略，着重译文的"充分性"，后者则着重"可接受性"。(Even-Zohar, 1990)

因此，不同的翻译策略，只反映不同文化语境下的翻译规范，而规范并没有正确错误之分，而只有是否得到官方文化认可的问题。(佐哈尔观点，张南峰译文)

佐哈尔也借用了"陌生化"这一概念，他甚至把"陌生化"作为检测历史上文学重要性的手段。他认为处于文学多元系统中心位置的必须是经典化文学,经典化文学必须采用"陌生化"表达方式[1]。可见,佐哈尔对"陌生化"的推崇比形式主义者和结构主义者都有过之而无不及。他认为翻译文学同样可以进入文学多元系统中心,但中心也有"空缺"的情况,那就是说可能有系统内所有文学作品都缺少艺术表现技巧、新颖的形式等的情况。根据他的理论,翻译文学也必须采用"陌生化"的表达方式才能被经典化,才能进入系统中心。

此外,多元系统论也能在一定程度上合理解释中国历史上出现的三次翻译高潮,即汉唐时期的佛经翻译、明末清初的科技翻译和近现代的西学翻译。(详见陈刚,2011:479-482)

12.8.2　从多元系统论看《边城》的翻译背景及分析

1. 翻译、出版年份及其背景分析

沈从文的《边城》,在出版 17 年后的 1947 年由金隄(Ching Ti)和佩恩(Robert Payne;另译"白恩")完成英文翻译(*The Frontier City*),并由总部位于伦敦的 George Allen & Unwin Co., Ltd.出版。当时中国是半殖民地半封建社会,战争和贫困困扰着全民族,而西方国家依据自己的实力将其文明传播到世界各地。当该书由哥伦比亚大学出版社于 1981年再版的时候,中国恢复高考后的首届毕业生即将于次年春季毕业,中国国内同一年也首次出版了《边城》的英译本(*The Border Town*)。

戴乃迭(Gladys Yang)于 1981 年翻译、出版了《边城》,属于熊猫丛书,主要对外销售。那时正好是"文革"(1966-1976)结束才几年——国门慢慢开始打开,改革开放逐渐在全国展开,经济逐步开始恢复,国际旅游市场不断扩大,外经外贸正走向海外,老百姓有机会、有渠道开始大量接触来自西方社会的各种文化等。2011 年,译林出版社出版了《边

---

1 对于翻译陌生化的意义,佐哈尔鲜明地指出:"当翻译文学欲进入文学多元系统中心,而且中心有'空缺'的情况,那就是说在系统内所有文学作品都缺少艺术表现技巧、新颖的形式等的情况,这时通过在译文中再现源语文本中的新颖的语言形式和表现技巧,即陌生化的翻译策略,使翻译文学被经典化或进入系统中心。"(Even-Zohar, The Position of Translated Literature within the Literary Polysystem [A]. in Lawrence Venuti (ed.), *The Translation Studies Reader* [C]. London: Routledge, 2000)

城》的汉英双语本，主要在国内市场销售、发行。

针对上述两种情况，我们的文学要介绍给西方读者，尤其是英语读者，并希望他们喜欢乃至接受，实质上是相当困难的。

理由是：如果原来的文学系统处于强势地位、已经发展完备时，翻译便会处于次要地位，翻译文学在文化系统中就会处于边缘地带，其文学模式也往往是次要的了。上述的英文引文中也有："with regard to so-called strong cultures（British, French, Russian）, the poetics of the receiving culture exert a strong influence on translation decisions, and most translations conform to the constraints imposed by the target system"。

总起来说，当翻译处于次要地位时，译者应尽可能采取归化的翻译策略。换言之，译者的目标语/译入语（英语）应以归化为主，文字要地道，意识形态观、诗学观、美学观等要往目标语及其文化靠，要朝目标语读者靠。即使使用了异化的表达或者直接地译介源语文化，也要较多地或者充分考虑到接受国文化及市场和接受国读者的阅读习惯。

由于金隄-佩恩的英译本分别在英国伦敦和美国纽约出版，时隔34年。真是无巧不成书，金隄-佩恩的英文版再版年份，跟戴乃迭的英文版首版是同一年。也正因为如此，赞助人以及社会意识形态对两个英文版的《边城》均不构成原则性或实质性的约束、限制乃至操控，而且两个版本的译者都有纯 native speaker，都懂汉语。三位译者都是大家，值得一一介绍。

2. 译者简介以及翻译能力分析

戴乃迭（1919－1999），毕业于牛津大学，著名翻译家，是著名翻译家杨宪益的英国夫人。毫不夸张地说，他俩翻译了几乎整个中国，包括《红楼梦》全本。

佩恩的资料引自维基百科：Pierre Stephen Robert Payne（4 December 1911－3 March 1983）was a professor of English literature, lecturer in naval architecture, novelist, historian, poet and biographer. Born in Cornwall, Payne was the son of an English naval architect and a French mother. 他曾在延安会见过毛泽东，在西南联大任过教。

金隄(1921—2008)，浙江吴兴人(今湖州)人。1945 年毕业于昆明西南联合大学外文系，同年开始任美国驻华新闻处翻译。两年后，改任北京大学英语助教及文科研究所研究生。1949 年初，北京和平解放后，参加解放军四野南下工作团；不久，回到北京中央军委机关任编译。1955 年转业北京《中国建设》英文杂志社从事编辑、翻译工作；1957 年转到南开大学执教；1977 年调往天津外国语学院，历任翻译、审稿。

金隄先生曾在北京大学、南开大学、天津外国语学院等大学任教，也曾任英国牛津大学、美国耶鲁大学、圣母大学、德莱赛大学、弗吉尼亚大学、全美人文学科研究中心、华盛顿大学等单位研究员或客座研究员，美国俄勒冈大学客座教授。

很明显，上述三位译者双语纯熟，可谓是《边城》翻译之首选，应该在语言文字上(几乎)不构成任何障碍。然而，翻译的悖论也正好出在文字的转换上。

有鉴于此，我们一同探讨《边城》的两个英译本，主要视角似乎不是涉及"阶级斗争"的意识形态(好像不存在)和是否资助出版的赞助人(已经顺利出版，且再版)，而是应该放在汉英的文字转换上。

12.8.3 从多元系统视角看《边城》的翻译案例研究

1. 对译文注释的不同处理法

原著(ST)没有文字注释，但两个译本都有注释，戴译本有五个，而金隄-佩恩译本只有一个。此处仅举两例。

【ST1】傩送美丽得很，茶峒船家人拙于赞扬这种美丽，只知道为他取出了一个诨名为"<u>岳云</u>"。虽无什么人亲眼看到过岳云，一般的印象，却从戏台上小生岳云，得来一个相近的神气。(沈从文 著)

【TT1-1】Nu-sung was so handsome that the artless people of Ch'a-t'ung could find no words to describe his beauty, and therefore they called him <u>Yao Yun</u>, after the eldest son of the famous General Yao Fei of the Song Dynasty. No one had ever seen Yao Yun except on the stage, where he wore a white helmet and white armour, but he was so beautiful that no other words described him.（Ching & Payne 译）

【TT1-2】And Nuosong was such a fine-looking boy that the Chatong boatmen nicknamed him <u>Yue Yun</u>.* For everyone's first impression of Nuosong was that here was a Yue Yun in white helmet and armour just off the stage.

*Son of Yue Fei, a brave patriotic general of the Song Dynasty, who fought against invaders. Yue Yun is presented on the stage as a handsome and courageous young fighter.

（Gladys Yang 译注）

【译析】岳飞是汉民族英雄岳飞的长子，是中国历史上少有的少年将军。其演义形象是一表人才，威风凛凛。这样一个人物形象，很多中国现当代人都未必清楚，更何况对欧美读者而言。两个译本都有译注，一个融入于文本本身，另一个脱离于小说文本，算是一种脚注。通常，读者会更喜欢前者的处理方法，但前提是足够达意。

值得指出的是：金隄-佩恩译本（几乎）均采用 contextualized notes（语境化注释），成为小说的一部分。相反，戴译本（几乎）均采取 separate notes（"分离"加注法），这种处理法一般会"累"着读者，当然学者还是不嫌累的。

【ST2】前几天顺顺家天保大老过溪时，同祖父谈话，这心直口快的青年人，第一句话就说：

"老伯伯，你看翠翠长得真标致，<u>像个观音样子</u>。再过两年，若我有闲空能留在茶峒照料事情，不必像老鸦到处飞，我一定每夜到这溪边来为翠翠唱歌。"（沈从文 著）

【TT2-1】A few days ago, while T'ian Pao was crossing the ferry, he had talked to the old man. His forthright words were all about Green Jade.

"Old uncle, you know—<u>Green Jade is very attractive</u>. As soon as I am free to look after my own affairs at Ch'a-t'ung, instead of running about like a crow, be sure that I shall come to the stream every night and sing for her."
（Ching & Payne 译）

【TT2-2】A few days previously, when Tianbao took the ferry, the frank, impetuous youngster's first words to the old man were:

"Uncle, your Emerald's grown into a fine girl, a regular <u>Guan Yin</u>.* In a couple of years, if I'm able to roost in Chatong instead of flying off in all directions, I'll come to this stream every night to serenade her!"

* The Goddess of Mercy. （Gladys Yang 译注）

【译析】这里需要特别指出，对作品中出现的需要注释的文化现象，也是需要与时俱进的。不知晓跨文化交流发展细节的译者，对翻译及注释所抱有的观念会比较落后。

早在 20 世纪三四十年代，金隄-佩恩译本是与时俱进的，因为英文读者知道观音的有几个？他们对吃力不讨好的脚注/尾注往往不屑一顾。即使时代到了 20 世纪 80 年代初，海外读者对观音也还是了解不多的。

随着中国入境游的大踏步发展，知道观音的欧美旅游者越来越多，直接说 Guanyin/Guan Yin/Kwan Yin，他们可以懂；若说 Goddess of Mercy，那就更没有问题了。据此，译文一可以改为：Green Jade is <u>as attractive as the Goddess of Mercy</u>. 译文二可以改为：Uncle, your Emerald's grown into a fine girl, a regular <u>Goddess of Mercy</u>.

为方便读者，以下再提供五个例子，其中的结论性"简评（Comment）"的视角就是多元系统论，仅供参考。

【ST】太极图

Ching-Payne: representation of the celestial sphere

Gladys: the *yin* and *yang*

Notes: A Taoist sign (by Gladys)

Comment: Both are acceptable.

【ST】划拳行酒

Ching-Payne: "finger-game"

Gladys: finger-game

Notes: A traditional Chinese game played at drinking feasts. The two contestants stretch out a hand each indicating any number between zero and five and call out a number up to ten supposed to be the sum total of the two hands. The one who calls the correct total wins and the loser must drink a cup as forfeit. (by Gladys)

Comment: The Ching-Payne version is better.

【ST】粽子

Ching-Payne: the sweet rice dumplings wrapped in palm leaves which are eaten at all Dragon-boat festivals throughout China

Gladys: *zong zi*

Notes: Glutinous rice wrapped in palm leaves, often stuffed with sweetmeats, always eaten during the Dragon Boat Festival. (by Gladys)

Comment: The Ching-Payne version is better.

【ST】我们这个地方风水好，出大人

Ching-Payne: the 'wind and water' signs are favorable here to the birth of a great man

Gladys: there's something about our district that produces outstanding men

Notes: referring to geomancy (by Ching-Payne)

Comment: The Ching-Payne version is better.

【ST】碧溪岨的白塔，与茶峒风水有关系。

Ching-Payne: The white pagoda in Blue Stream Valley was one of the landmarks of Ch'a-t'ung.

Gladys: Now the white pagoda at Green Stream is generally believed to have much to do with the favorable influences at work round Chatong.

Notes: No notes are provided.

Comment: The Ching-Payne version is better. By now we can be bold enough to use the term *feng shui* with short or no notes at all.

2. 对书名的不同处理法

有关《边城》的不同英译名，反映了不同的翻译观，但未必属于多元系统论。笔者认为，戴译基本做到了 semantic equivalence，但金隄-佩恩译本只是做到了 literal equivalence。主要问题并不是出在"frontier"和"border"之间的意义差别，而是这个"城"该如何译。请看表 12-1。

不过，使用 frontier 还是 border，还是使用者对地名的一个心理认知和主观判断。例如，古龙的《边城浪子》被译成 *Bordertown Wanderer*。张爱玲的《重访边城》，其原文是用英文撰写的，文章名是 *A Return to the*

Frontier，载于 1963 年出版的美国杂志 *The Reporter*。《重访边城》是游记散文，在张爱玲眼中，台湾、香港属于 frontier cities。

表 12-1 沈从文《边城》英译名比较

The term	Dictionary definition	The title translation	Conclusion
frontier	a distant area where few people live（MW）/a line that separates two countries, etc.; the land near this line（Oxford）	The *Frontier* City（《边城》）	译名不够准确，因为沈从文的小说中的"茶峒"，是湘西一个一脚踏了三省（市）的边界小镇，是湘、黔、渝三地交接处。
border	the line that divides two countries or areas; the land near this line（Oxford）/a line separating one country or state from another; a boundary between places（MW）	The *Border* Town（《边城》）	译名准确，因为意思接近沈从文笔下的"边城"。
city	a place where people live that is larger or more important than a town（MW）	The Frontier *City*（《边城》）	译名不够准确，因为沈从文的小说中的"茶峒"，是湘西一个一脚踏了三省（市）的边界小镇，是湘、黔、渝三地交接处。
town	a place where people live that is larger than a village but smaller than a city（MW）	The Border *Town*（《边城》）	译名准确，因为意思接近沈从文笔下的"边城"。

3. 对地名的不同处理法

《边城》的故事发生在湘、黔、渝三地交接处，方言复杂，大部分中国人对此也是无能为力，这部分的地名翻译就是极富挑战性的。

这些地名原则上应该采取音译。那应该按照哪种拼音系统来处理翻译呢？有的"985 大学"（如浙江大学）的本科翻译专业于一上年级就开设基础英汉互译课程，其中必上的一个重要主题就是"拼音与翻译"的介绍，涉及汉语拼音、威妥玛氏拼法、台湾(林语堂)拼法、海外华人华语拼法(如东南亚诸国)、港式拼法、广东话拼法(含潮汕、客家话)、闽南话拼法等。这些非汉语拼音拼法基本为多元系统论要强调的目标语系统，是 BTI、MTI 的薄弱环节，值得我们去了解、熟悉、掌握。

我们把《边城》中的部分地名加以"集中"，列表如 12-2 所示(部分注释仅作参考)，给读者一个"全景图表"。

表 12-2　沈从文《边城》部分地名翻译比较

序号	源语地名	金隄-佩恩译本 (威式拼法为主)	戴译本 (汉语拼音为主)
1	四川	Szechuan	Sichuan
2	湖南	Hunan	Hunan
3	辰州(湖南怀化市沅陵县)	Chenchow	Chenzhou
4	秀山(重庆东南部)	Hsiushan Mountains	Mount Xiu
5	桃源(湖南省西北部)	Taoyuan	Taoyuan
6	茶峒(位于湘、黔、渝三省[市]的边界小镇)	Ch'a-t'ung	Chatong
7	沅水(流经黔、湘、渝)	Yuan Sui	River Yuan
8	酉水(沅水之流)	Yu Sui	The You
9	白河(湘江支流)	White Stream	White River
10	洞庭湖	T'ung-ting Lake	Lake Dongting
11	中寨(怀化一乡镇)	Hills/mountains	Zhongzhai
12	龙潭(重庆酉阳一镇)	Dragon Pool	Longtan
13	长潭(怀化下属一镇)	the Long Poor	Changtan
14	碧溪岨(位于湘西)	Blue Stream Hills	Green Stream
15	茨滩(酉水河上滩流名)	Green Thatch Rapids	Caltrop Rapids
16	凤滩(酉水河上滩流名)	Phoenix Rapids	Phoenix Rapids
17	青浪滩(沅水最险滩流)	Blue Wave Rapids	Green Wave Rapids
18	绕鸡笼(酉水河上险滩名)	Red-rooster Rapids	Whirling Hen Coop
19	白鸡关(酉水中部一地名)	White Cock Pass	White Cocks'-comb
20	火井(四川邛崃火井[镇])	Hot spring	Sichuan's salt wells

　　金隄、佩恩翻译《边城》的年代，乃至戴乃迭翻译同名小说的年代，英文读者都不太或很不习惯、熟悉汉语拼音，所以使用汉语拼音音译专有名词，的确给目标语读者带来诸多不便(港澳台读者比较熟悉威妥玛氏拼法)，尽管有些译者或作家提供汉语拼音和威妥玛氏拼音对照表。

　　20世纪三四十年代没有汉语拼音，但在80年代，译者起码有两种拼音体系可以选择。作为赞助人的中国出版社，采取的音译策略、原则及方法一定是清一色的汉语拼音。这一规定似乎无误，但采取灵活性、通融性的拼音策略，应该得到宽容，乃至一视同仁。否则译者戴乃迭的先生"杨宪益"的人名拼写法，为何不改为汉语拼音呢？

　　这些才只是专名翻译这一方面的问题。地名的翻译，一不当心就要闹笑话、犯错误。仅举一例。

【ST3】杂货铺卖美孚油及点美孚油的洋灯，与香烛纸张。油行屯桐油。盐栈堆<u>火井出的青盐</u>。花衣庄则有白棉纱、大布、棉花以及包头的黑绉绸出卖。(沈从文　著)

【TT3-1】The grocer sold kerosene and kerosene oil lamps, and candles and paper and incense. Oil shops sold wood-oil. Salt shops stocked the green salt produced from <u>hot spring</u>. Clothing shops sold white yarn, white cloth, cotton and black kerchiefs, which the Hunanese tie round their heads. (Ching & Payne　译)

【TT3-2】The general stores sell paraffin, paraffin lamps, candles and paper. The oil depots purchase *tung* oil. The salt merchants store <u>the dark rock salt from Sichuan's salt wells.</u> The drapers stock white cotton yarn, cloth, cotton and black silk headscarves. (Gladys Yang　译)

　　【译析】"火井"很容易被误读为一种可供打水的"井"，但它其实是一座历史悠久的古镇。火井古镇在四川邛崃市与天台山的中间，是四川十大古镇之一。所谓火井，就是冲出地表的天然气。邛崃火井的历史悠久，至少可以追溯到汉代。

　　西汉文学家扬雄所撰《蜀王本纪》记载："临邛有火井一所，纵广五尺……井上煮盐。"至迟在西汉，邛崃火井就被用来从事生产"煮盐"，这是世界上有关天然气开发利用的最早记录。根据世界科技史资料，国外最早使用天然气的是英国，但时间已是公元 1668 年，以扬雄所处的西汉末年计算，火井比它早了 1600 多年。因此，"临邛火井"毫无争议地被世界上公认为开发利用天然气的第一井，在科技史上为我国占据了一个骄人的地位。

就在火井所在的地方，北周时期(557－581 年)设置火井镇，从此它成了一级正式的行政区划地名。隋炀帝大业十二年(616 年)火井镇升置为火井县，直到元朝至元二十一年(1284 年)，整整 668 年时间，这里一直是县级行政单位。火井至今没有更改过名称，这在地名学上是极为少见的[1]。

因此，书中的"火井"应改译为(表之"第 20 项"可以参照)：

●a salt-producing town in Sichuan；

●a town known for its salt production in Sichuan；

●Huojing Town, the world's first salt producer in nearby Sichuan；

●Huojing in Qionglai County, China's first salt producer in Sichuan。（主编 试译）

4. 对主要人物名字的不同处理法

根据多元系统论最终回归 "the target system"，我们对主要人物的人名翻译，原则上是采取 semantic translation 策略和方法，力争做到 semantic equivalence。

【ST4】为了住处两山多篁竹，翠色逼人而来，老船夫随便为这可怜的孤雏，拾取了一个近身的名字，叫作"翠翠"。（沈从文 著）

【TT4-1】The cottage lay between two hills covered thickly with bamboo groves, whose jade-green leaves filled the eyes with interminable bright color, and so he called her "Green Jade."（Ching & Payne 译）

【TT4-2】Because their home was among bamboos and hills of a glorious emerald green, the old boatman gave the poor mite the name Emerald.（Gladys Yang 译）

【译析】作者给了《边城》的女主人公一个非常美丽的名字。因为住处两山多篁竹，翠色逼人而来，爷爷取了一个如翠竹般响亮清脆的名字，叫作"翠翠"。翠翠是茶峒军人与老船夫独生女忠贞爱情的结晶，翠翠来到人间，便是爱的天使与爱的精灵。如此美好的名字，当然要让西方读者知道其内涵，因此词

---

1 参考百度百科(http://baike.baidu.com/view/748175.htm?fr=aladdin)。

义翻译法应是首选，尤其是作为阅读的小说，译意胜音译。如果是影视作品，根据语音/配音效果，那还得另译。按照选择，排序应是：

①Emerald；②Jade；③Green Jade；④Cuicui/Tsui Tsui。

希望这个顺序符合广大目标语读者的审美意识、阅读习惯。戴译本和金隄-佩恩译本均不谋而合地采用译意法，说明我们的翻译观、诗学观等是一致的或接近的。

【ST5】作父亲的当两个儿子很小时，就明白大儿子一切与自己相似，却稍稍见得溺爱那第二个儿子。由于这点不自觉的私心，他把长子取名天保，次子取名傩送。意思是天保佑的在人事上或不免有龃龉处，至于傩神所送来的，照当地习气，人便不能稍加轻视了。（沈从文　著）

【TT5-1】Ever since the children were quite young, the father realized that the elder resembled him; and perhaps for this reason he loved the younger more; because of this hidden preference, he named the elder T'ien Pao, which means "Protected by Heaven," and the younger Nu-sung, which means "Sent by the Plague-god". According to the legends of the place, one who was protected by Heaven might yet suffer ordinary human ills, but one who was protected by the Plague-god was necessarily immune from them. (Ching & Payne　译)

【TT5-2】When the boys were young, Shun Shun realized that his first-born took after him and would have no trouble making his way in the world, while the younger boy was cast in a finer mould. He had a soft spot in his heart for the younger, giving him the name Nuosong, his brother that of Tianbao. (Gladys Yang　译)

【译析】可能选用的源语文本《边城》之版本有所不同(沈从文多次修改过自己的小说)，两个译本存在一些差距。据此，笔者更喜欢金隄-佩恩译本。一来，这个译本意思比较完整，译文基本到位；二来，采用了最佳翻译法。存在的唯一不足是，"傩神"没有翻译准确，而且差距较大(特别是 plague 这个措辞)，极易误导英文读者。

"傩"本身就因历史文化内涵丰富，暂时不宜意译，所以"音译+意译"才是比较完整无误的译法。建议改 Plague-god 为 Nuo god(傩神/傩)，或 Lord

Nuo（傩公）、Lady Nuo（傩母），否则（也）是对苗族人民的不尊重，因为傩神是他们崇拜的神，但 plague-god 在内涵上远未涵盖 Nuo God。

5. 对部分文化负载词的不同处理法

这部分的翻译，按照表 12-3 做一分类（分类不尽合理），但其所反映出的翻译观、翻译策略、翻译方法等，跟上述解读的大同小异。故我们不在此赘述这些文化负载词的具体个案分析，读者自己完全有能力做出基本判断。即使存在少量/若干误译，也无关大局——毕竟，两个不同译本所清楚呈现给我们的翻译观、诗学观、美学观、意识形态、赞助人的立场态度、rewiring+manipulation 以及小说之跨文化翻译能力/实力，很有意义，很有价值，令人启迪，令人深思。

表 12-3　沈从文《边城》部分文化负载词翻译比较

序号	源语文本	金隄-佩恩译本	戴乃迭译本
单位/工具			
1	油坊	oilshops	*tung* oil presses
2	篷船	junk	craft
3	厘金局	revenue office	revenue bureau
杂货/染布			
4	桐油	wood-oil	*tung* oil
5	酱油	bean sauce	soybean sauce
6	官青布	blue cloth	strongblue material
8	染色的桮子	painted walking-sticks	galls used in dyeing
8	青盐	green salt	rock salt
9	美孚灯罩	chimney for their kerosene lamps	paraffin lamp
10	(绣花)褡裢	a black cloth bag/Sackcloth/Black sack	a pouch/embroidered pouch/embroidered wallet
乐器			
11	小斑鼓	small drums	tambourines
12	月琴	moon-shaped fiddles	guitars
13	唢呐	flute	trumpet
14	法器	musical instruments	stock-in-trade

(续表)

序号	源语文本	金隄-佩恩译本	戴乃迭译本
食物			
15	糍粑	cake	ciba
16	红辣椒丝	red peppers	slivers of red paprika
17	鲤鱼	trout	carp
18	粉条	rice noodles	bean-vermicelli
人/神			
19	纤夫	haulers	towmen
20	喽啰	bandit	outlaw
21	老道士	an old Taoist priest	the old Taoist
22	上帝	God	Jade Emperor
其他			
23	陀螺	top	whirligig
24	纺织娘	grasshoppers	crickets
25	脚疯痛	rheumatism	a game leg
26	纸幡	paper pennon	paper banner
27	青羽缎马褂	delicate silk gowns	dark satin jackets over long gowns

【研究与实践思考题】 [A]+[AT]+[PT]

(1) 自己寻找小说译例说明如何从目的功能看小说翻译的整体把握。

(2) 自己寻找小说译例说明如何从语境视角看小说翻译的动态功能。

(3) 自己寻找小说译例说明如何从关联理论视角看小说的风格翻译。

(4) 自己寻找小说译例说明如何从意识形态视角看小说性描写翻译。

(5) 自己寻找小说译例说明如何从文体学的视角看小说的多层翻译。

(6) 自己寻找小说译例说明如何从文体不对等看小说的英译和汉译。

(7) 自己寻找小说译例说明如何从综合互文视角看小说的翻译案例。

(8) 自己寻找小说译例说明如何从多元系统论看小说的汉译和英译。

Chapter 13

"走出去"与"请进来"之成功案例

　　小说体裁单元共四章(12－15章),其中第12章是重头戏,篇幅最长,实践与理论的涉及面最宽,探讨研究的问题也最深刻。

　　在接下来的三章中,我们每章讨论一个主题,开门见山,省去写作结构中的一些繁文缛节,省去探讨问题时的理论铺垫,如此等等。需要对照阅读的地方,请直接阅读第12章及其他有关章节,乃至各种资料和工具书。

13.1　从重写策略看《尘埃落定》翻译之案例分析

13.1.1　中国小说译介成功与问题小结概述

　　中国文学若想走进海外市场,就应按照目的语读者的阅读习惯对原作进行一定程度的重写(葛浩文"自定术语",详细叙述见第14章之"葛浩文翻译观")/改写。好好的作品(即源语文本/ST/the source text)直接翻译不就得了,为何还要重写/改写呢?

　　首先,未经好好重写/改写的中国文学作品,在海外(特指西方国家)市场不大,因为大多数译本不符合西方读者的审美观。葛浩文说过,美国人通常偏爱两三种小说,一种含(较多的)性描写,一种含政治内容,一种为侦探题材(引自季进,2009)。由于阅读习惯和文化认同等原因,中国读者认为好看的小说,并不为西方读者所看好。

　　其次,许多在海外销售的中国小说为不(够)合格的译者所翻译,于是使被翻译的中国小说名声受重挫。

　　再次,许多中国译者喜欢采用异化策略,美其名曰保留中国文化,宣传中国文化。恰恰相反,异化翻译策略/法大大限制/制约了中国文化的传播。

　　那么,如何做才比较容易让中国文学走出去呢?

　　第一,选材。我们在意识形态、赞助人和诗学观等诸方面,最好能与海外取得尽可能大的契合。

　　第二,改写。中国社科类作品,尤其是文学作品,译介策略和方法就是"改写/重写"(rewriting)。

第三,合作。中国译者与西方译者组合/联手翻译,应视为迄今最佳选择。

第四,独创。如果涉及某些文学体裁(如诗歌、楹联、散文等),(完全)可以由(或主要由)水平较高的中国译者独自翻译完成。

13.1.2 《尘埃落定》成功译介之案例推荐

1. 原作及译作简介

《尘埃落定》(*Red Poppies*)的作者阿来,藏族作家。其代表作于2000年荣获第五届茅盾文学奖。评委认为这部小说视角独特,"有丰厚的藏族文化意蕴。轻淡的一层魔幻色彩增强了艺术表现开合的力度",语言"轻巧而富有魅力"、"充满灵动的诗意","显示了作者出色的艺术才华"。《尘埃落定》的译者是葛浩文、林丽君夫妇(Howard Goldblatt和 Sylvia Li-chun Lin)。葛浩文是莫言获诺贝尔文学奖作品的主要译者。退休前,他是美国圣母大学东亚语言与文学系的中文教授,夫人林丽君任职于圣母大学艺术与文学学院,是中国现当代文学、电影和文化专业的副教授。

2. 译介案例推荐

(1)补偿案例

【ST1】几声号角,一股黄尘,我们的马队就冲出去了。

然后是一队手捧哈达的百姓,其中有几位声音高亢的歌手。

然后是一群手持海螺与唢呐的和尚。

父亲领着我们的贵客在路上就会依次受到这三批人的迎接。我们听到了排枪声,那是马队放的,具有礼炮的性质。再后来是老百姓的歌声。当悠远的海螺和欢快的唢呐响起的时候,客人们已经来到我们跟前了。(阿来 著)

【TT1】At the sound of the horn, our contingent of horses galloped off amid clouds of yellow dust.

They were followed by a procession of serfs holding *khatag*, the Tibetan silk offering. This group included singers with loud, booming voices.

After them came a group of monks carrying giant conch shells and the woodwind *suonas*.

Along the way, my father and the honored guest would be greeted by these separate groups.

We heard a volley of musket fire from the horse team as a salute. Then came the serf's songs. By the time the distant conch shells and *suonas* sounded happily, the entourage and honored guest were there in our midst.

（葛浩文等 译）

【点评】①译介法：补偿(compensation)。②译介 CST[1]：哈达。③重写译文：*khatag*, the Tibetan silk offering。④重写好处：传递文化，言简意赅。

【ST2】管家说："天哪，看看我们尊贵的客人被委屈了。"

于是，亲自给活佛献茶，又用额头去触活佛形而上的手。形而上的手是多么地绵软啊，好像天上轻柔的云团。（阿来 著）

【TT2】The steward said, "Oh my, we're ignoring our honored guest." He brought tea for the Living Buddha, touching his forehead to the man's hand as an act of spiritual deference. How soft the hand was, like the gentlest cloud in the sky. （葛浩文等 译）

【点评】①译介法：补偿。②译介文化：用额头去触活佛形而上的手。③重写译文：touching his forehead to the man's hand as an act of spiritual deference。④重写好处：点睛之笔，解释到位，内涵彰显。

【ST3】我说："这个我知道，我只是不知道你是干什么的？"

他想了想，说："落到这个地步，我也不知道自己是干什么的，这样吧，我就当你的师爷吧。"他用了两个汉字：师爷。（阿来 著）

【TT3】"That I know for sure. What I don't know is what you have in mind."

After a thoughtful pause, he said, "My situation is so bad, I have no idea. What do you say to this? I'll be your *shiye*." He used the Chinese word, *shiye*, for adviser. （葛浩文等 译）

---

1 CST 指 culture-specific item(文化专有项)。

【点评】①译介法：补偿。②译介称谓：师爷。③重写译文："I'll be your *shiye*." He used the Chinese word, *shiye, for adviser*. ④重写好处：异化归化，和谐相处。

(2)创造性重写

【ST4】母亲问我："看见了吗？"

"看见了。"

"真的看见了吗？"

"真的看见了。"

得到了肯定的答复，土司太太说："把吊着的小杂种放下来，<u>赏</u>他二十皮鞭！"（阿来　著）

【TT4】"Can you see now?" Mother asked me.

"Yes."

"Are you sure?"

"Yes."

With this affirmation, the chieftain's wife said, "Take the little bastard down and <u>give</u> him twenty lashes."（葛浩文等　译）

【点评】①译介法：创造性重写(creative rewriting)。②译介动词：赏。③重写译文：<u>give</u> him twenty lashes。④重写好处：改变风格，措辞重选，符合英语读者的接受思路与阅读习惯(请比较 Chinglish 对话：You look pretty. / No, no! 或者：Where? Where?)。

【ST5】门巴喇嘛卖力地往我身上喷吐经过经咒的净水。他说，这是水晶罩，魔鬼不能进入我的身体。下半夜，那些叫我头痛欲裂的烟雾一样的东西终于从月光里飘走了。

门巴喇嘛说："好歹我没有<u>白作孽</u>，少爷好好睡一觉吧。"（阿来　著）

【TT5】Monpa Lama worked feverishly to spray clean water blessed with incantations all over me. He said it was a crystal shield to prevent the demons from entering my body. In the second half of the night, the smoky source of my splitting head finally drifted away in the moonlight.

Monpa Lama said, "I'm happy to say I did not <u>perform my magic</u> in vain. The young master can now get a good night's sleep."（葛浩文等　译）

【点评】①译介法：创造性重写(creative rewriting)。②译介词组：好歹我没有白作孽，少爷好好睡一觉吧。③重写译文：I'm happy to say I did not <u>perform my magic</u> in vain. The young master can now get a good night's sleep. ④重写好处：反话正说，反说正译，调整思路，语境对等。

(3)增益/具体化

【ST6】好不容易才争得这次机会的敏珠宁寺活佛一挥手，一幅释迦牟尼绣像高举着进了舞场。只听"嗡"的一声，人们都拜伏到地上了，跳舞的僧人们步伐复又高蹈起来。

土司对太太说："活佛很卖力气嘛。"

母亲说："是啊，<u>早知如此，何必当初呢</u>。"

父亲就快活地大笑起来。他说："可惜知道这个道理的人太少了。"

(阿来 著)

【TT6】The Living Buddha from the Mondron Ling Monastery, who had so few opportunities to show off, waved his hand, and an embroidered painting of Sakyamuni was carried in. The people prostrated themselves, which revived the spirits of the dancing lamas.

The chieftain said to his wife, "The Living Buddha's letting out all the stops."

"Yes," Mother said. "<u>He'd have saved himself a lot of trouble if he hadn't said your younger brother should be the chieftain back then.</u>"

Father laughed merrily. "Too bad so few people understand things like this." (葛浩文等 译)

【点评】①译介法：增益/具体化(amplification/specification)。②译介俗语：早知如此，何必当初呢。③重写译文：He'd have saved himself a lot of trouble if he hadn't said your younger brother should be the chieftain back then. ④重写好处：英文中不根据语境采用增益(contextual amplification)+具体化手段，英语读者不易揣摩出何为"如此"，何为"当初"(If you had known so earlier, why would you have done so at that time?)这种含糊不清的表达。

【ST7】黄特派员从暗影里走出来，对少了一只耳朵的来使说："我就是你们土司送靴子的那个人。回去告诉他，一双土司靴子怎么戴得动我堂堂省政府特派员。麦其土司是拥戴政府的榜样，叫他好好学一学。半夜之前，把那人的脑袋送过来，不然，我会送他一种<u>更快的东西</u>。"

（阿来　著）

【TT7】Special Huang walked out from the shadows, and said to the now one-eared messenger, "I am the recipient of your chieftain's boots. Go back and tell him that boots from a chieftain will never befit me, a proud special emissary of the provincial government. Chieftain Maichi is a model supporter of the government. Go back and tell your chieftain to follow his example. Then send that traitor's head over before midnight, or I'll send him <u>something faster than those boots and more lethal than that dagger</u>." （葛浩文等　译）

【点评】①译介法：增益/具体化(amplification/specification)。②译介的短语：一种<u>更快的东西</u>。③重写译文：something faster than those boots and more lethal than that dagger。④重写好处：何为"更快的东西？"不增补/增益，并加以具体化解说，谁能懂？

(4) 简(易)化

【ST8】麦其土司无奈，从一个镶银嵌珠的箱子里取出清朝皇帝颁发的<u>五品官印</u>和一张地图，到中华民国四川省军政府告状去了。（阿来　著）

【TT8】Left with no choice, Chieftain Maichi opened a case inlaid with silver and beads and took out <u>a seal representing the highest official title</u> conferred by the Qing emperor. With the seal and a map, he went to the provincial capital to file a complaint with the military government of Sichuan, under the control of the Republic of China. （葛浩文等　译）

【点评】①译介法：简(易)化(simplification)。②译介官名：五品官(印)。③重写译文：(a seal) <u>representing the highest official title</u> (conferred by the Qing emperor)。④重写好处：简化处理，删繁就简，方便读者，易于沟通。不然，中国古代官名复杂，"精确"的翻译(**Grade Five official** that belongs to the mid-ranking official, approximately equal to the head of a county or county magistrate in the Qing Dynasty，或者 the fifth highest-ranking official in China's imperial official system)，反而会"坏了事"。

(5)以雅代俗

【ST9】奶娘忙不迭拿来便盆，可我什么也屙不出来。昨天一天，把肚子里的东西都拉光了。(阿来 著)

【TT9】The wet nurse rushed up with a chamber pot, but <u>I had no use for it</u>, since I'd <u>gotten rid of</u> everything the day before. (葛浩文等 译)

【点评】①译介法：间接译写(indirect trans-writing)。②译介方言：可我什么也屙不出来。昨天一天，把肚子里的东西都拉光了。③重写译文：but <u>I had no use for it</u>, since I'd <u>gotten rid of</u> everything the day before. ④重写好处："屙"是方言，"拉(光)"为比较俗的表达法，也许英语中"旗鼓相当"的说法用在此未必合适，所以通过"间接译写"，变"俗"为"雅"。

【ST10】我拉完屎，回到屋子里，两个婆子上上下下替我熏香。那个军官脸上竟然出现了厌恶的神情，好像我一直散发着这样的臭气。在这之前，我还跟他一样是有钱人，一泡屎过后，情形就变化了，我成了一个散发臭气的蛮子。(阿来 著)

【TT10】When I returned after <u>finishing my business</u>, the women fumigated me, and I saw the officer cover his nose with a silk handkerchief. A look of disgust appeared on his face as if my body stank all the time. Before that, I'd been a rich man like him, but that seemed to change <u>after my visit to the toilet</u>, and I had become a stinking barbarian. (葛浩文等 译)

【点评】①译介法：间接译写。②译介俗话：一泡屎过后。③重写译文：after <u>my visit to the toilet</u>. ④重写好处：改变语域，改变风格，变 casual 为 neutral/normal。

(5)外延措辞

【ST11】……说的次数太多了，土司就笑着说："你真有胆子。你以为寨子里的人相信查查会谋反？这话是没有人相信的，人们知道查查不是一代两代的查查。你急着回去，是想叫那些人杀了你吗？"(阿来 著)

【TT11】…After the man had spoken once too often, the chieftain replied with a smile, "You must be <u>foolhardy</u>. Do you honestly think that people back at the fortress believe that Tratra was rebel? No one believes that. People have not forgotten that his family has been around for many generations. Are you so anxious to return because you want to be killed?"（葛浩文等 译）

【点评】①译介法：外延措辞（achieving denotative equivalence by diction）。②译介外延：你真有胆子。你以为寨子里的人相信查查会谋反。③重写译文：You must be foolhardy. Do you honestly think that people back at the fortress believe that Tratra was rebel. ④重写好处：译者对原文的解码、编码都非常到位，解码甚至胜过中国人。要让中国人在英文中找到"有胆子"准确外延意义的措辞真的不是那么容易做到的。这好比"be afraid of one's wife"、"fear one's wife"等都不如"be henpecked"如此准确地表达"怕老婆"这个中国老百姓通俗易懂的意思。据 *Merriam-Webster's Advanced Learner's English Dictionary*，foolhardy 意为"foolishly doing things that are too dangerous or risky"。词典中举的例子是：a foolhardy explorer 和 foolhardy investors。

【ST12】这段时间，每天，我都有一个新的女人，弄得下面的人也显得骚动不安。管家在有些地方也能得到相同的待遇。他的办法是叫人充分感到土司少爷是个傻子，这样人家就把他当成土司的代表，当成有权有势的重要人物。（阿来 著）

【TT12】During the trip, I had a different girl every night, which caused a disturbance in the ranks. But the steward was able to finagle comparable treatment by making people fully aware that the chieftain's son was an idiot. They then treated him as the chieftain's actual representative, an important personage with real power.（葛浩文等 译）

【点评】①译介法：外延措辞。②译介外延：管家在有些地方也能得到相同的待遇。③重写译文：the steward was able to finagle comparable treatment。④重写好处：措辞精准、严谨。根据 *Merriam-Webster's Advanced Learner's English Dictionary*，finagle 意为"to get (something) in a clever or dishonest way"。所给的一个例子是：He finagled an invitation to the conference by claiming to be a reporter.

(6)避免重复

【ST13】家里的喇嘛和庙里的喇嘛要分别进行鼓乐和神舞表演，这在他们也是一种必须下大力气的一种<u>竞争</u>。平心而论，我们是喜欢喇嘛之间有这种<u>竞争</u>的。要不，他们的低位简直太崇高了。没有这种<u>竞争</u>，他们就可以一致地对你说，佛说这样，佛说那样。弄得你土司们也不得不让他们在那里胡说八道。（阿来 著）

【TT13】It was also time for the lamas from the estate and those from the monastery to perform drum music and spirit dances. These were keenly contested <u>competitions</u>. To be honest, we enjoyed the <u>rivalry</u>, since it kept the lamas from considering themselves too lofty. Without these <u>contests</u>, they could have joined forces to tell us that the Buddha had said this or the Buddha has said that, and the chieftains would have had no choice but to let them do anything they wanted. （葛浩文等 译）

【点评】①译介法：避免重复（avoiding repetition）。②译介同义词：【ST13】之三个"竞争"。③重写译文：见【TT13】。④重写好处：英文似乎了"超越"原文。措辞准确，并有区分度、有强调的重点。三个"竞争"实则是存在差异的。从 TL 视角出发，根据 *Merriam-Webster's Advanced Learner's English Dictionary* 或 *Oxford Advanced Learner's English-Chinese Dictionary* [6th Edition]（注意主编所加的下画线），第一个"竞争"对(keenly contested) competitions——<u>actions</u> that are done by people, companies, etc. that are <u>competing against each other</u> 或 an event in which people <u>compete with each other to find out who is the best at sth.</u>——为了胜负而进行的比赛。第二个"竞争"对(enjoy the) rivalry——<u>a state or situation</u> in which people or groups are competing with each other，比如 <u>sibling rivalry</u> (= competition or jealousy between sisters and brothers)——较劲；为了自己方面的利益而跟人争胜。第三个"竞争"对(these) contests——competition；<u>a struggle or effort to win or get something</u>——比赛；人们对于一个相同目标的追求。总之，丰富多彩地解释中心词"竞争"，就是传递一个信息——竞争好；起码对家里的喇嘛和庙里的喇嘛来说，有竞争比没有竞争好，而且要好得多。从这个案例看，读英文似乎强于读中文。

【ST14】我的姑娘，<u>她</u>的心已经飞走了。我看见<u>她</u>的心已经飞走了。（阿来 著）

【TT14】But Dolma's heart was elsewhere. I could see it fluttering away from me.（葛浩文等　译）

　　【点评】①译介法：避免重复。②译介同义句：【ST14】之两个"她的心已经飞走了"。③重写译文：见【TT14】。④重写好处：重写后给读者不一样的感受——"她的心已经飞走了"不只是重复，在【TT14】中简直就是递进：她的心在别处 ⇨ 她的心正离我而飞走了——我可能看到了啊！

(7)修辞手法

【ST15】这时，几个家丁冲了进来。他们是土司派来跟在身后保护我的，要看看有哪个下人敢犯上作乱，在太岁头上动土。（阿来　著）

【TT15】At that moment, the family guards stormed in. Assigned by the chieftain to protect me, they rushed up to see which slave had dared to rebel against authority and offend the powerful.（葛浩文等　译）

　　【点评】①译介法：语用与内涵翻译法(pragmatic and connotative translation)。②译介习语：【ST15】之"在太岁头上动土"。③重写译文：见【TT15】。④重写好处：虽然在"太岁头上动土"有现成的英文习语(to beard the lion in his den)，但根据上下文和句子的并列结构，被译成"(dared to rebel against authority and) offend the powerful"是非常得体的，功能相当。

【ST16】我熟知那些山谷景色，这个季节，溪水一天比一天丰盈，野樱花正在开花。（阿来　著）

【TT16】I knew that valley like the back of my hand: this was the season when water in the creeks rose daily, and wild cherries bloomed.（葛浩文等　译）

　　【点评】①译介法：语用与内涵翻译法。②译介习语：熟知。③重写译文：I knew...like the back of my hand。④重写好处：这个熟语/习语(或 like the palm of one's hand)跟北京话"倍熟"/"特熟"在意义和功能上旗鼓相当。

【ST17】就在这时，人群开始移动了，虽然口里没有一点声音，但脚步却有力了，能在地上踩出来一点声音了。（阿来　著）

【TT17】At that very moment, the mob began to move. Although they were silent, their feet had regained enough strength to make the ground speak.（葛浩文等　译）

【点评】①译介法：语用与内涵翻译法。②译介习语：在地上踩出来一点声音了。③重写译文：…to make the ground speak。④重写好处：经重写，译文变成了拟人化（一种常用的修辞格）了，发挥了修辞功能——脚步声居然"使大地说话了"（to make the ground speak）。

【ST18】这个晚上，时间过得真慢。这是我第一次清晰地感觉到时间。（阿来 著）

【TT18】The hours crawled that night. Never before had I been so keenly aware of the existence of time.（葛浩文等 译）

【点评】①译介法：语用与内涵翻译法。②译介动词：TL 动词——以生动再现 SL 谓语"过得真慢"。③重写译文：（The hours）crawled… ④重写好处：to crawl（to move forward very slowly）用得很生动，使我们联想到像蜗牛爬行。一个目标语中的普通动词，很好地发挥修辞格作用。也可谓译文胜原文。

13.2　从归化策略看《鹿鼎记》翻译之案例分析[1]

13.2.1　金庸获荣誉博士学位归功于《鹿鼎记》

据媒体报道，金庸先生荣获英国剑桥大学荣誉文学博士学位，《鹿鼎记》的英译本可谓是一个比较直接的原因（陈刚，2005）。

英国学者层的一些读者为何会欣赏这部似乎不比《红楼梦》好译的《鹿鼎记》呢？翻译教授闵福德先生可谓劳苦功高。他对原文小说中语言、文化信息的总体把握高屋建瓴，具体处理起来独具匠心；遣词造句，得心应手；分合增删，游刃有余……整部译作，展现了"异样"的中国文化，可谓"风景这边独好"。但是展现"武侠美景"的整体思路、跨文化策略、翻译方法及技巧等，大致可用"归化"二字来概括，特别是对名词的处理格外形神兼备。在 20 世纪末和 21 世纪初翻译独具中国传统文化特色的小说，闵先生依然采用他参译《石头记》时以"归化"为

---

1 参考陈刚独著论文"仍将占主导地位的归化翻译与文化认同"。

主的策略，不可不令人关注。

　　20 世纪八九十年代，国内翻译界许多学者认为，"异化"应是翻译（发展）的趋势。这其实是无视跨文化交际中的大量事实，盲目追求（部分）西方理论。然而，我们还是得先从跨文化翻译的实践入手，对闵先生的译本和笔者多年跨文化交际的实际经历/经验做一"样本分析"，就教于方家。

13.2.2　对归化和异化的重新解读

　　在全球跨文化交际尚处于当今这种状况，就汉译英而言，就中国对外宣传而言，有四种主要的策略或方法，即：中国文化，国际表达；中国文化，归化表达；中国文化，异化表达；中国文化，杂合化表达。在此，仅就"归化表达"和"异化表达"做一重新解读。

　　1. 归化表达

　　所谓"归化表达"（adaptation, domestication 或者 idiomatic translation），就是采用地道的译入语（target language/TL）来交流，即用符合讲英语民族的语言习惯、思维习惯等来讲述中国的故事、宣传中国文化，用译入语文化（TL-culture oriented）传统来替代或描述中国特有文化的表达法。比如，从语言层面讲，"北京的人民大会堂"译成英文应是"The Great Hall of the People in Beijing"，而非"Beijing's People's Great Hall"；又如，"长城大酒店"和当代的"大杭州"，用英文来表达，最好是"(the) Great Wall Hotel"和"Greater Hangzhou"，若翻成"Long Wall Big Wine-shop / Eating House"和"Big/Large Hangzhou"，那显然是国际笑话了。从文化层面讲，翻译"（请勿在这些大公司的 CEO 面前）班门弄斧"时，完全可以套用英文中所喜闻乐见的成语"teach fish to swim"，以达到当场见效的口译效果。归化一般易于为目的语读者所接受。有关句子、篇章层面的归化译例，将在后边论及。

　　2. 异化表达

　　所谓"异化表达"（alienation 或 foreignization/foreignizing translation），笔者以为主要指在词汇层面（lexical level）上或目的语文本（target text/ TT）

的局部(local)，采用以源语或源语文化为取向(SL-oriented；SL culture-oriented)的表达方式。**异化(一般)不可能体现于目的语文本的通篇或连贯性的大片语篇。**这点极为关键，便于从根本上(即在充分尊重事实和语言规律的基础上)了解并且认清究竟"异化"还是"归化"乃(跨文化)翻译的发展趋势。异化而来的表达法，不少为目的语的读者所接受，不少并不为目的语的读者所接受，甚至被他们所抛弃。前者如"因特网"(Internet)和"巴士"(bus)，后者如"水门汀"和"(小/有点)布尔乔亚"，分别被"水泥"和"小资(情调)"所取代。

13.2.3　归化、异化策略和《鹿鼎记》英译文样本研究

《鹿鼎记》的译本(John Minford, Oxford University Press, 1997/1999/2002)表明，译者主要采用归化的策略或手法来刻画人物，描写情节，再现独具中国"江湖"特色的文化。以下是笔者所做的 4 个样本研究。

1. 各章回标题样本研究：不能采用异化策略

作品要引起英文读者的注意，得要在内容与形式上给他们一种"与众不同"的感觉。《鹿鼎记》译本算是比较与众不同的。就文字层面上来看，其章回标题翻译之难，中国古代四大名著都不能与它相提并论，因为这些章回根本不能够从字面和文化内涵上来进行"异化"处理，罕有生花妙笔能够用英文传递文字表象之诗情画意和文字背后之独特用典以及丰富多彩的中国文化特色——更确切地说，是独具中国地方性(local/regional)的文化传统、民俗特色。这种语言文化的差异性，即使发生在语内翻译中，都是很难处理的。比如，对居住在北方的中国人来说，他们都很难了解、理解并且欣赏独具江南地方文化特色之"隔"——诸如地方曲艺(江南独角戏、苏州评弹)、地方戏曲(瓯剧、婺剧)等在方言包装下的地方文化或乡土文化。先看"四大名著"的部分章回标题翻译：

(1-1) 王熙凤毒设相思局　贾天祥正照风月鉴(12 回)

*M/M Yang: Xifeng Sets a Vicious Trap for a Lover

Jia Rui Looks into the Wrong Side of the Precious Mirror of Love

*D. Hawkes: Wang Xifeng sets a trap for her admirer;

And Jia Rui looks into the wrong side of the mirror

(1-2)甄士隐详说太虚情　贾雨村归结红楼梦（120 回）

*M/M Yang: Zhen Shiyin Expounds the Illusory Realm

Jia Yucun Concludes the Dream of Red Mansions

*J. Minford: Zhen Shiyin expounds the Nature of Passions and Illusion;

And Jia Yucun concludes the Dream of Golden Days

——（引自冯庆华，2002：708/733）

(2)孙悟空三岛求方　观世音甘泉活树（26 回）——1993 first edition (FLP)

*W.J.F. Jenner: Sun Wukong Looks for the Formula in the Three Islands

Guanyin Revives the Tree With a Spring of Sweet Water

(3)花和尚倒拔垂杨柳　豹子头误入白虎堂（7 回）——1993 first edition (FLP)

*S. Shapiro: The Tattooed Monk Uproots a Willow Tree;

Lin Chong Enters White Tiger Inner Sanctum by Mistake

(4)曹操煮酒论英雄　关公赚城斩车胄（21 回）——1995 first edition (FLP)

*Moss Roberts: Cao Cao Warms Wine and Rates the Heroes of the Realm

Lord Guan Takes Xuzhou by Stratagem and Beheads Che Zhou

　　四部小说中的各章回标题，由于其文字较为直白，句型与英文相差不太大，内涵并非十分丰富，大都通过 positive transfer/直译（不等于"异化"）便能解决。当然，英汉互译显然不可能如此简单，否则就不必进行大费周章的研究了。

　　例如，《鹿鼎记》第一回的标题是：纵横钩党清流祸　峭茜风期月旦评。根据金庸的解释：对许多有名的读书人株连迫害；贤豪风骨之士，当会得到见识高超之人的称誉。如果照解释译，译文难以"出奇制胜"。闵福德"一反常态"，通过跳跃式的、"蒙太奇"式的归化处理手法，突出该章回中的重要人物、故事情节，经如此剪辑、编排，使译文产生连贯、呼应、悬念、联想等艺术效果。闵先生是这样处理这一章回标题翻译的：

Prologue－in which <u>Three Ming Loyalists</u> discuss the <u>Manchu Persecution</u>, the Ming History, the <u>Beggars Guild</u>, and the <u>Triad Secret Society</u> …(trans. by J. Minford)

第一章，闵先生并没有将其直译为 Chapter I，而是精心挑选了 Prologue，意为一系列故事的"开场白"或"序幕"。其中，Three Ming Loyalists，指"复明派"，或"顾黄吕三先生(顾炎武、黄宗羲、吕留良)等光复明朝'士人'"；the Manchu Persecution，暗射"清朝文字狱"；the Ming History 为《明史》/《明书辑略》；the Beggars Guild，用来描述"丐帮(自宋朝以来，便是江湖上的一个大帮)"；the Triad Secret Society 则用来翻译"天地会"(亦可译为"三合会")，该会口号是"天父地母，反清复明"。

故事并未由此结束。那么 **Prologue** 中讲的是什么故事呢？我们难以从中文原文中揣摩到。而英译文的处理则如上分析，抓大放小，显得别具一格，容易"抓人"：

The Deer and Cauldron－The Ming History－By the Slow Process－The Beggar in the Snow－Beggars and Triads－The Scholar in the Doorway

只要读者按图索骥，相信不难找到这些故事的发展情节。这难道不像我们论文摘要后的"关键词"或"主题词"吗？这就是借用英语或国际语言达到让读者了解该章之要点。《鹿鼎记》其他所有章回的处理均相同/似。请看表 13-1 "样本 1"的归纳。

表13-1　样本1:《鹿鼎记》各章回名之处理

《鹿鼎记》各章回名之处理	第一回(及所有其他章回)
"异化"处理的可能性	(几乎)不可能
"归化"处理的可能性	可能(另起炉灶)

2. 专有名词等样本研究：归化为主
在跨文化翻译中，专有名词(尤其是人名和地名)的有效翻译是件十

分头疼的事。美国前第一夫人劳拉在白宫记者招待晚宴上有备而来的演讲中，拿布什和她自己的公婆开涮，其中就有不少涉及文化背景的专有名词，如将享有慈祥善良美名的公婆比喻为 Don Corleone；又如，劳拉等几位淑女，乘布什等早早进入梦乡时，偷偷去了 Chippendale's；等等。所有这些文化特指专有名词，都使在场的观众笑弯了腰。若中国的英文教授也在现场，多数人听之恐怕是云里雾里。翻译这些名词采用异化手法（如音译）的话，一般几乎不能产生效果。

同理，具有千丝万缕的历史文化关系的《孔乙己》主人公的名字，非异化策略所能解决得了的。然而，通过挖掘人名内涵，采用归化翻译，便能较好地处理文化负载专有名词。如把鲁迅笔下的"豆腐西施"（《故乡》）译成 Beancurd Beauty，虽然缺了美女西施，却传递了原文中基本的文化信息（鲁迅，2000：130-131）。至于如何在导译中比较有效地译介西施，分析见后。

闵先生在处理《鹿鼎记》人名、地名、书名、朝代名和普通名词时主要采用以下几种方法：

1）重要的，采用归化法。如主人公"韦小宝"被巧妙地译为 Trinket；将青楼名妓汇集之所的"鸣玉坊"意译成 the Alley of Chiming Jade。

2）次要的，一般采用异化法（音译），主要是地名和人名。如"浙江"为 Zhejiang，而非 Zigzag River（province）；"蔺相如"为 Lin Xiangru。

3）次要的，也采用归化法，主要是人名。如"楚霸王"，被译为 the Tyrant King of Chu。再如"（韦）春芳"，为 Spring Fragrance。

4）并非重要的行政区名，采用归化法。如"（收）九州（之金）"，被处理成"（…collected metal from all the）nine provinces of the empire"，这里原文中的"州"显然跟英文中的 province（现译为"省"）不是同一个行政区划的概念。对此，有处理成 region/township 的（张震久、袁宪军，《汉英中国专有名称和术语简明词典》，北京大学出版社，1994）；也有处理成 division 的（林语堂，《当代英汉词典》；危东亚，《汉英词典》修订版）。

5）书名，尽量归化（侧重内涵对等）。如《史记》为 *Records of an*

Historian(与 1995 年外研社出版的《汉英词典》提供的译文相同），而非 *Historical Records*(参见商务版《新世代汉英词典》，吴景荣、程镇球主编，2000），更不是音译 *Shi Ji*。

6)人名，尽可能再现人的表面特征。如"贾老兄"，英译为 Brother Jia；因脸上有个大刀疤，又被特地译成 Scarface Jia。

7)朝代名，倾向于归化。明朝的英译文早为英语读者接受，但是"清朝"就未必。其中一个原因是：明(朝)的发音(即 Ming)易于接受，而清(朝)的(异化)发音——Qing (dynasty)——就有难度。由于清朝在小说中是一个非常之重要的朝代，若采用威妥玛式拼法(Ching/Ch'ing)，会有悖于"名从主人"的原则，所以，译者就采用了归化原则。有关"明清之季"的译文是"during the Ming and <u>Manchu</u> dynasties"。

8)用普通名词组成的专有名词，尽量归化。如"丽春院"，英译文是(the establishment known as) Vernal Delights。

由此可见，译者在处理书中这些类型的名词时，基本上采用归化译法。请见表 13-2"样本 2"的归类。

表 13-2 样本 2：《鹿鼎记》中专有名词处理策略

名词	归化	异化
1)重要的人名、地名等	✓	
2)次要的人名、地名等		✓
3)次要的人名等	✓	
4)并非重要的行政区名	✓	
5)书名等	✓	
6)人名(再现面部特征)	✓	
7)朝代名(尽可能)	✓	
8)普通名词组成的专名	✓	

3. 书名样本研究：归化策略

就跨文化翻译而言，《鹿鼎记》并不比《红楼梦》好翻(陈刚，2005)。当然，其重点是关注以英语读者为主要对象的。这不难想象，《红楼梦》

◆新世纪翻译学 R&D 系列著作

可能更具"世界性"或"全球性",而武侠小说更具"地方性"或"中国性"。武侠小说,属于小说这一文体中的"亚文体",即使于其诞生地的中国,在最近十几年才得到学术界的相对普遍的认可。小说中描写的社会是现实生活中不存在的"虚幻的社会"或是"亚社会",故事所发生的时间都是非常之久远的。所以,要"讨好"西方读者,并非易事。功夫电影之所以能讨好西方观众,主要在于其视觉性、动作性、喜/戏剧性,而功夫(即武侠)小说要取胜,非得靠语言的魅力。这种语言必须是具有视觉形象的语言,必须是具有联想的语言。《鹿鼎记》中"鼎"译得妙就会给读者留下丰富而久远的联想。

　　我们会怎么译这个"鼎"呢?几乎翻遍国内出版的所有的权威性汉英词典,他们给的译语都是 tripod。试问了英语专业的部分本科生、研究生和英语教师(包括教翻译的),只要能回答出来的,不谋而合地也都是 tripod,或者是音译 ding。换言之,在国内大多数学/教英文的中国人心目中,中文的"鼎"等于英文的 tripod(其构词直接相当于中文的"三足之器物",恰似"直译"),或以音译代之。令人惊讶的是,闵福德恰恰将其译成我们难以直接联想到的 cauldron。笔者以为,正是这个选词会使英文读者浮想联翩。

　　该词在西方文化中是极具历史传统和文化色彩的[1]。根据享有五千年历史文化的凯尔特(欧洲最古老的民族之一)传统,cauldron 是古代之原型和现代之比喻。cauldron 被比喻为"再生"和"繁殖"之鼎,是复原之鼎、女神之鼎;cauldron 又是古代举行宗教仪式必不可少的器具,更是宗教仪式的主要关注点;cauldron 还是能给人类带来巨大力量、幸福爱情、富足生活和美好生命的神圣之鼎。此外,cauldron 还被描述为智慧之源,给人以灵感。而 tripod 可能就缺乏这种多姿多彩的联想。译者用了这个归化词 cauldron 再现小说中一系列独具深厚中国文化色彩的关于"鼎"的用途、传说以及诸如"问鼎中原"、"逐鹿中原"、"夏禹王收九州之金,铸了九大鼎"等特殊表达法的时候,就非常有利于西方

1　参看 Barbara G. Walker, *The Woman's Encyclopedia of Myths and Secrets*, Harper & Row, San Francisco, 1983.

读者阅读吸收，使他们读来津津有味，达到"润物细无声"的效果，并获得意想不到的异域文化风味。

4. 文化背景丰富段落样本研究：归化阐释法

翻译中采用此种表现手法（属于 TL reader-oriented approach），不可谓不高明。笔者多年与外国人打交道，采用类似策略或手法，也可谓屡试不爽。仅以第二章描写扬州的那段为例。

【ST】扬州城自古为繁华胜地，唐时杜牧有诗云："十年一觉扬州梦，赢得青楼薄幸名。"古人云人生乐事，莫过于"腰缠十万贯，骑鹤下扬州。"（北京三联书店，1994 年）

【TT】Yangzhou, City of Pleasure

The city of Yangzhou has long been synonymous in China with wealth, pleasure, and sybaritic luxury. The great poet Du Mu, of the late Tang dynasty, sums it up in his famous lines:

From my Yangzhou Dream I wake at last—

Ten years a rake, ten years gone so fast!

And as the old saying has it, one of life's greatest pleasures has always been to

Strap on a myriad strings of cash,

And ride a crane to Yangzhou Town. (Trans. by J. Minford)

为便于跨文化交际，译文中（即画线部分）增加了文化背景知识，可谓描写自然，内涵深刻；用"sums it up in his famous lines"来阐释"有诗云"，言简意赅，总结到位。

"From my Yangzhou Dream I wake at last—/Ten years a rake, ten years gone so fast!"是比较典型的归化处理法，虽未译"青楼"等文化特指词，多少能传递"赢得青楼薄幸名"之其中奥妙。根据《唐诗鉴赏辞典》（萧涤非等，1983：1096），"十年"和"一觉"在原文一句中相对，给人以"很久"与"极快"的鲜明对比（译文是"Ten years a rake, ten years gone so fast"），愈加显示出诗人感慨情绪之深。而这感慨又完全归结在"扬州梦"上。之所以敢于直译"扬州梦"（Yangzhou Dream），

新世纪翻译学 R&D 系列著作

正是有了对扬州归化阐释的铺垫。但是，译文中对"青楼"没做任何铺垫，所以略译为宜。当然，即使直译"青楼"等，也得加注，例如：

Having dreamed happy dreams ten years, I woke a rover

Who earned in <u>mansions green</u> the name of fickle lover. (Trans. by XYZ)

许渊冲先生对"mansions green"（画线部分）是特地做了注解的："Brothels in Yangzhou, the most flourishing city of the world in the <u>Middle Ages</u>"（Xu, 1994: 137）。注解中的画线部分——中世纪——也是 reader-oriented 的处理方法。可惜，不知是何原因，许先生在时隔 6 年后出版的《唐诗三百首(汉英对照)》同一译文里(许渊冲，2000：529)，却没有加上上述注解。这显然给跨文化交际增加了不小的困难。

此外，对"(腰缠)十万贯"做直译或异化处理，难以传递"古时以千文钱为一贯，十万贯，言钱多"之含义，所以译者将其译为"a myriad strings of cash"，即归化处理。而以"Strap on a myriad strings of cash, / And ride a crane to Yangzhou Town"来直译"腰缠十万贯，骑鹤下扬州"，体现整体异化处理策略。因此，这样原文中"骑鹤"指"升迁"，"上扬州"指"到扬州做官"(古时扬州为繁华都市，向为仕宦肥缺)的深刻文化内涵——比喻贪婪妄想(中文部分阐释，参照喻怀澄，1996：582-583)，也被异化掉了，几乎不能获得并收到 SL 读者较为容易获得并收到的联想和效果。

请见表 13-3、13-4"样本 3"和"样本 4"：

表 13-3 样本 3：《鹿鼎记》书名之处理

《鹿鼎记》书名之处理	对书名中"鼎"的处理
处理策略	归化(选词)
处理效果	理想

表 13-4 样本 4：《鹿鼎记》中文化背景丰富段落之处理

《鹿鼎记》中文化背景丰富段落之处理	对第二章第一段主要内容的处理
处理策略	归化(解释)/异化
处理效果	(比较)理想/不理想

13.2.4 采用归化策略的主要原因

产生这些翻译现象和采用归化策略必定有其主要原因和重要因素。许多中国学者早已得出的"正式"结论，或他们往往能够得出的"正式"结论是：归化翻译现象之所以还如此普遍，主要根源是英美文化占有主导地位。笔者认为：**这样的结论并非全面反映翻译现实，起码只是公认的部分原因。**假设中国文化是当今世界的主流文化之一，或者至少，中国文化在中国占据着主导地位，异化翻译(含口译和导译)也往往是无效的尝试，这已为各种汉-英跨文化交际，甚至许多英-汉跨文化交际的实践所证明。**只要汉英这两种语言和文化一直保持现在这样的差异，除非出现一种语言取代另一种语言的现象，否则汉英互译还得以归化为主。**我们仍须继续采用"中国文化，归化表达/世界表达"的策略，与西方进行各种形式的对话，同时不遗余力地译介、宣传中华文明，使西方在与中国进行的跨文化互动中不知不觉地接受我们的归化影响。之所以主张以归化为主的策略，更有以下的主要原因。

1. 对翻译实践的客观描述

笔者坚持自己从实践中得出的上述结论，从理论角度讲，主要是基于其运用以色列翻译学者吉迪恩·图里的描述翻译学理论所分析得出的结果。作为一种实证科学的(描述)翻译学，它关注的是翻译在目的语言文化系统中的情况(translations are "facts of one system only: the target system") (Shuttleworth and Cowie, 2004: 39)、译作本身是目的语文化的实际情况(translations are facts of target cultures) (Toury, 2001: 29)。正如图里在其代表作《描述翻译学及其他》中所指出的："Describing, explaining and predicting phenomena pertaining to its object level is thus the main goal of such a discipline. In addition, carefully performed studies into well-defined corpuses, or sets of problems, constitute the best means of testing, refuting, and especially modifying and amending the very *theory*, in whose terms research is carried out." (ibid.: 1)不仅 20 世纪和 21 世纪中国大量的中译英文学作品(更不用说**大量的非文学的实用型文本了**)均

表明，以英语为 target language 的文本完全体现了以归化为主、以异化为辅的翻译策略。这已无须做定量分析了。

2. 翻译的功能/目的与译者翻译观

描述翻译学分为三个研究专项：产品（导向）研究（product-oriented）、过程（导向）研究（process-oriented）、功能（导向）研究（function-oriented）。这三个专项中，功能研究最为重要。这跟德国功能派的理论不谋而合。译文的基本功能是给目的语读者提供信息，它要符合目的语的规范，也要符合目的语读者的社会心理和社会文化背景。译文要忠实于原文，更要忠实于目的语文化和读者，否则就失去了译文应有的功能。所以，描述翻译学主张翻译研究要注重译者与目的语读者之间的关系，注重译文和目的语文化之间的关系，以及注重译者在翻译过程中的能动作用和译文的独立价值与功能（方梦之，2004：55）。根据图里（Toury, 2001: 13-14），译作的功能（即目的）决定（determine）某一具体的目的语文本（its appropriate surface realization=textual-linguistic make-up），该文本会影响/支配（govern）翻译策略（strategies）。

那么，译作的功能/目的是什么呢？译者的翻译观又是什么呢？据刘绍铭先生（2005）介绍，译者闵福德先生"心仪的，是韦理（Arthur Waley）那类翻译家：那类讲究译者作者缘分和读者反应的翻译家"，所以，他从众多的武侠小说中首先挑选了金庸的《鹿鼎记》，也正是因为与《鹿鼎记》比较投缘，《鹿鼎记》比较容易受其并被其归化。

闵先生认为严复的"信、达、雅"三律，扼要切实，永不会过时。若要补充，或可从钱锺书说，再加一律："化"。可见，闵先生所遵从的翻译策略/标准/原则是归化。至于"化"的英译，闵先生提供了两个：transformation（相当于奈达的"restructuring"，笔者注）或 transmutation（相当于"transforming into a higher element or thing"）[1]。要达"化"境，需要在重铸、重塑、重组（recasting）诸方面下功夫。这跟"功能对等"（"动态对等"或"活对"）和"归化"不是"如出一辙"吗？

---

1 参见 *Merriam Webster's Collegiate Dictionary*。

不过，书中也有许多难以异化或归化得有效的功夫招数，如"南海礼佛"、"水中捉月"、"仙鹤梳翎"等。这跟中国风味菜名一样：因为这些诗情画意的菜名，难以在英文中再现其丰富的文化内涵。所以，译者就必须发挥其主体性。如何处理这些矛盾，不仅在目的论中能清楚地找到答案，而且笔者通过引用其直接和间接的口笔译实践的例子也早已证实了到底是归化还是异化为上策。

所有这些结论，都是通过客观描述而得出的。图里的描写翻译学涉及翻译决策研究、翻译规范/标准研究等。为通过求证图里观点的正确性来求证本文观点的客观真实性，我们在这两个相关方面做如下进一步的阐述。

3. 翻译实践中的决策

翻译过程是一个决策过程。译者要解决在翻译过程中碰到的问题，必须对一系列可能的策略、方法或手段做出抉择。影响抉择的因素有多种多样，译者的主观因素会起不小的作用，如译者的美学标准(Levy)。W. Wilss 则认为，有四种主要因素会影响译者所做出的决定：译者的认知系统、知识基础、翻译任务(与客户或原文作者事先约定)和特定问题(与特定文本类型有关)(方梦之，2004：37)。

闵先生对明清两代时扬州背景的精彩描写(both linguistic and cultural amplification——笔者概括)，可谓恰如其分，毫无废话。他在语言和文化两个层面所做出的一系列决策，跟他的诗学观，对中文文字和文化背景的熟识程度，对中文诗歌、古代名言佳句和文化负载词语的心领神会和理性分析，对目的语英语文化背景和读者的了解，对目的语社会意识形态的了解，对所译文本类型、风格的把握，对母语英语运用的娴熟程度等，密不可分。

4. 翻译规范/标准

这里的"规范"(norms)，在传统意义上指准则(guidelines)或甚至指"规则"(rules)，是规定性的，涉及应用翻译学的各研究领域。此外，跟描写翻译学和纯翻译理论研究等相联系，"规范"则显得更为中性，客观反映翻译实践，与某个译者、某派译者，甚至整个文化氛围中产生的特定译本有关。它跟目的语文本关系密切，会影响翻译过程的决策，可以指在特定文化或篇章系统中应采用的翻译策略（同上：113-114）。

图里的 initial norm（元规范：指导 TL 翻译的基本规范之一），与译者自觉或不自觉地选择翻译的主要目的有关。而种种不同的翻译目的影响/支配着翻译全过程的种种决策。

规范涉及两种抉择：其一，译者是否忠实于原作的各种因素（para-meters）；其二，译者是否尽最大可能将译文归化于（adapt）目的语的语言和文学规范——即在"充分性"（adequacy：adherence to the linguistic and literary norms of the source system）和"可接受性"（acceptability: adherence to the linguistic and literary norms of the target system）之间进行选择（同上：2/5/79-80）。

据样本分析，闵先生很好地把握了英语这个特定目的语文化和篇章系统。其译文清晰地反映出，他就翻译规范/标准所做出的选择是"可接受性"，即归化。

13.2.5　采用归化策略的重要因素

1. 文化相异性的可接受性在于跨文化交流之有效性

13.2.4 所分析的是采取"以归化为主"翻译策略之主要原因。归化策略之所以可行、有效，其重要因素就在于跨文化交流之有效性。不言而喻，（跨文化）翻译即交流，（跨文化）交流即目的。如何使翻译有效，"只有异域文化不再是天书般地外异，而是能够在鲜明的本土形式里得到理解时，交流的目的才能达到。""因此，翻译是一个<u>不可避免的归化过程</u>，其间，异域文本被打上使本土特定群体易于理解的语言和文化价值的印记。这一打上印记的过程，贯彻了翻译的生产、流通及接受的每一个环节。……它<u>最有力的体现在以本土方言和话语方式改写异域文本这一翻译策略的制定中</u>。"（黑体和下画线为笔者所加）（韦努蒂，2001：359）跨文化翻译之主要功能，就是传递"文化的相异性"，而有效的传递方法或手段，以归化/本地化居多。特别指出：<u>这里谈的归化/本地化不是随意的，走极端的，而是动态的，是随着跨文化交流的不断深入而</u>

与时俱进的。这正如不能因为赞成直译或异化而不分"青红皂白"处处皆直译或异化。

国内也有学者指出："相异性与认同性两者之间是存在着一种交互作用的：只有本土化了的相异性，才有可能被植入接受者文化体系；而同时，这一被本土化了的相异性也就以其携带的异国因素(……)丰富了本土文化，从而反作用于身份认同，为更新目的语文化传统做出了贡献。"(孟华，2000)综观全球化进程，只有本土化(即本地化)了的东西，诸如本地化了的计算机软件、网站、多媒体，或者设计的本地化、技术的本地化、翻译的本地化(包括语言和文化的本地化)，等等，才易于为目的语文化系统所接受。因为，通常只有通过本地化/归化策略，才能比较有效地保留文化的相异性，才能达到翻译的文化交流目的，即在一个渐进的、甚至是漫长的过程中，不断丰富目的语文化。

2. 本地化即为/才能国际化

据笔者对本地化和国际化的了解，两者之间是相辅相成、互相促进的。犹如文化相异性的本地化/归化，从宏观角度看，本地化也是一种过程，一种通过变化、调整、修改等手段使某种文本、产品、服务等适合某一特定的语言、文化并为本地人所喜闻乐见的过程。这种过程也被称之为国际化。因为，国际化了的文本、产品、服务等比较容易本地化，只要按照本地的文化习惯、风俗、传统、社会意识形态等来加以调整、改造，并为当地所欢迎即可。所以，文化本土化/归化的过程便涉及文化的适切问题，它需反映特定文化的价值、品位；涉及风格的多样性，颜色的设计，符号、字体的改变，等等。引进国际化产品或服务，本地化必不可少。同样，在引进外来文化的过程中，文化的本地化尤为重要。在向西方社会译介中国文化(包括文学)的过程中，也不可避免地需要归化和本地化。**这一过程往往是演变的，而非突发而成的。**只有经历了这样一个过程，才能使中国文化走向世界。在国际上，<u>国际化过程</u>有时被称为<u>翻译或本地化的实现过程</u>(下画线为笔者所加)。[1]

---

1 参见 http://whatis.techtarget.com/definition/0,sid9_gci212303,00.html。

13.2.6　归化处理后的《鹿鼎记》能否赢得读者

知道异国文化要为目的语文化所接受、文化归化/本地化的重要性和必要性之后，又出现一个新的问题：归化处理后的《鹿鼎记》能否赢得读者？这个问题可以从另一个角度说明：跨文化交际毕竟是要看效果的，换言之，译介中国文化、文学，到底是以归化策略为主有效，还是以异化策略为主有效？这一涉及思考层面和实践层面的问题总是交织在一起。在评说 2005 年第六届茅盾文学奖三大焦点问题时，作家邓友梅指出：每位评委内心里都有自己的喜好。但不管怎样，大家都比较看中作者对于社会的责任感和读者的反映，后者在评选中占的分量更大（邓友梅，2005）。从译者和译文读者的关系考量，译者时刻想着读者是神圣的、天经地义的，是一名译者具有强烈责任心的真实的体现。

1. 归化仍然是英汉互译策略的首选

要让外国读者看得下去的中国文学作品，除了文字因素外，还要讲内容。汉译英应主要通过归化策略/手段而非异化来再现/展现中国的"异国情调"。

固然，译作要引起英文读者的注意，得要在内容与形式上给他们一种"与众不同"的感觉。但是，问题也同时出现：如果几乎十分归化的译作，展现的是 unique/different 的中国文化作品，英文读者尚且难以读得下去（尽管这里有文化、种族、情感、教育、阅历、美学、"东方情节"、文化认同等背景因素），难以忍受、承受"异国风情"，那这种所谓的 unique/different 的中国作品怎么通过（全部）异化反而可能为英文读者所"知之、好之、乐之"（"三知"）呢？

归化策略依然是中文作品英译的主要策略，就算（即退一万步来说）外国读者也未必"青睐"以归化策略为主的译作本身（当然，其原因不在于归化，而在于文化，分析见后）。即便如此，我们译者必须在理论和实践上都持这样的观点：今天的文学翻译不仅是一种文学（再）创造，更是一种社会行为。这种创造作为一种社会行为，最终是面向读者和社会的。译者期望自己的译作得到读者和社会的承认是非常自然而然的要求，因为被翻译的作品只有被读者接受才能实现自身的价值。译作只有进入到与读者发生关系的接受过程，才能显示出它自己的价值。当然，这仅仅是问题的一方面，另一方面的问题涉及以下两个方面。

2. 读者不是简单的、唯一的译作优良之试金石

这个小标题的言下之意是：归化处理后的《鹿鼎记》可能未必能赢得读者。在翻译界，有人会不自觉地认同接受美学关于谁创造了作品的理论。根据接受美学，文学作品不是作家所创作的"文本"，"文本"不是一个自足的体系，还要有读者的接受和创造，作品存在于这两者之间的某个地方。于是，只要外国读者(特指讲英语的英美读者)不"买账"，就简单地归结为翻译策略出了问题，那到底是异化不够，还是归化过度呢？如果归化策略都难以奏效，那异化还能做到"你方唱罢我登场"吗？

换言之，接受美学的上述观点是过于主观主义的，把文学作品(包括翻译文学作品)的客观性也取消了，这绝对不利于文学翻译和文学翻译评论的健康发展。

问题的另一方面，正如法国美学家米盖尔·杜夫海纳所指出的：作品对读者的创造首先是鉴赏力和情趣。"鉴赏力或情趣表示主观性中的独断专横的一面，即倾向和爱好。……鉴赏力可以指导爱好，但也可以与爱好背道而驰：我不喜欢这个工作，但能够看中它，承认它。爱好是确定好的，鉴赏力则是排他的。有鉴赏力就是能够超脱偏见和成见进行判断。"(杜夫海纳，1996：89-90)他将鉴赏力分成两种不同的概念，一种为倾向和爱好，另一种为能够超脱偏见的成见进行的判断。但是，前一种鉴赏力是一种纯主观性的。尽管从理论上讲，欣赏文学作品是一种美感经验活动，对于美感经验来说，"愉悦不是审美经验的一个必要的配料，美唤起的主要是崇高的感觉"(同上：89)，崇高的感觉与愉悦是不同的，崇高"是为了某种超越主观性、主观性又超越自身而向往的东西去牺牲主观性。……当主观性被升华时，它主要是世界的投射，而不是向自身折返"(同上)。

即使到了中国立于世界民族之前列，中国文化处在优势位置的时候，中国的文学作品译成英文后，仍然存在着一个读者的鉴赏力问题和如何培养、提升读者的爱好和鉴赏力的问题。首先，比较能够总体达到这一翻译目的（当然是翻译目的之一）的策略还是归化，或者比较准确地说，归化为主，异化为辅。即便如此，英文读者还要"有相当的程度"（鲁迅语），要对博大精深的中国文化做到"三知"，我们的优秀文学翻译作品（包括汉学家的翻译作品）的完成和出版，也仅仅是万里长征迈出的第一步。这好比西方人（包括西方影视界）似乎目前只是比较熟悉并认可作为"名导"的某某某，或作为电影明星的某某某……很显然，这些"名导"，并非中国最优秀、最具有文化底蕴的；这些明星也并非中国最优秀、最具有文化底蕴的。

3. 译作水平之高低不绝对构成外国读者接受中国文化的唯一标准

不管《鹿鼎记》译介于西方社会最终结果如何，中国武侠小说受到剑桥大学学者们的青睐，进而成为金庸先生获得该校荣誉文学博士学位的直接原因之一，归化翻译策略可谓功不可没。

之所以如此，正因为翻译的首要目的是有效的沟通、交流，而归化策略又往往更为有效，况且书中有不少难以异化的翻译。换言之，即使异化处理后，译文也难以产生应有的效果。从微观角度看，这里涉及语音层、词汇层、句子层、语法层、成语层等方面的翻译问题，涉及各种翻译技术困难。

从语言层面和翻译策略、技巧层面切入，提倡异化翻译势必使译作难以为西方读者所接受。如果我们从文化角度切入，结论依然相同。就书中体现出来的"大汉文化"而言，大汉情怀（Han chauvinism）在跨文化交际的今天，是不怎么会受西方读者欢迎的；就书中表现出来的矛盾而言，与跨文化交际的核心问题价值观和所强调的平等原则是格格不入的；就书中以反清复明的情节构架而言，与跨文化交际时代的今天提倡与时俱进的理念和原则是背道而驰的；就当今文化全球化而言，《鹿鼎记》所展现之历史画卷和"神奇"故事以及作者在作品中不时流露对自身血统和民族引以为荣的特殊心态，着实能令西方读者产生深深的异化感（尽管译作的主要表现手法是归化）。

由此可见，归化了的《鹿鼎记》译本，都未必或不太可能令西方读者像"龙的传人"、"炎黄子孙"那样产生"好感",更不用说异化了的译本能如何如何"打动"异族读者,除非他/她是这方面的研究者、爱好者或想领略独特中国文化的特殊读者,并(事先)有一个"宽容"的、"归化"和"研究"的心理准备和学术准备。无怪乎,海外出版社在划定《鹿鼎记》英译本读者时是这样描述的:

Readership: General. Overseas Chinese and Western readers with an interest in China and things Chinese. (Oxford University Press, 2005)

即便如此,即便《鹿鼎记》和韦小宝在西方不太受欢迎,也未必构成该小说译作水平高低的唯一标准。该译作是否真正为读者所喜欢,仍有待于全方位的检验,包括市场的检验和学术界的检验,还有待于更为深层的考虑——文化的认同。

13.3 从异化策略看《围城》翻译之案例分析

上节我们明确指出,归化翻译是翻译的主要策略,必将持续相当长的时间。诚然,这是拿事实来说话,但异化策略的翻译成功案例还是相当多的,即使就文学翻译而言,值得在本书加以探讨。

钱锺书先生的代表作《围城》问世后受到国际社会的广泛关注,陆续被译为英、俄、法、德、日、韩等多国文字。这部天才之作语言简练传神,典故比比皆是,譬喻精妙绝伦,风格幽默诙谐,洞察慧眼独具。如此经典,其翻译难度可想而知。也正因为如此,《围城》及其译本成为翻译研究的绝佳材料。英译本由珍妮·凯利(Jeanne Kelly)和茅国权(Nathan K. Mao)两位美国学者合译,"他们的英译本 *Fortress Besieged* 一经问世就反响强烈,引起了译界的普遍关注,有撰文赞誉的,也有批评不足的"(陈芙,2007)。

《围城》的英译本,大量使用异化策略。这一策略使用成功了吗?我们的假设(hypothesis)为是,起码这个策略较好地保留了中国文化。但欧美读者觉得可接受吗?我们的假设仍然为是,尽管英国知名翻译学者批评《围城》中习语的翻译比较呆板。

抛开这些不管，我们还是坚持我们的假设，在此前提下，我们开始讨论"从异化策略看《围城》翻译之成功案例"，主要围绕小说本身比较出彩的三类案例主题：比喻、幽默及典故。当然，我们所涉案例以异化为主，也有不少成功案例是归化。

13.3.1　比喻英译案例及分析

钱锺书既是文论大家又是语言大师，他关于比喻的理论在小说《围城》中得到了酣畅淋漓的发挥。《围城》中的比喻不仅数量极多，而且大多新颖独到、"出人意表"，正是钱先生关于比喻的辩证原理和"两柄多边"隐喻理论的有力阐释。例如仅仅描写睡眠，《围城》中就用了很多妙不可言的比喻。

【ST1】睡眠漆黑一团(钱锺书，1980：138)（以下取自《围城》的例句只注明页码）

【ST2】肉上一条蛆虫从腻睡里惊醒，载蠕载袅。(156)

【ST3】这肌理稠密的睡(159)

【ST4】黑甜乡(15)

【ST5】那一晚，山里的寒气把旅客们的睡眠冻得收缩，不够包裹整个身心(175)

【ST6】没提防睡眠闷棍似的忽然一下子打他入黑暗底(143)

【ST7】睡眠把她的脸洗濯得明净滋润(167)

【ST8】睡四面聚近来，可是合不拢，仿佛两半窗帘要接缝了，忽然拉链梗住，还漏进一线外面的世界(177)

【ST9】最初睡得脆薄，饥饿像镊子要镊破他的昏迷，他潜意识挡住它。渐渐这镊子松了、钝了，他的睡也坚实得镊不破了，没有梦，没有感觉，人生最原始的睡，同时也是死的样品。(335)

像这样被描述的事物和喻体之间"分"得很远但却"烘托"得很贴切的比喻在《围城》中不胜枚举。走进《围城》，仿佛走进比喻修辞的大观园，令人叹为观止。

纽马克对于隐喻[1]及隐喻的翻译有深入的研究。他认为"Language itself is a metaphorical web"（Newmark, 2001a: 84），并非常有独创性地指出：隐喻的功能除了作为一种表现手法，用来描述事物、起到修辞性的装饰作用（"as an ornament"）之外，更重要的功能是使描述清晰准确（"…good writers use metaphors to help the reader to gain a more accurate insight, both physical and emotional, into, say, a character or a situation."）（出处均同上）。这个观点和钱锺书比喻论中提到的新颖贴切的"烘托"异曲同工。而且通过阅读《围城》，读者不难发现，正是这些形象生动的比喻使这部小说描述、刻画和讽刺都入木三分。

纽马克把隐喻分为"dead"、"cliche"、"stock"、"recent"、"original"五种（同上：85），并说明不同种类的隐喻应采取不同的翻译方法。他特别指出，原创性的隐喻应多采用语义翻译法（semantic translation），因为原创性的隐喻对于原文读者和对译文读者来说，生度和新鲜感差不多，而且越是出其不意的比喻越应该采用语义翻译法（"…the more the metaphor deviates from the SL linguistic norm, the stronger the case for a semantic translation, since the TL reader is as likely to be as puzzled, shocked, etc., by the metaphor as was the original reader."）（同上：92）。《围城》中绝大多数比喻都是作者原创，属于"奇思妙想"类的，根据纽马克的观点应该都可以照搬进译文。通过对比分析原文和英译本，发现译者对小说中比喻采取的译法也基本以语义翻译为主，例如：

【ST10】此时此刻的荒野<u>宛如燧人氏未生以前的世界</u>（142）：By then the barren plain <u>resembled the world before the birth of Sui-jen Shih</u>.（145）（"Sui-jen Shih"译者加了注释）（以下取自英译本的例句也只注明页码）

【ST11】这种又甜又冷的<u>冰淇淋作风</u>全行不通（13）：this sweet, cool <u>ice cream manner</u> of hers was completely ineffective（16）

【ST12】想这是撒<u>一个玻璃质的谎</u>，又脆薄，又明亮（99）：<u>A lie of glass</u>, thin and transparent, he thought.（101）

---

1 纽马克在论文 *The Translation of Metaphor* 中论及的隐喻，即"metaphor"，取的是它的广义，包括暗喻、明喻和换喻等多种比喻。

【ST13】他给高松年三百瓦特的眼光射得不安，(187)：Kao Sung-nien's three-hundred-watt glare made Fang so uncomfortable…(194)

【ST14】侍者上了鸡，碟子里一块像礼拜堂定风针上铁公鸡施舍下来的肉(17)：The waiter served the chicken. There on the plate was a piece of meat that seemed to have been donated by the iron weathercock on a church steeple.(20)

【ST15】那声气哗啦哗啦，又像风涛澎湃，又像狼吞虎咽，中间还夹着一丝又尖又细的声音，忽高忽低，袅袅不绝。(139)…it would have been a thunderous racket, like the roaring of waves or the gobbling and gulping of wolves or tigers, accompanied by a thin, sharp thread of sound in the middle that rose and fell abruptly without stop.(142)

【ST16】这怨气放印子钱似的本上生利，只等他回来了算账。(275)…her resentment grew with interest at seemingly usurious rates, and she waited for his return just so she could settle accounts.(286)

【ST17】回家只像半生的东西回锅，要煮一会才会熟。(288)Returning home is just like returning something half-cooked to the pot. It has to be stewed a little longer before it becomes tender.(300)

　　这些别开生面的比喻给原文读者的冲击应该不亚于译文读者，不论是汉语读者还是英文读者，看到这些比喻，都不免或会心一笑或拍案叫绝吧？采用语义翻译，保留这些喻体，对文化负载较大的比喻添加适当的注解(例如"燧人氏")是完全可行的译法。

　　对于那些纽马克称为"dead"或"used"或已成为"cliche"的比喻，处理起来要格外小心，因为这些比喻往往因为搭配习惯等原因，为译者布下重重陷阱("…offer the translator certain traps, often owing to collocational influence…")(同上：86)。对于这些比喻译者首先要正确理解原文的喻体和喻义，避免误译；其次要考虑这个喻体及喻义所包含的文化差异对译文读者会不会构成理解障碍，如果构成了障碍，就需要采取补偿手段来消除，如果障碍无法消除，只能舍弃这个比喻。倘若译者自己理解出现偏差，或处理不当，势必影响译文的准确性和可读性。

例如：

【ST18】指着那些<u>土馒头</u>(178)：Pointing to <u>the coarse steamed bread</u>, ...
(185)

【ST19】你们孙家的人从上到下全像那只<u>混账王八蛋</u>的哈巴狗。(314)：
Every last one of your Suns is just like <u>that goddamned little turtle-egg</u> of a
Pekingese.(328)

【ST20】也去<u>坐冷板凳</u>(123)：but instead he's going to <u>sit on a cold bench</u>
(126)

【ST21】我最惭愧了，这次我什么事都没有做，真是<u>饭桶</u>(174)：I'm the
biggest disgrace. I didn't do a thing this time. I was just <u>a "rice-bucket."</u>
(181)

【ST22】你不要<u>饭碗</u>，<u>饭碗</u>不会发霉(331)：If you don't want <u>the rice bowl</u>,
it won't get moldy.(347)

【ST23】切不可<u>锦上添花</u>，让学生把分数看得太贱，功课看得太容易
(216)：Nor on the other hand should one <u>gild the lily</u>, letting the students
regard grades as too cheap or their schoolwork as too easy.(224)

　　【ST18】中，"译者的失误就在于对'土馒头'这三个字进行了字面直译，而且未加任何注解。中国读者一望而知'土馒头'指坟堆，而译者把这三个字拆开了，逐字逐词地来翻译，'土'译成'coarse'，'馒头'译成'steamed bread'。也许译者的初衷是要忠实于原文。但遗憾的是，即使是字面意思也没理解对。从字面来看，'土馒头'这个词语是个偏正结构，'土'修饰'馒头'，但这个'土'难道是指'馒头'是粗糙的吗？毫无疑问，这里的'土'指的是'馒头'的材料是泥土做的，而不是说这'馒头'做得粗糙。所以，即使从字面来说，这里'coarse'也是一个误译。而且译者没有加任何注解来说明'馒头'的比喻意义。中西方的殡葬习俗有很大差异，不了解中国土葬风俗的西方读者恐怕想破脑袋也想不到样子像圆圆的馒头的东西是坟墓"(陈芙，2007)。鉴于存在这样的文化差异，这里"土馒头"这个比喻宜舍弃，直接译为"grave"要稳妥得多。

【ST19】中的"混账王八蛋"是俚语，在比喻中属于"animal metaphor"（Newmark, 2001a: 88）。纽马克指出，翻译动物隐喻时要特别注意在不同文化中同一种动物的喻义可能会迥然不同。译者将"混账王八蛋的哈巴狗"这个"animal abuse"（同上）直接搬入译文，将其译成"that goddamned little turtle-egg of a Pekingese""恐怕会让英文读者云里雾里，乌龟的蛋和狗之间的关联远远超出了读者的理解范围。这个俚语就应该采用英文中意义接近的俚语来译，或者将'turtle-egg'略去，译文读者一样可以读懂方鸿渐是在咒骂柔嘉的宠物狗"（陈芙，2007）。

【ST20】－【ST23】的比喻可以归入"stock"一类。对于这些比喻的翻译，应该根据具体语境采取不同的方法，纽马克提供了七种译法：①reproducing the same image in the TL；②replace the image in the SL with a standard TL image；③translation of metaphor by simile, retaining the image；④translation of metaphor (or simile) by simile plus sense；⑤conversion of metaphor to sense；⑥deletion；⑦same metaphor combined with sense（Newmark, 2001a: 88-91）。

【ST20】－【ST22】采用的都是第一种译法，原文的喻体被原封不动地搬进译文。【ST20】的"sit on a cold bench"译者加了尾注，注明这个喻体的喻义是"be neglected or ignored"。【ST21】和【ST22】则没有提供注释，译者这样的处理还是合适的，因为"饭桶"和"饭碗"这两个比喻在小说中多次出现，而且这两个例子的上下文给读者提供了足够的提示，让读者可以推理出它们的喻义。

【ST23】中的"锦上添花"，译者采用的第二种译法，把它转换成了英语中的一个"stock metaphor"："gild the lily"，这是个明显的失误。译者犯了望文生义的错误，这是翻译的大忌。"锦上添花"和"gild the lily"看起来好像指的是一回事，实际上喻指却不同。"锦上添花"指的是"在织锦上再绣上花。比喻使美好的事物更美好"（许振生，2002: 367）；而"gild the lily"则指"to add unnecessary ornamentation to something beautiful in its own right"（Mish, 1987: 517），两个貌似相同的比喻实际在内涵和褒贬上都不一样。两种语言和文化间的转换，要时刻提防这种似是而非的陷阱。

13.3.2 幽默英译案例及分析

中文的"幽默"是英语单词"humor"的音译。"humor"一词源于拉丁语，意为"moisture"，该词有如下的主要含义：①"a normal functioning bodily semifluid or fluid (as the blood or lymph)"；②"one of the four fluids entering into the constitution of the body and determining by their relative proportions a person's health and temperament"；③"that quality which appeals to a sense of the ludicrous or absurdly incongruous" (Mish, 2002: 587)。古代西方哲学家认为体液的种类和成分比例决定人的性情、气质，"humor"正是一种重要的"体液"，它的本质就是"absurdly incongruous"。从"humor"这个词典释义可以看出幽默产生的原因的不一致性(incongruity)，就像戏台上小丑搭配不当的穿着或小孩说话有大人腔，都是不一致而惹人发笑；这种不一致，在语篇中就表现为"语篇语场错配、语篇语旨错配、语篇语式错配"(吕琳琼，2007)。作者通过影射、比喻、夸张、反讽、双关等修辞手法彰显这种不一致性，而当这种语篇中的不一致与所描写的现实生活的乖谬叠加起来，就能产生讽刺效果，发人深思。

杨绛在《记钱锺书与〈围城〉》中说，《围城》的作者"就是个'痴气'旺盛的钟书"(引自钱锺书，1980：358)，这种"痴气"表现为杨绛所描述的混沌顽皮的"淘气"，更表现为能笑眼看人生的才气，或者说就是洋溢的幽默的"体液"。这种才气灌注到《围城》里，就成为充满睿智、隽永独特的幽默风格。《围城》中的幽默好像相声中的包袱，常常在不经意间抖出来，让读者会心一笑，而且《围城》的幽默饱含人生哲理，让读者在轻松戏谑之余，体会严肃深刻的主题。《围城》中很多不着痕迹的幽默段落，能让读者过目不忘，历久弥新。例如：

【ST24】这一张文凭，仿佛有亚当、夏娃下身那片树叶的功用，可以遮羞包丑。(9)

【ST25】大家庭里做媳妇的女人平时吃饭的肚子要小，受气的肚子要

大；一有了胎，肚子真大了，那时吃饭的肚子可以放大，受气的肚子可以缩小。(113)

【ST26】四个人脱下鞋子来，上面的泥就抵得贪官刮的地皮。(143)

【ST27】一个人的缺点正像猴子的尾巴，猴子蹲在地面的时候，尾巴是看不见的，直到他向树上爬，就把后部供大众瞻仰，可是这红臀长尾巴本来就有，并非地位爬高了的新标识。(208)

【ST28】物价像断了线的风筝，又像得道成仙，平地飞升。(302)

【ST29】生存竞争渐渐脱去文饰和面具，露出原始的狠毒。廉耻并不廉，许多人维持它不起。(302)

　　"《围城》是一座流淌着幽默的讽刺之城，一场令人痛心的滑稽演出，一部让人先笑后泣的黑白电影"（吕琳琼：2007）。翻译这样风格卓著的小说，只译意而不能译味，显然要算失败，但是要保全其味，又谈何容易，尤其当幽默遇上双关等文字游戏（play on words）时，更使得翻译难上加难。为了再现原文的幽默风格，《围城》英译本的两位译者可谓"费尽心机"，译本中不乏出色之处，例如：

【ST30】鸿渐要喉舌两关不留难这口酒，溜税似地直咽下去……(91)：Hung-chien gulped it straight down as though letting it pass toll-free. (94)

【ST31】李梅亭多喝了几杯酒，人全活过来，适才不过是立春时的爬虫，现在竟是端午左右的爬虫了。(138)：Whereas before he had been but an insect of early spring, now he was an insect of Dragon Boat Festival time. (141)

【ST32】所以鸿渐连"如夫人"都做不稳，只能"下堂"。(260)：Thus even as a "concubine" Hung-chien was not secure and just had to "leave the house". (270)

【ST33】……鲍小姐赤身露体，伤害及中国国体。(4)：Miss Pao's exposed body constituted an insult to the body politic of the Chinese nation. (7)

【ST34】给穷人至少要一块钱，那就是一百分，可是给学生一百分，那不可以。(216)：A beggar must be given at least one dollar, that is, one hundred cents, but to give a student one hundred percent was out of the question. (224)

【ST35】鸿渐道："……你信上叫我'同情兄'，那是什么意思？"辛楣笑道:"……同跟一个先生念书的叫'同师兄弟',同在一个学校的叫'同学',同一个情人的该叫'同情'。"(120):"…In your letter you called me 'lovemate.' What do you mean by that?" Hsin-mei said with a grin, "…people who study under the same teacher are called classmates, and people who go to the same school are called schoolmates, so people who are in love with the same girl should be called 'lovemates.'"(123-124)

【ST36】"……什么酥小姐、糖小姐会看中他!"周太太并不知道鸿渐认识唐小姐,她因为"芝麻酥糖"那现成名词,说"酥"顺口带说了"糖";信口胡扯,而偏能一语道破,天下未卜先知的预言家都是这样的。(106):...*what Miss Su or Miss T'ang would ever take a fancy to him!* Mrs. Chou had no idea Hung-chien knew a Miss T'ang. Because of the given term "*chih-ma su-t'ang*" (sesame seed bar), the word "t'ang" follows naturally after "su". By blurting the words as they came to her, she had hit the nail on the head. The prophets who foretell the future are all like that [i.e., they hit the nail by accident].(108)

【ST37】外国科学家进步,中国科学家晋爵。(181):As Western science moves forward, Chinese scientists move upward.(188)

【ST38】从前大学之道在治国平天下,现在治国平天下在大学之道……(181):Heretofore, the Way of Great Learning(画线部分译者加了尾注)lay in ruling the country and pacifying the land; now rulling(画线部分原译如此) the country and pacifying the land lies in the Way of the University (literally, great learning)…(189)

上述译例可以展示译者为保持原文的风格所费的苦心。【ST30】的"溜税"是西方读者熟知的社会现象,可以较轻松地直接搬进英文,而其他几个例子均存在不同程度的文化或语言障碍,造成翻译困难。【ST31】中的"爬虫"讽刺李梅亭看见姑娘就色迷迷的丑态,并且喝了酒之后更丑态百出,变成"端午的爬虫";英语"insect"和"爬虫"基本对应("Insects are vermin in all languages.",见 Newmark, 2001: 89),只是句中的时间"端午左右"应该加注说明一下,英语读者未必都知道"Dragon Boat

Festival"的具体时间，从而难以体会作者对李梅亭丑态愈盛的讽刺。【ST32】中的"如夫人"比喻"副教授"，是《围城》中的经典比喻，这个比喻在小说的前文出现过，已经有了很好的铺垫，所以采用直译也不妨碍读者理解。【ST33】到【ST38】都存在双关、谐音或其他文字游戏手法，如【ST33】的"体"、【ST34】的"分"、【ST35】的"同"、【ST36】的"酥糖"、【ST37】的"进步"和"晋爵"、【ST38】的"大学"等，翻译起来颇费周折。总的说来，译者的处理是成功的，例如把"国体"译为"body politic"(用"body"的重复对应"体"字的双关)、把两个"一百分"分别译为"one hundred cents"和"one hundred percent"、用后缀"mate"对应"同"字、用"move forward"和"move upward"翻译"进步"和"晋爵"等，这些都基本做到了既译出意义(meaning)又照顾形式(form)，堪称佳译。但是也有在双语间周旋时显得捉襟见肘的地方，例如"酥糖"的谐音和"大学"的双关这两处在原文中信手拈来的修辞手法译入英文则显得沉重滞涩，而且又是尾注又是夹注，少了原文的那份举重若轻的轻松，讽刺力度大大削弱。"一直以来译者都被比喻为'戴着镣铐的舞者'，因为译者所受的限制太多。作者意图、读者期待和译入语语言文化规范就像重重枷锁，译者就在自由度极小的空间里舞蹈，处处受到牵绊"(陈芙，2007)，而正因为有如此的制约和限制，才越能凸显翻译的挑战性和译者的创造性，这也就是为什么文学翻译被称为艺术(Newmark, 2001a: 17)的原因。

13.3.3　典故英译案例及分析

　　前文提到《围城》处处用典，字字皆有来历，这些典故涉及中国历史、文学、宗教、民俗、戏剧、社会制度等各个方面，可谓文化他体的移植。例如：

【ST39】到西湖月下老人祠去求签(35)：If they went to the Matchmaker's Temple at West Lake to draw lots before the idols, …(39)

【ST40】咱们没有"举碗齐眉"的缘分(42)：…we just weren't meant to "raise the bowl to the eyebrows."(46)(引号部分译者附了尾注)

【ST41】花气熏人欲破禅。(45)：Flower scent overcomes man, making him wish to break Zen. (49)（"Zen"附有尾注）

【ST42】火星方，土形厚，木声高，牛眼，狮鼻，棋子耳，四字口，正合《麻衣相法》所说南方贵宦之相。(51)："fire planet square, earth shape thick, wood sound high, cow's eyes, lion's nose, chessboard piece's ear, and mouth shaped like the character for 'four'." And she said his physiognomy fit the description of a high official according to her Hemp Robe fortunetelling book. (56)（这句附有尾注，解释这些面相的含义）

【ST43】偏偏结婚的那个星期三，天气是秋老虎，热得厉害。(133)：Well, the Wednesday of their wedding turned out to be an 'autumn tiger', a real scorcher. (136)

【ST44】身体只好推出自己之外，学我佛如来舍身喂虎的榜样，尽那些虱蚤去受用。(151)：Imitating the example of Our Buddha sacrificing himself to the tigers, he gave himself up to the lice. (155)（"Our Buddha"这个称谓附有尾注）

【ST45】这就是孟尝君结交鸡鸣狗盗的用意。(159)：That's what Meng Ch'ang-chün had in mind when he befriended men who could crow like a cock or steal like a dog. (164)（这句附有尾注，解释"孟尝君结交鸡鸣狗盗"这个典故。）

【ST46】总算功德圆满，取经到了西天。(179)：Ultimately everything came out well, and we reached the Western Paradise [Buddhist heaven]. (186)

【ST47】从前明成祖诛方孝孺十族，听说方孝孺的先生都牵连杀掉的。(208)：When the Ming Emperor Ch'eng-tsu executed ten branches of Fang Hsiao-ju's clan, it's said that even Fang Hsiao-ju's teacher was put to death. (215)（"Fang Hsiao-ju"附有尾注）

【ST48】不过家里人的神情，仿佛怪他不"女起解"似的押了柔嘉来。(312)：However, it seemed as if the family blamed him for not bringing his wife under escort as in the opera Yu-t'ang-ch'un. (327)（"Yu-t'ang-ch'un"附有尾注）

　　从上述例句可以看出小说用典丰富广泛，英译本在处理这些典故时基本采用了异化译法，尊重源语和源语文化，采用直译或直译加注、词义翻译等方式，很好地保留了源语文本的文化特色。

"《围城》英译本的主导译法是异化译法，书中出色的异化译例不胜枚举。正因为如此，该译本才较好地保留了原文的文化特色和艺术风格。解构主义学派的代表人德里达曾提出了'延异'（difference）的概念，他认为翻译本身就是异化的过程，人们正是通过翻译认识到语言之间的差异，所以翻译的目的和价值是显示差异。异化译法的好处**从小处来说**，符合译文读者的阅读要求。采用异化译法，保留了原文的异国情调，可以让读者充分感受异域文化和风情，体验恍若身临其境的感觉。另外归化派的出发点是让读者以最小的努力理解译文，低估了读者的主观能动性。实际上，适当的思考和逻辑推理不但不会妨碍读者理解，反而可以满足读者的求新、求知的欲望，使读者从一个被动的信息接受者变成一个主动的信息发掘者。**从大处来说**，异化译法不仅可以丰富目的语语言，提高目的语的生命力和吸纳力，更有助于世界各民族文化的交流传播、共同发展和多元共存。"（陈芙，2007）

英译本 *Fortress Besieged* 尽管以异化译法为主，归化之处也不少见。这可能是由于母语根深蒂固的影响，译者常常会不自觉地滑入母语和母语文化固有的习惯，也可能是译者自觉的翻译策略选择。例如：

【**ST49**】恨自己心肠太软，没有快刀斩乱丝的勇气：…wished he weren't so tenderhearted and could be courageous enough to cut the Gordian knot. (81)

【**ST50**】这种精神上的顾影自怜：This spiritual narcissism…(129)

【**ST51**】不知哪里的蛙群齐心协力地干号，像声浪给火煮得发沸。(29)：From somewhere a pack of frogs croaked hoarsely, their mouths, lips, throats, and tongues working in unison as though the sound waves were being stewed over a fire until they bubbled: "*Brekeley Coky Coky*," like the chorus in Aristophanes' comedies, or of Yale University's cheerleaders. (32)

上述三个例子都采用了归化译法，借用了英语读者熟知的文化现象和习语取代了原文的表达形式，例如用"the Gordian knot"代替"乱丝"，用"narcissism"代替"顾影自怜"，【**ST51**】画线的部分是增译，译者试图用"Aristophanes' comedies"和"Yale University's cheerleaders"的欢唱来烘托一片喧闹的蛙鸣。《围城》英译本中类似这样的替代和增补(有的时候是省略原文)还有多处。好在钱锺书学贯中西,他的《围城》本身就融入了很多西方文化的元素,描写的主要对象也是"留洋"的学生,可以说《围城》是一部文化上中西合璧的佳作。正因为如此,上述的例句出现在英译本中才不会显得太突兀。但如果翻译一部纯中国式的古典小说,例如《红楼梦》,采用这样的译法,恐怕只会削弱甚至泯灭原文的文化特质和文化身份,使译文变成不伦不类的"四不像"。

"归化译法究其本质,是一种文化歧视行为。任何自认为优越的文化,在面对文化他体时,不采取接受和容纳的态度,而总是试图将其同化。古代中国文化就是一个典型的例子,任何文化进入中国后,都将逐渐被同化,包括佛教,进入中国也被汉化了。这种'泱泱大国,唯我独尊'的文化心态,在殖民时代十分盛行。这种心态体现在翻译上,就是把一切异域和陌生的东西都转变成本族文化所固有的东西,这是一种摒弃、排斥的态度,而不是接纳、融合的态度,是一种文化上的殖民心态。随着殖民时代的结束,文化的平等性越来越被认同。二战之后,各国之间的交流日趋频繁,理解和接受别国文化成为一种需要。在这样一种经济文化全球化的大背景下,翻译的作用日益凸显,翻译不再是难登大雅之堂的匠人之艺。译者对于世界经济文化发展的作用功不可没,不再是忠于'二主'的仆人,而成为实现各文化间对话,捍卫文化多元并存,加速全球化进程的文化使者。同时,正是由于这种趋势的影响,异化译法才渐渐占据了主导地位。异化为主,归化为辅的翻译策略能促进文化之间相互了解,同时吸纳他种文化的有益成分,实现文化的自我更新。这样才能既加快文化全球化的进程,又保留各种文化的自身特色,维护文化多样性。"(陈芙,2007)

纽马克在谈到语义翻译和交际翻译的应用时提到,不同功能的文本应采用不同的翻译方法,如表达功能(expressive function)型的文本,包括诗歌、小说、戏剧、散文等应侧重于语义翻译;但他同时又认为"all translation must be in some degree both communicative and semantic"

（Newmark, 2001a: 62），也就是说："没有绝对的语义翻译，也没有绝对的交际翻译。一篇翻译，甚至是其中的一个部分或句子，可以语义翻译的成分多一点，也可以交际翻译的成分多一点。"（廖七一，2000：189）这种观点同样适用于异化、归化译法以及其他一切译法，因为"没有哪一个文学作品可以从头至尾只采用一种译法翻译成功"（陈芙，2007）。

我们从比喻、幽默、典故三个主题的翻译分别展开了《围城》异化案例展示与分析。译文是否准确、有效，并为目标语读者所知之、好之、乐之，显然还需要接受当下的挑战与考验，更需要接受时代和未来的挑战与考验。

以下仍然是我们的假设：尽管钱锺书早在他在《林纾的翻译》（20世纪60年代写就）一文中提出了著名的"化境"论（钱锺书，2002：77），但正如钱先生自己说的，"化境"是"最高理想"，所谓"最高理想"往往就像科学里所说的"绝对零度"，在理论上有可能，在实践中却无法完全达到。完全实现虽不可能，却可以通过各种努力无限接近。司马迁《史记》中所说的"虽不能至，心向往之"，就是这个意思吧。这个"化境"应该是所有译者"心向往之"的目标。这也就是为什么很多文学作品，尤其是经典文学作品，被译了再译的原因，译者正是希望在不断复译的过程中探索渐趋"化境"的道路。

至于采用哪种翻译策略（异化或归化）为主会比较好，主编以为最好要接受以下两种对比研究（包括实证研究和理论研究）：

其一，有名家采取归化的策略重译《围城》；

其二，有中外实践及研究团队对《围城》现有版本进行全方位的调查研究。

其实，根据销售量，已经可以说明不少原因了。当然，我们仍然不能过早、过急、过激地下结论。

《围城》这样一部杰出的文学作品，正式出版的英语译本目前还只有一个，这不能不说是一种遗憾，希望这个目前唯一的一部 *Fortress Besieged* 不会成为《围城》英译的终点，而希望它是通往"化境"的起点。

于是，我们对经典小说《围城》的翻译研究将永远继续。

13.4 从读者群视角看《哈利·波特》翻译之陆台差异

13.4.1 《哈利·波特》译本讨论背景简述

就英汉双向翻译而言,"请进来"(即英译汉作品)成功的很多,《哈利·波特》系列汉译本很有代表性。

仅就该系列的前六部而言,据不完全统计,已被翻译成 64 种文字,全球总销量超过 3.25 亿册,名列文学作品历史销量榜第三,仅次于《圣经》(25 亿册)和《毛主席语录》(8 亿册)。一部通俗小说能够获得如此骄人的成绩不可不谓是出版史上的一个奇迹。

作者天马行空般的想象力、步步紧扣的情节、魔幻而又真实的背景固然是该书风靡全球的根本原因,但是当它一次次刷新销售纪录时,我们还应看到隐藏在背后的一个群体——各国的翻译家或翻译小组,如果没有他们挑灯夜战将译文以最快速度送到读者手中的话,就不会产生那么庞大的读者群。

一千个读者就有一千个哈姆雷特。同样的,64 位/组译者笔下的《哈利·波特》也必然具有 64 种不同的风格。我们在此无法讨论全部,仅把重点放在《哈利·波特与"混血王子"》(即《哈六》)大陆和台湾不同的汉译本上。虽然大陆和台湾具有相同的文化和历史根源,但由于种种原因,仍然存在一定的文化空缺,相应地,译文自然也就存在差异。下面就以大陆版(TT1)和台湾版(TT2)的《哈利·波特与"混血王子"》单册为例,从读者群的视角看两地翻译之差异。我们采取的方法是根据文学类型、文本分类、读者分类和翻译策略来讨论、分析、判断。

13.4.2 《哈六》的文学类型及文本类型

1. 《哈六》不是纯儿童文学作品

就文学类型分类而言,《哈利·波特》系列常常被贴上"儿童文学"的标签,然而一些学者提出了不同的观点。他们认为该系列小说应属于

"fairy tale"的范畴。尽管"fairy tale"常常被译为童话，但两者的内涵和外延仍有一定差别。根据新版《辞海》（2010）的解释："童话是儿童文学的一种。通过丰富的想象、幻想和夸张来塑造艺术形象，反映生活，增进儿童性格的成长。一般故事情节神奇曲折，内容和表现形式浅显生动，对自然物的描写常用拟人化手法，能适应儿童的接受能力。"（夏征农，2010：1891）而 fairy tale 在英语国家则被归入民间故事类下，读者群不但包括儿童，还包括成人。

美国著名民俗学家汤普森（Smith Thompson）认为 fairy tale 是"具备一系列主题和情节并具有一定长度的故事。故事以非现实世界为背景，无特定地点和特定生物，全文充满奇异色彩。在这片虚幻的土地上，出身低微的英雄杀敌制胜、继承王国并迎娶公主"（Thompson, 1978: 8）。"虚构性"是 fairy tale 最突出的特点，恶魔和巫师是其中最常见的角色。为了达到教育目的，fairy tale 一般拥有大团圆结局，即恶人受到惩罚，正义得以伸张。

《哈利·波特》拥有 fairy tale 的典型特征。它巧妙地将实实在在的现代英国社会与虚无缥缈的古老魔法世界融合在了一起，在这个神奇的世界里，聪明正直的巫师和巫女们勇敢地与邪恶力量斗争，并最终赢得了胜利。如果说最初的几卷还是以儿童为阅读对象，尚能被称为"儿童文学"的话，那么伴随着主人公的成长，小说的基调也从甜美轻快的儿童故事转向黑暗、充斥着死亡威胁的带有哥特式风格的 fairy tale。可以说，长达 607 页的《哈六》——《哈利·波特与"混血王子"》是一部集校园文学和犯罪文学于一体、以青少年为主要读者的现代 fairy tale。

《哈利·波特》讲述主人公心理成长的过程，这符合 fairy tale "具备一系列主题和情节"的特征。弗兰茨（Mary-Louise von Franz）在《解读童话》（*The Interpretation of Fairy Tales*）一书中指出，不管以何种形式来表现，所有的童话故事都拥有一个共同的核心意义，即描述心理事实。她写道："这一不为人所知的事实就是荣格所称为的'本我'（self）。它包括个体的全部心理和集体潜意识。任何个人和民族都有其经历这种心理现实的模式。"（1996：2）对哈利波特来说，这一过程意味着在"善"、

"恶"之间做出选择，是自我发现和自我规划的过程。

特地在此指出，有学者把《哈利·波特》分为"类型化儿童文学"，虽然存有争议，但在台湾，《哈六》译文的"娱乐性"的确重于"文学性"。

2. 《哈六》属于表情文本

根据赖斯的分类法，《哈利·波特》系列属于表情文本，原文的美学功能占据了主导地位，译者应尽可能地重现原作者的用词风格、行文习惯等，使译文获得和原文相似的文本效果。然而，作为一本畅销的通俗小说，其作者罗琳娴熟的语言技巧固然赢得了不少读者的肯定，但真正的吸引力恐怕还在于故事本身曲折而富有想象力的情节以及作者对读者心理的准确把握。因此，纽马克的文本分类法可能会更为管用。他把文本分为三种类型：表达型文本、信息型文本和呼唤型文本。严肃文学属于表达型文本（相当于赖斯的表情文本），通俗文学属于呼唤型文本。呼唤型文本以读者为中心，其核心功能是"号召读者去行动、思考或感受"（Newmark，2001b：41），适合采用交际翻译法（communicative translation）。交际翻译法的首要目的就是为了交际，要求在准确地重现源语文本内容和上下文/语境意义的同时，译文要通顺流畅，符合目标语的表达习惯和文化风俗，能被目标语的读者群所理解和接受。

13.4.3 《哈六》汉译本的读者群

在大陆，《哈六》的出版商——人民文学出版社一直将其作为儿童文学来进行宣传。整个系列的翻译都交由该社少儿编辑部负责。在新书出版的新闻发布会上，有记者指出国外报道中提到《哈利·波特与"混血王子"》中会有一些更黑暗、更成人化的语言和内容，询问人民文学出版社的相关负责人会如何处理这部分内容。少儿编辑部主任、责任编辑王瑞琴回答说：该书"还是适合 12 岁到 18 岁青少年读的"（详见《哈利·波特与'混血王子'》十月十五日登陆中国"[http://mymovie.blogbus.com/logs/1503420.html]）。出版商为了提高销售量，还开展了一系列的推广活动，包括借学校的主题班会、主题队会进行宣传，联络各地的儿童文学作家与少年儿童读者进行讨论等。从中我们可以看出，人民文学出版社对读者群的定位十分清晰，即王瑞琴所说的"12 到 18 岁青少年"。

零售书店对该书的定位和出版商基本一致。在杭州的新华书店，《哈利·波特》系列被摆放在"校园文学"专柜上。校园文学于 20 世纪 90 年代在国内兴起，原本特指由在校学生（大多为初中和高中生）创作的作品，随着近年来校园文学高潮的到来，其范围已涵盖以青少年为主要读者的各种主题的文学作品，大多反映当代学生在成长过程中遇到的情感上、生活上的各类问题，揭示青少年的心路历程。就此意义而言，校园文学与英语国家的"少年小说"（teen novel）相类似。

出版社和零售商的宣传使大部分大陆读者产生了"《哈利·波特》系列是儿童读物"的认知。而他们之所以做出这样的定位与我们的阅读传统有很大的关系：首先，《哈利·波特》故事发生的背景舞台是魔法世界，一切与虚幻世界相关的文本在传统上一直被排斥在成人读物之外；其次，故事的主角是一群学生，这也使得《哈利·波特》与成年读者，尤其是 30 岁以上的读者无缘。而出版商所指的"12 岁到 18 岁青少年"从严格意义上来说大部分是发达地区的青少年，他们受过良好的教育，生长于相对西化的环境之中，思维开阔，乐于接受新鲜事物和西方文化，阅读时考虑得更多的是情节，而非作品的艺术价值。

台湾的皇冠文化出版有限公司把《哈利·波特》归入了以成人小说为主的 CHOICE 系列。主要原因在于，一则皇冠没有出版儿童读物的经验，二则过去儿童作品在台湾出版市场鲜有成功的例子。皇冠的这一举措扩大了《哈利·波特》系列的读者群，不但与后几卷《哈利·波特》的定位相符，也体现了皇冠对读者心理的准确把握。现代的青少年读者，尤其是台湾地区的读者受漫画文化的影响较深，加上当代年轻人普遍心理成熟得较晚，因此即使是二三十岁的青年人也很容易接受具有较强情节性的童话故事。

从以上两个群体来看，译文的"娱乐性"应高于"文学性"，同时译者可以适当采用异化手法，介绍西方文化，以满足读者的好奇心。

13.4.4　《哈六》译本的陆台差异

译文的目的和读者群对翻译策略的选择起着决定性作用，而翻译诗

学对译者的影响则是潜移默化的。通观《哈六》全书，我们可以发现台
湾的译本主要采用了归化策略，而大陆的译者更偏好异化。当然，归化
和异化并不是绝对的，任何一部译作都是归化与异化结合的结果，不存
在完全归化的文本，也不存在完全异化的篇章，否则译文要不就是不成
句法，要不就是异国感净失。对《哈六》这样一本商业气息浓厚的英译
汉作品来说，翻译的目的十分明确，即抢占更大的市场、吸引更多的读
者，因此读者的阅读期待和阅读习惯便成为优先考虑的内容。例如在人
名翻译上，大陆和台湾两个译本的差异就十分明显。

1. 人名译名之陆台差异

表13-5　《哈利·波特》人名翻译之陆台差异

小说人名	大陆译名	台湾译名
Ron Weasley	罗恩·韦斯莱	榮恩·衛斯理
Hermione Granger	赫敏·格兰杰	妙麗·格蘭傑
Draco Malfoy	德拉科·马尔福	跩哥·馬份
Madame Maxime	马克西姆夫人	美心夫人
Narcissa	纳西莎	水仙
Fudge	福吉	夫子
Nymphadora Tonks	尼法朵拉·唐克斯	小仙女·東施
Rufus Scrimgeour	鲁弗斯·斯克林杰	盧夫·昆爵
Severus Snape	西弗勒斯·斯内普	賽佛勒斯·石內卜
Professor Sprout	斯普劳特教授	芽菜教授
Trelawny	特里劳妮	崔老妮
Madam Pomfrey	庞弗雷夫人	龐芮夫人
Horace Slughorn	霍拉斯·斯拉格霍恩	赫瑞司·史拉轟
Filch	费尔奇	飛七
Porfessor McGonagall	麦格教授	麥教授
Voldemort	伏地魔	佛地魔
Dean Thomas	迪安·托马斯	丁·湯馬斯
Cho Chang	秋·张	張秋
Lavender Brown	拉文德·布朗	文妲·布朗
Firenze	费伦泽	翡冷翠
Kreacher	克利切	怪角

【简析】从表 13-5 中我们可以看出大陆的译本基本采用了异化（音译），而台湾的译本则是异化和归化相结合，让故事中的人物听上去更像中国人。例如，"Weasley"、"Thomas"、"Snape"、"Slughorn"等姓氏在台译本中分别被译为"衛斯理"、"湯馬斯"、"石内卜"和"史拉轟"，而"卫"、"汤"、"石"和"史"在中国都是常见的姓氏，这样一来，对中国读者来说，文化差距就缩小了，也便于他们更快地记忆各个角色的名字。

但是归化也好，异化也罢，都需要掌握一个"度"，过度的归化会使译文显得怪异。如"小仙女·東施"这个名字，不论是名和姓，用在一个英国女孩身上都非常不合适，而姓和名合在一起使用就更显得荒诞了。"Nymphadora"源于"Nymphs"一词，在希腊神话中指栖息于森林或海洋中的美丽的守护精灵。"Nymphadora"意为"Gift of the Nymphs"（仙女的礼物），这可能也是译者将其译为"小仙女"的原因。而以"东施"为姓使得读者自然联想到"东施效颦"这一典故。身为丑女却偏偏要模仿美丽的西施捂胸皱眉，东施历来是盲目模仿和缺乏自知之明的典型。但是根据作者在《哈利·波特与凤凰令》（即《哈五》）一书中的描述，Tonks 是一个 20 多岁的、活泼美丽的女子。笔者猜测译者将"Tonks"译为"东施"可能是因为她是一个易容马格斯，能够随意改变自己的外表——这在某种程度上也可以认为是一种"模仿"，或者是因为"Tonks"舍弃"k"音的话，发音接近于"东施"。不论出于何种原因考虑，Tonks 和臭名昭著的春秋时期的丑女东施并无任何共同之处，而作为名字，由于姓和名都具有各自的意义，所以在读者眼中，它们已不再是单纯起指代作用的文字符号，而是同时包含了一定的内涵。所以读者在阅读时可能会产生这样的疑惑：一个女孩怎么可能既是美丽的仙女又是丑陋愚蠢的东施呢？

2. 由社会政治体系产生之陆台差异

勒菲弗尔提出翻译即改写的观点，指出译者的翻译策略受到意识形态和诗学观的控制，认为"文学系统的真正边际是由文学系统内的普遍意识形态所刻画的"（Lefevere, 2004: 31）。社会政治体系的差异在大陆和台湾两个译本中也自然能够得到反映。

【ST】'—because she was a house-elf,' said Harry. He had rarely felt more in sympathy with the society Hermione had set up, S.P.E.W.

【TT1】"——因为她是家养小精灵，"哈利说，他从没像现在这样同情赫敏组织的社团：家养小精灵解放阵线。

【TT2】『——因為她是家庭小精靈。』哈利說。他從來沒有像現在這麼認同妙麗創辦的『小精靈福利促進協會』過。

【简析】"S.P.E.W."是 Society for the Promotion of Elfish Welfare 的缩写。这个组织旨在保证家庭小精灵能够获得薪水，改善他们的工作环境，例如争取休息日等(参见《哈五》第11章)。我们可以看出，相比较而言，大陆的译文比台湾的更激进、更富有政治色彩。

罗琳把 S.P.E.W. 称为是一个"俱乐部"(club)，由此可见，这并不是一个旨在以暴力推翻现有社会体系的组织，而是希望能够以温和的手段争取更多的人来关注家庭小精灵，为他们争取更多的权利，但是【TT1】的给读者的感觉更像一个试图以武力推翻现有上层建筑的暴力组织，因此，【TT2】的"福利促进会"更接近原文的本意。

正如笔者在上文中所提及的，译者的翻译策略受到意识形态和诗学观的控制，而这种控制是潜移默化、悄无声息的。大陆由于历史原因，受到革命性思想的影响较深。尤其在"文革"期间，过分强调阶级意识，因此人们脑中便留下了根深蒂固的观念，认为只有通过武力才能解救受压迫阶级。不管有没有经历过那个时期，这种意识形态存在于人们的潜意识当中很难被磨灭，当相关图式被激活时，便会自然而然地在译文中体现出来。

译者的翻译诗学还影响到其文学表现手法。

3. 咒语翻译之陆台差异

表13-6　《哈利·波特》咒语翻译之陆台差异

原文咒语	大陆译文	台湾译文
Accio Wand	魔杖飞来	速速前，魔杖
Aguamenti	清水如泉	水水喷
Alohomora	阿拉霍洞开	阿咯哈姆啦
Crucio	钻心剜骨	咒咒虐
Diffindo	四分五裂	吩吩綻

（续表）

原文咒语	大陆译文	台湾译文
Episley	愈合如初	复复原
Expelliarmus	除你武器	去去，武器走
Impedimenta	障碍重重	噴噴障
Incarcerous	速速禁锢	繩繩禁
Lumos	荧光闪烁	路摸思
Levicorpus	倒挂金钟	倒倒吊
Liberacorpus	金钟落地	退退降
Oppugno	万弹齐发	冲冲攻
Reducto	粉身碎骨	嗓嗓消
Relashio	力松劲泄	嘶嘶退
Reparo	恢复如初	復復修
Petrificus totalus	统统石化	整整石化
Protego	盔甲护身	破心護
Sectumsempra	神锋无影	撕淌三步杀
Stupefy	昏昏倒地	咄咄失
Tergeo	旋风扫净	哆哆淨

【简析】对咒语的翻译不仅展示了译者的想象力，也体现了他们对母语的操控能力以及受到的其所处的文学系统的影响。

原文的咒语大部分源自拉丁文。古希腊、古罗马是西方文化的起源地，拉丁语曾一度被教会定为公用语，许多学术论文都是用拉丁文来撰写的。现在，虽然拉丁语不再普及，但是往往会给读者留下正式、严谨、古朴、神秘的印象。

大陆的译者采用了四字短语来翻译咒语，这一策略可谓是十分成功的。译文不但朗朗上口，意思明确，而且保留了原文质朴、古老的特色，颇具中国武打小说的风格。台湾的译文较为新颖，大多是 AAB 型结构的三字短语，较为口语化，但是缺乏了原文严肃、古朴的特质。

两种译文虽然各成一派，但是都实现了和原文相当的功能，各自的读者群所产生的反应也是相类似的,从这个意义上来说,翻译是成功的。

4. 双关语翻译之陆台差异

英汉分属不同的语系,语言结构的差别使得有些词,如双关语等的翻译十分困难,几乎成了不可能。从文本类型来说,这类语句往往属于信息文本或祈使文本,需要译者完整地传递原文的信息或使译文具有和原文相同的功效。

【ST】	Why Are You Worrying About You-Know-Who? You SHOULD Be Worrying About U-NO-POO – the Constipation Sensation That's Gripping the Nation!
【TT1】	你为什么担心<u>神秘人</u>? 你应该关心 <u>便秘仁</u>—— 便秘的感觉折磨着国人!
【TT2】	你乾嘛要擔心『<u>那個人</u>』? 你應該要擔心的是『<u>怎麼拉</u>』—— 造成全國恐惶的便祕問題!

【简析】原文是一篇构思精妙的广告,贴在韦斯莱兄弟的魔法把戏商店的橱窗上招揽顾客。原文的巧妙之处就在于利用了"You-Know-Who"和"U-No-Poo"的押韵和谐音。前者是那些害怕伏地魔的巫师对他的称呼,而后者是韦斯莱兄弟发明的恶作剧产品。译者面临的最大挑战就是要想出一个名词,既能和产品的功能相符又要和伏地魔外号的发音相近。

大陆的译本把"U-No-Poo"翻译为"便秘仁",再现了原文的韵律效果:同为三字短语,同样有两个字发音相同。在中文中,"仁"可指圆形小药丸,因此,"便秘仁"不但与"神秘人"押韵,还自然地引出了下句。唯一的缺憾在于"便秘仁"可能会引起读者误解,认为这是一种治疗便秘的药物,而事实上,韦斯莱兄弟研制出来的 U-No-Poo 是引起便秘的一种恶作剧产品。但是,如果读者能够仔细思考一下,想到韦斯莱兄弟卖的是专卖能引起麻烦的各种小发明的"把戏商店"而不是济世救人的药店的话,应该能够推测出"便秘仁"的作用，而广告的最后一句也给出了暗示。因此，总体说来，【TT1】实现了文字和功能上的对等，可谓译得十分巧妙。

相比之下，台湾的译文就有所欠缺。首先，"怎么拉"和U-No-Poo在意义上差别较大，丧失了原文的功能和独特性；其次，最为重要的是，"怎么拉"和"那个人"既不押韵读音上也不相关，这样一来第二句和第一句的衔接就显得十分生硬，原文的精妙之处不复存在，广告的效果也因此大打折扣。

5. 关键词翻译之陆台差异

有时，一个普通单词也能成为一个关键词，构成一重要的信息文本/语篇，往往这类文本/语篇的信息在翻译时也是最难保全的。这时，翻译就不能拘泥于原文的形式，必要时要牺牲其他功能为信息传递服务。

【ST】'He didn't make a hobby of it一'

'He, he一who says it's a he?'

【TT1】"此兄没有把这当成嗜好——"

"此兄，此兄——你说他是男的？"

【TT2】『他沒有把這個當嗜好——』

『他，他——誰說「他」是個男生？』

【简析】原文通过阳性代词"he"传递了"性别"这条重要的线索。在中文中，大多数词语并没有阴性、阳性之分。如果是书面语，读者尚能区分"他"与"她"，但是在口语中，这两个词发音相同，听者根本无法分辨出到底是"他"抑或是"她"，因此【TT2】显得不符合逻辑，因为在中文对话中，是无法从一个"ta"音就能判断出说话者指的是男生还是女生。很明显，大陆的译者注意到这种语言上的差异，把"he"译成了"此兄"，这样一来，从逻辑上讲是通顺了，但是又产生一个新问题："此兄"一般在古汉语中出现较多，不符合当代中学生的用词习惯。除了讽刺或开玩笑，一般人很少会用这个词。考虑在翻译中绝对的对等是极少存在的，而译者又完整地保留了信息，可以说，在【TT1】中，译者还是达成了翻译目的。

6. 口音翻译之陆台差异

口音的翻译构成一大难点。

【ST1】'Have a little purkey, or some tooding...I mean一'

【TT1-1】"吃一点窝鸡，或补丁……我是说——"

【TT1-2】『吃點活鶏，還有補丁——我是說——』

【ST2】'Because 'e will!' said Fleur, drawing herself up to her full height and throwing back her long mane of silver hair. 'It would take more zan a werewolf to stop Bill loving me!'

【TT2-1】"他不会的！"芙蓉说，同时挺直了腰，把银色的长发往后一甩，"一个狼人是阻止不了比尔爱我的！"

【TT2-2】『塔會的！』花兒說，直起身子，將一頭銀色的長髮往後一甩，『區區一個狼人決不可能使比爾停止愛窩！』

【简析】以上两句均可归为祈使文本。【ST1】通过韦斯莱夫人发音的变化来表达她的激动之情。由于中英两种语言发音系统的差异，译者只能撇开原文的具体词汇，另起炉灶。正如英文读者根据上下文，能立刻推断出"purkey"和"tooding"指的是"turkey"和"pudding"一样，中文读者也能猜测到"窝鸡/活鶏"和"补丁"指的就是"火鸡"和"布丁"，亦即译文读者的反应和原文读者是相似的。

【ST2】中，罗琳通过拼写强调了芙蓉的法国口音，这一点在台湾的译本中得到了很好的体现。原文中发音有改变的是"he"和"than"二词，但是译者做了适当的变通，把变化重点放在了"他"和"我"二词的发音上，使对话听起来更像是外国人在说整脚的中文。相比较而言，大陆的译本就忽略了这一点，芙蓉身上所展现出来的异国风情也因此而消失殆尽了。

7. 对读者预期估计不同所产生之陆台差异

对读者预期的不同也会导致译者采用不同的翻译策略。

【ST】…but they were still allowed to swear loudly if the Venomous Tentacula seized them unexpectedly from behind.

【TT1】但是当曼德拉草的毒触手猝不及防地从后面抓住他们时，他们至少还可以大声地念咒。

【TT2】但至少在萬一不小心被"毒觸手"從背偷襲時，他們還可以大聲咒罵出來。

【简析】《哈利·波特》系列中出现了大量的魔法植物，有些是切实存在的，有些则是作者虚构的。是强化异国色彩，还是寻求可读性，重在译者的判断。

Venomous Tentacula 是一种罗琳虚构出来的植物，既增添原文的想象色彩，又保持了小说世界和真实的距离。该作物在第二卷《哈利·波特与密室》中首次登场，指一种有又长又尖的、带有暗红色刺状物的植物，会用藤蔓把人缠住。对英语读者来说，根据名字就能轻易在脑海中勾画出 Venomous Tentacula 的样子："venomous"意为"有毒的"、"分泌毒液的"，"tentacula"是拉丁语"tentaculum"的复数形式，表示"触须"。因此"Venomous Tentacula"就是指有毒的触须。

在大陆译本中，"Venomous Tentacula"被译为"曼德拉草"，后者是一种真实的植物，英文名为"Mandrake"。这种作物生长在欧洲南部，花为黄绿色，根分叉，可作药物。在欧洲的传说中，曼德拉草常常被描述为一种魔法植物，因为它的根是人形的，这点和 Venomous Tentacula 相同，因此罗琳很有可能是拿曼德拉草做的原形。

但是，不管 Venomous Tentacula 和曼德拉草如何相似，作者在书中很清楚地暗示了这种植物在现实世界中并不存在。从这个意义上来说，作者刻意营造出来的虚拟的小说世界和读者所处的真实世界的距离感被抹杀了。但就译文所达到的功能来说，笔者认为是对等的。由于文化差异的关系，很少有中国读者知道曼德拉草到底是什么。对他们来说，"曼德拉草"这四个字仅仅为文章增添了神秘的异国色彩，正如 Venomous Tentacula 给原文读者所带来的感受一样。此外，通过添加"毒触手"三个字，读者也完全能够想象出植物的形状。

台湾的译本运用了仿译技巧，直接译为"毒触手"。这样一来，原文的内涵意义得以保留，但是文体变得截然不同了。译者在"毒触手"一词上加了引号，表明这是一种植物的名字，这和原文中的大写字母所起的功能相同。但是原文听上去更正式、更学术化，因为植物的正式名一般都以拉丁文来表示，而译文则无法传递这层信息。

8. 译者对读者预期判断不同所产生之陆台差异

大陆和台湾译者对读者预期的判断之所以会产生差异，是因为他们的翻译过程往往还受到意识形态和文学传统的制约。

【ST】'Maybe he's broken his Hand of Glory,' said Ron vaguely, as he attempted to straighten his broomstick's bent tail twigs.

【TT1】"也许他打坏了他的<u>光荣之手</u>【注①】。"罗恩一边用力把他扫帚上的弯树枝扳直,一边含糊地嘟囔说。

【注①】西方巫术中的一种护身符,一般取被处以绞刑的人的手用曼德拉草或其他草药缠裹并浸泡而制成。持有该手的人可用它在黑暗中照明,但其他人却看不见。

【TT2】『也許他弄斷了他的<u>光榮之手</u>,』榮恩有點心不在焉地說,他努力要把掃帚裏彎掉地尾枝拌正。

"Hand of Glory"一词源自法语"main de glorie",其典故可以追溯到中世纪"捕猎女巫"时期。它最初是指生长在绞刑架下的曼德拉草(mandragore, main de glorie 就是由该词演变而来),欧洲人相信取被处以绞刑的人的左手,用曼德拉草浸泡晒干后可以用来在黑暗中照明。在西方文化中,"Hand of Glory"较为常见,在很多书上或电影中都提到过这个词,但中国读者缺乏这方面的文化背景。在这种情况下,大陆译者才用了直译加脚注的方法,对"光荣之手"作了简单的介绍,而台湾的译者仅是进行了直译。

究其原因,可能是因为在大陆《哈利·波特》系列被定位为儿童文学。而一直以来,在我们的传统观念看来,儿童文学担负着教化的任务。因此,译者或翻译发起人(即出版社或译者本人),出于"教育"目的的考虑,特别添加一注释(即【注①】)。

另一个原因可能是他们估计读者缺乏相关文化背景,单是直译的话会令他们不知所云。这种译法既保留了原文的民族色彩,介绍了西方文化,又保持了情节的完整统一。值得注意的是在大陆的版本中,书中共出现了 19 处注释(脚注),解释相关文化背景或译者对原著中出现的错误进行纠正,"教育"功能可谓是发挥得淋漓尽致。

而台湾的译本由于针对的是成年人,译者对读者拥有的西方文化背景知识的期望程度较高,又或者译者把问题留给了读者,相信他们有能力自己找到答案,因此全书无一处出现注释(脚注)。

目的论(the *skopos* theory)认为,"每个文本都处于一个由许多相互关联的元素(即因素)组成的结构之中,这个结构的格局就决定文本的功能。只要有一个元素改变了,机构中的其他元素的格局就必然随之改变"，"就算译文接受者在性别、年龄、教育、社会背景等方面都与原文接受者完全相同，他们之间也会有一个'小小的'差别，就是属于不同的语言文化社群"（张南峰，引自 Nord, 2004: 112）。

大陆和台湾虽然都使用中文，但由于各方面的原因，分属不同的语言文化社群。意识形态和诗学观不但影响译者的翻译策略之选择，还决定读者的阅读习惯和阅读期待。因此，翻译本身——包括文学翻译——的评价标准不是唯一的。

13.5 从主体性视角看《彼得·潘》等汉译的可接受性

本节主要讨论三本经典的英美儿童文学读本——*Peter Pan, Charlotte's Web* 和 *The Wind in the Willows* 等翻译中的译者主体性问题，将涉及小说的宏观层面和微观层面，并采取对比法和客观描述法（descriptive translation studies）。笔者原则上不做对错或高下评判，把问题留给读者们。

儿童文学翻译作为文学翻译的一种，有其特殊性。首先，儿童文学在文学系统中长期处于边缘地位，它的翻译不但受到系统内外多方面因素的影响，也受到源语系统和译入语系统之间关系的影响。与处于文学系统中心地位的文学作品的翻译相比，儿童文学翻译中的翻译操控现象更为常见，译者的主体性也更加明显。其次，儿童文学的读者特殊性也决定了儿童文学的语言特点，如句式简短、语言浅显等特点。儿童文学自身的文体特征会影响儿童文学的翻译，同时，译者的翻译诗学和意识形态也会对译文产生影响。

13.5.1 翻译主体和主体性概念简述

1. 翻译主体主要名词概念

1）翻译主体。翻译主体（the subject of translation）不仅仅指译者（translator）本人，还（必须）涉及源语文本作者（ST author）或原作作者（the original author）、译语/目标语文本读者（TT readers）。

2)译者与作者的关系。译者跟 TT 读者之间存在密切的关系，本不言自明，需要进一步解释的是译者与作者的关系。

就广义而言，作者指一切原创作者。在翻译过程中，译者跟这些作者中的个别或少数会产生(某些)关系。就狭义而言，跟翻译活动关系最为密切的作者主要应指源语文本作者，即 ST 作者，因为 ST 与 TT 是一对翻译学术语，它们代表翻译的起始端和终结端，所以有 ST 就有 TT。译者主要是跟 ST 作者产生密切关系，而非与其他原创作者(the original author[s])产生联系。

2. 翻译主体性主要名词概念

1)**译者的主体性**(the subjectivity of translators)是指译者在翻译社会实践过程中表现出来的能力、作用、地位，即译者的自主、主动、能动、自由、有目的地活动的地位和特性。

2)**源语文本作者的主体性**(the subjectivity of ST authors)是指该作者在创作实践过程中表现出来的能力、作用、地位，即其本人的自主、主动、能动、自由、有目的地活动的地位和特性。

3)**译语文本读者的主体性**(the subjectivity of TT readers)是指目标语读者在亲身阅读实践过程中表现出来的能力、作用、地位，即其本人的自主、主动、能动、自由、有目的地活动的地位和特性。

3 哲学内涵关系阐释

1)译者是翻译的中心。**翻译主体和主体性的问题是(翻译)哲学研究的最核心的问题之一**。因为译者是翻译(世界)的中心(正如人是世界的中心)，译者的这种地位决定了，在译者与作者及读者的关系中，译者是作为首要/主要主体而存在的(正如在人与万物的关系中，人是作为主体而存在的)。而翻译学是探寻译者与源语文本、译语文本、源语文本作者、译语文本读者等之间的存在关系(以及由这些关系引发的翻译内外的各种主客观因素，主要包括语言因素、文化因素等，还有社会因素、政治因素、经济因素、历史因素、地理因素、心理因素、民族因素、民俗因素等等)之学问，这自然要从译者作为首要主体的性质出发，认识译者主体与文本及世界的关系(正如哲学作为探寻人的存在根据的学问，自然要从人作为主体的性质出发，来认识人与世界的关系）。

2) 翻译主体与翻译主体性之间的关系。翻译主体与翻译主体性密不可分。翻译主体性，是人（即译者）作为主体的规定性，而不是主体作为人（译者）的规定性。主体作为人的规定性称之为人性，而人（译者）作为主体的规定性是（译者）主体性。译者主体性最根本的内容是译者的实践能力和创造力，简而言之是译者所特有的主观能动性。

3) 翻译主体性的内涵。综上，我们一方面讲了翻译与主体的关系，另一方面涉及翻译主体性最根本的内涵。首先，主体是译者、(ST)作者和(TT)读者，但并非所有的人都是翻译主体，而译者是首要/主要主体。换言之，主体与人不能画等号，只有具有（翻译）社会性和实践性的人才有可能成为（翻译）实践的主体。（翻译）主体最本质的特性是它的（翻译）社会性和实践性。

因此，翻译主体性最根本的内容是作为（首要）主体的译者所特有的主观能动性。译者主观能动性是译者主体的综合特征，是译者主体所表现出来的最突出、最集中的品质。

4) 译者的受动性。译者的主体性还有受动性的一面。主体性说到底是能动性与受动性的辩证统一，也就是说，主体性只有在与客体的对象性关系中才能表现出来。因此，我们在理解（翻译）主体性内涵时候要避免两种极端：一是无视（翻译）客体的制约性，过分夸大（译者）主体能动性；二是过分强调（翻译）客体的制约性，完全排除（译者）主观能动性。主体性包括目的性、自主性、主动性、创造性等，简言之，主观能动性。

（翻译）主观能动性是主体性最为突出的特征。但主观能动性的发挥并不是没有任何规限和制约的。翻译主体的对象性活动作用于翻译客体，必然要受到客体的制约和限制，同时译者能动性发挥还受到客观环境和条件的制约，所以，主体性同时还包含着受动性。

总而言之，受动性是能动性的内在基础，是主体之所以要发挥主观能动性的客观依据。它既表现为人对客体对象的依赖性，又表现为客体对象对人的制约性。ST 和 TT，译者和 ST 作者等均会在不同的程度上受到各种意识形态、赞助人、诗学观、审美观等因素的制约。

4. 翻译操作中的译者主体性

就狭义而言，在具体翻译过程中，阅读理解和译文产出会涉及译者的主体性——译者对 ST 的解读/解码，译者对 ST 的转换/重新编码，进而产出一新的 TT——最终为译者的(creative) rewriting。

13.5.2 《彼得·潘》等翻译主体译文案例

1.《彼得·潘》等书名和章节的翻译案例

【ST1】 *Peter Pan*

书名	译文 1	依据	译文 2	依据
Peter Pan	潘彼得	梁实秋译本	彼得·潘——一个永远长不大的孩子	孙卓然译本
	译文 3	**依据**	**译文 4**	**依据**
	彼德潘；小飞侠彼得潘	杨静远译本	彼得·潘	杨玲玲译本

【补充解读】

①译成"潘彼得"，容易被误读为此人姓"潘"。

②译成"彼得·潘"，命名规则(命名习惯/命名系统)正确，一看便知是"译名"，而且遵守了"名从主人"和"标准汉音"的专有名词翻译原则。

【ST2】 *Charlotte's Web*

书名	译文1	依据	译文2	依据	译文3	依据	译文4	依据
Charlotte's Web	夏洛的网	康馨译本	夏洛的网	任溶溶译本	夏洛的网	肖毛译本。"夏洛特"让人联想起《威尼斯商人》的残酷的高利贷者"夏洛克"。	夏洛特的网	依据新华社编撰的人名辞典

【ST3】 *The Wind in the Willows*

书名	译文 1	依据	译文 2	依据	译文3	依据
The Wind In the Willows	杨柳风	李永毅译本	柳树间的风；蛤蟆传奇	任溶溶译本；任根据这个童话拍摄的迪士尼动画片在我国上映时的英文名译出	柳林风声	姚佳、刘琪译本

【补充解读】

①根据直译法，**译文 2** 之 "柳树间的风" 最为准确。

②**译文 1** 译者知道，（根据语义翻译法）"柳林间的风" 更接近原文，但 "杨柳风" 更能传递故事本身温暖又温柔的情感。

【ST4】 The Return of Ulysses（*The Wind in the Willows* 第 12 章）

章节名	译文1	依据	译文2	依据	译文3	依据	译文4	依据
The Return of Ulysses	荣归故里	姚佳、刘琪译本	尤利西斯的凯旋	李永毅译本	尤利西斯的归来	任溶溶译本	浪子回头	吕萍译本

【补充解读】

①四个译文均不同，反映各个译者不同的主体性——翻译策略和翻译方法的选择。

②该书的其他章节译文也出现有所不同的地方，也是译者不同主体性的不同反映。

【ST5】 Like Summer Tempest Came His Tears（*The Wind in the Willows* 第 11 章）

章节名	译文1	依据	译文2	依据	译文3	依据	译文4	依据
Like Summer Tempest Came His Tears	蛤蟆泪如雨下	姚佳、刘琪译本	他的眼泪如滂沱的夏雨	李永毅译本	他的眼泪像夏天的骤雨	任溶溶译本	英雄洒泪	吕萍译本

【补充解读】

①《柳林间的风》第 11 章 Like Summer Tempest Came His Tears 是一典故，出自英国维多利亚时期代表诗人丁尼生（1809－1892）的下列诗作：

Home They Brought Her Warrior

Home they brought her warrior dead:

She nor swoon'd nor utter'd cry:

All her maidens, watching, said,

"She must weep or she will die."

Then they praised him, soft and low,

Call'd him worthy to be loved,

Truest friend and noblest foe;

Yet she neither spoke nor moved.

Stole a maiden from her place,

Lightly to the warrior stepped,

Took the face-cloth from the face;

Yet she neither moved nor wept.

Rose a nurse of ninety years,

Set his child upon her knee—

Like summer tempest came her tears—

"Sweet my child, I live for thee."

②该章节的确不好译，"改写/重写"、"调控"是必不可少的，否则异化/直译中译文会显得文字较长。也许"归化"策略/思路会好不少。除了"英雄洒泪"，也不妨根据归化的思路译为"英雄泪洒"、"泪如雨洒"、"泪洒如骤雨"、"泪如雨下"、"蛤蟆泪洒"等。

2.《彼得·潘》段落调整的翻译案例

【ST6】**In person** he was cadaverous and blackavized, and his hair was dressed in long curls, which at a little distance looked like black candles, and gave singularly threatening expression to his handsome countenance… **In manner**, something of the grand seigneur still clung to him, so that he even ripped you up with an air, and I have been told that he was raconteur of repute… **A man of indomitable courage**, it was said of him that the only thing he shied at was the sight of his own blood, which was sick and of unusual color. **In dress** he somewhat aped the attire associated with the name of Charles II, having heard it said in some earlier period of his career that he bore a strange resemblance to the ill-fated Stuarts.（粗体字部分为主编另行标出）

【TT6】说到相貌，胡克有一张铁青色的死人一样的面孔，长长的头发弯成发卷，稍稍离远点儿看，就像一支支黑蜡烛，给他那还算周全的五官蒙上了一层奇异的杀气……

说到举止，他身上还残留着某种大庄园主的贵族派头，所以他光凭那种发扬跋扈的气势，就能把你吓得魂飞魄散。而且我还听说，他曾经是个出了名的会讲故事的人呢……

说到性格，胡克身上有着一种异乎寻常的勇气，打起仗来简直不要命。据说，他唯一害怕的就是见到自己的血，那血特别浓，颜色也和别人的很不一样。

说到穿着，胡克多少有点模仿查理二世国王的衣服式样。据说在早年的职业生涯中，无论是相貌还是所作所为，他都和那位倒霉的题图亚特君主有着不可思议的相像之处……（孙卓然　译；黑体字部分为主编另行标出）

【补充解读】

①为方便儿童读者，一个较长的自然段，被有意识地分成若干段。这种译者主体性值得提倡。

②译者有意将一个长段分成四个短小的自然段，这样阅读起来，结构清晰，层次感强：

- ●说到相貌，……　　　　　　　　●说到举止，……
- ●说到性格，……　　　　　　　　●说到穿着，……

3.《彼得·潘》等译文注释案例

【ST7】Yo ho, yo ho, the pirate life,

The flag o'skull and bones,

A merry hour, a hempen rope,

And hey for Davy Jones.（选自《彼得·潘》）

【TT7-1】哟嗬，哟嗬，这海盗生涯，

骷髅白骨的旗儿插，

欢乐一时，麻绳一挂①，

为大卫·琼斯②欢呼。

【注①】麻绳一挂：指海盗们早晚会被吊死。

【注②】大卫·琼斯：英国传说中的海魔，被海盗们奉为保护神。（孙卓然　译注）

【TT7-2】……

欢乐一时，上吊绳一根。

嘿，就是为了海神。（*杨玲玲 译*）

【补充解读】

①*The Wind in the Willows*, *Peter Pan* 和 *Charlotte's Web* 三本儿童文学原文没有任何注释。汉译本则根据儿童读者进行灵活处理，需要加脚注则加，充分发挥译者的主观能动性。

②孙卓然在翻译诗歌时，对自己的诗句进行了必要的脚注（如针对"大卫·琼斯"）。

③杨玲玲比较巧妙地将内涵意义和盘托出，在诗句本身就融入进了"注释"，即点题，因此省却了脚注。

④两种译法和处理法，孰高孰低，由读者们自行分析、判断。

【ST8】【背景】当 Fern 被老师问及宾夕法尼亚州州府的名字，Fern 因思想"开小差"，正在为她自己的宠物小猪取一个新名字，于是心不在焉地答道："Wilbur"。这个答案显然是错误的。因此，译者任溶溶特增加一脚注：宾州首府是 Harrisburg（哈里斯堡）。

【补充解读】

①应该给中国小读者提供宾州州府的正确答案。但对源语文本读者，就无此必要了。

②译文注释的功能，不仅仅是为读者"传道"、"授业"、"解惑"（比如与时俱进，提供新的知识、认识、观点等），而且也会就某些信息做出必要的解读、更正。

4.《彼得·潘》等人物名字翻译案例

儿童文学中的人物塑造尤其需要做到传神，人物描写要栩栩如生，人名的翻译要"有声有色有意"。

中国人的姓名通常由两部分组成：姓＋名。作为第一部分的"姓"，通常是一个单字（复姓的不多，故不在此赘述），作为第二部分的名，则由一个或两个单字构成。就中文姓名的顺序而言，正好跟英文姓名相反。如何翻译英语姓名，本身是有既定原则和方法的，比如"约定俗成"、"名从主人"、"标准汉音"等三大原则；"简化/非重要辅音省略"、"慎用联想词"等二小原则；还有其他一些具体的操作方法，如词义翻译法、纯音译法、纯直译法、音译+意译法、象征性音译法、释译法等。让我们举一些特殊的例子。

《彼得·潘》中的小仙子 Tinker Bell：Tinker 指铁匠，因为小仙子声音优美，银铃般的，也正好是她性格的写照，所以其汉译名有：

● 叮当铃（杨玲玲译名）——象征性音译+意译；

● 叮克铃（杨静远译名）——象征性音译+意译；

● 丁卡·贝尔（孙卓然译名）——音译+音译。

以下是人物译名分类列表。

(1)音译人物名（【ST9】－【ST11】）

英文名	中文译名（译者）	出处书名
Nana	娜娜(孙卓然/杨玲玲/杨静远)	*Peter Pan*
Lisa	丽萨(孙)、莉萨(杨玲玲)	*Peter Pan*
Slightly	斯莱特利(孙/杨玲玲/杨静远)	*Peter Pan*
James Hook	詹姆斯·胡克(孙/杨玲玲/杨静远)	*Peter Pan*
Miss Fulsom	福尔瑟姆(孙)，福尔萨姆(杨玲玲)	*Charlotte's Web*
Cecco	西可(孙)，塞科(杨玲玲)，切科(杨静远)	*Charlotte's Web*
Fern	芬(康馨/肖毛)，费恩(任溶溶)	*Charlotte's Web*
Avery	阿汶(康)艾弗里(任)，埃弗里(肖)	*Charlotte's Web*
Zuchermans	查克曼家(康)，朱克曼家(任)，祖克曼家(肖)	*Charlotte's Web*
Wilbur	威伯(康/肖)，威尔伯(任)	*Charlotte's Web*
Charlotte	夏洛(康/肖/任)	*Charlotte's Web*

(2)意译人物名（【ST12】－【ST16】）

英文名	中文译名（译者）	出处书名
Curly	卷毛	*Peter Pan*
Sea-Cook	海厨子、混蛋们	*Peter Pan*
James Hook	詹姆斯·胡克	*Peter Pan*
Toad	癞蛤蟆(任)/蛤蟆(李永毅/姚佳+刘琪)	*The Wind in the Willows*
Mr. Badger	獾先生(任/李/姚+刘)	*The Wind in the Willows*

(3)音译+意译人物名(【ST17】—【ST21】)

英文名	中文译名(译者)	出处书名
Tiger Lily	虎莲	*Peter Pan*
Sea-Cook	海上库克(杨静远)	*Peter Pan*
Slightly	斯莱特利	*Peter Pan*
James Hook	詹姆斯·胡克	*Peter Pan*
Black Murphy	黑墨菲(杨)、黑摩非(孙)	*Peter Pan*

5.《彼得·潘》等其他综合/零散翻译案例

(1)叠词翻译

【ST22】Up and down they went, and round and round.(*Peter Pan*)

【TT22-1】他们<u>上上下下，一圈又一圈</u>地飞着。(杨玲玲 译)

【TT22-2】他们<u>飞上又飞下，一圈又一圈</u>。(孙卓然 译)

【ST23】To show that her departure would leave him unmoved he skipped up and down the room, playing gaily on his heartless pipes. She had to run about after him, though it was rather undignified.(*Peter Pan*)

【TT23-1】为了表示自己并不在乎温迪的离去，彼得开始在房间里<u>蹦蹦跳跳</u>地来回走着，还<u>美滋滋</u>地吹着那支**没心没肺**的笛子，温迪不得不跟在他后面<u>颠颠儿</u>地跑着劝他，显得一点儿尊严也没有。(孙卓然 译)

【TT23-2】为了表示对温迪地离去无动于衷，彼得<u>蹦蹦跳跳</u>地在房间里走来走去，快乐地吹着他那支**无忧无虑**的笛子，温迪只好追着他跑，尽管这有损尊严。(杨玲玲 译)

(2)儿话音词翻译

【ST24】Here Michael, encouraged by his success, breathed so loudly that they were nearly detected.(*Peter Pan*)

【TT24】这个小迈克，一听这话，<u>劲头儿</u>更足了，他大声地打起鼾来，<u>差点儿</u>拆穿这个把戏。(孙卓然 译)

(3)口语化翻译

【ST25】"Hello!" she said. "Seems to me you're <u>putting on weight</u>."(*Charlotte's Web*)

【TT25-1】"你好！"她说。"我看你好像<u>正在变胖</u>。"（肖毛 译）

【TT25-2】"哈罗！"她说。"我看你好像<u>长胖了</u>。"（康馨 译）

【TT25-3】"你好，"它说，"我觉得你<u>发福了</u>。"（任溶溶 译）

【ST26】Fern broke down and wept. But her father was firm about it. (*Charlotte's Web*)

【TT26-1】费恩听了忍不住大哭起来，可她爸爸对这件事<u>铁了心</u>。（任溶溶 译）

【TT26-2】芬伤心得哭起来。可是父亲很<u>坚决</u>。（康馨 译）

【ST27】"Reconsider, reconsider!" cried the goose. (*Charlotte's Web*)

【TT27-1】<u>再想想，再想想，再想想</u>！"母鹅叫道。（任溶溶 译）

【TT27-2】"<u>三、三、三思而行</u>！三、三、三思而行！"母鹅叫着。（康馨 译）

(4) 语境增益翻译

【ST28】She made herself rather cheap by inkling her face toward him, but he merely dropped an acorn button into her hand (*Peter Pan*)

【TT28-1】说着，她就把脸向彼得凑了过去，<u>忘了这样做可有点儿损害女孩子应有的庄重形象</u>。可是彼得只是把一颗橡树的果实放在了她手里，所以她只好又慢慢地把脸缩着回来。（孙卓然 译）

【TT28-2】她把脸颊朝他凑过去，<u>她的样子有些让人看不起</u>，可他只是把一颗橡实纽扣放在了她的手上。（杨玲玲 译）

【TT28-3】她把脸颊向他凑过去，<u>显得怪贱的</u>。可是彼得只把一粒橡子放在她手。（杨静远 译）

(5) 文化概念转换

【ST29】"What kind of an acrobat do you think I am?" said Charlotte in disgust. "I would have to have <u>St. Vitus's Dance to weave a word like that into my web</u>." (*Charlotte's Web*)

【TT29-1】"你以为我是耍把戏的吗？"夏洛嫌恶地说。"<u>把这么些木和'山'写到网上，非要有奇才不可</u>！"（康馨 译）

【TT29-2】"怎么，你以为我是个什么蹦蹦跳跳的杂技演员吗？"夏洛

愤慨地说，"在我的网上织这样一个字眼，那我就得<u>害上圣维特斯舞蹈病</u>。"（任溶溶 译）

【TT29-3】……如果要我在网上织上这个字，那我就<u>成舞蹈怪才了</u>。（笔者改 译）

(6)语言创造性改译

【ST30】"Thank you very much," said Charlotte. "Now I called this meeting in order to get suggestions. I need new ideas for the web. People are already getting sick of reading the words 'Some Pig!' If anybody can think of another message, or remark, I'll be glad to weave it into the web. Any suggestions for a new slogan?"

"How about 'Pig Supreme'?" asked one of the lambs.

"No good," said Charlotte. "It sounds like a rich dessert."

"How about 'Terrific, terrific, terrific'?" asked the goose.

"Cut that down to one 'terrific' and it will do very nicely," said Charlotte. "I think 'terrific' might impress Zuckerman."

"But Charlotte," said Wilbur, "I'm not terrific."

"That doesn't make a particle of difference," replied Charlotte. "Not a particle. People believe almost anything they see in print. Does anybody here know how to spell 'terrific'?"

"I think," said the gander," <u>it's tee double ee double rr double rr double eye double ff double eye double see see see see see</u>."

"What kind of an acrobat do you think I am?" said Charlotte in disgust. "I would have to have St. Vitus's Dance to weave a word like that into my web." (*Charlotte's Web*)

【TT30】"多谢各位，"夏洛说。"今天我召集这个会的目的是向各位征求意见。我的网需要新字。人们念'好猪'念厌了，谁要是有什么新念头或者新标语，我很愿意织进网去。谁有意见？"

"特等好猪，怎么样？"一只小羊问。

"不好，"夏洛说，"太像拍卖猪肉。"

"杰杰出，怎么样？"母鹅说。

"只说一个'杰'字岂不更好，"夏洛说。"我想杰出很可能打动查克曼。"

"可是夏洛，"威伯说，"我不杰出。"

"没关系，"夏洛说。"没一点儿关系。只要是印出来的字，人们就相信。有人知道杰出怎么写吗？"

"我想，"公鹅说，"'杰'是木、木、木字底下四点。'出'是两个山、山、山字。"

"你以为我是耍把戏的吗？"夏洛嫌恶地说。"把这么些木和'山'写到网上，非要有奇才不可！"（康馨 译）

【ST31】"Now let's see, the first letter is T."

Charlotte climbed to a point at the top of the left hand side of the web. Swinging her spinnerets into position, she attached her thread and then dropped down. As she dropped, her spinning tubes went into action and she let out thread. At the bottom, she attached the thread. This formed the upright part of the letter T. Charlotte was not satisfied, however. She climbed up and made another attachment, right next to the first. Then she carried the line down, so that she had a double line instead of a single line. "It will show up better if I make the whole thing with double lines."

She climbed back up, moved over about an inch to the left, touched her spinnerets to the web, and then carried a line across to the right, forming the top of the T. She repeated this, making it double. Her eight legs were very busy helping.

"Now for the E!"

Charlotte got so interested in her work, she began to talk to herself, as though to cheer herself on. If you had been sitting quietly in the barn cellar that evening, you would have heard something like this:

"Now for the R! Up we go! Attach! Descend! Pay out line! Whoa! Attach! Good! Up you go! Repeat! Attach! Descend! Pay out line. Whoa, girl! Steady now1 Attach! Climb! Attach! Over to the right! Pay out line! Attach! Climb! Attach! Over to the right! Pay loop and around and around! Now in to the left! Attach! Climb! Repeat! O.K.! Easy, keep those lines together! Now, then, out and down for the leg of the R! Pay out line! Whoa! Attach! Ascend! Repeat! Good girl!" (*Charlotte's Web*)

【TT31】"现在,先写一个木字。"

夏洛爬到网的左上角。她给丝囊安好方位,把丝头系住,然后徐徐向右角移动。她移动时,产丝管开始工作,放出丝来。她在另一头把丝黏住、切断。这样,一笔完成。可是夏洛并不满意。她爬上去,重新开始织丝,在头一笔旁边另加一条。这样,每笔有两条而不是一条丝。"要是我每笔织成两条,看起来就更清楚。"

她重新爬回网顶中央,把丝囊在网上碰一碰,然后垂直坠下,写成十字。她重复这笔,变为双线,八条腿不住地忙碌着。

"现在写木字!"

夏洛对她的工作如此专心,她自言自语,好像在鼓励自己继续工作。那天晚上你要是正好静坐在谷仓中,就会听到下面的话:

"现在写'出'爬上去!系住!下来!放线!哗!系住!重复一遍!系住!过来!好孩子!重复一遍!好孩子!系住!当心!系住!爬!系住!向下爬!放线!往右走!系住!现在重复一遍!对了!到上端!系住!往下去!系住!重复一遍!现在另写一笔!系住!往下!放线!哗!重复一遍!好孩子!"(康馨 译)

(7)言简意赅译文

【ST32】The Mole was bewitched, entranced, fascinated. (*The Wind in the Willows*)

【TT32】鼹鼠看得出了神。(姚佳、刘琪 译)

(8)语境具体化翻译

【ST33】"The hour has come!" said the Badger at last with great solemnity.

"What hour?" asked the Rat uneasily, glancing at the clock on the mantelpiece.

"Whose hour, you should rather say," replied the Badger. Why, <u>Toad's hour! The hour of Toad!</u> I said I would take him in hand as soon as the winter was well over, and I'm going to take him in hand to-day!" (*The Wind in the Willows*)

【TT33】"时候到了！"獾庄重地说。

"什么时候？"河鼠不安地问，眼睛瞥了一眼壁炉架上的钟。

"你应该问谁的时候，"獾回答道，"当然，<u>是蛤蟆的时候！调教蛤蟆的时候</u>到了！我说过冬天一过，我就要着手管蛤蟆了，今天我就打算着手管他！"（姚佳、刘琪　译）

【研究与实践思考题】[AT]

(1) 找一部小说（如苏童的《米》）及葛浩文（Howard Goldblatt）译本，从重写策略视角做案例分析。

(2) 找一部武侠小说（如金庸的《雪山飞狐》）及莫锦屏（Olivia Mok）译本，从归化策略视角做案例分析。

(3) 找一部小说（如韩少功的《马桥词典》）及蓝诗玲（Julia Lovell）译本，从异化/归化视角做有关比喻、幽默、典故等案例分析。

(4) 找一部已经出版的英文版儿童小说及其汉译本，从译者主体性视角做案例分析。

Chapter 14

从创作中国到翻译中国

14.1　创作、翻译、译写中国概念辨析

顾名思义，本章的重点就是从"创作中国" ⇨ "翻译中国"。这里涉及三大概念：创作中国、翻译中国及译写中国。

所谓"**创作中国**"，特指作为英文 native speaker 的小说大家是如何创作的，包括他/她如何撰写中国（会涉及一个局部、一个视角、一个侧面，并以小见大等）。我们将其作为"英文自创"/"英文创作"（English writing/English creation/English creative writing）的样板或典型案例。

所谓"**翻译中国**"，特指作为英文 native speaker 的汉学家/翻译家是如何独立或合作（与作为中文 native speaker 的英文专家/翻译家）翻译中国/中文作品的。这种翻译往往或必须是创造性重写/翻译（creative rewriting/creative translation）。我们将其作为"英文重写"（English rewriting）的样板或典型案例。

在"创作中国"和"翻译中国"之间，还有一个 missing link（过渡环节/衔接环节/弥补环节），就是所谓的"**译写中国**"。它特指作为英汉 bilingual speaker（Chinese-English speaker/user）的文学大家，虽然身在中国，国学功底深厚，却能够跟优秀的 English native speakers 一样用英文进行创作，尤其是创作中国主题的文学作品等。我们将其作为"英文译写"（English trans-writing）的样板或典型案例。

需要补充说明的是："译写中国"者属于双语作家（bilingual writer）。这类作家要强于上述介绍的其他两类作家，因为他们只强于母语（英语），即用英文写作，及单语作家（monolingual writer），或者只强于将外语译成母语（Chinese⇨English translator），反之则不行。

为便于 BTI/MTI 读者掌握，特将以上有关译写术语及代表人物分类列于表 14-1。

培养翻译人才要站得高，看得远，所以，我们选择的名家就是要很有代表性，希望读者们能从中受益良多。

表 14-1 英汉译/写术语及代表人物对照表

译写/人物	译(英&汉)	代表人物
creative translation（创译）/ creative rewriting（创造性重/改写）	①汉英翻译；②英汉翻译	①Howard Goldblatt/Gladys Yang；②张谷若/董乐山
English writing/creation（英文创作） Chinese creative writing（中文创作）	①英文创作；②汉语创作	①Mark Twain/Robert J. Sawyer；②赵树理/莫言
bilingual writing（双语创作）/ bilingual trans-writing（双语译写）	①英汉双语；②英汉互译	①林语堂/白先勇；②杨宪益/林语堂

14.1.1 小说的译、写与译写

英文/中文的译与写或译写，本质上是一回事。无非一个是 writing in the SL/TL 或 trans-writing in the SL/TL；一个是 TL-oriented translation/rewriting 或 SL-oriented translation。当然，我们谈论这个话题时，已经考虑到两种文化(SL culture 和 TL culture)的问题了。毕竟，语言和文化是不可分的。

要谈论小说的翻译/译写，我们觉得首先应该清楚小说是什么。迄今，假设我们已经比较明白何为小说了，我们接下去应该明白什么呢？

我们已经学过译者的主体性等理论，所以，接下去我们要从不同的主体视角去看小说的译、写与译写。

对 monolingual writer(源语作者主体)/SL writer for TL readers(用母语/源语为目标语外语读者写作的作家主体)来说，小说是虚构的产物，他/她要通过小说这种体裁、用母语/源语、为目标语/外语读者去直接创造一个虚构的世界(如探索生活的多种可能性，去表达人物的内心和事务的美好与真实)。因此他/她最关心的是小说的灵感与构思、谋篇布局、叙述技巧、多种语体、选词与语感、情节的设置以及人物的塑造。这些涉及小说宏观、微观的东西，这位 monolingual writer 必须知道写什么和怎么写。

对一位 SL-TL translator/rewriter 或 ST-TT translator/rewriter(语际翻

译主体/译者主体）来说，他/她同样要像 monolingual writer 那样了解 ST 是如何写作的，TT 是否能被知之、好之、乐之，认可度和接受度如何，等等。当然，他/她的重点显然不是 monolingual writer/SL writer for TL readers 动笔前首先应该关注的地方或东西，而是 SL 和 TL，以及创造性翻译/重写或其他。

对一位 TL trans-writer（目标语译写者主体）来说，他/她须集上述两个主体于一身，于是他/她得更操心、更辛苦。

有鉴于此，以上三种主体之间的关系很密切，在很多情形下，就是一回事。然而，与此相反的是，小说创作主体、小说翻译主体、小说评论主体（reviewer）原则上是三种性质都完全不同的工作或任务。

因此，monolingual writer/SL writer for TL readers、SL-TL translator/rewriter 或 ST-TT translator/rewriter、TL trans-writer 等均为"当局者"，reviewer 则为"旁观者"。

既然是"当局者"，就存在四种创造/创作/创译：

● creative writing in the SL；

● creative writing in the TL；

● creative rewriting in the TL based on the ST/SL；

● SL-TL creative translation/creative translation from the SL to the TL/creative translation in the TL based on the ST/SL。

我们之所以反复强调"创造性"、"创造"、"创作"等，就是小说中照样大量存在诗情画意的语言（poetic language）、奇幻的意象（fantastic image）、幽默与双关（humor and pun）、字谜与悖论（riddle and paradox）、种种修辞格（figures of speech/rhetorical devices）等，需要翻译或者必须翻译。此时此刻，小说翻译绝对难于小说写作。此时此刻，小说翻译一点都不比诗歌翻译容易。因此，正如 poetry is what is lost in translation, we will still lose quite a few in translating fiction, like its peculiar style, poetic language, fantastic images, humorous dialogues, figures of speech, culture-specific items, and even symbolic（proper）names.

14.1.2 SF 名家索耶创作启迪

1. 索耶及其英文科幻小说简介

罗伯特·索耶(Robert J. Sawyer)是加拿大人，1960年出生于渥太华，1981年开始发表短篇科幻小说。1988年，随着长篇处女作《金羊毛》(*Golden Fleece*)的出版，他一下子成为科幻界备受关注的新人。

现任美国科幻作家学会的主席，被誉为"加拿大科幻界的教长"。他不仅获得过世界两大科幻奖"雨果奖"和"星云奖"，还是历史上唯一一位将美国、日本、法国和西班牙四国科幻最高奖项揽入囊中的作家。索耶是30年来首次、30年来唯一四次荣获加拿大科幻奇幻联合会授予的"北极光终生成就奖"的人。他是这个奖项的最年轻的获奖者，是加拿大最成功的科幻作家。他一共获得过各种科幻奖项四十一次。索耶在中国也具有很高知名度，他的很多作品都有中文版本。2007年参加了中国(成都)国际科幻·奇幻大会，并荣获"最受欢迎外国科幻作家奖"。

迄今，他已经出版了22部长篇科幻小说和44部中短篇小说。索耶的科幻小说涉及多种主题，从电脑狂魔、恐龙复活、时间旅行，到平行时空、太空侦探，想象奇伟，异彩纷呈。索耶的代表作包括《计算中的上帝》、《终极实验》、《恐龙文明三部曲》、《星丛》、《原始人类》和《混血》等。为了鼓动更多的人投身科幻创作，索耶还积极从事科幻教学工作。他在莱尔森大学、多伦多大学、爱尔兰国立大学、汉博学院等高等学府教授科幻写作课程，有的学生甚至从美国的亚特兰大和佐治亚远赴多伦多听课。

索耶的作品创造全球科幻小说最佳畅销书排行榜(亚马逊及美国科幻杂志《轨迹》)：

● #1 on the Amazon.com Science Fiction Bestsellers' List；

● #1 on the Amazon.com Technothriller Bestsellers' List；

● #1 on the Locus Bestsellers' List。

2. 索耶小说创作经验谈

由于索耶是 English native speaker，他自然就用英文进行创作，主要进行科幻小说创作。科幻作品就是既要精妙、奇幻、戏剧、结构新颖，又要准确、逼真、形象并富于科学内涵。由于索耶属于 monolingual/English writer，进行 creative writing，所以我们直接用英文来谈论，并用符合中国读者学习习惯的方法来总结索耶的成功经验[1]。主编特地从索耶的经验中选取其中六点，涉及作品开端、写作视角、塑造人物、具体描写、细节描写、专题研究等。

1）会吊胃口（great beginnings）——注意主编所加的下画线部分（下同），看看是否会对你发生冲击，给你带来灵感，使你产生动笔的冲动。

Boo! Scared you, didn't I? But I also got you to read on to this second sentence. So, even though it was only four characters long, that first line did its job: it served as a hook to bring you into this piece of writing. In that sense, it was a great beginning.

A Canadian horror writer I know said something very intriguing recently: he was looking forward to the day when he was well known, so that he wouldn't have to start off with a grabby first sentence. He wanted to be able to begin subtly, with the reader trusting that the story would be worth his or her time just on the strength of the author's name.

In a short story, you really do have to hook the audience with the very first sentence. With a novel, you probably have the luxury of using an entire paragraph to snare the reader. But no matter which one you're writing, there are only four major ways to start your tale.

①There is an evocative description. In some ways, this is the hardest, because nothing is happening. And yet, if you do it well, the reader will not be able to resist continuing: "The sky above the port was the color of television, tuned to a dead channel" (William Gibson's *Neuromancer*); "Halifax Harbor at night is a beautiful sight, and June often finds the MacDonald Bridge lined with lovers and other appreciators. But in Halifax even June can turn on one with icy claws" (Spider Robinson's *Mindkiller*).

---

1 根据索耶的 *On Writing* 进行了编辑。

Note what these two examples have in common: beautiful use of the language. If you are going to start off with static description, then you must dazzle with your imagery or poetry.

②A second approach is to start by introducing an intriguing character: "Mrs. Sloan had only three fingers on her left hand, but when she drummed them against the countertop, the tiny polished bones at the end of the fourth and fifth stumps clattered like fingernails" (*The Sloan Men* by David Nickle, in Northern Frights 2, edited by Don Hutchison); "My name is Robinette Broadhead, in spite of which I am male" (*Gateway* by Frederik Pohl). The reader immediately wants to know more about Mrs. Sloan and Robinette, and so forges ahead.

③The third—and trickiest—approach is to start off with a news clipping, or journal entry, or something else that isn't actually the main narrative of the story. It can be done effectively: the horror novels *Carrie* by Stephen King and *The Night Stalker* by Jeff Rice begin just this way. Be careful of this technique: you might think that by using such a device to tell the reader that the following story is significant, you'll be forgiven for an otherwise slow start. But *Carrie* immediately goes into its famous gym-class shower scene, and *The Night Stalker* launches right into the first of the vampire murders. Really, this kind of beginning just postpones the inevitable—you'll have to follow up your news clipping, or whatever, with one of the other three classic narrative-hook techniques.

④The fourth, and most versatile way, is to start off in the middle of the action. Sometimes a single sentence is all it takes: "Because he thought that he would have problems taking the child over the border into Canada, he drove south, skirting the cities whenever they came and taking the anonymous freeways which were like a separate country" (Peter Straub's *Ghost Story*). All the explanation can come later—for a hook, all you need to know is that someone is on the run. Immediately, you began asking questions: Who is running? What's he running from? Is it his child, or has he kidnapped one?

And suddenly you're reading along, wanting to know the answers.

Another example: "The Dracon's three-fingered hands flexed. In the thing's yellow eyes I could read the desire to either have those fingers around a weapon or my throat" (Barry B. Longyear's Hugo-winning novella *Enemy Mine*). We want to dig in and find out what a Dracon is and how the narrator ended up in a life-or-death confrontation with it.

A variation on starting in the middle is leading off with dialog: "Eddie wants to see you." / "What's he want?" Nita asked. "Another blowjob?" (Charles de Lint's *In this Soul of a Woman*, from Love in Vein edited by Poppy Z. Brite). People love overhearing other people's fascinating conversations, and you can snare them easily as long as your characters are saying interesting things.

But if you're going to start somewhere other than the natural beginning of the tale, you have to choose carefully. I often take an exciting scene from near the end, move it to the beginning, and then tell most of the rest of the tale as a flashback leading up to that scene. An extreme example is my novel *The Terminal Experiment*, which starts out with a female police detective dying in hospital. The scene in which she is fatally wounded doesn't occur until ninety percent of the way through the book.

Whatever you choose, give it a lot of thought. Most people I know try to write the beginnings of their stories first. Although that seems sensible, I suggest you wait until you've got everything else finished—then work out the best possible start. It really is the most important element of your story—because it's the part that determines whether the rest gets read at all.

2）视角准巧（POV: Two heads aren't always better than one）——括号中的例子足以使你心领神会了吧！不然再给你来两句："入乡不随俗"，"一见不钟情"。此外，叙述故事情节（plotline）该于何时、何处该选择"I"、"you"或"s/he"，其视角一定准、巧、妙、新颖。

New writers are often baffled when trying to choose a point of view for their stories and novels. But, actually, the choice is easy. Over ninety percent of all modern speculative fiction is written using the same POV: limited third person.

"Third person" ("she did this; he did that") means the story is not told in first person ("I did this"), or the always-irritating second person ("you did this"). That's easy enough. But what does "limited" mean?

It means that although the narration refers to all the characters by third-person pronouns (he, she, it), each self-contained scene follows the viewpoint of one specific character. Consider this example, which is not limited but rather is omniscient third person, in which the unseen narrator knows what all the characters are thinking:

"Hello, Mrs. Spade. I'm Pierre Tardivel." He was conscious of how out-of-place his Québécois accent must have sounded here — another reminder that he was intruding. For a moment, Mrs. Spade thought she recognized Pierre.

In the opening of the paragraph, we are inside Pierre's head: "He was conscious of how out-of-place..." But by the end of the paragraph, we've left Pierre's head and are now inside another character's: "Mrs. Spade thought she recognized Pierre."

Here's the same paragraph rewritten as limited third person, solely from Pierre's point of view.

"Hello, Mrs. Spade. I'm Pierre Tardivel." He was conscious of how out-of-place his Québécois accent must have sounded here — another reminder that he was intruding. There was a moment while Mrs. Spade looked Pierre up and down during which Pierre thought he saw a flicker of recognition on her face.

See the difference? We stay firmly rooted inside Pierre's head. Pierre is only aware of what Mrs. Spade is thinking because she gives an outward sign ("a flicker of recognition on her face") that he can interpret.

Think of your story's reader as a little person who rides inside the head of one of your characters. When inside a given head, the reader can see, hear, touch, smell, and taste everything that particular character is experiencing, and he or she can also read the thoughts of that one character. But it takes effort for the little person to move out of one head and into another. Not only that—it's disorienting. Consider this:

Keith smiled at Lianne. <u>She was a gorgeous woman, with a wonderfully curvy figure.</u>

All right: we're settling in for an encounter with <u>a woman from a man's point of view</u>. But if the next paragraph says:

Lianne smiled at Keith. <u>He was a handsome man, with a body-builder's physique.</u>

Hey, wait a minute! Suddenly we've jumped into another head, and immersed ourselves in a whole nuther set of emotions and feelings. Not only have we lost track of where we are, we've lost track of who we are—of which character we're supposed to identify with. Although at first glance, omniscient narration might seem an ideal way to involve the reader in every aspect of the story, it actually ends up making the reader feel unconnected to all the characters. <u>The rule is simple: pick one character, and follow the entire scene through his or her eyes only.</u>

Of course, we usually want some idea of what the other characters in the scene are thinking or feeling. That can be accomplished with effective description. <u>To convey puzzlement on the part of someone other than your viewpoint character, write</u> "he scratched his chin" or "she raised an eyebrow" (or, if you really want to hit the reader over the head with it, "she raised an eyebrow quizzically" — "quizzically" being the viewpoint character's interpretation of the action). <u>To convey anger, write</u> "he balled his hands into fists," or "his cheeks grew flushed," or "he raised his voice." There are very few emotions that aren't betrayed by outward signs. (This harks back to the show-don't-tell rule, which I talked about in my Winter 1995 On Writing column.)

Still, in real life, there are times when you can't tell what someone else is thinking—usually because that person is making a deliberate effort to keep a poker face. If you've adopted the <u>omniscient point of view</u>, instead of a limited one, you can't portray such things effectively.

Here's a limited point of view:

Carlos looked at Wendy, unsure whether he should go on. Her face was a stony mask. "I'm sorry," he said again. "So very sorry."

That's much more intriguing than the omniscient version:

Carlos looked at Wendy, unsure whether he should go on. Wendy thought Carlos had suffered enough and was going to forgive him, but for the moment she didn't say anything. "I'm sorry," he said again. "So very sorry."

In the former, we feel Carlos's insecurity, and we have some suspense about how things are going to turn out. In the latter, there is no suspense. (And, of course, omniscient narration is death—if you'll pardon the expression—in mystery fiction: the reader must be kept ignorant of what the various suspects are thinking, or else it will be obvious which one is guilty.)

<u>Note that I've suggested keeping in one character's head for each individual scene.</u> However, you can <u>freely switch viewpoint characters when you change scenes</u> (<u>either at the end of a chapter, or with a blank line within a chapter</u>). Many novels have separate plotlines intertwined, with each of them having its own viewpoint character. But what happens when individuals who have been viewpoint characters in disparate plotlines come together in the same scene? Whose POV do you choose then?

In most cases, it'll be whichever one is at the heart of the action of that particular scene. But there are exceptions. One big one is when someone who has been a point-of-view character is about to die. See, the central conceit of modern fiction is that it's actually a form of journalism: the tale you are reading is an account of something that really happened, and the author's job has simply been to interview one witness per scene to the events being described. Well, if your main character dies in a scene, how did he or she subsequently relate his or her feelings to the journalist-author?

Even if the dying character has been your viewpoint character throughout most of the story, it's best to be inside another person's head as you watch him or her expire.

There are other times when you'll want to choose someone besides your protagonist as the POV character for a scene or two. No person really knows how he or she is perceived; you may find it illuminating to do an occasional scene from a secondary character's point of view, so that the reader can see your hero as others do. Philip K. Dick did this brilliantly in *The Man in the High Castle*. One of the novel's main characters, Ed McCarthy, is trying to interest a merchant, Robert Childan, in buying some jewelry he and his partner have designed. Ed seems clever and in control in the scenes leading up to the sales pitch to the merchant—but when it comes time for the actual pitch, Dick plants us firmly inside the merchant's head, and we see Ed McCarthy in a new light:

[McCarthy] wore a slightly-less-than fashionable suit. His voice had a strangled quality. He'll lay everything out, Childan knew. Watching me out of the corner of his eye every second. To see if I'm taking any interest. Any at all.

For each scene, choose your point-of-view character with care. Stick with that one person throughout the scene—and you'll find that readers are sticking with your story all the way until the end.

3）**人物塑造**（constructing characters）——SF 人物塑造的思路、策略、方法、技巧等完全可以借鉴，采取"拿来主义"的态度，习惯用英文思维、写作，塑造 non-SF 人物，这样才有可能培养出能力欣赏、判断、学习优秀的原汁原味的英语文学作品。

Psst! Wanna hear a secret? The people in most stories aren't really humans—they're robots!

Real people are quite accidental, the result of a random jumbling of genes and a chaotic life. But story people are made to order to do a specific job. In other words, robots!

I can hear some of you pooh-poohing this notion, but it's not my idea.

It goes back twenty-five hundred years to the classical playwrights. <u>In Greek tragedy, the main character was always specifically designed to fit the particular plot</u>. <u>Indeed, each protagonist was constructed with an intrinsic hamartia, or tragic flaw, keyed directly to the story's theme</u>. <u>These days, writers have more latitude in narrative forms, but we still try to construct characters appropriate to a given tale</u>.

Consider, for instance, Terence M. Green's *Barking Dogs*. The book posits the invention of infallible portable lie detectors. Of all the people in the world, Green chooses to give such a device to Mitch Helwig, a Toronto cop. Why that choice? Well, <u>no one other than a cop deals so directly with questions of truth, and no one but a cop is so frustrated by the perversion of that truth, seeing guilty people he's arrested get off on technicalities</u>. Armed with his lie detector, Mitch goes on a vigilante spree, ascertaining as soon as he nabs someone whether that person is guilty, and, if so, executing them.

Green knew <u>he had to find the character who could best dramatize his premise</u>. Frederik Pohl knew the same thing when he wrote *Gateway*. <u>Its premise is simple: near a black hole, the passage of time slows to a stop</u>.

To make this dramatic, Pohl came up with Robinette Broadhead, a man who had done something horrible to people he'd left behind near a black hole. The story is told through psychoanalytic sessions: Robinette can't get over his guilt because no matter how many years pass for him, it's always that one terrible moment of betrayal for those he's left behind. The novel works spectacularly—in fact, I'd go so far as to say it's the finest science-fiction novel ever written.

Others liked the book, too—and Pohl was pressured for a sequel. But the second book, *Beyond the Blue Event Horizon*, fell flat on its face. Why? Because Pohl had to shoehorn the character he'd built for a very specific job into a different story. Robinette, absolutely perfect for *Gateway*, was a fish out of water in the follow-up story about the discovery of a human child on an ancient alien space station.

<u>Clearly, your character must fit your premise</u>—but it's also important that you not make the fit too comfortable.

Everybody knows Steve Austin, the fictional test pilot who lost an arm and both legs in an aircraft crash and was rebuilt with super parts so that he could undertake secret missions. Austin first appeared in *Cyborg*, a mediocre novel by Martin Caidin, and was played by Lee Majors in the wonderful, Hugo-nominated movie *The Six Million Dollar Man*.

Why was the novel just so-so but the movie glorious? Simple. In the novel, Steve Austin was a colonel in the United States Air Force. When he was asked to undertake his first mission as the bionic man, he told his new secret-agent bosses, "You have a job to do. It's serious, in many ways it's dirty, in some ways it stinks, but having worn the blue suit [an Air Force uniform] for a long time, I understand and even appreciate what you do. You will receive my absolute cooperation."

Ho hum. Screenwriter Henri Simoun saw that Caidin had missed the essential conflict. For the movie version, he changed Colonel Austin to Mister Austin, one of six civilians in the U.S. astronaut program. Simoun's Austin fights those who are trying to make him an obedient little robot every step of the way—making for much better drama.

(When *The Six Million Dollar Man* became a TV series, the producers went back to Austin being an Air Force officer, and the show degenerated into mindless adventure.)

I almost made the same mistake Caidin did in my novel *The Terminal Experiment*, which is about the discovery of scientific evidence for the existence of the soul. My first thought had been to have a protagonist who had undergone a metaphysical bright-light-and-tunnel near-death experience. But that would have been absolutely the wrong choice. A person with that background would be predisposed to believe in the existence of the soul, accepting any proof too readily. No, what was called for was a skeptic—someone who had stumbled on the existence of the soul while looking for something else, and who would be bothered by the discovery. The lesson is simple: <u>your main character should illuminate the fundamental conflict suggested by your premise.</u>

And, of course, that means that you shouldn't start with a character and then go looking about for a story; it's a lot easier to do it the other way around. First, come up with your premise (for instance, "I want to write about a telepathic alien who can read subconscious instead of conscious thoughts"). Then you ask yourself who could most clearly dramatize the issues arising from that premise ("There's this guy, see, who's been suppressing terrible memories of the suicide of his wife").

After that, head for your keyboard and build the character to your specifications, for that one specific job. (In this case, the story has already been done brilliantly; it's *Solaris* by Stanislaw Lem.) Of course, you have to <u>add subtleties and quirks to give your character depth</u>, but <u>if you do it right, only you will ever know that underneath the real-looking skin, your hero is actually a made-to-me</u> Doubtless <u>assure robot</u>…

4) **具体描述, 避免抽象概述**(show, don't tell)——文学作品需要大量具象的描述，而非抽象的、简单的结论性文字。对英文创作的初学者，学会学好 show，要比学会学好 tell 要困难得多。所以，大学外文系、中文系的老师会写论文，但很少会进行外文或中文的文学创作。

<u>Every writing student has heard the rule that you should show, not tell, but this principle seems to be among the hardest for beginners to master.</u>

First, what's the difference between the two? Well, "<u>telling</u>" <u>is the reliance on simple exposition</u>: Mary was an old woman. "<u>Showing</u>," on the other hand, <u>is the use of evocative description</u>: Mary moved slowly across the room, her hunched form supported by a polished wooden cane gripped in a gnarled, swollen-jointed hand that was covered by translucent, liver-spotted skin.

<u>Both showing and telling convey the same information</u>－Mary is old－<u>but the former simply states it flat-out, and the latter</u>－well, <u>read the example over again and you'll see it never actually states that fact at all, and yet</u>

nonetheless leaves no doubt about it in the reader's mind.

Why is showing better? Two reasons.

①it creates mental pictures for the reader. When reviewers use terms like "vivid," "evocative," or "cinematic" to describe a piece of prose, they really mean the writer has succeeded at showing, rather than merely telling.

②showing is interactive and participatory: it forces the reader to become involved in the story, deducing facts (such as Mary's age) for himself or herself, rather than just taking information in passively.

Let's try a more complex example:

Singh had a reputation for being able to cut through layers of bureaucracy and get things done.

A useful chap to have around, this Singh, but he's rather a dull fellow to read about. Try this instead:

Chang shook his head and looked at Pryce. "All this red tape! We'll never get permission in time."

Suddenly the office door slid open, and in strode Singh, a slight lifting at the corners of his mouth conveying his satisfaction. He handed a ROM chip to Chang. "Here you are, sir—complete government clearance. You can launch anytime you wish."

Chang's eyebrows shot up his forehead like twin rockets, but Singh was already out the door. He turned to Pryce, who was leaning back in his chair, grinning. "That's our Singh for you," said Pryce. "We don't call him the miracle worker for nothing."

In the first version, Singh is spoken about in the abstract, while in the second, we see him in the concrete. That's the key to showing: using specific action-oriented examples to make your point. When writing a romantic scene, don't tell us that John is attracted to Sally; show us that his heart skips a beat when she enters the room. It's rarely necessary to tell us about your characters' emotions. Let their actions convey how they feel instead.

(Notice that at the end of the second Singh version above, Pryce tells us about Singh. That's a special case: it's fine for one of your characters to say what he or she thinks of another; in fact, that's a good way to reveal characterization for both the person being spoken about and the person doing the speaking.)

Speaking of speaking (so to speak), a great way to show rather than tell is through dialog:

Telling: Alex was an uneducated man.

Showing: "I ain't goin' nowhere," said Alex.

Likewise, using modified speech to show a character's regional or ethnic origin can be quite effective, if done sparingly:

Telling: "It's a giant spaceship with the biggest engines I've ever seen," said Koslov in a thick Russian accent.

Showing: "It is giant spaceship with biggest engines I have ever seen," said Koslov.

The failure to use contractions shows us Koslov is uncomfortable with the language; the dropping of the articles "the" and "a" shows us that he's likely a Russian-speaker, a fact confirmed by his name. The reader hears the accent without you telling him that the character has one.

Don't overdo this, though. One of my favorite non-SF writers is Ed McBain, but frequently when he wants to demonstrate that a character is black, he descends into pages of offensively stereotypical Amos 'n' Andy dialog. Here's a character in McBain's *Rumpelstiltskin* musing on the local constabulary: "P'lice always say somebody done nothing a 'tall, den next t'ing you know, they' resting somebody."

Are there any times when telling is better than showing? Yes.

①First, some parts of a story are trivial—you may want your reader to know a fact, without dwelling on it. If the weather is only incidental to the story, then it's perfectly all right to simply tell the reader "it was snowing."

Indeed, if you were to show every little thing, the reader would say your story is padded.

②Second, there's nothing wrong with relying on telling in your first drafts; I do this myself. When you're working out the sequence of events and the relationships between characters, it may cause you to lose sight of the big picture if you stop at that point to carefully craft your descriptions:

First draft: It was a typical blue-collar apartment.

Final draft: She led the way into the living room. It had only two bookcases, one holding bowling trophies and the other mostly CDs. There was a paperback book splayed open face down on the coffee table－a Harlequin Romance. Copies of The National Enquirer and TV Guide sat atop a television set that looked about fifteen years old.

Note that showing usually requires more words than telling; the examples of the latter in this column take up 51 words, whereas those of the former total 210. Many beginning writers are daunted by the prospect of producing a long work, but once they master showing rather than telling, they find that the pages pile up quickly.

③The third place where you'll still want to do a lot of telling is in the outlines for novels. Patrick Nielsen Hayden, a senior editor at Tor Books, says that some of the best outlines he's ever received contain lines such as, "Then a really exciting battle occurs." If the editor buys your book, he or she is trusting that you know how to convert such general statements into specific, action-oriented, colourful prose.

④Finally, of course, showing is also better than telling in the process of becoming a writer. Don't tell your friends and family that you want to be a writer; rather, show them that you are one by planting yourself in front of your keyboard and going to work…

5) 细节描写 (description)——应成为 "show, don't tell" 紧接着的文学创作下一步，学会人物肖像描写、风光描写、心理描写、场景描写等需要涉及细节的各类描写，正是小说吸引读者，最终取胜的不可或缺的 (细节) 环节。

There was a cartoon in *The New Yorker* many years ago in which the female host of a posh party accosts one of her guests: "I've just learned that you wrote a novel based on somebody else's screenplay. Please leave my house at once."

It's true that <u>novelizations are the antithesis of literature</u>, but when I was a teenager, desperate to learn how to write, I read dozens of them. Why? Because <u>in a piece of fiction, every nuance can be described in words. It was fascinating to see the ways in which writers described scenes that I'd already watched on the big screen.</u>

(In point of fact, of course, most novelizations are written before the movie is completed. <u>The writers of the book versions have probably never seen a single frame of the film, so the way they describe the action is often quite different from the way it was actually shot.</u>)

For writers beginning today, there's an even better tool available than novelizations: the new interpreted-for-the-blind movies on video. These use the secondary audio channel to provide a running commentary, often of a very high caliber, describing in vivid words the scene that's simultaneously unfolding in pictures. Watching these can be a terrific way to learn how to bring a scene to life verbally; the best one I've seen is the for-the-blind version of *Casablanca*.

Although I'm part of the minority that thinks *Star Trek*: The Motion Picture is one of the best SF films ever made, just about everyone likes the last bit of dialog in the film.

Unfortunately, the novelization of ST: TMP is by none other than Gene Roddenberry (and it's so clunky, unlike the Star Wars novelization, which is putatively by George Lucas but was actually written by Alan Dean Foster, that I'm inclined to believe Roddenberry really did perpetrate it). How does Roddenberry portray this climactic moment in the book version? Just by reprinting the dialog, without any real description:

Kirk turned to the helm. "Take us out of orbit, Mr. Sulu."

"Heading, sir?" DiFalco asked.

新世纪翻译学 R&D 系列著作

Kirk indicated generally ahead. "Out there. Thataway."

Now, let's see how that might have been handled better. Remember, a scene in any book has to carry all the emotional freight on its own; it's not supposed to be a mere transcript of something people have already seen:

Jim returned to the center seat. It wasn't his old chair, but he would have to get used to it. He heard the whirring of the little motors in the chair's ergonomic back as it nestled into his spine.

He knew everyone on the bridge was waiting for what he would do next; it was his ship, at last and again, and he was back where he belonged. Ahead of him, he could see the backs of Sulu and DiFalco's heads, and between them—

—between them, the stars, steady, untwinkling, beckoning.

Jim's heart was pounding. He allowed himself a moment to gain composure, then gave the familiar order. "Mr. Sulu, ahead warp one."

Sulu's voice was filled with excitement, with anticipation. "Warp one, sir," he acknowledged, while sliding the master velocity control on his helm console forward. The deckplates immediately began to vibrate, and a growing hum filled the air.

Chief DiFalco half-turned in her seat to look back at Kirk. "Heading, sir?"

Jim was still caught up in the beauty of the cosmos. He leaned forward, and his voice dropped to almost a whisper. "Out there," he said.

He glanced to his right; Scotty was standing beside him, eyebrows raised.

Jim couldn't quite suppress the grin that was growing across his face. He was back, and the adventure was just beginning. He flipped his hand nonchalantly ahead.

"Thataway…"

The trick is to appeal both to the emotions and to the senses: tell us what people are feeling, what they're thinking, and, when appropriate, what they're seeing, hearing, touching, tasting, and smelling.

You have much more control over the reader's experience than a movie director does. A director can't be sure what part of the frame any given viewer might be looking at, but when you write "there was permanent dirt under his fingernails, the legacy of decades of archeological fieldwork," you know exactly what the reader is contemplating.

Of course, you shouldn't weigh down every bit of business with lots of detail; it may be sufficient to say "she rode the bus to work." But when something major is happening, increase the amount of description; think of your words as swelling background music, denoting the importance of the scene.

Description does more than just make vivid the reader's image of the story; it also lets you control the timing of experiences. Don't just blurt out, "The butler did it!" Rather, play out the moment, stretch things, build the suspense, make the reader wait:

"Of course you all know by now who the killer is," said the detective. He paused, looking from face to face, taking in the sea of expressions—fear and agitation and anger, one man biting his lower lip, another nervously smoothing out his hair, a woman with eyes darting left and right. The clock on the mantelpiece clicked loudly to a new minute. Rain continued to beat a staccato rhythm against the window. The detective, milking the moment for all its drama, extended his index finger and swung it slowly from chest to chest until at last it came to rest pointing at that hideous chartreuse cummerbund. "The butler did it!"

Pauses don't have to be large to convey volumes. Here's an entire scene from Terence M. Green's 1992 novel *Children of the Rainbow*:

It was almost midnight when McTaggart made the decision.

"I think," he said, "that we should go closer."

The others stared at him.

"Maybe fifteen miles away."

Nobody said a word.

"Force their hand."

Even though the other characters do nothing, their inaction communicates their nervousness, their failing resolve, their fear that their leader has gone over the edge. Try it without the description:

"I think that we should go closer. Maybe fifteen miles away. Force their hand."

Nothing. No tension. No suspense. <u>Description isn't padding—it's the heart and soul of good writing</u>…

6) 坚持研究 (research—secret weapons of science)——研究是写好SF 小说的秘密武器。研究与创作是相辅相成、相得益彰的。写历史小说、SF 小说、人物小说等非常需要对史料、实料的研究、确认、判断，并提出观点、结论，更不要说文学创作所必不可少的各类(细节)描写。研究的形式和方式多种多样，看看索耶习惯做的是否对我们有所启发。

I've got an arts degree. There, the cat's out of the bag: despite the cosmology and relativity and paleontology and genetics in my novels, I haven't taken a science course since high school.

But, hey, <u>I'm not alone in that among practitioners of hard SF.</u> Look at Fred Pohl, who writes about artificial intelligence and black holes and quantum theory. He never even graduated from high school. And, yeah, sure, Kim Stanley Robinson, who is detailing the terraforming of our neighbouring world in his Red Mars trilogy, is indeed Doctor Robinson—but his Ph.D. is in (gasp!) English literature.

So <u>how do we non-scientist SF writers keep up with science?</u> Well, <u>I can't speak for everyone, but I rely on six secret weapons.</u>

①First, and most important, there's *Science News: The Weekly News* magazine of *Science*. You can't get it on any newsstand (although many libraries carry it). <u>I've been a subscriber for thirteen years now,</u> and <u>I credit it with fully half of the science in my novels and short stories.</u>

Science News is published weekly, and each issue is just sixteen pages long—you can read the whole thing over one leisurely lunch. Aimed at the intelligent lay person, it contains summaries of research papers appearing in *Nature, Science, Cell, Proceedings of the National Academy of Sciences,*

Physical Review Letters, *The New England Journal of Medicine*, and hundreds more, as well as reports from all the major scientific conferences in Canada and the United States, plus original feature articles on topics ranging from quarks to the greenhouse effect to Neanderthal fossils to junk DNA. There is simply no better source for keeping up to date.

(Of course, the key is to actually make use of the material. Both Michael Crichton and I read the same little piece in *Science News* years ago about the possibility of cloning dinosaurs from blood preserved in the bellies of mosquitoes trapped in amber. Me, I said "Neat!" and turned the page; Crichton went off and made a few million from the idea.)

Science News is published by Science Service, Inc., 1719 N Street NW, Washington, DC 20036, (202) 785-2255. Canadian subscriptions are US$50.50 for one year; US$84.00 for two years; US subscriptions are US$44.50 for one year; US$78 for two years.

②My second secret weapon: *Time* magazine. Yup, that's right: Time. Each year a few issues will have science cover stories. Buy them—they're pure gold. You won't find better introductions to scientific topics anywhere. Recent examples: *The Chemistry of Love* (February 15,1993); *The Truth About Dinosaurs* (April 26, 1993); *How Life Began* (October 11, 1993); *Genetics: The Future is Now* (January 17, 1994); *How Humanity Began* (March 14, 1994); *When Did the Universe Begin?* (March 6, 1995); and *In Search of the Mind* (July 31, 1995). Not only will each one suggest many story ideas (the novel I just finished, *Frameshift*, owes a lot to the two 1994 issues I mention above), but they will also give you all the background and vocabulary you need to write knowledgeably about the sciences in question.

In fact, I find that magazine articles tend to be better than books for giving me what I need quickly and efficiently.

③And that brings me to secret weapon number three: *Magazine Database Plus* on the CompuServe Information Service, the world's largest commercial computer network.

MDP contains the full text of over two hundred general-interest and specialty publications, many going all the way back to 1986. Among the titles of obvious use to SF writers are *Astronomy, Bulletin of the Atomic Scientists, Discover, Omni, Popular Science, Psychology Today, Scientific American, Sky & Telescope,* and, yes, good old *Science News and Time.*

A year ago, when I was writing my novel *Starplex,* I needed to learn about "dark matter"—that mysterious, invisible substance that we know, because of its gravitational effects, constitutes ninety percent of our universe. Well, in less than a minute, MDP provided me with sixty-nine citations of articles on that topic, ranging from lay discussion in the newsmagazines *The Economist* and *US News and World Report* to twenty-one articles in—of course—*Science News.* There's no charge beyond normal *CompuServe* connect-time for generating such a bibliography. You can then either head off to your local library and dig up the articles there for free, or you can download the full text of any that interest you for US$1.00 a pop. To access *Magazine Database Plus,* type GO MDP at any *CompuServe* prompt. [Note: sadly, *Magazine Database Plus* went out of service in August 1999; I miss it a lot.]

④<u>My fourth secret weapon is being a couch potato.</u> When you get tired of staring at your computer monitor, go look at your TV screen. The Learning Channel has several truly excellent science series that they repeat ad infinitum (PaleoWorld and The Practical Guide to the Universe are tremendous; Amazing Space isn't quite as good).

⑤<u>My fifth secret weapon is Richard Morris.</u> Never heard of him? Well, he writes science-popularization books. He's not as famous as Carl Sagan or David Suzuki or Stephen Jay Gould, but he's better than all three of them combined. His slim, completely accessible books *Cosmic Questions: Galactic Halos, Cold Dark Matter,* and the *End of Time* (Wiley, New York, 1993) and *The Edges of Science: Crossing the Boundary from Physics to Metaphysics* (Prentice Hall, New York, 1990) will <u>suggest enough story ideas to keep any hard-SF writer going for a decade or two.</u>

Still, once you've read all the magazines and books, and watched Tom Selleck tell you about cosmic strings, nothing beats talking to a real scientist.

⑥Secret weapon number six is the knowledge that many scientists are SF fans. I've never had any scientist I approached refuse to help me. If you don't know any scientists personally, call up the public-relations office of your local university, museum, or science centre and let them find someone who you can talk to.

And when you do have your story or novel finished, ask the scientist if he or she will read it over to check for errors. I'd never met Dr. Robert W. Bussard (inventor of the Bussard ramjet starship) or Dr. Dale A. Russell (curator of dinosaurs at the Canadian Museum of Nature) when I asked them to look at the manuscripts for my novels *Golden Fleece* (which features one of Bussard's ramjets) or *End of an Era* (which is about dinosaurs), but both instantly agreed and provided invaluable feedback. Of course, when your story or book does see print, do be sure to send a free autographed copy to anyone who helped you out. But that's not a secret weapon… it's just the golden rule.

从索耶的成功经验或成功秘诀看，学会用英文进行小说创作，还是可行的。我们只有"不可译"的说法，却没有"不可写"的说法。翻译都能学、都能教，写作当然更能学、更能教了。既然美国翻译学者奈达如此说，"[t]ranslating is simply doing the impossible well"（Nida, 2001: 3；底线为主编所加，下同），那么(creative) writing is doing the possible better。既然"translating is a skill which generally requires considerable practice, most people assume that it can be taught, and to an extent this is true"（同上：4），那么 (creative) writing can be taught and taught well, (creative) writing can be acquired and acquired systematically。

3. 索耶小说案例研读

本节我们选择了索耶的两部作品作为研读的案例。一部是索耶本人最满意的长篇《计算中的上帝》节选，配有汉译文；另 部是获奖的短篇《北京人》，大概是索耶唯一的一部撰写中国的文学作品，迄今中国大陆没有中译本。

1)《计算中的上帝》(*Calculating God*，2000)是一部具有震撼性的、不可多得的科幻佳作，而且这种震撼性完全出自真正的、令人拍案叫绝的想象。

科幻小说是点子文学，这在一定程度上也道出了科幻小说的特性。回想一下你读过的科幻小说，难道不是先想到其中的怪异的想法(诸如隐身、波态飞船、时间旅行等)，而后才是主人公的奇遇？"点子"是科幻小说的灵魂。《计算中的上帝》再次证明了科幻小说的这一特性，它不是用动作等好莱坞的要素，而是用想象，真正的想象，征服了读者。

【ST1】

(1) I know, I know—it seemed crazy that the alien had come to Toronto. Sure, the city is popular with tourists, but you'd think a being from another world would head for the United Nations—or maybe to Washington. Didn't Klaatu go to Washington in Robert Wise's movie *The Day the Earth Stood Still*?

(2) Of course, one might also think it's crazy that the same director who did *West Side Story* would have made a good science-fiction flick. Actually, now that I think about it, Wise directed three SF films, each more stolid than its predecessor.

(3) But I digress. I do that a lot lately—you'll have to forgive me. And, no, I'm not going senile; I'm only fifty-four, for God's sake. But the pain some-

【TT1】

(1) 我知道，我知道——外星人已经到了多伦多的说法听上去有点疯狂。当然，这个城市很受旅游者欢迎，但大家普遍认为来自其他世界的生物应该首先造访联国，也可能去华盛顿。在罗伯特·万斯的电影《地球停转之日》中，克拉图不就是直接去了华盛顿吗？

(2) 当然，有人可能怀疑，执导《西城故事》的同一位导演能拍出什么像样的科幻片来。实际上，既然想起这个问题来，我才发现，万斯总共拍了三部科幻片，一部比一部无聊。

(3) 跑题了。近来我经常犯这种错误，抱歉。但是我声明，我还没老，我才五十四岁呢，只是有时候身体疼痛，集中不

times makes it hard to concentrate.

(4) I was talking about the alien.

(5) And why he came to Toronto.

(6) It happened like this.

(7) The alien's shuttle landed out front of what used to be the McLaughlin Planetarium, which is right next door to the Royal Ontario Museum, where I work. I say it used to be the planetarium because Mike Harris, Ontario's tightfisted premier, cut the funding to the planetarium. He figured Canadian kids didn't have to know about space — a real forward-thinking type, Harris. After he closed the planetarium, the building was rented out for a commercial *Star Trek* exhibit, with a mockup of the classic bridge set inside what had been the star theater. As much as I like *Star Trek*, I can't think of a sadder comment on Canadian educational priorities. A variety of other private-sector concerns had subsequently rented the space, but it was currently empty.

(8) Actually, although it was perhaps reasonable for an alien to visit a planetarium, it turned out he really wanted to go to the museum. A good thing, too: imagine how silly Canada would have

起注意力。

(4) 我讲的是外星人的事儿。

(5) 还有他为什么会来多伦多。

(6) 故事是这样开始的……

(7) 外星人的飞船降落在一幢建筑物前，那幢建筑曾经是麦克拉夫林天文馆，紧靠安大略皇家博物馆——我上班的地方。我说曾经，是因为安大略省的小气鬼省长麦克·哈里斯取消了对天文馆的财政补贴。他认为加拿大的孩子没有必要了解太空。真是个"目光远大"的人哪，这个哈里斯。天文馆关了之后，整幢建筑曾出租给《星际旅行》电视剧做宣传，里头原来是星空展馆的地方搭了个经典的舰桥。虽然我很喜欢《星际旅行》，但要评价加拿大的教育，没有比这个例子更惨的了。在那以后，各种各样私人企业都租用过这个地方，但现在它里头是空的。

(8) 虽然外星人参观天文馆这一搭配显得颇为合理，结果发现他真正想去的地方是博物馆。这值得庆幸，想象一下：首次接触发生在我们的土地上，

looked if first contact were made on our soil, but when the extraterrestrial ambassador knocked on the door, no one was home. The planetarium, with its white dome like a giant igloo, is set well back from the street, so there's a big concrete area in front of it—perfect, apparently, for landing a small shuttle.

(9) Now, I didn't see the landing firsthand, even though I was right next door. But four people—three tourists and a local—did get it on video, and you could catch it endlessly on TV around the world for days afterward. The ship was a narrow wedge, like the slice of cake someone takes when they're pretending to be on a diet. It was solid black, had no visible exhaust, and had dropped silently from the sky.

(10) The vessel was maybe thirty feet long. (Yeah, I know, I know—Canada's a metric country, but I was born in 1946. I don't think anyone of my generation—even a scientist, like me—ever became comfortable with the metric system; I'll try to do better, though.) Rather than being covered with robot puke, like just about every spaceship in every movie since *Star Wars*, the landing craft's hull

但当外星生命敲门的时候，屋里却空空荡荡一个人都没有。真出了这种事的话，加拿大岂不显得傻到家了。外星人之所以选择那块地方降落，因为戴着个巨大圆形屋顶的天文馆远离街道，前面空出一大块水泥地，非常适合降落一艘小型飞船。

（9）虽然当时我就待在隔壁，但我并没有亲眼看见飞船降落。好在有四个人——三个游客和一个本地人——把整个过程拍了下来。接下来的许多天，你可以在世界各地的电视频道中翻来覆去看这段录像。飞船是个窄窄的楔形，就像装模作样节食的人吃的那种薄片奶油蛋糕。它通体乌黑，看不到明显的尾气，无声无息从天而降。

（10）飞船大约有三十英尺长。（我知道，我知道——加拿大是个公制国家，但我出生在1946年。我不认为我这一代的人，哪怕跟我一样是科学家，会习惯使用公制度量单位；尽管如此，我会努力做得好些。）自从《星球大战》问世以来，所有电影中出现的宇宙飞船都覆盖着一层乱七八糟的东西，

was completely smooth. No sooner had the ship set down than a door opened in its side. The door was rectangular, but wider than it was tall. And it opened by sliding up—an immediate clue that the occupant probably wasn't human; humans rarely make doors like that because of our vulnerable heads.

(11) Seconds later, out came the alien. It looked like a giant, golden-brown spider, with a spherical body about the size of a large beach ball and legs that splayed out in all directions.

(12) A blue Ford Taurus rear-ended a maroon Mercedes-Benz out front of the planetarium as their drivers gawked at the spectacle. Many people were walking by, but they seemed more dumbfounded than terrified—although a few did run down the stairs into Museum subway station, which has two exits in front of the planetarium.

(13) The giant spider walked the short distance to the museum; the planet-arium had been a division of the ROM, and so the two buildings are joined by an elevated walkway between their second floors, but an alley separates them at street level. The museum was erected in

但正在降落的这一艘却披着完全平滑的外壳。飞船着地之后，门紧接着打开了——长方形的门，宽度大于高度。它自下而上滑开，此特征明显表明乘客并非人类。人类很少将门设计成这样，我们的脑袋太容易被砸碎了。

（11）片刻之后，外星人走了出来。他看上去像个巨大的金棕色的蜘蛛，拖着海滩气球般大小的球形躯干，躯干上面长着朝四面八方乱伸一气的腿。

（12）天文馆前的马路上，一辆蓝色福特撞上了前头奔驰车的屁股，而它们的驾驶员却仍在呆呆地看着眼前奇景。很多人刚巧路过，但是他们似乎光顾着目瞪口呆，连害怕都忘了——当然也有少数人的确通过在天文馆前的两个入口向下逃进了博物馆地铁站。

（13）巨型蜘蛛走了一小段路，接近了博物馆。由于天文馆曾经是安大略皇家博物馆的一个下属部门，因此这两个建筑的二楼被一座高架人行天桥连接着，但在地面它们却被 条小巷隔开。博物馆在 1914 年建成。那个

1914, long before anyone thought about accessibility issues. There were nine wide steps leading up to the six main glass doors; a wheelchair ramp had been added only much later. The alien stopped for a moment, apparently trying to decide which method to use. It settled on the stairs; the railings on the ramp were a bit close together, given the way its legs stuck out.

（14）At the top of the stairs, the alien was again briefly flummoxed. It probably lived in a typical sci-fi world, full of doors that slid aside automatically. It was now facing the row of exterior glass doors; they pull open, using tubular handles, but he didn't seem to comprehend that. But within seconds of his arrival, a kid came out, oblivious to what was going on at first, but letting out a startled yelp when he saw the extraterrestrial. The alien calmly caught the open door with one of its limbs—it used six of them for walking, and two adjacent ones as arms—and managed to squeeze through into the vestibule. A second wall of glass doors faced him a short distance ahead; this air-lock-like gap helped the museum control its interior temperature. Now savvy in the ways of terrestrial doors, the alien pulled

年代人们还没意识到应该给残疾人提供方便——刚建成时只有通过九级宽大的台阶才能走到六扇玻璃正门跟前。很多年之后人们才加修了一条轮椅通道。外星人在台阶底下停了一会儿，或许他在考虑走哪条路。最后他选择了台阶，可能轮椅通道对于他到处乱伸的腿来说太狭窄了。

（14）走到台阶尽头，外星人再次陷入困惑。他或许生活在一个典型的科幻世界中，那儿所有的门都能自动开启。而他现在面对的是一排外层玻璃门，只能通过管状把手拉开。不过看样子他不懂这个窍门。就在这时，一个小孩跑了出来，他是想瞧瞧外面发生了什么。可当他一眼看到这位外星生命时，他所做的只是发出一声惊恐的尖叫。外星人趁机用他的一肢稳稳当当抓住已经打开的门——他用六个肢走路，将剩余的两个当作手臂——并且成功地挤进门廊。正对他的前方是第二层玻璃门，两层玻璃门之间的门廊像气密室，有助于博物馆控制内部温度。外星人俨然已经成为开启地球之门的

| one of the inner ones open and then scuttled into the Rotunda, the museum's large, octagonal lobby; it was such a symbol of the ROM that our quarterly members magazine was called Rotunda in its honor.

[*To be continued*] (Robert Sawyer 著) | 熟手，他拉开内层玻璃门，匆匆走进博物馆的八角形大厅。这个近似圆形的大厅是安大略皇家博物馆的象征，我们的会员季刊就以它命名。

[待续] (张建光 译) |

【创—译案例分析启示】

【ST1】选自《计算中的上帝》第一章前 14 个自然段。根据索耶成功创作的经验总结，SF 或 non-SF 小说需要 great beginnings。鉴于此，我们特地选择了这部索耶自己最为得意的作品第一章开始的 14 段，然后配上科幻翻译"中生代"张建光的译文，供 BTI/MTI 等读者学习、模仿、赏析等。剩余段落，见本章【研究与实践思考题】。

《计算中的上帝》的开头的确很新奇：一个蜘蛛形外星人闹剧般出现在多伦多博物馆，求见古生物学家。但新奇只是作者制造的第一个效果。TT 的风格跟 ST 完全一致，朴实、自然，毫不夸张，也再现了一个"新奇"TT。

很快，外星人霍勒斯(Hollus)道出了他此行的目的：破解不同星球文明周期毁灭之谜。随着研究的推进，两个让人大吃一惊的事实显现于我们面前：地球史前的五次物种灭绝周期与两种来访外星文明远古时期的物种灭绝周期完全相同，似乎有一只上帝之手在操控着文明的进程；几个更古老、未曾经历过这种周期性毁灭的文明则已经将自身电子化，藏身于行星内部的超强掩体中。

故事至此，作者成功地将新奇变成了惊奇。译者也成功地再现了"新奇"变"惊奇"的过程和场景。接着，ST 中的故事向着更加出人意料的方向发展，自私的古老文明为防止新文明对其生活的干扰，竟然用方舟将猎户座一等星引爆成了超新星。TT 也毫不犹豫地跟上，虽然不是机械对等，亦步亦趋，但"忠实"、"达意"，读来轻松舒服，也是读者看得到的。

正当超能粒子流即将再次灭绝三个智慧种族时，奇迹出现了——一只仿佛从另一个宇宙伸过来的巨掌，挡在了超新星与三颗文明星球之间！震撼！

此时，不管你读的是 ST，还是 TT，还是 ST+TT，你的感受大概也只有靠"震撼"两字才能形容了。

需要指出的是：作者索耶一直对上帝是否存在感兴趣，他在《计算中的上帝》一书中，对科学在这一问题上的作用进行了测试。索耶不是那种单纯的有神论者，他坚信科学可以应付一切挑战，他所要探究的是一直困扰人类的终极谜题：复杂而有序的宇宙背后存在着什么样的真相？作为宗教主题的延续，《计算中的上帝》将这一主题掘进到了一个新层面。

希望翻译专业读者从双语文本对比研究的视角和方法对 ST 和 TT 进行逐段研析，并且主动自主翻译，写出有关自己个人第一次用英文(TL)进行科幻翻译的 task-based research。

2)《北京人》(*Peking Man*，1996)，曾获两个加拿大大奖——
● Aurora Awards: An Anthology of Prize-Winning Science Fiction & Fantasy (1999)；
● Winner of the Canadian Science Fiction and Fantasy Award (the "Aurora") for Best English-Language Short Story of the Year。

Peking Man 是迄今作者索耶作品中涉及中国主题内容的一部短篇小说，非常难得。BTI/ MTI 等读者可以完成两大任务：
● 研析索耶是如何进行短片创作的；
● 独立将 *Peking Man*（【ST2】）译成汉语（【TT2】）。

【ST2】　　　　　　　　　**Peking Man**

The lid was attached to the wooden crate with eighteen nails. The return address, in blue ink on the blond wood, said, "Sender: Dept. of Anatomy, P.U.M.C., Peking, China." The destination address, in larger letters, was:

Dr. Roy Chapman Andrews

The American Museum of Natural History

Central Park West at 79th Street

New York, N.Y. U.S.A.

The case was marked "Fragile!" and "REGISTERED" and "Par Avion." A brand had burned the words "Via Hongkong and by U.S. Air Service" into the wood.

Andrews had waited anxiously for this arrival. Between 1922 and 1930, he himself had led the now-famous Gobi Desert expeditions, searching for the Asian cradle of humanity. Although he'd brought back untold scientific riches—including the first-ever dinosaur eggs—Andrews had failed to discover a single ancient human remain.

But now a German scientist, Franz Weidenreich, had shipped to him a treasure trove from the Orient: the complete fossi! remains of Sinanthropus pekinensis. In this very crate were the bones of Peking Man.

Andrews was actually salivating as he used a crowbar to pry off the lid. He'd waited so long for these, terrified that they wouldn't survive the journey, desperate to see what humanity's forefathers had looked like, anxious—

The lid came off. The contents were carefully packed in smaller cardboard boxes. He picked one up and moved over to his cluttered desk. He swept the books and papers to the floor, laid down the box, and opened it. Inside was a ball of rice paper, wrapped around a large object. Andrews carefully unwrapped the sheets, and—

White.

White?

No—no, it couldn't be.

But it was. It was a skull, certainly—but not a fossil skull. The material was bright white.

And it didn't weigh nearly enough.

A plaster cast. Not the original at all.

Andrews opened every box inside the wooden crate, his heart sinking as each new one yielded its contents. In total, there were fourteen skulls and eleven jawbones. The skulls were subhuman, with low foreheads, prominent brow ridges, flat faces, and the most unlikely looking perfect square teeth. Amazingly, each of the skull casts also showed clear artificial damage to the foramen magnum.

Oh, some work could indeed be done on these casts, no doubt. But where were the original fossils? With the Japanese having invaded China, surely they were too precious to be left in the Far East. What was Weidenreich up to?

Fire.

It was like a piece of the sun, brought down to earth. It kept the tribe warm at night, kept the saber-toothed cats away—and it did something wonderful to meat, making it softer and easier to chew, while at the same time restoring the warmth the flesh had had when still part of the prey.

Fire was the most precious thing the tribe owned. They'd had it for eleven summers now, ever since Bok the brave had brought out a burning stick from the burning forest. The glowing coals were always fanned, always kept alive.

And then, one night, the Stranger came—tall, thin, pale, with red-rimmed eyes that somehow seemed to glow from beneath his brow ridge.

The Stranger did the unthinkable, the unforgivable.

He doused the flames, throwing a gourd full of water on to the fire. The logs hissed, and steam rose up into the blackness. The children of the tribe began to cry; the adults quaked with fury. The Stranger turned and walked into the darkness. Two of the strongest hunters ran after him, but his long legs had apparently carried him quickly away.

The sounds of the forest grew closer—the chirps of insects, the rustling of small animals in the vegetation, and—

A flapping sound.

The Stranger was gone.

And the silhouette of a bat fluttered briefly in front of the waning moon.

Franz Weidenreich had been born in Germany in 1873. A completely bald, thickset man, he had made a name for himself as an expert in hematology and osteology. He was currently Visiting Professor at the University of Chicago, but that was coming to an end, and now he was faced with the uncomfortable prospect of having to return to Nazi Germany—something, as a Jew, he desperately wanted to avoid.

And then word came of the sudden death of the Canadian paleontologist Davidson Black. Black had been at the Peking Union Medical College, studying the fragmentary remains of early man being recovered from the limestone quarry at Chou Kou Tien. Weidenreich, who once made a study of Neanderthal bones found in Germany, had read Black's papers in Nature and Science describing Sinanthropus.

But now, at fifty, Black was as dead as his fossil charges—an unexpected heart attack. And, to Weidenreich's delight, the China Medical Board of the Rockefeller Foundation wanted him to fill Black's post. China was a strange, foreboding place—and tensions between the Chinese and the Japanese were high—but it beat all hell out of returning to Hitler's Germany...

At night, most of the tribe huddled under the rocky overhang or crawled into the damp, smelly recesses of the limestone cave. Without the fire to keep animals away, someone had to stand watch each night, armed with a large branch and a pile of rocks for throwing. Last night, it had been Kart's turn. Everyone had slept well, for Kart was the strongest member of the tribe. They knew they were safe from whatever lurked in the darkness.

When daybreak came, the members of the tribe were astounded. Kart had fallen asleep. They found him lying in the dirt, next to the cold, black pit where their fire had once been. And on Kart's neck there were two small red-rimmed holes, staring up at them like the eyes of the Stranger...

During his work on hematology, Weidenreich had met a remarkable man named Brancusi—gaunt, pale, with disconcertingly sharp canine teeth. Brancusi suffered from a peculiar anemia, which Weidenreich had been unable to cure, and an almost pathological photophobia. Still, the gentleman was cultured and widely read, and Weidenreich had ever since maintained a correspondence with him.

When Weidenreich arrived in Peking, work was still continuing at the quarry. So far, only teeth and fragments of skull had been found. Davidson Black had done a good job of cataloging and describing some of the material, but as Weidenreich went through the specimens he was surprised to discover a small collection of sharp, pointed fossil teeth.

Black had evidently assumed they weren't part of the Sinanthropus material, as he hadn't included them in his descriptions. And, at first glance, Black's assessment seemed correct—they were far longer than normal human canines, and much more sharply pointed. But, to Weidenreich's eye, the root pattern was possibly hominid. He dropped a letter to his friend Brancusi, half-joking that he'd found Brancusi's great-to-the-nth grandfather in China.

To Weidenreich's infinite surprise, within weeks Brancusi had arrived in Peking.

Each night, another member of the tribe stood watch—and each morning, that member was found unconscious, with a pair of tiny wounds to his neck.

The tribe members were terrified. Soon multiple guards were posted each night, and, for a time, the happenings ceased.

But then something even more unusual happened...

They were hunting deer. It would not be the same, not without fire to cook the meat, but, still, the tribe needed to eat. Four men, Kart included, led the assault. They moved stealthily amongst the tall grasses, tracking a large buck with a giant rack of antlers. The hunters communicated by sign language, carefully coordinating their movements, closing in on the animal from both sides.

Kart raised his right arm, preparing to signal the final attack, when—

—a streak of light brown, slicing through the grass—

—fangs flashing, the roar of the giant cat, the stag bolting away, and then—

—Kart's own scream as the saber-tooth grabbed hold of his thigh and shook him viciously.

The other three hunters ran as fast as they could, desperate to get away. They didn't stop to look back, even when the cat let out the strangest yelp...

That night, the tribe huddled together and sang songs urging Kart's soul a safe trip to heaven.

One of the Chinese laborers found the first skull. Weidenreich was summoned at once. Brancusi still suffered from his photophobia, and apparently had never adjusted to the shift in time zones—he slept during the day. Weidenreich thought about waking him to see this great discovery, but decided against it.

The skull was still partially encased in the limestone muck at the bottom of the cave. It had a thick cranial wall and a beetle brow—definitely a more primitive creature than Neanderthal, probably akin to Solo Man or Java Man...

It took careful work to remove the skull from the ground, but, when it did come free, two astonishing things became apparent.

The loose teeth Davidson Black had set aside had indeed come from the hominids here: this skull still had all its upper teeth intact, and the canines were long and pointed.

Second, and even more astonishing, was the foramen magnum—the large opening in the base of the skull through which the spinal cord passes. It was clear from its chipped, frayed margin that this individual's foramen magnum had been artificially widened—

—meaning he'd been decapitated, and then had something shoved up into his brain through the bottom of his skull.

Five hunters stood guard that night. The moon had set, and the great sky river arched high over head. The Stranger returned—but this time, he was not alone. The tribesmen couldn't believe their eyes. In the darkness, it looked like—

It was. Kart.

But—but Kart was dead. They'd seen the saber-tooth take him.

The Stranger came closer. One of the men lifted a rock, as if to throw it at him, but soon he let the rock drop from his hand. It fell to the ground with a dull thud.

The Stranger continued to approach, and so did Kart.

And then Kart opened his mouth, and in the faint light they saw his teeth—long and pointed, like the Stranger's.

The men were unable to run, unable to move. They seemed transfixed, either by the Stranger's gaze, or by Kart's, both of whom continued to approach.

And soon, in the dark, chill night, the Stranger's fangs fell upon one of the guard's necks, and Kart's fell upon another...

Eventually, thirteen more skulls were found, all of which had the strange elongated canine teeth, and all of which had their foramen magnums artificially widened. Also found were some mandibles and skull fragments from other individuals—but there was almost no post-cranial material. Someone in dim prehistory had discarded here the decapitated heads of a group of protohumans.

Brancusi sat in Weidenreich's lab late at night, looking at the skulls. He ran his tongue over his own sharp teeth, contemplating. These subhumans doubtless had no concept of mathematics beyond perhaps adding and subtracting on their fingers. How would they possibly know of the problem that plagued the Family, the problem that every one of the Kindred knew to avoid?

If all those who feel the bite of the vampire themselves become vampires when they die, and all of those new vampires also turn those they feed from into vampires, soon, unless care is exercised, the whole population will be undead. A simple geometric progression.

Brancusi had long wondered how far back the Family went. It wasn't like tracing a normal family tree—oh, yes, the lines were bloodlines, but not as passed on from father to son. He knew his own lineage—a servant at Castle Dracula before the Count had taken to living all alone, a servant whose loyalty to his master extended even to letting him drink from his neck.

Brancusi himself had succumbed to pneumonia, not an uncommon ailment in the dank Carpathians. He had no family, and no one mourned his passing.

But soon he rose again—and now he did have Family.

An Englishman and an American had killed the Count, removing his head with a kukri knife and driving a bowie knife through his heart. When news of this reached Brancusi from the gypsies, he traveled back to Transylvania. Dracula's attackers had simply abandoned the coffin, with its native soil and the dust that the Count's body had crumbled into. Brancusi dug a grave on the desolate, wind-swept grounds of the Castle, and placed the Count's coffin within.

Eventually, over a long period, the entire tribe had felt the Stranger's bite directly or indirectly.

A few of the tribefolk lost their lives to ravenous bloodthirst, drained dry. Others succumbed to disease or giant cats or falls from cliffs. One even died of old age. But all of them rose again.

And so it came to pass, just as it had for the Stranger all those years before, that the tribe had to look elsewhere to slake its thirst.

But they had not counted on the Others.

Weidenreich and Brancusi sat in Weidenreich's lab late at night. Things had been getting very tense—the Japanese occupation was becoming intolerable. "I'm going to return to the States," said Weidenreich. "Andrews at the American Museum is offering me space to continue work on the fossils."

"No," said Brancusi. "No, you can't take the fossils."

Weidenreich's bushy eyebrows climbed up toward his bald pate. "But we can't let them fall into Japanese hands."

"That is true," said Brancusi.

"They belong somewhere safe. Somewhere where they can be studied."

"No," said Brancusi. His red-rimmed gaze fell on Weidenreich in a way it never had before. "No—no one may see these fossils."

"But Andrews is expecting them. He's dying to see them. I've been deliberately vague in my letters to him—I want to be there to see his face when he sees the dentition."

"No one can know about the teeth," said Brancusi.

"But he's expecting the fossils. And I have to publish descriptions of them."

"The teeth must be filed flat."

Weidenreich's eyes went wide. "I can't do that."

"You can, and you will."

"But—"

"You can and you will."

"I—I can, but—"

"No buts."

"No, no, there is a but. Andrews will never be fooled by filed teeth. Ever since Piltdown Man, filing is the first thing people look for when they see an odd specimen. And, besides, the structure of teeth varies as you go into them. Andrews will realize at once that the teeth have been reduced from their original size." Weidenreich looked at Brancusi. "I'm sorry, but there's no way to hide the truth."

The Others lived in the next valley. They proved tough and resourceful—and they could make fire whenever they needed it. When the tribefolk arrived it became apparent that there was never a time of darkness for the Others. Large fires were constantly burning.

The tribe had to feed, but the Others defended themselves, trying to kill them with rock knives.

But that didn't work. The tribefolk were undeterred.

They tried to kill them with spears.

But that did not work, either. The tribefolk came back.

They tried strangling the attackers with pieces of animal hide.

But that failed, too. The tribefolk returned again.

And finally the Others decided to try everything they could think of simultaneously.

They drove wooden spears into the hearts of the tribefolk.

The used stone knives to carve off the heads of the tribefolk.

And then they jammed spears up into the severed heads, forcing the shafts up through the holes at the bases of the skulls.

The hunters marched far away from their camp, each carrying a spear thrust vertically toward the summer sun, each one crowned by a severed, pointed-toothed head. When, at last, they found a suitable hole in the ground, they dumped the heads in, far, far away from their bodies.

The Others waited for the tribefolk to return.

But they never did.

"Do not send the originals," said Brancusi.

"But一"

"The originals are mine, do you understand? I will ensure their safe passage out of China."

It looked for a moment like Weidenreich's will was going to reassert itself, but then his expression grew blank again. "All right."

"I've seen you make casts of bones before."

"With plaster of Paris, yes."

"Make casts of these skulls一and then file the teeth on the casts."

"But一"

"You said Andrews and others would be able to tell if the original fossils were altered. But there's no way they could tell that the casts had been modified, correct?"

"Not if it's done skillfully, I suppose, but一"

"Do it."

"What about the foramen magnums?"

"What would you conclude if you saw fossils with such widened openings?"

"I don't know—possibly that ritual cannibalism had been practiced."

"Ritual?"

"Well, if the only purpose was to get at the brain, so you could eat it, it's easier just to smash the cranium, and—"

"Good. Good. Leave the damage to the skull bases intact. Let your Andrews have that puzzle to keep him occupied."

The casts were crated up and sent to the States first. Then Weidenreich himself headed for New York, leaving, he said, instructions for the actual fossils to be shipped aboard the S.S. President Harrison. But the fossils never arrived in America, and Weidenreich, the one man who might have clues to their whereabouts, died shortly thereafter.

Despite the raging war, Brancusi returned to Europe, returned to Transylvania, returned to Castle Dracula.

It took him a while in the darkness of night to find the right spot—the scar left by his earlier digging was just one of many on the desolate landscape. But at last he located it. He prepared a series of smaller holes in the ground, and into each of them he laid one of the grinning skulls. He then covered the holes over with dark soil.

Brancusi hoped never to fall himself, but, if he did, he hoped one of his own converts would do the same thing for him, bringing his remains home to the Family plot.

【创—译案例分析启示】

● 作者是如何开头的？这个开头吸引你吗？能从结构和语言使用的角度思考、回答吗？

● 作者撰写小说的视角如何？

● 小说中有人物吗？该如何构造人物？

● 作者是如何完成其自己要求的 "show, don't tell" 的？

● 作者是如何进行细节描写的？

● 小说的结尾简单、有力吗？

● 如何从译者的原则、策略、方法、技巧等去完成上述 SL writing 的评论任务？

14.2 林语堂的创造性译写

本章节重点将放在一些独具中国传统文化特色的词汇或文化负载词(culturally-loaded terms)/文化专有项(CSIs)在林语堂大师等笔下是如何用英文表达的。由于我们在 14.1 节中比较详尽讨论了 creative writing,为节约笔墨我们便直接讨论一些相对微观的东西,同时密切关涉语言和文化。

14.2.1 从谭恩美大胆妙译中国说起

谭恩美(Amy Tan),著名美籍华裔女作家,1952 年出生于美国加州奥克兰。其代表作有小说《喜福会》(*The Joy Luck Club*,1989)、《灶神之妻》(*The Kitchen God's Wife*,1992)、《接骨师之女》(*The Bonesetter's Daughter*,2000)及《沉没之鱼》(*Saving Fish from Drowning*,2005)。

谭恩美在翻译中文人名、地名、物名等时,采用了直接翻译法,非常之大胆。由于其知名度以及英文小说之畅销,我们相信她翻译的这些名词有较高的接受性。这里我们着重小结谭恩美的《灶神之妻》,因为 "The book was largely considered a commercial success, making best sellers lists in several countries worldwide"[1]。小说中 China-specific proper name 的翻译值得介绍,笔者特撷取少量常用但不多见的(专有)名词译例(配有语境),另加一个特别的汉语成语,根据翻译方法(直译;直译+释义)分列如下,作为我们引入林语堂译写中国的前奏曲。

1. 直译

【ST1】On and on she went, like a crazy woman. Now that I remember it, that was when our friendship took on four splits and five cracks. Hulan did it, broke harmony between us. I tell you, that day Hulan showed me her true character. She was not the soft melonhead she made everyone believe she was.

---

1 详见 http://en.wikipedia.org/wiki/The_Kitchen_God%27s_Wife。

That girl could throw out sharp words, slicing fast as any knife. (Amy Tan 著)

【TT2】四分五裂。（主编 试译）

【ST2】I let him take me for a drive, down the main boulevard, out <u>the East Wall Gate</u>, over narrow icy bridges, then down long dirt roads that took us into the foot of the Purple and Gold Mountains. My hair was whipping my cheeks. Cold air was blowing into my ears, numbing my brain. (Amy Tan 著)

【ST3】And then Old Mr. Ma shouted a curse in his hoarse voice, the truck started with a big roar, and we were going down the street, past other houses that had lost their elegance like the one we had just left. We turned down another road and then drove out <u>the West Wall Gate</u>. (Amy Tan 著)

【TT2, TT3】东城门/西城门 （主编 试译）

2. 音译+释义

【ST4】And then there's my cousin <u>Bao-bao</u>, whose real name is Roger. Everyone in the family has been calling him <u>Bao-bao</u> ever since he was a baby, which is what <u>bao-bao</u> means, "<u>precious baby</u>." (Amy Tan 著)

【TT4】宝宝 （主编 试译）

【ST5】Finally my father spoke again, a simple toast in my honor: "In your marriage, may you find all that you wish. <u>Ganbei</u>!" <u>Bottoms up</u>! He tipped his head back and emptied his cup in one quick swallow. We all followed. (Amy Tan 著)

【TT5】干杯 （主编 试译）

【ST6】The first time we saw the house, Hulan said, "Look at its long wooden face. And those two big windows—like eyes looking out." All the houses on that street looked the same, two- or three-story wooden houses— <u>yangfang</u>, we called them, <u>foreign-style houses</u>. (Amy Tan 著)

【TT6】洋房 （主编 试译）

【ST7】And then I decided also to include a few dishes with names that sounded lucky. These were dishes I remembered Old Aunt had cooked during the New Year—sun-dried oysters for wealth; a fast-cooked shrimp for laughter and happiness; <u>fatsai, the black-hair fungus that soaks up good</u> <u>fortune</u>; and plenty of jellyfish, because the crunchy skin always made a lively sound to my ears. （Amy Tan 著）

【TT7】发菜（主编 试译）

【ST8】We were eating our morning meal—a very ordinary meal—a porridge made out of a tiny rice grain, a pickled vegetable that looks like a small snail, cold lettuce hearts, which were leftovers from dinner the night before, a <u>stinky bean curd</u>, and sweet boiled red beans, the kind that are as small as baby teeth. Our meal was so ordinary we did not even waste words criticizing or praising the dishes, which is what we always did when the meal was interesting, what was prepared well, what was not. Of course, now that I am thinking of it, I would praise those dishes today—all those tastes you cannot get in America, what a pity. The lettuce heart, for example, it was thick like a turnip, crunchy but sweet, easy to cook. And the bean curd, we could buy that from a man who rolled his cart by our house every morning, calling, "<u>Cho tofii! Cho tofu!</u>" <u>It was fried on the outside, and</u> <u>when you broke it open, inside you'd find a creamy-soft middle with such a</u> <u>good, stinky smell for waking up your nose.</u> （Amy Tan 著）

【TT8】臭豆腐（主编 试译）

14.2.2　林语堂创造性译写中国案例

　　有了谭恩美的那些"奇怪"的译例（20 世纪 90 年代的出版物）作为铺垫，我们再回顾总结林语堂更早年代问世的具有里程碑意义的其首部英文小说 *Moment in Peking*（《京华烟云》，1939）中的宝贵案例。其可信度、接受度同样值得我们去探讨、实践。

　　据载，《京华烟云》自 1939 年底在美国出版后的短短半年内即行销 5 万多册，美国《时代》周刊称其"极有可能成为关于现代中国社会现实的经典作品"。《京华烟云》的续篇是《风声鹤唳》，《纽约时报》誉之为中国的《飘》。《京华烟云》与《风声鹤唳》、《朱门》合称为"林语堂

◆新世纪翻译学 R&D 系列著作

三部曲"。1975 年，林语堂凭借《京华烟云》荣获诺贝尔文学奖提名。

　　以下，我们分门别类地讨论林语堂是如何在《京华烟云》中通过使用 China English（中国英文）译写中国的。

1. 中国民俗文化词汇译例

【ST9】She thought at once of sending for Mannia, for two reasons. Firstly, because she still largely thought of the origin of his illness as due to love, or a case of "love-sickness" for which the sure cure was the sight and touch and voice and presence of the beloved. Secondly, because she believed in *tsunghsi,* or confronting an evil by a happy event, in short, having the wedding while the boy was ill.（林语堂　著）

【TT9】冲喜（主编　试译）

　　【译析】林译非常简洁明了。不要小看这仅仅是"音译+释译/义"，其实它是很有讲究的。我们发现不少出版物或者学生处理这种 CSI 时的力不从心，都说明处理好这类词语需要翻译功力，同时也需要译前相关知识获得的能力和分析能力及信息处理能力。

　　"冲喜"的翻译有相当的难度。其难度并不是一个总括式的阐译或释译，而是具体情况具体翻译。因此，我们应首先搞清楚"冲喜"的基本概念，然后了解其多种不同情形下的具体做法。

　　步骤一：了解总体概念（general concept）。"冲喜"是中国的一种民间信仰行为，取"喜神临门，诸邪回避"之意。建议译文：to arrange a warding-off wedding for a seriously sick (young) man, hoping that the happy event would save the man by warding off the sickness。

　　步骤二：了解具体案例（case-specific concept）。

　　步骤三：给出不同的译文。

　　不同的具体内容及其译法可能是：

　　①让子女结婚给生病的父母冲喜。建议译文：to arrange a warding-off wedding for an ill father/mother, in the hope that the happy occasion would bring about an effective cure for the father/mother。

　　②其内容可能是甬剧或湘剧《借女冲喜》：白家嫁女困难重重，因白小姐丑

陋不堪，听说她未来夫婿赵公子也是奇丑无比，为探虚实，竟找人代替自己前去相亲，哪知赵公子也是假冒。闹出许多笑话。后来男女双方家庭通过借漂亮的长工当替身，以成全这门喜事。建议译文：<u>a blind wedding for an ugly couple by arranging/borrowing a good-looking boy and girl for the couple in order to get the wedding completed,</u> which seems to make the ugliness disappear。

③其内容可能是给病危的男孩举行婚礼。建议译文：<u>to arrange a warding-off wedding for a dangerously ill young man,</u> hoping that the happy event would save the man by warding off the illness。

④其内容可能是男方未娶先病，择一吉祥日子请女方来男方家假拜堂，午宴后归。建议译文：to arrange a quasi-wedding for a sick man at his home on an auspicious day before marrying the intended girl, who will be invited to the ceremony and return home after lunch。

⑤其内容可能是给刚出生不久又病了的孩子（专指南方的男孩），上门合婚。建议译文：<u>to make sure whether a new-born baby who is ill after his birth would have a perfect future marriage by double-checking the compatibility between the boy and the intended girl in terms of their *batzu* (Eight Characters) or horoscope used in fortune-telling。</u>

⑥其内容可能是双方定亲后，男方突患重病。经双方父母商定，提前择吉日迎娶称"冲喜"。拜堂礼仪依旧，如新郎卧病不起，则由其妹代替新郎拜堂。建议译文：<u>to arrange an otherwise (or substitute) ahead-of-time wedding for the bride and the bridegroom, who was taken ill suddenly and is to be represented by his younger sister。</u>

这样，"冲喜"有不少于 7 种不同的译（介）法。这样译写中国的英文，美其名曰——**China English**。切勿跟 Chinese English/Chinglish 混为一谈！

【ST10】In the summer of 1909, the ceremony of "requesting the date" of the wedding was formally gone through by the Tseng family sending the "dragon-and-phoenix card," the dragon representing the male and the phoenix the female. It was accompanied by "dragon-and-phoenix cakes," silks, tea leaves, fruits, a pair of living geese, and four jars of wine. （林语堂 著）

【TT10】龙凤帖（主编　试译）

【译析】"龙凤帖"是比喻说法。根据旧俗，订婚时男女双方需互换帖子，叫"庚帖"，因内含生辰八字，又称"八字帖"。其实，庚帖上书生辰八字、籍贯、祖宗三代等。庚帖或八字帖可简译为：

● cards with the respective horoscopes of a boy and a girl to be exchanged for their engagement；

● a card with the horoscope of a boy/girl (to be) sent as a proposal for betrothal。

倒回来说，"庚帖"就是"龙凤帖"，一是庚帖的外套印有龙凤图案，二是内容上也有龙凤字样。男方庚帖称"龙帖"（dragon card），女方庚帖称"凤帖"（phoenix card）。庚帖的式样和写法有多种，但都取吉祥之语。互换庚帖时，必须选黄道吉日（lucky /auspicious/propitious day）。吉期由男方选定，由媒人通知女方。换帖委托媒人进行。在互换庚帖（exchange dragon and phoenix cards between the boy and the girl）时，一般男方要给定礼/彩礼（betrothal gifts），有的男方请媒人代送针、线、丝带、耳环、戒指、发簪、手镯等礼品，旧时富裕殷实人家要备金锭（gold ingot/bar）一锭、金如意（*ruyi*/as-you-wish ornament, usually made of gold for good luck）一只，取"一定"、"如意"之意。女家回赠礼品有书、笔、簿本等学习用品，预祝新女婿功成名就。

鉴于此，"龙凤帖"可以有以下三种译名（不含庚帖和八字帖）：

● dragon-and-phoenix card；　　● dragon card；　　● phoenix card。

【ST11】She had hoped that the following spring Pingya could return to Shantung on the pretext of "sweeping the grave" at Chingming Festival, at the beginning of the third moon, but his parents did not approve, because it was too long a journey and would interfere with his studies.（林语堂 著）

【TT11】清明节扫墓（主编　试译）

【译析】根据我们对国内出版物有关"清明节"的译介，外语界师生中对"清明节"这个看似简单的节日的英译有比较清楚的认知的还属于少数。对该如何巧译、快译/速译、俗译、正译"清明节"不是一件有定论的事——根本原因，是他们对 native speakers 如何才能（较快地或真正地）接受各种有关"清明节"的英译名知之甚少。限于篇幅，笔者将从自己多年来跟欧美人打交道过程中(比如邮信往来、会话交流、导译服务、阅读写作等)积累的行之有效的35种表达法(包括部分近义词、重叠用词等)摘录如下,作为比对(译名后有简注),既利于实用,也利于科研。但来源注释从略,比如(Chinese)Memorial Day 源于或仿造美国阵亡将士纪念日的说法;再如,有的还提供语境参考等。这 35 个表达法分为三类词汇——节气词、文化词和中性词(即两边都能靠):

1) Pure Brightness Festival(节气词)

2) Pure Brightness Day(节气词)

3) Clear Brightness Day(节气词)

4) Clear Brightness Festival(节气词)

5) Clear and Bright Day(节气词)

6) Ching Ming(中性词)

7) Chingming(中性词)

8) Ching Ming Jie(中性词)

9) Ching Ming Day(中性词)

10) Ching Ming Festival(中性词)

11) Qingming Festival(中性词)

12) Spring Remembrance (Day)(文化词)

13) Ancestor Worship(文化词)

14) Ancestor Worshiping Day(文化词)

15) Remembrance of Ancestors Day(文化词)

16) Grave(-)sweeping Day/Festival(文化词)

17) Tomb(-)sweeping Festival/Day(文化词)

18) Grave Cleaning Day(文化词)

19) Memorial Day(文化词)

20) Chinese Memorial Day(文化词)

21) Feast of the Dead(文化词)

22) Cold Festival(文化词)

23) Cult of Ancestor Worship(文化词)

24) Chinese Easter(文化词)

25) Festival of the Tomb（文化词）

26) The day of remembering the dead（文化词）

27) The day of mourning for the dead（文化词）

28) The day for mourning the dead（文化词）

29) The day for honoring ancestors（文化词）

30) Cold Food Day（文化词）

31) All Souls' Day（文化词）

32) Hungry Ghost Day（文化词）

33) Ghost Day（文化词）

34)（*regarded as*）All Saints Day（文化词）

35) The day for *communion* with one's ancestors/forefathers（文化词）

【ST12】The custom of "**teasing the bride**" <u>had for its object to make and see the bride smile, by all sorts of jokes, practical and verbal, and by submitting the bride and bridegroom to all kinds of embarrassing requirements, vociferously voted for by the teasing young men.</u> Now the charm of a bride's smile in former times consisted in the fact that it was reserved for her husband, while the charm of a modern bride is that she has a smile for everybody. That was why the party's object was to see the bride smile. But Mulan had been to a modern school and was considered modern or "new" and she was also naturally prone to laughter.（林语堂　著）

【TT12】逗新娘（主编　试译）

【译析】西方人不了解中国民间结婚的民俗习惯，比如"逗新娘"，尤其早在 75 年前。所以我们要感谢林大师七八十年前就把这个民俗译介给了西方世界。

【ST13】While she was changing her dress, Cassia whispered to her that a crowd of Sunya's school friends were coming to "<u>disturb the bridal chamber</u>", and that the grandmother had sent her to be present at the "teasing party" to prevent the young men from misbehaving.（林语堂　著）

【TT13】闹洞房（主编　试译）

【译析】"闹洞房"起源于汉朝以后，它是传统婚礼中不可缺少的一个环节，可以算作是婚礼的高潮，各地都有闹洞房的习俗。闹洞房除逗乐之外，还有其他意义。译介时可以有一个 general expression，然后可以从不同的视角——即强调的不同重点——进行焦点各异的翻译。比如，闹洞房从积极的意义上说，能增添热闹气氛，驱除冷清之感，因而有的地方又称之为"暖房"。再如，据说"人不闹鬼闹"，因此闹洞房能驱逐邪灵的阴气，增强人的阳气。

其一，to disturb the bridal chamber（林语堂译文）——总体译法。

其二，rough horseplay in the bridal room（陈刚译文）——总体译法。

其三，to tease the newlyweds in the bridal room（陈刚译文）——"逗乐"视角。

其四，to warm up the bridal room（陈刚译文）——"暖房"视角。

其五，to make merry in the <u>warm-colored bridal chamber by burning ever-bright lamps (all around)</u>[1] to ward off evils and increase *yang* energy——"增阳"视角。

至此，中国传统婚嫁（部分）程序大致步骤包括：

● 提婚——（*of a boy's father and/or mother*）propose a marriage alliance at the girl's family；

● 合婚——（*of the two families*）exchange horoscope cards/Eight-Characters [*batzu*] cards for their possible engagement；

● 订婚——（*of a boy and a girl*）betrothed/engaged；

● 拜堂——（*of bride and bridegroom*）formal bows to their parents and to each other；

● 闹洞房——（*of relatives and friends*）rough horseplay in the bridal chamber；

● 逗新娘——（*of relatives and friends*）tease the bride。

2. 中国民间最常用感叹表达译例

【ST14】<u>Old Father Heaven</u> will bless you and you will live a hundred years!（Lin, 1999: 44）

【TT14】<u>老天爷</u>会保佑您，长命百岁！（张振玉，2009：25）

【译析】在中国民间"老天爷"指天帝，这是上古时期的含义。还有一层意思是指玉皇大帝。这是我国道教继承古代先民天帝信仰而来。在传统中华文化中，玉皇大帝被视为宇宙的无上"真宰"。因此，按照最为方便的译法是 God，

---

1 新房装修采用暖色调（阳性色调），房内四处点起长明灯，增加新房阳气的常见方法。

也不妨译为 Heaven。然而，林语堂特意采取直译法，再现了中文中老百姓是如何表达中华民族文化中"上帝"的概念的。

【ST15】 Many thanks to you and <u>Buddha</u> will bless you.（Lin, 1999: 43）

【TT15】 多谢，多谢，<u>上帝</u>保佑您这大善人！（张振玉，2009: 25）

【译析】这里的选词"上帝"不是很妥当，因为 ST 中使用的是 Buddha，该词很明显属于佛教，不宜也不能用非佛教的宗教词汇来翻译，所以主编以为这里的"上帝"应改为"佛祖"。

还有一个译例，详见**【ST18】**。

3. 中国民间习语译例

【ST16】 This was what is known as "<u>killing a landscape</u>".（Lin, 1999: 395）

【TT16】 煞风景（张振玉，2009: 10）

【译析】严格对照 ST，这个动词"to kill"用得很"准确"、很"忠实"；"to kill a landscape"这个搭配，用得很大胆、很巧妙。20 世纪三四十年代就敢如此搭配使用，真可谓创造性译写。

英国有摇滚乐 CD 专集"This <u>Landscape</u> Is <u>Killing Me</u>"（2001）；直至 2014 年，我们可以在美国找见"<u>What's killing my landscape</u>?"答案是 Moon Valley Nurseries。在何处？在亚利桑那州，是"a rapidly growing and popular retail tree and plant nursery chain based in Arizona"。

林语堂没有将"煞风景"处理成现成的"意译"或 idiomatic translation，如"to spoil the fun"或"a wet blanket"，而又是自己大胆的创译。

【ST17】 <u>Be a monk for a day and strike the bell for a day</u>—that is everybody's attitude.（Lin, 1999: 421）

【TT17】 当一天和尚撞一天钟（张振玉，2009: 227）

【译析】典型的近乎逐字翻译。其实"直译+意译"或"阐译"应为：toll the bell as the daily routine as long one is a monk。

【ST18】 The <u>Blue Heaven</u> is my witness, and I will not <u>eat my own words</u>.（Lin, 1999: 50）

【TT18】 <u>苍天</u>为证，决不食言。（张振玉，2009: 28）

【译析】首先，这个"苍天"直译比较贴切，因为《京华烟云》多处都是这种 China English，主要有 "Heaven"，西方人就能读懂。这还可以构成 "中国民间最常用感叹表达译例"。

其次，本来英文词语 "eat one's own words" ≠ "食言"，比如，"admit that what one said was wrong" in *Oxford Advanced Learner's English-Chinese Dictionary* (1997: 458)；"to admit to having said something wrong" in *Longman Active Study English-Chinese Dictionary* (1999: 269)。英国词典如此定义。我们不妨看一下美国词典怎么定义，先查证汉语原意。

据《尔雅》解释："食，言之伪也。……言而不行，如食之消尽，后终不行，前言为伪，故通称伪言为食言。"这就是说：凡假话都可以叫作 "食言"。因为吃的东西，吃下就没了。假话也如此，说过就完了，不需要实行和兑现的。形容说话不算数，不守信用，只图自己便宜，即为 "食言而肥"。表示坚决履行诺言，说话一定算数，即为 "决不食言"[1]。可见，不履行自己说过的话即为食言。因此，收回自己说过的话也即食言。

查美国词典 *Merriam-Webster's Advanced Learner's English Language*（第 530页），得 "to take back what you have said"，可以等于或近似于林语堂的 "eat my own words"。从本例看，**China English**=/≈**idiomatic English**。

我们再扩大一下上下文。当 Yao Mulan "失踪" 后，她家贴出告示如下：

Any kind person giving information leading to location of the child will be rewarded with FIFTY TAELS of silver, and anybody returning the child in person will be rewarded with ONE HUNDRED TAELS. The Blue Heaven is my witness, and I will not <u>eat my own words</u>. (Lin, 1999: 49-50)

【ST19】No law and no heaven! (Lin, 1999: 857)

【TT19】无法无天。（张振玉，2009：480）

【译析】这个创译可以给英文增加词汇总数。不仅西方读者不会误读，而且这样表达非常有力度——No law and no heaven！

【ST20】Heaven's justice and human conscience! (Lin, 1999: 511)

【TT20】天理良心！（张振玉，2009：280）

【译析】"天理良心" 是多用于发誓，表示凭天性和善心行事。有关出处

---

1 详见百度百科（http://baike.baidu.com/view/914342.htm?fr=aladdin）。

在《红楼梦》第 67 回："一到院里，只听凤姐说道：'天理良心！我在这屋里熬的越发成了贼了！'"但笔者分别查阅杨宪益、戴乃迭译本和霍克斯译本，"天理良心"均未翻。可能出于语境考虑，无译出之必要，但迄今，林译本是最佳译法。

笔者注意到，中国的对外媒体，如中国国际广播电台、《中国日报》(*China Daily*)、新华社及人民日报英文网页均使用 "international justice and human conscience"。

【ST21】The world's affairs, well understood, are all scholarship. Human relationships, maturely experienced, are already literature.（Lin, 1999: 331）

【TT21】世事洞明皆学问，人情练达即文章。（张振玉，2009：136）

【译析】从选词、句型、意象、时代、背景等方面综合考量，林译本是 direct translation 的典范。以下是四个（最佳）版本的译文，供读者对比研究。

ST: 世事洞明皆学问，人情练达即文章。

TT1: The world's affairs, well understood, are all scholarship. Human relationships, maturely experienced, are already literature.（林语堂译文/20 世纪 30 年代）

TT2: A grasp of mundane affairs is genuine knowledge, /Understanding of worldly wisdom is true learning.（杨-戴译文/20 世纪 70 年代）

TT3: True learning implies a clear insight into human activities. Genuine culture involves the skilful manipulation of human relationships.（霍氏译文/20 世纪 70 年代）

TT4: A grasp of mundane affairs is real knowledge, and knowing the human heart is true wisdom.（《汉英词典》[第三版]/2010 年）

【ST22】Steal a hook,

　　　　And you hang as a crook;

　　　　Steal a kingdom,

　　　　And you're made a duke.（Lin, 1999: 849）

【TT22】窃钩者诛，窃国者侯。（张振玉，2009：476）

【译析】林译简洁明快，既地道口语化，又鲜明形象化。请比较《汉英词典》(第三版) 的译文——He who steals a belt buckle pay with his life; he who steals a state gets to be a feudal lord——显然 wordy。

4. 中国式酬应交际表达译例

(1)问候交际话语

【ST23】Mulan, all confused, could not say either "yes" or "no" but performed the usual ceremonial bowing and muttered in a trembling voice, "Tseng Laoyeh! Ten-thousand fortunes! I greet you!" (Lin, 1999: 45)

【TT23】"曾老爷万福！给您请安！"（张振玉，2009：26）

【译析】林译本完全保留了古汉语 greetings 的表达法。

【ST24】...Mulan, with a bunch of flowers in her hand, came gracefully into the room from the garden. "What wind blew you here－so early in the day?" she asked delighted to find them there. (Lin, 1999: 292)

【TT24】"哪阵风把您两位吹来——这么大早晨？"（张振玉，2009：158）

【译析】林译本把中式交际话语的原汁原味很好地保留下来了，不至于引起西方读者的误读。

【ST25】"Early, Father," she said. Mr. Tseng was reading a newspaper and did not look up. Turning to Mrs. Tseng, Mulan said, "Mother, we went out to collect the dew from the lotus leaves on the moat. We will keep this for making tea." (Lin, 1999: 426)

【TT25】您早！／早！（主编 试译）

【译析】北方人早上见面打招呼，会简单地说"早"或"您/你早！"，直译便是"Early!"或"You early!"林译本完全舍弃西方酬应表达话语（如 Good morning/Morning!），给西方读者一个中国老百姓日常生活交际的真实画面。

【ST26】Lifu bends his head (greeting). Brother, you are sailing with the long wind over the ten thousand miles of waves. How happy you are! How envious I am! Your younger brother is tied like a pony to a stable post. The summer rain has demolished our house, and my mother and I are staying in your home temporarily...

Sister Mochow bows to you. From your letter I learned that you were delayed at Hong Kong-is it possible that this was what Mencius meant by "frustrating what one sets out to do"...

新世纪翻译学 R&D 系列著作

Sister Mulan **bows to you**. What about your promise to send us a note from the Kingdom of Grape-Teeth? Or is Grape-Teeth going to be changed into Mushroom-Teeth（a pun upon Hong Kong, meaning Fragrant Harbor）? (Lin, 1999: 283-284)

【TT26】立夫顿首/妹莫愁鞠躬/妹木兰鞠躬（张振玉，2009：153）

　　　　【译析】林译本显然保留了文言文的书面语表达，非常典型的"老派"问候交际语，属于 nonverbal communication，当代中国人已经知之不多了。作者担心西方读者可能会产生阅读理解困难，于是在括号中增加了简短注释，如"Lifu bends his head（greeting）"。

　　　（2）称谓交际话语

【ST26-38】	【TT26-38】	意指/用法
Taitai	太太	the head mistress of the family
Nainai (*young mistress*)	奶奶	any young married woman in the family
Hsiaochieh	小姐	an unmarried daughter of a higher-class family
Kuniang	姑娘	an unmarried daughter of a family of any class
Laoyeh (*old master*)	老爷	Father (*from the point of view of the servants*)
Shaoyeh (*young master*)	少爷	Son(s) (*from the point of view of the servants*)
Chiehchieh	姐姐	elder sister
Meimei	妹妹	younger sister/or used as "sweetheart"
Yatou	丫头	a bondmaid (*brought outright for life, or contracted for a definite term of years*)
Suffix: Mei	一妹	term of endearment of a young girl
Suffix: -Erh	一儿	corresponding to "-y" in "Johnny", "Jimmy"
Suffix: -Ma	一妈	ending for a woman servant
Suffix: -Ko	一哥	ending for elder brother

（依据 Lin, 1999: Some Chinese Terms of Address；表格由主编自制）

【ST39-41】Like Mulan, she called Mr. and Mrs. Yao Father and Mother.

Mulan called her <u>Tachieh（eldest sister）</u> and so Mulan herself, although the eldest daughter, was called <u>Erh Hsiaochieh（number two daughter）</u>, and Mochow was called <u>San Hsiaochieh（number three daughter）</u> in the household.（Lin, 1999: 16）

【TT39-41】她像木兰一样，也叫姚大爷夫妇爸爸妈妈。木兰叫她<u>大姐</u>。木兰虽然是姚家的大小姐就改叫<u>二小姐</u>。莫愁就改叫<u>三小姐</u>。（张振玉，2009：10）

　　【译析】这样的**音译译介法**，主要起源于林语堂。

【ST42-43】"The child doesn't know who you are yet," said the wife, "Mulan, this is Chien <u>Yima</u>."

　　"Call me <u>Sister Cassia</u>, Hsiaochieh."

　　"That she also can do," said Mrs. Tseng, "but you need not call her Miss Yao; just call her Mulan."

　　…"This is Mulan Chienchien (elder sister)"she said to Ailien.（Lin, 1999: 56）

【TT42-43】"孩子还不知道你是谁呢。木兰，她是钱<u>姨妈</u>。"

　　"小姐，叫我<u>桂姐</u>吧。"

　　曾太太说："那样也可以，不过你也不要叫她姚小姐，就叫她木兰好了。"

　　桂姐说："木兰，你还有个小妹妹，她叫爱莲。"（张振玉，2009：32）

　　【译析】"钱姨妈"通常可译为"Aunt Chien/Qian"，但非常不准确。其一，"aunt"一词多义；其二，"钱姨妈"是曾老爷的小老婆（concubine），小老婆通常被称为"（某）姨（妈）"。出于友好及亲近，钱姨妈让木兰叫自己"桂姐"——一个非常亲切、得体的称谓，也显得钱姨妈本人聪慧、低调。

　　(3)文化负载意义专名称谓

【ST44-45】<u>Mochow, meaning 'don't worry,'</u> was the name of a lucky girl in a rich family, <u>after whom a lake outside the Nanking city wall is still named today.</u> <u>Mulian</u>, the third daughter, had been a sickly child from infancy and <u>was given the name of the Buddhist saint in a religious drama, who tried to</u>

save the saint's mother（an unbeliever）suffering in hell…（Lin, 1999: 18）

【TT44-45】莫愁/木莲

　　【译析】特再举另外三个中国地名和人名作为专名案例，以打开大陆读者的思路和视野。

【ST46】Shanghai: to kidnap a man for compulsory service aboard a ship, especially after rendering him insensible; to induce or compel someone to do something, especially by fraud for force

【ST47】Shantung: a heavy silk fabric with a rough, nubby surface, made of spun wild silk

【ST48】Confucianism: an ethical system emphasizing personal virtue, devotion to family（including the spirits of one's ancestors）, and justice

　　　　　　　　　　　　　（*Webster's New World Dictionary of Eponyms*）

　　如何使用这些词汇？一个关键指导思想是：不要"害怕"这些专有名词，把它们当作平易近人的好朋友，或者普通朋友，即 common words from proper names/common words from uncommon people。学会地道地使用这些 eponyms，也是 BTI/MTI 的基本功。

　　鉴于此，请读者们将【ST46－48】译成合适的汉语。

【TT46】（Shanghai）：

【TT47】（Shantung）：

【TT48】（Confucianism）：

【ST49】"…the lapacho, a gruel eaten on the eighth day of December, consisting of glutinous millet, rice, glutinous rice, red date, small red beans, water chestnuts, almonds, peanuts, hazelnuts, pine seeds, melon seeds, cooked together with white or brown sugar."（Lin, 1999: 201）

【TT49】腊八粥（主编 试译）

【ST50】"Now, the grandmother had brought from Shantung some country-style tsungtse. These were solid triangles made of glutinous rice stuffed with ham and pork or black sugar and bean flour, and wrapped in bamboo leaves and steamed."（Lin, 1999: 188）

【TT50】粽子（主编 试译）

【译析】林语堂在七八十年前，就大胆地使用"音译+解释"法。当然随着跨文化交流的不断发展，多种翻译方法都可以合理、巧妙地用来试译中国的八大菜系及中国的所有菜名，而不仅仅是使用万不得已的"音译法"等(transliteration [followed by explanation])。

英国翻译家及学者 Newmark 指出："Food is for many the most sensitive and important expression of national culture; food terms are subject to the widest variety of translation procedures."(2001b: 97)如何系统地、专业地翻译中国菜名，《旅游翻译》(陈刚，2014)专辟一章，图文并茂地做了大量、有代表性的案例分析，请参考阅读。

林大师这部杰出的英文版小说，实则是一部创造性译写(creative trans-writing)的反映民国时期中国社会的长篇巨著。就文字而言，其中国语言的风味加上英美语言的自然，不仅吸引了众多的英语读者，即使到了现在，还吸引着懂英文的中国读者(Chinese readers of English)。

美国《时代》杂志赞扬道："It may well become the classic background novel of modern China."1938 年诺贝尔文学奖获得者赛珍珠(Pearl S. Buck)高度赞扬《京华烟云》，她对林语堂另一部杰作《吾国吾民》(*My Country and My People*)的评价完全可以用来评价林语堂的第一部长篇小说："This book appears, fulfilling every demand made upon it. It is truthful and not ashamed of the truth: it is written proudly and humorously and with beauty, seriously and with gaiety, appreciative and understanding of both the old and the new. It is, I think, the truest, the most profound, the most complete, the most important book yet written about China."(引自 Lin, 2000: Introduction)

14.3   葛浩文的创造性重写

14.3.1   葛浩文生平及译著简介

葛浩文(Howard Goldblatt)，生于 1939 年，美国著名汉学家，以翻译华语文学著称于世，被誉为"西方首席汉语文学翻译家"。其翻译的莫言作品获得 2012 年诺贝尔文学奖。曾获得萧红研究奖。退休前为圣母大学(University of Notre Dame)研究讲座教授(Research Professor)。20世纪 60 年代服役期间在台湾学习汉语，后获得印第安纳大学中国文学博士学位，目前是英文世界地位最高的中国文学翻译家。他的翻译严谨而讲究，"让中国文学披上了当代英美文学的色彩"。葛浩文翻译了萧红、陈若曦、白先勇、李昂、张洁、杨绛、冯骥才、古华、贾平凹、李锐、刘恒、苏童、老鬼、王朔、莫言、巴金、刘震云、虹影、阿来、毕飞宇、朱天文、朱天心、姜戎、张炜、老鬼、老舍、王祯和、艾蓓、李永平、春树、黄春明等 30 多位名家的 55 多部作品(以大陆作家的作品为主)。

考虑到篇幅问题，这里仅列举葛浩文的部分译著(每位作家仅选一部)，见表 14-2。

表 14-2　葛浩文部分中国作品英文译著

作家姓名(按音序排列)	作品名称(汉语)	作品名称(葛浩文英译)	出版年度
阿来	尘埃落定	*Red Poppies*	2003
艾蓓	红藤绿度母	*Red Ivy, Green Earth Mother*	2000
巴金	第四病房	*Ward Four*	1999
白先勇	孽子	*Crystal Boys*	1990
毕飞宇	青衣	*The Moon Opera*	2007
陈若曦	尹县长	*The Executive of Mayor Yin*	2004(修)
春树	北京娃娃	*Beijing Doll*	2004
端木蕻良	红夜	*Red Nights*	1988
古华	贞女	*Virgin Windows*	1996
黄春明	饥饿的女儿	*Daughter of the River*	1999
虹影	苹果的滋味	*The Taste of Apples*	2001
贾平凹	浮躁	*Turbulence*	2003
姜戎	狼图腾	*Wolf Totem*	2008
老鬼(马波)	血色黄昏	*Blood Red Sunset*	1996
老舍	草叶集	*Blades of Grass*	2000

（续表）

作家姓名(按音序排列)	作品名称(汉语)	作品名称(葛浩文英译)	出版年度
李昂	杀夫	*The Butcher's Wife*	1995
李锐	旧址	*Silver City*	1997
李永平	吉陵春秋	*Retribution: The Jiling Chronicles*	2003
刘恒	黑的雪	*Black Snow*	1994
莫言	红高粱	*Red Sorghum*	1993/1994
施叔青	香港三部曲	*City of the Queen: a Novel of Colonial Hong Kong*	2005
苏童	我的帝王生涯	*My Life as Emperor*	2006
王安忆	流逝	*The Lapse of Time*	1999
王朔	千万别把我当人	*Please Don't Call Me Human*	2000
王祯和	玫瑰玫瑰我爱你	*Rose, Rose, I Love You*	1998
萧红	生死场	*The Field of Life and Death*	2006
杨绛	干校六记	*Six Chapters from My Life "Downunder"*	1984
张洁	沉重的翅膀	*Heavy Wings*	1989
朱天文	荒人日记	*Notes of a Desolate Man*	2000
朱天心	古都	*The Old Capital: a Novel of Taipei*	2007

　　以下仅列举主要由葛浩文翻译的莫言的主要作品[1]（出版社不同会导致出版年度之不同，恕不在此注释），见表 14-3。

表 14-3　葛浩文英译莫言作品集

Mo Yan's works in English translation

Explosions and Other Stories/edited by Janice Wickeri. —Hong Kong: Research Centre for Translations, Chinese University of Hong Kong, 1991（《爆炸》）

Red Sorghum: *a Novel of China*/translated from the Chinese by Howard Goldblatt. —New York: Viking, 1993.（《红高粱家族》）

---

1 主编撰写本章时 (2014 年) 得知 2015 年将出版莫言《蛙》的英文译本。

（续表）

The Garlic Ballads: *a Novel*/translated from the Chinese by Howard Goldblatt. —New York : Viking, 1995.（《天堂蒜薹之歌》）
The Republic of Wine/translated from the Chinese by Howard Goldblatt. —New York: Arcade Pub., 2000.（《酒国》）
Shifu, You'll Do Anything for a Laugh/translated from the Chinese by Howard Goldblatt. —New York: Arcade Pub., 2001.（《师傅越来越幽默》）
Mo Yan's works in English translation
Big Breasts and Wide Hips: a Novel/translated from the Chinese by Howard Goldblatt. —New York: Arcade Pub., 2004.（《丰乳肥臀》）
Life and Death are Wearing Me Out: *a Novel*/translated from the Chinese by Howard Goldblatt. —New York : Arcade Pub., 2008.（《生死疲劳》）
Change/translated by Howard Goldblatt. —London, New York: Seagull, 2010.（《变》）
Pow/translated by Howard Goldblatt. —London, New York: Seagull, 2012/2013 （《四十一炮》）
Sandalwood Death/translated by Howard Goldblatt. —Norman: Univ. of Oklahoma Press, 2013.（《檀香刑》）
Selected Stories by Mo Yan/translated by Howard Goldblatt. —Hong Kong: The Chinese University Press, 2007/2013.（《莫言小说选集》）
Frog: a Novel by Mo Yan/translated by Howard Goldblatt. —New York: Viking Adult, 2015.（《蛙》）

14.3.2　葛浩文论翻译

　　本书之所以特别推荐非翻译理论家葛浩文论翻译，主要是因为他是中国唯一的诺贝尔文学奖得主的作品的主要英译者，而且对翻译实践的体会朴素、实在、真实、到位，没有太多的或就是没有所谓的"理论包装、装修"。这里特别强调的翻译方向是"汉译英"，请读者务必注意：我们讨论翻译时，常常会把英译汉和汉译英混为一谈，由此产生的矛盾冲突往往"被导演成"翻译领域的"关公战秦琼"。问题是大多数人还蒙在鼓里。比如江枫(诗歌英译汉)与许渊冲(诗歌汉译英、汉译法)之间的对垒；平时谈论严复(社科英译汉)、傅雷(文学法译汉)、张谷若(文学英译汉)、董乐山(传记英译汉)、林纾(文学英/法译汉二传手)，以及占 90%－99%分量的非文学英汉互译翻译(应用类英汉互译)，往往谈不到点子上，正是因为他们谈论问题的前提(条件)不同。张三心目中是英译汉(这是大部分人可能会有的观点)，而李四则是汉译英。所有这些，不仅反映在学术会议上，还反映在学术杂志上、课堂上、讲座上等。

以下我们仅就汉译英这个主题用朴素的语言特别概括、总结了葛浩文关于翻译的心得，即翻译观(请读者注意下画线部分)[1]，共分十二个小标题。

1) **翻译凭灵感。**葛浩文说："我跟很多翻译都不一样，我是凭灵感，我越想那些理论，那些具体的问题越没把握，越觉得慌。我差不多看一句、看一段是什么意思，然后就直接翻，再回头对一下。如果太离谱了，那要去修正，太硬的话就把它松一点。我本人的问题就是越看越糊涂，越觉得有问题。我翻译了 30 多年了，按说该越来越有把握，可是自信反而不如从前，唯一的办法就是不去想这些。包括书评我也不太在意。有人会说这个翻译很棒或者很差，其实他连中文都不懂，怎么能知道翻译的好坏呢？经常有一些人得奖，说他们翻译得如何好，可那是从西班牙文翻译过去的，英文和西班牙文本来就有相似的地方，而且同是西方，因此美国人对小说里写的生活也比较熟悉。但如果你是从阿拉伯文、中文或者日文去翻译，情况就不一样了。"

2) **翻译是个重新写作与再创造的过程。**葛浩文说："作者是为中国人写作，而我是为外国人翻译。翻译是个重新写作的过程。"翻译是写作的高级阶段，翻译意味着对原文的重写。葛浩文的"重写"并非"改写"。"重写"并不排斥对原文的接受，并且与原文保持密切的关系。重写与原文之间有一种温和协调的合作关系，而"改写"则投射出译文对原文的挑战和怀疑。尽管我们承认翻译的行为具有创造的成分，尤其是

---

1 这些观点的收集、整理主要基于人民日报网、新华网、中国网、作家网以及其他地方网站，此外，第二点部分使用了王宏印的概括性文字，出处见下，恕不一一注明，因为很多内容在多个网站上重复刊登。

文学翻译。但是，翻译的本质注定了译文的受约束性，不可能完全背叛原文，而是有条件的创造性背叛。

"译者的工作比原作者更加细致，更加高明，因为原作已经存在。译者要在原作的基础上进行再创作，既要保持原作的风貌，还要有译作的风采。因此，翻译的特点对译者提出了比原作者更高的要求。……翻译是对原作的一种补充(complement)，而不是复制(duplicate)。他认为，从某种程度上说，文学作品是不可重置的(irreplaceable)，但是，为了扩大它们的阅读范围，使之在时空上有个生命的延续，我们必须重置它们于另一文化当中，这是一个不得已而为之的任务。一句话，翻译是写作的更高级阶段，翻译赋予文本以新的生命。"[1]

葛浩文说，他认识的很多作者都十分熟悉中国古典作品，但是到了翻译手里，并不一定能看出来那种古老的味道，这也难以避免。"这可能是世界上我唯一做得好的事，"葛浩文的搭档和妻子，同样身为翻译家的林丽君补充道，中文是文化内涵极其丰富的一种语言，这在客观上增加了翻译工作的难度。一些中文的谚语有对应的英语谚语，但是有时候直接使用现成的英语谚语无法表达作者的本意。所以在这些情况下，如何进行选择就成了译者"再创造"的过程。

3) **翻译要有读者意识**。葛浩文具有很强的读者意识。他在翻译实践中强调"准确性"、"简洁性"、"简易性"、"可接受性"等，都是为了自己的译文读者。其翻译模式体现了归化式翻译的读者反应论。他的"易化"翻译观就是以读者为中心/导向的"归化"翻译观。葛浩文认为作者和译者有着不同的写作理念。

因此，就小说翻译而言，葛浩文认为译者的语言必须具有习语性和时代感(idiomatic and contemporary)，而不是华而不实的虚饰(flashy)。"我喜欢读中文，我喜欢写英文。我热爱这个事业的挑战性。"所以，就市场的挑战性而言，葛浩文说他翻译选择作品的条件只有两个，一个是适合他译，另一个是有市场、有读者。

这些都说明葛浩文十分注重译文的可读性。

1　引自《葛浩文小说翻译叙事研究》（吕敏宏，2011）第 231 页。

4) **翻译是我的最爱。** 葛浩文对翻译的热爱，到了一种内在的(spontaneous)、职业性的冲动。他把翻译当作事业。他喜欢汉语，喜欢用英文写作。"我热爱创造性和忠实于原著之间的冲突，以及最终难免的妥协。时不时地，我会遇到一本令人无比激动的著作，我就会全身心地投入翻译它的工作中。换句话说，我译故我在。""我天生就爱翻译，翻译是我的爱好。对我而言，翻译就像空气一样，没有翻译，我就不能生活。"

5) **翻译是有痕迹的。** 莫言的作品，他会用很多土话，不太难翻译。苏童的也不难翻译，他写得细腻，但译文和原文很不一样。王朔的也不难翻译，他的北京话其实很好翻。毕飞宇的作品最难翻了，薄薄的一本书，里面的都是很微妙、很谨慎的用词。贾平凹的《秦腔》有点乡土，不好翻。姜戎比较像哲学学者，他的作品也比较好译。女作家风格明显，看过池莉的《细腰》，也期待翻译方方的作品。

葛浩文的中文写作，所谓的文笔风格没有过多受到中文作家的影响，但还是能被中国人看出来是外国人译的东西。在美国和中国人说话的机会少了，口语感觉是有退步的，反而写起来相对好一点。

6) **翻译华侨的作品未必有市场。** 葛浩文被问到："哈金、裘小龙这些作家用英文写作，他们和你一样都是中国文化的输出者，和您相比，他们的作品似乎更受欧美市场的欢迎？"

葛浩文答道："的确有一些在国外生活的中国作家获得了国外市场的青睐，比如哈金，他们用英文写中国人的事情很好了，但他们有一个很大的问题无法克服。他们已经离开中国很久了，很多人是 20 世纪 80 年代出去的，要他们写眼前的中国社会，他们写不出来。比如哈金的新小说写美国的华侨，写得不好，说实话，美国人对华侨不感兴趣，他们并不想知道中国人在唐人街怎么生活。"

7) **中国作品不能逐字翻译，表达准确比理解准确更为重要。** 葛浩文特别指出："翻译不是逐字转换——那根本不是翻译。我常说我们从事汉译英的人必须更有创造性，因为这两种语言相差十万八千里。"

美国已故著名作家厄普代克(John Updike)当年在看了由葛浩文翻译的苏童的《我的帝王生涯》和莫言的《丰乳肥臀》后，在《纽约客》

上写了 4 页评论，推测译者"是一个字一个字地翻译中文原文"，最后批评"英文翻译的陈词滥调十分乏味"。葛浩文对此表示，"如果真的逐字翻译，我翻译的小说没有一本是可以出版的。"至于"陈词滥调"，葛浩文则认为，中文作品里有许多陈词滥调的成语，"我个人的经验是，成语的滥用是中国小说无法进步的原因之一。"而在中国，对葛浩文的非议反而在于他没有逐字逐句地翻译，葛浩文说，"英文和中文可以说是天壤之别的两种语言，真要逐字翻译，不但让人读不下去，而且更会对不起原著和作者。"他还是会"翻出作者想说的，而不是一定要一个字一个字地翻译作者说的"。

其实，逐字翻译反映出译者的理解能力和表达能力之不足。一般人总以为最大的问题在于理解的过程[1]。葛浩文认为，理解还是可以解决的，译者可以借助外力，而目标语表达则是一个译者的内功。因此，从某种角度上说，译者目标语掌握得好才是翻译成功的决定性因素。葛浩文说他的同仁翻译时过于唯原文是图，往往使译文大失文采。

8) **文学翻译需要再现原作者的个人风格**。莫言说自己的作品有很突出的中国乡土特色，同时也有很强烈的个人风格，因此也相应地增加了翻译的难度。他同时表示，文学翻译不能脱离原作者的个人风格。如果译者只翻译了故事本身，没有表现出作者的个人语言风格，那这样的翻译是不成功的。准确传达原创作品的意义和风格是个细腻活儿。葛浩文说，不仅要精通两种语言、洞悉两种文化，而且要具备一名创作家的敏感。

9) **中国作品的英译本在西方销路不佳**。虽然对"中国当代文学是垃圾"这种观点存有争议，但"翻译高手太少"确是事实。中文小说一直致力走向世界，可中文译作在美国不太吃得开。美国人不热衷读翻译作品，而且口味生猛，喜欢一开始就被精彩情节扣住心弦，中国作家的小说让对历史不敏感的美国读者觉得"啰唆"。

在葛浩文看来，虽然中国现在是世界瞩目的焦点，但"绝不可因此就断定外国读者必然会喜欢中国文学"。现实是"近十多年来，中国小说在英语世界不是特别受欢迎，出版社不太愿意出版中文小说的翻译，

---

1 著名美国翻译学者奈达就强调理解原文之重要性。不知这里有否指涉这一观点。

即使出版了也甚少做促销活动"。

中国文学为何在西方不受欢迎？葛浩文说："可能与中国小说人物缺少深度有关。当然，有不少女作家的人物写得就很好。但大体来说，中国小说还是有着明显的倾向，即叙述以故事和行动来推动，对人物心灵的探索少之又少。"其实葛浩文更直接的结论是，中国的小说不好看，"小说要好看，才有人买！造成这个现象的原因很多，可能因为中国作家一般必须借助翻译来阅读其他国家文学，也可能是传统的文以载道思想作祟。"

德国汉学家顾彬曾批评中国作家几乎没人能看懂外文，莫言可能是近年来唯一一个不懂任何外语的诺贝尔文学奖得主。"顾彬认为这个缺失导致中国小说视野过于狭隘，葛浩文同意这一说法。"葛浩文谈到："中国作家到国外旅行演讲，必须完全仰赖口译，因此自行到处走动与当地人接触的机会少之又少，通常就和中国同胞在一起，等于人的身体出了国，但其他种种还留在中国。难怪不少人认为中国当代文学缺少国际性，没有宏伟的世界观。"

葛浩文不仅批评中国作家外语能力欠缺以及在写作上过于仰仗叙事，还批评中国许多作家写得太快太长，"常给人粗制滥造的印象，出版后评论家和读者照单全收，不太会批评作品的缺失。还有一个大毛病，就是过于冗长，似乎不知见好就收的道理。为什么中国作家爱写那么长的小说？为什么要加入那么多描述，甚至是芝麻小事的细节，把小说变成文学百科全书？是因为稿费是按字计酬吗？还是因为缺少能力判断什么需要舍去？"

葛浩文之所以毫不客气地批评中国作家，用他自己的话说并不是要以西方的标准评价中国小说，"西方小说经过长时期的演变到了20世纪基本定型，怎么写才算是好作品，大多都有不成文的约定，市场也会决定一部小说该怎么写，这是很现实的，尤其在世界各地阅读大众日益减少的现在"。

"中文小说很难找到这么脍炙人口的第一句，相反的，中国的小说一开始就是长篇大论介绍一个地方，可以吸引国内的读者，但对英文读者来说，可能会造成一个隔阂，让他们立即失去继续读下去的兴趣。"

　　10）**汉语诗歌翻译需要唱出来**。葛浩文介绍说，他在学习中文的过程中接触了许多不同形式的中文文学，如诗词、三字经等，这些形式让他感受到了中文的韵律美，也间接促使他走进了翻译这个领域。他说，在翻译莫言作品的过程中，他就多次遇到棘手的诗歌翻译问题，因为如果只是简单地把诗歌内容翻译成英语，就会失去诗歌的韵律和其中的文化内涵。因此他在翻译诗歌的过程中，会将翻译好的英文诗歌唱出来，感受其中的韵律，并以此来判断自己的翻译是否合格。

　　11）**好的翻译的评判标准需要与时俱进**。如何看待所谓"好的翻译"——是"忠实于原文"还是"连译带改"？这需要更新翻译观念、转换翻译方法。

　　自莫言获得诺贝尔文学奖以来，翻译的重要性受到空前关注。国内媒体和学界不约而同地把莫言的获奖首先归功于翻译，认为葛浩文、陈安娜等莫言作品的译者在其获奖中发挥了至关重要甚至决定性的作用。由此，围绕翻译与创作的关系、翻译策略与翻译接受以及翻译对中国文学"走出去"的影响等问题，学界和翻译界展开了讨论。葛浩文译介中国文学作品时所采用的特色鲜明的翻译方法——"删节"、"改译"甚至"整体编译"，这些策略俨然成了葛浩文翻译的标签。

　　文化沟通上的障碍使得诺奖评委们无法读懂原汁原味的"实质性文本"，只能阅读经过翻译家"改头换面"的"象征性文本"。因而诺奖评委从莫言的作品里看到的，是符合自己想象的"中国"、"中国人"和"中国文化"，而不是真正的"中国"、"中国人"和"中国文化"，对西方人来讲，一个中国作家的"文学性"，完全决定于翻译者的汉语水平和母语水平。

　　在一些评论者看来，打动诺奖评委们的并不是莫言作品本身，而是"脱胎换骨"、彻底"美化"的译文。并且，在这样的翻译所导致的"误读"中，"走出去"的不是真正的中国的莫言，而是葛浩文的莫言，不是真正的中国文学，而是经过翻译"改头换面"的中国文学。

　　除了国内评论界，国外汉学界对葛浩文的翻译也有种种观点和认识，如德国汉学家顾彬虽然表示葛浩文的翻译方式"非常巧妙"，却也认为他的翻译"在很大程度上是创造了一本畅销书,而不是严肃的文学翻译"。

为什么我们提供的更加忠实于原文、更加完整的译本在西方却会遭到冷遇?为什么当今西方国家的翻译家们在翻译中国作品时,多会采取归化的手法,且对原本都会有不同程度的删节?基于此,我们认为:在中国文学向外译介过程中"要尽快更新翻译观念","在现阶段不妨考虑多出节译本、重写本。

做翻译就要"忠实于原文",这几乎是绝大多数人对于翻译的常识。但常识需要更新了!这种陈旧的翻译理念,已经成了影响中国文学和文化"走出去"的绊脚石。好的翻译可连译带改。

12) 好的翻译需要对原文进行修改。葛浩文的莫言作品英译本,曾被美国汉学界评为"比原著写得更好",这跟莫言对翻译态度开放是分不开的。葛浩文喜欢既要创造又要忠实——甚至两者之间免不了的折中——那股费琢磨劲儿。他认同意大利谚语,"翻译即背叛"。

对于"用中文读,用英文写"的翻译方式,葛浩文并不讳言。他曾表示,译者下笔要同时考量作者原意、读者喜好、编辑建议和自己的专业判断,在其中寻求平衡,受到的限制比作家多。莫言对翻译的态度开放,给译者很大的发挥空间。

葛浩文说:"莫言理解我的所作所为,让他成为国际作家,他完全放手让我翻译。"

或许可以这样理解,被广泛翻译的不一定能成为诺奖的得主,但诺奖得主,必须具有良好的翻译,能在西方世界获得较高的接受度。

就笔者对葛浩文翻译实践的研析,似乎可以提出以下几点英文思考,用公式表达:

① faithful C-E literary translation ≠ C-E literary translation at a linguistic level,但=C-E literary translation at multiple levels。忠实的文学汉译英并非仅在于语言和文字层面的翻译,而在于多层面的翻译。

② C-E literary translation ≠ language transfer,但=language + cultural transfer。文学汉译英并不等于语言之转换,而是语言+文化之转换。

③the application of C-E literary translation methods ⇨ the translator's subjectivity（=the translator's cognition of the nature, purpose, and value of translation）。任何一种翻译方法的运用均取决于译者的主体性，即对翻译本质、目标与价值的认知。

④the omission/deletion/revision of ST parts ⇨ the（subjective）choice/decision of the translator or by the translator's philosophy+necessary strategies or methods。对源语文本的省略/删改/修正是译者的主观选择/决策或译者翻译观作用下的选择/决策，而不仅仅是必要的策略或方法。

⑤the TT reception in the West ⇨ the necessary partial adaptation of the ST（due to wide differences in cultural reception and reception aesthetics）。由于中西方在文化接受语境和接受美学方面存在显著的差异，所以为了更好地推进中国文学在西方的接受，译者在翻译中有必要对原著（ST）进行适当调整，使译作（TT）在更大程度上契合目标语读者的阅读习惯与期待视野。

⑥Goldblatt translation（strategies and methods）=/⇨ international award winners Cf. translation by other Western translators（strategies and methods）≈ international award winners。

"葛浩文式的翻译法"被证明是成功的，它会帮助中国作家及其作品走上获得国际重要奖项的道路。其他西方译者的"翻译法"也可能帮助中国作家及其作品走上获得国际重要奖项的道路。根据唯物辩证法，不要把某一译者的"翻译法"绝对化、唯一化和模式化，当其他西方译者再次帮助中国作家获得诺贝尔文学奖，那起码有两种不同的"翻译法"能大显神通了。

因此，我们在本章介绍葛浩文的译作，是作为他"创造性重写"/"创造性翻译"（creative rewriting/translation）的（部分）成功案例，以飨读者。这无疑有益于中国文化/文学"走出去"。

14.3.3　葛浩文译著部分案例

葛浩文的译文朴素、流畅，可读性强，创造性重写/翻译独树一帜。

他对各种 ST 的文字、文化之处理忠实、到位——换言之，虽然对 ST 有省略、修改、调整(重写的各种具体方法/手段)，但绝不是自由发挥，违背作者或原著的内容及内涵，也不是加入译者个人的"私货"，起码在主观上力图忠实于 ST，可以借用 Nord 的术语"fidelity+loyalty"来概括、总结。

葛浩文如此浩瀚的译文中，挑哪些译著来作为案例呢？

从意义角度和篇幅角度出发，我们主要从葛浩文两部译著中选取部分案例(其他译著案例会特别注明)：一部是《狼图腾》(姜戎)，另一部是《红高粱》(莫言)。之所以做出这样的选择，也主要出自两大思考：

其一，《狼图腾》是中国作家撰写的在全球市场销路最佳的小说(特指葛浩文翻译的英文版)。到 2009 年为止，《狼图腾》已经被译为 30 多种语言，版权输出到美国、英国、澳洲、德国、法国、意大利、日本、韩国、俄国、西班牙、葡萄牙、土耳其、希腊、荷兰、波兰、捷克、泰国、越南、阿拉伯、匈牙利、印度等 110 多个国家和地区。其中"企鹅"以四种不同版式的英文版本，分别覆盖北美、欧洲、亚太地区及中国。西班牙就有西班牙文和西班牙(卡特兰语)两种版本。印度也有多种语言的版本。亚马逊网上的德文书评中，大多数德国读者都给予了《狼图腾》五星级的高分。德国媒体称其为"新自由主义"小说。根据亚马逊英文网站的记录，《狼图腾》的英文版、法文版、日文版、意大利文版，均为目前中国翻译小说中销量最大的一部。星级评分平均数值都在四星级至五星级之间浮动。由于读者反响热烈，英文版、法文版在 2009 年相继都出版了简装本。许多外文版在封面上都注明了畅销书字样。

《狼图腾》2010 年翻译成蒙文，在销售排行榜始终居高不下，两种版本已经突破了六万，相当于每 50 人就有一本。

其二，《红高粱》是莫言最负盛名的小说，更为重要的是《红高粱》成就了葛浩文。莫言自己说："《红高粱家族》是我创作的九部长篇中的一部，但它绝对是我的最有影响力的作品，因为迄今为止，很多人在提到莫言的时候，往往代之以'《红高粱》的作者'。"[1]

---

1 引自《中篇小说金库》(林贤治、肖建国，花城出版社，2012.10)之《红高粱》第 147 页。

　　20 世纪 90 年代初，葛浩文在偶然机会读到莫言的《红高粱家族》小说，他极度喜爱而将其译成了英文。随后，他将试译本寄给了出版社，结果出版社愿意支付他高出平常四倍的版税，这成了葛浩文中英文作品翻译事业的里程碑，也成了莫言作品进入英语市场的一个开始。换言之，《红高粱家族》是葛浩文迈向人生（翻译）事业高峰的契机，葛浩文译本被赞比原著好（指莫言的作品，不限于译的概念）。

　　《红高粱》发表于 1986 年，是 20 世纪 80 年代中国文坛的里程碑之作。它不仅是莫言在国内的标识性小说，也成了莫言在海外的标识性作品。其英译本为中国文学进入世界文学的版图奠定了基础。曾荣获第四届全国中篇小说奖，入选《亚洲周刊》评选的"20 世纪中文小说 100 强"，唯一入选《当代世界文学》（*World Literature Today*）评选的 75 年（1927－2001）40 部世界顶尖文学名著的中文小说。据此改编的电影《红高粱》获第 38 届柏林电影节金熊奖。值得一提的是，葛浩文的多部中国小说英译本，往往被其他语种的译者用作"参考"。毕竟，西方汉学家的英文还是比中文好读。特别是小说之类的文学作品，甚至比词典还省心、还管用（这应该也属于"剽窃"的一种非常隐蔽的形式吧）。

　　莫言获得诺贝尔文学奖后，贴在葛浩文身上的标签有一个最显眼：莫言小说的英文译者。莫言得奖一方面是实力使然，另一方面是他作品的国际化接受程度。诺贝尔文学奖设立百余年来，用非西方语言的写作者获奖寥寥，翻译成为通往诺奖之路的一道厚墙。作为被国外评论称为"作品被翻译最多的当代中国作家"和翻译中国当代文学作品最多的西方译者——莫言和葛浩文，注定要在中国文学通往诺奖与世界文学市场的路上，留下自己的位置。

【ST51】/【TT51】《狼图腾》（第 1 章开头若干段）/*Wolf Totem*（Excerpts from 1）

【ST51】"犬戎族"自称祖先为二白犬，当是以犬为图腾。	【TT51】
——范文澜《中国通史简编·第一编》	--------------
周穆王伐畎戎，得四白狼、四白鹿以归。	【略译】

——《汉书·匈奴传》[1]

当陈阵在雪窝里用单筒望远镜镜头，套住了一头大狼的时候，他看到了蒙古草原狼钢锥一样的目光。陈阵全身的汗毛又像豪猪的毫刺一般竖了起来，几乎将衬衫撑离了皮肉。毕利格老人就在他的身边，陈阵这次已没有灵魂出窍的感觉，但是，身上的冷汗还是顺着竖起的汗毛孔渗了出来。虽然陈阵来到草原已经两年，可他还是惧怕蒙古草原上的巨狼和狼群。在这远离营盘的深山，面对这么大的一群狼，他嘴里呼出的霜气都颤抖起来。陈阵和毕利格老人，这会儿手上没有枪，没有长刀，没有套马杆，甚至连一副马镫这样的铁家伙也没有。他们只有两根马棒，万一狼群嗅出他们的人气，那他俩可能就要提前天葬了。

陈阵又哆哆嗦嗦地吐出半口气，才侧头去看老人。毕利格正用另一只单筒望远镜观察着狼群的包围圈。老人压低声音说：就你这点胆子咋

As Chen Zhen looked through the telescope from his hiding place in the snow cave, he saw the steely gaze of a Mongolian grassland wolf. The fine hairs on his body rose up like porcupine quills, virtually pulling his shirt away from his skin. Old Man Bilgee was there beside him. This time Chen did not feel as if his soul had been driven out of his body, but sweat oozed from his pores. He had been on the grassland two years but still had not lost his fear of Mongolian wolves, especially in packs. Now he was face to face with a large pack deep in the mountains, far from camp, his misty breath quivering in the air. Neither he nor Bilgee was armed—no rifles, no knives, no lasso poles, not even something as simple as a pair of metal stirrups. All they had were two herding clubs, and if the wolves picked up their scent, their sky burial would come early.

Chen exhaled nervously as he turned to look at the old man, who was watching the wolf encirclement through the other telescope. "You're going to need more courage than that," Bilgee said softly. "You're like a

---

1 这部分汉语（下画线）没有被翻译。作"略译"处理，可能译者认为这部分文字没有必要翻译。

成？跟羊一样。你们汉人就是从骨子里怕狼，要不汉人怎么一到草原就净打败仗。老人见陈阵不吱声，便侧头小声喝道：这会儿可别吓慌了神，弄出点动静来，那可不是闹着玩的。陈阵点了一下头，用手抓了一把雪，雪在他的掌心被捏成了一坨冰。

　　侧对面的山坡上，大群的黄羊仍在警惕地抢草吃，但似乎还没有发现狼群的阴谋。狼群包围线的一端已越来越靠近俩人的雪窝，陈阵一动也不敢动，他感到自己几乎冻成了一具冰雕……

　　这是陈阵在草原上第二次遇到大狼群。此刻，第一次与狼群遭遇的惊悸又颤遍他的全身。他相信任何一个汉人经历过那种遭遇，他的胆囊也不可能完好无损。

　　两年前陈阵从北京到达这个边境牧场插队的时候，正是十一月下旬，额仑草原早已是一片白雪皑皑。➪[1]

sheep. A fear of wolves is in your Chinese bones. That's the only explanation for why you people have never won a fight out here." Getting no response, he leaned over and whispered, "Get a grip on yourself. If they spot any movement from us, we'll be in real trouble." Chen nodded and scooped up a handful of snow, which he squeezed into a ball of ice.

The herd of Mongolian gazelles was grazing on a nearby slope, unaware of the wolf pack, which was tightening the noose, drawing closer to the men's snow cave. Not daring to move, Chen felt frozen in place, like an ice sculpture.

This was Chen's second encounter with a wolf pack since coming to the grassland. A palpitating fear from his first encounter coursed through his veins.

Two years earlier, in late November, he had arrived in the border－region pasture as a production team member from Beijing; snow covered the land as far as the eye could see. The Olonbulag is located southwest of

---

1 这个 "➪"（符号）表示这部分文字，紧接着的下一部分文字构成一个自然段。考虑到汉英对照文本，特地将它们两部分文字分开。下同。

the Great Xing'an mountain range, directly north of Beijing; it shares a border with Outer Mongolia. Historically, it was the southern passage between Manchuria and the Mongolian steppes, and, as such, the site of battles between a host of peoples and nomadic tribes, as well as a territory in which the potential struggles for dominance by nomads and farmers was ever present.[1]

知青的蒙古包还未发下来，陈阵被安排住在毕利格老人家里，分配当了羊倌。一个多月后的一天，他随老人去 80 多里外的场部领取学习文件，顺便采购了一些日用品。临回家时，老人作为牧场革委会委员，突然被留下开会，可是场部指示那些文件必须立即送往大队，不得延误。⇨

Yurts had not yet been assigned to the Beijing students, the so-called educated youth, so Chen had been sent to live with Old Man Bilgee and his family, and given duties as a shepherd. One day slightly more than a month after his arrival, he and the old man were sent to headquarters, some eighty *li*[2], to fetch study materials and purchase daily necessities. Just before they were to head back, the old man was summoned to a meeting of the revolutionary committee. Since headquarters had said the study materials had to be delivered without delay, Chen was told to return alone.

陈阵只好一人骑马回队。临走时，老人将自己那匹又快又认家的大青马，换

As he was about to leave[3], the old man swapped horses with him, lending him his big, dark mount, a fast horse that knew the way.

---

1 这部分文字是译者添加的。

2 "li" 是 "华里"，为市制长度单位，但在 TT 中或脚注都没有加以解释说明，却放在书最后几页的 Glossary。

3 从结构上说，这部分英文（对应 "临走时……"）另起一（自然）段，而所对应的 ST 没有分段。

給了陈阵，并再三叮嘱他，千万别抄近道，一定要顺大车道走，一路上隔上二三十里就有蒙古包，不会有事的。

陈阵一骑上大青马，他的胯下立即感到了上等蒙古马的强劲马力，就有了快马急行的冲动。刚登上一道山梁，遥望大队驻地的查干窝拉山头，他一下子就把老人的叮嘱扔在脑后，率性地放弃了绕行二十多里地走大车道的那条路线，改而径直抄近路插向大队。

（1014 汉字[含标点]）

Bilgee warned Chen not to take a shortcut, but to follow the wagon road back; since there were yurts every twenty or thirty *li*, he ought to be able to make the trip without incident.

As soon as he was in the saddle and on his way, Chen sensed the power of his Mongol horse and felt the urge to gallop at full speed. When they reached a ridge from which he could see the peak of Chaganuul Mountain, where the brigade was quartered, he forgot the old man's warning and left the road—which curved around the mountain, adding twenty *li* to the trip—to take a short-cut that led straight to camp.

(679 words)

【译析】【ST51】选自《狼图腾》开头若干段（第一主人公陈阵已登场，作为小说的主题"人物群"——"狼"也已亮相，"狼气逼人"），总字数 1014 个汉字（含标点），对比【TT51】的总词数 679 words（含标点），后者约占前者的 67%——一个不错的 C-E 文字比例，说明需要做文化（背景）补偿的地方不多。以下几点需首先注意到：

1) ST 中底线为波浪线部分，TT 中为略译。这说明英语小说作者并不习惯或喜欢这样的"中国式"开场白。这需要 BTI/MTI 读者注意平时观察、积累。请注意，《狼图腾》共 35 章（不含"尾声"和"理性探掘"），每章开始均为名人或名著的引文——这些都被略译了。

2) TT 中底线为波浪线部分，ST 中没有。TT 中之所以要增加这部分有关地理、历史的背景知识，完全是出于方便 TT 读者的考虑。其实，ST 读者也未必了解这些，无非后者容易知道这方面的知识。

3) ST 与 TT 自然段之间的对应存在必要的结构上的"出入"，这很自然，也很正常。因此，所谓的"忠实"都应是动态的。

　　汉译英需要特别关注的地方，往往是 lexical、structural、cultural 等层面的点，而这三个层面又都涉及文化层面，特别是第一个、第三个层面。

● 就 lexical level 而言，比较典型的例子是"毕利格老人"：既是词汇层，又是文化层的问题。"毕利格"是蒙古族人名字中的一个好词，寓意：智慧。在内蒙古，每个蒙古族人的名字词都拥有不同的含义。例如高娃（意为美丽、华美）、隔日勒（光、光辉的意思）、那仁（太阳、月亮的意思）、敖登（星星的意思）等。因此翻译"毕利格"不能使用汉语拼音。葛浩文自己也是通过中国国内关系，才靠内蒙古大学的英语专业研究生才最后解决问题。可见"毕利格"的拼法既是一个普通词汇层的问题，但更是涉及蒙古族人称谓的姓氏文化（层）问题。此外，"毕利格老人"又应该如何译，"老人"在前，还是"毕利格"在前呢？这仍然要回到专有名词翻译原则这个问题——"约定俗成"或"名从主人"。

● 就 structural level 而言，"重构"（restructing）、"重组"（reorganization）是常见现象。比如：

　　【段 1】临回家时，老人作为牧场革委会委员，突然被留下开会，可是场部指示那些文件必须立即送往大队，不得延误。陈阵只好一人骑马回队。临走时，老人将自己那匹又快又认家的大青马，换给了陈阵，并再三叮嘱他，千万别抄近道，一定要顺大车道走，一路上隔上二三十里就有蒙古包，不会有事的。

　　【段 2】陈阵一骑上大青马，他的胯下立即感到了上等蒙古马的强劲马力，就有了快马急行的冲动。

　　【段 1】Just before they were to head back, the old man was summoned to a meeting of the revolutionary committee. Since headquarters had said the study materials had to be delivered without delay, Chen was told to return alone.

　　【段 2】As he was about to leave, the old man swapped horses with him, lending him his big, dark mount, a fast horse that knew the way. Bilgee warned Chen not to take a shortcut, but to follow the wagon road back; since there were yurts every twenty or thirty li, he ought to be able to make the trip without incident.

　　【段 3】As soon as he was in the saddle and on his way, Chen sensed the power of his Mongol horse and felt the urge to gallop at full speed.

　　两段 ST 转换成 TT 时变成 3 段了，这样调整"信息流"是否更为流畅，文字读起来是否更为自然？

● 就 cultural level 而言，有不少文化负载词、文化专有项（有些词汇当代年轻人不太熟悉）等，这里仅举 20 多项例子——成语"灵魂出窍"、"白雪皑皑"；蒙古族姓名"毕利格（老人）"；马文化词汇（马具用语）"套马杆"、"马镫"、"大青马"、"蒙古马"、"快马急行"；地理文化名词"雪窝"；民族专名"汉人"；文革时代词汇"插队"、"知青"、"学习文件"、"(牧场)革命委员会"；口语用词"认家的"；宗教/民俗词汇"天葬"；单位组织名称"营盘"、"场部"、"大队"、"边境牧场"；比喻表达"蒙古草原狼钢锥一样的目光"、"全身的汗毛又像豪猪的毫刺一般竖了起来"；牛羊词汇"青羊"、"(分配当了)羊倌"等。

【ST52】/【TT52】《狼图腾》（尾声+理论探掘）/ *Wolf Totem*（Epilogue）

【ST52】	【TT52】
88273 汉字（含标点符号）	约 10000 words（含标点符号）

【译析】【ST52】选自《狼图腾》尾声及理论探索。为方便讨论，我们给汉英两部分的总字数一个整数吧——八万汉字（不含标点符号），对比**【TT52】**的总词数 **10000 words**（不含标点），后者仅占前者的 12.5%（或 1/8）。如此大比例的删节，的确是事实。有关理念（葛浩文的翻译观）我们已在前面做了介绍，其中的道理，不言而喻，但不宜从微观上来纠缠这个巨大删节。如果从大处着手，即从宏观视角（目标语读者视角、接受美学视角等）出发，为了适应海外读者和市场，译者、出版社（学术术语为"赞助人"）、西方意识形态及诗学观等"逼迫"译者本人毫不留情地删节了书中的大量议论（TT 读者群等会视其为"废话"）和所谓"后记"（理论探讨）中的 redundancy，使整部小说更加流畅和生动，更具故事性、文学性、可读性。这样，英文版的轮廓线条比中文版的更加简洁明快，读起来更显"狼们"的故事酣畅淋漓、荡气回肠！这样，也可能是该小说在国际上获奖、畅销的保证。

【ST53】/【TT53】《狼图腾》（尾声节选）/ *Wolf Totem*（Excerpts from Epilogue）

【ST53】	【TT53】
……草原老朋友相见，情感分外火辣，陈阵和杨克挨了一	…The old grassland friends were particularly affectionate; friendly thumps from fists kept falling on Chen and Yang, who were then made

拳又一拳，又被灌得东倒西歪，胡言乱语。 to drink so much they began to sway and spew nonsense.

兰木扎布仍然瞪着狼眼，梗着牛脖子，这会儿又撸着山羊胡子，冲着杨克大叫：你为啥不娶萨仁其其格？把她带到北京去！罚……罚……罚酒！

　　杨克醉醺醺地大言不惭：你说吧！百灵鸟双双飞，一个翅膀挂几杯？

　　老友们惊愕！酒量已不如当年的兰木扎布忙改口道：不……不对！不……不罚酒！罚你把你的高级车借……借我开一天。我要过……过过好车瘾！

　　杨克说：是你说，我这个"羊羔"配不上额仑最漂亮的"小母狼"的，我哪敢娶她啊，全怪你！借车好办，可明天你开车不能喝一滴酒！

　　兰木扎布一人把着一瓶泸州老窖，狠狠地灌了一口说：我……我没眼力啊！你没娶萨仁其其格倒也没啥。可我为啥就没把我的小妹妹乌兰嫁给你，要不，草原上打官司就有北京的大律师上阵啦。这些年破坏草场的人太多，还到处挖大坑找矿石，找不着，也不把坑埋上……北京少给我们草原一点钱都不要紧，最要紧的是给草原法律和律师！他又灌了一口酒高叫：说好了！明天我就来开你的车！你先把钥匙给我！

【略译】

　　接着，沙茨楞、桑杰等各位老友都来借车。

　　杨克已醉得大方之极，连说：成！成！成！往后你们打官司也找我吧。说完便把车钥匙扔给了兰木扎布。

　　众人狂笑。接着便是全部落的豪饮高歌、男女大合唱。唱到最后，大伙儿都选 Lamjav, Laasurung, Sanjai, and other old friends followed suit and asked to borrow the car from Yang, who, in a drunken stupor, said yes to them all. "No problem at all. And come to me when you need to file a lawsuit." Then he tossed the keys to Lamjav.

The others all burst out laughing, before breaking into song. The last song was one made popular by Mongolia's most famous male

◆新世纪翻译学 R&D 系列著作

择了蒙古最著名的歌手腾格尔的歌。歌声高亢苍凉，狼声欧音悠长，如箫如簧：……这……就欧……是……蒙古欧……人……热……爱故欧……乡的人……

酒歌通宵达旦，众友泪水涟涟。

酒宴上，陈阵和杨克像北京"二锅头"一般，被好客又好酒的各家定了单，一天两家，家家酒宴，顿顿歌会。那辆蓝色"切诺基"成了好友们的试用车、过瘾车和买酒运酒的专用车，并用它接来其他小组的老友们。巴图家门口成了停车场……

（730 汉字[含标点符号]）

singer, Tenggeer. The voices were high, old, and sad, with the resonance of wolf howls.

The drinking and singing went on all night; the tears never stopped flowing.

During the drinking feast, "orders" were placed for Chen Zhen and Yang Ke as if they were divorces sent back from Beijing. There would be two feasts a day, each hosted by a different family with drinking, eating, and singing. The blue Cherokee was turned into a vehicle for the old herders for test drives and entertainment, and transporting the liquor they bought. It was also used to bring over friends from other sections, turning Batu's yard into a parking lot.

（210 words [含标点符号]）

【译析】"尾声"选段的英译，最大特点是大量压缩+省略（reduction+omission）。ST 约 730 个汉字，英文却只有月 210 个单词，TT 词数/ST 字数 ≈ 29%——一个惊人的比率！

细细分析，ST 中波浪线底线部分，似乎译成英文几乎毫无意义。汉族式+蒙古族式的"猜拳行令"或"酒后真言"与英国式或欧美式的一定有着本质的不同。译也白译，反显啰唆。

此外，值得讨论的还有以下五点。

其一，汉语成语（含叠词成语）的翻译没有采取 idiom-for-idiom rendering，但译文很流畅。单底线部分"(酒歌)通宵达旦，(众友)泪水涟涟"被译为"(The drinking and singing) went on all night; (the tears) never stopped flowing"。

其二，双底线部分中，"酒宴上，陈阵和杨克像北京'二锅头'一般，被好

<u>客又好酒的各家定了单</u>"的翻译视角非常独特。比如，免掉了"二锅头"难以译意、需要解释的啰唆专有名词，而直接就把陈、杨比喻成"抢手货"被下单了，更有甚者，译者还把陈、杨比成"从北京'押送'回来的'divorces'"——葛浩文的一大创译/意。

其三，"<u>家家酒宴，顿顿歌会</u>"里的叠词，也是处理成**流畅的英语**——归化思路——该书翻译的主要"**战略**"和"**战术**"。

其四，"<u>试用车、过瘾车和买酒运酒的专用车</u>"中的"三个车"，不顾其对称的说法"试用车、过瘾车、专用车"，而是采取了释译法，尤其是"过瘾车"译得巧妙、得体、到位。

其五，点画底线"<u>巴图家门口(成了停车场)</u>"译得非常灵活、聪明，进退自如，不是"Batu's gateway/doorway"，而是"<u>Batu's yard</u>"。

这些细节的处理，一般只能出自大师之手。

【ST54】/【TT54】《狼图腾》(第 28 章节选) / *Wolf Totem* (Excerpts from 28)

【ST54】^[1]<u>这一夜，全大队的各个营盘全都摆开烟阵，上百个烟盆烟堆，同时涌烟。月光下，上百股浓烟越飘越粗，宛如百条白色巨龙翻滚飞舞</u>；^[2]<u>又好像原始草原突然进入了工业时代，草原上出现了一大片林立的工厂烟筒，白烟滚滚，阵势浩大，蔚为壮观。不仅完全</u>^[3]<u>挡住了狂蚊</u>，也对草原蚊灾下饥饿的狼群起到巨大的震慑作用。	【TT54】^[1]<u>Mugwort fires were lit in all the brigade camps that night, hundreds of them releasing dense smoke in the moonlight and creating an image of giant dragons rolling and dancing in the air.</u> ^[2]<u>It was as if the primitive grassland had suddenly entered the industrial age, with factory chimneys spewing white smoke to create a magnificent panorama. The smoke not only </u>^[3]<u>held off the crazed mosquitoes</u> but also <u>had an awesome effect on</u> the wolves, who had been starving under the plague.

　　<u>陈阵望着月色下白烟茫茫的草原，眼前犹如出现了太平洋大海战的壮阔海景：由千百艘美国航母、巡洋舰、驱逐舰以及各种舰艇，组成的世界上最庞大的舰队，形成最具威力的猎圈阵形，冒出滚滚浓烟，昂起万千巨炮，向日本海破浪</u>

挺进。那是现代化的西方海狼对东方倭寇海狼的一次现代级别的打围。人类历史发展至今，冲在世界最前列的，大多是用狼精神武装起来的民族。在世界残酷竞争的舞台上，羊欲静，而狼不休。强狼尚且有被更强的狼吃掉的可能，那就更不要提弱羊病羊了。华夏民族要想自强于群狼逐鹿的世界之林，最根本的是必须彻底清除农耕民族性格中的羊性和家畜性，把自己变成强悍的狼。至少也应该有敬崇狼精神狼图腾的愿望……

辽阔的草原也具有软化浓烟的功能。全队的白烟飘到盆地中央上空，已经变为一片茫茫云海。云海罩盖了蚊群肆孽的河湖，平托起四周清凉的群山和一轮圆月，"军工烟筒"消失了，草原又完全回到了宁静美丽的原始状态。【略译】

陈阵不由吟诵起李白的著名诗句："明月出天山，苍茫云海间。长风几万里，吹度玉门关……"陈阵从小学起就一直酷爱李白，这位生于西域，并深受西域突厥民风影响的浪漫诗人，曾无数次激起他自由狂放的狼血冲动。在原始草原的月夜吟诵李白的诗，与在北京学堂里诵颂的感觉迥然不同。陈阵的胸中忽然涌起李白式的豪放，又想起了一个困扰他很久的问题：中国诗家都仰慕李白，但却不主张去学李白，说李白恃才傲上，桀骜不驯，无人学得了。陈阵此刻顿悟，李白豪放的诗风之所以难学，难就难在他深受崇拜狼图腾的突厥民风影响的性格，以及群狼奔腾草原般辽阔的胸怀。李白诗歌豪情冲天，而且一冲就冲上了中国古典诗歌的顶峰。哪个汉儒能够一句飞万里，一字上九天："大鹏一日同风起，扶摇直上九万里。""君不见黄河之水天上来，奔流到海不复回。""我本楚狂人，凤歌笑孔丘。"哪个汉儒敢狂言嘲笑孔圣人？哪个汉儒敢接受御手调羹的伺候？哪个汉儒敢当着大唐皇帝的面，让杨贵妃捧砚，让高力士脱靴？噫吁，危乎高哉！李白之难难于上青天。尔来四万八千岁，文坛"诗仙"仅一人。

陈阵长叹：草原狼的性格再加上华夏文明的精粹，竟能
攀至如此令人眩晕的高度······

[4]到下半夜，[5]陈阵隐约看到远处几家营盘已经不冒烟了，随后就听到[6]下夜的女人和知青赶打羊群的吆喝声、羊群的骚动声。显然，那里的艾草已经用完，[7]或者主人舍不得再添加宝贵的干牛粪。	[4]Sometime before dawn, [5]Chen saw a few of the distant camps were no longer burning mugwort. He then heard [6]shouts from women on the night watch and the sounds of Beijing students driving their sheep home. [7]Either they had used up all their mugwort or someone was hoarding his precious dried cow patties.
(1095 汉字[含标点符号])	(135 words [含标点符号])

【译析】就【ST54】译文的讨论，主要涉及文化背景、句型特色及短语处理等三大方面的问题。

1) 文化背景方面。

①大约 870 个汉字(含标点)完全被"无情"地删去了，有关内容涉及主人公的大段议论、内心独白、哲理思考、见景抒情、引经据典、诗情画意、国际国内、天南地北、纵横捭阖等，在葛浩文的眼里似乎都不宜翻译过去，其中有必要性的问题，但不得不承认的是：假设作者的描写是具有(接近)国际标准的文学性的，那显然不能做如此大量的删节；假设欧美读者在联想、欣赏中国传统的历史文化(包括诗歌文学)方面还(有所)"跟不上"的话，"迁就"一下 TL读者似乎情有可原。

②问题的另一方面，或许不是李白的诗歌在此引用得不妥，或许是作者这样的描写显得"空洞"、"乏味"、"文学性不够前卫、国际化"、"过于传统或个性化的'文学元素'较多"而不易也不宜转换成拼音文字的英文呢？

③如果硬要葛浩文翻译这些被删去的文字，起码翻它个三分之二或者不少于一半的篇幅，结果又会如何？即国际市场能够较好地接受吗？不仅仅考虑的是译成英文这一种目标语是否可行，还有译成其他东方语系的文字又如何？

2) 句型特色方面。

①ST 之[1]，典型的 TL 形合(hypotaxis)取代 SL 意合(parataxis)，而且还采

用了合并法(combination)。

②ST 之[2]，汉译英特别讲究断句/切分或分译(division)，这里的断句很漂亮。

③ST 之[5]，译文的断句很好，句子衔接、照应得也很好——"<u>Chen saw</u> a few of the distant camps were no longer burning mugwort. <u>He then heard…</u>"

④ST 之[6]，原文中的搭配不清楚，译文反而条理清楚：变"<u>下夜的女人和知青赶打羊群的吆喝声、羊群的骚动声</u>"为"下夜女人的吆喝声+知青赶打羊群的骚动声"。详见 TT 之[6]。

⑤ST + TT 之[7]，译文既合理又巧妙——"Either…or someone…"居然可以表达"主人舍不得……"。

3) 短语处理方面。

①ST+TT 之[1]，"全大队的各个营盘"、"烟阵"、"上百个烟盆烟堆"、"涌烟"——均处理得很艺术、很有语境感，搭配合理、裁剪得到(指省略得当、表达地道)："all the brigade camps"、"mugwort fires"、"hundreds of them"、"releasing dense smoke"。

②ST+TT 之[2]，"白烟滚滚，阵势浩大，蔚为壮观"的处理包含"简化"技巧(simplification)——"(with factory chimneys) spewing white smoke to create a magnificent panorama"。

③ST+TT 之[3]，"挡住了狂蚊"、"……起到巨大的震慑作用"的处理法值得我们好好思考——"held off the <u>crazed</u> mosquitoes"、"had an <u>awesome effect</u> on (the wolves, who had been starving under the plague)"。注意双底线的英文处理——"crazed(狂)"、"awesome effect(震慑)"。

④ST+TT 之[4]，"到了下半夜"不太好处理——in the second half of the night? 显然很一般。尽管"Sometime before dawn"也不够准确，但已相当有新意了。

⑤ST+TT 之[5]，"<u>隐约</u>看到<u>远处</u>几家营盘"在译文中，"隐约"被省略，原因是后半夜看"远处"的东西不会(很)清楚，省略后语言也显得简洁。"不冒烟"被处理成"…were no longer burning mugwort"。

⑥ST+TT 之[6]，"<u>下夜的女人</u>和<u>知青赶打羊群</u>的吆喝声、羊群的骚动声"中，"吆喝声"跟"下夜的女人(的)"和"知青赶打羊群的"发生意义上的搭配关系；而知青赶羊群时会发出"吆喝声"和"羊群的骚动声"——"(He then heard) <u>shouts from women on the night watch</u> and <u>the sounds of Beijing students driving</u>

their sheep home"。其中，"下夜的女人"属于 semantic translation，准确、到位；"知青"处理成"Beijing students"属于 contextual meaning，简明到位；"赶打羊群"也处理成"driving their sheep home"非常具体化，属于 specification。

⑦ST+TT 之[7]，没有译"主人"，意思照样清楚；译出"主人"，反倒啰唆。之所以此处"不译"胜"有译"，还得益于"Either (they had used up all their mugwort) or someone was hoarding..."这个句子结构。

译界的有识之士的经验之谈，是汉译英首先要解决句型问题，即 syntactic (al) translation 的问题是 C-E 翻译的首要问题（之一），或基本问题。

【ST55】/【TT55】《红高粱》（最后一节/第 9 节节选）/*Red Sorghum* (Excerpts from 9)

【ST55】一九七六年，我爷爷死的时候，父亲¹用他的[1]缺了两个指头的左手，把爷爷[2]圆睁的双眼合上。爷爷一九五八年从日本北海道的荒山野岭中回来时，已经不太会说话，每个字都像沉重的石块一样从他口里往外吐。爷爷从日本回来时，村里举行了盛大的典礼，连县长都来参加了。那时候我两岁。我记得在[3]村头的白果树下，[4]一字儿排开八张[5]八仙桌，每张桌子上摆着一坛酒，十几个[6]大白碗。县长搬起坛子，倒出一碗酒，双手捧给爷爷。县长说："老英雄，敬您一碗酒，您给全县人民带来了光荣!"爷爷笨拙地站起来，[7]灰白的眼珠

【TT55】In 1976, when my grandfather died, Father closed his [2]unseeing eyes with his [1]left hand, from which two fingers were missing. Granddad had returned from the desolate Japanese mountains of Hokkaido scarcely able to speak, spitting out each word as though it were a heavy stone. The village held a grand welcoming ceremony in honor of his return, attended by the county head. I was barely two at the time, but I recall seeing eight tables beneath the gingko tree at [3]the head of the village set with jugs of wine and dozens of [6]white ceramic bowls. The county head picked up a jug and filled one of the bowls, which he handed to Granddad with both hands. "Here's to you, our aging hero," he said,"You've brought glory to our county!"

---

1 根据《中篇小说金库》（林贤治、肖建国主编）之《红高粱》第 85 页是"母亲"（不是父亲）。

子转动着，说："喔——喔——枪——枪。"我看到爷爷把那杯酒放到唇边，[8]他的多皱的脖子梗着，[9]喉结一上一下地滑动，[10]酒很少进口，多半顺着下巴，哗哗啦啦地流到了他的胸膛上。

(305 汉字[含标点符号])

Granddad clumsily stood up, and [7]his ashen eyeballs fluttered as he said, "Woo—woo—gun—gun." I watched him raise the bowl to his lips. [8]His wrinkled neck twitched, and [9]his Adam's apple slid up and down [10]as he drank. Most of the wine ran down his chin and onto his chest instead of sliding down his throat.

(190 words [含标点符号])

【译析】在写作的艺术手法上，《红高粱》[1]深受拉美魔幻现实主义的影响（莫言本人有不同的看法），小说时空关系交错，情节扑朔迷离，但不免有疏漏之处。葛浩文一方面通过 simplification（简化/易化）、revision/deletion（删改）、omission（略译）、rewriting（重写）等手段修复 ST 之漏洞，另一方面通过 reorganization（事件重组）、reduction（压缩精简）等手法使新的 TT 结构更为紧凑、情节更为连贯，表现出与 ST 作者不同的写作理念（据悉，葛浩文的不少或全部原则性修改都会征求莫言的意见，后者对前者非常宽容、理解，完全放心）。

就结构/逻辑而言，ST 的某几个自然段顺序是①⇨②⇨③⇨④⇨⑤，经重写（rewriting），结果是①⇨②⇨④⇨④⇨⑤。

就叙述视角而言，莫言对自己所选择的"我"、"我奶奶"、"我爷爷"等感到满意，叙述起来非常方面、灵活，既包含了第一人称，也包含了第三人称，且两者融为一体（mixing the first-person and the third person）。注意介绍加拿大作家索耶的写作秘籍之二（写作视角）。

就反历史性主题而言，情节型的《红高粱》几乎自然主义的写实笔法，一反乃至颠覆了传统的历史文学观，给在中国土生土长的作家或译者带来诸多的挑战，包括观念上、译写上的等。

当然，作者本人在敢于揭示或揭露社会、政治、生活、人性等问题的胆量上，是要强于其他作家的。因此，葛浩文会采用诸多灵活、变通的手法/技巧

---

1 《红高粱》属于长篇小说《红高粱家族》之首章，按单部算归为中篇小说，还有其他四部中篇（四章）。就结构、立意而言，这五部中篇中，第一部《红高粱》是最为成功的。

(amplification、omission、annotation、rewording)来适应这种主题，既不能对 ST 不忠，更不能脱离 TT 读者当时的现实状况和水平。这些 rewriting 有主观因素，也有客观因素。

就 SL 风格而言，莫言使用了不少富有表现力的方言（如"拤饼"与"吃拤饼的"，后者指当土匪的）。此外，还有更多的笔者称之为"莫（言）式风格"的个性化言语、词汇搭配、修辞手段、声色词选择等。为此，葛浩文均全力以赴，译出了自己的最佳水平。

以上，笔者简述了《红高粱》ST 和 TT 的一些特点、特色。原则上说，写在【译析】之前的所有这些，我们的 BTI/MTI 读者都会感到高不可攀。的确如此。所以，我们要求学生读者首先学会观察和思考，看看高手、大师们是如何进行创造性重写的。学会模仿是一切真正属于你自己的创造之前奏曲。

严格来说，文学作品是不能翻译的（虽有可译性和可译度），翻译出来的作品已经不是那个"本我"的原著（ST/SL text）了，而是经过了 TL 加工的"他我"之著即译著（TT）了。因为，文学属于语言艺术，作品赖以生存的基础或生命就是语言本身，而不同语种之间，语言的形式（language form/linguistic form）是完全不同的，变了语种或形式的语言（即 TL），是无法再现 ST 的"形"与"神"的，尤其无法再现 SL 的风格。

语际翻译（interlingual transfer）如此，语内翻译（intralingual transfer）亦同。比如我们的古诗词、文言小说散文等，翻译成白话文或"半白半文"后，除了大意和情节，我们很难领会到它原来语言（the original language）的神韵。

一部作品，不同的译者，会呈现出不同的翻译风貌，首当其冲的就是语言风格完全不同。所以，我们不妨持这样的观点：读者们从译著中读不到巴尔扎克的风格、梅里美的风格、司汤达的风格等，我们所读到的是傅雷的风格。

因为我们**无法直接读到原著的语言风格**（SL style），我们只能直接读到译者自己的语言风格，同时间接读到原著（作者）比较"粗放型"的语言风格。

既然如此，我们为何不首先集中精力学好 SL+TL，培养自己语言和文化的敏感度，而 let the style take care of itself。

接着，我们直接进入对《红高粱》选段英汉文本分析、研究中去吧。

从宏观视角出发，ST 与 TT 字/词数之比相当理想——62%。在此基础之上，我们来考量《红高粱》最后一节选段中各种颇有难度的词语翻译。

1) ST[1]是前置定语，但只能处理成 TL 中的后置定语。这跟"失联航班"一样 (the flight that has lost contact with…)。

2) ST[2]很容易误译。"圆睁的双眼"若是"wide opening eyes/eyes opening wide"意思则相反了，死者不是主动睁着双眼，而是"unseeing"——not noticing or really looking at anything although your eyes are open[1]。

3) ST[3]还可译成"the edge of the village"（见 *Red Sorghum*[the Penguin Group] 第 3 页，或者【ST56】/【TT56】之译析），但指的是"村边"，而 TT[3]则指"村的上端"。

4) ST[4]没有译，似乎缺乏了一种"气势"、"气氛"、"派头"。

5) ST[5]没有译，似乎也缺了一种农村那种大桌子的"派头"。

6) "[4]一字儿排开八张[5]八仙桌"可以译成 eight largest square tables for eight people lining in a row 或 to arrange eight largest square tables for eight people in a row。比较葛浩文在处理小说第 4 节第一句"队伍走上河堤，一字儿排开，刚从雾里挣扎出来的红太阳照耀着他们"时的译文：THE TROOPS EMERGED onto the riverbank in a column, with the red sun, which had just broken through the mist, shining down on them（见 *Red Sorghum* 第 24 页）。

7) ST[6]应注意这个表示材料性质的词"ceramic"，所谓"大白碗"，"大瓷碗"也。

8) ST[7]涉及两个难点，一是颜色词的选择，二是动词的选择。

9) ST[8]涉及两个难点，形容词"多皱的"的选择和动词的合理搭配。

10) ST[9]译得很有动态感、画面感。

11) ST[10]的断句和合并都处理得很合理、很流畅。TT[10]中的"instead of sliding down his throat"是一个必要的补充。

【ST56】/【TT56】《红高粱》（第 1 节）/ *Red Sorghum* (Excerpts from 1)	
【ST56】[1]一九三九年古历八月初九，我父亲这个土匪种[2]十四岁多一点。他跟着[3]后来名满天下的传奇英雄余占鳌司	【TT56】[1]THE NINTH DAY OF the eighth lunar month, 1939. My father, a bandit's off-spring [2]who had passed his fifteen birthday, was joining the forces of Commander Yu

---

1 详见 *Oxford Advanced Learner's English-Chinese Dictionary* (6th Edition)。

令的队伍去[4]胶平公路伏击日本人的汽车队。奶奶披着夹袄，送他们到[5]村头。余司令说："立住吧。"奶奶就立住了。奶奶对我父亲说："豆官，[6]听你干爹的话。"父亲没吱声，[7]他看着奶奶高大的身躯，嗅着奶奶的夹袄里散出的热烘烘的香味，突然感到凉气逼人，他打了一个颤。肚子咕噜噜响一阵。余司令拍了一下父亲的头，说："走，[8]干儿。"

[9]天地混沌，景物影影绰绰，[10]队伍的杂沓脚步声已响出很远。[11]父亲眼前挂着蓝白色的雾幔，挡住他的视线，只闻队伍脚步声，不见队伍形和影。父亲[12]紧紧扯住余司令的衣角，[13]双腿快速挪动。[14]奶奶像岸愈离愈远，雾像海水愈近愈汹涌，父亲抓住余司令，就像抓住一条船舷。

（315 汉字[含标点符号]）

Zhan'ao, [3]a man destined to become a legendary hero, to ambush a Japanese convoy on [4]the Jiao-Ping highway. Grandma, a padded jacket over her shoulder, saw them to [5]the edge of the village. "Stop here," Commander Yu ordered her. She stopped.

"Douguan, [6]mind your foster-dad," she told my father. [7]The sight of her large frame and the warm fragrance of her lined jacket chilled him. He shivered. His stomach growled.

Commander Yu patted him on the head and said, "Let's go, [8]foster-son."

[9]Heaven and earth were in turmoil, the view was blurred. [10]By then the soldiers' muffled footsteps had moved far down the road. [11]Father could still hear them, but a curtain of blue mist obscured the men themselves. [12]Gripping tightly to Commander Yu's coat, he [13]nearly flew down the path on churning legs. [14]Grandma receded like a distant shore as the approaching sea of mist grew more tempestuous; holding on to Commander Yu was like clinging to the railing of a boat. (190 words [含标点符号])

【译析】《红高粱》第1节开门见山，引出了三个重要主人公(我父亲、我爷爷、我奶奶)，第1、2段 ST 与 TT 字/词数之比很理想——60%。良好的开端适合 BTI/MTI 学习、研究及实践。

1) ST[1]是农历，注意译法和在书中的逻辑。

2) ST[2]被译成 TT[2]，是出于公历(the Western calendar)的考虑。

3) ST[3]的处理，给人以地道之感觉，实则是译者的创意。

4) ST[4]可以译成"Jiaozhou-Pingdu highway"，葛译本是省略译法。同理，"杭嘉湖平原"通常译为"the Hangzhou-Jiaxing-Huzhou plain"，亦可是"the Hangzhou-Jia-Hu plain"。

5) ST[5]被处理成 TT[5]，而非 the head of the village。

6) ST[6]译得很口语化。

7) 处理时 ST[7]，主语和句型全改变了。这是汉译英中确定主语的一个典型案例。

8) ST[8]的"干儿"(foster-son)和上边的"干爸"(foster-dad)都可以作为称谓来处理。

9) 葛浩文在处理 ST[9]之类四字成语/搭配时，并不倾向于使用 TL 中的习语，而代之以简洁明快的释义法。

10) 处理 ST[10]时，视角做了调整。把"（队伍的杂沓）脚步声已响出很远"转换成"(By then the soldiers') muffled footsteps had moved far down the road"。

11) ST[11]的处理法是"重构"(restructuring)和"词序转换"(inversion)。

12) ST[12]中的"衣角"不必翻译，一般被 TL 读者理解为抓住"对方上衣的一角"。

13) ST[13]很难处理，TT 中"on churning legs"非常形象，非常精彩。

14) ST[14]在 TT[14]中处理得旗鼓相当。

【ST57】/【TT57】《红高粱》(第 6 节) / *Red Sorghum* (Excerpts from 6)	
【ST57】十七岁的玲子姑娘，当时是我们村第一号美女。……[1]据说玲子爱上了这个青年。他[2]操着一口漂亮的京腔，从来不笑，眉毛日日紧蹙，双眉之间有三条竖纹，人们都叫他任副官。[3]玲子觉得任副官冷俏的外壳里，有一股逼人的灼热，烧燎得她坐立	【TT57】The prettiest girl in the village, Lingzi was seventeen at the time… Lingzi [1]was rumored to be in love with him. He [2]spoke with a beautiful Beijing dialect, and never smiled; his brow was forever creased in a frown, with three vertical furrows above his nose. Everyone called him Adjutant Ren. [3]Lingzi felt that beneath Adjutant Ren's cold, hard exterior

不安。

……

[4]任副官没事时，常在我家的空场上背着手散步，[5]玲子躲在墙后偷偷看他。

[6]任副官问："你叫什么名字？"

"玲子。"

"你躲在墙后看什么？"

"看你哩。"

"你识字吗？"

"不识。"

"你想当兵吗？"

"不想。"

"噢，不想。"

……

[7]玲子姑娘有一天大着胆子去找任副官，误入了军需股长的房子。军需股长是[8]余司令的亲叔余大牙，四十多岁，嗜酒如命，贪财好色，[9]那天他喝了个八成醉，玲子闯进去，正如飞蛾投火，正如羊入虎穴。

任副官命令几个队员，把

raged a fire, and it put her on edge.

…

[4]His favorite leisure activity was strolling around the parade ground with his hands clasped behind his back. [5]Lingzi would hide behind the wall and drink in the sight.

[6]"What's your name?" Adjutant Ren asked.

"Lingzi."

"Who were you watching from back there?"

"You."

"Do you know how to read?"

"No."

"Want to join the army?"

"No."

"I see."

…

[7]Lingzi screwed up her courage one day and went to find Adjutant Ren, but accidentally stumbled into the room of the quartermaster, [8]Big Tooth Yu, hard-drinking, insatiably lecherous forty-year-old uncle of Commander Yu. [9]He was pretty drunk that day, and when Lingzi burst into his room, it was like a moth drawn to a fire, or a lamb entering a tiger's den.

Adjutant Ren ordered two soldiers to

[10]糟蹋玲子姑娘的余大牙捆了起来。

那时，余司令落宿在我家，任副官去向他报告时。余司令正在我奶奶炕上睡觉，奶奶已梳洗停当，正准备[11]烧几条柳叶鱼下酒，任副官怒冲冲闯进来，吓了奶奶一大跳。

任副官问奶奶："司令呢？"

"在炕上睡觉哩!"奶奶说。

"叫起来他。"奶奶叫起余司令。

余司令睡眼惺忪地走出来，伸一个懒腰，打一个哈欠，说："有什么事？"

"司令，要是日本人奸淫我姐妹，当不当杀？"任副官问。

"杀!"余司令回答。

"司令，要是中国人奸淫自己姐妹，该不该杀？"

"杀!"

"好，司令，就等着你这句话。"任副官说，"余大牙奸污了民女曹玲子，我已经让弟兄们把他捆起来了。""有这种事？"余司令说。

"司令，什么时候执行枪

tie up the man [10]who had deflowered the girl Lingzi. At the time, Commander Yu was staying at our house, and when Adjutant Ren came to make his report, he was asleep on Grandma's kang. She had washed up and brushed her hair, and was about [11]to fry some willowfish to go with the wine when the fuming Adjutant Ren burst into the room, frightening the wits out of her.

"Where's the commander?" Adjutant Ren asked her.

He's on the kang, asleep."

"Wake him up."

Grandma woke Commander Yu, who walked out of the bedroom, stretched, yawned, and asked, "What is it?"

"Commander, if a Japanese raped my sister, should he be shot?"

"Of course!" Commander Yu Replied.

"If a Chinese raped my sister, should he be shot?"

"Of course!"

"That's just what I wanted to hear," Adjutant Ren said. "Big Tooth Yu deflowered the local girl Cao Lingzi, and I've ordered the men to tie him up."

"Are you sure he did it?"

"When will he be shot, Commander?"

决？"

余司令打了一个嗝，说："睡个女人，也算不了大事。"

"司令，王子犯法，一律同罪！"

"你说该治他个什么罪？"余司令阴沉沉地问。

"枪毙！"任副官毫不犹豫地说。

[12]余司令哼了一声，焦躁地踱着脚，满脸怒气。后来，他脸上又漾出笑容，说："任副官，当众打他五十马鞭，给玲子家二十块大洋，怎么样？"

任副官刻薄地说："就因为他是你亲叔叔？"

"打他八十马鞭，罚他娶了玲子，老子也认个小婶婶！"

任副官解下腰带，连同勃朗宁手枪，摔到余司令怀里。任副官拱手一揖，道一声："司令，两便了！"便大踏步走出我家院子。

余司令提着枪，看着任副官的背影，咬牙切齿地说："滚

Commander Yu sucked in his breath. "Since when is sleeping with a woman a serious offense?"

"Commander, no one's above the law, not even a prince."

"And what do you think the punishment should be?" Commander Yu asked somberly.

"A firing squad!" Adjutant Ren replied without hesitation.

[12]Commander Yu sucked in his breath again and began to pace impatiently, anger building up inside him. Finally, he smiled and said, "Adjutant Ren, what do you say we give him fifty lashes in front of the men and compensate Lingzi's family with twenty silver dollars?"

"Because he's your uncle?" Adjutant Ren asked caustically.

"Eighty lashes, then, and force him to marry Lingzi. I'll even call her Auntie!"

Adjutant Ren undid his belt and tossed it, along with the Browning pistol, to Commander Yu. Holding his hands in a salute in front of him, he said, "This will make it easier for both of us." He turned and walked out into the yard.

Commander Yu, pistol in hand, stared at Adjutant Ren's retreating back and growled

你娘的，一个学生娃娃，也想管辖老子，老子吃了十年抟饼，还没有人敢如此张狂。"

奶奶说："占鳌，不能让任副官走，千军易得，一将难求。"

"妇道人家懂得什么！"余司令心烦意乱地说。

"原以为你是条好汉，想不到也是个窝囊废！"奶奶说。

余司令拉开手枪，说："你是不是活够了？"

奶奶一把撕开胸衣，露出粉团一样的胸脯，说："开枪吧！"

父亲高叫一声娘，扑到了我奶奶胸前。

余占鳌看着我父亲的[13]端正头颅，看着我奶奶的花容月貌，[14]不知有多少往事涌上心头。

(1144 汉字[含标点符号])

through clenced teeth, "Go on, get the fuck out of here! No dammed schoolboy is going to tell me what to do! In the ten years I ate fistcakes, nobody was that insolent to me."

"Zhan'ao," Grandma said, "you can't let Adjutant Ren go. Soldiers are easy to recruit, but generals are worth their weight in gold."

"Women don't understand these things!" Commander Yu said in frustration.

"I always thought you were tough, not spineless!"

Commander Yu aimed the pistol at her. "Have you lived long enough?" he snarled.

She tore open her shirt, exposing two tender mounds of flesh, and challenged him: "Go ahead, shoot!"

With a shout of "Mom!" Father rushed in and buried his head between her breasts.

As he looked at Father's neat, round head and Grandma's [13]beautiful face, [14]a torrent of memories flooded Granddad's mind.

(679 words [含标点符号])

【译析】《红高粱》第 6 节对话比较多，特选择几位主要人物的对话，并配有语境，使用序号[6]，贯穿【ST57】/【TT57】的有关文字，全部加波浪底线，以示区别。笔者自然状态下节选的 ST 与 TT 字/词数之比依然很理想——59%。这说明葛浩文的译笔高超，发挥稳定。

1) ST[1] "据说" 可有数种不同的译法，由于尚未有确切的证据，起码暂时是某种"单恋",所以有关译文是"were rumored to be（in love with…）"。

2）ST[2]的处理应注意时代性。"操着一口漂亮的京腔"被译成"spoke with a beautiful <u>Beijing</u> dialect"可以接受，但当时正处于抗日战争时期，用 Beijing 并非"合适"，改为"Peking dialect"乃是合适的，因为是"京腔"嘛。

3）从顺序、内涵、形式、措辞、地道等视角考察，ST[3]处理得非常贴切、到位，功能对等。比如"（玲子觉得）任副官（冷俏的）外壳里，有一股逼人的灼热，烧燎得她坐立不安"，译文是"<u>beneath</u> Adjutant Ren's（cold, hard）<u>exterior raged a fire, and it put her on edge</u>"，尤其是"put somebody on edge"用得特别到位。

4）在 ST[4]中，"任副官没事时"很容易被处理成"when Adjutant Ren was free/not busy"，但葛浩文技高一筹，译文的内涵、层次、品味跃然纸上——"his favorite leisure activity"。

5）ST[5]译得很高明。"（玲子）躲在墙后偷偷<u>看他</u>"⇨"…hide behind the wall and <u>drink in the sight</u>"，其中底线的文字属于"高级语言"。"to drink sth↔in"意为 to look at or listen to sth with great interest and enjoyment（英文释义见 *Oxford Advanced Learner's English-Chinese Dictionary* [6th Edition]）。

6）ST[6]均有波浪下画线，主要以对话为主（其余为原有的上下文）。下述几个语言点需要做些解释：

- "你躲在墙后看什么？"中的"躲"不必直接译出——"Who were you watching from back there?""余大牙"的英译处理已很常见——Big Tooth Yu。
- "（余司令）打了一个嗝"被理解并译成"suck in his breath"。
- "睡个女人，也算不了大事"——"<u>Since when</u> is sleeping with a woman a serious offense?"，注意 since when 的惯用法。
- "王子犯法，一律同罪"的译文，在风格上很契合——"no one's above the law, not even a prince"，很口语化，没有使用过于文绉绉的译文。
- "<u>当众打他五十马鞭</u>，<u>给玲子家</u>二十块大洋"——"<u>give him fifty lashes in front of the men</u> and <u>compensate Lingzi's family with twenty silver dollars</u>?"
- "（任副官）拱手一揖，道一声：'司令，<u>两便了</u>'！"——"Holding his hands in a salute in front of him, he said, '<u>This will make it easier for both of us</u>.'"
- "<u>滚你娘的</u>，<u>一个学生娃娃，</u>也想管辖老子，老子吃了十年<u>拤饼</u>，还没有人敢如此张狂" ——"Go on, <u>get the fuck out of here</u>! <u>No dammed schoolboy is going to tell me what to do</u>! In the ten years I ate <u>fistcakes</u>, nobody was that insolent to me."

● "<u>千军易得，一将难求</u>" 译得很见功底，符合 "我奶奶" 的身份、水平——"<u>Soldiers are easy to recruit, but generals are worth their weight in gold</u>."。

● "'<u>妇道人家懂得什么</u>！'余司令<u>心烦意乱</u>地说。" ——"'<u>Women don't understand these things</u>!' Commander Yu said <u>in frustration</u>."

● "<u>原以为你是条好汉</u>，想不到也是个窝囊废！"——"<u>I always thought you were tough, not spineless</u>!"

● "奶奶一把撕开<u>胸衣</u>，露出粉团一样的<u>胸脯</u>，<u>说</u>：'<u>开枪吧</u>！'" ——"She tore open her <u>shirt</u>, exposing <u>two tender mounds of flesh</u>, and <u>challenged him</u>: 'Go ahead, shoot!'"

　　7) ST[7]中，"<u>大着胆子</u>"、"<u>误入了军需股长的房子</u>" ——"<u>screwed up her courage</u>"、"<u>accidentally stumbled into</u> the room of the <u>quartermaster</u>"。

　　8) 注意 ST[8]在 TL 中的语序：¹余司令的亲叔 ²余大牙，³四十多岁，⁴嗜酒如命，⁵贪财好色——²Big Tooth Yu, ⁴hard-drinking, ⁵insatiably lecherous ³forty-year-old ¹uncle of Commander Yu。

　　9) 在 ST[9]中，注意葛浩文的具体处理方法："<u>八成醉</u>"，"玲子闯进去，<u>正如飞蛾投火，正如羊入虎穴</u>" ——"<u>pretty</u>¹ drunk"，"when Lingzi burst into his room, it was <u>like a moth drawn to a fire</u>, or <u>a lamb entering a tiger's den</u>"。

　　10) ST[10]中 "糟蹋 (玲子姑娘)" 的 TL 选词是 to deflower, 非常精准，其意为 to have sex with a woman who has not had sex before²。

　　11) ST[11]中"下酒 (菜等)"，地道的 TL 说法是 (of dishes, beans, peanuts, etc.) to go with/serve with the wine, beer, sake, etc.。所以，"烧几条柳叶鱼下酒" 可以是 "to fry some willowfish to go with the wine"。

　　12) 葛浩文处理 ST[12]时，完全是从语境出发。"(余司令) 哼了一声"，就是跟 "余司令打了一个嗝"（Commander Yu <u>sucked in his breath</u>.）衔接起来，于是

---

1 美国用法——quite（见 *Merriam-Webster's Advanced Learner's English Dictionary* 第 1280 页）。

2 见 *Oxford Advanced Learner's English-Chinese Dictionary*（6th Edition）。

"Commander Yu sucked in his breath again and...". "满脸怒气" 没有被处理得具象化，而是变成了 "anger building up inside him" (愤怒在胸中/内心增长)。

13) ST[13]中的两个短语的处理很有讲究，就是要弃形象、保意义。"端正头颅" 和 "花容月貌" 被分别译成 "(Father's) neat, round head" 和 "beautiful"，这样反而显得简洁、流畅。不然，"花容月貌" 处理成 Grandma's flower-like features and moonlike face? 显然，文字很 wordy, unnecessary。即使是 "Grandma's flower-like face"，你也觉得这个复合形容词似乎不够 "得体"，还不如选择一个小词，如 pretty、beautiful、nice-looking 等。当然，我们不得不承认：此处汉语的能量超过英语。

14) ST[14]中的 "不知有" 也是可以略译的，它在汉语中起强调作用，在 TT 中最后处理成 "失之东隅，收之桑榆" ——a torrent of memories flooded Granddad's mind。

【ST58】/【TT58】《四十一炮》（第 28 章）/ Pow (Excerpts from 28)

【ST58】[1]我们是属于你的，我们只愿意属于你。我们在沸水锅里痛苦地翻滚时，就在呼唤着你、盼望着你。我们希望被你吃掉，我们生怕被不是你的人吃掉。但我们是无能为力的。[2]弱女子还可以用自杀的方式来保持自己的清白，我们连自杀的能力也没有。[3]我们天生命贱，只能听天由命。如果你不来吃我们，就不知道什么卑俗的人来吃我们了。……[4]这个世界上，像您这样爱肉、懂肉、喜欢肉的人实在是太少了啊，罗小通。亲爱的罗

【TT58】[1]We belong to you, to you alone, you are whom we sought. We called out to you when we were suffering the agonies of boiling water, we longed for you. We want you to eat us and we are fearful of being eaten by anyone but you. Yet we have no say in the matter. [2]A woman has the ability to end her life to preserve her chastity but even that is denied us. [3]We were born in debased circumstances and are resigned to our fate. If you had not come to feast upon us, who knows to which low and vulgar mouths that privilege would be granted. [4]The world can boast a handful of individuals like you, people who love, understand and appreciate meat, Luo Xiaotong. Dear Luo Xiaotong,

小通，您是爱肉的人，也是我们肉的爱人。我们热爱你，你来吃我们吧。我们被你吃了，就像一个女人，被一个她深爱着的男人娶去做了新娘。来吧，小通，[5]我们的郎君，你还犹豫什么？你还担心什么？快动手吧，快动手啊，撕开我们吧，咬碎我们吧，把我们送入你的肚肠，你不知道，天下的肉都在盼望着你啊，天下的肉在心仪着你啊，[6]你是天下肉的爱人啊，你怎么还不来？啊，罗小通，我们的爱人，你迟迟不动口吃我们，是在怀疑我们的清白吧？[7]你怀疑我们还在狗身上、牛身上、羊身上、猪身上时就被那些激素、瘦肉精等等的毒品饲料污染过吗？是的，这是残酷的事实，[8]放眼天下，纯洁的肉已经不多了，那些[9]垃圾猪、激素牛、化学羊、配方狗，充斥着牛棚羊舍猪圈狗窝，要找一匹纯洁的、未被毒害过的畜生太困难了。

you love meat and meat loves you. We love you, so come eat us, Being eaten by you makes us feel like a bride being taken by the man she loves. Come, Xiaotong, [5]our virtual husband, what are you waiting for? What is bothering you? Come, don't waste another minute. Tear us apart, chew us up, send us straight down into your guts. Whether or not you know it, all the meat in the world longs for you, it admires you. [6]All the meat in the world considers you its lover, so what is holding you back? Ah, Luo Xiaotong, our lover, might you be worried that we're unclean? [7]Worried that when we were still attached to dogs, cows, sheep and pigs, we were contaminated by feed that included growth hormones, lean meat powder and other poisons? You are right to be concerned about this cruel reality. [8]Unadulterated meat is a rarity in this world—you can look high and low and still be frustrated in your search for animals untainted by poisons in their sheds cotes sites and pens, finding instead only [9]hormonal cows, chemical sheep, garbage pigs and prescription dogs. But we are clean, Xiaotong, we have been brought here from deep in South Mountain

---

1 原文如此，见 Mo Yan, *POW*! London • New York • Culcutta: Sealgul Books, 2012 第 213 页。

但是我们是纯洁的，小通，我们是你的父亲委派黄彪去偏僻的南山深处专门采购来的，[10]我们是吃糠咽菜长大的土狗，我们是吃青草喝泉水长大的牛羊，我们是山沟里放养的野猪。

……

[11]"吃肉，是要有肚腹的，"他说，"您生来就是虎狼肚子，[12]爷儿们，天老爷把您弄到人间，就是让您来吃肉的。"

我知道他恭维我的意思有两层，一层是我吃肉的本事让他开了眼界，从心底里佩服；还有一层就是，[13]他要用好话堵住我的嘴，不让我把他往肉里撒尿的事情捅出去。

[14]"爷儿们，肉进了您的肚子，就像美女嫁给了英雄，雕鞍配给了骏马，吃到那些人的肚子里，白白地糟蹋了。"他说，"爷儿们，[15]从今往后，您只要想吃肉了，就来找我，我每天都给您留出来。"他又说，"你是怎么

by Huang Biao on orders from your father. [10]We are we are¹ cows and sheep that have grown to maturity grazing grassy fields and drinking spring water, we are pigs that ran wild in remote mountain ravines and we are local dogs that have grown to adulthood eating bran and wild plants…

…

[11]'To be a carnivore you must have a prodigious stomach,' he said, 'and you were born with the stomach of a tiger or a wolf. The heavens have sent you down here, [12]my young friend, for one purpose only, and that is to eat meat.'

I knew that there were two levels of meanings in his words of praise. One was that I had truly opened his eyes by my capacity for meat, and that deep down he admired me. But on another level [13]he wanted his fine words to buy my silence over the fact that he'd pissed in the pot.

[14]'Meat finds its way into your stomach, my young friend, the way a beautiful woman finds her way into the arms of a staunch man and the way a finely worked saddle finds its way onto the back of a gallant steed,' he said. 'Putting it into the stomachs of others would be a terrible waste. My young friend, come see me [15]any time you desire a meal

进来的呢？是爬墙吗？"

（810 汉字[含标点符号]）

of meat. I can put some aside for you. But tell me, how did you manage to get in here? Did you scale the wall?'

（580 words [含标点符号]）

【译析】在撰写本书时，特别是涉及莫言、涉及诺贝尔文学奖的"小说单元"部分（第12章—15章），笔者暨主编最后完成的是第14章，而非第15章。原因很简单，对莫言著作的(翻译)研究还在继续，还在出新的成果。限于篇幅，本来介绍葛浩文帮助中国作家在国际上拿大奖的译作仅限其中两部（《狼图腾》和《红高粱》），临时新增《四十一炮》的译文案例（我们就不耐心等待 2015 年出版的《蛙》的英译本了），也仅一例，但 ST 不短，约有八百字，属于叙述体文字风格。

莫言于 20 世纪 80 年代中问世的《红高粱》，跟其 17 年后出版的《四十一炮》，在写作手法上是相似的：打破了惯常的小说叙事手法，摆脱了时间、空间、现实、虚幻等一切的束缚，作者本人的思绪如天马行空。由于情节的时空衔接，云山雾罩，初读起来好似杂乱无章，摸不着头脑。读者需要多读几遍，边读边理出头绪。真的读进去了，味道自然而然出来了。学者们说，《四十一炮》以"癫狂"、"诉说"和"复式结构"，在"魔幻现实主义"氛围营造中，创造出一种"狂欢化"、开放型的小说艺术形式。这部小说于 2004 年获得第二届"华语文学传媒大奖·年度杰出成就奖"。

也许这样的"奇幻"吸引着"老外"（西方读者）。可能这样的文学作品具有世界性眼光，能够融入当代全球化语境。

需要解释的是，莫言的(一些)小说常把"性"融入故事情节中，以性来表述小说中人物的性格、人性的尊严、人生的价值观、时代的变迁、社会的意识形态。

需要指出的是，《四十一炮》以其作者的叙述手法著称。特引用该小说英文版的"AFTERWORD－Narration Is Everything"中的几段话[1]（下画线为主编所加）：

●Narration can bring satisfaction to all the unsatisfying aspects of real life, and that fact has provided me with considerable solace. Relying upon the splendour and

[1] 详见 Mo Yan, *POW!* London • New York • Culcutta: Sealgul Books, 2012, 第 385-386 页。

fullness of a narrative to enrich one's bland life and overcome character flaws is a time-honored tradition among writers.

- Seen in that light, the story line of *POW!* isn't all that meaningful. Throughout the novel, narration is the goal, narration is the theme and narration is the construct of ideas. The goal of narration is narration.
- The affected tone of the narrator's prattling makes it possible for the 'unreal' to become 'real'. Finding the means to exhibit that 'affected tone' is the key to unlocking the sacred door of fiction.

有了对这些背景知识的了解，我们接着一同分析、讨论这个案例选段。

1) 选段首句，再次展现葛浩文创造性重写之特色。对比 ST[1] 和 TT[1]，在句子重构方面，译者就做了增益、调整。请注意 TT 中加底线的部分：We belong to you, to you alone, you are whom we sought. We called out to you when we were suffering the agonies of boiling water, we longed for you. （比较 ST：我们是属于你的，我们只愿意属于你。我们在沸水锅里痛苦地翻滚时，就在呼唤着你、盼望着你。）

2) 就 ST[2] 和 TT[2] 进行比照，我们不难发现："弱（女子）" 不必译——其英文逻辑是，如果 "弱女子" 行，那 "强女子" 为何就不行呢？其实应该更行。但这在汉语里，逻辑是通的，是可接受的。"that is denied us" 似乎比原文意思更清晰，更合理，即：不是 "我们连自杀的能力也没有"，而是 "我们连自杀的权利都被剥夺了"、"我们想自杀，都不能自杀"。这再次反映出葛浩文翻译能力的高超之处。

3) ST[3] 的翻译，措辞到位，请自我分析加底线的部分：We were born in debased circumstances and are resigned to our fate. If you had not come to feast upon us, who knows to which low and vulgar mouths that privilege would be granted. 就结构而言，原文是一句（依据是只有一个句号），译文将其切分为两句。

4) ST[4] 带有调侃味道，尤其是 "这个世界上，像您这样……的人实在是太少了啊" 在英译文中换了一种相当肯定的说法，或玩笑或讥讽则通过 "boast a handful of…like you" 来表达（注意加底线部分）：The world can boast a handful of individuals like you…

5) ST[5] 中没有 "virtual"，这么一加似乎语言更妙。"我们的郎君" 是直接呼唤"罗小通"，小说中的主人公。按照莫言的说法，"[D]uring the course of writing this novel, Luo Xiaotong was me. He no longer is." [1]而 virtual 在英文中有两层含义：其一，very close to being something without actually being it；其二，existing or occurring on computers or on the Internet[2]。因此，用 "our virtual husband" 来译 "我们的郎君" 在小说中出现，可谓一创举。

6) ST[6]中第一句的句型是 "主语+是（表示肯定判断之关系动词）+补语"（"啊" 暂且撇开不分析），而在 TT[6]中句型则是 "主语+实义动词+双宾语"，这种句型使句子拟人化了——<u>All the meat</u> in the world <u>considers</u> you its lover.（你是天下肉的爱人啊。）"你怎么还不来" 译成英文后，视角发生了转变（shift of perspective）——<u>so what</u> is holding you back?（你怎么还不来？）

7) ST[7]的翻译要注意动词 "怀疑" 的真正含义，注意诸如 "激素、瘦肉精" 等词汇的 TL 表达。

8) 通过看 TT[8]的选词，ST[8]的译文非常正式，风格跟原文比较接近。

9) ST[9]里 "垃圾猪、激素牛、化学羊、配方狗" 应分别找到它们的对应词，如 "牛" 要选择英文中的 "母牛"。在把这些 TL 名词排列时，注意朗读时的 "乐感" ——hormonal cows, chemical sheep, garbage pigs and prescription dogs。牛跟羊排一块，猪跟狗排一起，读起来就上口。

10) ST[10]译得很流畅，参看 TT[10]里，仔细研读、体会一下其中的精彩之处。

11) ST[11]看似字少、简单，实则不好译。细读 TT[11]，译者用了一个夸张的正式风格的形容词 prodigious（[formal] <u>very large or powerful</u> and causing surprise or admiration[3]），妙不可言。

12) ST[12]（"爷儿们"）看似复数，其实是针对个人来进行对话、叙述，所以 TT[12]为单数——my young <u>friend</u>。"爷儿们" 直译有悖 ST 风格及意义，改为 "my young friend" 算是比较或者最接近 ST 的一种称谓语。我们也欢迎读者提供更好的译法。

13) ST[13]的译法属于上乘，既 "扣" 了 ST 之幽默，又 "扣" 了 ST 之双

1　见 Mo Yan, *POW!* London • New York • Culcutta: Sealgul Books, 2012, 第 386 页末句。

2　见 *Merriam-Webster's Advanced Learner's English Dictionary*。

3　见 *Oxford Advanced Learner's English-Chinese Dictionary*（6th Edition）。

关——"he wanted his fine words to <u>buy my silence</u> over the fact…"（他要用好话堵住我的嘴）；"he'd pissed in the pot"（他往肉里撒尿）很难被中国人(特指有专业英文水平及修养的读者)解码成功，因为撒尿的确是(可以)撒在尿壶里的，如chamber-pot，然而这里笔者猜这里的"pot"是一语双关，除了原意外，还可隐射 sexpot。

14) ST[14]体现了莫言运用这类语言是其拿手好戏，葛浩文在目标语中的"操盘"也可谓旗鼓相当。"爷儿们，<u>肉进了</u>您的肚子，就像<u>美女</u>嫁给了英雄，<u>雕鞍配给了</u>骏马，(吃到那些人的肚子里，白白地糟蹋了)"的 TT[14]——结构严谨，衔接紧凑，重复使用一语双关的"way"（共 5 次），"以不变应万变"，整个句子一气呵成——Meat finds its <u>way</u> into your stomach, my young friend, the <u>way</u> a beautiful woman finds her <u>way</u> into the arms of a <u>staunch man</u> and the <u>way</u> a finely worked saddle finds its <u>way</u> onto the back of a gallant steed. 汉语中的流水句，经过拆分，用新的一句"Putting it into the stomachs of others would be a terrible waste"翻译"吃到那些人的肚子里，白白地糟蹋了"，非常得体。

15) ST[15]之"从今往后"很容易不加思考就译成"from now on"或"from today onward"等，没有错，但小说翻译的难处，很多地方是隐形的，给人以deceptively easy 的错觉，因为我们毕竟不是 native speakers，或长年累月地生活在那个环境，其实中国大陆教英语的老师们的短板就是这种 speech at different levels，尤其是 colloquialism+idiomatic expressions，而小说却恰恰需要这种语言。果然，TT[15]则很简单，两个单词——any time。将其放入上下文，整个句子是：My young friend, come see me <u>any time</u> you desire a meal of meat. 比较中式思维的译句：My young friend, <u>from now on</u>, if you want to eat meat, do come and see me.(Cf. 原文"爷儿们，<u>从今往后</u>，您只要想吃肉了，就来找我。)

16)【ST58】是选自《四十一炮》的一段叙述体文字。有哲理的叙述，有深刻内涵的叙述，同时带有比喻、调侃的叙述，转换成英文，一般会采用阐译(interpretive translation)。于是乎，阐译后 TL words 在总量上就会增加，比例或词数会根据所需阐译内容之文化背景、难易程度而增加。文化背景越复杂，阐释困难越大，阐译所需文字就越多。其结果便是 TT(英语)跟 ST(汉语)字/词数之比变大，一般超过 60%的幅度就比较大。因此，【TT58】文字数 /【ST58】

文字数≈**72%**。这个比例，就古文译英文而言，大致相当于现代英文文字数与古文文字数之比例，一般还会超过这个比例。

比较《红高粱》选段的翻译字数比例，结论因文体不同而不同。再思考《狼图腾》的英译，若是全译本（unabridged translation/full translation），那该书的厚度应是目前"节译本"（abridged translation/partial translation）的两倍。目前西方社会读者们的 attention span 是难以适合或"光顾"我们古代章回性之类的长篇小说的。

中国文化（文学）真正要"走出去"，需要了解、调整、提升的理念、战略、战术等方方面面还有很多很多，需要踏踏实实行走的道路还仍然很长很长。

【研究与实践思考题】

(1) 将 Robert Sawyer 的小说 *Trigger* 第一章（见下【ST】）译成汉语，分析、对比、研究作者是如何开篇的。[C]+[AT]

【ST】

Susan Dawson—thirty-four, with pale skin and pale blue eyes—was standing behind and to the right of the presidential podium. She spoke into the microphone hidden in her sleeve. "Prospector is moving out."

"Copy," said the man's voice in her ear. Seth Jerrison, white, long-faced, with the hooked nose political cartoonists had such fun with, strode onto the wooden platform that had been hastily erected in the center of the wide steps leading up to the Lincoln Memorial.

Susan had been among the many who were unhappy when the president decided yesterday to give his speech here instead of at the White House. He wanted to speak before a crowd, he said, letting the world see that even during such frightening times, Americans could not be cowed. But Susan estimated that fewer than three thousand people were assembled on either side of the reflecting pool. The Washington Monument was visible both at the far end of the pool and upside down in its still water, framed by ice around the edges. In the distance, the domed Capitol was timidly peeking out from behind the stone obelisk.

President Jerrison was wearing a long navy-blue coat, and his breath was visible in the chill November air. "My fellow Americans," he began, "it has been a full month since the latest terrorist attack on our soil. Our thoughts and prayers today are with the brave people of Chicago, just as they continue to be with the proud citizens of San Francisco, who still reel from the attack there in September, and with the patriots of Philadelphia, devastated by the explosion that shook their city in August." He briefly looked over his left shoulder, indicating the nineteen-foot-tall marble statue visible between the Doric columns above and behind him. "A century and a half ago, on the plain at Gettysburg, Abraham Lincoln mused about whether our nation could long endure. But it has endured, and it will continue to do so. The craven acts of terrorists will not deter us; the American spirit is indomitable."

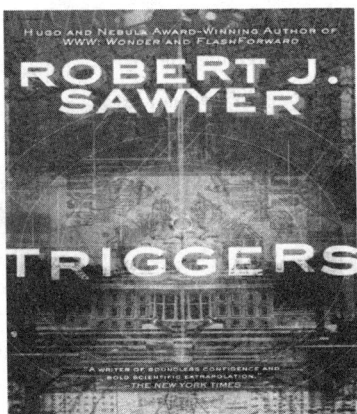

The audience—such as it was—erupted in applause, and Jerrison turned from looking at the teleprompter on his left to the one on his right. "The citizens of the United States will not be held hostage by terrorists; we will not allow the crazed few to derail our way of life."

More applause. As she scanned the crowd, Susan thought of the speeches by previous presidents that had made similar claims. But despite the trillions spent on the war on terror, things were getting worse. The weapons used for the last three attacks were a new kind of bomb: they weren't nukes, but they did generate super-high temperatures and their detonation was accompanied by an electromagnetic pulse, although the pulse was mostly free of the component that could permanently damage electronics. One could conceivably guard against the hijacking of airplanes. But how did one defend against easily hidden, easily carried, hugely powerful bombs?

"Each year, the foes of liberty gain new tools of destruction," continued Jerrison. "Each year, the enemies of civilization can do more damage. But each year we—the free peoples of the world—gain more power, too."

Susan was the Secret Service agent-in-charge. She had line-of-sight to seventeen other agents. Some, like her, were standing in front of the colonnade; others were at the sides of the wide marble staircase. A vast pane of bulletproof glass protected Jerrison from the audience, but she still continued to survey the crowd, looking for anyone who seemed out of place or unduly agitated. A tall, thin man in the front row caught her eye; he was reaching into his jacket the way one might go for a holstered gun—but then he brought out a smartphone and started thumb-typing. Tweet this, asshole, she thought.

Jerrison went on: "I say now, to the world, on behalf of all of us who value liberty, that we shall not rest until our planet is free of the scourge of terrorism."

Another person caught Susan's attention: a woman who was looking not at the podium, but off in the distance at—ah, at a police officer on horseback, over by the Vietnam Veterans Memorial.

"Before I became your president," Jerrison said, "I taught American history at Columbia. If my students could take away only a single lesson, I always hoped it would be the famous maxim that those who fail to learn from history are doomed to repeat it—"

Ka-blam!

Susan's heart jumped and she swung her head left and right, trying to spot where the shot had come from; the marble caused the report to echo. She looked over at the podium and saw that Jerrison had slammed forward into it—he'd been shot from behind.She shouted into her sleeve microphone as she ran, her shoulder-length brown hair flying. "Prospector is hit! Phalanx Alpha, shield him! Phalanx Beta, into the memorial—the shot came from there. Gamma, out into the crowd. Go!"

Jerrison slid onto the wooden stage, ending up face down. Even before

Susan had spoken, the ten Secret Service agents in Phalanx Alpha had formed two living walls—one behind Jerrison to protect him from further shots from that direction; another in front of the bulletproof glass that had shielded him from the audience, in case there was a second assailant on the Mall. A male agent bent down but immediately stood up and shouted, "He's alive!"

The rear group briefly opened their ranks, letting Susan rush in to crouch next to the president. Journalists were trying to approach him—or at least get pictures of his fallen form—but other agents prevented them from getting close.

Alyssa Snow, the president's physician, ran over, accompanied by two paramedics. She gingerly touched Jerrison's back, finding the entrance wound, and—presumably noting that the bullet had missed the spine—rolled the president over. The president's eyes fluttered, looking up at the silver-gray November sky. His lips moved slightly, and Susan tried to make out whatever he was saying over the screams and footfalls from the crowd, but his voice was too faint.

Dr. Snow—who was an elegant forty-year-old African American—soon had the president's long coat open, exposing his suit jacket and blood-soaked white shirt. She unbuttoned the shirt, revealing the exit wound; on this cold morning steam was rising from it. She took a length of gauze from one of the paramedics, wadded it up, and pressed it against the hole to try to stanch the flow of blood. One paramedic was taking the president's vital signs, and the other now had an oxygen mask over Jerrison's mouth.

"How long for a medical chopper?" Susan asked into her wrist.

"Eight minutes," replied a female voice.

"Too long," Susan said. She rose and shouted, "Where's Kushnir?"

"Here, ma'am!"

"Into the Beast!"

"Yes, ma'am!" Kushnir was today's custodian of the nuclear football—the briefcase with the launch procedures; he was wearing a Navy dress uniform. The Beast—the presidential limo—was five hundred feet away on Henry Bacon Drive, the closest it could get to the memorial.

The paramedics transferred Jerrison to a litter. Susan and Snow took up positions on either side and ran with the paramedics and Phalanx Alpha down the broad steps and over to the Beast. Kushnir was already in the front passenger seat, and the paramedics reclined the president's rear seat until it was almost horizontal, then moved him onto it.

Dr. Snow opened the trunk, which contained a bank of the president's blood type, and quickly set up a transfusion. The doctor and the two paramedics took the rearward-facing seats, and Susan sat beside the president. Agent Darryl Hudkins—a tall African American with a shaved head—took the remaining forward-facing chair.

Susan pulled her door shut and shouted to the driver, "Lima Tango, go, go, go!"

(2) 任选一部林语堂的英文小说及其汉译本(如《京华烟云》)或谭恩美的英文小说及其汉译本(如《喜福会》)，重点、深入地研究两位作家是如何翻译、处理独具中国文化特色的名词、动词、习语、句子的。[AT]

(3) 继续对照阅读《狼图腾》及其葛浩文译本，找出更多译者全部删节和部分删节的地方，并分析原因。[AT]

(4) 继续对照阅读《红高粱》及其葛浩文译本，分析译者是如何调整、处理原著段落、情节以及相关文字的。[AT]

Chapter 15

各篇幅小说翻译案例研析

15.1　微型小说——大陆名家精选作品译析

15.1.1　微型小说译本选择理由

我们已经在"小说体裁单元"的导言中对微型小说做了简介。在此还需特别强调："鉴赏力不是靠观赏中等作品而是靠观赏最好作品才能培育的。"（歌德语）"凡是好书，必定会在读者心中唤起对真、善、美的向往，这是一切好书所具有的共性。"（车尔尼雪夫斯基）

为了较好地利用本书有限的章节，让我们的读者以最经济的时间取得学习小说体裁翻译实践能力、理论研讨能力之最大效果，特从全球华文微型小说中，选取大陆名家的优秀作品及其译文，作为 BTI/MTI 初学读者的翻译"例题"和阶梯，从而使读者们能继续向更长篇幅的小说翻译迈进。

经全面考量，我们精选了唐训华、鲁迅、谌容三位作家的作品，分别是《两地书》、《立论》和《总统梦》。就原作而言，读后令人震撼，令人感慨，令人深思。

以下，我们仅从翻译视角对三部微型小说的新译本做一些分析、点评。

15.1.2　三部精选微型小说及新译本

1. 《两地书》

【ST1】　两地书[24]	【TT1】　　　Two Home Letters[24]
唐训华[1]	*Translated by George Chen*[2]
	July 1, 1984[1]
亲爱的弟弟[2]：	Dear Brother[2],
你好！[3]	How have you been getting along with

---

1 新疆作家协会会员。
2 George Chen 指《文学多体裁翻译》主编陈刚。

此次来信，要请你原谅我的罪过：我对你撒了五年的谎。[4]

这五年中，我时刻[5]都在愧疚[4]。每次[6]写信都想向你吐露真情，但穷困的生活，你的瘫痪在床的嫂嫂，不得不使我一次次向你谎报家情，骗取你的孝心[7]。我真不配当你的哥哥呀[8]！你[9]每月都给父亲寄来十元赡养费[10]，可是你知道吗？父亲早在五年前就去世了！

现在，由于你知道的原因[11]，我们翻身了[12]，你嫂嫂也得到了彻底治疗[13]，该是对你们披露真情的时候了[14]！

五年中，我用说谎的手段，以死人[18]的名义，索取了你们省吃俭用的[16]六百元血汗钱[17]，现一并寄还给你们，谢谢你们的深情大恩[15]。你[19]能原谅我[20]吗？没见面[21]的弟媳能原谅我吗？

即颂

your family?[3]

I'm writing this letter to ask you to forgive me. I've lied to you for the past five years. I've been feeling qualms about myself[4] each and every moment[5]. Whenever[6] I was ready to tell you the truth in writing, I gave up at the last minute and instead "cheated my way" into your filial piety for the father after giving a second thought to both our hard life here and your sister-in-law's paralysis[7]. I am unworthy of being your older brother at all[8].

Remember[9] the 10 yuan a month you have sent to support our father[10]? But the truth is that he passed away five years ago.

Now you know[11] our life has turned around[12] and your sister-in-law has been completely all right[13]. It's high time[14] to tell you the truth.

To repay you for your gratitude and filial love[15], I am sending you the total amount of 600 yuan that you earned with your sweat and toil[17] and by living frugally[16] these years and that I took from you through lies and in the name of our deceased[18] father.

Brother[19], could you forgive me[20]? Could your wife, the sister-in-law that I haven't met yet[21], forgive me, too?

近安！[22] 　　　兄上[23] 一九八四年七月一日[1]	Good luck and best wishes![22] The full/given name of the older brother[23]

【点评】

1)《两地书》《ST1-2》真的不是很好译，宏观掌控、微观搞活相当有讲究，尤其是需要用比较符合英美人的 idiomatic 或 colloquial expressions，还是颇费心思的。点评总共有起码 24 处需要我们特别思考，予以关注。以下，我们按照【注】的顺序来。

2) 首先，《两地书》作品名就很难译。由于其【注】排在第 24 位，我们最后来加以讨论。

3) 既然是书信，英译时，要注意参照英美书信格式来谋篇布局，排版设计，并多多运用归化手法来再现中国人的两地书。

4)【ST1】+【TT1】之注[1]就是要遵守英美书信的格式。前者在信尾，后者在信头。"July 1, 1984" 通常是美式英语年月日的书写顺序。

5) 注[2]：不宜直译成 "Dear Younger Brother"。哥哥给弟弟写信，可以直呼其名，或者是 "亲爱的兄弟/弟弟"，一般不必把 younger 写译/写出。总之，使用英文书信的 salutation。

6) 注[3]："你好" 真的不好直译，有几种选择。译文所提供的是最有针对性问候的一种。

7) 注[4]：原 ST 中的 "罪过"、"愧疚" 之类的说法，均为中国传统文化思想在语言中的体现，属于 overstatement，直译的话，不是语言过重，就是有些言过其实。因此，应避免使用夸张话语。根据译者的主体性，译者可以选择类似 guilt、guilty、sin、sinful 等词，笔者此处试用 "to feel qualms about" 等，因为大哥这种做法未必是 "犯罪"，所以他 "说谎" 没有错。作为读者和译者，我们理应为两地书中的 "谎言" 所震撼，所感动。如果我们是其中的一员，也会这样做的。

8) 注[5]："(我)时刻" 在目标语中做了强调处理，因为省略了 "这五年中"，前一句用的是现在完成进行时。

9) 注[6]：之所以使用 "whenever" 而没有使用 "each time…"，是因为前面刚用过 "each and every moment"。

10) 注[7]: 这里采用了"活对"的办法, 尽可能采用地道的表达法, 避免直译产生的语言不够自然。英文构成的特殊"形合"逻辑链"got ready to tell you the truth…"⇨"gave up at the last minute"⇨"and instead cheated my way into your filial piety for the father"⇨"after giving a second thought to…"再现了汉语"(每次写信)都想向你吐露真情"⇨"但穷困的生活, 你的瘫痪在床的嫂嫂"⇨"不得不使我一次次向你谎报家情, 骗取你的孝心"之句子排序逻辑。"瘫痪在床的"可以略译, 因为瘫痪已经译出, 否则句子会显得比较拖沓。

11) 注[8]: "真的不配当你的哥哥……"由"unworthy of being your older brother at all"表达。美语说哥哥可以是"older brother"或"elder brother"。

12) 注[9]: "你……"句可以表达为"You must remember…"或 较为口语化的"Remember…?"

13) 注[10]: "赡养费"被灵活处理。不能用"alimony"、"palimony"或"pension"等。

14) 注[11]: 特地使用口语化的句型处理, 避免使用比较"繁重"的介词短语"for reasons known to you"。

15) 注[12]: 若受剥削受压迫的工人、农民"翻身了", 可以译成"be liberated"。但书信中的情况应理解为"(彻底)转机了"、"完全改变了"等, 故选用动词短语"to turn around"。

16) 注[13]: 完全属于口语化处理。

17) 注[14]: 译文意指"it is about the right time for something"。

18) 注[15]: "谢谢你们的深情大恩"是主要句子, 放在句末, 而英文将其放在句首, 作为强调, 改其功能为目的状语。

19) 注[16-17]: "你们省吃俭用的[16]六百元血汗钱[17]"需要用两种不同短语结构的英文来表达——"(that) you earned with your sweat and toil[17]and by living frugally[16](these years)"。

20) 注[18]: "死(人)"可以译得"雅"一些——(the) deceased (father), 而非"(the) dead (father)"。

21) 注[19]: "你……"句译成英语时, 特地增加"兄弟"一词——"Brother, could you…"。

22) 注[20]："原谅我"与"原谅我的罪过"翻译应保持一致，即统一使用动词"forgive me"。

23) 注[21]："没见面"不宜译成"haven't met before"，最好译成"haven't met yet"，因为"yet"意为"used in negative sentences... to talk about sth that has not happened but that you expect to happen"[1]。

24) 注[22]：改用英文书信中的 complimentary close，如【TT2】。也可以是"Yours…"或"Very sincerely yours…"。

25) 注[23]："兄（上）"不宜译为 Your older brother/Your elder brother，最好译为"兄"的 full name 或 given name。

26) 注[24]："两地书"可以译成"Two letters from two families"、"Letters from two places"、"Letters from home"、"Two home letters"等，此处选择"Two Home Letters"。

【ST2】　两地书	【TT2】　　Two Home Letters
唐训华	*Translated by George Chen*
	July 7, 1984
尊敬的兄长[1]：	Dear Older Brother[1],
您好！[2]	How are things with you lately?[24]
读了您的信，我很悲痛。公公早已去世，我做儿媳的未能尽一点孝心，真是愧对公公九泉之下的魂灵。[3]	I was so saddened by the news that my father-in-law has long passed away and regret that I have never had a chance to do my filial duty as a daughter-in-law. How can I face him when I meet him in my next life?[3]
您是为生活所逼而撒了谎，我完全能谅解[4]。可是，您能原谅我的撒谎吗？为了使老人不至过度悲伤，为了让您一家人愉快地生活[5]，我隐瞒了	I can fully understand your "lies"[4]. But could you be kind enough to forgive me for the lies I have told? In order to avoid devastating the old man and disturbing your life[5], I did not tell you the news that your brother was killed during the counterattack against Vietnam

---

1 详见 *Oxford Advanced Learner's English-Chinese Dictionary* (6th Edition)。

您弟弟在对越自卫反击战[6]中牺牲的消息。

　　寄给你们的钱是您弟弟的抚恤金。现在我手头很阔绰[7]，这六百元钱仍退还给您，请接受[8]。

　　也请兄长原谅我的罪过[9]。祝贺嫂嫂病体康复！致礼！

弟媳[10]

一九八四年七月七日

in self-defense[6].

　　The money sent to you was taken from your brother's compensations. I should be very much relieved if you would accept the amount of 600 yuan I have just returned[8], since I am not hard up in any case[7].

　　Likewise, I'd be relieved if you could also forgive me[9]. Please do give my hearty congratulations to my sister-in-law on her full recovery! Best wishes!

The full/given name of the younger sister-in-law[10]

【点评】

　　1)《两地书》【ST2】跟【ST1】有一些相同重复的地方，但处理方法未必是照搬，翻译的难点或 translation pitfalls 稍不注意就碰上，很容易上当。

　　2)【ST2】+【TT2】之注[1]："尊敬的兄长"可以译为"My Respected Elder Brother"、"Respected Elder Brother"、"Dear Elder Brother"或"My Dear Elder Brother"，也可以使用这位"兄长"的全名——Dear Mr. Full Name 或 Dear Given Name。

　　3)注[2]：英文中表达"您好"的说法有很多，这里仅为其中之一，完全出于主观选择。

　　4)注[3]：这里需要从 discourse pattern（话语模式）的视角来审视这个自然段的翻译。主要思路是"重组"（reorganization）。考虑到英文的 discourse pattern 很中文有不小的差距，应使用 deductive pattern（演绎[话语]模式），所以整个句子结构如下：

　　be so saddened by the news that…and regret that...

　　"真是愧对公公九泉之下的魂灵"是典型的中国传统民俗文化的一种"自责"话语，英文中没有现成的说法，硬译会很怪，不易被 TL 读者所接受：I feel too sorry/guilty to visit my father-in-law at/under the Nine Springs/in the nether world. 建议释义为"我下辈子跟他相遇时，我如何能面对他呢"：How can I face him/my father-in-law when I meet him in my next life?

5) 注[4]：由于在第一封信中，有关背景已有交代，这里可以/也最好采取简单对应(simple correspondence/equivalence)的省略译法(omission)来处理，比如这个"(撒了)谎"字，用"lies"表示即可。

6) 注[5]：经 intralingual interpretation，采用 negation(正说反译)法翻译"为了……"。"过度悲伤"应为"to make (cause) somebody (to be) devastated"，但副词短语中改为主动语态；"让您一家人愉快地生活"解读为"不打扰你们的(正常)生活"。这样解码、再编码后的英文就比较符合 TL 的表达习惯。

7) 注[6]："对越自卫反击战"可以直译，也可以"弱化"为不点名性质的战争：the counterattack against Vietnam in self-defense，或 the war/battle with Vietnam、the border war with Vietnam、the China-Vietnam border war。

8) 注[7]："(现在我)手头很阔绰"这个 SL expression 表面看并不妥帖，其实应意为"手头比较宽裕/还算宽裕"。基于这样的解读，译法就比较多了。

9) 注[7]+[8]：最终的译法还是按照 TL deductive pattern 来处理译文。当然，我们可以提供两种译文，但推荐【TT2】：

【ST】现在我手头很阔绰，这六百元钱仍退还给您，请接受。

【TT1】Now I have a lot of money with me. I am returning the amount of 600 yuan to you. Please accept it.

【TT2】I should be very much relieved if you would accept the amount of 600 yuan I have just returned, since I am not hard up in any case.

10) 注[9]：承上启下，紧跟着"I should be very much relieved if you would…" 是"Likewise, I'd be relieved if you could also forgive me"。

11) 注[10]："弟媳"的译文还是改用弟媳的 full name 或 given name 为好。这样更像一家人，更符合英文书信写作习惯。

2.《立论》

【ST3】　　　立论[1]	【TT3】　On Presenting an Argument[1]
鲁迅	*Translated by George Chen*
我梦见自己正在小学校的讲堂上预备作文，向老	I dreamed that while preparing a composition in a primary-school classroom I asked the

师[2]请教立论[3]的方法。

"难!"老师从眼镜圈外斜射出眼光来,看着我[4],说。"我告诉你一件事——

"一家人家生了一个男孩,合家高兴透顶了。满月的时候,抱出来给客人看,——大概自然是想得一点好兆头。[5]

"一个说:'这孩子将来要发财的。'他于是得到一番感谢。[6]

"一个说:'这孩子将来要做官的。'他于是收回几句恭维。[7]

"一个说:'这孩子将来是要死的。'他于是得到一顿大家合力的痛打。[8]

"说要死的必然,说富贵的说谎。但说谎的得好报,说必然的遭打。[9]你……[10]"

"我愿意既不说谎,也不遭打[11]。那么,老师,我得怎么说呢?"

"那么,你得说:'啊呀!这孩子呵!您瞧!多么……阿唷!哈哈![12]

school-master[2] how to present an argument[3].

"Difficult," said the master, casting me a sidelong glance over his spectacles[4]. "Let me tell you this story—"

"The whole family was full of joy when a baby boy was born to it. The proud parents introduced their new-born baby by holding his full month birthday celebration, customarily expecting some good wishes from invited guests.[5]

"One of the guests was thanked for saying 'The baby will be rich in the future.'[6]

"Another received some compliments in return for saying, 'The baby will be an official in the future.'[7]

"Still another, however, was given a good beating by the entire family for saying, 'The baby will die eventually.'[8]

"To say he'd die is to present a true 'inevitability argument' while to say he'd be rich or an official is to present a false 'probability argument'. Yet the lie tellers were rewarded, whereas the truth teller got a thrashing.[9] So, you…[10]"

"I don't want to tell lies, nor do I want to be beaten[11]. Then what should I do, master?"

"Well, just say, 'Wow! This baby! Look! Oh, boy! It'll he amazing![12] Hahaha! Hehehe! Hehehehe!'"

【点评】

1)《立论》【ST3】的翻译难点主要是"逻辑"、"精确"和"地道"（logic + accuracy + idiomaticity）。

2)【ST3】+【TT3】之注[1]：小小说的题目就很难译得准确，前后逻辑一致。"立论"一词多义，但通过对上下文的全面分析，这里的"立论"应解读为"（就问题）提出论点、观点或见解"。既然学生在写论文，请教"如何立论"，那这个"立论"应译成"to present an/one's argument"。考虑到是小说题目，更为精准的翻译应该是"On presenting an argument"，即"论如何立论"。

3)注[2]：这里，"老师"最好译为"schoolmaster"，因为这个单词特指"(*old-fashioned, especially BrE*) a teacher in a school, especially a private school"[1]。

4)注[3]：根据语境，这里的"立论"显然应译为"how to present an argument"/"how to develop an argument"等。

5)注[4]："从眼镜圈外斜射出眼光来，看着我"最好译成"casting me a sidelong glance over his spectacles"。"眼镜"可以译成"eye-glasses"（美语）、"glasses"（英语）、"specs"（*informal*）或"spectacles"（*old-fashioned or formal*）[2]。

6)注[5]：这个自然段涉及两个句子，翻译起来要首先注意两个焦点问题：其一，两个句子的主语如何确定；其二，如何通过 idiomatic rewriting 把中国很多地区的这种民俗文化简洁地介绍给读者。尽管主语的确定未必只有一种选择，笔者认为：句一的主语最好是"全家"（合家）；"一家人家生了一个男孩"通常只能使用被动语态；"高兴透顶"也可以译成"extremely happy"。句二的主语最好是小孩的父母，而且小两口还特别开心（骄傲）；"满月"不太好译，要关注中国民俗文化该如何通过地道的目标语译介出去；"抱出来"很容易因直译而造成语言不自然；"大概自然是想得到一点好兆头"也应避免机械对等。从句子重构和信息流畅等双重考虑，特将该段落重组如下：

The whole family was full of joy when a baby boy was born to it. The proud parents introduced their new-born baby by holding his full month birthday celebration, customarily expecting some good wishes from invited guests.（一家人家生了一个男孩，合家高兴透顶了。满月的时候，抱出来给客人看，——大概

---

1 详见 *Oxford Advanced Learner's English-Chinese Dictionary* (6th Edition)，底线由主编所加。
2 详见 *Oxford Advanced Learner's English-Chinese Dictionary* (6th Edition) 第 741 页。

自然是想得一点好兆头。）

　　7) 注[6-8]：这三句均采取过去时，deductive pattern 句式，过去时和被动语态（其中这三句中的第二句也可以改为被动语态，这里主要考虑 "just for a change"）。三个 "一个说……" 可以有若干种选择：

● One… //Another… //Still another…；

● One… //Another… //Another…；

● One… //One… //One…；

● One…//Another…//The other…；

● One…//Another…//The third…；

● The first one…//The second…//The third…。

　　8) 注[9]：小说于 1925 年完成，文字 "文白相间"，故应采取 "阐译法+增译法"。"说要死的" 等，实则是 "说婴儿要死的"，"婴儿" 的代词一般可以用 "it"。"……必然" 和 "……说谎" 须发挥译者的主观能动性，做出合理的增益阐释，还应跟整个大语境（谈论写作文的立论）合拍。因此，笔者提供四种译法：

● …is to present a true 'inevitability argument' while…is to present a false 'probability argument'；

● …is to present a true inevitable argument while…is to present a false probable argument；

● …is to present an inevitable argument while…is to present a probable argument；

● …is to present an inevitability argument while…is to present a probability argument。

　　9) 注[10]："你……" 的翻译要注意上下文衔接。

　　10) 注[11]："也不遭打" 的翻译，应采用否定连词 "nor/neither"。

　　11) 注[12]：最后一句相当不好译，原文虚实相间，汉语很普通，这是其特点之一。而必须直白说事的英语则不宜来 "虚" 的表达，还是要注意 real English，注意 idiomatic expressions 的运用。经反复思考，特做对比如下，便于读者鉴别：

【ST】对比文本	【TT】对比文本
那么，	Well,
你得说：	Just say,
'啊呀！	'Wow!
这孩子呵！	This baby!

◆ 新世纪翻译学 R&D 系列著作

您瞧！	Look!
多么……	Oh, boy!
啊哼！	It'll be amazing!
哈哈！	Hahaha! Hehehe! Hehehehe!

3.《总统梦》

【ST4】　　总统梦[1]

谌容

"胖胖[2]，快起来！"

"天还没亮呢！"

"你昨晚保证了[3]，早晨起来把作业做完呀！"

"嗯——嗯，人家刚做了个梦……"

"别说梦话了[4]，快穿衣服，看你爸打你！"

"妈，我真的做了个梦嘛[5]！"

"好，好，好孩子，听妈的话，快点，抬胳膊！"

"我梦见呀，我当了总统了！"[6]

"算术不及格，还当总统呢？[7]伸腿儿！"

"不骗您，我还下了一道命令呢？我……"[8]

"伸脚丫儿！"

"管学校的大臣跪在我面前，[9]我坐在宝座上，可威风啦！[10]我命令：给

【TT4】　　**President in My Dream**[1]

Translated by George Chen

"Quick, Chubbie!"[2] Get up!"

"It's still dark!"

"You did promise last night[3] to get up early and finish the homework!"

"Mmmm, I just had a dream."

"Don't talk about your dream!"[4]. Let's hurry and put on the clothes. Or your dad will beat you up."

"Ma, I did have a dream[5]!"

"OK, that's fine. But be a good boy and listen to Ma. Come on. Raise your arms!"

"I became the President of the country in my dream."[6]

"You got F in math. How can you be the President?[7] Step into the pants!"

But I did. I issued my first order a moment ago…"[8]

"Get your feet into your shoes!"

"The MOE kowtowed to me.[9] How powerful I was, sitting in a grand chair.[10] I issued the order that the children of school

| 老师的孩子作业留得多多的!"[11] | teachers do ten times more homework!"[11] |

【点评】

1)《总统梦》【ST4】的翻译,看似简单,孩子话比较多,其实是最使译者"纠结"的"colloquial style"——你的译文往往不像,不到位,成人化。特别是一些 SL"儿语",内涵很难在 TL 中再现。

2)【ST4】+【TT4】之注[1]:"总统梦"不宜译成

●The Dream of the President——总统的/之梦;

●The Dream about a President——关于一位总统的梦;

●The Dream about the President——关于(特指的)这/那位总统的梦。

但可以译成:

●Dreaming of Being President——梦想成为总统;

●The Dream of Being President——成为总统的梦;

●The Dream of Becoming President——成为总统的梦;

●Becoming President in the/One's Dream——在梦中成为总统;

●President in the/One's Dream——梦中的总统。

本小小说题目译为"President in My Dream",特指在这位小孩梦中那位他想成为的总统。

3)注[2]:"胖胖"可以译成"Pangpang"、"Punpun"、"Piggy Pangpang"或"Chubby/Chubbie"等。可以不选择"Fatty"——(*informal, disapproving*) a fat person[1],其实无所谓,因为只不过是一个 nickname。

4)注[3]:"你昨晚保证了"——似乎是母亲跟儿子讨价还价,所以应使用口语化,但又是强调语气——"You did promise last night..."。

5)注[4]:"别说梦话(了)"本来应为"Don't talk in your dream"等,这里笔者将原话解读为"不要谈论/提你那个梦了",所以译文是"Don't talk about your dream"。

6)注[5]:"我真的做了个梦"的翻译思路同上——"I did have a dream"。

7)注[6]:"我梦见呀,我当了总统了!"宜意译成"I became the President of the country in my dream"。注意画线部分中的"...of the country",即国家的

1　详见 *Oxford Advanced Learner's English-Chinese Dictionary*(6th Edition)。

president。否则该词一词多义，容易造成语焉不详。

8) 注[7]："**算术不及格，还当总统呢？**""不及格"特译成更为口语化的表达法，整个句子是："You got F in math. How can you be the President?"。

9) 注[8]："**不骗您，我还下了一道命令呢？我……**"这个语段的画线部分应考虑与隔一话轮的那句"我当了总统了"在逻辑上呼应（coherence + cohesion），译成：But I did. I issued my first order a moment ago…"一道命令"被解读为"第一道命令"；"还下了……"解读为"刚刚发了（第一道命令）"。

10) 注[9]："**管学校的大臣跪在我面前**"这句话有两个点需要注意。其一，"管学校的大臣"是孩子的话，译成缩写 MOE（the Minister of Education/教育部长），在风格上比较契合。"跪（在……面前）"可以译成"to kneel"，但改用"to kowtow (to sb/sth)"（[informal, disapproving] to show sb in authority too much respect and be too willing to obey them/叩头；卑躬屈膝；唯命是从[1]），一来口语化，二来更准确地再现原词内涵，三来与小小说后一句"可威风啦！"做一互动、印证。整个 TL 句子是：The MOE kowtowed to me。

11) 注[10]："**我坐在宝座上，可威风啦！**"采用"重构"或"词序调整"法翻译——How powerful I was, sitting in a grand chair。注意下画线的对应表达。"宝座"可以译成"a grand chair"或"a big chair"，不宜也不必译成"throne"。

12) 注[11]："**我命令：给老师的孩子作业留得多多的！**"是该男孩所有话语中最为正式的一句话，所以应选择 formal style——I issued the order that the children of school teachers (should) do ten times more homework。这其实是呈现出了一种反差，给出"小孩成人口吻"的挺具深刻意义、颇具反思的全文之 the last sentence，同时也是一个优秀作家构思出来的 a successful/powerful ending。

15.2　短篇小说——《台北人》《呐喊》及作家自译作品

15.2.1　《台北人》英译之创造性简述

传统译论中，"忠实"作为文学翻译的标准向来备受推崇，一般被认为是对 SL 和 SL 风格的契合，在这种前提下，创造性与忠实性水火

---

1 详见 *Oxford Advanced Learner's English-Chinese Dictionary*（6th Edition）第 972 页。

不容。白先勇等也是以忠实作为翻译指导原则的，在翻译《台北人》时给自己定下了规则，即"信达雅"先做第一步"信"。但在其译文中，却常可见到语言形式、内容甚至风格与原文有很多不同之处，体现了译者的主体性（显形介入）及创造性。这里，"忠实"的对象不是原文的语言形式和风格，而是对 ST 精神的有效传达。

本章节以白先勇、叶佩霞翻译的《台北人》中英对照版为范本，从德国功能翻译学派的角度对其进行研究，着重对其中一篇小说《冬夜》与朱立民的相应译本做了比较，在词汇、句法、篇章等层次分析译者如何以归化的手法创造性地表达 ST 精神以达到 TT 目的，旨在探明功能主义对文学翻译中译者创造性的理论指导作用。

实践研究表明：一方面，译者的介入和创造性能使译文生动化、丰富化，使原文精神得以有效传达。但这种创造性不是想介入就能介入的，而是与译者自身的双语能力、对 ST 的理解、翻译的目的以及各种规范决定的；另一方面，若不考虑译文读者的感受和 TT 的目的，就会导致 TT 的"不忠实"。因此，应主张译者在功能主义译论指导下有效发挥自身的创造性。

15.2.2 《台北人》英译的创造性在各语言+文化层面之展现

1. 词汇层+文化层

【ST1】……我便放下了书，对他们说道："你们这样就算**闹学潮**了吗？四十多年前，中国学生在北京**闹学潮**，比你们还要凶百十倍呢！"（白先勇、叶佩霞 著）

【TT1-1】So I put down my book and said to them, "You call that a **student demonstration**? More than forty years ago when the Chinese students were **agitating** in Peking, they were ten times, a hundred times more ferocious than you are today."（朱立民 译）

【TT1-2】…So I put down my book.

"You call this a **rIot**?" I said to them. "Over forty years ago, Chinese students in Peking started a **riot** ten times, a hundred times more ferocious than yours!"（白先勇、叶佩霞 译）

【译析】这个语言层词汇涉及中国历史著名的学生运动。从字面看，"闹学潮"的三个不同译法一目了然。孰优孰劣呢？根据 *Oxford Advanced Learner's Dictionary of Current English*（2004），riot 意为 "a situation in which a group of people behave in a violent way in a public place, often as a protest"；demonstration 意为 "a public meeting or march at which people show that they are protesting against or supporting sb./sth."；agitate 意为 "to argue strongly for sth you want, especially for changes in a law, in social conditions, etc."。显然，"riot"要比"student demonstration"和"agitating"要猛烈得多，还附加了个人情感，而朱译本的用词过于中规中矩。因此，不论从褒还是贬的视角给"闹学潮"一个文字定性或定义，riot 自然更为忠实于原文，而其他两个表达法都比较"软"。可见，白-叶译本在选词是较好地体现了译者的创造性。

【ST2】他对他太太又不能经济封锁，因为他太太总是赢的，自己**有私房钱**。（白先勇、叶佩霞 著）

【TT2-1】It was impossible to set up an economic blockade against her, for she always won at mahjong and **kept a private account of her own**。（朱立民 译）

【TT2-2】He couldn't impose economic sanctions on her either, for she always won at the game and she **had her own nest egg to draw from**。（白先勇、叶佩霞 译）

【译析】这个词汇层的翻译难点是"私房钱"这个独具中国历史文化特色的 CSI。按照朱译本，已失去原有表达法的趣味，而且会被读者误解为是存在银行私人账户里的钱。通常处理这种中国特色的 CSI，不妨采取归化法，即文化替代(cultural substitution)，只要不会让 TL 读者(严重)误读即可。这里，除了按照白-叶译本的译法，笔者再推荐 egg money 供参考。这两个 idiomatic expressions 早已作为比喻用法，意为 "a sum of money put by as a reserve"。原意是 "an artificial or natural egg placed in a nest to induce a bird to continue to lay eggs in that place" [1]。

1 参见 *American Heritage Dictionary of the English Language*（Fourth Edition），2000。

这样创造性的归化译法不是很有情趣吗？

2. 句子层+思考层

【ST3】吴柱国**捧起**那**盅**龙井，吹开浮面的茶叶，呷了一口，**茶水的热气，把他的眼镜蒸得模糊了**。（白先勇、叶佩霞 著）

【TT3-1】Wu Chu-kuo **lifted** the "Dragon Well" tea, blew away the tea leaves on the surface, and sipped, **the hot vapor blurring his spectacles**.（朱立民 译）

【TT3-2】Wu Chu-kuo **put his hands around** **the glass of** Dragon Well tea; he lifted it, blew aside the tealeaves floating on the surface, and had a sip. **The hot steam from the tea fogged his spectacles**.（白先勇、叶佩霞 译）

【译析】将母语译成英语，常常会受到 TL 句型的困扰。这就反映译者的思维方式——如何确定主语，如何断句，如何选择句子的长度（喜欢或习惯短句还是长句），如何重构/重组，等等。因此，思考层面的问题非常重要，它对最后有关 TL 句子层所做出的决策起关键作用。朱译本和白-叶译本之所以 TL 句子完全不同，恰恰反映了不同译者的不同思路。朱译本对 SL 句子可谓亦步亦趋，而白-叶译本的 TL 句子就很不相同。

【ST4】"别提了，"余教授摆手道："我在台大医院住了五个月，他们又给我开刀，又给我电疗，东搞西搞，愈来愈糟，**索性瘫掉了**。**我太太也不顾我反对，不知哪里弄了一个打针灸的郎中来，戳了几下，居然能下地走动了**！"余教授说着，很无可奈何的摊开手笑了起来，"**我看我们中国人的毛病，也特别古怪些，有时候，洋法子未必奏效，还得弄帖土药秘方来治一治，像打金针，乱戳一下，作兴还戳中了机关——**"。（白先勇、叶佩霞 著）

【TT4-1】"It's a sad story," Professor Yü waved his hand. "I stayed in the hospital of Taiwan University for five months. They operated on me and gave me electric treatments, and did this and did that, but it got worse and **finally paralysis set in**. My wife disregarded my objections and got an acupuncturist from somewhere. **He thrust a few needles into me and—you know what!—it helped me to get down from the bed and move about**." As Professor Yü was talking, he spread wide his hands and shrugged his shoulders and began to laugh, "**I think we Chinese suffer from very peculiar ills so that Western treatment may not necessarily work while some native plaster or secret formula, like acupuncture with a few random stabs, might actually hit the right spot**一". （朱立民 译）

【TT4-2】"Oh, don't talk about treatment." Professor Yü waved his hand. "I stayed in Taiwan University Hospital for five months. They operated on me, they gave me electrotherapy, they did this, and they did that, the more they did the worse I got. **Damned if I didn't get thoroughly paralyzed**. Then, over my strenuous objections, my wife got some acupuncturist from God knows where. **A few jabs and what d'you know! there I was, feet on the ground and running around again.**" Professor Yü threw up his hands, laughing helplessly. "**I guess we Chinese are pretty weird when it comes to illness; sometimes Western treatments just won't work, and we have to turn to some secret native cure of our own—acupuncture, for example. A random jab of the needle and just maybe you hit the magic spot**一"（白先勇、叶佩霞 译）

【译析】这个案例涉及似乎是一个"长篇"，给译者以相当的挑战。既要做到段落结构"小说化"，又要做到语言"通俗化"、句子结构"口语化"，很能考验译者使用目标语的功底。

其一，"索性瘫掉了"，朱译本显得比较文绉绉。

其二，"我太太也不顾我反对，不知哪里弄了一个打针灸的郎中来，戳了几下，居然能下地走动了"，朱译本的语言简单、直接、规范。

其三，"我看我们中国人的毛病，也特别古怪些，有时候，洋法子未必奏效，还得弄帖土药秘方来治一治，像打金针，乱戳一下，作兴还戳中了机关——"，两个译本都可接受，但还是朱译本更为正式些。

综上，就句子结构和选词而言，朱译本的 TL 风格似乎更符合作品人物的身份、特点。当然，白-叶译本也非常吸引读者，无非没有完全再现 ST 的 tone 和 style，起码三处解说中，有两处，朱译本的句子风格更为 appropriate。当两个译本还是旗鼓相当的，似乎未必一定能分出高下。作为初学者，了解、熟悉、不断掌握多种 TL 语言风格。有百利而无一弊。

3. 篇章层+思考层

词序在控制信息流(information flow)和组织篇章层信息(organizing messages at text level)方面发挥重要作用。贝克指出："In order to appreciate the factors which motivate a writer or speaker to make this kind of selection, one needs to <u>think of the clause as a message rather than a string of grammatical and lexical elements</u>"(Baker, 2000: 120-121；下画线为主编所加)。通常，从句(clause)为 an interactional organization that reflects the relationship between the writer and the readers. 事实上，"it is <u>this clause interactional organization</u> which motivates us to make choices that ensure that a clear progression of links is achieved and that a coherent point of view is maintained throughout a text"(同上：121；下画线为主编所加)。根据韩礼德(Halliday)，a clause "consists of **theme** and **rheme**, with the first one being what the clause is about and the second one being what the speaker says about the theme" and "theme has two functions:

(a) it acts as a point of orientation by connecting back to previous stretches of discourse and thereby maintaining a coherent point of view and,

(b) it acts as a point of departure by connecting forward and contributing to the development of later stretches."(同上)

在篇章层面，白-叶译本更喜欢使用短句，试图合理安排词序，做出恰当的主题选择，以确保信息流在 TT 中流畅无阻，"忠实"于 ST。

【ST5】余教授那张皱纹满布的脸上，突然一红，绽开了一个近乎童稚的笑容来，他讪讪地咧着嘴，低头下去瞅了一下他那一双脚，他没有穿拖鞋，一双粗绒线袜，后跟打了两个黑布补丁，他不由得将一双脚合拢在一起，搓了两下。(白先勇、叶佩霞 著)

【TT5-1】<u>The winkled face of Professor Yü</u> suddenly flushed and opened up with a nearly childlike smile. **He** looked down at his slipperless feet, saw the black patches at the heels and instinctively pulled the two feet together, rubbing one against the other. （朱立民　译）

【TT5-2】 __Professor Yü__ blushed at his, his wrinkled face breaking into a boyish smile. __He__^{1} grinned sheepishly and looked down at his feet. __He__^{2} didn't have his slippers on, just a pair of heavy woolen socks with large black patches on the heel. __Unconsciously,__ __he__^{3} put his feet together and rubbed them against each other a couple of times. （白先勇、叶佩霞　译）

　　【译析】两个译文的主位(theme)均加了底线。朱译本是 The winkled face of Professor Yü + He；白-叶译本是 Professor Yü + He^1 + He^2 + he^3。经细致对比，白-叶译本显得更为流畅，其主位始终保持一致性及连续性，粘连、衔接都较好，因为其第一个主位是"人"(Professor Yü)。与此相反，朱译本的第一个主位则是"物"(the winkled face)。

【ST6】"你知道，嵝磊，我在国外大学开课，大多止于唐宋，民国史我是从来不开的。上学期，我在加州大学开了一门'唐代政治制度'。这阵子，美国大学的学潮闹得厉害，加大的学生更不得了，他们把学校的房子也烧掉了，校长撵走了，教授也打跑了。__他们那么胡闹，我实在看不惯。__有一天下午，我在讲'唐初的科举制度'。学校里，学生正在跟警察大打出手，到处放瓦斯，简直不像话！你想想，__那种情形，我在讲第七世纪中国的考试制度，那些蓬头赤足，跃跃欲试的美国学生，怎么听得进去？__他们坐在教室里，眼睛都瞅着窗外……"（白先勇、叶佩霞 著）

【TT6-1】 "You know, Ch'in-lei, all this long time while I taught abroad, I would stop at the T'ang and the Sung and I never offered the history of the Republic. Last semester at the University of California I offered 'The T'ang Dynasty Political System'. Lately, student demonstrations on American campuses have become more and more alarming, especially the riots at UC. They burned college buildings, chased away their university president, and beat up the professors. __I really can't countenance such outrageous goings-on.__ One afternoon when I was lecturing on the examination system of the early T'ang, the students were fighting the policemen right on the campus and everywhere there were tear gas bombs exploding. It was simply impossible. Just imagine the situation: **how could my disheveled, barefooted, impatient American students concentrate on the Chinese examination system of the seventh century**? They couldn't keep their eyes off the disturbances outside." (朱立民 译)

【TT6-2】 "You know, Ch'in-lei," he said, "Most of the courses I give at universities abroad only cover our history up to the T'ang or the Sung. I've never taught a course on the Republican era. Last quarter at Berkeley, I gave a course on the T'ang political system. The students are rioting all over America these days, and the UC students are the worst! They've burned down buildings on campus, chased the Chancellor out, and beaten up professors. **The way they carry on—it really galls me!** One afternoon, I was lecturing on the civil examination system in Early T'ang. Outside the students were scuffling with the police; they were spraying tear gas all over the campus; it was absolutely insane! Just imagine—there I was in the middle of all that, lecturing on the civil examination system in seventh- century China. **How could that possibly interest those shaggy-haired, barefoot American kids, hell-bent on action**? They were sitting there staring out the window." (白先勇、叶佩霞 译)

　　【译析】意义与选择关系密切。有些选择更显得有意义/意思，是因为这些选择比其他选择更具标记性。所以贝克指出："some choices are more meaningful than others because they are more marked than others"。"The less expected a choice, the more marked it is and the more meaning it carries", and "the degree of markedness involved will depend on the frequency with which the element in question generally occurs in theme position and the extent to which it is normally mobile within the clause" (Bake, 2000: 129/130)。通常，选择标记性主位不仅有助于语篇之间的前后连接更加顺畅，而且还会突出目标语文本所要强调的主题或要素。

　　由此出发，白-叶译本要比朱译本在篇章/语篇连接方面做得更好。

　　首先，白-叶译本较好地使用了 emotional and expressive terms，例如"galls"、

"scuffling" 和 "absolutely insane"；

其次，处理"他们那么胡闹，我实在看不惯"使用的便是**标记性主位**（marked theme，或更准确地说是 pre-posed theme）法；

再次，"他们那么胡闹"的翻译，很好地使用了外位成分（extraposition），以表示强调——<u>The way they carry on</u>—<u>it really galls me</u>! 双底线部分是主位（pre-posed theme），波浪底线是述位（rheme）。述位比主位重要。贝克指出："putting an element in rheme position means that it is part of what the speaker has to say, and that is the very core of any message"（Baker, 2000: 131）。

最后，通过主位和述位的共同使用，白-叶译文把"新信息"（new information，表示述位，详见下例【译析】）作为"承上启下"之语境连接，同时突出了说话者对闹学潮美国学生的态度。

此外，白-叶译本也同样使用**非标记性主位**（unmarked theme）来保证篇章/语篇衔接。例如，【TT6-2】中作为主语的"that"，指"the civil examination system in seventh-century China"；作为宾语，连接下一句的首个担当主语的代词"They"。

【ST7】他撑着一把油纸伞，纸伞破了一个大洞，雨点漏下来，打到余教授十分光秃的头上，冷得他不由得缩起脖子打了一个寒噤。<u>他身上罩着的那件又厚又重的旧棉袍，竟也敌不住台北冬夜那阵阴湿砭骨的寒意了。</u>（白先勇、叶佩霞 著）

【TT7-1】Raindrops fell through the large hole of his oiled-paper umbrella onto his completely bald head and made him shudder with cold as he drew his neck further into his shoulders. **<u>The thick and heavy cotton-padded old gown with which Professor Yü covered himself failed to keep the Taipei winter evening's damp cold from reaching his bones.</u>**（朱立民 译）

【TT7-2】He was holding up an oilpaper umbrella; the paper had torn and raindrops fell through the large hole onto his bald head. They sent a chill through him that made him hunch his shoulders and shiver. **<u>He was wrapped in his old padded gown, thick and heavy enough, but still it couldn't ward off the damp, bone-chilling cold of a Taipei winter night.</u>**（白先勇、叶佩霞 译）

【译析】根据韩礼德的信息结构（information structure）说，信息组织分为已知信息（given information）和新信息（new information），其先后顺序是 the given-before-new order。这一顺序"reflects the speaker's sensitivity to the hearer's state of knowledge in the process of communication". It "has been found to contribute to ease of comprehension and recall and some composition specialists therefore explicitly recommend it to writers" (Baker, 2000: 145) 若对上述两个译本做一描述，情况分析如下：

【TT7-1】The thick and heavy cotton-padded old gown with which Professor Yü covered himself
新信息

failed to keep the Taipei winter evening's damp cold from reaching his bones.
新信息

【TT7-2】He　　was wrapped in his old padded gown, thick and heavy enough, but still
　已知信息　　　　　　　　　新信息

it　　couldn't ward off the damp, bone-chilling cold of a Taipei winter night.
已知信息　　　　　　　　新信息

可见，朱译本仅或直接提供了新信息，而白-叶译本提供信息的结构是"已知信息⇨新信息⇨已知信息⇨新信息"（the "given-new-given-new" pattern），这样 TT 读者看起来会比较容易懂，且自然。

4. 篇章层+衔接层

【ST8】杜丽娘唱的这段[昆腔]便算是昆曲里的警句了。连吴声豪也说：钱夫人，您这段[皂罗袍]便是梅兰芳也不能过的。可是吴声豪的笛子却偏偏吹得那么高(**吴师傅，今晚让她们灌多了，嗓子靠不住，你换枝调门儿低一点儿的笛子吧。**)吴声豪说，练嗓子的人，第一要忌酒；然而月月红十七却端着那杯花雕过来说道：姐姐，我们姐妹俩儿也来干一杯。她穿得大金大红的，还要说：姐姐，你不赏脸。不是这样说，妹子，不是姐姐不赏脸，实在为着他是姐姐命中的冤孽。瞎子师娘不是说过：荣华富贵——蓝田玉，可惜你长错了一根骨头。冤孽啊。他可不就是姐姐命中招的冤孽了？懂吗？妹子，冤孽。然而他也捧着酒杯过来叫道：夫人。他笼着斜皮带，戴着金亮的领章，腰杆子扎得挺细，一双带白铜刺的长统马靴乌光水滑的啪嗒一声靠在一起，眼皮都喝得泛了桃花，却叫道：夫人。谁不知道梅园新村的钱夫人呢？钱鹏公，钱将军的夫人啊。钱鹏志的夫人。钱鹏志的随从参谋。钱将军的夫人。钱将军的参谋。钱将军。难为你了，老五，钱鹏志说道，可怜你还那么年轻。然而年轻人哪里会有良心呢？瞎子师娘说，你们这种人，只有年纪大的才懂得疼惜啊。荣华富贵——只可惜长错了一根骨头。懂吗？妹子，他就是姐姐命中招了的冤孽了。钱将军的夫人。钱将军的随从参谋。将军夫人。随从参谋。冤孽，我说。冤孽，我说。（白先勇、叶佩霞 著）

【TT8】 You could say these lines, sung by Tu the Beauteous Maid, are the most challenging in the entire K'unshan operatic repertoire. Even the great flutist Wu Sheng-hao had said, "Madame Ch'ien, your singing of 'Black Silk Robe,' why, Mei Lan-fang himself couldn't do better." *But why does Wu Sheng-hao play the music so high-pitched? (Master Wu, the girls have made me drink too much tonight; I'm not sure of my voice any more—a bit lower, please.) Wu Sheng-hao has said: The first thing a singer should stay away from is wine, and yet Red-red Rose, Seventeen, comes over with that cup of hua-tiao in her hands, saying, Sister, let's you and me drink bottoms up. She's arrayed in flashing red and gold, still there she is, saying, Sister you won't do me the honor. Don't talk like that, Sis, it's not that Sister won't do you the honor, it's that really he's the retribution in your Sister's fate. Hadn't the blind woman, our shih-niang, said, Worldly glory, wealth, position — Bluefield Jade, only it's a pity you've got one bone that's not quite right. Oh, my retribution. Isn't he the retribution in your Sister's fate? Understand? Sis, it's retribution. And yet he, too, comes over with a winecup in his hands and salutes: Madame. A Sam Browne belt, bright gold insignia pinned on his lapels, his waist belted tight, stance erect, his high riding boots, raven-glossy, water-smooth, with white copper spurs clicking together, his eyelids peach-pink with wine, he salutes: Madame. Is there anyone who doesn't know Madame Ch'ien of Plum Garden in Nanking? Ah yes, His Excellency General Ch'ien's lady. Ch'ien P'eng-chih's lady. Ch'ien P'eng-chih's aide-de-camp. General General Ch'ien's lady. General Ch'ien's aide. General Ch'ien. It must haven been hard on you, Fifth, Ch'ien P'eng-chih said. Poor thing, you're still so young. As for the young fellows, how could they have kind hearts? The blind woman, our shih-niang, said, Ah, your sort of people only the old ones can love and cherish. Worldly glory, wealth, position —only it's a pity, one bone is not quite right. Understand? Sis, he is the retribution in your Sister's fate. General Ch'ien's lady. Ch'ien P'eng-chih's aide-de-camp. General lady. Aide-de-camp. Retribution, I say. Retribution, I say.*（白先勇、叶佩霞　译）

【译析】上例取自《台北人》中的"游园惊梦"。最为显眼的文字字体特征是从斜体字（"*But…*"）开始，直至最后一个单词（"*say*"）。译者这样的做法是提示并强调斜体字部分属于"意识流部分"——换言之，这部分的文字，句子可以松散些，上下文衔接可以要求不必高，TT 读者也许压根儿读不懂不少所谓的"英文"，比如，"Red-red Rose"、"Seventeen"、"hua-tiao"、"shih-niang"、"Fifth"、"one bone is not quite right"等。

尽管如此，TT 读者可以"猜度"这些斜体字，读懂多少暂且不论，由此实现了 TT 与读者和译者与读者之间（通过译者的译文）的对话。

5. 风格层+方言层

迄今，我们清楚：译者可以很好地发挥自己的创造力，以达到（创造性）翻译的最终目的。在本章节的最后一个案例中，我们特地选一组译例来说明如何有意识使用 non-standard English（非标准英文）或 sub-standard English（次标准英文）来翻译中文中的方言，试图取得风格上的多种对应/对等（stylistic correspondence/equivalence）。

这组 ST 和 TT 取自"思旧赋"及其英译文，那些非/次标准英文出自美国南方方言，两位没有受过教育的妇女之间的"唠嗑"。

【ST9】"二姐——"顺恩嫂赶忙乱摇了几下那双乌爪般的瘦手止住了罗伯娘，微带凄楚地叫了一声，"这种话，亏你老人家说得出来。离了公馆这些年，哪里过过一天硬朗的日子？老了，<u>不中用了</u>，<u>身体不争气</u>——"（白先勇、叶佩霞　著）

【TT9】 "Second Sister一" In great agitation Nanny Shun-en waved her bony claws in a gesture to stop Mamma Lo. "How could an upstanding old lady like you say such things?" she said in a plaintive voice. "In all the years since I left this house I haven't spent so much as a single day in good health. I'm old now; **I ain't no use no more**; this old body just **won't** hold up **no more**..."（白先勇、叶佩霞 译）

【ST10】"老妹子，你这么久没有上来，怨不得你不懂得我们这里的事儿了——"（白先勇、叶佩霞 著）

【TT10】 "Old Sis, you have been away a long time; **can't blame you noways**. I'm afraid you just don't understand how things are with us now..."（白先勇、叶佩霞 译）

【ST11】"她喊了一句：'好冷。'便没有话了。"（白先勇、叶佩霞 著）

【TT11】 "She didn't say but one thing: 'So cold.' Then she **didn't say nothing no more**."（白先勇、叶佩霞 译）

　　【译析】上述三个译例子中的"ain't"就是 African American Vernacular English（AAVE/非洲裔美国人白话英语）的一大特色。"ain't"最初发源于普通英语，但是在 19 世纪后被认为是不正确的用法。它用于否定句中的构成与标准美国英语不同。

　　1）使用"ain't"作为一般否定词。在其他语言变体中，它也被用来取代标准英语(Standard English)中的"am not"、"isn't"、"aren't"、"haven't"和"hasn't"。但是，与这些语言变体不同的是，部分 AAVE 使用者还用"ain't"来取代"don't"、"doesn't"和"didn't"（例如，"I ain't know that"）。

　　2）双重否定(double negative)。例如句子：I didn't go nowhere. 如果句子是否定的，那么所有可变为否定形式的都要变化。这同标准英语中双重否定视为肯定的规则正好相反。

　　3）三重或多重否定(triple/multiple negation)。例如：I don't know nothing about no one no more. (标准英语：I don't know anything about anyone anymore.)

　　4）nobody 和 nothing。在否定结构中，nobody、nothing 等不定代词可以同否定动词小品词倒置，表示强调（例如：Don't nobody know the answer. Ain't nothin' goin' on.）

这种否定现象继承自非标准的殖民地英语。[1]

【ST12】"长官不舒服，又犯了胃气，我刚服侍他吃了药睡下了，有一阵子等呢。"（白先勇、叶佩霞 著）

【TT12】"The General's feeling right poorly, he's got an upset stomach again. I **just been** waiting on him to give him his medicine. He's laying down now; it'll be a good long wait for you."（白先勇、叶佩霞 译）

　　【译析】此处的"been"实则标准英语中的"have been"——现在完成时态。

【ST13】"桂喜还是我替夫人买来的呢，那个死丫头在这个屋里，绫罗绸缎，穿得还算少吗？"（白先勇、叶佩霞 著）

【TT13】"I was the one **who done bought** Cassia for Madame, wasn't I. That damned wench, didn't she wear silks and satins and all kinds of fine feathers in this house?"（白先勇、叶佩霞 著）

　　【译析】在此译例中，"done"起助动词的作用，跟过去分词"bought"构成 AAVE 中的完成时态。这样的英文用来翻译作品中未受过教育的 Mamma Lo 与其身份、地位、背景等相吻合。有位美国朋友告知，"done + bought"结构表示某一行为曾经发生，但却再也不会发生了。这跟"been + bought"结构不同，该结构在标准英语中可以意为"have + brought"。

【ST14】"连'初七'还没做完，桂喜和小王先勾搭着偷跑了，两个天杀的还把夫人衣箱玉器盗得精光。"（白先勇、叶佩霞 著）

【TT14】"Why, the First Seventh wasn't even over yet when that Cassia and Little Wang done run off together; and **them two goddamned no-accounts** stole the whole of Madame's caseful of jade. **Didn't leave nothing at all**."（白先勇、叶佩霞 译）

　　【译析】在此译例中，译者使用了"them"，以取代"they"。

【ST15】"他们家的祖坟，风水不好。"（白先勇、叶佩霞 著）

【TT15】"**This here** family and their ancestral graveyard. The Wind and Water **done moved** against them."（白先勇、叶佩霞 译）

　　【译析】在此译例中，译者使用了"This here"取代"this"或"this one"。

---

1 根据维基百科材料整理。

同理，在 AAVE 中，"that there"可以取代标准英语中的"that"或"that one"。

　　总结"风格层+方言层"的案例，一个鲜明的翻译特色还是译者的创造性或译者的主体性。他们大胆地、得体地使用 AAVE 和 Southern American English(SAE)，可谓用尽了心思。在《台北人》的 Editor's Preface 中，美国学者 George Kao 解释了译者为何采取这一真正有创新的翻译路径，"I have heard Chinese who know the United States well remark that they are reminded of their own way of life by the American South, with its soft accents and mannerly ways and the vestiges of an old culture in which the master-servant relationship played a strong role. With this in mind, the translation device—a kind of conceit, if you will—is not as strange as it may sound."(白先勇，叶佩霞，2000：xxiv)

　　作为主编/笔者，我支持使用合适、恰当、得体的美国方言，以再现中国血统的受教育不多的人物在小说中的不同"形象"。有些批评者说使用 AAVE/SAE 会很怪。的确，不能说"不怪"，但那些没有受过教育的中国保姆说(标准的)英文难道就不怪吗？这些批评很像国内不少学者批评使用山东方言来翻译英国小说(如哈代的作品)，理由也是 19 世纪的英国人怎么可能会说山东方言。同理，那么这些英国人(如哈代笔下的人物)都会说标准、规范的汉语/普通话吗？

　　撇开这些争议，笔者最后引用三段开放、包容，也是正确、合理的观点/事实陈述如下。

● 英国批评家 D. E. Pollard 指出："Given that Chinese characters cannot convey idiosyncrasies of pronunciation and accent, it is legitimate to introduce those variables into a translation where they seem called for, but beyond the obvious perils of offending the reader simply on the grounds that the dialect adopted is not the one that would fall most pleasantly and familiarly on his ear…outlanders perhaps more than native Southerners are likely to question their authenticity and consistency."(Pollard, 1984: 180)

● 美国批评家 Lewis S. Robinson 认为白先勇的译法过于创新(too innovative)，指出："It took this reviewer the entire story just to stop associating this dialectal speech with a Black American friend from Virginia and to remember that this was a story about two old Chinese women. In the course of reading a novel one might get used to this bold device by the third or fourth chapter, but in a short story of barely nine pages the resulting ethnolinguistic mix becomes somewhat a distraction."（Robinson, 1984: 201）

● The Indiana University Press（《台北人》的英文版曾于 1982 年通过该出版社出版）开始不太接受用 AAVE 来翻译，然而最终被 Editor George Kao 说服，他坚持：Such kind of tone could truly reflect the speaking tone of Chinese old ladies.

15.2.3 《呐喊》英译之对比分析简述

《呐喊》是鲁迅的第一部小说集，也是中国现代小说的开山之作，写于五四运动高潮期。鲁迅在该书《自序》中说，他是抱着唤醒那些在"铁屋子"里正"从昏睡入死灰"的人们，来写这些小说的；并想以自己的呐喊之声，"慰藉那在寂寞里奔驰的猛士，使他不惮于前驱"（乐齐，1998：2）。沈雁冰先生在评价鲁迅的小说语言风格时说："这奇文中冷隽的句子，挺峭的文调，对照着那含蓄半吐的意义，和淡淡的象征主义的色彩，便构成了异样的风格。"就此，本章节将对《呐喊》中部分体现风格的选词和修辞等两方面对译本进行比较分析。

风格不是虚无缥缈的东西，它总是通过具体的形式表现出来。小说中的风格可以通过其选词、行文结构以及修辞手法来体现。我们将用（关联翻译理论中的）直接翻译（direct translation），从风格的两个方面，即选词和修辞来分析鲁迅小说《呐喊》中的风格翻译。本文采用杨宪益、戴乃迭夫妇（简称"杨-戴 译"）与威廉·莱尔（简称"威廉 译"）两家的译文进行赏析，并比较其表现方法的不同。

15.2.4 《呐喊》英译之选词及修辞对比分析

1. 选词
鲁迅先生的作品，在锤炼词语方面可谓是精心选择，仔细推敲。他选用词语精当贴切、含蓄深厚，既能准确、生动地表达描述对象的总体特征，又处处体现新意，收到词义明确以外的其他效果，往往使读者在阅读过程中感觉弦外有音，文字间蕴含更多深意。(陆文蔚，1982：1)正如刘勰在《文心雕龙·风骨》篇中所说："捶字坚而难移，结响凝而不滞。"下面我们从《呐喊》中形象生动的选词来窥探鲁迅先生高超的语言艺术，同时也领略一下杨宪益和戴乃迭夫妇以及威廉·莱尔(William A. Lyell)是如何再现源语风格的。

(1)名词

【ST1】于是我自己解释说：故乡本也如此，——虽然没有进步，也未必有如我所感的悲凉，这只是我自己心情的改变罢了，因为这次回乡，本没有什么好**心绪**。(鲁迅)

【TT1-1】Then I rationalized the matter to myself, saying: Home was always like this, although it has not improved, still it is not so depressing as I imagine; it is only my **mood** that has changed, because I am coming back to the country this time with no **illusions**. (杨-戴 译)

【TT1-2】"This is probably what it really was like," I told myself. "to be sure, there are no signs of progress, but then again it's probably not so depressing as I seem to feel at the moment either. Perhaps it's just that my **attitude** has changed, especially since I'm not coming back in a happy mood to begin with." (威廉 译)

【译析】《现代汉语词典》(2002 增补本)中指出"心情"指感情状态，如"心情舒畅，悲伤的心情"；"心绪"指心情(多就安定或紊乱说)，如"心绪不宁，心绪乱如麻"。这里义近而有差别，不可移易，体现出鲁迅选词的精当。杨-戴夫妇完全读懂了鲁迅先生的遣词，在译文将心情和心绪分别译为"mood"和"illusions"。心情译为 mood 完全符合源语，with no illusions 是指 to be fully conscious of the true nature of something. esp. something bad, difficult, etc. (*Longman Dictionary of Contemporary English*, 1995)从鲁迅在《故乡》中"我这次是专为了别他而来的"，可以令读者的认知语境中出现作者要从此远离故乡，并能感受到作者离别的悲凉心情，因此 with no illusions 表明了作者回故乡心情的不安定。

通过"mood"和"with no illusions"，保留了原文的语义表征这一交际线索，译语读者可以通过译者精当的选词来推测鲁迅的复杂心情，从而获得审美愉悦。威廉·莱尔的译文也算是上乘之作，他将"心绪"以"not in a happy mood"译出基本上保留了原文的语义呈现这一交际线索，但将"心情"译为"attitude"，似乎与原文读者的认知语境有所偏差，无法正确传达原文作者的交际意图。"attitude"英文解释为"a way of feeling or thinking about someone or something, esp. as this influences one's behavior"（*Longman Dictionary of Contemporary English*），在中文读者的语境中，常与某人对某事的"态度"相联系，与"心情"相去甚远，因此这一译文在一定程度上没有很好地保留原文语义表征这一交际线索，在风格传递上也略逊一筹。

(2)**动词**

【ST2】我到了自家的房外，我的母亲早已迎着出来了，接着便**飞**出了八岁的侄儿宏儿。(鲁迅)

【TT2-1】By the time I reached the house my mother was already at the door to welcome me, and my eight-year-old nephew, Hong'er **rushed** out after her. (杨-戴 译)

【TT2-2】By the time I made my way back to the rooms that our branch occupied, my mother had already come out to greet me. My eight-year-old nephew Hong'er **darted out** from behind her. (威廉 译)

【译析】这句话描述了作者刚回到别了二十余年的老家时，从来只听说过而没有见过伯父的宏儿跑出来迎接他的情景。在描述宏儿的行为时作者用了"飞"一词，正切合这个天真活泼的八岁孩子的行动。无论是源语读者还是译语读者的认知语境中都能由词汇信息"飞"与"dart out"而得出同样的逻辑信息，即当时宏儿是多么渴望而又着急地想见他这个从未谋面的伯父。比较两译文，威廉·莱尔的"dart out"更能将源语中宏儿的心情体现出来，保留了"飞"所呈现的语义表征的交际线索。而杨-戴夫妇译为"rush"虽基本将"飞"的表面意思表现出来，却无法表现出宏儿见伯父时那种好奇以及渴望之情。威廉·莱尔在这句话的翻译中成功地将源语读者和译语读者的认知语境进行了"互明"，保留了交际线索，从而达到了最佳关联，也较为成功地传递了原文的风格。

【ST3】赵太爷肚里一**轮**，觉得于他总不会有坏处，便将箱子留下了，现就塞在太太的床底下。(鲁迅)

【TT3-1】…and since Mr. Zhao after **thinking it over** had decided it could after all do him no harm to keep the cases, they were now stowed under his wife's bed. (杨-戴 译)

【TT3-2】After reading the said letter, Old Master Zhao had given that possibility **a quick roll around his brain** and concluded that such a relationship could certainly do him no harm. (威廉 译)

【译析】"轮"字形象地刻画出赵太爷的虚伪、卑劣、狡猾和无耻。杨-戴夫妇的译文"think it over"只保留了原文表面的意思，并没有将"轮"所包含的语义表征的交际线索表达出来，也就是说没有将原作者的交际意图正确地传达给译语读者，原文的风格意义就无法得到再现。威廉将其译为"a quick roll around his brain"，形象地保留了原文的信息意图和交际意图，通过对这句话词汇意义的理解，译文读者只要将上下文语境结合起来，便可以在其认知语境中的逻辑信息和百科信息中再现"轮"一词的风格意义。因而在这句译文中，威廉的译文保留了原文的交际线索，从而获得了最佳关联。

(3)形容词

【ST4】我同时便机械的拧转身子，用力往外只一挤，觉得背后便已满满的，大约那弹性的胖绅士早在我的空处**胖开**了他的右半身了。(鲁迅)

【TT4-1】Mechanically turning around, I tried with might and main to shove my way out and felt the place behind me fill up at once—no doubt the elastic fat gentleman had **expanded his right side** into the space I vacated. (杨-戴 译)

【TT4-2】Mechanically I twisted my body around and threw all my strength into working my way back through the crowd. I could feel the space I had occupied filling in as fast as I vacated it, no doubt a function of the elasticity of my chubby gentry-friend's body, which immediately **fattened out** to fill whatever space was made available to it. (威廉 译)

【译析】鲁迅灵活的遣词造句在《呐喊》中处处可见，这里的形容词活用为动词便是非常形象的一例。本句选自鲁迅的《社戏》，描写了作者小时候和小伙伴们一起看戏时的情景。原文给读者提供的语境信息便是一种较为活泼的气氛，在这样的气氛中，鲁迅先生的措辞更是完美地表现了其风格特征。"胖"原为形容词，在这里被活用为动词。源语读者通过直觉就可以在其认知语境中感受到作者将形容词活用为动词所能表现出的风格意义，即把当时的"我"在看戏时受到胖男人拥挤，因而表现出对他的厌恶之情栩栩如生地表现出来了。这种思想感情通过"胖开"这一词汇信息，并加上原文的语境信息，使源语读者在其认知语境中将这一词汇信息与百科信息，即对胖男人的厌恶之情自然而然地联系起来了。而译语读者是否也可以得到相似的感受呢？我们来看两种译文，在威廉·莱尔的译文中，"胖开"译为"fattened out"，形容词活用为动词，保留了原文语义表征这一交际线索，目的语读者完全可以得到相同的百科信息，从而达到语际交际的最佳关联。而杨-戴夫妇的译文"expanded his right side"只保留了原文的表面语义特征，而没有保留其感情色彩，可以说是一种间接翻译，无法达到最佳关联，也就无法保留原文的风格意义。

(4)副词

【ST5】他意思之间，**似乎**觉得人生天地间**大约本来有时也未免**要杀头的。(鲁迅)

【TT5-1】It **seemed** to him that in this world **probably** it was the fate of everybody **at some time** to have his head cut off. (杨-戴 译)

【TT5-2】As his mind flickered on and off, Ah Q **concluded** that in this old world of ours there must be times when a man **is supposed to** get hauled away and have his head chopped off. (威廉 译)

【译析】这两种译文中，杨-戴夫妇的译文优于威廉·莱尔的译文，因为他们通过保留原文语义表征以及句式特征这些交际线索，成功地将源语作者的交际意图传达到译文中了。"似乎"和"大约本来有时也未免"表达了阿Q当时的一种模糊的心理特征，杨-戴夫妇的译文通过"seemed"、"probably"和"at some time"具有模糊意义的状语描写，给译语读者提供了与原文读者相似的认知语境，并推断出了原文作者的交际意图。

(5)拟声词

【ST6】七斤嫂吃完三碗饭，偶然抬起头，心坎里便禁不住**突突地**发跳。

（鲁迅）

【TT6-1】Mrs. Sevenpounder had finished three bowls of rice when she happened to look up. At once her heart started **pounding**. (杨-戴 译)

【TT6-2】Having finished her third bowl of rice, Sister Sevenpounder happened to look up. Her heart began to **thump thump** out of control. (威廉 译)

【译析】《呐喊》中有不少鲁迅先生惟妙惟肖的拟声用法。在这个例子中，当七斤嫂发现赵老爷正朝她走来，她的心跳开始加快了。鲁迅先生用了"突突地"使源语读者认知语境中出现七斤嫂因赵老爷的走近而表现出的忐忑不安的心情。当然只要译者能保留拟声词这一交际线索，通过结合整个语境信息，寻找最佳关联，译语读者也可以如源语读者得到同样的审美感受。在杨-戴译文中，仅用了"pound"一词，无法将七斤嫂遇见赵老爷的那种紧张的心情再现出来，相反，威廉·莱尔的"thump, thump"急促有力，则完全可以使译语读者通过这一词汇信息，结合相应的语境假设，推断出七斤嫂当时的紧张情绪。因而，威廉·莱尔的译文通过直接翻译，保留了原文拟声的交际线索，达到了最佳关联。

【ST7】渐近故乡时，天气又阴晦了，冷风吹进船舱中，呜呜的响。(鲁迅)

【TT7-1】As we drew near my former home the day became overcast and a cold wind **blew** into the cabin of our boat. (杨-戴 译)

【TT7-2】As I drew closer to the place where I'd grown up, the sky clouded over and a cold wind **whistled** into the cabin of my boat. (威廉 译)

【译析】在这两个译文中，"whistled"更拟人化，将人的感情与物有机地结合起来。而"blew"一词却只是保留了"风吹"这一表面意思，没有融入任何感情色彩。从鲁迅在《故乡》中"我这次是专为了别他而来的"这一语境假设，可以推断出他即将远离故乡的那种悲凉的感情，"呜呜"是借物来表现作者当时凄凉的心情，通过这一明示推理，译语读者也可很快将他的认知语境与原文的认知假设联系起来，寻找最佳关联。威廉·莱尔所译"whistled"能更好地保留原文拟声的交际线索，是较好的译文。

2. 修辞

刘勰说："况乎文章，述志为本，言与志反，文岂足徵！"又说："是

以联辞结采，将欲明理；采滥辞诡，则心理愈翳。"(《文心雕龙·情采》)
鲁迅先生的作品是富有文采的，而且确乎是：采不滥而辞不诡，做到了
"联辞结采"、"述志"、"明理"(陆文蔚，1982：17)。对于鲁迅先生如
此精湛的修辞艺术手法，又能怎样在翻译中重现原作风格呢？

(1)比喻

【ST8】狮子似的凶心，兔子的怯弱，狐狸的狡猾，……(鲁迅，2001：6)

【TT8-1】The fierceness of a lion, the timidity of a rabbit, the craftiness of a fox… (杨-戴　译)

【TT8-2】Savage as a lion, timid as a rabbit, crafty as a fox… (威廉　译)

【译析】此例中，鲁迅先生用了三个连续的比较手法，实际上就描述了反动统治者的三种特征。他们像狮子一样凶残，像兔子一样胆怯，像狐狸一样狡猾。将统治阶级比作狮子就表现了他们"吃人"的本性；将反动统治阶级比作兔子，表明了是他们纸老虎，外表强硬，内心胆小；将反动统治阶级比作狐狸，则表明他们总是花样百出，阴险狡诈。但文中的语境告诉译者这句话语是狂人的内心活动，而不是普通人的想法。我们可以看到"狮子似的凶心"则完全是一个成功的明喻，而后面"兔子的怯弱，狐狸的狡猾"又变成了暗喻，表明了狂人说话并不像普通人一样很有逻辑性，作者通过明喻与暗喻的交替，将狂人的"狂"栩栩如生地显示在读者面前。译者就需要把握这种明示推理，将源语句法特征的交际线索以及表现狂人思想非逻辑性的语义特征的交际线索传递给译文读者，达到最大关联。杨-戴译和威廉译都不愧为佳作，基本保留了原文句法特征的交际线索，但在保留语义特征的交际线索上似乎有所欠缺。笔者在杨-戴译的基础上，大胆将此句子译为：Savage as a lion, timid a rabbit, crafty a fox. 目的是既保留句法特征的交际线索，又保留其语义表征的交际线索，从而使译语读者能像源语读者一样领略到源语的所有风格意义。

【ST9】榨不出一点油水，已经气破肚皮了，他还<u>老虎头上搔痒</u>，便给他两个嘴巴。(鲁迅)

【TT9-1】He couldn't squeeze anything out of him; he was already good and angry, and then the young fool would "<u>**scratch the tiger's head**</u>", so he gave him a couple of slaps. (杨-戴　译)

【TT9-2】…couldn't squeeze a single copper out of him. Now that means Ah-yi is pissed off to begin with, right? Then the Xia kid's **gotta go rub salt in the wound by talkin' that kinda stuff**. Well Ah-yi gave him a couple good ones. (威廉 译)

【译析】从这两个译文来看，杨-戴译应该属于直接翻译而威廉译则属于间接翻译。在保留原文风格上，威廉译则稍逊一筹。作者的暗喻"老虎头上瘙痒"可能不会一下子能让目的语读者产生与源语读者一样的逻辑信息，但结合上下文，目的语读者的认知语境可以根据明示推理而进一步扩大。只要付出少量的认知推理，目的语读者就可以理解中文成语"老虎头上瘙痒"的内涵意义，也就可以像源语读者一样享受到原文的风格之美。杨-戴译保留了原文语义表征的交际线索，而威廉译为"gotta go rub salt in the wound by talkin' that kinda stuff"则用一种阐释性的方法抹杀了原文的意象，比起杨-戴译要逊色不少。

(2)借代

【ST10】如果出到十几文，就能买一样荤菜，但这些顾客，多是**短衣帮**，大抵没有这样阔绰。只有**穿长衫的**，才踱进店面隔壁的房子里，要酒要菜，慢慢地坐喝。(鲁迅)

【TT10-1】…while a dozen will buy a meat dish; but most of the customers here belong to **the short-coated class,** few of whom can afford this. As for those **in long gowns**, they go into the inner room to order wine and dishes and sit drinking at their leisure. (杨-戴 译)

【TT10-2】If he's got enough to lay down a dozen coppers or so, he can even get a meat dish. But most of the patrons at such places belong to **the short-jacket crowd, the gentry, who can afford to saunter into the room next to the bar, order a main course, some wine to go with it**, and then sit down and linger over their cups. (威廉 译)

【译析】"短衣"、"长衫"都是人们的穿着。那么究竟"短衣"和"长衫"分别指哪些人呢？其实只要读者环顾上下文，仔细思考一下，就能体会出"短衣帮"是指旧社会穷苦的劳动人民，而"长衫"则指代当时社会的知识界和上层分子。作者抓住了"长衫"这一典型细节，穿长衫是科举时代读书人的象征，而孔乙己的长衫却"又脏又破"，一个穷困潦倒的迂腐的封建社会知识分子形象出现在我们眼前，也由此可见封建科举对知识分子的愚弄和迫害。这里使用借代的用法可以使读者在阅读中产生联想，在审美的同时体味作者的用意。在译文中，杨-戴夫妇没有将这两个借代用法具体化，而是保留了其修辞手法，也保留了原文语义表征和句法特征的交际线索，让译文读者也能像原文读者一样在作者留下的空白和不定点中感受原文的风格，真可谓用心良苦，也让人不得不为他们的神来译笔所折服。而威廉译对"短衣"和"长衫"进行了详细的解释，译文读者可以很轻易地理解原文，但同时也消去了原文作者苦费心机的利用借代这一修辞手法想达到的效果，抹杀了原文的风格，因此威廉译只能是一种间接翻译，而不是直接翻译。

当然有些时候由于源语和译语读者所处的语言文化环境不同，源语读者具有的认知假设在理解原文时能够根据其原有的认知假设结合原文作者的明示信息推断出原文的交际意图并享受其风格之美，而译语读者却不具有这一认知假设，从而无法与原文作者达到"互明"，也就无法取得最佳关联。在这种情况下，采取一些补偿措施，如解释、加注等，补充一些可以帮助译文读者进行语境推理的不属于他语言文化环境内的语境信息也是直接翻译的一种。

【ST11】只有廿年以前，把<u>**古久先生**</u>的陈年流水簿子踹了一脚，古久先生很不高兴。(鲁迅)

【TT11-1】I can think of nothing except that twenty years ago I trod on **<u>Mr. Gu Jiu</u>**[*]'s old ledgers, and Mr. Gu was not most displeased.
* The Characters Gu Jiu means "old". This refers to the age-old history of feudalism in China. (杨-戴 译)

【TT11-2】The only thing I can think of is that twenty years ago I tramped the account books kept by **<u>Mr. Antiquity</u>** and he was hopping made about it too. (威廉 译)

【译析】杨-戴译通过保留原文语义表征的交际线索，较好地保留了原文的风格特征。众所周知，原文读者对"古久"一词的内涵极为清楚，而音译 Gu Jiu 不能立刻让译文读者的认知语境里能产生与原文读者一样的逻辑信息，这里的加注只是为译语读者提供源语读者进行明示推理时必须使用到的认知假设，并没有破坏作者的交际意图，也没有破坏原文的风格。因而杨-戴夫妇的译文保留了原文音韵的交际线索，并使译文读者可以像原文读者一样具有相似的认知语境，获得了最佳关联的传递，不愧为较为成功的译文。而威廉译将"古久先生"直接译为"Mr. Antiquity"，不仅没有保留原文"古久先生"这一音韵交际线索，也失去了原文想要通过借代这一修辞手法所要表现的风格意义。

(3)委婉

【ST12】在他面前，显出一条大道，直到他家中，后面也照见丁字街头破匾上"古口亭口"这四个黯淡的金字。(鲁迅)

【TT12-1】The sun too had risen, lighting up the broad highway before him, which led straight home, and the worn tablet behind him at the crossroad with its faded gold inscription: "**Ancient Pavilion**." (杨-戴 译)

【TT12-2】Before him it reveals a broad road that leads straight to his home; behind him it shines upon four faded gold characters marking the broken plaque at the intersection: **OLD PAVI ON ROAD INTER CTION***.

* There is a street in Lu Xun's native Shaoxing called Pavilion Road. On a memorial arch at one intersection there is, in fact, a place that reads: Old Pavilion Road Intersection. Today a tall stone monument to Qiu Jin (1879－1907) stands close by. She was an ardent revolutionary and younger of her cousin in the wake of an aborted anti-Manchu coup, she was tried before a Manchu judge and decapitated at this intersection. (威廉 译)

【译析】这"古口亭口"中的口是个什么字呢？显然，作者不是不知道。有这方面文史知识的源语读者都清楚，在浙江绍兴县城内的轩亭口有一牌楼，楼上有一匾，匾上题有"古轩亭口"四个字。秋瑾烈士于1907年在这里就义。作者不把这个"轩"字写出来，是有意运用了委婉手法，目的是引起读者的注意，表达对革命先驱的追念。译者在翻译这一委婉修辞手法时，也应该让译语读者可以感受到鲁迅先生的原意。比较两译文，杨-戴夫妇的译文"**Ancient Pavilion**"完全抹去了原文的空白，也不会令译语读者感受到作者对革命先驱的追念之情。而威廉译"**OLD PAVI ON ROAD INTER CTION**"给译语读者提供了空白，保留了源语语义表征的交际线索，通过加注将原文的背景信息告诉译语读者，让译语读者能够花费认知努力去推断原文作者的真正意图，这样译语读者可以结合背景知识以及原文中的明示推断出作者的交际意图，从而达到最佳关联的传递。

(4)拈连

【ST13】那船将大不安载给了未庄，不到中午，全村的人心就很动荡。(鲁迅)

【TT13-1】This incident caused great uneasiness in Weizhuang, and before midday the hearts of all the villagers were beating faster. (杨-戴 译)

【TT13-2】That boat carried a cargo of unrest into Wei Village. Well before noon, every one had heard about it and was quite worried. (威廉 译)

【译析】拈连是指甲乙两个事物连在一起叙述时，把本来只适用于甲事物的词语拈来用到乙事物上。运用拈连，可以使上下文联系紧密自然，表达生动深刻。虽然拈连不是一种常用的修辞手法，但在鲁迅先生的《呐喊》里，却不时能见到拈连修辞手法。

在此例中，我们可以看到船本来是载人载物的，因为这条船一来，就带给未庄人不安的消息，因而就说"那船将大不安载给了未庄"。作者运用这一拈连，非常贴切而又新鲜。无论在源语读者还是在译语读者的认知语境中，"不安"这一表示心理状态的词语是不能用船来运载的，但是结合原文所提供的认知语境，他们可以不约而同地在其百科信息中理解作者想要表达的交际意图，并理解作者的独特风格。在翻译时应努力保留原文风格的各种交际线索来取得最佳关联。杨-戴译文"This incident caused great uneasiness in Weizhuang"将这种拈连的修辞手法转化为无修辞格的语言，没有保留原文修辞用法中风格词语"将大不安载给了未庄"的交际线索，引起了语体风格的不同，而因而不能让译语读者的认知语境中产生与原文读者认知语境一样的逻辑信息和百科信息，在传达原文风格的时候没有取得最佳关联。威廉译文"carried a cargo of unrest"弥补了杨-戴译文中前半句的不足，既保留了原文风格词语的交际线索，也保留了原文的修辞手法，但从整句来看，后半句的译文不够紧凑，在语体风格上似乎与前半句相差甚远，在保留原文语义表征和风格词语的交际线索上有所欠缺。下面的译文能较好地保留原文所有的交际线索：

【TT13-3】That boat carried a cargo of unrest into Wei Village, and well before noon, fast-beating into the hearts of the villagers. (陈刚　译)

【译析】这一译文不仅保留了原文的修辞手法，而且从整个句子的结构来看也尤为紧凑。通过保留原文语义表征、句法特征以及风格词语的交际线索，可以使源语读者和译语读者在其认知语境中达到"互明"，因而成功地传译了原文的风格。

综上，对于鲁迅先生《呐喊》的翻译，杨宪益、戴乃迭夫妇以及威廉·莱尔都可谓是苦心孤诣，不敢有一丝的马虎，他们充分尊重源语和译入语各自的语言特征，突破了英汉两种语言表层结构的框框条条束缚，竭尽他们所能，深入挖掘原文的深层结构，将《呐喊》形神兼备地展现在译文读者面前。

15.2.5　萧乾作品自译理论简述

翻译家、作家萧乾先生的作品颇丰。在此，我们将以一种非常特殊的形式来展现他的成果，即其自译小说。能够自译自己作品的作家或翻译家凤毛麟角，萧乾先生完全可以作为一种典型介绍给我们(翻译专业的)读者。

由于翻译主体存在着不确定性，即不是任何情况都是一种模式或关系，所以萧先生自译自己作品时势必遇上两大关键问题：一是翻译主客体间性，二是变译性原则。

我们已经不止一次讨论了翻译的主体及主体性，在此我们仅做一针对性的简述。

1. 小说翻译主客体的定位

小说翻译理论辐射出来不同观点，包括"原作中心论"、"译者为主体"、"译者中心论"、"翻译主体性"、"翻译主题间性"等。针对萧乾自译涉及的变译实践，有必要结合变译理论，简述小说翻译中的显性因素及隐性因素作为翻译过程中的主体或客体，是如何互相作用、相互影响而产生一篇译作的。

(1)小说翻译主体

从哲学角度来讲，"主体是指实践活动和认识活动的承担者。客体指主体实践活动和认识活动的对象。……主体可以分为个人主体、集团主体、社会主体等。……主体具有意识性、自觉能动性和社会性。……客体可以分为自然客体、社会客体以及以物质形式、物质载体表现出来的精神客体，还包括主体的对象性活动和作为认识、改造对象的自我。……主体和客体关系主要是实践关系和认识关系，人按照自己的目的改造客体，把自己的能力和力量对象化，同时认识客体的属性和规律，提高主体的认识和改造世界的能力"（金炳华，2003：183）。从主、客体以及两者关系的定义读者可以看出：主体和客体是两个相对的、相互作用的类别，主体一定是有认知能力的人，但客体不一定是物。两者的具体所指和其所属的具体实践活动密切相关。

对主体的哲学界定完全可以运用到翻译学。关于"谁是翻译主体"，近几年一直存在不同的观点，但大致有四种：①译者是翻译主体；②原作者与译者是翻译主体；③译者与读者是翻译主体；④原作者、译者与读者均为翻译主体。

在某一特定的小说翻译活动中，译者是翻译主体是毋庸置疑的。对于原作者与译文读者是否也是翻译主体，应视具体情况而定。如果译者与原作者进行了直接对话，译者的翻译策略受到了原作者的直接影响，那么原作者也应被看作翻译主体。如果与译者进行直接对话的只是原作，原作者对翻译活动未实施任何话语权，未彰显其任何"认知能力"，那么原作者就不应被看作翻译主体。那么译文读者呢？一般来说，一部出版的译作所面对的读者不可能是几个人或几十个人，而是远远超出此数目的读者群。面对众多的读者，译者本人在翻译过程中只能考虑到读者群的可能性需要，绝不可能先去做逐一的读者需求调查再采取相应的翻译策略，因此读者在翻译活动中所起的作用只会是间接的。

基于以上两点，笔者认为译者可被看作翻译的中心主体(central subject)，而原作者和读者则是边缘主体(peripheral subject)，大体上不直接参与特定的翻译活动。

(2)小说翻译客体

如前所述，客体是主体实践活动和认识活动的对象，客体不一定是物，也可以指人。当一个人成为被研究的对象时，此人就变成了研究者的客体。现今，对"谁是翻译主体"的讨论逐渐加强，也日益完善。有主体就必然存在与之相对的客体，但对于"谁是翻译客体"这个问题，问津者并不多。尽管翻译界一直有学者在谈"原作"（源语文本/ST）、谈"译作"（译语文本/TT）、谈译作产生时的社会历史环境等，但却很少有人明确地把这些元素归结到客体这个范畴。那么在小说翻译活动中，翻译客体究竟是指哪些翻译要素呢？

如果译者是翻译活动中的中心主体，是完成一项翻译活动的主要操纵者，那么被译者研究的和操纵的客体对象首先应是 ST，这是显而易见的。没有 ST，何来 TT。

其次，翻译不是一次性的活动，译者在整个翻译活动中会对未定稿的 TT 反复斟酌并加以修改完善，由此可见，TT 本身（主要是指出版之前的 TT）也是翻译客体。那么原作者（ST 作者）和译文读者（TT 读者）呢？在前面分析小说翻译主体的结论中，笔者把 ST 作者定义为边缘主体，有时直接参与翻译活动，有时不表现任何话语权。特别是 ST 作者已经过世，其本人不可能再与译者有直接的对话时，他/她的名字、性格、思想等也就变成了一种客观存在，不会再有任何改变，这时的 ST 作者也就是作为译者的研究对象之一、作为翻译客体而存在的。同样，身为"边缘主体"的 TT 读者群不大可能直接参与翻译活动，他们的客观存在会影响翻译过程，但这种影响基本上是通过译者、翻译委托者等的预测而施加，因此有学者把处于这种地位的(TT)读者更准确地定义为"目标读者群"（target readers/ readership）、"期待读者群"（intended readers/readership）。他们不是已经存在的读者，而是一种"假想的群体"；不是 TT（译文）产生中的操纵者，而是同成为客体的 ST 作者一样，是译者的研究对象。从此角度来看，目标译文读者（TT readers/target readers）也应是翻译的客体，更准确地说，是译者的客体，**这种身份已压倒了其作为翻译"边缘主体"的身份了**。

以译者为中心的翻译活动并不是在真空中进行的，受方方面面因素的制约。在这一点上，笔者赞同"翻译生态环境"一说，指的是 ST、

SL 和 TL 所呈现的世界，即语言、交际、文化、社会，以及作者、读者、委托者等互联互动的整体(胡庚申，2004：15)。译者采取什么样的翻译策略必须考虑到翻译生态环境，也就是说，翻译生态环境(translation ecology)同样是译者的研究对象，是译者的客体。

(3)小说翻译主客体间的互动

互动即互相影响、相互作用。无论是 translator、ST、ST 作者、TT、TT 读者还是 translation ecology，都不是独立存在、互不相干的；相反，这些翻译元素之间彼此联系着、影响着又互相改变着，形成了翻译主客体间的互动。

1)译者的作用。要谈译者的作用，首先必须明确译者的地位的改变。早在 20 世纪 70 年代，人们就开始逐步重视对于译者身份的研究。译者从翻译幕后慢慢走到台前，走到翻译舞台的中央，从隐身的"奴仆"到翻译的主体直至翻译的中心地位，变成主演。这种一步步成名的变化无疑显示了社会对于译者在翻译活动中付出无数努力的认可和尊重，显示了一部译作诞生的过程中译者绝不是 ST 亦步亦趋的"跟班"，而是起着关键性甚至决定性的作用。在翻译界，几乎人人皆知"带着镣铐跳舞"这句话，用它比作翻译活动本身或者译者本人。在此，笔者更倾向于后者。译者首先是一名舞者，不管是否带着镣铐。没有译者做舞者，翻译这项舞蹈活动就不会发生。他既是原作的解释者(interpreter)，又是翻译动作的执行者(master)和操纵者(manipulator)。

赖斯(Reiss)曾在她的著作《翻译批评》(*Translation Criticism*)中指出，翻译过程中的主体性因素包括两个方面：第一是译者对原文的解释技巧(interpretive skill)，第二是作者个性(individual personality)的渗入(Reiss, 2004：91)。译者所做的其实就是探索并解释着某一特定的历史环境下原文的意义，他/她所选择的解释策略不仅反映出译者对于两种语言的驾驭能力和写作能力，更重要的是反映出了他/她的翻译态度和翻译道德。萧乾的自译小说作品就充分显示了这两点。

在完成对 ST 的解释之后，翻译活动就进入了第二阶段，即把 ST 转换成 TT。对于一部社会功能远远高于其美学功能的文学作品，特别是小说，译者作为执行者和操纵者的作用也就更加明显：既包括筛选原文中需要翻译的内容，也包括决定恰当的翻译方法和翻译策略。"操纵者"[1]一说来自操纵学派（Manipulation School）对于译者在翻译过程中所处地位的解读——"从目的语文学的角度看，所有翻译行为都暗含着为了某种目的而对 ST 进行的某种程度的操纵/调控（Hermans 语，cf. Snell-Hornby, 2001: 22）。译者可能从 ST 中选择他/她感兴趣的、有用的或合适的内容，然后借助于恰当的手段把这些信息因子转移到目标语文化（TL culture）中。由此可见，译者的作用是随着某一翻译活动的进展而不断变化的。需要注意的是，在翻译实践中，译者作为解释者、执行者和调控者的行为并不是单向前进的过程，而是以双向或多向的迂回方式前进着：在变成施动者和调控者之后，一名负责任的译者仍然会回头反复斟酌他对 ST 已经做出的解释，这又使他/她再次成为解释者。

2）规范的影响。在西方翻译规范理论中，图里（Toury）、赫曼斯（Hermans）和切斯特曼（Chesterman）被认为是对翻译规范理论的研究做出杰出贡献的人。图里被认为是第一个从翻译研究的角度系统研究翻译规范的学者。他认为翻译是受到规范制约的社会文化活动。规范是特定社会所共有的价值观念（如对错与否、适当与否等）转化而成的、适用于特定情境的行动指令，指明译者在翻译活动中能做或必须做什么，也明确了译者不能做、被禁止做什么。图里将翻译规范划分为三类：

①初始规范（initial norms），指译者对翻译的大致策略的选择，是倾向于忠于 ST 的语言文化规范还是倾向于忠于 TT 的语言文化规范，前者为"充分[性]"（adequacy）翻译，后者为"可接受[性]"（acceptability）翻译，而多数情况下译者将这两种策略结合。

②预备规范（preliminary norms），包括翻译政策即对 ST 的选择（即译什么）和翻译的直接程度（directness）——从 ST 直接翻译（考虑其文本类型、出版年代等），还是从其他语言的 TT（新的 ST）进行转译。

③操作规范（operational norms）指翻译中所做的实际决定，包括"宏观架构规范"和"篇章语言学规范"。前者决定译文的宏观结构，如翻

---

1 该术语业界有争议，本书前面已有特别提及。可以中性地解读为"调控"、"改变"等。

译全文还是部分、各部分的位置是否变化以及文本的结构变化等；后者影响译文的微观结构，制约译者如何选择合适的语言成分组织译文。(韩庆果，2006(2)：14-15)

　　之后，英国的赫曼斯和芬兰的切斯特曼又对图里的规范理论作了发展补充。切斯特曼把规范划分为期待规范(expectancy norms)和专业规范(professional norms)。期待规范反映读者对翻译(或特定类型的翻译)的样式的期待，如译文"文本类型样式及其体裁、风格，对语法正确性的程度、文本性及(某些文体中的)搭配甚至某些词类的分布"。读者(可以包括翻译任务委托人)的期待"受译文文化中盛行的翻译传统、译文文化中(同一文本类型)平行文本样式的制约，还受所涉及的两种文化间及其内部的经济、意识形态、权力关系等因素的制约"。专业规范(professional norms)是指由专业的合格译者的职业行为体现出的制约翻译过程的规范，受期待规范的制约。专业规范又可分为责任规范、交际规范和关系规范。(同上：15)

　　规范的研究和发展把翻译活动纳入了更广的生存空间，特定社会的规范给特定时期的翻译活动带上了镣铐，译者的自由发挥变得有节制，他必须审时度势，在不违反某种规范的前提下酌情善断，采取最合适的翻译策略。这样的约束既是对译者翻译创作能力的挑战，同时也激励负责任的翻译家把主观能动性发挥到极致，使其译文富有张力，饱含情感。

　　3) ST 的地位。众所周知，在翻译研究中，ST 的中心地位早已不复存在。翻译理论家们研究的焦点已转移到了 TT 本身和影响一篇 TT 产生的各个因素上面，ST 只是其中的一个因素。抛弃了过去对"以原文为中心"类观点的顶礼膜拜，现在的翻译活动中，ST 的地位又如何呢？对于这个问题，笔者认同 Nord 所提出的观点："原文不再是影响译者做出翻译决定的首要的或最重要的标准；它只是为译者所用的信息的来源之一。"(Nord, 2001: 25)和其他任何文本一样，在翻译活动中用作信息来源的文本可以被视作信息的提供者(offer of information)，任何信息的接收者(包括译者)都会按照他/她所期待的某种目的(desired purpose)自觉地或不自觉地选择他/她所感兴趣的、认为有用的或合适的信息群，通过译者认为的最合适的表达方式(即翻译方法)转移到 TL 文化中。按照 Vermeer 的定义，翻译其实就是把 SL 语言文化中提供的某些信息展现在目标语文化中，TT 则是新的信息供应站(同上：25-26)。但此处的新信息乃是换汤不换药，信息的表达形式从一种语言换成另一种语言，但信息的内容并不会完全改变，仍然是以 ST 所传达的内容为依托。这种观点也为译者在翻译活动中的中心地位提供了依据：ST 作为信息供应站，为译者充分发挥其主观能动性提供了更大的自由空间——他摆脱了"字对字、词对词地忠实于原文"观念的束缚，可以灵活恰当地把 SL 的形式和内容转换成符合特定目的的 TT。

　　ST 的中心地位虽大大削弱，但蕴含了译者辛勤努力的 TT 是在 ST 的基础上产生的，没有 ST 的存在，何来译文的产生？一名合格的译者在翻译过程中无论发挥多强的主观能动性，都不允许也不可能生产出一篇与 ST 毫无关系的 TT。如果译者被比作朝着目的地(即 TT)出发的旅行者，ST 就好似旅行者手中所持的旅行手册，信息丰富，其中有些信息对于旅途大有裨益，而有些信息由于时间问题与途中的实际情况有所出入。这样，旅者要想比较完美地完成此次旅行(即产生 TT)，就必须以旅行手册(即 ST)为基础，结合实际情况(即翻译生态环境/规范)，自己绘制出最理想的旅行指南(即翻译策略)。

　　4)TT 的接受。TT 作为翻译活动的产物，准确地说并不属于主客体互动的过程，而是互动的结果。TT 既脱胎于 ST，又是独立的实体。操纵/调控学派认为译文是独立的实体，是 TL 文化的一部分。TT 本身就是一种文本类型，是 TT 文化作为整体不可或缺的一部分(integral part of the target culture)，而不仅仅是某一文本(即 ST)的复制品(Snell-Hornby, 2001: 24)。双重的身份决定了评价 TT 的好坏，既要看它在 TL 文化中的接受程度，也要和 ST 进行比较。TT 能否被 TL 文化所接受实质上就等于能否被它的读者所接受。一般来说，普通读者很少会拿 TT 和 ST 进行比较，他们只是把 TT 看作独立的实体来品味，从中汲取营养。但对于学术型读者来说，TT 既是"文本"更是"翻译而来的文本"，与其母体(ST)进行比较是不容忽视的。一部译作质量如何，评判者必须将这两种读者和翻译的发起人连在一起考虑：发起人的目的是什么？是为了满足哪类读者的需要？译作主要是希望被哪类读者接受？图里在其专著《描述翻译学及其他》中归纳出这样的翻译规律：ST 在翻译中常常被改动，有时甚至会被删除，而代之以符合 TL 语言文学系统习惯的表述(参考刘晓丽，2004：65)。这就强调了 TT 是作为 TL 文化中的客观事实而存在，同时给翻译中 TT 对 ST 的偏离做出合理的解释：TT 如果不忠于 ST，是译者有意为之，其目的是扩大 TT 在 TL 环境中的接受程度，而非译者的天马行空，肆意妄为。同时他又指出第二条规律"源语干扰律"，即在翻译的过程中，ST 的某些文本结构会转移到 TT 中(同上)。这一点又强调了 TT 和 ST 的连带关系，强调了 TT 对 ST 的依附性。"无论译者如何小心翼翼地维护目标语语言文学的纯粹性，翻译都无法摆脱原作对目标语语言文化系统的入侵，译作中必然包含源语系统中的异质成分。"(同上：66)由此可见，一部 TT 要想成功地被目标读者接受，关键在于译者要找到 TL 语言文化系统和 SL 语言文化系统之间的最佳平衡点，既尊重 ST 作者又能取悦 TL 语语言文化系统。

2. 小说翻译变译策略

变译主要有两大概念。就实践而言，变译是翻译过程中实际发生的一种现象，反映了一种翻译方法/技巧的单独使用，或多种翻译方法/技巧的综合运用，最终形成的译语文本(target text)与源语文本(source text)存在一定程度或较大范围的文本不对应或对应(partial equivalence；correspondence to some degree or in most/small/many parts)。这种现象或实际操作多见于应用翻译(非文学翻译)，也见于文学翻译。变译的原因是受翻译目的影响。

就**理论**而言，变译是一种策略(strategy)或原则(principle)。变译策略/原则的制定也是依据翻译目的而定的。就**名称**而言，变译可以是translation variation，partial translation(跟 full translation 对应)，translation for particular purposes，multiple translation methods[1]。就**方法/技巧**而言，

---

1 主编特注：这些有关"变译"的概念是源于主编自己 30 多年的翻译实践与思考，译名仅供参考。

变译涉及（按照英文字母排序）amplification（扩充）、combination（合并）、commenting translation（译述/译评）、compensation（补充）、condensation（浓缩）、integration（整合）、interpretation（阐译）、omission（略译）、reduction（简约）、revision（修改）、simplification（简化）、summarizing（概述）、trans-creation（创译）、trans-editing（编译）、trans-writing（译写）等。

　　不管是作为一种初步确立的理论或实际上由来已久的翻译思想/思考，还是一种客观长期存在的翻译现象都引起越来越多的关注。

　　历史上，许多翻译家和翻译学派都用过或讨论过变译问题，如严复、林纾、许渊冲和"文化学派"。当今，不少学者加大了对清末民初小说翻译的研究，力图抛弃"严译非译"、"林译非译"的观点，用与时俱进的理论（如变译理论、规范理论、关联理论等）更客观、更全面地分析严、林等人的"不忠实"翻译，为严、林的翻译策略正名。钱锺书就曾在《林纾的翻译》一文中高度肯定了林纾的翻译；黄汉平教授也曾分析说林纾的文学翻译，主要是他对原文和翻译策略的选择是受"历史、社会、意识形态、审美习俗、译者的个性和个人品位等众多因素"影响的（黄汉平，2003：28）。文学和其他文化系统如语言、社会、意识形态等之间是共生的关系。按照文化学派的观点，翻译即重写，重写即操纵，操纵无处不在（同上：29）。

　　也就是说，在翻译中势必存在一定程度的偏离于 ST 的不忠实，百分之百的忠实是不存在的。所有这些观点的共同之处就在于不再信奉"原文第一"、"绝对忠实于原文"等绝对化的观点，也不再把翻译和创作（写作）对立看待，而是把翻译活动放在更大更广的社会历史框架中进行研究，用客观公正的眼光评价翻译中的正常现象和非正常现象，如变译现象。

　　严复和林纾之后，曾有一位作家和翻译家在其早期作品的翻译中大胆采用了偏离原文的删、减、改等"变译"策略，引起了翻译学者和翻译爱好者的注意，这位作家和翻译家就是萧乾。接着，笔者就尝试用变译策略和其他相关理论，紧紧围绕"信息"这个关键词，分析萧乾作品的自译。

15.2.6 萧乾自译作品案例分析

1. 信息补偿

文化的民族性决定了语言的异质性,文化的民族性和语言的异质性又决定了异语文化交流的文化缺省和词汇空缺。翻译必须成功地跨越这样的语言文化障碍,对零信息(zero message)做出信息补偿,才有利于 TT 顺利地进入 TL 社会,并在其文化中得以传播、融入。信息补偿的方法和变译中的改译类似。改译是"根据特定要求改变原作形式或部分内容乃至原作风格的一种变译活动。它是地道的归化处理手段,是为了满足特定层次特定读者的变译方式"(黄忠廉,2002:149)。信息补偿的主要目的也就是通过用 TL 读者熟悉的信息更换 ST 中的部分信息,从而帮助 TL 读者跨过零信息的障碍,更好地理解 ST 的内容。

【ST1】最可气的是那些小子们把宿舍用红绿纸糊满,说什么"禁止娱乐"!

【TT1】…and the most abominable thing was the poster outside every dormitory: "Hedonism while the dwarfish Japs are nibbling at North China is TREACHERY."

【ST2】楼门口这时贴出更多的标语了。红红绿绿的,什么"准时出发","整队回校",都如各色毒蛇在噬着他的心。

【TT2】Outside the dormitory there were colored posters; "We start at 9:00 from the Front Gate, double file." "Maintain morale!" "Be prepared for police interference!" "Down with the Defeatists!" and many others. Reading them made him angrier than ever.

【译析】这两则例子摘自萧乾写于 20 世纪 30 年代的短篇小说《栗子》。20 世纪 30 年代是中国民族危机空前严重的时期,失地丧权、亡国灭种的大祸迫在眉睫,全国抗日救亡运动高涨。那个时期的文学作品在很大程度上成了一种意识武器,肩负着号召全中国人民团结一心,保卫国家的责任。《栗子》也是为了纪念"一二·九"运动而作。【TT1】和【TT2】展示了译者是如何翻译汉语中的标语的。中文标语按功能、语气和意图的不同可分为五类:政治型、倡导型、告示型、仪式型和广告型（余承法，2002：51）。【ST1】的标语属于告示型，即向特定的群体发出警告或提示，要求他们遵守社会公德或提醒注意个人行为（同上：52-52）。这类标语的指令性功能主要是通过语气传达，如此例中的"禁止"。因此，在翻译中，语气的传达必须到位。汉语标语中常见的"禁止"二字在此处没有被译成"forbidden"而是翻译成大写的 TREACHERY（背叛，变节）；"娱乐"也没有译成"entertainment"，而是译成 hedonism（享乐主义）。forbidden 和 entertainment 是普通词汇，正式场合和非正式场合下都可以使用，如果作者把"禁止娱乐"翻译成"Entertainment is forbidden"，译文读者则很难体会当时中华民族存亡的关键时期下严肃、紧张的气氛，并且可能会心生疑惑：发生战争时为什么就不能有娱乐？什么样的娱乐是被禁止的？相比之下，treachery 和 hedonism 两个单词本身就含着严肃的政治意义，让读者一眼明白一个国家、一个民族的命运受到威胁时，什么样的心态是不应该具有的。为了强调违反后的严重性，译者有意把单词大写，并在译文中补充当时的历史背景（while the dwarfish Japs are nibbling at North China）。精准的措辞加上背景的补充避免了零位信息的出现，大大提高了译文读者的感受力，使之更接近于原文读者在原文所处历史条件下的阅读感受力。【ST2】中的汉语标语"准时出发"和"整队回校"所传达的不仅仅是如何行动的信息，更是士气的体现和爱国主义精神的高涨。因此译者在翻译时把原文的两句标语变成译文中的四句标语，原文信息有所更换和增加，汉语中情感的含蓄内敛在译文中也变成直接的流露。这样的处理方式不但更符合英语的语言文化习惯，而且有利于把原文整篇小说所体现的精神有效地传达给目标语读者。

2. 信息浓缩

黄忠廉等人曾指出缩译是"滤掉翻译对象的细节部分；将原作大幅度缩短；抽取主干，保留最精华、最核心的内容……以一定的篇幅再现原作的主干内容"。缩译的主要目的是"帮助读者在有限的时间内了解原作的大意，至于原作的语言风格、情节的起承转合等不属于缩译传达的对象"（田传茂，2006：43）。信息的浓缩与缩译大同小异：按照田、黄二人的研究总结，缩译是从篇章的宏观角度来讲的，侧重于译文整体篇幅的浓缩。而信息的浓缩应该既包括译文整体篇幅的缩短，还可以指更小的语义单位，如对段落或单句中所传达的信息进行归纳概括，保留其中最主干的信息。信息浓缩这一翻译策略在萧乾自译文学作品中应用极多，如小说《矮檐》的英文版 *When Your Eaves Are Low* 的篇幅只相当于原文的三分之二；小说《栗子》的英文版 *Chestnuts* 中，原文八分之一的篇幅被删掉。译文虽然篇幅减短，但依然保持完整的情节和清晰的叙事结构。这样的安排和萧乾的性格、个人经历以及翻译观有很大关系。

　　萧乾的童年在贫穷和苦难中度过，青年时期又经历了抗战前后的岁月，并曾做《大公报》驻英国记者，反映欧洲战场反法西斯斗争情况。因此他早期的作品大多贴近于贫苦农民的生活或反映战争期间真实的情况，用笔伸张正义。萧乾曾说他对叛逆者一向持有好感（萧乾，1994：158）。这也是他翻译《尤利西斯》很重要的一个原因。这样的个人情感不可避免地影响到萧乾的文学创作和翻译。他曾说："我有时用温度来区别翻译……文学翻译是热的……科技翻译只能也只准照字面翻译，而文学翻译倘若限于字面，那就非砸锅不可。我认为衡量文学翻译的标准首先是看对原作在感情（而不是字面）上忠不忠实，能不能把字里行间的（例如语气）译出来。"（同上：153）这样的性格使萧乾在选择翻译方法时注重神似而非形似。下面的例子摘自《矮檐》（*When Your Eaves Are Low*）。

【ST3】那个身材修长、心胸狭窄的妇人以为自己的"肉"认真吃了什么大亏，就用尖酸的声音骂着："没有大人的孩子，坟头插烟卷儿，缺德带冒烟儿。官街官道，狼虎挡道。灵哥，你个没人管的野兔子，下回我不准你再往堂屋跑了。"

【TT3】That slim-waisted but narrow-minded woman thought her flesh had suffered serious harm, and complained *sharply* of the "*wild rabbit*" in the house.

　　【译析】这则例子中，最主要的信息浓缩体现在汉语粗俗言语的翻译上。当人们感到气愤不公时，往往会不由自主地口出秽语。在汉语中，此类不雅的话语常和人们在日常生活中所鄙视或忌讳的人、物、行为和状态联系在一起，如流氓、猪、狗、死亡等。特别值得注意的是，有些女性会一口气说出这些粗俗言语以解心头之恨。在英语国家中，尽管忌语也会和人们所讨厌的人和动物有关，但却不如汉语详细，也鲜有一连串地喷出口，反而以简短有力为特点。ST 中那一串用以刻画妇人尖酸之相的句子转化成英语时，如果译者照字面翻译不加任何注释，译语读者可能云里雾里，不明所以。加了注释又和译者当时坚持的"文学作品（不论创作还是翻译）加注是对阅读的一种干扰"背道而驰（同上：176）。因此，译者根据译入语中不雅言语的表达特点，选用 sharply 和 wild rabbit 三个单词就把原文字里行间的语气体现出来，从中妇人的刻薄也可窥见一斑。

3. 信息改造

"改造"一词，按商务印书馆于 2012 年出版的《现代汉语词典》（第6 版）所定义，是指"①就原有的事物加以修改或变更，使适合需要：改造低产田。②从根本上改变旧的、建立新的，使适应新的形势和需要：劳动能改造世界"。以此为基础，翻译中的"信息改造"也可以包含两层含义：一、就原文所传递的信息加以修改；二、变更原文所传递的旧信息，在译文中建立新的信息。这两层含义理解起来与信息补偿似乎有重叠之嫌，但两者是有明显区别的：出现零信息障碍时，译者才会借用信息补偿的手段达到与目标语读者的沟通。但信息改造并非只有出现信息障碍时才会使用，还可能会因其他原因如译者的个性、翻译的目的等出现在译文中。信息改造的方法也并非只有归化到 TL 读者所熟悉的信息，还包括为了某种特定目的而变异到既不同于原文也不为译文读者所熟悉的信息。无论是修改还是创造新信息，译文的这种变异不只体现了译者的个性化翻译，更是为了适合 TL 语言文化系统的需要，更好地传达 ST 的意境，也更接近 TT 读者的目标需求，便于传播等。从翻译方法而言，译者可能会对 ST 时增时减、时改时评。

4. 信息整合

分化与整合是科学发展中两种相反相成的趋势。整合是指相邻甚至相距很远的学科之间交叉、渗透、融合而形成边缘性、综合性学科。笔者把整合一词用在翻译中，其意是指译者根据译文读者和译文结构的需要，把相关的信息进行合并并加以理顺，使叙述更加准确精练，译文结构更加紧凑，使译文传递的信息更合乎译入语中事物的发展顺序，更易于融入译入语文化。就宏观而言，信息整合类似于编译，既包括段内编译，也包括段际编译。就微观而言，信息整合的方法可以包括微观编译中的加工、摘取、合叙、概括、理顺、转述等。运用这些方法的目的都是为了使译文在整体结构上更符合 TL 习惯，也更能满足 TL 读者的阅读需求。因此，信息整合的对象一般是段落以上的语篇单位。

下面笔者以小说《栗子》中的节选片段为例对信息改造和信息整合做出进一步分析。

【ST4】[1]这是个混沌的日子。[2]生与死的界限突然变得模糊不清了。[3]风卷着一群不安于现状的青年在街上呐喊，北风如条狡猾的蛇，冰凉地朝那些张着的嘴里钻。[4]填满了盛着愤怒的肺，填满了空空的肚皮。[5]喜鹊躲在巢里，街上不见菜贩的足迹，他们还是扯了嗓子喊，小纸旗摇得哗啦啦像闹水。

[6]迎面，旋风成为自然的烟幕，幕里隐着穿黑衣的弹压者。[7]举着闪亮闪亮的大刀：牛皮鞘，红绸穗，天天操演着的冲锋包围阵势，到今天全用上了。[8]寒风削砍着万物，弹压者也那么无慈地削砍着同类。[9]杀，杀，半条鼻梁，一泡血，想流进电车沟儿，北风不答应，即刻冻成冰块。[10]冲，冲，养兵千日，用兵一朝。[11]署长有命令，谁个不听命令，饭碗砸破。

[12]衣裳扯碎。[13]旗面刮掉，不碍事，还有旗杆。[14]旗杆下面跑动着一颗心，气愤愤，鲜淋淋。[15]喊，喊，嘎嘶的喉咙，冻麻了的手。[16]不成，不成，汉奸勾当不赞成！[17]得在自己地面上作主人，活得有味儿，奴隶不当！[18]倒下一个，去挽，背上也挨一刀。[19]烟火，不，空中银花，好个奇观！[20]喊吧，水往肚里灌。[21]脖子也发现了什么，冰凉，湿漉漉，眉毛上冻起冰山。[22]高处还飞着砖头。[23]脑袋平地突起一个包。[24]还是冲——

[25]北风为黄昏稍稍敛住，夜又撒下黑暗的网。[26]"哎呦，救——"没有喊完就倒下了，在胡同拐角，黑漆漆的。[27]嘚咕嘚咕，揍死你这女人！[28]还往哪儿跑，不在家养孩子，也出来闹。[29]闹，叫你闹，啪，啪，有你的。

[30]沥青马路，平滑，讲究，文明，在昏暗的街灯下，成了血腥的

战场。^[31]一架架帆布担架，穿梭着来去。^[32]戴白帽子的护士掉了颗同情的眼泪。^[33]疲倦的战士，满身血迹的战士，躺下吧。^[34]北风息了。^[35]城门关了。^[36]弹压者吹起悠长的胜利归队号奏凯回营。^[37]躺下吧，在这地窖子里。^[38]蓝眼珠的医生忙不迭地戴上金边眼镜，一个个试过脉息，迎看验过体温计，边叹息边摇了摇头："为什么自己人打自己人，这么狠！怎么回事，中国有那么一群不可解的动物！"

【TT4】^[1]Those were muddled days; even the boundary between life and death was indistinct. ^[2]The wild wind drove the wild crowds up and down the streets of old Beijing; slogans were taken up by thousands of mouths, and the cold cunning snakes of the wind slipped into the open throats of all the shouting boys and girls, filling the empty stomachs with fury and impatience. ^[3]The magpies were safely in their nets; the dogs were curled away in their kennels; even the vegetable pedlars kept off the cold streets. ^[4]But the crowd of boys and girls shouted their warning, their faith, their resolution! ^[5]To resist! ^[6]Soon, carried by the hurricane, came the black-coated "Keeper of Public Order". ^[7]Their swords were sharp and shining, with red silk tied to the scabbards. ^[8]Bits of clothing stiffened with frozen blood were scattered on the roads. ^[9]The back of a sword caught the shoulder of a demonstrator and a shower of silvery sparks went up. ^[10]Then came the hose, directed at mouths, throats, stomachs. ^[11]Eyebrows became icicles; the hands of the banner-holders and the hands of the sword-holders were equally tired and numbed. ^[12]The crowd was getting husky, but still they went on shouting, "Appeasement must stop! Give us liberty or give us death!" ^[13]Someone flung a brick, someone moaned. ^[14]The crowd grew thicker, the voices thundered, they moved in a solid block to the Hademen Gate.

^[15]Only the coming of night had power to clear the streets. ^[16]Someone had already fallen from exhaustion, hunger had disbanded some, one group of students had lost the main crowd and was cornered in a lane. ^[17]In the dusk the old city looked like a battlefield. ^[18]Stretcherbearers were carrying the

wounded to hospital. [19]"Here's a drink for you," said a white-capped nurse to a bloodstained boy who was still muttering, "No appeasement," through his fever. [20]The north wind had died down, but to ensure "Civil obedience" the nine city gates were shut. [21]A kindly doctor directed his nurses at work and murmured in a puzzled voice, "Why must you lads behave like a mob of ruffians?"

【译析】以上选段摘自原小说中的高潮部分，萧乾作为记者目睹了这样一场血淋淋的斗争，因此他能够淋漓尽致地描写出学生游行示威和反动军警对示威群体的血腥镇压。学生高涨的爱国热情与反动军警的冷酷无情杂织在字里行间中，呈现出当时混乱、激烈交锋的场面，逼真地再现了"一二•九学生运动"。在翻译这几段时，译者综合运用了多种变译手段，有浓缩、有补充、有改造，亦有整合。以下，笔者主要分析信息改造和信息整合部分。

1) 信息改造一：ST 第[5]句中的"他们还是扯了嗓子喊，小纸旗摇得哗啦啦像闹水。"译者改为 TT 中的第[4]和[5]句：But the crowd of boys and girls shouted their warning, their faith, their resolution! [5]To resist! ST 是从视觉和听觉两方面描写游行者们挥旗抗议呐喊，TT 却隐藏了视觉描写，把听觉具体化。从这两句英文中读者可以感受到译者不只是一位描述者，更是情不自禁地把自己看成游行者的一员，具有强烈爱国主义情怀的正义维护者。

2) 信息改造二：ST 中第[15]句提到学生们冻麻的双手，对照 TT 中的第[11]句：...the hands of the banner-holders and the hands of the sword-holders were equally tired and numbed. 读者可以看出译文中增加了对镇压者的描写。双方的筋疲力尽暗示出严寒冬天里这样一场爱国运动的激烈程度。

3) 信息改造三：ST 中第[25]－[29]主要描写了游行运动接近尾声时，反动势力对一位女游行者的暴力行为，使读者进一步了解到示威人群的数量和普通百姓在爱国运动中的参与度。如果这几句采取直译的方法，在 TT 中可能显得有些突兀，因此译者在翻译这几句时，并没有突出刻画这位妇女所进行的斗争，而是按照事件的发展顺序把原有信息改造为 TT 中的[14]－[16]句，即：The crowd grew thicker, the voices thundered, they moved in a solid block to the Hademen Gate. Only the coming of night had power to clear the streets. Someone had already

fallen from exhaustion, hunger had disbanded some, one group of students had lost the main crowd and was cornered in a lane. 人群越来越密集，呐喊越来越高亢，这样的改造也依然能够显示这场爱国运动的规模有多大。

(4)信息改造四：ST 高潮中的最后一段写到学生运动被镇压下去，不少学生受重伤(见【ST4】中第[33]句)，表现了反动势力的狠毒。但译者把这一句翻译成："Here's a drink for you," said a white-capped nurse to a bloodstained boy who was still muttering, "No appeasement," through his fever.(第[19]句)这样，译文所传递的信息不仅仅是当权者的残忍，更是学生的英勇无畏和坚持到底的斗争精神。

此外，译者把中文转换成英文时，也典型地运用了信息整合的手段。

首先，**段际整合**：ST 中的前三段，即[1]－[24]句，主要描绘了游行时的自然环境和双方的激烈斗争，营造了冷酷和热情交织的氛围。ST 中的后两段，即[25]－[38]句，描写了学生运动被镇压之后的街面情景。按照这种事物发展的先后顺序，译者在翻译时把前三段合并成一段，把后两段合并成另一段。这样，TT 通篇读起来衔接得更连贯、紧凑。

其次，**段内整合**：主要体现在 ST 的[6]－[29]句。这两段描写的是两方斗争中的场面。句子短小、口语化，句子安排上略显无组织、无逻辑。但是，这种无逻辑感的安排却是恰到好处的"混乱"，"混乱"的句子映射出当时混乱的真实场景。在翻译时，译者把 ST 中类似的信息进行了合并，并在顺序上做了调整。如 ST 中的[9]、[12]两句整合成 TT 中的第[8]句；ST 中的[14]－[17]句所传达的信息合并成 TT 中的[12]句。ST 中的[8]、[10]、[11]是对反面人物的特写，在 TT 中却作为"水分"被译者压干了。经过这样的变译，TT 的文学性与 ST 相比较或许降低了一点，但就 TT 整体而言，反映学生英勇抗争的精神实质没变，文学作为"斗争武器"的功能也丝毫没被减弱。

细读萧乾的自译小说，笔者发现变译的现象比比皆是。除了此章中所分析的《矮檐》和《栗子》，他的其他小说如《蚕》、《篱下》、《邮票》、《花子与老黄》的翻译也都有不同程度的变译。

要探究这些变译现象出现的原因，笔者认为始终离不开对萧乾本人性格、翻译观及翻译目的的分析，对 SL 和 TL 两种文本所处社会背景的回归以及对这两种文本的功能进行对比研究。也只有考虑到各相关因素，读者才能对有变译现象存在的 TT 做出客观公正的评价，正如林克难教授所赞扬的，萧乾这种大胆译法的可贵之处在于"解放了译者的思想"，并且"昭示了翻译包括文学翻译在内不应该只有一个模式，可以也应该允许人们尝试用不同的译法"（林克难，2005：46）。

15.3 中篇小说——《了不起的盖茨比》及《爱丽丝漫游奇境》

15.3.1 《了不起的盖茨比》双译本引介初衷

美国 19 世纪 20 年代著名小说家司各特·菲茨杰拉德(Scott Fitzgerald, 1896－1940)的代表作《了不起的盖茨比》(以下简称《盖茨比》)出版于被称为"爵士时代"(the Jazz Age)的 1925 年，也是对这个时代的真实写照。该小说描写了当时上流社会的歌舞笙箫，同时也叙述了主人公盖茨比美国梦的破灭。就 ST 而言，全文交错使用两种不同的描写角度，不同的描写焦点，形成小说特有的叙述顺序。两种文体的使用使小说的悲剧味道更浓，增加了故事的感染力。此外，独特的比喻也是这篇小说的一大特色。小说的内容通过两类语言上的特征反映出来就形成了《了不起的盖茨比》优美而隽永的文体效果。

20 世纪末，美国学术界权威在百年英语文学长河中选出一百部最优秀的小说，这部杰作众望所归，高居第二位，傲然跻身当代经典行列。经典作品往往有很多译本。同一作品，往往因多种不同的译本、不同的译语特点而受到不同时代读者的喜爱。尽管《了不起的盖茨比》在文学上价值非凡，在中国有大约二三十个不同的译本，但在翻译研究领域却长期受到了忽视。本章节以当前最流行的两个译本(巫宁坤和姚乃强的译本)为范本，从译者主体性视角对其部分案例进行对比研究。

名著的翻译，对译者的挑战是巨大的，发挥译者的主观能动性是译好名著的先决条件。因此，本文以"译者主体性"与(法国学者 Amparo Hurtado Albir 提出的)"忠实"为主线，对两个 TTs 从翻译风格、对话、比喻和象征的翻译层面进行对比，通过对译者翻译过程的分析，找出译者采取不同翻译策略背后的原因，以此评析译文是否忠实，译者主体性是否得到充分发挥。

15.3.2　《了不起的盖茨比》双译本案例分析

根据赖斯（Katharina Reiss）的观点，《盖茨比》属于 form-focused text，重点是 ST 作者如何发挥语言形式更好地表达作品内容（详见 Reiss，2004: 34-35），最终达到审美目的。因此，译者不仅要关注 ST 作者说了什么，更要关注他如何说。后者就涉及 SL 的风格特色，当 ST 译成 TT 后就要看是否能够在 TT 读者中产生类似的美学感受。

本节所选择的两个 TTs，风格迥异。我们将通过对比分析，从措辞、历史年代和翻译策略等方面展现两者在风格上之（较大）差异，展现始终围绕以下主题——**译者自主性与语言风格特色**。

1. 短语表达

我们先从两位译者在小说的全部九个章节中所喜欢/习惯使用的 TL 短语进行比较，便可见一斑，详见表 15-1。

表 15-1　《了不起的盖茨比》两个译本的短语表达比较

小说章节/ ST 与 TT	ST	巫 TT	姚 TT
第一章【1】	high intention (p.3)	雄心 (p.6)	好高骛远 (p.5)
【2】	freedom with money (p.4)	任意花钱 (p.8)	挥金如土 (p.7)
【3】	a warm windy evening (p.4)	温暖有风的晚上 (p.8)	清风拂面、暖意洋洋的黄昏时分 (p.7)
第二章【4】	worldly woman (p.18)	俗气的女人 (p.31)	满身俗气而又世故的女人 (p.28)
【5】	in the artistic game (p.19)	吃艺术饭的 (p.32)	玩艺术的 (p.28)
【6】	Sweetie (p.22)	相好 (p.37)	情人 (p.32)
第三章【7】	Gravely (p.29)	庄重地 (p.47)	一本正经地 (p.41)
【8】	stunts (p.29)	绝技 (p.48)	拿手好戏 (p.41)

（续表）

小说章节/ ST 与 TT	ST	巫 TT	姚 TT
第四章【9】	elegant sentences (p.39)	文雅的句子(p.64)	文绉绉的句子(p.55)
【10】	some nobody (p.41)	不三不四的人 (p.67)	来路不明的无能之辈(p.58)
第五章【11】	light-headed and happy (p.51)	感到又轻飘有快乐(p.84)	感到很高兴, 飘飘欲仙(p.71)
【12】	an immediate decline (p.55)	立刻衰颓(p.89)	一蹶不振(p.75)
	enchanted objects (p.58)	神奇的事物(p.94)	为之神魂颠倒的事物 (p.79)
第六章【13】	random shot (p.60)	碰碰运气(p.98)	瞎猫捉老鼠, 瞎碰碰 (p.83)
【14】	future glory (p.61)	未来的光荣(p.99)	飞黄腾达(p.84)
【15】	misconception (p.63)	误解(p.102)	以讹传讹的东西(p.86)
第七章【16】	ten times worse (p.78)	十倍的难受(p.127)	更难受(p.107)
【17】	common swindler (p.83)	骗子(p.135)	江湖骗子(p.112)
第八章【18】	day-coach (p.95)	三等车(p.153)	硬席车厢(p.128)
【19】	the pale magic of her face (p.95)	那张迷人的脸庞 (p.154)	那张楚楚动人的脸庞(p.128)
【20】	holocaust (p.101)	大屠杀(p.163)	血腥的杀戮(p.136)
第九章【21】	a lot of brain power (p.105)	这个地方很有能耐(p.168)	脑子很好使(p.142)
【22】	improve his mind (p.108)	提高自己的思想 (p.174)	完善自己的心智 (p.146)

从表 15-1 中不难看出两个 TTs 中 22 个案例对比所反映出来的几种不同的风格特色。

1) 文字风格之不同。姚译本(姚 TT)注重文字文雅, 四字成语; 巫译本(巫 TT)倾向于文字简朴。例如, 第【3】项、第【15】项、第【19】项等。两个译本均忠实于 ST, 但巫译本的语言风格更朴素, 不做作。

◆新世纪翻译学 R&D 系列著作

2) 历史年代之不同。由于两个译本出版的年代不同，巫译本初版于 1983 年，姚译本则初版于 2004 年，两者之间的差距不仅仅是 20 多年，而且也反映了两个不同世纪的美学观，起码在大众读者群中间。比较典型地反映"世纪差"、"时代差"的译例有：第【5】项的"吃艺术饭的"（巫）vs."玩艺术"（姚）；第【6】项的"相好的"（巫）vs."情人"（姚），如果当今来译这个 sweetie，译名多半会是"二奶"（kept woman）。而在 20 世纪 80 年代的社会文化环境下，人们很保守，找对象说"男/女朋友"有时都会开不了口。

3) 异化归化之不同。巫译本中异化策略用得比较多，姚译本则尽可能往 TT 读者这边靠，减少 ST 中的陌生感。比较典型的例子是第[18]项 day-coach，巫译本采用的是 TL 读者几乎不明白的"三等车"，而姚译本将其"归化"为"硬席车厢"。

【ST23】…and now I was going to bring back all such things into my life and become again that most limited of all specialists, the "well-rounded man". (Fitzgerald 著)

【TT23-1】现在我准备把诸如此类的东西重新纳入我的生活，重新成为"通才"，也就是那种最浅薄的专家。（巫宁坤 译）

【TT23-2】现在我很想重操旧业，返回文坛，再次成为一个杂家，一个博而不精的专家。（姚乃强 译）

【译析】这个案例把两位译者理解并翻译短语的合适与否，放入句子这个更大单位来考量。巫译本的语言风格依然不变，但在理解 ST 上出了"状况"，由此产生的 TT 比较费解。相比之下，姚译本理解准确，表达洒脱，语言洗练，风格优雅，相信 TT 读者一读就懂，没有隔阂。

2. 小说对话

文学作品中的小说对话，对塑造人物性格发挥重要作用。《盖茨比》中对话的篇幅超过整部小说的一半。其风格是简单、干净、口语化，由此塑造的人物栩栩如生。如果仅仅"维持"TT 与 ST 的表面一致性，很难再现对话中的精髓。这些 TT 需要创造性翻译，需要发挥译者的主体性。

【ST24】"Anyhow, he gives large parties," said Jordan, changing the subject with an urban distaste for the concrete. "And I like large parties. They are so intimate. <u>At small parties there isn't any privacy.</u>" (Fitzgerald 著)

【TT24-1】"不管怎样，他举行大型宴会，"乔丹像一般城里人一样不屑于谈具体细节，所以改换了话题。"而我也喜欢大型宴会，这样亲热得很。<u>在小的聚会上，三三两两谈心倒不可能。</u>"（巫宁坤 译）

【TT24-2】"不管怎么说，他经常举行大型聚会，"乔丹把话题突然一转，就像许多城里人那样对于具体的东西兴趣索然。"我喜欢大型聚会，大家亲亲热热。<u>在小型的聚会上，让人觉得没有个人隐私。</u>"（姚乃强 译）

【译析】这个对话是 Jordan 和 Nick 谈论盖茨比的晚会(聚会)。姚译本似乎比巫译本多一些文学色彩，但问题出在，前者对"privacy"的理解和翻译似乎都不到位，根源就是姚先生没有保持其一贯的"洒脱"译风，直译 privacy 造成形式对等、内涵差距颇大。反之，这次巫先生较好地发挥了创译的译者主体性，在正确解读和再现 ST 方面都做得比较成功。试想，乔丹作为菲茨杰拉德塑造的多位爵士时代新潮女性之一，来自上层社会，独立性强，如果按照姚译本去刻画乔丹，这位女主角的性格特征就多多少少被"弯曲"了。

我们不妨查证一下美语词典。根据 *Merriam-Webster's Advanced Learner's English Dictionary*，privacy 除了有"隐私"的含义外，还可以指"the state of being away from public attention"。这里的内涵应为"(不希望)引起公众注意的状态"，因此符合(三三两两)少数人聊天的可能性，不是简单的、绝对的一人独处之"隐私"。

【ST25】"Who wants to go to town?" demanded Daisy insistently. Gatsby's eyes floated towards her. "Ah," she cried, "<u>you look so cool.</u>"

Their eyes met, and they stared together at each other, alone in space. With an effort she glanced down at the table.

"<u>You always look so cool,</u>" she repeated. (Fitzgerald 著)

【TT25-1】"谁愿意进城去？"黛西执拗地问道。盖茨比的眼睛慢慢朝她看过去。"啊，"她喊道，"<u>你看上去真凉快。</u>"

他们的眼光相遇了，他们彼此目不转睛地看着对方，超然物外。她好不容易才把视线转回到餐桌上。

◆新世纪翻译学 R&D 系列著作

"你看上去总是这么凉快。"她重复道。（巫宁坤 译）

【TT25-2】"谁愿意进城去？"黛西执拗地问道。盖茨比的眼睛慢慢朝她看过去。"啊，"她喊道，"你看上去真酷。"

他们的眼光相遇了，他们彼此目不转睛地看着对方，超然物外。她好不容易才把视线转回到餐桌上。

"你看上去总是那么酷。"她又说了一遍。（姚乃强 译）

【译析】这里巫译本的误译一目了然，主要体现在逻辑和搭配上，在此已不必赘言了。根据语境，是 Daisy 和 Gatsby 进行对话，并产生了爱情。的确，Daisy 对 Gatsby 产生了 crush（迷恋），因为她重复了那句话，而且在第二句中还加重了语气，增加了 "always"。

值得补充的是：cool 在此的巧妙 "运作" 真是无巧不成书。在美语中，该词发挥着美好的联想功能。作为当代中国大陆的英文读者，不懂 "cool" 这个英文单词及其 "酷" 译文的相当之少。其英文释义为 fashionable; hip; stylish; appealing in a way that is generally approved of by young people。但其还有一个英文释义跟小说《盖茨比》的背景（爵士时代）关系密切：*of jazz*: marked by restrained emotion and the frequent use of counterpoint。而 hip 也极为巧合地跟 "时髦" 和 "爵士" 有着不可分割的联系——①**hip**：very popular; fashionable；**hip to**：(*informal*) aware of (something)：He's hip to what's going on in the jazz world。[1]

描写 "爵士时代" 的时髦年轻人，使用 "爵士（乐）" 词汇，体现了作者很好地利用并发挥了这种对人物塑造的难得的优越性。ST 作者很好地发挥语言运用方面的主体性/主观能动性，而我们的译者有些 "大意失荆州" 了。

3. 方言土语

这里的 "方言" 指 SL（英语）方言，"土语" 指土话或土语发音，还包括 ST 作者个人特有的语言表现手法或风格。把具有这些特色的 SL 译成 TL，对译者来说是很大的挑战。

【ST26】"He is an Oggsford man."

"Oh!"

---

1 详见 *Merriam-Webster's Advanced Learner's English Dictionary* 及 http://www.merriam-wenster.com。

"He went to <u>Oggsford</u> College in England. You know <u>Oggsford</u> College?"（Fitzgerald 著）

【TT26-1】"他是<u>牛劲</u>[Footnote 1]出身的。"

"哦！"

"他上过英国的<u>牛劲</u>大学。你知道<u>牛劲</u>大学吗？"

[Footnote 1]牛劲，"牛津"的讹音。（巫宁坤 译注）

【TT26-2】"他是<u>狗津</u>[Footnote 1]人。"

"哦！"

"他上过英国狗津大学。你知道狗津大学吗？

[Footnote 1]原文为"Oggsford"系"Oxford"（牛津）的讹读，"oggs"音近"dogs"，此处译为"狗津"。（姚乃强 译注）

【译析】在《盖茨比》第四章，没有受过良好教育的 Wolfshiem 与 Nick 谈及 Gatsby 的教育背景。在 ST 中，"Oggsford"的发音接近"Oxford"+"Dogsford"。这是 ST 作者有意创造了这个"词"，以说明 Wolfshiem 的发音很烂。这种创造性的语音效果在 SL 中会赢得读者，是给作品加分的。通常，这类"玩文字"或"玩语音"的 SL 是几乎不可译的，除非碰巧。

虽然两位译者都发挥了自己的最佳主观能动性，姚译本的"创译"效果不佳，因为"Dogsford"音译成"狗津"+脚注跟 SL 差距较大，ST 的幽默荡然无存。

巫译本的"创意/译"——"牛劲"，一读一看便知效果很好，跟 ST 旗鼓相当，相信 TT 读者一定会"好之"、"乐之"的。这样的 TT 非常难得，是译者的主体性与"信"的最佳结合。

4. 修辞表达

ST 中的修辞手段（如比喻手法）是使《盖茨比》成为经典之作的主要因素。当然，这种修辞的运用和效果一定在 ST 中"表现"得更好，转换成 TT 后，总会打折扣的，即使译者们拼命发挥着他们的主体性——异化（陌生化）、归化（本地化）或杂合化（中西合璧）。

【ST27】In his blue gardens men and girls came and went like moths among the whisperings and the champagne and the stars.（Fitzgerald 著）

【TT27-1】在他蔚蓝的花园里，男男女女像飞蛾一般在笑语、香槟和

繁星中间来来往往。（巫宁坤　译）

【TT27-2】在他那蓝色的花园里飘着飞蛾似的群男群女，他们在星空下边喝着香槟酒窃窃私语。（姚乃强　译）

【译析】ST 中男女宾客被比喻成令人讨厌的飞蛾。这些参加盖茨比晚会的男男女女之寄生虫、势利小人的特性被这个独特的明喻揭露得淋漓尽致。所以，译好这个明喻至关重要。但这个修辞手法不难处理，因为汉语中也有类似的表述，只要直译即可，而难就难在如何处理"谓语+状语"。

经过对巫译本和姚译本的细致分析、对比，结论不言自明——前者较好。不仅译出了"like moths"这个明喻，而且还对谓语+状语进行了创造性重写，如使用叠词等。

【ST28】…and now the orchestra is playing yellow cocktail music, and the opera of voices pitches a key higher.（Fitzgerald　著）

【TT28-1】……此刻乐队正在奏温馨的鸡尾酒会音乐，于是众人的声音像演歌剧一样又提高了一个音调。（巫宁坤　译）

【TT28-2】……此刻乐队演奏起温馨的鸡尾酒乐曲，众人声音像大合唱般也提高了一个音阶。（姚乃强　译）

【译析】歌剧是一门西方舞台表演艺术，主要或完全以歌唱和音乐来交代和表达剧情。歌剧在 17 世纪起源于意大利的佛罗伦萨。一般而言，较其他戏剧不同的是，歌剧演出更看重歌唱和歌手的传统声乐技巧等音乐元素。演出过程中，人物兴奋、激动时，或者情节达到高潮时，独唱演员会唱高一度，合唱演员也会在不同的音高处演唱。小说中，随着温馨的鸡尾酒音乐的演奏，盖茨比的晚宴达到了高潮，来宾们的兴奋劲也跟着达到高潮。作者把宴会的喧闹声比喻成歌剧，可谓大胆、创新。

巫译本将暗喻转换成明喻，忠实于原文，向 TT 读者传递了新鲜的异国修辞手法，传递了异国风味，尽管当时中国大陆读者未必个个都懂歌剧。姚译本则换喻处理，把"歌剧"变成了"大合唱"。而"大合唱"指集体演唱多声部声乐作品的艺术门类，它要求歌唱群体音响的高度统一与协调。根据这个定义，巫译本所保留的"歌剧"比喻形象是正确的，姚译本的主观改动可能有违作品所要传递的真正内涵，因为盖茨比晚宴上的"noise"怎么可能是"高度统一协调"的呢？

【ST29】…and I gathered later that he was a photographer and had made the dim enlargement of Mrs Wilson's mother which hovered like an ectoplasm on the wall.（Fitzgerald 著）

【TT29-1】……后来我才明白他是摄影师，墙上挂的是威尔逊太太的母亲那副像一片胚叶似的模糊不清的放大照片就是他摄制的。（巫宁坤 译）

【TT29-2】……后来我才知道他是搞摄影的。他给威尔逊太太的母亲放大过一张相片，模糊不清，挂在墙上像个飘动的幽灵。（姚乃强 译）

【译析】明喻、暗喻等的中心词就是喻中之"形象"/"印象"/"意象"（image），而英文中的 image 即意为"比喻"或"形象"，如 images in a poem（诗歌里的比喻）、speak in images（形象地说话/靠形象思维来表达）等。翻译文学作品时，译者往往可以发挥自己的主体性，根据语境对 ST 中的 image(s) 做出转换、调整，以便 TT 读者能够更为清晰地理解、欣赏做出转换/调整的形象。

【ST29】中的"He"指 Mr. McKee (a feminine man)，号称是"吃艺术饭"的，但他给 Mrs. Wilson 母亲冲洗的胶卷很不专业。Mr. Mckee 在小说中是一个自命不凡的人物。作者讽刺他所使用的词是"photographer"、"dim enlargement"、"ectoplasm"等。

把相片比成 ectoplasm 在西方传统中并不新鲜，而且还对中国读者（包括译者）造成阅读、审美麻烦。"ectoplasm"有数层意思。其中有两个意思比较接近：①外质（细胞的外胚层质）；②外质（据信为神鬼附体者身上渗出的物质，可能形成死者的外形）[1]。还有的译名包括"灵皮"、"外浆"、"细胞外层质"、"灵的外质"等。巫译本中的译法显然不合乎逻辑；姚译本比较接近原意，可惜他没有把"ectoplasm"和"spirit photo"有机地联系起来，它跟"the formation of spirits"关系密切。这里可以选用"灵照"代之。建议译文如下：

【TT29-3】……后来我猜他大概是搞摄影的。他曾给威尔逊太太的母亲放大过一张相片，色彩模糊昏暗，挂在墙上，左右摇摆时，看上去像一幅灵像。

---

1 详见必应网上词典。

5. 象征表述

用象征手法描写作者当下的哲学观和道德观，也是菲茨杰拉德创作这部小说的成功之处。人物、行动、场景、背景等都会具有象征意义，译者采取什么策略和方法再现这些象征意义，非常值得做些案例分析。在此我们重点讨论 symbolic setting（象征性背景）。

《盖茨比》中的 symbolic setting 都具有象征性内涵。比如具有这种内涵意义地点的 New York City, the Valley of Ashes, West Egg 及 East Egg。在翻译过程中，我们依然能够很好地在 TT 中保留这种内涵，并传递给 TT 读者吗？

上述四个地名，正好组成两对：

【ST30】East Egg

【ST31】West Egg（Fitzgerald 著）

【ST32】New York

【ST33】the Valley of Ashes（Fitzgerald 著）

【译析】纽约市长岛码头两岸的 East Egg 和 West Egg 与社会价值的关系是具有象征意义的，也是《盖茨比》的一个重要主题成分。小说中的每一个背景（setting）都与一个特定的主题思想相呼应。第一章引进了两个重要事件现场：East Egg 和 West Egg。

虽然两地均为巨富之家，隔水（the courtesy bay）相望，但两地所崇尚的价值观却背道而驰。East Egg 体现了教养、品位和贵族风度。West Egg 则体现了张扬、艳俗和暴发户浮华的举止。East Egg 与布坎南夫妇以及他们世袭社会地位的单调乏味联系在一起，而 West Egg 则与盖茨比奢华的公馆以及自我奋斗而暴富的神话联系在一起。故事里两个地区不切实际的交汇必定会引发灾难。West

(East Egg vs. West Egg)

Egg 像盖茨比，充满艳俗的奢侈，它象征 20 世纪 20 年代美国社会暴发户的兴起。East Egg 就像布坎南夫妇，富有并占据很高的社会地位，它象征统治美国社会的上层阶级。East Egg 与 West Egg 隔水相对，其象征意义是不言而喻的，即象征两个阶级之间的对立和隔阂。

换一视角看，East Egg 与 West Egg 不仅形状上像 egg，而且也如同 egg 一样不堪一击。

如何翻译这两个独具象征性的地名？

【TT30-1】东卵（巫宁坤 译）

【TT30-2】东埃格[Footnote1]

[Footnote1] "埃格"在英语中为 egg（鸡蛋），这里使用音译，使村名富有象征意义。（姚乃强 译）

【TT31-1】西卵（巫宁坤 译）

【TT31-2】西埃格[Footnote2]

[Footnote2] "埃格"在英语中为 egg（鸡蛋），这里使用音译，使村名富有象征意义。（姚乃强 译）

【译析（续一）】两个译本虽然都将象征意义翻出来了，姚译本的译文还是让中国读者难得要领，但巫译本的译名选词可谓一石二鸟，既译出了字面意义，也译出了象征意义，并且完全忠实于 ST，相信 TT 读者一定心领神会。巫先生又好又有效地发挥了译者主观能动性。

剩下的一对地名——the Valley of Ashes + New York——仍然存在其难译的内在因素。

我们不妨读一下美国文学指南是如何描绘上述四个或两对地名的象征性内涵的（注意画线部分）：

Throughout the novel, <u>places and settings epitomize the various aspects of the 1920s American society</u> that Fitzgerald depicts. <u>East Egg represents the old aristocracy</u>, <u>West Egg the newly rich</u>[1], <u>the valley of ashes the moral and social decay of America</u>, and <u>New York City the uninhibited, amoral quest for money and pleasure</u>.

---

1 有关的照片展示见上图 "Gatsby lives in the West Egg…"。

(The Valley of Ashes)

(Gatsby lives in the West Egg, and his mansion is "a factual imitation of some Hôtel De Ville in Normandy")

于是，我们便有了资本来评判下述 ST 和 TT。

【ST34】 About half way between West Egg and New York the motor-road hastily joins the railroad and runs beside it for a quarter of a mile so as to shrink away from a certain desolate area of land. This is a valley of ashes — a fantastic farm where ashes grow like wheat into ridges and hills and grotesque gardens, where ashes take the forms of houses and chimneys and rising smoke and finally, with a transcendent effort, of men who move dimly and already crumbling through powdery air. (Fitzgerald 著)

【TT34-1】西卵和纽约之间大约一半路程的地方，汽车路匆匆忙忙跟铁路会合，它在铁路旁边跑上四分之一英里，为的是要躲开一片荒凉的地方。这是一个<u>灰烬的山谷</u>——一个离奇古怪的农场，在这里灰烬像麦子一样生长，长成小山小丘和奇形怪状的园子。在这里灰烬堆成房屋、烟囱和炊烟的形式，最后，经过超绝的努力，堆成一个个灰蒙蒙的人，隐隐约约地在走动，而且已经在尘土飞扬的空气中化为灰烬了。(巫宁坤 译)

【TT34-2】在西埃格和<u>纽约</u>之间约一半路程的地方，公路和铁路不期会合，两条道并行四分之一英里，为的是要绕开一个荒芜的地区。那是一个<u>灰沙的谷地</u>——一个诡秘的农场。这里，灰沙像麦子一样狂涨，长成山脊、山丘和形成奇形怪状的园子；这里，灰沙铸成了房屋、烟囱和袅袅的炊烟；最后，这里还鬼使神差般堆造出一群土灰色的人。(姚乃强 译)

【译析(续二)】两位译者分别将(the) Valley of Ashes 和 New York 译成

【TT32-1】灰烬(的山)谷(巫宁坤 译)

【TT32-2】灰沙(的)谷(地)(姚乃强 译)

【TT33-1】纽约(巫宁坤 译)

【TT33-2】纽约(姚乃强 译)

有鉴于此，巫译本可以调整为"灰烬谷"——这样简洁明快；同理，姚译本的"灰沙的谷地"可以简缩为"灰沙谷"。但这两个译名仅仅是"就事论事"的字面改进(巫译名较好)，似乎尚未将 the Valley of Ashes 的象征性内涵译出。

根据美国文学阅读指南，下面这段文字对译好这个特殊地名很有帮助(注意画线部分)。

<u>The valley of ashes represents the despair and decay of the times. The characters from East Egg and West Egg become entangled with the residents from the valley, causing their own decay at the end of the novel. It represents the hard times of the day</u> and that no one can hide from them behind their own money.

这灰尘漫漫、烟雾蒙蒙的 the Valley of Ashes，惟妙惟肖地揭示了小说中变态的社会环境和人们精神的荒芜。一战后，美国社会物欲横流，人们失去了精神家园，成为"迷惘的一代"，他们过着行尸走肉的生活，没有信仰，没有美德，只有对物质的追求、欲望的满足。<u>The Valley of Ashes 位于西卵至纽约的平道上，是由工业垃圾形成的，因而又是资本主义的副产品，但它却是小说中仅有的几个穷人的家园。凄凉、绝望、毫无希望，它象征着上层阶级奢侈的表面下美国社会的道德沦落。</u>

综上，将 the Valley of Ashes 译成比喻和内涵都更加直接、更加丰富的：

【TT32-3】死灰谷

这不仅再现了谷地的地理环境，再现了威尔逊夫妇（最后双双身亡）的悲剧命运，再现了作品赋予"死灰谷"的象征性内涵意义。

看来，读者们（指 BTI/MTI 等有关读者）会以为我们几乎"大功告成"了，因为只剩下分析、评判如何翻译 New York 了。恕我们直言，曾经做过多次课堂 quiz——如何正确理解、准确翻译"New York, New York"，结果令人失望，起码相当不满意，几乎没有同学是完全翻译准确的。

回头看巫译本和姚译本，均将 New York 译成"纽约"。虽然不能算错，或不敢妄断两位大家也译错了（原则上不会错），但他俩起码没有意识到：若译成"纽约市"或"纽约市区"/"纽约市中心"，是否更准确，是否更好呢？

首先，我们应该充分肯定，这个 New York 是"纽约市"，而非"纽约州"。详见上述有关英文客观陈述和两幅英文版的地图。

其次，若理解、翻译成"纽约州"，那是不合乎逻辑的，因为 East Egg、West Egg、the Valley of Ashes 均属于纽约州，是小概念与大概念之间的关系。

再次，若理解、翻译成"纽约市"/"纽约市区"，那才是合乎逻辑的，因为只有"西卯和**纽约市**之间大约一半路程的地方"这样的译文，才是可行的，才是更为准确/精准的，尽管了解纽约市等词汇的读者，读到"New York"一般不会轻易下结论——它就是"市"，而不是"州"。

最后，我们的建议译文是：

【TT33-3】 纽约市（区）（陈刚 译）

于是，

【TT34-1（修改）】 西卯和**纽约市（区）**之间大约一半路程的地方……（陈刚 改译）

【TT34-2（修改）】 在西埃格和**纽约市（区）**之间约一半路程的地方……（陈刚 改译）

15.3.3　《爱丽丝梦游仙境》之对话翻译观简述

1.《爱丽丝梦游仙境》及作者、译作简介

中国引入并且汉译英美儿童文学作品中，首屈一指的当属英国数学家、逻辑学家、摄影学家和小说家刘易斯·卡罗尔（Lewis Carroll）的《爱丽丝梦游仙境》[1]（*Alice's Adventures in Wonderland / Alice in Wonderland*）。该书于 1865 年出版时，就引起了巨大轰动。1871 年卡罗尔又推出的续篇《爱丽丝穿镜奇幻记》（*Through the Looking-Glass, and What Alice Found There*），更是好评如潮。两部童书旋即风靡了整个世界，成为一代又一代孩子们乃至成人最喜爱的读物。

如果说卡罗尔因为这两部儿童小说而被称为"现代童话之父"，丝毫没有夸大的成分，至少他的两部《爱丽丝》一改此前传统童话（包括《安徒生童话》、《格林童话》）充斥着杀戮和说教的风格，从而奠定了怪诞、奇幻的现代童话基调。仅从这点来说，就堪称跨时代的里程碑。该小说曾入选美国文化名人费迪曼所著的《一生的读书计划》一书。1999 年入选"中国读者理想藏书"。

《爱丽丝梦游仙境》讲述了一个名叫爱丽丝的小女孩，在睡梦中追逐一只小白兔而掉进了兔子洞，并在一个充满疯狂和怪诞的世界里开始了一段漫长而惊险的旅行。书中天马行空、奇想天外的剧情，以及令人拍案的双关语、谐音语言游戏，多首恶搞当代著名童谣或胡闹（打油）诗（nonsense verse），让它很快广受读者们的喜爱，就连当时的维多利亚女王和年轻的奥斯卡·王尔德都是它的狂热粉丝。至今，《爱丽丝梦游仙境》已经被翻译成约 125 种语言，版次过百，又多次被拍成电影。多年来，《爱丽丝梦游仙境》成为大量舞台剧、电影及电视节目的蓝本。

本书作为一部专业学术专著，有必要引入学界对这部儿童作品的最新评论。2012 年，台湾新锐文创（秀威信息）出版了黄盛的《飞跃艾丽斯：逻辑、语言和哲学》。书中指出，《爱丽丝梦游仙境》（和《爱丽丝镜中奇遇》）根本就不是儿童读物，也不应该归之于荒唐文学的范围内。《爱丽丝梦游仙境》有两条主线：一是逻辑，一是语言哲学。一百多年来，中国人，包括第一位翻译《爱丽丝梦游仙境》的语言学家赵元任先生，完全误解了路易斯·卡罗尔的"儿童故事"。卡罗尔的逻辑和数学

---

1 又译为《爱丽丝漫游奇境》、《爱丽丝奇境历险记》等。仅就 *Alice in Wonderland* 一部书的字数而言，根据英文字数计算，总字数共约 26664 words，可归为中篇小说。

观念倾向于传统和保守，但在语言哲学方面，卡罗尔的游戏规则理论比维特根斯坦还要早半个世纪。

尽管如此，本书依然把该书作为儿童文学作品来讨论，而且也不矛盾。

2. 《爱丽丝梦游仙境》之对话翻译观简述

所谓儿童文学作品，是指以儿童为阅读对象的文学作品。早期许多儿童文学由成人作品改编，但若不适合孩子或未针对儿童而改编，不能算作儿童文学的作品。儿童文学特别要求通俗易懂，生动活泼。《爱丽丝梦游仙境》自 1865 年出版以来，一直深受不同年纪的小读者爱戴，相信是由于作者巧妙地运用不合逻辑的跳跃方式去铺排故事。

小说中一贯的天马行空、奇想天外剧情，同样包含了大量令人拍案的双关语、谐音等语言游戏，以及多首恶搞当代著名童谣或诗歌的打油诗，从而展现十足的路易斯·卡罗尔的独特奇幻文风。该书是一个典型的"荒唐文学(Literary nonsense)"的例子，亦是最具影响力的童话故事之一。

优秀的儿童文学作品向儿童展现了正确的价值观，教导他们分辨是非，为孩子们在童年与成年之间搭起一座多彩的桥梁。

本章节旨在讨论儿童文学的英汉翻译，并以《爱丽丝漫游仙境》的两个汉译本为范例。**儿童文学作品的翻译要以对儿童的理解为基础，在进行翻译时，应用儿童的眼睛去观察，用儿童的心去体会，用儿童的语言去表达，并能达到和儿童之间的对话。**因为儿童文学的读者是儿童，这一特性决定了儿童文学翻译的特殊性，同时也造成了儿童文学翻译的一些困难。

因此，本着和儿童"对话"的翻译观，儿童文学的翻译应考虑到儿童的兴趣、爱好，以及他们的理解能力，用符合儿童语言习惯的语言来表达。《爱丽丝梦游仙境》是本章节研究的范例，我们将在对《爱丽丝》的两个汉译本的分析中，从文化差异、时间及语体风格三方面分别探讨如何在译文中体现儿童的语言特色，以及如何保留原文中的情趣，并强调好的译文应符合儿童语言习惯，同时忠实再现原文的幽默风格。文学对于儿童远不止文字上的影响，儿童文学的翻译也远不止文字上的对应。鉴于翻译的最终目的是服务读者，作者只盼有更多更好的儿童文学译作，以飨小读者、大读者。

15.3.4 《爱丽丝梦游仙境》典型翻译案例分析

我们特地选择了赵元任(1892－1982)于 1922 年出版的译本《阿丽思漫游奇境记》(商务印书馆)和何文安、李尚武于 2003 出版的译本《爱丽思漫游奇境》(译林出版社)作为翻译案例分析研究的对比译语文本(TT)。理由很简单，赵译本是首个汉译本(全译本)，也是最佳译本(之一)。而且，赵元任(1892－1982)是现代著名学者、语言学家、音乐家。作为中国现代语言学先驱，赵先生被誉为"中国现代语言学之父"，同时也是中国现代音乐学之先驱。选择何-李译本来作为研析案例，主要理由是译本本身质量较高，该译本出版时间与首译本出版时间的间隔期较大。这两个译本的间隔期有 80 多年，这个巨大的"时差"能够反映出来的意义和价值是多方面的。

《爱丽丝》并非因为是所谓的"儿童文学"而被认为好译，恰恰相反，这部小说相当难译，因为首先，"时差"大，时代背景迥异：赵译本是《爱丽丝》问世 57 年后出版的，何-李译本(全译本)出版时差更大，相隔 138 年。其次，不可译性大，即可译度很低：有些学者甚至认为是不可译的，尤其小说中有这些文学体裁和修辞手法: poem parodies、songs、puns、nursery rhymes 等。再次，儿童文学，加之又是"荒唐文学"，ST中的儿童语言，乃至"荒唐文学"语言，该如何再现于 TT 之中。

简言之，作为"五四"初期外国文学白话文翻译的重要成果之一，赵译本是成功的，可谓名著名译，生动晓畅，适合儿童读者，乃至青少年和中老年人阅读。此书的叙事部分几乎全部使用白话文翻译，包括书中的 10 多首诗。为使书中的对话活灵活现，又恰到好处地采用了一些北京方言，翻译某些诗句还采用南方(无锡)方言等。

赵译本所采用的翻译策略是异化和归化相结合。而何-李译本则主要是异化策略，保持"他者"特色，包括语言、文化、时空等。由于是"他者"之缘故，给当代读者会带来不少"陌生感"。

以下，我们分三方面来讨论、研析两个译本之差异——文化距离、时间距离和语言风格。

1. 文化距离与案例分析

文化距离（cultural distance）是下列 ST 与 TTs 之间存在的明显差异，即使是 TTs 之间，也差距明显。

(1)人物名称翻译

ST1-7	TT1-7（赵译本）	TT1-7（何-李译本）
Alice	阿丽思	爱丽思
Ada	爱达	爱达
Mabel	媚步儿	梅倍尔
Pat	八升	帕特
Bill	毕二爷	比尔
Dinah	黛那	黛娜
Mary Ann	玛理安	玛丽·安

【译析】很明显，ST 是英文中喜闻乐见的 given names，赵译本非常"中国化"，甚至"地方化"（北京化），给人以亲切感、熟悉感，似乎是我们自己的童话，比如这"毕二爷"、"媚步儿"。其实，这也体现了近代民国的审美观和时代特点。

何-李译本原则采用了专有人名翻译的"三大原则"之一——标准汉音，译文给读者的整体感觉是"舶来品"，虽为异化结果，但还是给当今读者熟悉感，因为中国改革开放已经走过了 35 个以上的年头了，完全不会像中国开始引进西方作品的时代，特别是俄罗斯/苏联的文学、影视作品，人名长得令人"窒息"——无法一口气读完，比如《乡村女教师》中的主人公伐尔娃磊·伐西耳叶夫娜。

(2)动物名称翻译

ST8-17	TT8-17（赵译本）	TT8-17（何-李译本）
hippopotamus	黑布婆太马狮	河马
walrus	海狮	海象
Mouse	耗子	耗子
terrier	小猫儿狗	小猫狗

Dodo	鸵鸵(即渡渡鸟)	渡渡鸟
Lory	鹦哥	鹦鹉
Eaglet	小鹰儿	小鹰
Fury	火儿狗	虎力狗
guinea-pigs	天竺鼠	豚鼠
Cheshire Cat	歙县猫	柴郡猫
March Hare	三月兔	三月兔
Dormouse	惰儿鼠	睡鼠
Mock Turtle	素甲鱼	假海龟

【译析】很明显，ST 给的基本都是动物本身的名称，但汉译时，赵译本给了近似"拟人"的音译手法，也算是一种归化，比如"黑布婆太马狮"（虽为音译，实则是"啰唆"之有联想意义的音译)、"火儿狗"、"素甲鱼"等。特别是"惰儿鼠"，译自 Dormouse，是"Dor + mouse"之组合："dor"是前缀，意为"to sleep"；"mouse"是"鼠"，所以合起来应为"睡鼠"。然而，"惰儿鼠"是"音译+意译"的结果，这个"惰儿"的效果可以按照"可口可乐"的创译/创意来评价。

睡鼠是冬眠时间最长的动物之一。一只睡鼠的寿命是五年，但在其中四分之三的时间里，它们都在睡觉。看来，睡鼠够"懒惰"的吧！因此，"惰儿"不仅是"音"与"义"之有机结合，形神兼备，而且给人以亲切、可爱的感觉，给人以澳大利亚考拉 cute、adorable 的联想与感受，译名效果真的不亚于"睡鼠"。请看两只可爱动物的图片对比：

（惰儿鼠；睡鼠）

（树懒[熊]；考拉）

为何是"树懒"？它一天也有四分之三的时间在睡觉。不"懒"吗？虽懒，却是澳大利亚国宝哦！更为关键的是，儿童文学中的名字要具有**童趣**，要避免"科学化"、"成人化"的倾向或所谓的命名之精确性。

还需补充的是"素甲鱼"（Mock Turtle），它比译作"假甲鱼"等要好。以"素"代"假"真可谓创举/创译/创意。为何"素"可代"假"呢？

在中国，豆制品"素鸡"，名为素鸡，实则同鸡不相干的，即不是"真"鸡，而是"假"鸡。因此，素 > 假 > mock 矣。

2. 时间距离与案例分析

【ST18】"Sure then I'm here! Digging for apples, yer honor!"（Lewis Carroll 著）

【TT18-1】"我一定是在这儿呢，老爷您那！我在这儿地底下掘苹果，老爷您那！"（赵译本）

【TT18-2】"在这儿呢！我在挖坑种苹果，主人！"（何-李译本）

【ST19】"…London is the capital of Paris, and Paris is the capital of Rome…"（Lewis Carroll 著）

【TT19-1】"……伦敦是巴黎的京城，巴黎是罗马的京城……"（赵译本）

【TT19-2】"……伦敦是巴黎的首都，巴黎是罗马的首都……"（何-李译本）

【ST20】"He took me for his housemaid," she said to herself as she ran.（Lewis Carroll 著）

【TT20-1】她跑着自己想到，"他拿我当他的丫头……"（赵译本）

【TT20-2】"他当我是女佣人，"爱丽思边跑边说……（何-李译本）

【译析】这里的"时间距离"问题主要反映在措辞方面。"老爷"和"丫头"是封建社会常见的称谓，是 1949 年 10 月 1 日中华人民共和国成立之前人际交流之现象，出现在赵译本上就是很自然的了。

同理，"京城"只见于赵译本，而"首都"、"主人"、"首都"和"女佣人"这些现当代的表达法一定为何-李译本所选择。再看几处典型译例。

【ST21】"My name is Alice, so please your Majesty," said Alice very politely…（Lewis Carroll 著）

【TT21-1】阿丽丝很恭敬地道，"<u>陛下万福，我叫阿丽丝，</u>"……(赵译本)

【TT21-2】"我叫爱丽思，<u>启奏陛下</u>，"爱丽思说话彬彬有礼……(何-李译本)

【ST22】" '… and even Stigand, the patriotic <u>archbishop of Canterbury</u>, found it advisable—' "(Lewis Carroll 著)

【TT22-1】" '……而且甚至斯梯根德(即<u>堪透勃列</u>的爱国的<u>大僧正</u>)亦以此为甚好——'。"(赵译本)

【TT22-1】" '……甚至<u>坎特伯雷</u>的爱国<u>大主教</u>施蒂甘德，也发现这个不无可取——'。"(何-李译本)

【ST23】The <u>judge</u>, by the way, was the <u>king</u>. (Lewis Carroll 著)

【TT23-1】那<u>裁判官</u>其实就是那<u>皇帝</u>。(赵译本)

【TT23-2】其实，<u>法官</u>就是<u>国王</u>。(何-李译本)

　　【译析】对当今的少年儿童来说，"万福"、"大僧正"、"裁判官"等说法显得很陌生，因为在人们在日常生活中早已听不到这种说法，只是在一些特定的文艺、娱乐形式方面会遇上。但早在 20 世纪二三十年代，这些说法很普遍，若按照何-李译本中的说法，80 多年前的中国老百姓或知识分子也未必能懂。

　　特别提及一下：音译或译名之不统一在几十年前是很严重的现象，即使现在也比较混乱。作为著名的语言学家，若活在当下，他绝对不会把" (the archbishop of) <u>Canterbury</u>"译成"堪透勃列"，否则连成人都丈二和尚摸不着头脑。

【ST24】So she was considering in her own mind (as well as she could, for the hot day made her feel very sleepy and stupid) <u>whether the pleasure of making a daisy-chain would be worth the trouble of getting up and picking the daises</u>… (Lewis Carroll 著)

【TT24-1】所以她就无精打采地自己在心里盘算——(她也不过勉强地醒着，因为这热天热得她昏昏地要睡)——到底还是做一枝野菊花圈儿好呢？还是为着这种玩意儿不值得站起来去找花的麻烦呢？(赵译本)

【TT24-2】于是，爱丽思心里琢磨开了(她已经可以说是在使劲想，这大热天，她真感到昏昏欲睡，整个人都傻了)，<u>用雏菊编一个花环倒是挺有意思，那可得要站起来四处摘花，不知道值不值</u>……(何-李译本)

【ST25】"I advise you to leave off this minute!" <u>She generally gave herself very good advice</u> (though she very seldom followed it)…（Lewis Carroll 著）

【TT25-1】"我劝你即刻就住声！别哭！"<u>她平常自己常劝自己很好的劝话</u>(可是很少听她自己的劝)。（赵译本）

【TT25-2】"我劝你一分钟之内给我打住！"<u>一般说来，爱丽思给她自己提出的建议都非常好</u>，尽管她很少照着去办……（何-李译本）

【译析】我们细读【ST24】、【ST25】及其两种不同译文——主要针对下画线部分的文字，不难发现：赵译本中一些半文半白的话还能为带儿童读者所理解，但是还是有不少半文半白的句子等可读性不强。暂且不说赵译本是否适合小孩，起码这部分文字对大人读者来说，也不是很顺利，尤其是当这本小说作为朗读材料的时候，不易做到一听就懂。我们希望，其实也是应该遵循的一种翻译指南，儿童作品通常最好是一听就懂，一读就明白。

这几个翻译案例最能体现时代距离造成的严重阅读理解隔阂或差异，因为每个时代，每个年代，每一不同的年龄组，每一不同的文化群体或亚文化群体，都有特定的，反映不同时代、年代、年龄段和不同文化背景人群的语言或话语。当相关的"时差"（过）大了，一来引起(儿童)文学阅读、欣赏之困难，二来名著复译显得很有必要。因此，我们在此研讨翻译案例，也是很有必要的，富有现实意义和长远意义的。

2. 语言风格与案例分析

译者了解儿童语言、使用儿童语言，其必要性和重要性，始终不言而喻，更是译者专业性的根本要求。我们选择从儿童的语言风格视角来讨论案例，也是不可或缺的。以下，我们针对儿童文学语言常见的特点——节奏与押韵、叠词与重复、拟声词等——进行译例分析。

(1)节奏与押韵

翻译应关注节奏和押韵这两个重要因素，翻译儿童作品更要注重这两个因素。

苏联儿童作家、翻译家、批评家柯尔内·楚科夫斯基(1882—1969)很看重译前要研究 ST 中的节奏和押韵，通过朗读 ST 以把握节奏和押韵、语调及整个故事的"调子"，TT 读起来要流畅，可以拿来当歌唱。

以下我们一起来看看《爱丽丝》中不错的译例。

【ST26】"You are old, Father William," the young man said

"And your hair has become very white,

And yet you incessantly stand on your head—

Do you think, at your age, it is right?"

"In My youth," Father William replied to his son,

"I feared it might injure the brain;

But, now that I'm perfectly sure I have none,

Why, I do it again and again."…（Lewis Carroll　著）

【TT26-1】"威廉师傅你这么老，

你的头发白又白；

倒竖蜻蜓，你这么巧——

你想这样儿该不该？"

先生答道，"我那时小，

怕把脑子跌出来；

现在脑子没多少，

天天练武随便摔。"（赵译本）

【TT26-2】小伙子说，"威廉爸爸你老了，

你的头发白如雪；

偏要没完没了拿大顶，

偌大年纪岂能耐？"

威廉爸爸回答说，"年轻时节我寻思，

倒立伤筋又费脑；

现在反正没脑筋，

连翻跟斗无所谓。"（何-李译本）

【译析】赵译本运用了儿歌韵脚，将 ST 译成汉语儿歌，既充满童趣，又朗朗上口。跟 ST 比较，赵译本在押韵格式上与原诗相当，而且清楚地表达了

原诗的意思。何-李译本在节奏、韵脚等方面没有很好地完成。

【ST27】"Will you walk a little faster?" said a whiting to a snail,
　　　　"There's a porpoise close behind us, and he's treading on my tail.
　　　　See how eagerly the lobsters and the turtles all advance!
　　　　They are waiting on the shingle－will you come and join the dance?
　　　　Will you, won't you, will you, won't you, will you join the dance?
　　　　Will you, won't you, will you, won't you, won't you join the dance?

　　　　"You can really have no notion how delightful it will be
　　　　"When they take us up and throw us, with the lobsters, out to sea!"
　　　　But the snail replied "Too far, too far!" and gave a look askance－
　　　　Said he thanked the whiting kindly, but he would not join the dance.
　　　　Would not, could not, would not, could not, would not join the dance.
　　　　Would not, could not, would not, could not, could not join the dance.

（Lewis Carroll　著）

【TT27-1】黄蟹对着蜗牛说，"赶快走！
　　　　　有个鲤鱼追着来，咬我手。
　　　　　看那些龙虾甲鱼大家活泼鲜跳地一齐到，
　　　　　排列在沙滩等你到了一齐跳？
　　　　　问你来吗，来罢，来吗，来罢，来吗一齐跳。
　　　　　劝你来吗，来罢，来吗，来罢，来罢一齐跳！

　　　　　等到他们送龙虾，咱们退，
　　　　　退不及就送出洋，也有味。"
　　　　　但是那蜗牛斜眼答道，"太远！太远！跑不动。"
　　　　　谢了那黄蟹，只得怨恨自己不中用。
　　　　　自己不能，不肯，不能，不肯，不能动。
　　　　　所以不能，不肯，不能，不肯，不肯动。（赵译本）

【TT27-2】"'请快些走！鳕鱼告诉蜗牛，
　　　　　'有只海豚踩着我的尾巴，紧跟在后头，

你看龙虾和海龟，多么奋勇往前跑！
等候在鹅卵石上——你要不要来一起跳？'
要不要，想不想；要不要，想不想；想不想一起把舞跳？
要不要，想不想；要不要，想不想；想不想一起把舞跳？

'你真不知道有多么快活，
它们举起我们，连龙虾一块扔向大海！'
可蜗牛回答，'太远，太远！'还拿斜眼一瞟——
客客气气谢过鳕鱼，可就是不愿一起把舞跳。
要不要，想不想，要不要，想不想；想不想一起把舞跳？
要不要，想不想，要不要，想不想；想不想一起把舞跳？

（何-李译本）

【译析】赵译本在押韵方面仍然做得很漂亮，严格按照 ST 的押韵格式翻译。但何-李译本在意思表达上比赵译本更为准确，尽管没有押韵。

从表意角度看，赵译本中的"黄蟹"应为"鳕鱼"（whiting），"鲤鱼"应为"海豚"（porpoise），"沙滩"应为"鹅卵石"（shingle）。然而，从主编的翻译观出发，整体考量还是现有的【TT27-1】读起来更好，若换成这些"精准"的词汇，反而"有损"语境意义。比如，儿童难认"鳕鱼"为何物；"鲤鱼"追来咬手似乎更为合理，换成海豚就可能是"吞噬"了；在"沙滩"上跳舞更有可行性，在鹅卵石上如何跳？其实译成"卵石滩"（shingle）才是更为准确的，其英文单词意指"a mass of small smooth stones on a beach or at the side of a river"[1]。

有鉴于此，赵译本的质量相当之高。

(2)叠字/词/句

叠字、叠词、叠句是儿童作品的文字特点，也是儿童作品的文学性之一种标志。此外，叠字/词/句或重复还是一种修辞手法。

【ST28】She went on, very much pleased at having found out a new kind of rule, "and vinegar that makes them <u>sour</u>—and camomile that makes them <u>bitter</u>—and—and barley-sugar and such things that make children <u>sweet-</u>

---

1 定义引自 *Oxford Advanced Learner's English-Chinese Dictionary*（6th Edition）。

tempered..." (Lewis Carroll 著)

【TT28-1】爱丽思非常高兴，自己居然发现了一种新的定理，她继续自言自语："醋使人变得<u>酸酸的</u>——甘菊使人变得<u>苦苦的</u>——还有——还有麦芽糖之类的东西，小孩吃了，脾气会变得<u>甜甜的</u>……"（赵译本）

【TT28-2】爱丽思非常高兴，自己居然发现了一种新的定理，她继续自言自语："醋使人变<u>酸</u>——甘菊使人变<u>苦</u>——还有——还有麦芽糖之类的东西，小孩吃了，脾气会变<u>甜</u>……"（何-李译本）

【译析】很明显，赵译本发挥了创译水准，很好地使用了叠词，使儿童话语跃然纸上，生动活泼，既适合阅读，更适合朗读。

【ST29】How she longed to get out of <u>that dark hall</u>, and wander about among those beds of bright flowers and those cool fountains... (Lewis Carroll 著)

【TT29-1】她真想能走出这间<u>大暗厅</u>，走到那些鲜花清泉里游玩。（赵译本）

【TT29-2】我们的爱丽思多么希望走出<u>黑洞洞的门厅</u>，到那些鲜艳的花坛和清凉的喷泉间去漫步溜达啊……（何-李译本）

【译析】比较 ST 和两个 TTs，我们可以认识到：赵译本之所以没有使用叠词，完全是他把"that dark hall"直接理解并译成了"大暗厅"，似乎没有必要使用叠词。与此相反，何-李译本把"(that dark) hall"解读为"门厅"，前面使用叠词"黑洞洞的"是可接受的，但若不是"门厅"，那加上前置叠词定语，读起来就不通顺了——"黑洞洞的厅"，除非是"黑洞洞的大厅"还可接受。

通过查看英文原著，我们不敢武断"门厅"一定译错，不过"门厅"毕竟不等于"厅"和"大厅"，而是"进门大厅，一般在进门的地方的缓冲区。作用为公共活动区较小，起过渡作用"[1]。

【ST30】Alice thought she had never seen such a curious croquet ground in her life: it was <u>all ridges and furrows</u>... (Lewis Carroll 著)

【TT30】阿丽丝觉得她生平从来没有见过这么古怪的球场；地面上<u>高高低低像新耕出来的田似的</u>……（赵译本）

---

1 释义参考百度百科(http://baike.baidu.com/view/1875745.htm?fr=ala)。

【译析】这个案例仅引用赵译本。考虑到中文小读者没有去过农村，根本不知道"槌球（croquet）场"的概念，它特将有关场景视觉化，采用"增益手法+叠词"，构成自然的叠词句，这样可能是让小读者接受原意的最佳办法。

(3)拟声手法

拟声词是模拟自然界声响而造的词汇，较多地使用拟声词或拟声手法，就是使用修辞格，这在儿童文学中很普遍，也是常用修辞手法。

【ST31】However, this bottle was not marked "poison", so Alice ventured to taste it, and, finding it very nice…she very soon finished it off. (Lewis Carroll 著)

【TT31-1】然而这一回瓶子上并没有"毒药"的字样在上面，所以阿丽思就大着胆尝它一尝，那味儿倒很好吃，……所以一会儿工夫就唏哩呼噜地喝完了。（赵译本）

【TT31-2】不过，现在这个瓶子可没标"有毒"，因此爱丽思大着胆子尝了一点，发现味道好极了……爱丽思不一会儿就把瓶子里的东西喝光了。（何-李译本）

【译析】根据拟声词翻译原则，ST 没有拟声词，TT 可以改用拟声词。所选案例就是一个有代表性的译例。赵译本非常有创意地"增益"了"唏哩呼噜"，让一位可爱、调皮的小女孩的形象活生生地展现在读者面前。

【ST32】Then came a little pattering of feet on the stairs. Alice knew it was the Rabbit coming to look for her… （Lewis Carroll 著）

【TT32】接着，楼梯上传来啪嗒啪嗒的脚步声。爱丽思知道，这是兔子来找她了……（何-李译本）

【ST33】She did not get hold of anything, but she heard a little shriek and a fall, and a crash of broken glass… （Lewis Carroll 著）

【TT33】什么都没有抓到，只听一声又尖又细的叫声，一个什么东西掉下去了，还有玻璃哗啦一下打碎的声音……（何-李译本）

【ST34】Last came a little feeble, squeaking voice. ("That's Bill," thought Alice.) （Lewis Carroll 著）

【TT34】等了半天，听见一个很低的唧哩唧哩的小声气（阿丽思想道，

"这是毕二爷。"）（赵译本）

【ST35】She had just succeeded in curving it down into a graceful zigzag, and was going to dive in among the leaves…when a sharp <u>hiss</u> made her draw back in a hurry…（Lewis Carroll 著）

【TT35】她正把脖子弯成一条很好看的弯道儿伸到那绿叶子里去找她的手……忽然听见很响的嗖嗖的声音，她连忙抬起头来……（赵译本）

【译析】上述四个译例（【ST32】—【ST35】）说明：ST 用了拟声词，TT 也用拟声词，以便做到功能对等，旗鼓相当。

　　总而言之，儿童文学的语言风格特色及充满幻想、浪漫、天真之童趣，在《爱丽丝》中主要体现在节奏与押韵、叠字/词/句、拟声手法等方面。合理、合适、合情地运用好这些修辞手法是译好、译活儿童作品的先决条件，因为这些手法和手段是构成优秀儿童文学译作的不可或缺的元素/要素。

15.4　长篇小说——奇幻《魔戒》及惊悚《达·芬奇密码》

15.4.1　《魔戒》翻译"业余"给"专业"的启示

1. 对翻译的启示及其学术意义简述

　　《魔戒》(*The Lord of the Rings*，又译做《指环王》，作者 J. R. R. Tolkien) 系列是西方奇幻文学的代表作，已被翻译成四十多种语言，且被读者评为世纪之书甚至千年之书，但国内对该书的研究大部分停留在探讨其文学性的方面，从翻译角度进行的研究却寥寥无几。本节试图给读者两大启示：一、从德国功能翻译学派的角度对其进行对比研究，旨在探明功能主义对翻译奇幻文学的评价和指导作用；二、"业余"译者超越"专业"译者，即台湾工科学生对这部奇幻小说的把握，远胜大陆学者的翻译。其实，这两点启示是可以也应该合二为一，有机一体。我们在讨论大陆译本和台湾译本的时候，势必把上述两点对译界、学界乃至广大读者的启示合并阐述。

　　因此，本节将以《魔戒》系列（为配合多数译者的书名翻译以及本节的学术讨论，后边提及的翻译书名将选择以《魔戒》为主；《指环王》通常指同一主题的影片）的其中两种中文译本（大陆译林出版社的简体中文版和台湾译者朱學恒[1]通过联经出版的繁体中文版）为范本，以德国功能主义基本理论为指导，证实不同译者对同一 ST 在翻译目的、文本功能、读者群等方面的理解不同，会采取不同翻译策略，从而产生不同的 TT，并直接影响翻译效果。功能主义强调翻译过程中以交际为目的的跨文化转化，而由于奇幻文学体裁上的特殊性，使得文化负载词的翻译、翻译风格以及读者反应成为评判其翻译质量的重要标准。译林的译文由三位毕业于英语专业、长年在大学执教的英语翻译或教授合作完成，而台湾版本则由毕业于电机专业、凭借对奇幻文学的热爱而自告奋勇接下任务的朱學恒独立完成。对比译林的"专业"版本和朱學恒的"业余"版本，我们以为朱學恒译本对 ST 了解较为透彻，对读者群把握较为准确，在翻译风格、文化传递等方面较好地再现了 ST 的奇幻性因素，从而获得了良好的读者反应，成功达到了翻译目的。相对而言，由于译林的译者对奇幻文学这一特殊文学体裁（subgenre）缺乏了解，造成其翻译目的和读者群定位模糊，以致对 ST 的奇幻风格把握出现偏差，在文化传递方面失误较多，一定程度上增加了读者的阅读困难。

　　若干年前，译林就已经决定引进台湾朱學恒译本，加以修订后再版——这可以说是宣告了"业余版本"对战"专业版本"的胜利。总之，德国功能主义强调 ST、译者、TT 及 TT 读者等各个要素之间动态关系的互动与协调，从而达到翻译交流的目的。事实证明，这一理论为奇幻文学翻译及翻译批评带来了新的可能性和新的启示，为今后产生更优秀的奇幻文学翻译铺平了道路。

2.《魔戒》译者专业学术背景对比分析

　　《魔戒》系列（*The Lord of The Rings* trilogy）已出版了十几个汉译本，此处选择两个有代表性的版本做一对比分析。从译者的学术背景看，

1　本节中，台湾译者的名字及引用的译本内容均保留繁体字——主编注。

大陆译林出版社选择的三位译者分别是丁棣、姚锦镕、汤定九。三位良好的专业学术背景（包括翻译实践及翻译作品）完全可以用一个关键词"professional"来概括。与此相反，台北聯經出版事業股份有限公司碰上毛遂自荐的译者叫朱學恒（Lucifer Chu），台湾中央大学电机工程学系学生（现已毕业）。这样的背景完全可以用一个关键词"amateur"或"nonprofessional"来概括。在校期间，他并非是传统意义上的好学生，而是一个名气不小的麻烦制造者。调皮、贪玩是他的个性之一，疯狂地玩电脑游戏机，其大部分涉及西方魔幻（Western fantasy）主题。然而，为了彻底搞懂游戏，他甚至着手自己翻译一些魔幻游戏，乃至魔幻小说，并且还是为多家不同的电脑游戏公司翻译的。在翻译《魔戒》系列之前，朱學恒已经译过 23 本书，其中大部分属于魔幻领域。但是，对于大陆译者来说，魔幻小说体裁及魔幻题材是一个新的、有待熟悉的陌生领域，所以大陆几乎没有魔幻主题或体裁的译作出版过。

在朱同学的《魔戒》译作问世前，台湾已经出版过两部，出版商分别是 Variety Publisher（萬象）和 Linking Publishing Company（聯經），但销路很差，尽管《魔戒》的名声响当当的。对此，朱同学相当不满意，他说：这些译者对翻译的原著没有激情，也缺乏相关的知识。他已经等不及了，决定自己披挂上阵，交出一部令人满意的译本。

由于朱同学没有我们业界所谓的专业学术背景（比如翻译、英语、文学等），他的自告奋勇开始显然没有得到出版社的认可，但不争的事实是：朱同学是世界华人圈内将魔幻主题的英文作品译成中文的量最大的一个。他的锲而不舍（包括译得不好不要版税的承诺）最终获得了成功。他的《魔戒》系列的中译本于 2001 年 12 月 8 日问世，在中国出版界引起了很大的轰动，他本人获得了一千万新台币的版税。

3. 西方魔幻及其魔幻文学简介

(1)定义种种

根据 Wikipedia, fantasy（魔幻）指一种 genre "that uses magic and other supernatural forms as a primary element of plot, theme, and/or setting"[1]。魔

---

1 参见 http://en.wikipedia.org/wiki/Fantasy。

幻与科幻小说、恐怖小说完全不一样，魔幻不包括科学、技术和恐怖等主题的内容，它的内容主要基于"魔法"(magic)。

"魔/奇幻"一词由英文中的"fantasy"翻译而来。自"魔/奇幻"一词诞生开始，关于如何正确定义它的内涵就引起了众多争议。在作为一种独特的文学流派之前，"魔/奇幻"通常被认为是一种发挥想象力的方式。E. M. 福斯特在他的《小说面面观》中曾说，魔/奇幻意味着各种超自然生物的存在，可以引导读者进入一个完全不同的世界。不过，魔/奇幻在他看来只是一种写作技巧而非一个成熟的文学流派。M. H. 艾布拉姆斯在《文学术语汇编》中曾对魔/奇幻小说做了简略的描述，指出魔/奇幻的产生源远流长，和乌托邦之类的思想一样古老，并认为《格列佛游记》就是此类作品的先行者。文学评论家亚特贝里(Brain Attebery)则认为魔/奇幻文学和科幻文学的最大区别在于剔除了科学技术和恐怖等要素，而将重点放在魔法的使用和各类超自然设定上。

给魔幻文学奠定现代理论基础的是《魔戒》的作者及英国语言学家约翰·罗纳德·瑞尔·托尔金(J. R. R Tolkien)，他的史诗巨著《魔戒》系列成为西方现代奇幻文学的开山鼻祖。托尔金对魔幻文学的最大贡献在于提出了"Secondary World"(架空世界)的理论。他认为，架空世界是由人的想象力构成的，而"Primary World"(现实世界)则指我们所生活的世界。架空世界通常有三种类型。第一种是和现实世界完全无关的世界，比如托尔金在《魔戒》中创立的"Middle-earth"(中土)；第二种是通过某种特殊通道和现实产生联系的世界，比如刘易斯的《纳尼亚传奇》中所描绘的神奇的衣橱；第三种是存在于现实世界之中的"架空世界"，比如《哈利·波特》系列。但托尔金同时强调，光提出一个架空世界框架还不够，作者必须为这个想象中的世界构建详尽的逻辑和法则，使之看起来真实可信，即他所说的"the inner consistency of reality"(现实的内在一致性)，否则就是失败的。

这里有必要就中西方的魔/奇幻文学做一简单对比。

西方魔/奇幻文学主要建立在北欧神话和希腊罗马神话体系的基础上。北欧神话《诸神的黄昏》描绘了各种不同种族，如矮人、巨人和精灵等,是催生现代/魔奇幻文学的重要作品;古老的英国史诗《贝尔武夫》描绘了英雄击败恶龙的故事,具有典型的现代奇幻情节特点。除了各类神话故事外,西方魔/奇幻文学还借鉴了各种传奇文学(比如《荷马史诗》、《一千零一夜》、《亚瑟王和圆桌骑士》、《神曲》)以及儿童幻想作品(如《爱丽丝漫游仙境》、《彼得·潘》,等等),往往以各种想象生物和非人智慧生物构成的魔法世界(即托尔金所说的"架空世界")为主,比如精灵、矮人、龙、兽人、狼人等。

东方魔/奇幻文学则主要以中国古代神怪小说为主,受到各种佛教、道教、儒家学派等影响。作品常常由各类神仙、道士、鬼魂、狐精、妖怪等人物组成,主要背景往往不是架空世界而是当时的现实世界。《山海经》可以算是中国第一本神话故事集,内容涵盖了神话、地理、生物、宗教、医学、民俗、巫术等各个方面,为东方魔/奇幻文学的发展奠定了坚实的基础。而随后的唐代传奇则是东方奇幻文学的源头,比如《枕中记》、《南柯太守传》、《古镜记》等。这些作品都为后来的《封神榜》、《西游记》、《聊斋志异》等东方奇幻文学代表作的产生奠定了基础。

总之,魔/奇幻文学涵盖众多文学形式,"包括长篇小说、短篇小说、角色扮演游戏、动画和电影,依文化背景不同可区分为东方奇幻小说与西方奇幻小说,故事结构多半以神话、宗教或古老传说为背景,因而具有独特的世界观"[1]。总体来看,东西方魔/奇幻文学都是建立在祖先遗留下来的神话传说的基础上,借助幻想的力量在虚构的背景之中描绘正义与邪恶之间的斗争,讴歌人性。但由于两者对世界的不同认知导致了它们之间的文化隔阂,因此在翻译西方奇幻文学作品的过程中,必须注重保留原作独特的"奇幻"要素,在为读者扫除文化障碍的同时,又让其区别于东方传统奇幻作品。只有做到这几点,才可称之为优秀的魔/奇幻文学翻译。

托尔金的《魔戒》系列给魔幻这个特殊文学体裁带来了巨大的繁荣。他在 On Fairy-Stories 中使用了"fairy-story"这个词去包含涉及任何有关"faerie"的所有故事,这个词指出:有 fairies 存在的土地,就有其

---

1 参考"奇幻文学"(http://baike.baidu.com/view/298351.htm)。

他生物——诸如侏儒、巫婆、龙、人类等——的存在。于是托尔金特别指出：真正意义上的 fairy-story 应该是完全真实可信的。

"It is at any rate essential to a genuine fairy-story, as distinct from the employment of this form for lesser or debased purposes, that it should be presented as 'true.' ...But since the fairy-story deals with 'marvels,' it cannot tolerate any frame or machinery suggesting that the whole framework in which they occur is a figment or illusion."[1]

托尔金认为：通过使用 fantasy，作者可以带领读者 "experience a world that is consistent and rational, yet utterly strange as well"[2]. This is what he calls "a rare achievement of Art"[3]。

托尔金的 *On Fairy-Stories* 出版后，许多学者开始讨论 "fantasy" 这个主题，其中最有影响力的有两位。第一位是 Tzvetan Todorov。他在 *The Fantastic: A Structural Approach to a Literary Genre* 中给 fantasy 下了自己的定义：the "unresolved hesitation between the 'marvelous' (supernatural) and 'uncanny' (natural or rational) explanations of apparently supernatural occurrence within a narrative"[4]. 对他来说，fantasy 作品至少应该有两大特点：其一，人物所居住、生活的世界是真实的；其二，读者拒绝接受作品内容的虚构及诗画的解释。

第二位是 Richard L. Purtill。他就构成一部 fantasy work 提出四大要素：①a background set in a remote past；②the involvement of magic ("magic" can be defined as the power to control nature or to produce supernatural effects by using charms, spells, or rituals)；③the existence of legendary characters and creatures；④the events that cannot be explained by science。不过，他又指出，这四个要素未必在一个故事中全部具备/出现。但这个含糊的论点引起了"魔幻"和"科幻"之间的一个争论空间——一个灰色地带。

---

1 http://en.wikipedia.org/wiki/On_Fairy-Stories。
2 同上。
3 同上。
4 详见 http://www.unbsj.ca/arts/english/jones/pages/_texts/others/Bechtel.html。

文学批评家 Brain Attebery 就魔幻和科幻之间进行了对比，并在他 *The Fantasy Tradition in American Literature* 中指出：

"Any narrative which includes as a significant part of its make-up some violation of that which the author clearly believes is natural law—that is fantasy…And fantasy treats these impossibilities without hesitation, without doubt, without any attempt to reconcile them with our intellectual understanding of the workings of the world or to make us believe that such things could under any circumstances come true." [1]

"Science fiction spends much of its time convincing the reader that its seeming impossibilities are in fact explainable if we extrapolate from the world and science that we know." [2]

事实上，对"fantasy"定义（或概念）的争论似乎远未结束。

(2)内容种种

一般来说，现代魔幻文学(modern fantasy literature)可分成几个亚体裁(sub-genres)。

①High Fantasy（or Epic Fantasy）. This subgenre is a representative one. It is generally epic in scope, grand in setting and serious in tone, dealing with the themes of struggle against supernatural and evil forces, with J. R. R. Tolkien's *The Lord of the Rings* and C. S. Lewis' *Nania* as its representatives.

②Sword and Sorcery Fantasy（or Heroic Fantasy）. This subgenre is usually set in the remote past, especially in the barbarous era, evolving around a hero fighting against the supernatural evil mainly for personal and romantic reasons rather than for world-endangering issues, with Robert E. Howard's *Conan the Barbarian* as its representative.

③Dark Fantasy. This subgenre refers to the fantasy plus various factors of terror to create a horrifying effect. It should be noted that this category is easily mixed up with the horror fiction. Michael Moorcock's *The Eternal Champion* series serves as its representative.

---

1 详见 http://untanglingtales.com/?p=271。

2 同上。

④<u>Contemporary Fantasy</u> (or <u>Urban Fantasy</u>). This subgenre is usually set in contemporary times in the presumed real world which later turns out to be full of magic, and the magical creatures either live in our own world or leak over from an alternative world. The famous *Harry Potter* series falls into this category.

⑤<u>Science Fantasy</u>. The main difference between a science fantasy and a science fiction is that the former "makes the impossible plausible"[1], while the latter "makes the implausible possible"[2]. While science fiction describes seemingly unlikely things that may possibly take place with certain conditions in the real world, science fantasy gives a seemingly possible reality to things that simply could not happen under any circumstances in the real world. This category may also include its own subgenres like dying earth, planetary romance, steampunk, SF other worlds, sword and planet, etc.

综上，现代魔幻文学最为重要的特征 the Secondary World 的存在（托尔金在 the University of St. Andres 发言时提及）。托尔金认为，人类生活的世界是真实的世界，称之为 the Primary World。而 the Secondary World 是由人类的想象产生的。但仅仅区分不同的世界是不够的，作者还必须为这个想象世界（imaginary world）建设法治和逻辑，以取得托尔金所强调的"现实的内在一致性"，否则该作家就是创造魔幻世界（即 the Secondary World）的一个失败者。

现代西方魔幻文学中基本上有三种 Secondary World。其一，这个世界跟人类世界没有联系（如 the Middle-earth，见托尔金的《魔戒》）；其二，这个世界与人类世界不同，但跟人类世界有特殊的联系（如 the mysterious wardrobe，见 C. S. Lewis' *Nania*）；其三，存在于人类世界的另一种世界（见 the *Harry Potter* series）。

4. 魔幻小说翻译准备工作简介

简而言之，魔幻体裁翻译就有这种特殊体裁翻译的要求。若魔幻作

---

1 详见 http://en.wikipedia.org/wiki/Science_fantasy。

2 详见 http://en.wikipedia.org/wiki/Science_fantasy。

新世纪翻译学 R&D 系列著作

品的 TT 要让读者接受,那么译者必须对 SL 有扎实的功底,同时掌握 TL 各方面的知识。换言之,译者能否真正或基本读懂英文原版的魔幻小说?能否使用符合魔幻体裁语言要求的中文翻译英文魔幻小说?

　而在翻译魔幻文学时,译者的决策很大程度上决定了魔幻特色的传达充分与否。由于所有翻译决策都是人为操作的结果,因此决策和译者主体性息息相关。在翻译中,决策是个相当复杂的问题,因为"翻译本质上是一种衍生行为。在这里,'衍生'可以理解为翻译的目的并非创造,而是对原文本进行重塑,创建相应的二级文本。而译者的目标就是为目标语读者重建一个源文本,除了考虑目标语读者的需求和期望之外,更要考虑语义、功能、语用和文体等各个层面"(译自 Baker, 2004: 57)。为了在宏观语境(macrocontext)层面有效地进行翻译决策,译者需要采用和所译文本的整体性相关的翻译策略,从而避免在微观语境(microcontext)层面出现与之不相符合的翻译策略。因此,译者是否能在翻译魔幻文学时准确把握"魔幻特色"这一宏观语境特点,将导致微观语境中翻译的精准度差异。

　比较有代表性的例子是,西方魔/奇幻文学中区别于东方的一大特点就在于不同种族的划分,每一个种族都有其独特的身份特点,具有鲜明的异域奇幻特色。而这些不同种族不仅奠定了全书的魔/奇幻基调,他们之间的交流、合作或敌对的关系则推动了全书情节的发展,因此在翻译的时候必须考虑采用最能表达源语文化(SL culture)又让译语读者(TL readers)接受的方式,这对译者本人的魔/奇幻文化素养提出了非常高的要求。

　以下是功能派翻译理论给我们提供的简便易行的翻译步骤。我们将结合大陆译本和台湾译本做一些必要的对比分析。

　(1)ST 分析与翻译纲要

　21 世纪处于市场经济浪潮中,作为企业的出版社,其出版的目的之一是获利(即经济目的)。因此,翻译魔幻小说应首先对读者——特别是魔幻作品的粉丝——负责,通过高品质的译作满足读者们的需求,并给他们带来快乐,同时多多争取新的和潜在的读者。

要达到获利的目的,前提是提供高质量的翻译作品。朱同学说:"《魔戒》是先成为一篇好看的故事,然后才成为一本伟大的著作。"由于粉丝对魔幻背景知识很熟悉,他们对这类小说的"魔幻性"要求特别高,所以我们在动手翻译前要做好扎实的准备工作——**到位地分析 ST,同时设计一个翻译纲要**(the translation brief,依据是德国功能派理论):

- The intended TT functions: referential (to make everything in the Secondary World created by the author meaningful and comprehensible to the target readers), expressive (to manifest the value system in the source text), appellative (to attract the target readers and stimulate more to buy the translated book)
- The TT addressees: all the fans of both the original work and the movie (who have profound knowledge of fantasy literature), and also those who may have interest in this book (who don't have a clear idea of fantasy literature) due to their "presumed interest in an exotic world" (Nord, 2001: 93)
- The time and place of TT reception: any time in China (including Hong Kong, Macao, and Taiwan) and all the other Chinese-speaking areas
- The medium over which the TT will be transmitted: three-volume books with colored illustrations or film pictures
- The motive for TT production and reception: to entertain the readers and to promote sales.

(2)翻译策略和方法

①归化;②异化。

何时采用哪种策略/方法,应根据翻译目的来确定。此外,译者的主体性(包括该译者的语言能力)、对 ST 的理解、个人偏好等对翻译策略/方法的选择也起很大的作用。异化策略常涉及"注释"(annotation)和"音译"(transliteration),归化策略则常涉及释译(paraphrase)和改写/调整(adaptation)。

(3)对比译本及其翻译方法简介

1)《魔戒》系列大陆译本和台湾译本对比,详见表 15-2。

表 15-2　大陆译林简体字中文版和臺北聯經繁体字中文版对照

ST	TT1	译者	TT2	译者
The Lord of the Rings—The Fellowship of the Ring (J. R. R. Tolkien, Great Britain: Harper Collins *Publishers* 1991/2007)	《魔戒——魔戒再现》（南京：译林出版社，2008）	丁棣（大陆）	《魔戒首部曲——魔戒现身》（台北：聯經出版事業股份有限公司，2008）	朱學恒（台湾）
The Lord of the Rings—The Two Towers (同上)	《魔戒——双塔奇兵》（南京：译林出版社，2008）	姚锦镕（大陆）	《魔戒二部曲——雙城奇謀》（台北：聯經出版事業股份有限公司，2008）	朱學恒（台湾）
The Lord of the Rings—The Return of the King (同上)	《魔戒——王者无敌》（南京：译林出版社，2008）	汤定九（大陆）	《魔戒三部曲——王者再臨》（台北：聯經出版事業股份有限公司，2008）	丁棣（大陆）

2) 翻译方法对比描述。

①注释。托尔金在书中使用了大量的注释，包括附录。大陆译本和台湾译本均采取了"注释"法。前者没有清楚地区分 ST 中的注释和译者注释（理应清楚区分）；后者则清楚地加以区分。前者略译了一些 ST 注释，甚至删除一些附录；后者保留了每一项 ST 中的注释。

②音译。大陆译本倾向于使用音译（以减轻探索 ST 中名词内涵的气力）；台湾译本努力少用音译，而把 ST 中的名词内涵尽可能地挖掘出来，以缩小 TT 与读者之间在文化差异上的鸿沟。

③改写。大陆译本很少使用"改写"法，因在 ST 理解上出现困难，故往往采取异化法，于是造成 TL 生硬。台湾译本则较多使用"改写"法，这在译本中很容易找见。

15.4.2　《魔戒》典型翻译案例对比分析

我们将从多视角来做对比分析：①视角一：文化负载词之传递；②视角二：体裁规范和译语风格；③视角三：诗学观；④视角四：翻译

错误；⑤视角五：读者反应论。

为节约篇幅，原则上每个视角问题，仅举一至若干个译例。

1. 文化负载词之传递

翻译过程中，译者所面临的 biculturalism 要比 bilingualism 困难得多。如果是译者所不熟悉的"魔幻文化"，那简直是在读"天书"。这正如郭少波在译序中所特别感慨的："我们感到为难的主要是文化方面的。作品的宏大结构与丰富内涵使得其中的'翻译陷阱'四处密布。……作者特有的叙事方式与论证方式往往令人如陷迷魂阵：作者说的是事实，还是凭空虚构？当然，如果英语读者去看原文，由于同作者相似的文化感和历史感，这些似是而非、似非而是的语言现象如同迷宫一般激起他强烈的好奇心与探索欲望，本民族的文化知识与历史知识也大大有助于他理解作品的真谛；但如果将这些迷宫般的文字译成另一种语言，撩人的魅力顿失。……我们实在拿不准是把它们译得直露些还是含蓄些。倘若直露，读者是看懂了，但他看懂的是翻译的文本，原文意蕴荡然无存；倘若含蓄，读者如堕五里雾中，不知所云。总之，无论哪种情形，读者都没法动用他的知识积累与文化感觉，这样，唯一的办法恐怕就是加注。……为了读者，我们还是倾向于将作品译得稍'直'一些，毕竟让读者看得有趣味是最重要的。"（郭少波译序，丁棪，2008：8）

由于大陆译者对有关魔幻的主题知识知之甚少，所以造成 ST 分析的失误和 TT 的误产。以下，我们从主要**专名**的理解与翻译入手。

(1)表 15-3：Names of Main Races

表 15-3　Names of Main Races

ST1-8	TT1-8 （大陆）	TT1-8 （台湾）	英文阐释
Elf	小精灵	精靈	a race of minor nature and fertility gods, who are often pictured as youthful-seeming men and women of great beauty living in forests and underground places and caves, or in wells and springs

（续表）

ST1-8	TT1-8（大陆）	TT1-8（台湾）	英文阐释
Hobbit (Halfling)	霍比特人（哈夫林人）	哈比人（半身人）	between two and four feet（0.66m－1.33m）tall, the average height being three feet six inches（1m）. They dress in bright colours, favouring yellow and green.
Men	大人族	人類	Human beings.
Big People	大人	大傢伙	Hobbits' form of address of Humans
Orc	奥克斯奥克	半獸人	Dark creatures with beast-like faces and brutality
Uruk/Uruk-hai	乌路克	強獸人	the new generation of Orcs reformed by Saruman
Dwarf	小矮人	矮人	shorter and stockier than Elves and Men, able to withstand both heat and cold
Wizard	术士	巫師	a group of beings outwardly resembling Men but possessing much greater physical and mental power

【译析】现代西方魔幻文学的一个最重要的特征是种族或亲属关系的多样性，《魔戒》是最佳范例。这些种族，不论是人类还是非人类，都生活在 Middle-earth，每一个种族都有其自身鲜明的特点。因此，翻译这些种族的名称显得非常重要：对 TT 读者来说，译名必须有意义，能够传递正确的形象，因为这些名称构成功能单位。

书中有七种主要种族（详见表 15-3），即 Elves, Dwarves, Men, Hobbits, Wizards, Orcs and Uruks。大陆译本将"Elves"译成"小精灵"，把"Dwarves"译成"小矮人"，而台湾译本则分别译为"精靈"和"矮人"。"Elves"和"Dwarves"似曾相识，比如在童话中——《白雪公主与七个小矮人》等，然而，正是这个似曾相识构成了翻译过程中的第一个陷阱。托尔金的史诗般的魔幻作品跟童话是截然不同的。他们已不再是可爱的形象了。我们用英文表达可能更为准确，并为读者所直接接受：The "Elves" in Tolkien's world are tall, slim and pointy-eared creatures, with extreme beauty and wisdom far beyond Men's reach, yet "小精灵" conveys an image of winged insect-looking beings to which "cute" and "lovely" are the most appropriate description. 可见，大陆译本的"小精灵"和"小矮人"对托尔金严肃的史诗般魔幻作品就不合适了，而台湾译本就比较契合。

大陆译本的另一个严重误译是"Orcs"。为了确保解释的准确性，我们仍然使用英文来论证：Orcs are dark creatures "with beast-like faces and brutality"[1], and are one of the main enemies for the hero and his companions in the book. The mere transliteration cannot convey such dark and evil image, thus is not a good choice following Functionalist instructions. In the Mainland translation, "Orcs" were transliterated as "奥克斯", and "Uruk", the new generation of "Orcs", as "乌路克", which in no way make any sense to the target readers. Without the pre-knowledge of the book or the film, one can hardly understand what indeed an "奥克斯" or "乌路克" is.

还须指出："奥克斯"会让中国读者产生不必要的错误联想，他们以为是空调呢。此外，"Orcs"是"Orc"的复数形式，后者是某种族的本来名称。因此，音译名"奥克斯"是完全不能接受的。根据维基百科，Tolkien's earliest elvish dictionary has included the entry "Orc": "Ork (orq-) monster, ogre, demon" together with "orqindi ogresse".[2] In Tolkien's writings, Orcs are of human shape, always smaller than Men, "ugly, filthy, with a taste for human flesh", "fanged, bow-legged and long-armed, and some have dark skin as if burned".[3] 有鉴于此，台湾译本放弃音译，采用语义翻译法，将"Orcs"译作"半獸人"——同时保留了人形与兽性，把正确的形象传递给了 TT 读者。

至于 Men 和 Wizards，大陆译本将其改译成"大人族"和"术士"，台湾译本则分别是"人類"和"巫師"。"大人族"给人以"高大"的错觉，其实就是普通人类的概念。英文中表达"巫师/女巫"、"法师"、"术士"和"魔法师"的词汇包括 wizard/witch、mage、warlock、sorcerer 等。在"高魔"(the high fantasy)，*wizard* is the most common appellation for those who can cast spells and use magic,

---

1 详见 http://en.wikipedia.org/wiki/Orc。
2 同上。
3 同上。

and is always characterized by wearing a tall pointed hat and a cloak. In the book, Gandalf wears "a tall pointed blue hat" and "a long grey cloak"[1]，这跟 the Wizard's image 的典型特点相符。通常，wizard 是一个正面形象，warlock 却是指"the one who uses black magic, more like a soldier of Satan doing his master's bidding on earth"。此外，在中国读者的心目中，"巫师"和"魔法师"更像是西方魔幻文学中的称谓，而"术士"或"法师"还可以指东方魔幻文学中神通广大、降伏妖魔的道士。《哈利·波特》系列中 的 Wizards 就被译成"巫师"。"术士"会引发其他联想，比如"方术士"——指专门从事星占、神仙、房中、巫医、占卜等术的人。综上，台湾译本中的"巫师"似乎就比较合适。

　　以上是比较专业化、学术化的分析。为方便初出茅庐的译者，我们特改换一种分析、评论视角和叙述手法，供初学者（rookie translators of fantasy literature）参考（其中部分译例会有不同程度的重复，但会有所新意）。

【I. 种族名称】

SL names	Mainland version（译文 1）	Taiwan version（译文 2）
Elf	小精灵	精靈
Dwarf	小矮人	矮人
Men	大人族	人類
Orc	奥克斯/奥克	半獸人
Uruk/Uruk-hai	乌路克	強獸人
Wizard	术士	巫師

　　在托尔金的笔下，中土大地上生活着各种各样的种族，大部分都是作者想象力的产物。如何将这些生物的名称翻得让目标语读者容易接受又传达其文化内涵，是奇幻翻译者的职责。例 1 列举了一些非人类种族的原文和两种中文译文，对比发现，大陆译文将"Elf"和"Dwarf"分别译为"小精灵"和"小矮人"，而台湾译文则为"精靈"和"矮人"。一字之差，传达的含义却大大不同。"小精灵"在中文中给人的印象，是长着透明翅膀、体型如昆虫大小的小仙子，

1 Tolkien, J. R. R., *The Lord of the Rings－The Fellowship of the Ring* [M]. Great Britain: Harper Collins *Publishers* 1991, 2007. p.32.

主要给人以可爱顽皮的印象；但事实上，托尔金笔下的"Elf"，却是纤细修长、优雅睿智的生灵，长着尖尖的耳朵，拥有普通人类无法企及的智慧和美丽，这和"小精灵"所传达给目标读者的印象完全相反。同理，"小矮人"给中文读者的印象，是如同《白雪公主与七个小矮人》中那样矮小可爱的生物，而托尔金笔下的"Dwarf"则是矮小、敦实、脾气急躁、坚韧不拔的种族，完全和"可爱"两字无缘。因此，在这两种种族的翻译中，朱学恒去掉了"小"字，舍弃了不必要的"可爱"意象，更为准确地表现了原文的基调，避免了史诗作品的童话化，因此优于译林版译文。

而对于另一种族"Orc"和"Uruk"的翻译，则更加体现出译林版译文对奇幻文化知识的缺乏。《魔戒》中的"Orcs"，是一群有着如野兽般外表、残忍野蛮的黑暗生物，体型略矮于一般人类，肮脏丑陋，皮肤发黑，有如被火烧过一般，嗜食人肉，而"Uruk"则是"Orc"的进化版。大陆译文的音译版本"奥克斯"或"乌路克"只表音，不释义，目标语读者完全不知道该生物的特点和内涵意义；此外，"Orcs"仅仅是"Orc"的复数，用"奥克斯"来进行音译显然也是不恰当的；不仅如此，"奥克斯"这一名字和中国某空调品牌同名，这样的附带联想显然不是原作者的期望。反观台湾译本的"半兽人"以及"强兽人"，则完全抛弃了音译策略，用释义的方法巧妙传达了其类人外形和野蛮残忍的特点，轻松跨越了文化障碍，让目标语读者理解该种族的大致特点，获得和源语读者相似的阅读乐趣，是不可多得的佳译。

在翻译 Men 和 Wizards 这两个种族时，译林的译者将它们分别诠释为"大人族"和"术士"，而台湾朱学恒的版本则分别是"人類"和"巫師"。"大人族"这一称呼给人的感觉是比一般人高大的族群，而事实上原作中的所指对象和普通人类并无差异，因此该翻译有失偏颇，翻译成"人類"更为妥当。在英语中，对于使用魔法之人的称呼有许多种，比如 wizard/witch、mage、warlock，以及 sorcerer，一般来说可以相对翻译为巫师/女巫、法师、术士以及魔法师。在严肃奇幻中，多以 wizard 来称呼那些念咒语施魔法的人，其形象特点是戴一顶高高的尖帽子，身上披着披风。在《魔戒》中，Gandalf 被描述为戴着一顶蓝色的尖帽子，身披一条灰色的长披风，这和 wizard 传达的形象相同。一般来说，wizard 传达的是一种正面的形象，而 warlock 则指那些使用黑魔法的撒旦战士。此外对大部分中国读者来说，"巫师"和"魔法师"这两种称呼具有鲜明的异域色彩，而"术士"和"法师"则带有东方的道教或佛教色彩。从这个意义上来说，朱學恒对 wizard 一词的翻译要优于译林版本。

【II. 种族特点】

1. 巫师

例 1：Gandalf

【原文】…**a cart** came in through Bywater from the direction of Brandywine Bridge in broad daylight. **An old man was driving it** all alone….That was Gandalf's mark, of course, and the old man was Gandalf **the Wizard**, whose fame in the Shire was due mainly to his **skill with** fires, smokes, and lights. His real **business** was far more difficult and dangerous, but the Shire-folk knew nothing about it.（Tolkien, 2007: 32）

【译文1】……又**一挂大车**在大白天从白兰都因河桥的方向穿过傍水镇而来，只有**一位老汉赶车**。……当然，这是刚多尔夫的标记，而那老汉正是**术士**刚多尔夫本人。他在霞尔赫赫有名，主要得益于他将烟火、烟雾和灯光**玩得溜溜转**。其实他真正干的**行当**远比玩烟火困难危险得多，霞尔人却对此一无所知。（丁棣，2008: 28）

【译文2】……另一**輛馬車**在光天化日之下越過烈酒河，沿着臨水區開了過來。**駕車**的只有**一名老人**，……這就是甘道夫的徽記，而那老人就是**巫師**甘道夫。他在夏爾的名氣主要是關於他**操縱**火焰、煙霧和光線的**技巧**。他真正的**工作**比這還要复雜、危險得多，但單純的夏爾居民對此一無所知。（朱學恒，2008a: 44）

【角色介绍】灰袍巫师 Gandalf 是出现在中土上的最后一名巫师，从一开始就是睿智老者的形象，拥有灰色胡子、灰色斗篷和一顶蓝色尖帽子。在西拉克西吉尔峰上，甘道夫打倒了炎魔，但他虚耗太多，就此死去。Gandalf 的灵魂被伊路瓦塔赐予更大力量，并返回原先死去身体处重生，从此代替背叛的 Saruman，晋升成为白袍，是为五巫之首。

【对比分析】例 1 是对主角之一的灰袍巫师 Gandlaf 第一次出场的外貌描写，是给读者留下初次印象的登场，因此占有举足轻重的地位。然而【译文1】却使用了一些过于口语化的字眼来介绍这个角色。睿智灰胡的长袍巫师驾驶马车的画面被译成了"一位老汉""赶""一挂大车"，给人的感觉像是某位乡下老农赶着驴车，是一副充满了中国乡村特色的画面，这显然和原文表达的异世界伟大巫师的形象相悖。不仅如此，【译文1】在介绍 Gandalf 的职业时，将之称为"术士"，擅长"将烟火、烟雾和灯光玩得溜溜转"，尽管他原本的"行当"远比这些要危险得多。在这里，"术士"、"玩得溜溜转"和"行当"这几个词会给人留下不佳的形象联想，仿佛 Gandalf 是某种江湖骗子，总是以各种诡计蒙蔽众人来骗钱，这显然和原文传达的意思相违背。而在【译文2】中，Gandalf 被译为"一名老人""驾""一辆马车"，他的职业是"巫师"，擅长用他的"技巧"来"操纵火焰、烟雾和光线"，尽管他真正的"工作"比这些要危险得多。对比之下，可以很清楚地发现【译文2】比【译文1】更精确地传达了原文的意象，更符合人物的角色特点。

例2：Saruman

【原文】His **hair and beard** were white, but **strands of black** still **showed about** his lips and ears. (Tolkien, 2007: 754)

【译文1】他的**头发和胡子**雪白，而嘴唇和耳边还留着**几簇黑毛**。(姚锦镕，2008：203)

【译文2】他的**鬚髮**全是白色的，但在嘴唇和鬢角邊，**依稀有著黑色的髮絲**。(朱學恒，2008b：237)

　　【角色介绍】在托尔金笔下，Saruman 是一个脸型狭长、额头高耸的老者形象，原本是对抗邪恶 Sauron 的圣白议会之首，但后来叛变转投 Sauron 的麾下。在书中，Saruman 象征着权力的腐败，他对知识和秩序的向往导致了他的堕落。

　　【对比分析】例2是对白袍巫师 Saruman 初次出场的外貌描写。在书中，Saruman 一度是所有巫师中力量最强也最有学识的一位，身居圣白议会之首，尽管他最后和 Sauron 一起密谋，投身邪恶事业，但他的外表仍然充满了威严，颇有迷惑性，因此在翻译时应恰当地体现他高贵的身份。【译文1】使用了各种口语化的表达方式，把"hair and beard"直接翻成"头发和胡子"，把"stands of black hair showed about"翻成"留着几簇黑毛"。但是，"几簇黑毛"这样的形容方式给人一种肮脏污秽之感，显然不应用来描述一位看起来德高望重的巫师，即使他已经转投敌人麾下。相对而言，【译文2】采用了较为文雅的译法，将"air and beard"译为"鬚髮"，创造了一种古典而充满仙气的气氛；"strands of black hair showing about"则译为"依稀有著黑色的髮絲",明显更为优雅,更为适合描述对象的高贵身份和气质。

2. 人类 Aragon

例 1:

【原文】"I don't rightly know. He is one of the **wandering folk—Rangers** we call them. …but he's known round here as **Strider**. Goes about at a great pace on his long shanks; …"(Tolkien, 2007: 205)

【译文 1】"我也不很熟,是个**游民**,我们管他们叫**流浪汉**。"(丁棣,2008: 191)

【译文 2】「我跟他不熟,他属於那些**喜歡到處流浪的人類**,我們這裏稱呼他們為**遊俠**。」(朱學恒,2008a: 233)

例 2:

【原文】As Frodo drew near he threw back his hood, **showing a shaggy head of dark hair flecked with grey**, and in a pale stern face a pair of keen grey eyes. (Tolkien, 2007: 205)

【译文 1】弗拉多坐过去,他将兜帽往后拉了拉,**露出头发粗浓蓬松的脑袋瓜,黑发里银丝斑驳**,苍白的脸庞很严肃,一双灰眼睛十分犀利。(丁棣,2008: 192)

【译文 2】當佛羅多靠近時,他脫下了兜帽;**露出一頭滲灰的黑色亂髮**。他擁有一張蒼白、嚴肅的面孔,一對灰眸精光逼人。(朱學恒,2008a: 233)

例 3:

【原文】"Escaped?" cried Aragorn. "That is ill news indeed. …**How came the folk of Thranduil to fail in their trust?**"(Tolkien, 2007: 332)

【译文 1】"逃走了?"阿拉贡失声喊道,"确实太糟了。……**瑟兰迪尔的人怎么办事这么不牢靠?**"(丁棣,2008: 310)

【译文 2】「逃出去?」亞拉岡失聲大喊:「這真是個壞消息。……**瑟蘭督伊的精靈怎麼會辜負他人的托付?**」(朱學恒,2008a: 378)

例 4:

【原文】"No, I don't think any harm of old Butterbur. Only he does not altogether like **mysterious vagabonds of my sort**." Frodo gave him a puzzled look. "Well, I have rather **a rascally look**, have I not?" said Strider with a curl of his lip and a queer gleam in his eye. (Tolkien, 2007: 215)

【译文1】"不，我看老牛莠脂不是个包祸心的人，只是他绝对不喜欢像**我这样神秘兮兮的游民**。"弗拉多困惑地看着他，"你瞧，我不是长了这副**无赖相**吗？"大步说，嘴唇一翘，眼睛里射出一道**古怪的目光**，……（丁棣，2008：202）

【译文2】「不，我不覺得奶油伯有什麼惡意，他只是不喜歡我**這種外貌的亡命之徒**罷了。」佛羅多困惑地看着他，「你看，我是不是有些**潦倒**？」神行客露出嘲弄的笑容，眼中閃動著**詭異的光芒**，……（朱學恒，2008a：246）

【角色介绍】Aragorn 是西方皇族 Arathorn 二世之子，在书中有许多别名，如 strider。由于从小在精灵王身边长大，Aragorn 拥有精灵般的智慧，擅长为人治伤，同时又是一个英勇的战士，具有无与伦比的领导力和王者之风。在协助 Frodo 将魔戒摧毁之后，他登上了人类国王的宝座。

【对比分析】身为一个拥有精灵智慧和强大力量的人类，Aragorn 是书中一个举足轻重的正面角色，因此在描述他时应该体现他的这些特点。由于常年在荒野中游走，Aragorn 外表看上去饱经风霜，但他的存在依然让人印象深刻。在对 Aragorn 初登场的外貌描述中，【译文1】用了一些较为负面的词，如"流浪汉"、"头发粗浓蓬松的脑袋瓜"、"无赖相"、"神秘兮兮"等，这显然不符合一个大隐隐于市的王者身份，而更像一个地道的地痞流氓。相对而言，【译文2】的措辞明显较为谨慎，尽量避免使用一些会对人物角色造成不佳印象的用词，而采用了诸如"喜歡到處流浪的人類"、"一頭滲灰的黑色亂髮"、"亡命之徒"等词汇。其中，两个译文最大的区别在于对"ranger"一词的理解。在奇幻作品中，"ranger"是一种特殊的战士。他们通常出没于森林中，睿智精明，富有洞察力，擅长野外生存和隐藏行踪，惯用弓箭和刀剑等武器，也可能使用其他武器或魔法。这类人物在中文里有固定的译名，即【译文2】中采用的"遊俠"；而译林版本的"游民"则完全丧失了该角色本身的英雄气概，沦为非常负面的形象，这显然和原作的本意是相违背的。

除外貌描写外，另一大表现人物特点的方式是人物的言行。在例3中，【译文1】对"fall in their trust"一句采用了归化的方式，译为"办事不牢靠"，属于口语化的处理方式。而要判断这种方式是否妥当，则必须先考虑上下文。例3 中的对话发生在 Aragorn 和精灵 Legolas 之间，后者告诉 Aragorn 霸占魔戒的邪恶生物 Gollum 从精灵们的看守之下逃脱了。尽管 Aragorn 表面看上去是饱经风霜的游侠，但他毕竟是在精灵王的身边长大，对古老的精灵语和精灵文化了如指掌，因此和 Legolas 这样的精灵对话时，言辞必然尊敬而优雅。然而，【译文 1】的"办事不牢靠"却显得极不正式，以 Aragorn 这个角色来说，绝无可能用这种口气和初次见面的精灵对话。相对而言，【译文 2】"辜負他人的托付"这样的措辞则更为符合人物的身份。此外，对 "folk of Thranduil" 一词的理解上，【译文 1】也出现了偏差："瑟兰迪尔的人"所指会给人造成错误印象，而【译文 1】"瑟蘭督伊的精靈"则明确了所指对象是精灵而非其他种族。

3. 精灵

例 1：Gildor

【原文】"Who are you, and who is your **lord**?" asked Frodo.

"**I am** Gildor," answered their **leader**, the Elf who had first hailed them. "…We are **Exiles**, and most of our kindred have long ago departed and we too are now only tarrying here a while, ere we return over the Great Sea. But some of our **kinsfolk** dwell still in peace in Rivendell…." (Tolkien, 2007: 105)

【译文 1】"你是谁？你们的**头儿**是**谁**？"弗拉多问。

"**我是**吉尔多尔，"原来首先与弗拉多打招呼的是**头儿**，"……我们是**流浪者**，我们家族很多人早就离开了这儿，我们只是在此地稍作逗留，然后就渡海回故里。不过我们还有些**亲戚**在林谷安居乐业。……"（丁棣，2008: 99）

【译文 2】「你是誰？你們的**王上**是**哪一位**？」佛羅多**追問**道。

「**在下吉爾多**，」率先和佛羅多打招呼的**帶頭精靈**說：「……我們是**漫遊者**，其他大多數的同胞都早已離開，我們也只是在前往**海外仙境**之前，多享受一下自然美景而已，不過，我們還是有些**同胞**住在祥和的瑞文戴爾。……」（朱學恒，2008a: 126）

【角色介绍】Gildor 是住在 Middle Earth 的精灵，他在哈比人的居住地 Shire 境内遇到了主角 Frodo。

【对比分析】前文提过，精灵是古老高贵的种族，而他们的语言也十分优雅而富有古风。另一方面，Frodo 本人熟知精灵文字，也知道如何和精灵打交道，因此他必然不可能用和他同族人说话的方式与精灵交谈。【译文 1】中，Frodo

在翻译指称 Gildor 的"lord"一词时，使用了"头儿"这个词，而该措辞过于随意亲密，甚至能让人联想到一伙匪徒的头头，显然用来称呼一群精灵的首领颇为不合适。【译文2】则将"lord"一词译为较为文雅的"王上"，更加贴合上下文。此外，Gildor 自称"在下"显然比【译文1】的"我是"更有古典韵味，相对更符合精灵讲话时的古风。此外，【译文1】将"kingsfolk"译为"亲戚"也显得过于口语化，而【译文2】的"同胞"则更符合精灵说话的身份。

例2：Arwen

【原文】So it was that Frodo saw her **whom few mortals had yet seen**; Arwen, daughter of Elrond, in whom it was said that the **likeness of Luthien had come on earth again**; and she was called Undomiel, for she was the **Evenstar of her people**. …such **loveliness in living thing** Frodo had never seen before nor imagined in his mind; …（Tolkien, 2008: 296）

【译文1】在弗拉多眼中，她真乃旷世美人。她正是埃尔隆德的千金阿尔温。人说，她长得与露西恩惟妙惟肖，是露西恩转世人间。人称昂多米尔，是人间维纳斯。……如此人间尤物弗拉多从未见过，做梦都没见到过。……（丁棣, 2008: 275）

【译文2】佛羅多正在打量的這位女子，就是凡人極少有緣得見的精靈：亞玟，愛隆之女。據說她繼承了露西安傾國傾城的美貌，她被同胞們稱呼為安多米爾，因為她是精靈眼中的暮星。……佛羅多從沒看過，也沒想過世界上會有這麼美麗的生靈：……（朱學恒, 2008a: 333-334）

【角色介绍】Arwen 是精灵王 Elrond 的女儿，金色的洛丝萝林的王后 Galadriel 夫人的外孙女，是精灵 Lúthien（曾为了和凡人在一起放弃了精灵永生的生命）的后代，并拥有和 Lúthien 一样超越众生的美貌，被称为精灵中的暮星，同时也和她的祖先 Lúthien 一样，爱上了身为凡人的 Aragorn。

【对比分析】原文是从主角 Frodo 的角度出发描绘 Arwen 的外表，而作为精灵中最美丽的一位，Arwen 的美貌显然不能用世俗凡人的标准来衡量。而在【译文1】中，译者使用了大量跟"人"有关的词汇来形容她的美貌，比如"旷世美人"、"转世人间"、"人称"、"人间维纳斯"、"人间尤物"等。这样的描绘之所以不妥有两点：首先，Arwen 并非人类，而是高等精灵，因此在描绘她的美貌时必须注意避免用平凡的词汇；其次，用"人间尤物"这样粗俗的词语来指代 Arwen 这样高贵美丽的精灵显然是非常不合适的，甚至会让人产生不佳联想，这显然违背了作者的本意。相对来看，【译文 2】的措辞则谨慎得多，用了"凡人极少有缘得见的精靈"、"世界上會有這麼美麗的生靈"、"精靈眼中的暮星"等词汇来描述 Arwen 身为精灵的美貌。此外，【译文 1】的表述"她长得与露西恩惟妙惟肖，是露西恩转世人间"本身就不符合逻辑。Arwen 是 Luthien 的直系后代，所以遗传了 Luthien 的美貌和性格并得到了众精灵的爱戴，而非"转世人间"；而【译文 2】则谨慎处理成"據說她繼承了露西安傾國傾城的美貌"，这样就点明了 Arwen 和 Luthien 之间的血缘关系，又避免了"人间"这类词汇。因此综合来看，【译文 2】明显优于【译文 1】。

4. 怪物

例 1：Gollum

【原文】"We are lost, lost," said Gollum. "**No name, no business, no Precious, nothing. Only empty. Only hungry;** yes, we are hungry. **A few little fishes, nasty bony little fishes, for a poor creature, and they say death.** …"(Tolkien, 2007: 901)

【译文 1】"我们迷了路，迷路了，"古鲁姆说，"没有名字，不干什么，没宝贝。啥也没有。有的只是个'没'字。只是饿了，没错，我们饿了。就几条鱼，尽是骨头的糟小鱼，人家倒要可怜虫一条小命呢。……"（姚锦镕，2008：338）

【译文 2】「我們迷路了，迷路，」咕魯說：「沒名字，沒目的，沒寶貝，什麼都沒有，只有空肚子。只有餓餓：是的，我們很餓。幾只小魚，幾只臭臭的小魚給可憐的我們吃，他們就說要殺人。……」（朱學恒，2008b：391-392）

【角色介绍】Gollum 原本不是怪物，而是一个名为 Sméagol 的普通哈比人，由于几百年内占有魔戒导致身体产生了变化，成为形体怪异的怪物，因为喉咙口发出的恐怖吞咽声而得名 Gollum。

【对比分析】由于 Gollum 已经丧失了大部分人类特点，只能用简单的词汇和不连贯的句子来表达自己，因此翻译时应尽量体现该特点。例 1 中，【译文 1】和【译文 2】都意识到这一特点，试图重现原文这种不连贯的句子结构。相对来说，【译文 2】在这点上做得更好，将"No name, no business, no Precious"译为"沒名字，沒目的，沒寶貝"，恰到好处地用"沒"呼应了原文的"no"。

此外，【译文 2】采用了叠字的方式来表现 Gollumn 笨拙幼稚的用词，比如"饿饿"和"臭臭"。【译文 1】的翻译基本无过，但把"Only empty"译为"有的只是个'没'字"则有待商榷。因为 Gollumn 早已丧失读与写的能力，因此他的话语里不应该出现"字"这样的词汇。而【译文 2】的"只有空肚子"则更符合该角色的特点。

----

(2) 表 15-4：Names of Characters & Places

表 15-4　**Names of Characters & Places**

ST9-62	TT9-62 （大陆）	TT9-62 （台湾）	英文阐释
Characters			
Frodo Baggins	弗拉多·巴金斯	佛羅多·巴金斯	A Hobbit, hero of the trilogy, the bearer of the Ring
Bilbo Baggins	毕尔博·巴金斯	比爾博·巴金斯	A Hobbit, Frodo's cousin, passed on the Ring to the former
Samwise Gamgee "Sam"	山姆·甘姆齐（山姆）	山姆·詹吉（山姆）	A Hobbit, Frodo's gardener, a most loyal servant and a best friend
Peregrin Took "Pippin"	佩里格林·图克（皮平）	皮瑞格林·圖克（皮聘）	A Hobbit, one of Frodo's best friends
Meriadoc Brandybuck "Merry"	梅利阿道克·布兰德巴克（梅利）	梅里雅達克·烈酒鹿（梅里）	A Hobbit, one of Frodo's best friends
Gandalf	刚多尔夫	甘道夫	A Wizard, first appeared as Gandalf the Grey, later turned into Gandalf the White.
Aragorn（Strider）	阿拉贡（大步）	亞拉岡（神行客）	A Man, Son of Arathorn, the only descendant of Isildur Elendil, Strider being his nickname
Legolas Greenleaf	莱格拉斯	勒苟拉斯	An Elf from the Woodland Realm and is one of the members of The Company of the Ring.

（续表）

ST9-62	TT9-62 （大陆）	TT9-62 （台湾）	英文阐释
Gimli	吉姆利	金霹	A Dwarf of Durin's Folk who volunteered to accompany Frodo as a member of the Company of the Ring
Elrond	埃尔隆德	爱隆	An Elf, Lord of Rivendell, who raised Aragorn as a foster-son, after Aragorn's father Arathorn died
Arwen	阿尔温	亞玟	Daughter of Elrond, fell in love with Aragon and later gave up her eternal life to be with him
Saruman	萨茹曼	薩魯曼	A Wizard, known as Saruman the White, later became a servant of Sauron.
Galadriel	盖拉德丽尔	凱蘭崔爾	An Elf, co-ruler of Lothlórien along with her husband
Gollum (Sméagol)	古鲁姆（斯美阿戈尔/斯米戈尔）	咕魯 （史麥戈）	Used to be a common Hobbit named Sméagol, later was captured by the power of the Ring and became a monster
Boromir	博罗米尔	波羅莫	A Man, the elder son of Denethor, died from the attack of Uruks
Faramir	法拉米尔	法拉墨	A Man, the other son of Denethor, later married Eowyn
Denethor	德内豪	迪耐瑟	A Man, Regent of Gondor
Sauron	索隆	索倫	The Dark Lord, the lord of the Ring
Théoden	赛奥顿	希優頓	A Man, King of Rohan
Ëomer	伊奥默尔	伊歐墨	A Man, son of Théoden
Éowyn	伊奥温	伊歐玟	The daughter of the House of Eorl and the niece of King Théoden, fell in love with Aragon, and finally married Faramir
Isildur	伊西尔德	埃西鐸	

（续表）

ST9-62	TT9-62 （大陆）	TT9-62 （台湾）	英文阐释
Places			
Shire	霞尔	夏爾	The place where Hobbits dwell
Hill at Bag End	贝格恩山包	袋底洞	ibid.
Dale	黛里	河谷镇	ibid.
Hobbiton	霍比顿	哈比屯	ibid.
Old Forest	老林子	老林	
Brandy Hall	白兰都因庄园	烈酒廳	The place where Merry family dwells
Brandywine River	白兰都因河	烈酒河	The river by Brandy Hall
Buckland	勃克兰	雄鹿地	
Mordor	莫都	魔多	The place where Sauron dwells
Mount Doom	厄运山口	末日裂隙	The place where Sauron makes the Ring
Rivendell	林谷	瑞文戴爾	The place where many Elves dwell
Bree	布雷	布理	The place where some Men dwell
Misty Mountains	雾山	迷霧山脈	
Mountains of Shadow	影山/影子山	黯影山脈	
Elf-havens	小精灵安全区	精靈庇護所	
Rohan	罗翰	洛汗	The kingdom of Men known for its horses and Riders
Gondor	冈多	剛鐸	The Kingdom of Men
Last Bridge	拉斯大桥	終末橋	
Necromancer	奈克罗曼瑟之门	死靈法師巢穴	
Minas Morgul	米纳思莫古尔	米那斯魔窟	
Isengard	伊森加德	艾辛格	The tower where Saruman dwells
Moria	莫利亚	摩瑞亞	
Helm's Deep	海尔姆深谷	聖盔谷	
Watchwood	警戒林	監視之森	

（续表）

ST9-62	TT9-62 （大陆）	TT9-62 （台湾）	英文阐释
flat	弗莱特	瞭望台	The platform made on the top of the trees by the elves from Lothlorien
Deadmen's Dike	死人堤	亡者之堤	
the White Tower	白塔楼	淨白塔	
the Dark Tower	黑塔楼	邪黑塔	
Citadel of the Stars	星星堡	星辰堡壘	
Tower of the Rising Moon	晓月堡	升月之塔	
Tower of the Setting Sun	夕阳堡	落日之塔	
the Tower of Guard	警卫堡	衛戎之塔	
the Tower of Sorcery	巫术堡	邪法之塔	

【译析】经过对表 15-3 的分析研究，我们已经学会对案例进行分析研究了。就表 15-4 而言，大陆译本和台湾译本所采取的翻译方法有一个原则性的区别：

前者采取音译法，优点是译名有（鲜明的）区分度，但全部音译，TL 名称中不少就会太长，如五字名——"盖拉德丽尔"、"布兰德巴克"、"斯美阿戈尔"等，四字名——"刚多尔夫"、"博罗米尔"、"伊奥莫尔"、"埃尔隆德"等。

台湾译本就试图将 TL 名称缩短，如"凯蘭崔爾"、"烈酒鹿"、"史麥戈"、"甘道夫"、"波羅莫"、"伊歐莫"、"爱隆"、"金靋"、"亞玟"、"咕鲁"等，其中不少被缩短成"二字名"了。

大陆译本采取异化方法，使名字长度变长，文化距离拉大；台湾译本则力图使名字变短、易记，这些是"弱归化"的结果。比如，把"Gandalf"、"Gimli"、"Arwen"、"Sméagol"等分别译作"甘道夫"、"金靋"、"亞玟"、"史麥戈"，其中把第一个汉字改用归化后的"甘"、"金"、"亞"、"史"——完全是中国文化的"赵钱孙李"。另一个成功的归化译名是将"Gollum"转换成"咕鲁"，较好地把"音+义"相结合，以强调这个角色的非人特点。

台湾译本还有一个值得称道的特色是：**创意性音译**（creative transliteration/

innovative transliteration)。大陆译本虽然没错，但还是比较机械，亦步亦趋。

● Brandybuck ⇨ 烈酒鹿 I/O 布兰德巴克；

● Last Bridge ⇨ 終末橋 I/O 拉斯大桥；

● Flat ⇨ 瞭望台 I/O 弗莱特；

● Brandy Hall ⇨ 烈酒廳 I/O 白兰都因庄园；

● Buckland ⇨ 雄鹿地 I/O 勃克兰；

● Hill at Bag End ⇨ 袋底洞 I/O 贝格恩山包；

● ……

创意性音译不仅达意，而且自然而然地缩短了 ST 与 TT 之间的文化距离。

台湾译本的另一特色，是会营造魔幻氛围，创造诗情画意，区分正负内涵，讲究对称确切。以下撇开 ST，仅在目标语语境中比较两个 TTs：

大陆译本（TT 点评）	台湾译本（TT 点评）
死人堤（联想问题）	亡者之堤（富有诗意）
白塔楼（突出颜色）	淨白塔（正邪判断）
黑塔楼（同上）	邪黑塔（同上）
星星堡（小孩气）	星辰堡壘（得体）
晓月堡（译塔欠妥）	升月之塔（对称达意）
夕阳堡（同上）	落日之塔（同上）
警卫堡（同上）	衛戎之塔（同上）
巫术堡（同上）	邪法之塔（同上）

(3)表 15-5：Names of Non-human Beings & Materials

表 15-5 **Names of Non-human Beings & Materials**

ST62-138	TT62-138 （大陆）	TT62-138 （台湾）	英文阐释
Plants, Animals and Natural Elements			
Treebeard	树胡子	樹鬍	The eldest of the species of Ents
Ents	恩特	樹人	Trees that are communicable and movable
Entmaidens	恩特姑娘	樹女	Young tree-women

（续表）

ST62-138	TT62-138（大陆）	TT62-138（台湾）	英文阐释
Entwives	女恩特	樹妻	Tree-women
Entish	恩特语	樹人语	Language used by the tree-men
Enyd	恩尼德人	樹人	Singular form of *Ents*
Entings	小恩特	小樹人	Tree-kids
Entmoot	恩特蒙德/恩特会议	樹人會議	Treemen's convention
Crebain	克雷贝恩	烏鴉	A kind of big raven
Snowmane	雪上飞	雪鬃	King Théoden's horse
Athelas	王箔草/阿茜拉丝	阿夕拉斯	A magical healing herb
Kingsfoil	国王草	王之劍	Another name of Athelas
Longbottom Leaf	隆伯顿草叶/郎伯顿草叶	長底葉	One of the most famous tobacco in Shire
White Tree of Gondor	白树	聖白樹	A symbol of Gondor in the Court of the Fountain in Minas Tirith
Monsters			
Balrog	伯洛格/巴尔洛格	炎魔	Evil creature that has come into existence since the Old Times
Barrow-wights	古冢阴魂/古冢幽灵	古墓屍妖	Ghosts in the Barrow
Wargs	海怪/瓦戈斯/饿狼/野狼	座狼	The evil wolves under Sauron's control
Shelob	希洛布	屍羅	Spider-like monster
Great Enemy	大敌人	天魔王	Morgoth, the first dark lord in the Old Times
Trolls	巨怪/巨人/妖魔	食人妖	The evil kindred created by Morgoth
Cave-troll	山洞巨怪	洞穴食人妖	A subspecies of Trolls

（续表）

ST62-138	TT62-138 （大陆）	TT62-138 （台湾）	英文阐释
Black Breath	黑气	黑之吹息	Breath of the dark servants
Dark Lord	黑魁首/黑暗之王	黑暗魔君	Sauron
the Enemy	敌人/仇敌	魔王	Sauron
the Eye	那只眼睛	魔眼	Sauron's Dark Eye
the Fell Riders	凶恶的骑士	堕落骑士	Another address of Nazgûl
Great Ring	巨戒/魔戒之主	统御魔戒	The Ring
the Lidless Eye	没有眼睑的眼睛, 无睑之眼	魔眼	Sign of Sauron
Nazgûl	纳芝戈尔/魔戒幽灵	戒灵	Dark servants in Modor's language
Orge	妖魔鬼怪	食人魔	
the Shadow	黑影	魔影	Bodiless Sauron
gatherers	收粮员	收集者	萨鲁曼的爪牙
sharers	分粮员	分项者	萨鲁曼的爪牙
the Red Eye	红眼睛	血红眼	The sign of a kind of Orcs
Winged Messenger	长翅膀的使者	有翼使者	The head of Nazgûl who rides on a winged monster
Food and Drinks			
cram	克兰姆/克拉姆	乾糧	河谷镇的旅行食品
lembas	兰姆巴斯/小精灵饼/莱姆巴斯/旅途面包	蘭巴斯，又称行路面包	Elves' cram
orc-draught	奥克斯烈酒	半獸人飲料	Refreshing drinks for Orcs
Treasures			
mithril	米瑟里尔/真银/梅丝瑞尔	秘銀	A very rare and precious metal produced in Moria

新世纪翻译学 R&D 系列著作

（续表）

ST62-138	TT62-138 （大陆）	TT62-138 （台湾）	英文阐释
Seeing-stone	魔石 瞭望石	真知晶石	Another name for the Elendil Stone
Silmarilli	茜玛丽尔	精靈美鑽	The correct plural form of *Silmaril*
Great Jewel	大宝石	精靈之鑽／ 精靈美鑽	Another address of *Silmarilli*
rods of the Five Wizards	五大术士的权杖	五巫之杖	
The crowns of seven kings	七国的王冠	七王之冠	
（Non-）human Creatures			
Ranger	游民/巡游者	遊俠	Dunedain in the North
Deep Elves	黑暗精灵 精明的精灵	地深精靈	One kind of elves
The Elder Kindred	老一代	古老的種族	Elves
Elf-friend	小精灵的朋友 小精灵之友	精靈之友	The title given by the Elves to those who are friendly to the former
Elven-king	精灵大王	精靈王	
Elves of the High Kindred	高种小精灵	高等精靈	
Men of the Mountains	山国人	山中的子民	
Men of the Twilight	启蒙时代的人	曙光之民	
Men of Westernesse	韦斯特内西人	西方人／西方皇族	
The Easterlings	伊斯特林斯	東方人	
Sindar	辛达人	辛達精靈	

（续表）

ST62-138	TT62-138 （大陆）	TT62-138 （台湾）	英文阐释
Southrons	南方佬/南蛮子	南方人	
Tree-people	巢人	樹民	Elves living in Lothlorien
Silvan Elves	西尔凡小精灵	森林精靈	
Wood-elves	森林小精灵	木精靈	Another name of Silvan Elves
Group and Social Elements			
smials	斯米阿尔	地道	The address of residences used by Hobbits
Rohirrim	罗赫里姆	洛汗語	Language used by Rohans
Westron	西特隆/威斯特隆/韦斯特隆语	西方語	The Common Language
White Council	白道会	圣白議會	a group of Eldar Lords and Wizards of the Middle-earth, formed to contest the growing power of Dol Guldur at the request of Galadriel
Silent Watchers	哑巴警卫	沉默的監視者	The statue at Minas Morgul
The Company of the Ring	魔戒队	魔戒远征队	A team consists of nine members from various kindreds at the beginning, with a purpose of destroying the Ring
Weapons			
Orcist	奥克斯里斯特奥克雷斯特	獸咬劍	Sword of Thorin Oakenshield, found in Troll's caves, translated as "Goblin-cleaver"
Biter	吃人者	咬劍	The way the Orcs refer to Orcist
Sting	刺叮	刺針	Bilbo's weapon, later passed on to Frodo
Glamdring	格莱姆德林/格兰姆德林	格蘭瑞	Name of Gandolf's weapon

（续表）

ST62-138	TT62-138 （大陆）	TT62-138 （台湾）	英文阐释
Beater	杀人者	打劍	The way the Orcs refer to Glamdring, i.e., Foe-hammer
Foe-hammer	降魔之宝	擊敵劍	Another name of Glamdring
Flame of the West	西方之焰	西方之炎	One form of address of Aragon's weapon
Flammifer of Westernesse	韦斯特内西的光明使者	西方皇族的焰火	The Star of Eärendil
Hammer of the Underworld	地下世界的大锤,地狱之锤	地獄之錘	The weapon of Morgoth
the Great Horn	巨型号角	皇家的號角	Royal horn carried by Boromir
whip of many thongs	带着多条鞭梢的鞭子	九尾鞭	Balrog's weapon

【译析】"表 15-5"中，作者描述了众多具有文化内涵的 supernatural creatures +materials。如果文化内涵无法传真给 TT 读者，那就是一种"败笔"/"败译"。

在这方面，大陆译本就没有做好。例如，"Ents"，一种常见植物，但会走动、会交流。将其译成"恩特"毫无意义，相关的名词还有"恩特姑娘"、"恩尼德人"、"恩特蒙德"，尤其是"恩尼德人"——中国读者不知是否会"悲催"。

台湾译本是"樹人"——译得巧妙、简明，成功传递了这种生物的特点。如果是树人的妻子，大陆版是"女恩特"，而台湾版则是"樹妻"，译文孰高孰劣，不言自明。

两种版本在这方面存在的翻译问题，还见于"表 15-5"其他诸项。

大陆版本另一个不可忽视的大问题，是三人团队没有配合好，起码在不少方面没有做到一致性。例如，"Balrog"被译为"伯洛格"（第一册）和"巴尔洛格"（第二册）。又如，"Wargs"有四种不同的译名——"海怪"、"瓦戈斯"、"饿狼"、"野狼"（全部三册，甚至一册多名）。

此外，剑名"Orcrist"和"Glamdring"译为"奥克斯里斯特"/"奥克雷斯特"和"格莱姆德林"/"格兰姆德林"。一种罕见的金属"Mithril"居然被三个(大陆)译者译成"米瑟里尔"、"真银"、"梅丝"。

最为糟糕的译例是托尔金自创词"Westron"(the Common Speech)。如此重要的一个专有名词，竟然在三册书中被译作多种音译名词，诸如"西特隆"、"威斯特隆"、"韦斯特隆语"等。

2. 体裁规范与译语风格

这里谈及的"体裁规范"(genre conventions)，是德国功能派的一个重要概念。《魔戒》属于 the high epic of fantasy literature 这样一个(sub)-genre，因此翻译时应遵循有关规范(conventions)。根据 Nord，功能派的"[g]enre conventions are the result of the standardization of communication practices. As certain kinds of text are used repeatedly in certain situations with more or less the same function or functions, these texts acquire conventional forms that are sometimes even raised to the status of social norms. Genre conventions and norms thus play an important role in both text production (because authors have to comply with the conventions if they want to carry out their communicative intentions) and text reception (because receivers must infer the author's intentions from the conventional form of certain texts)."(Nord, 2001: 53；下画线由主编所加)

因此，要按照体裁规范的要求去译好《魔戒》，译者首先要熟悉这种特殊文学体裁。以下我们从"译语风格"方面切入，主要涉及"魔幻性"、"人物塑造"等。

(1)魔幻性

魔幻性(fantasiness)的基调体现庄严、宏大，主要通过古朴的语言风格展示。比如种族在魔幻小说中特别重要，不同的种族使用的语言就应该呈现出不同的语言风格及特色。请看有关的英文描述(注意主编所加的下画线部分)：

Elves are high-born kindreds, and have lived on earth for thousands of years, thus they speak with an archaic and solemn tone; while **Hobbits** are happy and innocent little creatures, and they speak in a rather casual and sometimes funny tone. Besides, different characters have different speaking habits, too. For instance, **kings** always speak solemnly and gracefully, while **Gollum, who has lost most of the human traits after the possession of the Ring, always uses simple words and expressions.**

【ST139】"...For **it is said in old lore: The hands of the king are the hands of a healer**..." (Tolkien, 2007: 1126)

【TT139-1】"……俗话说：'国王济世妙手回春。'……"（汤定九，2008：144）

【TT139-2】「……古老的傳說曾經記載：王之手乃醫者之手。……」（朱學恒，2008c：166）

【译析】汤译本过于归化，朱译本属于词义翻译。于是，前者改变了 ST 结构，因而改变了 ST 风格，魔幻性和庄严性尽失。相反，后者则较好地保存了 ST 的魔幻风格和氛围。

【ST140】"**You cannot pass,**" he said. The Orcs stood still, and a dead silence fell. "I am a **servant** of the Secret Fire, **wielder** of the flame of Anor. **You cannot pass. The dark fire will not avail you, flame of Udun. Go back to the Shadow! You cannot pass.**" (Tolkien, 2007: 430)

【TT140-1】"你过不去。"他说。奥克斯都呆住了，厅内鸦雀无声。"我是秘火之仆，阿诺之火的主人。你过不去，邪火帮不了你的忙。乌敦之火，滚回阴影里去！你过不去！"（丁棣，2008：402）

【TT140-2】「邪靈退避！」他說。半獸人全都停了下來，現場陷入一片寂靜。「我是秘火的服侍者、亞爾諾熾炎的持有者。邪靈退避！黑暗之火無法擊倒我，邪淫的烏頓之火啊！退回到魔影的身邊去！沒有邪靈可以越過我的阻擋！」（朱學恒，2008a：482）

【译析】从功能派理论分析，丁译本跟朱译本整体差距比较明显，尤其体现在 TL 所营造的氛围、所展现的风格方面。也许大陆习惯用口语化的白话文表达，对文言文不太有感觉了，但往往只有文言文(涉及词汇、语法、句法)才能较为真实地再现 fantasiness、solemnness 和 archaicness。

(2)人物塑造

【ST141】His **hair and beard** were white, but **strands of black** still **showed about** his lips and ears. (Tolkien, 2007: 754)

【TT141-1】他的**头发和胡子**雪白，而嘴唇和耳边还留着**几簇黑毛**。（姚锦镕，2008：203）

【TT141-2】他的**鬚髮**全是白色的，但在嘴唇和鬢角邊，**依稀有著黑色的髮絲**。（朱學恆，2008b：237）

【译析】ST 是人物肖像描写。写的是萨鲁曼(Saruman)。他曾为圣白议会会长，最为强大，也最富智慧。其面部表情充满着敬畏，因此有关译文应再现他的 noble identity。姚译本结构稍嫌松散，措辞比较口语化，难以显示人物高贵的气质和身份。朱译本营造了一种远古、不修的氛围，比如选词"鬚髮"，远胜姚译本的"头发和胡子"。"依稀有著黑色的髮絲"则再现优雅特色，适合该人物的肖像描写。

【ST142】So it was that Frodo saw her **whom few mortals had yet seen**; Arwen, daughter of Elrond, in whom it was said that the **likeness of Luthien had come on earth again**; and she was called Undomiel, for she was the **Evenstar of her people**. …such **loveliness in living thing** Frodo had never seen before nor imagined in his mind; …(Tolkien, 2008: 296)

【TT142-1】在弗拉多眼中，她真乃**旷世美人**。她正是埃尔隆德的千金阿尔温。人说，她长得与露西恩**惟妙惟肖**，是露西恩转世人间。人称昂多米尔，是**人间维纳斯**。……如此**人间尤物**弗拉多从未见过，做梦都没见到过。……（丁棣，2008：275）

【TT142-2】佛羅多正在打量的這位女子，就是**凡人極少有緣得見的精靈**：亞玟，愛隆之女。據說她**繼承**了露西安傾國傾城的美貌，她被**同胞們稱呼**為安多米爾，因為她是**精靈眼中的暮星**。……佛羅多從沒看過，也沒想過**世界上會有這麼美麗的生靈**；……（朱學恆，2008a：333-334）

【译析】丁译本初看挺有吸引力的，语言颇具"煽动性"，但也正是"此话只属人间有，魔幻世界哪有闻"！所有"旷世美人"、"转世人间"、"人称"、"人间维纳斯"、"人间尤物"等均属于"人话"，而书中描写的 Arwen（亞玟）是 Elf (non-human being)，所以朱译本的 TL 风格就非常得体了。

3. 诗学观

"诗学观"(poetics)源自亚里士多德，在翻译学的定义是"poetics of

translation" refers to "the inventory of genres, themes and literary devices that comprise any literary system"（Baker, 2004: 167）。它特别强调 the role a literary system plays within the larger social system and how it interacts with foreign literary or semiotic sign systems in translation studies. As a comparative field, the poetics of translation is related to "the relationship between the poetics of a source text in its own literary system and that of the target text in a different system"（同上）。

【ST143】"Hinder me? Thou fool. No **living man** may hinder me!"

...

"**But no living man am I**! You look upon a woman. Éowyn I am, Éomund's daughter. ..."（Tolkien, 2007: 1101）

【TT143-1】"阻止我？你这傻瓜。世上没有**哪个人**能阻止得了我！"

......

"那就等我来收拾你吧！我是伊奥温，伊奥蒙德的女儿。……"（汤定九，2008：118）

【TT143-2】「阻止我？愚蠢，天下的**英雄好漢**都無法阻止我！」

......

「我不是什麼**英雄好漢**！你眼前的是名女子——我是伊歐玟，伊歐蒙德之女。……」（朱學恒，2008c：140）

【译析】ST 中的"living man"意指普通人，但被误解成"the male sex"——这是 man 这个词在此语境下构成了一个 pun（双关）。于是，她声称：She's no living man but a woman who is capable of hindering him. 紧接着的汤译本居然是"那就等我来收拾你吧！"这就完全破坏了双关的气氛。而朱译本不仅解读除了双关意义，而且很好地用 TL 化解、再现了 ST 所具有的诗学元素。

【ST144】　　Three Rings for the Eleven-kings under the sky,
　　　　　Seven for the Dwarf-lords in their halls of stone,
　　　　　Nine for Mortal Men doomed to die,
　　　　　One for the Dark Lord on his dark throne
　　　　　In the Land of Mordor where the Shadows lie.

One Ring to rule them all, One Ring to find them,

One Ring to bring them all and in the darkness bind them

In the Land of Mordor where the Shadows lie

(Tolkien, 2007)

【TT144-1】	【TT144-2】
三大戒指归属天下小精灵诸君， 七大戒指归属石厅小矮人列王， 九枚戒指属于阳寿可数的凡人， 还有一枚属于高居御座的黑魁首。 莫都大地黑影幢幢。 一枚戒指统领众戒，尽归罗网， 一枚戒指禁锢众戒，昏暗无光。 莫都大地黑影幢幢。 （丁棣，2008）	天下精靈鑄三戒， 地底矮人得七戒， 壽定凡人持九戒， 魔多妖境暗影伏， 暗王坐擁至尊戒。 至尊戒，馭眾戒； 至尊戒，尋眾戒， 魔戒至尊引眾戒， 禁錮眾戒黑暗中， 魔多妖境暗影伏。 （朱學恒，2008a：7）

【译析】诗歌翻译的要求与诗歌写作的要求很相像。英文诗歌要求"writing in its most compact, condensed and heightened form, in which the language is predominantly connotational rather than denotational and in which content and form are inseparably linked. Poetry is also informed by a 'musical mode'…or inner rhythm, regardless of whether there is any formal meter or rhyming pattern, which is one of the most elusive yet essential characteristics of the work that the translator is called upon to translate. And in addition to the difficulties involved in accounting for content and form, sounds and associations, the translator of poetry is also often expected to produce a text that will function as a poem in the TL. So, although it is crucial that the original be recognizable in the translation (if we are to talk of translation and not imitation or [adaptation]), a further criterion for a successful translation is that of the intrinsic poetic value of the translated text. In short, 'what an English-only reader wants is a good poem in English'…Similarly, it is often suggested that, unlike other forms of literary translation, <u>the translation of poetry must stand on its own as poetic text, to a large extent unsupported by losses or commentary</u>, whether they take the form of footnotes or are embodied in the text." "The view that it is impossible to translate poetry recognizes that it is impossible to account for all the factors involved and to convey all the features of the original in a language and form acceptable to the target language culture and tradition." (Baker, 2004:171; 注意主编所加的底线部分)。依据上述诗歌翻译的标准/原则/要求等考量丁译本和朱译本，差距是明显的。我们先从其中最为简单的诗歌汉译常识判断：①ST 词数及其音节数；②ST 押韵格式；③TT 字数及音节数；④TT 押韵格式；⑤TT 诗学(TL 基本要求)；⑥TT 诗学(魔幻文学要求)。

接着，我们从更为细致的要求和背景分析、研究：首先，这是一首著名的 Elven-lore。其次，the Elven language 是全书中最为漂亮、最为复杂的语言。再次，the Elves 以优美的诗与歌而著称。最后，译诗(TT)应很好地再现 SL 的古风和文字美(style + tone)，以符合该诗的历史背景和文化地位。

4. 翻译错误

翻译错误(translation error)的分类标准，德国功能派有一套自己的规定。

所谓翻译错误被定义为"a failure to carry out the instructions implied in the translation brief and as an inadequate solution to a translation problem" (Nord, 2001: 75)。翻译错误被分成四类/种：

①Pragmatic translation errors, caused by inadequate solutions to pragmatic translation problems such as lack of receiver orientation;

②Cultural translation errors, caused by an inadequate decision with respect to reproduction or adaptation of culture-specific conventions;

③Linguistic translation errors, caused by an inadequate translation when the focus is on language structures;

④Text-specific translation errors, related to a text-specific translation problem and can be evaluated from a functional or pragmatic viewpoint.

(同上：75-76)

①语用性翻译错误举例。

【ST145】The Men of Bree seemed all to have rather botanical (and to the Shire-folk rather odd) names, like Rushlight, Goatleaf, Heathertoes, Appledore, Thistlewool and Ferny (not to mention Butterbur). Some of the hobbits had similar names. The Mugworts, for instance, seemed numerous. But most of them had natural names, such as Banks, Brockhouse, Longholes, Sandheaver, and Tunnelly, many of which were used in the Shire. There were several **Underhills** from Staddle, and as they could not imagine sharing a name without being related, they took Frodo to their hearts as a long-lost cousin. (Tolkien, 2007, 203)

【TT145-1】布雷人的姓氏好像都与植物有关，在霞尔霍比特人听来怪怪的，比如灯心菜、山羊叶、石南根、金苹果、羊毛、蕨尼，更不用说牛蒡脂了。就连本地霍比特人也有这类姓氏，比如姓艾蒿的似乎就不在少数，但大多数姓氏与自然界有关，比如，河岸、獾丘、深洞、沙地、隧道之类的。霞尔也有许多这一类的姓氏。在场还有几位姓**昂德希尔**的，他们是从斯塔德尔来的，他们认为同姓而不是亲戚是不可想象的，于是亲热地将弗拉多当做失散多年的远房兄弟看待。（丁棣，2008：190）

【TT145-2】布理的人類名字似乎都和植物有關(對夏爾的客人來說有些奇怪)，像是燈心草、羊蹄甲、石南葉、蘋果花、薊草、羊齒蕨。有些哈比人取的名字也有這種傾向，像是小麥草這個名字就很普遍。不過，大多數哈比人的名字是和地形景物有關，像是河岸、獾屋、長洞、沙丘、隧道等等，這些在夏爾也是常見的名字。剛巧這裡也有幾個從史戴多來的山下家人，他們覺得只要姓相同，八成有些沾親帶故，因此，他們就把佛羅多當成失聯已久的遠親來對待。（朱學恒，2008a：231）

【译析】Frodo 和他的 Hobbit 朋友决定"隐蔽"起来——使用假名 Underhills（而非 Frodo），以避免可能发生的危险。通常翻译这个假名的方法是音译（transliteration）。然而，这个案例有其特殊情况。根据功能派理论，专名翻译所涉及的专名本身，构成一个功能单位，即每个名称应该指涉某一特定内涵，如是某一特定植物或特定地方。换言之，这种被译专名的特点/色/征必须在译名中体现。因此，丁译本中的"昂德希尔"就不符合功能翻译标准，属于 pragmatic translation error。与此相反，译名"山下"再现了 SL 名称的内涵，TT 读者听起来是有意义的，因而也就显得自然，否则一个使人深感陌生的名字则更容易招致怀疑，进而招致危险。

②文化性翻译错误举例。

【ST146】These were toys the like of which they had never seen before, all beautiful and **some obviously magical**. (Tolkien, 2007: 35)

【TT146-1】各种玩具他们见所未见，闻所未闻，精美别致，**有的甚至还颇具魅力呢**。（丁棣，2008：30）

【TT146-2】有許多玩具是他們從來沒有見過的，每樣都很漂亮，**有些甚至是魔法玩具**。（朱學恒，2008a：47）

【译析】这里提到的玩具是甘道夫在比尔博生日时送给哈比人的孩子们的。翻译这句话的关键点是如何处理富于特定文化内涵的"magical"。该词有两层含义：其一，very pleasant or exciting；其二，having supernatural power（见 *Merriam-Webster's Advanced Learner's English Dictionary*，第 984 页）。丁译本在选择基本义项时未必有误，但这部小说属于魔幻体裁、主题是魔幻题材这两个文化背景，翻译时应时刻牢记。因此，甘道夫所送的玩具一定具有 magical 的特点，选择措辞不应是那些用来描绘人类社会赠送礼物的常用词汇，否则你的译文给读者的印象就只是人间发生的故事，所以"颇具魅力"这样的表达法就不怎么有魔幻特色了。朱译本恰恰就给人以魔幻的感觉——把"some obviously magical"转换成一个简单句——"有些甚至是魔法玩具"，其中包含翻译技巧 conversion（词性转换）的运用，即没有将"obviously magical"译成"明显地有魔力"。

③语言性翻译错误举例。

【ST147】But Aragorn said: "…**Few other griefs amid the ill chances of this world have more bitterness and shame for a man's heart than to behold the love of a lady so fair and brave that cannot be returned.** …" (Tolkien, 2007: 1135)

【TT147-1】阿拉贡说道："……一个男人在世上会碰上种种不幸事件，可再没有比看到自己所爱的美丽而勇敢的姑娘不能恢复健康更令他感

到痛苦羞愧了。……"（汤定九，2008：150）

【TT147-2】亞拉岡說：「……當一名男子遇到這麼美麗、尊貴的女子時，有幸受到她的青睞，卻又不能回應她的厚愛，這世界上沒有比這更讓人惋惜的事情了！……」（朱學恒，2008c：176）

【译析】读者知道，阿拉贡（亞拉岡）唯一的真爱就是阿尔温（亞玟）（爱隆的女儿），中土世界最美的精灵。但很可惜，汤译本没有做到正确理解、正确再现ST。这属于语言类的翻译错误，译者没有很好地解码 SL 结构。朱译本在理解和表达上都做得较好，起码没有误读、误译。

④文本特有的翻译错误举例。

【ST148】
　　　　　All that is gold does not glitter,
　　　　　Not all those who wander are lost;
　　　　　The old that is strong does not wither,
　　　　　Deep roots are not reached by the frost.
　　　　　From the ashes a fire shall be woken,
　　　　　A light from the shadows shall spring;
　　　　　Renewed shall be blade that was broken,
　　　　　The crownless again shall be king. （Tolkien, 2007）

【TT148-1】	【TT148-2】
金子未必都闪光，	真金不一定閃閃發光，
游民未必是流氓。	並非浪子都迷失方向；
老当益壮葆青春，	硬朗的老者不顯衰老，
根深蒂固经风霜。	根深就不畏冰霜。
死灰复燃火势旺，	星星之火也可復燃，
昏天暗地光清扬。	微光也能爆開黑暗；
宝剑锋自断錾出，	斷折聖劍再鑄之日，
无冕之王又做庄！	失去冠冕者再度為王。
（丁棣，2008）	（朱學恒，2008a：367）

【译析】从诗歌形式看，【TT148-1】要优于【TT144-1】，但如果从 TT-specific 视角看，我们会发现丁译本诗行的构成给读者的感觉未必是正面的，即

没有再现 ST 诗学特色。例如，再现阿拉贡"贵族"血统和地位的诗句不宜是"金子未必都闪光，游民未必是流氓。老当益壮葆青春，根深蒂固经风霜"——因为这四句读起来像品质不高的"打油诗"，尤其是第二句(游民未必是流氓)显然不适合用来描写阿拉贡这位本是 King 的继承人。而且，为了押韵而选了"流氓"，付出了严重歪曲 ST 的代价。第三句(老当益壮葆青春)活像个广告词。第五句(死灰复燃火势旺)带有贬义。最后一句(无冕之王又做庄)完全是赌博的话语。因此，虽然丁译本的韵脚不错，但整个诗歌文本读起来压根不是 ST 的 setting、tone 和 origin。

再看朱译本，其诗歌风格、形式、措辞、内涵、再现等均符合 ST 的 setting、tone 和 origin。头四行诗句准确描绘了亞拉岡的外貌和性格；第五、六行预示正义终将战胜邪恶；最后两行点明了亞拉岡的身份，并表明吟诗者的希望——再铸断折圣剑之日，亞拉岡重登王位之时。

简而言之，从对 TT 的整体要求出发，朱译本优于丁译本。

4. 专业读者与普通读者之反应论

(1)专业读者反应评述

从以上对比可以看出，造成译林三位译者和台湾译者朱學恒之间显著翻译差异的主要原因在于他们对魔/奇幻文学背景知识的掌握不同。译林的译者虽然具有更扎实的英语专业基础和翻译经验，但很明显对魔/奇幻文学这一特殊文学体裁缺乏了解，也缺乏兴趣个热情，对于书中出现的各种魔/奇幻特色缺乏感性认识或理解，只好一味地以音译法搪塞糊弄读者。恰恰相反，台湾学生译者朱學恒自己就是一个魔/奇幻文学爱好者，对《魔戒》的故事设定、人物特点早已了然于心，翻译的时候自然得心应手，并灵活、准确运用各种翻译策略，如音译、释义、改写等，来解决书中各种棘手的独特文化现象。这充分说明，译者对源语文化背景的理解差异深刻影响了其对翻译策略的选择，从而进一步造成了翻译效果的差异。译林译者由于对魔/奇幻文化不甚了解，无法在翻译过程中客服魔/奇幻语境的客观制约性，其发挥译者主观能动性的作用是较为失败的；而朱學恒则较为充分、自如地操纵源语文本，将其魔/奇幻本质在翻译行为中外化(显化)，既充分保留并表达了 ST 的魔/奇幻风格,同时又让 TT 读者毫无障碍地领略文本中的各种异域文化意象,译者主体性的作用体现得淋漓尽致。因此,在翻译魔/奇幻文学时,译者必须高度重视魔/奇幻特色的把握,挖掘魔/奇幻文学的文化背景和含义,以传达异域文化韵味为己任,尽可能采用多种翻译策略和方法,而不是一味地用音译法或注释法处理(这常被批评为“懒惰译法”或“无能为力的译法”,因为不懂原著——好比口译员无法现场即兴译妥“不折腾”,于是代之以“音译”。可悲的是,我们译界不少人还对此大为追捧,甚至预测次年将成为所谓的“流行语”。结果呢?正好相反,除了“自己人”在做低水平的“跟风”或重复“研究”,无法掀起任何波澜),这样才能更好地增强魔/奇幻文学翻译作品的可读性和艺术性。

(2)普通读者反应评述

这里将从读者的最终反映来陈述《魔戒》大陆译本和台湾译本市场走向的最终结果。

虽然出版大陆版《魔戒》的译林出版社在学术界和读者群中口碑不错,可是通过其出版、发行的《魔戒》汉译本却受到中国魔幻文学粉丝的严厉抨击,他们联合抵制购买“译林版”的《魔戒》。这一联合抵制甚至得到了一些在线的魔幻文学论坛的声援,其中有著名的龙骑士城堡(Castle of Dragon Knight)、天人组织(Celestial Being)、龙空论坛/龙的天空(Dragonsky)、魔戒中文论坛(The Lord of the Rings-China)等。

尽管不是《魔戒》粉丝的读者是看了电影《指环王》后才去购买了译林版的小说,但他们对这个系列的翻译评价依然是负面的。

总之,“魔幻”粉丝们及“非魔幻”读者对译林版本的批评甚至达到了非常激烈的程度,认为译林毁了托尔金,并且希望译林永远不要翻译、出版托尔金或其他魔幻作品了。

通过对大陆“专业”译者对《魔戒》翻译之了解,大家一定对所谓“专业”这个词的看法有着自己新的解读。

与这些“专业”译者完全不同的是,朱學恒(Lucifer Chu)这位业余译者反倒显得很“专业”了,他为自己赢得了“The Number One Translator of the Fantasy”(“魔幻文学第一译者”或“奇幻文学首席翻译”)的名声，可谓"一夜爆红"。大陆的粉丝宁可花大价钱从台湾网购朱译本，也不购买译林版。经过长期的"斗争"、"争取"及"诉求"，魔幻粉丝终于取得了"胜利"。经过朱學恒等两人一年左右的认真修订，全新版的《魔戒》三部曲已于 2011 年由译林出版社重新出版。因此，网上有了这样的新闻报道："魔戒十年，再现辉煌——译林出版社巨资打造《魔戒》三部曲珍藏版"[1]。

15.4.3　《达·芬奇密码》翻译之"显形"与"隐形"

1. 翻译之新理念——译者"显形"与"隐形"简述

首先要了解的是从 ST/TT 到译者的观念转变。传统翻译研究把绝大部分注意力都被放在了 ST 和 TT 本身，而对于译者的研究却处于相对次要的位置。然而，随着新世纪翻译实践和理论的发展和深入，这种局面已经逐步得到了改善，尤其是在翻译观方面。其中，译者的显形与隐形已经成为实践及研究中的一个不可回避的主题。

美国翻译家劳伦斯·韦努蒂(Lawrence Venuti)对于译者身份进行了透彻的分析，并且认为长期以来译者在译作中的隐身以及地位低下是由于传统翻译所倡导的归化翻译所造成的，因而建议使用异化策略来改变译者的隐身状态。然而，英汉翻译实践给出有所不同的答案。我们试图通过对韦努蒂的观点的修正，重点阐述译者的显形与隐形在很大程度上取决于译者本身的翻译思想和策略的归属，即归化及异化的选择。在实际操作中，归化使译者显形而异化使译者隐形的翻译现象比比皆是。

读者分析法被认为是探讨这一主题的最佳途径，因为翻译的最终目的(主要)是为了"讨好"译文读者。从原则上说，读者对译文的接受、理解和欣赏是译者的最高追求，归化翻译可通过对不同读者的分析和归类，来满足其需求，并达到使自己显形的目的。如果译者只是一味地保留原文的异国风味，而置译文读者不顾，译文就失去了其存在的意义，与此同时，译者也身处于隐身之状态。

---

1 详见 http://www.dajianet.com/news/2011/1219/177912.shtml。

2. 译者"显形"与"隐形"概念及方法简介

美籍意大利学者劳伦斯·韦努蒂的经典专著《译者的隐身———一部翻译史》(*The Translator's Invisibility: A History of Translation*)开宗明义，指出何为"隐身"。" 'Invisibility' is the term I will use to describe the translator's situation and activity in contemporary Anglo- American culture. It refers to two mutually determing phenomena: one is an illusionistic effect of discourse, of the translator's own manipulation of English; the other is the practice of reading and evaluating translations that has long prevailed in the United Kingdom and the United States, among other cultures, both English and foreign language. A translated text, whether prose or poetry, fiction or nonfiction, is judged acceptable by most publishers, reviewers, and readers when it reads fluently, when the absence of any linguistic or stylistic peculiarities makes it seem transparent, giving the appearance that it reflects the foreign writer's personality or intention or the essential meaning of the foreign text—the appearance, in other words, that the translation is not in fact a translation, but the 'original'." (Venuti, 2004: 1)

很明显，韦努蒂似乎并不赞成译文应是"the original"，他希望保留 the foreignness of the foreign text。换言之，他需要一套方法帮助取得 a "real translation"。由此他提出"resistance"(抵抗)作为挑战经典理念的策略。他努力使异化成为译界的主流，打破原本由归化占统治地位甚至天下的格局。但他自己很清楚打破这个所谓归化的一统天下之巨大困难，因为一般来说归化翻译老少咸宜，雅俗共赏。因此，"Foreignizing translation is beset with risks, especially for the English-language translator. Canons of accuracy are quite strict in contemporary Anglo-American culture, enforced by copyeditors and legally binding contracts" (同上：310)。

尽管如此，努力改变当代的翻译理念还是需要扎扎实实的多种 competences 的。以下是对韦努蒂认为译者必备的 competences 之小结：

①Master of knowledge of the source-language culture, which, however expert, is in sufficient to produce a translation that is both readable and resistant to a reductive domestication;

②Master of a commanding knowledge of the diverse cultural discourses in the target language, past and present;

③The selection of a foreign text for translation and the invention of a discursive strategy to translate it, which should be grounded on a critical assessment of the target-language culture, its hierarchies and exclusions, its relations to cultural others worldwide;

④Forcing a revision of the codes－cultural, economic, legal－that marginalize and exploit them（translators）;

⑤A change in the practice of reading, reviewing, and teaching translations.（详见 Venuti，2004: 309-313）

毋庸置疑，要达到韦努蒂对异化翻译的要求/标准，对大多数译者或学者来说，几乎是高不可攀的。简而言之，要异化得好，谈何容易？同理，要归化得好，又谈何容易？

国内译界对韦努蒂的观点/思想存在着诸多误读，但本书不涉及这方面的详细讨论。一言以蔽之，跟欧洲语种比较，**英汉互译是一种特殊的实践活动，决定我们对中国特色的翻译实践需进行有针对性的、有批判性的、有选择的、具体情况具体分析的、主要基于实践的研究活动，一味偏向某种翻译策略是不足取的，也是不现实的，更是与客观实际和规律不相符的。**当然，这也不是搞中庸之道，我们可以明确亮出自己的翻译观：英汉互译，迄今以及未来（相当长的一段时间），还会以归化为主，以异化为辅。不同的文本会涉及不停程度的归化或异化，即他们之间的比率会随着具体情况而发生变化，但归化所占比重较大/偏大，将还会是一个不争的事实。

我们已经无须再用莫言获诺贝尔奖、金庸的《鹿鼎记》英译本"助"他获得剑桥大学荣誉文学博士称号等无数翻译事实、现象来论证，只要"异化派"拿出相当比例的响当当的译作来即可。我们耐心等待着，并且期待着。我们如此表白，并不说明我们是"归化派"，无非是准确阐明一个论点，客观陈述一个事实而已。

在国际译坛，学者们的眼睛是雪亮的，视野始终是开阔的。在《译者的隐身———一部翻译史》的总主编序言(General editors' preface)中，国际知名的欧美翻译学者 Susan Bassnett & Andre Lefevere 特别指出：

"Translation is, of course, a rewriting of an original text. All rewritings, whatever their intention, reflect a certain ideology and a poetics and as such manipulate literature to function in a given society in a given way. Rewriting is manipulation, undertaken in the service of power, and in its positive aspect can help in the evolution of a literature and a society. Rewritings can introduce new concepts, new genres, new devices, and the history of translation is the history also of literary innovation, of the shaping power of one culture upon another. But rewriting can also repress innovation, distort and contain, and in an age of ever increasing manipulation of all kinds, the study of the manipulative processes of literature as exemplified by translation can help us toward a greater awareness of the world in which we live." (引自 Venuti，2004：iii；注意主编加底线的部分)

这段引文很客观地总结了归化和异化的功能。特别对只有异化才能保留中国文化的错误观点给予了言简意赅的回答，尽管这篇序言不是针对中国翻译学者撰写的。"一分为二"的辩证唯物论可以用于我们总结"隐形"还是"显形"这对矛盾，给归化的双重功能以再度确认——因为我们认为 rewriting 跟归化应该非常接近，甚至可以画等号：

首先，归化策略或异化策略都能使译者"隐形"或"显形"；其次，归化可以使语言、文化出口或者进口；再次，归化可能压抑创新，扭曲语言、文化；最后，异化也同样具备上述有关功能或作用。

以下，我们将对美国畅销小说《达·芬奇密码》的中译本进行比较研究，力证上述观点。

15.4.4 《达·芬奇密码》译者"显形/隐形"案例分析

1. 原著、译著、译者、出版及翻译策略简介

《达·芬奇密码》(*The Da Vinci Code*)是一部惊悚类小说(subgenre)，

原著作者丹·布朗(Dan Brown，1964—)，首先由美国兰登书屋于 2003年 3 月出版发行，并以 750 万本的成绩打破美国小说销售记录，是有史以来最卖座的小说。该小说集合了侦探、惊悚和阴谋论等多种风格，并激起了大众对某些宗教理论的普遍兴趣。

此书由朱振武、吴晟、周元晓翻译(以下简化为"朱译本")，由上海人民出版社于 2004 年 2 月出版。因购买版权、赶工翻译等原因，翻译错误不少，但在所难免。

归化翻译是朱译本的主要翻译策略。作为沟通英汉两种语言的桥梁，归化策略非常有助于发挥译者们各自的主体性，使他们更具创造力，同时也使译本更具可读性，更具市场潜力。这也正好是归化翻译策略使我们的译者显形，即可见度/曝光度高。

2.　"显形"或"隐形"翻译案例分析

我们将选择"习语汉译"、"古语翻译"、"异化翻译"和"谜诗汉译"等四个方面的案例进行分析、讨论。

(1)习语汉译

【ST1】Teabing stared at her for several seconds and scoffed derisively. "A desperate ploy. Robert knows how I've sought it."(Brown, 2003: 351)

【TT1】提彬瞪着她看了几秒钟，轻蔑地说："狗急跳墙。兰登知道我非常想找到它。"(朱译本，2004: 244)

【译析】归化译法，译者显形。

"[D]esperate"意为"willing to do anything and not caring about danger, because you are in a very bad situation"(*Longman Dictionary of Contemporary English*, 2005)；"ploy"意指"a clever method of getting an advantage, especially by deceiving someone"(同上)。"狗急跳墙"的意思是"狗急了，也能跳墙。比喻走投无路时不顾一切地采取极端的行动"，读者非常熟悉这个成语。从 ST 中的"scoffed derisively"可以判断出，此处使用这个贬义成语是恰当的。

(2)古语翻译

【ST2】The women's beautiful gossamer gowns billowed as they raised in their right hands golden orbs and called out in unison, "*I was with you in the beginning, in the dawn of all that is holy, I bore you from the womb before the start of the day*." (Brown, 2003: 413)

【TT2】女人们漂亮的白纱长袍飘了起来，她们用右手将金球举起，并异口同声地唱道："吾与汝自始即相伴兮，在万物神圣之晨曦，长夜漫漫尚未逝兮，汝已孕于吾之体。"（朱译本，2004: 292）

【译析】归化译法，译者显形。

《达·芬奇密码》是用现代英语撰写的，由于它与基督教古代历史的密切关系，所以书中会出现一些"古风"英语。若译者不显形，发挥其主观能动性，怎么能译出(尽可能)与 ST 旗鼓相当的 TT 呢？

朱译本利用屈原《离骚》体来翻译优美的源语，衬托当时正在举行"圣洁高尚"的婚礼，可谓费尽心思。

ST 描绘的这种仪式叫作"神婚"，它的历史可追溯到两千多年前，古埃及的祭司与女祭司们定期举行这样的仪式，以此来赞美女性的生殖能力。"Hieros Camos"是希腊语，是"神圣婚礼"的意思。

这一古老的、宏伟的、神圣的婚礼配以中国的古汉语，再加上《离骚》体本身就可以用来歌唱，符合"神婚"仪式的现场氛围，的确能给 TT 增色不少。

《离骚》这类作品，富于抒情成分和浪漫气息，形式也较自由；多用"兮"字以助语势。较之屈原以前的诗歌形式，骚体诗的主要特征之一是句式上的突破。屈原创造了一种以六言为主，掺进五言、七言的大体整齐而又参差灵活的长句句式。这是对四言体的重大突破。例如：

帝高阳之苗裔兮，（7 言）

朕皇考曰伯庸；（6 言）

摄提贞于孟陬兮，

惟庚寅吾以降；

皇览揆余于初度兮，

肇锡余以嘉名；

名余曰正则兮，

字余曰灵均；（5 言）

纷吾既有此内美兮，

又重之以修能。（选自《离骚》）

若按照屈原的"骚体"作为标准，TT 存在一些瑕疵，比如 ST 是 3 句，而 TT 是译为 4 句——这就不对等了。

(3) 异化翻译

【ST3】 13 – 3 – 2 – 21 – 1 – 1 – 8 – 5

O, Draconian devil!

Oh, Lame Saint!

P. S. Find Robert Langdon （Brown, 2003: 101）

【TT3】 13 – 3 – 2 – 21 – 1 – 1 – 8 – 5

啊，严酷的魔王！（O, Draconian devil!）

噢，瘸腿的圣徒！（Oh, Lame Saint!）

附言：找到罗伯特·兰登（P. S. Find Robert Langdon）

（朱译本，2004：59-60）

【译析】异化译法，译者显形。

这里读者看到的 ST 第一行是被打乱的斐波那契数列（Fibonacci sequence/ numbers），其发明者是意大利数学家列昂纳多·斐波那契（Leonardo Fibonacci，生于公元 1170 年，卒于 1250 年）。书中的这组数字由雅克·索尼埃（卢浮宫馆长，峋山隐修会大师，索菲·奈芙的祖父）提供给罗伯特·兰登，实则为一组密码，即"破题"线索，帮助兰登和索菲在卢浮宫找到拱顶石，莫娜莉萨画像就藏在那里，同时解开他自己的死亡之谜。

斐波那契数列只有正确排列时才有意义，后来经过兰登的重新正确排列，才破解了这个谜。在书的第 20 章最后若干段可以找到结果，特抄录如下：

兰登抬眼看着索菲，目不转睛。"你祖父的信息就快被我们破解了，他给我们留下了许多破解的线索。"

兰登不再多言，从夹克衫的口袋中掏出一支钢笔，将每行的字母重新排列来：

O, Draconian devil！（啊，严酷的魔王！）

Oh, Lame Saint！（噢，瘸腿的圣徒！）

恰好可以被一字不差地拼成：

Leonardo da Vinci！（列昂纳多·达·芬奇！）

The Mona Lisa！（蒙娜丽莎！）

这样的翻译方法/技巧叫 transfer/annotation（零翻译/[直接]转换/注释）——通常服务于异化策略。由于汉语不是拼音文字，所以无法再现拼音文字本身的特点，只有完全"transfer"（或采取"literal translation + annotation"）才能把问题说清楚，换言之，中国读者才能读得懂 TT。

这是异化法再现西方数学文化的优秀案例。再举一例。

【ST4】'Rose,' Langdon added, 'is also an anagram of Eros, the Greek god of sexual love.'（Brown, 2003: 341）

【TT4】兰登接着说道："而且，玫瑰（Rose）变换一下字母顺序就成了希腊神话中的爱神厄洛斯（Eros）的名字。"（朱译本，2004: 236）

【译析】异化译法，译者显形。

这个例子不言而喻，无须赘言。

【ST5】'Oh, heavens!' Teabing huffed. 'You Americans are such prudes.' He looked back at Sophie. 'What Robert is fumbling with is the fact that the blossoming flower resembles the female genitalia, the sublime blossom from which all mankind enters the world. And if you've ever seen any paintings by Georgia O'Keeffe, you'll know exactly what I mean.'（Brown, 2003: 341）

【TT5】"啊，天哪，"提彬生气地说，"你们美国人真是假正经。"他回头看着索菲："罗卜特吞吞吐吐不肯说出的事实，是开放的玫瑰花象征着女性的外生殖器，而所有的人都是从那个神圣的花朵里来到世间的。如果你看过乔治亚·奥基夫的画，就会完全明白我的意思。"（朱译本，2004: 236）

【译析】异化译法，译者显形。

这个例子比【ST4】要困难些，但读者完全可以自行独立解决。在此仅提供一步骤线索：

● 步骤一，翻译全部【ST5】；

● 步骤二，搞懂 George O'Keeffe 之相关联想意义；

● 步骤三，若还有困难，就找到有关 George O'Keeffe 之 illustration（s）。

新世纪翻译学 R&D 系列著作

(4)谜诗汉译

①谜诗一：

【ST6】An ancient word of wisdom frees this scroll

and helps us keep her scatter'd family whole

a headstone praised by templars is the key

and atbash will reveal the truth to thee（Brown, 2003: 402）

【TT6-1】一个蕴含智慧的古词，能揭开这卷轴的秘密——并帮助我们，将失散的家族重新团聚在一起——开启的钥匙是为圣殿骑士所赞美的基石——而埃特巴什码，将会告诉你历史的真实。（朱译本，2004: 283）

②谜诗二：

【ST7】In London lies a knight a Pope interred

His labour's fruit a Holy wrath incurred

You seek the orb that ought be on his tomb

It speaks of Rosy flesh and seeded womb（Brown, 2003: 445）

【TT7-1】诗的第一行是这样的：在伦敦葬了一位教皇为他主持葬礼的骑士。诗的其余部分清楚地表明：要打开第二个密码盒，就必须去拜访位于这座城市某个地方的骑士坟墓。（朱译本，2004: 318）

【译析】释译法译诗，"彰显"译者"个性"。

上述两首英文诗是常见的五步抑扬格（iambic pentameter）诗，完全被"异化"了——异化成白话文解释了，即所谓的大白话释译/释义，虽然是使译者"显形"了，但这并不是值得荣耀的显形。理由很简单：①应具备的翻译基本能力。翻译这类名家之作的译者应具备翻译英语五步抑扬格诗歌的能力，即使临时补课也应如此。②应把翻译当职业（profession）和使命（business[1]）。翻译伦理及翻译职业道德要求译者应本着对读者负责的态度和职业操守，努力再现原文的文学体裁形式。③应加强团队精神。译者团队是研究、教学英美文学的高职称专业人员，此处应发挥团队力量，攻克难关，降低翻译要求实属不该。④应以诗译诗。诗歌翻译的标准理应首选以诗译诗（如奈达的翻译标准 formal correspondence）。正如《达·芬奇密码》第 72 章所述："数世纪以来，五步抑扬

---

1 详见《新英汉词典》（第 4 版修订版，2013）第 201 页。

格历来都是全球那些为人坦率的文人们的最爱，从古希腊的阿尔基洛科斯到莎士比亚，到弥尔顿，到乔叟，到伏尔泰，无一不是如此。"喜闻乐见的诗歌体，即使难以在 TT 上全面再现，起码也应还其诗歌形式。⑤应做到语境对应(contextual correspondence)。ST 制造了一个神秘的氛围(一首是镜中之诗，即 mirror-image poem，另一首写在精致的羊皮纸上，藏于密码盒 cryptex；两首诗均无作者)，TT 也应再现之。如果是大白话译文，谈何"神秘"？

为帮助读者揭秘，我们必须用详尽的文字变 something impossible 为 something possible。但最终的揭秘还得靠读者自己的双语解码及编码能力。

上述两首诗关涉两个秘密(谜语)。

●解密一：

①线索——双语"谜诗"：

【ST6】An ancient word of wisdom frees this scroll

　　　　and helps us keep her scatter'd family whole

　　　　a headstone praised by templars is the key

　　　　and atbash will reveal the truth to thee

　　　　　　　　　　　　(the mirror-image poem)(Brown, 2003: 402)

【TT6-2】智慧古语可解此卷

　　　　助吾保其合家圆满

　　　　圣殿骑士碑乃关键

　　　　埃特巴什使道昭显　　　(镜中之诗)(Cited from YT Wang)

②答案：S-O-F-I-A。

③解码："圣殿骑士所赞美的基石(圣殿骑士碑)"就是答案 ⇨ 鲍芙默神(Baphomet)。用希伯来字母写是 BPVMTh。依照埃特巴什码来转换即 ShVPYA。希伯来语中代表 Sh 音的符号也可以发 S 音，字母 P 也可以读作 F，经常用字母 V 来替换元音字母 o，Y 代替 i，即 Sophia。古希腊语中意为智慧，拼作 Sofia。

●解密二：

①线索——双语"谜诗"：

【ST7】In London lies a knight a Pope interred

His labour's fruit a Holy wrath incurred

You seek the orb that ought be on his tomb

It speaks of Rosy flesh and seeded womb

(the poem in the vellum sheet) (Brown, 2003: 445)

【TT7】伦敦骑士身后为教皇所葬

功业赫赫却触怒圣意

所觅宝球应在骑士墓上

红颜胎结道明其中秘密　　　　　（羊皮之诗）(Cited from YT Wang)

②答案：A-P-P-L-E。

③解码：一个苹果落在牛顿(Alexander Pope 安葬的骑士。Alexander Pope 是人名，并不是指教皇)头上，给他终生的事业带来了灵感(**因此功业赫赫**)。夏娃偷吃苹果，触犯了上帝的圣怒。苹果拥有玫瑰红的果肉和结实种子的果核(**红颜结胎**)。

综上所述，译者的"显形"与"隐形"不是简单地依照西方翻译理论就能指导如此纷繁复杂又丰富多彩的翻译实践的。"归化"与"异化"都能使译者显形或隐形。依照西方理论，或者部分盲目受这些理论影响的国内学者和译者，归化策略/方法(一般)无法使译者显形，必须采取韦努迪的"抵抗"译法/"异化"策略才行，然而，《达·芬奇密码》的汉译实践足以证明我们与本节一开始就提出的翻译观之正确性和可行性。其实，本书很多其他英汉互译案例都能证明之。

【研究与实践思考题】

(1)将下列微型小说译成英文，并做翻译策略、方法及技巧案例分析。[A]+[AT]

【ST】　　　　　　　　　　长胜的歌手

王蒙

有一位歌手，有一次她唱完了歌，竟没一个人鼓掌。于是她在开会的时候说道："掌声究竟说明什么问题？难道掌声是美？是艺术？是黄金？掌声到底卖几分钱一斤？被观众鼓了几声掌就飘飘然，就忘乎所以，就成了歌星，就坐飞机，就灌唱片，这简直是胡闹！是对灵魂的腐蚀！你不信！如果我扭起屁股唱黄歌儿，比她得到的掌声还多！"她还建议，对观众进行一次调查分析，分类排队，以证明掌声的无价值或反价值。

后来她又唱了一次歌，全场掌声雷动。她在会上又说开了："歌曲是让人听的，如果人家不爱听，内容再好，曲调再好又能什么用？群众的眼睛是雪亮的，群众的心里是有一杆秤的，离开了群众的喜闻乐见，就是不搞大众化，只搞小众化，就是出了方向性差错，就是孤家寡人，自我欣赏。我听到的不只是掌声，而且是一颗火热的心在跳动！"过了一阵子，音乐工作者会议，谈到歌曲演讲中的一种不健康的倾向和群众趣味需要疏导，欣赏水平需要提高。她便举出了那一次唱歌无人鼓掌作为例子，她宣称："我顶住了！我顶住了！我顶住了！"又过一阵子，音乐工作者又开会，谈到受欢迎的群众歌曲还是创作、演唱得太少。她又举出另一次唱歌掌声如雷的例子，宣称："我早就做了，我早就做了，我早就做了！"

(2) 请在《台北人》短篇小说集中任选一篇做创造性翻译案例研究。[AT]

(3) 请任选鲁迅的短篇或中篇小说及其英译本（如杨宪益、戴乃迭译本），做词义翻译和修辞格处理的案例分析。[AT]

(4) 请阅读或自译萧乾作品（汉英双语文本【ST+TT】或源语文本【ST】）。[A]+[AT]

(5) 请选读《爱丽丝梦游仙境》汉译本（推荐赵元任译本），再对比研读源语文本【ST】。[AT]

(6) 选读《魔戒》之 ST 和大陆+台湾两个 TT，发现更多的翻译问题并做原因分析案例研究。[AT]

(7) 选读《达·芬奇密码》，独立重译原 TT 中的误译部分，并做相关翻译理论及实践之案例研究。[AT]

(8) 通读原版小说《了不起的盖茨比》，培养译者视角之英文阅读、理解及信息输入能力。

新世纪翻译学 R&D 系列著作

诗歌体裁单元

导　言

　　在翻译过程中，追求译文与原文在内容与形式上的统一或基本对等是翻译工作者的最高境界。可惜实难做到，这其中又以译诗为最。诗歌是诗人内心情感的表达，也是其精神世界的升华。所谓"诗言志"是也。"诗可以兴，可以观，可以群，可以怨。"（孔子语）而如何让这样的艺术作品通过翻译使得目的语读者也能得到同样真切而又美好的感受呢？

　　诗歌的精髓在于它的神韵，而诗歌神韵又往往是通过一定的形式表现出来的。所以就译诗来看，无非是四个字——"形神兼备"。虽然只区区四字，做起来，却怎一个"难"字了得！特别是当原诗的内容与形式发生矛盾时，如若取"形"，则诗"意"难全；如若保"意"，则"形"美难现。所以诗歌作品的翻译者们有时必须在矛盾的夹缝中苦苦斟酌，反复定夺。

　　在如何处理译诗过程中的种种关系，甚至是种种矛盾时，主要有两种不同的看法或者说有两种不同的处理方法。有些翻译研究者认为，译诗必须突破源语形式以及源语诗歌形式的局限，追求诗意的传达，否则难以维持原诗的神韵；而也有人认为，诗歌的形式本身就是内容的一部分，形之不存，神将焉附？因此诗歌的形式也应传递到目的语中去，而且当形式在诗歌表现中的重要性要超过其内容时，更应"形"在"意"先。

　　本书专辟两章作为诗歌体裁单元，除了诗歌翻译观，除了词牌、曲牌翻译等需要介绍之外，主要译介中华民族的诗经、乐府、唐诗、宋词、元曲、现当代诗歌，译介英美现代诗歌等。就具有里程碑意义的诗歌翻译大家而言，西方的庞德（意象派汉诗英译代表）、中国的许渊冲（"三美派"古诗英译、法译唯一人）等值得向 BTI/MTI 读者推荐。本单元会涉及多品种中英诗歌，不拟将重点放在传统的英诗译介（如英国史诗《贝尔武夫》、英国民谣、中世纪诗歌《坎特布雷故事集》、英国玄学派诗歌、浪漫派诗歌等),但会讨论英译寒山诗、中英现代派诗歌翻译等)。中国文学"走出去",会是我们诗歌翻译讨论始终要围绕的主题。

从专业学术角度出发,诗歌翻译无非要注重两个层面:其一,注重形式对等/对应(诗歌翻译必须关注形式,不少诗歌非强调形式不可,如十四行诗、阶梯诗等,除非力不从心);其二,注重动态对等/对应(有时诗歌的内容更为重要,如庞德译诗仅关心"**意象**",又如老翻译家用中国各类古体诗翻译英美诗歌)。

我们认为在诗歌翻译中既需要"功能对等"也需要"形式对等"。需不需要改变源语诗歌的形式,不应视目的语中能不能找到相应的结构或表达形式而定,也不能一概只追求诗意的对等或一味追求形式的对等,而应视诗歌表现的需要而定。因此,在诗歌翻译中处理好诗歌的形式与神韵、意义与神韵和情感与神韵的关系就显得十分重要,就如同画家在创作时要兼顾光线、线条和色彩是一样的道理。

当然,翻译时诗歌上述两个层面的诸多因素都能照顾到自然是最理想的,但由于主客观原因,往往只能"顾及一面/点,不计其余"了(庞德有时就只照顾一个"意象点"而"牺牲"诗歌的其他要素,如"送孟浩然之广陵")。这就是为什么 Poetry is what gains/gets lost in translation。

许渊冲在《翻译的艺术》一书中说:"翻译是使一种语言转化为另一种语言的艺术,主要解决原文内容和译文形式之间的矛盾。译诗除了传达原诗内容之外,还要尽可能传达原诗的形式和音韵。"(2006:73)许先生提出的"**三美论**"(意美、音美、形美),很有指导意义。只是这"三美"的主次关系要视诗歌表现的需要而定,而不是一定"意美"优先于"形美",有时候也要"形美"来表现"意美",特别是在翻译美国现代诗歌中图片式诗歌时更需如此。

本单元,我们还特地增加一美——"**风格美**",尤其针对元曲(小令)的英译。

Chapter 16

诗歌体裁与翻译

Pound

Poems & Translations

16.1　诗词曲体裁名称英译

"凡一代有一代之文学，楚之骚，汉之赋，六代之骈语，唐之诗，宋之词，元之曲，皆所谓一代之文学，而后世莫能继焉者也。"[1]我国古代诗歌发展到唐、宋、元时，代有新变，诗之余为词，词之余为曲，各相争雄。唐诗基本上是五、七言诗，词、曲则都是长短句，而中国古代诗歌发展的最后两个阶段是词与散曲。

虽然诗词曲的体裁多姿多彩，量浩如烟海，但是"万丈高楼平地起"，诗词曲各种体裁名称的翻译一般应视为搭建诗歌楼房首先需要的"建筑材料"，包括绝句、格律诗、词牌、小令等的翻译。

16.1.1　诗词曲等各类体裁名称英译

表 16-1 是笔者在平时阅读、译诗实践中收集或记录下来的名词翻译，包括音译（transliteration in *pinyin*）。各种不同的译名，有些并不是直接拿来就能用的，需要依据语境来进行判断该挑选哪一个表达法，或者仍然需要临时重译（仅供参考）。

表 16-1　诗词曲等各类体裁名称英译

中文名称	英译文（含汉语拼音形式）
诗	*shi*/composition in verse（a form of poetry）/poem/verse/poetry
赋	*fu*/rhyme prose/poetic prose/prose poem/rhapsody
辞赋	*cifu*/a style of metrical composition like that of the *fu* genre of classical Chinese poetry as represented by *The Poetry of Chu*/descriptive poetic prose
词（长短句）	a variant of a poem/a form of poetry characterized by lines of irregular length/*ci*（tzu）/*ci*-poem/*ci* poem/*ci* poetry/a lyric composed to a certain tune/lyric

---

1　详见王国维《宋元戏曲史·自序》。

（续表）

中文名称	英译文（含汉语拼音形式）
古词	ancient *tzu* or *ci* (originally known as *quci* or tune-words/a form of classical Chinese poetry composed to certain tunes in fixed numbers of lines and words, originating in the Tang Dynasty and fully developed in the Song Dynasty
曲（子）词	*quzici* (the original term for ancient-style *ci* or *tzu*/tune-and-words/tune-words/tune-and-diction
曲	*quzici* (the original term for ancient-style *ci* or *tzu*/tune-and-words/tune-words/tune-and-diction/song (s)
诗词	poetry/poems and lyrics
诗歌	poems and songs/poetry/poems
诗句	verse/line
楚辞	*Chu Ci/The Poetry of Chu/The Poetry of the State of Chu/The Poetry of the South/The Songs of the South* OR ↓
骚体	*Sao* style (i.e. the style of *Li Sao*), characterized by the use of 6-syllable couplets, the two lines of each couplet being connected by meaningless syllable *xi* 兮)
乐府民歌	Han (Dynasty) ballads, folk songs and their imitations by literary men/ folk songs and their music for ceremonial occasions at court, collected by the Music Bureau, a government office in the Han Dynasty
唐诗	Tang poetry/Tang poems/Tang Dynasty poems
宋词	Song poetry/Song lyric poems/Song lyrics/*ci* poetry of the Song Dynasty
元曲	*yuanqu*/Yuan song (s)/Yuan poetry/verse (*zaju* + *sanqu*, as shown below)
唐诗宋词元曲	Tang poems, Song lyrics, and Yuan songs/Tang, Song, and Yuan poetry/ poetry of the Tang, Song, and Yuan Dynasties/Tang, Song and Yuan poems
元明清诗	Yuan, Ming and Qing poetry/poems of the Yuan, Ming and Qing Dynasties
近体诗	"modern-style" poetry of the Tang Dynasty/"modern-style" poetry, including the "regulated verse" (*lvshi*) and "cut-short verse" (*jueju*), the innovations in classical poetry during the Tang Dynasty/innovated Tang poetry, marked by strict tonal patterns and rhyming schemes

（续表）

中文名称	英译文（含汉语拼音形式）
格律诗	"modern-style" poetry of the Tang Dynasty/"modern-style" poetry, including the "regulated verse" (*lvshi*) and "cut-short verse" (*jueju*), the innovations in classical poetry during the Tang Dynasty/innovated Tang poetry, marked by strict tonal patterns and rhyming schemes
律诗	*lvshi*/regulated verse (a classical poem of 8 lines—each containing 5 or 7 characters or syllables and set down in accordance with a strict tonal pattern and rhyme scheme—with parallel structure in the middle, or 2nd and 3rd , couplets), such as pentasyllabic (5-syllable) regulated verse (五言律诗) and septasyllabic (7-syllable) regulated verse (七言律诗)
绝句	*jueju*/quatrain/"cut-short verse"/a poem of 4 lines, each containing 5 or 7 characters, with a strict tonal pattern and rhyme scheme, such as a pentasyllabic quatrain (五言绝句) and a heptasyllabic quatrain (七言绝句)
词牌	names of the tunes to which *ci* poems are composed. Transliteration or semantic translation is chosen to render them into English, such as 满江红 (*Manjianghong* or *The River All Red*)…
曲牌	Names of the tunes to which *qu* is/are composed
宫调/九宫	*gongdiao*/gong-mode/modes of ancient Chinese music/modes of palace music, including <u>five modes</u> (*zheng* 正宫, *zhonglv* 中吕宫, *nanlv* 南吕宫, *xianlv* 仙吕宫, *huangzhong* 黄钟宫) and <u>four tunes</u> (*dashi* 大石调, *shuang* 双调, *shang* 商调, *yue* 越调)
杂剧	*zaju* (poetic drama)
散曲	*sanqu* (non-dramatic song：*xiaoling* + *taoqu*)
小令	*xiaoling*/a short tonal poem/a short lyrical poem/a short *ci*-poem/a form of short tonal poetry/a shorter form of *sanqu*
套曲	*taoqu*/a cyclical song
阕	a division of a *ci* poem/Chinese stanza/stanza：上/下阕：an upper/lower (Chinese-style) stanza; the first/second stanza
诗节	stanza/verse: a poem of 5 verses
豪放派	the school of "heroism" or the "powerful and free" school

（续表）

中文名称	英译文（含汉语拼音形式）
婉约派	the school of "lyricism" or "delicate restraint"
对仗	antithesis/antithetical in terms of the *character*, the *part of speech* and the *tone*
工对	perfect antithesis（in terms of the *character*, the *part of speech* and the *tone*/perfectly antithetical（对仗工整）
宽对	imperfect antithesis/imperfectly antithetical
首/起联	the first couplet/the first 2 lines（of a *lvshi*）
颔联/次联/胸联	the second couplet/the 3rd and 4th lines
颈联	the third couplet/the 5th and 6th lines
尾联	the last couplet/the 7th and 8th lines
散文诗	prose poem/poem in prose

16.1.2　词牌、曲牌英译原则及案例

　　本节主要简单地讨论宋词词牌和元曲曲牌的英译。任何讨论都是为更好地进行诗词曲等的翻译服务。

　　词牌名和曲牌名其实是一样的概念。原先诗词都是配乐吟唱的，都有相应的名字来命名。后来由于曲调失传等原因，就只用曲牌名来限定曲子的字数、格律、音韵等。曲，是韵文文学的一种，同词的体式相近，可以配乐歌唱；曲还有曲调名，和词牌一样，是曲的音乐谱式。

　　宋代词牌，也称为词格，是填词用的曲调名。据考察[1]，词调有五种来源：①边疆民族曲调或传入内地的域外音乐；②内地民歌曲调；③乐工歌妓们创制或改制的曲调；④宫廷音乐机构或词曲家根据古曲、大曲改制的；⑤文人创作的曲子。

　　由于词调来源广泛，所以词牌的意思也很复杂。因此，有些词牌是不能根据字面直译的，而应在考释它的来历后再行动笔。词牌名翻译虽

1　详见 http://www.baike.com/wiki/词牌。本节的有关知识的参考亦出于此。

属小节，却颇费斟酌，译者除了需要很深的汉语和英语功底以外，还得有丰富的文史知识作为铺垫。否则，不仅会影响对原文的理解，而且会闹出些笑话来。

　　然而，人们一般都以为词牌名没有什么历史典故，即使有，也已无从考证，或取自前人的某个词句，或只是一个风雅的名词而已。元代的曲牌大都来自民间，一部分由词发展而来，故曲牌名也有和词牌名相同的，但是内容并不完全一致。此外，还有专供演奏的曲牌，但大多只有曲调而无曲词。遇上这样的情况，按字面意思英译词牌或曲牌，即可较好地保留原文的风格，传达原文的神韵和美感形象，总比音译要好一些。

　　词牌/曲牌的英译主要有两种方法，一种是音译(transliteration/transliteration in *pinyin*)，算是异化策略(foreignization/SL-culture orientation)，保留了 SL 的发音，但英美读者很难懂，只不过就是几个几乎是无意义的音，如 *Manjianghong*(满江红)；另一种是意译/词义翻译(semantic translation)，如 *The River All Red*(满江红)。在最终确定你的译文正确与否时，音译总是最"安全"的，但那不是一个优秀译者应该如此"挑战"自己的"安全法"。这里推荐三种思路及方法。

1. 基于典故的词义翻译(allusion-based semantic translation)

　　【ST1】临江仙

　　【ST2】鹊桥仙

　　如果按照"基于字面意义的翻译"处理，可能会出现这样的结果：

　　【TT1-1】Riverside Fairy/Immortal

　　【TT2-1】Magpie Bridge Fairy/Immortal

　　【论证】通过典故查证，得知：

　　①"临江仙"源起颇多歧说。最初是咏水仙的，调见《花间集》(我国五代十国时期编纂的一部词集，也是我国文学史上的第一部文人词选集，由后蜀人赵崇祚编辑)，以后作一般词牌用。双调，五十四字，上下片各五句，三平韵。

　　②"鹊桥仙"专咏牛郎织女七夕相会事。始见欧阳修词，中有"鹊迎桥路接天津"句，故名。又名《金风玉露相逢曲》、《广寒秋》等。双调，五十六字，仄韵。

【改译】

【TT1-2】 Tune: "Riverside Daffodils"

【TT2-2】 Tune: "Immortals at the Magpie Bridge"/Tune: "Immortals Meeting at the Magpie Bridge"

2. 基于字面意义的翻译（word-based semantic translation）

【ST3】 声声慢（宋词词牌）

【ST4】 山坡羊（元曲曲牌）

【论证】 这种类型的词牌或曲牌，虽也有出处，但都不影响你对词牌字面意思的直接理解和翻译。换言之，按照字面直译，不会出（大）错。

【TT3】 Tune: "Slow, Slow Song"; Slow, Slow Song

【TT4】 Tune: Sheep on the Slope; Sheep on the Hill-slope

3. 基于标准汉音的翻译（standard pinyin-based transliteration）

【ST5】 声声慢

【ST6】 山坡羊

【论证】 由于这类词牌/曲牌没有特别重要的典故出处，意译或音译都可接受。笔者建议，音译过去读起来有韵律的，不妨选择"基于标准汉音的翻译"法。

【TT5】 *Sheng Sheng Man* 比较：Sound-Sound-Slow（Triple S）

【TT6】 *Shan Po Yang* 比较：Hill Slope Sheep（H plus Double S）

以下按照上述的翻译思路及方法把常见的宋词词牌和元曲曲牌各50种分别列表，供 BTI/MTI 读者参考。

1. 宋词词牌（names of Song lyric tunes）（表 16-2）

表 16-2　常见宋词词牌名英译

词牌[1]（Tune Name）【ST1-50】	Semantic Translation【TT1-50】	*Pinyin*-based Trans-literation【TT1-50】
1) 卜算子	Song of Divination	*Busuanzi*
2) 采桑子	Picking Mulberries	*Caisangzi*

---

1 词牌名按照汉语拼音音序排列，曲牌名排列亦同。

（续表）

词牌（Tune Name）【ST1-50】	Semantic Translation 【TT1-50】	*Pinyin*-based Transliteration 【TT1-50】
3) 长相思	Everlasting Longing	*Changxiangsi*
4) 点绛唇	Rouged Lips	*Dianjiangchun*
5) 蝶恋花	Butterflies over Flowers	*Dielianhua*
6) 洞仙歌	Song of Fairy in the Cave	*Dongxiange*
7) 风入松	Wind Through Pines	*Fengrusong*
8) 更漏子	Song of Water Clock at Night	*Genglouzi*
9) 贺新郎	Congratulations to the Bridegroom	*Hexinlang*
10) 浣溪沙	Silk-Washing Stream	*Huanxisha*
11) 减字木兰花	Shortened Form of Lily Magnolia Flowers	*Jianzi Mulanhua*
12) 临江仙	Riverside Daffodils	*Linjiangxian*
13) 柳枝词	Willow Branch Song	*Liuzhici*
14) 满江红	The River All Red	*Manjianghong*
15) 摸鱼儿	Groping For Fish	*Moyu'er*
16) 木兰花	Lily Magnolia Flowers	*Mulanhua*
17) 南歌子	A Southern Song	*Nangezi*
18) 念奴娇	Charm of a Maiden Singer	*Niannujiao*
19) 破阵子	Dance of the Cavalry	*Pozhenzi*
20) 菩萨蛮	Buddha-like Dancer	*Pusaman*
21) 沁园春	Spring in a Pleasure Garden	*Qinyuanchun*
22) 清平乐	Pure, Serene Music	*Qingpingyue*
23) 鹊桥仙	Immortals/Immortals Meeting on the Magpie Bridge	*Queqiaoxian*
24) 如梦令	Dream-like Song	*Rumengling*
25) 瑞龙吟	Auspicious Dragon Chant	*Ruilongyin*
26) 声声慢	Slow, Slow Song	*Shengshengman*
27) 疏影	Sparse Shadows	*Shuying*
28) 双双燕	A Pair of Sparrows	*Shuangshuangyan*
29) 水调歌头	Prelude To Water Melody	*Shuidiaogetou*

（续表）

词牌（Tune Name）【ST1-50】	Semantic Translation 【TT1-50】	*Pinyin*-based Trans-literation【TT1-50】
30) 水龙吟	Water Dragon Chant	*Shuilongyin*
31) 苏幕遮	Water-Bag Dance	*Sumuzhe*
32) 踏莎行	Treading on Grass	*Tashaxing*
33) 摊破/添字浣溪沙	Lengthened Form of Silk-Washing Stream	*Tanpo Huanxisha/Tianzi Huanxisha*
34) 糖多令/唐多令	More-Sweet Song/Tang Duo Song	*Tangduoling*
35) 天仙子	Song of Immortal	*Tianxianzi*
36) 调笑令	Song of Flirtation	*Tiaoxiaoling*
37) 西江月	West River Moon/Moon Over the West River	*Xijiangyue*
38) 相见欢	Joy at Meeting	*Xiangjianhuan*
39) 扬州慢	Slow Tune of Yangzhou	*Yangzhouman*
40) 一剪梅	A Twig of Mume Flowers	*Yijianmei*
41) 忆秦娥	Dreaming of a *Qin* Lady	*Yiqin'e*
42) 渔家傲	Pride of Fisherman	*Yujia'ao*
43) 玉楼春	Spring in Jade Pavilion	*Yulouchun*
44) 虞美人	*Beautiful Lady Yu*	*Yumeiren*
45) 昭君怨	Lament of a Fair Lady	*Zhaojunyuan*
46) 鹧鸪天	Partridge Sky	*Zhegutian*
47) 昼夜乐	Joy of Day and Night	*Zhouyele*
48) 祝英台令	Slow Song of Zhu Ying Tai	*Zhuyingtai*
49) 子夜歌	Midnight Song	*Ziyege*
50) 最高楼	The Highest Tower	*Zuigaolou*

【译注】

1) 词牌名带"歌"、"词"、"子"的词牌，不妨直译成"Song"，统一、简洁、自然。

2) 词牌名带"吟"一类的，较"歌"、"词"更为典雅的体，是一种便于吟诵、格调高雅、节奏舒缓的诗体。

3) 有一些词牌末带有"令"、"引"、"近"、"慢"等术语。"令"与酒令有关，是一种比较接近民歌的抒情小曲；"引"集歌体与诗体于一身，也是这类诗歌诗曲调的演化；"**慢**"有篇幅较长、语言节奏舒缓、韵脚间隔较大等特点；"**近**"有亲昵、浅显的意思，可能与令、引等一样与曲调有关，指一种篇幅较"令"长而又不如"慢"曲那么庄重、典雅的曲调。大体说来，"令"多半属于"小令"范围，"引"、"近"多半属于"中调"范围，"慢"则绝大多数是"长调"。所以译成英文时可视具体情况译成"Song"、"Slow Song"、"Slow Tune"或"Slow, Slow Song"。

　　4) "摊破"、"促拍"、"减字"、"偷声"等词牌名的译法："摊破"（又名"摊声"、"添字"）和"促拍"这两个术语都表示在原调基础上加了字、句。而"减字"、"偷声"则是在原调基础上减少了字句，而另成新调。"摊破"和"减字"是就字数而言，而"促拍"和"偷声"是就调而言。所以"摊破"可译成"Lengthened Form"，"促拍"可译成"Quickened Tune"，"减字"则可译成"Shortened Form"，"慢声"则可译成"Slowed Tune"。

　　5) 由于许多词牌和曲牌是相同的，所以词牌的翻译法完全可以用于曲牌的翻译实践。

2. 元朝曲牌(names of Yuan tunes)（表 16-3）

表 16-3　常见元曲曲牌名英译

曲牌[1] (Tune Name)【ST1-50】	Semantic Translation【TT1-50】	*Pinyin*-based Transliteration【TT1-50】
1) 白鹤子	Song of White Crane	*Baihezi*
2) 碧玉箫	Green Jade Flute	*Biyuxiao*
3) 拨不断	Unbroken String	*Bobuduan*
4) 蟾宫曲	Song of Moon Palace	*Changongqu*
5) 朝天子	Skyward Song	*Chaotianzi*
6) 沉醉东风	Drunk in East Breeze	*Chenzuidongfeng*
7) 大德歌	Song of Great Virtue	*Dadege*
8) 叨叨令	Chattering Song	*Daodaoling*
9) 得胜令	Triumphant Song	*Deshengling*
10) 殿前欢	Joy Before Palace	*Dianqianhuan*
11) 斗鹌鹑	Quail Fighting	*Dou'anchun*

1　曲牌名按照汉语拼音音序排列，词牌名排列亦同。

（续表）

曲牌(Tune Name)【ST1-50】	Semantic Translation【TT1-50】	*Pinyin*-based Trans-literation【TT1-50】
12) 红绣鞋	Embroidered Red Shoes	*Hongxiuxie*
13) 后庭花	Backyard Flowers	*Houtinghua*
14) 节节高	Higher and Higher	*Jiejiegao*
15) 金字经	Golden Sutra	*Jinzijing*
16) 柳营曲	Song of Willow Camp	*Liuyingqu*
17) 落梅风(=寿阳曲；落梅引)	Song of Falling Mume Blossoms	*Luomeifeng*
18) 满庭芳	Fragrance Filling Courtyard	*Mantingfang*
19) 卖花声	Song of Flower Seller	*Maihuasheng*
20) 平湖乐	Joy of Calm Lake	*Pinghule*
21) 凭阑人	Lady Leaning on Balustrade	*Pinglanren*
22) 普天乐	Universal Joy	*Putianle*
23) 庆东原	Blessed East Plain	*Qingdongyuan*
24) 庆宣和	Celebration of Imperial Reign	*Qingxuanhe*
25) 清江引	Song of Clear River	*Qingjiangyin*
26) 秋思	Autumn Thoughts	*Qiusi*
27) 人月圆	Man and Moon	*Renyueyuan*
28) 寿阳曲	Song of Long-lived Sun	*Shouyangqu*
29) 塞儿令	Song of Frontier	*Sai'erling*
30) 塞秋雁	Autumn Swan on Frontier	*Saiqiuyan*
31) 上小楼	Ascending the Attic	*Shangxiaolou*
32) 哨遍	Whistling Around	*Shaobian*
33) 四块玉	Four Pieces of Jade	*Sikuaiyu*
34) 四换头	Changes of Tunes	*Sihuantou*
35) 水仙子	Song of Daffodils	*Shuixianzi*
36) 天净沙	Sky-Clear Sand	*Tianjingsha*
37) 天香引	Song of Celestial Fragrance	*Tianxiangyin*
38) 梧叶儿	Plain Leaves	*Wuye'er*
39) 喜春来	Happy Spring Arrival	*Xichunlai*

（续表）

曲牌（Tune Name）【ST1-50】	Semantic Translation 【TT1-50】	*Pinyin*-based Transliteration【TT1-50】
40) 小桃红	Little Red Peach	*Xiaotaohong*
41) 阳春曲	Song of Sunny Spring	*Yangchunqu*
42) 一半儿	Half and Half	*Yiban'er*
43) 一枝花	A Sprig of Flowers	*Yizhihua*
44) 鹦鹉曲	Song of Parrot	*Yingwuqu*
45) 迎仙客	Greeting Fairy Guest	*Yingxianke*
46) 游四方	Visiting the Four Gates	*Yousifang*
47) 阅金经	Reading Golden Classics	*Yuejinjing*
48) 折桂令	Song of Plucking Laurel Branch	*Zheguiling*
49) 醉太平	Drunk in Peace	*Zuitaiping*
50) 醉中天	A Drinker's Sky	*Zuizhongtian*

16.2 诗歌翻译的二次解读

在翻译过程中，尤其是诗歌翻译过程中，是否存在和需要译者的"二次解读"？从认识论的角度看，这个问题的提出，对翻译学，特别对翻译过程本身的研究显得愈发重要；从翻译实践和教学角度看，对译者和翻译专业教师同样重要。"二次解读"不仅涉及译者对译入文本语言和文化层面的再度解读，以确保译文质量，而且引发对翻译全过程的哲学思考。根据辩证唯物主义的认识论，人对客观事物的认识不是一次完成的，故翻译过程应是动态的，不仅存在而且确实需要译者的"二次解读"[1]。

16.2.1 翻译过程存在二次解读

（诗歌）翻译过程是一个十分复杂的过程。它包括翻译的正常程序，具有计划性和阶段性；它还同时包括翻译的思维过程，具有译者思维的

---

1 本节撰写参考陈刚有关"二次解读"的同名论文。

个体性和创造性。就程序而言，翻译(特指笔译，下同)可分为广义的翻译和狭义的翻译两个概念。广义的翻译包括译前准备、翻译实施和译后校核诸阶段；狭义的翻译则指广义翻译中的实施阶段，即译者直接阅读源语文本 ST)和用译入语写出译语文本(TT)的过程。就思维而言，翻译(活动)应是一个动态过程，一个由"实践-认识-再实践-再认识"的完整的过程。从哲学角度对(诗歌)翻译全过程进行研究，不仅能够能动地指导(诗歌)翻译实践，更能对(诗歌)翻译研究、(诗歌)翻译教学与(诗歌)翻译自学提供哲学方法论方面的指导。

　　20世纪60年代产生的翻译解构主义(Deconstruction)可谓是当代译学研究中震撼译界的一次革命。与过去的译论恰恰相反，该翻译学派认为：应该用辩证的、动态的、发展的眼光来看待翻译，因为源语文本(ST)不是一个稳定、封闭的系统。由于能指和所指之间存在着差异，所以 ST 的意义不能确定。在翻译过程中，ST 被不断地改写、重组，不同译文(即 TT)的产生都依赖于译者的体验。由于译者所处的时代和个人经历之不同，因而对 ST 会产生不同的体验。正是译者的这种不同体验常常多多少少表现在各自不同的 TT 中。这就是所谓翻译中的创造性问题。(参见郭建中，2000：173-187)

　　辩证唯物主义的基本原理是能动的反映论。在坚持从物质到意识的认识路线的基础上，把辩证法应用于认识论，并把实践的观点提到第一的地位。实践是认识的基础，认识是在实践基础上的主体对客体的能动反映，具有摹写性与创造性两个基本特征，是合规律性与合目的性的统一。作为唯物主义认识论的高级阶段和科学形态，辩证唯物主义认识论还告诉我们，一个正确的认识，往往需要经过由实践到认识，由认识到实践的多次反复才能完成(夏征农，1999：2388)。翻译学是一门实践性很强的科学。研究翻译学(尤其是应用翻译学)和翻译教学，必须坚持实践第一的观点，笔者拟据此对有关"二次解读"的问题做一阐述。

16.2.2　翻译实践需要二次解读

　　传统的翻译实践、翻译学和翻译教学(比较或几乎都)注重翻译结果即译作(translation as product)的研究而忽视翻译过程(translating as process)的研究,这种倾向使近年来翻译学的发展变得相对缓慢(Hatim & Mason, 2001: 3)。尽管学者们已经注重了翻译过程的研究(如作为教育部人文社会科学研究"十五"规划项目成果之一的最新论文)(许钧,2003),但就翻译过程中的译者的"二次解读"尚未提及,而这个"译者解读"却恰恰是非常关键的问题。

1. 何谓"译者"

这个概念在本文中很重要。国内对"译者"的解释往往不够全面,如"译者是摆弄文字的,而且是两种以上的文字"(林煌天,1997:846)。贝尔则认为,有人把"译者"定义为所有交际者都是翻译者是有道理的,因为所有交际者,作为信息的接受者——无论是听者或是读者,语内的或语际的——都要面对相同的问题:接收携带信息的信号(话语或文字),所有信息都被编成某个交际系统的代码,而这些代码与他们自己的代码有可能不相同,要进行交际,就必须解码,提取信息,然后将这些信息重组。译者与普通交际者的区别何在?在于译者把一种语言解码后用另一种语言重新编码(Bell, 2001: F27)。

2. 何谓"解读"

据《现代汉语词典》第 6 版,"解读"应有三个义项:"1)阅读解释。2)分析;研究。3)理解;体会。"(2012:665)

3. 何谓"译者之解读"

简而言之,"译者之解读"指译者对文本的解读。据 Newmark 的说法(2001:11-18),从原则上说,基于对源语文本的理解而进行的翻译分析是翻译的第一阶段。解读源语文本目的有二:一是理解文本内容,二是从译者的角度分析文本,而这种角度与语言学家或文学批评家的角度是不同的。译者必须确定文本的意图和写作方法,从而选择合适的翻译方法,并找出特殊的、经常发生的问题。文本解读还分为 general reading 和 close reading。

Nida(1993:131-147)在讨论翻译程序时论及十多项重要因素,其中包括"个体翻译"还是"集体翻译"。但就翻译的基本程序,他指出有四个步骤：1)分析原文；2)把原文转换成译文；3)重构译文；4)请能代表目标读者/听众的人检验译文。这里的"分析原文"即解读原文，也就是细致处理词位的指称意义和联想意义、句法关系和语篇结构等。

Bell(2001：44-76)把翻译过程描述为"瀑布式(cascaded)"(相互衔接、逐步完成——笔者解读)和"互动式(interactive)"的过程，分成三个主要阶段：句法处理、词义处理、语用处理。这三个阶段均涉及分析和综合。为更清楚地说明问题，Bell 把三个阶段集中为：第一阶段分析(解读源语文本)；第二阶段准备翻译；第三阶段合成(译语文本)。

根据认知语言学，译者的解读是一种认知活动。因为翻译过程是通过认知来加工并重构信息的，这一过程中的解读涉及译者的认知能力，译者必须依赖自己对不同文化的认知能力才能完成翻译过程。

4. 译者解读的重要性

如果我们认可上述观点，我们可以将翻译过程模式化，并从中找到译者解读的位置：

【模式 I】①译者解读(理解、分析原文)➡②文本转换(从原文到译文)➡③重构译文➡④(请代表)检验译文

【模式 II】①解读源语文本➡②准备翻译➡③合成译语文本

【模式 III】①源语文本信息编码➡②译者认知(解读)➡③信息加工➡④信息重构

从上述三种模式中不难看出，译者解读处在第一重要的位置。正如 Nida 所特别指出的：理解和领会源语文本对任何翻译(translating)都是最根本的(1993：147)。要成为一个完全称职的译者，他必须熟悉两种文化才能读懂字里行间的意思(同上：135)。无疑，翻译的本质和目的决定了解读的重要性，翻译的前提是正确无误的解读。即便是机械的逐字翻译，仍然有一个选词问题，更何况，选词又涉及对各种语境的正确认识和对所选词汇的正确把握。诚然，任何解读(语内的或语际的)并非轻而易举，但是文字需要解码，文本需要解读，人的认识需要深化，而正确的译者解读只会有助于增大客观的成分和理性的成分。这也正是本书关注的重点。

5. 对译者解读的再认识

从中文对"解读"的诠释可知，其内涵和外延类似于英文的"read"、"interpret"、"decode"、"explain"、"analyze"、"study"、"understand"、"learn"、"realize"等。根据国内外翻译学者对翻译过程/程序的描述，"解读"只出现在整个翻译过程的开始。Nida "请代表检验译文"的做法，可理解为"（最后）请人解读"。这种做法当然很好，但它不能取代译者的"二次解读"，除实际操作不便以外，在客观上、在不同程度上有违辩证唯物主义的认识论。根据这一认识论，翻译理论应该与时俱进，应该不同于主要是制定"标准"、"原则"的传统翻译理论，应该是对翻译现象的一种客观解释和描写，译者通过翻译实践对 TT 的认识是在实践基础上的主体对客体的"能动反映"，具有"摹写性与创造性"。译者要获得正确认识，不经过反复的解读（认识）和实践是不可能完成的。虽然"请代表检验译文"的做法不是不可取，但由于这位"代表"不懂中文而只懂英文（或只懂中文而不懂英文），没有像译者那样进行过双语转换、文本解读，那么，他（她）怎么对英译文是否再现中文原意进行客观的评判或做出正确的选择呢？相对而言，此君是不可能获得对 TT 的客观、全面、正确的认识的。比如，《史记》有三种译文："*Records of the Historian*"（危东亚，1995：912），"*Shi Ji*" 和 "*Historical Records*"（吴景荣、程镇球，2000：1400），如何让那位"代表"进行抉择？又如，20 世纪 90 年代乃至 21 世纪仍有人批评把"寒山寺"译成"寒冷山上的寺庙"是"不加考证，主观臆断"（吕俊、侯向群，2001：20）。这种未对译文进行"二次解读"的错误（陈刚，2002：39）还很多。笔者曾参加人文社科（学术）著作英译汉的评审工作，若不对这些译著进行"二次解读"，可说部部是"佳译"或"精品"。由此，笔者不由想到那句耐人寻味的意大利谚语：翻译像女人，漂亮的不忠实，忠实的不漂亮。

Newmark（2001：17）曾提到"the last reading"，这并非指翻译过程最后阶段的"最后解读"，而是指在分析源语文本过程的最后阶段应注意文化方面的问题。

刘宓庆先生（1999：141-161）从教学和自学的角度出发，将翻译的全过程分为理解与表达两个大阶段，再加上"终端检验"。他认为，"回译法"是校正疏漏的一个很有效的方法。

可能有人以为"二次解读"就相当于上述"检验"、"校对"。就事论事地说，二次解读(可以)包括"终端检验"，但不等于"终端检验"，起码回译法无法解决上述有关例子和本文第三部分"个案分析"中的例子。

6. 何谓译者之"二次解读"

翻译实践与研究和翻译教学实践与研究表明，翻译过程中存在起码一次以上的解读。这种解读应该是先对源语文本进行解读，在完成了语际翻译之后，对译语文本进行再度解读。换言之，这两种解读就是分别对 ST 和 TT 进行解读。笔者将翻译过程中对不同语言、不同文本所做的上述解读称为"两次解读"(two-time reading/interpretation)，将第二次解读称为"二次解读"(second reading)。

16.2.3 诗歌二次解读译析个案

1. 二次解读的重要性和必要性

无论从翻译作为纯学术理论的角度还是从翻译作为社会活动的角度出发，译者的地位从翻译的"仆人"上升为翻译的"主人"早已成为定论。笔者认为，对翻译过程进行动态描写比静态描写更有效。我们应该通过客观描述去发现规则、差异、欠缺等。以下是笔者有关翻译过程的简略表示：

①ST(语言+文化)/作者➡②一次解读/解码(作为 ST 读者+译者的读者)➡③编码/转换➡④TT1(语言+文化)/一次解读(对话)结果➡⑤二次解读/解码(作为 TT1 读者+译者)➡⑥重新编码/转换➡⑦TT2(语言+文化)/二次解读(对话)结果➡⑧校核(译者/校核者)

通过解读，便知译者及译者的二次解读的重要性和必要性：

1)译者既处于这个动态的翻译过程中的"关口"位置，又处于这整个交流过程中的始终，并且跟 ST 作者(亦即诗人)进行了两次对话。

2)译者扮演了"中介人"或"协调人"的角色，协调 ST 作者和 TT 读者之间的关系，或起两种文本之间的"中介"作用。

　　3)译者是 ST 作者和 TT 读者之间最重要的"中介人"或"协调人"，否则双方的交流可能会出问题。

　　4)译者是源语(SL)文化和译语(TL)文化之间的"中介人"，因为两种文化(含思想意识、道德体系、社会政治结构等)之间存在着很大的差异，而这种差异会阻碍翻译即交流。

　　5)译者是 ST 的"特权读者"(privilege readers)(Hatim & Mason，2001：224)，同时也是 TT 的特权读者，因为译者应该懂所涉及的两种语言和文字。

　　6)跟 SL 和 TL 读者不同，译者解读是为了翻译，译者解码是为了(再)编码。翻译过程中译者的翻译和编码都是为 TL 读者服务的。

　　7)译者的两次解读/对话，每次都是一种独特的行为。第一次解读/对话，是为了语际翻译，要求正确理解 ST 及其作者，表达准确、意义传递完整。第二次解读/对话，是为了再次与 ST 作者确认意义、发现问题、改进译文、确保质量，这不仅是向 ST 作者和 TT 读者负责，同时又体现了译者的责任心和使命感。

　　8)第一次解读/对话是(TT1 的)前提，第二次解读/对话是(TT2 的)保证。

　　9)第一次解读/对话是正在进行"协调"，第二次解读/对话是确保"协调"成功。为防止 TT1 出错，二次解读/对话必不可少，尤其是汉译英(因英语并非母语)。

　　10)经二次解读产生 TT2 后，还应有"校核"。这既是翻译过程中的步骤之一，又可理解为"二次解读"的延伸。需要指出的是：校核者不一定是译者，其所规定的任务、要求的水平与"二次解读"及译者是有区别的。但校核者可扮演译者的角色，或与译者共同承担校核的任务。

　　以上分析表明了"二次解读"在整个翻译过程中的重要性和必要性，而这种认识是建立在辩证唯物主义认识论基础之上的。二次解读其实已经给译者提出了更高的要求：不仅要求译者具备中英两种语言的工作能力，而且要求译者具有中英两种文化的宽广视野，并特别注意培养对语言、文化的敏感度，对语言和文化难点要加倍小心(more guarded)

（Hatim & Mason, 2001: 224）。

2. 诗歌翻译个案分析

　　笔者对诗歌翻译过程的个案研究将进一步证实"二次解读"的重要性和必要性。首先从翻译实践和翻译教学的角度来看如何进行"两次解读"，尤其是"二次解读"。"二次解读"中所采用的一个有效办法是"语内翻译"，即 intralingual translation/transfer 或 rewording。据《中国翻译词典》（林煌天，1997：876），它指在同一种语言内部进行翻译。如把古汉语译为现代汉语，把英语诗歌译为英语散文。这种翻译并不改变原文的基本意思，有助于深化理解、明确内涵。试举古诗翻译案例说明。

【ST109（i+ii）】　　曲江二首

　　　　杜甫

　　　　（一）

一片花飞减却春，风飘万点正愁人。
且看欲尽花经眼，莫厌伤多酒入唇。
江上小堂巢翡翠，苑边高冢卧麒麟。
细推物理须行乐，何用浮名绊此身？

　　　　（二）

朝回日日典春衣，每日江头尽醉归。
酒债寻常行处有，人生七十古来稀。
穿花蛱蝶深深见，点水蜻蜓款款飞。
传语风光共流转，暂时相赏莫相违。

　　"曲江二首"（一）中画线部分该如何解读？著名物理学家非常肯定地说：

　　解读①："我们知道科技在中国古代很发达，物理的记录也相当早。'物理'两个字来自杜甫的诗，是在唐朝，公元758年，杜甫写：'细推物理须行乐，何用浮名绊此身？'我们来看：细，仔细观察；推，精密推理。'细'讲怎么做实验，'推'讲怎么做理论，怎么研究科学、实验跟理论。'须行乐'，人要高兴。'何用浮名绊此身'，不要想能不能得诺贝尔奖，你做物理，不要想得奖，你必须本身要有一种乐趣。你成绩好，可能你能得到很多。我们中国古代，科学跟艺术是很联合的，要不杜甫怎么了解物理呢？"（科学与教育版，2002；CCTV-教育频道 2002 年转播讲座）

解读②：假设解读①正确，相应的英文释义大致为：

One should find pleasure from studying <u>physics</u>,

Why bother to pursue a bubble reputation?

【重要"二次解读"之一】

从上下文语境、文化语境和情景语境切入，笔者对"曲江二首"（一）做了 SL 语内翻译，最相关的译文是：

······

细细分析、推断，这就是事物的道理，无法改变，就只须行乐。

那又何必让浮荣绊住此身而失掉自由呢？（萧涤非等，1983：468-470）

对诗中"物理"再做重点解读，它只可能是指"事物的内在规律；事物的道理"，如"人情物理"。（《现代汉语词典》第 6 版，2012：1385）又如《淮南子·览冥训》："耳目之察，不足以分物理。"《晋书·明帝纪》："帝聪明有机断，尤精物理。"（夏征农，1999：1749）还有农村戏台上的古联："曲是曲也，曲尽人情；愈曲愈明；戏是戏也，戏推物理，越戏越真。"（王晨郁，2002）

若再对"physics"进行语内翻译，问题就昭然若揭了，其释义是 "science that deals with the structure of matter and the interactions between the fundamental constituents of the observable universe"[1]。对此，读者不禁会问：当时不得志的杜甫会研究现代的 physics 吗？

在第一次解读的基础上，笔者试做一语际翻译（若将译文中画线部分做"二次解读"或"语内翻译"，其意与原意吻合）：

【TT109(i)】　　　　【"曲江二首"（一）译文】

A petal fallen in the wind reveals less of spring,

A hundred petals flying away make me grieving.

---

1 详见 *Merriam Webster's Collegiate Dictionary* (10th edition, 1997)，第 1264 页。

I cannot but look at them gone with the wind,

While still drinking though it's not good for me.

On the Pool the small room houses kingfishers;

By the Garden the noble tomb sees lying unicorns.

Nature's law none can change but I can make merry,

Why should I be lured so much by rank and vanity? (陈刚 试译)

下面，我们对"曲江二首"（二）画线部分进行分析与解读。

对"朝回日日典春衣，每日江头尽醉归。酒债寻常行处有，人生七十古来稀"的解释表面看不难，尤其是对"人生七十古来稀"的解释，似乎家喻户晓，通常是"人生七十，自古以来少有"。所以，有教授将前四句（即画线部分）译为：

An imperial official I leave my clothes with the pawnbroker,

So that I can be dead drunk on the bank of the river.

To the pubs I often go and I am a debtor,

A man who lives three score and ten is rarer. （刘军平，2002：98）/

【TT109（ii）前4句刘译本】

【重要"二次解读"之二】

在刘译本中，我们发现诗歌整体翻译不够流畅，还存在"误读了ST和TT误导了读者"两大方面的问题，具体表现在以下10个地方（请对照刘译本的画线部分）：

● 朝回——应解读为"上朝回来"。

● 春衣——很重要的一个细节被漏译（或发挥译者主体性，特意不译）。当时，杜甫为了喝酒买醉，早已把冬衣都典当完了，只剩下不值钱的春衣了（穷途潦倒的象征）

● 日日——"日日典春衣"中的"日日"怎能不译？

● 每日——"每日……醉归"中"每日"又怎能再次不译呢？

● 醉归——只译了"醉"，没有译"归"，因译者用了"dead drunk"（烂醉如泥，无法归了）。

● 第二句——译文推理错误。

● 寻常行处——欠酒债的地方还不止"寻常行处"。

● pub——选词不当，过于"英国化"（英式）。

● debtor——措辞不自然。

● 第四句（人生七十古来稀）——译得很表面化，不是原诗的内涵。

在此需要另外指出的是，若将"人生七十古来稀"结合上一句"酒债寻常行处有"和相关语境进行解读，真正的内涵是：人生易逝，所以今朝有酒今朝醉，今日无酒亦须赊。孤立地来看，这两句诗似乎是消极颓废的，但实际上是在发泄作者的愤慨心情（喻怀澄，1996：682）。另外，从对 ST（四行诗）的第一次解读和译文文本衔接、连贯以及表达等方面看，刘译本的确存在上述问题，因篇幅有限，笔者仅做部分"二次解读"：

每天上朝回来都要典当些春衣，

每天要在曲江边喝得烂醉才回家。

平时所去之处（包括曲江和其他地方）都欠有酒债，

人生能活多久，七十岁已是很稀罕的事了。

既然郁郁不得志，于是就"莫思身外无穷事，且尽生前有限杯（萧涤非，1983：470-471）。将上文的解读英译如下，作为

【重要"二次解读"之三】

【TT109 (ii)】　　　【"曲江二首"（二）译文】

After audience I pawn some spring clothes day to day,

And don't return from the Pool till dead drunk every day.

I drink on credit wherever I go, even beyond there,

To be a 70-year-old man like me is unusually rare.

Butterflies are going amid the flowers deeper and deeper,

Dragonflies are skimming on the water over and over.

Let my message be passed to spring to stay ever longer,

Let my eyes rest on the sights to enjoy my life fuller. (陈刚　试译)

这样的译文，可能更合原意。

综上所述，诗歌翻译过程中的"二次解读"特别重要，其重要性要

超出其他文本或体裁的翻译。不仅如此，在其他所有的翻译过程中，译者对 ST 进行的解读为一次解读。在译者将 ST 转换成 TT 时，并不表明翻译活动的结束，而是表明这一活动在一个新的、更高的层面上（即更全面考虑翻译目的、读者对象、译语文本、翻译方法、表现形式等诸多因素）的开始。在这一阶段（层面），译者对 TT 进行的解读应为二次解读。这里的"二次"不仅仅是字面意思"二度"或"第二次"，而且是哲学内涵的唯物论的反映论，指反复、多次等。正所谓"实践-认识-再实践-再认识"，循环往复，以至无穷。传统上只要求译者静止地、单一地对 ST 做"一次性"解读，而忽视或忽略了对 TT 做互动的、理性的、全面客观的"二次解读"，尤其是对诗歌这种体裁文本（不论是 ST 还是 TT），因而造成许多误译、漏译、歪译、乱译的现象。通过对整个翻译过程的重新了解，我们对"译者的解读"，特别是"二次解读"，应该有一个全新的或者更新的再认识。就某一单词、单句、段落、文本而言，翻译的全过程，通常由一名及以上译者完成；就追求翻译的目标或理想（如"信、达、雅"或"化境"）而言，翻译的全过程值得不同时代的更多译者来完成。

16.3 英诗汉译的形式对等

16.3.1 形式对等问题的再次提出

诗歌翻译注重形式，不言而喻。这在翻译现代与后现代的诗歌中可以有较大的说服力。

20 世纪初，现代主义以其断片性和易位性与一切传统猝然决裂，其特征是解体，是放弃熟悉的语言功能和传统形式。现代诗歌也具有十分多样的特点。和以往诗歌相比较，现代诗歌在形式上更为自由，更富有独立传递诗意的能力。而现代主义这种使一切艺术要素解体的反传统特征，在诗歌中有时是通过语句和词汇体现的，而有时则是通过诗歌的形式来体现的。这就要求翻译者也要借助形式来传递现代作品的精髓。

在这期间，许多极有影响的诗人都曾尝试对诗歌的形式做创造性的变革，而卡明斯(E. E. Cummings)的诗作更是具有图片式的效果。

现代主义利用诗歌的各种形式来表现思想的不确定性。在文本和社会背景的关系方面，现代主义者拒斥对任何"实在"所做的法规式的解释(柳鸣九，1994：451)。在现代的笔触下，形式已经成为表现片段性和不稳定性的比较有效的手法。如若再为这些特点去做解释而破坏了形式，则无异于舍本逐末。因此，当现代诗歌的意境与形式的相关性要远远大于其与词义、句意的相关性时，形式已然不仅是意义的载体，它本身就可以传达信息。随着文化和文学发展到了现代，形式已经成为人们释放情感的重要手段，这里所讲的"形式"，不是指诗句的押韵和音步，而是整首诗歌的布局和剪裁上的特点。

由于翻译主要强调译文在目标语系统中的可接受问题，所以我们较多地当然也是合理地谈论 TL-orientation，但是诗歌这个体裁的翻译是独特的，很多情形下是：**没有形式，就没有了诗歌**。比如，我们必须严格地将"商籁诗体(sonnet)"译成"十四行诗"，多一行或少一行都不行，因为商籁诗就是十四行诗。再如，我们在翻译 heroic couplet(英雄双韵体)时，必须努力再现"五音步抑扬格(iambic pentameter)"。即使是翻译莎士比亚的 blank verse(无韵诗)，也不必"自作多情"，把莎翁的无韵诗译成汉语的格律诗或其他韵诗。

本节主要探讨"形式对等"/"形式对应"(formal equivalence/formal correspondence)在现代与后现代诗歌翻译中的适用性。通过对卡明斯等诗人的几首诗双译本或单译本的分析、研究，从现代与后现代诗歌的特点、形式主义和视觉文化的角度，重新剖析"形式对等"这一翻译原则对于现代与后现代诗歌翻译的有效性。

翻译理论研究者和翻译实践者在面对形式和内容这样一对矛盾的时候，通常的做法是把原诗的语义尽可能忠实地再现在目的语中，然后再给予形式以恰当的关注。这些传统理论的适用性对于处理传统意义上的文本是被实践所证明了的。但在翻译现代或后现代诗歌这样非传统意义的文本时，这些原则是否同样适用呢？还是要随着源语文化和语言的发展，在翻译的原则上做适当的调整呢？

"形式对等"，又称"形式对应"，是奈达提出的。他指出形式对应的翻译基本上以源语为中心（SL-oriented），力求使目标语中的各个成分最大限度地显示 ST 中的形式与内容，努力再现多种形式因素。奈达虽然提出了"形式对等"，但在形式与内容的主次上，他还是把意义放在第一位，形式放在第二位。因为他认为形式对应会抹杀原文的文化意义，即原文中的社会语言学特征，从而妨碍跨文化交际。但有趣的是，对于现代与后现代诗歌而言，形式对应恰恰反映了文化意义。

下面，我们通过对卡明斯等诗人作品汉译的分析、研究，来强调形式的重要性以及形式对等在此类翻译中的应用。

16.3.2　现代诗歌英译汉分析案例

【ST110】　　**The Red Wheelbarrow**

by William Carlos Williams

so much depends

upon

a red wheel

barrow

glazed with rain

water

beside the white

chickens.

威廉·卡洛斯·威廉斯（William Carlos Williams，1883－1963）是美国著名诗人，也是现代主义诗歌和意象主义诗歌的代表诗人之一。虽然他的职业是医生，但他的一生是文学的一生，诗人的一生。在母亲的影响下，他从小对绘画感兴趣，这对他注重诗歌的视觉效果不无关系。作为现代主义诗人，他试图通过新鲜的和富有创造力的诗歌话语来解放在他看来已然陈腐的英语语言和欧洲文化。他用一种全新的方式，一种美国式的诗歌形式来描写普通人的平凡生活。他某些诗歌作品中的句断和空格所形成的诗歌的节奏感颇有些爵士乐的风格。**"Shadows"**这首诗歌就是这种风格，其诗行是如下排列的：

> Shadows cast by the street light
>   under the stars,
>   the head is tilted back,
> the long shadow of the legs
>   presumes a world taken for granted
> on which the cricket trills

威廉斯尝试过多种诗句排列的形式，最后找到了三段台阶式的组合形式。也就是把一句较长的诗行分成三部分，而这三部分又往往排列成台阶式递进的格局。其目的是在于真正展现出美国诗歌的独特节奏感，从而区别于欧洲传统的诗歌诗句排列的形式。这种节奏感来自于美国的日常语言，是十分普遍的但却是被人忽略的。这也是为什么他被称为是"惠特曼以来美国最具本土意识、坚持走诗歌创作民族化道路的诗人"。其诗《麻雀》（The Sparrow, 1955）正体现了这种台阶式的结构，试图在视觉上打动读者。以下是该诗中的一段：

The Sparrow
(To My Father)

> This sparrow
>   who comes to sit at my window
>   is a poetic truth
> more than a natural one.
>   His voice,
>   his movements,
> his habits—
>   how he loves to
>   flutter his wings

新世纪翻译学 R&D 系列著作

他的诗歌以日常生活为题材，反对使用典故与隐喻，反对以艾略特为代表的崇奉英国和欧洲传统文化的诗风。诗歌的语言简朴、清新，多有短诗行的诗作，讲究诗歌的剪裁。他最著名的诗作就是"红色手推车"，它集中体现了意象主义诗歌的风格和本质，描写了农家院落里雨后初晴的画面，虽然诗里出现的都只是简单的平常事物，但却都在诗人的笔下呈现出一种情趣和意境，清新的气息扑面而来。

威廉斯创作这首诗的灵感来自于他为一位女病人治病时看到的窗外情景。全诗的画面感营造出了诗歌的意境和意象派诗歌的特点，为读者展开了一副色彩明快的印象画。红色的手推车、白色的小鸡，还有晶亮的雨滴，在颜色上形成了鲜明的对比，动静结合，情景交融。与其说读者是在欣赏一首诗歌，不如说是在欣赏一幅色彩丰富、和谐恬静的绘画。这也体现了威廉斯认为一切日常的事物都可入诗的思想，虽是不起眼的小景致，但在诗人的笔下却别有一番味道，做到了诗中有画，诗画一体。而全诗形式上的特点在意象的创造和画面感的营造上起到了至关重要的作用。下面通过对译文的分析，一同关注该诗形式上的特点。

【TT110-1】　　　红色手推车

　　　　　　许多东西
　　　　　　　　　靠着

　　　　　　一辆红色
　　　　　　　　　手推车

　　　　　　在雨水中
　　　　　　　　　闪亮

　　　　　　傍着几只
　　　　　　　　　白色小鸡（选自《美国现代诗歌鉴赏》）

【TT110-2】　　　红色手推车

　　　　　　很多事情
　　　　　　　　　全靠

一辆红色

小车

被雨淋得

晶亮

傍着几只

白鸡（选自《世界名诗导读》）

【译析】原诗行文十分简洁，全诗不过区区 16 个单词而已。但只是寥寥几笔，已经把院中的景致和诗歌的意境凸显，也使得诗歌的画面感十分清晰。诗人是如何做到这一点的呢？我们说：这其中诗歌的形式或者说诗歌的布局为做到这一点起到了重要的作用。整首诗分为四个部分，每一部分又都由两行诗句构成，其中第一行都是三个单词的句行，而第二行都是只有一个单词的句行。而每一部分第二行的诗句以具体事物的名称为主，而每一部分的第一行都是用来修饰第二行的事物的。这里只有第一部分例外，因为其第二行的单词是"upon"，而非具体事物。

如果分析一下每个诗行的音节和重音的话，则如下所示：

The Red Wheelbarrow－Stress and rhythm analysis

Line	Text	Stress pattern	Syllables
1	so much depends	u M u S	4
2	upon	U M	2
3	a red wheel	U M S	3
4	barrow	M u	2
5	glazed with rain	M u S	3
6	water	M u	2
7	beside the white	U M u S	4
8	chickens	S u	2

【注】●u: unstressed syllable ●S: stressed syllable ●M: medium stressed syllable

通过以上分析，我们可以看出该诗的偶数行都是两个音节，而且除第一行外，其余都是以重音音节开头的。而这样的表现形式让读者的注意力更多地放在了这些具体物象上，从而在头脑中展开想象，怎样的推车，怎样的水滴，又是怎样的小鸡呢？这样的诗歌布局更有利于诗人突出其想表现的意象。因此在翻译时，要将这种形式上的特点表现出来。

通过对比，【TT110-2】比【TT110-1】更好地遵循了原诗形式上的特点。【TT110-2】在翻译偶数行时，都选用了由两个中文字组成的单词，使得 TL 读者更好地体会到原诗的节奏感，并且把注意力更多地放在了这些两个字的单词上，由此展开想象的空间。如果像【TT110-1】一样处理偶数行的话，很难展现原诗的韵味。因其偶数行采用的是有两个、三个和四个中文字组成的单词来进行翻译的方法。这样一来，不仅原诗的节奏感被打破了，而且读者也不容易把握诗歌想表现的重点意象。

在这首英文小诗里，意象的烘托不仅仅体现在字句的内容上，同样也借助了形式来突出其意象。在这幅色彩清丽的印象画里，鲜红的手推车，车上挂着晶莹的雨珠，车旁簇拥着一群白色的小鸡都仿佛就在眼前。这样的艺术效果是借助了形式的特点来烘托的。

如果不注意对形式的关注，只是一味地翻译诗歌的内容和字句的意思，那译文会失去原诗的很多味道。所以，【TT110-1】显得有点差强人意，没有在译文中体现这种诗歌形式和剪裁上的特点，以至于不能把原诗的意境在译文中表现得淋漓尽致。原诗本来就笔墨不多，从中国画的角度来看，应该是比较写意的那种，而且只用几笔就勾勒出了色彩鲜明对照、动静交融的画面。因此中译文也要尽量忠实于原诗的简练，这一点上【TT110-2】也比【TT110-1】做得好。本来就是几笔写意，如果加重了笔墨，或妄加解释，则没有了原诗的简洁之美。

由此看来，虽然是小诗一首，却也体现了形式和剪裁布局对诗歌意境和韵味体现的重要性，在翻译时只有关注到对形式的忠实，才能真正做到对原诗的忠实。

【ST111】 **In Just**

by E. E. Cummings

in Just－

spring   when the world is mud—
luscious the little
lame balloonman

whistles   far   and wee

and   eddieandbill   come
running from marbles and
piracies and it's
spring

when the world is puddle—wonderful

the queer
old balloonman whistles
far   and   wee
and bettyandisbel   come dancing
from hop-scotch and jump-rope and
it's
spring

and
      the
      goat-footed
balloonman   whistles
far
and
wee

【ST111-1】　　正是

正是
大好春光　世界充满烂泥

的芳香　那小个儿
跛脚的卖气球人

吹着口哨　远远地　嘘嘘地

爱弟比尔俩来了
抛开了弹子
和抓强盗游戏奔过来这是
大好春光

当世界处处水潭多带劲

那古怪的
卖气球老头吹着口哨
远远地　嘘嘘地
蓓蒂伊斯倍俩一路舞过来
抛开造房子和跳绳

这是
春天

而
　　　那个
　　　山羊脚的
卖气球人　吹着口哨
远远地
而且
嘘嘘地（选自《美国现代诗选》，外国文学出版社）

【ST111-2】　　正好是春天

正好
是春天　　大地上
散发着泥土的芳馨

瘸腿的小牧人

吹着哨子　　哨声响在远方　　逐渐微弱

埃迪和比尔跑着来了
他们玩着弹子
扮演着海盗
这是春天

大地上处处泥坑……

怪癖的
老牧人吹着哨子
哨声响在远方　　　　逐渐微弱
贝蒂和伊兹贝尔跳着来了
她们跳房子和跳绳
这是
春天

　　健步如飞的

牧人　吹着哨子
哨声响在远方
逐渐微弱（选自《美国现代六诗人选集》，湖南人民出版社）

　　【译析】E. E. 卡明斯（Edward Estlin Cummings，1894－1962）是 20 世纪最具创造性的美国诗人之一。他出生于马萨诸塞州，其父亲是哈佛大学的教授。在这样一个拥有良好教育背景的家庭里长大，卡明斯 10 岁就开始写诗了。他一生创作了超过 900 首诗，还有其他的自传小说、戏剧、散文和绘画作品。其诗最大的特点是打破了传统标点符号、大小写和句法的约束，使得诗歌的形式得到突破性的创新，形成绘画般的视觉效果。松散的结构和创新的诗歌形式突出了情感瞬间的存在性，展现出自由不羁的诗风。

　　他早期的作品和一些歌颂爱情的十四行诗被收录在他的第一部诗集《郁金

香与烟囱》里，很快就引起评论界的极大兴趣。虽然他创作的诗歌主题和十四行诗的形式是传统的，但诗歌还是在断句断词、拼字造词、标点和大小写上体现出独特的风格。**卡明斯是具象诗的先驱，他把诗歌当作一种视觉艺术来创造，通过个性鲜明的排版法，体现出词与词通过不同形式搭配的美。**因此，在他的作品里，诗歌的陌生化效果是通过字句排列的陌生化效果来达到的。

"In Just" 这首诗是卡明斯作品中具有实验性但内容并不极端的一首，因此，它在现代主义诗歌中是有一定代表性的而不是一个特殊的个例。但其诗歌在形式上的乖张，又给人以后现代的前卫性和先锋性的感觉，是其视觉诗歌的范例之一。

"In Just" 描述了孩子们对春天到来的喜悦，反映了作者对一个简朴、单纯、充满童趣的世界的向往，集中体现了卡明斯的创作特点。作者在诗中运用独特的诗句的空间安排体现出诗歌的节奏感，从而来表现孩子们喜悦、兴奋冲动的情绪。

整首诗分为三个部分，每一部分都重复了卖气球老人的口哨声，其诗的基调和空间感都是由诗中词句的精心安排来表现的。第一部分是水平型的，声音是流动的。第二部分是圆周形的，主要表现在第6和第14行，孩子们从不同的方向跑过来，作者似乎处在圆周的中心。第三部分则呈现出垂直型，声音则愈远愈弱。诗中，用形式来突出意境的例子比比皆是，作者甚至通过形式的美感让人产生对声音的遐想。

【TT111-1】保留了原诗形式独特所带来的效果，是一篇不错的译文。许多诗句的处理都符合了"形式对等"的原则。我们从译文就多少可以猜到这是卡明斯的作品。

首先，初读该诗时，人们往往对诗行中的空格和诗行间的隔断表示不解，甚至认为这是诗人的矫揉造作以期哗众取宠。但仔细研读后，不难发现作者用心良苦之所在。比如，在"just spring"或"spring"后都会有空格或空行的出现，这几乎是全诗的一个规律。此处戏剧化的停顿是作者通过节奏的停顿表现出孩子们对春天美景的惊讶。所以，这种形式上的独特性是必须保留的，它不仅是对作者的作品形式上的忠实，而且也是对原诗意境的完美传达。因为此时的形式已对诗歌的内容和趣味形成了促进作用。虽是小小的留白，却是不容忽视的艺术魅力所在，译文中必须忠实地保留这种形式上的独特性。

　　原诗【ST111】的另一个特点是节奏上的不对称性，诗句时而轻快、跳跃，充满活力，时而缓慢、停滞，略显忧伤，就像音乐中有高潮和激情，也有低吟浅唱。其欢快的部分以"eddieandbill"和"bettyandisbel"为典型。作者故意把孩子们的名字合在一起，用节奏上的速度感来体现孩子们的天真和快乐，一起气喘吁吁地跑将过来。虽然名字的小写无法在译文中体现，但译文 1 把两个孩子的名字直接放在一起，中间去掉了"和"。其本身就是对原诗玩文字游戏的模仿，传递了原诗的节奏感，而后又加上"俩"字，又不会让中文读者误以为是一个人。而低吟浅唱的部分则集中体现在原诗中三次重复的部分，"吹着口哨/远远地/而且/嘘嘘地"。这一部分缓和了前面紧凑的节奏，拉长了音韵，而且总是伴随着瘸腿的卖气球老人出现，给全诗喜悦、天真的风格带来了一种忧郁伤感的情怀。

　　这种由形式带来的节奏上的特色，其实已经超越了形式本身，不是"为了形式而形式"，而是要通过形式的对等，来达到诗歌意境和风格上的对等。【TT111-1】还是很好地体现了原诗的音韵、节奏等形式特点，完成了原诗风格的传递。

　　与【TT111-1】比较，【TT111-2】似乎更符合我们所熟悉的诗歌形式，而且也许更容易理解，因为译者在多处都加入了自己的解释，但事实上，这种对诗意的解释和对诗歌形式的本土化和普通化，恰恰削弱了原诗形式上所想达到的使诗歌陌生化的效果，从而无法体现作者的艺术特色和诗歌的独特魅力。

　　在原诗中，卡明斯采用不同的字间距、行间距，不同的诗行排列形式等，形象地描绘出卖气球老人的哨声由远到近的情景。但在诗歌的第一小节里，【TT111-2】打破了原诗的形式和简洁的诗风，加入了一些原诗所没有的动词和形容词，虽有助于读者对诗歌的理解，但损失了原诗的现代性和前卫性，是不足取的。这表明译者在处理内容与形式的矛盾时，沿用了传统的处理方法，即内容优先的法则，从而不惜以牺牲形式为代价。其实，在翻译此类以形式见长的诗歌时，我们首先应该对形式要素给予最大的关注。过多的修饰语和解释成分不仅破坏了现代诗歌的简洁性，而且使读者失去了品味和想象的空间，违背了原作者的初衷。如果把卡明斯的诗翻成语句通顺符合语法的诗句，还能是卡明斯的风格吗？此时的译文俨然已成为译者的，而不是原作的了。

　　而且，原诗在第十五行提到了跳房子和跳绳，在接下来的诗文就尽力通过形式的创新营造出视觉上的效果。读者仿佛能看到孩子们玩跳房子游戏的场景。先斜着单腿跳两行，后双腿跳一下，最后单脚直跳三下。【TT111-2】很明显没有传达原作者的苦心构思，完全打破了这种视觉上的诗歌感受。

　　【TT111-2】中将"far and wee"直接翻译成"逐渐微弱"。这样的译法使TL 读者失去了自己领会和想象的空间，而且没能传递出原诗所达到的声音效果。卖气球老人的哨声渐行渐远，给人以空间上的灵动感。而"逐渐微弱"四字读来索然无味，失去了原诗的艺术魅力。诗除了借助意象之外，还借助于音乐和旋律来表达思想感情。因此，诗中的音乐性就不容忽视了。在这方面赵译要比申译做得好。可见，如若没有"形式对等"的指导，只一味注重意思的翻译，译文是不能成功的。而且，简单四个字，把原诗三次重复但形式各异的特点抹杀了，读者无法体会卡明斯的诗歌形式的多样性。

【ST112】　　　　　　　　　**The Fish**

　　　　　　　　　　　　　　by Marianne Moore

wade

through black jade.

　　　　Of the crow-blue mussel-shells, one keeps

　　　　adjusting the ash-heaps;

　　　　　　　opening and shutting itself like

an

injured fan.

　　　　The barnacles which encrust the side

　　　　of the wave, cannot hide

　　　　　　　there for the submerged shafts of the

sun,

split like spun

　　　　glass, move themselves with spotlight swiftness

into the crevices—
　　　　in and out, illuminating

the
turquoise sea
　　of bodies. The water drives a wedge
　　of iron through the iron edge
　　　　of the cliff; whereupon the stars,

pink
rice-grains, ink—
　　bespattered jelly fish, crabs like green
　　lilies, and submarine
　　　　toadstools, slide each on the other.

All
external
　　marks of abuse are present on this
　　defiant edifice—
　　　　all the physical features of

ac-
cident—lack
　　of cornice, dynamite grooves, burns, and
　　hatchet strokes, these things stand
　　　　out on it; the chasm-side is

dead,
Repeated
　　evidence has proved that it can live
　　on what can not revive
　　　　its youth. The sea grows old in it. （选自《美国现代诗歌鉴赏》）

【TT112】　　　　　鱼

涉水
穿越碧玉般幽深的海水。
　　黑褐色的贻贝
　　满身淤泥
　　　　一开一阖像

一把
受伤的扇子。
　　藤壶装点浪涛汹涌的
　　海岸，不能躲藏
　　　　在那里因为照射到水中的

阳光
分裂如玻璃
　　丝，在强光照射下迅速
　　游进缝隙——
　　　　时进时出，照亮

那
青绿色浩瀚的
　　大海。海水像铁楔一样
　　冲刷钉入悬崖峭壁的
　　　　边缘；上面遍布海星，

粉红
稻谷样的颗粒，全身
　　乌黑的水母，绿百合似的
　　螃蟹，和海底的
　　　　毒菌，彼此从身边漂浮滑动。

一切
表面的
　　伪装和欺骗都出现在这
　　无所畏惧的大厦——
　　　所有高低不平的地势的

特
征——都缺省
　　檐口，巨大的凹槽、高温毁伤的烙印，以及
　　斧头敲击的痕迹，在海底
　　　非常突出；裂口的这边是

死亡。
不断的
　　证据已表明它仍能生存
　　虽然不能恢复
　　　青春。于是，大海日渐苍老。(选自《美国现代诗歌鉴赏》)

　　【译析】玛丽安娜·莫尔(Marianne Moore，1887－1972)，是美国现代主义诗人和作家。出生于密苏里州，曾就读于布林·莫尔学院。毕业后，做过教师和图书管理员，而在这期间，她开始正式发表诗歌作品。她曾获得日晷奖、里文顿诗歌奖、柏林根诗歌奖、普利策奖和全国图书奖。和威廉斯一样，玛丽安娜也认为生活中的一切都可入诗。作为"世界上最逼真的观察家"，她以敏锐的目光捕捉事物的细微之处，"真实地映射自然物象，具体而细腻，诗中所绘之物强烈可感；诗歌中色调明暗变化丰富，色彩斑斓，意趣盎然。"(李顺春、王维倩，2007)

　　《鱼》这首诗就体现了这种色彩的变化。诗歌生动描写了鱼游海中的场景，黑褐色的贻贝、粉红色的海星、绿色的螃蟹显现出色彩斑斓的海底世界。其间的色彩反差和明暗变化互相渗透，使得所描绘的事物不再是抽象的事物，而是展现在读者面前的一个个活生生的具象。全诗充满了灵性和智慧，形象的事物突出了语言的表现性，体现了莫尔诗歌的特点。诗歌在形式上的安排更为诗歌增添了一份灵动的气息。

原诗【ST112】共由八个小节组成，而每个小节的诗句的布局都是很有规律的。每小节的第一行除第七小节外都是由一个单音节的单词组成；而第二行则由一到三个单词构成，但其与第一行是齐头排列的；第三行和第四行则相对较长但较之第一二行则采用了缩进的形式；第五行则较之第三和第四行更为缩进。因此整个小节呈现出一种递进式的格局。这样的形式使得诗行富有灵活的流动性，也加强了全诗的灵动感。诗歌的主题本身就是写海和海底的生物的，并且极力想表现出色彩的转换和光影的虚实交错。在这里诗歌的形式服务于这种主题的渲染和意境的营造，因此在译文中不可忽视形式的表现。

【TT112】基本遵循了原诗这种形式上的特点，诗行之间仿佛能感觉到海水的波动感。同时这样的形式也是符合读者的阅读习惯的，使读者在被强调的物象处停顿并展开想象。此外每一小节的最后一个单词几乎都出现在下一个小节的第一行的位置上，给人以波涛连绵不绝的海洋的意象，又仿佛是鱼游海底，光影闪动，画面接续，一幅跟着一幅地展现在读者面前。如果诗句不是这样的排列，而是一句句的长句则会使读者不停地往下读，没有时间思考和想象。其实每一小节的第一行虽然只有一个音节，但每一个音节都引起读者的兴趣，引领他们继续读下面的诗行，从而勾勒出美妙的海底图景。因此，在翻译这首诗时，要重视这种形式上的特点，做到首尾接续，使全诗形式为诗歌的主题和意境添光加彩，从而使原诗中物体之间的反光和色彩的互相渗透达到唯美的程度。

16.3.3　形式对等对于译诗的意义

从本节以上的分析，我们不难看出诗的形式是为诗的意境和韵味服务的。传统的文学理念是以语言为中心的，认为语言高于图像。而现代主义中的某些诗歌反叛地运用了图像产生的视觉效果，这本身就是对现代社会的嘲讽。卡明斯在写给负责遴选出版其诗的皮尔斯的信中说："我无限关心的是，每一幅诗歌图画应该保持完整无缺。为什么呢？可能因为，几乎没有例外，我的诗歌本质上是图画。"在某种程度上可以说，现代主义的很多诗人更加关注的是其诗作的形式对其诗歌意境产生的影响。

依据这样的诗歌特点,我们需要采取的翻译原则也应和以往有所不同。根据奈达提出的"形式对等"的理念,在翻译现代主义诗歌时应努力再现多种形式因素,包括:1)词的用法上的一致性,如名词对名词、动词对动词;2)保留短语和句子的完整性,既不打乱也不调整句法单位,要求句子对句子;3)保留所有形式上的标记,如标点符号、分段记号以及诗歌中的缩格,要求诗歌对诗歌。

然而"形式对等"往往被"批判"为"逐词死译"的代名词。其实,需不需要改变 SL 诗歌的形式,不应视 TL 中能不能找到相应的词汇、结构而定,而应视诗歌的表现的需要而定。在某些现代主义诗歌的文本中,形式是诗意的主要表现方法之一。许多诗歌从形式上看就是一幅图画。如若不保留形式,很难在译文中展现诗歌的原貌。此时,**形式不仅表现了内容,其本身就是内容的一部分**。所以,在翻译此类文本的时候,要在"形式对等"的原则下,体现原诗在形式上的艺术化处理,如原诗的空行与空格、诗句的排列及诗句中词汇的排列等,在某些情况下,甚至要放弃对语义的执着。"形式对等"不是机械的、死板的译法,而是对现代主义诗歌创作的一种尊重,是能反映诗歌灵魂的一种翻译原则。笔者要强调的是,面对非传统的文本,尤其是现代主义诗歌文本,我们往往要更关注形式的表达。

从陌生化诗学的角度看,也要求我们把诗歌中独特的形式或视觉效果通过"形式对等"的原则将其体现在目的语中。形式主义者的诗歌理论主张在诗歌中要用变形的、费解的形式来帮助读者克服自动化状态,以减弱甚至否定日常实用语言在诗歌中的地位,达到使诗歌"陌生化"的目的。**诗歌的意象已经不是通过已知来认知未知的功用,而是为了使熟悉的东西"陌生化"**。形式主义的代表人物什克洛夫斯基认为,文学文本不但不反映现实,而且倾向于使所表现的现实陌生化,打破我们对现实世界的习惯性知觉方式(张冰,2000)。而陌生化在另一方面,就是要使语言的诗性本质复归或还原。一言以蔽之,就是对现实和自然进行创造性的变形,使之以异于常态的方式出现于作品中。

因此,当翻译现代主义诗歌中形式独特或者形式起到重要的表现诗歌意境的作用时，翻译者要充分意识到形式的重要性，并将其忠实地体现在目的语中。我们在这里强调诗歌形式的重要性，强调诗歌在布局剪裁上的特点，并不是要抹杀内容的重要性。事实上，诗歌的形式和内容共同为诗歌意境的创造和诗意的传达起了作用。但是，当某些诗歌在剪裁上的巧妙心思为其主题做出了很大的贡献时，有时这种贡献甚至超过了诗歌内容对主题所做出的贡献时，翻译者要把形式放在第一位，内容放在第二位；不能放弃诗歌形式的完整和独特性去做内容上的解释。在翻译具有形式特点的现代主义诗歌文本时，"形式对等"应该作为一条十分重要的翻译原则，而不应不分青红皂白，放弃这一原则，甚至置之不理。应该关注到"形式对等"在英语现代主义诗歌汉译时为形式处理所做的贡献。

16.4 汉诗英译的动态对等

16.4.1 动态对等对译诗的指导

诗歌翻译强调形式美，即强调形式对等，虽不言而喻，然而英汉双语与文化的巨大差异，使得诗歌翻译要都做到形式对等的可行性不高，所以"功能对等"（functional equivalence = dynamic equivalence/动态对等）就非出场不可了。它不仅对一般的应用翻译有指导意义，对文学翻译（包括诗歌翻译）也同时具有指导意义，尽管有学者对此提出批评——可惜，这些学者都不是从真正的实践角度来领悟功能对等的"高明之处"，而往往是理论到理论，即空对空，既缺乏思辨性，也有违英汉翻译实践之真实。

"功能对等"的提出者奈达特别指出："Translating means communicating, and this process depends on what is received by persons hearing or reading a translation. Judging the validity of a translation cannot stop with a comparison of corresponding lexical meanings, grammatical classes, and rhetorical devices. What is important is the extent to which receptors correctly understand and appreciate the translated text. Accordingly, <u>it is essential that functional equivalence be stated primarily in terms of a comparison of the way in which the original receptors understood and appreciated the text and the way in which receptors of the translated text understand and appreciated the translated text.</u>"（1993: 116；注意主编所加的底线，下同）

这里，奈达提出了读者反应（论）的问题。他继续指出："<u>There are a number of fundamental problems involved in studying translation adequacy in terms of 'readers' responses.</u>' In the first place, it is often very difficult to determine how the original readers comprehended the text, and in the second place, it is frequently impossible to evaluate effectively the responses of those who read a translated text. One of the reasons for this latter difficulty is that many people have certain presuppositions about what a translated text should be like…<u>In general it is best to speak of 'functional equivalence' in terms of a range of adequacy, since no translation can in fact represent varying degrees of equivalence. This means that 'equivalence' cannot be understood in its mathematical meaning of identity, but only in terms of proximity, i.e. on the basis of degrees of closeness to functional identity.</u>"（同上：117）

既然"功能对等"用来讨论译文的适度范围比较合理，那么"功能对等"概念的最后定义是什么呢？"A maximal, ideal definition could be stated as '<u>The readers of a translated text should be able to understand and appreciate it in essentially the same manner as the original readers did.</u>' <u>The maximal definition implies a high degree of language－culture correspondence between the source and target languages and an unusually effective translation so as to produce in receptors the capacity for a response very close to what the original readers experienced.</u>"（同上：118）

对诗歌翻译来说，"<u>The maximal definition implies a high degree of language－culture correspondence between the source and target languages and an unusually effective translation so as to produce in receptors the capacity for a response very close to what the original readers experienced.</u>"

16.4.2 动态对等彰显中国文化[1]

【ST113】桂霭桐阴坐举觞，长安涎口盼重阳。

眼前道路无经纬，皮里春秋空白黄。

酒未敌腥还用菊，性防积冷定须姜。

于今落釜成何益，月浦空余禾黍香。（选自《红楼梦》）

【TT113-1】With winecups in hand, as the autumn day ends,

And with watering mouths, we wait our small friends.

A straightforward bread you are certainly not,

And the goodness inside you has all gone to pot…

For your cold humors, ginger, to cut out your smell

We've got wine and chrysanthemum petals as well.

As you hiss in your pot, crabs, d'ye look back with pain

On that calm moonlit cove and the fields of that grain?

（霍克斯 译本）

【TT113-2】We sit, cups raised, in the shade of osmanthus and Wu- tung;

Mouths watering, for the Double Ninth we pine;

It crawls sidewise because the ways of the world are crooked,

And, white and yellow, harbours a dark design.

Wine won't purge the smell without chrysanthemums,

And ginger is needed dyspepsia to prevent;

What can it do now, fallen into the cauldron?

On the moonlit bank all that remains is the millet's scent.

（杨-戴 译本）

【译析】

1）两译本的 approach 不同。【ST113】出自《红楼梦》第三十八回，黛玉、宝钗和宝玉等人一边尝蟹一边咏诗。在三首咏蟹诗中，宝钗的这首被众人评为"食蟹绝唱"。而霍译本和杨-戴译本是截然不同的：杨-戴主要采用了"异化"

---

1 参考陈刚《旅游翻译与涉外导游》案例改写。

策略——ST-oriented approach，不属于"动态对等"翻译。霍氏翻译主要以过度"归化"为主。归化未必等于牺牲 ST 文化，可惜霍氏为了"取悦"读者，采取了 ST reader-oriented approach，甚至部分采取 TL culture-oriented approach，虽属于"动态对等"翻译，但没有达到其要求的"a high degree of language－culture correspondence between the source and target languages…so as to produce in receptors the capacity for a response very close to what the original readers experienced"。

2) 颔联译文对比分析。《红楼梦》是一部现实主义的鸿篇巨制，作者经常借题发挥或通过小说人物之口和笔来说一些不能或不敢直接说出的"伤时骂世"的话。它的绝妙之处就在于"寓大意"于"小题目"之中——"以闲吟景物的外衣伪装起来的政治讽刺诗"。由此可见，借螃蟹的形象，运用象征的手法，讽刺现实中惯于搞阴谋诡计之人的丑恶嘴脸是该诗的一大主题（即作者的创作意图）。译者应选择最适于表达这一意图的 TL，尽可能圆满地达成交际的目的。诗的颔联笔触犀利，是整首诗作的点睛之笔，而杨译中的"crooked"一词可谓是"点睛"之词：首先，作为主语"the ways of the world"（世道）的修饰语（表语），意为"纵横交错"，但若进一步分析该句的因果关系，就不难体味出"crooked"实指凭借手中权力霸道欺世之人，就好似横行的螃蟹从不管眼前道路（"世道"）的横直。因此，译文的因果关系与事实恰好相反：不是因为世间道路本身横直不分，而是因为螃蟹霸道横行之举使世界变得似乎黑白颠倒，是非难辨。其次，"crooked"一词若用作前置定语修饰人，可意为"dishonest"（狡诈奸猾），与下句中的"dark design"两相呼应。"皮里春秋"语出《晋书·褚裒传》，而"春秋相传为据鲁《春秋》整理而成的一部编年体史书。其对史实的褒贬，不在语言表面，而深藏于文字之中"，这一句讥喻世人城府很深，心机深不可测，所以和"crooked"一样，"dark"一词在这里也是一语双关：既可指蟹壳里黑膜的颜色，也惟妙惟肖地刻画了心怀叵测之人的丑恶嘴脸。

3) 首联译文对比分析。毋庸讳言，要淋漓尽致地表达诗作讥讽之意的途径绝不仅指双关语一条。但就本诗而言，霍译不如杨-戴译。与杨-戴直译"眼前道路无经纬"不同，霍克斯译的是隐含意义。但即使结合上下文，霍译以否定词"not"加上形容词"straightforward"修饰"bread"（暗喻）的形式不足以让读者体会该诗的主题，尤其是作为中心句的翻译，更缺乏"点睛"之力。霍译的首联描绘的是一幅怡然自得的景象：秋日近黄昏，左手持蟹螯，右手端酒杯。

这般景致，此等佳肴，怎不令人向往？或许还能令美国读者联想到周末自家庭院的烧烤美食？这与作者的讥讽本意可是相去甚远的啊！**文学翻译尤其是诗歌翻译的其中一大美妙之处就在于"不翻译"**，即不是把一切都译得明明白白，而是留出一些空白让读者自己细细品味。但设置空白的同时，译者也必须留下线索，以便读者"完形填空"。在杨-戴译中，读者根据"crooked"和"dark"这类词丰富的联想意义并结合上下文便能分析出中心句的讥讽之意。但霍译没有给读者提供足够的语言素材，加之上下文提供的语境的"推动力"不够，读者"难为无米之炊"，曹雪芹创作意图的体现比起杨-戴译就稍逊一筹。

4)**异化优于归化？**《红楼梦》的诗词曲赋是整篇巨著的碎钻，洒落在每一个角落，熠熠生辉，因而译介其中所蕴含的广博而深刻的文化内涵也成了翻译的一大功能。但有时由于读者本国文化中并未含有译介的文化现象，所以在初遇"异化"的译文时，会感到理解上有困难，但反之，若采取"归化"的翻译策略，译入语读者初尝"异国风情"的权利在无形之中就被剥夺了，而想通过翻译译介源语文化的目的也就无从谈起了。因此，采取"异化"的翻译策略并视具体情况辅之必要的注释正如留下必要的空白和"填空"的线索，能调动起译入语读者(当然，这主要指目标读者)，特别是就在面前的、活生生的、能互动的英美来访者的主观能动性，邀请他们共赴与原文作者和译者的"心灵之约"和"虚拟体验"(文化翻译效果的真正价值)。

5)**语义翻译更好？**以这首咏蟹时的首联为例，重阳节的翻译就涉及文化译介的问题。杨译的译文为语义翻译(semantic translation)——the Double Ninth。首字母大写提示读者此语为专有名词。若译入语读者不是被动地接受信息，他/她会通过查阅有关资料学到有关中国传统节日的知识：每年农历九月九日是中国的重阳节。因两阳相重，故叫重阳。不过，译本中加注可能效果更佳。在译介中国文化时，我们不能太多地、无原则地或一味"迁就"和"讨好"外国读者。霍氏对同一问题的处理略显"巧妙"：以重阳节来临的季节——秋末代替了重阳节本身的翻译。代替的结果就是 TL 读者失去了一个了解中国传统节日的机会。另外，霍译没有译介桂花树和梧桐。中国古人闻着淡淡的桂花香，在浓浓的梧桐荫下饮酒食蟹。如此具有中国传统文化气息的画面是一句"as the autumn day ends"所远远不能呈现的。霍译反倒印证了罗伯特·弗罗斯特的"名言"：Poetry is what gets lost in translation.

6)霍译更佳？令人遗憾的是，"语言学派"认为霍译很能说明如下论点：翻译活动应"放在互动的话语交际中来思考，把认知作为翻译活动的起点，在强调忠实原作的同时，也强调译者的主观能动性"，并认为杨-戴译就处理得有欠缺(个人概括，详见罗选民的"话语的认知模式与翻译的文本建构"，载 2002年第 7 期《外语与外语教学》)。实践证明，这样的观点如同有漏洞的容器，盛不住水(can't hold water)。

不论杨-戴译主观上是否为介绍中国文化(笔者认为肯定是)，我们完全可以在客观上(如选词结果)加以肯定。这就是杨-戴译的(主/客观)目的。而通常只有通过"异化"才能较好地传递源语文化的信息。借用 Nord(2001, 86)的表达法，霍译正好在与译入语文化之间产生了一个很大的"文化鸿沟"(cultural gap)，恰恰相反，杨-戴译却为此架设了一座"通得过的桥梁"(can...be bridged)。尽管杨-戴译不如霍译更为流畅，但是仍是可接受的佳译。假设霍译也保留杨-戴译试图保留的中国文化形象(意象)，换言之，用"异化"的翻译策略，其译文又会如何呢？若要研究"货真价实"的《红楼梦》，除了阅读原作外，我们是应选择霍译还是杨-戴译呢？

7)"动态对等"，发挥译者的主体性。为了使中国诗歌成为"what we gain through translation and translators"(Bassnett & Lefevere, 2001, 74)，作为译者，我们必须发挥"主观能动性"，与英文读者进行"文化对话"，而不是只为了译出话语通顺但牺牲文化形象的文本，否则译文便"失去文化特性"(deculturalized)，于是产生"文化距离"(cultural distance)和严重问题(Nord, 2001: 87)。须知，文化诠释与文化保留是可以有机结合的。这应该在翻译《红楼梦》和评价《红楼梦》译文时引起高度的、足够的重视。翻译固然会不可避免地产生归化或异化的译文，然而译文效果是否为最佳(相对概念)，不是由哪种策略/方法及译者好恶来确定的，须与翻译目的和读者类型相结合。一句话，哪种"化"的译文之可读性能与翻译之目的性更好地结合才算是最佳。以下是笔者的译文。

【TT113-3】Cups raised, we sit in the shades of osmanthus and plane trees;
Mouths watering, for the Double Ninth we are all hungry.
You move sideways because of the crooked ways of the outside;
And harbor a dark design, white and yellow and hollow inside.
Just wine without mums won't purge your smell;

> Ginger we need also to prevent your dyspepsia.
> What can you do right now, fallen into the hot pot?
> On the moonlit bank all that remains is the fragrant grain.

（陈刚　试译）

8) 动态对等，适度归化。遵循以译入语、译入语文化或读者为取向（reader-oriented）的原则，通过意译进行"归化"（包括"准归化"）翻译。

事实证明，【TT113-3】获得教育程度较高的英美游客的欢迎和偏爱。

无论是"归化"或"异化"，也不管是"直译"或"意译"，关键在于何种翻译途径、方法、技巧更适于实现译文的文化交际目的。在此，我们也欢迎经"归化"保存中国文化色彩的"螃蟹咏"。

16.4.3　动态对等英译汉诗案例

这里我们通过一组案例来再现动态对等与诗歌翻译的（内外在）关系。我们设置的最低要求是 **effective** translation，以再现诗歌之**境界/意境**。有关案例涉及：①how to better choose words（选词）；②how to better introduce allusions（典故）；③how to better describe Chinese flowers（写花）；④how to better interpret a poetic mood（译境）。

1. 动态对等与选词

【ST114】vs.【TT114】

【ST114】竹	【TT114-1】　　　　Bamboo
苏东坡	Su Dongpo
可使食无肉，	I'd rather eat without meat
不可居无竹。	Than live without bamboo.
无肉使人瘦，	No meat would makes me thin;
无竹使人俗。	No bamboo would makes me vulgar.（陈刚　初译）

【译析】【ST114】vs.【TT114】 主要讨论如何选词（how to better choose words）。王国维在《人间词话》中特别提及（笔者已将原话译成白话并简化）：诗词最高境界的区别，在于"隔"与"不隔"。如何是"隔"与"不隔"之别呢？陶渊明、谢灵运的诗不隔，但严颜之（南朝宋文学家，字延年）的诗则有些"隔"；

苏东坡的诗"不隔",但黄庭坚(字山谷)的诗也有些"隔"。比如,"池塘生春草"(谢诗)、"空梁落燕泥"(隋朝诗人薛道衡)等两句,妙处唯在不隔。词也是如此。即以一人一词论,如欧阳公《少年游·咏春草》上半阕云:"阑干十二独凭春,晴碧远连云,二月三月,千里万里,行色苦愁人。"语语都在目前,便是不隔。至于"谢家池上,江淹浦畔",则隔矣。

可见,选词、用词跟诗词之意境息息相关。选词造句,乃作文之基本功,译文亦如此。从 TL(即英文)视角出发,笔者平时注意选词的视角,就涉及**译境**(译出原文的意境),以下跟 wording/diction 搭配的二十几个形容词就反映出作文、造境的不同视角(按字母顺序排列):

- actual
- ambiguous
- appropriate
- bold
- classical
- clear
- dignified
- exact
- exquisite
- extravagant
- fashionable
- illogical
- metaphorical
- meticulous
- peculiar
- poetic
- precise
- simple
- specific
- terse
- tragic
- unadorned
- vague

回到本人翻译的东坡诗"竹",如何通过口头形式译介给英语游客呢?本人初译的 TT 是否可行?是否达到了诗人的境界(the artistic conception)?如果没有,问题又出在哪里?换言之,我是否用好了"功能对等"?

笔者在跟美国斯坦福大学校友团交流时,事先做了功课。本人深知英美人对中国的竹文化不甚了解,在介绍"竹"诗之前,我要高屋建瓴地介绍好竹。比如,竹在中国传统文化中的象征意义;又如,有关"岁寒三友"、"植物四君子"、"竹溪六逸"、"竹林七贤"、"竹之十德"(不按历史年代排)等美好故事。

当我把自己的"竹"的译诗深情款款地读给斯坦福校友团员听后,先是响起了热烈的掌声,然后发生了一番不同凡响的争论。矛头直指诗歌译文中的一个措辞[1]。

他们几乎一致的观点是:诗译得很好,有一个用词没有选好,因为 native

---

1 制约国内大学英语和/或教翻译(尤其是汉译英)教师能力发展的瓶颈是 TL 水平相当有限(如语感、反应、地道、语用等)。比如,苏轼的"竹"诗的 TT 问题处在哪里?笔者试过,没有一个受试者回答沾边。

speakers 不是这么来描绘竹的品格的。"无肉使人瘦，无竹使人俗"中的"俗"，其深层内涵是什么？根据本人向他们所做的关于竹的介绍，译文中的那个词不妥。至于用哪个词来替代，他们之间存在着激烈的争论。

　　出于翻译教学、翻译研究、不断提高（读者）使用 TL 的能力之考虑（这也是本书撰写的目的之一），以下是本人从英语为非母语的角度用英文进行学术交流的一段话之要点：

● We can never be able to fully control the meanings of what we say and write.

● Meaning in language is jointly constructed by the participants in communication.
　 OR

● The meanings we exchange by speaking and by writing are not given in the words and sentences alone but also constructed partly out of what our listeners and our readers interpret them to mean.

　　与此同时，语言本身有其局限性（the limits of language），它存在不同的语言层面，属于歧义（ambiguity）范围的问题，如：

● word-level ambiguity;

● sentence-level ambiguity;

● discourse-level ambiguity;

● the ambiguity of language, which is not the result of the translator/interpreter's poor learning.

　　为避免这种翻译交流中的 linguistic ambiguity：

● To recognize the nature of language（SL + TL）;

● To develop related strategies in cross-cultural communication; and

● To try to remove or at least reduce it.

　　Since language is always, inherently, and necessarily ambiguous[1], we must draw inferences about meaning, with the "must-do" to communicate outlined as follows:

● language working in a comparative way (*linguistic ambiguity*);

● in order to communicate;

● drawing inferences based on two main sources—the language they have used, and

---

1 跨文化交际研究成果之一。

our <u>knowledge</u> about the world.

　　根据上述跨文化交际理论和原则，同时根据"动态对等"注重"读者反应"的根本理念，笔者认为：不管是美国人还是中国人，他们一定具有很多 shared knowledge about the world。之所以这批美国人在了解了中国"竹文化"后，会对笔者的英译文提出不同的观点，说明他们对我们的竹的实质有了一定深度的了解，对我们的竹文化有了不浅的感悟——这些都被后来的事实予以证明了。

　　他们认为："vulgar", which <u>doesn't work that way, fails to represent Su's lofty realm of thought</u>。换言之，这个选词阻碍了译文再现苏轼及其"竹"诗的意境，美国人不是这样使用这个词的——显然是一个语用错误，它也涉及一个文化错误。只有通过"动态对等/功能对等"研讨，才能认识到这个错误。

　　认识到了错误，还远远不够，那该如何修改呢？——这才是一个具有挑战性的翻译任务。

　　问题之一：国人将"俗"译成 vulgar，司空见惯，天经地义。

　　问题之二：国人对"俗"的英文对应词的认知，一直来就是 vulgar。

　　问题之三：根据中国大陆出版的规范、权威汉英词典，"俗"的 equivalent 即 vulgar，其中 12 部的名称如下：

- 《北外版》；
- 《外研社版》（第三版）；
- 《交大版》（第三版）；
- 《林语堂版》；
- 《外文版》；
- 《新世纪》（国礼版：胡主席送孔子学院）；
- 《商务版》；
- 《外教社版》；
- 《远东版》；
- 《海南版》；
- 《世图版》；
- 《吕氏汉英词典》。

　　问题之四：综上，"俗" = **vulgar**。

　　于是，根据跨文化交际的研究成果——Our inferences tend to be fixed, not tentative. To put it differently, therefore, '俗' allows of one interpretation only in this context. So the translator should do his/her utmost to find out the **<u>exact</u> term** to convey the message（苏轼和竹的"高格"）.

　　经查证 *WEBSTER'S New Collegiate Dictionary*（9th/10th/11th Edition），VULGAR often implies boorishness or ill-breeding; or not showing good manners, good taste, or politeness (*Merriam-Webster's Advanced Learner's English Dictionary*, 2010)

所以，我们必须找出 **one best possible pair of terms**。再次努力查证，结果是：

● 俗——指(谈吐、举止等)粗野庸俗；不文雅，即：<u>粗俗</u>。(见吕叔湘作序的、湖南出版社出版的《新编汉语词典》)。

● COARSE implies roughness, rudeness, or crudeness of spirit, behavior, or language (*WEBSTER'S 9th/10th/11th New Collegiate Dictionary*)

● **My finalized translation:**

【ST114】 竹	【TT114-2】　　Bamboo
苏东坡	Su Dongpo
可使食无肉，	I'd rather eat without meat
不可居无竹。	Than live without bamboo.
无肉使人瘦，	No meat'd make me thin;
无竹使人俗。	No bamboo'd make me <u>coarse</u>. (陈刚 改译)

● **My sum-up:** The secret of the translator's success is that you know how to choose *clear, simple* or *exact* wording. To create a good artistic conception, it is important to put his/her creative idea into the best linguistic "art form".

　　2. 动态对等与典故

　　(1)【ST115】 vs.【TT115】

【ST115】	【TT115-1】
水光潋滟晴方好，	The shimmering ripples delight the eye on sunny days;
山色空蒙雨亦奇；	The dimming hills present a rare view in rainy haze.
欲把西湖比<u>西子</u>，	West Lake may be compared to Beauty <u>Xi Zi</u> at her best,
淡妆浓抹总相宜。	It becomes her to be richly adorned or plainly dressed.
(苏东坡)	(陈刚译, 1996)

　　【译析】【ST115】 vs.【TT115】主要讨论如何译介典故(how to better introduce allusions)。汉语古诗词中典故可谓家常便饭，译成现代汉语已实属不易，译成英文一般难以进行简单的 direct translation(直接翻译)，此时"功能对等"是解决实际问题的一种好策略，一项好原则，一个好办法。

　　苏轼这首歌颂西湖的脍炙人口的诗，要转换成英文已实属不易，再要同时处理好诗中最难转换的美女西施或西子，似乎比登天还难。尽管也有许多译得不错的诗，但恰恰都回避"西施"这个人物典故——无论从什么角度，名字的发音、拼写、知名度、效果度等都给可译性和可译度提出了严峻的挑战。

在英文中，**allusion** 指 "a reference to a person, place, or thing that possesses associated meanings. You can use allusions to clarify images or to explain without going into detail" (*21st Century Guide to Improving Your Writing*)。"隔"的典故是 obscure allusion 或 hidden allusion，"不隔"的典故是 distinct allusion 或 facile allusion。

我们不妨引入语言学的术语和思路来讨论实现译文的"功能/动态对等"，即"marked"和"unmarked"（"有标记的"和"无标记的"）——it is about the theory that in the language of the world certain linguistic elements are more basic, natural, and frequent (unmarked) than others which are referred to as "marked" (LDLTAL)[1]。举例来说：This is a normal world: The world that will behave normally, unless otherwise marked/expected.

● **Unmarked:** a boy at the <u>desk</u>（某男孩在做功课）；a girl at the <u>dinner-table</u>（某女孩在吃饭）；a lady at the <u>vanity table</u>（某女士在化妆）。

● **Marked:** a boy <u>dozing off on the curbside</u>（该男孩躺在马路牙子上打盹）。

同理，有标记的典故和没有标记的典故也给理解和翻译带来程度不同的难度：

● **Marked allusion/Obscure allusion:** *The Bed of Procrustus*（普罗克拉斯提斯的床）；*Catch-22*（第二十二条军规）；Yahoo（牙呼，即《格列佛游记》中的人行兽）。

● **Least/less marked allusion/Distinct allusion:** 情人眼里出西施；孺子牛；to cry wolf；hippie；Lost Generation…

如果在译者使用有标记的或（比较）"隔"的典故，定会付出翻译的代价，即 "…<u>risks alienating</u> (always implies loss of affection or interest) <u>the reader</u>"。正是出于"功能/动态对等"的考虑，我们要采取的策略是：

①变有标记的/比较"隔"的典故为标记性弱的/不（太）"隔"的典故——**to turn the marked allusion into less marked or even facile/shared allusion**。

②变标记性强的/特别"隔"的典故为具体的替换表达法——**to turn the**

1　见 *Longman Dictionary of Language Teaching & Applied Linguistics*。

highly marked allusion into a specific substitution。

SL 典故	TL 表达法 / 【TT115-2 to 6】	译析
西子/西施	Beauty of the West（XYZ）	较"隔"，缺 specification
	The fair lady at her best（XYZ）	有"隔"，缺 specification
	Xi Zi（标准汉音译法）	相当"隔"，尽管具体化了
	Hsi(h) Tzu（威氏拼音译法）	相当"隔"，尽管拼音好认些
	Xi Shi（标准汉音译法）	相当"隔"，尽管具体化了
	Hsi(h) Shi（威氏拼音译法）	相当"隔"，尽管拼音好认些
	Beauty Xi Zi at her best（陈刚译本）	"隔"最少，增加了前后置修饰成分，亦便增加了（possibly）shared background information，似是较有效地增加共享知识的最佳整合法
	Beauty Hsi Shi at her best（陈刚译本）	

(2)【ST116】vs.【TT116】

【ST116】壮志饥餐胡虏肉，笑谈渴饮匈奴血。（选自岳飞《满江红》）

【TT116-1】
Valiantly, we'd cut off each head;
Laughing, we'd drink the blood they shed.

（许渊冲 译本）

【TT116-2】
My hungry aspirations are eager
To swallow the "Northern meat";
My burning thirst is keen
To quaff the "Northern blood."

（陈刚 译本）

【译析】因韵害意，完全舍弃了两个重要典故。虽然不拘泥于 ST 形式，但 TT 并没有把 ST 的内涵带出来，甚至有所"夸张"，比如"cut off each head"，没有再现对联的形式与内容。

照顾到了对联形式+内容；保留了较少"隔"的两个典故（双底线）；译出了 ST 的气势；译出了岳飞对入侵者的极度愤怒；展现了岳飞爱国（指大宋王朝）的高度热忱以及与敌人战斗到底的英雄气概。

(3)【ST117】vs.【TT117】

【ST117】	【TT117-1】
折花逢驿使，	I plucked a flower and met a courier,

寄与<u>陇头人</u>。	Who I asked to send the flower to <u>Longtou</u>.
<u>江南</u>无别信,	I have no letter for you from the <u>Jiangnan</u>,
聊赠<u>一枝春</u>。	But post <u>the spring flower</u> to you instead.
（范晔 著）	（无名氏 译）

【TT117-2】 Gathering <u>mume blossom</u> I met a courier;

Let him take some to my friend dear.

I will send no letter from <u>the South</u>;

Just to present <u>a twig of spring</u> to <u>the North</u>. （陈刚 译）

【译析】【ST117】中的三个典故是翻译的难点，而且还会影响"（折）花"的认知及翻译。该诗虽然短小精悍，但不易处理得小巧玲珑。

其一，第一句中的"花"是什么花？【TT117-1】显然译得"随意"。其实应为梅花，它的答案就在第四句中的"一枝春"。

其二，第二句中的"陇头人"可指边塞人，此处指大西北，这对今人来说算是"典故"。诗人采摘梅花时，恰逢驿使去西北（一说是长安），于是想到他自己的好友在那边做官。由于音译难以 make sense，所以这个典故的处理法不可取。

其三，"江南"这个范围过大，在此指江南的杭州，诗人在此生活。有英国作者在自己描写江南花园、桥梁的专著中使用了 "the Jiangnan（region）" 的表达法。由于诗歌短小，用拼音无法解开这个典故之"隔"。

经比较，【TT117-2】较好地处理了上述三个典故及"花"，而且处理得很巧妙。此外，【TT117-2】的译笔要强于【TT117-1】，恕不在此赘述。

总之，本着"动态/功能对等"的翻译理念，加上合格的诗歌翻译能力，就容易译好这首精致的短诗。

3. 动态对等与写花

大学文科老师会比较"宅"，所以他们谈理论会囿于书本、文本等。然而，我们始终坚持文科要面对整个人类社会，面对整个自然世界。尽管笔译多宅在家里进行，但是翻译大自然也是笔译人员不可回避的话题。因此，向与我们文化背景迥异的西方人译介独具中国特色的花花草草，实在是一桩快乐和自豪的事。通过译介，我们对自己在这方面的跨文化翻译实践与研究有了真切的认识。

比如，中国封建社会畸形文化的典型代表之一"小脚"（起码是源于南北朝的陋习），不管你喜欢与否，我们用一个美好的说法来形容这双小脚——三寸金莲。据说，人们把裹过的脚称为"莲"，而不同大小的脚是不同等级的"莲"，大于四寸的为"铁莲"，四寸的为"银莲"，而三寸则为"金莲"。另一方面，三寸金莲属于古代的审美习俗，它源于"女子以脚小为美"的观念。女子到了一定年龄，用布带把双足紧紧缠裹，最终构成尖弯瘦小、状如菱角的锥形。双足缠好后，再穿上绸缎或布面的绣花的尖形小鞋（弓鞋），此即为"三寸金莲"（图16-1）。

图 16-1　三寸金莲

图 16-2　书带草

三寸金莲是当时人们认为妇女最美的小脚。这"（金）莲"来自水生植物莲花。英文中有一个美好的名称——golden lily 或 lily feet。在译界知道这个英文说法的人还是不少的，但是如何用通俗易懂的英文描绘"书带草"（图16-2）吗？在译界知道这个英文说法的人就不多了。请注意不是植物学名（拉丁文）哦！

由于国内译者在使用有效英文（effective English）翻译描写典型或常用的中国花草植物方面是一弱项，又由于中英文在使用名词描绘花卉时的思路、审美观大有不同，所以"动态/功能对等"的思想、策略对用 TL 写花帮助很大。常用的中文花名本身就透着语言美、形态美，其对应的英文表达是译者应该首先搞懂的第一步，从翻译角度出发，存在以下值得注意的问题：

●they are <u>native</u> to China；

- they are <u>typically Chinese</u>；
- they are *somewhat* <u>untranslatable</u>；
- there is a <u>lexical gap</u> in the TL；
- there is <u>semantic zero</u> in the TL；
- there is a <u>cultural gap</u> in the TL culture。

有关 40 种形式对等或/和功能对等常用植物专名汉英对照表如表 16-4 所示(【ST118-158】⇨【TT118-158】)。

表 16-4　40 种形式对等或/和功能对等常用植物专名汉英对照

序号/SL 植物名(含俗名)	TL 专名	SL-TL 可译度/难度
(01)芍药	herbaceous peony	形式对等
(02)菊花	chrysanthemum	形式对等，产生文化内涵缺憾
(03)梅花	mume blossom	形式对等，傲霜雪，TL 国家缺
(04)梅(子)花	plum blossom	常误用为冬梅、春梅，误导受众
(05)桂花	(sweet) osmanthus/osmanthus flowers/fragrance flowers	形式对等，产生文化内涵缺憾，TL 国家缺，不太熟悉
(06)绣球花	hydrangea/embroidered-ball flower	形式对等，后者受众不太熟
(07)万寿菊	marigold/long-lived mum	形式对等，后者受众不太熟
(08)夜来香	night queen	功能/动态对等，受众喜欢
(09)一枝黄花	golden-rod	形式对等，SL 较有诗意
(10)一枝银花	honeysuckle/silver flower	形式对等，SL 较有诗意
(11)一品红	Christmas flower	形式对等，文化/审美视角不同
(12)一串红/爆炸红	salvia/scarlet sage	前者效果好，汉语更富诗意
(13)一点红	tassel blower	形式对等，汉语更显文字美
(14)映山红	azalea	形式对等，汉语名字更美
(15)月月红	American beauty/red-month	功能对等，审美视角有异
(16)杜鹃	cuckoo	形式对等，功能对等
(17)美人蕉	Canna/India shot	形式对等，汉语更优美

(续表)

序号/SL 植物名(含俗名)	TL 专名	SL-TL 可译度/难度
(18)紫藤	(Chinese) wisteria	形式对等，功能对等
(19)紫薇	crape myrtle	形式对等，功能对等
(20)栀子花	gardenia/cape jasmine flower	形式对等，汉语名似乎更亲切
(21)罗汉竹/佛肚竹	Arhat bamboo/Buddha-belly bamboo	自创词，起交流作用
(22)湘妃竹	mottled bamboo	形式对等，汉语有诗意及文化内涵
(23)观音(棕)竹/凤尾竹	Fern-leaf hedge bamboo	形式对等，汉语含义更丰富多彩
(24)雪松/柏/杉	snow pine/cypress/fir; cedar	形式对等，可以是 Himalayan pine
(25)雪柳	snow willow/hoary willow	形式对等
(26)银杏/公孙树	ginkgo/grandpa-to-grandson tree/three-generation tree/longevity tree	形式对等，动态/功能对等；后三者为自创词，受众喜欢
(27)鸟不宿/鸟不停	holly/Christmas tree/unperchable	形式对等，动态对等；受众喜欢
(28)(千年)铁树	sago cycas	形式对等；汉语更美、更形象
(29)一叶兰	aspidistra	形式对等，汉语更富简洁美
(30)书带草	monkey grass/book-mark grass	动态对等；后者为自创词
(31)六月雪	snow-in-summer/snow-in-June	动态对等；自创词；受众喜欢
(32)八卦掌	cactus (*a kind of*)	功能对等；汉语有情趣
(33)忍冬	honeysuckle/kiss-me-at-the-gate	功能对等；前者类大，后者有情趣
(34)爬山虎/爬墙虎	creeper/Virginia creeper/Boston ivy	形式对等；功能对等
(35)菖蒲	calamus	形式对等
(36)天门冬	radix asparagi	功能对等，汉语更富联想意义
(37)海棠	crabapple	形式对等；动态/功能对等

(续表)

序号/SL 植物名(含俗名)	TL 专名	SL-TL 可译度/难度
(38)芙蓉(木本)	hibiscus/cottonrose hibiscus	形式对等；有水木之分，常被误用
(39)十大功劳	Chinese mahonia/mahonia	形式对等；汉语名称更富魅力
(40)百草园(杭州植物园；绍兴鲁迅故居)	herbs garden/one-hundred-herb garden; the vegetable garden	形式对等；前者用于植物园，常被误用取代后者来译鲁迅家百草园

我们可以根据表 16-4，外加译者自身水平，一起来分析中英两种语言如何运用最为常见的花来描写同一种客体/对象(【ST159-165】vs.【TT159-165】)。

The same ST	Effective Translation	Less effective/Ineffective Translation
The girl's/young woman's face/pretty face	peach blossom(中西审美一致)	不会误读，误译，误解
三寸金莲	Lily feet/three-inch (water) lily feet/golden lily feet(中西审美接近，并加以美化)	不会误读，误译，误解
出淤泥而不染	Lotus grows out of the mud pure and clean(西方能欣赏中国文化，了解荷花、莲藕)	不会误读，误译，误解
采菊东篱下，悠然见南山	虽然可译，但效果未必有效，因为对陶渊明的心境(采菊、瞭望等"无我之境")难以从 TT 中发现	Plucking chrysanthemums by the eastern hedge at will, I leisurely see the distant southern hill.(陈刚 译)
桂花开放贵人来；桂花开放幸福来	因西方对桂花很不了解，所以不了解桂花开放与贵人/幸福来不来之间的逻辑或因果关系，而且两个发音相同的字也无法再现	When osmanthus flowers are in bloom, VIP will come/When osmanthus flowers are in bloom, happiness will come (陈刚 译)

梅花欢喜漫天雪	梅花英译名误用，把江南梅雨季节开花结果的梅(plum)用做傲霜雪的梅(花)	<u>Plum blossoms</u> welcome the whirling snow(外文出版社译本)
毕竟西湖六月中，风光不与四时同：接天<u>莲</u>叶无穷碧，映日<u>荷</u>花别样红。	After all it's the West Lake in summer hot, Displaying scenes no other seasons have got: Green <u>lotus leaves</u> stretch so far to the ruddy horizon, Bathed in sunshine are exceptionally pink <u>lotus blossoms</u>. (陈刚 译)	这里的"荷花"虽然可以译过去，可译度一定不低，然而从高标准出发，"接天莲叶无穷碧，映日荷花别样红"的意境真的是无法译出的。虽然西方人跟中国人在选词上不会发生误差，但西方人对荷花的"知之、好之、乐之"的程度跟该诗作者杨万里或以杭州人等为代表的中国人一定是不一样的，起码感受、情愫是不一样的。

　　关于中国花卉译介的有效性，多年来不为译界所明白，因为大家几乎压根儿没有认识到这个问题的存在，更谈不对这种翻译上重要性、可行性之研究了。植物文化的内涵距离/鸿沟似乎更难翻译，即几乎不可译。若要进行有效的跨文化花卉/植物翻译，SL proper names 与 TL proper names 之间的关系应该满足以下几个方面：

● similarly <u>designative</u>；　　　　　● similarly <u>associative</u>；

● similarly <u>pragmatic</u>；　　　　　● similarly <u>culture-specific</u>；

● similarly <u>artistic/esthetic/poetic</u>。

4. 动态对等与译境

　　【ST166】vs.【TT166】

【ST166】　　　　半字诗

　　　　<u>半</u>水<u>半</u>烟<u>半</u>柳，<u>半</u>风<u>半</u>雨催花；
　　　　<u>半</u>没<u>半</u>浮渔艇，<u>半</u>藏<u>半</u>见人家。(梅鼎祚)

【TT166】　　**Eight-Half-Character Poem**

　　<u>Half</u> dabbled in water and <u>half</u> shrouded in mist is <u>weeping</u> willow,

　　<u>Half</u> awakened by rain and <u>half</u> blown by wind is a <u>blooming</u> flower;

Half <u>below</u> the water and <u>half above</u> the water is a <u>fishing</u> boat,
Half <u>veiled in the hill</u> and <u>half visible from the hill</u> is a <u>hanging</u> cot.

（陈刚　译[1]）

【译析】【ST166】vs.【TT166】主要讨论如何译境（how to better create a poetic mood）。汉语古诗词（诗人）所造之境，如何在现代诗歌（译者）的所译之境中加以再现或体现，是需要不断实践、不断研磨、不断提升、不断完善的。

从诗歌翻译与时俱进的理念看，从在此理念指导下的翻译操作过程看，中国的古诗未必须用中古英语来译，但中国古诗的英译一定要为目标语的读者所欢迎、所接受、所认同。尽管以归化翻译为主的理念、原则、策略、方法及技巧是需要长期坚持并实施的，但适当有意识、有能力地（有所）"异化"，是译好古诗，即译出意境的最佳途径。换言之，如何在以归化为主的策略、原则指导下，很好地将异化（程度高低不论）融入归化翻译之中，是我们在具体的诗歌翻译实践及操作中很有效地加以解决的首要问题。这些观点正是"**动态对等**"/"**功能对等**"的"**活**"的阐释。

以下，结合"境界说"，用英文思维的方法，来阐释如何认识意境、造境的几个概念：

● 诗人造何之境——to create a natural mood（所造之境必须合乎自然）；
● 译者译何之境——to re-create a new natural TL mood out of the original（SL）mood（所译之境必须出自源语意境，重造一个崭新的、合乎自然的目标语境界）；
● 何为译者之境（1）——the mood that the translator interprets（译者阐释之意境）；
● 何为译者之境（2）——the mood that the translator creates（译者所造之意境）；
● 译者以我观物之道——the way the translator feels himself at a particular time about an object；
● 译者以物观物之道——the way the translator views/enjoy the object from its perspective or as it is；
● 何为诗（的）意（境）（1）——poetic <u>atmosphere</u>（氛围）；
● 何为诗（的）意（境）（2）——poetic <u>feelings</u>（情感）；
● 何为诗（的）意（境）（3）——poetic <u>utterances</u>（表达）；

---

1 梅鼎祚的"半字诗"英译文已由译者申请了版权，请勿未经准许而进行剽窃。

●译者译境/造境 10 大视角——

①Time & space（时空，亦可一分为二，即变为 **11 大视角**）；

②The ST author（源语文本作者）；

③The ST（源语文本）；

④The ST reader as a translator（作为译者的源语文本读者）；

⑤The age（年龄）；

⑥The gender（性别）；

⑦The socio-cultural（社会文化）；

⑧The interpreter（诠释者）；

⑨The translator（译者）；

⑩The TT reader as a translator（作为译者的目标语读者）。

于是，我们利用上述"译境概念"分析"半字诗"，并提供笔者受版权保护的该诗译文。

第一句，不能直译，否则势必造成译文被误读。比如，"半水半烟半柳"——Half water, half smoke and half willows——TL 读者简直不知所云。经过对 SL 句一的结构分析，5 个"半"字跟其他成分的关系被解码、再编码成 Half dabbled in water and half shrouded in mist is weeping willow，句子成分之间的关系就很清楚了，这也是靠 diction + collocation + amplification/compensation（措辞+增益/补偿）等手段译出的。比如，"weeping willow"（垂柳）中的"weeping"就是译者增译的。按照王国维的"境界说"，笔者的分析、翻译结果，是"译者以我观物之道"的结果和译境/意境。

第二句，也不宜直译，道理同上。不然，译文会是"半风半雨催花"——Half wind half rain speed the blooming of flowers——TL 读者不清楚"Half wind half rain"是什么内在逻辑。其实真正的逻辑应是：Half awakened by rain and half blown by wind is a blooming flower。这也是靠 diction + collocation + amplification/compensation 等手段译出的。例如，"blooming flower"（正在开放的鲜花）中的"blooming"就是译者增译的。按照"何为译者之境(1)"的自我认知"补缺"，创造出"何为译者之境(2)"。

第三句，更不可直译了。不然，"半没半浮渔艇"则导致"half submerged and half floating is a fishing boat"。"动态对等"的译文可以是：Half below the water and <u>half above the water</u> <u>is a fishing boat</u>. 具体翻译技巧同上。按照"译者以物观物之道"，推理出渔船半沉半浮的情景。

第四句，需要补充逻辑关系文字的难度最大。直译"半藏半见人家"可能被误译成：half hidden and half visible is a house. 到底哪些 logical words and expressions 可以像做填空题那样填写准确，并含有情怀、诗意？笔者译文是：<u>Half veiled in the hill</u> and <u>half</u> visible from the hill is <u>a hanging cot</u>. 比如，"<u>hanging cot</u>"（半悬半挂在云雾之中的住家）中的"hanging"就是译者增译的；再如，使用文学用语"cot"而取代"cottage"。其余部分就中道理不言自明。按照"译者主体性"原则，译者创造的境界，真可谓"以我观物，情也"！

相信这首半字诗歌的翻译符合"功能对等"的思想原则。相信这首诗半字诗创造出了或翻译出了诗的三大意境/境界：①Poetic atmosphere；②Poetic feelings；③Poetic utterances。

16.5　诗歌翻译之理论总结

这节是起"承上启下"作用的。既是对第 16 章有关内容的一个理论思考总结，又是为下一章——第 17 章引路、指南。

总起来说，或者简化地说，我们只要推荐奈达的"formal equivalence/correspondence"和"functional/dynamic equivalence/correspondence"即可——这也是我们本单元开宗明义的，当然这也是建筑在 BTI/MTI 生或读者所具备的前置条件之上的，因为我们不可能在大一就开始系统、全面地学习文学多体裁翻译的。

于是，经过本章的学习、实践、研究，我们认为很有必要对诗歌翻译的认识加以深化。

16.5.1　诗歌翻译的新理念

1. 诗歌好比是"秧苗"，可以在异国他乡的土地上成长

Bassnett 明确指出："…though a poem cannot be transfused from one <u>language to another, it can nevertheless be transplanted. The seed can be</u>

placed in new soil, for a new plant to develop. The task of the translator must then be to determine and locate that seed and to set about its transplantation." (2001：58) 巴西诗人暨翻译 Augusto de Campos（另兼音乐批评家、视觉艺术家等）是后殖民翻译实践的首要倡导者，"rejects the notion that poetry belongs to a particular language or culture…Poetry does not belong to a particular language or culture. Poetry by definition does not have a homeland. Or rather, it has a greater homeland. And if a text is not the property of any individual culture, then the translator has every right to help in its transfer across linguistic frontiers."（引自 Bassnett & Lefevere, 2001: 58）

事实的确如此。莎士比亚应该属于英格兰吧？但列夫·托尔斯泰指出：莎士比亚最开始是在德国成名的。

18 世纪末之前，莎士比亚在本国不如他同时代的诗人/戏剧家 Ben Johnson（本·琼森）、John Fletcher（约翰·弗莱彻）、Francis Beaumont（弗朗西斯·博蒙特）等来得知名，更受重视。令人尴尬的是，英国人自己没有发现并认可这位天才的本国诗人和戏剧家，莎翁后来在本土乃至全世界成名，居然是靠"出口转内销"！

中国唐诗的英译本居然能成为美国文学，靠的正是意象派诗人庞德的翻译。

可见，莎翁靠德语翻译率先在异国崭露头角，唐诗靠英文翻译进入美国文学的高雅殿堂。所以，本雅明说得好："…translation secures the survival of a text and it often continues to exist only because it has been translated."（同上：59）同理，其他文学体裁（未必简单于诗歌，尤其是汉译英）也可以依赖翻译获得新的生命。《哈利·波特》走遍了全世界，靠的是多语种翻译；莫言获诺贝尔文学奖，多语种翻译打下了不可或缺的基础。

2. 诗歌翻译未必非要靠诗人

持诗歌不可译悲观观点的人，起码忽视了丰富多彩的、历史悠久的诗歌翻译实践。此外，持"译诗须诗人"观点的人有不少名家，如郭沫若、17 世纪的诗人兼戏剧家 John Dryden（约翰·德莱顿）等。德莱顿明确说："It is only for a poet to translate a poem."

我们以为，未必是诗人才有资格和能力译诗。译诗成功最为基本的两个条件是：有诗人气质，有双语转换能力。并非每一位诗人都比非诗人更具诗人气质(poetic)。译诗除了要具备双语/多语语言能力，还需要有百科知识，要有诗的才情，要有翻译过程的严苛管控等。郭沫若本人也不是主要以著名诗人而闻名的，更不是著名的诗歌翻译家(有英诗译稿等出版，但没有汉诗英译著作出版过)，只不过他本人比很多懂英汉双语的人更具备译诗的条件。

以下我们特举一首诗歌翻译，你(几乎)难以识别哪种语言的文本属于 ST(【ST167】vs.【TT167】；作者及译者均隐名)：

我向"愁烦"，	To sorrow
说了一声再见，	I bade good morrow,
本打算，把她远远地撇在后边；	And thought to leave her far away behind;
但她情意绵绵，	But cheerly, cheerly,
热烈把我爱恋；	She loves me dearly,
她对我，情那样重，心那样坚。	She is so constant to me, and so kind.
我很想把她欺骗，	I would deceive her,
和她割断牵连，	And so leave her,
但是啊！她情那样重，心那样坚。	But ah! She is so constant and so kind.

如果读者再回顾本书第 1 章、第 2 章，对学好诗歌翻译会更有信心。

16.5.2　翻译诗歌三种分类

1. 翻译诗歌分类来源

埃兹拉·庞德(Ezra Pound，1885－1972)，美国著名诗人、批评家，意象派的代表人物。他从中国古典诗歌、日本俳句(haiku)中生发出"诗歌意象"的理论，为东西方诗歌的互相借鉴做出了卓越贡献。

庞德的诗歌翻译实践主要是将早期或非西方文化的诗歌文本译成英文，所以他强调的并不是诗歌形式。他的观点小结如下：

● His emphasis is less on the problems of translating formal properties of verse, for he recognized that forms are by no means equivalent across literatures. What he insists upon, though, is that <u>the translator should first and foremost be a reader…The translator needs to read well, to be aware of what the source text is, to understand both its formal properties and its literary dynamic as well as its status in the source system and then has to take into account the role that text may have in the target system.</u> Time and again Pound reminds us that <u>a translation should be a work of art in its own right, for anything less is pointless.</u>

● The <u>idea of translation as an organic process</u> is also clearly present in the thinking of Ezra Pound, who, like so many poets and translation theorists before and after was concerned to <u>try and categorise what happens when a poem is rendered from one language into another.</u>

● Pound <u>stresses the importance of the target language for translators</u>… The devil of translating medieval poetry into English is that <u>it is very hard to decide HOW you are to render work done with one set of criteria into a language NOW subject to different criteria.</u>

● Pound makes another kind of distinction in his thinking about <u>the translation of poetry and endeavours to define elements that are more or less translatable.</u>（同上：63-64）

2. 翻译诗歌三种分类

因为 SL 诗歌的不同文本中存在不同可译度的元素，庞德把自己主要翻译的 SL 诗歌（文本）分为三种：

(1)音诗(melopoeia)

Melopoeia（亦可 melody-making/音乐诗体）指"<u>poetry as music</u> (canto). It is <u>the physical part of music we hear as verse is spoken.</u> Or it is poetry where words are surcharged with musical property that directs the shape of the meaning. <u>This musical quality can be appreciated by the 'foreigner with the sensitive ear', but cannot be translated, 'except perhaps by divine accident or even half a line at a time'</u>" (How to read. *New York Herald*/Literary Essays of

Ezra Pound, 1928/1954——见 Bassnett & Lefevere, 2001: 64）。

岳飞的"满江红"（【ST116】和【TT116-1】+【TT116-2】，其原词及译文仅为两行）属于"音诗"。

再如，试比较笔者翻译的《采茶舞曲》（*Tea Picking Song*©，已申请了版权），以下是开头四句：

【ST168】	【TT168】
溪水清清溪水长， 溪水两岸好风光。 哥哥呀上畈下畈勤插秧， 妹妹呀东山西山采茶忙。 ……（周大风 词曲）	A clear stream is babbling on and on, Scenes on both banks shift as you go along. Boys are transplanting rice up or down the fields; Girls are busy picking tea in the east and west hills. …（陈刚 译配）

(2)形诗(phanopoeia)

Phanopoeia（亦可 image-making/意象诗体）指 "poetry of visual image. It is the mood created by imagery. It is regarded as the easiest to translate, for this involves the creation of images in language. The image was central to Pound's poetics, as his deliberate choice of the highly imagistic Chinese verse forms as models demonstrates." "Phanopoeia is the reflection of the experience-making we want to do in our listener's head（phanopoeia or the poet's ability to 'envision' realities and induce converging experiences in others' heads). "（同上）

明代梅鼎祚的"半字诗"属于此类"形诗"。再如：

【ST169】 In a Station of the Metro	【TT169】 地铁车站
The apparition of these faces in the crowd; Petals, on a wet, black bough. (E. Pound)	人群中这些面孔的幻影； 潮湿的黑色枝条上的花瓣。 （顾子欣 译）

(3)理诗(logopoeia)

Logopoeia（亦可 mind-making/智慧诗体）指 "the verbal impact of poetic language", "the dance of the intellect among words". "It is a poetry of irony, quotation, and allusion that Pound associates with T. S. Eliot. It is the progression of ideas, the rhythmical sequence (not necessarily linear) with which our intellect is made to move and dance. This is also a 'musical' quality of poetry, and when it is integrated with *Melopoeia* it makes the complete music of sound and sense. This kind of poetry is deemed to be untranslatable, though it may be paraphrased." （同上）

薛宝钗那首被众人评为"食蟹绝唱"的"蟹诗"属于"理诗"。另再如：

【ST170】 **The Waste Land**	【TT170】 荒原
…	……
Unreal City,	虚幻的城，
Under the brown fog of a winter dawn,	笼罩着清晨的棕色雾，
A crowd flowed over London Bridge, so many,	人群流过伦敦桥，那么多人，
I had not thought death had undone so many.	我没想到死亡毁了那么多人。
… (T. S. Eliot)	…… （顾子欣 译）

【ST171】赏牡丹	【TT171】Enjoying Peony
……	…
年年岁岁何穷已，	Time keeps moving forward year after year,
花似今年人老矣。	I turn as old as fading are these peonies this year.
去年崔护若重来，	When flower viewers last time should come once a gain,
前度刘郎在千里。	I, the former governor, am already in a faraway land.
（苏东坡）	（陈刚 译）

16.5.3　诗歌翻译两种对等

社会发展到今日，翻译学科及翻译实践发展到现在，我们都知道：(最)理想的翻译理应 100%对等，即所谓的 identity/identical，但那是不可能的。且不说一般性质的翻译，更不用说诗歌翻译。正因为如此，也出于诗歌翻译的理论指导应简化、有效、可行，作为本书"诗歌单元"的第一章(即本书第 16 章)，我们特地选择了尤金·奈达的 formal equivalence/correspondence + functional equivalence/correspondence 或 dynamic equivalence("形式对等/对应"+"功能对等/对应"或"动态对等"),既有理论(思想)上的深度,又有实践上的切实可行性。

当然,我们还可以对"形式对等/对应"+"功能对等/对应"或"动态对等"再进行具体化,再进行深化,再具备操作性。这些将在下一章即第 17 章展开。

讨论"**诗歌翻译两种对等**"这个主题,其实本质上就是讨论诗歌的可译性和可译度,同时,我们还应把这两种对等跟庞德归类的"三(种)诗(歌)"之间加以对比分析,看看存在哪些异同,对翻译实践有哪些启发和指导。以下,我们通过案例研究来获得更为直接的认知。

【ST172】　　　　黄鹤楼送孟浩然之广陵
故人西辞<u>黄鹤楼</u>,<u>烟花三月</u>下<u>扬州</u>。
<u>孤帆远影</u>碧空尽,惟见长江天际流。(李白 著)

【TT172-1】　　**Seeing Meng Hao-Ran off at Yellow Crane Tower**

My friend has left the west where [①]**towers Yellow Crane**
For [②]**River Town** while [③]**willow down and flowers reign**.
His [④]**lessening** sail is lost in the boundless azure sky,
Where I see but the endless [⑤]**river** rolling by. (许渊冲 译)

【TT172-2】　　**Separation on the River Kiang**

Ko-jin goes west from *Ko-kaku-ro*,
The smoke-flowers are **blurred** over the river.
His lone sail **blots** the far sky.
And **now** I see **only** the river,
The long *Kiang*, reaching heaven. (庞德 译)

【译析】

1)【TT172-1】是许先生基于"三美"观,通过"三化"法来具体实现的。

2)"意美"(beauty in sense)为整体翻译观:①+②+③+④+⑤=the translation as a whole。

3)"声美"(beauty in sound):第一行跟第二行押韵;第三行跟第四行押韵。

4)"形美"(beauty in form)：12 个音节(第 1 行)+12 音节(第 2 行)+12 音节(第 3 行——如果"azure"由"blue"所替代)+12 音节(第 4 行)

5)【TT172-2】是庞德基于"意象"派审美观，通过对自己母语的娴熟操作而实现的。换言之，这首译诗就是基于其自己的理念 Phanopoeia 的一次很好的实践。当然，庞德的翻译首先是在费诺罗萨[1]的材料基础上完成的。

6)庞德仅仅抓住两个关键意象——"blurred"和"blots"——展开。换言之，译者透过文字的画面感或视觉艺术把送别友人的情感很好地勾画出来了。

7)庞德译本第一句：两个日文字分别"代替"ST 的"故人"和"黄鹤楼"；"go west"是误读基础上的误译，应为"西辞"，而非"西行"。

8)庞德译本第二句："smoke-flowers"直译或硬译自"烟花"。后者实为扬州市花琼花(iris；Wild Chinese Viburnum)。好在庞德是"意象派"，只能以"TL 模糊"应对"SL 模糊"，但有学者将这个译法赞美成"an adroit allusion to Chinese landscape painting technique"。那为什么会"blurred"的呢？虽未直说，但一定是分别的泪水(tears of parting)。视力模糊了，看不见 smoke-flower，而又因为这本身就是"烟花"，美好的花色被锁在"烟雾"之中。

9)庞德译本第三句：这句展现出来的是一幅中国的水墨画。句中最妙的措辞当属"blot"。该词有两层意思，必须在此加以解码。其一，to blot sth. out 意为"to cover or hide sth. completely"；其二，"to makes a mark on the clear sky; a smudge of ink, itself, becomes indistinct by being moistened by river-mist（≈"smoke-flowers"?）"。

10)庞德译本第四句："now"和"only"是该句值得特别关注的两个词——现在诗人只能看见什么？遥远之远方、分手之场景、孤寂之悲伤吗？

11)小结前四句：读者从字面可以读到/看到"烟雾如花朵"——在江上迷迷茫茫，"孤帆在远方的天空"——留下斑斑点点，"此刻只看到眼前的江"——？

12)庞德译本第五句：(此刻只看到眼前的江)——长长的江⇨连接着天堂。其意为送别友人后最后将要看到的是——"水天一色"。

---

1 费诺罗萨(Ernest Fenollosa)是研究东方文化的美国学者，师从日本汉学家毛利先生，学习中国古典诗歌，久居日本。费诺罗萨 1908 年死后，其妻子把他生前研究中国古诗的笔记(大部分是日译汉诗)交给庞德。诗中斜体部分是日文译音。

庞德的译诗，从表面看，"牺牲"了许多诗中的细节，却集中"造境"——"有我之境"好，还是"无我之境"好，最终获得的意境或境界，与李白用母语汉语写作的完全一致，可谓异曲同工。

原诗最后两句写隐没于碧空尽头的孤帆和与天相接的江流，则像一条无形的纤绳，使诗作描绘和包容了广阔无垠的空间。第三行中的"尽"和第四行中的"流"，从相送者的视角看，给人以流动之感，加上动词自身给诗句带来的动态之势，完全呈现出一种"惟见长江天际流"的幽深高远的意境。

虽然以下的个人评论是后话，我们似乎觉得庞德所呈现出来的翻译理解、运笔思路跟李白的不谋而合。因为，李白在另一首题为"送别"的诗中曾写过这样类似的诗句："云帆望远不相见，日暮长江空自流"，虽诗语较"孤帆"两句更为质朴，情绪也较为低沉，但以此为注脚，正可体会李白的思维方式与抒情方式，玩味到"孤帆远影碧空尽"的底蕴。

回头再看许渊冲的译诗。跟庞德比较，许先生的措辞反而显得用"大"了——比较"主观"——"有我之境"？庞德则非常质朴——比较"客观"——"无我之境"？

请看表 16-5 的许译本和庞德译本措辞对照（冠词、介词、代词助动词、无主代词等不包括）。

表 16-5　许渊冲译本和庞德译本措辞对照

许译本措辞	相对难度	庞德译本	相对难度
see off（题目；下同）	不难	×	×
Yellow Crane Tower	较难	×	×
×	×	separation（题目；下同）	不太难
√	√	river	不难
Meng Hao-Ran	较难	×	×
×	×	Kiang	有点难
×	×	Ko-jin	有些难
×	×	Ko-kaku-ro	较难
×	×	goes	不难
friend	不难	×	×
left	不难	×	×

（续表）

许译本措辞	相对难度	庞德译本	相对难度
where	不难	×	×
west	不难	√	√
while	不难	×	×
River Town(诗中，下同)	有些难	×	×
willow	有些难	×	×
down	不难	×	×
flowers	不难	×	×
reign	难	×	×
lessening	稍难	×	×
sail	不太难	√	√
lost	不难	×	×
boundless	较难	×	×
azure	难	×	×
sky	不难	√	√
but	不难	×	×
endless	较难	×	×
rolling by	稍难	×	×
×	×	smoke-flower	较难
×	×	blurred	较难
×	×	lone	稍难
×	×	blots	稍难
×	×	far	不难
×	×	now	不难
√	√	see	不难
×	×	reaching	不难
×	×	heaven	不难

【分析】

1)许渊冲用了 46 个单词，而庞德用了 37 个单词。

2)许渊冲和庞德只用了五个相同的词汇——river，west，sail，sky 和 see。

3) 许渊冲用了 20 个单词，庞德没有用。

4) 庞德用了 14 个单词，许渊冲没有用。

5) 庞德用了 37 个很简单、简单、较为单词的词汇把李白终极意境再现出来了，虽然诗中缺"三月"、"扬州"和"远影"等意象。

6) 许渊冲用了 46 个含有难、较难、稍难的词汇试图再现李白的终极境界，虽然几乎包括了原诗中的意象。

7) 若懂英文的中英/美读者（从儿童文化程度往上排）先后读两个英文版本的李白译诗，估计庞德译诗较为通俗易懂，许先生译诗词汇、概念（含意象和意境）较为复杂难懂。

8) 读者（定义如上）会首先读懂庞德的译诗及其意境，许译本较为深刻，普及性稍嫌不够。

作为本章的结束语，请允许主编改用英文进行说理（尤其注意下画线文字）：

Zhang's translation of the poem does prove that non-poets can be competent translators of poetry all the same. Let me quote Octavio Paz (1914－, Mexican author; author of poems, essays, literary criticism, etc.; awarded 1990 Nobel prize for literature):

"Poetry is 'impossible' to translate because you have to reproduce the materiality of the signs, its physical properties. Here is where translation as an art begins."

"In theory, only poets should translate poetry; in practice, poets are rarely good translators. They almost invariably use the foreign poem as a point of departure toward their own. A good translator moves in the opposite direction: his intended destination is a poem analogous although not identical to the original poem.

He moves away from the poem only to follow it more closely. The reason many poets are unable to translate poetry is not purely psychological, although egoism has a part in it, but functional: poetic translation is a procedure analogous to poetic creation, but it unfolds in the opposite direction."

【研究与实践思考题】

(1) 将下列现代英诗译成汉语。[A]

【ST1】 The Locust Tree in Flower

by E. E. Cummings

Among

of

green

stiff

old

bright

broken

branch

come

white

sweet

May

again

【ST2】　　　　　Song

By Allen Ginsberg

The weight of the world

　　is love.

Under the burden

　　of solitude,

under the burden

　　of dissatisfaction

the weight,
the weight we carry
　　is love.

Who can deny?
　　In dreams
it touches
　　the body,
in thought
　　constructs
a miracle,
　　in imagination
anguishes
　　till born
in human—
looks out of heart
　　burning with purity—
for the burden of life
　　is love,

but we carry the weight
　　wearily,
and so must rest
in the arms of love
　　at last,
must rest in the arms
　　of love.

No rest
　　Without love,

no sleep
　　　without dreams
of love—
　　　be mad or chill
obsessed with angels
　　　or machines,
the final wish
　　　is love
—cannot be bitter,
　　　cannot deny,
cannot withhold
　　　if denied:

the weight is too heavy

　　　—must give
for no return
　　　as thought
is given
　　　in solitude
in all the excellence
　　　of its excess.

The warm bodies
　　　shine together
in the darkness,
　　　the hand moves
to the center
　　　of the flesh,
the skin trembles

in happiness

    and the soul comes

        joyful to the eye—

yes, yes,

        that's what

I wanted,

        I always wanted,

I always wanted,

        to return

to the body

        where I was born.

(2) 试将下列儿童汉诗[1]《月夜》之 20 个汉字分别做一英文意象解读。[A]

1	2	3	4	5
月	耀	如	晴	雪
6	7	8	9	10
梅	花	似	照	晃
11	12	13	14	15
可	怜	金	镜	转
16	17	18	19	20
庭	上	玉	芳	馨

---

1 该诗由 11 岁的日本少年作。

(3) 试将下列古诗译成英语，注意加底线的意象之翻译并做出英文注释。[A]+[AT]

性公元和间，挂瓢偶来此。

爱此山气佳，无泉亦将徙。

道逢白须人，长跪乞留止。

朝见双於菟，乃是两童子。

盘旋忽不见，已有一泓水。

问水何方来？南岳几千里。

(4) 比较以下"中式英诗"及汉译，解读为何如此翻译？这样的翻译属于那种风格？你喜欢这种风格的翻译吗？能否试着将原诗译成不同风格的汉诗？[A]+[AT]

【ST】 Rain; empty river; a voyage,

Fire from frozen cloud, heavy rain in the twilight

Under the cabin roof was one lantern.

The reeds are heavy; bent;

and the bamboos speak as if weeping.

【TT】 霏雨；寒江；苦旅；

密云萤火；暮时豪雨；

孤舟悬萤，垂苇四野，

竹林萧瑟如泣。

Chapter 17

诗经乐府唐宋元现当代诗翻译案例

17.1　诗歌翻译策略与操作

　　"策略"概念的界定始终是诗歌翻译的一个基本问题。业内学界会从不同的视角提出不同的看法，不易达成一个统一的认识。本节将从应用的角度提出实施**诗歌翻译"三观"策略之步骤**。

17.1.1　诗歌翻译策略

　　诗歌翻译策略涉及宏观策略、中观策略及微观策略。

　　1. 诗歌翻译宏观策略

　　这里将从应用的角度提出实施**诗歌翻译宏观策略**的步骤，分三步走，每步还分别涉及 3 小步或 7 小步。

　　(1)明确诗歌翻译的评估标准(the criteria to assess poetry translation)

　　①评估译者自己设定的总目标。比如所设标准是"形式对等"，还是"动态对等"。②明确译者准备要达到哪一项或哪几项(分)目标。比如是"神似"(spirit)，是"意似"(sense)，还是"形似"(form)。③明确译者自己选定的诗词类别。比如将 ST 译成格律诗、绝句，还是宋词；或者 TT 是 blank verse，sonnet，rhymed verse，还是 free style。

　　【注】明确上述评估标准是诗歌翻译策略(步骤)之一。用英文加以具体化，上述标准为 general-purpose-based judging criterion，objective-based measuring yardsticks 和 category-based (judging) standard。

　　(2)明确社会语境评判标准(the criteria to judge the social context)

　　①社会利益评判标准。②社会交流评判标准。③最佳语境评判标准。

　　【注】明确上述评判标准是诗歌翻译策略(步骤)之二。用英文加以具体化，上述标准为 social-context-based judging criterion，best-interest-based measuring yardsticks，communicative-priorities-based measuring yardsticks 和 best-context-based judging standard。

　　(3)明确具体项目验收标准(the criteria to check specific/listed items for

poetry translation)

①general purpose item（总体目标）；②concrete objectives item（分项目标）；③category-based item（诗歌类别）；④reader-oriented item（读者反应）；⑤translator's-aim-oriented item（译者目标）；⑥performance-based item（整体表现）；⑦results-oriented item（结果导向）。

【注】明确上述验收标准是诗歌翻译策略(步骤)之三。英文已提供。就⑦(结果导向)而言，诗歌翻译会有两大类结果——

其一，**四种最终结果**（通过 **global scoring**）——前三种的前提是诗歌翻译＝艺术，第四种的前提是诗歌翻译＝科学——但诗歌翻译永远≠科学：

①1+1>2（XYZ）；②1+1<2（陈刚）；③1+1≈2（陈刚）；④1+1=2（不可能发生）。

其二，**三种最终结果之和**（通过 **local scoring**）——

①the SL poet's idea & style（源语诗人的思想和风格）；+②the translator's idea（译者的思想）；+③the translator's language & style（译者的语言和风格）。

【注】有关"思想"、"语言"、"风格"的百分比必须具体情况具体分析。

2. 诗歌翻译中观策略

"3+3+3+3"中观策略：① "三美"：意美、声美、形美——"原则论"（之一）。② "三似"：意似、声似、形似——"原则论"（之二）。③ "三化"：等化、浅化、深化——"方法论"。④ "三之"：知之、好之、乐之——"目的论"。（陈刚总结自 XYZ）

3. 诗歌翻译微观策略

微观 "策略"概念主要涉及在 TL 诗歌中要采纳的**类型**(category)和转换过程涉及的**途径**(approach)。

(1)诗歌形式七种类型(seven strategies)

①phonemic translation（imitation of ST sounds）；②literal translation；③metrical translation（imitation of meter of the ST）；④prose translation（rendering as much of sense as possible）；⑤rhymed translation（added constraints of rhyme and meter）；⑥blank verse translation（no constraint of rhyme but still one of structure）；⑦interpretation（complete change of form and/or imitation）。（based on Andre Lefevere）

(2)诗歌转换三种途径(three approaches)

①domestication/adaptation；②foreignization/alienation；③hybridization/mixed or integrated use of the above two。

17.1.2　诗歌翻译操作

为便于 BTI/MTI 学生及其他读者用不同的思维来分析问题、解决问题，我们特提供两种文本的诗歌翻译操作法/程序(英汉双语+译诗举例)。

Poetry Translation: Working Procedures 诗歌翻译：操作法/程序

Stage 1: Transplantation

This is a very important stage in which the seed of a poem will be transplanted in new soil and take some time to spring up and yield. So we will take some time to understand, first of all,

①The idea, the spirit, and the poetic mood to be transplanted. The transplantation cannot be achieved without

②Intelligent reading and esthetical appreciation of the ST. No matter how the theories of poetry translation may vary, or no matter how the translating techniques may differ, we should start translating a poem with intelligent reading and aesthetic appreciation of the SL text, namely, the original text in Chinese. The text of a classical Chinese poem is composed of and images and allusions. We cannot get to the bottom of any meaning without repeated reading, background knowledge, power of comprehension, or cross-cultural awareness, not to mention enjoying reading. Just as a Peking opera aria is appreciated by listening/hearing instead of reading, a poem can only be appreciated by reading aloud.

③Re-reading. This is an essential part that cannot be ignored at all. The full understanding of a poem is by re-reading, since some of its structures can only be perceived retrospectively. In other words, you are supposed to read between the lines, behind the lines and beyond the lines. Try to be original and creative in re-reading the poem.

④Jotting down your first reflections in the TL. It is these reflections that will be first transplanted in the TL soil. It is these reflections that will become something bright in translation. And it is these reflections that will make the satisfactory or successful translation possible.

第 1 阶段：移植阶段

在这个阶段，"诗苗"将被移植到新的土壤中去，生根、发芽、开花、结果。所谓的"诗苗"，即指原诗的思想、精神、诗意等(当然也会带有译者自己的"译苗")。要进行"诗苗"的成功移植，我们必须做好必要的前期准备：①解读欣赏原诗；②反复细读原诗；③抓住灵感顿悟；④记下闪光之处。

Stage 2: Representation

The first thing to do in this stage is

①To write down a TL version. You are to do so in a somewhat poetic or prosaic form on the basis of your comprehension or transplantation.

②To correct and improve your first draft. The version you have written down is your first draft, which needs correction and improvement in a poetic form, including line arrangement, metrical pattern, rhyming, and wording.

③To follow the "3-ty guideline". For representation, the guideline is flexibility, originality, and creativity. Try to represent or reproduce the best in the TL form, content and culture.

第 2 阶段：再现阶段

①写下初稿，用目的语形式不拘；②加工初稿，赋之以诗词的形式；③修改初稿，综合运用翻译技巧；④再现初稿，侧重内容形式统一。

Stage 3: Perfection

After representation comes the last stage. Even if you have done a good job, there must be something you feel unsatisfactory about your translated version. You need to polish it up. You need to make it perfect both generally and specifically. You need painstaking efforts/hard work before finalizing everything or achieving the beauty in the three aspects. And even so, there

◆ 新世纪翻译学 R&D 系列著作

is always something imperfect in poetry.

第 3 阶段：完善阶段

①局部求证，文字内容；②局部润色，文字文体；③全面润饰，内容形式；④整体完善，精益求精。

【中国古诗英译举例】

【ST】空山不见人，但闻人语响。

返景入深林，复照青苔上。（唐·王维，底线由笔者所加）

【移植】这是王维后期的山水诗代表作(参考《唐诗鉴赏辞典》，上海辞书出版社)。因题目"鹿柴"与翻译关系不大，故删。诗中描绘的是空山深林在傍晚时分的幽静景色。语言似乎平常，没有深词、深句，但理解 ST 绝不容易，用 TL 表述更会闹出译者毫不知觉的语言文化错误。这首山水小诗，稍一不慎，就会误导 TL 读者/游客。需要特别查证、搞懂的有下列几处(即 ST 画线部分)如下：

●空山：王维的"空山"因语境而异。有侧重于表现雨后秋山的空明洁净(如"空山新雨后，天气晚来秋")；有侧重于表现夜间春山的宁静幽美。而此处则侧重于表现山的空寂清冷。

●不见人：把"空山"的意蕴具体化了。

●人语：该词不难理解，但不易译好。译文"human voices"之高下与对错，我们自然难以评判，美国当代作家、翻译家温博格认为明显是取自艾略特的诗歌语言，与王诗的特点相当疏离。

●返景：指傍晚返照的阳光。但 TL 中如何表达，颇值得玩味。

●深林：中文不难理解，如何翻译，可以灵活处理。

●复照：在 TL 中的表达可以根据自己的阐释自由发挥。

【再现(编号为笔者所加)**】【TT1】**

①In the <u>empty</u> mountain <u>no man is seen</u>,

②But I can hear (some) <u>human voices</u>.

③The reflected sunlight enters the deep forest,

④And shines again on the green mosses. （陈刚 初译）

【再现、完善】【TT2(编号为笔者所加)**】**

①In <u>still hills</u> no one ever comes,

②Only a <u>far-off</u> voice is heard.

③Sunrays <u>re-enter</u> the deep woods,

④<u>Slanting</u> <u>silently</u> the green moss.（陈刚 改译）

【翻译解说】

● 若将 "空" 译为 empty，未必是诗人的趣味与意境所在。通过措辞与同义词辨析，变 "empty" 为 "still"；选择 "still hills"，一来有音韵美，二来音节少。

● 有翻译理论家也曾将 "不见人" 译作 "no man is seen"，被温博格批评为在英语中是很少见的说法。改用 "on one ever comes"，暗示是一个身处山林深处中的叙述者与观察者之评论。通过视角转换（shift of perspective），不直接用第一人称作为主语，而选择第三人称，以避免可能出现的尴尬，且符合原诗精神。

● 【TT1】中 human voices 一语，是笔者借用海外汉学家、翻译理论家的表达法，但被批评为是明显取自艾略特的诗歌语言，与王维山水诗的特点相去甚远。

● 【TT2】中第二句改译成 "(Only a) far-off (voice is heard)" 表示 "不见人" 却非一片静默死寂，在很远处（偶尔）传来一人声。这样还避免了第一人称。

● 改用 "(Sunrays) re-enter" 表示阳光再次入林，即 "返景"。

● 用 "slanting" 取代 "shines again on…"，因为上句已经用了 "re-enters"，而且是夕阳；"复照" 这样译是一种 specification，反而更加具体、生动、形象。

● 特地增加（amplification）"silently"，一是押头韵，二是更突出幽暗、微弱之氛围与情境。

【润色】重点是：在真正吃透原诗的基础上，抓住原诗的精神（spirit），排除抽象的理念，跳出 "逐字对应"，"逐句照搬" 的 "学者型之忠实"，放开思路，经过调整、修改，在诗感（poetics）节奏（rhythm）、押韵（rhyming）、风格（style）、连贯（coherence）、重构（restructuring）等方面对 【TT1】进行再加工。

　　翻译过程是一个动态过程，是一个不断完善的过程，故译诗的完善阶段应是一个开放性阶段，译者应力争精益求精。（举例部分引自陈刚，2009）

　　在结束本小节之际，我们认为很有必要引用纽马克有关诗歌翻译的指导思想。

　　纽马克指出（引用时，顺序有所调整；注意底线部分）：

■Now I think that in most examples of poetry translation, the translator **first** decides to choose a TL poetic form (viz. Sonnet, ballad, quatrain, blank verse, etc.) as close as possible to that of the SL. Although the rhyming scheme is part of the form, its precise order may have to be dropped. **Secondly**, he will reproduce the figurative meaning, the concrete images of the poem. **Lastly** the setting, the thought-words, often the various techniques of sound-effect which produce the individual impact.

■ Emotionally, different sounds create different meanings, based not on the sounds of nature, nor on the seductive noises in the streams and the forests, but on the common sounds of the human throat.

■ Whether a translator gives priority to content or manner, and, within manner, what aspect—metre, rhyme, sound, structure—is to have priority, must depend not only on the values of the particular poem, but also on the translator's theory of poetry. Therefore no general theory of poetic translation is possible and all a translation theorist can do is to draw attention to the variety of possibilities and point to successful practice, unless he rashly wants to incorporate his theory of translation into his own theory of poetry. Deliberately or intuitively, the translator has to decide whether the expressive or the aesthetic function of language in a poem or in one place in a poem is more important. Crudely this renews Keats's argument concerning Truth and Beauty: 'Beauty is Truth, Truth, Beauty—that is all you know, and all you need to know', when he maintains that they define and are equivalent each other, as well as the later argument between art as a criticism of life and art for art's sake… Clearly Keats, who was not thinking of translation, oversimplified the argument. If Truth stands for the literal translation and Beauty for the elegant version in the translator's idiom, Truth is ugly and Beauty is always a lie. 'That's life', any would say.

■ **A successfully translated poem is always another poem.**

(Newmark, 2001b: 165-166)

综上所述，英汉诗歌翻译主要讲究"动态对等"（功能对等）。"就思维而言，翻译(活动)应是一个动态过程，一个由'实践——认识——再实践——再认识'的完整的过程"；"就追求翻译的目标或理想(如'信、达、雅'或'化境')而言，翻译的全过程值得不同时代的更多译者来完成"(陈刚，2003)。

17.2　诗经乐府唐朝意象诗

前面我们已经相当详尽地、紧密联系实际地讨论了翻译理论，包括诗歌翻译理论。所以，本节我们的重点是就诗词曲中的精彩之处以及误译之处做言简意赅的评点，不再做理论的详细阐述，以符合本节的标题意义。

第 16 章最后一段，我们特地引用了英国浪漫派诗人约翰·济慈(John Keats: 1795-1821)的"古瓮颂"(*Ode on a Grecian Urn*)中最为经典的诗句，这也是本章我们讨论诗词曲等翻译的原则、宗旨——换言之，点评开门见山，单刀直入——美就是美，真就是真，亮出我们的观点，也欢迎读者参加我们的学术讨论。

"古瓮颂"讨论了艺术以及艺术之受众。同理，我们也在此讨论我们特地选择的诗词曲之翻译艺术，以及目标读者。

我们再选择"古瓮颂"中的精彩诗句作为我们讨论诗词曲翻译的美学指导：

Heard melodies are sweet, but those unheard

Are sweeter; therefore, ye soft pipes, play on;

Not to the sensual ear, but, more endear'd,

Pipe to the spirit ditties of no tone…

(the second stanza, lines 11-14)

"Beauty is truth, truth beauty,"—that is all

Ye know on earth, and all ye need to know.

(the last stanza, lines 46-50)

有必要告诉读者：由于目前有大量的诗词曲(英汉/汉英对照)文本可以购买、借阅、查阅甚至下载，我们在本节仅挑选我们主观认为属于"经典"的、"有代表性"的诗词曲等翻译案例进行讨论。

17.2.1 诗经翻译精选

(1)关雎

【ST1】关关雎鸠，在河之洲。窈窕淑女，君子好逑。

【TT1-1】	【TT1-2】
The waterfowl would coo	By riverside a pair
Upon an islet in the brooks.	Of turtledoves are cooing;
A lad would like to woo	There's a good maiden fair
A lass with pretty looks.	Who, a young man is wooing.
(汪榕培 译)	(许渊冲 译)

【译析】

1)汪译本存在下列需要质疑的地方：

①waterfowl 不是"雎鸠"的最佳选词，缺乏美感和柔感。不知为何译者把该词作为单数处理。根据传统注释，"关关"是雌雄二鸟互相应和的叫声。鸟相和名声(见任何版本的《辞海》)。

②"(在)河(之洲)"指黄河，所以 brooks 显然是误选，而且也不应该用复数啊！显然是为了押第 4 句的韵——典型的因韵害意。

2)许译本可能是迄今十几种译本中的最佳译本。

①turtledove 用来译"雎鸠"选词恰当：a bird with a pleasant soft cry, whose males and females are supposed to love each other very much (*Longman Dictionary of Contemporary English* [New Edition][1])。

②coo 很形象：to make (a sound like) the low soft cry of a dove or pigeon; to make soft loving noises (*Longman*)。

③woo 能与 coo 押韵，而且意义吻合：to try to persuade a girl into love and marriage (*Longman*)。

---

1 以下简称 *Longman*，除非另有所示。

(2)静女

【ST2】	【TT2-1】
静女其姝，	How lovely is the <u>retiring</u> girl！
俟我于城隅。	She was to await me at a corner of the wall.
爱而不见，	<u>Loving and not seeing her</u>,
搔首踟蹰。	I scratch my head, and am <u>in perplexity</u>.
（选自《诗经·邶风·静女》）	（许渊冲　译）

【译析】

1)许译本总体译得很妙，也有需要改进的地方。

①retiring 选词精准：preferring not to spend time with other people; shy（*Oxford Advanced Learner's English-Chinese Dictionary* [6th Edition][1]）。如此"静女"居然也出来约会了，难道不是 enticing（so attractive and interesting that you want to have it or know more about it—*Oxford*）吗？

②如果"爱"被解读为通"薆"（隐藏），那句3和句4应改译。

2)主编建议译文：

【TT2-2】How enticing is the retiring girl!
　　　　　She's awaiting me in hiding
　　　　　At a far corner of the wall,
　　　　　I scratch my head hesitating.（陈刚　译）

17.2.2　乐府翻译精选

(3)上邪

【ST3】	【TT3】
上邪！	Oh, heaven <u>high</u>!
我欲与君相知，	I will love you,
长命无绝衰。	For all the years to pass <u>by</u>!
山无陵，	Unless the mountain became flat,

---

1 以下简称 *Oxford*，除非另有所示。

江水为竭，	The river ran <u>dry</u>,
冬雷震震，	The thunder boomed in winter,
夏雨雪，	The snow fell in summer,
天地合，	And the earth and the sky <u>combined</u>,
乃敢与君绝！	My love for you wouldn't <u>die</u>!
（选自《乐府诗集》）	（陈刚　译）

【译析】

1) 乐府是古代掌管音乐的官署，可追溯至秦代，发展到汉武帝时期，这一机构得以扩充。它除了将文人歌功颂德的诗配乐演唱外，还担负采集民歌的任务。这些乐章、歌辞后来统称为"乐府诗"或"乐府"。

两汉乐府中的民歌仅四十多首，多出自于下层人民群众之口，其风格质朴率真，不事雕琢，颇具独特的审美意趣。因此，将乐府译成英文时，一定要把握好"朴实"、"真实"、"自然"、"直白"的风格，戒用"大词"、"花词"、"虚词"。

2) 若认可上述观点，我们会不一定认可下列三句译文：

①I'll <u>shower</u> you <u>with</u> my love——下画线短语稍显复杂。

②Let it <u>endure</u> <u>despite</u> the fates above——下画线"动词+介词"稍"高大"了点。

③When the mountains <u>do not raise high</u>——下画线否定式动词短语有欠直截了当。

3) 因认可乐府的语言特点，我试图使译文口语化，多押韵（见【TT3】下画线）。

4) 因认可乐府的老百姓风格，我试图使用尽可能简单、重复但又不单调，而富有乐感的、结构相同之动词短语：

- <u>pass by</u>
- <u>became flat</u>
- <u>ran dry</u>
- <u>boomed in winter</u>
- <u>fell in summer</u>
- <u>wouldn't die</u>

17.2.3　唐诗翻译精选

所谓（唐诗翻译）"精选"，完全是出于主观考虑，当然这个"主观"也是基于长期积累后得出的一个初步结论。我们未必会选"诗仙"（李白）、"诗圣"（杜甫）、"诗佛"（王维）、"诗鬼"（李贺）、"诗魔"（白居易)、"诗骨"(陈子昂)、"诗杰"(王勃)、"诗狂"(贺知章)、"诗囚"(孟郊)、"诗奴"(贾岛)、"诗豪"(刘禹锡)等,但(宋代的)"诗神"苏轼的"豪放派"词还是会在下一节展现的。

我们的所谓"重点"将选择所谓"次一流"的诗人及其诗作。起码其中一位诗人,其作品首先被译成了英文,从 20 世纪 50 年代起,远渡重洋传入美国,美国 The Beat Generation(垮掉的一代))将该诗人奉为偶像,其诗一时之间风靡欧洲。他的禅诗的英文版和法文版为众多的读者所接受,他所赢得的声誉要高于诗仙和诗圣。这位诗人就是寒山(生卒年不详)。寒山诗在 20 世纪受到了中国及西方众多读者、研究者的关注。在更为全球化的 21 世纪,文学及文化的全球化也成为一个重要话题,寒山禅诗的英译是非常值得我们在此展现的。

此外,另一位是著名诗人杜荀鹤,他是晚唐著名的现实主义诗人。他提倡诗歌要继承风雅传统,反对浮华,其诗作平易自然,语言通俗、风格清新,后人称"杜荀鹤体"。他的诗译得不多,很难在纸质出版物或网上找到权威英译本,所以在此展现自译"杜诗"供批判、讨论也是一种选择。

1. 寒山禅诗案例

(4)寒山诗之一

【ST4】一自遁寒山,养命餐山果。
平生何所忧,此世随缘过。
日月如逝川,光阴石中火。
任你天地移,我畅岩中坐。(选自《寒山诗集》)

【TT4-1】If I hide out at Cold Mountain

Living off mountain plants and berries—

All my lifetime, why worry?

One follows his karma through.

Days and months slip by like water,

Time is like sparks knocked off flint.

Go ahead and let the world change—

I'm happy to sit among these cliffs.（Snyder 译）

【TT4-2】Ever since the time when I hid in the Cold Mountain

I have kept alive by eating the mountain fruits.

From day to day what is there to trouble me?

This my life follows a destined course.

The days and months flow ceaseless as a stream;

Our time is brief as the flash struck on a stone.

If Heaven and Earth shift, then let them shift;

I shall still be sitting happy among the rocks.（Waley 译）

【译析】

1) 寒山诗难懂难译在译界众所周知。首先要把握好其诗歌的原有风格。最为明显的风格特点之一是 SL 简练、直接。ST 共 40 个汉字，Snyder 仅用了 51 个 words 而 Waley 却用了 75 words——差距不可谓不大。

2) 比较两个 TT 的画线部分。Waley TT 的句法复杂，长句较多，措辞正式，过于修饰。相反，Snyder 则使用口语化风格的措辞，跟 ST 的风格一致。

3) Waley 九次使用冠词——5 次定冠词，4 次使用不定冠词。为避免这种"无谓"过多地使用冠词，Snyder 仅用了一次冠词（the）。

4) 比较而言，Waley 的用词很普通，比较平；而 Snyder 的用词较有新鲜感。

5) 文化负载词多是翻译寒山诗的一大挑战。就跨语言、跨文化文本旅行（the traveling of a text from one language/culture to another）而言，如何想方设法缩短文本中两种语言、文本之间的距离（linguistic and cultural distance across the ST and the TT），以确保文本的成功之旅（the successful traveling of the text）。解决文化负载词翻译问题，不妨采用纽马克的 semantic translation 和 communicative translation。在讨论文化词翻译时，纽马克建议使用"成分分析（法）"（componential analysis/CA），他指出："whether the CA is accompanied by an accepted translation (…), transference, functional equivalent, cultural equivalent and so on will depend, firstly, on the particular text-type; secondly, on the requirements of the readership or the client, who may also disregard the usual characteristics of the text-type; and thirdly, on the importance of the cultural word in the text"（2001b: 119）。翻译诗歌，TT 读者和 ST 中的文化词就显得比较重要，同时，译者的风格和翻译的目的等

也是不应忽视的因素。所谓"成分分析"，有关概念如下：<u>Componental analysis</u> (<u>feature analysis</u> or <u>contrast analysis</u>) <u>is the analysis of words through structured</u> <u>sets of semantic features, which are given as "present", "absent" or "indifferent with</u> <u>reference to feature"</u>. The method thus departs from the principle of compositionality. Componental analysis is a method typical of structural semantics which analyzes the structure of a word's meaning. Thus, it reveals the culturally important features by which speakers of the language distinguish different words in the domain... This is a highly valuable approach to learning another language and understanding a specific semantic domain of an Ethnography.[1] 翻译寒山诗中的文化负载词，两位译者有截然不同的处理方法，给 TT 读者提供两种迥异的阅读体验(reading experience)——这也是一种跨文化体验(CCE/cross-cultural experience)。以下特列表做一文化词译文对比(表 17-1)，仅供参考。

表 17-1　寒山诗文化词译文对比

ST(寒山诗)	Snyder's TT/Waley's TT	其他译法(提示语)
寒山	Cold Mountain	Hanshan/Han Shan(非上策[2])
山果	mountain berries/mountain fruits	mountain fruits(比较 general)
缘	karma/a destined course	fate(注意 case-specific)
逝川	passing river/stream	passing water(最好具体化)
石中火	sparks knocked off flint/flash struck on a stone	fire in the stone(过于直译)
天地移	let the world change/Heaven and Earth shift	Heaven and earth shift(可接受)
畅坐	be happy to sit/sitting happy	sit happily(可接受)

(5)寒山诗之二

【ST5】	【TT5】
碧涧泉水清， 寒山月华白。	In the steep ravine flows a transparent stream, Transparent is the moon over Cold Mountain.

---

1 详见 http://en.wikipedia.org/wiki/Componental_analysis。
2 为何说使用音译为"非上策"，详见本节"(5)寒山诗之二"。

默知神自明，
观空境逾寂。
　　　（选自《寒山诗集》）

In silence one sees through his soul,
The space unreal and the mind still.
　　　　　　　　　　　　（陈刚 译）

【译析】

1) 引用寒山此诗的目的之一，是说明为何使用寒山的意译之名要优于音译之名。简而言之，Cold Mountain 特指寒山 (Han Shan/Cold Cliff/Cold Peak) 大师 (Zen Master Han Shan)，亦是其隐居之山名。全诗表达了主客合一、心性合一观之禅境。从文本旅行理论出发，也从 TL 旅游者现场聆听讲解角度出发，译者对寒山进行阐译是上策。

根据萨义德 (Edward Said) 的"旅行理论"(Traveling Theory, 1982)，翻译可被视为一个文本从一种语言、文化到另一种语言、文化的旅行过程，因此源语文本、目的地文化及译者的不同都将影响翻译的结果。

萨义德在其论文"旅行理论"中曾建议：the first time the understanding of a cultural event or phenomenon is filtered through a theoretical formulation, this formulation's strength derives directly from the source of a concrete, historical context。然而，"寒山"是一个非常简单、直白的"文化话语"、"文化事件"和"文化专名"，无须"顾虑'过滤'"的烦恼。译界和学界对这类问题的看法，不少学者及实践家比较缺乏**"必要"的翻译实践**——特指把汉语译成英语的实践。有时翻译做得多，但缺乏"必要"的那部分实践，还是"上"不去，同样理论也会出现偏差。

2) "寒山"之类别的文化负载词翻译，重要的是注意**内涵对等/应**(connotative equivalence/correspondence)。内涵在此指概念的内容。人们用语言进行交流时，通常只有听懂或读懂语言所表达的内涵意义时交际才算（比较）成功、有效。而且词语内涵中的联想意义相当重要，联想即指由于某人、某事物或某概念而想起其他相关的人、事物或概念。外国旅游者一听到能吃 Peking Duck 和 *jiaozi*，无不拍手称好；一听到能学习中国 *kung fu*，无不跃跃欲试。道理很简单，他们知道这些中国文化特色词的内涵。专有名词的翻译，尤其是景名的翻译，在可能的情况下应强调内涵意义（包括联想意义）的翻译，让外国人获得有关该名词起码的了解、感受、联想等，否则国际文化交流会大打折扣，甚至产生不必要的误解。

最普通的例子有寒山寺、灵隐寺等。如何翻译寒山寺？是 Han Shan Temple，还是 Cold Mountain Temple 或 Cold Hill Temple？译者对自己译文的解释一定要言之有理，言之有据。上述两种不同的译文在翻译界见仁见智。他们的观点恰好反映了译者对"寒山"的内涵意义挖掘得不够，对采用"内涵对等"的译文可能产生有益联想的意识不强。

相当数量的口笔译工作者、导译员采用 Cold Mountain 译文。他们中有的的确不知道"寒山"是人还是山，绝大多数知道是指人，但将其音译好还是意译好也说不准，或者不去追究。多年来坚持用音译的译者，其中不少人撰文批评将"寒山寺"译成"Cold Mountain Temple"的译者不了解有关的文化背景，"寒山"为唐代僧人，故应译为"Han Shan Temple"。其实，这是一种曲解，起码也是人云亦云。固然，音译寒山无可指责，但从现场交流效果来看，介绍这位诗僧叫"Cold Mountain"会更受欢迎。英译特具中国传统文化的作品，比如英译与作品主题意义关系重大或密切的人名，基本原则应该确定在尽可能将中文原意传递过去，使读者有所感知、有所领悟、有所联想、有所欣赏。下面我们不妨举一些出自中国古典文学作品和武侠小说中的部分人名和称谓的翻译来做一番体味、分析。

《红楼梦》中人物众多，如果都采用音译，显然不方便外国人阅读、欣赏，并容易使他们倒胃口。中国人读外国作品时也同样产生类似的问题。看来，中外读者一样，算是"同病相怜"。作为特殊读者的译者有责任帮助没有中文背景的英语读者"排忧解难"，这也应是译者的职责，换言之，不要"苦"了读者。同样，若不善于将金庸作品中的人物称谓的内涵意译出来，不仅苦了读者，也会使作品逊色，可读性降低。比较相关译文，哪种更为传神，读者自会做出正确的判断。见表 17-2、17-3。

表 17-2　《红楼梦》部分人物翻译

《红楼梦》人物（部分）	英译文（阐译）	音译文（汉语拼音）
平儿	Patience	Ping'er
鸳鸯	Lovebird	Yuanyang
袭人	Aroma	Xiren
王熙凤	Madam Phoenix	(Wang) Xifeng
贾母	Lady Dowager	Jia Mu

表 17-3　　《雪山飞狐》部分人物翻译

《雪山飞狐》人物（部分）	英译文（阐译）	音译文（汉语拼音）
七星手	Seven Stars Hand	Qixingshou
腾龙剑	Leaping Dragon Sword	Tenglongjian
金面佛	(the) Gilt-faced Buddha	Jinmianfo
锦毛貂	Glistening Sable	Jinmaodiao

　　翻译专名注重内涵对等，其意义由此可见一斑。所以，我们完全有理由把和尚"寒山"变成英文的 Cold Mountain，以取代音译 Han Shan。可能有"打破砂锅问到底"之辈追问道："这大概是你本人的一厢情愿吧！你怎么知道这样译会受到外国人的欢迎呢？"除了笔者的多年亲身体会之外，外国学者专家对此的见解也不谋而合。打开 1996 年出版的熊猫丛书《寒山诗选》，其题目被美国 Peter Stambler 教授译成 *Encounters with Cold Mountain*，不是这位美国人不了解寒山，而是他深知此时意译胜音译，且意味深长。该书提示会令我们耳目一新："Han Shan was one of the leading poets of the Tang Dynasty, …He retired to Cold Mountain, took its name for his own, and lived the life of a hermit."（下画线由笔者所加）。真凑巧，后来美国新片在我国上映，题目也正好是 *Cold Mountain*，但译成了"冷山"，而非"寒山"，大约是有意而为之吧？

　　再则，【ST4】的英译文就是有西方学者、著名汉学家亲自操刀的，他们难道不知道"寒山"的音译吗？为什么都是内涵翻译呢？其实，这两位及其他欧美学者/译者原则上都把"寒山"译成 Cold Mountain。

　　有了"内涵对等"的指导思想，对处理灵隐寺的翻译就可以驾轻就熟了。除了采用"音译+意译"将它译成 Lingyin Temple 之外，我们完全可以选择译出它的内涵意义。

　　灵隐寺位于西湖之西的群山之中。东晋咸和年间，印度高僧慧理禅师登飞来峰时曾说："此乃中天竺国灵鹫山之小岭，不知何以飞来，仙灵隐窟，今复尔否？"之后，慧理在此建寺，名曰"灵隐"。所以灵隐寺为"仙灵所隐"之地，其译名可以是：Monastery of the Soul's Retreat

或 Temple of the Soul's Retreat。

2. 意象直译案例

(6)送人游吴

【ST6】　　　　　　　送人游吴

君到姑苏见，人家尽<u>枕河</u>。<u>古宫</u>闲地少，<u>水港小桥</u>多。
<u>夜市</u>卖<u>菱藕</u>，<u>春船</u>载绮罗。遥知<u>未眠月</u>，<u>相思在渔歌</u>。（唐·杜荀鹤）

【TT6-1】　　**Seeing a Friend <u>off to Soochow</u>**

When <u>Soochow</u> comes into sight,

Houses're all <u>pillowed on the waterside</u>.

The <u>old capital</u> with few vacant fields

<u>Is crisscrossed by brooks and bridges.</u>

<u>Night markets</u> boom with <u>water caltrops</u>

and <u>lotus roots</u>; <u>spring boats</u> are busy

coming and going with <u>silks and satins</u>.

O! Gaze at the <u>bright moon sleepless</u>;

<u>Boat song</u>'ll <u>evoke</u> your <u>homesickness</u>.（陈刚　译）

【TT6-2】　　**Seeing off a <u>Suzhou-bound</u> Friend**

When <u>Suzhou</u> comes into sight,

Houses all <u>lie by the waterside</u>.

The <u>old capital</u> with few vacant fields

<u>Is crisscrossed by piers and bridges.</u>

<u>Night markets</u> boom with <u>water caltrops</u>

and <u>lotus roots</u>; <u>spring boats</u> are busy

coming and going with <u>silks and satins</u>.

O! Gaze at the <u>bright moon sleepless</u>;

<u>Boat song</u>'ll <u>capture</u> your <u>lovesickness</u>.（陈刚　译）

【译析】

1）历代描写姑苏建筑特色的，以晚唐杜荀鹤（846—约906）"送人游吴"中
的头两句最为著名。苏州古称吴或吴县，春秋时更是吴国的都城，城内总体布

局，虽历经两千多年沧桑，始终未有变易。但因经济逐代繁荣，民居日益增多，城内空闲之地越来越少，所以说"古宫闲地少"叙事状物可谓是恰如其分。但"闲地少"还有个客观原因，苏州是名副其实的水城，城内河网交错，更显得水港多，小桥多，而闲地少，凸显了"小桥流水人家"的水乡特色。有鉴于此，翻译该诗唯一需要百分百保留的是诗中自然建构的各种意象——自然景色、人文景色、繁荣景象、精神诉求等。详见两个有所不同的 TT 及其下画线部分。

2) 标题"送人游吴"之"吴"特采用旧式的威妥玛氏拼法，一来还原历史，二来特表"姑苏"或"东吴"。

3) "<u>枕河</u>"（形象表达）在其中一 TT 中保留。

4) "古宫"（都城）、"夜市"（经济发达）、"菱藕"（象征收获）、"春船"（一年之计在于春）、"绮罗"（表示富裕）、"未眠月"（思乡/浪漫/拟人）、"船歌"（人文生活/民俗文化）等均很好地通过 direct translation（直接翻译）加以保留。

5) "<u>水港小桥多</u>"，不仅保留了江南所熟悉的河湖港汊等景象，还特地用被动语态形象地将苏州的纵横水乡跃然纸上："…is crisscrossed by brooks/piers and bridges"。

6) "相思"被解读为"思乡"/"乡恋"/"恋家"等，所以两个 TT 分别给出两个不同的译文——"homesickness"和"lovesickness"。

7) 上述有关意象，若换一种视角分析，可以归类如下：从分类视角看，静态意象有"pillowed on the waterside"；动态意象有"spring boats are busy coming and going with silks and satins"；江南水乡意象有"Is crisscrossed by brooks and bridges"、"water caltrops"、"lotus roots"；社会（生活）意象有"night markets"；思乡意象有"Gaze at the bright moon sleepless"、"Boat song"、"homesickness"等。西方读者除了对"water caltrops"这一意象不太熟悉外，其他意象均能有自己独立的见解与体悟。

17.3　宋词三学派代表作译

跟唐诗及其翻译注重意境与意象一样，宋词及其翻译不仅要注重词之意境与意象，更要注重各种情感的表达。

　　表达、抒发不同情感的宋词，包括艺术风格，一般分为两大派或两种主要的风格："**豪放派**"和"**婉约派**"。出于本节编写的考虑，"特意"再增加一种流派及风格——"**花间(改良)派**"。"花间派"早在晚唐、五代就已形成，代表人物有温庭筠、韦庄、李煜等。尽管如此，《花间集》为代表的"香软"的词风，在宋代依然能够找到，说这些词人是花间派，行；说他们属于"婉约派"，也行。有重叠无所谓，因为也有把李煜归作"婉约派"的，甚至把他"尊"为"婉约派"四大旗帜之一，四旗中号"愁宗"。需要解释的是，这里不(完全)是"学术式之严谨"。北宋词家，如晏殊、欧阳修、柳永、秦观、周邦彦、李清照等人，既上承花间词，也去其浮艳多分雅致，形成了各自的艺术风格特点。

　　再说得具体些，整体趋向于绮丽浓艳的花间词，内容以女性意识和女性视角为主，但花间词人较早将目光和笔触伸向了咏史、边塞、渔隐、田园等题材，题材上显示了巨大包容性和睿智的前瞻性、开拓性；艺术上所具有和确立的以"艳"为美的审美特质则直接影响、规范了婉约词的创作和评论，奠定了婉约词在词中的主流地位。花间词题材的开拓性拓展了宋词的写作范围，花间词艺术上取得的成就与存在的不足则为宋词提供了全面的借鉴。但终宋之朝，《花间集》对宋代词人的影响仍然极为深刻，不论婉约词人李清照还是豪放代表苏轼都有对花间词的学习和继承。花间之后，宋人继承花间并将词提升到一个很高的程度，宋人寇准、晏殊、柳永、苏轼、秦观、吴文英等人在学习融化花间风格、大量创作的基础上，为词的发展做出了自己的贡献。如陈廷焯曾评秦观词："宛转幽怨，温、韦嫡派。"[1]宋词所具有的南方文化气质倾向性越来越明显，词体风格逐渐具有南方化倾向的烙印，具有南方风味的"杏花"、"丁香"、"柳花"、"芦花"、"海棠"等具有温柔气质的意象逐渐增多，甚至在宋词中占据了统治性。

　　鉴于此，我们将选择三首宋词作为 ST，按照上述特点描述分为三大艺术风格流派及其代表人物(这样分类并不影响秦观、李清照依然是"婉约派"词人的地位)：

---

1 引自晚清著名词人陈廷焯《词则·大雅集》卷二，上海古籍出版社，1984 年，第 57 页。

◆ 新世纪翻译学 R&D 系列著作

■豪放派——苏轼；　　　　　　　■婉约派——周邦彦；

■花间(改良)派[1]——秦观；　　　■花间(改良)派——李清照[2]。

17.3.1　"豪放派"代表作

【ST7】	【TT7】
念奴娇 赤壁怀古	Tune: "CHARM OF A MAIDEN SINGER" **THE RED CLIFF**
大江东去，	The Greater River eastward flows,
浪淘尽，千古风流人物。	With its waves are gone all those
故垒西边，	Gallant heroes of bygone years.
人道是：三国周郎赤壁。	West of the ancient fortress appears
乱石穿空，	The Red Cliff, where General Zhou won his
惊涛拍岸，	early fame
卷起千堆雪。	When the Three Kingdoms were in flame.
江山如画，	Jagged rocks tower in the air,
一时多少豪杰。	Swashing waves beat on the shore,
	Rolling up a thousand heaps of snow,
	To match the hills and the river so fair,
	How many heroes brave of yore
	Made a great show!
遥想公瑾当年，	I fancy General Zhou at the height
小乔初嫁了，	Of his success, with a plume fan in hand,
雄姿英发。	In a silk hood, so brave and bright,
羽扇纶巾，	Laughing and jesting with his bride so fair,

---

1 笔者自定，依据出自陈廷焯评论（见上页脚注），特指继承花间词人艺术风格并开创自己崭新
　风格的有代表性意义的宋朝词人。你也可以将其描绘成"花间(改良)派"/"花间词发展派"
　（主编自创"术语"）。

2 李清照属花间一脉宋人用力最多的词人之一（据陈廷焯）；此外，她是宋代最著名的女词人。
　故入选。

谈笑间、樯橹灰飞烟灭。 故国神游， 多情应笑我，早生华发。 人生如梦， 一樽还酹江月。 （宋·苏轼）	While enemy ships were destroyed as planned Like castles in the air. Should their souls revisit this land, Sentimental, his wife would laugh and say, Younger than they, I have my hair turned grey. Life is but like a dream, I'd drink to the moon which once saw them on the stream. (XYZ 译)

【译析】

1)《念奴娇·赤壁怀古》可说是宋词"豪放派"的代表作(之一)，许渊冲先生的译作亦可说是迄今最佳译作，译得非常有气势。我们主要集中于 ST 和 TT 画线部分来谈论案例。

2)"风流(人物)"很难译，虽然"gallant (heroes)"未必是最佳选词——该词英文中的内涵跟汉语有所不同，但的确还找不出可替换词。这使笔者想起苏轼的"无竹使人俗"中的"俗"字，斯坦福大学的某校友团员说，她还有一个更佳措辞，可惜离开中国前，她还无法想出来，尽管她一再确认她的观点——批评别的团友建议的那个词并不太合适云云。

3)"三国周郎(赤壁)"是适合中国文化背景的读者的，但不能直译过去，否则可接受度会相当之低，而且也不好表达。比苏轼更为通俗的阐释可以是："三国时周瑜打破曹兵的赤壁"。但这样阐译也不适合表达和接受。许译本处理得可说是恰到好处。

4)"江山如画，一时多少豪杰"的 TT 虽然长了些，似乎也是目前在该语境下的最佳 TT。

5)"小乔初嫁了"处理得非常巧妙，一则可以在 TT 中不提"小乔"，但通过内涵对等译出；二则通过词序调整和增译形容词短语(so fair)，还给读者留下"英雄配美人"的联想。

6)"谈笑间、樯橹灰飞烟灭"是通过"增益"(linguistic amplification)＋"补偿"(historical complement)＋"具体化"(specification)，从而获得不错的译文效果。

7)"故国神游，多情应笑我，早生华发"的 TT 似乎有 misreading+mistranslation：应该是作者本人重游/神游故国吧！47 岁的苏轼沉醉于这一(三国)古战场，应当笑北宋的自己过于多愁善感，还是壮年，居然两鬓过早添霜。与此相反，TT 中译者自己的解读似乎有违逻辑：

①Should their souls revisit this land,/Sentimental, his wife would laugh and say,/Younger than they, I have my hair turned grey.——"their souls"是复数，理应指"周郎+小乔"，但主句中的主语"his wife"就"有损"cohesion + coherence。

②为何是"小乔"变得多愁善感(sentimental)，她笑诗人？

③为何不是"周郎"变得多愁善感而笑诗人呢？

④假设主语可以是小乔/周瑜，TT 可以这样改进：Sentimental, s/he would laugh and say,/Younger than her/him, you have your hair turned grey.

⑤若按照正常解读，TT 可以修订为：

Should I revisit this battlefield,

I'd laugh at my being so sentimental

And young as to grey at the temples.

8)"一樽还酹江月"应解读为"让我洒一杯酒祭江上的月亮吧"，但许译本"I'd drink to the moon which once saw them on the stream"中的"them"指什么？指代不明确，也费解。我们可以改译成：

（Life is but a like a dream,）

Let me spray wine to remember the river moon. 或

（…）

Let me drink to the moon downstream.

17.3.2　"婉约派"代表作

【ST8】兰陵王 柳	【TT8-1】Tune: "SOVEREIGN OF WINE" **THE WILLOW**
柳阴直，	A row of willows shades the riverside,
烟里丝丝弄碧。	Their long, long swaying twigs have dyed
隋堤上、	The mist in green.
曾见几番，	How many times has the ancient Dyke seen

拂水飘绵送行色。	The <u>lovers</u> part while wafting willowdown
登临望<u>故国</u>,	And drooping twigs caress the stream along the town!
谁识京华倦客?	I come and climb up high
长亭路,	To gaze at <u>my homeland</u> with longing eye.
年去岁来,	O who could understand
应折柔条过千尺。	Why should a weary traveler here stand?
	Along the shady way,
	From year to year, from day to day,
	How many branches have been broken[1]
	To keep dear memories awoken?
闲寻旧踪迹,	Where are the traces of my bygone days?
又酒趁哀弦,	Again I drink to doleful lays
灯照离席。	In parting feast by lantern light
梨花榆火催寒食。	When pear blossoms announce the season clear and bright.
愁一箭风快,	O slow down, wind that speeds my boat like arrowhead;
半篙波暖,	Pole of bamboo half immersed in warm stream!
回头迢递便数驿,	O post on post
望<u>人</u>在天北。	Is left behind when I turn my head.
	<u>My love</u>[2] is lost,
	Still gazing as if in a dream.
凄恻,	How sad and drear!
恨堆积!	The farther I'm away,
渐别浦萦回,	The heavier on my mind my grief will weight.
津堠岑寂,	Gradually winds the river clear;
斜阳冉冉春无极。	Deserted is pier on pier.

---

1 XYZ 注释: The Chinese had the custom of breaking off a willow branch and presenting it to the departing friend.

2 XYZ 特地将"望人"解读并译为"my love"（以示京城名妓李师师），未尝不可，但可以蓄些。

◆ 新世纪翻译学 R&D 系列著作

念月榭携手，	The setting sun sheds here and there its parting ray.
露桥闻笛。	I will remember long
沉思前事，	The moonlit bower visited hand in hand with you.
似梦里，	And the flute's plaintive song
泪暗滴。	Heard on the bridge bespangled with dew.
（宋·周邦彦）	Lost in the past now like a dream,
	My tears fall silently in stream. (许渊冲 译)

【译析】

1) 周邦彦（1056—1121）的《兰陵王·柳》被认为是宋词"婉约派"的代表作（之一），许渊冲先生译得婉转含蓄，儿女情长，视角独特。总词数 235 个。但【TT8-1】存在不少值得商榷之处，下边慢慢道来。

2) 第 1 句，ST 只有三个汉字，TT 却有 7 个单词——太长。建议改为：Willow shade lines the riverside（5 个单词）。

3) 第 2 句，ST 是一行共 6 个汉字，TT "拖"成两行共 11 个单词——仍然过长。建议改为：Long, long twigs sway in mist。

4) 第 3—5 句，三行 14 个汉字，TT 也为三行，词数却达 23 个。其中"the lovers"似乎不够准确，因为"拂水飘绵送行色"中并没有特指"情人"/"爱人"，仅指送"人"去远方。当然这个"人"可以指亲朋好友、恋人情人。故建议改为：

（Willow shade lines the riverside,

Long, long twigs sway in mist.）

On the Sui Dyke

I've many times seen

Friends departing with twigs caressing the stream.

新译文词数仅为 14 个（因为"Sui"可以略译，许先生就是如此）。

5) 第 6 句中"故国"被译成"my homeland"不够准确。该词作者周邦彦是北宋钱塘人（即杭州人），曾在京都（应是东京开封府）大晟府任音乐官员。作为"京华倦客"，他在京都登高遥望自己的家乡，因此 homeland（the country where someone was born and grew up[1]）应改为 home town 或 native land。

---

1 根据美英词典（*Merriam-Webster* 和 *Oxford*）。

I often climb up to gaze at my native land;

Who knows why a weary traveler'd here stand?

6) 第 8－10 句，仍然是译文词数偏多——17 characters/23 words。建议译文：

At the farewell pavilion each year

I've broken countless willow twigs

To see off my friends dear.

7) 就词的上篇翻译而言，可以改进的地方是英语用词还可精练些。该词中篇翻译的问题仍然如此。此外，笔者在时代问题上跟许先生的看法和视角不同。第 11－14 句其实是指作者回忆与"情人"（李师师）一同度过的美好时光（指此次送行前的一次幽会），所以应该用过去（完成）时。故有关译文建议如下：

Thinking about my past scenes,

I'd drunk again to doleful lays

In parting feast by dim light

With pear blossoms signaling Cold-Food Day.

8) 词中篇最后四句译得很好，但视角被 XYZ "改写"，而且时态存在逻辑问题。既然是词作者离开码头后的回忆，理应使用过去时态。建议译文如下：

My boat moved away like an arrow sadly,

By pushing the pole on the warm river madly.

When I turned my head, posts gone quickly,

My dear was lost in the north emotionally.

9) 词下篇译得很活，但改译的成分较多，而且词数多达 76 个。笔者特提出尽可能紧扣 ST 的 TT，总词数仅为 53 个：

Sad enough,

With repeated regrets

I found the river-mouth swirling

And the ferry tower quiet;

The sun's setting with the spring rising.

I recalled our enjoying the moon at the waterside pavilion

And the flute at the bridge full of dew.

Lost in the past

Now like a dream,

My silent tears stream.

以下是完整新译文【TT8-2】，共 170 个词（仅供参考，欢迎批评）。

【TT8-2】　　　　　Tune: "SOVEREIGN OF WINE"

THE WILLOW

Willow shade lines the riverside,

Long, long twigs sway in mist.

On the Sui Dyke

I've many times seen

Friends departing with twigs caressing the stream.

I often climb up to gaze at my native land;

Who knows why a weary traveler'd here stand?

At the farewell pavilion each year

I've broken countless willow twigs

To see off my friends dear.

Thinking about my past scenes,

I'd drunk again to doleful lays

In parting feast by dim light

With pear blossoms signaling Cold-Food Day.

My boat moved away like an arrow sadly,

By pushing the pole on the warm river madly.

When I turned my head, posts gone quickly,

My dear was lost in the north emotionally.

Sad enough,

With repeated regrets

I found the river-mouth swirling

And the ferry tower quiet;

The sun's setting with the spring rising.

I recalled our enjoying the moon at the waterside pavilion

And the flute at the bridge full of dew.

Lost in the past

Now like a dream,

My silent tears stream.（陈刚 译）

17.3.3 "花间(改良)派"代表作

(1)鹊桥仙

【ST9】 鹊桥仙	【TT9】Tune: "IMMORTALS MEETING AT THE MAGPIE BRIDGE"
纤云弄巧，	Colorful clouds float and flirt;
飞星传恨，	Two stars hate to be separate:
银汉迢迢暗渡。	The Milky Way sees Cowherd meets Weaver
金风玉露一相逢，	When Autumn wind's with Cold Dew so short
便胜却人间无数。	As to surpass the long union in the human world.
柔情似水，	Dreamlike is this hot annual date.
佳期如梦，	Their tender love flows like water,
忍顾鹊桥归路。	How can they bear to separate again?
两情若是久长时，	If their love can last forever,
又岂在朝朝暮暮？	Why need they day and night stay together?
（宋·秦观）	（陈刚 译）

【译析】

1) 秦观(1049－1100)的代表作之一《鹊桥仙》脍炙人口，时至今日，词中的"两情若是久长时，又岂在朝朝暮暮"广为流传。其翻译，我们应在实践和理论上都加以配合。简言之，该词的翻译理念源于花间词人的"风格"——浪漫、传情、传神(笔者个人观点)；翻译策略是"动态对等"；翻译方法是"归化"结合"当代化"(即结合当代年轻恋人的思想、情怀及审美思想)。

2) 第1句，"纤云"指轻柔多姿的云彩，故 TT 是 "colorful clouds"。"弄巧"形容能变化出许多优美巧妙的图案。译者用了两个动词——"float and flirt"，前者表客观，后者表浪漫。从修辞手段上说，既是拟人，还是押头韵；"flirt"可以解读为"作"、"娇嗔"、"调情"、"装'鬼脸'"等变化多端的美好面部表情和肢体动作——总之是 body language。

3) 第2句，"飞星"指"牛郎"、"织女"二星；他俩不停地闪亮着，仿佛都在传递着他们离愁别恨的情感。因此，采用"动态对等"加以调整，归化为"…hate to be separate"。

4) 第3句，选择"银河"作主语，拟人化，这样句子就比较简练。两个专有名词前特略去定冠词。"暗渡"似乎在 TL 的逻辑中讲不通，故略译。

5) 第4句，"金风"直译，TL 读者难懂；"玉露"也同理。故改译为"秋风"和"寒露"，即意义对等，也暗指他俩"年会"的季节和节气之时间段——这跟"七夕"接近。

6) 第5句，它跟第4句有逻辑关系——牛郎和织女每年只在七夕的夜晚相会，可这样的相逢就如同秋风和露水般的交融，虽短却胜过了人间那些长相厮守（却貌合神离、同床异梦）。

7) 下阕第1—2句在翻译时交换了位置。"柔情似水"的比喻保留；"佳期如梦"亦是，而且将"佳期"做了"当代化"浪漫处理——"this hot annual date"。这样，秦观变成了"当代的花间派"词人了。

8) 下阕第三行，只能按照"动态对等"策略处理之，否则势必很啰唆，于是产生"隔"。

9) 最后两句是经典词句，经翻译，两全其美——既适合上下文，也完全可以独立引用。

10) 该词上阕以"金风玉露一相逢，便胜却人间无数"抒发感慨，下阕的意思更进一层，道出了"两情若是久长时，又岂在朝朝暮暮"的爱情真谛。这字字珠玑、掷地有声的警策之语，正是这首词流传久远、经久不衰的关键所在。

因此，秦观"青出于蓝而胜于蓝"——借鉴"花间派"，胜过"花间派"。

(2) 如梦令

【ST10】 如梦令	【TT10】 Tune: "DREAM-LIKE SONG"
昨夜雨疏风骤。	Last night the wind was strong and rain was fine;

浓睡不消残酒。	Sound sleep did not dispel the taste of wine.
试问卷帘人，	I ask the maid who's rolling up the screen.
——却道"海棠依旧"。	"The same crabapple tree," she says, "is seen."
知否，知否？	"But don't you know,
应是绿肥红瘦！	Oh, don't you know"
（宋·李清照）	The red should languish and the green must grow?"
	（XYZ 译）

【译析】

1）李清照（1084－1055）有"千古第一才女"之称。她的这首《如梦令》，便是"天下称之"的不朽名篇。这首小令，有人物，有场景，还有对白，充分显示了宋词的语言表现力和词人的才华。

作者以"浓睡"、"残酒"搭桥，写出了白夜至晨的时间变化和心理演变。然后一个"卷帘"，点破日曙天明，巧妙得当。然而，问卷帘之人，却一字不提所问何事，只于答话中透露出谜底。真是绝妙工巧，不着痕迹。词人为花而喜，为花而悲、为花而醉、为花而嗔，实则是伤春惜春，以花自喻，慨叹自己的青春易逝。

李清照爱花，算是"南宋花间词人的女代表"（译者个人观点），但似乎又比"花间派"高明。词令通俗，却不庸俗，实则高层次的雅。

2）许渊冲译笔高超，字字到位。

3）因中国古代文化的壁垒、屏障，会难倒一大批学习汉语的外国人，即使他们读了我们好的翻译作品，也不得其中之奥妙。但这首《如梦令》的文化障碍不大，经许先生的妙译，完全可以作为范本，供我们的 BTI/MTI 学习、欣赏、实践，同时也是西方"中国学"读者学习的经典原作和译作。

4）翻译中的一处语言点可以提一下，那就是第 2 行的"残酒"，似乎找不到相对应的 TL expression。实际上不必译，译了则显拖沓（wordy）。根据语境，"the taste of wine"就意味着残酒。

若给秦观、李清照做一最为简单的高度概括，他俩既是"花间（改良）词人"中的优秀代表，更是宋代（婉约派）词人的典型杰出人物，他们的词作是花间词的"改进版"、"提高版"，还是实实在在的宋朝作品中的传世之作。

17.4　元曲的风格境界英译

17.4.1　元曲风格对比简述

我国古代诗歌从《诗经》始，历经数百年发展到了唐宋元代，代有新变。诗之余为词，词之余为曲，各相争雄。唐诗、宋词、元曲，就是在形式、语言、风格上各具特色的三种不同的诗体。唐诗基本上是五、七言诗，词、曲则都是长短句。故我们说唐人写诗(write a poem)、宋人填词(compose a lyric by choosing a tune [词牌] before writing words to it)、元人填曲(compose a new tune [曲牌]/a chosen tune [曲牌] based on your interpretation of the song words)，因此元曲的形式及风格会别于唐诗与宋词，但接近宋词。

宋词是宋代文学的灵魂，元曲是元代文学的辉煌，两者虽然都脱胎于诗，但风格却大相径庭，词贵雅，曲尚俗；词贵含蓄，曲尚显露。词既以雅为最高标准，于是周邦彦(其诗作《兰陵王·柳》及英译见17.3.2)就成为雅词的典范作家。元曲是中国古代诗歌最后的辉煌，被称为元代最佳之文学，语言自然明快，反映生活图景鲜明生动，长于刻画人物，表达情感，有着深厚的民间基础和市井气息。它具有很强的开放性、很大的自由度、很强的表现力、很高的艺术性，完全可以与唐诗宋词媲美。它以简单的图景来表现与曲作合拍的意境。

元曲是对宋词"雅文化"的颠覆，是"俗文化"的肇始。王国维说："元剧实于新文体中运用新言语。""古代文学之形容事物也，率用古语，其用俗语者绝无。又所用之字数亦不甚多。独元曲以许用衬字故，辄以许多俗语，或以自然之声音形容之。此自古文学上所未有也。"王国维说的是剧曲，但散曲也不例外。元代的散曲家，多数仍以善用口语见长，如关汉卿、马致远，等等。

元曲的风格主要涉及两大元素：

其一，曲尚"俗"。它包括两方面的内容：一方面说选词造句要尽量口语化，不要像诗词那样过于浓缩、过分雕琢；另一方面允许甚至提倡方言土语、俚俗语言入曲。这样就使散曲在文学情态上与诗词有了明显区别，更加生动活泼，更加生活化。由于俗与雅、浅与深、旧与新、显与隐的和谐统一，故大人小孩、识字不识字的，皆可欣赏。

其二，曲尚"显露"。它是一种带有浓厚的市民色彩而又在当时普遍传唱的新诗体，可同时唱给读书人(文人学士)和非读书人(所谓"村夫俗子")听的。由于"曲"主要是诉诸听觉而不是视觉，因此要求"直说明言"。散曲则崇尚趣味，表达灵活自由，追求痛快追求"爽"，以直率俚俗为主，其态度为迫切、坦率。

总而言之，"通俗化"(popular)及"直白"(direct/straightforward)是元曲的基本/主要风格，但细化说来，以下这些四字形容词可以用来描述元曲风格的特点：

●意境深远；　　●率真明快；　　●字数不等；　　●隐逸情怀；
●景中含情；　　●情自景生；　　●情景交融；　　●隽永含蕴。

举例来说，元曲的通俗化风格，可以是"意境深远"，如马致远的《天净沙·秋思》("枯藤老树昏鸦，小桥流水人家，古道西方瘦马。夕阳西下，断肠人在天涯")；可以是"率真明快"，如张可久的《闺思》("……谁？不做美？呸，却是你！")；可以"(曲同)字数不同"，如徐再思的《水仙子》(8行55个字)和刘庭信的《水仙子》(29行100个字)；等等。

元曲发展的最高阶段是杂剧，最为著名的代表作是王实甫的《西厢记》(有关翻译讨论见本书"戏剧单元")。

不论中国人还是外国人，阅读天真绝俗的元曲，定会感到畅快淋漓。

17.4.2　元曲风格翻译简述

元曲翻译成功与否，主要取决于风格翻译，尽管我们在前面讨论过风格之不可译性以及风格之可译性和可译度等问题。

据本书主编所知，元曲翻译尚未受到应有的重视。先不说学术界有关这方面的研究活动之举办、论文及著述之发表到底如何，就连元曲译本的出版情况都令国内某些小有名气的出版社摸不着头脑。比如，某大学出版社于 2009 年 6 月出版了《英译元曲 200 首》，号称"是目前世界上规模最大的元曲英译文，推动了元曲在世界范围的传播，成为元曲翻译界的翘楚"[1]。该出版社殊不知，高等教育出版社早于 2004 年 10 月就出版了许渊冲先生自译的《汉英对照元曲三百首》。

就诗词曲的翻译而言，我们的翻译理念、策略、原则、方法等是全部贯通的。本节我们要特别强调许先生的"三美论"（意美、形美、音美）。我们除了根据这"三美论"来指导、评析我们的译作，还要就小令的英译进行新视角的探讨。

国内外都较缺少元曲译本，特别是其小令的译本。在结合中国传统诗学与美学、纽马克（及其他翻译家）的翻译理论及方法的基础上，我们特提出中国诗词曲英译的"四美论"，即在"三美论"的基础上增加"风格美"。这一"风格美"特别适应元曲小令的翻译。

通过典型翻译案例的对比研究，得出元曲（尤其是小令）翻译的初步结论：

● 注重 TT 之意境美。对于"雅派"小令的翻译，意境美是意美的一个关键部分。译者应当敏锐地察觉隐藏在意象之下的意境并力求在译文中再现这种意境。如有必要，译者有理由改变原诗的具体用语。总的来看，"雅派"小令的语言精美雅致，为了重现意境美（意美），这种精致的措辞风格应当予以保留。音美和形美也是重要的。译者应当在三者间寻求恰当的平衡。

● 保留 ST 之风格美。对于"俗派"小令，我们对比研究了许渊冲和辜正坤的译文，发现两者都未能充分重视 ST 的风格特征，尤其是后者。无论 ST 的实际情况如何，辜先生都倾向于使用古雅的文风。这种风格的 TT 就误导了目标语受众，因为损失 ST 的风格特征也意味着破坏其意美。这也就是我们新增"风格美"的原因。换言之，希望重视 ST 风格在 TT 中的再现，特别是"俗派"小令的口语化风格。

---

1 详见 http://baike.baidu.com/view/7860586.htm?fr=aladdin。

17.4.3　元曲翻译案例精选

(1) 普天乐·浙江秋

名称：浙江秋	**Title:** River Zhe in the Fall
作者：元·姚燧	**Poet:** Yao Sui, the Yuan Dynasty
体裁：散曲·小令	**Subgenre:** xiaoling（a form of Yuan song）
宫调：中吕	**Mode:** zhonglv
曲牌：普天乐	**Tune:** Joy of All
【ST11】	【TT11】
浙江秋，	River Zhe in the fall
吴山夜，	Mount Wu at night:
愁随潮去，	My sorrow surges with the river tide；
恨与山叠。	My grief stands as the mount high.
寒雁来，	Wild geese come from the cold North,
芙蓉谢，	Pond lotuses fade even in the South,
冷雨青灯读书舍。	Oil lamp at my study dimmed by chilly rain.
待离别怎忍离别？	How can we bear the parting pain?
今宵醉也，	Tonight let's drown our grief;
明朝去也，	Tomorrow you will leave;
宁奈些些。	Patience, patience we'd keep!（陈刚　译）

【译析】

1) 姚燧（1238—1313），元代文学家。他的这首小令，是一首离别之作。当时就已脍炙人口。该小令的翻译要关注所有的意象，措辞须短小简练，灵活多变，动态对应贯穿始终。

2) "名称：浙江秋；作者：元·姚燧；体裁：散曲·小令；宫调：中吕；曲牌：普天乐"等通过查表格（见词牌、曲牌译名）和自译，解决这些问题。下同。

3) "浙江秋，吴山夜"：有下列几个翻译选项——

●The autumn of Zhejiang/the evening of Wushan；

●Zhejiang in autumn/Wushan in the evening；

●Zigzag river in the fall/Wu Hill at night;

●River Zhe in the fall/Mount Wu at night;

●Qiantang autumn/Wushan night;

……

4)"愁随潮去":"潮"之形象必须译，关键是如何译;"去"要选一个 TL term，既跟"潮"搭配，又把"愁"的程度再现出来。

5)"恨与山叠":同理，"山"之形象必须保留，关键看用 TL 中的哪个"山";"叠"可以做动态调整，因直译不易处理该句的长度。由于是比喻用法，搭配可以灵活些。

6)"寒雁来，芙蓉谢":"寒"应解读为"寒冷的北方"——事实上也是，秋分后大雁从较寒冷的塞北飞到较温暖的南方来过冬;"芙蓉"应为水芙蓉，前面加一池塘，加以具体化，似乎真实生动;用 fade 而不用 wither 是出于押韵考虑;由于"寒雁来"的译文有"from the cold north"，为了对应，特在"谢"的 TL verb 后补充"in the south"。两句译文合起来是：Wild geese come from the cold North,/Pond lotuses fade even in the South.

7)"冷雨青灯读书舍":"青灯"即油灯，不必译出颜色;整句似缺动词，译成英文后应注意补上一个合理的动词。由于要加这个动词，于是逻辑把"冷雨"和"青灯"分开: Oil lamp at my study dimmed by chilly rain.

8)"今宵醉也，明朝去也，宁奈些些":汉语诗歌或文章中，缺主语或省主语的现象比较普遍，为做到动态对等，我们必须确定合乎逻辑的主语。经语境思考、分析、创意性试译，暂且给出如下译文: Tonight let's drown our grief;/Tomorrow you will leave;/Patience, patience we'd keep!

在思考分析最后一行时，笔者还想出另外一句，供大家参考: Thousand hearted words we'd keep!

乍看，不扣原文，其实还是很"配"的。你认为呢?

(2)寿阳曲·潇湘夜雨

名称：潇湘夜雨	**Title:** River Zhe in the Fall
作者：元·马致远	**Poet:** Ma Zhiyuan, the Yuan Dynasty
体裁：散曲·小令	**Subgenre:** xiaoling (a form of Yuan song)

宫调：双调 曲牌：寿阳曲	**Mode:** shuangdiao **Tune:** Song of Long-lived Sun

【ST12】渔灯暗，客梦回，一声声滴人心碎。

孤舟五更家万里，是离人几行清泪。

【TT12-1】	【TT12-2】
Tune: Song of Long-lived Sun	**Tune: Song of Long-lived Sun**
—Night Rain on the River	—Night Rain on the Xiaoxiang River
Dim fishers' lantern light,	As fisher light dims,
I wake up from my dream.	I'm roused from my dreams.
The rain drips drop by drop to break	Drips, drips of rain echo my pain.
my heart.	At dawn I lie awake in this lonely boat,
My lonely boat is far from home deep	<u>Far, far from home,</u>
in the night.	Tears <u>falling down my face</u>.
It rains as tears <u>which stream</u>	（陈刚 译）
<u>Down</u> from the eyes of <u>those who part</u>.	
（许渊冲 译）	

【译析】

1)马致远（约1250—约1323），元代著名杂剧作家，与关汉卿、郑光祖、白朴并称"元曲四大家"。《寿阳曲·潇湘夜雨》是马致远写的一支表达身处天涯、心系故园的"断肠人"羁旅乡愁的散曲作品，与《天净沙·秋思》有异曲同工之妙，堪称马致远散曲小令中的佳作。该作品将诗词中常有的意象、意境(image & poetic mood)和手法(rhetorical devices)引入曲中，使ST读者产生强烈的共鸣，但同时又使译者深感翻译之困难。

2)音节数：ST27个；许译本48，陈译本36个。陈译本更适合填曲。

3)前两句：许、陈译本均有自己的思考和处理方法。

4)第三句：许译本认为是雨滴使人心碎，陈译本则是雨滴声跟个人的孤独之痛相呼应。两个译本均使用了各自的叠词处理法。

5)第四句：许译本把"五更"处理成"deep in the night"，过于含糊；陈译本则使用了"at down"，正好是第五更这个时段。请看表17-4(陈刚编制)。

表 17-4　中国夜间时辰名称英汉对照

夜间时辰/Double-hour in the Night	五更/Five Night Watches	五鼓/Five Night Drum Beatings	五夜/The Five Periods of the Night	现代时间/Beijing Time（GMT + 8HRS）
黄昏/dusk	一更/1st (night) watch	一鼓/1st drum beating	甲夜/the 1st period of the night	19—21 点/19:00—21:00（7—9pm）
人定/inactive	二更/2nd (night) watch	二鼓/2nd drum beating	乙夜/the 2nd period of the night	21—23 点/21:00—23:00（9—11pm）
夜半/midnight	三更/3rd (night) watch	三鼓/3rd drum beating	丙夜/the 3rd period of the night	23—1 点/23:00—01:00（11pm—1am）
鸡鸣/rooster crowing	四更/4th (night) watch	四鼓/4th drum beating	丁夜/the 4th period of the night	1—3 点/01:00—03:00（1—3am）
平旦/dawn	五更/5th (night) watch	五鼓/5th drum beating	戊夜/the 5th period of the night	3—5 点/03:00—05:00（3—5am）

　　根据此表，译文中使用"dawn"（表示五更）显然要比使用"deep in the night"准确得多。此外，许译本使用了定语从句，缺乏口语化。第四、五行实为一行，两个译本均处于排版考虑，排成两行。在分析译文时，理应合并思考。

　　6）第四、五句：许译本用了两个定语从句，实则出于无奈。陈译本保持通俗化、口语化风格，并使用了叠词。最为关键的问题是，许译本在使用"叙述人称"方面，出现了矛盾，即从"第一人称"突然变为"第三人称"——"…those who part"，很不合乎逻辑，估计是"因韵害意"，不得已而为之。根据中学教科书，"是离人几行清泪"，是用直抒胸臆的手法，直接抒发思家的痛苦，是"心碎"的具体情状。显然，这"离人"就是指作者本人。

　　这个案例说明：翻译前总体思考很重要——比如人称问题，或如何转人称，转得是否合乎逻辑等——一旦出现偏差，会造成后来无法管控。该案例正好告诉 BTI/MTI 读者，诗歌翻译之真实困难在哪里。只有通过实践，才能有所感触，有所收获。

　　(3) 大德歌·秋

名称：秋	**Title: Autumn**
作者：元·关汉卿	**Poet: Guan Hanqing, the Yuan Dynasty**

体裁： 散曲·小令

宫调： 双调

曲牌： 大德歌

Subgenre: xiaoling (a form of Yuan song)

Mode: shuangdiao

Tune: Song of Great Virtue

【ST13】

风飘飘，

雨潇潇，

便做陈抟睡不着。

懊恼伤怀抱，

扑簌簌泪点抛。

秋蝉儿噪罢寒蛩儿叫，

淅零零细雨打芭蕉。

【TT13-1】

The wind blows on and on,

The rain downs shower by shower.

It even makes Sleeping God to toss around.

I feel regret and annoyed,

With tears my face rolling down.

Autumn cicadas chirp before crickets cry;

On banana leaves the rain taps light.

（陈刚 译）

【TT13-2】

The wind forcibly blows,

The rain down in showers goes.

There's no way to fall asleep.

Worries hurt my heart deep,

Tears in flood I weep.

The autumn cicada echoes cricket here and there,

Drinks softly bent banana leaves fair.

（辜振坤 译）

【TT13-3】

The wind soughs hour after hour;

The rain falls shower by shower.

Even the Sleeping God cannot fall asleep.

Regret and sorrow hurt me deep,

My tears drip drop by drop,

After cicadas trill crickets chirp without stop.

It further grieves

To hear rain drizzle on banana leaves.

（许渊冲 译）

【译析】

1）关汉卿（生卒年不详），元代戏剧家，元杂剧奠基人。约生于金末，卒于元代，与马致远、郑光祖、白朴并称"元曲四大家"，为"元曲四大家"之首。在国内被誉为"曲家圣人"，在西方被称之为"东方的莎士比亚"。

《大德歌·秋》是关汉卿创作的小令。这支小令描写女主人公因怀念远人而引起的烦恼。它以大自然的秋声写人物心灵的感受：直率中见委婉，委婉中情更真，可谓声情并茂。

这首小令翻译的难点主要有：双声叠韵（总共七行，四行有）、文化负载词专名（传说中人物）、拟声词，当然还有押韵，尤其要强调小令的风格。笔者特选择了三个译本做案例对比分析，其中两位是来自北京大学的大家。

2）**双声叠韵/词**：辜译本没有使用叠词译法，美中不足，而且一开局/句就使用了一个很可怕的大字眼——"forcibly"，既破坏了小令的风格，也与这位女主人公的身份不相吻合。许译本用了三处，陈译本用了两处，均比较自然；但"扑簌簌"的意思陈译本更准确（With <u>tears</u> my face <u>rolling down</u>），而许译本是"My tears <u>drip drop by drop</u>"，辜译本则过了头——"<u>Tears in flood I weep</u>"。

3）**文化专名——陈抟**：陈抟是五代宋初著名道士，曾修道于华山，常一睡百天不醒。这句是说思人心切，即使做了陈抟也难以入睡。结果，辜译本没有译；许译本和陈译本均对此做了归化处理——(the) Sleeping God，非常契合欧美人的审美观。

4）**ST**＜ / ＞/ ≈ **TT**——"**懊恼伤怀抱**"：许译本是 over-translation——<u>Regret and sorrow</u> hurt me deep；辜译本则是 under-translation——<u>Worries</u> hurt my heart deep。试比较陈译本：I feel <u>regret and annoyed</u>。请看美语用例：I was *annoyed* [= *upset, bothered*] by his question（详见 *Merriam-Webster's Advanced Learner's English Dictionary* 第 56 页）。

5）**拟声词**——"**秋蝉儿噪罢寒蛩儿叫**"：辜译本（The <u>autumn cicada echoes cricket</u> here and there）似乎有违常识。该句正确的解读应为：白天秋蝉鸣叫刚罢，蟋蟀接着在夜间又叫。如用动词词组"followed by"或介词"before/after"也就罢了。许译本（<u>After</u> cicadas <u>trill</u> crickets <u>chirp</u> without stop）和陈译本（Autumn cicadas <u>chirp before</u> crickets <u>cry</u>）均既是用了拟声词，还厘清了时间顺序，陈译本用了少见的四个词的押头韵——<u>c</u>icadas <u>c</u>hirp before <u>c</u>rickets <u>c</u>ry。

6）**度的把握**——"**淅零零细雨打芭蕉**"：辜译本没有译好——不知所云；许译本是功亏一篑——特别是"It <u>further grieves</u>/To hear rain drizzle on banana leaves"，似乎有些过于"暴露"，没有留下想象的空间。陈译本"不露声色"照直译——On banana leaves the rain taps light。

7）**小令风格**——TT 扣 ST：ST 描写了少妇的烦恼，是因为"人未归"而引发的，故"懊恼伤怀抱"便成为此小令表现的重点。ST 起头三句写风、写雨、写长夜不眠，由景入情，直入怀抱。开头两句就给脆弱的少妇带来了很大的压力。"飘飘"、"潇潇"双声叠韵，音响悠长，倍增空寂之情。女主人公心绪不宁，夜难成寐，所以第三句就说"便做陈抟睡不着"——极言少妇被哀思愁绪煎熬着。于是，第四、五句"懊恼伤怀抱，扑簌簌泪点抛"——忧思如此之深，终至烦恼、悔恨、懊恼、落泪。这些具体展现之后，便有了第六、七句(即最后两句)——"秋蝉儿噪罢寒蛩儿叫，淅零零细雨打芭蕉"。这似乎又恢复了暂时的平静，也许是在准确地捕捉这一典型细节以后留下空间，让读者想象补充，其闺房幽情在充实中越发空灵。

整篇 ST 起于秋景，结于秋景。中间由物及人，又由人及物，情景相生，交织成篇，加强了人物形象的真实感，大大提高了艺术感染力。可惜，辜译本中难以找见这首小令的这些特色。可见，小令虽"小"，大家不屑一顾，其实是难以驾驭自己说的语言，从而再现小令的风格。许先生毕竟是诗歌"三美"的代表人物，其 TT 中虽然有瑕疵，但瑕不掩瑜，终属上乘译品。

如何使我们的译家在努力满足"三美"的同时，多多注重"风格美"，即增加一(重/种)美，在翻译风格通俗的元曲时，做到"译小令像小令"，即"译诗像诗"或"以诗译诗"(translate a poem as it is/poem-for-poem translation/poetic translation)。

英国翻译家纽马克指出："A semantic translation attempts to recreate the precise **flavor and tone** of the original: the words are 'sacred', not because they are more important than the content, but because form and content are one…A semantic translation attempts to <u>preserve its author's idiolect, his peculiar form of expression, in preference to the 'spirit' of the source or the target language</u>."(Newmark, 2001a: 47；粗体字和下画线为主编所加)

此外，既然翻译中国的古典诗词曲，"风格美"还会受到中国传统文论、美学思想的影响，对 ST 造境和 TT 译境是有内在思维、逻辑、审美关联的。例如，元代散曲作家徐再思在《水仙子·夜雨》中有两句："落灯花棋未收，叹新丰逆旅淹留。"许译本和陈译本视角完全不同。

(4)水仙子·夜雨(两行)

【ST14】落灯花棋未收，叹新丰逆旅淹留。

【TT14-1】<u>Chequers</u> <u>are</u> <u>left on</u> <u>chessboard</u> by candlelight.

How can a chequered <u>man</u> in an inn <u>not sigh</u>?（许渊冲 译）

【TT14-2】<u>Lampwick</u> falling on scattered chess pieces,

<u>Sighs</u> my lonely stay at this chilly hostel.（陈刚 译）

　　根据许译本的下画线和陈译本下画线分析，许译是"就事论事"，而陈译则是"有我之境"（王国维语）[1]。换言之，陈译本有境界/意境。

　　许先生这种有意识无意识的译诗关涉诗词曲的境界以及"风格美"，这种缺憾在辜译本中表现得更为明显。

　　(5)凭阑人·马上墙头

名称：马上墙头	Title: Leaning on Balustrade
作者：元·姚燧	Poet: Yao Sui, the Yuan Dynasty
体裁：散曲·小令	Subgenre: xiaoling（a form of Yuan song）
宫调：越调	Mode: yuediao
曲牌：凭阑人	Tune: On Horseback & Over the Wall

【ST15】马上墙头瞥见他，眼角眉尖拖逗咱。

　　　　论文章他爱咱，睹妖娆咱爱他。

【TT15-1】<u>Riding</u> a horse I see her face appear over the wall,

<u>She</u> shyly throws at me her sheep's eye.

<u>My</u> literary talent enables for her with me in love to fall,

<u>She</u> has charm enough to make me love her and sigh.（辜振坤 译）

【TT15-2】<u>She</u> leans over the wall as I ride by;

<u>Her</u> loving glances are drawing my eyes.

It's <u>me and my talent</u> she admires;

It's <u>her charming face</u> that makes me high.（陈刚 译）

【译析】

　　1)姚燧的这首小令跟上一首离别之作完全不同，这首是言情之作。曲中的才子佳人爱情直率大胆，一见钟情过程的"路线图"是形态和心态"双管齐下"：①二人偶遇⇨②眉目传情⇨③大胆挑逗⇨④表露心迹⇨⑤女子爱才⇨⑥男子爱

1 详见王国维的《人间词话》。

貌⇨⑦男才女貌⇨⑧天作地合。整个八步曲文辞直白，笔调泼辣，显示了元曲的典型风格。这也给此风格小令的译者提出了不小的挑战：八步曲如何翻得过程合理？选词造句如何通俗易懂？整个风格如何译得短小精悍，像个小令？

2）字数/音节看风格：ST26 个汉字/音节 **Cf.** 辜译本 42 单词/54 音节 **Cf.** 陈译本 31 单词/38 音节——辜译本已经失去 ST 短小精悍的风格了。

3）信息流——八步曲演奏得不够流畅：四句之间的衔接(cohesion)和连贯(coherence)需要改进，尤其是第三句相当拗口，音节也最多(18 个)，措辞文绉绉。

4）遣词造句：短短四句，没有一句译得简单明了，直抒胸臆，而且也不"辣"，这也影响了整首小令的本来的风格。

5）意/译境构思⇨顺序(文字、逻辑、时间)

①[汉语]我骑马经过时，她正趴在墙上——自然就看到我了⇨

　[英语]She leans over the wall as I ride by ⇨

②[汉语]她对那含情的双眼，正引起了我的注意⇨

　[英语]Her loving glances are drawing my eyes ⇨

③[汉语]正是我本人及才能引起她的敬佩⇨

　[英语]It's me and my talent that she admires ⇨

④[汉语]正是她的美貌使得我变 high 了！

　[英语]It's her charming face that makes me high!

【结论】这样的译境才使得全曲文辞直白，信息通畅，笔调泼辣，显示了言情小令的典型风格。

有鉴于此，"风格美"(**beauty in style/stylistic beauty**)应为小令翻译的根本要素，是元曲翻译的主要指导原则，是衡量译作是否合适的整体标准及具体标准。

17.5 现当代诗的意象译介

现当代时期主要指新中国成立以来的历史时期，横跨 20 世纪和 21 世纪。诗歌作者未必是名家，诗歌译者亦然，但在诗歌的选择上会有一定的灵活度，就是少量的诗可以是早于 20 世纪的，但译本必须是于(中国或世界)现当代完成的。题材涉及会与传统有所不同，甚至是有所"反传统"的，力求选材经典、新颖、别出心裁，译文也是尽可能比较好的。

限于篇幅，所选择的诗歌只有 12 首，分为"翻译体验主题"、"爱与不爱主题"、"消寒民谣主题"、"何去何从主题"、"正义励志主题"、"开心愉悦主题"等六个主题。

17.5.1 翻译体验主题

(1)翻译之契合

【ST16】	【TT16】
Then seek a Poet who your way does bend,	找一位倾心于你的诗人，
And choose an Author as you choose a Friend:	选一位作者如你的友人：
United by this sympathetic Bond,	共感是连接你俩的纽带，
You grow familiar, intimate and fond;	熟悉、亲密直至互相喜爱；
Your Thoughts, your Words, your Styles, your Souls agree	思想、话语、精神和风格，
No longer his Interpreter, but he.	无须阐释，便已形成契合。
(Wentworth Dillon)	(陈刚 试译)

【译析】

1) Wentworth Dillon(4th Earl of Roscommon)，英国诗人和学者(1633－1685)。这首小诗出自他的 *Essay on Translated Verse*(1684)。他常被称为 Roscommon。主编译于 2002 年。

2) Roscommon 特别注重译诗必须将学者的严谨跟诗人的直觉相结合。他的另一首小诗是这样描写译诗之要求与艰辛的：

> Take pains the genuine meaning to explore,
> There sweat, there strain, tug the laborious oar:
> Search every comment, that your care can find,
> Some here, some there, may hit the poet's mind.

于是他强调：一位成功的译者跟原诗之间一定存在着"the bond of sympathy, even identification"。英国浪漫派诗人 Wordsworth 有句关于何为诗的名言："All good poetry is the spontaneous overflow of powerful feelings." 的确，诗应该是 "the true voice of feeling"（Keats）。

　　3）Roscommon 的诗并不是非常难理解，所提供的译文仅为试译，读者们完全可以自行重译，一来提高译文质量，二来也体会一下译诗的艰辛（最好事先不要参考【TT16】哦），看看你自己的译作是 "What is lost in translation"，还是"What you gain through translation"。

　　(2) 为译者翻译

【ST17】Translated To Translator[1]	【TT17】为译者翻译
Two pasts for you, kind	好同行，你有两种
Colleague, one for me.	过去，我只有一种。
For at each step your	你的语言让你
Language makes you know	知晓笔下发生的
If what is said to	情节，是一次偶然，
Happen, happens once	还是，不断在重复。
Or is repeated. See—	看，我说我爱过，
I say I loved. How	那么，爱了多久？
Durable was love?	你用的时态，直截
Your tenses, downright,	了当说明那次爱
Tell if loving was	仅是刹那之间，
A single moment	还是一段日子。
Or a chain of days.	更糟的是代名词，究竟
Worst still with pronouns.	谁是被爱一方？
For who was loved, a	是个'她'，还是'他'？
'She' or else a 'he'?	
My slippery tongue	我那信不过的舌头，
Equivocates on	对爱过的人一如

---

1 该诗及译文引自 *Writing with My Left Hand*（Louisa Fong, BLEU Publications, 2010）。

Persons, as on times,	爱过的时间，总是
For this, then, thanks, that	支支吾吾。为此，
Through my channel fogs	感谢你在我制造的
You still pursue—but	烟幕里穷追不舍地
Are they there to find?—	找线索。然而，找着吗？——
Elusive truth, and	难以捉摸的真相，
Simple poetry. (for Alain Bosquet)	浅白平易的诗篇。（Louisa Fong 译）

【译析】

1）Alain Bosquet（1919—1998），法国诗人，也是多产作家，创作散文、小说（长篇及短篇）、剧本，也从事翻译、广播、文学评论工作，曾在法国的大学教授法国文学和美国文学。二战期间，他加入美国籍，1980 年获法国公民身份。

2）这首小诗挺有翻译生活的情趣，写得直白易懂，译者也是基本照直句句往下翻，有所调整的地方，相信读者也一目了然。

3）之所以推荐这首诗，主要出于这样的考虑：我们的绝大部分译者是不太写诗、译诗的，译诗只是为了好玩。然而，我们要强调的是，翻译、创作，要有情怀、情趣，要始终充满对职业的爱。这种爱是具体的、多种多样的，写英文诗、翻译汉诗或英诗，理应成为我们的一种修养、爱好，乃至专业或职业。如同"中国好声音"、"中国好舞蹈"中的那些歌唱、舞蹈爱好者，视歌唱、舞蹈为终身之事业。我们虽然未必完全如此，但理应业余时间写一些这样的小诗（恰似小令），译一些这样的短诗，何乐而不为呢？

17.5.2　爱与不爱主题

(1)冤枉路/歧途

【ST18】　　　Lost Roads

'Lost roads, lost roads,' we say.

We cannot figure out

How was it that the way

Suddenly turned about

And brought us where we are.

Yet we should bless that star

Which led us so astray,

Because, if we had gone

Straight onward, as intended,

Our story would be one

Long ago lost, and ended. (John Edward McKenzie Lucie-Smith)

【ST18-1】 冤枉路	【TT18-2】 冤枉路/歧途
"真是冤枉路呀！" 咱们说。	"冤枉路啊，冤枉路！"
无法弄明白这条路	我们真的无法搞清楚。
怎么突然辗转地	此路如何把我俩
把我俩凑在一起。	突然带入同一处？
然而，得感谢把你我	我们得感谢天上星，
远远带离正轨的	带着你我入"歧途"。
星辰。若我们按原定	要不各自照直走，
路线直走，相信	咱俩怎有缘在一处？
咱俩的故事早已	要不各自照直走，
被遗忘，也早已终结。	咱们的故事早该发生在别处。
（Louisa Fong 译）	（陈刚 译）

【译析】

1）John Edward McKenzie Lucie-Smith（1933—），英国作家、诗人、文艺批评家，还担任过图书馆长、广播电视主播等。他这首诗写于 2010 年前，此前尚未发表过。他幽默地说，这些诗 "represent arguments I've had with past events, or with myself. The reader is therefore a kind of eavesdropper in many of them"。Louisa Fong 的译作于 2010 年出版，本书主编译于 2014 年。

2）原诗本身不难读懂。只是在翻译上，陈译本除了尽可能译得押韵之外，有着不同的解读，这主要从代词可以发现，原则是中国古代的"诗言志"。

3）陈译本中，代词的路线图及其解读是这样的：

①我们——指诗中仅有的两名角色，因是诗歌一开头，故用"我们"。

②我俩——指这条"冤枉路"怎么鬼使神差地把"我俩"带到一块来的。

因为已经在一起了，显然应该将数字具体化，即是两个人，而不是其他数字。

③我们——表示一个整体，统一行动。

④你我——表示亲切，可能"关系"又近了一步，消除了一些隔阂，但用"我们"也未必不可。

⑤咱俩——表示关系变得更为随意、轻松了。

⑥咱们——由于陈译本重复了**"要不各自照直走"**，这个"咱们"便可能有了新的语境——也许这个"咱们"指故事的"现在时"和"现在完成时"，"咱们"已经成家添丁了。

(2)白头吟(《甄嬛传》)

【ST19】 白头吟	【TT19】 Tune: SONG OF WHITE HAIR
皑如山上雪，	I'm as white as the snow on the hilltop
皎若云间月。	And as pure as the moon in the cloud.
闻君有两意，	I hear you are now of two minds,
故来相决绝。	I've come just to end our relations.
今日斗酒会，	To throw a farewell party is today,
明旦沟水头。	To break up with you is the next day.
蹀躞御沟上，	A walk on the moat evokes our memories,
沟水东西流。	Which have all flowed down eastwards.
凄凄复凄凄，	Cry no more when you marry your daughter;
嫁娶不须啼。	About my sad marriage you'd better forget.
愿得一心人，	Let me have a man of one mind;
白头不相离。	Let us live forever despite our hair white.
竹竿何袅袅，	Fishing rods keep moving in the pond
鱼尾何簁簁！	While happy fish are jumping in the water.
男儿重意气，	Men care more about personal feelings;
何用钱刀为！	How can true love be bought with money?
(卓文君 著)	(陈刚 译)

【译析】

1)这首"白头吟"出自《甄嬛传》，因一直受读者欢迎，特选之。

汉朝卓文君和司马相如的恋爱故事流传至今，感人至深。据说，司马相如穷困时在临邛（今四川邛崃）富豪卓王孙家作客，在饮宴中偶然见到卓王孙新守寡的女儿文君很美貌，于是弹琴表达自己的爱慕之情，挑逗文君。文君果为所动，当夜与相如私奔至成都。相如是个贫苦文人，生计无着，过了一阵只好同文君回到临邛开个小酒店。卓文君当垆卖酒，卓王孙大为恼怒，不忍爱女抛头露面为人取笑，只好分一部分财产给她。司马相如后来到京城向皇帝献赋，为汉武帝赏识，给他官做。司马相如在京城想娶茂陵女为妾，卓文君听到此消息，写了这首白头吟表示恩情断绝之意。

2）"闻君有两意，故来相决绝"：这两句也可以译成"Since you are…"，根据语境这样译也合情合理，尽管没有了"I hear"。"两意"指两条心，说的是司马相如另有所爱：欲纳茂陵女为妾。这里使用"of two minds/in two minds"是非常委婉的，没有把司马相如的意图点透（也许未必准确），因为其原意是"having two opinions or ideas about something" [1]；这样译进退自如，当然原文这样说也是留有余地的（"两意"可以指"三心二意"，也可以指"变心"了或"两条心"）。

3）"今日斗酒会，明旦沟水头"：说的是今天置酒作最后的聚会，明早沟边分手。斗：指盛酒的器具。沟：大概指环绕宫墙的沟。但这里直译会把 TT 读者搞糊涂的，只能做动态调整。所以，英译文是"今天我们置分手酒会，明儿起我们彻底断绝关系"。

4）"蹀躞御沟上，沟水东西流"：这里的"蹀躞"不必全译（walk to and fro）；"御沟"（指流经御苑或环绕宫墙的沟）也不必全译，否则字数太多；"东西流"即指东流。"东西"是偏义复词，这里偏用东字的意义（大概偏向"一江春水向东流"的意思）。这两句是设想别后在沟边独行，过去的爱情生活将像御沟之水东流去，一去不复返。搞懂 ST 的内涵后，译文必须简化——"（A walk on the moat evokes our) memories, /Which have all flowed down eastwards)"，单底线暗喻"过去的记忆已经（通过这个 moat）向东全部流走了"。

5）"凄凄复凄凄，嫁娶不须啼"：汉语非常流畅，且有叠词叠韵。但译成英文时，就要照顾 TL 的表达系统了。这两句话整个意思是说嫁女不须啼哭——"Cry no more when you marry your daughter"是"至理名言"。但汉语还有一句，

---

1 详见 *Merriam-Webster's Advanced Learner's English Dictionary* 第 1032 页。

所以英文必须填补。填写什么合理的内容呢？根据逻辑可以补充"既然嫁了，又遇上不顺利，我过去的不幸婚姻，你们就把它给忘了吧"——About my sad marriage you'd better forget。换言之，你别跟我一样，那就好了。所以，**译者**(特指 BTI/MTI 生)**要学会如何语境增益**(amplification/contextual amplification)。

6)"愿得一心人，白头不相离"：若还它一个动态对等，笔者思考到使用两个"Let..."祈使句：Let me have a man of one mind;/Let us live forever despite our hair white。"一心人"也可以译成"Mr. Right"。之所以选择"a man of one mind"，主要是最开始我们使用了"...of two minds"，即"a man of two minds"(两条心的人)，这样可以呼应，算是一种 cohesion 吧。

7)"竹竿何<u>袅袅</u>，鱼尾何<u>簁簁</u>"：下画线部分分别意指"摇曳貌"/"飘动貌"和"鱼跃貌"。故译为"Fishing rods keep moving in the pond,/While happy fish are jumping in the water"。

8)"男儿重意气，何用钱刀为"："<u>重</u>"可以译得口语化些；"意气"不好译；"钱刀"在古时指钱，因为钱有铸成马刀形的，故叫"刀钱"或"钱刀"。有关 TT 如下："Men <u>care more about</u> <u>personal feelings</u>;/<u>How can</u> <u>true love</u> be <u>bought</u> <u>with money</u>?"

17.5.3　消寒民谣主题

(1)九九歌

【ST20】　九九歌 （消寒诗）	【TT20】　　Cold-Dispelling Rhyme （A Rhyme of Nine 9-Days）
一九二九	<u>So cold</u> are the first and second "9 days"
难出手，	<u>That</u> one dare not hold out his hands.
三九四九	<u>Stray cats and dogs freeze to death</u>
冰上走。	During the third and fourth "9 days".
五九六九，	<u>The fifth and sixth see</u> green willows
河边看柳；	Sprouting on the bank of the frozen river.
七九河开，	The river thaws during the seventh,
八九雁来，	The eighth welcome wild geese from the north.

九九加一九， 耕牛遍地走。 （民间诗歌）	Another 9 days after the last "9 days" Farm cattle'll begin to walk around the fields. （陈刚 译）

【译析】

1）这首源于春秋战国时代、民间广为流传的"九九歌"，又叫"九九节气歌"，是"消寒诗"，起码有几十种版本。此版本比较大众化，特选之。

2）民谣英译难点在于 TT 必须朗朗上口，因此措辞要口语化，使用习语，有节奏，有韵脚。此外，汉语靠意合，内在似乎已经存在着一种逻辑，但这种所谓的内在逻辑(明明在一些民谣中有缺陷)，你必须在英译文中清楚地通过"形合"表现/显化出来。

3）第一、二行：使用了"so cold…that"句型。

4）第三、四行：使用了 TL 习语归化法以代替直译，后者容易引起 TT 读者的误读。

5）第五、六行：采用拟人法，取代"河边(人)看柳"。

6）第七、八行："河开"指河解冻；第八行采用了拟人化和增益具体化。如果没有"from the north"也押韵，但增译对西方读者了解中国文化有利无弊。

7）第九、十行："加"译不如不译，其实它只是一个时间(逻辑)顺序。第十行必须全译，并保留"耕牛"这个形象/意象。

8）总之，整个歌谣中的意象全部保留，甚至还因归化处理法，增加了"猫"和"狗"两个中西方都喜闻乐见的意象。

(2)莲花落歌词

【ST21】莲花落	**【TT21】Tune: BLOOMING LOTUS**
我想你想得肝肠断，	I miss you heart-broken, my dear,
望你望得眼睛穿。	I miss you eye-strained, my dear.
我睡到半夜把身翻，	Turning over at midnight,
床铺草儿把席碾，	I roll upon the straw mat.
抱着枕头把你喊，	With the pillow I call your name
等到佳人站在眼前。	Till you appear before my bed.
（民间曲艺）	（陈刚 译）

【译析】

1) 这首山西莲花落的歌词很接地气，"我"那种撕心裂肺的爱很动人，特选之。

2) 这首歌词最难译的是开头的两句，译得不好，便"满盘皆输"。所以，用简洁地道的"heart-broken"和"eye-strained"译好"肝肠断"和"眼睛穿"，从一开始就抓住受众，是"杀敌制胜"的关键。

3) 后四句也是相当难译得接地气的，很容易产生语法正确、文字死板的结果。没有长期的认真实践，并具备"真功夫"，译出来也是于事无补的——不像老百姓的话语。

4) 特列表，表明这些关键字眼之间的逻辑关系：

ST	ST 解读	TT	TT 解读
我睡到半夜把身翻，/床铺草儿把席碾，	●动作发生是先后关系； ●两者似乎无轻重意义； ●汉语是流水句，尚未完成。	Turning over at midnight,/I roll upon the straw mat.	●动作发生是伴随关系； ●roll upon 是主要动词； ●英语是一个完整句，有句号。
抱着枕头把你喊，/等到佳人站在眼前。	●动作似是先抱枕头，接着就喊，（一直要）等到……	With the pillow I call your name/Till you appear before my bed.	●动作发生是同时进行，似乎没有去区分孰重孰轻。

17.5.4　何去何从主题

(1)智力游戏

【ST22】　　Quiz	【TT22】　智力游戏
What do you most like? －My own company. What do you most dislike? －My own company. What do you want on your desert island? －In the middle of a lake, a desert island. 　　　　　　　　（Edward Lucie-Smith）	你最爱做的是什么？ ——独处。 你最不爱做的是什么？ ——独处。 你最想你的孤岛上有什么？ ——岛上有湖，湖中有个孤岛。 　　　　　　　　（Louisa Fong 译）

【译析】

1) 这首"智力游戏"相当有意义及趣味，特选之。

2) 注意"My own company"的翻译。你会(误)译出别的意思吗？

3) 整首短诗立意新颖，翻译措辞若出问题，整个 Quiz 就毫无意义了。

4) Louisa 在这个关键问题上，处理得很好。

(2) 多此一偈

【ST23】 Preaching To The Converted	【TT23】 多此一偈
Let me tell you what you want to hear:	让我给你说你爱听的：
War is bad,	战争丑恶，
Politicians are liars,	政客满口谎言，
Nobody cares about global warming.	无人理会地球暖化。
Etc.	诸如此类
Yes, you can clap now.	好哇！现在你可以鼓掌，
You can even rise to your feet	甚至站起来
And cheer.	欢呼。
What you don't want news of	你不爱听的信息
Is this:	是这样的：
How we daily,	一天复一天，
Compulsively	我们无法自制地
Sin against one another.	做出对不住别人的事。
The human heart	人心
Is corrupt	腐败，
Even in its most private recesses.	直烂透最隐蔽的角落。
In other words,	换言之，
Sorry:	对不起：
What you don't want to hear	你不爱听的

新世纪翻译学 R&D 系列著作

Is this poem. 　　　　　（Edward Lucie-Smith）	是这首诗。 　　　　（Louisa Fong　译）

【译析】

1）这首"多此一偈"是西方诗人特有的言论自由的外在表现，特选之。

2）这首诗，与其说是难译，不如说是难写。建议读者从英汉双语的视角，试着做 translation 和 back-translation 的实践训练和体验。起码学者用英文/中文写诗，对中英诗歌互译有百利而无一弊。

3）当代诗坛好诗不多，大胆的政治诗歌更少，尤其是有深度、有远见的更是凤毛麟角。

4）敢于并善于写出这种题材的人必定阅历丰富，会思考，敢说话，多评论。的确，作者于 1946 年从牙买加金斯敦移居英国，在牛津修读历史，毕业后加入皇家空军，任职教官；其后以自由撰稿人身份投身广告界十多年；20 世纪 50 年代后期及 60 年代初期，负责伦敦著名诗社 The Group 的日常运作。如今，他是国际知名的艺术评论家、历史学家、撰稿人。同时从事摄影艺术工作并写诗。作者是全方位的多产，对整个全球化社会有着自己深刻的解读。这也就是他能够在长达二十年的时间里作为英国的知名艺术评论员经常出现在英国广播电台的节目中的原因。

5）诗歌的题目，原意是"给皈依者传道"——内涵极为深刻。译者也"不甘示弱"，以"多此一偈"来"回敬"——一语双关，实属高招。的确，该诗题目的翻译，要难于诗本身，甚至要难很多。

Edward Lucie-Smith 之所以诗歌主题多元，数量多产，跟他在世界各地的"preaching"不无关系，兴许关系密切。他在欧美诸国办摄影展暂且不说，他还先后在欧洲、北美、亚洲、大洋洲、拉丁美洲等近 20 个国家和地区讲学。他与中国当代艺术界的联系密切，曾经为北京国家美术馆和上海当代艺术馆举办个人作品展的知名中国艺术家撰写目录介绍。

他的语言精妙，摄影艺术高超，撰写的爱情诗歌很"裸"、很"自然"、很"直接"、很"暴露"、很"美感"、很有"人体艺术"之美。从语言翻译解读（如符际翻译视角）看，他的这些主题的诗非常具有质感和画面感。一言以蔽之，很美，但很难译，更难达到出版水平。

虽然不能作为主题在此"公然"介绍，但作为 homework（亲爱的读者，你

们真的懂何为"HOMEWORK"吗？！）或茶余饭后（dinner-show➪floor-show）
还是可以的，美其名曰——以飨读者：

● Our edges blur. We soften   And melt outward. Becoming
  Part of what we touch, become   A new existence. Snow and
  Fur, each with a different   Softness. Metal. And your bones.
● Clothes on a chair, torn off   Pell-mell, in the hurry
  To be joined, and get to   Our business. Lax, slack
  Pieces of cloth, the shed   Husk that the world looked at.

　　读后，可千万不要踏上"**Lost Roads**"哦！

17.5.5　正义励志主题

(1)有的人——纪念鲁迅有感

【ST24】　　有的人	【TT24】　　Some and Others
——纪念鲁迅有感	—In Memory of Lu Xun
<u>有的人活着</u>	<u>Some live,</u>
<u>他已经死了</u>；	<u>When they are already dead;</u>
<u>有的人死了</u>	<u>Other have died,</u>
<u>他还活着</u>。	<u>But are still alive.</u>
有的人	Some
骑在人民头上："啊，<u>我多伟大</u>！"	Ride on the backs of the people and cry: "<u>How grand am I!</u>"
有的人	Others
<u>俯下身子给人民当牛马</u>。	<u>Silently bend to draw the people's plough.</u>
有的人	Some
把名字刻入石头想"<u>不朽</u>"；	Inscribe their names on stone;
有的人	Others
<u>情愿作野草，等着地下的火烧</u>。	<u>Choose to be wild grass, Await an eruption of fire.</u>

有的人	The lives of some
他活着别人就不能活；	Make life impossible for others.
有的人	The lives of others
他活着为了多数人更好地活。	Enable the majority to live better.
骑在人民头上的，	Those who ride on the backs of the people
人民把他摔垮；	Will be thrown to the ground;
给人民作牛马的	Those who plough for them
人民永远记住他！	Will be cherished in their memory for ever.
把名字刻在石头上的，	The names inscribed on stone
名字比尸首烂得更早；	Will rot sooner than their nameless flesh.
只要春风吹到的地方，	Wherever the spring wind reaches,
到处是青青的野草。	There will be green grass.
他活着别人就不能活的人，	Lives that prelude other lives
他的下场可以看到；	Come to a predictable end.
他活着为了多数人更好地活	Lives that create better lives
着的人，	Will be deeply revered.
群众把他抬举得很高，很高。	（庞秉钧、闵福德、高尔登 编译）
（臧克家 著）	

【译析】

1）臧克家（1905－2004），现代诗人，2000 年 1 月获首届"厦新杯中国诗人奖"终身成就奖，11 月获"国际炎黄文化研究会首届龙文化金奖"终身成就奖。2002 年 12 月，获第七届今世缘国际诗人笔会颁发的"中国当代诗魂"金奖；《臧克家全集》面世，共有 12 卷，近 630 万字。本节推荐的这首抒情短诗《有的人》，被广泛传颂。它作于 1949 年 11 月 1 日，纪念鲁迅逝世 13 周年。

2）《有的人》作为诗歌的题目，笔者以为最难译得好（副标题不难译）。直译不吸引人，使 TT 读者不知所云——换言之，不"抓人"。然而，主要理由是该诗表现了具有哲理意义的主题——人是为了多数人更好地活着而活着（live to make the majority live better)。通过两种人的对照，诗人对"俯首甘为孺子牛"的人倾注了无限深情，并表达了崇高的敬意；而对那些高踞人民头上的人，则无情地加以揭露，表现出满腔的愤懑。诗歌的独特之处在于阐明了人生哲理。目前，诗歌题目译文是"Some and Others"——符合该诗对比的写作特色。

3) 整首诗歌可以分成三个部分：第一节是第一部分；第二、三、四节是第二部分；第五、六、七节是第三部分。第一部分即头四句，要译得逻辑性正确 (logically correct) 不是很容易。特别注意现在完成时的准确使用，这是这四行诗翻译语法正确的 (grammatically correct) 第一要求。

4) 注意"How grand am I"的词序。

5) "给人民当牛马"译为"draw the people's plough"。避免直译成"to serve as beasts of burden"。

6) "想'不朽'"略译，是出于跟"情愿作野草"的 TL 结构对应。此外，既然把自己的名字刻在石头上，那肯定是"不朽"的了，所以略译完全可接受。

7) 诗歌以下部分的翻译介于"好译和难译"之间。建议读者按照自己的理解和能力继续翻译，直至完工。现代汉诗英译，翻译不必讲究押韵，可以采取自由体或 blank verse。唯一要特别注意的是"三感"——乐感、诗感、节奏感 (musical/poetic/rhythmic)。这"三感"处理得好，读起来要比押韵的诗更像诗，因为仅仅押韵不等于诗歌，更不用说是好的诗歌。

(2)回答

【ST25】 回答	【TT25-1】 The Answer
卑鄙是卑鄙者的通行证， 高尚是高尚者的墓志铭， 看吧，在那镀金的天空中， 飘满了死者弯曲的倒影。	Baseness is the pass of the base, Nobility is the epitaph of the noble. See how the gilded sky is Filled with twisted shadows of the dead.
冰川纪过去了， 为什么到处都是冰凌？ 好望角发现了， 为什么死海里千帆相竞？	The Ice Age is over, Why is there ice everywhere? The Cape of Good Hope has been discovered, Why do a thousand sails contest the Dead Sea?

我来到这个世界上， 只带着纸、绳索和身影， 为了在审判之前， 宣读那些被判决的声音。	I come into this world, Bringing only paper, a rope and a shadow, To proclaim before the judgment The voice that has already been judged.
告诉你吧，世界 我——不——相——信！ 纵使你脚下有一千名挑战者， 那就把我算作第一千零一名。	Let me tell you, world, I—do—not—believe! If a thousand challengers lie beneath your feet, Count me as number one thousand and one.
我不相信天是蓝的， 我不相信雷的回声， 我不相信梦是假的， 我不相信死无报应。	I don't believe the sky is blue; I don't believe echoes of thunder; I don't believe dreams are false; I don't believe death brings no retribution.
如果海洋注定要决堤， 就让所有的苦水都注入我心中， 如果陆地注定要上升， 就让人类重新选择生存的峰顶。	If the sea is destined to breach the dykes Let all bitter water pour into my heart; If the land is destined to rise, Let humans choose a new peak for existence.
新的转机和闪闪星斗， 正在缀满没有遮拦的天空。 那是五千年的象形文字， 那是未来人们凝视的眼睛。 　　　　　　　（北岛　著）	Turns for better and glimmering stars Are adorning the uncovered sky. They are the pictographs from five thousand years, And the watching eyes of people in the future. 　　　　（Translated by Bonnie S. McDougall）

【译析】

1）北岛（1949—），中国当代诗人，为朦胧诗派（Misty School[1]）主要代表人物（之一）。曾多次获诺贝尔文学奖提名。目前任教于香港中文大学。先后获瑞

---

1 主编自译，或 School of Misty Poets。"朦胧诗"英译文是 misty poem/obscure poem/hazy poem；"朦胧派诗人"是 misty poets。

典笔会文学奖、美国西部笔会中心自由写作奖、古根海姆奖学金等，并被选为美国艺术文学院终身荣誉院士。北岛的这首《回答》，作于 1976 年 4 月，标志着朦胧诗时代 (the age of misty poetry/the era of misty poems) 的开始，故选之。

2) 通常古汉语诗歌英译要大大难于现代汉语诗歌，如臧克家的"有些人"，并不是最难译的。但是，朦胧诗人北岛的诗《回答》要难译得多，关键是诗的"the flavor and tone"很难再现。因为诗中展现了悲愤之极的冷峻，以坚定的口吻表达了对暴力世界的怀疑。诗篇揭露了黑白混淆、是非颠倒的现实，对矛盾重重、险恶丛生的社会发出了愤怒的质疑，并庄严地向世界宣告了"我不相信"的回答。诗中既有直接的抒情和充满哲理的警句，又有大量语意曲折的象征、隐喻、比喻等，使诗作既明快、晓畅，又含蕴丰厚，具有强烈的震撼力。翻译时，注意下面所述的翻译难点。

3) 第一段 4 句的翻译要/难点：diction + accuracy。

4) 第二段 4 句的翻译要/难点："为什么死海里千帆相竞？"较难译。

5) 第三段 4 句的翻译要/难点：再现 misty flavor + tone。

6) 第四段 4 句的翻译要/难点：可能是该诗最"容易"译的 4 句。

7) 第五段 4 句的翻译要/难点：难度跟第四段差不多，就是第五段的第 4 句"我不相信死无报应"不好译。

8) 第六段 4 句的翻译要/难点：第 1、2、4 句有些难译，特别是两个"注定"以及第 4 句中的"重新选择生存的峰顶"。

9) 第七段 4 句的翻译要/难点：属于全诗最难译的一部分——wording + collocation + accuracy + expressiveness + structure 等。

10) 白话诗看似好译，然而一旦有几个措辞不当，很容易暴露无遗，无法"躲闪"，无法"辩护"，就像"硬伤"一样。因此，有时越是直白的文字，越是难以译得妥帖。古汉语诗歌翻译有错一时不易被发现，因为看的人自己都未必搞得很清楚。

11) 由于朦胧诗的特点就是文字朦胧、意象朦胧，也许诗中所要表达的观点更朦胧，加上"诗无达诂"的原因，主编觉得有必要试着向原来的译本学习，就北岛的《回答》重译一次，使用有所不同的一套表达方法或"系统"(夸张些)，在总共 28 行的诗歌中有 23 处都进行了新的尝试。希望读者能够沿着笔者的下画线有所发现，有所推进。

【TT25-2】　　　　　My Reply

<u>Meanness is the passport of the mean,</u>
Nobility is the epitaph of the noble.
<u>Look, in the gilded sky</u>
<u>Float full distorted reflections of the dead.</u>

The Ice Age is over,
<u>Why can we still see ice everywhere?</u>
The Cape of Good Hope has been discovered <u>long before,</u>
<u>Why on the Dead Sea do thousands of sails compete with one another?</u>

I <u>came</u> into this world,
Bringing only paper, a rope and <u>my own shadow,</u>
To proclaim <u>before the trial</u>
The voice that has already been judged.

Let me tell you, world,
<u>I—don't—believe—it!</u>
Even if 1 000 challengers lie <u>under your feet,</u>
<u>Do count</u> me as Number 1001.

I don't believe the sky is blue;
I don't believe <u>thunder will resound;</u>
I don't believe dreams are <u>all false;</u>
I don't believe death'<u>ll</u> bring no retribution.

If the sea <u>is doomed to burst</u> the dykes
Let all bitter water <u>fill my heart;</u>
If the land <u>is doomed to</u> rise,
<u>Let humanity choose a new peak for survival.</u>

New turns and sparkling stars
Dot the open sky here and there.
They are pictographs from 5 000 years,
And the gazing eyes of people in the future. (陈刚 试译)

(3)墙

【ST26】 墙	【TT26-1】 The Wall
我无法反抗墙	I have no means to resist the wall,
只有反抗的愿望	Only the will.
我是什么？它是什么？	What am I? And it?
很可能	Perhaps it is
它是我的渐渐老化的皮肤	My slowly aging skin,
既感觉不到雨冷风寒	Numb to wind and sleet
也接受不了米兰的芬芳	Impervious to orchid fragrance.
或者我只是株车前草	Or I am just a plantain,
装饰性地	A pretty
寄生在它的泥缝里	Parasite lodged in one of its crevices,
我的偶然决定了它的必然	My fortuity determining its necessity.
夜晚，墙活动起来	At night the wall begins to move
伸出柔软的伪足	Stretching out a soft imaginary foot,
挤压我	Squeezes,
勒索我	Twists me,
要我适应各式各样的形状	Forces me into a variety of shapes.
我惊恐地逃到大街	Terrified, I flee to the street,
发现同样的噩梦	To find the same nightmare
挂在每一个人的脚后跟	Hanging on every heel,
一道道畏缩的目光	Each cowering gaze
一堵堵冰冷的墙	An ice-cold wall.

我终于明白了	Finally I know
我首先必须反抗的是	What I have to resist first:
我对墙的妥协，和	My compromise with walls, my
对这个世界的不安全感	Insecurity with this world.
（舒婷 著）	(Translated by Bonnie S. McDougall)

【译析】

1) 舒婷（1952—），中国当代女诗人，朦胧诗派的代表人物之一。她的这首《墙》，作于 1982 年。因这诗是为数甚少的女朦胧诗人的一首很特别的小诗，故选之。然而，舒婷的诗，因其明丽隽美的意象，缜密流畅的思维逻辑，所以她的诗并不显得那样"朦胧"。当然，她的诗，其手法采用隐喻、局部或整体象征，很少用直抒告白的方式，表达的意象存在一定的多义性。因此，翻译舒婷的《墙》，自然要注意措辞、逻辑、意象以及介乎于"似与不似"之间的那些……也因此可以译得不必那样"朦胧"，"折磨"我们的年轻读者。以下"2)—5)"的分析，有利于我们对 ST 译文的分析、判断。

2) 诗人所描述的墙并不是一面真实可见的墙，而是一面虚拟的墙。一面墙给人们的印象应该是阴冷的、僵硬的，它是一种阻碍和镇压的象征。"墙"的意象在诗里一共出现了三次，它为全诗奠定了一个富有压力和困阻的氛围，给人一种高大坚固且难以摧毁的形象。然而，英译本的上下文对"墙"的相关处理似乎过于"朦胧"，有必要在不违背诗人总体原则的条件下加以"清晰化"。

3) 诗人在首句就点题了——"我无法反抗墙，只有反抗的愿望"。这句话表现了"我"对旧的艺术创作观念的抵触，想要反抗却又无能为力。传统思维和观念在作者面前好比一堵墙，压抑着作者，让其难以喘息却又反抗不了。

4)"墙"第二次出现是以拟人化的修辞手法来表现这堵"墙"（即传统思维观念与"我"自身的思想观念之间强烈的斗争和抗衡），然而在这种斗争中，传统思维观念总是更强大，压制"我"，打击"我"，让"我"无法翻身。本诗第三次出现"墙"，是以"噩梦"形式出现的。"墙"在这里俨然已经成为人们的噩梦和挂在脚后跟的累赘。传统思想和观念仿佛如影随形一般，在人们心里形成挥之不去的阴影。如果你适应它，你就只能射出一道道畏缩的目光；如果你捍卫它，你就只能永远像墙一样的冰冷古板。

5) 第二段诗人提出了疑问："我是什么？它是什么？"这里表现了诗人潜意识里的反抗因子正在萌芽。当她认识到"我"是偶然，"它"是必然的时候，她也意识到这面墙的坚固和不可抗拒性。对于一个文学新生代来说，走向传统观念和模式是必然的，而诗人就像一株寄生在泥墙缝里的小草，苟且而生。于是诗人想要反抗，想要改变。整首诗给人一种温婉的力量。尽管诗的前半部分阐述了诗人内心的不安与低落，对现实的无可奈何，但是最后一段诗人迸发出了令人钦佩的勇气和志向，这成为全诗的一大亮点。

从这首诗中我们可以学到很多道理，那些我们以为是不可抗拒的阻碍其实并不那么可怕，只要我们战胜自己的内心，一切都是有可能的。最强大的力量其实来自自己的内心。这也就印证了当下经常说的那句话：挑战或战胜自己是最难的。

6) 【TT26-1】是一个相当好的译本，但笔者以为，加波浪底线的文字似乎值得商榷。基于对"2)—5)"的了解掌握，主编本人对《墙》又进行了重新试译(加底线部分为重新试译等关联部分，原诗 25 行，重译涉及 18 行)，详见【TT26-2】，仅供参考。

【TT26-2】　　　　The Wall

I was unable to resist the wall,
But only the will.

What am I? And what is it?
Perhaps it is
My slowly aging skin,
Numb to cold rain and icy wind,
Impervious to orchid fragrance,
Or I am just a plantain,
A decorative
Parasite staying in its muddy fissure,
My being accidental determining its being inevitable.

At night the wall begins to move

Stretching out soft <u>pseudo feet</u>

<u>To squeeze me</u>,

<u>To rip me</u>,

<u>To force me into varieties of forms.</u>

<u>I turned terrified enough to</u> flee to the street,

To find the same nightmare

<u>Hanging on to everyone's heel</u>:

<u>One</u> cowering gaze <u>after another</u>, <u>or</u>

<u>One</u> ice-cold wall <u>after another.</u>

Finally I <u>see</u>

What I have to resist first:

My compromise with walls, <u>and</u>

<u>My</u> insecurity with this world. (陈刚　试译)

17.5.6　开心愉悦主题

【ST27】小孩听了，大人放心；老人听了，天天舒心；
男人听了，干活用心；女人听了，不再操心。
将心比心，团结一心。没有坏心，大家开心。（48 个汉字）

【TT27-1】	【TT27-2】
After hearing "Crazy Time",	Kids like "Crazy & Happy",
Kids won't be naughty,	Parents'll have an easy heart;
Parents will be easy;	The elderly like "Crazy & Happy",
The old will be happy;	They'll have a cheerful heart;
Men won't be lazy,	Men like "Crazy & Happy",
Women never worry.	They'll engage their hearts;
Our hearts are sunny,	Women like "Crazy & Happy",
Everybody is merry.	They'll ease their hearts.
（陈刚　试译；31 单词/47 音节）	Look at our own hearts,

> We all have kind hearts;
> Let us keep the same hearts
> —Everlasting merry hearts.
>
> （陈刚 试译；58 单词/70 音节）

【译析】

1）此段"脱口俏皮韵诗"取自天堂城市的某档开心节目的开场白，既为广播收听气氛造势，又是展现主播脱口秀的空间平台。笔者听后就当场把这首"俏皮诗"速记下来，并且有把诗译成英文的强烈冲动，因为此诗的最大特点，也是翻译诗的最大挑战是全诗 48 个字用了 9 个"心"字，几乎每 5 个字出现 1 个"心"。从"境界说"的视角分析，这 9 个心字，代表了 9 种不同的"心境"、"意象"，或者"意境"/"境界"。

2）译诗的体会似乎有"一箩筐"，这里的 9 个"心"是否要译，全译，还是部分译，甚至不译？在此推荐的三点心得是：其一，有此字，未必译出此字——也许这是一种高境界（理念意识）；其二，有此字，译出此字，反而生"厌"——"无"胜于"有"（视角转换）；其三，汉诗英译，TL 的字数/音节数完全可以≤SL 的字数/音节数——"熟"了便能生巧（实践意识）。

3）"Crazy Time"或"Crazy & Happy"是那档广播"开心十三点"的两个英译文。之所以会有不同，完全出于译诗时不同语境的具体考虑。

4）根据两个不同的译文，**【TT27-1】**只用了 31 个英文单词，47 个音节，原诗则是 48 个单字/音节；**【TT27-2】**虽然在词数和音节上均超过了原诗，但译得还是相当不错的。读者不妨留意其他汉诗的英译文，相比之下，在这方面的"高下"则不言而喻。

5）仅从朗读方面看，读者完全可以判断得出，**【TT27-1】**要优于**【TT27-2】**，而且英文读起来也蛮开心的；如果选两位会 rap（说唱/饶舌）或 R&B 的来分别读汉语版和英文版的"俏皮诗"，相信很 happy & high 的！

6）如果说诗歌有"意象"，必须译此"意象"乃天经地义、译诗传统，那么这首"俏皮诗"则是一种例外。主编写书时特地做此安排——把"开心愉悦"主题+"例外"（有"意象"而不译"意象"）放在最后一部分，算是一种别出心裁的"意外收尾"——a surprise ending 吧！

【研究与实践思考题】

(1)将《诗经·豳风·七月》中的部分诗行译成英语，注意解读可能产生的歧义译文。[A]+[AT]

　　　　七月流火，九月授衣。春日载阳，有鸣仓庚。女执懿筐，遵彼微行，爰求柔桑。春日迟迟，采蘩祁祁。女心伤悲：殆及公子同归？

(2)将下列英诗选段译成汉语，注意原诗意象的解读。[A]+[AT]

To His Coy Mistress　　　　by Andrew Marvell

Had we but world enough, and time,

This coyness, lady, were no crime.

We would sit down and think which way

To walk, and pass our long love's day;

Thou by the Indian Ganges' side

Shouldst rubies find; …

(3)将下列唐诗译成英语，请使用意象翻译法。[A]

赠张云容舞　　　　　杨玉环

罗袖动香香不已，红蕖袅袅秋烟里。

轻云岭上乍摇风，嫩柳池边初拂水。

(4)将下列宋词译成英语，注意词牌和意象的译法。[A]

采桑子　　　　　欧阳修

群芳过后西湖好，狼藉残红。飞絮濛濛，垂柳栏干尽日风。

笙歌散尽游人去，始觉春空，垂下帘栊，双燕归来细雨中。

(5)将下列元曲译成英语，注意曲牌和风格的译法。[A]

[仙吕]一半儿·题情　　　　关汉卿

　　碧纱窗外静无人，跪在床前忙要亲，骂了个负心回转身。虽是我话儿嗔，一半儿推辞一半儿肯。

(6)将下列现代情诗译成汉语，请注意翻译风格的选择。[C]

A Former Lover　　　　By E. Lucie-Smith

It's ten years since I heard, and

Then one day a letter comes.

It's neutral stuff, until I

Delve into the envelope

Again and find your photo,

Handsome still, and not a line

To tell me why you sent it.

A week, a fortnight passes.

Now, one night, the phone, with 'Guess

Who this is?' I do at once,

And sense the link that joints our

Lives, as they were joined before,

And see you naked, open

To my touch. What did I say?

That making love with you was

Like being asked to play

A violin, untutored,

Which taught me its own music.

Enough. Enough. The reason

Why we parted has not changed.

We liked each other's bodies—

Flesh more attuned than spirit.

Indeed, we are closer now,

Remembering might-have-beens,

Planning to meet, and knowing,

As we say it, it won't be.

对联体裁单元

导　言

　　对联翻译与诗歌翻译有着天然的联系。一首七言律诗，恰好由四副对联组成（首联、颔联、颈联、尾联）。就译诗而言，"形神兼备"是一个基本要求。这也是对对联翻译的一个基本要求。

　　对联，雅称"楹联"，相传起源于五代后蜀主孟昶，为汉族传统文化之一，被誉为中国汉民族的文化瑰宝。而"对联"之前身，在中国更古老的年代已经出现。周朝起，每逢年节，百姓就用两块长六寸、宽三寸的桃木板，画上两位神将的图像或题上他们的名字，悬挂在大门或卧房门的两侧，以镇邪驱鬼、祈福纳祥，这就是**桃符**（图 18-1）——对联的前身。

图 18-1　桃符

　　桃符上画着神荼、郁垒二神或者写上二神名字的桃木板或纸，以为能压邪。桃符的英译文可以是 peach-wood charms against evil, hung on the gate/door on Lunar New Year's Eve in ancient China。因桃符的功能相当于门神，故英文便直译为 Door God（whose pictures are pasted on the front door of a house as a talisman）。后人往往把春联贴在桃符上，于是

后人以"桃符"借指"春联",英文也是直译——Spring Festival couplets。

从表现形式看,对联或楹联是写在纸、布上或刻在竹子、木头、柱子上的对偶语句,要求对仗工整,平仄协调,是一字一音的中文语言独特的艺术形式,也是文学形式。作为中国一种独特的文学艺术形式,对联在跨文化交流中被传入远至美国、加拿大,近至日本、东南亚等国家。在这些国家,包括北美地区的唐人街,至今还保留着贴对联的风俗。

回到对联翻译(特指英译),由于对联是由律诗的对偶句发展而来的,它保留着律诗的某些特点,所以在学了诗歌翻译后再来谈对联翻译,似乎会比较简单。

"对联体裁单元"主要讨论没有现成英译文的对联(楹联),从一字联起讨论,这样对提高 BTI/MTI 水平、能力才有实质性帮助,但也对有现成译文的对/楹联(如中国 190 字的最长联)做出案例分析,并且加以重译/改译。下列这类对联不在本单元的讨论范围:

- ● 诗歌中的对联(已有案例讨论,见诗歌单元等);
- ● 典籍名著中的对联(如《红楼梦》);
- ● 中国古代四大名著中章回小说标题(有多种现成译本);
- ● 其他名著对联英译(已有多种出版物);

如今信息查阅极其方便,读者可以自己找出相关的书阅读之。

对联体裁翻译单元不必写得很复杂,不少相关背景和翻译法,也在其他单元中有介绍,故本单元只设一章四节。

Chapter 18

对联体裁与翻译

18.1 对联的可译性研究简述

18.1.1 对联的可译性/度之具体分析

从语际转换角度看，对联可译，即有可译性，且可译度不低。诗歌可译，对联亦同。

古人把吟诗作对相提并论，这在一定程度上反映了两者之间的关系。所以有人把对联称为张贴的诗(a poem/verse pasted on the wall or posts)。但对联又不同于诗，它只有上联和下联(the first line and the second line; the left line and the right line)，一般说来较诗更为精练，句式也较灵活，可长可短，伸缩自如。在我国建筑物中，甚至还有多达数百字的长联。

诗歌翻译最为理想的状态是能够做到"以诗译诗"(poem-for-poem translation/verse-for-verse translation)来处理楹联，但这也未必。

译诗(含译词、译曲等)是否用韵，完全看译者的 TT 是否达到了 TL 读者所喜爱、所认可、所接受的要求或标准。韵体不如散体、自由体不如韵律体的情况始终都存在。德国翻译学者 Wilss 指出：Since every translator is a human being with his own, individual psychological make up, the result of his translational activity depends on his own predisposition toward the text to be translated and his own problem-solving capacity.(每个译者都是一个人类个体，有自己的心理气质。他的翻译活动结果取决于他对待译文本的预先感受以及他解决问题的能力。)(2001：139)Wilss 接着引用了一位学者的话：One thing seems clear: to translate a poem whole is to compose another poem. A whole translation will be faithful to the *matter*, and it will "approximate the form" of the original; and it will have a life of its own, which is the voice of the translator.(有一件事是清晰的：翻译一首完整的诗就是创作另一首完整的诗。完整的翻译会忠实于原作的内容，接近于原则的形式，于是它便有了自己的生命——这就

是译者的声音。)(同上)同理,翻译一副对联,就是在目标语中创造或者产生内容一致、形式相似的一副新的对联。这幅新对联(TL couplet)代表着、传送着译者的声音。

对联既有可译性,也有可译度,然而是否译得成功,以下的路线图能够说明你译得是否"成功":

①译者的整个 SL+TL 功底如何⇨

②TL 文本(＝TT)的结果如何⇨

③TL/TT 读者的接受程度如何⇨

知之/知联⇨好之/好联⇨乐之/乐联⇨

希望最终结果是"乐联"。

18.1.2　对联的不可译性/度之具体分析

对联的内容能够在很高或较高的程度跟 TT(基本)对应,但对联的形式在 TT/TL 中能够做得最好的是在于最大的接近。所以说,对联的形式美在译文中是很难实现的。比如从"一字联"开始,一直到"多字联",不可能 ST 是几字联,TT 就是几字联。

从原则上讲,不可译性是相对于可译性而言的。前者是绝对的,后者是相对的。具体来说,"四字联"的英译文未必是每行四个英文单词(暂不考虑音节),但"五字联"、"六字联"、"七字联"、"八字联"等的英译文也未必不可能少于每行五至八字。

换言之,n 字联(ST)＝/≠/>/<n 词联(TT)。

以下具体看 10 组案例。

【案例一】

【ST1】(五字联)少壮不努力,老大徒伤悲

【TT1-1】Idle young/Needy old——2 词

【TT1-2】Lazy when young/Sad while old——3 词

【TT1-3】Laziness in youth spells regret in old age——4 词

【TT1-4】One misspending his youth/Will grieve in old age——4.5 词

【TT1-5】One who misspends his youth/Will grieve in vain in old age——6 词

【TT1-6】One spending no effort in youth/Will regret it in old age——6 词

【TT1-7】One who doesn't exert oneself in youth/Will regret it in old age——6.5 词

【TT1-8】One who does not spend effort in youth/Will regret it in old age——7 词

【TT1-9】If one does not exert oneself in youth/One will regret it in old age——7.5 词

【TT1-10】If one does not exert oneself in youth/One will surely regret it in old age——8 词 (陈刚 提供译文)

【案例二】

【ST2】(四字联)山川竞秀，物我同春

【TT2-1】The mounts and rivers compete for their beauty;
　　　　　All things around me enjoy the freshness of spring——8.5 词(原译)

【TT2-2】Hills and rivers vying for beauty
　　　　　Things and me feeling the same spring——6.5 词(陈刚 重译)

【TT2-3】Hills and rivers vying for beauty
　　　　　Things and me sharing the spring——6 词(陈刚 重译)

【案例三】

【ST3】(四字联)一城春色，万里花香

【TT3-1】The whole town is afresh with spring colors;
　　　　　The fragrance of flowers smells a thousand miles——8 词(原译)

【TT3-2】The whole town afresh with spring;
　　　　　The flower aroma smells 10 000 *li.*——6 词(陈刚 重译)

【TT3-3】The whole town is afresh with spring;
　　　　　The flower aroma smells 10 000 *li.*——6.5 词(陈刚 重译)

【案例四】

【ST4】(一字联)墨　　泉

【TT4-1】INK　　SPRING——1 词(译文无意义)

【注】译文无意义

【TT4-2】Black Earth　　White Water——2 词(陈刚　试译)

【注】"黑"对"白"——颜色相对；"土"对"水"——五行相对。

【案例五】

【ST5】(一字联)墨　　柏

【TT5-1】INK　　CYPRESS——1 词(译文无意义)

【注】译文无意义

【TT5-2】Black Earth　　White Wood——2 词(陈刚　试译)

【注】"黑"对"白"——颜色相对；"土"对"木"——五行相对。

【案例六】

【ST6】(二字联)春花　　秋月

【TT6】Spring flowers　　Autumn moon——2 词(陈刚　试译)

【案例七】

【ST7】(二字联)书山　　学海

【TT7-1】Book mountain　　Learning sea——2 词(陈刚　异化)

【TT7-2】Mountains of books　　Seas of learning——3 词(陈刚　试译)

【TT7-3】A mountain of books　　A sea of learning——4 词(陈刚　试译)

【案例八】

【ST8】(三字联)水底月　　镜中花

【TT8-1】Moon on the lake-bottom　　Flower in the mirror——4 词(陈刚试译)

【TT8-2】River-bottom moon/River-bed moon　　In-mirror flower/Inside-mirror moon——2/3 词(陈刚　试译)

【TT8-3】Moon on the river bed　　Flower in the mirror——4.5 词(陈刚试译)

【案例九】

【ST9】(二/三字联)(飞)鸟尽　　(良)弓藏

【TT9】The birds are all killed　　The bow is cast aside——5 词(陈刚试译)

【案例十】

【ST10】(七字联)四面荷花三面柳　　一城山色半城湖

【TT10-1】 Water lilies are all about

And willow trees on three sides;

Green hills surround the city

And large lakes make half of it.——11.5 词(原译)

【简析】

①water lilies≠荷花；

②"四面"≠all about；

③"四面"应指济南大明湖的四周，所以 all about 过于含糊；

④"三面"没有译好，原因同上；

⑤"半城湖"指的是复数的大湖吗？

⑥译文词"减少"了，但意思"走样"了。

【TT10-1】The lake is hemmed in by four-sided lotuses and three-sided willows;

The city is featured by hillscape and half inlaid with a bright lake.

——12 词(陈刚 试译)

【TT10-2】The lake is hemmed in by four-sided lotuses and three-sided willows;

The city is featured by mountains and half inlaid with a bright lake.

——12 词(陈刚 试译)

【简析】

①【ST10】是形容济南古城风貌和描写大明湖风光的名联佳句。ST 用的是不等字自对，上下句都为意合。笔者经反复试译比较，认为 TT 必须创新，否则很难出彩。

②创新主要表现在改换视角(如上下宽对)与重建搭配，尽可能在 TT 中实现"自对"。

③首先碰到的翻译难点，是如何确定上下联主语。如果上联出现问题，势必牵一发而动全身。

④下联的翻译难点，是中英表达同一意义的语法、句法、词法、搭配等差异太大。

⑤【TT10-1/2】是建筑在创新的基础之上的。上联，须补充主语和谓语，原文的主题词在 TT 中变成了介词宾语(或逻辑主语)，状态形容词变成了介词

宾语。下联，TL 主语应跟上联主语相对应/仗，原文中的主题词也变成了介词宾语，精心选用动词"to be featured"和"to be half inlaid"（均为被动语态）分别跟主语（city）配合，分别再现山色与湖光。"The city is...half inlaid with a bright lake"展现的图画是：整个泉城的一半面积由大明湖镶嵌着。这样，TT 两句则分别实现了新的形式与内涵上的"自对"和"押韵"。

⑥现在 TT 基本做到上下联对应，与 ST 比较，算是"异曲同工"。

⑦如果直译 ST，海外游客会不知所云，起码获得的信息是打了很大折扣的。例如：

【TT10-3】Four-sided lotuses and three-sided willows;

One-city mountainscape and half-city lakes.——5 词(陈刚　试译)

18.2　对联的翻译原则与方法

18.2.1　对联的翻译原则

既然对联"脱胎于"诗歌，并(几乎)完全具备诗歌的特点，那么对联的英译大致跟诗歌翻译一样——"形式对等"/"形式对应"和"动态对等"/"功能对等"。详细叙述见诗歌单元和本章翻译案例。

与此同时，如果对联是以楹联形式出现在风景名胜点、参观访问区，那我们有比较明确的翻译原则，即在确定宣传、弘扬中国文化这一翻译的根本目的之后，采取"以旅游者为导向"(tourist-orientation)、"以接待国为导向"(host-orientation)、"以接待国文化为导向"(SL culture-orientation)和"以目的语为导向"(TL-orientation)的有机结合。

18.2.2　对联的翻译方法

这里的"翻译法"特指"英译法"；"法"还是一词多义，指"规律"、"标准"、"方法"、"途径"等。换言之，楹联翻译是有章可循的。根据笔者的实践研究，在确定宣传、弘扬中国文化这一翻译的根本目的之后，我们建议采取上一节确定的翻译原则，并采取四大翻译方法"词义翻译法"(semantic translation)和"交际翻译法"(communicative translation)以及阐释翻译法(interpretative translation)和"整合翻译法"(holistic translation),建议采取的翻译技巧是多元的、综合的、灵活的。通过对上一节十组翻译案例的对比分析,我们起码可以从感性认识的视角出发,特提出对/楹联英译的十四大翻译(方)法,并辅以各种常用技巧(在具体分析时点明)。先大致了解一下这"对/楹联翻译十四大法"术语的英汉对照,见表 18-1。

表 18-1 "对/楹联翻译十四大法"术语英汉对照

序号	英文术语	汉语术语	注释
1	Lexical correspondence	(保持)词汇层对应	通过简单词层对应即可
2	Syntactic correspondence	(保持)句子结构对应	通过简单结构对应即可
3	Semantic correspondence	(保持)词义层对应	通过精选措辞
4	Pragmatic correspondence	(保持)语用层对应	通过地道表达实现
5	Cultural correspondence	(保持)文化层对应	通过紧扣/紧贴文化内涵
6	Formal correspondence	(保持)形式和内容对应	通过释义
7	ST connotative features	(保持)原文内涵特色	通过增词再现
8	ST real/hidden meaning	(显示)原文的实际/隐含意义	通过具体化或增词显示
9	Shift of perspective and collocation	改换视角与重建搭配	通过在 TL 中改换视角并建立新的搭配来实现
10	Representation of deep structure and meaning	(再现)句子深层结构及意义	通过 TT 再现
11	Inverted phrasal correspondence	(再现)短语逆序对应	通过 TT 再现
12	Inverted sentential correspondence	(再现)句子逆序对应	通过 TT 再现
13	Interpretive translation	阐释翻译法/阐译	通过阐释再现全文内涵
14	Holistic translation	整合翻译法	通过整体处理再现

以下是有关翻译案例说明。

(1)保持词汇层的对应

【ST11】乐乐乐乐乐乐乐　　朝朝朝朝朝朝朝(故宫太和殿楹联)

【TT11】Music, Music, Music, Music, Music, Music, Music;

Court, Court, Court, Court, Court, Court, Court. (陈刚 试译)

【简析】

①该联的正确读音应为：乐(yue)乐(le)乐(yue)乐(le)乐(yue)乐(yue)乐(le)，朝(zhao)朝(chao)朝(zhao)朝(chao)朝(zhao)朝(zhao)朝(chao)。

②如果按照标注的读音及意义去翻译，问题会复杂化。这里是"删繁就简"的处理方法，抓住"奏乐"、"上朝"的主要意思，译出汉语(表面)叠字的风格，而且与原意并不违背。

③所采用的翻译法是交际翻译法。

④比较这副楹联的翻译：

【ST】水水山山处处明明秀秀　　晴晴雨雨时时好好奇奇

【TT】Water Water Hill Hill Place Place Bright Bright Beautiful Beautiful;

Fine Fine Rain Rain Moment Moment Pleasant Pleasant Wonderful

Wonderful. (陈刚 试译)

(2)保持句子结构的对应

【ST12】青山有幸埋忠骨；白铁无辜铸佞臣。(岳坟墓联)

【TT12】The green hill is fortunate to be the burial ground of a loyal general;

The white iron was innocent to be cast into the statues of traitors.

(陈刚 试译)

【简析】

①汉英两种语言正好在句子结构、语序等方面基本保持一致。

②所采用的翻译法是词义翻译法。

③但在语态、词性等方面需要采取词性转换、技巧转换等技巧。

(3)保持词义层对应

【ST13】人乐鱼亦乐　　泉清心共清(玉泉鱼乐国楹联)

【TT13】Fish are as frolicky as men are happy;

The heart is as clean as the spring is clear. (陈刚 试译)

【简析】

①该联可以按照"保持句子结构对应"法处理，但译文效果不甚理想：

Men are happy and fish are happy too;

The spring is clear and the heart is clean.

②现在按照"as...as..."处理，TT 比较地道。

③所采用的翻译法是交际翻译法。

(4)保持语用层对应

【ST14】蝉噪林愈静　　鸟鸣山更幽(拙政园亭联·王籍)

【TT14】The forest is more peaceful while cicadas are chirping;

The mountain is more secluded while the birds are singing.

(陈刚 试译)

【简析】

①该联的内涵就是一个强烈的对比，且是反方向的。

②这样的内涵关系，翻译时不宜按"保持 SL 句层结构法"来处理。

③由此根据语用正确(pragmatic-oriented)的思路来安排句子。

④因此，"...while..."也许是最佳句型，以表内涵之意义。

⑤所采用的翻译法是交际翻译法+词义翻译法，但以前者为主要考虑。

(5)保持跨文化对应

【ST15】翻身不忘共产党　　吃喝不忘秦始皇(陕西西安农家门联)

【TT15-1】Don't forget CPC when achieving emancipation;

Don't forget Emperor Qin when having food and drink.

(陈刚 试译一)

【TT15-2】When achieving emancipation, don't forget CPC;

When having food and drink, don't forget Emperor Qin.

(陈刚 试译二)

【TT15-3】Our final emancipation depends on CPC;

Our happy life depends on Emperor Qin. (陈刚 试译三)

【简析】表面看三个 TT 结构、表达、语序都有所不同，但都属于异化翻译法，实则都是 serious mistranslation，起码是 partial mistranslation。因为这样处理，中国读者也未必全懂。

【TT15-4】 Don't forget the Communist Party when becoming masters of
the nation;

Don't forget the Terra-cotta Warriors when well fed and well clad.

(陈刚　试译四)

【简析】

①最后一个 TT 的译文才是正确的。正确之关键点是在准确理解的基础上译出了"秦始皇"的内涵意义。因为该联出处是 20 世纪 70 年代，当地发现兵马俑以后，临潼人乃至西安人依托兵马俑和秦始皇陵发展旅游业和服务业，发家致富。对联中的"秦始皇"指的是秦始皇陵兵马俑。对错之分，不在于归化还是异化、意译还是直译，如果解码错误，不论如何(再)编码——归化还是异化(再)编码、意译还是直译(再)编码，都不可能正确。

②唯有充分考虑不同文化背景的目标语读者的接受能力，译出下联的"语言+文化"关键点之真实，而不是"拐弯抹角"地、非直接地什么"化"，才是这种性质、类别对联的最终正确译法。

③所采用的翻译法是交际翻译法。

(6)(通过释义)保持形式和内容

【ST16】 黄泽不竭；老子其犹。(黄龙吐翠[黄龙洞圆缘民俗园]联)

【TT16-1】 Yellow Pool will not dry;

Lao Zi is like... (陈刚　直译)

【简析】

①这是黄龙洞名联及其译文一。中文读者不易读懂这个哲理深邃的宗教联，因全联颇有兼颂佛道两教的意味。但就字面意义而言，逐字翻译大致如此。

②ST 使用了"藏字格"修辞法，即有意识地将某些字略掉，含蓄巧妙地表达某种意思，如"二三四五/六七八九"——其寓意是"缺一(衣)少十(食)"。换言之，原文上下两联有意识把"龙"字藏去，下联还不惜句子结构上的不完整，可谓造语奇特(或有"句法问题")。

③还原后的楹联是：黄龙泽不竭；老子其犹龙。

④该"藏字格"的楹联英文可以如下处理：

【TT16-2】Yellow Dragon Pool will not dry;

Lao Zi, like a dragon, will not die. (陈刚 试译)

【简析】

①可见，【ST16】译成英文，不宜采用 ST 结构，否则句子本身就是不通顺的。

②就字面而言，应运用交际翻译法；具体而言，应采用"通过（释义）保持形式和内容"法。

③所采用的翻译法是交际翻译法。

④另外，TT 须通过故事讲解和多种内涵阐释才能大致保持 ST 形式与内容。而就译文而言，TT 读者也不可能读得懂。

⑤由于"一词多义"，即"一'黄'多'释'"或"一'典'多'释'"，所以还有两种译文如下：

【TT16-3】Yellow Emperor's doctrine will pass on;

Lao Zi, like a dragon, will remain eternal. (陈刚 试译)

【简析】

①"黄泽"还指"黄帝的教泽"（永远不会枯竭/干涸）。

②所采用的翻译法是交际翻译法。

【TT16-4】Yellow Dragon Cave has an inexhaustible pool;

Lao Zi enjoys the name and fame of a dragon. (陈刚 试译)

【简析】

①黄龙洞还有一个传说。据传有名慧开和尚在此建寺修行。一天，一声惊雷山裂，有清泉自石中出，有传说黄龙随慧开而来，故名黄龙洞。

②黄龙洞的主景有池，池后有山，水石交融。其山虽由人作，却宛若天开，山崖之上有一龙头，泉水由龙嘴泻入池中。池中立石，上刻"有龙则灵"；洞边岩石上镌"水不在深"，是一座叠理很好的水假山。

③所采用的翻译法是交际翻译法。

【小结】

①如果大家"偏爱"【TT16-2】，那么就是通过交际翻译，TT 准确自然，符合 TL 语法。

②【TT16-2】可以给读者留下一些悬念或神秘：黄龙池水，深不可测；老子乃龙，长生不老。

(7)(通过增词)再现原文内涵特色

【ST17】春风来海上，明月在江头。(春庆联·白居易)

【TT17】The spring breeze blows from the sea peaceful,

The full moon shines over the river cheerful. (陈刚 试译)

【简析】

①此乃古代歌颂元宵节并常贴于亭阁民居的诗人名联。上下联乍看意思明确，其实含而不露，若在 TT 中直接保留 ST 中的形式及内容，不易引起海外游客的兴趣。这样的解码完全是建筑在译者充分认知基础之上的。于是译者通过必要的增词(amplification)，同时做到语言自然，接受度高，使读者能够知之，进而好之，才是首选。

②使读者知之、好之的具体处理法是在句尾增词，并押韵，从而产生美感。

③元宵佳节，太平盛世，一派宁静祥和气氛，上联增 peaceful，显然是符合内涵意义的。下联增 cheerful，意为兴高采烈，心情舒畅，这正是南宋京城百姓的真实写照。无怪乎，白居易写道："无妨思帝里，不合厌杭州。"——多么绝妙的一笔啊！

④可见，peaceful 和 cheerful 乃此联精神内涵之特色。若在 TT 中不增加之，此联会流于平淡，缺乏韵味。

⑤所采用的翻译法是交际翻译法。

(8)显示原文的实际/隐含意义

【ST18】楼观沧海日；门对浙江潮。(寺庙厅联·宋之问)

【TT18-1】The high pavilion commands the rising sun over the sea;

The temple door opens to the tidal waves at Qiantang.

(陈刚 试译)

【TT18-2】Watching the sun over the sea from the (high) pavilion;

Facing Zhejiang tidal waves at the (temple) door. (陈刚 试译)

【简析】

①这是一副诗联，历来传诵人口，既悬挂在杭州韬光寺的知客厅，亦刻于韬光寺的观海亭亭柱，源于初唐诗人宋之问的五言排律"灵隐寺"。

②韬光寺藏于灵隐寺的后山上，因地势高峻，纵目远眺，可见海上日出，

而寺院大门又正对钱塘江，可以观赏著名的钱江大潮和浩瀚的东海。据此，楹联的主语如果照直译，就难以体现"楼"与"门"所处的地理位置，即所谓的译犹未译。

③若从"（知客）厅"或"（观海）亭"的特定着眼点出发，我们可以将"楼"译为 pavilion（中心词），其英文解码是 a light ornamental building 或 storied pavilion。

④为显示 ST 的实际或隐含意义，即"楼"的有关地理位置，特增词 high，动词 command 足以说明主语的位置乃"居高临下"，"一览众山小"。"门"应理解成寺门为妥。另外，"（沧海）日"应理解为"正在升起的太阳"。这样，楹联的隐含/实际意义通过"high"、"rising"和"temple"就和盘托出了，其实那些部分才是实际意义。

⑤考虑到上下联需对仗/应，变"浙江（潮）"为"钱塘（潮）"，因为古时钱塘江即浙江。此外，也有一些楼阁悬挂或刻有的变体楹联就是"楼观沧海日；门对钱江潮"。

⑥所采用的翻译法是交际翻译法。

⑦【TT18-1】是比较简练的译文。【TT18-2】亦可接受。若换一种角度切入，新译文【TT18-3】如下：

【TT18-3】 One can watch the sun rising over the sea from the (high) pavilion;
One can face Qiantang tidal waves surging at the (temple) door.

(陈刚 试译)

(9)改换视角与重建搭配

【ST19】四面荷花三面柳；一城山色半城湖。(壁洞联/亭联·济南大明湖)

【TT19-1】 The lake has lotuses on its four sides and willows on its three sides;
The city features a whole town of hills and a half town of a lake.

(陈刚 试译)

【TT19-2】 The lake is hemmed in by four-sided lotuses and three-sided willows;
The city is featured by hillscape and half inlaid with a bright lake.

(陈刚 试译)

【TT19-3】 The lake is hemmed in by four-sided lotuses and three-sided willows;

The city is <u>featured</u> by mountains and <u>half inlaid</u> with a bright lake.

(陈刚 试译)

【简析】

①**【ST19】**是形容济南古城风貌和描写大明湖风光的名联佳句。ST 用的是不等字自对,上下句都为意合。笔者经反复试译比较,认为 TT 必须创新,一是通过增词,保留形象创新;二是通过改换视角,重建搭配创新。

②**【TT19-1】**在上下两联分别增译了动词,见画线部分;保留了"一城……"和"半城……"两个 ST 中的形象。

③创新主要表现在改换视角(如上下宽对)与重建搭配,尽可能在 TT 中实现"自对"。

④上联的真正主语应为"湖",与其进行深层次搭配的表达法可以是"(the lake) is hemmed in by…"。

⑤既然上联的主语已经确定,为与之对应,下联的主语最好是"城市"。该城市的特色为何?于是乎,"(the city) is featured by…inlaid by…"。

⑥小结三个译文的具体处理法:**【TT19-1】**上联补充了主语和谓语;下联确定了与上联对应的主语,补充了动词谓语,实现了 ST 要求的"不等字自对"。**【TT19-2/3】**的主谓结构是被动语态结构,ST 中的主题词也变成了介词宾语,精心选用动词"to be featured"和"to be half inlaid"(均为被动语态)分别跟主语(city)配合,分别再现山色与湖光。"The city is…half inlaid with a bright lake"展现的画面是:整个泉城的一半面积由大明湖镶嵌着。这样,TT 两句就分别实现了新的形式与内涵上的"自对"和"押韵"。

⑦三种译文实为两类译文(TT),均基本做到上下联对应,与 ST 比较,算是"异曲同工"。

⑧所采用的翻译法是交际翻译法。

(10)再现句子深层结构及意义

【ST20】楼高但任鸟飞过;池小能将月送来。(豫园得月楼)

【TT20-1】 The tower, <u>though high, can</u> only let the bird fly past;

The pond, <u>though small, can</u> get the moon over here.

(陈刚 试译,底线由译者所加)

【TT20-2】The <u>high</u> tower <u>could</u> only let the bird fly past;

The <u>small</u> pond <u>could</u> get the moon over here.

(陈刚 试译，底线由译者所加)

【简析】

①【ST20】是清代上海豫园得月楼的一副楹联，留传至今。作者运用对比、衬托等手法，将园中的景物描写得栩栩如生、趣味盎然，还颇有哲理。译成英文的最大难点在于 ST 的深层结构及意义不易再现。

②通常，直译很难再现。通过强调或突出深层结构及意义，才能达到目的。当然，句子结构势必发生变化。两个译文的画线部分就清楚地表明了意图。【TT20-1】运用"让步结构"，对比鲜明，道理显而易见。【TT20-2】对比度相对较低，主要通过 could 间接再现出来，不像【TT20-1】这样一听/看就懂。

③所采用的翻译法是交际翻译法。

(11) 再现短语逆序对应

【ST21】新文化中旧道德的楷模，旧伦理中新思想的师表

智德兼隆(蒋中正 赠联)

【TT21】A Paragon of Traditional Moral in the New Culture;

A Modal of New Thought in the Traditional Ethics.

A Man of Great Intellect and Great Virtue (陈刚 试译)

【简析】

①【TT21】是蒋介石赠胡适先生之挽联及横批。原文任何 BTI/MTI 都能懂，但一旦其译文出手，可谓五花八门，"精彩纷呈"。

②综合分析诸译文，有三个"不到位"：译文措辞(diction)不到位，对比不到位(contrast)，短语结构(phrasal structure)不到位。尤其是处理横批时，短语一般被译成句子，显得风格很不协调。

③这副挽联的汉英结构典型反映两种语言所表达的"正序"和"逆序"之差别，所以采取"逆序法"的结构思路是正确的、可行的。

④这是短语逆序处理法，所采用的翻译法是交际翻译法。

(12) 再现句子逆序对应

【ST22】峰峦或再有飞来坐山门老等；泉水已渐生暖意放笑脸相迎。

（灵隐寺天王殿门联）

【TT22】Awaiting at the door another peak flying over;

Facing with a smile the cool spring warming up. (陈刚 试译)

【简析】

①这对门联的主语是"弥勒佛"(Maitreya Buddha)，他耐心等待着喜迎飞来峰的再次飞来，冷泉亭再次释放暖意，让其欢欣鼓舞。

②所以，分析它的句子结构后，处理思路与方法与处理【ST21】相似。前者是"短语逆序对应"，后者是"句子逆序对应"。当然，好的措辞、正确的动宾搭配等也是确保楹联翻译准确的前提。

③所采用的翻译法是交际翻译法。

(13)阐释翻译法

【ST23】立定脚跟，背后山头飞不去；执持手印，眼前佛面即如来。

（宗教联·献给韦陀）

【TT23】Standing firm, he keeps the back Peak from flying away;

Holding the pestle, he guards the front Buddha night and day.

（陈刚 试译）

【简析】

①当"词义翻译法"和"交际翻译法"不能"如愿以偿"时，使用"阐释翻译法"/"阐译"法一定能帮您"如愿以偿"。该法使用广泛，尤其适合社科翻译，宗教联内涵丰富，很多 ST 本身就读不(太)懂，采取别的翻译法只会加重 TL 读者的负担，只提"交际翻译"也显得过于泛泛，尽管阐译的最终目的也一定是交际。

②首先要阐释 ST 中的语言点和文化背景知识。其一，"他"指谁？指"韦陀菩萨"。其二，"背后山头"指什么？其三，"飞不去"意义该如何确定？其四，"手印"在此语境的内涵为何？其五，"眼前佛面"是韦陀的幻觉？其六，"如来"如何出现在韦陀面前？短短的十一字联，居然出现六大问题，所以非"阐译"不可。

③首先，韦陀何许人也？据说，在释迦佛入涅时，邪魔把佛的遗骨抢走，韦陀(Skanda)及时追赶，奋力夺回。因此佛教便把他作为驱除邪魔、保护佛法

的天神。第二，韦陀(站在天王殿后门)背后的山头是指传说中从印度飞来的灵鹫峰。第三，韦陀站稳了脚跟，以确保飞来峰不再飞走。第四，手印(Buddha hand gestures/Bodhisattva hand gestures)，在佛教中行者双手与手指所结的各种姿势，也可以叫作手印，有多重含义。佛菩萨及本尊的手印，象征其特殊的愿力与因缘，因此我们与其结相同的手印时，会产生特殊的身体力量和意念力量，这和佛菩萨及本尊修证的本位力量的身心状况是相应的。韦陀护法尊天菩萨手持金刚杵，象征着所向无敌、无坚不摧的智慧和真如佛性，它可以断除各种烦恼、摧毁形形色色阻碍修道的恶魔[1](见插图 18-2　韦陀菩萨)。第五，"眼前佛面"不是幻觉，韦陀塑像的位置在天王殿的后门，正对着大雄宝殿的前门，前门能看到的正中的塑像是释迦牟尼如来佛。第六，趺坐在正殿莲花座上的正面如来佛，正好面对着站立于前殿后门威镇三洲的韦陀英武。最后，这个寺庙布局，是一传统固定布局。去过佛教大寺庙较多的人，即使不看图片，也知道两位佛人所在之位置。从宋代开始，中国寺庙中供奉韦陀，常站在弥勒佛像后面，面向大雄宝殿，护持佛法，护助出家人。

图 18-2　韦陀菩萨

　　④根据语境分析、判断，阐译乃上策。即使是阐译，译者也知道如何删繁就简，保持言简意赅，风格简约。上联："Standing firm"意为"站稳脚跟"/"立定脚跟"，所以韦陀菩萨能够"keeps…from flying away"(确保/保持……飞不走)。"确保什么呢？"是韦陀"背后山头"，即"the back Peak"，其中"P"大写表示专有名词"飞来峰"。由于知道上下文，"背后"就不必译为介词短语作后置定语了。同理，在下联："眼前佛面"就译为"the front Buddha"；"执持手印"应为"holding the pestle"，其中"the pestle"指"金刚杵"。

　　⑤如把下联简单地直接译为"Holding the pestle, he faces the Buddha in the

1　根据百度百科及百度知道资料整理而成。

front"，则无法将韦陀将军威镇三洲的 power 展现出来，而应阐译为 "Holding the pestle, he guards the front Buddha night and day"。其中，主动词 "guards" 正好再现他保护如来的神圣职责，比 "faces" 要有内涵、带劲得多。另外，增加短语 "night and day" 既跟上联押韵，又从内涵上深刻阐释了韦陀日夜兼程、一动不动地为佛祖站岗放哨之崇高责任心。

⑥鉴于此，翻译有关韦陀的楹联，采取阐译法会使译文通达、艺术。见【ST24】。

【ST24】辅正摧邪，教承大觉；振威显圣，德副群心。

（佚名题灵隐寺天王殿）

【TT24】By assisting the virtuous and dispelling the evil,

　　　　he perfectly enlightens himself and the other people;

　　　　By inspiring awe and enhancing power,

　　　　he rigidly conducts for all the people. (陈刚　试译)

(14) 整合翻译法

【ST25】承前祖德勤和俭，启后子孙读与耕。[1]（承启楼楹联）

【TT25】Inheriting the ancestral tradition of diligence and thrift;

　　　　Inspiring the future generations to learning and cultivating.

(陈刚　试译)

【简析】

①这副楹联，取材于闽西土楼，非常具有传统中国的特色。用母语解读似乎 "不太难" ——实则是 deceptively easy；当试图将其译成英文时，你真的不知从何着手，采取哪种具体的翻译方法，指导原则是哪一条。

②比如，如何译 "承前" 和 "启后"？如何使之对仗/应？如何与宾语搭配？就连 "勤和俭" 都不好安排与谁衔接？"勤和俭" 的祖德？如是，那英文应为 "祖德 of 勤和俭"？选哪个动词跟 "祖德" 搭配？如此等等。

③笔者以为只有依靠整体思维，运用整体翻译法才是出路。

④笔者最后确定的译文是经过反复对比分析、深思熟虑、改进完善，才能达到 "奇文共赏" 的境地。

---

1 又为 "后启孙谋读与耕"。

⑤开始选择的动词是"adopting",即"adopting the ancestral tradition of..."。不管是哪个动词,译文都呈现"形美"——对偶/对仗,"意美"——基本或整体再现了 ST 内涵。

⑥整体翻译法的另一典型案例,见"**18.3 长联翻译典型案例评析**"。

18.3 长联翻译典型案例评析

这里的长联典型案例指的是中国大陆被译成英文的可能是最长的一副楹联,在云南昆明滇池大观园。该长联作者孙髯翁(1685－1774)是诗人、文学家,其于乾隆年间所题此联,号称"天下第一长联"、"海内长联第一佳作"。他本人被后人尊称为"联圣"。著名史学家郭沫若赞道:"长联犹在壁,巨笔信如椽。"

短联有其难译甚至不可译的地方,长联也有短联译者不易"驾驭"或"征服"的"烫手山芋"。

我们熟悉了上下两联的英译,但对于非一般的多字联——(超)长联的英译还没有实践的感性认知。长联英译实践的案例研究有利于我们全面地从翻译实践与翻译理论角度了解对联/楹联英译。这也不失为一次有代表性的对联/楹联翻译的微型课题。

18.3.1 长联 ST 转换前之程序简述

滇池长联共 180 个汉字,上下联对仗工整,联内还有对仗,历史地理典故颇多,若按照 10 字联计,有 9 副(十字)对联,翻译难度不言而喻。

为了更好、更方便地进行长联翻译,事先的有关准备工作必不可少(这并不是短联就无须做复杂的 ST 语法、句法分析)。将长联 ST(SL 长联)转换为 TT 长联(TL 长联),需涉及单词层、短语层、句子层、对句层(上下联)、上下段(片)等多重结构、语法分析,具体要求如下:

1)把 ST 分为上下两段,以表格形式展现。

2)把 ST 上段再细分为可能的若干副对联。

3) 把 ST 上下段联次分联以表格形式展现。

4) 把 TT 按照小单位分别填写至对联之中。

以下根据昆明大观园一副长达 180 字的著名长联为案例进行试范。

(1) 把 ST 分为上下两段/片，以上下两个对应表格形式展现

【ST25 上】五百里滇池，奔来眼底。披襟岸帻，喜茫茫空阔无边。看：东骧神骏，西翥灵仪，北走蜿蜒，南翔缟素。高人韵士，何妨选胜登临；趁蟹屿螺洲，梳裹就风鬟雾鬓，更苹天苇地，点缀些翠羽丹霞。莫孤负：四围香稻，万顷晴沙，九夏芙蓉，三春杨柳。

【ST25 下】数千年往事，注到心头。把酒凌虚，叹滚滚英雄谁在？想：汉习楼船，唐标铁柱，宋挥玉斧，元跨革囊。伟烈丰功，费尽移山心力；尽珠帘画栋，卷不及暮雨朝云，便断碣残碑，都付与苍烟落照。只赢得：几杵疏钟，半江渔火，两行秋雁，一枕青霜。(昆明大观楼·孙髯翁)

(2) 把 ST 上段再细分为可能的若干副对联，这里有 8 副 (从翻译单位视角出发，把一个字的"看"和"想"也当作一副对联)

1) 【ST25 上】

① 五百里滇池，奔来眼底。

② 披襟岸帻，喜茫茫空阔无边。

③ 看：

④ 东骧神骏，西翥灵仪，北走蜿蜒，南翔缟素。

⑤ 高人韵士，何妨选胜登临；

⑥ 趁蟹屿螺洲，梳裹就风鬟雾鬓，更苹天苇地，点缀些翠羽丹霞。

⑦ 莫孤负：

⑧ 四围香稻，万顷晴沙，九夏芙蓉，三春杨柳。

2) 【ST25 下】

① 数千年往事，注到心头。

② 把酒凌虚，叹滚滚英雄谁在？

③ 想：

④ 汉习楼船，唐标铁柱，宋挥玉斧，元跨革囊。

⑤ 伟烈丰功，费尽移山心力；

⑥尽珠帘画栋，卷不及暮雨朝云，便断碣残碑，都付与苍烟落照。

⑦只赢得：

⑧几杵疏钟，半江渔火，两行秋雁，一枕青霜。

(3)把 ST 上下段联次分联以表格形式展现

【ST25 上】

①五百里滇池，奔来眼底。
②披襟岸帻，喜茫茫空阔无边。
③看：
④东骧神骏，西翥灵仪，北走蜿蜒，南翔缟素。
⑤高人韵士，何妨选胜登临；
⑥趁蟹屿螺洲，梳裹就风鬟雾鬓，更苹天苇地，点缀些翠羽丹霞。
⑦莫孤负：
⑧四围香稻，万顷晴沙，九夏芙蓉，三春杨柳。

【ST25 下】

①数千年往事，注到心头。
②把酒凌虚，叹滚滚英雄谁在？
③想：
④汉习楼船，唐标铁柱，宋挥玉斧，元跨革囊。
⑤伟烈丰功，费尽移山心力；
⑥尽珠帘画栋，卷不及暮雨朝云，便断碣残碑，都付与苍烟落照。
⑦只赢得：
⑧几杵疏钟，半江渔火，两行秋雁，一枕青霜。

(4)把 TT 按照小单位分别填写至对联之中

此过程读者可以自行试着做。这里特略。

18.3.2 长联 ST 转换过程对比分析

我们特选择许渊冲译文【TT25-1】和金惠康等译文【TT25-2】作为案例分析的文本。

(1)许译本和金译本对照详表(表 18-2)

表 18-2　昆明大观园长联英译本对照

【ST25 上】	【TT25-1 上】 /【TT25-2 上】
①五百里滇池，奔来眼底。	The Kunming Lake extending a hundred miles around rolls before my eyes. (XYZ，下略)
	The 500-*li* Dianchi is rushing into sight… (JHK，下略)
②披襟岸帻，喜茫茫空阔无边。	Wearing my hood high and throwing my chest out, how happy I am to see the vast expanse of water
	…and so exhilarated am I to unbutton my coat and head dress, enjoying the vast-stretching waters!
③看：	Behold!
	Look around:
④东骧神骏，西翥灵仪,北走蜿蜒，南翔缟素。	The Golden Steed galloping in the east, the Green Phoenix flying in the west, the Long Snake serpentine in the north and the White Crane planing in the south.
	Mt Jinma like a galloping horse in the east, Mt Biji resembling a flying phoenix in the west, Mt Hongshan rolling up and down like a dragon in the north and Mt Crane shrouded in the transient white clouds in the south.
⑤高人韵士,何妨选胜登临；	Brilliant talents may come to the height and enjoy the sight,
	Ascending the height Your Majesty can enjoy a distant view of the isles
⑥趁蟹屿螺洲,梳裹就风鬟雾鬓,更苹天苇地，点缀些翠羽丹霞。	visit the crab-like or shell-like islets which look like beauties with hair flowing in the air or veiled in the mist, where duckweed and reed outspread as far as the sky dotted with green-feathered birds and rainbow-colored clouds.
	made up of crab and snail shell sand the sweeping willow branches in the misty breezes, endless marshes covered with weeds and reeds and with a few green-feathered birds perching, all underneath the sky's red clouds.
⑦莫孤负：	How can you not enjoy your fill of
	I would have felt very much regretted

⑧四围香稻，万顷晴沙，九夏芙蓉，三春杨柳。	the fragrant paddy fields all around, sparkling fine sand far and near, slender lotus blooms in late summer and swaying willow trees in early spring!
	if I hadn't seen the fragrant rice paddies and long sandy beaches all around, lotus flowers in full blossom in summer, and hanging willow branches greened with new sprouts in spring.
【ST25 下】	【TT25-1 下】/【TT25-2 下】
①数千年往事，注到心头。	The historical events passed thousands of years ago pour into my mind.
	The thousand-year-long history is repeating itself in my mind
②把酒凌虚，叹滚滚英雄谁在？	Holding a cup of wine and facing immensity, I sigh, for how many heroes have passed away with rolling waves.
	and a little bit drunk am I looking up to sigh for those historical heroes, where are they?
③想：	Remember
	Think about:
④汉习楼船，唐标铁柱，宋挥玉斧，元跨革囊。	the warships manoeuvred in ancient times, the iron pillar erected in the golden age, the frontier pacified with jade ax in the silver epoch and the leather rafts crossing the turbulent river in modern era.
	terraced warships teemed with Han soldiers, iron monuments built in memory of the Tang's victory, territories settled by the first Song emperor with a jade ax and the whole land conquered by the Yuan tribesmen coming on an expedition on sheep skin rafts.
⑤伟烈丰功，费尽移山心力；	Valiant exploits have exhausted mountain-moving strength mental and physical,
	Gloriously martyred deeds with great efforts in vain
⑥尽珠帘画栋，卷不及暮雨朝云，便断碣残碑，都付与苍烟落照。	but pearly screens and painted beams last not longer than morning clouds and evening rain, and broken stone tablets and ruined monuments lie buried in the grizzling smoke and the sun's departing rays.
	and all grand palaces are gone for ever with morning clouds and evening rains, leaving only broken stone tablets with a few lines of engraved scripts, all enveloped in the hazy sunset.

⑦只赢得:	What remains is
	There left behind are
⑧几杵疏钟，半江渔火，两行秋雁，一枕青霜。	only sparse bells ringing in cold hills, fishermen's lantern lights by riverside, two rows of wild geese flying in autumn sky and dreary dream of hoary winter frost.
	Bronze bells heard occasionally and fishing boats with flickering lamps seen in the middle of the lake, wild geese leaving in a hurry in two files in autumn.

(2)许译本和金译本对比简析

【TT25-1 上】vs.【TT25-2 上】

1) ①：许译本基本到位，既准确又有气势。金译本存在三个问题：其一，"五百里"意指周广五百余里，显然为面积，金译本却为长度。其二，"li"没有错，但接受度很低，加注似嫌啰唆。其三，"滇池"译成"Dianchi"，TL 读者谁知道是指湖？而且是指"滇池"。用替代法（昆明湖)译滇池，迄今是最佳选择。

2) ②：许译本大致再现了原文的风格。金译本有一搭配值得提出来商榷：unbutton my coat and head dress。单底线动词跟波浪底线的搭配有问题。

3) ③：两个译本有差距，但均可接受。个人偏爱许译本。

4) ④：许译本仅用了 29 个词，而金译本却用了 39 个词。前者达意并具美感，后者使用了异化，接受效果势必打折扣。

5) ⑤："高人韵士"两个译本都不理想，金译本的"Your Majesty"不知有何依据，难道把"高人韵士"高抬为"皇上"？"高人"指封建社会蔑视权贵、退隐山林的知识分子；"韵士"是诗人。

6) ⑥："蟹屿螺洲"指形似螃蟹泫螺的小岛，因此，金译本译错了。

7) ⑦：必须跟下文配合才能出意思。许译本可谓直抒胸臆，而金译本则过于"委婉"、"绕弯"。

8) ⑧："四"、"万"、"九"、"三"都是数字，却是虚指，不必直译，而且面对楹联这种体裁更应讲究简洁。许译本简练，仅用了 25 个词，而金译本则用了 31 个词。其他用词之高下，相信读者们不难识别。

【TT25-1 下】vs.【TT25-2 下】

1)①：两个译本都很好。许译本完全是直接翻译，而金译本的思路比较独特。

2)②：许译本接近"三美"，而金译本中的"a little bit drunk"不知为何加入，好像原文没有这层含义。

3)③：许译本所用的动词干脆，而金译本则次之。

4)④：最难译的一副对联。35个词的许译本发挥其擅长的"三化"论及处理法，发挥至极——是阐译的典型案例。43个词的金译本比较"规矩"，想"信"却欠"达"，文字也不够精练。

5)⑤：许译本非常到位，但金译本为何认为这些史上的丰功伟绩是"无用功"——"Gloriously martyred deeds with great efforts <u>in vain</u>"？这是一个对历史人物和历史功绩的肯定还是否定的原则问题。

6)⑥：许译本更加细致入微，措辞精当，而金译本似乎"粗线条"了些。

7)⑦：许译本 direct，金译本则 less direct。

8)⑧：许译本结构整齐、对称，算是"形美"，而金译本没有处处注意到这个楹联翻译的基本问题。这次两个译本的词数相同。

考虑到书稿的篇幅问题，更考虑到"启发式"阅读法或教学法，我们给专业读者(如 BTI/MTI 生及老师)更大的思考空间和回旋余地，对徐、金译本仅做言简意赅的评点。

我们的重点还在接下来的部分。

(3)滇池长联的上下段对译试笔

许译本、金译本都是值得我们学习的好译本，但读者不难看出，长联的上下段及其八副"小对联"并不对应，或者基本不对应。难以企及是一个主要问题，以下是笔者挑战极限的译本，仅供参考。

【TT25-3 上下段对应本】

1)第①副对联：

| 五百里滇池，奔来眼底。 | The over-100-square-mile lake rolls into my mind. |
| 数千年往事，注到心头。 | The few-1000-year history pours into my heart. |

2) 第②副对联：

披襟岸帻，喜茫茫空阔无边。	Wearing my hood high and throwing my chest out, how happy I am to enjoy the boundless expanse of rippling water.
把酒凌虚，叹滚滚英雄谁在？	Holding a cup of wine and facing the high heaven, how sad I am to recall historical heroes gone with rolling waves.

3) 第③副对联：

看：	Look!
想：	Remember…

4) 第④副对联：

东骧神骏，西翥灵仪，北走蜿蜒，南翔缟素。	Mt. Golden Steed galloping in the east, Mt. Green Phoenix flying in the west, Mt. Long Snake serpentine in the north and Mt. White Crane planing in the south.
汉习楼船，唐标铁柱，宋挥玉斧，元跨革囊。	the warships maneuvered in the Han Dynasty, the iron monument erected in the Tang, the borderline fixed with a jade ax in the Song and the leather rafts crossing the Jinsha River in the Yuan.

5) 第⑤副对联：

高人韵士，何妨选胜登临；	Aspiring poets may choose the height to enjoy the sight,
伟烈丰功，费尽移山心力；	Valiant exploits have exhausted mountain-moving strength,

6) 第⑥副对联：

趁蟹屿螺洲，梳裹就风鬟雾鬓，更苹天苇地，点缀些翠羽丹霞。	and the crab-like and shell-shaped isles which look like beauties with hair flowing in the air and veiled in the mist, where duckweed and reed outspread as far as the sky dotted with green birds and red clouds.
尽珠帘画栋，卷不及暮雨朝云，便断碣残碑，都付与苍烟落照。	and pearly screens and painted beams which last not longer than morning clouds and evening rain, where broken steles and ruined monuments lie buried in the dusk mist and the sad sunset.

7) 第⑦副对联：

| 莫孤负： | You may feast your eyes on |
| 只赢得： | You only leave yourself with |

8) 第⑧副对联：

| 四围香稻，万顷晴沙，九夏芙蓉，三春杨柳。 | the paddy fields fragrant all around, sparkling sunny sand far and near, lotus flowers blooming in the whole summer and weeping willows in the entire spring. |
| 几杵疏钟，半江渔火，两行秋雁，一枕青霜。 | sparse bells ringing in the temples, dim fishing lights by riverside, rows of wild geese flying in the autumn sky and dreary dream of hoary winter frost. |

(4)长联上下段对译文本简析

1) 第①副对联：TT 亦可为 The over-hundred-square-mile lake rolls into my mind./The few-thousand-year history pours into my heart.

2) 第②副对联：经结构和短语调整，TT 在"形美"上改进不少。

3) 第③副对联："Look!"也可以调整为"Look:"或"Look around"。

4) 第④副对联：Mt. Golden Steed、Mt. Green Phoenix、Mt. Long Snake、Mt. White Crane 大概要优于 the Golden Steed、the Green Phoenix、the Long Snake、the White Crane，因为 TL 读者很难把这四种动物、飞鸟解码/解读为四座山的。另外，将 ST 中的朝代名全部还原，便于对应/称。

5) 第⑤副对联：基于新的理解，将"高人韵士"改译为"aspiring poets（奋发向上的诗人们）"。其他还改了两处。

6) 第⑥副对联：出于"形美"的考虑，对上下联做了必要的修改、调整。

7) 第⑦副对联：仅仅出于形式对应/称的考虑，特将原译调整为"莫孤负"——You may feast your eyes on；"只赢得"——You only leave yourself with。

8) 第⑧副对联：由于"四"、"万"、"九"、"三"和"几"、"半"、"两"、"一"既不宜译也不必译，故在 TT 中全部取消。另又对"形式美"做了力所能及的改进。

　　9) 尽管这副长联翻译的难度很大，但通过笔者在"形美"、"意美"和"音美"等方面的努力，已最大可能使其在 TT 中显得更为对应/称。

18.4　对联英文译介的新视角

18.4.1　译介新视角之一

　　所谓的对联英文译介新视角是一个相对概念。只不过对联译介过去讨论得比较少，尚未得到译界或学界的普遍关注。

　　我们已在 **18.2** 讨论了对联的翻译原则和翻译方法，归纳见表 18-3。

表 18-3　对/楹联的翻译原则和翻译方法

对联/楹联的翻译原则	形式对等/形式对应
	动态对等/功能对等
游览参观点楹联翻译原则	以旅游者为导向
	以接待国为导向
	以接待国文化为导向
	以目的语为导向
对联/楹联的翻译方法	词义翻译法
	交际翻译法
	阐释翻译法
	整合翻译法

　　如果我们把上述翻译（方）法再提升一下，则是 **approach to couplet translation**（对联翻译途径）。"approach"意为"a way of <u>dealing with</u> sth.";"a way of <u>doing</u> or <u>thinking about</u> sth. such as a problem or a task";而 method 则仅指"a way of <u>doing</u> sth."[1]。

---

1 见 *Advanced Learner's English-Chinese Dictionary* (6th Edition)，下画线由笔者所加。

　　这个 approach 乃"十六个字"之途径——**归化为主，异化为辅；结构简单，表达简洁**。

　　至于采取哪一种 approach，归化还是异化，结构简单还是复杂，表达是简洁还是冗长，见表 18-4。

表 18-4　对联翻译途径选择之一

Approach	Domestication/adaptation or Foreignization/alienation?
	More domestication than Foreignization or more foreignization than domestication?
	A simple structure or a complicated structure?
	Concise in expression or wordy?

　　在分析语境后，确定某一种或两种视角。至于具体如何实施，则要看哪种 method 更能达到所确定视角的目的。

【案例一】

东骥神骏，西翥灵仪，北走蜿蜒，南翔缟素。	Mt. Golden Steed galloping in the east, Mt. Green Phoenix flying in the west, Mt. Long Snake serpentine in the north and Mt. White Crane planing in the south.

【简析】

1)"接待国文化为导向"原则+"以目的语为导向"法相结合。

2)既宣传了昆明的风景名胜，又能让英语旅游者当场领会。

【案例二】

汉习楼船，唐标铁柱，宋挥玉斧，元跨革囊。	the warships manoeuvred in <u>ancient times</u>, the iron pillar erected in <u>the golden age</u>, the frontier pacified with jade ax in <u>the silver epoch</u> and the leather rafts crossing the turbulent river in <u>modern era</u>.

【简析】

1)"接待国文化为导向"原则+"归化阐释"法相结合。

2)译者思路独特，富有创意，值得学习、模仿。

【案例三】

| 汉习楼船，唐标铁柱，宋挥玉斧，元跨革囊。 | the warships maneuvered in <u>the Han Dynasty</u>, the iron monument erected in <u>the Tang</u>, the borderline fixed with a jade ax in <u>the Song</u> and the leather rafts crossing the Jinsha River in <u>the Yuan</u>. |

【简析】

1)"接待国文化为导向"原则+"阐释+词义"翻译法相结合。

2)保留"汉、唐、宋、元"等朝代名称，因为随着跨文化交流的不断发展，西方人知道中国一些朝代名称的旅游者越来越多了。

【案例四】

| 汉习楼船，唐标铁柱，宋挥玉斧，元跨革囊。 | terraced warships teemed with Han soldiers, iron monuments built in memory of the Tang's victory, territories settled by the first Song emperor with a jade ax and the whole land conquered by the Yuan tribesmen coming on an expedition on sheep skin rafts. |

【简析】

1)结构过于复杂，表达过于啰唆。

2)用了43个words翻译16个汉字的原文——wordy。比较许译本35个words，陈译本35个words。

3)43个words的阐译是必要的，便于旅游者更为清晰地了解历史，但考虑到这是对联，译文还是宜短不宜长为上策。

18.4.2　译介新视角之二

这个视角是帮助译者对对联 ST 有一个内在的认知,即全面了解 ST 的文本特点,这样便于译者采取合理、合适的翻译方法,最终高效、准确地完成对联译介任务。

这第二个 approach 乃"对联文本分析"之途径——ST-based analysis + TT-based analysis(对联源语文本分析+对联译语文本分析)。

这个 approach,不是选择法,而是双管齐下法。换言之,译者必须对两种译法都有正确的认知。见表 18-5。

表 18-5 对联翻译途径选择之二

Approach	Correct ST-based analysis √
	Correct TT-based analysis √

学好对/楹联的笔译和口译，对多元化的文学翻译和名胜古迹的导译讲解十分有利。我们在翻译中国古代书画时，经常会碰到对/楹联翻译，若能够合适、得体地译介，对有意识地宣传中国传统文化有利无弊。同理，景点的讲解若与楹联的译介相结合，不仅会使两者相得益彰，还会使导译服务平添佳趣。

对/楹联的成功译介取决于对 ST 文化内涵的了解、翻译途径及方法的选择、洗练通达的文字以及背景故事的配合。这是一个"四重奏"，缺一不可。在此，笔者仅介绍翻译方法和形式、内容之对应。而此前提是对对/楹联汉英两种文本特点之了解[1]。

对/楹联 ST 与 TT 主要有四大特点可做对比：其一，文本间的内容和形式对应；其二，文本间的内容对应；其三，文本间的形式活对；其四，文本间的可拆卸组合对应。

(1)文本间的内容和形式对应

【ST26】近水知鱼性，居山识鸟音。(选自《中国对联》)

【TT26】Living near the water one knows the nature of fishes;

　　　　Living in the mountains one understands the sounds of birds.

(T. C. Lai 译)

【对比、处理分析】

1)采取直接翻译法/词义翻译法即可。

2)这种内容和形式在 ST 和 TT 中都能对应/仗的案例是不多的。

(2)文本间的内容对应

在两种文本的句法结构与思维表达差异较大的情况下，ST 与 TT 之

---

1 以下部分有关内容参考"陈刚，2009"。

间难以做到比较严格的形式对应，只能强调 TT 在内容及内涵上与 ST 对等，形式上只能做到"宽对"。

【ST27】好读书不好读书；好读书不好读书。(徐渭)

【TT27】One doesn't love to study when one feels young and easy;

　　　　One loves to study when one feels old and difficult.(陈刚　试译)

【对比、处理分析】

1)【ST27】的翻译难点之一(或者不可译现象)是古文中的一词多义和同形异音异义词，如"好"字。宽泛地解读，上联第一个"好"字是形容词/动词，意为年少时容易/可以读书的时候；第二个"好"字是动词，意为喜好。下联第一个"好"字是动词，意为喜好，第二个"好"字是形容词/动词，意为年老时不易/能读书的时候。

2)翻译难点之二是无主句，必须在 TT 中确定、补充主语。

3)翻译难点之三是其结构、顺序不能在 TT 中再现。

4)【TT27】的处理要点之一，强调内容对应，译出原文的语境意义和内涵意义。

5)处理要点之二，尽可能做到结构相似或相近，并且语言自然。

6)处理要点之三，确定 one 作为主语，加以补充，符合 TL 语法。

7)处理要点之四，可以将原文译为：

One doesn't love to study when（he's）young and strong,

while one loves to study when（he's）old and weak.

(3)文本间的形式活对

在两种文本的句法结构与思维表达比较接近的情况下，ST 与 TT 之间就比较容易进行形式对应，进而做到内容上的对应。当然，这种形式对应只能强调 TT 内的形式(高度)对应,而 TT 与 ST 在形式上只能做到"活对"/"功能对等"（dynamic/functional equivalence），但依然能够做到异曲同工。

【ST28】无边落木萧萧下，不尽长江滚滚来。(杜甫)

【TT28】The boundless forest sheds its leaves shower by shower;

　　　　The endless River rolls its waves hour after hour. (XYZ　译)

【对比、处理分析】

1)【ST28】等类似诗句的最大的翻译难点是律诗的首联、颔联、颈联和尾联中，颔联和颈联的写作要求最为严格，连一句之中哪几个字用平声、哪几个字用仄声都有明确的规定，如有的句子应"平起仄收"，有的则应"仄起平收"，等等。总体来说，这样的形式意义(言内意义)很难在 TT 中加以复制。

2)作为以格律严谨精慎而著称的杜诗，【ST28】诗句即为典型的例子。

无边落木萧萧下，不尽长江滚滚来。(七律《登高》颔联)

○○●●○○●　　●●○○●●○

上面两句诗，是典型的律诗句式。

词性上的对仗：副词("不尽")对副词("无边")，名词("落木")对名词("长江")，状物形容词("滚滚")对状物形容词("萧萧")，方位动词("下")对方位动词("来")。

声韵上的对仗：前一句，平(○)起仄(●)收，后一句便仄(●)起平(○)收。唐诗的典范，杜诗的风格，难以在 TT 中直接体现。

3)【ST28】挑战译者的地方是如何进行"活对"和"补偿"(compensation)，以获得译者预期中的尽可能好的读者反应，XYZ 译文堪称佳作(意美、形美、音美)。

词性相同：

The boundless forest sheds its leaves shower by shower;

冠　　形　　名　　动　代　名　　名词词组

The endless River rolls its waves hour after hour.

冠　　形　　名　　动　代　名　　名词词组

结构相同：两句均为主语+动词+物主代词+宾词+名词词组(名+介+名)。

词数相等：前句与后句均为 9 个。

音节相当：前句为 14 个音节，后句为 15 个音节。

叠字补偿：前句中的"萧萧(下)"，由 shower by shower 补偿。后句中的"滚滚(来)，则由 hour after hour 补偿。

4)笔者建议，可以通过更改【TT28】后句中的介词而获得音节相同的效果，即所谓的"音美"。

… (前句)

The endless River rolls its waves (from) hour to hour. (后句)

后句音节数正好是 14 个(from 可以省略),跟前句相等。

(4)文本间的可拆卸组合对应

在这种情况下,ST 是固定不变的,而 TT 却可以是精彩纷呈的。由于英文句子成分灵活,它能以多种 TT 再现 ST,而不改变 ST 的内容,TT 的前后句之间依然保持形式上的高度对应。

【ST29】穿花蛱蝶深深见,点水蜻蜓款款飞。(杜甫)

【TT29-1】Butterflies are going amid the flowers deeper and deeper,

Dragonflies are skimming on the water over and over.

(陈刚 试译)

Cf. 蛱蝶穿花深深见,蜻蜓点水款款飞。(陈刚 调整)

【TT29-2】Amid the flowers butterflies are going deeper and deeper,

On the water dragonflies are skimming over and over.

(陈刚 试译)

Cf. 穿花蛱蝶深深见,点水蜻蜓款款飞。(陈刚 调整)

【TT29-3】Deeper and deeper butterflies are going amid the flowers,

Over and over dragonflies are skimming on the water.

(陈刚 试译)

Cf. 深深见蛱蝶穿花,款款飞蜻蜓点水。(陈刚 调整)

【TT29-4】Amid the flowers deeper and deeper butterflies are going,

On the water over and over dragonflies are skimming.

(陈刚 试译)

Cf. 穿花深深见蛱蝶,点水款款飞蜻蜓。(陈刚 调整)

【TT29-5】Butterflies amid the flowers are going deeper and deeper,

Dragonflies on the water are skimming over and over.

(陈刚 试译)

Cf. 蛱蝶穿花深深见,蜻蜓点水款款飞。(陈刚 调整)

【对比、处理分析】

1)【ST29】类似于【ST28】的杜甫著名诗句，但此处为颈联。

2)英文中，像副词、状语、形容词、定语等句子成分的位置非常灵活，这是汉语难以匹敌的。【TT29】的五种不同译文就很好地说明了这个问题，这给楹联翻译实践与研究提供了有益的启示。

3)【TT29-1】的两句结构均是"主词+动词+介词短语+副词短语"。

4)【TT29-2】的两句结构均是"介词短语+主词+动词+副词短语"。

5)【TT29-3】的两句结构均是"副词短语+主词+动词+介词短语"。

6)【TT29-4】的两句结构均是"介词短语+副词短语+主词+动词"。

7)【TT29-5】的两句结构均是"主词+介词短语+动词+副词短语"。

不知"文本间的可拆卸组合对应"是否把你搞晕了？为了以幸运结束本章，特增加一对楹联和译文，算作是 a lucky ending。

【ST30】福无重至今朝至，祸不单行昨晚行。(选自《中国对联》)

【TT30】Fortune does not come repeatedly—but it does this morning;
Calamity does not travel singly—but it did last night. (T. C. Lai 译)

【研究与实践思考题】

(1)将下列门联译成英文，注意内涵对等、措辞到位。[A]

●非淡泊无以明志，非宁静无以致远

●本植书田为世宝，德培心地是家珍

(2)将下列楹联译成英文，注意意境、情趣及用典。[A]

●泉自几时冷起？峰从何处飞来？

●泉自有时冷起，峰从无处飞来。

●泉自冷时冷起，峰从飞处飞来。

●泉自"禹"时冷起，峰从"项"处飞来。

传记体裁单元

导　言

把传记体裁放在本书倒数第二章,因为它或许算是比较容易"对付"的体裁。本书最后一章是歌曲体裁翻译——非广大专业人士能为之的,应是最难"对付"的体裁,因为该体裁所需的译配综合素质及能力不为普通专业翻译人士所掌握。"高难度"之前来一点轻松的,是主编的思考之一。的确,经历诗歌、对联、戏剧、散文、小说等体裁翻译后,传记体裁翻译能登"堂"入"室"吗?换言之,传记翻译能登上"高级(翻译)之堂",进入"专业(译者)之室"吗?

传记体裁分为"非文学传记"和"文学传记"(literary biography)/"传记文学"(biographical literature)两大类。就传统而言,这种体裁,尤其是英译汉,一般不可能是翻译难度极高的体裁,但汉译英就未必了。就当代而言,传记的英汉互译出现了不少新的翻译难点,有理念上的,更有实践上的;前者涉及意识形态、"翻译禁区"等,后者则涉及创意和创译。

我国的人物传记体裁可分为四类:一是纪传,二是文传(即传记文学),三是史传,四是志传(指方志中的传说)。(古)汉语人物传记的写作,早在春秋战国时代,就已处于萌芽状态。《左传》、《国语》和《战国策》等历史著作中都出现了相当生动的人物形象。这时期可以看作是人物传记的滥觞时期。到了西汉中叶武帝时期,被誉为"无韵之离骚,史家之绝唱"的《史记》出现了。司马迁首创的"纪传体",标志着我国人物传记走上了成熟的阶段,并且达到了高峰。司马迁不仅首创了以人物纪传来代替历史事件的叙述,通过传人来记事,同时,他还以文学的手段,来描写历史人物,塑造了一系列鲜明生动而又形神俱备的人物形象,不仅为我国文学和史学的兴起奠定了牢固的基础,而且对史学、文学、戏剧的发展都产生了极大的影响。《史记》以后的所谓正史,一般地说都是学习或模仿《史记》的笔法，以纪、传作为主体。这种性质、类型的传记对译者就足以构成极大的挑战。

然而，从专职业译者的经验/历出发，传记（文学）是翻译学习者锻炼翻译基本功的理想体裁文本。纯文学文本难度较高，并非每个译者都具备翻译纯文学的综合素质。需要特别指出的是：纯文学翻译的量大概只占整个（非文学和文学）翻译总量的百分之一，甚至万分之一，而（真正需要）从事纯文学翻译的只占全部翻译工作者中的很小的一部分。因此，传记作品是用来取代纯文学作品训练 BTI/MTI 生的（迈向纯文学翻译）的"前置作品"（prerequisite ST for future pure literary translation）或"途中作品"（interim ST for future pure literary translation）。

上述总结算是一种理论式的。若从翻译实践角度总结，传记体裁翻译其实是一种既颇具遣词造句、史实论证之"挑战性"，又不失"故事性"、"趣味性"及"真实性"的翻译种类。传记主要介绍历史或当代人物，属于 informative text type，但同时也有文学、美学的一些特点，具备不低甚至相当高的文采，属于 expressive text type。前者如《史蒂夫·乔布斯传》、《姚明传》、《艰难抉择》等，后者如《史记》、《浮生六记》、《苏东坡传》等。

有关传记体裁的详细分类，见第 19 章第二节。但本单元原则上不涉及 biographical fiction（传记小说）和 autobiographical fiction/autofiction（自传体小说）这种 subgenre 的传记作品翻译，仅少量自译没有 TT 的传记作品，如《马云传》、《马云正传》等。

Chapter 19

传记体裁与翻译

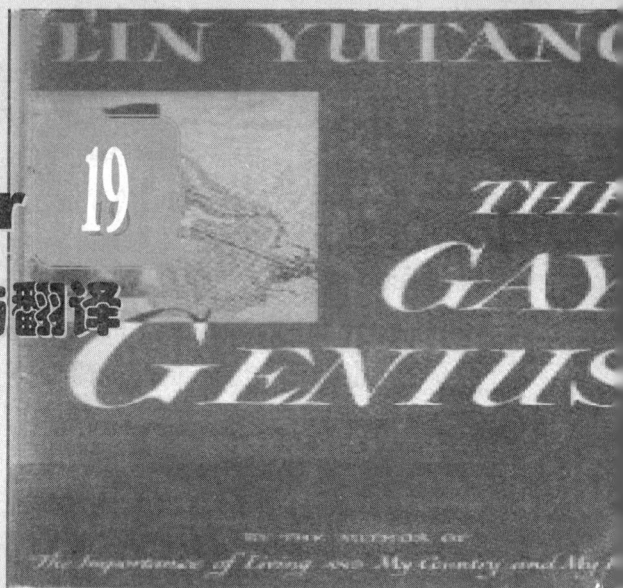

19.1 传记及翻译简述与传记分类详述

19.2 传记翻译的 15 种常用原则与方法

19.3 传记翻译案例分类举例与译析[1]

19.4 传记翻译案例分类举例与译析[2]

【研究与实践思考题】

19.1　传记及翻译简述与传记分类详述

19.1.1　传记体裁概念及翻译简述

传记(biography)，用在具体语境中亦单称"传"，如《周恩来传》。传记指记载人物事迹的文字，一般由他人记述，亦有自述生平者，称"自传"(autobiography)。传记大体分两种类型：一类是以记述翔实史事为主的史传或一般纪传文字；另一类属于文学范畴，以史实为根据，并加以某些想象、刻画、描述、评论等文学性写作内容。前者指依据历史材料记述传主生平事迹的纪实性作品(a piece of historical writing depicting the life history of the protagonists)，如司马迁的《史记》、Bill Clinton 的 *My Life*；后者指以描述人物故事为中心的文学性作品(a piece of writing representing the life story of the characters in literary style)，如沈复的《浮生六记》、Benjamin Franklin 的 *The Autobiography*。

然而，传记作为一种文体或体裁，不仅涵盖面广，而且与其他文体(如小说、散文等)交互融合，要给它下一个准确的定义实属不易。

在西方学术界，已有的诸多传记定义主要强调了五项内容：①传主是真实人物；②传记内容是传主一生的经历；③传记属非虚构叙事；③传记的类属：文学分支，或历史分支；⑤传记是文字形式的(参照唐岫敏，2008)。中国的传记研究学者朱上瑞认为，界定传记这一定义必须具备四个要素：一是记录人的生平事迹；二是一种文体；三是应严格界定其学科属性；四是其表达方式主要是记载和叙述。因此认为"传记是记载和叙述个人或群体事迹和经历的一种文体，属历史范畴"[1]。

根据对传记的研究总结，我们认为传记首先是一种专属体裁，是独立于小说、诗歌、散文、戏剧这四大文体之外的一类文学体裁。传记作品的创作基础是历史事实(即史实)。"事实是界定传记文学的一个关键词。小说、戏剧和诗歌之所以被划分为虚构性作品，而历史、传记和报

1　朱上瑞. 传记分类理论的新思考[J]. 丽水师范专科学校学报，2003(1)：120.

道则属于非虚构性作品，一个重要的原因是它们对事实采取了截然不同的叙述策略。"（赵白生，2003：5）其次，传记作品的创作对象是人物，即传主，传记内容的选择和组织都以构建传主的整体人物意象（包括性格、品质、思想等）为轴心。一部传记作品就是一幅栩栩如生的人物画像。传记的历史素材和事实好比作画时的笔墨、纸砚、水彩，传记的写作方法和技巧正如作画技法。此外，传记作品旨在通过对传主人物和经历如实的描写和叙述，启发读者思考人生，为读者传授人生哲理和实践经验。所以，传记还包含重要的人生哲理和指导意义。

传记是历史和文学结合的产物，具有历史性和文学性的特征。由于传记文学是为真人立传的，所以"求真、求实"是作品取信于读者的关键，任何情节、任何细节都是拒绝虚构的。但 biographical fiction 除外。无怪乎，有学者说："艺术是传记的不二法门，这是新传记家的共识。……新传记家很在意传记里画的境界。传中有画。"（同上：204）

一方面，传记文学具有历史性和真实性、文学性和诗画性，于是传记文学的翻译对译者起码提出了两大层面的要求。具体而言，这类体裁的翻译要求译者既要遵循作品历史之真实，又可以有创译性之自由。

另一方面，译者还不得不考虑意识形态之要素。这又产生了一对新的矛盾体，如"回避历史之真实"、"调整某些意识形态之不适"，甚至"修改美化、淡化或软化某些情节、细节等"——受社会意识形态之"限制"，受委托人/赞助人之"授意"，如此等等。

有关"意识形态"的案例，通常会同时涉及两个对立面的问题，一则考虑到国家的性质、主流意识形态、宣传的主旋律等，对某些传记的翻译进行内容管控；二则考虑到纯市场意识、动机，对某些涉性、涉隐私或涉自我造势之传记，作者（委托人/赞助人）及出版商（即赞助人/委托人）会要求译者译出传记的全部内容，不能有删节，否则就不签合同。这种案例有《亲历历史》、《成为乔丹》等。从作者暨委托人来说，主要把问题的焦点放在市场营销方面。

此外，传记翻译还会涉及法律问题，应引起我们的高度重视或警觉。比较典型的例子是《花轿泪》及其姊妹篇《巴黎泪》（[法]周勤丽著)的翻译所引起的法律诉讼。这两部作品于 1975 年、1978 年由法国罗贝尔·拉封出版社出版，影响较大。《花轿泪》被译成 16 种文字，发行量逾百万册，两部作品由南京译林出版社编辑韩沪麟译后分别于 1987 年、1990 年出版，前者还被改编成电影搬上银幕。1992 年，美籍华人刘有照等先向北京司法机构起诉，未被受理后转至南京，起诉译者及出版社侵害名誉权。具体为作者的作品中，"诬蔑及沥毁刘家(作者的原夫家)名誉，而译者理应对两书侵害他人名誉权承担责任"。历时 7 年之后，一审法院判决译者韩沪麟侵权，赔偿原告损失 9870 元。有关人士认为，要译者对作者书中所涉及的"七大姑八大姨"的描写承担责任实属牵强。因为译者的责任"首先是对原文的翻译过程忠实，未有对原文的恶意歪曲与篡改"，作为被告"实在不可理解"。之后，此案被告向更高一级法院提出了上诉。[1]不管结果如何，对译者来说，仅仅具备翻译素养、翻译热情是不够的，还应具备法律意识，动笔前起码必须征得原作者的(书面/口头)同意、认可——由此作为"委托人"乃至"赞助人"案例处理，签订合同，这样便有章可循，(完全)可以避免日后的"官司"。

综合上述，我们认为：**传记是基于史实与史料叙述人物事迹和经历，构建人物整体意象并蕴含人生哲思与实践指导价值的非虚构性专属文学体裁。**

基于上述对传记的定义并结合西方有关概念，为了方便读者记忆或直观阅读，我们特将**传记翻译特点**形式归纳如表 19-1 所示。

表 19-1　传记及其翻译的 14 种特性

传记/自传/人物传记/人物自传				
历史性(历史传记)			文学性(文学传记)	
1)历史性	2)纪实性	3)忠实性	4)真实性	5)非虚构性
6)文学性	7)艺术性	8)主体性	9)创造性	10)市场性
11)法律性	12)整合性	13)虚构性[2]	14)意识形态性	

---

1 详见读书网(http://www.dushu.com/news/2007/10-09/22526.html)。
2 "虚构性"主要体现在西方传记作品中。

19.1.2　传记分类及功能特征详述

1. 传记分类详述

作为传记翻译，了解、熟悉并且掌握各类传记是有百利而无一害的。

从广义上讲，传记基本上是隶属于史学而非文学的，在中国古代，传记是被列为史的分支而存在的。《文心雕龙》单列出所谓"史传"篇，就是一个例证。因此，广义的传记概念范畴很广，类型多样，其分类也难以用一种方式概括完成。要对传记作一个全面的分类，必须立足于不同的角度。下面这个分类法是从作者、篇幅和手法三个角度展开的。

从创作者角度可分为自述生平，即自传和为他人作的传记。从篇幅的长短可分为长传和小传。从表现手法看可分为历史传记和文学传记。前者以记述人物翔实的史实为主，内容要求真实、客观、准确，语言平实、朴素、雅洁，不作形象化描写；而文学传记则不同，它既像历史传记那样要求人物、事件必须完全真实，又像文学作品那样用形象化的方法刻画人物，并且允许在客观真实的基础上作一些合理的想象。[1]

上述分类比较准确、全面，基于此并考虑到更多因素，我们可以作如表 19-2 所示的具体分类。

本章前面对传记所下的定义不是广义的传记概念，而是狭义的传记概念，即传记文学（biographical literature）[2]。这也是本书讨论的范畴。传记文学主要可分成五类：

1）自传体传记。这是某个人物自己写的记载自己生活经历的文章。记载自己前半生或大半生的生活经历的一般称为自传，如《马克·吐温自传》，爱新觉罗·溥仪的《我的前半生》等。有些是以记载自己生活中的某些片断或某一方面的经历为主，这一般称为自述，如《彭德怀自述》。

1　朱上瑞. 传记分类理论的新思考[J]. 丽水师范专科学校学报，2003（1）：120.

2　英语世界中有时把 biography 和 literature 两个词合为 biographical literature 这个词组使用，法语中也有 littérature biographique 一词。我国目前使用的传记文学，就是从英语 biographical literature 一词翻译而来。最早翻译使用传记文学一词的是胡适，后来郁达夫、茅盾、阿英、许寿裳、朱东润等人也相继采用了这一术语。（辜也平. 论中国现代传记文学的本质属性及其他[J]. 集美大学学报（哲社版），2005（2）：96.）

表 19-2 传记分类详表

类型	传记分类		
角度	类型	英译名	举例
作者 身份	传记	biography	《朱元璋传》(吴晗)
	自传	autobiography	《老舍自传》(老舍)
作品 篇幅	长传	long biography	《侯仁之》(陈光中)
	小传	profile	《王稼祥小传》(朱仲丽)
	传略	brief biography	《周恩来传略》(方钜成、姜桂侬)
创作 手法	历史传记	historical biography	《史记》(司马迁)
	文学传记	literary biography	《浮生六记》(沈复)
	学术传记	academic biography	《沈括》(张家驹)
作品 性质	外传	anecdotal biography	《张大千外传》(戚宜君)
	别传	unofficial biography[1]	《柳如是别传》(陈寅恪)
	评传	critical biography	《中国现代作家评传》(徐乃翔)
传主 人数	专传	biography of a single biography	《海子传》(余徐刚)
	合传	multiple biography	《廉颇蔺相如列传》(司马迁)
传主 身份	圣贤传记	biography of a sage	《孔子传》(杨佐仁、宋均平)
	伟人传记	biography of a great person	《毛泽东传》(金冲及)
	学人传记	biography of a scholar	《季羡林传》(蔡德贵)
	明星传记	biography of a celebrity	《刘德华传》(夏君、方子)

　　2)回忆体传记。这类传记的作者往往是被立传者的亲属、朋友、同事或部属，他们主要是通过自己的回忆记载被立传者的生平与事迹。

　　3)采访体传记。这类传记的撰写人，一般与被立传者原来并无交往，或者是与被立传者相隔几代的后人，他们主要靠采访被立传者的亲友，搜集被立传者的各类资料，然后经过作者取舍、创造，形成传记。如罗

---

1 别传：也译为 privately compiled biography，supplementary biography。

曼·罗兰的《名人传》、魏巍的《邓中夏传》等。

4）自传体传记和采访体传记融汇在一起的传记。如闻名于世的瑞典电影明星英格丽·褒曼和美国作家阿伦·吉伯斯合作写成的《英格丽·褒曼传》。

5）在传统的散文体传记外，还有一些特殊体例的传记。比如80后诗人、学者风来满袖所著的《被隐喻的四月——徐志摩诗传》就是中国文学史上第一部诗体传记。（以上参阅"百度百科"[1]）

2. 功能作用与文体特征

就文体特征而言，如前文所述，传记文学是一种独特的文学体裁。传记文学的本质属性在于它是历史与文学结合的产物。它有别于传统小说、散文、诗歌、戏剧这四大文学体裁。因此，传记文学既有文学作品的共同特征，也有区别于其他文体的专有特征。

作为文学作品，传记文学的第一个特征应是**文学性**。这是文学范畴的传记区别于史学范畴的历史传记（或"史传"）的一个标志。

传记文学还应具有**艺术性**，这个特征与文学性相互关联。成功的传记文学作品通过对传主事迹和经历的叙述和描绘，会让读者产生艺术上的美感和心灵上的愉悦，能够陶冶情操，修身养性。

传记文学与其他四大文学体裁不同的特征首先在于其**真实性**或**非虚构性**（non-fiction）。我国最早的纪传体通史《史记》标志着我国的传记文学趋于成熟。"《史记》的诞生标志着传记文学作为叙事文学中一种独立的文体正式问世了。《史记》中的'本纪'、'世家'、'列传'都是人物传记，所写人物史记，来源于真实可靠的历史资料，所以不愧为一部'信史'。"因此，"《史记》的真实性与艺术性，规定了传记文学体裁的特征，标志着传记文学已经完全成熟。"[2]

传记文学的第四个特征是**整合性**。一部传记文学，必定以所立传的人物（传主）为叙事中心，围绕传主的生平经历和言行思想谋篇布局。传记文学作品"应是以历史或现实中具体的人物为主要表现对象（传主），

1 百度百科: http://baike.baidu.com/view/249212.htm
2 薛锡振. 我国古代传记文学发展轨迹鸟瞰[J]. 厦门大学学报（哲学版），1994(3)：101.

以纪实为主要表现手段，**集中叙述其生平或相对完整的一段生活历程**的文学作品。"[1]（粗体另加）这个特征包含两个方面的含义：首先，传记作者搜集有关传主的史料和文献，将各种资料**融合为一个整体**，即**整合成一部人物传记**。其次，传记作品的创作中心是传主，它通过叙事（narrative）等创作手法，结合有关资料，将传主构建成一个**完整合一**的人物形象（或意象）。

3. 中西特征比较

中国传记文学与西方传记文学具有传记文学的共同特征：文学性、艺术性、真实性（非虚构性）以及整合性等。同时，两者源于不同的历史和文化背景，必然存在诸多差异。最大差异在于中国传记文学讲求"史传合一"，而西方传记文学则追求"史传分离"。中国传记文学的历史沿革是史鉴功能较强的"史传合一"，"史传合一"的特性使新时期传记文学作品充溢着史学的气息。西方传记作家认为传记与历史的目的不尽相同，因而两者的写法也不可能完全一样。因此，他们主张"史传分离"（李健，2007）。

中国传记文学与西方传记文学的具体差异主要有以下三个方面：

首先，在叙事内容上，中国传记文学注重叙述传主的公共生活（public activities）和外部环境（social environment），而西方传记文学则倾向于描述传主的私人生活（privacy）和内部环境（personal qualities）。

其次，就文体意识而言，中国传记作家始终未能摆脱历史的局限而弱化对传主人物性格和形象的刻画，西方传记作家则有很强的传记文体意识。

普鲁塔克曾明确地宣称："我写的不是历史而是传记，甚至在那些辉煌的事迹中也并不总是完全证明了善与恶的，而且，一句话，一个玩笑，这样的小事往往可以比造成千万人死亡的战争、军队的最大的调动、城市的围攻等更清楚地表现一个人物。因此，正如画家要把面孔或眼神画得很像，对身体的其余部分则很少注意，我也必须让自己主要致

1 辜也平. 论中国现代传记文学的本质属性及其他[J]. 集美大学学报（哲学社会科学版），2005（2）：98.

力于人们灵魂的特征，以此描绘出每个人的一生，让别人去叙述伟大的战争吧。"[1]

此外，在功能方面，中国传记文学往往具有很强的主流伦理取向和价值取向，而西方传记文学则更关注作品的真实性（authenticity）。"传记"中的"传"也有"注释或阐述经义的文字"之意。例如："李氏子蟠，年十七，好古文、六艺，**经传**皆通习之，不拘于时，学于余。"（韩愈《师说》）"经传"是指"古代经典著作及其传注[2]"。因此，中国的传记作品常有"释经"的意味，同时也就具有表现传统伦理价值的功能。西方的"biography"（传记）这个术语源自希腊语 *biographia*，由前缀 *bio-*（表示"生命"）和后缀 *-graphia*（表示"书写"）组成，其本意是"书写（传主）生命"。因此，西方传记的主旨在于真实地叙述传主事迹、刻画传主形象。

19.2　传记翻译的 15 种常用原则与方法

传记体裁，特别是传记文学体裁（subgenre），已经成为文学领域一类独特的体裁。鉴于传记所具有的各种功能，传记文学作品越来越受到学界的重视与大众的喜爱。尤其是圣贤、伟人、明星的传记，不仅原著受到欢迎，而且常常被翻译成其他语言，供外国读者欣赏和学习。这些传记文学的翻译作品很多成为畅销书，不仅给国内外的读者提供信息和知识，也能起到激励和指导的作用。本节将探讨翻译传记文学的过程中可以遵循的常用翻译原则以及常用的翻译方法，以此在传记文学翻译领域做出一些可供借鉴的翻译理论和实证研究。

我们先将有关传记体裁常用翻译原则及方法通过归纳如表 19-3 所示。

以下对上述翻译原则与方法做些必要的阐释。

1　[希腊]普鲁塔克. 希腊罗马名人传[M]. 北京：商务印书馆，1990.

2　经：常指六经，即《诗经》、《尚书》、《仪礼》、《乐经》、《周易》、《春秋》等六部经典著作。

表 19-3　传记体裁翻译的常用原则及方法

1) 文本原则与译法	文本对等原则	40 种翻译技巧/法之灵活运用[1]
	文本衔接原则	
	文本连贯原则	
2) 功能原则与译法	目的规则	40 种翻译技巧/法之灵活运用
	连贯规则	
	忠实规则	
3) 整合原则与译法	①ST 分析↘	40 种翻译技巧/法之灵活运用
	②ST-TT 转换↘	
	③对 TT 的重组↘	
	④TT 读者检验→	
4) 语义译法	40 种翻译技巧/法之灵活运用	
5) 交际译法	40 种翻译技巧/法之灵活运用	
6) 整合译法	40 种翻译技巧/法之灵活运用	
7) 操控译法	40 种翻译技巧/法之灵活运用	
8) 语层译法	40 种翻译技巧/法之灵活运用	
9) 创意译法	40 种翻译技巧/法之灵活运用	
10) 性描写处理法	40 种翻译技巧/法之灵活运用	
11) 细节描写与翻译再现	40 种翻译技巧/法之灵活运用	
12) 人物描写与翻译再现	40 种翻译技巧/法之灵活运用	
13) 审美描写与翻译再现	40 种翻译技巧/法之灵活运用	
14) 标题汉译与背景思考	40 种翻译技巧/法之灵活运用	
15) 标题英译与前景思考	40 种翻译技巧/法之灵活运用	

1. 文本原则

(1) 文本对等原则

文本对等又称行文对等。这是卡特福德 (J. C. Catford) 在《翻译的语

1　主编认为这样笼统提 "40 种翻译技巧/法之灵活运用" 会比较有 "弹性"。随着翻译实践及其研究水平的不断提升，40 种技巧中有些不曾使用过的技巧将会发生意想不到的翻译操作效果，尽管每次操作仅涉及若干项翻译技巧。

言学理论》(1965)一书提出的概念，指在特定的语言环境中译文或部分译文与原文构成对等关系；其对等关系的条件是：当原文和译文或其中的语言单位具有相同(至少部分相同)的实质特性时，或当源语和译语的文本或语言单位在一定的语境中可以互换时，就构成翻译对等关系。所以卡氏认为："这就是为什么几乎总是可以在句子这一'级'确立翻译等值关系的原因，因为句子是在具体语境中与言语功能有直接关系的语法单位。"(方梦之，2004：47)

文本对等原则(principle of textual equivalence)指源语与译语在文本层次上的对等。这里的文本，具有语篇的概念。文本对等原则要求译者具有语篇翻译意识，超越词汇、句子等较低层次，实现源语文本与译语文本在语篇这个宏观层面上的一致与对等。

传记文学的众多文体特征中包含"整合性"，它强调传记文本应同时具有完整和统一的宏观结构与人物形象。这个特征反映在传记文学翻译上，就要求译者深刻理解传记文本结构和传主人物形象的"整合性"，在翻译过程中从更高的语篇和文本层面上操作，确保译文同样的文体特征。

(2)文本衔接原则

衔接(cohesion)是将语句聚合在一起的语法及词汇手段的统称，是语篇表层的可见语言现象。语篇通常在其语言各层次的成分都表现出一定程度的衔接，以帮助语篇更好地实现意思的连贯。(潘红，2004：104)

文本衔接原则(principle of textual cohesion)，也称语篇衔接原则。实现语篇的衔接主要有四种手段：①照应(reference)，②省略(ellipsis)，③替代(substitution)，④连接词语(conjunction)，⑤词汇连接(lexical cohesion)。其中，省略纯粹是一种语法手段，连接词语和词汇连接是词汇手段，而替代和照应同属语法和词汇手段。

(3)文本连贯原则

语篇的连贯(coherence)指的是语篇中语义上的相互关联。连贯存在于语篇的深层，体现了语篇中各个成分之间的逻辑关系，也体现了语篇作者的交际意图和预期的语篇功能。(潘红，2004：126)

根据文本连贯原则(principle of textual coherence),或称语篇连贯原则,传记文学译者需要分析传记原文语篇各部分所含的逻辑关系和语义关联,通过各种手段和途径,实现传记译文语篇的语义连贯性。

潘红(2004:127-130)认为,语篇连贯有三个主要决定因素:

1)**衔接纽带**。衔接与连贯相辅相成,使语篇获得统一的语义。衔接手段在语篇中发挥着重要的纽带作用,各种衔接手段在解读源语语篇、构建译文语篇连贯的过程中起着积极的导向作用。

2)**信息排序**。信息排序是否正确影响到语篇各成分在逻辑上是否关联,进而决定语篇是否连贯。

3)**共有知识**。表面衔接的语篇并不一定连贯;同样,表面没有明显衔接标记的语篇却可以是连贯的。

2. 功能原则

功能翻译理论认为,翻译的基本规则是目的规则(*skopos* rule)、连贯规则(intratextual rule or coherence rule)和忠实规则(intertextual rule or fidelity rule)。其中,目的规则是第一位的,其他两个规则从属于目的规则,忠实规则从属于连贯规则。

根据功能派的理论,翻译的标准应当是充分性(adequacy),而不是等值(equivalence)。要做到 TT 符合"充分性",那 TT 要符合翻译要求/大纲(translation brief),翻译要求决定 TT 之充分性属于等值形式。费米尔的目的论是功能派理论中最重要的理论。根据目的论,所有翻译遵循的首要法则就是目的法则,翻译行为所要达到的目的决定整个翻译行为的过程,即结果决定方法。目的有三种解释:译者的目的、译文的交际目的和使用某种特殊翻译手段所要达到的目的。通常情况下,目的指译文的交际目的。

除目的规则外,目的论还有连贯规则(coherence rule)和忠实规则(fidelity rule)。前者要求译文必须符合语内连贯(intratextual coherence)标准,即 TT 必须能让接受者理解,并在 TL 文化和使用 TT 的交际环境中有意义。后者指 ST 与 TT 之间应该存在语际连贯一致(intertextual coherence),即忠实于 ST,而忠实的程度和形式则由 TT 的目的和译者对 ST 的理解程度决定。其中，语际连贯次要于语内连贯，这两种连贯性原则又同时从属于目的原则。**目的规则是普遍适用的规则，而连贯性规则和忠实性规则则是特殊规则。**

诺德提出忠实原则作为对目的论的补充。忠实原则要求译者在翻译行为中对翻译过程中的各方参与者负责，竭力协调好各方关系。当翻译发起者、目的语读者和原作者三方发生利益冲突时，译者必须介入协调，寻求三方的共识。[1]

3. 整合原则

"整合"（integration）这个概念至少可以理解成三个层次的含义。

首先，它是一种翻译技巧或方法，即长句（整合）重组：翻译长句前将句子结构理顺，弄清原意，再按目的语的习惯重新组合成新句。

"整合"也是一个翻译步骤，即重组。奈达提出翻译活动的四个基本步骤：

1）分析：对 ST 的分析；

2）转换：从 ST 到 TT 的转换；

3）重组：对 TT 的重组；

4）检验：由目标读者的代表检验 TT。（参阅 Nida, 2001: 108）

译者转换 ST 时，实质上是把 ST 的表层结构转换成其深层结构。重组的过程就是再把 ST 的深层结构转换成 TT 的表层结构。从这个意义上说，翻译重组也是一个整合的过程。

"整合"还可以指翻译时根据 TL 的文化特征，对 ST 的内容作些调整和修改，使 TT 符合 TL 的情景和文化。在这个层次上，"整合"即是"改译"或"变译"：为达到预期的翻译目的，在翻译时对 ST 的形式或/和内容作一定程度的修改或变化，以适应 TL 国家或读者的政治语境、文化背景或技术规范。（参考方梦之，2004：124）

4. 语义译法

在"语义翻译"中, semantic translation attempts to render, as closely as the semantic and syntactic structures of the second language allow, the exact

---

1 参见：马红，林建强. 功能翻译理论与其翻译原则和方法[J]. 外语学刊，2007(5)：119-120.

contextual meaning of the original（Newmark, 2001: 39），即译者应在译语的语义和句法结构允许的条件下，尽最大可能准确再现 ST 的语境意义。

语义译法注重内容的准确性，重视保持原文风格。详见《翻译学入门》第三章（陈刚，2011）。

5. 交际译法

在"交际翻译"中，communicative translation attempts to produce on its readers an effect as close as possible to that obtained on the readers of the original（Newmark, 2001: 39），即 TT 所产生的效果应力求接近 ST，力图传译出 ST 确切的语境意义，使 TT 不论是在内容上还是在语言形式上都能为读者所接受。

与语义译法相比，交际译法注重译文效果，重视 TT 的可接受性。详见《翻译学入门》第三章（陈刚，2011）。

6. 整合译法

若要准确、灵活地理解"整合译法"这个概念，笔者特给出四个术语供读者参考：<u>integrated</u> translation，<u>holistic</u> translation，<u>combined</u> translation 及 <u>global</u> translation。在英文表达中，画线部分的四个形容词都各具其特有的微妙含义和差异以及着重点。作为英汉互译者，只要首先做到在实际操作中把握住总体方向即可，因为那些形容词的不同概念层次及差异（shades of meaning）会在 TT 中自然而然出现。

7. 操控译法

该译法亦为**意识形态处理法**。当代翻译理论家勒菲弗尔（André Lefevere）与巴斯奈特（Susan Bassnett）在两人共同主编的《翻译、历史与文化：原始资料集》（*Translation, History and Culture: A Source Book,* 1992）中提到：意识形态决定了译者基本的翻译策略，也决定了他对原文中语言和"文化万象"有关的问题（属于原作者的事物、概念、风俗习惯）的处理方法。翻译任务常常是赞助人、翻译委托人和出版机构强加给译者的。译者必须在译入语的意识形态和自己作为职业工作者的地位之间取得妥协。（转引自方梦之，2004：45）

针对涉及意识形态的文本翻译，译者可以选用"浅化翻译"和"省略翻译"两种主要处理方法。

8. 语层译法

从语言角度出发，翻译层次从低到高可以归纳出以下七个方面（参见方梦之，2004：19-23）：

1) 音位层翻译，指源语的音位由译语等值的音位来替换，即以音位为单位进行翻译，原文的语法关系保持不变，词形、词音相对。一般意义上音译也列入音位（层）翻译。

2) 词素层翻译，也称义素翻译，指源语的义素由译语等值的义素来替换，即以义素或词素为单位进行翻译。如：

macro- econom- ics

宏观　　经济　　学

3) 词层翻译，即逐词翻译，以词为翻译单位，译语和源语的语法形式和词序相对应。如：

We are going to visit the museum.

我们要 去　　参观　博物馆。

4) 词组层翻译，即以词组为翻译单位。词往往通过词组才能在句中发挥功能作用。因此，以词组作为翻译单位在翻译过程中具有一定意义。以词组为翻译单位的通常有以下两种情况：a. 习语；b. 自由词组。

5) 句层翻译，即以句子为翻译单位。

6) 语段层翻译，其基本要求是在翻译思维中以语段（即句群或句子组合）为逻辑单元，确立译文与原文的对等关系，避免逐句逐句地、孤立地翻译，其中词、词组或句子的转换应服从整个语段的等值转换的需要。

7) 语篇层翻译，是以语篇为翻译单位，最大限度地寻求（相同语境下）源语语篇与译语语篇在意义和功能上的对等。

9. 创意译法

若要准确、灵活地理解"创意译法"这个概念，笔者特给出三个阐释表达供读者参考：<u>creative</u> translation，<u>innovative</u> translation 及 <u>original</u> translation。在英文表达中，画线部分的四个形容词都各具其特有的微妙含义和差异以及着重点。作为英汉互译者，只要首先做到在实际操作中把握住总体方向即可，因为那些形容词的不同概念层次及差异(shades of meaning)会在 TT 中自然而然出现。

10. 性描写处理

传记文学作品多以叙述人物的生活事迹和经历为主。尤其是名人、明星传记，或为了客观反映传主生活经历，或为了吸引更多读者的兴趣，传记作品中不乏私生活，甚至性场景的描写。

换言之，传记文学作品可以有性描写内容，但其写作应遵循一定的限度和尺度。合理的性描写需符合这三个方面的要求：

1) 性描写是否表现出深广的社会内容。性活动作为人类基本的生存方式之一，同时也体现了人的内心世界、现实世界中复杂的人际关系以及道德伦理。

2) 性描写是否为表现主题服务。严肃的性描写应该服从于艺术整体的需要，能够和谐地交织在故事的叙述中，为情节的发展、人物性格的塑造和主题的表现服务。

3) 性描写是否进行了艺术升华。性描写是一门艺术，是一种艺术审美观照，因而作家不能原生态地表现"性"，而必须进行艺术的提高和升华。[1]

ST 的性描写在翻译时需要考虑 TL 文化和 TL 读者的接受情况。

11. 细节描写与翻译再现

传记文本中有很多细节描写的语篇。翻译这类包含丰富细节的语篇时，需要从微观和宏观两方面综合处理。

微观方面，尽量按照 ST 的时间、空间、动作、逻辑顺序再现 ST 的细节内容。宏观方面，TT 应维持一个固定观察角度，保持一个全局观。TT 最好不要频繁地更换主语，否则文本会显得错综复杂，毫无条理。

12. 人物描写与翻译再现

传记在描写人物时，可以从多个角度着手，包括肖像描写、语言描写、行为描写、心理描写等。不管描写手法如何，其核心都是为了刻画人物在性格、思想、感情、品质等方面的特征。

---

1 蔡之国. 论文学中性描写的审美标准[J]. 江西社会科学，2001(7)：72-73.

传记写人，重在写人的个性。具体而言，是要使所记之人有血有肉，个性鲜明，栩栩如生，并给读者留下深刻的印象。

人物肖像描写包括面貌、神情、身材等细节，关键不在面面俱到，而是在抓住人物特征方面重点着墨。好的肖像描写能够符合并反映人物的出身、地位、经历、职业等特征。

13. 审美描写与翻译再现

传记文本中的审美描写旨在传递人物、景物等其他审美客体的意境。所谓意境，是指所描述的景象和所表现的情意相交融的产物（方梦之，2004：300）。

翻译再现传记文本的审美描写时，首先要感知 ST 的各种审美因素（内容美、形式美、语言美及意境美），然后对审美认知结果进行转换、加工，再用 TL 语言模仿或重组 ST 审美因素，以再现 ST 所蕴含的审美意象和意境。

14. 标题汉译与背景思考

这类翻译在实践中是常见现象。若用英文阐释，意为 title translation based on the background information in the ST。

"背景"（加"前景"）出于"定景"（grounding）。"定景"是句子信息结构的一个方面，交际行为中，说话者认为有些信息比其他信息重要。听话者理解新信息所需要的信息为"背景信息"（background information）（Richards, et al, 2000: 203）。如句子"As I was walking along the mountain path, I came across a bleeding wild-man"中，从句（即画底线部分）为背景信息，而主句为前景信息（foreground information）。

15. 标题英译与前景思考

这类翻译在实践中普遍存在。虽然尚未有常用术语，但用主编的自创术语（coined terminology/term）来描述就是 foreground title translation/foregrounded title translation/title translation based on the foreground (foregrounded) information in the ST。

"前景"（加"背景"）出于"定景"（grounding）。"定景"是句子信息结构的一个方面，交际行为中，说话者认为有些信息比其他信息重要。新的或被认为更重要的信息为凸现信息(foreground/foregrounded information)(Richards, et al, 2000: 203)。如句子 "As I was walking along the mountain path, <u>I came across a bleeding wild-man</u>" 中，主句(即画底线部分)为凸现信息，而从句为背景信息(background information)。

19.3 传记翻译案例分类举例与译析[1]

本节主要讨论传记体裁翻译的常用原则与方法之 1－7，在此是 19.3.1－19.3.7。

19.3.1 文本原则

(1)文本对等原则之译法

【ST1】As I relate these events from long ago, I see how easy it is to fall into the trap Shakespeare's Marc Antony spoke of in his eulogy for Julius Caesar: allowing the evil that men do to live after them, while the good is interred with their bones. Like most alcoholics and drug addicts I've known, Roger Clinton was fundamentally a good person. He loved Mother and me and little Roger. (Clinton, 2004: 51)

【TT1】在讲述这些发生在很久以前的事情时，我明白，要落入莎士比亚的马克·安东尼为裘力斯·恺撒所作的悼词中讲到的陷阱是多么容易：如果人们做了恶事，死后免不了遭人唾骂，可是他们所做的善事，往往随着他们的尸骨一齐入土。就像所有我知道的酒精和药物上瘾者一样，罗杰·克林顿从本质上说是一个好人。他爱母亲，爱我，爱小罗杰。(克林顿，2004: 52)

【译析】
①原文作者 Bill Clinton 引用莎士比亚戏剧《裘力斯·恺撒》(*Julius Caesar*)人物 Marc Antony 的悼词，目的在于证明父亲 Roger Clinton 虽然犯过错，有缺点，但也不能抹杀他的优点——"从本质上说是一个好人"。Roger Clinton 的

人物形象就由此显得更为清晰和完整。

　　②作者使用"good"、"love"等词语，表达对父亲仍存有的信任。译者将"He loved Mother and me and little Roger"翻译为"他爱母亲，爱我，爱小罗杰"，原文只出现一次"love"，译文中"爱"重复出现三次。这种"重复译法"是从文本对等的高度上考虑的，目的是突出父亲对家人的感情之深，强调父亲的"好"。最终，人物"从本质上说是一个好人"的形象塑造也就更为完整和饱满。

【ST2】项籍者，下相人也，字羽。初起时，年二十四。其季父项梁，梁父即楚将项燕，为秦将王翦所戮者也。项氏世世为楚将，封于项，故姓项氏。

　　项籍少时，学书不成，去；学剑，又不成。项梁怒之。籍曰："书足以记名姓而已。剑，一人敌，不足学，学万人敌。"于是项梁乃教籍兵法，籍大喜；略知其意，又不肯竟学。（司马迁，2001：3）

【TT2】Xiang Ji, whose other name was Yu, was a man of Xiaxiang. He was twenty-four when he first rose in arms. His uncle Xiang Liang was the son of Xiang Yan, a general of Chu who was killed by the Qin general Wang Jian. For many generations the heads of the clan had been enfeoffed in Xiang as generals of Chu; hence Xiang became the family name.

As a lad Xiang Yu studied to be a scribe. Failing in this, he took up swordsmanship. When he failed in this too, Xiang Liang was angry with him, but he said:

"All scribes do is make lists of names, and swordsmen can only fight a single foe: that is not worth learning. I want to learn how to fight ten thousand foes."

Then, to his great joy, Xiang Liang taught him military strategy. But once he had a general grasp of the subject, Xiang Yu again refused to study to the end. （司马迁，2001：4；杨宪益、戴乃迭译）

【评析】

　　①原文选自司马迁所著《史记》中《项羽本纪》的开篇部分。作者简明扼要地描写了传主（项羽）胸怀大志却不能认真求学的个性特点。

②项籍是名，羽是字。"字"也称"表字"，是人的别名。《礼记·曲礼上》曰：男子二十，冠而字。"字"在此可以理解为"another name taken at the age of twenty"（人在二十岁时取的第二个名字）。因此，译者把"字羽"翻译成"whose other name was Yu"是准确、恰当的。

另外，作者在《项羽本纪》的开篇使用"项籍"或"籍"称呼传主，其他时候均改用"项羽"，而译文中一以贯之，均用"Xiang Yu"（即"项羽"之音译）翻译。译者在译名上的统一，显示了其良好的语篇意识，同时也能方便英文读者认知这个人物。

③作者讲述项羽从学书、学剑不成，转学兵法的过程。然而，项羽"略知其意，又不肯竟学"，这充分体现了项羽异于常人的雄心壮志，同时，在学习过程中浅尝辄止，缺乏足够的毅力。"略知"、"又"、"竟"是表现项羽这种个性特点的关键。译者分别使用"had a general grasp of…"，"again"，"to the end"对译，非常准确地从文本对等层面再现了人物的性格特征。

(2)文本衔接原则之译法

【ST3】Bill came to our party but hardly said a word. Since I didn't know him that well, I thought he must be shy, perhaps not very socially adept or just uncomfortable. I didn't have much hope for us as a couple. Besides, I had a boyfriend at the time, and we had weekend plans out of town. When I came back to Yale late Sunday, Bill called and heard me coughing and hacking from the bad cold I had picked up.

"You sound terrible," he said. About thirty minutes later, he knocked on my door, bearing chicken soup and orange juice. He came in, and he started talking. He could converse about anything－from African politics to country and western music. I asked him why he had been so quiet at my party.

"Because I was interested in learning more about you and your friends," he replied.（Hillary, 2003: 78）

【TT3】比尔参加了我们的派对，不过很少开口。那时我还不怎么了解他，心想他一定是害羞，或不怎么擅长交际，抑或只是不自在。我并不看好两人会变成一对，况且当时我已有男友，周末还计划和他一起出城度假。周日晚我回到耶鲁时，<u>比尔打电话来，我因为旅游着了凉，干咳不停</u>。

"<u>你听起来真惨。</u>"他说。大约三十分钟后，他带着鸡汤和橘子汁来敲门了。他一进屋便开始说话，从非洲政治到西部乡村音乐什么都谈。我问他，那天派对他为什么那么安静。

"因为我想进一步认识你和你的朋友。"他答道。（希拉里，2003：45；下画线为主编所加）

【译析】原文中有"Bill called and heard me coughing and hacking from the bad cold I had picked up"，接着比尔说："You sound terrible"。两个词语"heard"与"sound"，一个是"听见"，一个是"听起来"，两者前后照应。译文将这两处分别译成："比尔打电话来，我因为旅游着了凉，干咳不停"，"你听起来真惨"。因此，没有体现原文前后的照应，译文语义逻辑本身也缺乏流畅性。据此，两处分别试译成："我因为旅游着凉感冒了。比尔来电话时，听到我不停地干咳"；"你听起来很严重啊"。

【ST4】绩溪城处于万山之中，弹丸小邑，民情淳朴。近城有<u>石镜山</u>，由山弯中曲折一里许，悬崖急湍，湿翠欲滴；渐高，至山腰，有一方石亭，四面皆陡壁；亭左石削如屏，青色光润，可鉴人形。俗传能照前生；<u>黄巢</u>至此，照为猿猴形，纵火焚之，故不复现。（沈复，1999：236；下画线为原文所加）

【TT4】The town of Chich'i is a very small one, being situated in a mountainous region and inhabited by a people of very simple ways. There is a hill near the town called the Stone Mirror Hill. One goes up by a zigzag mountain path for over a *li*, after which one sees jagged rocks and flying waterfalls, with the place so moist and green that it seems literally to ooze a kind of verdant radiance. Going higher half-way up the hillside, one sees a square stone pavilion, with perpendicular rocks on all sides as its walls. The sides of the pavilion are as straight as screen and of a green colour, being brilliant enough to reflect one's image. Local tradition has it that this mirror could reflect one's previous existence and that when Huangch'ao arrived here, he saw in it his own image in the shape of a monkey and was so infuriated that he set fire to it; so from that time on, the Stone Mirror has lost its occult properties. (沈复, 1999: 237; 林语堂 译)

【译析】原文有"绩溪城"、"近城";"石镜山"、"山弯"、"山腰";"方石亭"、"亭左右"这些词汇衔接用法。译文分别译成"the town of Chich'i"、"near the town";"the Stone Mirror Hill"、"a zigzag mountain path"、"the hillside";"a square stone pavilion"、"the sides of the pavilion",由此保留了这些衔接用法。

(3)文本连贯原则之译法

【ST5】In *Living History*, Hillary Rodham Clinton writes with candor, humor and passion about coming-of-age during a time of tumultuous social and political change in America and about the White House years. She tells the story of her thirty-year adventure in love and politics with Bill Clinton, during which she survived personal betrayal, relentless partisan investigations, and constant public scrutiny. And she provides a clear reflection of her views and opinions on the most current political topics—health care, international relations, human rights and much more.

Intimate, powerful and inspiring, *Living History* captures the essence of the this remarkable woman and the challenging process through which she came to define herself and find her voice—as a wife, a mother and as one of the most formidable figures in the history of American politics.

(About *Living History*)

【TT5】在《亲历历史》中,希拉里·克林顿用其坦诚、幽默和激情描写了美国在社会和政治大变革之动荡时期走向成熟,描写了在白宫度过的那些岁月后的成长。希拉里叙述了自己与比尔·克林顿在爱情和政治上的那30年的历险——她在遭遇了个人背叛后获得了重生,她度过了无情的党派调查之难关,她也在不断的公众调查中挺住了。此外,希拉里就大多数当代政治话题——如医疗保健、公共关系,人权问题等——提出了自己清晰的意见和观点。

《亲历历史》亲切感人、充满力量、激励奋进,展现了这位非凡女

人的精华，<u>展示了</u>其挑战人生的整个过程——<u>期间</u>，<u>她把自己定义</u>
<u>为</u>——一名妻子，一名母亲和作为在美国政治历史中最令人敬畏的人物
<u>之一，并且找到了</u>自己作为这三种角色的声音。（陈刚 试译）

【译析】通过四种不同下画线部分的英汉文本对比，我们不难看出：

①ST 在语言衔接方面做得很到位，因此其连贯也前后呼应，水到渠成。

②TT 主要基于词义翻译，紧扣 ST，适时做调整、重构、（搭配）重组，在
难以"一法到底"的情形下，改用交际译法，使 TT 在语言衔接和在内在连贯
等方面做到位。

③ST 与 TT 之间在语言衔接、逻辑连贯方面都实现了前后呼应。

【ST6】1994 年，国内掀起了一场下海热潮，马云和他的朋友们一起在
杭州注册成立了海博翻译社。<u>海博是英文单词 hope 的谐音，意为希望</u>，
而这家翻译社也是杭州最早的一家专业的翻译社。其实，早在 1992 年
的时候，他的翻译社就已经有了雏形。虽然在马云的创业历程中，翻译
社不是最为灿烂的篇章，却是他初涉商海的第一步。（选自刘淑霞《马
云传》）

【TT6】The year of 1994 witnessed the nationwide waves of starting
business. Ma Yun and his friends registered an agency in Hangzhou, called
Hope Translation Agency. <u>As "hope" sounds like *haibo* in Chinese, the agency
was named *Haibo* to express a hope.</u> It was the first ever professional
translation agency in the city. Actually, however, it began to take shape as
early as 1992. Though this translation agency is not known as the most
glorious project at all in Ma's business career, it is the first step he took into
the business. （陈刚 试译）

【译析】"海博是英文单词 hope 的谐音，意为希望"不能直译为："Haibo"
is the homophone of the English word "hope", meaning "hope". 一则表述啰唆，二
则缺乏 coherence。笔者从英文的逻辑视角出发遣词造句，遂有了上述译文。

19.3.2　功能原则

【ST7】Suddenly I was out of work. Our close-knit group of lawyers met for one last dinner together before we scattered to the four winds. Everyone talked excitedly about plans for the future. I was undecided, and when Bert Jenner asked me what I wanted to do, I said I wanted to be a trial lawyer, like him. He told me that would be impossible.

"Why?" I asked.

"Because you won't have a wife."

"What on earth does that mean?"

Bert explained that without a wife at home to take care of all my personal needs, I would never be able to manage the demands of everyday life, like making sure I had clean socks for court. <u>I've since wondered whether Jenner was pulling my leg or making a serious point about how tough the law still could be for women.</u> Ultimately it didn't matter; I chose to follow my heart instead of my head. I was moving to Arkansas.

"Are you out of your mind?" said Sara Ehrman when I broke the news. "Why on earth would you throw away your future?"（Hillary, 2003: 101; 下画线另加）

【TT7】突然间，我丢了工作。一群平常合作无间的律师决定在各奔东西前，来一次最后的聚餐。大家在席上热烈讨论未来的发展计划，我尚未拿定主意。阿尔伯特·詹纳问我有何打算，我说想跟他一样，当个诉讼律师。他却说不可能。

"为什么？"我问。

"因为你不可能娶一个太太。"他说。

"这话究竟是什么意思？"

阿尔伯特解释说，少了太太在家照料我的生活琐事，我的生活将一团糟，就连出庭时是否有干净袜子可穿都是问题。<u>我心想，不知阿尔伯特这话是想扯我后腿呢，抑或想让我弄清事实，了解女性从事律师这行是多么辛苦。</u>不过无所谓，我决定顺着自己的感情而非理性，要到阿肯色州。

"你疯啦？"当我告诉莎拉·埃尔曼这个决定后，她叫道，"干吗

放弃你的未来？"（希拉里，2003：59；下画线另加）

【译析】原文下画线一句中"pulling my leg"，实际意思应为"捉弄；和某人开玩笑；欺骗"，译成"扯我后腿"，是一个翻译错误。引用功能派术语，这属于 pragmatic translation error（语用翻译错误）。这也是对大学英语教学再次提出的一个严肃问题。

【ST8】呜呼！芸一女流，具男子之襟怀才识。归吾门后，余日奔走衣食，中馈缺乏，芸能纤悉不介意。及余家居，惟以文字相辩析而已。卒之疾病颠连，赍恨以没，谁致之耶？余有负闺中良友，又何可胜道哉！奉劝世间夫妇，固不可彼此相仇，亦不可过于情笃。语云："恩爱夫妻不到头。"如余者，可作前车之鉴也。（沈复，1999：174；下画线为原文所加）

【TT8】Alas! Yün was a woman with the heart and talent of a man. From the time she was married into my home, I had been forced to run about abroad for a living, while she was left without sufficient money, and she never said a word of complaint. When I could stay at home, our sole occupation was the discussion of books and literature. She died in poverty and sickness without being able to see her own children, and who was to blame but myself? How could I ever express the debt I owe to a good chamber companion? I should like to urge upon all married couples in the world neither to hate nor to be too passionately attached to each other. As the proverb says, "A loving couple could never reach grand old age together." Mine is a case in point. （沈复，1999：175；林语堂 译）

【译析】

①本传记旨在追忆往日夫妻恩爱甜蜜，叙述历经艰难困苦之结局，寄托对亡妻的哀思，以及给予后人告诫。本段文字中，作者赞誉妻子之美德，同时表达"恩爱夫妻不到头"的悲观感触。

②整体考察原文与译文后发现，两者不是纯粹意义上的等值（equivalence），而是译文能够符合作者和原文的目的（the intention of the author and the text），即所谓的 adequacy。例如："恩爱夫妻不到头"译成"A loving couple could never reach grand old age together";"如余者，可作前车之鉴也"译成"Mine is a case in point"。

19.3.3 整合原则

【ST9】I suppose what I wanted most was to improve my Chinese until I was really fluent, then see what the job opportunities were. It seemed to me I would have to go to <u>Beijing</u> for language training, since Shanghai dialect is very different from the "national language" used north of <u>the Yangtze River</u>. But first I would spend some time in Shanghai and get the feel of things.

The ocean began turning yellow when we were still three days from land. We were approaching the estuary of the Yangtze running from the far west across China's middle, past Chongqing, Wuhan and Nanjing to the bustling eastern port of Shanghai, <u>which means literally "on the sea."</u>

The yellow tinge deepened to brown. A hazy blur grew on the horizon. China! <u>I slept like a log</u> that night, worn out by the excitement.（Shapiro, 2005: 38; 下画线另加）

【TT9】我想我最需要的是提高我的中文水平，达到真正流畅，然后看看有什么工作机会。我感到为了语言训练我应该去<u>北平(北京)</u>，因为上海方言与<u>扬子江(即叫长江，意思是长长的河流)</u>以北通用的"国语"大不相同。但是我得在上海待些时候，熟悉一些事情。

我们离陆地还有三天路程的时候，海水开始变黄。我们正接近长江的港湾，这条江从遥远的中国西部流经中部，经过重庆、武汉和南京，到达喧闹的上海东部港口。<u>"上海"，字面上的意思是"在海上"</u>。

黄色变成了褐色，一片模糊不清的东西出现在地平线上。中国！那天晚上，<u>我睡得像一根木头</u>，由于兴奋而十分疲倦。（沙博理，2006: 35; 下画线另加）

【评析】原文流畅，译文则显得"整合"意识有欠缺。

①原文"Beijing"译成了"北平"。"北平"对应的英文是"Peking"。因此，"Beijing"译成"北京"（当时称"北平"）更为妥帖。

②原文"the Yangtze River"译成"扬子江"或"长江"后，辅以解释"长长的河流"没有必要。

③"Shanghai"对于不懂中文和中国国情的读者而言，需要英文解释"on the sea"，但译成中文，显得突兀。因此，"which means literally 'on the sea'"可以省略不译，或者译成"字面意思为'海上之埠'"，与上文的"port"（港口）更加紧凑、连贯。

④原文中有"I slept like a log"，直译成了"我睡得像一根木头"。该结构本意是指"熟睡"或"睡得很熟"。"睡得像一根木头"让译文读者不理解其真实含义，可改译为："我睡得很熟"，"我睡得很酣"，"我睡得很死"，或"我酣睡如猪"。

【ST10】今游侠，其行虽不轨于正义，然其言必信，其行必果，已诺必诚，不爱其躯，赴士之阨困。既已存亡死生矣，而不矜其能，羞伐其德，盖亦有足多者焉。（司马迁，2001：468）

【TT10】As for the gallant citizens, although they do not always do what is right, their word can be trusted. They keep all their promises, honour all their pledges, and hasten to rescue those in distress, regardless of their own safety. They risk their lives without boasting, not stooping to speak of their good deeds. So there is much to be said for them, especially as anyone may find himself in trouble sooner or later!（司马迁，2001：469；杨宪益、戴乃迭译）

【评析】原文用两句话简要概况了"游侠"（即"侠客"）的行为特征和道德品格。翻译时，需要对原文结构进行重组，整合成四句英译文。

19.3.4　语义译法

【ST11】But ten days later I was not on the bus. Instead, I was in my car driving to Texas for a reunion with my Georgetown roommates who were already in the military, Tom Campbell, Jim Moore, and Kit Ashby. On the way there and back, I was alert to things that would reorient me to America. Houston and Dallas were crowded with large new apartment complexes, sprawling in no apparent pattern. I imagined that they were the wave of the future and I wasn't sure I wanted to go there. I read some cultural significance into the bumper stickers and personalized license plates I saw. My favorite bumper sticker said "Don't Blame Jesus If You Go to Hell." By far the best license tag was, unbelievably, attached to a hearse: "Pop Box." Apparently readers were supposed to fear hell but laugh at death. (Bill Clinton, 2004: 155; 下画线另加)

【TT11】十天后我并没有登上那辆汽车，而是开着我自己的车前往得克萨斯与现已穿上了军装的我的乔治敦室友重逢。他们是汤姆·坎贝尔、吉姆·摩尔和基特·阿什比。在来回的路上，我很注意观察那些能让我重新熟悉美国的事物。休斯敦和达拉斯到处是新建的大公寓群，四处枝蔓，明显没什么规划。我想象这是未来的浪潮，却不敢肯定自己是否愿意去那儿。从我见到的保险杠黏胶标语和个性车牌中，我可以悟出某种文化意味。我最喜欢的黏胶标语写道："如果你入地狱不要责怪耶稣。"令人不敢相信的是，写得最好的车牌竟然挂在一辆灵车上："流行棺材。"显然看到车牌的人应该害怕地狱，却应笑对死亡。(克林顿，2004：167；下画线另加)

【译析】

①本译例采用语义译法，忠实保留了原文的意义。忠实原文与译文读者的理解和接受效果之间并不相同。译文忠实于原文，译文读者未必能够理解译文所表达的意义。

②本译例原文中有"my Georgetown roommates"，译者对译为"我的乔治敦室友"。如果不结合本传记上下文以及背景知识（克林顿曾在 Georgetown University 即乔治敦大学就读），读者可能一时无法理解其含义。因此，该短语若译成"我在乔治敦大学的室友"，读者更容易理解与接受。

③原文这样描述美国休斯敦和达拉斯两座城市："Houston and Dallas were crowded with large new apartment complexes, sprawling in no apparent pattern." 译者将其译为："休斯敦和达拉斯到处是新建的大公寓群，四处枝蔓，明显没什么规划。"译文看起来与原文形式上非常贴近，但细读之后，似乎有些不妥。

首先，"大公寓群"不如"大型公寓群"或"大型公寓建筑群"的表达地道、自然。

另外，原句"sprawling in no apparent pattern"译成两个部分"四处枝蔓"和"没有什么规划"。"sprawl"意思是"蔓延，蔓生；不整齐地散布"，而"枝蔓"原意指"枝条和藤蔓"，比喻意为"纠缠牵连或烦琐纷杂"，因此原文中"sprawl"指"不整齐、不规则的散布、分布"，译成"枝蔓"并不恰当。译者此处采用语义译法，但没有顾及原文的具体语境"城市建筑的杂乱无章之状"。现将整句试改译为："休斯敦和达拉斯新建的大型公寓群密密匝匝，杂乱无章。"

④基于上述分析，译者在应用语义译法时，需要考虑语篇语境及读者接受等因素。译者在翻译：By far the best license tag was, unbelievably, attached to a hearse: "Pop Box." 这句话时，就做得很到位。"by far"没有译出，而"Pop Box"译成"流行棺材"，既符合语篇的语境(此处"box"非一般的"盒子")，也能为读者所理解。

【ST12】For decades before and during World War II, it was run by a boss worthy of any big city, Mayor Leo McLaughlin. He ran the gambling with the help of a mobster who moved down from New York, Owen Vincent "Owney" Madden.

After the war, a GI ticket of reformers headed by Sid McMath broke McLaughlin's power in a move that, soon after, made the thirty-five-year-old McMath the nation's youngest governor. Notwithstanding the GI reformers, however, gambling continued to operate, with payoffs to state and local politicians and law-enforcement officials, well into the 1960s. Owney Madden lived in Hot Springs as a "respectable" citizen for the rest of his life. Mother once put him to sleep for surgery. She came home afterward and laughingly told me that looking at his X-ray was like visiting a planetarium: the twelve bullets still in his body reminded her of shooting stars. (Bill Clinton, 2004: 25; 下画线另加)

【TT12】第二次世界大战前及战时的十几年间，温泉城的市长是利奥·麦克拉弗林，这个人的能力足以管理任何一个大城市。他在一名来自纽约的匪徒的帮助下经营赌博业，此人就是欧文·文森特·"奥尼"·马登。

　　战后，由西德·麦克麦思领导的"大兵"改革派①一举击败了麦克拉弗林的势力，这很快使得 35 岁的麦克麦思成为这个国家最年轻的州长。尽管有这些"大兵"改革派，温泉城的赌博业该怎么做还怎么做，因为他们已买通了州和当地的政客和执法人员。这种情形一直持续到了 20 世纪 60 年代。奥尼·马登在温泉城作为一位"受人尊敬的"市民度过了余生。母亲曾为他的手术做过麻醉。她后来回到家，笑着告诉我说，看奥尼·马登的 X 光片就像在看一张天象图：仍然留在他体内的 12 颗子弹让人想起了<u>流星</u>。（克林顿，2004：25；下画线另加）

【译析】

　　①原文两处包含"GI"的词组"GI ticket of reformers"和"GI reformers"均译成"'大兵'改革派"，准确地表达了原文及作者的意思。这是语义译法的体现。译者对"大兵"改革派(GI reformers)这样注释：麦克麦思曾是二战英雄，授中校军衔。他退伍回到温泉城后对该市的赌博、犯罪、腐败深恶痛绝，于是带领退伍军人组成改革班子，终于击败了原来的市长利奥·麦克拉弗林。据此，"GI"的全称是 Government Issue，原指政府发给军人的(装备、衣服等)，又指美国兵、美国军事人员。

　　这个词组的翻译有一个小故事，反映了"一名之立，旬月踟蹰"的翻译之苦与乐。《我的生活》主译李公昭在接受上海《新书报》朱群英女士的采访时说："书中真正的难点是一般工具书难以查到的词语及历史、社会、政治、经济等方面的背景知识。……再比如第四章提到由麦克麦思领导的 GI reformers。GI 是英文 Government Issue(政府配给军人)的首字母缩写，也喻指美国大兵，因为军人的一切都是政府配给的。但什么是 GI reformers 呢？《我的生活》中没有明确说明，一般英文词典也无法查到。后来查阅了因特网、《大英百科全书》等资料才弄明白，原来这里的 GI 指的就是美国大兵，GI reformers 则指一帮由美国退伍军人组成的改革派。"[1]

1　朱群英.《我的生活》译者揭密. http://book.sina.com.cn/1094809492_mylife/2004-10-18/3/116098.shtml。

②采访中"暴露"出来的问题，也正好是我们英语专业/翻译专业学生时常暴露出来的问题——对不少有关纸质词典的应知应会或基本功训练不到位，因为 GI 在《英汉大词典》、《新英汉词典》等中均能轻松查到。的确，有些问题只能通过网上才能查到，但我们又试过多少纸质的工具书等参考资料了呢？

【ST13】项羽已杀卿子冠军，威震楚国，名闻诸侯。乃遣当阳君、蒲将军将卒二万渡河，救巨鹿。战少利，陈余复请兵。项羽乃悉引兵渡河，皆沉船，破釜瓦，烧庐舍，持三日粮已示士卒必死，无一还心。于是至围王离，与秦军遇，九战，绝其甬道，大破之，杀苏角，虏王离。涉间不降楚，自烧杀。（司马迁，2001：18）

【ST13 白话译文】项羽杀死卿子冠军以后，威名传遍楚国，并在诸侯中传颂。就派遣当阳君、蒲将军带领两万兵渡过黄河，去救巨鹿。战斗取得了一些胜利，陈余又请兵出战。项羽就引兵全部渡过黄河，把船沉入河中，砸破做饭的锅，烧了住处，只带三天的干粮，用以表示一定战死，不准备再回来的决心。在这时就包围了王离，与秦军相遇，打了九场战斗，断绝了他们的通道，打败了他们，杀死苏角，活捉了王离。涉间不肯投降楚军，自己烧死了。

【TT13】By killing the Lord Chief Marshal Song Yi, Xiang Yu struck terror into the whole of Chu and his fame spread to other states. He sent the lord of Dangyang and General Pu across the river with twenty thousand men to raise the seige of Julu. As they met with little success, Chen Yu asked for reinforcements. Thereupon Xiang Yu led his entire force across the river. They sank all their boats, smashed their cooking vessels, burned their huts, and carried only three day's rations with them to show their determination to fight to the death and never to turn back. They besieged Wang Li's troops, fought nine battles with the Qin army, cut its supply route and defeated it utterly. The Qin general Su Jiao was killed, Wang Li captured, and She Jian who refused to surrender perished in the fire.（司马迁，2001：19；杨宪益、戴乃迭 译）

【评析】

①上述英译例讲述了项羽"破釜沉舟"的故事。译文准确、忠实地再现了

历史真实，展示了传主(项羽)的英雄品质。译文可以视为采用了语义译法，旨在保留原文的信息内容，实现最大程度上的语义效果对等。

②古汉语翻译，在很大程度上须采用语义翻译法，主要是原文语言特别精炼，所以译文必须讲求 economy(纽马克语)。

19.3.5 交际译法

【ST14】Groucho, explaining to Chico the provisions of commercial contract, says: "This is <u>the sanity clause</u>." To which Chico replies: "You can't fool me, boss. There ain't no <u>Sanity Claus</u>."

And Jimmy Duranty breathes deeply through his king-size proboscis like a kind of poor-man's Thoreau and murmurs: "I want to commute with nature."

And Dorothy Parker quips: "If all the girls at the Yale prom were laid end to end I wouldn't be a bit surprised."

<u>And the Mrs. Malapropish Gracie Allen solemnly affirms: "Time wounds all heels...</u>" (Shapiro, 2005: 15; 下画线另加)

【TT14】格劳乔对奇科解释商业合同的条款，说："这是<u>明智的条款</u>。"对此奇科回答说："你骗不了我，老板，根本就没有什么<u>圣诞老人</u>。"

吉米·杜兰他那像可怜的梭罗一样的非同寻常的大鼻子深深地吸了一口气，咕哝道："我想要跟大自然交往。"

多萝西·帕克讥讽说："要是把耶鲁大学舞会上所有的姑娘都排成一排，我一点也不会感到吃惊。"

<u>而可笑的格雷西·艾伦夫人则一本正经地肯定说："时间会惩治一切卑鄙的人。</u>"……(沙博理，2006: 14; 下画线另加)

【译析】

①原文出现"the sanity clause"和"Sanity Claus"两个同音异义短语。前者意为"明智的条款"，后者实为"Santa Claus"，意指"圣诞老人"。译者采用交际译法，没有将后者译成"明智的老人"之类，取其实际意义，并辅以译注："明智的条款"与"圣诞老人"发音相似。这样的译法取得了较好的读者反应和接受效果。

②原文用"Malapropish"描述"艾伦夫人"，含义是"用词错误可笑的"。Malaprop 是 18 世纪英国著名剧作家 Richard Sheridan 的喜剧 *The Rivals* 中的人物，Malapropism 是说话者或作者利用英语近音异义、白字别音，有意或无意地误用词语的一种独特的修辞方式。例如，原文中 wounds 和 heels 两个词语的顺序颠倒了，即是一种用词错误。译者没有具体解释其中的典故，也没有保留两个顺序颠倒的词语的位置，因此失去了原文的幽默，但却传达了原文含义，是为交际译法，而非语义译法。

【ST15】黄州赤壁在府城汉川门外，屹立江滨，截然如壁，石皆绛色，故名焉。《水经》谓之赤鼻山。东坡游此作二赋，指为吴魏交兵处，则非也。壁下已成陆地。上有二赋亭。(沈复，1999：312；下画为原文所加)

【TT15】The Brown Cliffs of Huangchow are outside the Han River Gate, rising perpendicularly like a wall from the bank of the river, and so called because of the colour of their rocks. In *Shuik'ing* this is referred to as the "Brown Nose Hill." Su Tungp'o wrote two *fu*-poems when he visited this place, but through an error, referred to it as the scene of the river battle between the Wu and Wei Kingdoms. The cliffs are no longer standing immediately by the water, for there is land underneath, and on top there is the "Pavilion of the Two *Fu*-poems." (沈复，1999：313；林语堂 译；下画线另加)

【译析】

①译者将《水经》和"赋"译成"*Shuik'ing*"和"*fu*-poem"。这两处译文意思不够具体，读者只知道前者是一种书籍文献，后者类似诗歌文体。因为译者旨在传达原作的基本意义，这种交际译法足矣。

②原文中"壁下已成陆地"，翻译时增加表示"原因"的逻辑成分："The cliffs are no longer standing immediately by the water"，这样符合英文读者的思维习惯，有助于更好地实现译文的交际意图。

19.3.6　整合译法

【ST16】Father Tribou wrote me a letter dated June 24,1999:
Dear Hillary,

I want to tell you what I have been telling students for 50 years:

It is my opinion that on judgment Day the first question God asks is not about the Ten Commandments (<u>although He gets to them later!</u>) but what He asks each of us is this:

WHAT DID YOU DO WITH THE TIME AND THE TALENTS I GAVE YOU? ...

<u>Those who feel you are not up to handling the hostile New York press and the taunts of your opponents fail to realize that, having been tried in the fire, you can handle anything.</u>

...Bottom line: run, Hillary, run! My prayers will be with you all the way. (Hillary, 2003: 753；下画线另加)

【TT16】特里布神父在 1999 年 6 月 24 日写给我的一封信：

亲爱的希拉里，

我要告诉你五十年来我不断告诉学生的一件事：

在我看来，上帝在审判日所问的第一个问题并不和十诫有关（<u>不过他在后面还是会问到</u>），他问的第一个问题是：

你如何利用我给你的时间和才能？……

<u>有人觉得你应付不了怀有敌意的纽约新闻界，也承受不了对手的冷嘲热讽，但他们不了解，经过火的考验之后，你什么事都能应付。</u>

我只有一句话，参选，希拉里，参选。我的祷告将一路陪伴你。

(希拉里，2003：447；下画线另加)

【译析】

①原文中"although He gets to them later!"的"them"指代前述"the Ten Commandments"（十诫）。译者将该部分译成"不过他在后面还是会问到"，"them"省略不译，是问到"第一个问题"还是"十诫"？这里存在歧义。译文没有考虑上下文的衔接问题，而衔接正是**整合译法**的要素之一。

②原文第二处下画线部分恰当地运用了整合译法。首先，译者将"fail to realize"转换成"不了解"，肯定变否定，这是采用正反翻译技巧。这样符合上下文逻辑关系。其次，翻译"you can handle anything"时，把"anything"译成

"什么都"并置于动词"handle"（"应付"）前面，以示强调。

【ST17】余游幕三十年来，天下所未到者，<u>蜀中黔中与滇南耳</u>。惜乎轮蹄徵逐，处处随人；山水怡情，云烟过眼，不道领略其大概，不能探僻寻幽也。余凡事喜独出己见，不屑随人是非，即论诗品画，莫不存人珍我弃，人弃我取之意；故名胜所在贵乎心得，有名胜而不觉其佳者，有非名胜而自以为妙者。聊以平生所历者记之。(沈复，1999：198；下画线为原文所加)

【TT17】For thirty years I worked as a government clerk in different yamen and practically visited every province except Szechuen, Kweichow and Yunnan. Unfortunately, I was not free to wander where I liked, inasmuch as I was always attached to some office, and could therefore only hastily enjoy such natural scenery as came my way, getting at most a general impression of things without the opportunity to explore the more unfrequented and out-of-the-way spots. I am by nature fond of forming my own opinions without regard to what others say. For instance, in the criticism of painting and poetry, I would value highly certain things that others look down upon, and think nothing of what others prize very highly. So it is also with natural scenery, whose true appreciation must come from one's own heart or not at all. There are famous scenic spots that do not at all appeal to me, and, on the other hand, certain places that are not at all famous but delighted me intensely. I will merely record here the places that I have visited. (沈复，1999：199；林语堂 译)

【译析】

①原文第一句中"游幕"，译者为使译文读者了解具体含义而译为"worked as a government clerk in different yamen"。然而，"yamen"乃"衙门"之拼音或音译，没有详解，大多数 TL 读者仍无法理解（尽管该词现在已进入了英文词典）。在此译基础上，"游幕"或可译成："changed jobs as a clerk in different government agencies"。

②原文第三句为复杂长句，译者根据作者"喜独出己见"、"善品鉴名胜"

这两层含义分别拆译成两句。因此，原文一句被整合为译文四句。这样，既符合英文的表达习惯，也便于读者理顺思路和逻辑。

19.3.7　操控译法[1]

【ST18】While I was preoccupied with trouble in the Middle East, China <u>roiled the waters</u> of the Taiwan Strait by "test"-firing three missiles close to Taiwan in an apparent attempt to discourage the Taiwanese politicians from pushing for independence in the election campaign then under way. Ever since President Carter normalized relations with the mainland of China, the United States had followed a consistent policy of recognizing "one China" while continuing to have good relations with Taiwan, and saying that the two sides should resolve their differences peacefully. We had never said whether we would or wouldn't come to the defense of Taiwan if it were attacked. (Bill Clinton, 2004: 703；下画线另加)

【TT18】当我关注着中东的麻烦时，中国大陆的导弹试验在台湾海峡水域<u>引起了争议</u>——中国大陆在靠近台湾的地方试射了三枚导弹，显然想让台湾政治领导人在正在进行的大选中不要推行独立。在卡特总统实现与中国大陆关系正常化后，美国一直遵循着承认"一个中国"的政策，同时继续与台湾保持良好的关系，表示两边应该和平解决他们的分歧。我们从来也没有说过，在台湾遭到攻击时，我们会或者不会去保护台湾之类的话。（克林顿，2004：764；下画线另加）

【译析】

①该例属于意识形态之操控译法。

②原文有"roiled the waters"这个短语，译成"引起了争议"，弱化了该短语的实际意义——"搅浑水"或"引起混乱"。由于意识形态的影响和约束，译

---

1 本小节的所有 ST 及台湾版本的 TT，在政治观点、立场及表述上与中国大陆相比较，均存在一些相悖之处，而这些正是"操控译法"需要解决的问题，希望读者仔细辨别。个别句子在不影响 ST 含义的情况下，主编做了一些小的技术处理。——主编注

者采用了"浅化翻译"的意识形态处理方法。

【ST19】<u>The arrest of</u> a dissident is not unusual in China, and <u>Harry Wu's</u> imprisonment <u>might have received scant attention in the American media.</u> <u>But China had been chosen to host the upcoming United Nations Fourth</u> <u>World Conference on Women,</u> and <u>I was scheduled to attend as honorary</u> <u>Chair of the U.S. delegation.</u> Wu, …who had spent nineteen years as a political prisoner in Chinese labor camps before emigrating to the United States, was arrested by Chinese authorities on June 19, 1995, as he entered Xinjiang Province from neighboring Kazakhstan.

Although he had a valid visa to visit China, <u>he was charged with</u> <u>espionage and thrown in jail to await trial.</u> Overnight, Harry Wu became widely known, and <u>U.S. participation in the women's conference was cast</u> <u>into doubt</u> as various <u>groups,</u> Chinese American activists and <u>some members</u> <u>of Congress urged our nation to boycott. I sympathized with their cause, but</u> <u>it disappointed me that, once again, the crucial concerns of women might be</u> <u>sacrificed.</u> (Hillary, 2003: 443；下画线另加)

【TT19】吴弘达被捕的消息原来不会受到美国媒体的太多关注。但是中国已经获选为联合国第四届妇女大会主办国，我也准备以美国代表团名誉主席的身份参加即将召开的大会。

吴弘达被控从事间谍活动，因此被拘押并等待审判。由于各种团体和一些美国国会议员呼吁美国抵制联合国第四届妇女大会，美国是否与会变得不确定起来。我同情他们的主张，可是妇女的权益可能再度被牺牲令我感到失望。(希拉里，2003: 263；下画线另加)

【译析】

①该例属于另一种意识形态之操控译法。

②它起码给我们这样的启示：其一，遇到"政治敏感问题"，不是一味地全部删节，可以做到有选择地删节，即"选择删译法"——【ST19】中的未画线部分是删节部分。其二，每个国家都有自己新闻检查的准则和底线，了解这些及其所在国家的社会、政治、文化、意识形态等有关变迁也是对译者综合素质

的要求。

③尽管我们今天来看，那些文字未必不能全部或者更多地被译出，但是在当时已经是一个不小的进步了。《纽约时报》是这样评论的：the publication of books like *Living History* is part of an effort to show that China is becoming a more open society(出版像希拉里《亲历历史》这样的自传体书籍，说明中国正努力变成一个更为开放的社会)。

④同样的 ST，在台湾和在大陆的处理法是不同的，特别值得译者在学术、专业、社会等多方面进行思考、探讨。

以下再举几例，TT 分别出自锺玉珏、潘勋等译的《活出历史》(台北时报出版公司 2003 年出版)和潘勋等译的《亲历历史》(南京译林出版社 2003 年出版)。

【ST20】We embarked on a long-planned state visit that spring, hoping to <u>confront China's violation of human rights</u> while opening up its huge market to American business and reaching some understanding about Taiwan. (Hillary, 2003: 679; 下画线另加)

【TT20-1】我们对这次国务访问做了长久计划，希望在此行能<u>质问中国违反人权的作法</u>，同时打开中国市场，并对台湾增加一些了解。(锺-潘译本: 486; 下画线另加)

【TT20-2】我们对这次国事访问做了长久计划，既希望能<u>直面中国在人权方面的做法</u>，又希望中国能对美国开放巨大的市场，同时还欲与中国就台湾问题达成某种谅解。(潘译本: 404; 下画线另加)

【ST21】During the Cold War, the U.S. government had sponsored Radio Free Europe to <u>challenge Communist propaganda throughout the Soviet empire</u>. (Hillary, 2003: 533; 下画线另加)

【TT21-1】在往昔冷战的时代，美国政府资助的欧洲自由之声广播电台一直扮演<u>对苏联集团进行反共宣传</u>的角色。(锺-潘译本: 380; 下画线另加)

【TT21-2】在冷战时代，由美国政府资助的自由欧洲广播电台一直扮演着<u>对苏联集团进行宣传</u>的角色。(潘译本: 315; 下画线另加)

【译析】

①两岸提供的两种译本，其措辞之色彩是非常鲜明的：台湾译本直截了当，大陆译本则间接委婉；台湾译本似乎没有"障碍"，大陆译本似乎在思考如何软化 SL 表达。最为典型的译例是，前者为"<u>进行反共宣传</u>"，后者则为"<u>进行宣传</u>"。

②来自台湾的译者潘勋，其台湾版本居然可以如此，而其大陆版本则必须如此，这些翻译现象发生在 21 世纪第三个年头。试想，在今天，我们能够接受 faithful word-for-word translation 吗？那些不熟悉那个年代的年轻读者也许真的不清楚"进行反共宣传"可以等于"进行宣传"。

③毕竟，随着社会之进步，政治之昌明，译者的主体性会表现得更为自由并自如。

19.4 传记翻译案例分类举例与译析[2]

本节主要讨论传记体裁翻译的常用原则与方法之 8-14，在此是 19.4.1-19.4.8。

19.4.1 语层译法

【ST22】 It was an education in law <u>on the run</u>, <u>catch as catch can</u>. But it aroused and held my interest. Torts, contracts, justice, freedom, pleading and practice, rules of evidence… I hadn't expected to like law, but I was intrigued. There were parameters, but no absolutes. You had freedom of speech, but you couldn't get up in a crowded theatre and yell "Fire!"… A person might tell you his word, but it was better to get it down in writing, especially if you were dealing with a relative or a close friend… (Shapiro, 2005: 26; 下画线另加)

【TT22】 这是一种<u>不正规</u>的法律教育，<u>能抓到什么就抓什么</u>。但是它吸引并保住了我的兴趣。民事的侵权行为、合同、正义、自由、辩护和执行，提供证据的规则……我原来没有想到会喜欢法律，但是它引起了我的兴趣。有参数，但没有绝对数。你有言论自由，但你不能在一家拥挤的剧场里站起来喊叫"着火了!"一个人可以对你说话算数，但是你最好白纸黑字写下来，尤其是如果你在和一个亲戚或一位亲密的朋友打交道……*(沙博理，2006：24；下画线另加)*

【译析】原文第一句话有两个词组（或短语）："on the run"和"catch as catch can"。"on the run"包含两种意思：①躲藏；②忙碌，奔波。"catch as catch can"则指：①能抓到什么就抓什么；②用一切办法。译者没有局限在词素或词组层上，而是在语段层次上，把"on the run"和"catch as catch can"分别译为"不正规的"和"能抓到什么就抓什么"，较为恰当。

【ST23】Young men in the Wall Street area—lesser employees of the New York Stock Exchange and various brokerage houses—barely had two nickels to rub together. We would lunch at a small Chock Full of Nuts store where you could buy a sandwich called a nutted cheeseburger for ten cents, or two for a quarter if you were really hungry, including a five-cent glass of grape juice.（Shapiro, 2005: 28；下画线另加）

【TT23-1】华尔街地区的年轻人——纽约证券交易所和各种经纪事务所的雇员，只用两个五分镍币来打交道。我们在一家塞满坚果的小店吃午饭，在那里花一角钱可以买一块叫作不合格的乳酪包的三明治，或者如果你真正很饿的话，花两角五分钱买两块，外加一杯五分钱的葡萄汁。*(沙博理，2006：25；下画线另加)*

【译析】

①原文第一句中"lesser"和后面的短语"barely had two nickels to rub together"相互关联。前者指"较小的，更少的，次要的"，后者也等于"not have two pennies/half pennies to rub together"，是一种幽默的说法，指"身无分文"或"不名一文"。上述译文第一句翻译不够妥帖。根据语段译法，试改译为：

【TT23-2】华尔街地区的年轻小伙子们，即纽约证券交易所和各种经纪事务所的小职员那个穷啊，简直是不名一文。……*(陈刚 改译)*

②原文第二句"a small Chock Full of Nuts store"是美国一家历史悠久的咖

啡店，译成"一家塞满坚果的小店"不像是店名。"chock full"原意是"塞满了的"，同时便于汉语读者了解具体情况，可改译成：一家名叫"坚果满"的小咖啡店。(http://www.chockfullonuts.com/)

【TT23-2】……我们在一家名叫"坚果满"的小咖啡店……(陈刚　改译)

19.4.2　创意译法

【ST24】In making these decisions, I <u>listened to both my heart and my head</u>. I followed my heart to Arkansas; it burst with love at the birth of our daughter, Chelsea; and it ached with the losses of my father and mother. My head urged me forward in my education and professional choices. And <u>my heart and head together</u> sent me into public service. Along the way, I've tried not to make the same mistake twice, to learn, to adapt, and to pray for the wisdom to make better choices in the future. <u>What's true</u> in our daily lives <u>is also true</u> at the highest levels of government. <u>Keeping America safe, strong, and prosperous</u> presents an endless set of choices, many of which come with <u>imperfect information and conflicting imperatives</u>. (Hillary, *Hard Choices*. 2014: AUTHOR'S NOTE；下画线另加)

【TT24】在做出这些抉择时，<u>我既随心也随理</u>。<u>随心</u>，我去了阿肯色；我们的女儿出世，伴随着母爱的迸发；我的父母先后离世，也令我悲痛伤心。<u>随理</u>，面对教育和专业的各种选择，我不断地激励自己向前进。<u>既随心又随理</u>，使我跨入服务公众的事业。事业征途上，我<u>努力</u>避免重犯二次错误；<u>努力</u>学习，<u>努力</u>适应，<u>努力</u>获得智慧，以便未来做出更佳选择。我们日常生活中<u>真实的方方面面</u>，也体现在政府最高层级<u>真实的方方面面</u>。<u>确保美国安全、强大、强盛</u>，会面临无穷无尽的抉择——其中许多抉择伴随着<u>不对称的信息</u>与<u>有分歧的命令</u>。(陈刚　试译；下画线另加)

【译析】

①ST 选自希拉里的《艰难抉择》，在大陆没有汉译本。希拉里的文笔风格很鲜明：句子短小精悍，读来朗朗上口，选词丰富准确，讲究修辞整齐，谋篇

布局新颖。译好其回忆录，应首选短句，措辞精当，节奏感强，读起来抑扬顿挫。所有这些，既给创意/译提供了机遇，也给创意/译提出了挑战。

②"listened to both <u>my heart and my head</u>"的下画线文字为押头韵，难以在 TL 中再现，译成目前的"（既）随心（也）随理"也是译者本人的一时灵感所致。

③ 就此自然段而言，笔者在结构清晰方面做出了努力：……<u>我既随心也随理</u>。<u>随心</u>……<u>随理</u>……<u>既随心又随理</u>……<u>事业征途上</u>，<u>我努力</u>……<u>努力</u>……<u>努力</u>……<u>努力</u>……，<u>以便</u>……（我们日常生活中）<u>真实的方方面面</u>，（也体现在……）<u>真实的方方面面</u>。<u>确保</u>……<u>会面临</u>……<u>抉择</u>——……<u>许多抉择伴随着不对称的信息与有分歧的命令</u>。

④就修辞而言，"押头韵"——"随心随理"；"重复"——"努力……努力……努力……努力"；"反复/呼应"——"……真实的方方面面，……真实的方方面面"。

【ST25】这支"<u>敢死队</u>"的幕后导演，便是<u>大名鼎鼎</u>的 B2B 老大、阿里巴巴 CEO——马云。做出这样一个"<u>吃了熊心豹子胆</u>"的危险决定，对一贯以"狂人"著称的马云而言，并非一时冲动，而是<u>经过深思熟虑的战略抉择</u>。(选自赵建《马云传：永不放弃》[1]第一章"奇人马云"；下画线另加)

【TT25-1】<u>The man behind this "dare-to-venture" team is exactly the famous Ma Yun, CEO of Alibaba who first launched B2B in 1999 at Hangzhou. It is a man who seemed to eat the "bear's heart and the leopard's gall" so that he turned courageous enough to make such a dangerous decision. But, it is not odd at all to a "madman always" like Ma who has seldom made his strategic choice without careful consideration.</u> (陈刚 试译；下画线另加)

【TT25-2】The man behind this "dare-to-venture" team is exactly the famous Ma Yun, CEO of Alibaba who first launched B2B in 1999 at Hangzhou. It is a man <u>who seemed to have the guts to make such a dangerous decision. To Ma Yun widely known as a "crazy man" all the time, however, it is not a decision he made on impulse, but a strategic choice he made after careful</u>

---

1 该书于 2008 年由中国画报出版社出版。作者赵建为资深财经记者，曾经深入采访过 IT 届创业人士。

consideration. (陈刚 试译；下画线另加)

【译析】

①ST 仅为七八十个汉字，但几乎充满需创意/译、可创意/译的地方，同时又处处是"陷阱"，即使对中国人来说也是如此。国人的"意合"思维方式对以"形合"为特色的英文，实则构成一种很大的潜在的翻译"威胁"——换言之，"翻译陷阱"——表面看译过去了，结果却误导了 TT 读者。

②"敢死队"应解读为敢于进行商业冒险或敢于进行风险投资，故译文是"a dare-to-venture team"。经查核 ST 的上一个自然段，证明分析对路："令所有人都意想不到的是，就在业界、媒体、大众都在为两'易'的合并而或绝望，或惊呼时，在离"易趣"总部上海不远的另一个江南之都——杭州，一支"敢死队"正在秘密地制造另一个 C2C 网站，准备挑战这个行业的霸主。"(下画线为另加)

③"幕后导演"选用一个比较具体、明确的 term，并不轻松，且容易误导，不如用一个介词短语——此时"无动(词)却胜有动(词)"，故"the man behind..."。

④"大名鼎鼎"译成 famous 即可，不必过于夸张。

⑤"B2B 老大"很容易误译，因为这个"老大"一词多义，词义含糊，风格老套，要在英文中找一个对应词实属不易。根据中国互联网的发展史，马云不可能在技术上成为所谓的"老大"，他只可能在理念/思想上领先其他 IT 精英。我们可以说：马云打造了互联网的第四模式。其发展模式与雅虎门户网站模式、亚马逊 B2C 模式和 Ebay 的 C2C 模式并列，被称为"互联网的第四模式"。而这种经营模式后被证明：The overall volume of B2B (Business-to-Business) transactions is much higher than the volume of B2C transactions. (详见 Wikipedia) 有鉴于此，"B2B 老大"应具体化为"...who first launched B2B in 1999 at Hangzhou"——其中，"first"、"launched B2B"、"in 1999"、"at Hangzhou"等关键词最好一个都不要少。

⑥"吃了熊心豹子胆"不是指这个决策本身会吃什么"心"或什么"胆"，这在修辞学上称为 transferred epithet(移就格：A figure of speech in which an epithet (or adjective) grammatically qualifies a noun other than the person or thing it is actually describing. A transferred epithet often involves shifting a modifier from the animate to the inanimate, as in the phrases "cheerful money," "sleepless night," and "suicidal sky."[1]）, 好比"感时花溅泪，恨别鸟惊心"（杜甫）。因此，笔者给出两种策略和方法的译文：

● …who seemed to eat the "bear's heart and the leopard's gall" so that he turned courageous enough to make such a dangerous decision——"异化"（foreignization）+ "补偿"（contextual compensation）。

● …who seemed to have the guts to make such a dangerous decision—— "归化"（domestication/adaptation）。

⑦ "一贯以'狂人'著称"也可以给出两种可接受的译文：

● a "madman always" like Ma；

● (To Ma Yun) widely known as a "crazy man" all the time。

⑧ "并非一时冲动，而是<u>经过深思熟虑的战略抉择</u>"给出两种有所不同的译法，前者是"对（一贯以'狂人'著称的马云）而言，并不奇怪"，后者则是"对（一贯以'狂人'著称的马云）而言，不是由于一时的冲动而做出的决策，而是经过反复仔细思考才做出的战略抉择"：

● <u>it is not odd at all to</u> (a "madman always" like Ma) <u>who has seldom made his strategic choice without careful consideration.</u>

● <u>To Ma Yun</u> (widely known as a "crazy man" all the time, however,) <u>it is not a decision he made on impulse, but a strategic choice he made after careful consideration.</u>

19.4.3 性描写处理法

【ST26】… Worse than that, if I didn't tell the man I had this disease and he got it, I could be done for murder. Oh, and I could die as well. I was so innocent that half of me believed him. I was terrified, which is of course exactly what he wanted. He had me completely in his power.

The arguments always ended the same: us having sex to make up. Often it was quite violent sex, but he was my first lover and I didn't know

---

1 详见"about education"（http://grammar.about.com/od/tz/g/transferredepitheterm.htm）。

any different. <u>The only thing Jeff ever seemed to worry about when we had sex was that I didn't see or touch his bum, as it was covered in pimples.</u> I was so into him that I just thought it was sweet, that he was self-conscious. Now I'd run a mile if someone showed me an arse like that!

Then Jeff insisted that we have sex in all sorts of places, even up at the stables. I think he enjoyed the idea that someone might see us. I just thought that this was what happened in a relationship, and gradually I started to enjoy taking risks too. <u>Having sex with him also made me feel like I had power over him for a change. Sometimes I'd even dare to wind him up, saying that I was going to leave him. He would be on his knees begging me not to go. Then I'd let him have sex with me. It wasn't healthy, but I was powerless to stop it. I couldn't imagine what I would do without him.</u> (Price, 2004: 22; 下画线另加)

【TT26】比这更要命的是，如果我事先没告诉那个男人就把性病传给他，我会被以谋杀罪论处的，也许我也会死。我太天真无知了，竟然有几分信他。我甚至害怕起来，当然这是他希望看到的。他完全把我掌控在他的魔爪之下。

我们的口角往往都以同样的方式结束：用做爱来和解。通常我们做爱做得很猛，但是他是我的第一个情人，所以我没感觉有什么不同。我很用情、很陶醉，也自认为很甜蜜，而杰夫却很怕羞。如果现在有人把这么一个屁股摆给我看，我准会被吓得逃到两三里外的地方去了。

此后，杰夫坚持要和我在任何地方做爱，甚至在马棚里边。我觉得他最希望我们在做爱时被别人看见。我认为这只是发生肉体关系而已，渐渐地，我也开始喜欢冒险了……(陈刚等 译，2006: 25-26)

【译析】

①原文被删节部分并非严重到不可接受或出版的文字，只是在当时出版时跟国家宣传教育的主旋律不相符。随着社会、人们对这类事体宽容度的增大，全译、节译、略译、全删等的程度也将随之发生变化。能够在资本主义国家出版的自传，在中国也可以出版。

②乔万尼·薄伽丘是意大利文艺复兴运动的杰出代表、杰出的人文主义作家。与诗人但丁、彼特拉克被并称为佛罗伦萨文学"三杰"。其代表作《十日谈》是欧洲文学史上第一部现实主义巨著，是世界文学史上具有巨大社会价值的文学作品。它批判宗教守旧思想，主张"幸福在人间"，被视为文艺复兴的宣言。即使如此的世界名著，因其书中的性描写，汉译本在中国大陆的 20 世纪 70 年代末是以"节译本"出版的，后来就出了全译本。

③我们跟有关出版审查的工作人员谈论如何看待某些性描写的段落或文字，如何翻译这些部分，这是一个 case-specific issues。他们保证，随着国家、社会开明程度的不断提高，很多所谓不可"开禁"的地方都会得到不同程度的解放。

④作为译者，我们在宏观上要了解、熟悉所在国的有关政策、规定，积极跟审查部门配合，有"错"必纠，学会如何"编译"这些地方，如同编剧、导演如何临时修改、调整剧本、演出一样。在微观上要学会如何配合国家、人民的意识形态和审美观，做到措辞得当，把握好各种度，这也是一种挑战，一种基本功训练，值得正面对待。

【ST27】I should have been brave enough to get him out of the flat there and then; I wasn't, and I we carried on living together. But I didn't think I could trust him an inch and you can't build a relationship on that. One night, fuelled by alcohol, I decided to see how far he would go. My friend Clare was round at the flat and we'd all been drinking for hours. I had this horrible plan hatching in my head to prove what a shit Gary was. So I told him and Clare that I would find it a real turn-on if they kissed. Clare wouldn't at first but I insisted. Gary didn't bat an eyelid. As I watched them snogging on the sofa, I started to feel a burning rage build up inside me but I couldn't leave it there.

'Stop!' I called out, 'Now I want Clare to give you a blow job.' Clare was shocked but so incredibly pissed that I think she would have done anything I asked. Gary couldn't have looked happier. As she started going down on him, I thought I would explode with jealousy. But I remained eerily calm and watched it to the end. Then I stormed off to bed and wouldn't speak to either of them. Gary had shown his true colours. If he could behave like this in front of me, God knows what he was capable of when I wasn't there. All right I had encouraged him, but he hadn't thought twice. Looking back I don't know what possessed me. I supposed it was my own insecurity coming out. True I was only young but probably had gone too far and I got more than I bargained for. I knew then that we would split; it was just a question of when. (Price, 2004: 45; 下画线另加)

【TT27】我本来应该勇敢点，让他那时那刻就在我面前消失，但我没有那样做。我们还是在一起生活。但我对他压根都不会再相信了，你总不至于把关系建立在这样的基础之上吧。一天晚上，我在酒的刺激下，准备看加里能出轨到什么程度。我的朋友克莱尔也过来助兴，我们喝上了好几个小时。我的心里却正在酝酿着一个恐怖的计划，来证明加里是怎样的一个卑鄙无耻的家伙。所以我告诉加里和克莱尔如此这般地做爱……

　　加里欣喜若狂。当克莱尔跪下去和加里那个时，我想我嫉妒得都快爆发了。但是，要看到这场剧的终点，我还硬是装得很平静，平静得令人感到奇怪和可怕。于是，我疯狂地往床那儿冲了过去，对他俩一个也不理睬。加里终于露出了他的本色。如果我在场的情况下，他也敢这样，天晓得当我不在的时候他能干出什么事情来。是呀，我是诱惑他了，但是他连犹豫都没犹豫一下。现在回头看看，我真不知道那时是什么东西在支配着我。我猜是我心中的不安全感。是的，我的确很年轻，但是我大概走得太远了些，取得了比预期大得多的东西。我清楚我和加里注定会分手，这只是个时间问题。(陈刚等 译，2006: 51)

　　【译析】
　　①由于中西方对"性"的看法有着不少差异，甚至是本质的差异，同样"性级别"（程度）的性描写似乎通过"诗情画意"的汉语就可以通过审查出版，而"直抒胸臆"的英文被直译成汉语却被斥为"色情"、"低级"等。看来好像不合理、不公平吧，但作为专业译者，笔者以为，汉语读者若"直击"英文的性

描写，如同"隔靴搔痒"，隔一层，因感觉不够直接，而一旦译成明白晓畅的汉语，便大有"诲淫诲盗"之嫌——这的确是语言文字惹的祸啊！这好比《金瓶梅》可以足本地译成英文，不被斥为宣传色情，但在中国大陆却未必适宜成为推荐作品而开卷有益，东方/华夏文化跟西方/希腊文化有着很多不同的乃至本质不同的性学观。

②我们可以在互联网上看到不少公开"发表"的露骨的性描写文学作品或性描写文章，不仅不美，而且"档次"不高，因为汉语是我们的母语。如果你让初通或较为熟练掌握汉语的西方人来看同样的互联网"性文本"，结果是：他们或丈二和尚摸不着头脑，或云里雾里乃至误导，或读懂一些未必感觉很"色"，跟他们国家的那些同类文本比较，可谓"小巫见大巫"。

③笔者熟悉的全英文的原版《美国俚语词典》，尚未有中文版，若全文译成汉语势必不能出版。换言之，自传体《成为乔丹》的英文原版可以在中国大陆出版，销路未必(很)好，但其中文全译本是要经过国家新闻出版广电总局严格审查的，即使现在出版，也会涉及删节。

④同理，涉及一些意识形态问题的 *Living History*，可以在国内畅销，但译成汉语不得不做出部分删节，否则出版社(即"赞助人")会严格把关，不予以"放行"。这就是为何译林出版社最后未向希拉里妥协的关键原因。

⑤那么英文自传作品中的那些性描写可否改译成优雅婉转的文字以获准出版呢？你不妨一试。然而，就作品风格而言，原则上是文字间相互抵触的，既不和谐，也不顺畅。这好比你把露骨的英文性描写译成古汉语，估计审查可获通过，但这部作品显然是不伦不类的。即使古汉语的 TT 出版了，也很少有人问津，或去欣赏，或许会被斥为译者自己的"私货"呢？读者可以质疑，原文作者是这样进行性描绘的吗？你的翻译做到"信、达、雅"了吗？

⑥在中国，真正能用英文感觉到位并能直接欣赏不同"语言等级"性描的读者人数是相当有限的。如果我们用先秦古汉语写一部十分露骨的性小说，相信读者也会十分有限的——估计迄今乃至将来罕有国人有能力创造之。以下所举的性描写例子，出自古汉语传记作品，英译文显然是"打折扣"的——不是故意不"色"，是力不从心而无法"色"也！当然，跟作品的文风也是密切相关的。否则沈复的《浮生六记》则变成"色情大毒草"了。

【ST28】伴妪在旁促卧，令其闭门先去。遂与比肩调笑，恍同密友重逢；戏探其怀，亦怦怦作跳，因俯其耳曰："姊何心春乃尔耶？"芸回眸微笑，便觉一缕情丝摇入魂魄；拥之入帐，不知东方之既白。(沈复，1999: 12；下画线为原文所加)

【TT28】The bride's companion asked us to go to bed, but we told her to shut the door and retire first. I began to sit down by Yün's side and we joked together like old friends after a long period of separation. I touched her breast in fun and felt that her heart was palpitating too. "Why is Sister's heart palpitating like that?" I bent down and whispered in her ear. Yün looked back at me with a smile and our souls were carried away in a mist of passion. Then we went to bed, when all too soon the dawn came. (沈复，1999: 13；林语堂 译)

【译析】

①原文在描写新婚夫妇之间亲热场景时非常含蓄，表现出当时中国保守的性观念和思想。翻译成英文时，应忠实于原文意思，再现其真正的文化内涵。

②性描写翻译时，译者采用直译法，尽量使译文与原文保持忠实与一致。如"戏探其怀"译成"I touched her breast in fun"；"拥之入帐，不知东方之既白"译成"Then we went to bed, when all too soon the dawn came."这样翻译，余下了意义和文化空白，给来自不同文化背景的译文读者新奇和独特的想象空间。

③如此优雅的古汉语性描写，你忍得住且做得到为了吸引读者采用hard-core porn 来取而代之吗？

【ST29】时寮上酒客已去。邵鸨儿命翠亦陪余登寮。见两对绣鞋泥淤已透。三人共粥，聊以充饥。剪烛絮谈，始悉翠籍湖南，喜亦豫产，本姓欧阳，父亡母醮，为恶叔所卖。翠姑告以迎新送旧之苦，心不欢必强笑，酒不胜必强饮，身不快必强陪，喉不爽必强歌；更有乖张其性者，稍不合意，即掷酒翻案，大声辱骂，假母不察，反言接待不周，又有恶客彻夜蹂躏，不堪其扰。喜儿年轻初到，母犹惜之。不觉泪随言落。喜儿亦默然涕泣。余乃挽喜入杯，抚慰之。瞩翠姑卧于外榻，盖因秀峰交也。(沈复，1999: 270；下画线原文所加及另加)

【TT29】 By this time the guest at the loft had already left and the widow asked Ts'uiku also to accompany me to the room. I noticed that Ts'uiku's and His-erh's embroidered shoes were already wet through and covered with mud. We three then sat down to have some congee together, in default of a proper evening meal. During the conversation under the candle-light, I learnt that T'suiku came from Hunan and Hsi-erh from Honan, and that Hsi-erh's real family name was Ouyang, but that after the death of her father and the remarriage of her mother, she had been sold by a wicked uncle of hers. Ts'uku told me how hard the sing-song girls' life was: they had to smile when not happy, had to drink when they couldn't stand the wine, <u>had to keep company when they weren't feeling well</u>, and had to sing when their throats were tired; besides, there were people of a rough sort who would, at the slightest dissatisfaction, throw wine-pots, overturn tables and indulge in loud abuse and on top of that, the girls might receive all the blame, as far as the woman-keeper was concerned. <u>There were also ill-bred customers who must continue their horse-play throughout the night until it was quite unbearable</u>. She said that Hsierh was young and had just arrived, and the woman was very kind to her on that account. While recounting all her troubles, some tears had unconsciously rolled down Ts'uiku's cheeks, and Hsi-erh was also weeping silently. I then took Hsi-erh in my lap and comforted her, while I asked Ts'uiku to sleep in the outer room because she was a friend of Hsiufeng's. (沈复，1999：271；林语堂 译；双底线另加)

【译析】

①原文有两处涉性文字。第一处是"<u>身不快必强陪</u>"，被地道、对等、委婉地处理成"<u>had to keep company when they weren't feeling well</u>"。

②第二处是"<u>又有恶客彻夜蹂躏，不堪其扰</u>"。其中"蹂躏"意指"性蹂躏"，但译文却换用了"horse-play"，看来译者过于谨慎小心，不敢越雷池一步。整句的英译文是"<u>There were also ill-bred customers who must continue their horse-play throughout the night until it was quite unbearable</u>"。

19.4.4　细节描写与翻译再现

【ST30】When we stepped out of the elevator into the second floor residence, we looked at each other in disbelief: this was now our home. Too tired to explore these grand new surroundings, we crashed into bed.

We had been asleep for only a few hours when we heard a brisk knock on the bedroom door.

Tap, tap, tap.

"Whuh?"

TAP, TAP, TAP.

<u>Bill bolted up in bed, and I groped for my glasses in the dark, thinking there must be some sort of emergency on our very first morning.</u>

Suddenly the door swung open and a man in a tuxedo stepped into the bedroom carrying a silver breakfast tray. This is how the Bushes began their day, with a bedroom breakfast at 5:30 A.M., and it's what the butlers were accustomed to. But the first words this poor man heard from the forty-second President of the United States were, "Hey! What are you doing here?"

<u>You never saw anyone back out of a room so quickly.</u>

<u>Bill and I just laughed and settled back under the covers to try to steal another hour of sleep.</u> It struck me that both the White House and we, its new occupants, were in for some major adjustments, publicly and privately. (Hillary, 2003: 187-188; 下画线另加)

【TT30】回到白宫，走出二楼电梯时，我们难以置信地看着对方：这里现在是我们的家！由于太累，我们来不及研究新环境便倒在了床上。

我们只睡了几小时，就听见急促的敲门声。

咚，咚，咚。

"谁啊？"

咚，咚，咚。

<u>比尔赶紧起床，我则在黑暗中摸索着眼镜，心想在这第一天早上，</u>

<u>一定有什么紧急的事</u>。门开了之后，一名身穿礼服的男子端着一个装着早餐的银盘走进房间。原来布什夫妇是这样开始他们的一天的：清晨五点半在房间里用早餐。仆役们已习惯这样。但这个可怜的男人听到第四十二任美国总统所说的第一句话是："嘿！你在这里干吗？"

<u>我保证你不曾看过有人用这么快的速度退出房间。</u>

比尔和我笑了笑，又回到被窝里，希望能多睡点觉。这件事让我认识到白宫和我们，无论是公开还是私下，都要做一些重大调整。(希拉里，2003：108-109；下画线另加)

【译析】

①原文中，希拉里讲述了克林顿当选总统后入住白宫第一晚的经历。作者刻画出丈夫克林顿与自己初入白宫的各个细节，整个过程描写得细致入微。

②原文这样描写克林顿夫妻俩匆忙起身开门时的场景：Bill bolted up in bed, and I groped for my glasses in the dark, thinking there must be some sort of emergency on our very first morning. 其中包括三个动作"bolt up"，"grope for"和"think"，充分体现了人物的紧张和慌忙。译者将它们分别译为"赶紧起……"，"摸索着"和"心想"，从细节上再现了原文中的紧张气氛。

③译者在翻译"You never saw anyone back out of a room so quickly."时，增加了"我保证你"这个意义成分，这一锦上添花更能使译文读者感受到当时情况的有趣。

【ST31】2005 年 2 月 2 日，支付宝<u>率先提出</u>"你敢用，我就敢赔"的<u>口号，推出"全额赔付"制度</u>。这无疑<u>给买家打了一剂强心针，用户放心支付</u>的安全环境使淘宝交易量迅速增加，<u>并超越了当时国内最好的C2C 网站易趣</u>。(选自赵建《马云传：永不放弃》第一章"奇人马云"；下画线另加)

【TT31】<u>It was Alipay that first came up</u> on February 2, 2005 <u>with the slogan</u> of "You're ready to buy, we're ready to pay", <u>establishing the system of "full refund"</u>. From then on, this practice gave customers a "<u>cardiac stimulant</u>" without doubt. <u>Such an environment customers find safe to pay</u> has brought about a rapid increase in Taobao business transactions, <u>thus</u>

surpassing the Eachnet.com, the best C2C website at that time. (陈刚　试译；下画线另加)

【译析】

①按照传统思维，原文中的画线部分似乎不太能够算是"细节"，因为文学作品中的细节通常指服饰细节、环境细节、语言细节、动作细节、心理细节等。为了与时俱进，我们在此提出"商业细节"这个概念。不言而喻，这里特指阿里巴巴为抢占更多的互联网商业"地盘"，提出前所未有的具有担保性质的支付形式或方法——支付宝。为了使广大用户信任这种支付方式，作者对这种支付形式的要点细节做了描写，对由此产生的效果做了细节描绘，由此产生的文本理应属于细节描写文本。笔者在翻译时对细节翻译做了特别的关注。

②"率先提出"——在 TT 中采用了强调句型。

③把口号"你敢用，我就敢赔"处理成"你(们)准备好买，我们就准备好垫付"。

④推出"全额赔付"制度——被译成"建立了'全额退款'的制度"。

⑤给买家打了一剂强心针——完全直译，但也可以处理成"to give customers/ buyers an excellent stimulant"。

⑥用户放心支付的安全环境——在 TT 中被处理成"这样一个客户觉得可以安全付款的环境"(Such an environment customers find safe to pay)。

⑦超越了(当时国内最好的 C2C 网站易趣)——译为"thus surpassing…"。

19.4.5　人物描写与翻译再现

【ST32】 I was starting to realize that this young man from Arkansas was much more complex than first impressions might suggest. To this day, he can <u>astonish me</u> with the connections he weaves between ideas and words and <u>how he makes it all sound like music</u>. I still <u>love</u> the way he thinks and the way he looks. One of the first things I noticed about Bill was the shape of his hands. His wrists are narrow and his fingers tapered and deft, like those of a pianist or a surgeon. When we first met as students, I <u>loved</u> watching him turn the pages of a book. Now his hands are showing signs of age after thousands of handshakes and golf swings and miles of signatures. They are, like their owner, weathered but still expressive, attractive and resilient. (Hillary, 2003: 78; 下画线另加)

【TT32】我这才开始意识到，这位阿肯色州的年轻人远比第一印象复杂。他能在思想与词语间编织出恰当的联系，<u>言语精当灵活</u>，至今这还<u>常令我吃惊</u>。我也<u>欣赏</u>他的思考方式与神态。打一开始，我就注意到比尔双手的形状。他手腕细瘦优雅，手指又长又灵活，犹如钢琴家或外科医生的手。自我们从学生时初识，我便<u>喜欢</u>看他翻书的样子。这双手至今已握过数以千计的手，挥杆不下千余次，签过的名连起来也有好几英里长。如今经过岁月磨炼，这双手跟它的主人一样多了几许风霜，但它的表现力、魅力与灵活度不减当年。(希拉里，2003: 45; 下画线另加)

【译析】

①原文中，作者希拉里描述了自己初识克林顿时对他的首次印象。第一句话起概括作用，点明克林顿的器宇不凡和独特魅力。接着又描写他的语言、神态、双手、动作等细节。作者对克林顿的言、行、人可谓观察仔细而心生爱意。

②人物描写分主观和客观两方面。前者着重感情色彩，常选用感情色彩丰富的词汇；后者旨在如实描绘人物对象，较少掺杂主观评判和感情。这两方面都在原文中有所体现。

③翻译主观描写时，应注重保持与原文作者相同程度的感情色彩。如原文有"astonish me"、"love"、"loved watching"，译成"令我吃惊"、"欣赏"、"喜欢"，程度上逊于原文。因此，试改译为"令我惊讶不已"、"喜爱"、"爱(看)"。

④还有一处的译文值得商榷——"(the connections he weaves between ideas and words and) <u>how he makes it all sound like music</u>"被译成"(他能在思想与词语间编织出恰当的联系,)<u>言语精当灵活</u>"。笔者以为还是直译为好："并知道如何使之听起来像音乐那样美"。其中一个理由是，后边的文字涉及克林顿拥有手指又长又灵活的一双手，尽管它们未必一定有"内在的联系"。

【ST33】<u>芸与余同齿而长余十月，自幼姊弟相呼，故仍呼之曰淑姊</u>。

时但见满室鲜衣，<u>芸独通体素淡，仅新其鞋而已</u>。见其锈制精巧，询为己作，始知其慧心不仅在笔墨也。

　　其形削肩长项，瘦不露骨，眉弯目秀，顾盼神飞，唯两齿微露，似非佳相。一种缠绵之态，令人之意也消。(沈复，1999：6；下画线为原文所加)

【TT33】Yün was the same age as myself, but ten months older, and as we had been accustomed to calling each other "elder sister" and "younger brother" from childhood, I continued to call her "Sister Su."

At this time the guests in the house all wore bright dresses, but Yün alone was clad in a dress of quiet colour, and had on a new pair of shoes. I noticed that the embroidery on her shoes was very fine, and learnt that it was her own work, so that I began to realize that she was gifted at other things, too, besides reading and writing.

Of a slender figure, she had drooping shoulders and a rather long neck, slim but not to the point of being skinny. Her eyebrows were arched and in her eyes there was a look of quick intelligence and soft refinement. The only defect was that her two front teeth were slightly inclined forward, which was not a mark of good omen. There was an air of tenderness about her which completely fascinated me. (沈复，1999：7；林语堂 译)

【译析】

　　①翻译客观描写时，应忠实于原文的细节描写，使用同样形象和生动的译文语言，再现原文所描写人物的各方面特征。

　　②三段 ST 译得非常细致、到位。例如，原文描写女主人公"芸"的外形时，用"削肩长项，瘦不露骨，眉弯目秀，顾盼神飞"四字结构展现其"缠绵之态"。译者将这些结构恰当地一分为二，前者为整体身材，后者为局部眉眼。TT 中使用了"slender"、"rather long"、"arched"、"soft"等静态形容词，非常形象生动。另外，还使用了"drooping"、"to the point of being skinny"、"quick"等动态语汇，TT 再现出了生动具体的人物形象。

19.4.6　审美描写与翻译再现

【ST34】Su Tungpo continued to live both at the farm Snow Hall and

Linkao House in the city, and passed daily between them. <u>That little stretch of less than a third of a mile became probably the most celebrated dirty mud path in history</u>. After passing the small shops in the city, one came upon that stretch of road called <u>Yellow Mud Flat</u>, leading to the rolling foothills. <u>It seemed that everything around was yellow, except for the green trees and bamboos</u>. He had built Yellow Tower at Suchow. He was living at Huangchow, which meant "<u>The Yellow District</u>", and he daily crossed the Yellow Mud Flat to reach <u>the Eastern Slope</u> under the <u>*Yellow* Knoll</u>. He had changed his <u>scholar's cap and gown</u> for <u>the jacket of an ordinary farmer</u> so that the common people would not recognise him. Daily he covered this stretch.

<u>In the intervals between his work at the farm he would come to the town, get a little tipsy, and lie down on the grass to sleep until some kind peasant waked him at dusk</u>. One day in a drunken fit, he wrote a <u>hobo rhapsody</u>, entitled "<u>The Song of the Yellow Mud Flat</u>", ending as follows:

"I admire the white clouds over the Yellow Mud in the morning,

And stop under the blue smoke of the Snow Hall at night,

Pleased that the fowl of the forest are not disturbed,

And happy that woodsmen ignore me and pass me by.

…" (Lin Yutang, *The Gay Genius: The Life and Times of Su Tungpo*: 197-198; 下画线另加)

【TT34】苏东坡兼住农庄<u>雪堂</u>和城内的林皋亭，每天来回跑。<u>不到三分之一哩的路程变成历史上最受歌颂的脏泥路</u>。走过城内的小店，就来到"<u>黄泥坂</u>"，通向绵延的山路。<u>除了绿树绿竹，一切似乎都是黄的</u>。他在徐州建了<u>黄楼</u>。如今住在<u>黄州</u>。每天穿过黄泥坂到<u>黄冈</u>的东坡去。他脱下文人的衣帽，换上普通农夫的衣裳，一般人都不认识他。他每天走这段路。种田的空当中，<u>他常回城内小醉一回，躺在草地上睡觉，傍晚等好心的农友叫醒他</u>。有一天他喝醉了，就写下一首<u>浪民狂想曲</u>，名叫"<u>黄泥坂词</u>"，后半部如下：

<u>朝嬉黄泥之白云兮，</u>

> 暮宿雪堂之青烟。
> 喜鱼鸟之莫余惊兮，
> 幸樵苏之我嫚。
> ……（宋碧云，2001：266-267；下画线另加）

【译析】

①*The Gay Genius: The Life and Times of Su Tungpo*（即《苏东坡传》）出版于 1947 年，是林语堂另一部英文版传记类力作。以下仅选择两位英语读者的读后感[1]（下画线为主编所加）：

●读后感之一

★★★★★ **wonderful**, July 25, 2012

By magenta

This review is from: The Gay Genius（Hardcover）

I stumbled across this in a used book store and picked it up on a whim having no idea what it was about. <u>Glad I did; it opened up a whole new world! The writing style is just sublime after reading styles from modern authors for years. To find out about a whole style of life, a different way of thinking, a whole different way of being</u> amazing. And <u>the life of the man himself, yes I agree with the title. What work must have gone into this to find obscure and old writings on this person is beyond me.</u>

<u>I am thankful to have read such a fine work and feel enriched for it.</u>

●读后感之二

★★★★★ **A great Chinese author writes about the greatest Chinese poet**, October 20, 2012

By Huang Yu-chun "euhuang"（Taipei, Taiwan）

This review is from: The Gay Genius（Hardcover）

<u>This is a great book written in English by a great Chinese author, scholar, philosopher, linguist, ...Lin Yutang（1895－1976）, about the greatest Chinese poet, scholar, philosopher of all time－Su Tungpo（1037－1101）.</u> Lin states the history

---

1 详见 *The Gay Genius*（http://www.amazon.com/The-Gay-Genius-Times-Tungpo/dp/B000GRIAYK）。

background in Su's days（Sung Dynasty）and the life and works of Su. Lin translated many of Su's poems in this book published in 1947, including, in my mind, THE most fabulous and, greatest poem（or "tse" in this particular form）of all Chinese literature－the "Mid-Autumn Moon", composed in 1076. Lin translated this poem not just by meaning but also in English rhythm. "How rare the moon, so round and clear! With cup in hand, I ask of the blue sky, ..."（page 175）. Critics say that after this poem was written, all the other poems on the harvest moon could be well forgotten. Lin's translation is a piece of art. Lin portraits Su's study, talent, literature works, unswerving mind. Really worth of reading.

②该例是主编首次在本章引用本国人直接用英文撰写的名人传记文学作品作为案例，翻译也是资深译者，是主译"林语堂"的"专业户"。其译文也堪称文学之著，含金量高。

③主编随意选取该书的其中一章——Chapter Sixteen　POET OF THE RED CLIFF（赤壁赋），并任选跟诗歌接近的一个自然段。目前这个【ST34】，可谓不乏乡村之美、乡名之美、自然之美。虽然是用英文撰写，但描述的是中国宋代的乡土之美，于是我们反复提倡的归化或译写法是"舞文弄墨"之首选，否则一大堆威妥玛式拼音或后来的汉语拼音（20 世纪 40 代末还只是个 story）几乎毫无意义，毫无美感。

④以下几例是 SL proper names，特将其回译成汉语：

● the farm Snow Hall——（农庄）雪堂。

● that stretch of road called Yellow Mud Flat——（那段路叫）"黄泥坂"。

● It seemed that everything around was yellow, except for the green trees and bamboos. He had built Yellow Tower at Suchow. He was living at Huangchow, which meant "The Yellow District", and he daily crossed the Yellow Mud Flat to reach the Eastern Slope under the Yellow Knoll——除了绿树绿竹，一切似乎都是黄的。他在徐州建了黄楼。如今住在黄州，每天穿过黄泥坂到黄冈的东坡去。

● a hobo rhapsody——浪民狂想曲。"hobo" 这个词知之甚少，一查得知：（old-fashioned, especially AmE）a person who travels from place to place looking for work, especially on farms[1]（下画线为主编另加），并非像有些词典给的含糊译名（如"流浪工人"），而是特指去农村找活干、打零工的流浪者，可见林语堂措辞精当。

●（...entitled）"The Song of the Yellow Mud Flat"——（名叫）"黄泥坂词"。

●"I admire the white clouds over the Yellow Mud in the morning,

And stop under the blue smoke of the Snow Hall at night,

Pleased that the fowl of the forest are not disturbed,

And happy that woodsmen ignore me and pass me by.

..."——

朝嬉黄泥之白云兮，

暮宿雪堂之青烟。

喜鱼鸟之莫余惊兮，

幸樵苏之我嫚。

……（主译前两行的几个名词翻译）

【ST35】若夫园亭楼阁，套室回廊，叠石成山栽花取势，又在大中见小，小中见大，虚中有实，实中有虚，或藏或露，或浅或深。不仅在周回曲折四字，又不在地广石多徒烦工费。或掘地堆土成山，间以块石，杂以花草，篱用梅编，墙以藤引，则无山而成山矣。(沈复，1999: 96)

【TT35】As to the planning of garden pavilions, towers, winding corridors and out-houses, the designing of rockery and the training of flower-trees, one should try to show the small in the big, and the big in the small, and provide for the real in the unreal and for the unreal in the real. One reveals and conceals alternately, making it sometimes apparent and sometimes hidden. This is not just rhythmic irregularly, nor does it depend on having a wide space and great expenditure of labour and material. Pile up a mound with earth dug from the ground and decorate it with rocks, mingled with flowers; use live plum-branches for your fence, and plant creepers over the walls.

---

1 详见 *Advanced Learner's English-Chinese Dictionary*（6th Edition）第 838 页。

Thus one can create the effect of a hill out of a flat piece of ground. (沈复，1999：97；林语堂 译)

【译析】

①原文描写了园林景色独具匠心的风格与特点。语言简洁，多以四字结构遣词造句。全文既有语言美，亦有意境美。译者充分利用译语(英语)优势再现原文各审美因素。

②原文第一句较长，译者在"或藏或露，或浅或深"处拆分为两句。译文第一句中使用"planning"、"designing"、"training"这类"动词+-ing"形式的词语，以及"the big"、"the small"、"the real"和"the unreal"这类"定冠词 the+形容词"，巧妙地再现了原文句子"四字结构"的语言美。译文第二句不仅运用"reveals"和"conceals"两个押尾韵的单词，而且借用"sometimes apparent"，"sometimes hidden"这对并列结构，在语言美与意境美上有更胜原文一筹之势。

19.4.7 标题汉译与背景思考

题目的翻译是很有讲究的，读者也可以阅读几十年、十几年前的有关出版物。限于篇幅，笔者只能言简意赅地在此说几个关键点。其一，区分英到汉，还是汉到英。其二，前者稍易，后者较难。其三，不同体裁、文本的标题翻译均有其特点，一定要归类加以实践和研讨，比如电影、小说、散文、自传、诗词、歌曲等。

就本节而言，讨论传记类作品题目的英译汉，主要应把考察点放在文化背景上，因为忽视这一点极易产生误译。比较单纯的题目，如 *Why Not the Best?* 是美国前总统吉米·卡特的自传，好像没有中译本，笔者在 20 世纪 70 年代后期的译文是《为何不求其上？》——直译即可，没有复杂的背景。同理，亨利·基辛格的 *White House Years* 有现成译名，即《白宫岁月：基辛格回忆录》(陈瑶华等译，世界知识出版社 1979 年版)；最为简单的也许是比尔·克林顿的 *My Life* 和希拉里的最新传记 *Hard Choices* (2014)，其译名是《我的生活：克林顿回忆录》(李公昭等译，译林出版社 2004 年版)和《艰难抉择》(中国大陆尚无正式译本)。

传记标题英译汉难度或许最大的，曾经最招致"非议"的，当属希拉里·克林顿的传记 *Living History*。

【ST36】 *Living History*（2003）

【TT36】《亲历历史：希拉里回忆录》(潘勋等译，译林出版社 2003 年版)

【译析】

①在正式(出版)译名与读者见面之前，坊间流传着诸多读者根据自己的理解所给出的译法，可谓五花八门，精彩纷呈，热闹非凡——这个传记的汉译名是史上"非议"最多的译名。

②书名翻译之所以会多样化，主要是"living"可以有两种词性，多种解读，涉及希拉里本人及身外的国内外历史、家史、个人史等，可谓内容丰富，内涵多元化。既然是读者反应论，我们就得尊重读者的呼声和诉求。经归纳，存在以下三类译法：

● 形容词+名词结构——"鲜活的历史"、"活生生的历史"、"活的历史"、"活着的历史"、"现实的历史"、"真实的历史"。

● 动宾结构——"体验历史"、"经历历史"、"活出历史"、"活历史"（尽管搭配不当，但原译如此）。

● 其他译名结构——"历史实录"、"白宫回忆录"、"历史进行时"、"现身说史"、"我就是历史"、"生活史"。

③译林出版社曾将书名试译为"活着的历史"，并抛出这一试探性译名"通知"或"广而告之"，作为出版前"试译名"。

④该回忆录名称的中心词应为 history(历史)，若将 living 译成"活着的"，那就意味着历史必有"死去的"或"过去的"/"逝去的"。台湾版把该书书名处理成"活出历史"，显然译者把 living 解读为动(名)词。

⑤译林出版社曾郑重其事地开会讨论如何最后确定书名的译名。在正式付印之前，他们曾达成一致，把书名定为"活着的历史"。

⑥然而，似乎在付印前最后一分钟，他们突然发现第 38 章即最后一章"纽约"的最后一句话，似乎是呼应书名的一句话(注：这些前后分析均为主编自己的揣摩)："Then I said good-bye to the house where I had spend eight years <u>living history</u>"（Hillary, 2003: 786；下画线为主编所加）。这一新发现导致原来的译名全部推翻。这句话似乎是一权威注解，是产生最新译名的最后之可能性和必然

性。然而，作为专业学术论证，我们还可以做得更为完善，万无一失。

⑦这个进一步论证可以从希拉里的写作谋篇布局及其文笔着手。她讲究修辞，讲求呼应，重视开宗明义，重视排比抓人，文笔令人印象深刻。比如，在希拉里本人的"作者的话"中，她使用了重复排比——For each chapter, there were more ideas I wanted to discuss than space allowed; more people to include than could be named; more places visited than could be described（Hillary, 2003: XI；下画线为主编所加）。

再如，在第一章，希拉里更是开门见山，先声夺人：I wasn't born a First Lady or a Senator. I wasn't born a Democrat. I wasn't born a lawyer or an advocate for women's rights. I wasn't born a wife or mother. I was born an American in the middle of the twentieth century, a fortunate time and place.（Hillary, 2003: 1；下画线为主编所加）。

⑧希拉里既然在最后一章通过使用"living history"设计了 a memorable/unforgettable ending，她就不会忘记在开篇（如作者的话、前言或首章）设计使用"living history"，让 attractive/enticing beginning 发挥 attention-grabbing 的作用和功能，更不会忘记把这个"精心设计"的精练短语作为回忆录的书名——*Living History*。

果然，在"作者的话"，希拉里在作为自然而又强烈对比的首句"In 1959, I wrote my autobiography for an assignment in the sixth grade"之后，似乎是"迫不及待"地写下值得浓墨重彩、大书特书的八年白宫岁月——Forty-two years later, I began writing another memoir, this one about the eight years I spent in the White House living history with Bill Clinton（Hillary, 2003: XI；下画线为主编所加）。

综上所述，两处的汉译文特引述如下（均引自译林出版社 2003 年版《亲历历史》）：

● "这一次是关于我与比尔克林顿一起在白宫亲历历史的八年。"（潘勋等译，见"作者的话"第 1 页）

● "然后我向这个我用了八年时间去亲历历史的房子说再见。"（潘勋等译，见书第 466 页）

的确，这八年是属于希拉里的活生生的白宫生活史，也是她在实现其美国梦过程中之所得与所失，也是美国历史中不可或缺的一部分。此处历史的重中之重——不是别的，正是这个核心词 Living。

19.4.8 标题英译与前景思考

长期以来，笔者(即主编)对各种标题的翻译情有独钟，对汉译英的关注度尤高。对《我的前半生》的英译名之兴趣和关注，可追溯至 20 世纪 80 年代，在北京接(讲多语种的)"联合团"时，无意间留意到法国记者手中《我的前半生》的英文版。

笔者的经验是：书名的汉译英，稍一不当，译名就可能像白开水，不为目标语读者所欣赏、所认可、所接受。比如，把《把一切献给党》译成 *Dedicating All Myself to the Party*，这个"Party"一来极易在 TL 文化语境中产生混乱，二来不为 TL 受众所喜欢，因为在西方国家 party 真的多如牛毛，即使将其调整为 the Communist Party of China，也难以讨好西方读者。

再如，把《我的前半生》译成 *My First Half Life*，试图在欧美市场占有一席之地，估计无人会问津。一问，"我"指谁？二问，"我"如此重要吗？三问，即使你是皇上，有足够的魅力抓住"老外"吗？

之所以提出汉语传记书名的英译要"抓人"，关键是英语读者并不很喜欢读汉语作品的英译文本。正因为如此，我们强调汉语标题英译之前景思考或前景化，而英语标题汉译则更强调背景思考。

当然，要做到汉语书名英译之前景化，其前提应是对汉语/SL 书名的文化/社会背景的到位了解。在这一方面，西方人似乎比我们更有创意/创译。

【ST37】《我的前半生》

【TT37-1】*The Last Emperor*

【TT37-2】*From Emperor to Citizen/From Emperor to Citizen: The Autobiography of Aisin-Gioro Pu Yi*

【译析】

①虽然 *The Last Emperor*(《末代皇帝》)是从自传《我的前半生》改编而来

的电影片名，但这部由世界著名的意大利导演贝纳多·贝托鲁奇(Bernardo Bertolucci)执导的片子，其片名给我们很大的启发。20 世纪 80 年代他成功获得了中国政府的首肯，成为第一个在故宫实景拍摄的外国导演。这次拍摄的《末代皇帝》将他带上了导演生涯的顶峰——获得奥斯卡最佳影片、奥斯卡最佳导演的殊荣。在《末代皇帝》这部现今看来思想性，艺术性都毫不过时的史诗巨作中，贝托鲁奇将溥仪活生生地搬上了舞台，讲述了中国最后一个皇帝传奇的一生，用他的话说就是讲"一个从龙变成蝴蝶"的成长的故事[1]。简而言之，片名《末代皇帝》很抓人，这也是该片获取如此大奖的不可或缺的原因之一。

②图书《我的前半生》的作者是爱新觉罗·溥仪，译者是 W. J. F. Jenner (汉语名詹纳尔; 1940)，也是《西游记》的译者。詹纳尔英文全名是 William (Bill) John Francis Jenner，毕业于牛津大学汉语专业，英国汉学家，中国文学翻译，研究中国历史与文化。他的英译思路同样值得我们研究、效仿。

具体而言，《我的前半生》是清朝末代皇帝溥仪在抚顺战犯看管所中所写的"反省式"自传。溥仪作为清朝的第十二位皇帝，也是我国封建王朝最后一位皇帝，三岁登基，合法在位三年，之后又任伪满洲国皇帝 13 年。《我的前半生》记录了溥仪从登基到流亡到接受新中国改造等过程，是一部回忆录，更是一本特定历史环境下的自省书，从中，我们仍然可以清晰地瞥见特定历史环境末代皇帝的悲剧与喜剧，他的人生道路凝聚着近现代社会的变迁。溥仪晚年本想写一部《我的后半生》，可惜未如愿[2](下画线为主编所加)。下画线部分均成为有助于培育英国译者创译思路的必要信息知识。

欧美人思考问题容易产生共鸣。西方最大的图书公司之一亚马逊对《我的前半生》的英文介绍就是一有力印证(下画线为主编所加)：

From Emperor to Citizen is the autobiography of Pu Yi, the man who was the last emperor of China. A unique memoir of the first half of the 20th century as seen through the eyes of one born to be an absolute monarch, the book begins with the author's vivid account of the last, decadent days of the Ching Dynasty, and closes with an introspective self-portrait of the last Ching emperor transformed into a

---

1 参考 http://baike.baidu.com/subview/26812/5737338.htm?fr=aladdin。

2 参考 http://baike.baidu.com/subview/477441/9284486.htm?fr=aladdin。

retiring scholar and citizen of the People's Republic of China.[1]

③"从皇帝到公民"这样一种独特、抓人思路的翻译在 27 年前就深深"震撼"了笔者，也正是从那时那刻起，笔者非常自觉地留意标题的翻译、公示语的翻译等。这种"独特"，这种"抓人"，也是建筑在对该书背景知识足够了解的基础之上的——关键点有二，一是中国封建社会的"末代皇帝"，二是溥仪经改造成为一自食其力的"普通公民"。意大利导演"狠狠"抓住了关键点一，由此获奥斯卡奖。

一句话，*From Emperor to Citizen* 就是笔者提倡的汉语书名/标题英译前景化的典型例子之一。若全面把握标题翻译问题，应是：background（背景知识）为基础，foregrounding（前景化）为结果。

【研究与实践思考题】

(1) 将下列八部传记书名译成汉语或英语，并做出有关解释。[A]+ [AT]

● *The Gay Genius: The Life and Times of Su Tungpo*

● *Yao: Life in Two Worlds*

● *Being Jordan: My Autobiography*

● *Making A World of Difference*

● 《史记》

● 《把一切献给党》

● 《永不放弃》

● 《亲历与见闻》

(2) 将下列英文回忆录选段译成汉语，注意 Rewriting 及（涉政）意识形态理论的运用，并说明为何如此处理译文。[A]+ [AT]

Excerpts from "China: Uncharted Waters"[2]

　　Like many Americans, my first real look at China came in 1972, when President Richard Nixon made his historic trip across the Pacific. Bill and I were

---

1　详见 http://www.amazon.com/From-Emperor-Citizen-Autobiography-Aisin-Gioro/dp/7119007726。

2　节选自 *Hard Choices*（Hillary Rodham Clinton, Simon & Schuster, 2014）。

law students without a television, so we went out and rented a portable set with rabbit ears. We lugged it back to our apartment and tuned in every night to watch scenes of a country that had been blocked from view for our entire lives. I was riveted and proud of what America accomplished during what President Nixon called "the week that changed the world."

Looking back, it's clear that both sides had taken enormous risks. They were venturing into the unknown, during the height of the Cold War no less. There could be serious political consequences at home for leaders on both sides for appearing weak or, in our case, "soft on Communism." But the men who negotiated the trip, Henry Kissinger for the United States and Zhou Enlai for China, and the leaders they represented, calculated that the potential benefits outweighed the risks. (I have joked with Henry that he was lucky there were no smartphones or social media when he made his first secret trip to Beijing. Imagine if a Secretary tried to do that today.) We do similar calculations today when we deal with nations whose policies we disagree with but whose cooperation we need, or when we want to avoid letting disagreements and competition slip into conflict.

The U.S.-China relationship is still full of challenges. We are two large, complex nations with profoundly different histories, political systems, and outlooks, whose economies and futures have become deeply entwined. This isn't a relationship that fits neatly into categories like friend or rival, and it may never. We are sailing in uncharted waters. Staying on course and avoiding the shoals and whirlpools requires both a true compass and the flexibility to make frequent course corrections, including sometimes painful trade-offs. If we push too hard on one front, we may jeopardize another. By the same token, if we are too quick to compromise or accommodate, we may invite aggression. With all these elements to consider, it can be easy to lose sight of the fact that, across the divide, our counterparts have their own pressures and imperatives. The more both sides follow the example of those intrepid early diplomats to bridge the gaps in understanding and interests, the better chance we will have of making progress.

...

(3) 将下列英文自传选段译成汉语，注意 Rewriting 及（涉性）意识形态理论的运用，并说明为何如此处理译文。[A]+ [AT]

A Passage from *Being Jordan*[1]

I wouldn't say he was the greatest lover I've ever had, but our sex life was OK. His speciality was the quick shag. He was really into football and we tended to have sex during the commercial breaks, while the match was on－that's how quick he was! But we were much more adventurous than I'd been with Jeff. One night we got back from clubbing with some mates and played strip poker. When we were all naked we jumped into the car, drove up to Devil's Dyke, a local Brighton beauty spot, and have sex there in front of each other. We didn't swap partners or anything, we were just pissed and having a laugh. But even now I do enjoy the thrill of having sex outdoors. I think it's really boring to make love in a bed all the time. I do like a bit of experimentation.

(4) 将下列中文回忆录译成英文，注意语义翻译和交际翻译的有机结合及翻译风格的把握，并说明为何如此处理译文。[A]+ [AT]

我是河北省南部的磁县人。磁县地处世界著名的华北黄土平原，境内河渠交错，阡陌纵横，农业发达，是中国小麦的重要产区。人口密集，文化和教育比较发达。磁县是一千七百多年前三国时代魏国建置的磁州。境内有丰富的煤炭矿和瓷土(磁县人把瓷土也称作磁土)。磁州窑生产的民用陶瓷是中国北方的名品，在国际上也享有相当声誉。磁县与河南、山东、山西三省相邻，有 1906 年建成的京汉铁路通过。1913 年初，我出生于一个教职员兼地主的大家庭，原名王汝梅，全家三房有十五六口人。父亲王浩然受过中等教育，曾任县府督学和实业局职员。他注意到我爱读书，就抓我诵读古文，如《论语》、《孟子》、《幼学琼林》等，可惜我十二岁时他病逝了。临终前他嘱咐我母亲，要当时在保定工业学校读书的哥哥回家帮她主持家务，而让我继续读书。我母亲是个善良勤劳而又开明的家庭妇女，她鼓励孩子们读书，让过了门的大儿媳妇继续上学，成为教师。我有两个伯父，大伯父王豁然，一生务农；二伯父王欣然(号向荣)，是位有声望的学者和教育家。二伯父幼年

---

1 该自传作者是 Katie Price (John Blake, 2004/2005)。

时也因家贫上不起学，私塾老师看他勤奋好学，聪慧过人，便决定资助他专心读书，直到他考取清朝的"拔贡"。此后他深入儒学研究，广泛涉猎西方学术思想。民国后他应地方当局要求回磁县当教育局长，创立磁县中学，之后，他长期在天津女子师范学院任教。中华书局和商务印书馆出版过他的五本著作，都成为当年大专院校的教材。他自学日语，翻译出版过日本学者的伦理学著作。七七事变后，抗战爆发，日军侵占磁县，日本人要他出来当县长，他极为愤怒，誓死捍卫中华民族尊严，不为侵略者做事。据说他用日语把日本人骂走。随后，他到磁县西部太行山麓的紫金山隐居，直到病逝，"赍志而殁"。二伯父生活简朴，为人正直，忠贞爱国。我的性格和学习习惯的形成多得于他的教导和影响。我上初中时，每天放学回家，很喜欢到二伯父书房里找书读。他藏书甚多，称得上汗牛充栋，成为我的乐园。正是在那里我读到鲁迅先生的一些作品，如"狂人日记"、"阿Q正传"等。我喜欢读鲁迅的著作，觉得好像给我打开了一扇窗户，帮助我开始懂得如何做人以及探索事物的本质。鲁迅的杂文成了我一生的良师益友。在那里，我也读到了《新青年》等进步刊物。回顾我的求学经历，也是一波三折。由于战乱的影响，我不能在家乡完成高中学业，就到北平寻找机会。1929年秋，我考入锦州东北交通大学预科，远走东北，到锦州去读书。在交大，我们这些学生热心研讨如何开发葫芦岛，以抵制日本侵略者控制了的旅顺和大连，另辟中国自己能控制的国际交往港口。1931年9月初，我刚升入东北交大本科，发生了日本帝国主义发动侵略战争并占领沈阳的九一八事变。日本要吞并中国东北三省。拥有二十万东北军的张学良将军在南京蒋介石政府不抵抗政策的胁迫下，下令部属撤退进山海关，整个东北大好河山迅速被日本侵略者占领，三千万东北同胞成了日寇任意奴役、宰杀的亡国奴。我们交大的学生，每天看着东北军官兵乘一列列火车经锦州开往山海关，痛心疾首，愤懑已极。不久之后，我同大批东北同学也搭车入关，回到北平——五四运动的发源地和中国青年抗日救亡运动的温床和大熔炉。此后，日本帝国主义策动华北五省自治，民族危机迫在眉睫，激发了伟大的"一二·九"运动。"一二·九"运动迅速波及全国，掀起全国人民抗日救亡的大潮。[1]

---

1 选自黄华本人撰写的回忆录（黄华，世界知识出版社，2008）。

(5) 将下列中文回忆录译成英文,注意语义翻译和交际翻译的有机结合及市场意识的灵活运用，并说明为何如此处理译文。[A]+[AT]

第一章　奇人马云[1]

不把自己当英雄的英雄没有进过著名的高等学府，也没有在国外留学的经历，更没有在华尔街工作的背景，却成了中国电子商务的"最强人"！一个对互联网技术"一窍不通"的人，居然创造了互联网的第四种模式！一个曾经的英文教师，居然成为 50 年来第一位荣登全球著名杂志《福布斯》封面人物的中国企业家！——马云 2000 年被美国亚洲商业协会评为"年度商业领袖"；2005 年被评为"2004 年度中央电视台年度经济人物"；2005 年被世界经济论坛选为"全球未来 100 位领袖"之一；2006 年度入围 25 位中国最具影响力的"企业领袖"……

从一开始闷头在国内悄悄往腰包里装钱，到现在将钱袋向全世界打开，马云作为中国最大电子商务网站的 CEO，更像一部好莱坞电影人物，经历诸多挫折，但终成大器。然而面对足以让中国 IT 甚至全球 IT 界刮目相看的业绩，马云却坦言"别把自己当英雄"！这就是马云——一位不把自己当英雄的真英雄！

一、神奇草根：神奇？神奇！

马云，这个教师出身的企业家，神奇吗？您得到的回答是这样的：简直太神奇了！登上大洋彼岸的《福布斯》，与布莱尔共进晚餐，与克林顿开怀笑谈，风头甚至超过盖茨，成为充满想象力的"未来首富"……

在国内，没人不知道这个"创业教父"；在国外，有千百万的政要、商人、民众崇拜这个"东方拿破仑"——Jack Ma（马云的英文名字）。所有中国企业家所能得到的荣誉，马云几乎都囊括了；所有中国企业家不曾得到的殊荣，马云也包揽了。

无论在商界、政界，还是哈佛、牛津这样的世界名校，马云都是炙手可热的中国企业家。而实际上，马云只是出身平民，在普通得不能再普通的地方师范学院毕业，长得其貌不扬的草根而已。

---

1 选自《马云正传》（刘世英著，湖南文艺出版社，2008）。为便于翻译，主编特将部分段落做了调整，拆分成多个自然段，没有丝毫改变原意。

1. 从顽童到"东方拿破仑"

没有魁梧的身材，没有英俊的外表，他甚至被《福布斯》杂志描述为"深凹的颧骨，扭曲的头发，淘气的露齿笑，5 英尺高、100 磅重的顽童模样"。而杂志封面上的这个"顽童"，就是中国企业家马云！他是中国大陆第一个登上《福布斯》杂志的本土企业家。为了这一天的到来，中国等待了整整 50 年。马云上榜之后，曾在中国内地引起一阵"福布斯风波"：有人说，他是花重金买来的虚名；有人说，是《福布斯》的记者被他制造的假象迷惑了……

谣言不攻自破，真理不辩自明。那一期的《福布斯》杂志，除了破天荒地把马云这个中国土生土长的企业家搬上封面以外，还从全球 25 类 1000 多家电子交易市场中选出做得最好的 B2B 企业，而马云的阿里巴巴被评为综合类 B2B 网站的第一名。

此后，阿里巴巴连续 7 次被这家老牌财经媒体评为全球最佳 B2B 站点。而这个被形容为"颧骨深凹"、"头发扭曲"、"长相怪异"、"顽童模样"的中国企业家马云，是在香港的大街闲逛时，无意中从地摊上发现自己上了杂志封面。之后，他恍然大悟，更是"如梦初醒"："直到看了这期《福布斯》，我才知道自己原来有那么丑。"

2. 中国的"互联网之父"

从某种意义上说，企业家马云的创业史，也是一部中国互联网的发展史。1995 年 4 月，刚过而立之年的马云，便满腔热情投入了方兴未艾的互联网浪潮中，并创立了中国第一家真正意义上的商业网站——中国黄页。彼时，被互联网业界誉为"开山鼻祖"的雅虎公司，刚刚创立不到一年；彼时，中国内地尚未开通一条互联网专线；彼时，因日后创办了曾显赫一时，却昙花一现的"瀛海威"公司而名扬业界的张树新，为了政府批文的事情，正奔于北京城里大大小小"衙门"中。若干年后，当人们重新研究中国互联网的发展史时，饱经沧桑的企业家马云方才获得那原本就该属于他的桂冠——中国"互联网之父"。颇为诡异的是，与国人之态度大相径庭，在西方，大多数人都称 Jack Ma（马云的英文名）为中国的"Mr. Internet"（"互联网之父"）。不过，对于一贯淡泊名利、"不在乎别人怎么看自己，只在乎自己如何看这个世界"的马云而言,他并不需要为能否"正名"而或喜或悲,因为历史已经给了他足够的机会去证明这些。

1997 年底,迫于无奈而与"中国黄页"分道扬镳的马云,在外经贸部的邀请下,正式加盟下属的中国国际电子商务中心(EDI)。在此期间,一腔热血的马云带领其团队先后开发了"网上中国商品交易市场"、"网上中国技术出口交易会"、"中国招商"、"网上广交会"和"中国外经贸"等一系列站点,并为李岚清、吴仪等国家领导人所参观。其中,"中国外经贸"是中国各大部委中第一个真正意义上的政府站点,"网上中国商品交易市场"甚至被当时的外经贸部长石广生同志誉为"永不落幕的广交会"。1999 年,在全球皆为".COM 热"而疯狂的时代浪潮之中,在以雅虎、eBay、亚马逊三大巨头为主流的互联网格局下,"另类"的马云却高喊"只抓小龙虾"的口号,高举"做中小企业救赎者"的大旗,开拓一个前无古人、后有来者的新领域——中小企业 B2B。从此,在雅虎、eBay、亚马逊之后,世界互联网版图上又多出了一个崭新的"第四种模式"——阿里巴巴模式。

在企业家马云之前,习惯了全盘西化、大规模进口欧美经济模式的中国企业和企业家,从来没有像今天这样在世界新经济的大舞台上如此扬眉吐气过。当人们谈到中国互联网十余年的发展历程中,不得不提到企业家马云,也不可能避开这个"幽灵"的存在。他是当仁不让的开创者、"教父",也是充满变革精神的颠覆者、"叛逆"。

3. 撮合百万意中人的"网络媒人"

2004 年 12 月 28 日晚,北京饭店,2004 年 "CCTV 年度经济人物" 颁奖现场。

作为颁奖嘉宾之一的海尔集团首席执行官张瑞敏先生,走上主席台,宣读颁奖词:他热心做媒,撮合百万意中人;他牵线搭桥,链接 200 多国家和地区。你在他那里登记个名字,他让你挑选整个世界。颁奖词宣读完毕后,在全场爆发雷鸣般的掌声中,阿里巴巴集团首席执行官马云走上领奖台,与张瑞敏的双手紧紧握在一起……

那一年,是 2004 年,阿里巴巴刚刚过完它的五周岁生日,而它的创始人马云就是在这一年入选了"CCTV 年度十大经济人物"。中央电视台的"年度经济人物"评选，是历年以来中国企业界、传媒界的一场盛会，因其覆盖面之广、权威性之高而著称于业界。能够入选"CCTV 年度经济人物"，无论对中国的企业家还是经济、金融领域的政府官员来说，都是极高的荣誉。2004 年评出的"CCTV 年度十大经济人物"，可谓是巨星云集，有杨元庆、马化腾等风华正茂、蒸蒸日上的 IT、互联网"少帅"，有李东生、侯为贵等志在千里、壮心不已的民族信息产业"老将"，更有李金华、周小川等锐意改革、开拓创新的高层官员……

值得一提的是，在 2004 年的"CCTV 年度经济人物"候选人推举过程中，曾出现过一个经典插曲。在推选企业家马云时，《中国企业家》杂志社社长兼《经济日报》出版社社长刘东华先生，曾对着镜头这样说过："就像比尔·盖茨已经成为人类创造互联网的杰出代表一样，马云必将成为人类利用互联网的杰出代表，阿里巴巴也必将成为纳斯达克的太阳！"

刘社长后来回忆说，当时他话音一落，"在场的人一脸惊异，奇怪我为什么会出如此骇人之论。"此一时，彼一时。四年后的今天，再回忆当初这一幕，颇富戏剧性，而刘社长的预言似乎越来越接近事实。……在那次领奖会上，当主持人要求企业家马云发表获奖感言时，他说出了那句日后被奉为"经典语录"的名言：我就是戴上望远镜也看不到对手！大概是从那以后，"狂人马云"的形象开始渐入人心，其"经典语录"亦渐为业界、媒体、大众所"传颂"。

4. 一个"不懂网络的网络精英"

一位记者朋友，有一次在马云办公室里做客。双方聊着一个话题，大概是需要到电脑上调出某个资料来，结果他倒腾了半天愣是没弄出来。这时马云打电话让秘书进来，帮他来解决这个"疑难的技术问题"。秘书进来之后不到 10 秒钟就帮他搞定了，后来那位记者朋友凑过去一看，原来就是个普通的 WORD 文档，就是一个简单的 OFFICE 软件操作，一个入门级的电脑"菜鸟"都可以解决的问题。后来，那位朋友用了"不可思议"的话语来形容她所看到的一切：这就是中国大名鼎鼎的互联网公司的老总？是故，"他，是一个不懂 IT 的 IT 精英；他，是一个不懂网络的网络英雄。"这是众多国内媒体在报道马云时最常用的开场白，也是对马云这个出身"草根"的互联网骄子最精炼、最浓缩的概括。在人们的想象中，做 IT、搞互联网的公司肯定都是一流的 IT 精英，肯定都身怀绝技。马云恰恰不是，他是一个典型的"既不 I 也不 T"的技术外行。

他经常自嘲："我只会干两件事，一是浏览网页，二是收发电子邮件，其他的一窍不通，我连如何在电脑上看 VCD 都不会弄！"而且他也"不求上进"，觉得"一直保持这种'菜鸟'级的水平挺好的"。而且，这个小个子从来都不认为自己是一个聪明的人，却常常说自己如"阿甘"一样的傻，参加高考时马云的数学甚至考过 1 分。但自己在电脑水平上的"菜"并不妨碍马云带领着他的团队去创造"芝麻开门"的神话，因为他相信"打造一个明星团队比拥有一个明星领导人更重要"。毕竟，对一艘良好的船而言，仅有一个技术水平和经验丰富的好船长显然是不够的，拥有一支素质良好的船员队伍更重要。实际上，在阿里巴巴内部，和阿里巴巴那群绝顶聪明的技术天才相比，马云更多的时候是充当一个"傻瓜"的角色。但让人惊奇的是，这个"傻瓜"CEO 居然能将他的"傻"用到公司的管理上，并发挥得淋漓尽致。

在阿里巴巴的每一款新产品推向市场之前，马云都是该产品的"第一测试员"。他一再坚持，"只要我马云不会用，社会上 80%的人就不会使用"。如果"第一测试员"这关过不了，那些神通广大的工程师们都要从头再来。也许，对这个"既不 I 也不 T"的技术外行而言，恰恰这些不足，帮他挺过了互联网低潮，并笑到了最后。正是因为作为 CEO 的马云不懂技术，更不精于技术，所以他就更懂得尊重专家和技术人员的意见。而且，马云并不因为"既不 I 也不 T"而受到外界的质疑，相反，他还经常因此而受到褒奖。多年前，曾任中国"入世"首席谈判代表、博鳌亚洲论坛秘书长的龙永图，与马云共同应邀参加央视的《对话》节目时，就曾这样评价马云："外行也是可以领导内行的，但前提是你要尊重内行，如果自己不懂又没有自知之明，那就麻烦了，而马云在这方面恰恰做得非常到位。"

……

歌曲体裁单元

导　言

　　歌曲翻译或译配，非一般人能为之，非"多重复合型"翻译人才莫属。歌曲翻译中的歌词翻译可归类于文学翻译或诗歌翻译。由于需要配合原唱乐谱，所以译者还应懂声乐和/或器乐。简单通俗地讲，他/她应懂音乐、文学和翻译，必须三项具备，三位一体。严谨地说，这样的歌曲翻译应为歌曲译配，它需要译配者具备复合型的天赋、知识储备及音乐审美观。

　　"歌曲翻译"是一上位词。它包含"歌曲译配"和"歌词翻译"。这里"译"的内涵即译歌/歌词翻译。歌词多以诗歌的形式出现；歌曲是供人歌唱的作品，是诗歌和音乐的结合。换言之，歌词是可唱的诗（lyric/singable poem）。歌词翻译是既要译得准确达意，保持韵律，又要上口自然，符合原曲的旋律和节奏。一般歌曲节奏包括诗歌节奏和音乐节奏两部分。只有两个节奏达到统一，歌曲才会和谐完美。因此，译歌也算是一种"填字游戏"。

　　一般的文学翻译书籍，很少或从不涉及歌曲这种体裁的翻译或译配，一来这种实践本身就有难以逾越的翻译障碍，二来这种实践给绝大多数译者带来的挑战几乎无人会（愿意）为此付出巨大的成本。

　　笔者（即主编）之所以专辟一单元，撰写"歌曲体裁与翻译"，一则自己喜欢唱歌（可以写上几句），二则书的内容必须名副其实。既然是"文学多体裁翻译"，那就应该做到体裁尽可能完整，并与时俱进，接受挑战，尽力而为。

　　本单元的内容会丰富多彩，但主要内容会集中于歌词的翻译或译配，讨论这种翻译的（主要）唯一目的是 singable。这跟戏曲单元的唱词翻译目的一样，主要或必须是 singable，话剧台词必须是 speakable、performable，整个戏剧文本则应是 playable。

　　由于受原文乐谱的制约，歌曲译配中的歌词翻译，其难度和限制一般要大于诗歌或对联翻译；反之，则要小于后者。这三者的翻译有着密切的联系，它们的翻译理论、策略、原则、方法等是可以通用的。如果诗歌翻译和对联翻译的基本要求是"形神兼备"，那歌词翻译/译配便是"声情并茂"。

　　歌曲译配的"进出口"之比，跟中国文学翻译的"进出口"之比一样，"进口多"，"出口少"；换言之，英译汉多，汉译英少。随着中国文化"走出去"的浪潮一浪高过一浪，我们在讨论歌曲译配时，重点不应照着过去做，必须给歌曲英译应有的空间和位置。

We Wish You a Merry Christmas
祝你圣诞快乐

作词：英国传统歌曲
作曲：薛范 译配

Chapter 20
歌曲体裁与翻译

`i 7 6 6 6 | 2 2 3 2 i | 7 5 5`
We Wish You A Mer-ry Christ-mas. We Wish You A Mer-ry Christ-mas. We
我们 祝你 圣诞 快乐，我们 祝你 圣诞 快乐，我们

`3 2 i 6 5 5 | 6 2 7 | i - 5 | i i i | 7 - 7`
Wish You A Mer-ry Christ-mas And a Hap-py New Year. Good tid-ings to you, wher-
祝你 圣诞 快乐，祝你 新年 快乐。无论你 在何 方，为你

`i 7 6 | 5 - 2 | 3 2 i | 5 5 5 | 6 2 7 | i--`
ev-er you are. Good tid-ings for Christ-mas, And a Hap-py New Year.
衷心 祝福。祝你圣 诞节 安好，祝你 新年 快乐。

20.1 歌曲体裁翻译概述[1]

总体来说，歌曲译配/翻译对中外文化交流的贡献可分为四个时期：初试期（1920－1949 年）、高峰期（1949－1960 年）、缓慢期（1961－1980 年代）、停滞期（1990 年代至今）。

为便于读者清晰地阅读，我们以"**歌曲翻译史发展阶段**"为纲，以"**发展阶段及译配简述**"及"**发展阶段之部分译作**"为目来概述大陆歌曲体裁翻译史。

■**歌曲翻译史发展阶段：20 世纪初**

发展阶段及译配简述。我国翻译外国歌曲开始于清朝末年。先驱者们在 20 世纪 20－40 年代进行了不断的开拓。

发展阶段之部分译作。叶中冷 1908 年译的美国《飞渡鸠迦》（进军佐治亚）；稍后的佚名译的法国《马赛曲》；20 年代马君武译的德国《迷娘之歌》；刘半农译的爱尔兰民歌《最后之玫瑰》。

■**歌曲翻译史发展阶段："五四运动"（1919 年）以后**

发展阶段及译配简述。西风东渐，归国留学生、外国侨民、流亡者（例如白俄）和"淘金者"、外国传教士、西洋乐队和歌唱家等开始陆续把西方的音乐和歌曲传入我国。清朝末叶，废科举，办新学，倡导"学堂歌曲"。

发展阶段之部分译作。沈心工在 1904－1907 年间编印的《学校唱歌集》3 集，是我国最早出版的学堂歌集之一（其中所收入的大多是日本歌调的填词歌曲）。1912 年，沈心工重编《学校唱歌集》6 集，开始选用一部分德、法、英、美的曲调填词。这两种歌集是把外国歌曲介绍到中国来的最早的一次实践。张秀山 1913 年编的《最新中等音乐教科

1　内容编写基于薛范的"翻译歌曲的历程"（《音乐研究》，2001 年 9 月第 3 期）等。叙述出现部分"穿越"或"重叠"现象，主要原因是同一历史阶段的歌曲译配成果特别丰富多彩，不忍省略。引用的唯一目的是以历史发展事实唤醒专业和业余译者为歌曲译配多做贡献。对薛范先生，谨致谢忱！

书》中也有不少外国歌曲。

■**歌曲翻译史发展阶段**：截至 20 世纪 40 年代

发展阶段及译配简述。学堂歌曲所引进的外国作品几乎很少按照原文歌词作译配介绍，多半采用两种方式：①采用外国的曲调填以中国的古典诗词；②采用外国的曲调自行填词。

发展阶段之部分译作。

1) 钱仁康用俄罗斯民歌《从那岛屿后的河湾》填以李白的《长门怨》，用美国鲁特的《空中乐声》填以刘基的诗，用苏格兰歌《水边和山崖》填以陶潜的《归鸟》，用英国哈利森的《黄昏来临》填以晏殊的《踏莎行》，用西班牙民歌《幻妮塔》填以黄遵宪的《今别离》，用意大利乔尔达尼的《我亲爱的》填以韩愈的《履霜操》，等等。丰子恺在他 1927 年编选出版的《中文名歌五十曲》中，也采用了李白、杜甫、王维、孟浩然、岑参、欧阳修等人的诗篇为外国曲调填词。

2) 赵铭传根据日本《樱花》填词的《远别离》、根据法国《我的诺曼底》填词的《梅花》；刘大白根据贝多芬的《土拨鼠》填词的《卖花女》、根据挪威《昨夜》填词的《静夜》；沈心工根据福斯特的《主人长眠在冷土中》填词的《凯旋》；沈秉廉根据鲁宾什坦的《F 调旋律》填词的《春来了》。苏格兰民歌《友谊地久天长》可能是被填词最多的一首外国民歌。

■**歌曲翻译史发展阶段**：1913 年起

发展阶段及译配简述。中华基督教青年会早在 1913 年就编选出版了《青年诗歌》。20 世纪 20 年代出版的圣咏集有 11 种，到 30 年代又增加了 19 种，到 40 年代再增加 19 种。

发展阶段之部分译作。影响较大的有：阎述诗编译的《新旧约圣诗集》、李抱忱编的《普天同唱集》、中华基督教会(长老会)编订出版的《普天颂赞》、浸会书局选编的《大家唱》等。为译介圣咏歌曲做出贡献的首推刘廷芳和杨荫浏，他们译配的一些圣诞歌曲，现在仍可在音乐会上经常听到。

■**歌曲翻译史发展阶段**：20 世纪 20－40 年代

发展阶段及译配简述。据现存的资料记载有五十多种，外国的经典歌曲翻译，最早的是 1928 年佚名译的《莱茵河畔》。1936 年还出版了胡宣明译的舒伯特的歌曲集。1940 年，顾一樵译的《快乐颂》可能是贝多芬《欢乐颂》最早的中译本。1945 年吕振中等译的《创造神曲》则可能是海顿《创世纪》最早的中译本。1948 年又出版了廖晓帆译的《舒伯特独唱曲集》。在 20 世纪 30－40 年代译介的外国歌曲，可以查见的还有许地山译的布拉姆斯的《摇篮曲》、苏格兰民歌《洛蒙湖》等。江西省推行音乐教育委员会于 1933－1937 年编辑出版的《音乐教育》月刊（缪天瑞主编），共出刊 57 期，几乎每期都有翻译歌曲发表。值得一提的是其中刊登的舒伯特的几首名曲，如《摇篮曲》和《小夜曲》。舒伯特是最早被中国人认识和接受的外国经典作曲家之一。此外还有门德尔松的《乘着歌声的翅膀》。

为外国曲调填词最有影响的首推**李叔同**（弘一法师）。李叔同既有诗才，又有乐才，他所选配的曲子大多来自日本的学堂歌曲，除了日本作品外，还有意大利作曲家贝利尼和德国作曲家韦伯的歌剧选曲，以及美国作曲家福斯特、奥德威、海斯等人的通俗歌曲，还有美、英、德、法等国的儿歌、民歌和圣咏等。例如，脍炙人口的填词歌曲《送别》和《忆儿时》。

1937 年，抗日战争爆发后，一批文艺工作者奔赴延安，其中不乏音乐家和通晓俄语或各国语言的文学家。同一时期，留在"孤岛"上海的文艺家们，也在译介苏联歌曲，此外，在国民党统治区其他地方，有赵沨译配的《卡秋莎》等。

《中学音乐教材》（1946 年钱仁康编）是当时的中学（尤其是上海）较为普遍采用的一套教材，其意义不仅仅在于引导青少年们第一次认识了许多经典作曲家及其经典作品，而且在于钱仁康是最早对外国歌曲进行有意识地、有选择地、较为系统地翻译和介绍的人，他是外国歌曲翻译、介绍和研究的先驱者和开拓者之一。

发展阶段之部分译作。在 20 世纪 20 年代有 3 首外国歌曲的翻译传播值得一提：法国的《马赛曲》、《国际歌》和俄罗斯民歌《伏尔加船夫曲》。

此外，有 1927 年出版的、**刘半农**译的《国外民歌译》；1928 年柯政和、张秀山编的《名歌新集》；1930 年中华乐社出版的《世界名歌选粹》5 册；1932 年**钱歌川**编的《世界名歌选》；1933 年梁得所编译的《世界名歌集》3 册；同年李抱忱编的《混声合唱曲集》2 册和《独唱曲集》1 册；柯政和编的《世界名歌一百曲集》3 册以及《女声合唱一百曲集》和《混声合唱一百曲集》；1936 年沈上达编的《世界名歌一千曲》；同年醒民出版社编的《世界名歌三千曲》4 册；《卡秋莎》是赵沨首译，只译了两段歌词，一直传唱至今；陈原 1941 年在桂林编译出版的《苏联名歌集》可能是目前所知最早的国别歌曲选本了，如今在传唱的一些名歌，如《我们是铁匠》、《我们是红色战士》、《雪球花》、《青年歌》等，最初都是陈原首先译出的；1943 年李凌、赵沨编的《世界名歌选集》；狄润君编的《世界名歌选》和《西洋歌曲集》；1947 年陈原编译的《世界合唱名歌》；陈鹤琴、屠哲梅编译的《世界儿童歌曲》，等等。

具有一定影响的有**李凌**编的《喀秋莎——苏联名歌集》；哈尔滨中苏友协编的《苏联歌选》和**朱子奇、李焕之**编的《苏联歌曲选》；**陈歌辛** 1944 年在上海也编过一本《中苏新歌》，新中国成立初期又编选出版过苏联歌曲集，他是其中许多歌曲的配歌者。

1946 年，钱仁康编撰的《中学音乐教材》出版，该套教材分为上、中、下三册，除了填词歌曲以外，钱先生翻译介绍了数十首欧美著名民间歌曲和古典歌曲：有的译成古诗词，如亨德尔的清唱剧《犹大·马加比》第 56 曲《英雄今日得胜归》等；而大多则译成语体诗歌，如贝多芬的《土拨鼠》、舒伯特的《野玫瑰》和《菩提树》、肖邦的《少女的愿望》、布拉姆斯的《摇篮曲》、爱尔兰民歌《夏日最后的玫瑰》、夏威夷民歌《珍重再见》、格里格的《索尔维格之歌》等。上述这些名曲最早就是钱先生首译的。

■**歌曲翻译史发展阶段**：

　　1)20 世纪 50 年代的繁荣，60－70 年代的沉寂。

　　2)外国电影中的插曲译配。

3) 20 世纪 50 年代至 21 世纪初钱仁康先生的发展及高峰期。

发展阶段及译配简述。 1949 年新中国成立，外国歌曲的翻译介绍也开始进入一个新的阶段。率先做出成绩的是在上海出版的《广播歌选》。当时第一本也是唯一的一种歌曲刊物《广播歌选》从以活页歌片的形式不定期地发行到以月刊形式出版，几乎每一期都有外国歌曲发表，像《小路》、《莫斯科郊外的晚上》等脍炙人口的苏联歌曲，最初都是在《广播歌选》上首发，并由广播乐团在电台中教唱而得以广泛流传的。后以译介世界各国歌曲为主业的薛范，就是在 1953 年的《广播歌选》上迈出第一步的。

1952 年 4 月，中国音乐家协会主编的《歌曲》在北京问世。这本歌曲刊物从创刊之初就对译介世界歌曲给予足够的重视。每期至少刊登一首，多时甚至 5—6 首。近半个世纪来("文革"十年曾停刊)刊载了世界各国无数优秀的歌曲作品：从国别来看，遍及五大洲，甚至非洲或西印度群岛的小国都有歌曲译出刊载。《歌曲》月刊始终坚持这样的编辑方针(对翻译歌曲的重视)，因此在《歌曲》月刊上发表的外国歌曲，都具有较高的译配质量，其中有些译作直接得益于他们的帮助和润色。音乐出版社编选出版的、受到广泛欢迎的《外国名歌 200 首》及其续编，其中约有三分之一作品就出自《歌曲》月刊。

1954 年，我国第一家国营的音乐出版社("人民音乐出版社"的前身)的成立大大推动了外国歌曲的翻译介绍工作。出版社早期拟订的庞大的选题计划中，外国歌曲的选题占了相当的分量。为逐步实现这一计划，出版社组织和约请了一批译配工作者，其中不少人后来成为外国歌曲翻译、介绍的中坚，如毛宇宽、周枫、薛范、尚家骧、邓映易、廖晓帆、孟晋、杨文竟、林蔡冰、高山(郑中成)、宏扬(刘淑芳)等。

当时初涉歌曲翻译工作的都是二十来岁的年轻人，几乎都没有认真研究过前人译配的经验、探讨过前人译配的得失。从年龄上也不难想见，这批译者无论外语水平、音乐学识、诗词修养，都相当有限，所以，他们译配错误与诸多不足，在所难免。

译配者们经历几十年的摸索和实践，后来对自己的旧译多多少少进行过修订，有些甚至推倒重译，但群众唱惯了旧译文，哪怕是有错误的译文(最明显的例子是《三套车》中，将"姑娘"误解作"老马")，已形成一种心理定式，难以接受修订后的新译文。这是翻译歌曲不同于其他翻译作品的一种特殊现象。时下各地出版社纷纷推出的各种外国歌曲集，袭用的几乎都是《外国名歌200首》上的旧译文，有的以讹传讹，遗患无穷，令人深以为憾。

自20世纪50年代起步，以后长期从事外国歌曲译介工作、做出一定成就、产生一定影响的歌曲译配家，主要有如下几位：

毛宇宽，主要应用俄语。译有许多俄苏歌曲和民歌，以及通过俄语转译了一些其他国家的歌曲。

尚家骧，主要应用意大利语和德语。他编译的《意大利歌曲集》最先在国内较全面地介绍了意大利的声乐作品；此外，他还较为集中地译介了德、奥、意等国的经典艺术歌曲，尤其受到声乐界的欢迎。20世纪80年代末，他还用英语译配过一册《美国电影歌曲精选》。

周枫前期主要应用德语和俄语，后期主要应用意大利语和法语。偏重于艺术歌曲和歌剧的译配工作。他的译作见于莫扎特、柴科夫斯基、格林卡、布拉姆斯、李斯特、舒曼等人的作品选集中。自20世纪50年代至80年代初，陆续翻译了贝多芬的《合唱幻想曲》、布拉姆斯的《命运之歌》和《情歌——圆舞曲》、普罗柯菲耶夫的《亚历山大·涅夫斯基》、哈恰图良的《欢乐颂歌》、海顿的《创世纪》、亨德尔的《弥赛亚》等大中型合唱作品。他于20世纪90年代编译的《意大利歌曲108首》较系统地介绍了从17世纪至现代的名作，是迄今为止最为完整的意大利歌曲选本。此外，他还译配过十多部外国歌剧和大量的歌剧咏叹调，他在20世纪90年代出版的五册《外国歌剧选曲集》也是集咏叹调大成的有价值的译本。

邓映易主要应用英语和德语。译有舒曼的声乐套曲《冬之旅》、《天鹅之歌》及其他舒曼的声乐套曲《妇女的爱情与生活》，还有大量的欧美歌曲(如脍炙人口的《铃儿响叮当》、《老人河》等)，与别人合作译配的歌剧选曲有一百二十余首。1958年为贝多芬《第九交响曲》第四乐章译配的终曲合唱《欢乐颂》是邓映易的代表作，影响巨大。在 20 世纪 80－90 年代，她还将中国歌曲二百余首和山西民歌四十余首译配成英文。

薛范主要应用俄语、英语、法语等。长期致力于世界各国歌曲的翻译介绍，尤其是译配的俄苏歌曲，例如《莫斯科郊外的晚上》等，在群众中产生巨大的影响。译出的歌曲累计已有一千八百余首。编译出版有十多种俄苏歌曲集，如《1917－1991 苏联歌曲珍品集》《俄罗斯民歌珍品集》和《俄罗斯和苏联合唱珍品集》，集俄苏创作歌曲和民间歌曲之大成；另外还有多种外国电影歌曲集。

在此期间，**钱仁康**续写辉煌，编译出版了大量的外国歌曲。

发展阶段之部分译作。

1) 音乐出版社最早推出的翻译歌曲集是**尚家骧**编译的《意大利歌曲集》和三集《苏联歌曲集》——第一、三集由**薛范**编译，第二集由**毛宇宽**编译。计划出版的外国歌曲从古典的到现代的、从苏联的到欧洲各国的，范围相当宽泛。大致包括**周枫**编译的《莫扎特歌曲集》，薛范编译的《1917－1957 苏联优秀歌曲集》，钱仁康编译的《柴科夫斯基独唱歌曲选》和周枫、沈笠等编译的三册《柴科夫斯基抒情歌曲集》，邓映易译配的舒伯特声乐套曲《冬之旅》和《天鹅之歌》、舒曼声乐套曲《妇女的爱情与生活》、贝多芬《欢乐颂》，尚家骧等译的《古典抒情歌曲集》，等等。

另外，还有不少由出版社约请各人分头译配最终以出版社名义编辑出版的许多综合性的翻译歌曲集，如《古典抒情歌曲选》、《俄罗斯独唱歌曲集》、《俄罗斯合唱歌曲集》、《格林卡歌曲选》，等等，还有三集《世界人民歌曲集》和两集《人民民主国家歌曲集》。影响最为广泛、最为深远的是音乐出版社 1958 年推出的《外国名歌 200 首》和 1959 年推出的《续编》（原计划还准备出第三集，后因政治环境的变化而作罢）。这两本集子共收入四百五十多首世界各国的古今歌曲，参与译配工作的多达一百多人，累计印数达到几十万册，当时的音乐爱好者几乎人手一册。直到现在，许多地方出版社编选出版的各种外国歌曲集，基本上还以《外国名歌 200 首》及其续编为蓝本。《外国名歌 200 首》及其续编在译介和传播国外优秀歌曲作品方面具有里程碑的意义，当时的负责主编黎章民先生做出了重要的贡献。

上海音乐出版社于 20 世纪 50 年代中期推出的一批外国歌曲集大多为苏联歌曲，薛范编译的三集《苏联歌曲汇编》，是 50 年代容量最大的一部苏联歌曲集，其中除了一部分沿用旧译之外，大部分为薛范新译介的作品。还有曹永声、薛范合译的《杜纳耶夫斯基歌曲选》，此书和音乐出版社(北京)推出的由曹永声编译的《索洛维约夫-谢多伊歌曲选》和由孙静云、希扬编译的《查哈罗夫歌曲选》，则是我国第一次为当代外国的歌曲作家出版的作品专集。薛范编译的《拉丁美洲歌曲集》于 1958 年出版，这是我国最早推出的拉丁美洲国家的作品专辑，其中的西班牙的《鸽子》、古巴的《希伯内》和墨西哥的《吻别》等经典名歌后来长期在我国音乐爱好者中间流传。此外，还有周枫等译的《格林卡合唱歌曲选》，张秉慧编译的《拉赫玛尼诺夫歌曲选》和樊莘、杜声译配的德沃夏克《茨冈歌曲集》，朱笙均、林蔡冰译配的《保罗·罗伯逊演唱歌曲集》等。

1959 年上海音乐出版社推出薛范编的三辑《世界歌曲》，译介了世界各国的许多新歌。由于篇幅不大、印数不多，其影响远不及北京的《外国名歌 200 首》及其续编。

然而，薛范后来的成就举世瞩目。如《苏联最新电影歌曲 100 首》《奥斯卡金奖电影歌曲荟萃》和《世界电影经典歌曲 500 首》等，还有十多种外国歌曲集；译介(包括合作译配)的作品遍及五大洲，歌曲体裁从古典艺术歌曲、群众歌曲、民歌直到流行歌曲、摇滚歌曲，如《雪球花》(俄)、《德涅泊尔掀起怒涛》(乌克兰)、《苏丽珂》(格鲁吉亚)、《多瑙河之波》(罗)、《忆往日》(英)、《落叶》(法)、《妈妈》(意)、《罗雷莱》(德)、《鸽子》(西)、《小鸟》(波)、《草帽歌》(日)、《雪绒花》(美)、《希伯内》(古巴)、《燕子》(墨西哥)，等等。

2) 在电影歌曲译配方面，1956 年《广播歌选》以副刊的形式编辑出版了《印度电影歌曲选》，收入了影片《流浪者》和《两亩地》的大部分插曲，译者为孟广钧、慕容婉儿，记谱配歌者有徐徐、银力康、乔伦和薛范。歌集中的《拉兹之歌》、《丽达之歌》、《告别》和《摇篮曲》一直流传至今。

外国电影中插曲的翻译，在新中国成立初期大多由孟广钧等译词、徐徐配歌，如苏联影片《幸福的生活》、印度影片《流浪者》和《两亩地》中的插曲。50年代后期，大多由薛范译配，如墨西哥影片《生的权利》，苏联影片《心儿在歌唱》、《青年时代》中的插曲。薛范对电影歌曲译配的贡献，详见1)之最后部分。

3)钱仁康编译出版了《柴科夫斯基独唱歌曲选》和莫扎特的《歌剧〈费加罗的结婚〉选曲》；70年代后期翻译发表了56首欧美各国的革命歌曲、工人歌曲和历史歌曲；1981年编译的《各国国歌汇编》和1998年编著的《世界国歌博览》共译配了180多个国家的新旧国歌239首；2001年编译出版了《汉译德语传统歌曲荟萃》，收录歌曲176首。钱先生五十多年来运用英、德、俄等语种译配了八百余首歌曲，但只有一部分曾公开发表。

■歌曲翻译史发展阶段：**20世纪80年代至世纪末的复苏和衰微**

发展阶段及译配简述。"文革"结束之后，国家开始拨乱反正，文化事业的各个领域逐渐复苏。但外国歌曲译介的复苏则滞后到80年代才开始。50－60年代成长起来的一支歌曲译配者队伍，经历了"文革"前后将近20年的风风雨雨，有的人去世了，有的人出国了，有的荒疏了专业，有的则改了行。

1979年和1982年上海译文出版社推出了由周枫、董翔晓等译配的英汉和德汉对照的《外国名歌选》及其续编，其中有不少新译欧美传统歌曲和艺术歌曲。1981年四川人民出版社推出了由盛茵、廖晓帆、贺锡德、张宁等译配的《外国民歌100首》。1985年中国文联出版公司推出了由张权译配的《世界独唱名曲选》，15首全是新译。1984年和1985年花城出版社推出了由薛范、崔杰、向宇等译配的《新编外国名歌120首》及其续编，其中也都有新的译作。1981年上海文艺出版社推出了胡炳堃等人译的《美国歌曲选》。与此同时，文化艺术出版社推出的由章珍芳编译的《美国歌曲选》则是我国第一本较有系统地介绍美国传统歌曲和民歌的集子。1983 年广播出版社推出的《亚太歌曲选集》是我国第一本介绍亚洲太平洋地区歌曲的集子。1983 年似乎成了"拉丁美洲歌曲年"，几家出版社出版了相关的歌曲集。

　　文化艺术出版社 1989 年出版的，由钱仁康、蔡良玉、仲仁等 21 人合编的《欧美革命历史歌曲选释》，收录歌曲 300 首，具有史料价值和文献的意义。歌曲的译配者是有各语种的翻译家。

　　1989 年，薛范编译了《奥斯卡金奖电影歌曲荟萃》一书，译介了历届获得奥斯卡金奖的最佳电影插曲。这是第一本也是迄今为止唯一的一本此类歌曲集。与此同时，尚家骧编译了一本《美国电影歌曲精选》。

　　这里，应特别提及国别歌曲集。20 世纪 50－60 年代以及 80 年代，音乐出版社和上海文艺(音乐)出版社等都分别为某一个国家编选出版过歌曲选集。计有：苏联、美国、德国(民主德国)、法国、意大利、西班牙、罗马尼亚、保加利亚、南斯拉夫、波兰、朝鲜、越南、柬埔寨、日本、印度尼西亚、墨西哥等专辑以及亚太和拉丁美洲专辑。**不可思议的是，像英国这样一个有悠久音乐传统的国家，英语在我国又是运用最广的一门外语，在中国却没有一家出版社出版过英国歌曲集。**

　　20 世纪 80 年代，除周枫、邓映易、薛范等人之外，又增添了几位，仅提及跟英语译配相关的，如：**张宁**主要应用俄语和英语，他 1977 年调入《歌曲》月刊编辑部，80 年代中期起任常务副主编，任职期间继续从大量来稿中推荐发表了许多世界各国的各种歌曲。**贺锡德**主要应用英语，在中央人民广播电台外国音乐组工作期间，译配并介绍过上百首外国歌曲，大多发表在中央人民广播电台编辑的《广播歌选》上，编著有《365 首外国古今名曲欣赏》及其续编等。**盛茵**主要运用英语，译配有布拉姆斯的组曲《吉卜赛之歌》、福斯特的《美丽的梦神》以及世界各国民歌和大量的少儿歌曲等，约三百首。**陆圣洁**主要运用英语，译配多为英美的传统歌曲、电影歌曲和流行歌曲，以及世界各国民歌，近二百首，其中有《金发银丝》、《爱情的故事》和影片《窈窕淑女》插曲等。

　　这里还应该特别提及在音乐院校和艺术团体担任声乐教学工作的

几位教授们，如喻宜萱、蒋英、张权等，他们通过编选教材、教学、演出，通过亲自着手译配或指导译配，在介绍和传播国外的艺术歌曲方面起着不小的作用。

20世纪80年代末期，出版界出现滑坡。到了90年代，出版界则长时期处于不景气状态，翻译外国歌曲的园地更是萧条。20世纪90年代末，借着"世纪回眸"的名义，各地出版社竞相推出各式各样的外国歌曲选本："大全"、"歌海"、"经典"等，名目繁多，花样翻新，热闹非凡，但在这虚假的繁荣背后掩盖着歌曲翻译界的"囊中羞涩"。

发展阶段之部分译作。1983年，上海外语教育出版社推出了《狂欢节的早晨——西班牙语葡萄牙语歌舞曲集锦》（徐瑞华、谷文娴等译配）、山东人民出版社推出了《拉丁美洲名歌100首》（张宁、赵金平编译）、人民音乐出版社和上海文艺出版社也分别出版了《拉丁美洲歌曲集》。

20世纪80年代初，大量的海外流行歌曲被翻译介绍到我国来。最初，各地的音乐期刊上纷纷译载，后来，全国各地的出版社也竞相编集出版，例如，花城出版社1986年推出《山口百惠演唱歌曲集》。而影响较大、成绩斐然的是上海文艺(音乐)出版社推出的一些歌本，例如《中外通俗歌曲300首》及其续编(含外国歌曲200首)、《世界歌星大会串》两集、《甲壳虫乐队演唱歌曲选》(黄知真译配)，等等。

1988－1989年，薛范编译的《1917－1987苏联歌曲佳作选》、《苏联最新电影歌曲100首》和《苏联抒情歌曲100首》分别在3家出版社相继出版，这是中苏关系解冻后，最早出版的俄苏歌曲集。几乎同时，鲁双、梁德沁编译的《苏联流行歌曲》(吉林人民出版社)和郑兴丽译的《钟情者之歌——苏联抒情歌曲》(海峡出版社)出版。紧随其后，1991年，人民音乐出版社也推出了一本《苏联歌曲101首》。同年，北京出版社推出了郭奇格、杨绍澄、郭莹编译的《苏联名歌220首》。此外，还有薛范编译的《日本影视流行歌曲》和崔东均、韩昌熙编译的《朝鲜电影歌曲选》。人民音乐出版社、上海文艺(音乐)出版社和中国电影出版社等在20世纪80年代都编辑出版过多种外国影视歌曲集。

张宁已翻译、转译和与人合作译配了六百余首世界各国歌曲，散见在《外国民歌 100 首》、《外国歌曲》、《拉丁美洲歌曲选》等歌曲集和《歌曲》等音乐刊物上，以及他本人的十余个专集中。主要译作有《爱情的故事》、《我们的时刻》、《牧场上的家》、《亚历山德拉》、《绿袖姑娘》、《我的丹尼》、《啊，迷人的维尔姆兰》等。

罗传开译配歌曲有百余首，大都为日本歌曲。编译出版有《日本歌曲选》（增订本）、《日本名歌选》、《日本名歌集》等，系统地翻译介绍了日本民歌、学堂歌曲和传统歌曲。

1991 年，李凌主编的《中外名歌大全》中提供了一些新译的作品。1994 年，有白煤编译的《东南亚 5 国名歌选》。1995 年，有张宁、钟立民、雪冬等译的《约翰·丹佛演唱歌曲选》。1995 年，薛范编译的《1917－1991 苏联歌曲珍品集》出版；随后几年内，薛范又陆续推出了《俄罗斯民歌珍品集》和《俄罗斯和苏联合唱珍品集》，这三种歌集集俄苏创作歌曲和民间歌曲之大成。1995 年，薛范还编译出版了《世界电影经典歌曲 500 首》，这是我国迄今为止容量最大的一部外国电影歌曲集。上述几种歌曲集的出版恐怕是 20 世纪 90 年代外国歌曲（歌剧不计在内）翻译介绍仅有的硕果了。

■ **歌曲翻译史发展阶段**：21 世纪初至今

发展阶段及译配简述。 从 2000 年开始，相继出版的译配歌曲有喻宜萱、蒋英编的《法国艺术歌曲选》、《德沃夏克艺术歌曲选》和《布拉姆斯艺术歌曲选》，钱仁康编译的《汉译德语传统歌曲荟萃》、《舒伯特歌曲集》、《舒曼歌曲集》、《布拉姆斯歌曲集》、《李斯特歌曲集》，周枫编译的《意大利歌曲 108 首》，徐宜编的《马勒艺术歌曲集》、《奥尔夫艺术歌曲集》、《柴科夫斯基艺术歌曲集》、《拉赫玛尼诺夫艺术歌曲集》和《穆索尔斯基艺术歌曲集》，张宁编译的《圣诞节名歌精选》，以及薛范编译的《世界合唱金曲集》。

发展阶段之部分译作。 西南师范大学推出了一套"21 世纪高师音乐教材"丛书，丛书中的《声乐教学曲选》有四册是外国作品，其中也有不少新译。其他高等院校也以音乐欣赏教材的名义编选出版了不少外国歌曲选本。

特做上述引证，目的是"借题发挥"，激励我们译者为译介海外歌曲，特别是译介中国歌曲而奋起。

从歌曲译配史考量，歌曲翻译事业从兴到衰，译配工作者后继乏人，这是有多方面的因素的[1]：

首先，有能力、有条件出版音乐图书的出版社远比过去多，但是再也没有哪家出版社敢同 20 世纪 50 年代那样，有气魄拟订一套雄心勃勃的选题规划，敢于以约稿的方式把众多的歌曲译配家凝聚在一起，共同为中外音乐文化交流事业多做贡献。目前的出版社大多只能以市场来考虑选题。

其次，图书进出口公司几乎从来不进口歌曲谱，图书馆也几乎从来不采购国外的歌曲谱。译配者找不到歌谱，原谱资料匮乏，巧妇难为无米之炊。

再次，歌曲翻译家的队伍已呈现老龄化，后继乏人（如不懂五线谱、诗词等文学修养较差），稿费较低等。

恕笔者增加一大因素——能够像对中国歌曲译配历史做出重大贡献的薛范先生那样具有使命感、事业心的年轻人已经是"多乎哉，不多也"了！

20.2 歌曲翻译的"三原则"与"四标准"

歌曲翻译的"三原则"是：口语化、音节少、能译配。歌曲翻译的"四标准"是：目标语功能、目标语诗学、源语文化、源语音乐。其中，"三原则"为一假说，若能够成立，便能推广。

在运用这些原则、标准之前，搞清楚歌曲体裁翻译或译配等概念是非常重要的。

---

1 观点出自薛范先生。

20.2.1　歌曲体裁翻译概念

何为"歌曲体裁翻译"或"歌曲翻译"？是"歌曲翻译"还是"歌曲译配"？英到汉的歌曲译配与汉到英的歌曲译配有哪些关键差异及难点？哪些中外译学理论能用来指导歌曲翻译？如此等等。这些问题涉及译配好歌曲的翻译观问题，实践之前需要做好一些理论准备，搞清并解决一些观念或理念问题。限于篇幅，本节将就歌曲翻译/译配澄清一些概念并提出一些理论指导方针(theoretical guidelines)和歌曲译配翻译观。

歌曲翻译的三个概念——"歌曲翻译"、"歌词翻译"和"歌曲译配"可以是"上位词与下位词"(superordinate & hyponyms)之概念，也可以是三个不同的概念——后者常常被混为一谈。学术界外如此，学术界内亦如此。我们首先应该把它们加以清晰地区分。

1)"歌曲翻译"(song translation)属于一种"体裁翻译"(genre translation)，既涉及歌词和曲谱，又得以在声乐演出中完全实现(Low，2008：511)。除了转换意义外，所译文本需要完成应有的功能，主要有五种：

①能供演唱者演唱；

②能供播音员诵读；

③能供 CD 光盘听者欣赏和观众视读；

④能供表演者研读；

⑤能供演出作为字幕展示。(Low，2006)

彼得·洛指出，就上述每一项功能或目的而言，没有一种翻译是完美的(同上)。

从更为通俗易懂的角度出发，"歌曲翻译"可以简单地意指包括"歌词翻译"和"歌曲译配"两个下位词。见表 20-1。

表 20-1　歌曲翻译分类

歌曲翻译⇨	(纯)歌词翻译	歌词全译
		歌词变译
	歌曲译配	歌词翻译
		原曲配合

2)"歌词翻译"(translation of song-lyrics/lyric translation)就是把源语歌词译成目标语歌词，但可能产生两种结果，一种是不能唱的，另一种是能唱的。前一种情况可以描述为"纯歌词翻译"(lyric translation only)，后一种情况则是"译配"(singable translation/lyric adaptation to music/lyric translation for a singable purpose[1])。由于译配，势必需要（歌词）变译。有关翻译标准后述。

3)歌曲译配(singable translation/lyric adaptation to music/making the TL lyrics singable/translating the SL song lyrics into the TL ones and setting them to the original score/music)指译出的源语歌词能按照原曲谱用目标语歌词来（演）唱。既然是"译配"，就涉及翻译和配曲中的调整。"译"乃"活译"(flexible translation/translation variation)；"配"指配曲，使所译的歌词配合原歌的曲调。之所以强调"配"，是因为原曲已经定型定调，不能改造，不能变译。换言之，所谓"译配"即指"译词配曲"——"译歌词配原曲"，或"在配曲的前提/制约下翻译歌词"。

还有一种说法是"译词配歌"。笔者以为不够严谨。因为"歌"是歌词在文艺学分类上的名称，入乐与否，是歌和诗的根本区别，所以"配歌"这样的表达并不可取。

20.2.2　歌曲翻译的三原则

鉴于不少歌曲翻译（特指汉歌英译）主要是将 SL 歌词转换成 TL 歌词，译得可能很美，但多数不宜演唱或哼唱。笔者深知当今世界上影视翻译有两种截然不同的趋势：一种是提倡译字幕，以保留进口电影的原汁原味。另一种是仍然保留译配传统，或两种兼而有之。汉（语）歌（曲）也不妨只译词，不配曲，但这通常只能在源语演唱会上进行，并确保有 TL 歌词字幕(surtitle)，或者影视片中配有 TL 字幕(subtitle)。

然而，只译歌词仅仅是一种单一的传播渠道。不少中国歌曲，尤其是民歌非常值得我们"双管齐下"，"两条腿"走路。当然，要让目标语读者喜欢我们的英译汉歌绝非易事，甚至是在完成难以完成的使命

---

1 主编自创词。

(mission impossible)。但是，将京剧译成可供演出的剧本，有名的案例是《凤还巢》(伊丽莎白译，见本书第 9 章)，曾分别在中美演出，大获成功。笔者正是出于多视角考虑，特提出汉歌译配的"三原则"和"四标准"。

所谓"三原则"指口语化、音节少、能配曲。

原则一，不言而喻，无须赘述，只要通过案例研究来考察即可。

原则二，考虑到很多译成英文的歌词不能唱，关键因素是 TL 歌词的音节数(大大)超过 SL 歌词的音节数，而且过了"度"。因此，"音节少"理应成为"三原则"中的关键原则。换言之，即使译文做到了口语化，如果音节过多仍然不宜唱，更何况配曲。"音节少"还有一个好处，译配过程中真的需要增加音节时则很方便。的确，"增词"比"减词"要来得容易，起码来一个 linguistic padding 也无妨。

原则三，根据笔者的案例研究，在一般情况下，只要 TL 歌词达到了上述"三原则"之要求，尤其是第二条原则之要求，我们可以推断，该 TL 歌词的适唱性/度(singability)就高。若此假说论证成功，我们不妨以此为假说，进而进行推广。而要进行有效的应用与推广，即为目标语受众所接受(先不必考虑接受程度，因为涉及中西文化两种诗学观/美学观)，确保歌曲翻译本体质量的"四标准"乃重要前提。

20.2.3　歌曲翻译的四标准

所谓"四标准"指 TL 功能标准、TL 诗学标准、SL 源语文化标准和 SL 音乐标准。这四项标准是一个整体，相辅相成，相得益彰。

标准一是所有(应用/文学)翻译都应遵循的标准，更是德国功能主义翻译观所大力提倡的，即任何翻译均有目的，而翻译就要达到这种目的，实现这种功能。这正是上述翻译观中的"目的论"(*skopotherie*)所确定的(Nord，2001：27-31)。

标准二是指民歌歌词译成英文，首要目的是让 TL 受众听得懂，或"知之"，然后发展为"好之"、"乐之"。这就要求译者在使用 TL 方面，尽可能做到"归化式"地口语化，而且必须做到。仅此标准对译者便是一大挑战。这跟功能派的"篇内一致"(intratextual coherence)相联系(陈刚，2011)。

标准三是指歌词要再现 SL 文化的韵味，要学会用西方语言来描述中国的民族民间文化，换言之，要中国文化，国际表达(类似莫言作品的写作手法和创造性翻译)。与此同时，译者要避免使用不合适的 TL 文化取代 SL 文化(improper cultural substitution in the TL)，但这并不排除使用合适的/可接受的 TL 文化取代 SL 文化(proper/appropriate/acceptable cultural substitution in the TL)。这跟功能派的"篇际一致"(intertextual coherence)相联系(陈刚，同上)。

标准四是必须遵循的，译者完全要依托 SL 音乐或以 SL 音乐为准绳对 SL 歌词进行译配。

由于译配的目的是多元化的，所以为达到目的，我们在翻译过程中允许采取灵活译法(flexible translation)，以取得最佳译配效果。诚如"目的论"学者所说，"the end justifies the means"(目的决定方法)。

基于上述"三原则"、"四标准"及其阐述，同时考虑到英汉语言和文化之间存在着难以逾越的鸿沟，译者理应发挥主体性(subjectivity)，就翻译过程、翻译整体及翻译细节，发挥主观能动性，做出自己的语言抉择和文化选择。以下 8 种具体的、灵活的处理方法或者说"自由"(license/poetic license)可供参考，并就教于方家：

①目标语歌词(target text/TT/TL lyrics or words)可以少押韵或不押韵，但要尊重源语歌词(source text/ST/SL lyrics or words)的韵味。

②TT 要尊重 ST 的风格，但未必处处如此。

③TT 要尽量再现 ST 的语义，但可以有所调整，只要整体功能一致即可。

④TT 要尊重 ST 中的节奏，但在受到 TL 的重要限制时可有所调整。

⑤尽可能尊重 ST，未必必须保留 ST 之全部。

⑥TT 中的音节数(syllable-counts)应比 ST 少，为在 TT 中具备这一 sub-function(次功能，德国功能派用词)，需对 ST 和 TT 进行调整(manipulation)。其中一大困难是，汉语是一字一音节，而英语中的单

词可以是一词双音节、一词多音节，而且元音可以分为单元音、双元音、三元音，即元音存在长度现象(vowel-lengths)。因此，在 TL 中选词时，尽可能选择单音节或双音节词。

⑦ST 中的重音模式(stress pattern)可以不必完全考虑，而以 TT 的自然、流畅为主。

⑧TT 是否与 ST 的曲调(melody/tune)匹配，最好先通过专业歌手的试唱来(不断)调整 TL 选词。这好比一部完成的相声剧本，往往需要通过相声演员试演对剧本中文字、结构、意义进行加工、调整。原则上，译者应该且必须尊重(respect)并保留(preserve)ST 的特有曲调(source melody/tune；pre-existing melody/tune)。

20.3　歌曲英汉译配案例分析

20.3.1　歌曲名称汉译方法

英语歌曲名称(简称"歌名")的汉译跟英语歌词的翻译原则基本一样，要做到"口语化"(correct-colloquial)、"音节少"(less-syllable-oriented)，再增加一条，即"能抓人"(correct-attractive)。当然，这个新增原则不是说任何英语歌名的汉译必须"能抓人"，有的只需简洁、朴实即可，未必为了"抓人"而矫揉造作，刻意为之。

所谓"音节少"，则是指歌名要简练易懂。凡是音节多的歌名容易给人造成文字啰唆的感觉。比如，用"飘"来译"Gone with the Wind"；音节多一些则是"随风逝去" / "随风而去" / "随风飘去"。再如，短语"pick up something with the thumb and one or two fingers"共 11 个单词，看似很长，只要牢记"音节少"这一原则，用最为简练的汉语译出其真正的内涵——"粘"。其实，汉歌歌名英译，也莫不如此。

译文"飘"，难道不口语化？难道不"抓人"？

看来，"大道至简"。只要真正搞懂歌名翻译的实质、精髓，没有这些所谓的原则、方法，只要"胸中有数"，也同样可以做到"悟在天成"。

便于 BTI/MTI 等读者掌握，我们仍然以表格形式，把歌名翻译的原则和方法展示如表 20-2 所示。

表 20-2　歌名翻译"三原则"及"六方法"

Three Principles /Six Methods	Correct-colloquial （口语化）	Less-syllable-oriented （音节少）	Correct-attractive （能抓人）
(1) Allusion-based （译出典故）	*Silent Night* ⇨《平安夜》	*Coat of Many Colors* ⇨《百衲衣》	*Tea for Two* ⇨《鸳鸯茶》
(2) Concise （措辞简洁）	*The Greatest Love of All* ⇨《至爱》	*Prefect on the Inside* ⇨《内秀》	*Right Here Waiting* ⇨《此情可待》
(3) Content-based （忠实内容）	*Homeward Bound* ⇨《归途》	*Tie a Yellow Ribbon Round the Old Oak Tree* ⇨《幸福的黄丝带》	*Butterfly* ⇨《蝴蝶姑娘》
(4) Creative （另起炉灶）	*The Land is Your Land* ⇨《大地情怀》	*Stand by Your Man* ⇨《奉献》	*Carry On* ⇨《青春无悔》
(5) Elegant （风格雅致）	*Over and Over* ⇨《不了情》	*I Just Called to Say I Love You* ⇨《电话诉衷情》	*Five Hundred Miles* ⇨《归乡路漫漫》
(6) Sound-semantic （音义结合）	*Chiquitita* ⇨《基特踢塔》	*The Magic Dragon* ⇨《魔龙》	*Rocky Mountain High* ⇨《高高洛基山》

20.3.2　歌词的汉译与译配

1) 案例词曲作者背景简介。本节我们选择 2008 年北京奥运会歌曲 *Forever Friends* 的译配作为案例来进行（简单的非专业人士的）过程分析讲解。*Forever Friends* 是经过四年全球"海选"出来的歌曲，由 Giorgio Moroder 和孔祥东共同谱曲，Michael Kunze 填词。

Giorgio Moroder 是意大利著名作曲家，好莱坞著名音乐人，曾经三获奥斯卡奖、三获格莱美奖、39 次获得奥斯卡提名。其代表作有 1984 年洛杉矶奥运会主题曲《冲刺》（*Reach Out*）、1988 年汉城奥运会主题曲《手拉手》（*Hand in Hand*）、1990 年意大利足球世界杯主题歌《意大利之夏》（*Un'estate Italiana*）、《壮志凌云》电影配乐。并于 1993 年北京申奥时创作过《好运北京》。

孔祥东是中国著名音乐家，1986 年莫斯科柴可夫斯基国际钢琴大赛与 1987 年的西班牙桑坦德尔国际大赛中，他两度成为最年轻的获奖者，从而引起世界乐坛的注目；1988 年获得美国吉纳·巴考尔国际比赛金奖；1992 年他一举获得第五届悉尼国际钢琴比赛的第一名大奖以及四项特别奖。代表作有：《西藏梦》、《和谐花园》、《永远的朋友》。

Michael Kunze 是德国词作家，著名德语音乐剧《伊丽莎白》、《吸血鬼之舞》、《莫扎特》、《蝴蝶梦》以及音乐剧《猫》、《歌剧魅影》、《日落大道》、《钟楼怪人》、《狮子王》、《妈妈米呀》、《阿依达》等的德语歌词翻译。

2)"三原则"、"四标准"指导下的译配与验收。

正如本节开始论述的所谓"三原则"(指口语化、音节少、能配曲)和"四标准"(指目标语功能、目标语诗学、源语文化、源语音乐)，一首歌曲(ST)的译配需要上述原则与标准作为指南(guideline)，而一首完整的歌曲应该包括三个基本要素：

①交际意图(communicative intention[s])；

②歌词特点(lyric features)；

③音乐特征(musical features)。

就歌曲译配目的而言，就是要实现上述"四标准"；就歌曲译配本身操作而言，就是要遵循上述"三原则"。

说得再具体些，要想把握 SL 歌曲内涵，欣赏 SL 歌词美感，找出 ST 中语用、文化、语言等方面潜在的翻译问题，译者应仔细分析 SL 歌词的诗歌特点(包括内容、主题、措辞、修辞、意境等元素)。另一方面，要使最终 TT 符合 SL 的曲调要求，译者应非常熟悉将译歌曲的曲式、节奏、情绪、旋律特色等音乐特征，尤其要细致研究词与谱的契合方式。

那么，*Forever Friends* 译配的主要目的是什么呢？所以我们首先从以下三个主要视角之一的交际意图视角来看歌曲译配。

①交际意图。*Forever Friends* 是北京奥运会倒计时一周年歌曲，它既是向北京奥运会的献礼，也是两位作曲家对已故好友的纪念。鉴于

TT（汉语译本）旨在供国人传唱，从而激励体育健儿，弘扬相互理解、公平竞争、友谊团结的奥林匹克精神和中国的人文精神与奥运激情，译文的预期功能只需保留 ST 交际意图的第一个方面即可。

②歌词特点。ST 由五段歌词组成，其中两段主歌结构相似，第一段聚焦于运动员个人的刻苦经历与奥运梦想，第二段则将视野扩大，指出奥运盛会是世界人民欢聚一堂、共同实现梦想的时刻。副歌简短有力，点出了奥运精神的众多内涵，如"友谊"（forever friends）、"和谐"（harmony）、"团结"（unity）、"和平"（peace）、"欢乐"（joy）等，集中地表现了歌词主旨。过渡句中以三个"no matter"开头的排比进一步升华主题。尾声部分全篇主题句又得以再现。总体而言，歌词语气热烈、鼓舞人心，每段都紧扣主题，浑然一体。"Olympic"这个关键词虽然没有直接出现，但其精神却已得到充分体现。此外，长短句的交替出现保证了歌词节奏的多样性，朗朗上口，具有音韵美。

作为一首旨在世界范围内广为传唱的歌曲，该曲歌词质朴，通俗易懂，没有语用、文化、语言方面的翻译问题，但存在一个明显的译配难点。译配时汉字字符/音节与英语音节一一对应或比较接近（处在能接受的音节比的状况）才能保留原作的节律特点，准确体现作曲家的意图。但该曲尾声的第一句是北京奥运会主题口号"One World One Dream"（共 4 个音节），已有与其对应的 official translation——"同一个世界，同一个梦想"（共 10 个音节），两者音节数目差异甚大，显然无法配合歌谱，有待巧妙处理之。

③音乐特征。*Forever Friends* 的歌谱以主歌加副歌的二段体谱写，六小节的过渡句后自然转调，升高一度的副歌再现将全曲推向高潮，最后尾声放慢速度，辉煌终结。歌谱没有升降半音，也没有大跳音程，曲调平顺，朗朗上口，旋律欢快悠扬，振奋人心，充分体现奥运精神，极易引起听众的共鸣，而且中西合璧，特色显著。

通过译配，我们要保留源语歌词的功能及意义，能用汉语演唱，中国受众能够听得懂，并实现三大目的：其一，给予中国运动员和热爱奥林匹克的中国人民以激情、鼓舞和希望。其二，表现出"更快、更高、更强"的奥运精神，以及支撑和造就"更高、更快、更强"的则是原动力"自尊、自强、自信"，从而象征着世界的和平、友谊和团结。其三，展示中国人民对奥运会的期待，并在中国大地宣传奥运精神。

通过以上环节的**歌曲文本分析**(ST analysis)，我们将着手进入**译配的操作阶段/过程**(adaptation to music/singable translation)。见表 20-3。

表 20-3　歌曲译配文本分析及译配操作

歌曲译配文本分析 (ST Analysis)	译配的操作阶段 (Adaptation)
视角一：交际意图 (communicative intention[s])	步骤一：歌词翻译 (lyric translation)
视角二：歌词特点 (lyric features)	步骤二：途中检查 (interim check)
视角三：音乐特征 (musical features)	步骤三：配曲改译 (adaptation [to music])
（More to come *if you like*）	步骤四：TT 确定 (TT finalization)

【步骤一】

歌词翻译——由专业人士（如唱歌专业并翻译专业者）把 ST（源语歌词）译成 TT（汉语歌词[1]）。其翻译指导理论可以是我们推荐的"三原则"＋"四标准"。这是译配的第一步或第一阶段，即译词（但不是就事论事的译词，看**【步骤二】**便知"奥妙"）。

Verse 1	正歌 1
You've tasted bitter defeat and the sweet success.	你品尝过失败的苦涩与成功的甜蜜，
You want it all and you settle for nothing less.	你只想要获得百分之百的胜利。
You've tried harder than the rest.	你比任何人都努力，
You've become one of the best.	已成为佼佼者之一。
This is the time you'll remember for all your life.	这是你将会终生铭记的时刻。

---

1 歌曲译配者金荔完成于 2008 年 5 月（奥运会于 8 月 8 日开幕）。译配者时为浙江大学文琴合唱团团员，正撰写英语专业翻译方向 BA 学位论文（本书主编曾任其本科及研究生指导教师）。

Refrain 1	副歌 1
Forever friends,	永远的朋友，
In harmony.	和谐无间。
As the whole world joins and sees,	当全世界相连，共同见证，
Days of unity and peace.	这团结与和平的日子。
Forever through the years,	永永远远，历经多年，
We'll hear the cheers.	我们还会听到这喝彩欢呼。
Joy and laughter everywhere,	无处不在的喜悦欢笑，
We're together here to share.	我们在此共同分享。
Forever friends!	永远的朋友！
Verse 2	**正歌 2**
You'll meet all races, see faces you've never seen,	你将遇到种族各异的人们，那些面孔你从未见过。
People from parts of the world where you've never been.	他们来自世界各地，那些地方你从未去过。
And you'll feel it in your heart.	你将用真心去感受，
We spent too much time apart.	我们已分别得太久。
This is the time when all dreams of man come alive.	这是全人类一切梦想成真的时刻。
Refrain 2	**副歌 2**
Bridge	**桥段**
No matter where we are or go;	无论我们如今身在何处，未来将去何方；
No matter what we hope for or know;	无论我们心怀何种期望，心存何种信念；
No matter how we word our prayer;	无论我们用何种语言祈祷；
There is one dream we share.	有一个梦我们共享。

Refrain 3	副歌 3
Ending	尾声
One World One Dream!	同一个世界，同一个梦想！
Forever friends!	永远的朋友！
In harmony!	和谐无间！
Forever friends!	永远的朋友！
One dream we dream,	拥有一个梦想，
One world we share!	分享一个世界！

【步骤二】

途中检查，即发现问题，根据"三原则"和"四标准"进行初步检查，包括依据 SL 歌曲乐谱，试唱汉语 TT，看看是否跟原乐谱（大致）吻合。这是译配第一步骤的"途中"检查或验收阶段。结果如下：

①口语化——√。

②音节少——第一段：ST/TT = 53/56 音节；第二段：ST/TT = 53/69 音节；第三段：ST/TT =53/67 音节；第四段：ST/TT = 32/51 音节；第五段：ST/TT =26/36 音节。

③能配曲——?

④TL 功能——≈ √

⑤TL 诗学——≈ √

⑥SL 文化——≈ √

⑦SL 音乐——?

鉴于此，有关答案是发现了唯一的一个大问题，即北京奥运会口号 "One World One Dream"——共 4 个音节，然而译成汉语则变成共 10 个音节——"同一个世界，同一个梦想"。这样译配成源语曲谱就出现了很不对称的现象，这对整个翻译过程的后半程造成了严重不和谐的困难。

这个翻译步骤正好印证了曲作者之一的意大利作曲家 Giorgio Morode 的话：成功的奥运会会歌应该是 "easy but not simple, be recognizable and modern"。

【步骤三】

配曲改译——依据 SL 歌曲曲谱，逐一/逐节试唱、核对 TT 歌词与曲谱是否匹配、是否契合。这是译配的第二步或第二阶段，即配曲。改译主要体现在：

①节奏改译(rhythm)；

②音韵改译(rhyme)；

③字调改译(tone)。

改译的依据，一是体裁常规(genre conventions)，二是直觉乐感(通过按照曲谱反复试唱获得)。改译是需要反复的、艰苦的、持之以恒的(起码在某一阶段如此)。

考虑到该书的普及性及非音乐专业性，我们仅就北京奥运会口号"同一个世界，同一个梦想"的改译做一讲解。

为配合 SL 歌谱，汉语歌词可以适当增减(其翻译技巧就是本科初学翻译时的"增益"/amplification 和"省略"/omission)。在本科和研究生学习翻译的高级阶段，我们讲到了翻译的整体性(holistic translation)，于是我们的视野就不会仅仅局限于字词的增减，即译者要自觉避免"译配分家"的理念和做法。经整体分析、考虑，如果在歌曲的"尾声"部分加以"突破"，结果发现结束句"one dream we dream, one world we share"(8 个音节)是对奥运会口号内涵的进一步诠释，因而找到了解决"不匹配"的较为可行的办法：

●4 音节的"One World One Dream"保留不变；

●将结束句译成 10 音节的"同一个世界，同一个梦想"——解释前面的英文口号，发挥"殊途同归"的作用。

由于尾声速度放慢，该小节第一、四拍上分别多出一个汉字，这样对音乐节奏的影响微乎其微。

以下是经过较为全面分析、对比、译配后的英文歌曲的目标语歌曲文本，也是歌曲译配的最后一个步骤或

【步骤四】

TT 确定：

Forever Friends
友谊永恒
2008北京奥运歌曲

Giorgio Moroder、孔祥东曲
Michael Kunze词
金荔译配

1=E 4/4 中速

(5 6 1 6 5 | 3 2 1 - | 6 1 2 3 5 | 3 5 3 2 - |

5 6 1 6 5 | 3 2 1 - | 6 1 2 3 - | 3 - 2 - | 3 2 1 - - -) |

1 1 2 3 3 4 5 5 6 7 1 6 - - -
M: You've tasted bitter de- feat and the sweet suc-cess.
男：多 少 年 成 和 败 甘 与 苦 已 尝 遍，

0 0 0 0 | 2 2 3 4 4 5 | 6 6 7 1 2 |
You want it all and you settle for nothing
多 少 次 憧 憬 过 全 世 界 的 视

2 - - - | 0 0 2 3 | 1 1 1 5 6 |
less. W: You've tried harder than the rest.
线。 女：竭 尽 全 力 迎 挑 战，

6 0 2 3 | 1 1 1 5 6 | 6 - 0 0 |
You've be- come one of the best.
梦 想 从 此 不 遥 远。

2 2 3 6 6 7 | 1 1 2 3 4 | 5 - - - |
T: This is the time you'll re- member for all your life.
齐：这 一 刻 值 得 你 用 一 生 去 怀 念。

5 3 5 3 | 5 - - - | 5 3 5 6 | 3 - - - |
For- e- ver friends, in har-mo- ny.
友 谊 永 恒， 和 谐 无 间。

3 0 5 4 | 3 · 1 1 | 6 1 | 1 - 5 4 |
As the whole world joins and sees, days of
五 洲 四 海 共 见 证， 团 结

3·1 1 2 2 | 2 3 5 3 | 5·5 5 - |
u- ni- ty and peace. For- e- ver through the years,
和 平 每 一 天。 多 年 后 欢 呼 声，

5 3　5　6 | 3 - - - | 3 0 5 4 | 3·1 1 6 1 |
we'll hear the cheers. Joy and laughter e-verywhere,
犹 在 耳 边。 天 南 地 北 齐欢腾，

1 - 5　4 | 3·1 1　1 6 | 6 - - - | 6 6 3 2 1 |
we're to- ge-ther here to share. For-e- ver
汇 聚 一 堂 心 相 连。 友 谊 永

(5 6 1 6 5 | 3 2 1 -) |

1 - - - | 0 0 0 0 | 1　1　2 3 3　4 |
friends!   M: You'll meet all ra- ces, see
恒！   男: 不 在 乎 你 我 他

5 5 3　3 - | 3 2 1　6 - | 6 - - 0 | 2 2　3　4　5 |
faces you've never seen,   people from parts of the
有 多 少 不 同 点，   跨 越 了 千 万 里

6　6　6　3 - | 3 2 1 2 - | 2 - 2 3 |
world where you've never been. W: And you'll
手 拉 手 肩 并 肩。 女: 久 别

1 1 1 5　6 | 6 0 2 3 | 6 5 3 5 2 | 2 - 0 0 |
feel it in your heart. We spent too much time apart.
重 逢 同 感 叹， 敞 开 真 心 去 发 现。

2　2 3　6　6　7 | 1　1 2 3 4 | 5 - - - |
T: This is the time when all dreams of man come a- live.
齐: 这 一 刻 全 人 类 齐 奋 斗 把 梦 圆。

5 3 5 3 | 5 - - - | 5 3 5 6 | 3 - - - |
For- e- ver friends, in har-mo- ny.
友 谊 永 恒， 和 谐 无 间。

3 0 5 4 | 3·1　1　6 1 | 1 - 5 4 |
As the whole world joins and sees, days of
五 洲 四 海 共 见 证， 团 结

```
3 ·1  1  2  2 | 2  3  5 3 | 5 · 5  5 - |
u- ni-ty and peace.   For-e- ver    through the years,
和 平 每 一 天。   多 年 后 欢  呼 声,

5 3  5  6 | 3 - - - | 3 0 5  4 | 3 ·1  1 6  1 |
we'll hear the cheers.   Joy and laughter e-verywhere,
犹 在 耳 边。   天 南 地 北 齐 欢 腾,

1 - 5  4 | 3 ·1  1  1 6 | 6 - - - | 6 6  3 2 1 |
we're to- ge-ther here to share.       For-e- ver
汇 聚 一 堂 心 相 连。       友 谊 永

      5  6 1  6  5 | 3  2  1 - | 6 1 2  3  5 |
C.C.: No matter where we are or go;  no matter what we
童声合唱: 无 论 我 们 身 在 何 方, 无 论 心 怀 着

      1  -  -  - |
      friends!
      恒!

3  5  3 2 - | 5  6 1  6 5 | 3  2  1 - |
hope for or know;  no matter how we  word our prayer;
多 少 期 望,  无 论 坚 持 何 种 信 仰,

6  1 2  3 - | 3 - 2 - | 1 - - - |
there is one dream     we     share.
有 一 个 梦     共     享。
```

转1=F(前2=后1)

```
1  3  5  3 | 5 - - - | 5  3  5 6 | 3 - - - |
T: For-e- ver friends,      in har-mo- ny.
齐: 友 谊 永 恒,      和 谐 无 间。

3 0 5  4 | 3 ·1  1  6  1 | 1 - 5  4 |
As the whole world joins and sees,   days of
五 洲 四 海 共 见 证,   团 结

3 ·1  1  2  2 | 2 3 5 3 | 5 · 5  5 - | 5 3  5  6 |
u- nity and peace. Fore-ver through the years, we'll hear the
和 平 每 一 天。 多 年 后 欢  呼 声, 犹 在 耳
```

3 — — — | 3 0 5 4 | 3·1 1 6 1 |
cheers.　　　　Joy and　laughter e-very-where,
边。　　　　天南　地北齐欢腾，

1 — 5 4 | 3·1 1 1 6 | 6 — — — |
　　we're to-　ge-ther here to share.
　　汇聚　一堂心相连。

突慢
6 6 5 3 36 | 1 — — | 1 5 2 3 | 1 — — |
W: One World One　Dream!　M: For-e-ver friends!
女: One World One　Dream!　男: 友谊永恒！

1 5 3 2 1 | 6 — — | 5 — — | 6 — — | 6 5 3 2 1 |
T: In har-mo-ny!　　　　　　　　For-e-ver
齐: 和谐无间！　　　　　　　友谊永

5 6 1 6 5 | 3 2 1 — |
C. C.: One dream we dream, one　world we share!
童声合唱: 同一个世界，同一个梦想！

1 — — — | 1 — — 0 |
friends!
恒！

20.4　歌曲汉英译配案例分析

20.4.1　歌曲名称英译方法

(1)中文歌曲歌名英译新视角

歌名翻译的英到中或中到英之有关道理和方法应该是（基本）一致的。我们完全可以参照 **20.3.1　歌曲名称汉译方法**来讨论。这就是"口语化"、"音节少"、"能抓人"。

不过中文歌名的英译也存在目标语受众认可与接受的问题。英文歌曲及其汉译在全球（包括中国）的普及面要远远大于中国歌曲及其英译在全球的普及面。因此，有不少中文歌名的翻译只能算是一种尝试/试译(trial-translation)，我们这里提供的译名及所做的工作也算是 trial run，仅供参考。

虽然 E-C/C-E 歌名翻译的原则、方法可以大体一致，在现阶段翻译中文歌名还是应提出试行(trial run)阶段切入的新视角，见表 20-4。

表 20-4　中文歌曲歌名英译新视角

中文表达	英文表达	中文解读
简	**concise + easy** (to understand)	"词简意简"，乃最基本的要求/原则
雅	**elegant** (in style)	"风格雅致"，乃艺术歌曲翻译首选要求/原则
地道	**idiomatic** (in general)	汉歌歌名英译的一种常态或常用原则/要求
创意	**creative** (in idea/translation)	"创意+创译"，乃汉歌歌名英译的一种常态或常用原则/要求
活对	**dynamic/functional/flexible** (in correspondence)	"动态/功能/灵活对应"，乃语言和文化差异甚大的汉歌歌名英译的另一常态或常用原则/要求
既定	**established** (in name)	"既定译名"（早有定译的歌名英译名），乃照搬原译(有的属于 official translation)

(2)中文歌曲歌名英译举例

表 20-5　中文歌曲歌名英译举例

Translation Perspective	SL Title	TL Title
Established	《东方红》	*The East Is Red*
Elegant	《茉莉花》	*Such the Lovely Jasmine*©+®
Easy	《对面的女孩看过来》	*The Girl Next Door*
Flexible	《新鸳鸯蝴蝶梦》	*I Can't Let Go*
Idiomatic	《解脱》	*She's Gone*
Creative	《忘情水》	*Forgiven Love*

20.4.2　歌词的英译与译配

1. 陕北民歌译配个案简介

陕北是民歌荟萃之地，民歌种类很多，当地俗称"山曲"或"酸曲"。在一两万首陕北民歌中，反映爱情生活、婚姻问题的作品约占总数的80%。现在所流行的陕北民歌，大部分产生于 19 世纪末至 20 世纪 40年代。由于自然条件等原因，从前陕北经济落后，农民生活艰苦，男人成群结伙到外省给人揽工，即"走西口"。丈夫临走之前，妻子多方叮咛，娓娓动听，情意绵绵，抒情色彩极浓。[1]

本节特地选择了历史悠久、脍炙人口的"走西口"之四个不同版本（包括歌词与曲谱），作为译配个案研究的原始材料。笔者译配这四个版本的歌词，有两大目的，第一是为了"可唱"（singability/singable），因为译文属于"动态文本"；第二是翻译的自然结果，因为翻译作品属于静态文本，可供文学阅读、欣赏。由于"走西口"也是古老的山西民歌（已经流传了一两百年），所以文中有些地方会以"陕北/山西民歌"的形式出现。

①版本之一，传统版，由张哲、国富作词，罗捷书作曲，范琳琳演唱；

②版本之二，现代版[2]，由蔡琴演唱；

③版本之三，现代版，传统曲调，为电视剧版《走西口》片尾歌曲"跟你走"，由车行作词，郭晓天作曲，谭晶演唱；

④版本之四，传统版，由赵国柱作词，朱逢博演唱。

2. "走西口"（版本一）英译文

【ST1】走西口	【TT1】Going Westward (陈刚　译配)
一	Part 1
哥哥你走西口， 小妹妹我实在难留，	Brother, you're going westward; I could hardly hold you back.

1　参考百度百科名片之"陕北民歌"（http://baike.baidu.com/view/93989.htm）。其中数据笔者有
　更新。

2　见 http://www.yymp3.com/play/2604/30315.htm。

手拉着哥哥的手，	Grasping your hands tightly
送哥送到大门口。	I'm reluctant to see you off.
哥哥你出村口，	Bro's leaving the village now.
小妹妹我有句话儿留，	I've a few words for you.
走路走那大路口，	"Do take the big road.
人马多来解忧愁。	Men and horses will gladden you."
[57 汉字/57 音节]	[42 单词/53 音节]

二 | **Part 2**

紧紧地拉着哥哥的袖，	Sister clenches Brother's sleeves
汪汪的泪水肚里流，	Holding back her tears;
只恨妹妹我不能跟你一起走，	Hating to see him off
只盼你哥哥早回家门口。	She expects his return soon
[39 汉字/39 音节]	[18 单词/26 音节]

三 | **Part 3**

哥哥你走西口，	You're going westward;
小妹妹我苦在心头，	I'll have a hard time.
这一走要去多少时候，	How long would you be away?
盼你也要白了头。	Missing you makes me old with hair gray?
[30 汉字/30 音节]	[22 单词/26 音节]

四 | **Part 4**

紧紧地拉住哥哥的袖，	Sister clenches Brother's sleeves
汪汪的泪水肚里流，	Holding back her tears;
虽有千言万语难叫你回头，	Millions of words can't call him back;
只盼哥哥你早回家门口。	Sister only expects his return soon.
[38 汉字/38 音节]	[21 单词/31 音节]

■ "走西口"(版本一)译文研究

1)"西口"与"走西口"：该词含义历来争议很大，有民间说法，有专家"定论"，有文学作品描述，因此很难译准确。根据查证《辞海》(2010 版)、网上资料、影视作品等，将其译成"Western Pass"应该无大碍。因此，"走西口"便为"go to the Western Pass"了。然而，这样的表达法除了词难达意，根本无法用于配唱的歌词。笔者把"走西口"作为一种"过程"来思考，一来符合清代人口迁徙的这一历史事实，二来符合"迁徙"的地理走向，三来符合史上"走西口"的演变过程。"走西口"是一部辛酸的移民史，也是一部艰苦奋斗的创业史。当时，陕北的穷人为谋生路而走西口，不少情况是男人外出闯荡、谋生，女人含泪作别，坚守故乡。按照当代好听的说法，可以是男人"去西部创业"。

所有这些内涵、阐释都不易用言简意赅的英文来表达，势必要用注释来加以解决，而且还不一定能够解释得清楚、准确、权威。由于受译配的大量限制，笔者以"模糊"对"模糊"，即用"go westward"来翻译"走西口"。令笔者感到对自己译文抱有信心，而又"无巧不成书"的是，美国作家、哲学家梭罗（Henry David Thoreau）居然有这么一段伟大的话语："We <u>go westward as into the future, with a spirit of enterprise and adventure</u>"[1]（下画线为笔者所加）。

这样的歌名也多少让美国人回忆起史上的"西部大开发"（19 世纪初叶的西部开发在美国国内引起了大规模的移民运动），当时的口号是"Go West, Young Man"。但"走西口"不宜使用"go west"，因为会产生歧义，特别在英语口语中，意为"to die"或"to be damaged or ruined"[2]。

2)"手拉着哥哥的手，送哥送到大门口"：若把"送到大门口"译出，既不押韵，且失去节奏，更在逻辑上造成前后矛盾，不如英译文（I'm reluctant to see you off）准确，并符合可唱性的要求。

3)"村口"：必须改译。若译出（the entrance to the village），则不可取。

4)"人马多来解忧愁"：采用"省略"（omission）和"视角转换"（shift of perspective）法处理——"Men and horses will gladden you"——有人有马不但不会使你感到孤单，反而会使你高兴。

5)"紧紧地拉着哥哥的袖，汪汪的泪水肚里流，只恨妹妹我不能跟你一起走，只盼你哥哥早回家门口"："肚里流"的形象似乎在 TL 中没

---

1 详见 The Thoreau Reader（http://thoreau.eserver.org/walking2.html）。

2 详见 *Longman Dictionary of Contemporary English*（New Edition）第 1750 页。

有;"早回家门口"在歌词中(起码)为了押韵,译配时宜"另起炉灶"。

6)"哥哥你走西口,小妹妹我苦在心头,这一走要去多少时候,盼你也要白了头":同理,"苦在心头"的形象很难在 TL 中再现;但"盼你也要白了头"则可以译出形象。

7)【ST1】与【TT1】字数、音节对比:

ST1 字数	TT1 字数	ST1 音节	TT1 音节
一:57 汉字	Part 1: 42 单词	一:57 音节	Part 1: 53 音节
二:39 汉字	Part 2: 18 单词	二:39 音节	Part 2: 26 音节
三:30 汉字	Part 3: 22 单词	三:33 音节	Part3: 26 音节
四:38 汉字	Part 4: 21 单词	四:38 音节	Part4: 31 音节

8)"三原则"、"四标准"衡量:

ST1/TT1(版本一)	三原则	四标准
四 ⇒ 段	①口语化:√	①TL 功能标准≈√
	②音节少:√	②TL 诗学标准≈√
	③能配曲:√	③SL 源语文化标准>TL
	☑ST 整体≈TT 三原则	④SL 音乐标准:√

【符号注释】

√ 指符合/达到"三原则"/"四标准";

≈ 指接近"三原则"/"四标准";

> 指有部分文化内容尚未符合/达到"三原则"/"四标准"。

根据表格的数字统计,根据译配原则及标准衡量,TT1 的分段和整体音节/字数均为理想的数字(TT 音节数<ST 音节数),这给用英文演唱提供了很大的(调整)空间;用词口语化;能配曲;ST1 作为整体接近译配三原则;TL 功能标准和诗学标准接近于达到,SL 源语文化标准未能完全达到;部分 SL 文化形象难以译介;SL 音乐标准达到。

有鉴于此,"走西口"为用英文演唱【TT1】——"走西口"(版本一)奠定了良好的基础。至于是否需要增加音节/字数,可以通过专业歌手的试唱来确定,如果会有海外专家指点,效果则更佳。如果笔者试译文本自身能够取得奈达（1993）提出的"功能对等/动态对等"的效果，那我们对中国人自己译配汉语歌曲信心则会更足。当然，如果 TT 的音节/字数过多，请了海内外专业人士恐怕也无济于事，因为他们难有空间发挥，除非重新译配。

　　为了更清楚地说明情况，笔者将自己用目标语填词、译配的"走西口"（新词+原谱）举例如下：

Going Westward

$1 = D \frac{4}{4}$

Words by Chen Gang
Score by Luo Jieshu

‖: 5 5 3 1 2 7 6 | 6 1 5 - 3 5 | 6 · 6 6 1 5 6 3 2 | 3 5 1 - 6 |
Brother u'r going　westward　I could hardly hold you back

2 3 5 - 3 1 | 6 5 6 1 6 | 4 · 2 4 5 2 1 1 6 | 1 2 5 - 6 | 5 - - - |
Grasping your hands tightly I'm reluctant to see you　off

1 1 7 1 2 5 | 1 7 1 2 - | 5 ♯4 5 6 2 | ♯4 3 2 5 - 1 ♯4 5
Sister clenches Brother's sleeves holding back her tears

6 7 | ♯4 1 · 1 7 6 | 1 5 - 6 5 | 5 4 · 4 3 2 | 5 2 1 7 1 |
Hating to see him　off　　she expects

2 · 3 1 2 6 | 6 5 - -
his return soon

　　如果此例能够被目标语受众所接受，那么笔者的译配直觉、理论分析、推理预测便可以成立。于是，现将笔者自译的"走西口"其他三个版本译文（【TT2】－【TT4】）抄录如下，并做针对性的个案研究。

3. "走西口"（版本二）英译文

【ST2】走西口	【TT2】Going Westward (陈刚 译配)
一	**Part 1**
哥哥你走西口，	Bro, you're going westward;
小妹妹地那个实难留。	I really can't hold you.
有几句痴心的话，	But do remember
哥哥你记心头。	My loving words for you!
走路你走大路，	"Take no pathway
不要走小路。	But the road always.
大路上的人儿多，	Many men're on the way
拿话解忧愁。	Relax yourself by chatting."
[51 汉字/50 音节]	[33 单词/44 音节]
二	**Part 2**
哥哥你走西口，	Bro, you're going westward;
小妹妹送你走。	Let me see you along.
手拉着那个哥哥的手，	I can hold your hands,
妹妹我泪长流。	But not my tears.
手拉着哥哥的手，	I can hold your hands,
妹妹我泪长流。	But not my tears.
[40 汉字/40 音节]	[27 单词/30 音节]

■ "走西口"（版本二）译文研究

1)"小妹妹地那个实难留"：译为"I really can't hold you"比较口语化，且字数、音节更少。

2)"痴心的话"：特别难译，暂译成"my loving words"，比"intimate words"真实、自然、口语化、音节少，符合黄土地村姐的实际情况。

3)"拿话解忧愁"：为了使译文 more economical，采用"视角转换"的译法，故译文是"Relax yourself by chatting"。

4)"妹妹我泪长流"：同理，既然妹妹不能 hold 我的眼泪，那也就是"泪长流"了。

5)【ST2】与【TT2】字数、音节对比：

ST2 字数	TT2 字数	ST2 音节	TT2 音节
一：51 汉字	Part 1: 33 单词	一：51 音节	Part 1: 44 音节
二：40 汉字	Part 2: 27 单词	二：40 音节	Part 2: 30 音节

6)"三原则"、"四标准"衡量：

ST2/TT2（版本二）	三原则	四标准
二 ⇨ 段	①口语化：√	①TL 功能标准≈√
	②音节少：√	②TL 诗学标准≈√
	③能配曲：√	③SL 源语文化标准≈TL
	☑ST 整体≈TT 三原则	④SL 音乐标准：√

4. "走西口"（版本三）英译文

【ST3】走西口	【TT3】Going Westward (陈刚 译配)
一	**Part 1**
妹在家里头，	"Bro, I stay at home;
我心跟着哥哥走，	My heart follows yours.
我这辈子的泪蛋蛋，	My lifelong tears
只为哥哥流，	Will flow for you."
拆散了炕头头，	"The bed can be separate,
拆不散骨肉，	Our feelings can never.
寻不到盼头头，	If I couldn't find a hope,
哥就不撒手。	I wouldn't go back.
寻不到盼头头，	If I couldn't find a hope
哥就不撒手。	I wouldn't go back."
[58 汉字/58 音节]	[47 单词/55 音节]
二	**Part 2**
走西口	Going westward—
哪里是个头，	Where's the end?
走西口	Going westward—

不知命里有没有，	It's my fate?
走西口	Going westward一
人憔悴了心没瘦，	My flesh's weak but my spirit's willing.
走西口	Going westward一
流着眼泪放歌吼。	I'll keep singing with tears.
[38 汉字/38 音节]	[26 单词/37 音节]

■ "走西口"(版本三)译文研究

1) 原唱歌名是"跟我走"，是电视剧《走西口》的片尾曲，为统一起见，歌名译为 *Going Westward*(走西口)，而非 *Follow Me*(跟我走)。

2) "妹在家里头，我心跟着哥哥走"：通过增译"Bro"，一来口语化(比较 brother)，使紧接着的译文符合逻辑，信息流通畅——"Bro, I stay at home; My heart follows yours"。回译后为："哥哥，我一直待在家里头，我的心(永远)跟着你的心"。

3) "我这辈子的泪蛋蛋"：被简译成"my lifelong tears"(我这一生的泪水)。

4) "炕"：按照文学作品译成"*kang*"，起不到一听就懂的现场效果，故改用"bed"。

5) "骨肉"：无法照字面死译，用"feelings"替代，功能相当。

6) "盼头头"：非常口语化、乡土化，简译为"a hope"，思路出自英文谚语："While there is life, there is hope"(有生命就有希望；留得青山在，不怕没柴烧)。

7) 第二段的翻译，全部采用"对话"或"内心独白"形式，一问一答。

8) "人憔悴了心没瘦"：无法在译文中做机械对等，换成地道的英文，形象也做相应改变。这样的 cultural substitution (in the TL)是受欢迎的。

9) "流着眼泪放歌吼"：特地采用"…keep singing with tears"这样的句型(to keep doing something)，不仅独具画面感，且更为深刻、生动地再现出陕北汉子引吭高歌、催人泪下的感人形象。真可谓"酸曲"，让人心酸，让人震撼，让人荡气回肠。

10)【ST3】与【TT3】字数、音节对比：

ST3 字数	TT3 字数	ST3 音节	TT3 音节
一：58 汉字	Part 1: 47 单词	一：58 音节	Part 1: 55 音节
二：38 汉字	Part 2: 26 单词	二：38 音节	Part 2: 37 音节

11)"三原则"、"四标准"衡量：

ST3/TT3（版本三）	三原则	四标准
二 ⇨ 段	①口语化：✓	①TL 功能标准≈ ✓
	②音节少：✓	②TL 诗学标准≈ ✓
	③能配曲：✓	③SL 源语文化标准≈TL
	☑ST 整体≈TT 三原则	④SL 音乐标准：✓

5. "走西口"（版本四）英译文

【ST4】走西口	【TT4】Going Westward (陈刚 译配)
一	**Part 1**
哥哥你要走西口，	Brother, you're going westward,
小妹妹实实地难留。	I really can't hold you back.
提起你走西口呀，	Talking about your departure,
小妹妹泪花流。	I break down in tears.
哥哥你要走西口，	Brother, you're going westward,
小妹妹不丢你的手，	I won't part from you.
有两句知心的话，	I've a few loving words
哥哥你要记心头。	And do remember always.
[57 汉字/57 音节]	[37 单词/50 音节]
二	**Part 2**
走路你走大路，	When walking, take a road,
不要走小路；	Not use the pathway.
坐船你坐船后，	When boating, sit in the stern,
不要坐船头；	Not on the bow.

| 哥哥你走西口，
不要交朋友。
　　　[33 汉字/33 音节] | When going westward,
Don't make any friends.
　　　[26 单词/31 音节] |

■ "走西口"(版本四)译文研究

1) "（小妹妹）实实（地难留）"：叠词"实实"不易译，通过"…really can't (hold you back)"来加以补偿（functional and semantic compensation）。

2) "（提起）你走西口（呀）"：根据语境，这里的"你走西口"改译成"your departure"，即"your departure for the west"。

3) "泪花流"：因主语是"I"，所以选择动词短语"break down in tears"。

4) "不丢你的手"：译意反而语言简洁，即"…won't part from you"。

5) "……你要记心头"：通过增词，强化语气和语义——"<u>do remember always</u>"，虽然译文中没有"心"（bear in mind = remember[1]）。

6)【ST4】与【TT4】字数、音节对比：

ST4 字数	TT4 字数	ST4 音节	TT4 音节
一：57 汉字	Part 1: 37 单词	一：57 音节	Part 1: 50 音节
二：33 汉字	Part 2: 26 单词	二：33 音节	Part 2: 31 音节

7) "三原则"、"四标准"衡量：

ST4/TT4(版本四)	三原则	四标准
二 ⇨ 段	①口语化：√	①TL 功能标准≈√
	②音节少：√	②TL 诗学标准≈√
	③能配曲：√	③SL 源语文化标准≈TL
	☑ST 整体≈TT 三原则	④SL 音乐标准：√

【歌曲译配结论】[2]

按照赖斯的文本分类（Reiss，2004），歌曲属于听觉媒介文本（audio-

---

1 详见 *Longman Dictionary of Contemporary English*（New Edition）第 958 页。
2 本章部分内容参考"从功能主义谈'走西口'四种歌词之译配创新——推荐汉英民歌译配'三原则'与'四标准'"（陈刚，2014）。

media text)。因此,歌曲翻译应以歌曲译配为主,不仅能唱,也能记,这样能够传播得久远。国内歌曲翻译,多为歌词翻译,一般不能唱,这样的传播就受到诸多限制。此外,国内歌曲译配,多为外译中,罕有中译外,因此相关的实践及研究仍然停留在"自娱自乐"的阶段,更不用说陕北民歌的汉译外及其学术研究了。

在德国功能主义理论的关照下,笔者通过本人的歌曲翻译实践,尤其此次通过尝试对陕北/山西民歌《走西口》四种歌词版本的译配,努力做到实践创新。

本章特别提出歌曲译配的"三原则"(口语化、音节少、能配曲)和"四标准"(目标语功能标准、目标语诗学标准、源语文化标准和源语音乐标准),把重点放在译出符合"三原则"、达到"四标准"的英语歌词,并以此为假说,进行(有效的)推理。

推理是否有效、成功,"三原则"、"四标准"的应用与推广是否有效、成功,完全取决于译配的陕北民歌是否为目标语受众所接受,这是需要进行实践检验的。但此前如何做出比较正确、准确的价值判断和专业结论,"三原则"、"四标准"可谓衡量之尺度。

只要较好、有效地贯彻了"三原则"、"四标准", 歌曲译配(尤其是民歌译配)就能走出创新的路子来。

【研究与实践思考题】

(1)将下列《忘情水》的英文歌词译配于原歌曲谱。[A]+ [AT]

English Words for *Forgiven Love*

Many times he said goodbye	You know I have been in that way
Many times he did by fate	And no better what I have to say
How much I've so far given	If he's hurting you now to scrape your
Never wanna be apart	eyes
Sometime when I make you cry	He show some much loves for me
Sometime when I tell you lies	Ah~

You know that did be inside here

Used he to say goodbye

You know I have been in that way

And no better what I have to say

If he's hurting you now to scrape your eyes

He show some much loves for me

Ah~

You can give it all your love

Giving all your love away

Never say goodbye now

He's so high for your love

Even though it's right to say

You can give it all your love

Giving all your love away

Never say goodbye now

He's so high for your love

Even though it's right to say

Many times we said goodbye

Many times we did by fate

How much I've so far given

Never wanna be apart

Sometime when I make you cry

Sometime when I tell you lies

You know that did be inside here

Used he to say goodbye

You can give it all your love

Giving all your love away

Never say goodbye now

He's so high for your love

Even though it's right to say

You can give it all your love

Giving all your love away

Never say goodbye now

He's so high for your love

Even though it's right to say

Ah~

You can give it all your love

Giving all your love away

Never say goodbye now

He's so high for your love

Even though it's right to say

You can give it all your love

Giving all your love away

Never say goodbye now

He's so high for your love

Even though it's right to say

Never say goodbye now

He's so high for your love

Even though it's right to say

◆新世纪翻译学 R&D 系列增伴

1=F $\frac{4}{4}$

忘情水

李安修 词
陈耀川 曲

(0565 3232 1616 5353 | 6565 3232 1616 5353 | 6565 3232 1616 5353 |

6̣3 2̂2 12 | 3 5 - 3̣5 | 6̣3 21· 6̣ | 1 - - -)

5555 56 5 0 | 6̣1̣11 23 | 0· 2 | 13 3 65 5 3·
曾经年少爱追梦　　一心只想往前飞　　行　遍千山和万　水
蓦然回首情已远　　身不由己在天边　　才　明白爱恨情　仇

1.
2223 212 - ‖ **2.** 2221 65 1 -
一路走来不能回　　　最伤最痛是后悔

2222 212 0 21̂
如果你不曾心碎　你

6666 65 6̣ - | 2222 2223 211 | 6555 335 5 12̂
不会懂得我伤悲　当我眼中有泪别 问我是为谁就 让我忘了这 一切 啊

‖ 3555 535 - | 1̇1̇1̇ 635 - | 1111 2 335 55 6̂ 3·
给我一杯忘情水　换我一夜不流泪　所有真心真意任 它雨打风吹
给我一杯忘情水　换我一夜不伤悲　就算我会喝醉就 算我会心碎

I.
2222 212 - ‖ **II.** 2221 65 1 - | 0000 ‖ $\frac{2}{4}$ 0 12̂ ‖
付出的爱收不回　　不会看见我流泪　　　　　　D.C　啊　　D.S.

1111 2 335 55 6̂ 3· | 2221 65 1 - ‖
就算我会喝醉 就 算我会心碎 不会看见我 流 泪

(2)用英文译配下列陕西民歌《走西口》。[A]+ [AT]

走 西 口

陕西民歌

1=♭B 2/4

(6. 56 1 | 2. ⌒3 | 5. 3 23 2 | 1 6 53 | 2 6 1 2 | 3 5 1 6 5 6 3 |
2. 3 | 6 1 2) ‖: 2. 23 | 1 6 1 2 | 5 3 5 6 1 | 6 5 6 3 2 1 | 2 - ‖
　　　　　　1.2.哥　哥　你　要　走　　西呀　　　口，

(5 6 4 5 3. 6 | 5. 6 4 3 2 3 1 6 | 5 5 2 1 1 6 2 1 | 1 5 (1 7 | 6. 7 5 6)
　　　小　妹　妹　　实实　的难　留。
　　　　　　　　　不丢　你的　手。

1 6　6. 1 2. 3 | 5. 3 2 3 1 6 5 3 | 2 6 1 2 | 3 5 1 6 5 6 3 | 2 - ‖
提起　你　走　西　口呀，　小妹　妹　泪花　　流。
有两　句　知　心　的话呀，哥哥　你　要记　心　头。

转1=F(前2=后5)
(2 3 2 3 5 5 | 1 1 6 1 6 5 | 6 3 4 3 2 | 1 - | 6 1 6 3 5 5 | 3 2 3 7 6 | 5 -)
6 5 6 3. 2 1 7 6 | 5. ‖ (5 5 3 5) | 1 1 8 5 | 6 3 4 3 2 | 3 5 1 (6 1 | 1 3 2 1)
3.走路　你　走　大　路，　　不要　走小　　路，
4.坐船　你　坐　船　后，　　不要　坐船　　头，
5.哥哥　你　走　西　口，　　不要　交朋　　友，

5. 3 5 | 5 3 1 | 6 6 1 3 2 | 3 1 | 6 5 6 | 3 2 3 7 6 | 5. ‖ 5 5 3 5
大路　　　上人儿　多，　拉话　儿解忧　愁。　交下
船头　　　上风浪　大，　怕你　掉进　水里　头。
交下　　　的朋友　多，　怕你　忘记　我。

渐慢
5 3 1 | 6 6 1 3 2 | 3 1 | 6 5 6 | 3 2 3 7 6 | 5. ‖ (5. 4 5 6 | 1. 2 |
的　朋友　多，　怕你　忘记　我。

原速转1=♭B(前5=后2)
6 1 6 5 | 4 - | 5 2 4 5 | 6 1 4 2 1 2 6 | 5 -) 2. 23 | 1 6 1 2 | 5 3 5 6 1
送　哥　送到　大

6 5 6 3 2 1 2 - | (5 6 4 5) 3. 6 | 5. 6 4 3 2 3 1 6 | 5 5 2 1 1 6 2 1 | 1 5 (1 7
路呀　口，　早　去　你　早呀　回　头。

6. 7 6 5 6 | 6 1 2. 3 | 5 5 3 2 2 3 | 2 2 6 1 2 | 3 5 1 6 5 6 3 2 - ‖
单　等　　过上了好光　景呀，　咱们　二人永　不分　手。

参考答案及指南[1]

第 1 章【焦点问题探讨】

　　答案指南：根据第 1 章及课外参考书籍(或在老师的指导下)独立完成作业。

第 2 章【焦点问题探讨】

　　答案指南：根据第 2 章及课外参考书籍(或在老师的指导下通过跟同学、同行讨论)独立完成作业。

第 3 章【研究与实践思考题】

　　答案指南：根据第 3 章及课外参考书籍及各类工具书独立完成理论、实践、译文批评等作业。**如今很多 ST 都有现成的 TT**，读者可以事后找来研读一下。之所以如此安排，一来鼓励学生的实践、科研能力，二来防止少数学生养成不良的翻译学习、研究习惯。

第 4 章【研究与实践思考题】

(1) **评析部分**："匆匆"是朱自清的早期散文，写于 1922 年 7 月。就题材而言，以珍惜时间为主题的散文众多，但多以说理议论的方式出现，而本文作者独辟蹊径，通过对时光在不经意间的消逝深表感叹和无奈，流露出一种对人生的忧愁与苦闷。虽然这是一篇叙述为主的散文，但文中糅合了描写、抒情与议论等多种表达方式。文章构思十分巧妙，从日常的景物入笔，在一片悄然的氛围中让读者体会到时间的飞逝。原文的基调因此可确定，这是洋溢着淡淡轻愁的情感笔罩下的记叙式抒情散文。对于该文本，译者需采取多方面的翻译手段。在秉持散文基本功能的前提下，对原文的用词、句式及篇章加以考察。如原文中的词语，虽然较口语化，但也不乏诸多书面语，如"头涔涔儿泪潸潸"等；而句式齐整，极富韵律，尤其在文中出现的十一处反问句，进一步激发了读者对主题的想象和共鸣；此外，作者使用的拟人等修辞手法增强了原文的文学性，在翻译中值得留意。(参看魏志成，2006)

译文部分：　　　　**Transient Days**　　　　by Zhu Ziqing

　　If swallows go away, they will come back again. If willows wither, they will turn green again. If peaches shed their blossoms, they will flower again. But, tell

---

1 本书将以新的视角、方式及模式提供"参考答案及指南"。请根据具体的导引完成专业学术作业与训练。

me, you the wise, why should our days go by never to return? Perhaps they have been stolen by someone. But who could it be and where could he hide them? Perhaps they have just run away by themselves. But where could they be at the present moment?

I don't know how many days I am entitled to altogether, but my quota of them is undoubtedly wearing away. Counting up silently, I find that more than 8,000 days have already slipped away through my fingers. Like a drop of water falling off a needle point into the ocean, my days are quietly dripping into the stream of time without leaving a trace. At the thought of this, sweat oozes from my forehead and tears trickle down my cheeks.

What is gone is gone, what is to come keeps coming. How swift is the transition in between! When I get up in the morning, the slanting sun casts two or three squarish patches of light into my small room. The sun has feet too, edging away softly and stealthily. And, without knowing it, I am already caught in its revolution. Thus the day flows away through the sink when I wash my hands; vanishes in the rice bowl when I have my meal; passes away quietly before the fixed gaze of my eyes when I am lost in reverie. Aware of its fleeting presence, I reach out for it only to find it brushing past my outstretched hands. In the evening, when I lie on my bed, it nimbly strides over my body and flits past my feet. By the time when I open my eyes to meet the sun again, another day is already gone. I heave a sigh, my head buried in my hands. But, in the midst of my sighs, a new day is flashing past.

Living in this world with its fleeting days and teeming millions, what can I do but waver and wander and live a transient life? What have I been doing during the 8,000 fleeting days except wavering and wandering? The bygone days, like wisps of smoke, have been dispersed by gentle winds, and, like thin mists, have been evaporated by the rising sun. What traces have I left behind? No, nothing, not even gossamer-like traces. I have come to this world stark naked, and in the twinkling of an eye, I am to go back as stark naked as ever. However, I am taking it very much to heart: why should I be made to pass through this world for nothing all all?

O you the wise, would you tell me please: why should our days go by never to return? (张培基, 2007a: 55-60)

(2) **评析部分**: 原文节选自鲁迅"从百草园到三味书屋"。就节选部分而言, 这是一段明确的写景文，虽然是寻常的乡村景致，但是在作者的眼中却成了一个有声有色的乐园。在《朝花夕拾·小引》中，鲁迅说："它们也许要哄骗我一生，使我时时回顾……然而我现在只记得是这样。"可见这幅美景给作者留下了毕生难忘的回忆。原文已经融入了作者特有的审美意识与态度，译文要再现作者眼中的这美好画面，仅靠直译是不够的。

　　原文中"不必说……也不必说……"的译法涉及译语读者对原文美的接受程度。译文 1 采用了"I need not speak of…, I need not speak of…"的句式，这一人称主语句将原文省略的"我"补全，明确提示读者以下景致均源自作者本人的个人情感，带有强烈的主观色彩，译文读者因此更明白作者发自内心对这些景致的喜爱。因而也能尝试接受译文所描绘的一系列五彩斑斓、动静各异的景物，并联想它们的美。于是，一切景物就变得鲜活起来。而译文 2 中的"not to mention…, not to mention…"虽然是地道的译语表达方式，但是不如译文 1 中的主观情感来得直接而富有冲击力，显得过于冷静客观，因此对于原文画面美的再现无法起到良好的铺垫作用。另外在语义的再现方面，如："单是周围的短短的泥墙根一带，就有无限趣味。"译文 1 使用了"source"一词，再与"unfailing interest"相配，均为正式而富有文学美感的词汇，而译文 2 使用了一个"one"与"great fun"搭配，读来如饮白水。（参考毛荣贵《翻译美学》）

独立部分：自己重译，自我评析。

(3) **参考译文**：　　　　　　　　**Life: Take It Easy**

　　To go on a journey is often full of hardships, but so long as one lives he proceeds on his life's journey. Different people go along differently. Some take hasty steps in anxiety. Obsessed with reaching the next goal in time, they spare no time for sightseeing along the way, nor do they have a clear view of where their long roads end. Others travel leisurely like tourists. They would take time off now and then for a look at blooming flowers or fallen petals. They would stop to admire clouds gathering and dispersing. Even when they go against the wind or are caught in the rain, they never get annoyed, for worries slip off their minds as from an open net.

　　Everyone goes his way in life. What makes a difference is: Does he have a pleasant trip enjoying the landscape along the way?

　　Cramped is one's workplace, narrow is one's residence and small is the social circle one moves about—such limitedness in space entails lack of variety which is the source of some people's complaint. But others are always contented and happy for they can adapt themselves to different circumstances.

Compared with the vastness of the universe it is only a tiny spot one occupies on earth. However, though larger than the ocean is the sky, even larger is the human mind, for in it imagination can come and go on the wing without limitation.

To drink at a gulp is a quick way to quench thirst, but it gives no taste of the high grade tea. One may eventually win what he has set his mind to, only to find that he has lost quite a lot. Perhaps what he loses is even better than what he gains.

Life, when petrified by material desires, is as callous as stone, while those seemingly worthless things always remain fresh and full of spirit.

In their journey through life, some people hurry on with a heavy heart in pursuit of fame and gain, while others go with an easy grace, enjoying themselves in harmony with nature. (参见陈文伯《教你如何掌握汉译英技巧》[世界知识出版社，1999]：164-165 和 285-286)

(4)参考译文：

When I learned from a foreign newspaper that Vincent Gogh's *Sunflowers* was auctioned off in London for 39 million U.S. dollars, especially when again I saw its photo that I had long missed seeing, I was kind of depressed, as if something were getting away from me, because it was the painting I loved with my heart. I knew I could never be wealthy enough to afford it, but I cherished a great love for it. Now, having fallen into some private collection, it would not be available for the public to appreciate any more. What a pity! I had never had the good luck to see the original but, to me, a masterpiece is like a beauty and when the beauty is claimed by someone else you feel deprived of your access to her. (刘士聪，2007：202/204)

第5章【研究与实践思考题】

(1)(2)根据第 5 章及课外书籍独立回答。

(3)译文部分：

上星期的一天早晨，天气虽然暖和但阴云密布，我们穿着黑色的新鞋到布朗克斯动物园去，一则去看小驼鹿，二则想穿松它使之更合脚。万万没有料到我们的运气那么好，母鹿与她的小宝宝正站在猴舍下方鹿园的那道墙附近。为了看得更清楚，我们慢慢踱到小溪旁的鹿园下端。那条小路少有人走。在鹿园的那个角落，小溪缓缓从铁丝网下流过。我们注意到一头褐色的鹿站了起来，在她身旁是一头鹿宝宝，他用刚学会行使其功能的四条小腿，支撑着有白色斑点的身体，他那么娇小，那么完美，就像通过缩小透镜看见的小珠宝。鹿妈妈和鹿宝宝并立站在那里，站在一株灰色的山毛榉树下，树干上刻有许多心形图案与姓名的大写字母，还有一头小鹿伸开四蹄躺在地上。我们意识到母鹿刚生下一对双胞胎，小双身上还是湿漉漉的，还站不起来。这一罕见的森林奇景，成为我们钟爱的纽约五个行政区之一的布朗克斯的一景，我们还能要求什么呢？我们的新鞋似乎也不夹脚，穿得很舒服了。(陈宏薇译，参见 2000 年第 4 期《中国翻译》第 71-72 页)

评析部分： 所选的段落的作者是美国著名散文作家 Elwyn Brooks White。"双胞胎"这篇散文"不仅记录了作者对自然现象的细心观察，还含蓄地表现了作者对现实微妙的讥讽，这种不易觉察的讥讽隐含在作者精心挑选的按时间顺序描写的细节中。有些似乎与文章主题无关的细节使文章更有深度。细节描写突出了大都市与自然界、人类与低等动物之间的对比，体现了作者既热爱城市的文明，又热爱野生世界的感情。他欣赏自然事件的朴实美，不太满意人及与人相似的动物具有的某些特点，作者的这一思想需要读者认真揣摸才能体会。原文这一含蓄的特征，应在译文中得到体现"。(参见 2000 年第 4 期《中国翻译》第 72 页)

　　"Besides her, on legs that were just learning their business, was a spotted fawn, as small and perfect as a trinket seen through a reducing glass."这句描写刚出生的小鹿蹒跚站立、娇弱可爱的样子，作者用了倒装句式，将"on legs"这个状语提至句首，突出描写小鹿努力用还很柔弱的双腿支撑自己，让读者仿佛能亲见为支撑身体小鹿的双腿甚至有些颤抖的画面。但这个倒装句式如果原样转入汉语，不仅不通顺，而且滞涩冗长，所以译文没有用倒装句式。

　　"Here was a scene of rare sylvan splendor, in one of our five favorite boroughs, and we couldn't have asked for more."野生动物繁衍后代的场景难得一见，而这样的景象却在繁华城市中得见。这句表达作者对自然景观的热爱和对这片都市中的林地的赞叹。为了表达作者的赞誉之情，译文采用了修辞性反问。作者微妙含蓄的情感通过细节在译文中表达出来。

(4)译文部分：

　　在埃米那间空荡荡的卧室里，五斗橱上放着一个八音盒，盒盖上有卡通小狗斯努皮，那是埃米四五岁时收到的礼物。现在她已经长大，早就过了玩八音盒的年龄，可还是舍不得丢掉它。八音盒把她与童年那天真无邪的岁月联系在一起。

埃米离家去上大学的那天晚上，我把八音盒拿了起来。我感到有些怅然，因为卧室里寂静无声，异乎寻常地整齐，还有各色各样的纪念品，都属于过去了的童年时代。可是最吸引我注意的还是那个八音盒。我打开它，忧伤的曲子便自动响了起来，我很惊讶。我眼含泪水，回想起她小时候抱着八音盒入睡的情景。我发现她把我在越南得到的海军陆战队功勋绶带放在了八音盒里，我竟痴痴地大哭起来。

我已经有十年没见过这些勋带了。埃米小的时候，常挑出一条或几条来配上衣或毛衣，戴着去上学。她的妈妈不解其意，她的老师也以为我是个军国主义者，因为的当时正流行着反军国主义的激进思潮。可是埃米才五岁就能看出我的心思了。在我遇到难题痛苦不堪时，她想方设法表达了自己的忠诚。

在那个是非不分的年代里，国内一片混乱，我也挣扎着重整破碎的生活，此时我的女儿成了我的朋友。埃米三岁时就懂得安慰我了，在我得知法学院的好友去世时，她问了我一些很得体的问题。后来，我得知一位年轻的战友自杀，深感震惊，便隐退到一个宿营地，那时埃米才五岁，就懂得尽力照顾我。埃米十岁时，班上的同学欢庆美国人质从伊朗回国，她则郑重其事地给他们讲我们这些越战老兵回国有多么艰难。(谷启楠译，参见 2001 年第 2 期《中国翻译》第 66-67 页)

评析部分：节选的这段散文作者 James Webb 是美国小说家。译者谷启楠在译文后的"翻译提示"中说："这篇散文表达了一个参加过越南战争的老兵对女儿的思念，以及对自己生活道路的反思，全文充满怀旧情绪和哲理性的思考。文章看起来似乎很简单，因为作者使用了许多日常词汇，包括大量的单音节词和双音节词，句子结构也不复杂。但仔细阅读就会发现，文章其实并不简单。从内容上讲，它涉及几个历史时期和三代人的经历。文风朴实，结构严谨，衔接自然，首尾呼应。文字和修辞手段极富表现力。这就使文章有了深刻的思想和文化内涵。因此，翻译起来颇费思索。……在翻译这篇散文的过程中，主要借鉴了美国理论家尤金·奈达的'功能对等'原则，按照汉语的规范尽可能清楚地表达原文的意思，尽可能近似地再现原文的意思和风格。"(同上：第 68 页)

原文的风格朴素，遣词造句平实简单，但这不等于说译者翻译是就不需要推敲、锤炼。其实看似平实的词句要译出韵味也很不易。仔细阅读节选的这几段，并对比译文，可以发现译者在措辞上颇下了功夫。如"outgrown"、 "simpler"、"haunted"、"unaccustomed"、"when right and wrong had canceled each other out"、"struggling with the wreckage"、"lectured them on" 等词语、小句，看似平淡无奇，但译者精巧恰当的译文值得称道。

(5) **译文部分：**

尽管艺术史家们数十年来一直在淡化凡·高传奇的神秘色彩，但凡·高受欢迎的程度几乎丝毫未减。凡·高画的拍卖价仍然飙升，凡·高展的参观者依旧爆满，《星夜》仍是宿舍和厨房墙壁上少不了的画。凡·高在全球被神化，其影响无远弗届，连日本游客现在都去奥维尔参拜，将亲属的骨灰撒在凡·高墓上。为什么凡·高神话会经久不衰？这至少有两个深刻且有说服力的原因。表面上看，凡·高神话是一则为艺术英勇牺牲的故事，但它满足的是人性，激起的是人人皆有的复仇幻想。任何一个感到被人冷落、遭人轻视的人，都能与凡·高心心相印，进而希望能像凡·高那样有朝一日被人肯定，让批评他的人，怀疑他的亲属无地自容。但同时，凡·高神话将伟大艺术的概念呈现得未免过于简单，因而相当诱人，在这个概念里，伟大的艺术品并非特殊历史环境的产物，也非艺术家精心雕琢的作品，而是一位癫狂的，神圣的愈者 自然流露纯真的结果。凡·高生前长期饱受磨难，死后却声名卓著，差别如此之大，无疑是历史上的极大讽刺。有人认为他是只懂艺术、不谙世事的呆痴。但只要稍看一下这位艺术家写的信，便会认为此说站不住脚。而如果再了解一下凡·高的家庭背景、他的教养以及他的青年时代，一定也会放弃这种偏见。(叶子南译)[1]

评析部分：就这篇散文的翻译，叶子南作了详细的点评，精细到每个句子或单词。这里选取两处与节选的这段相关的评述。

首先是 "So complete is van Gogh's global apotheosis that Japanese tourists now make pilgrimages to Auvers to sprinkle their relatives' ashes on his grave." 这句，译者说："翻译本句是应该注意到 so...that... 这个句型，但又不能套用英文的句式，比如有人译成'如此……以至于'就是西化的句子，当然不错，但绝不是最好的译法。后边日本人去参拜这个例子正是说明 complete 的程度，而之所以举出日本人这个例子，是因为日本在文化上和凡·高所属的文化完全不同，说明其全球的影响力非常大。所以有人用'超越文化'或'无远弗届'，虽然添加了原文没有的文字，但意思都在英文的句子中。如果是一篇需要斤斤计较文字细节的文章，这样添加不合适，但在这类文本中加上去也是一种

---

1 原文和译文均选自《中国翻译》2007(3), pp.80-81.

选择。"(同上)译者认为信息功能是传记文本的主要功能，因此为了传达信息，有时语言可以有适当的调整，但这种调整也要适度。"传记也有文笔、有色彩，所以只注意语义，不顾及行文的彻底的 paraphrasing，就不可取了。"(同上)

　　其次，尽管以信息功能为主，传记文本的翻译同样需要咬文嚼字，推敲斟酌。例如这句 "At the most primitive level, it provides a satisfying and nearly universal revenge fantasy disguised as the story of heroic sacrifice to art." 中的 "primitive" 一词，要译好就颇不易。叶子南这样点评道："本句中 primitive 的理解应注意。不少人翻译成'在基本的层面上'，这到底是什么意思？其实该词和后面的 satisfying 和 revenge 相呼应，primitive 是原始的意思，在这里主要指的是人本能的(原始的)冲动，报复本身就是非理性的、基于人本能的反应。这句话的意思是说，凡·高神化表面上看是一则为艺术英勇牺牲的故事，但它实际是一个幻想(fantasy)，在幻想中人们希望报复(revenge)，人们也因报复而满足(satisfying)，而且这种幻想并非仅仅少数人才有，几乎所有的人都会生出这种报复的念头(nearly universal)，而之所以是 universal，是因为这种反应是基于人性的(primitive)。所以本句可以用较贴近原文的方法翻译成'表面上看，凡·高神话是一则为艺术英勇牺牲的故事，但实际上它从最原始的层面上，为所有人提供一种令人满足的报复幻想'。但是译者也有进一步阐释的余地，比如译成'表面上看，凡·高神话是一则为艺术英勇牺牲的故事，但它激起的却是人最本能的冲动，引发一让人满足的幻想，几乎所有人都能在这种幻想中萌生报复的念头'。但是这后一种译法显然过多地显现了译者的理解过程，所以译者可能应该进一步让文字'缩水'，译得更紧凑些，如'这则神话表面看是英雄为艺术牺牲的故事，实则是满足人性当中几乎人人皆有的报复幻想'或'表面上看，凡·高神话是一则为艺术英勇牺牲的故事，但它满足的是人性，激起的是人人皆有的复仇幻想'。"(同上)由这个小小的 primitive 一词就可以看出，在充分理解原文的基础上，精心选择译文的措辞多么重要又多么艰辛，翻译的艺术价值也正在这推敲之间显现。

第6章【研究与实践思考题】

(1)【ST1】和【TT1】中作者直奔主题，描写暴风雨到来前大自然的片刻宁静。三个平行结构的句式将这一无声无息的宁静感描摹得恰到好处。"鸟儿"、"树叶"以及"昆虫"三处意象，即可将世间万物包含在内，不仅具有高度的涵盖技巧，也具有相当的整体美。译者在译文中，同样用一组平行句将原作的结构完整再现，同时，对于意象的再现，译者充分发挥了汉语的优势，三个

"不再"与"啁啾"、"婆娑"、"吟唱",不但句式保持原貌,音韵、词形方面也是错落有致,将这几处意象再现得极富整体美。

【ST2】和【TT2】中有几处美妙的意象,如"waterfall"的使用。译者借用了李白的"望庐山瀑布"中的"挂"字,将"waterfall"这一瀑布的意象展现得更为形象,让人颇能联想到"遥看瀑布挂前川"的壮美意境。

【ST3】和【TT3】即原文的结尾部分,写景与抒情在此已融为一体,自然景色的美赋予了人洁净的心情。译者将原文的抽象名词"my spirit"译为具体的"心胸",从而译为"心胸一洗",顿时让读者感到畅快淋漓,原文的气质也因此上升到一个新的高度,从而展示出一个人景交融的全新意境。

(参考毛荣贵《翻译美学》, 2005)

(2) 叙事散文的翻译过程中,情节再现是一大重点。情节的再现可传达作者的印象与体验。因此对于任何有助于推动情节发展的部分都是译者考察的重点。首句中出现的"忘路之远近。忽逢桃花林",一个"忽"字,表面看,似在讲渔人的感受,却与上文的"忘路之远近"构成呼应,且是下文"寻向所志,遂迷不复得路"的伏笔。对于这个"忽"字,译者使用了"heedless of how far he had gone, when suddenly he came upon a forest of peach trees"的译法。依据何在? Randolph Quirk 等认为:这类出现于句中的 when 分句所引导的是前面的叙述中所没有提供的新信息。它生动地强调了前述的事件并使之达到高潮。这一暗示突然性的"when"的句式比"he suddenly came to a grove of blossoming peach trees"的句式更为生动,情节性也更强。对于原文中的"见渔人,乃大惊,问所从来,具答之,便要还家,设酒杀鸡作食。村中闻有此人,咸来问讯"一句,译者添加了一些连词以符合译语读者的理解习惯。作为意合语言,原句中缺少表逻辑关系的连接词,汉语读者能够自然领会其中的连接含义,而译语读者则需一系列的连词来补全信息传递中的空白部分。因此,译文中增添了"where"与"when"表达"在家中""设酒杀鸡作食"以及"闻有此人""的时候""咸来问讯",对于故事发展的顺序做了更明确的解析。"停数日辞去,此中人语云:'不足为外人道也!'既出,得其船,便扶向路,处处志之。"该句其实颇含深意,就情节发展的角度而言,此处有非常明显的转折含义:桃花源中人一再嘱咐渔人保守秘密,而渔人却"处处志之",这一层情节上的转折十分明显,如"but"。(参考毛荣贵《翻译美学》, 2005)

(3) 译文: 　　　　　　　莎士比亚的姐妹　　　　(作者:弗吉尼亚·伍尔夫)

莎士比亚时代的任何女子是不可能写出莎士比亚那样的剧本的,完全彻底地不可能。因为很难获得必要的史料。且让我来假设莎士比亚有一个禀赋超人的姐妹，我们可以称她为朱迪斯。莎士比亚本人很可能进过语法学校（他母亲是女继承人），在那里学了拉丁文——奥维德、维吉尔和贺拉斯[注1]的作品——以及语法和逻辑学的基础知识。众所周知他是一个野孩子，他偷猎兔子，也许还打死过一只鹿，过早地娶了一个邻家女子，她以超乎寻常的速度为他生了一个孩子。有了这种越轨行为之后他只好前往伦敦另谋生路。他似乎对戏剧颇有爱好。他最初在剧院后门看管马匹。不久他就在剧院内找到了工作，成为一个成功的演员，生活在宇宙的中心，和各种人打交道，了解各种人，在舞台上表现他的艺术，在大街上施展他的才能，甚至获得出入女王宫廷的机会。在此期间我们设想他那着有不同寻常的出色才能的姐妹一直留在家里。她和他同样富有冒险精神和想象力，同样热衷于开眼界见世面，但是她父母没有送她去上学。她没有机会学习语法和逻辑学，更谈不上读贺拉斯和维吉尔的作品。她偶尔也拿起一本书来，也许是她兄弟的书，读上几页。但这时她的父母就走进来吩咐她补袜子或去照看炉子上的炖菜，叫她不要望着书本或文章发呆。他们讲的话很尖刻，但态度很和蔼，因为他们是讲求实际的人，懂得一个女子要在什么条件下过日子。而且他们热爱儿女——她的确可能是她父亲的掌上明珠。也许她曾在存放苹果的阁楼上偷偷地写上几页，但事后不是小心地藏匿起来就是丢进火里烧掉。过了不久，尽管她还没有满19岁，父母就把她许配给邻近一个羊毛商人的凡子。她大喊大叫说她讨厌这门亲事，为此遭到她父亲的痛打。后来他停止了打骂。转过来央求她不要在婚事上伤他的心，不要让他出丑。他说要给她一串珠子或一条漂亮的裙子。他的眼里含着泪水。她怎么能不服从他呢？她怎么能使他心碎呢？只有她的天才驱使她出走。她把自己的衣物打成一个小包，在一个夏夜系了一根绳索溜了下来，奔上去伦敦的路。她已不是17岁了。栖息在树篱上吟唱的鸟儿也不及她那样倾心于音乐。她具备和她兄弟一样的一种天资，对每个词的音调都有最敏锐的鉴赏力。她和她的兄弟一样爱好戏剧。她站在舞台后门外说她想演戏。一些男人冲着她的脸大笑起来。剧院经理——一个嘴唇下垂的胖子——纵声大笑，大声喊着什么卷毛狗跳舞与女人演戏之类的混话，说没有一个女人可能当演员。他暗示——你可以想象得出他暗示什么。她没有可能在这一门行业中受到培养锻炼。她甚至能否在一家酒菜馆里弄到一顿饭吃，或半夜在街上游荡？但是她的天赋在于她的创作能力，她渴望从男男女女的生活中吸收丰富的营养，研究他们的生活方式。最后——因为她还很年轻，容貌与莎士比亚相像得出奇，同样的灰眼珠、弯眉毛——终于得到了演员领班尼克·格林的怜悯。她发现这位先生使她怀了孕，因此——有谁能估量：在一个女子身上缠结了诗人心中的烈焰和狂飙将会如何？——她在一个冬夜自杀了，埋葬在一个十字路口，就是现在的象堡火车站[注2]外停放公共汽车的地方。

我想，如果莎士比亚时代有一个具有莎士比亚那种天才的女子，她的生活遭遇大致就是如此。(庄玲译)

[注1]奥维德、维吉尔和贺拉斯都是古罗马诗人。

[注2]象堡火车站在伦敦市区东南角。(庄玲、贝何宁，1996：73-84)

(4)译文　　　　　　　**Fond Memories of Peiping**　　　　by Lao She

I do cherish, however, a genuine love for Peiping—a love that is almost as inexpressible as my love for mother. I smile by myself when I think of something I can do to please mother; I feel like crying when I worry about mother's health. Words fail me where silent smiles and tears well express my innermost feelings. The same is true of my love for Peiping. I shall fail to do justice to this vast ancient city if 1 should do no more than extol just one certain aspect of it. The Peiping I love is not something in bits and pieces, but a phase of history and a vast tract of land completely bound up with my heart. Numerous scenic spots and historical sites from Shi Sha Hai Lake with its dragonflies after a rain to the Yu Quan Shan Mountain with the dream pagoda on top—all merge into a single whole. I associate myself with everything in Peiping no matter how trivial it is; Peiping is always in my mind. I can't tell why.

If only I were a poet so that, with all the sweet and beautiful words at my command, I could sing of the grandeur of Peiping in as longing a note as that of a cuckoo! Alas, I am no poet! I shall never be able to express my love—the kind of love as inspired by music or painting. That is quite a letdown to both Peiping and myself, for it is to this ancient city that I owe what I have within me, including my early knowledge and impressions as well as much of my character and temperament. With Peiping possessing my heart, I can never become attached to either Shanghai or Tianjin. I can't tell why. (张培基译)(张培基，2007a：134-135/138-139)

第7章【研究与实践思考题】

　答案指南：根据第 7 章及课外参考书籍(或在老师的指导下通过跟同学、同行讨论)独立完成作业。

第8章【研究与实践思考题】

(1)话剧翻译(包括其他戏剧形式)具有不同于其他文学体裁(小说、散文、诗歌、传记)的特殊性,具体而言,包括"直感性"(sensibility)、"诉求性"(reactivity)和"表演性"(performability)三个基本特性。话剧翻译的特殊性及其特性(尤其是"表演性")决定了话剧翻译的高度实践性和专业性,这给翻译研究者涉足该领域产生了障碍和限制。

(2)思:(欣喜地喊道)布兰奇!

(她俩相互对视了一会儿。然后,布兰奇猛然站起来,大声叫着跑到思特娜跟前。)

布:思特娜,哦,思特娜,思特娜!思特娜星星!

(她开始说话,显得狂喜不已,好像担心她们之间有一个会停下来思考似的。两人使命地拥抱住对方。)

布:噢,好了,让我看看你。不过,思特娜,你别看我,别,别,你待会再看!等我洗了澡,休息够了再看!还有,把那盏强光灯关了吧!关了它!我不要在这种无情的光耀下被人看着!(思特娜笑了,按她的要求做了)到我这儿来!哦,我的宝宝!思特娜!思特娜星星!(她再次抱住思特娜)我还以为你再也不会回来这个可恶的地方呢!我在说什么啊?我不是那个意思。我的意思是说它好——噢,多么便利的处所,多么——哈哈哈!可爱的小羊!你还没和我说**一句话**呢。

思:你可没给我机会说啊,亲爱的!(她一直笑着,但朝布兰奇看的眼神有点紧张。)(笔者译文)

(3) **Master Song:** ⎱ Won't you have some of this? (*They look towards the inner*
Master Chang: ⎰ *courtyard.*)

Song: Trouble again?

Chang: Don't worry, they won't come to blows. If it was serious, they'd have gone out of the city long before this. Why come to a teahouse?

(*Erdez, one of the toughs, enters just in time to overhear Chang's words.*)

Erdez: (*moving over*) What you think you're talking about?

Chang: (*refusing to be intimidated*) Who, me? I've paid for my tea. Do I have to bow to anyone too?

Song: (*after sizing up Erdez*) Excuse me, sir, you serve in the Imperial Wrestlers, don't you? Come, sit down. Let's have a cup of tea together. We're all men of the world.

Erdez: Where I serve ain't none of your bloody business!

Chang: If you want to throw your weight around, try the foreigners! They're tough alright! You're on the public payroll, but when the British and the French armies razed the old Summer Palace, I didn't see you lift a finger to stop them! (老舍, 1999: 13; 英若诚 译)

第9章【研究与实践思考题】

答案指南：本章练习均有出版物提供现成的参考译文，有的还不止一种参考译文。

第10章【研究与实践思考题】

答案指南：本章练习均有出版物提供现成的参考译文，有的还不止一种参考译文。有关戏剧翻译理论等，请参考戏剧单元及课外专业读物。

第11章【研究与实践思考题】

（1）【译文A】

Wang Lifa: <u>Make it snappy</u>! Unless you <u>want your face slapped</u>!

Pock-Mark Liu: I told you, I have to wait for two friends!

Wang Lifa: <u>I can't think of a good enough name for you!</u>

Pock-Mark Liu: Nothing you can do about it. <u>Once in a trade, always in the trade.</u> You'll always be selling your tea. I'll always be doing my business! Till my dying day! (老舍, 1999: 111/113; 英若诚 译)

【译文B】

WANG LIFA: Out! Or are you hanging around to <u>get your face slapped a couple of good ones</u>?

POCKFACE LIU: Didn't I tell you? I'm waiting for a couple of friends.

WANG LIFA: <u>You! How many times do I have to tell you before you get the message?</u>

POCKFACE LIU: What else can I do? <u>We just live different sorts of lives.</u> You'll always be running a teahouse, and me, I'll always be working my own little game—always. Till the day I die. (老舍, 2003: 115; 霍华 译)

参考评析：

①译例选自《茶馆》第二幕。刘麻子在裕泰茶馆等两个逃兵（老陈和老林），企图做一次非法交易。茶馆掌柜王利发对此似乎不乐意。

②王利发催促刘麻子走人时说"就走吧"。译文 A 译成"Make it snappy"。该表达法指"快点"、"赶快"、"干脆点",等于"Look snappy"。由于在前文茶馆跑堂李三刚把刘麻子带出来,并对他说"快走吧!",所以英译时可以不必再提到"走"这个含义。比较而言,译文 B 将"就走吧"译成"Out!",语气非常强烈,过度反映了王利发当时的愤懑之情,与原文人物的语气和情绪不符。

③"挨两个脆的"意指"挨巴掌"、"被人扇耳光"。"两个"在此是概数。译文 A 更简洁,适合口语表达和现场表演,译文 B 加上"a couple of","good ones"用于表演略显复杂,更适合阅读。

④王利发想撵刘麻子走,但实在拿他没辙。于是,无奈之下说"你呀,叫我说什么好呢"。这种相对柔和的语气也说明"就走吧"若译成"Out!",语气较为严厉,不符合原剧人物情绪状态。上述原句非常口语化,句式简单。译文 B 译成"You! How many times do I have to tell you before you get the message?"变成一个简单感叹句和一个复合疑问句,意义非常准确、具体,但不如译文 A "I can't think of a good enough name for you!"简练、口语化。

⑤"隔行如隔山"比较完整的译法是"Difference in profession makes one feel worlds apart.[1]"译文 A 基本译出该习语的含义,而译文 B 译成"…different sorts of lives",与"行业"(profession)或"生意"(trade)均不同。

依据功能翻译观的看法,不能说哪种译文更好,要根据翻译功能或目的("表演性"还是"阅读性")才能评判孰优孰劣。综合上述几点分析,相对而言译文 A 语言简洁且口语化,适合表演;译文 B 语言明确具体,适合阅读。

(2)【参考译文 A】[表演性]

Wang Dashuan: Aunt, has dad agreed to let you go?

Kang Shunzi: He hasn't decided yet. What worries me is, if Dali's visit somehow leaks out and then I suddenly disappear, it may mean trouble for you. People are getting arrested all the time. I don't want to let you down.

Zhou Xiuhua: Now, aunt, you just go ahead. You'll have a chance to live if you go away. Customers are always whispering to each other, "If you want a chance to live, go to the Western Hills."

Wang Dashuan: That's right. (老舍,1999:137;英若诚 译)

【参考译文 B】[阅读性]

---

1 吴景荣,程镇球主编. 新时代汉英大词典[Z]. 北京:商务印书馆,2000 年. 第 512 页.

WANG DASHUAN: Auntie, did my father ask you to leave?

KANG SHUNZI: He didn't decide anything yet. But if people find out that Dali was here, and then I leave all of a sudden, I'm just afraid that you'll be accused. They're arresting people every day now, aren't they? I don't want to do anything that might hurt you people.

ZHOU XIUHUA: Auntie, you've got to look after yourself. Getting out of here means a new chance to live. Aren't our customers always whispering: if you want to live you should go to the Western Hills? That's where the Communist-led Eighth Route Army is.

WANG DASHUAN: That's right. (老舍, 2003: 137; 霍华 译)

第 12 章—第 14 章【研究与实践思考题】

答案指南：按照有关要求认真完成作业。之后再跟老师和同学、同行进行有关讨论。

第 15 章【研究与实践思考题】

答案指南：按照有关要求认真完成作业。之后再跟老师和同学、同行进行有关讨论。有关小说翻译理论等，请参考小说单元及课外专业读物。

第 16 章【研究与实践思考题】

(1)参考译文：

【TT1】槐树花开

丛中	的断
一	枝
厚	又
硬	现
枯	白
亮	香
	五月(郑建青 译)

【TT2】歌

世上最重的负担	天使般快乐
莫过于爱	或身心倍受煎熬,
承受	最后的愿望
孤独	仍然是爱

承受
　　不满

　　那重负
我们承受的重负
　　就是爱

谁能否认？
　　在梦中
爱触摸
　　身体
在意识中
　　创造
奇迹，
　　在想象中
令人痛苦
　　如果不能忍受

在人生中——
真挚地寻求
　　火热的纯情——
因为人生的重负
　　就是爱，
然而，我们承受的重负
　　却令人疲惫
我们必须休息
在爱的怀抱里
　　最终，
我们得歇息
　　在爱的怀抱里。

没有爱

——不可抱怨
　　不可否认，
也不可拒绝
　　倘若否认：

爱的重负太过沉重

　　　——爱意味着给予
而不求回报
　　正如孤独中
生发的
　　想象
超越一切
　　美好的愿望。

温暖的体温
　　一同闪耀
在黑暗中，
　　手朝着
肉体的中心
　　移动，
肌肤颤抖
　　在幸福中
而灵魂的狂喜
　　在眼神中流露——

的确，是的，
　　这就是
我的渴望，
　　我一直渴望着的，
我总在寻求的，
　　就是回归

就难有栖身之处，　　　　　肉体

没有爱的梦想　　　　　　　我生命的起源。(选自《美国现代

何以成眠安睡——　　　　　诗歌鉴赏》)

疯狂或沮丧

(2) **答案指南**：可以按照"说文解字"的方法，运用意象主义的指导方针，对该诗进行解读、阐释。因是"诗言志"，故没有现成的统一答案。

(3) **答案指南**：先独立完成作业，有关参考译文及详尽分析，参看《旅游翻译与涉外导游》(陈刚，2010)之 **6.3**。

(4) **答案指南**：按照有关要求认真完成作业。之后再跟老师和同学、同行进行专题讨论。有关诗歌翻译理论等，请参考诗歌单元及课外专业读物。

第 17 章【研究与实践思考题】

答案指南：本章练习均有出版物提供现成的参考译文，有的还不止一种参考译文。请审读练习要求，最终提交你自己的译文及其理论支撑。

第 18 章【研究与实践思考题】

答案指南：请独立完成练习，并根据本章及其他参考资料，在课内或课外举办一个翻译 workshop 或 seminar。

第 19 章【研究与实践思考题】

答案指南：文学翻译始于传记翻译。请独立完成练习，并根据本章及其他参考资料，在课内或课外举办一个翻译 workshop 或 seminar。因为所布置的练习大都没有现成的译文出版(如《永不放弃》、*Hard Choices*、《马云正传》等)，建议个体或团队来完成有关任务。

第 20 章【研究与实践思考题】

答案指南：歌曲译配是最难完成的专业/职业翻译任务。"会译配的"学生/读者不妨独立完成之，"不会译配的"可以请教内行、专家，乃至先试着找到现成的答案。总之，我们布置任务的动机还是鼓励培养学生独立分析问题、解决问题的能力。我们并不关注歌曲译配的结果一定如何，我们特别关注或在乎学生和读者的学习态度是否端正。

主要参考文献[1]

(*Incomplete*)

【中文部分】

1. 奥斯丁，简. 傲慢与偏见[Z]. 王科一译. 上海：上海译文出版社，1980.
2. 奥斯丁，简. 傲慢与偏见[Z]. 孙致礼译. 南京：译林出版社，1990.
3. 奥斯丁，简. 傲慢与偏见(节录)[Z]. 丁桂莲译. 北京：外文出版社，2000.
4. 巴金. 谈我的散文——巴金论创作[M]. 上海：上海文艺出版社，1983.
5. 白先勇. 翻译苦？翻译乐——《台北人》中英对照本的来龙去脉[N/OL]（台湾《联合报》12 月 31 日－1 月 2 日连载文章）[http://www. 7kang. com/topic/20054-57k-].
6. 卞之琳. 莎士比亚悲剧论痕[C]. 北京：三联出版社，1989.
7. 蔡毅，段京华. 苏联翻译理论[M]. 武汉：湖北教育出版社，2000.
8. 曹明伦. 散文体译文的音韵节奏[J]. 中国翻译，2004(4).
9. 曹明伦. 谈翻译中的语言变体和语域分析[J]. 中国翻译，2007(5).
10. 曹雪芹，高鹗. 红楼梦(Z). 杨宪益，戴乃迭译. 北京：外文出版社，1978.
11. 陈文伯. 教你如何掌握汉译英技巧[C]. 北京：世界知识出版社，1999.
12. 陈芙. 从《围城》英译本看异化与归化译法[J]. 西安外国语学院学报，2007(1).
13. 陈刚. 西湖诗赞[M]. 杭州：浙江摄影出版社，1996.
14. 陈刚. 跨文化意识——导游词译者之必备[J]. 中国翻译，2002(2)：38-41.
15. 陈刚. 二次解读：不可或缺的翻译过程[J]. 浙江大学学报(人社版)，2003(4).
16. 陈刚. 旅游翻译与涉外导游[M]. 北京：中国对外翻译出版公司，2004/2006/2008/2010.
17. 陈刚. 金庸博士与《鹿鼎记》翻译[N]. 钱江晚报，2005-05-31(14).
18. 陈刚. 归化翻译与文化认同[J]. 外语与外语教学，2006(12).
19. 陈刚. 旅游英汉互译教程[M]. 上海：上海外语教育出版社，2009.
20. 陈刚. 旅游英语导译教程[M]. 上海：上海外语教育出版社，2010.

---

[1] 由于该书文字量超百万（不含参考文献），"参考文献"本身就有近 50 页（A4 纸），所以我们仅（用"小五"字号）列出其中主要的 450 项参考文献。剩余部分，由我们妥善保留。敬请有关学者/读者谅解！

21. 陈刚. 翻译学入门[M]. 杭州：浙江大学出版社，2011.

22. 陈刚. 基础影视翻译与研究[M]. 杭州：浙江大学出版社，2013.

23. 陈刚. 从功能主义谈"走西口"四种歌词之译配创新——推荐汉英民歌译配"三原则"与"四标准"[J]. 翻译论坛，2014a(1).

24. 陈刚. 旅游翻译[M]. 杭州：浙江大学出版社，2014b.

25. 陈刚，黎根红. 格式塔意象重构：话剧翻译美学之维[J]. 浙江大学学报(人文社会科学版)，2008(1).

26. 陈刚，胡维佳. 功能翻译理论适合文学翻译吗[J]. 外语与外语研究，2004(2).

27. 陈良廷(译). 阿瑟·密勒剧作选[Z]. 上海：上海译文出版社，1980.

28. 陈伟. 学理反思与策略重构[M]. 上海：上海译文出版社，2006.

29. 陈新. 英汉文体翻译教程[M]. 北京：北京大学出版社，2002.

30. 陈竹. 中国古代剧作学史. 武汉：武汉出版社，1999.

31. 邓友梅. 文坛评说[N/OL]. [http://news.xinhuanet.com/book/2005-04/12/content_2818415. htm](2005-06-06).

32. 董健，马俊山. 戏剧艺术十五讲[M]. 北京：北京大学出版社，2006.

33. 杜夫海纳，米盖尔(著). 审美经验现象学[Z]. 韩树站(译). 北京：文化艺术出版社，1996.

34. 段峰. 论翻译的文化诗学研究[J]. 西南师范大学学报，2006(5)：181-187.

35. 方梦之. 翻译新论与实践[M]. 青岛：青岛出版社，2002.

36. 方梦之(主编). 中国译学大辞典[M]. 上海：上海外语教育出版社，2011.

37. 方平. 他不知道自己是一个诗人[C]. 武汉：湖北教育出版社，2001.

38. 方道. 散文学综论[M]. 合肥：安徽教育出版社，2004.

39. 方孝岳. 中国文学批评·中国散文概论[M]. 北京：三联书店，2007.

40. 冯庆华(编). 实用翻译教程(增订本)[Z]. 上海：上海外语教育出版社，2002.

41. 高健. 浅谈散文风格的可译性[J]. 翻译通讯，1985(1).

42. 高健. 英文散文一百篇[M]. 北京：中国对外翻译出版公司，1998.

43. 高健. 语言个性与翻译[J]. 外国语，1999(4).

44. 高健，翻译中的风格问题[J]. 外国语，1995(3).

45. 高健. 培根论说文集[M]. 天津：百花文艺出版社，2005.

46. 葛传槼. 漫谈由汉译英问题[M]. 北京：中国对外翻译出版公司，1983.

47. 葛校琴. 译者主体的枷锁——从原语文本到译语文化[J]. 外语研究，2002(1).

48. 葛校琴. 当前归化/异化策略讨论的后殖民视阈[J]. 中国翻译，2002(5).

49. 龚芬. 论戏剧语言的翻译——莎剧多译本比较[D]. 上海：上海外国语大学英语学院，2004.

50. 顾学颉(选注). 元人杂剧选. 北京：人民文学出版社，2002.

51. 郭建中(编著). 当代美国翻译理论[M]. 武汉：湖北教育出版社，2000.

52. 何文安，李尚武(译). 爱丽思漫游奇境/镜中世界[Z]. 南京：译林出版社，2003.

53. 何自然. 语境新论[J]. 外国语文研究，2011(1).

54. 何自然，冉永平. 关联理论——认知语用学基础[J]. 现代外语，1998.

55. 黑格尔. 美学第三卷下册[M]. 朱光潜译. 北京：商务印书馆，1997.

56. 侯瑞德. 英语语体[M]. 上海：上海外语教育出版社，1999.

57. 胡开奇(译). 求证[J]. 戏剧研究，2001(5).

58. 胡庆龄. 戏剧审美接受心理研究纲要[D]. 曲阜：曲阜师范大学，2002.

59. 胡壮麟. 语言学教程(修订版)[M]. 北京：北京大学出版社，2003.

60. 胡壮麟等. 系统功能语法概论[M]. 长沙：湖南教育出版社，1989.

61. 黄忠廉. 变译理论[M]. 北京：中国对外翻译出版公司，2002.

62. 胡翠娥，刘士聪. 新颖的立意幽默的语言[J]. 中国翻译，2002(1).

63. 黄源深. 英国散文选读[M]. 上海：上海外语教育出版社，2007.

64. 霍华(译). 老舍(著). 茶馆[Z]. 北京：外文出版社，2003.

65. 贾平凹. 散文研究[M]. 保定：河北大学出版社，2001.

66. 贾文浩，贾文渊(译). 爱丽思漫游奇境记[Z]. 北京：燕山出版社，2001.

67. 金元浦. 接受美学文论[M]. 济南：山东教育出版社，1998.

68. 居祖纯. 高级汉英语篇翻译[M]. 北京：清华大学出版社，2000/2004.

69. 劳伦斯. 查泰莱夫人的情人[M]. 刘明译. 北京：外文出版社，2000.

70. 科学与教育版. 新知科学[N]. 钱江晚报，2002-10-24(13).

71. 劳伦斯. 查特莱夫人的情人[M]. 方华山译. 西安：陕西人民出版社，2004.

72. 劳伦斯. 查特莱夫人的情人[M]. 赵苏苏译. 北京：人民文学出版社，2004.

73. 李汉昭(译). 爱丽思漫游奇境[Z]. 哈尔滨：哈尔滨出版社，2002.

74. 李基亚，冯伟年. 论戏剧翻译的原则和途径[J]. 西北大学学报(人文社科版)，2004(7).

75. 李顺春，王维倩(编译). 美国现代诗歌鉴赏[M]. 南京：南京师范大学出版社，2007.

76. 李伟民. 中国莎士比亚翻译研究五十年[J]. 中国翻译，2004，25（5）.

77. 李文俊. 译后赘语[J]. 中国翻译，2001（5）：70-72.

78. 李文中. 中国英语与中国式英语[J]. 外语教学与研究，1993（4）.

79. 李养龙（编）. 西方翻译理论文献阅读[M]. 西安：世界图书出版公司，2007.

80. 李渔. 闲情偶寄. 长沙：岳麓书社，2000.

81. E. B. 泰勒. 原始文化[M]. 连树声（译）. 上海：上海文艺出版社，1992.

82. 梁宗岱. 李白与歌德[A]. 中国比较文学研究资料（1919－1949）[C]. 北京：
    北京大学出版社，1989.

83. 廖七一. 当代英国翻译理论[M]. 武汉：湖北教育出版社，2001.

84. 列宁（著）. 中共中央马克思恩格斯列宁斯大林著作编译局（编译）. 列宁全
    集（第 35 卷）[C]. 北京：人民出版社，1959.

85. 林海. 《围城》与 Tom Jones[A]. 中国比较文学研究资料（1919－1949）[C].
    北京：北京大学出版社，1989.

86. 林语堂. 西湖七月半[M]. 天津：百花文艺出版社，2002.

87. 凌濛初. 谭曲杂札. 中国古典编剧理论资料汇辑. 北京：中国戏剧出版社，
    1984.

88. 刘炳善. 伦敦的叫卖声（英国散文精选）[M]. 南京：译林出版社，2007.

89. 刘炳善. 英国散文与兰姆随笔翻译琐谈[A]. 杨自俭，刘学云（编）. 翻译新
    论[C]. 武汉：湖北教育出版社，1994.

90. 刘军平（译）. 新译唐诗英韵百首[Z]. 北京：中华书局，2002.

91. 刘宓庆. 翻译的风格论[A]. 杨自俭，刘学云（编）. 翻译新论[C]. 武汉：湖
    北教育出版社，1994.

92. 刘宓庆. 当代翻译理论[M]. 北京：中国对外翻译出版公司，1999.

93. 刘宓庆. 中西翻译思想比较研究[M]. 北京：中国对外翻译出版公司，2005.

94. 刘宓庆. 新编汉英对比与翻译[M]. 北京：中国对外翻译出版公司. 2006.

95. 刘绍铭. 《鹿鼎记》英译漫谈[OB/OL][http://www.iselong.com/English/0000/
    975. htm]（2005-05-05）

96. 刘士聪. 汉英·英汉美文翻译与鉴赏[M]. 南京：译林出版社，2002.

97. 刘士聪. 散文的"情韵"与翻译[J]. 中国翻译，2002（2）.

98. 刘肖岩，关子安. 试论戏剧翻译的标准[J]. 齐齐哈尔大学学报（哲学社会科
    学版），2002（3）.

99. 刘肖岩. 试论戏剧对白的翻译单位[J]. 外语学刊，2002（4）.

100. 刘重德. 文学翻译十讲[M]. 北京：中国对外翻译出版公司，1991.

101. 柳鸣九. 从现代主义到后现代主义[M]. 北京：中国社会科学出版社，1994.

102. 陆文虎. 钱锺书研究采辑(2)[C]. 北京：生活·读书·新知三联书店，1996.

103. 鲁迅. 鲁迅儿童文学选集(散文杂文卷)[M]. 北京：中国少年儿童新闻出版总社，2006.

104. 鲁迅. 新版鲁迅杂文集(二心集)[M]. 杭州：浙江人民出版社，2002.

105. 鲁迅. 呐喊[M]. 北京：人民文学出版社，2001.

106. 鲁迅. 野草[M]. 杨宪益，戴乃迭译. 北京：外文出版社，2000.

107. 罗琳，J. K. 哈利波特与"混血王子"[M]. 马爱农，马爱新译. 北京：人民文学出版社，2005.

108. 罗琳，J. K. 混血王子的背叛[M]. 皇冠编译组译. 台北：皇冠文化出版有限公司，2005.

109. 罗新璋. 中外翻译观之"似"与"等"[A]. 杨自俭，刘学云. 翻译新论(1983－1992)[C]. 武汉：湖北教育出版社，2003.

110. 罗新章，陈应年. 翻译论集(修订本)[C]. 北京：商务印书馆，2009.

111. 吕琳琼. 幽默与幽默翻译——析《围城》及其英译本[J]. 广东外语外贸大学学报，2007(4).

112. 吕俊. 哲学的语言论转向对翻译研究的启示[J]. 外国语，2000(5)：154-157.

113. 马萧. 文学翻译的接受美学观[J]. 中国翻译，2000(2).

114. 曼弗雷德·普菲斯特. 戏剧理论与戏剧分析. 周靖波，李安定译. 北京：北京广播学院出版社，2004.

115. 毛荣贵. 翻译美学[M]. 上海：上海交通大学出版社，2005.

116. 培根. 培根论说文(水天同译)[M]. 北京：商务印书馆，1993.

117. 彭镜禧. 摸象：文学翻译评论集[M]. 台北：台湾书林出版有限公司，1997.

118. 平洪. 文本功能与翻译策略[J]. 中国翻译，2002(5).

119. 钱锺书. 管锥编[M]. 北京：生活·读书·新知三联书店，2001.

120. 钱锺书. 七缀集[M]. 北京：生活·读书·新知三联书店，2002.

121. 钱锺书. 围城[M]. 北京：人民文学出版社，1980.

122. 乔萍. 散文佳作108篇[M]. 南京：译林出版社，2002.

123. 秦亢宗(主编). 中国散文辞典[Z]. 北京：北京出版社，1995.

124. 秦牧. 杂文小识[M]. 长春：吉林人民出版社，1997.

125. 萨塞. 戏剧美学初探[A]. 古典文艺理论译丛(第 11 册)[C]. 北京：人民文

学出版社，1966.

126. 邵牧君，齐宙（译）. 戏剧与电影的剧作理论与技巧[Z]. 北京：中国电影出版社，1999.

127. 沈从文. 边城[M]. 北京：北京：人民文学出版社，2001.

128. 申丹. 叙述学与小说文体学研究（M）. 北京：北京大学出版社，1998.

129. 时波. 论小说中人物对话的翻译——析巫宁坤译《了不起的盖茨比》[J/OL]. 2007（1）：112-114. [http://10.15.61.247/kns50/detail.aspx]（2010-04-20）

130. 石心莹（译）. 爱丽思漫游奇境记[Z]. 海口：南海出版公司，2001.

131. 施咸荣（译）. 等待戈多[DB/OL]. [http://www.fan-theatre.com/ReadNews.asp? NewsID=1437]（2005-03-07）.

132. 思果. 阿丽思漫游奇境记选评[M]. 北京：中国对外翻译出版公司，2004.

133. 孙犁. 文学名言录[M]. 长沙：湖南人民出版社，1985.

134. 孙迎春. 张谷若翻译艺术研究[M]. 北京：中国对外翻译出版公司，2004.

135. 孙绍振. 《散文学综论》序[N]. 安徽日报，2004.

136. 孙艺风. 视角·阐释·文化：文学翻译与翻译理论[M]. 北京：清华大学出版社，2004.

137. 孙艺风. 《围城》英译本的一些问题[J]. 中国翻译. 1995（1）.

138. 孙致礼. 亦步亦趋　刻意求似——谈卞之琳译《哈姆雷特》[J]. 外语研究，1996, 2.

139. 孙卓然（译）. 彼得·潘———一个永远长不大的孩子[Z]. 沈阳：春风文艺出版社，2004.

140. 托尔金. 魔戒——魔戒再现[M]. 丁棣译. 南京：译林出版社，2008.

141. 托尔金. 魔戒——双塔奇兵[M]. 姚锦镕译. 南京：译林出版社，2008.

142. 托尔金. 魔戒——王者无敌[M]. 汤定九译. 南京：译林出版社，2008.

143. 托尔金. 魔戒首部曲——魔戒现身[M]. 朱學恒译. 台北：聯經出版事業股份有限公司，2008.

144. 托爾金. 魔戒二部曲——雙城奇謀[M]. 朱學恒译. 台北：聯經出版事業股份有限公司，2008.

145. 托爾金. 魔戒三部曲——王者再臨[M]. 朱學恒译. 台北：聯經出版事業股份有限公司，2008.

146. 汪榕培. 英语词汇学高级教程[M]. 上海：上海外语教育出版社，2002.

147. 王东风. 译家与作家的意识冲突：文学翻译中的一个值得深思的现象[J].

中国翻译，2001(5).

148. 王东风. 小说翻译的语义连贯重构[J]. 中国翻译，2005(3).

149. 王夫之. 清诗话[C]. 上海：上海古籍出版社，1999.

150. 王国维. 《人间词话》与《人间词》[M]. 北京：群言出版社，1995.

151. 王国维. 新订《人间词话》与《人间词》[M]. 上海：华东师范大学出版社，1990.

152. 王宏印. 《诗品》注译与司空图诗学研究[M]. 北京：北京图书馆出版社，2002.

153. 王宏印. 译事三味 甘苦一心——读刘士聪教授《翻译与鉴赏》一书兼谈散文翻译[J]. 四川外语学院学报，2004(1).

154. 王建平. 语言交际中的艺术——语境的逻辑功能[M]. 北京：求实出版社，1989.

155. 王磊. 隐喻与翻译：一项关于《围城》英译本的个案调查[J]. 中国翻译，2007(3).

156. 王希杰. 修辞学通论[M]. 南京：南京大学出版社，1996.

157. 王寅. 认知语言学的翻译观[J]. 中国翻译，2005(5)：15-20.

158. 王佐良. 英国散文的流变[M]. 北京：商务印书馆. 1994.

159. 王佐良. 新时代的翻译观[A]. 杨自俭，刘学云(编). 翻译新论[C]. 武汉：湖北教育出版社，1994.

160. 王佐良. 一个莎剧翻译家的历程[J]. 中国翻译，1990(1).

161. 王佐良. 王佐良文集[C]. 北京：外语教育与研究出版社，1999.

162. 王振铎(编). 《人间词话》与《人间词》[M]. 郑州：河南人民出版社，1995.

163. 韦努蒂，劳伦斯(著). 翻译与文化身份的塑造[Z]. 查正坚译. 许宝强，袁伟(选编). 语言与翻译的政治[C]. 北京：中央编译出版社，2001.

164. 文军. 杨宪益先生的pygmalion两译本比较——兼论戏剧翻译[J]. 外国语，1995(4).

165. 文秋芳. 应用语言学研究方法与论文写作[M]. 北京：外语教学与研究出版社，2001.

166. 翁显良. 观点与笔调[A]. 杨自俭，刘学云编. 翻译新论[C]. 武汉，湖北教育出版社，1994.

167. 吴保和. 中国当代小剧场戏剧论[D]. 上海：上海戏剧学院，2003.

168. 吴迪(编著). 世界名诗导读[M]. 杭州：浙江大学出版社，2004.

169. 巫宁坤. 了不起的盖茨比[Z]. 上海：上海译文出版社，2009(重印版).

170. 午言(译). 爱丽思漫游奇境记[Z]. 北京：外文出版社，2002.

171. 夏丏尊，刘熏宇. 文章作法[C]. 上海：开明书店. 1926.

172. 夏济安. 名家散文选读(2)[C]. 香港：今日世界出版社，1979.

173. 夏济安. 美国名家散文选读[M]. 上海：复旦大学出版社，2000.

174. 夏征农等(主编). 《辞海》(第六版缩印本)[Z]. 上海：上海辞书出版社，2010.

175. 萧乾(著)，文洁若(编选). 萧乾作品精选[M]. 北京：北京语言文化大学出版社，2001.

176. 谢天振. 译介学[M]. 上海：上海外语教育出版社，2000

177. 谢天振. 翻译研究新视野[M]. 青岛：青岛出版社，2002.

178. 谢谦. 文学文体学与诗体戏剧中"语言变异"的翻译——以《哈姆雷特》为例[J]. 广东外语外贸大学学报，2005，16(3).

179. 许钧. 译道寻踪[M]. 郑州：文心出版社，2005.

180. 许钧. 生命之轻与翻译之重[M]. 北京：文化艺术出版社，2007.

181. 许钧. 风格与翻译——评《追忆似水年华》汉译风格的传达[A]. 许钧. 文学翻译批评研究[C]. 南京：译林出版社，1992：174.

182. 许钧，袁筱一(编). 当代法国翻译理论[M]. 南京：南京大学出版社，1998.

183. 徐燕平(注). 元杂剧公案卷[M]. 北京：华夏出版社，2000.

184. 许渊冲. 文学与翻译[M]. 北京：北京大学出版社，2003.

185. 薛范. 歌曲翻译探索与实践[M]. 武汉：湖北教育出版社，2002.

186. 亚里士多德著. 诗学[M]. 陈中梅译注. 北京：商务印书馆，2003.

187. 阎浩岗. 中国小说史论[M]. 北京：人民文学出版社，2006.

188. 杨静远(译). 彼德·潘[Z]. 杭州：浙江少年儿童出版社，2001.

189. 杨玲玲(译). 彼得·潘[Z]. 北京：人民文学出版社，2005.

190. 杨朴. 《荷塘月色》的精神分析[J]. 文学评论，2004(2).

191. 杨宪益，戴乃迭(译). 野草(鲁迅杂文集)[Z]. 北京：外文出版社，1976.

192. 杨自俭，刘学云. 翻译新论[C]. 武汉：湖北教育出版社，1994.

193. 姚淦铭，王燕编. 《王国维文集》(1)[C]. 北京：中国文史出版社，1997.

194. 姚乃强. 了不起的盖茨比[Z]. 北京：人民文学出版社，2004.

195. 叶子南. 谈传记文本的翻译[J]. 中国翻译，2007(3).

196. 叶子南. 高级英汉翻译——理论与实践[M]. 北京：清华大学出版社，2001.

197. 英若诚(译). 推销员之死[Z]. 北京：中国对外翻译出版公司，1999a.

198. 英若诚(译). 茶馆[Z]. 北京：中国对外翻译出版公司，1999b.

199. 郁达夫. 中国新文学大系·散文二集·导言(选自《郁达夫文集》)(6)[M]. 广州：花城出版社，1991.

200. 余光中. 余光中谈翻译[M]. 北京：中国对外翻译出版公司. 2002.

201. 喻怀澄(主编). 历代名言佳句赏析辞典[Z]. 天津：南开大学出版社，1996.

202. 张冰. 陌生化诗学——俄国形式主义研究[M] 北京：北京师范大学出版社，2000.

203. 张春柏. 直接翻译——关联翻译理论的一个重要概念[J]. 中国翻译，2003(4).

204. 张今，张宁. 文学翻译原理[M]. 北京：清华大学出版社，2005.

205. 张觉. 荀子校注[M]. 长沙：岳麓书社，2006.

206. 张迈曾. 语言与交际——语言学概论[M]. 天津：南开大学出版社，1998.

207. 张美芳. 意图与语篇制作策略[J]. 外国语，2001(2)：37-41.

208. 张梦井，杜耀文. 中国名家散文精译[Z]. 青岛：青岛出版社，1999.

209. 张梦井. 比较翻译概论[M]. 武汉：湖北教育出版社，2007.

210. 张南峰. 中西译学批评[M]. 北京：清华大学出版社，2004.

211. 张培成. 使用目的与国别变体[J]. 现代外语，1995(3).

212. 张培基. 英译中国现代散文选(一)[M]. 上海：上海外语教育出版社，2007a.

213. 张培基. 英译中国现代散文选(二)[M]. 上海：上海外语教育出版社，2007b.

214. 张晓路(译). 爱丽思漫游奇境[Z]. 北京：人民文学出版社，2000.

215. 赵彦春. 关联理论对翻译的解释力[J]. 现代外语，1999(3).

216. 赵元任(译). 阿丽思漫游奇境记[Z]. 北京：商务印书馆，1922.

217. 郑诗鼎. 语境与文学翻译[M]. 重庆：西南师范大学出版社，1997.

218. 张泗洋. 莎士比亚大辞典[Z]. 北京：商务印书馆，2001.

219. 张廷琛. 接受理论[C]. 成都：四川文艺出版社，1989.

220. 张振玉(译). 林语堂著. 京华烟云[M]. 北京：群言出版社，2009.

221. 郑海凌. 文学翻译学[M]. 郑州：文心出版社，2000.

222. 中国文学·现代散文卷[C]. 北京：外语教学与研究出版社，1998.

223. 周方珠. 翻译多元论[M]. 北京：中国对外翻译出版公司，2004

224. 周宁，金元浦(译). 接受美学与接受理论[Z]. 沈阳：辽宁人民出版社，1987.

225. 周煦良. 翻译与理解[J]. 外语教学与研究，1959(10).

226. 周仪，罗平. 翻译与批评[M]. 武汉：湖北教育出版社，1999.

227. 周振甫(注)，刘勰(著). 文心雕龙[M]. 北京：人民文学出版社，1981.

228. 朱纯深. 译余小记[A]. 中国翻译，2000(3).

229. 朱刚. 二十世纪西方文艺批评理论[M]. 上海：上海外语教育出版社，2004.

230. 朱光潜. 翻译研究论文集：1894－1948[C]. 北京：外语教学与研究出版社，1984.

231. 朱健平. 翻译的跨文化解释——哲学阐释学和接受美学模式[D]. 上海：华东师范大学英语系，2003.

232. 朱立元. 接受美学导论[M]. 安徽：安徽教育出版社，2004.

233. 朱曼华. 中国散文翻译的新收获——喜读张培基教授《英译中国现代散文选》[J]. 中国翻译，2000(3).

234. 朱明炬，谢少华，吴万伟. 英汉名篇名译[M]. 南京：译林出版社，2007.

235. 朱学宁，皮方於. 散文意境与翻译[J]. 西南民族大学学报(人文社科版)，2003(9).

236. 朱振武，吴晟，周元晓(译). 达·芬奇密码[M]. 上海：上海人民出版社，2004.

237. 朱志喻. 类型与策略：功能主义的翻译类型学[J]. 中国翻译，2004(5)：3-9.

238. 庄玲，贝合宁(编译). 英语小品精选[C]. 上海：东方出版中心，1996.

239. 邹红. 当代话剧观众构成及对话剧发展的影响[J]. 文艺研究，2003(6).

【英文部分】

240. Aaltonen, Sirkku. *Time-Sharing on Stage: Drama Translation in Theatre and Society* [M]. Clevedon: Multilingual Matters, 2000.

241. Aaltonen, S. Rewriting the Exotic: The Manipulation of Otherness in Translated Drama [A]. Catriona Picken. Ed. *Proceedings of XIII FIT World Congress* [C]. London: Institute of Translation and Interpreting, 1993.

242. Abrams, M.H. *A Glossary of Literary Terms* (Seventh Edition) [Z]. Beijing: Foreign Language Teaching and Research Press & Thomson Learning, 2004.

243. Allen, Graham. *Intertextuality* [M]. London and New York: Routledge, 2000.

244. Baker, Mona. *In Other Words: A Coursebook on Translation* [M]. Beijing: Foreign Language Teaching and Research Press. 2000. Baker, Mona & Gabriela Saladanha. *Routledge Encyclopedia of Translation Studies* [Z]. Shanghai: Shanghai Foreign Language Education Press, 2004.

245. Baker, Mona & Gabriela Saladanha. *Routledge Encyclopedia of Translation Studies* (2nd Edition) [Z]. Shanghai: Shanghai Foreign Language Education Press, 2010.

246. Bakhtin, Mikhail. *The Dialogic Imagination: Four Essays* [M]. University of Texas, 1990.

247. Baldick, Chris. *Oxford Concise Dictionary of Literary Terms* [Z]. Shanghai: Shanghai Foreign Language Education Press, 2000.

248. Barranger, Milly S. *Theatre: A Way of Seeing* (2nd Edition) [M]. California: Wadsworth Publishing Company, 1986.

249. Barrie, James M. *Peter Pan* [M]. New York: Bantam Books, 1985.

250. Barthes, Roland. *Image-Music-Text* [M/OL], Stephen Heath (trans.). London: Fontana Press, 1977. [http://ishare.iask.sina.com.cn] (access 2010/2011/2012).

251. Bassnett, Susan. Translating Spatial Poetry: An Examination of Theatre Texts in Performance [A]. Eds. J.S. Holmes, et al. *Literature and Translation* [C]. Leuven: ACCO, 1978.

252. Bassnett, Susan. Introduction to Theatre Semiotics [A]. *Theatre Quarterly* [J]. 10.38, 1980.

253. Bassnett, Susan. The Translator in the Theatre [A]. *Theatre Quarterly* [J]. 10.40, 1981.

254. Bassnett, Susan. Ways through the Labyrinth: Strategies and Methods for Translating Theatre Texts [A]. Ed. Theo Hermans. *The Manipulation of Literature*. London: Croom Helm; New York: St Martin's, 1985.

255. Bassnett, Susan. Translating for the Theatre—Textual Complexities [A]. *Essays in Poetics* [J]. 15.1, 1990.

256. Bassnett, Susan. Translating for the Theatre: The Case Against Performability [A]. *TTR* [J] (*Traduction, Terminologie, Redaction*) IV.1, 1991.

257. Bassnett, Susan. *Translation Studies* [M]. Shanghai: Shanghai Foreign Language Education Press. 2004.

258. Bassnett, Susan & Andre Lefevere. *Constructing Cultures—Essays on Literary Translation.* [C]. Shanghai: Shanghai Foreign Language Education Press, 2001.

259. Bassnett, Susan. "Translating for the Theatre: The case against Performability." [A/OL]. *TTR* (*Traduction, Terminologie, Reduction*) 4. 1 (1991): 99-111 [http:

//www.erudit.org/revue/TTR/1991/v4/n1/037084ar.pdf] (2011-02-22).

260. Bates, D.G. & Plog, F. *Cultural Anthropology*, 3rd Edition [M]. New York: McGraw-Hill, 1990.

261. Beaugrande, Robert & Wolfgang Dressler. *Introduction to Text Linguistics* [M/OL]. Berlin: XIV Congress of Linguists, 1987. [http://ishare.iask.sina.com.cn] (2012-06-22).

262. Bell, Roger T. *Translation and Translating: Theory and Practice* [M]. Beijing: Foreign Language Teaching and Research Press, 2001.

263. Ben-Ari, Nitsa. "Didactic and Pedagogic Tendencies in the Norms Dictating the Translation of Children's Literature: The Case of Postwar German-Hebrew Translations", *Poetics Today* [J/OL] [http://www.jstor.org] (2008.01/2008.04).

264. Bettelheim, Bruno. *The Use of Enchantment: The Meaning and Importance of Fairy Tales* [M]. New York: Alfred A. Knopf, Vintage Books, Random House, 1989.

265. Bigsby, C. *The Cambridge Companion to Arthur Miller* [M]. Shanghai: Shanghai Foreign Language Education Press, 2001.

266. Bingley, Clive. *Children as Readers: A Study* [M]. London: Library Association Publishing Limited, 1989.

267. Birch, Cyril (trans). *The Peony Pavilion* (2nd Edition) [C]. By Tang Xianzu. Indiana: Indiana University Press, 2002.

268. Birch, Cyril. "Yuan Zaju." [A].In Chan Sin-wai& David E. Pollard (*eds*). *An Encyclopedia of Translation* [Z/OL]. Hong Kong: The Chinese University Press, 2001. [http://books.google.com.hk/books?id=4fWf1WlCStcC&lpg=PP1&hl=zh-CN&pg=PP1#v=onepage&q&f=false] (2011-03-03).

269. Boas, Franz. *The Mind of Primitive Man* [M]. New York: Macmillan, 1963.

270. Boulton, M. *The Anatomy of Poetry* [M]. Routledge&Kegan Paul plc., 1953

271. Bourdieu, Pierre. *Language and Symbolic Power* [M]. Cambridge: Polity Press, 1991.

272. *Britannica Concise Encyclopedia* [Z]. Shanghai: Shanghai Foreign Language Education Press, 2008.

273. Bussmann, Hadumod. *Routledge Dictionary of Language and Linguistics* [Z]. Beijing: Foreign Language Teaching and Research Press & Routledge, 2000.

274. Cameron, Kenneth M. & Patti P. Gillespie. *The Enjoyment of Theatre* (Third Edition) [M]. New York: Macmillan Publishing Company, 1992.

275. Carroll, Lewis. *Alice's Adventures in Wonderland and Trough the Looking-Glass*. New York: Bantam Books, 1981.

276. Casagrande, Joseph B. The Ends of Translation [A]. *International Journal of American Linguistics* [J]. 20:4, 335-40, 1954.

277. Catford, J.C. *A Linguistic Theory of Translation* [M]. Oxford: Oxford University Press, 1965.

278. Chan, Leo Tak-Hung. The Poetics of Re-contextualization: Intertextuality in a Chinese Adaptative Translation of "The Picture of Dorian Gray" [J/OL]. *Comparative Literature Studies*, 2004(41): 464-481. [http://muse.jhu.edu/journals/comparative_literature_studies] (2012-03-12).

279. Chan, Sin-wai and Pollard, David E. *An Encyclopedia of Translation* [C]. Hong Kong: Hong Kong Chinese University Press. 2001.

280. Chaplin, J. P. *Dictionary of Psychology* [Z]. New York City: Dell Publishing, 1985.

281. Chen, Donnson. *English Borrowings from Chinese* [J]. Foreign Language, 1992(5)

282. Chen, Gang. New Greater Hangzhou: A New Guide [M]. Hangzhou: Zhejiang Photographic Press, 2012.

283. Chesterman, Andrew, ed. *Readings in Translation Theory* [C]. Helsinki: Finn Lectura, 1989.

284. Cook, Guy. *Discourse and Literature* [M]. London: Oxford University Press, 1994.

285. Coulthard, M. Linguistic Constraints on Translation [A]. *Studies in Translation / Estudos da Traducao, Ilha do Desterro* [C]. Universidade Federal de Santa Catarina, 1992.

286. Crawford, John R. Ed. *The Art of the Theatre* [M]. New York: Forbes Custom Publishing, 1999.

287. Crotty, Michael. *The Foundations of Social Research* [M]. SAGE Publications, 1998.

288. Crystal, David. *The Cambridge Encyclopedia of Language* [M]. Beijing:

Foreign Language Teaching and Research Press, 2002.

289. Cuddon, J.A. *A Dictionary of Literary Terms* [Z]. Chatham: W. & J. Mackay Limited, Chatham, Great Britain, 1979.

290. Dai Fan & Stephen L. J. Smith. *Cultures in Contrast: Mis-Communication and Misunderstanding between Chinese and North Americans* [M]. Shanghai: Shanghai Foreign Language Education Press, 2003.

291. Diekie, George. *Introduction to Aesthetics* [M]. London: Oxford University Press, 1997.

292. Dimitriu, Rodica. Review: *Translators' Strategies and Creativity* by Ann Beylard-Ozeroff; Jana Krlov; Barbara Moser-Mercer [A], Cay Dollerup ed. *Perspectives: Studies in Translation* [C]. Beijing: Tsinghua University Press, 2006: 150-153.

293. Dollerup, Cay. *Basics of Translation Studies* [M]. Shanghai: Shanghai Foreign Language Education Press, 2007.

294. Egoff, Sheila A. *Thursday's Child—Trends and Patterns in Contemporary Children's Literature* [M]. Chicago: American Library Association, 1981.

295. Elam, K. *The Semiotics of Theatre and Drama* [M]. London and New York: Methuen, 1980.

296. Espasa, E. Performability in Translation: Speakability? Playability? Or just Saleability? [A]. Ed. Carole-Anne, Upton. *Moving Target. Theatre, Translation and Cultural Relocation* [C]. Manchester: St. Jerome Publishing, 2000.

297. Even-Zohar, Basmat. "The Position of Translated Literature within the Literary Polysystem", *Poetics Today* [J/OL] [http://www.jstor.org] （2008-01-04）.

298. Foster-Cohen, Susan H. *An Introduction to Child Language Development* [M]. Beijing: Foreign Language Teaching and Research Press, 2002.

299. Foucault, Michel. *The History of Sexuality* [M]. trans. Robert Hurley. Atlanta: Vintage Books, 1990.

300. Fairclough, Norman. *Discourse and Social Change* [M]. Cambridge: Polity Press, 1992.

301. Fairclough, Norman. "Critical Discourse Analysis and the Marketization of Public Discourse: the University" [A]. in *Discourse and Society* [C]. SAGE （London, Newbury Park and New Delhi）, 1993.

302. Farahzad, Farzaneh. Translation as an Intertextual Practice [J/OL]. *Perspectives: Studies in Translatology*, 2009 (16): 125-131. [http://www.tandfonline.com] (2012-03-06).

303. Farquhar, Mary Ann. *Children's Literature in China: From Lun Xun to Mao Zedong* [M]. London: M. E. Sharpe, Inc, 1999.

304. Fawcett, Peter. Presupposition and Translation [A]. In Leo Hickey (Ed.). *The Pragmatics of Translation* [C]. Shanghai: Shanghai Foreign Language Education Press, 2001.

305. Federici, Eleonora. The Translator's Intertextual Baggage [J/OL]. *Forum for Modern Language Studies*, 2007 (43): 147-160. [http://fmls.oxfordjournals.org] (2012-03-06).

306. Fitzgerald, F. Scott. *The Great Gatsby* [M]. Shanghai: Sanlian Publishing House, 2009.

307. Found, P. *Oxford Dictionary of Theatre* [Z]. Shanghai: Shanghai Foreign Language Education Press, 2000.

308. Fox, Geoff, Graham Hammond, and Stuart Amor, eds. *Responses to Children's Literature* [C]. New York: K.G.Saur, The International Research Society for Children's Literature, 1980.

309. Garcia, A. & Maria, E. Dwelling in Marble Halls: A Relevance-Theoretical Approach to Intertextuality in Translation [J/OL]. *Revista Alicantina de Estudios Ingleses*, 2001 (14): 7-19. [http://www.google.com.hk] (2012-03-06).

310. Genette, Gerard. *Palimpsests: Literature in the Second Degree* [M/OL]. Channa Newman & Claude Doubinsky (trans.). London: University of Nebraska Press, 1997. [http://books.google.com] (2011-12-21).

311. Gentzler, Edwin. *Contemporary Translation Theories* (Revised 2nd Edition) [M]. Shanghai: Shanghai Foreign Language Education Press, 2004.

312. Glazer, Joan I and Williams, Gurney. *Introduction to Children's Literature* [M]. New York: McGraw-Hill, Inc, 1979.

313. Godard, Barbara. *Theorizing Feminist Discourse/Translation* [A] See Bassnett and Lefevere, eds. *Translation, History, and Culture*.

314. Gostand, R. Verbal and Non-Verbal Communication: Drama as Translation [A]. O. Zuber. Ed. *The Language of Theatre: Problems in the Translation and*

Transposition of Drama [C]. Oxford: Pergamon Press, 1980.

315. Grahame, Kenneth. *The Wind in the Willows* [M]. Leicestershire: F. A. Thorpe (Publishing) Ltd., 1981.

316. Gross, Dalton & Mary Jean, Gross. *Understanding The Great Gatsby: A Student Casebook to Issues, Sources, and Historical Documents* [M]. Beijing: China Renmin University Press, 2008.

317. Gutt, Ernst-August. *Translation and Relevance: Cognition and Context* [M]. Shanghai: Shanghai: Shanghai Foreign Language Education Press, 2004.

318. Hall, Stuart. "Foucault: Power, Knowledge and Discourse", in *Discourse Theory and Practice: A Reader* [C]. ed. Margaret Wetherell et al. London: Sage Publications, 2001.

319. Halliday, M. A. K. & Ruqaiya Hasan. *Cohesion in English* [M]. Beijing: Foreign Language Teaching and Research Press, 2001.

320. Halliday, M. A. K. *An Introduction to Functional Grammar* (2nd Edition) [M]. Beijing: Foreign Language Teaching and Research Press & Edward Arnold (Publishers) Limited, 2000.

321. Hatim, Basil. *Communication across Cultures: Translation Theory and Contrastive Text Linguistics* [M]. Shanghai: Shanghai Foreign Language Education Press, 2001.

322. Hatim, Basil & Ian Mason. *Discourse and the Translator* [M]. Shanghai: Shanghai: Shanghai Foreign Language Education Press, 2001.

323. Hermans, Theo. *Translation in Systems: Descriptive and System-oriented Approaches Explained* [M]. Shanghai: Shanghai Foreign Language Education Press, 2004.

324. Hickey, Leo. *The Pragmatics of Translation* [C]. Shanghai: Shanghai Foreign Language Education Press. 2001.

325. Holmes. James S. *Translated! Papers on Literary and Translation Studies* [M]. Beijing: Foreign Language Teaching and Research Press. 2007.

326. Holub, Robert C. *Reception Theory* [M]. London and New York: Methuen Co., 1984.

327. Hönig, Hans G. Positions, Power and Practice: Functionalist Approaches and Translation Quality Assessment [J]. *Current Issues in Language& Society*,

1997(1): 6-34.

328. Horn, L. "Presupposition and implication". In S. Lappin (ed.) *The Handbook of Contemporary Semantic Theory*. Blackwell, Oxford, 1996.

329. House, Juliane. Rethinking the Relationship between Text and Context in Translation [J/OL]. *Journal of Translation Studies*, 2006(9): 77-103. [http://cup.cuhk.edu.hk] (2012-03-08).

330. House, Juliane. Text and Context in Translation [J/OL]. *Journal of Pragmatics*, 2006(3): 338-358. [http://cup.cuhk.edu.hk] (2012-03-08).

331. Hunt, Peter, ed. *Children's Literature: The Development of Criticism* [C]. London: Routledg, 1990.

332. Jain, Susan Pertel. Contemplating Peonies: A Symposium on Three Productions of Tang Xianzu's Peony Pavilion [J/OL]. *Asian Theatre Journal*, 2002(19): 121-123. [http://www.jstor.org] (2012-10-11).

333. Jauss, Hans Robert. *Toward an Aesthetics of Reception* [M]. Minneapolis: University of Minnesota Press, 1982.

334. Jerome, Saint. *Lettres* [A]. Vol. III. Labourt. Paris: Les belles letters, 1953.

335. Jin Di. "Equivalent Effect in Translation" [A]. In *An Encyclopaedia of Translation: Chinese- English·English-Chinese* [Z]. Ed. Chan Sin-wai & David E. Pollard. Hong Kong: The Chinese University Press, 2001.

336. Johnston, David. Ed. *Stages of Translation* [C]. Bath: Absolute, 1996.

337. Katan, David. *Translating Cultures: An Introduction for Translators, Interpreters and Mediators* [M]. Shanghai: Shanghai Foreign Language Education Press, 2004.

338. Kelly, Jeanne & K. Mao, Nathan. *Fortress Besieged* [M]. Beijing: Foreign Language Teaching and Research Press, 2003.

339. Kirmizi, Özkan. Criticism of *"Kırgınlar Evi"* in Relation to Cultural Adaptations [J]. *Mediterranean Journal of Humanities*, I/2, 2011, 135-144.

340. Klingberg, Göte. *Children's Fiction in the Hands of the Translators* [M]. Lund: Bloms Boktryckeri Ab, 1986.

341. Klingberg, Göte, Mary Ørvig, and Stuart Amor, eds. *Children's Book in Translation: The Situation and the Problems* [C]. Stockholm: Almqvist & Wiksell International, 1978.

342. Kowzan, T. The Sign in the Theater: An Introduction to the Semiology of the Art of the Spectacle [A]. Trans. Simon Pleasance. *Diogenes* [J] 61, 1968.

343. Kramsch, Claire. *Language and Culture* [M]. London: Oxford University Press, 1998.

344. Kristeva, Julia. Word, Dialogue and Novel [A]. In Moi, Toril. (Ed). *The Kristeva Reader* [C/OL]. New York: Columbia University Press, 1986: 34-37. [http://books.google.com.hk] (2011-12-23).

345. Lambert. J. & Van Gorp. H. "On Describing Translations" [A]. *The Manipulation of Literature: studies in literary translation* [C]. Hermans, Theo (ed.). Great Britain: Billings& Sons Limited, 1985.

346. Larry A. Samovar, Richard E. Porter and Lisa A. Stefani. *Communication Between Cultures* (3rd edition) [M]. Beijing: Foreign Language Teaching and Research Press, 2000.

347. Lau, Joseph S. M. "Crowded Hours" Revisited: The Evocation of the Past in *Taipei jen, The Journal of Asian Studies* [J/OL]. 1 (1975): 31-47. [http://www.jstor.org/stable/2054038] (2012-02-10).

348. Lawrence, D. H. *Lady Chatterley's Lover* [M]. Beijing: Foreign Language Teaching and Research Press, 1996.

349. Lawrence, D. H. *Lady Chatterley's Lover* [M]. London: Penguin Books, 1997.

350. Leech, Geoffrey Neil. *A Linguistic Guide to English Poetry* [M]. New York: Longman Inc., 1991.

351. Lefevere, Andre. *Translation, Rewriting, and the Manipulation of Literary Fame* [M]. Shanghai: Shanghai: Shanghai Foreign Language Education Press, 2004.

352. Lefevere, A. Ed & Trans. *Translation/History/Culture: A Sourcebook* [C]. London and New York: Routledge, 1992.

353. Lin, Yutang. *Moment in Peking* [M]. Beijing: Foreign Language Teaching and Research Press, 1999.

354. Lin, Yutang. *My Country and My People* [M]. Beijing: Foreign Language Teaching and Research Press, 2000.

355. Liu, Jung-en. *Six Yuan Plays: Translated with an Introduction by Liu Jung-en* [M]. London: Penguin Group, 1988.

356. Liu Miqing. "Aesthetics and Translation" [A]. In *An Encyclopedia of Translation: Chinese-English·English-Chinese* [Z]. Ed. Chan Sin-wai & David E. Pollard. Hong Kong: The Chinese University Press, 2001.

357. Lotman, J. & B., Uspensky. On the Semiotic Mechanism of Culture [A]. *New Literary Histor* [J]. 9.2, 1978.

358. Low, P. Song Translation [A]. Brown, K. Ed. *Encyclopedia of Language and Linguistics*（2nd Ed）[Z]. Shanghai: Shanghai Foreign Language Education Press, 2008: Vol.12, 511-514.

359. Lyell, William A. *Diary of a Madman and Other Stories* [M]. Honolulu: University of Hawaii Press, 1990

360. Malinowski, Bronislaw. "The Problem of Meaning in Primitive Languages". Supplement I to C. K. Ogden & I. A. Richards. *The Meaning of Meaning* [M]. London: Kegan Paul, 1923.

361. Marco, Josep. Teaching Drama translation [J]. *Perspectives: Studies in Translatology*. Ed. Gay Dollerup. Vol. 1. Beijing: Qinghua University Press, 2003.

362. Mateo, Marta. Translation strategies and the reception of drama performances: a mutual influence [A]. *Translation as Intercultural Communication* [M]. Ed. Mary Snell-Hornby, Zuzana Jettrnarova & Klams Kaindl. 99-110. Amsterdam: John Benjamins Publishing Company, 1997.

363. *Merriam Webster's Collegiate Dictionary*（tenth edition）[Z]. Merriam-Webster, Incorporated, 1997.

364. *Merriam-Webster's Pocket Guide to Punctuation* [Z]. Springfield: Merriam-Webster, Incorporated, 1995.

365. Mey, J. *Pragmatics: An Introduction*（2nd edition）[M]. Beijing: Foreign Language Teaching and Research Press & Blackwell, 2001.

366. Miller, Jordan Y. *The Heath Introduction to Drama*（3rd Edition）[M]. Massachusetts: D.C. Heath and Company, 1988.

367. Munday, Jeremy. *Introducing Translation Studies* [M]. Shanghai: Shanghai Foreign Language Education Press, 2010.

368. Newmark, Peter. *Approaches to Translation* [M]. Shanghai: Shanghai: Shanghai Foreign Language Education Press, 2001a.

369. Newmark, Peter. *A Textbook of Translation* [M]. Shanghai: Shanghai: Shanghai

Foreign Language Education Press, 2001b.

370. Nida, Eugene A. *Language and Culture: Contexts in Translating* [M]. Shanghai: Shanghai: Shanghai Foreign Language Education Press, 2001.

371. Nida, Eugene A & Charles R. Taber. *The Theory and Practice of Translation* [M]. Shanghai: Shanghai: Shanghai Foreign Language Education Press, 2004.

372. Nietzsche, F. *The Gay Science* [M]. Trans. Walter Kaufmann. New York: Random House, 1974.

373. Nikolarea, Ekaterini. "Performability versus Readability: A Historical Overview of a Thearetical Polarization in Theatre Translation." *Translation Journal*. 6.4. October, 2002. [OB/OL] [http://translationjournal.net/journal/22theater.htm] (2011-02-22)

374. Nord, Christiane. *Text Analysis in Translation: Theory, Methodology and Didactic Application of a Model for Translation-Oriented Text Analysis* (2nd Edition) [M]. Beijing: Foreign Language Teaching and Research Press, 2006.

375. Nord, Christiane. *Translating as a Purposeful Activity: Functionalist Approaches Explained* [M]. Shanghai: Shanghai: Shanghai Foreign Language Education Press, 2001.

376. Oittinen, Riitta. *Translating for Children* [M]. New York: & London: Garland Publishing, Inc., 2000.

377. O'Sullivan, Emer. *Comparative Children's Literature* [M]. London & New York: Routledge, 2005.

378. Pater, Walter. *The Renaissance: Studies in Art and Poetry* [C/OL]. Philip, Adam (Ed). New York: Dover Publications, 2005. [http://www.authorama.com] (2012-09-11).

379. Pavis, P. Problems of Translation for Stage: Intercultural and Post-Modern Theatre [A]. Trans. Loren Kruger. Eds. Hanna Scolnicov and Peter Holland. *The Play Out of Context: Transferring Plays from Culture to Culture* [C]. Cambridge: Cambridge Univ. Press, 1989.

380. Pellatt, Valerie & Eric T. Liu. *Thinking Chinese Translation: A Course in Translation Method: Chinese to English* [M]. Routledge, 2010.

381. Perry, Nodelman. *The Pleasure of Children's Literature* [M]. New York & London: Longman, 1992.

382. Porto, L. Loureiro. "The translation of the songs in Disney's Beauty and the beast: An *example* of manipulation", *A Journal of English and American Studies* [J/OL] [http://www.jstor.org] (2008-01-04).

383. Prévos, André J. M. Review: *About Translation* by Peter Newmark, *The Modern Language Journal* [J/OL]. 2 (1992): 272. [http://www.jstor.org/stable/329826] (2010-10-20)

384. Pulvers, R. Moving Others: The Translation of Drama [A]. Ed. Zuber-Skerritt, 1984.

385. Purrtinen, Tinna. "Syntax, Readability and Ideology in Children's Literature", *Meta* [J/OL] [http://www.jstor.org] (2008.01/2008.04).

386. Puurtinen, Tiina. *Linguistic Acceptability in Translated Children's Literature* [M]. Joensuu, Finland: University of Joensuu, 1995.

387. *Random House Webster's College Dictionary* [Z]. New York: Random House,, 1995.

388. Reinert, Otto. *Drama —An Introductory Anthology* [M]. New York: Little, Brown and Company, 1964.

389. Reiss, Katharina. *Translation Criticism: the Potentials and Limitations* [M]. Trans. Erroll F. Rhodes. Shanghai: Shanghai Foreign Language Education Press, 2004.

390. Richards, Jack C, John Platt and Heidi Platt. *Longman Dictionary of Language Teaching & Applied Linguistics* [Z]. Beijing: Foreign Language Teaching and Research Press, 2000.

391. Riffaterre, Michael. Interpretation and Undecidability [J/OL]. *New Literary History*, 1980 (12): 227-242. [http://www.jstor.org] (2012-06-13).

392. Robinson, Douglas. *The Translator's Turn* [M]. Baltimore, Md.: Johns Hopkins University, 1991.

393. Robinson, Douglas. *Who Translates? Translator Subjectivities beyond Reason* [M]. New York: State University of New York Press, 2001. [http://books.google.com.hk/books?id=Y0clTcDCO5cC&dq=who+translate%3F+translator's+subjectivities+beyond+reason&printsec] (2010-05-08).

394. Rosenblatt, Louise M. *The Reader, the Text, the Poem: The Transactional Theory of the Literary Work* [M]. Carbondale and Edwardsville: Southern

Illinois University Press, 1978.

395. Royle, N. *Jacques Derrida* [M]. London: Routledge, 2003.

396. Rush, Ormond. *The Reception of Doctrine: An Appropriation of Hans Robert Jauss' Reception Aesthetics and Literary Hermeneutics* [M]. Roma: Pontificia Univesita Gregoriana, 1997

397. Samovar, Larry. A., Porter, Richard E. & Stefani, Lisa, A. *Communication Between Cultures* (3rd Edition) [M]. Beijing: Foreign Language Teaching and Research Press; Brooks/Cole/Thomson Learning Asia, 2000.

398. Savory, Theodore. *The Art of Translation* [M]. London: Cape, 1957.

399. Schäffner, Christina. "Action." [A]. In Mona Baker (ed). *Routledge Encyclopedia of Translation Studies* [Z]. Shanghai: Shanghai Foreign Language Education Press, 2004.

400. Selden, Raman et al. *A Reader's Guide to Contemporary Literary Theory* [M]. Beijing: Foreign Language Teaching and Research Press, 2004.

401. Shakespeare, William. *Hamlet* [M]. London: Penguin Books, 2006.

402. Shavit, Zohar. *Poetics of Children's Literature* [M]. Athens & London: The University of Georgia Press, 1986.

403. Shen, Congwen. *The Border Town and Other Stories.* Translated by Gladys Yang [M]. Beijing: Chinese Literature Press, 1981.

404. Shen, Congwen. *The Chinese Earth.* Translated by Ching Ti and Robert Payne [M].New York: Columbia University Press, 1982.

405. Shih, Chung-wen. *The Golden Age of Chinese Drama: Yuan Tsa-chu* [M]. Princeton University: Princeton University Press, 1976.

406. Short, Mick. Discourse Analysis and the Analysis of Drama [A]. Ed. Ronald Carter & Paul Simpson. *Language, Discourse and Literature: An Introduction Reader in Discourse Stylistics* [M]. 139-168. New York: Routledge, 1989.

407. Shuttleworth, Mark & Cowie, Moira. *Dictionary of Translation Studies* [Z]. Shanghai: Shanghai Foreign Language Education Press. 2004.

408. Smiley, Sam. *Playwriting: The Structure of Action* [M]. New Jersey: Prentice-Hall, Inc., 1971.

409. Snell-Hornby, Mary. *Translation Studies —An Integrated Approach* [M]. Shanghai: Shanghai Foreign Language Education Press. 2004.

410. Sperber, Dan & Deirdre Wilson. *Relevance: Communication and Cognition* (2nd Edition) [M]. Beijing: Foreign Language Teaching and Research Press & Blackwell Publishers Ltd, 2001.

411. Spink, John. *Children as Readers: A Study* [M]. London: Clive Bingley, Library Association Publishing Limited, 1989.

412. Steiner, George. *After Babel: Aspects of Language and Translation* [M]. Shanghai: Shanghai Foreign Language Education Press, 2001.

413. Styan, J.L. *The Elements of Drama* [M]. New York: Cambridge University Press, 1960.

414. Suh, Joseph Che. Compounding Issues on the Translation of Drama/Theatre Texts [J]. *Meta*, 2002 (47).

415. Tabbert, Reinbert. *The Impact of Children's Books—Cases and Concepts* [A]. See Fox et al., eds. *Response to Children's Literature*, 34-58.

416. Taylor, M. *Shakespeare Criticism in the Twentieth Century* [M]. Oxford: OUP, 2001.

417. *The Encyclopedia Americana* (International Edition). Volume 26 [Z]. Grolier Incorporated, 1988.

418. Thomas, Jenny. Meaning in Interaction—An Introduction to Pragmatics [M]. Longman: London and New York, 1999.

419. Thompson, Geoff. *Introducing Functional Grammar* [M]. Beijing: Foreign Language Teaching and Research Press & Edward Arnold (Publishers) Limited, 2000.

420. Thompson, Stith. *The Folktale* [M]. Berkeley: University of California Press, 1978.

421. Tolkien, J.R.R. *The Lord of the Rings—The Fellowship of the Ring* [M]. Great Britain: Harper Collins *Publishers* 1991, 2007.

422. Tolkien, J.R.R. *The Lord of the Rings—The Two Towers* [M]. Great Britain: Harper Collins *Publishers* 1991, 2007.

423. Tolkien, J.R.R. *The Lord of the Rings—The Return of the King* [M]. Great Britain: Harper Collins Publishers, 1991/2007.

424. Tornqvist, Egil. *Transposing Drama: Studies in Presentation* [M]. London: Macmillan Education Ltd., 1991.

425. Toury, Gideon. *Descriptive Translation Studies and Beyond* [M]. Shanghai: Shanghai Foreign Language Education Press, 2002.

426. Toury, G. The Nature and Role of Norms in Translation [A]. Ed. Venuti, L. *The Translation Studies Reader* [C]. London: Routledge, 1978 / (revised) 1995.

427. Toury, Gideon. *In search of a Theory of Translation* [M]. Tel Aviv: Porter Institute for Poetics and Semiotics, 1980.

428. Tylor, Edward Burnett. *Primitive culture* [M]. New York: Harper & Row, 1958.

429. Tymoczko, Maria. Translation in Oral Tradition as a Touchstone for Translation *Theory and Practice* [A]. See Bassnet and Lefevere, eds. *Transaltion, History, and Culture*, 46-55.

430. Ungerer, F & H.J. Schmid. *An Introduction to Cognitive Linguistics* [M]. Beijing: Foreign Language Teaching and Research Press, 2001.

431. Venuti, Lawrence. *The Translator's Invisibility: A History of Translation* [M]. Shanghai: Shanghai Foreign Language Education Press, 2004.

432. Venuti, Lawrence. Translation, Intertextuality, Interpretation [J/OL]. *Romance Studies*, 2009(3): 157-173. [http://www.jstor.org] (2011-12-29).

433. Vermeer, Hans J. "Skopos and Commission in Translational Action." [A]. Trans. Andrew Chesterman. In Lawrence Venuti (ed.). *The Translation Studies Reader* (2nd Edition)[C/OL]. New York: Routledge, 2004. [http://books.google.com.hk/books?id=vLC5luAnbSUC&lpg=PP1&hl=zh-CN&pg=PP1#v=onepage&q&f=false] (2010-09-03).

434. Verschueren, Jef. *Understanding Pragmatics* [M]. Beijing: Foreign Language Teaching and Research Press, 2000.

435. Von Franz, Marie-Louise. *The Interpretation of Fairy Tales* [M]. Massachusetts: Shambhala Publications, 1996.

436. *Webster's Encyclopedic Unabridged Dictionary of the English Language* (New Revised Edition) [Z]. New Jersey: Gramercy Books, 1996.

437. Wetherell, Margaret; Taylor, Stephanie & Yates, Simeon J. *Discourse Theory and Practice* [C]. Sage Publications, 2001.

438. White, E. B. *Charlotte's Web* [DB/OL]. [http://hi.baidu.com/fhdyj/blog/category/%B6%C1%CA%E9] (2008-01-10).

439. Wichmann, Elizabeth. *The Phoenix Returns to Its Nest* [Z]. Beijing: New

World Press, 1986.

440. Widdowson, H.G. *Linguistics* [M]. Shanghai: Shanghai Foreign Language Education Press. 2000.

441. Williams, Jenny & Andrew Chesterman, *The Map: A Beginner's Guide to Doing Research in Translation Studies* [M]. Shanghai: Shanghai Foreign Language Education Press, 2007.

442. Williams, Tennessee. *A Streetcar Named Desire* [M]. New Voices in the American Theatre [C]. New York: The Modern Library, 1955.

443. Wilson, Edwin. *The Theatre Experience* (7th Edition) [M]. New York: The McGraw-Hill, Inc., 1998.

444. Wilson, Edwin & Alvin Goldfarb. *Theatre: The Lively Art* [M]. New York: The McGraw-Hill, Inc., 1991.

445. Wilss, W. *The Science of Translation: Problems and Methods* [M]. Shanghai: Shanghai Foreign Languages Education Press, 2001.

446. Yang, Hsien-yi & Gladys Yang (translated). *Selected Plays of Guan Hanqing* [Z]. Beijing: Foreign Languages Press.1979.

447. Yang, Xianyi & Gladys Yang (Trans). *Selected Works of Lu Xun* [Z]. Beijing: Foreign Languages Press, 1985.

448. Yule, George. *The Study of Language* [M]. Beijing: Foreign Language Teaching and Research Press, 2000.

449. Zeitlin, Judith. T. Shared Dreams: The Story of the Three Wives' Commentary on The Peony Pavilion [J/OL]. *Harvard Journal of Asiatic Studies,* 1994(54): 127-179. [http://www.jstor.org] (2012-09-12).

450. Zubert-Skerrit, Ortrun. Towards a Typology of Literary Translation: Drama Translation Science [J]. *Meta: Translators' Journal*, vol.33, n^0 4, 1988: 485-490.

后 记

　　完成百万著述，如释重负。十年教研，实乃源泉。感恩心情，油然而生。

　　除了要感谢高中英文老师、大学英文老师，感谢父母的支持之外，还要感谢在中国刚刚改革开放、国人仍处在"中西交流懵懂状态"之际就幸运般地让我有众多职业机遇、工作"特权"面对面地接触纯正的英式、美式英文，直接接触英美国家文化(如文学)的涉外工作单位，在解说中国(山水)文化的同时，又通过跨文化交流学到如何用国人所喜闻乐见的形式译介西方文化，如何用国际(英文)表达的思路与形式译介中国文化。更要感谢母校浙江大学及出版社，其对教学科研的支持力度不断加大，令人欢欣鼓舞；其负责英文事业选题、出版的主任、责编及其他工作人员，他们的教育、出版改革越来越接地气(拒绝过去"空对空"地只"顶天"而不"立地")——大学主要是靠培养人才而光荣般地存在的，大学自己的出版社与之同舟共济、服务于教学科研第一线，不仅天经地义，高瞻远瞩，而且成绩显著，故颇引以为豪。他们为了"新世纪翻译学 R&D 系列著作"的出版一如既往，呕心沥血，不辞辛劳。他们尊重作者，尊重知识，力挺求是，力挺创新。他们对原创成分高的书籍情有独钟，他们对策划、设计、编排各个分册独具匠心，他们加班加点，任劳任怨，都是为了能让新书跟广大读者、跟祖国未来的译才早日见面。

　　出书的目的可谓多种多样，不一而足。但笔者主编的这部巨著，强调的精神和目的是——既要有"诺顿式"的厚度，内容丰富，又要有"全球化"的高度，国际视野。作为具有国际视野、积极促进中西方交流的翻译教师暨专/职业译者，要有一个学识上的厚度，全球化的高度，职业化的态度，还要有对学生的呵护！

　　中国正快步向世界大家庭迈进，正不断融入经济全球化、旅游全球化和文化全球化之浪潮中，成为新世纪的"弄潮儿"。比较了解或真正了解中国、中国文化，尤其是中国文学的外国人还是太少。这跟我们这个正在崛起的大国形象、地位、未来是很不相称的。浙江大学理应为新世纪的中国做些实实在在的事，办好汉译英专业或学科方向，使学生踏踏实实地练就本领，特别是汉译英的本领——这不仅是当务之急、战略任务、历史使命，更能体现出一种天下大同、天下为公的理念更新、精神升华。

据此，我们可以明白我们编著此书之"走出去"意图及其重心之偏移：本书只含有限量的莎翁戏剧念白及其汉译，却省略了《贝尔武夫》、《坎特伯雷故事》的汉译；省略了弥尔顿、英国玄学派诗人和浪漫主义诗人作品的汉译；省略了其他 17、18、19 世纪英国文学的汉译；省略了美国文学诸多体裁的汉译；……然而，我们却主动保留了《爱丽丝》、《彼得·潘》；力推《魔戒》（即《指环王》）、《了不起的盖茨比》、《哈利·波特》、《达·芬奇密码》；特引《推销员之死》、《欲望号街车》；如此等等。

本书浓墨重彩的章节乃是围绕中国文学（含中国台湾文学）的成功译介、两岸翻译之差异对比、海外华人译写作品之案例分析、"走出去"遇到挑战之实践研究。我们底气十足地大篇幅讨论"两脚踏中西文化，一心评宇宙文章"的林语堂及其作品并同类代表译著，诸如莫言的、阿来的、白先勇的、谭恩美的、曹雪芹的、鲁迅的、金庸的、沈从文的、钱锺书的、萧乾的，还有梅兰芳的京剧《凤还巢》、元代关汉卿的《窦娥冤》及王实甫的《西厢记》、明代汤显祖的《牡丹亭》，诗经、汉乐、唐诗、宋词、元曲及现当代诗歌，老舍的《茶馆》、《曹禺》的《日出》，等等——因为，所有这些体裁的举世公认的佳译及其理论研究，对我们培养文学汉译英人才有着更为直接的指导、指引、启迪和帮助。

主编真诚期待广大读者、专家学者多多提出宝贵意见和建议，真诚期待这部巨著能够发挥其特有的巨大作用（起码是目前吧），能者们带个好头——努力带头讲好中国故事，带头多多培养汉译英人才，为实现"中国梦"而奋起！

主编 陈刚

2014 年国庆节于秋水心斋

图书在版编目(CIP)数据

文学多体裁翻译 / 陈刚主编. —杭州：浙江大学
出版社，2015.3

(新世纪翻译学 R&D 系列著作)

ISBN 978-7-308-14456-8

I. ①文… II. ①陈… III. ①文学翻译－研究 IV.
①I046

中国版本图书馆 CIP 数据核字(2015)第 043601 号

新世纪翻译学 **R&D** 系列著作(总主编、主审　陈　刚)

文学多体裁翻译

Multi-Genre Literary Translation

陈　刚　主编

责任编辑	张颖琪
封面设计	刘依群
出版发行	浙江大学出版社
	(杭州天目山路 148 号　邮政编码 310007)
	(网址：http://www.zjupress.com)
排　版	杭州中大图文设计有限公司
印　刷	杭州杭新印务有限公司
开　本	880mm×1230mm　1/32
印　张	40
字　数	1500 千
版印次	2015 年 3 月第 1 版　2015 年 3 月第 1 次印刷
印　数	0001－2500
书　号	ISBN 978-7-308-14456-8
定　价	88.00 元

浙江大学出版社发行部联系方式：(0571)88925591，http://zjdxcbs.tmall.com